候风遗想集 ᵒᵒ

**Staread**
星文文化

2022. 3. 4

深宫缭乱

上

尤四姐 著

长江出版社
CHANGJIANGPRESS

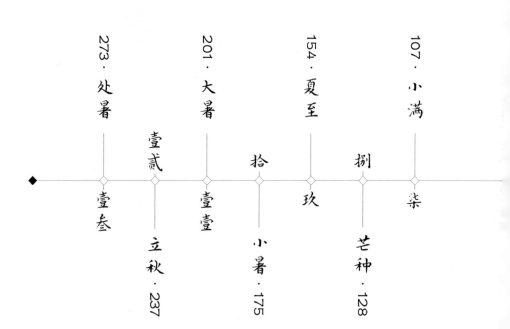

# 目录

壹

雨水

· 一 ·

天上豪雨瓢泼，巨大的雨点倾泻下来，把夹道的青砖浇淋得一尘不染。随墙门上的灯笼在凄风苦雨里摇曳，牛皮纸里拳头大的一点亮，泼洒在地，是迷潦潦的一片昏黄。随墙门上站班的太监，在那团光下低垂着眼帘，看不清是醒着还是在打盹儿。

沾了水的砖地，面上涂了层油似的，花盆底踩上去狠狠一蹉，险些摔个马趴。边上适时伸出一双手来托住了肘弯，压声说："主子留神，地上滑。"

这是雨声之外，寒凉世界里唯一的响动。敏贵太妃迟迟转过眼来："皇后怕是不中用了吧？"

皇后病得太久，其实早就不中用了。生死只是一道随时能开启的门，从门这头跨到门那头，不费吹灰之力。

善嬷嬷回头望了眼慈宁宫："老佛爷虽未明说，但这会儿商议由谁摄六宫事，瞧着是要册皇贵妃。皇后的事儿一出，后头要拿主意的地方多了，大到丧仪，小到苦次[1]，都得有人铺排。太后是佛心主子，除了关心素餐吃什么，旁的一概不问。太皇太后老佛爷上了年纪，纵使瞧着万岁爷的面子过问小辈的事儿，但过于庞杂了，也恐伤精神。"

"皇贵妃……"敏贵太妃琢磨了下，那三个字从齿缝里生挤出来，半晌才道，"你

---

1　苦次：古人守灵，夜晚以稻草为席，砖块为枕，围着棺柩和衣而卧，称"苦次"，俗称"困棺材脚"。

料皇上什么想头儿？"

大雨浇在伞面上，发出隆隆的声响，善嬷嬷在震天雨声里摇头："怕是没这个意思。眼下册封皇贵妃，来年先皇后丧期一满，就得立为皇后。皇上何其深谋大略，如今后宫一人一个心眼儿，立了合意的，横竖要当箭靶子；若立了不合意的，将来可是继后，难免又要帝后不睦，倒不如后位出缺的好。"

"哪儿能呢。"贵太妃道，"国不可一日无后，就算心里头不自在，也得尊祖宗礼法。"

善嬷嬷搀着她，一步一步走在笔直的夹道上。先前雨势大，溅起的水珠子直蹦得比鞋底子都高，把袍角都打湿了。现在雨势缓和，凌厉的雨箭在脚下化作涟漪，很快流向两侧的低洼处。

善嬷嬷道是："皇上心中也自有考量。只是上回说起摄六宫事，话头才一起，万岁爷就冲太后作揖，请太后暂且周全。太后哪儿管过那些个，一口酥酪塞住了嗓子眼儿，差点没噎死。"

敏贵太妃笑起来，说起那位太后，着实是个心宽的人。当初她们一同在先帝后宫里谋生，谁也不得宠。太后是先皇后升遐后迎来填窟窿的，她不是皇帝生母，却凭着能吃能睡没气性，且带大皇帝，当上了皇帝名义上的母亲。人之出身还是顶要紧的，太后是太皇太后的侄女，有今日的地位，到底是仗着娘家的势。

"你说……"贵太妃偏过头看善嬷嬷，"再选后，谁能有这造化？"

善嬷嬷是聪明人，也挑主子爱听的说，便笑道："依奴才愚见，咱们公爷家的格格放在姑娘堆儿里最是拔尖。回头主子再引荐引荐，老佛爷瞧着您，纵是不当皇后，封妃总错不了。"

敏贵太妃脸上淡淡的，似乎这个答案并没有什么可让她欢喜。她慢腾腾地挪着步，手里的菩提佛珠撞击袍子，发出微微的轻响。

"这宫里，跟口井似的，进来了就甭想爬出去。可不进来，又欠荣耀。进来了坐在井底下哭也不打紧，反正谁也瞧不见。"

这是关了二十多年富贵牢笼，得出来的一套感悟。要是从头再来，还走这条老路吗？大约还是会走的。宫里的女人，喘气从来不为自己，刚入宫那会儿活娘家，到承了皇恩雨露有了孩子，就活孩子。贵太妃没孩子，当年皇三子曾被抱来给她养，最后得花儿[1]死了。她孩子缘浅，无处可倾注那份心，多帮衬娘家孩子，进来了也是个伴儿。

雨渐渐住了，擦黑的当口，紫禁城的每一个角落都发出门臼转动的声响，绵长哀戚。敬事房的太监们挑着灯笼站在乾清门前吆喝："大人们，下钱粮啦。"

---

1 花儿：天花。

侍卫处当差的便向四方传递消息："上锁啦。"

梆子咚咚敲过来，一个老太监带着徒弟走过东一长街，拖着长腔在朦胧的夜色里重复："下钱粮啦，灯火小心……"

这是一场盛大的交接仪式，每天不厌其烦地上演，每一次都准时准点。

贵太妃是宫里老人儿，又是遵懿旨议事，因此不像那些宫女子似的，听着下钥就行色匆匆。她依旧踩着她的步子，慢悠悠穿过永康左门。永康左门之外隔着隆宗门，就是军机处，从斜对角看过去，能看见那块"后宫不得干政"的铁牌匾。

她忽然站住了脚，一动不动。善嬷嬷纳罕，低声问："主子怎么了？"

贵太妃做了个"噤声"的动作："你听……"

仔细分辨，风里夹带着隐约的呼号，叫人心头一哆嗦——别不是钟粹宫传来的吧！可再听，似乎不像。敏贵太妃抬头看树上枝叶吹拂的方向，今年倒春寒，这会儿刮的是西风，估摸是有人在西华门上哭求，请旨进宫面圣。

宫里有宫里的规矩，既然下了钥，不是走水[1]等大事，断乎不能开。敏贵太妃听着那断断续续的"主子……求见"，怅然叹了口气。帝王家的情分很淡薄，就拿皇帝对待皇后来说，那份从骨子里透出来的疏离，真不如寻常家子。


薛福晋在西华门上磕头的消息，最终不及皇后崩逝来得迅猛。将要天亮的时候，城里响起了丧钟，当的一声，震荡出一串余音。

床上的帐子被高高打了起来，嘤鸣光脚站在脚踏上，人还是蒙的，瞧着菱花门外昏昏的天，问："出什么事儿了？"

侧福晋从外面进来，已经摘了头上穗子，一面指派丫头伺候她穿素服，一面道："皇后主子崩了，你阿玛接了军机处的令，四更进宫料理丧仪去了，我瞧你睡着，没来告诉你。"

初春的气候，空气里还带着凉意，这凉意像水似的，一阵阵漫上身来。嘤鸣抱着胳膊，心里惶惶没有着落："我前儿去见她，精神头还不错的，怎么说没就没了……"

其实倒也不是没有征兆，她前几回递牌儿进宫，皇后就已瘦脱了相。

嘤鸣和皇后，做了十几年闺中密友，那时因两家大人同为辅政大臣，她们几乎是厮混着一同长大的。皇后大她两岁，教她绣花扑蝶放风筝，小时候的情谊，并未随皇后入宫而有所减淡。若不是那年嘤鸣年纪未到，应该要随她一同去的。后来的选秀，终不及头一回有盼头，后宫位分定了个大概，她阿玛也煞了性儿，想辙托病，替她蒙混过去了。

嘤鸣原想，只要皇后惦记她了，她就进宫去瞧她，没承想那么快……皇后七月里才

---

1　走水：火灾。

满二十。

"我答应过她，今年千秋节，要进宫陪她住两天的……"

噩耗来得太突然，起先像不与自己相干，皇后称谓只是紫禁城的一面招牌，于嘤鸣不具任何意义。等忽然回过神来，她才意识到自己最好的朋友死了，那种疼痛尖锐精准，直达心肝，扎得她直不起腰来。

侧福晋见她脸色发白，忙上前瞧她："嘤儿，我知道你和皇后娘娘好，你有这份心，她也感念你。快别想了，人下了阴司，阳世的情义就忘了，你再伤情，她也不知道。"说罢又叹息，"听说薛公爷福晋知道不好，入夜上西华门递牌子想进宫，宫里规矩大，门上侍卫光瞧着，不肯通传。后来还是太皇太后得了信儿放的恩旨，才见了最后一面。"

嘤鸣听着，更大的悲哀翻滚起来。侍卫哪里是不肯通传，分明是早有授命，不许通传。


她还记得上年立夏那天，皇后传她进宫说话，她跟着引路的太监进了钟粹宫，皇后歪在云头榻上，笑着说："恕我不能迎你，这程子人怠懒得很，也不知怎么了。"

她恭恭敬敬磕头："奴才给皇后娘娘请安。"

皇后抬手叫"伊立[1]"，让身边人搀她过来，牵着她的手说："嘤鸣，我被困在这四方城里，像鸟儿给折断了翅膀，飞不出去了。你瞧我锦衣玉食，住在皇城中枢，所有人面儿上都敬我，叫我声'皇后娘娘'，其实我什么都没有。我没有亲近的人，没人疼我，他们都盼着我早死，连太皇太后和皇上也一样。"

嘤鸣心里明白，可还是得宽解她："您是皇后，是一国之母，谁也不能盼着您死。"

皇后摇头："我在他们心里，该死一百回。我不怨他们，那都是我阿玛造的孽，是他非把我送进宫来。他觉得这么着能左右皇上，将来我要是生了儿子，江山一半儿得姓薛。"

皇后在她面前，从来没有任何隐瞒，因为别人不懂她的难处，嘤鸣能懂。

这事儿，说来话且长了。先帝英年早逝，皇帝冲龄践祚，前有皇叔后有权臣，想坐稳江山很不容易。危难时刻，幸有先帝旧部忠心不贰，以一等王大臣多增为首的保皇派稳固朝纲，扶持小皇帝一步步走过了最艰难的年月。可人的野心，会随着手上实权在握而逐渐壮大。多增老了，嘤鸣的父亲纳辛态度骑墙，最后薛尚章仗着军功赫赫，成了辅政大臣之首。

元老重臣家的闺女，没有理由不进宫，不去伺候皇上，于是薛深知轻而易举当上了正宫娘娘。可惜这位皇后并非众望所归，更多是一种妥协和隐忍，对她来说是这样，对皇帝来说更是如此。

---

1　伊立：平身。

皇后笑着告诉嘤鸣："宫里有个不成文的规矩，不受待见的皇后大婚，必会选在皇后信期。"

嘤鸣是没出阁的姑娘，愕着眼睛问为什么。

皇后缓拍引枕，像在说别人的事："大婚当夜身上不便，帝后怎么圆房？头没开好，往后就顺遂不了了。我和你说个实情，皇上到今儿都没碰过我，我阿玛还指着当皇姥爷呢，做梦。"

嘤鸣说不出话来，半晌才义愤填膺地捶榻沿："怎么能这样，这不是白耽误您嘛！"

皇后仰在枕上，以前晶亮的眼眸蒙了尘，喃喃说："我什么都不是，父不亲，夫不爱……我不知道自己做错了什么，我来人间这一遭，是来修行的吧。"

她确实什么都没做错，如今修行期满，可以飞出牢笼，往更开阔的地方去了。

侧福晋还在嘀咕："你阿玛这人一辈子糊涂，唯明白一件事儿，不叫你进宫。你虽没托生在福晋肚子里，我也不能亏待你，横竖咱们已经过了选秀的年纪，等国丧满服，就和海家把婚事办了吧。"

海家祖上当年也是皇亲贵胄，不过不似铁帽子那样世袭罔替，一辈儿一辈儿降等，到了如今便只是个镇国将军了。论爵位，并不算高，但家底殷实。父母为姑娘择婿，实惠是头一宗，好男儿不靠祖辈荫封，爵位自己挣，将来也不是没有晋升的机会。

嘤鸣眼下哪里有心思想那些，怏怏道："奶奶快别说了，我脑仁儿都快炸了。"

侧福晋瞧她精神不好，上来摸了摸额，果真又是一片滚烫。忙扭头叫鹿格、松格，重新替她解了衣裳，让她躺下。

"这会儿可不能再病了，孝慧皇后灵前要祭奠，咱们和薛家还结着干亲，你得去府上走动走动，没的说咱们失礼，皇后没了不拿他们当人。"侧福晋絮絮嘱咐着。

嘤鸣闭上眼睛，深知的脸老在她面前晃悠，她扯起被子，把眼泪蒙进了被卧里。

## · 二 ·

皇后的死，打破了表面的平静，不为人知处的暗涌开始按不住地往上掀。起先还是清水，到后来连河底淤积的陈年老泥都带起来了，污糟糟一片。升平的世道下，是墨汁子一样浑浊的人心。

皇后的梓宫停在了钟粹宫正殿，以前嘤鸣可奉懿旨进出，现如今人没了，她只能随那些没有诰命的官户女眷一同，入钦安殿祭拜。

钦安殿里挂起了漫天的白幡，一切仪制都按钟粹宫原样安排。只是没有棺椁，一重重白幔的尽头，高高供奉着神牌，蓝底洒金纸上，写着属于深知的简短谥号——孝慧皇后。

嘤鸣成服跪在钦安殿冰冷的细墁地砖上，耳边是绵绵的哀哭。这些官眷经历过多次皇城中的白事，练就了一套像模像样的哭灵本事，没有眼泪张嘴干号，也能号出一片热闹气象。

一轮哭祭过后，众人纷纷被搀扶起来稍歇。嘤鸣眼里又涩又痛，她触了触发烫的眼角，退到殿外临时搭建的棚座里。

南边传来震天哭声，那是命妇和后宫嫔妃们在细数孝慧皇后生平的好处。嘤鸣看着外面阴沉的天，浓厚的阴霾绵延万里。宫中只有大丧才许烧化纸钱，钟粹宫方向有轻烟直上和天相接，仿佛天上那些云翳，是因深知的辞世而生的。

鹿格伴主子进宫，旁的不关心，只关心出行和车马："瞧着还要下雨，头前进来的那条道儿，都给踩得稀烂了。"

人太多，哪顾得过来那些。嘤鸣道："回头奠仪散了，略晚一步走就是了。横竖福晋那头过了礼，也要往顺贞门上来的。"

她们这头说话，边上不知谁家的女眷聚在一起窃窃私语，说孝慧皇后可怜见儿的："进宫才只五年，病了倒有四年半。这一去，没留下一儿半女，听说苫次里只有凌河台吉[1]和乐亲王的子侄们守夜。"

"这么病法儿，皇上也沾不得身。"另一个含蓄地做了个悲哀的表情，"薛中堂家可只这一位姑奶奶，如今崩了，薛太太不定怎么难受呢。"

闲言闲语如盐花儿，往伤口上不疾不徐地洒。薛尚章揽权，在朝中横行，除起异己来连眼睛都不眨一下。如今薛家也算遇着了坎儿，宫里还能有什么说头？不见得死了一个，再在族中挑一个送进去填缺，这么着可真没了王法了。

皇后的位置空出来，横竖大家都瞧着。有姑娘的人家儿，上到一品大员，下到佐领参领，好事儿落到谁头上可说不准。嘤鸣低着头，握着拳，心道深知当初的话真不是没道理，这皇城内外人人盼着她早点儿死。如今她真死了，这些人明哭暗笑，仿佛她一死，他们就能登高枝儿，当上皇亲国戚。

鹿格知道她主子窝火，扯了扯她的袖子，压声说："主子甭听她们的，一帮吃人饭拉狗屎的玩意儿，真叫人没眼瞧。皇后娘娘大行了也还是主子，抬脚比她们头还高，凭她们，也配妄议！"

鹿格这么一说，倒把嘤鸣说泄了气。本来她不怕上前和她们论个长短，可今时不同往日，既然不想进宫，就不能在这当口出头冒尖。

她长叹一口气，拉着鹿格绕开了，倚在"万字不到头"的雕花屏风前，看香几上那

---

1 台吉：蒙古贵族爵名，自一等台吉至四等台吉，相当于一品官至四品官。

盆梅花。交了春，天儿还未真正暖和起来，花苞结得小小的，才米粒那么大。冲天的香火气，把这梅也熏得浊了。

她调开视线，等着第三次举哀。这时看见棚座大门上有个太监进来，边走边回头引路，身后跟着福晋跟前的掌事嬷嬷。

鹿格有点儿纳闷："这婆子怎么来了？"

索嬷嬷帮着福晋管家，二门以内的大小丫头都怕她，鹿格一面说，一面往主子身后躲了躲。

索嬷嬷自然是来找嘤鸣的，上前蹲了安，和声道："福晋打发奴才来请二姑娘，姑娘跟着来吧。"说完回眼打量不迭挪步的鹿格，冷冷道，"你留下，这是什么地方？由着你乱溜达？"

索嬷嬷向来不徇情，宫里有宫里的章程，谁也不能乱。嘤鸣示意鹿格候着，提袍随索嬷嬷迈出了棚座。引路的太监依旧在前头两三丈远的地方，索嬷嬷借着搀扶的动作，在她耳边细声嘱咐："福晋命奴才带话，姑娘回头在孝慧皇后灵前上香，千万记住了，不能东张西望。帘子后头有眼睛，您只当不知道，还依着您的规矩行事。只一点，别哭，有眼泪也要往心里流。这宫里不比咱们家，行差踏错半步都是泼天大祸，姑娘记好了吗？"

嘤鸣是个明白人，隐约有了预感，也不追问，点了点头。

还能进钟粹宫，这是先前不敢奢望的。天上又飘起小雨，隔着凄迷的雨雾，彩画红墙从她眼梢划过。分明又见深知站在玉兰树下的样子，然而再细看，却只有一道又一道的经幡，次第铺陈向钟粹宫正殿。

福晋说的不能哭，她懂得其中缘故。这是一次表明立场的机会，若现在忘情失仪，那么她父亲便会被彻底划作薛派，往后更是皇帝的眼中钉肉中刺。

但大悲之时忍泪，和犯困时的哈欠、伤风时的咳嗽一样，都叫人十分为难，她必须花大力气，才能压制住狂潮般袭来的酸楚。拈香、叩拜、洒奠酒，她没有抬眼看那面丹旐¹，怕想起梓宫里躺着的人来。至于福晋说的帘后的眼睛，她也不愿深究那是谁，一祭奠完，便却行退出了灵堂。

冷风扑面，外面往来的人很多，却不见刚才带路的太监。官眷们早被引到偏殿暂歇，索嬷嬷也上福晋跟前回话去了，她站了会儿，不好贸然闯进偏殿，戳在廊下又惹眼，只好循着来路，照旧回钦安殿去。

好在钟粹宫离钦安殿并不远，隔着大半个御花园和四道宫门，脚程快些，一盏茶工

---

1　丹旐：丧具名，即用写有死者姓名的旗幡，竖于柩前或数于棺上，出丧时为棺柩引路。

夫就到了。因着是大丧，办事的人员庞杂，不像平时门禁森严。迈出大成右门就是东一长街。这是条分隔乾清宫和东六宫的甬道，南起内左门，北至长康左门，两掖的宫墙极高，人在其下甚有逼仄之感。朱红的墙皮被雨水冲刷后越发鲜焕，对比苍凉的天幕，产生一种强烈而诡异的美感。

嘤鸣脚下略缓，暗忖深知这些年，曾无数次踏上这条长街吧！长康左门近在眼前，举步便是琼苑东门，她倒不忙进御花园了，回头向身后的乾清宫方向望了眼。

这一眼，蓦地心头一惊。甬道上缓步走来个人，穿玄色素服，有一副内敛而深秀的眉眼。他未戴冠，祁人编发右衽的习俗入关后保留了下来，那繁复精细的发绺松松束着，看似淡泊，却又蓄势待发，充满力量。

嘤鸣没敢再看第二眼，即便他两肩的团龙暗纹隔着烟雨难以分辨，单照夹道里一簇簇面墙而立的太监和宫女子，也可猜出他的身份了。

宫里的规矩十分严苛，圣躬驾临，你不能瞪眼瞧他。他若先看见你，你就老实跪下磕头迎驾；他若没看见你，你就赶紧背过身去面壁，以免惊了圣驾。

究竟是该跪还是该转身，嘤鸣一时没了主张。她不是宫里人，宫里规矩不是给她定的。外头人见了真龙，头一件应当就是伏地泥首。

可她正待要跪，皇帝袍角一旋，进了广生左门。那道门连着承乾宫和永和宫，嘤鸣本以为皇后大行，皇帝总要多多祭奠以示哀思的，结果听说只有倒头那天来亲视了小殓和开光[1]，其后辍朝成服，率官员举哀时到场，至于丧妻之痛，也就是做做样子罢了。

嘤鸣望着那道宫门，心里纵有再多的不平，也无可奈何。

她转身进琼苑东门，相距老远就看见鹿格在棚座外面站着，见了她忙上来相迎，低低叫了声主子，再要问什么，就被嘤鸣抬手阻断了。这时第三轮的哭祭又将开始，各外妇按翼齐集，钦安殿内外一片缟素。嘤鸣跪在望不见首尾的队伍中，脑子里空空的，直到登车回府，才逐渐醒过神来。


晚饭的时候，福晋说起了这事："也不知宫里是什么打算，这当口瞧人，怕有一套说头了。"

原先饭桌上倒还热闹，可一提起这个，大伙儿都沉默下来。阿玛歪着脑袋琢磨，侧福晋脸上不是颜色。

"有什么说头？"侧福晋搁下了筷子，"二姑娘过了入宫的年纪，且许了海家，总不好半道上要人。"

侧福晋一心想让闺女找个寻常宗室嫁了，最后选定的海家，虽不是黄带子，但各

---

1　开光：用筷子夹住棉花，蘸清水，擦拭死者眼圈。

项条件都过得去，侧福晋还是很满意的。一入宫门深似海，早前侧福晋家里就出过进宫当妃的姑奶奶。那会儿临出门了，太太大嘴巴子照脸上扇，说不如没养这个闺女。皇城里的耗子，自比猫大三辈儿，往后姑奶奶要是有圣宠，能求着个回娘家的恩典，亲爹亲妈就得一个大门外头、一个大门里边，跪在道旁磕头迎接。细想想这光景，什么荣耀脸面，都抵不上心头的悲凉。

侧福晋安贫乐道，因此福晋容得下她。人啊，心气儿高不是坏事，不过得高得衬身份，高得懂事儿。福晋生的大姑娘没进宫，嫁了固伦和慎公主的儿子，现如今是郡王福晋的衔儿。二姑娘是侧室生的，要是爬上头顶当了娘娘，于理说不过去。

福晋的脾气，有人硬着冲撞，她能把你撅个倒噎气。可要是瞧你知道分寸，实在遇上了难题，也绝不夹枪带棒呲打你。

"宫里看上了，多大的年纪都不碍，一道旨意下来，你和谁说理去？"福晋拿手巾拭了嘴道，"我先头也捏着心呢，唯恐那些主子要找我说话，点灯熬油地等到叫散，回来的路上也不踏实。细想想，偏殿里没见着薛中堂太太，我就怕，怕岔子出在她身上。"

侧福晋瞧了瞧低头不语的纳辛，俨然有种大祸临头的感觉。薛尚章何等老谋深算，与其再送个族里的女孩子进宫立旗杆，还不如举荐嘤鸣。嘤鸣是他们夫妻早年认下的干闺女，父亲与薛中堂又同是辅政大臣，算来算去，世上果然没有比她更合适的人选了。

### · 三 ·

"爷，您怎么不吱声呀？"侧福晋问，"福晋说的话，您都听见了？"

纳辛抬起手，摸了摸自己的额头。原以为他总有两句应对的，结果听了半晌，就听见他长出气，后话当然是没有了。

嘤鸣怔了下，和润翮交换了眼色。润翮是她同母的妹妹，圆眼翘鼻子，一脸倔强的长相，谁要不称她的意，她能把天捅个窟窿。她说："阿玛，您上宫里边儿找人想辙去吧，就说二姐姐定了人家，不能进宫当娘娘。"

纳辛终于抬起头来，瞅瞅这糊涂丫头："你姐姐去不了，你去？"细打量打量，又摇头，"你这狗模样，宫里瞧不上，一看就是个反叛的。让我找人？这会儿各部忙得脚不沾地，谁管这摊子事儿！我也是回来吃顿饭，过会子就要走的。莫说宫里没有旨意，我不好胡乱活动，就是真有这念头，你们也歇歇心，该去就得去。"

纳辛是个没主意的，他为官多年，秉持东风种谷站东风、西风扬麦站西风的态度，左右摇摆着，蒙混到今天。当然里头不乏门第的缘故，齐家老姓鄂奇里氏，祖上从龙入关功勋卓著，托了祖宗的福，到如今家道还算兴隆。纳辛最大的愿望就是不求光耀门楣，只求富贵不减。皇帝少年登基，朝中党争激烈，薛尚章这人是扛长枪的武将出身，心硬手黑，他既然出了头，你不依附他，回头被他收拾了，小皇帝也保不住你。

不过纳辛也有他的为官之道，三位辅政大臣，多增和薛尚章是死对头。他呢，居中站着，两边不得罪，当然，朝政决策方面，还是偏向薛尚章一些的。

福晋皱着眉沉吟："听说萨里甘河的战事吃紧，朝廷正是调兵遣将之际，薛中堂手里捏着地支的六路兵力，宫里多少要买他几分面子。太皇太后最擅平衡天下，朝中这些年略有动荡，还没掀起水花儿来呢，就叫她老人家抹平了，这回真要是……"边说边为难地看嘤鸣，"没准儿为安抚他们的丧女之痛，就把你填进去了。"

嘤鸣和润翮不同，她一向是比较深稳的性格，对什么都没有执念，过得去就行。听了福晋的话，似乎也没太上心，反倒笑着宽解他们："今儿是瞧了我，明儿未必不瞧别人。皇后大丧二十七日内，那些王公大臣哭临都有定例，说不准谁家就接了旨意，带姑娘进宫请安了呢。"

被她这一说，大家也觉太过听风就是雨了。毕竟从多方考量，宫里都不见得如此草草定下人选来。


侧福晋笑得汕汕，接过丫头手里的酒壶，替纳公爷满上了一盅："爷这程子且要忙呢，怎么不多吃些？到皇后小出殡，里头总得个把月要留宿军机值房。头前福晋嘱咐我给爷加被卧来着，我一扭头给忘了，这回我让三宝套了车，怎么着都错不了了。"

纳辛闻言哼笑："你多早晚把爷们儿放在心上了，倒是你们福晋，记挂着爷的冷暖。"

福晋在一旁听着，并不搭腔，其实她从未吩咐侧福晋预备什么被卧，侧福晋这么说，无非是把功劳记在她头上，成全她贤内助的美名罢了。

女人内闱里的处事也是一门学问，京畿内外那些王侯之家，十户有九户妻妾不睦，究其原因都是正室苛刻，偏房争宠钻营。其实出身高贵的嫡福晋们，哪个也不是不能容人的，毕竟这世道男人三妻四妾，谁也不能不向世道低头。毛捋顺了，一切好说，比如这位侧福晋晓事，会做人，福晋指头缝里漏点儿，就叫她得了两个姑娘一个小子，这叫肉肥汤也肥，谁也不亏。

侧福晋一迭声说是："我是个什么脾气，爷和福晋都知道。这两年年纪大了，忘性也越来越大。前儿宗学里孩子闹别扭，都打开了瓢了，我想着回爷一声，也给忘了。"

纳辛吃了一惊："谁开瓢了？是咱们家厚朴干的吗？"

一等公纳辛有三个儿子，大的是嫡福晋所出的厚载，现如今任昂邦章京，驻扎在吉林乌拉城。垫窝儿¹厚贻也是嫡福晋生的，芝麻大的人儿才七岁，且不去说他。最糟心的就是侧福晋所出的厚朴，十二岁的愣头小子，读书不行，但擅长打架。说到开瓢，纳辛头一个想到的就是他，这小子不知道天高地厚，这回别不是崴泥了吧！

福晋直皱眉："你就不能盼着孩子点儿好？厚朴老实着呢，还帮着一块儿拉架。"

在福晋眼里，厚朴是个耿直的老实头儿。虽然她所谓的"拉架"，可能是厚朴趁乱各把两边胖揍一顿，两边惧怕他的淫威而暂止兵戈。纳辛却是知道的，觉得这孩子像个活土匪，要是搁在乱世，没准能闯出一番名堂来。但愿大点儿能成器，要不只有送到宁古塔砸木桩去了。

絮絮说了些家常话，看看时辰，该进宫去了。嘤鸣姐儿俩一块跟着出来，直送到大门外，他抬了抬手，说："回去吧，别愁，我在宫里自会打听的。倘或有什么消息，即刻打发人回来传话。"

嘤鸣"哎"了声，含笑说："阿玛别忘了夜里添衣，后半夜可冷。"目送马车去远，才携润翮回了院子里。

润翮一路上都在掰手指头："皇后大行，官员一月内不嫁娶，百日内不作乐。你和海银台上年过了小定，等国丧满服，五月里就能办喜事了……"说罢转过头来瞧她，"二姐，你喜欢海银台吧？拿他和大姐家的郡王比，我看也不落下乘。"

嘤鸣眉心轻笼的阴云悄悄散开了，玩笑似的问她："你是瞧人俊，就觉得这人合心意，是吗？"

润翮点头："老话儿说了，相由心生，这人要是个正派的，从眼神和嘴就能看出来。你瞧瞧他的，再瞧瞧庶福晋她哥子的，那个白里，嘴角拧着十八道弯，跟水浪边似的，一看就不是好人。"


别看这府里进进出出只有福晋和侧福晋两位，其实后院还有一位庶福晋。这庶福晋本来是庄子上的果户，有一回在主子跟前露了脸，给带回了府里。一般像王侯公爵那种品级的，到了适婚的年纪，宫里爱做媒，配的也是有根底的人家。比如上房的福晋是大学士家的小姐，侧福晋也出身四品佐领门户。而那种"鸡窝"里巴结上来的，至多只能称"庶福晋"，既不入册，又无冠服，仅比使唤丫头高一等。

但处境的尴尬，并不妨碍庶福晋为自己的兄弟子侄谋差事。纳公爷手上有实权，她凭着一身撒娇的好手段，慢慢把娘家扶植得略像了点样儿。只是后来一件事，彻底叫纳公爷冷落了她，当初福晋的大姑娘到了议亲的年纪，庶福晋知道消息后，竟有胆子给她的一个远房侄子保媒。

---

1 垫窝儿：猫、狗产仔时最后一个出生的叫垫窝儿。

纳公爷还是赏了她脸，憋着火愿意听她细说，万一隔着十万八千里的亲戚是当朝大员呢。结果她絮叨了半天，终于惹得纳辛勃然大怒——

"我去你的，随旗行走的三等虾[1]，连个蓝翎侍卫都沾不上，跟我这儿蒙事儿来了！"他从床上蹦起来，一脚把人踢翻，下令又进后罩房醒神儿去。后来虽放出来，但荣宠大不如前，现在要不提，几乎没谁想得起这个人来。

每家总有一些可笑可气的人或事，嘤鸣无奈地说："你怎么拿海家和白家比呢？"

润翩也发现自己失言，冲她吐了吐舌头，笑道："可不的，我欠妥了。我就是想夸夸海银台，不光为他的长相，还为他做的那个小房子。"

润翩嘴里的"小房子"，其实是烫样。

宫外有众生百态，宫内四面高墙，看不见真正的大千世界。帝王家隔三岔五需要兴土木，或是修建园囿，或是修建陵寝，工程一动便耗资巨万。皇帝没闲情儿听你口沫横飞地描述房梁是什么样儿，影壁又是什么样儿。皇帝需要直观的东西，有那么个沙盘，那么个物件放在眼前，甚至屋顶一掀，里头陈设都一目了然，那就叫烫样。

烫样是根据地盘尺寸精细制作的，据说工程竣工后拿烫样去比对，分毫不会有出入。嘤鸣对那些庭院地宫并不了解，但她很佩服海银台的匠心和巧思。也许自己本就孩子心性，见着那些小玩意儿，和润翩一样，觉得实在是太有意思了。

厚朴对这个未来姐夫的评价却不高，听说了海三爷的情况，撇着嘴说："他家不是领镇国将军的禄吗，就干这事由？"脑袋一通摇，"玩物丧志！"

嘤鸣笑了笑，心说厚朴不明白，爵位是祖上传下来的，顶着将军的衔儿，行的未必是将军事，如今好些蒙古贵胄连鱼皮刀都拔不出来，何况海家上两辈起就已经从文了。海银台干的是正经差事，且是独一份的手艺，朝廷内外找不出第二个能替他的人。如果见过他，就知道他不是那种起起武夫，他合该是坐在桌前，山川河流尽汇指尖的人。

把润翩送进屋，嘤鸣便回了自己的院子。底下丫头早燃了香，熏了被褥，预备伺候姑娘擦洗。

"宫里回来才换洗过，过会子再说吧。"嘤鸣一头吩咐她们别忙，一头在书案前坐了下来。

抽出屉子，里面有个花鸟锦盒，揭开盖儿就是一枚橄榄核雕刻的小船。把这小船托在掌心，只有一寸来长，但就是这么丁点的地方，雕了八扇能开合的窗户，每扇窗户后头还坐人，那得是多灵巧的一双手，才能做出如此不可思议的东西来！

松格见主子愣神，扭头冲鹿格眨眼。鹿格调转视线看过去，灯下素净的姑娘，衬着案头瘦梅和背后步步锦的月洞窗，是一幅清清澄澄的画儿。

---

1　三等虾：三等侍卫。

· 四 ·

嘤鸣不算顶美的美人，但搁在锦绣丛中，也是上佳的相貌。

她有纤细的身腰，清丽的脸盘儿。她是那种叫人见了一回，第二回一准儿能认出来的姑娘。若别家公侯府邸的小姐是金镶玉的摆件，那她就是牙雕；如果别的姑娘是精心栽培的海棠，那她就是清水碟子上点缀的南天竹，经冬不落，映雪更美。

她永远是那种平和的脾气，没有大喜大怒，当然也做不到大彻大悟。万事万物从她心上流过，大半都只是无可无不可的经历。她不会过于执着，也不会过于疏淡。一些人和事，来的时候好好相迎，去了也不觉得遗憾，她就是这样的脾气。

侧福晋常说，她可能是和尚托生的。因为太笨，上辈子在寺庙里干洒扫，没有师父愿意点化她。她又不甘心，一个人瞎琢磨，还没琢磨出子丑寅卯来，嘎嘣死了，投胎到了纳公爷府上。

关于这话，嘤鸣并不认同，和尚没有七情六欲，她有。好些事儿她心里都明白，却不愿意表达出来。明白了就得站立场，立场站不对，风险可太大了。人过于通透不好，像琉璃易碎，说不定什么时候磕着绊着，不留神就完了。所以还是拙一些，拙了不会被强求，是一种最高明的自保手段。

不上心的事儿，大多一笑了之，但活着总有叫她上心的东西，比如感情。对父母的孺慕，对深知的亲厚，还有那个送她橄榄核的人——既然定了亲，难免另眼相看。

鄂奇里氏是祁人，祁人早前马背上打天下，男女之间的来往没有那么多的成规要墨守。关外洒脱彪悍的民风，入主关内后百余年逐渐被汉化，然而婚嫁上并不严苛，也绝不刻意制造盲婚哑嫁。嘤鸣和海银台在过小定之前曾被安排见过面，京里各大府门间盘根错节，总能找到互相的亲戚。上年吏部尚书的太太做寿，福晋谁也没带，只带她前往。

簪缨世家门庭煊赫，好大的排场和体面，府内府外到处人头攒动。过花园时，福晋朝抄手游廊的方向指了指："那个人，你瞧怎么样？"

叫待嫁的姑娘相人，什么意思可算很明白了。嘤鸣坦坦荡荡看过去，那人也隔着金鱼池望过来，自己给他什么印象且不知道，但要依着家里老太太活着时候的话说，这后生，那精神、那刮整[1]、那秀柳[2]……

海银台是个长得极斯文的人，剑眉下有一双温柔的眸子。他站在那里，你就觉得这应该是个南方人，不激不随的风骨，张嘴兴许就是一口吴侬软语。

福晋问怎么样，嘤鸣有些不好意思："他是南边儿来的吗？那么远……"

---

1　刮整：老北京土话。形容一个人很干净，很利落。

2　秀柳：老北京土话。形容一个人的身材像柳条一样纤细、匀称。

福晋说不："京里的，辅国将军府的三爷，眼下总理内务府钦工处。"

两个人对望，谁也不失礼，嘤呜纳了个福，他拱起手，朝她作了一揖。

海家一直在听信儿，得知纳公爷发话答应了，即刻预备如意绸缎和酒菜，托全福人过了礼。既放过小定，就是自家人，海家再三邀请纳辛一家过府吃席，纳公爷不耐烦应酬，推了好几次，最后实在过意不去，让福晋带着家里孩子们，上那儿玩儿了一天。

那是第二回见，却也诚如头一回见。大伙儿都在正厅说话，长辈之间十分轻松热络，嘤呜和海银台对坐着，倒比上回还拘谨。

海福晋当然极中意嘤呜，感慨着："咱们三哥儿好大的造化，蒙公爷和福晋瞧得起，屈尊和咱们家结亲。不瞒福晋，我原不敢存这非分之想，一则孩子不成器，二则爵位次降等子，实在怕委屈了姑娘。可谁没有向暖的心呢，二姑娘擎小儿¹就伶俐，我记得她那年才四岁，跟着侧福晋上梅翰林家吃满月酒，一气儿能背十来首王昌龄的诗，聪明孩子，我瞧了别提多喜欢！"一面说，一面笑着望望嘤呜，复又同福晋细诉，颇有剖心的意思，"我到海家，这些年统共养了三个孩子，大的两个都殁了，只剩这小的，让我娇惯得不成样子。不过旁的口不敢夸，有一点却敢打保票，三哥儿心眼实诚，待人也温和，姑娘来了咱们家，断不会吃半点亏，请福晋放心。"

福晋听了一笑道："瞧您说的，要是不放心，咱们也不能松口答应。孩子就在跟前，好不好的我瞧得出来。至于你说的降等子，皇亲宗室也不能保永世富贵，何况你我。嘤儿虽不是我生的，可在我身边长大，我待她和亲生的一样。孩子嘛，谁家不是含在嘴里怕化了，我们嘤儿也有个偏脾气，将来若有不周之处，福晋狠狠教她规矩，不必瞧着我们的面子。"

这就是一种以退为进的较量，丑话都说在头里，你家孩子娇惯，我家孩子也不是摔打大的。但又不能直刺刺地捅肺管子、上眼药，就得这么迂回着来，话说得尽可能软乎，细咂摸又有分量。毕竟都是管家的一把手，谁也不是二五眼。

至于那句"狠狠教她规矩"，海福晋是断不能当真的，忙道："哪儿能呢，这么个儿媳妇，我疼都疼不过来……"最后发话，说，"三哥儿，带着弟弟妹妹们瞧瞧你那屋子宝贝去。"又吩咐身边嬷嬷带人尽心伺候着，到各处逛逛也使得。

能从上房逃出来，真是天大的恩惠。迈出门槛的嘤呜悄悄长出一口气，不防身后就是海银台。眼梢瞥见了，自然扭头看一眼，这么着两下里目光一交错，各自都尴尬且庆幸地笑了。

---

1 擎小儿：老北京土话。擎，往上托。擎小儿就是从小的意思。

笑一笑，心就近一点儿，也没在长辈跟前那么局促了。虽说过定前都见过，但并没有机会站得这么近，也没机会说上话。嘤鸣心里紧张，海银台的嗓音却有缓解这种紧张的奇效。

“我母亲说的那屋子宝贝，不知妹妹有没有过耳闻？”他脸上带着笑，语速很和缓，一点一滴，像泉水渗透进岩壁。

嘤鸣颔首：“听说你给大内做烫样，我以前见过‘小样张’拿泥做的四合院，不知烫样和这个是不是一样？”

海银台只是笑，想了想道：“要这么说也行，一样是做出缩小的玩意儿来，不过咱们的要比‘小样张’更繁复些，你见了就知道了。”说着给她引路，带着那些同来的弟妹，进了他的书房。

别人的书房摆放的都是书，他的不是，三面墙俱是多宝槅，大大小小几十个档子，摆满了各种各样的烫样。烫样分很多种，大的有行宫园林，小的有佛塔亭台。最妙的是他也做四合院，天棚鱼缸石榴树，先生肥狗胖丫头，每一样都栩栩如生，连人脸上的笑窝儿、石榴树的树瘤，都做得像模像样。

嘤鸣除了赞叹，实在是找不出别的说辞来了。她逐个细看，连连说：“哎呀，怎么这么好呢……”还不忘叮嘱厚贻，只能看不能摸。

厚贻那时候才六岁，正是什么都喜欢品品味儿的时候。他挤眉弄眼地往前蹿，蹿到一个红褐色的小院儿上方，伸舌头就是一舔：“爷尝尝是不是糖做的。”

嘤鸣傻了眼，边上伺候的嬷嬷忙上去抱起来，笑道：“哎哟我的爷，这哪是糖啊，是陶泥做的。”

大伙儿都笑，嘤鸣怪不好意思的：“对不住，没想到他上嘴……别舔化了才好。”

海银台笑的时候，也有文人的清华气象。他说：“舔不化的。泥胎做的都烧制过，这个小院儿还没着色，看上去确实像糖捏的。”

作为新亲戚，打好交道最要紧，后来他送了润翮和厚贻一人一座楼，嬷嬷们顺势把他们都请了出去，才有嘤鸣和海银台单独相处的机会。

人都走了，嘤鸣从未和外男独处一室过，难免不自在。海银台虽也同样心境，但他是男人，倒还从容些。他随手指了指那座被厚贻舔过一口的“院子”：“妹妹瞧，和你先前见过的‘小样张’是不是一样？”

嘤鸣摇头：“断不能拿来做比较，小样张是民间手艺，屋顶院墙都依葫芦画瓢式地捏出来，不像你这个，精细得连头发丝儿都能瞧出来。”说着又琢磨，“这二进小院是寻常人户，光有屋子，不及前头那‘王府’灵动。你想过加点儿东西吗？”

海银台见她有兴致，便拱拱手：“请妹妹指教。”

嘤鸣一笑，露出一口糯米银牙来，说："指教不敢当。富户有'天棚鱼缸石榴树，先生肥狗胖丫头'，咱们可以有'凉席板凳大槐树，奶奶孙子小姑姑'呀。"

海银台有些意外，这小院其实只是半成品，确实还剩下很多要细化的活儿。本来没觉得有什么稀奇，但经她一对仗，居然变得分外生动有趣起来。

这姑娘，初看亭亭净植，骨子里却像朵野生花。她来前，他没指望她能喜欢他做的烫样，毕竟女孩儿更爱头面首饰。谁料她掌过了眼，非但捧场，还能为他参详，这是何等缘分！何其有幸！

"好，就按妹妹说的做。"他笑的时候，眼睛里有一片深宏的海。菱花窗外的阳光斜照进来，打在他肩上，半面身子镶了圈金边儿。他在那段辉煌里微垂下眼睫，赧然说，"很多人不明白我做烫样有什么意义，大部分觉得这就是玩儿，袭着祖上的爵位，干着和身份不相符的差事。可是那些人不懂，上邦大国兴土木，是耗资如何巨万的一件事。这满屋子烫样，不是凭空想出来的，就说那套益陵，从勘测到丈量，每一处高地和每一处低洼都得计算进去。筑基该用几块砖，屋顶该用几根椽子，分毫都不能有出入，因为算错了，建不下去了，就是灭顶之灾。"

嘤鸣自然懂得："寻常人家修缮祖屋，还要省上两三年的嚼裹儿[1]以作缮资，何况这么大的工程。你办的都是顶要紧的差事，真如他们说的是玩儿，一样东西玩上一辈子，那可太有常性了。"

男人能对一件事倾尽心血，于女人来说未必是坏事。要是遇上个心思庞杂的，今儿走鸡明儿斗狗，那才是真的没法儿活。嘤鸣是个明白人，她冷眼瞧了那么多的人和事，知道和这样一条心的人过日子才踏实。算是造化吧，海银台言行举止都得体，临来前侧福晋嘱咐她细掂量，她掂量了半天也没揪出毛病来，就觉得这个人是好的。

海银台听她说话，可算声声入心。他不是个死板的人，笑道："也不全是衙门里的差事。"说着从屉子里拿出个小盒子来，递过去说，"这是我闲暇时雕的小玩意儿，送给妹妹玩儿吧。"

嘤鸣接过来，打开盒子一看，是一条拿橄榄核雕成的小船。海银台说船上共有十二个人，她颠来倒去地数："我只找见十个来着……"

她找不见，他自然要来指给她看，随手捏了把小刻刀，打开两扇窗户："那两扇窗里各有一个人，你细瞧瞧。"

她抬着手，托着舟，袖笼里飘出淡淡的栀子香。那味儿就像她这个人一样，一猛子扎在了海银台心上。

---

1 嚼裹儿：方言，指生活费用。

贰

惊蛰

· 一 ·

　　其实嘤鸣是个迟钝的人，对感情的感知没有那么迅速，就是糊里糊涂觉得这个人不错，能好好说话，也知道体恤人，比其他在旗的大爷强点儿。

　　就拿她阿玛来说，对家里当然是极好的，不管是福晋还是侧福晋，他知道两面哄着，两面周全，绝不有损嫡福晋的体面，也绝不让侧福晋受大委屈。他在女人身上肯花工夫，这点家里的女人爱，外头的女人也爱。所以纳公爷有红颜知己，不是一个，是好几个。逢年过节送点稀罕物，平时再给点儿体己，可以留情，但绝不留种，也不过夜。他就那么潇洒地游走在女人堆儿和琉璃厂、戏园子之间，上值当差，下值想辙解闷，他一个人身上，就能看出如今祁人爷们儿的风貌。

　　从海家出来，福晋也不问话，进了府门就见侧福晋在二门上候着。上前来问怎么样，福晋笑了笑："问她自己个儿吧。他们家太太我瞧出来了，是个好相与的，毕竟翰林家小姐，知书达理。找亲家，就得找这样的，不能挑厉害的，回头娘家镇不住，孩子整天受窝囊气。"一头说，一头捏了捏自己的肩，"唉，我算是替这些孩子操碎了心。二丫头出去，接下来是三丫头。姑娘是不愁嫁的，要紧一宗儿是底下还有两个阎王，将来不知道谁家姑娘愿意入咱们门子。"

　　侧福晋一直担心的就是婆家奶奶不好处，听福晋这么一说，心里的大石头落了地。她即刻讨好地上去给福晋松筋骨，起腻地叫了声姐姐："您受累啦。您瞧这个家，不都指着您嘛。就说二丫头的婚事，有您张罗，什么都足了。日后进了人家，婆婆也不敢给脸子、做规矩。至于下头三个，润翮说了，将来做姑子，不劳咱们费心。两个哥儿呢，日后有大哥哥扶持着，上军中历练历练，回来再为朝廷效命，总错不了的。"

福晋被她奉承得舒心，笑着啐她胡说："什么做姑子，你叫润翮来，让她当我的面再说一回。"

润翮的嘴是骗人的鬼，一天一个说头，从来靠不住，加上她才十三，且不拿她当回事。侧福晋只是问嘤鸣："三爷好吧？说上话了吗？"

丫头正伺候她盥手，她拿手巾擦着，憨憨笑道："说上话了，挺好的人，还送我一个橄榄核儿。"

福晋和侧福晋对看了一眼："橄榄核儿？这是什么道理？人家定了亲的往来，都送贵重物件，他倒省挑费，拿果核儿糊弄人？"

嘤鸣还是笑，把那个巴掌大的盒子呈上去，这一看，两位母亲再无话说了。

"一片匠心哪，可全在这里头。"福晋说，"是个细致人儿，将来总不至于叫人操心的。"

办实事的人，又兼有做学问式的风花雪月，还有什么挑的呢。嘤鸣躲过了宫里的选秀，可以正大光明许人家了，只等排个好日子过大定。结果这当口，皇后娘娘崩了。

叹口气，把橄榄核舟收回匣子里。鹿格摘了帐上银钩，扭身说："姑娘，明儿还进宫呢，这会子不睡，卯时睁不开眼睛。"

嘤鸣起身说这就来，收拾停当了脱衣上炕。仰在枕上想起深知，自她进宫，彼此之间就不像往常那么随便了。身份有变，自己在她跟前不敢造次，吐一个字都得斟酌再三。现在她不在了，仿佛那个名叫"皇后"的恶疾从她身上剥脱下来，嘤鸣觉得她又变回了以前的深知，什么衔儿都没有，就是个二十岁的、干干净净的大姑娘。

"你说……人死了还有觉知吗？走的时候脚步慢些，兴许能看见身后的事。"

鹿格听了，站在那里悯悯的："人的寿元不是有定规的吗，最后一口气还没吐出来呢，牛头马面就在边上等着了。他们可不管你阳世里是什么身份，下去了都一样，拿大链子锁上，牵着就走，不让你多待一会儿。"

她言之凿凿，嘤鸣不由得泄气："你死过？怎么知道要拿链子锁？"

"戏文里不都这么唱的吗？"鹿格掖着袖子叹气，"皇后娘娘可是好人啊，奴才还记得，当年只要她来咱们府上，必要给奴才们捎吃食。有家里小厨房做的果子，还有外头饭馆儿里的食盒子，装得满满的，说使力气干活儿的人就得多吃。如今娘娘没了，那些指着登高枝儿的人高兴坏了，瞧瞧那些嘴脸，拧着眉头笑的模样真叫我恶心。帝王家的饭哪里香甜了，这么好的娘娘，硬给糟践……"

嘤鸣越听越心惊，低喝了声住嘴："你口没遮拦的，家里说顺了嘴，回头上宫里也这么着，那还了得！明儿不必你跟着伺候了，换个人吧。"

鹿格怔住了，不明白主子怎么会发这通火，嗫嚅着："咱们在自己院子里，奴才方敢这么说的，本也是掏心窝子的话……"

"可又来！"嘤鸣实在拿她没辙了，这么直肠子的丫头真是少见，"既然念娘娘的好，就更要知道厉害。这些话在自己院子里也不能说，万一传出去是什么罪过，你晓得吗？"

鹿格低头肃了肃道："奴才糊涂了，再不敢有下回，要是再犯，请主子拿篾条抽我。"说着放下了另半幅帘子，轻声道，"夜深了，主子安置吧。"

鹿格退出卧房，嘤鸣才闭上眼。可一闭眼，忽然想起甬道里的境遇，心里又颤了颤。对于皇帝，她可说是既怕又恨。深知的死不能全怪皇帝，但皇帝的冷落一定加速了她的凋零。以前做姑娘那会儿多结实啊，进了宫五年，身子一年不如一年。那座紫禁城是吃人的，慢慢折磨人的精神，直到把人折磨死。皇帝打心眼儿里没承认过这个皇后，深知充其量是个活招牌，是个可以放弃的牺牲品罢了。

忽然"叮"的一声，像树叶落在水面上，震荡出一串余波。宫里每过半个时辰，便敲一回引磬。嘤鸣在这片余波里辗转反侧，直到四更才睡着。睡也睡得不深，蒙眬中听见廊下有脚步声，勉强睁开眼，窗户纸上透出一片墨蓝，是家里开始预备进宫了。

她撑身坐起来，头也有些晕沉。原本还迷糊着，猛听见城内寺庙和道观一齐撞起了钟，那种浩大的嗡鸣像拳头砸在脑仁上，一瞬让她清明过来。

急急忙忙洗漱，急急忙忙穿上孝服，去上房候着，伺候福晋出门登车。原本她是次女，并不需要入宫举哀的，不过因长姐已经出阁，她又是皇后生前看重的人，故而宫里放行的名牌上有她的名字。

时候太早，早市上出摊的买卖刚生起炉子，连城门都未开，街上还是空荡荡的。五更的时候小雨停了，却引发一股别样的寒冷。福晋探过来摸摸她的手，姑娘家气血大多不旺，接着便将自己的手炉塞进了她怀里。

皇后的丧仪历代都有定规，大丧之日起，寺、观各敲钟三万杵，伴着那片无止无尽的钟声，马车到了神武门前。

这时各府门内眷悉数抵达了，还是按照昨天的序列入钦安殿，焚香，跪奠酒，举哀。起先倒也和前一天无异，辰时的哭临结束后，都退入棚座暂歇。侍奉丧仪的太监们从外面鱼贯搬入茶点，请各公府女眷们润润喉，垫垫肚子。众人寻了座儿坐下来，便开始了认人攀谈的环节。

前一天皇后新丧的兔死狐悲已经散了，除了不能大声笑谈外，各自压声说些家长里短也不打紧。有人认出嘤鸣来："这不是纳公爷家的二姑娘吗？薛齐两家本是至交，二姑娘和皇后娘娘情谊又深厚,怎么在这里祭奠,不上前头钟粹宫去?"

皇后至交,又是纳辛的女儿,自然分外引人注目。一时间几十双眼睛望向嘤鸣,嘤鸣端坐着,本来也有准备,并不畏惧充当靶子。

她放下杯盏,淡声道:"我同诸位一样,都是公府后宅的人,仗着父亲的爵位才有资格进顺贞门。无旨不敢进六宫,原就该在这里祭奠,妄入钟粹宫才是大大不妥。"

"话虽如此……"一个清水长脸的瞧了边上人一眼,"毕竟您和皇后娘娘是一道长起来的,平日又常领懿旨入宫,怎么到了这会子反倒拘在这儿?"

这是话里有话,薛中堂家的皇后倒了台,宫里有前车之鉴,断不会再迎薛派人家的女儿进宫了。

果然,边上人开始和稀泥:"听说纳公爷和薛中堂家结了干亲,中堂太太认的干闺女,就是您吧?"

"单凭这门亲,也该往灵堂上去……"

又有人装模作样地解围:"昨儿不是传旨叫去过吗,能上灵前洒一杯奠酒,已是天大的恩典了。"

坐在西棚角的人掩嘴囵囵一笑:"你们就别探军情了,纳公爷家和辅国将军府上年结了亲,又不是新闻。若非皇后娘娘升遐,这会子都该办喜事了。"

这么说是彻底没机会了?众人觉得很称意,毕竟这里各家都有姑娘待选,皇后一走,宫里腾出了老大的肥缺,少个有力的争夺者,至少不坏。皇上不待见姓薛的皇后,未见得不待见旁姓的。固然目下皇权多受掣肘,谅薛尚章没这胆量篡位,将来天下仍旧是皇上的。只要中宫有所出,那娘家沾的光,可不是一星半点。

她们鸡一嘴鸭一嘴,各怀鬼胎,倒也省了嘤鸣费精神应对。她正要问松格,先前福晋给的手炉收好没有,外面门上进来个太监,远远朝她打了一千儿,说:"给二姑娘请安。奴才奉太皇太后懿旨,请姑娘到慈宁宫叙话。姑娘且移尊步,跟奴才走吧。"

## · 二 ·

在场的人听了这消息,皆面面相觑。太皇太后有请,可是件石破天惊的事儿。如今这当口,哪家的姑娘能进后宫见上主子们,不拘是见太皇太后还是皇太后,哪怕是位太妃,都是与前程大大相关的,所以凭什么是她?

嘤鸣并不享受这份殊荣,蹲了个安道:"谙达,不知老佛爷传我,究竟有什么吩咐?"

太监哪能随意乱说话呢,弯腰笑道:"姑娘可别为难奴才了,奴才听差办事,不敢妄揣上意。您就跟着走吧,横竖不能是坏事儿呀。"

既不是坏事儿，那必定是好事儿，可眼下的好事儿都带着不吉利，好事儿也不能称之为好事儿。

松格惴惴挽她出了棚座，主仆两个走在夹道里，云翳中短暂露出一线天光来，光柱子一样打在她们足前。传话的太监有顶子，不像那些办杂差的苏拉[1]谨小慎微，他"哎"了声道："半个月没见着老爷儿[2]啦，今儿倒好，恰落着咱们这片，多大的造化呀！"

嘤鸣笑了笑："可不，今儿惊蛰，万物复苏，天儿要暖和起来了。"

"暖和了就有春雷。"太监嘿地一笑，"一候桃始华，二候仓鹒鸣，三候鹰化鸠。您瞧瞧，多好的节令。"

皇后才崩的，在后宫太监的嘴里竟还能蹦出"多好的节令"来，嘤鸣越发为深知感到悲哀。只是不好多说什么，低头随他往慈宁宫方向去。走到半道上忽然想起来问："谙达，我们家太太可也在老佛爷跟前？"

那太监回头瞧了眼："您是说公爷福晋吗？这会儿钟粹宫哭临还没完，暂且不好过慈宁宫来。"闺阁里的姑娘，冷不丁独自见那么大的人物，难免要害怕，便和煦着问，"姑娘以前面见过老佛爷没有？"

嘤鸣说："我是什么人呢，配得太皇太后召见。"

太监最会看人下菜碟儿，"哟"了声笑道："瞧姑娘这话说得，您是纳辛纳公爷家的格格，您阿玛早前勤王立过大功的，您要不配，天底下可没人配得上了。先头老佛爷违和，前两年也没召亲贵小姐们进宫叙话。如今逢主子娘娘大行，老佛爷心里头难受，见了姑娘好排解排解……老佛爷一向最疼皇后主子。"

这太监满嘴没一句实在话，嘤鸣懒得应付他，不过笑了笑，提袍迈进了慈宁门。

太皇太后在西暖阁召见，暖阁南边的一溜大窗户都镶着玻璃，错落放了一层绡纱帘子。她匆匆看了一眼，没能瞧真切。很快迎面有人上前来纳福："老佛爷正盼着姑娘呢，姑娘快进去吧。"一面招人来领走随行的松格，一面打起竹帘，将她引进了前殿。

宫廷是个等级制度极森严的地方，慈宁宫当上差的有六人，底下听差的太监宫女还有一二十。自打进宫门开始，每一处门禁上都有人侍立，这些人眼观鼻鼻观心站得笔直，绝没有一个动一动身子或抬一抬眼，时候久了，简直要怀疑他们是不是活人。

嘤鸣走到暖阁前，心里还微有些发怵。趁着候旨的间隙站住脚定了定神，听见里头宫女回话，说纳公爷家小姐到了，太皇太后应了句"请进来吧"，她才举步迈入门槛。

慈宁宫内外都铺着毡，殿外用棕色，前殿按规制用红。暖阁里相对要松散得多，用

---

1 苏拉：内廷机构中担任勤务的人。
2 老爷儿：太阳。

回疆进贡的栽绒毯，织出狮子滚绣球的图案，踩上去脚下软绵绵的，像踩在云端。

嘤鸣目不斜视上前，暖阁里并不只太皇太后，陪坐的还有好几人，也不知道都是谁。反正甭管是谁，这刻所有人都在审视她，这些尊贵人儿的眼睛，比针芒还锋利。

但越是毒辣，她就得越从容。太皇太后坐在南炕上，素服的下摆平整地搭在脚踏前，嘤鸣两手加额，恭恭敬敬叩拜下去："奴才鄂奇里氏，恭请太皇太后万福金安。"

静谧的屋子里响起她脆生生的嗓音，十分镇定自若，一点儿都不露怯。太皇太后颔首感慨："这声口多水亮，像鹓鸟儿似的……伊立吧。"吩咐跟前宫女，"快搀起来。"

嘤鸣起身，才大致看清在场的人。当然不是放平了视线打量，只能微垂着眼，拿余光去瞧。因着皇后新丧，宫里妃以下的须成服，慈宁宫和寿康宫的长辈们都着素服，不甚敞亮的暖阁里按序坐了四五人，有种窨冥沉闷的压迫感。

上首的太皇太后不是十分威严的长相，一般上了年纪的人，脸架子相较年轻时都要柔和许多。但若说慈眉善目，断断也谈不上，一个鞠养教诲了两代帝王的人，她在精神上所施以你的重压是无形的，无所不在。

至于底下两侧陪坐的，必然有皇太后和太妃，只是人多，无法判断谁是谁。原本她们把她传来，像看猴儿一样看她，也不让她感到多忐忑，然而这群人中间掺进了另一张熟悉的面孔，她望了一眼，心里便一颤——那是深知的母亲，果勇公福晋。

薛福晋站了起来，她一身缟素，面色很憔悴，大概是哭得太厉害了，眼睛仍是浮肿的。爱女骤然离世，对她的打击太大，嘤鸣冲她蹲安，她扶了一把，勉强笑道："老佛爷和太后、太妃们都是极和气的，你不必怕。"

说罢引她给在场的每一个人磕头，说："这位是太后主子，这位是敏贵太妃，这是荣太妃……"

姑娘行礼如仪，行动举止没的挑拣。敏贵太妃搁下茶盏，不无惆怅地叹息："瞧见这孩子，就像瞧见了孝慧皇后。两个人身段差不多，一样得体，一样进退有度。"语毕抽出手绢来拭泪，"可惜了皇后，这样大好的年纪，天命不永……"

这是在提醒太皇太后勿走老路，别送走一个，又迎进来一个。

暖阁里的人闻言，自要应景儿纷纷抹泪，可也只有薛福晋哭得真切，哀声道："贵太妃说得很是，这两个孩子差了两岁，擎小儿就好，常是两府里混着住，一对姐妹花儿似的。奴才家里子嗣运尚可，唯独姑娘运不旺。奴才夫妇好容易得了皇后主子一个，想让两个孩子做个伴儿，索性认了嘤儿做干闺女，成全她们姊妹的情谊。当初皇后主子进宫，嘤儿年纪还没到，两个人分别，别提多伤心。故而皇后主子不时传召她，也是念着她，不忍割断了姐妹的缘分。"

薛福晋说起往事，几乎控制不住要大放悲声，但忌讳目下情形，在嘤鸣的安抚下略平了平心绪，这才又道："诚如贵太妃说的，奴才见了这孩子就想起孝慧皇后，心里刀绞似的。可人死不能复生，事儿既然出了，也请万岁爷和老佛爷及太后节哀。总算老天待奴才不薄，皇后主子虽崩了，奴才还有这个闺女，瞧着她，也能略解这丧女之痛。"

太皇太后点头，脸上神情也很哀致，怅然道："事发突然，前几天各宫请平安脉，我还特特儿问了皇后脉象，都说不碍的，一冬都熬过来了，开了春天气一暖和，自是百病全消。可谁知……"一声长叹后还是温言劝慰，"你要看开些，人之生死自有定数，佛陀涅槃才得正果，何况你我。"说着转眼来打量嘤鸣，微微一笑道，"你也别拘着，坐下说话吧。"

嘤鸣蹲安谢恩，欠身在薛福晋身旁坐下，心里惴惴的，薛福晋一口一个"闺女"，不论是对她还是对齐家，都不算好事。

果然的，太皇太后把注意力集中到了她身上："纳辛是个有学问的，嘤其鸣矣，求其友声……这名字取得真窝心。人活一辈子，有的人为财，有的人为权，有的人为情，我料着能叫这个名字的，必定是重情重义的孩子。嘤鸣，你今年十八了？"

嘤鸣起身说是："回老佛爷的话，奴才是四月里生人，再过两个月就满十九了。"

太皇太后听了，长长"哦"了声："宫中大选的日子是二月初十，也就差了一个多月罢了。后来听说你身子不好，如今可大安了？"

当初纳公爷为了不让她参加三年一回的选秀，特往宗人府报病出缺，这件事若能含糊过去，倒不是什么大事，横竖钻空子的官员多了，不少纳辛一个。但若是宫里要追究，那事情就了不得了，降级、受申斥都是往轻了说的。

嘤鸣知道兹事体大，更要谨慎应对，便俯首道："谢老佛爷垂询。回老佛爷话，奴才十岁上曾有一回落水，后来得了哮喘的毛病。家里阿玛和额涅四处为奴才求医，上年偶然间遇上个游方的郎中，开了十剂药，把奴才的病势控制住了。只是病根儿还在，每年交了三九就要犯。焐得热乎些，不吹凉风犹可，若吹了凉风，那就说不好了，连躺下都不能够，夜里得坐着睡。"

太皇太后点头："宫里御药房有个扬州选上来的御医，叫周兴祖，最得皇帝器重，每月养心殿请脉必是他。他医术高超，从他手上治好的疑难杂症不老少，回头打发他上你府里去，叫他瞧一瞧，总要去了病根儿才好。"

这一说，激出嘤鸣一身冷汗来。只觉手脚都麻了，还得硬挺住不至失仪，哈着腰说："奴才何德何能，让老佛爷为奴才的病费心。周太医是为主子们瞧病的，奴才人微福薄，不敢劳动。"

太皇太后却和皇太后相视一笑，曼声道："你福泽深厚得很，仔细作养身子，将来好日子长着呢。"

至于后来是怎么走出慈宁宫的，嘤鸣已经想不起来了。她只记得人飘飘的，像离了魂似的，见到福晋第一句话就是"额涅，怎么办呢"，把福晋吓了一大跳。

· 三 ·

看这态势，确实是不大好。宫里人说话都意味深长，不完全点破，让你且费思量，且要琢磨。

京里的王公大臣们，哪个和御药房的太医没有私交？这些太医虽在宫里当值，宫外也有家小宅邸。像哪位王爷吃坏了肚子，哪家哥儿姐儿伤风咳嗽，总免不了要麻烦他们。所以太医值上给皇帝后妃们瞧病，下了值私人的时间，应邀过府观观气色、诊个脉，都是常事。

然而别人是如此，唯有一人例外，那就是周兴祖。周兴祖在太医院的职位不高，却深得皇帝器重，养心殿日常的请脉都由他负责，可以说他只为皇帝瞧病，是皇帝一个人的专属御医。如今太皇太后竟要差遣他来给嘤鸣治病根儿，这说明了什么？还有那句"你福泽深厚得很"，这话从太皇太后嘴里说出来，又是何等分量！

家里人都呆坐着，不知如何是好。纳公爷和诸军机商议完了孝慧皇后奉安事宜，回到家里一看，一个个雨水浇淋的泥胎模样，踟蹰着边摘帽子边问出了什么事儿："别不是厚朴又作恶了吧！"

在他眼里家中一向太平，但凡有事，必是二小子闯了祸。

侧福晋觉得他们父子上辈子一定是仇人，厚朴确实人嫌狗不待见，但什么事儿都赖他，有点不大厚道。

她呆呆起身，呆呆接过纳公爷的官帽搁在帽筒上。福晋把今天宫里发生的事娓娓道明了，侧福晋就直瞧着纳辛，看他能不能解读出别的意思，哪怕暂安大家的心也好。结果纳公爷比她还慌，半天右拳击左掌，唉的一声长叹："满砸[1]！"不过他担心的并不是闺女要进宫，往后要过囚犯一样的日子，甚至可能走上孝慧皇后的老路。他担心的是称病的事会不会被戳穿，毕竟装病装一时还可以，装一辈子根本是异想天开。

侧福晋冲他哭了："爷，我在您家二十年，兢兢业业地伺候您，从不敢偷奸耍滑，您怎么对我的孩子这么不上心呢。嘤鸣不是您养的吗？皇后娘娘前车之鉴还热乎着呢，您一抹头就忘了？这是把我的孩子往铡刀底下送，您看不出来啊？"

纳公爷惨然听侧福晋说完，又惨然地说："我能有什么法子？既然太皇太后都召见了，可不板上钉钉了嘛。依着我说，就算真进了宫也没什么，各人头上半边天，皇上不待见薛尚章的闺女，未见得不待见我纳辛的闺女。"

---

1 满砸：方言，糟糕。

这话连福晋都听不下去了："薛家这会儿引荐，是存着好心的吗？明明白白说了是干闺女，您没听到吗？"

这下纳公爷没话说了，在圈椅里呆坐半天，最后想到一个胆大包天的辙："横竖我在军机处常能见皇上，回头寻个机会在他跟前露露口风，就说嘤鸣许了人家，等日子一到就办喜事。"

这回无话可说的轮到福晋了，她冲侧福晋干瞪眼："你瞧瞧……"

和皇帝去说，我家姑娘不能跟您，您另寻主儿？这么说，拿堂堂一国之君当什么？皇帝至多一笑，说后宫的事儿全凭老佛爷做主，然后呢？小鞋管叫你穿个满够，接下来就等着丢官夺爵，回家吃咸菜帮子去吧。

反正这件事成了悬在全家头顶上的利剑，碍于皇后大丧未出服，宫里也没有更进一步的行动。侧福晋终究担心，便使了银子，辗转打听慈宁宫其后有没有再召见其他官眷，得到的结果是没有。慈宁宫二把手，还狗摇尾巴地朝她打千儿："给您道喜呀。"

喜从何来呢，真是坏得不能再坏了，谁让满朝文武都知道纳辛和薛尚章穿一条裤子！侧福晋在家熬油似的等了七天，第八天直去了果勇公府，拜访果勇公福晋。

薛福晋知道她为什么事而来，见了也分外热络，牵着她的手说："我这程子真是忙昏了头，原想着要去府上一趟的，竟未抽出空来。"

侧福晋说话还得尽量委婉着，说家里遭逢骤变，请公爷和福晋千万节哀。又兜了半天的圈子，才问起那天太皇太后召见的事儿，忡忡道："孩子回来一说，我心里头乱成了一团麻。我想着皇后娘娘方才大行，总不至于这个当口上相看人的……自然，都是我这做娘的瞎猜，拿不定主意，只好上您这儿来打听，究竟是怎么个说法儿，您给透个底吧。"

薛福晋却说太皇太后的召见，她本也不知情，是后来有人来请，她进慈宁宫没多会儿嘤鸣就到了，才知道太皇太后有心叫她进去问话。

"朝政大事不是咱们后院妇人能议论的，但你我两家交好，宫里头早有耳闻。咱们是拴在一根绳上的蚂蚱，一荣俱荣，一损俱损。我是这么个想头儿，皇后没了，嘤鸣要是能进宫，咱们两家的富贵岂不可永保？"

侧福晋的心都凉了，她打算得这么细致，还敢说事先不知情？

"福晋，咱们都是自己人，嘤鸣也是您瞧着长大的，您往常可疼她。皇后大行前召嘤鸣进宫，姐儿俩什么心里话都说……您瞧，您还觉得嘤鸣进宫是好事儿？"

薛福晋一口咬定是好事："有了前头这事，嘤鸣绝不会成为第二个深知，满朝文武的眼睛都看着呢。"说着两眼盈满了泪，一字一顿道，"深知是为嘤鸣打前锋的，她能保嘤鸣步步高升。嘤鸣是你的闺女，可在我看来，她也是我的闺女。做额涅的，哪个不盼着孩子好？你不愿意她俯视苍生，母仪天下？"

侧福晋急得没辙："可……可她已经许了人家了，您没往上报？"

薛福晋却笑起来："又没成亲，小定罢了，退了就是了。这世上还有谁尊贵得过万岁爷？消息一出，只怕用不着你们费心，海家自会上门退亲的。"

侧福晋站在那里，连哭都哭不出来。宫里要查一个姑娘的根底，不费吹灰之力。嘤鸣许了镇国将军府的事儿，九成里头已经知道了，还宣召她，全是因为薛尚章掌管了六旗兵马，太皇太后暂且不得不容忍他。等将来这六旗人马收缴了怎么办？皇帝不再念薛家早年的大功，又该怎么办？

这是拿别人的孩子填窟窿啊，侧福晋缓缓摇头："福晋，我可太恨您了……真的，太恨您了……"

恨也没用，薛福晋说："我是为了咱们大家。只要咱们的孩子是皇后，咱们就有一重保障，你现在不信，将来自然会明白的。"

侧福晋什么主意也没讨着，失魂落魄回了家。到家淌眼抹泪，连晚饭都没吃就睡下了。嘤鸣坐在她床前，也不知道该说些什么，但她懂得薛福晋的用意。这些年两家捆绑得越来越紧密，薛深知在后位上，自会保住齐家；换个个儿，齐嘤鸣在后位上，也不能不保薛家。

她轻拍了拍侧福晋身上的被褥，说："奶奶别哭了，事儿还没坏得那样呢。皇后娘娘才崩的，皇上百日之内绝不会选秀，也不会册立继后。只要宫里没有明确的示下，咱们满了三十日就和海家把事办了。我去和海银台说，过了礼就成，不用大肆张扬，两家一处吃了喜宴，这个婚就算结成了，您看好不好？"

侧福晋一琢磨，倒也成："这么着向宫里表明态度，咱们不和薛家沆瀣一气，也好叫皇上放轻对你阿玛的防备。就是太委屈你，好好的明媒正娶，遮遮掩掩地办了，怕叫婆家低看你。"

嘤鸣笑着说不会："他们该过的礼，一样也不能少。皇后新丧，百日内不得取乐的规矩大家都懂。"

话虽这么说，但很少有人家抢在这三个月内办喜事的。除非实在等不得了，譬如家里有爷辈父辈眼看不好，怕丁忧再等三年。抑或是姑娘有了身子，拖下去怕肚子掩不住等等，总之都不是好事。

嘤鸣素来不为自己争取什么，唯独这回，她想替自己的后半生拼一拼。深知在宫里落了那样的下场，她点滴看在眼里，那不是个好去处。既然如此，就不能坐以待毙，多等一日便多一日风险，必须赶在宫里有所动作前，把这事商定。

侧福晋想了又想："还是明儿和福晋商量一回，咱们下拜帖，把辅国将军和福晋请到府里，咱们明着来商议这件事儿。"

嘤鸣却摇头："日子是我和海银台过的，他若赞同，就回去筹备；若是不赞同，咱们别弄得烽火狼烟的，把海家牵连进来。"

其实打心眼里说，两家大人坐下来商定，于她既有尊贵，又有体面，可人心究竟怎么长，谁也说不准。福晋固然疼爱她，但绝不像对自己女儿那么无私。退一万步说，把她送进宫，对齐家有益无害。她个人过得好与不好，只有自己和亲生母亲关心罢了。

她去见了海银台，没上茶寮，也没去他府上。小厮奉命候在他下值的必经之路，看见他过来，上前扎地打千儿，说："三爷，我们家姑娘让奴才传个话，请三爷移步相见。"

祁人家的姑娘大多豪爽，很多事也是敢做敢当，但嘤鸣和那些姑娘不一样。海银台心里希望是她，又料着不能是她，便摇头道："我忙得很，你回你主子一声，就说实在不得闲，请她见谅。"

这下小厮急了，"哎"了声说："三爷，您不问问是哪家姑娘，这就着急要走？"

海银台没法儿，蹙眉说："你传话不报身家，怎么当的差事？"

这么一来，小厮笑了，这本是他家姑娘特意吩咐的，瞧瞧未来的姑爷是不是什么人都肯见。如今可瞧出来了，海三爷为人正派得很，和他家姑娘正相称。便又插秧打了一千儿："是奴才疏忽了，奴才该死。奴才是直义公府的，奉我家二姑娘的令儿，请三爷借一步说话。"

海银台听说是她，脸上一霎雨过天晴了，匆匆顺着小厮的指引赶去见她，远远便看见烟柳成阵的堤岸上，有人打着一把牙色的伞，慢慢地、细细地徘徊。她是个不急不躁的脾气，待人也是不紧不慢的温存，能舍下面子来找他，必定是有什么要紧的事。

他怕自己气喘吁吁的模样惹她笑话，站定脚缓了缓，才上前叫了声"妹妹"。

她听见了，转过身来，茶白的春袍外罩一件淡松烟的琵琶襟坎肩，那容色在素锦的映衬下，比外面三月的春光还要温暖。

### · 四 ·

天正晴，柳树抽出了新芽，长长的丝绦染上淡淡的翠色，随风轻拂过她的伞面。她没有说话，眉眼弯弯望着他，他在那凝视里，产生了一种微醺的错觉。

定了亲的两个人，半生不熟，因亲事在那里，心里装着满足，装着稳妥，相见时格外熨帖。似乎也不需要急于表明相思和情谊，只需对望着，千言万语脉脉一笑，已然尽够了。

这样大好的春光里，高声恐惊天上人，相顾无言似乎又显木讷，他有些手足无措，低低道："我奉旨为孝慧皇后预备殡宫，昨儿才回京的。本来想去见一见你，衙门里堆积的差事又太多，都是要现办的，没能抽出工夫来。今儿恰好差不多了，本打算回去换身衣裳，就去府上求见，没想到你先来了……"

嘤鸣说是："皇后的事儿一出，宫里各衙门都不得闲，你忙我知道。我是瞧着今儿天气好，带丫头出来踏个青，恰好走到这里，便想见你一面。"

海银台脸上升起一点红晕来，那句"想见你一面"，叫他心头一热。

他是个沟壑山川里行走的人，除了闷头制作烫样，余下的大半时间都在山野间丈量和计算。他见过的姑娘不多，因此一不小心容易脸红。他是个万事讲究效率的人，从没想过为婚姻大肆筛选合适的人选，遇上这个已经极好，就一门心思地等着她垂青他，等着迎娶她过门。

倾慕的姑娘主动来瞧他，这让他受宠若惊，但隐约又觉得不单是来见一见那么简单。他斟酌了再三不好相问，便笑着指指前面："这条长堤通琼府花园，那园子是前朝一位翰林的私宅。后来家里没落了，又舍不得把园子出让，干脆凿了围墙供人游玩。妹妹去过那里吗？"

嘤鸣说："我不常出门，琼府花园倒是听说过，一直没有机会去瞧瞧。"

海银台抿唇一笑，他笑起来总带着腼腆的味道，是现在世故的大爷们脸上看不到的："那正好，我陪妹妹走走。"

嘤鸣点了点头，回身吩咐鹿格："你去车里，把我的斗篷拿来。"

鹿格会意了，忙哈腰道是，其实主子这么吩咐并不是当真要斗篷，只是拿这个借口先支开她，有些话好私下和海三爷谈。

两个人并肩走在长长的堤岸上，枝头有新芽，地上草皮也渐渐吐了绿，阳春三月草长莺飞，总叫人有起死回生之感。

嘤鸣微微偏过头，眼梢瞥见他负手而行，一身晚波蓝的便服，衬得人如松柏一样。

话到嘴边，不好开口，她犹豫着，恰在这时他伸手来接她的伞。姑娘的伞比男人的伞要精细很多，不管是伞面还是伞骨。他握上她刚才握过的地方，凹凸有致的海棠花伞柄上，还留着淡淡的温度。他说："下回我替你做把新的吧，更轻便些，拿着也更称手。"

嘤鸣听了莞尔，似乎没什么可客套的，便说好。低头往前挪步，路上有几颗石子都数得清清楚楚。现在倒有些后悔直愣愣来找他了，亲自和对方谈婚嫁，确实不大好意思。

还是他寻了话题解围，温声说："皇后归天，你心里很难过吧？人生在世，总要不断经历相逢和离别，不因相逢狂喜，不因离别落泪，都是对自己的保护。"

嘤鸣有些意外，他会说出这番话来，倒和她处世的态度不谋而合。可自保虽是自保了，总欠缺不顾一切的力量和勇气。她笑着望向远处的烟柳："说起来容易，做起来却难。如果能做到，必是因为感情不够深。"

他沉默下来，垂眼说是："过会儿咱们也要分别，单是想想，心里就开始不大好受了。"

嘤鸣有些慌，这算是头一回听见男人说这样缠绵的话，虽老大的难为情，但私底下还是欢喜的。

他呢，说完自己也愣住了，半天没再开口。只是紧紧握住那伞柄，下意识放缓步子，一步一步跟随着她。

花园就在前面不远，大邺朝的花树留到现在有百余年了，梨树和乌桕长得又高又大。梨花谢了，乌桕便该开花了。纤细的嫩叶上伸出触角一样的花簇，不美但倔强，倔强地等待接下来的烈火满树。

"孝慧皇后曾是我的闺中密友，齐家和薛家更是世交，这些你都知道吧？"嘤鸣停下步子，转过身看着他。

海银台说知道，答得平静，也答得笃定。

嘤鸣觉得继续兜圈子，恐怕到最后也达成不了今天的目的。伸头是一刀，缩头也是一刀，索性横下心说："我大哥哥驻守在吉林乌拉城，好几年没回京了。上年递了请安折子，皇上准他今年四月回京述职……"

"述职不过停留四五天，再想回京至少要等三年。"他十分顺理成章地接了她的话，"咱们的事，就趁着他在京里的时候办了吧。"

这人这样通透，倒叫嘤鸣愣住了。她本以为要费一番口舌，至少得向他暗示一回，他才能明白她的意思。结果他没有让她废半分力，甚至没有让她感觉到半点尴尬，把这种急于成婚的迫切，一下子全揽到了自己身上。

男人总要更主动些，不能等着人家姑娘把话递到你跟前。他专注地凝视她，一本正经地说："家里人难得齐全，成亲是大事，个个都来做个见证才算圆满。只是不知道我这么冒昧，会不会让府上为难。如今皇后新丧，三月内不得奏乐鸣锣，倘或这会子你过门，我怕让你受委屈。"

嘤鸣脸红起来，原本是有备而来的，真引得他说出这些话，她又不知怎么应对才好。手绢绞成了麻绳，一圈圈勒住指尖，她垂首说："没有什么委屈不委屈，我一向不喜欢太过热闹的场合……还有一个月，你这头来得及筹备吗？"

海银台说："就算不吃不睡，也非来得及不可。"说完心乱起来，忽然发现还有那么多事没办。时间再紧，礼数也要周全。他停下步子仔细思量，花园也逛不下去了，喃喃说，"那我这就回去禀告父母，今天立刻开始预备……对，先得瞧好日子，把大定过了，过了才好说话……还有屋子，屋子也要修葺一下……"

嘤鸣看他乱了方寸，一头笑着，一头觉得慰心。

其实他什么都知道，朝中局势诡谲，皇后的死破开了一个口子，有人想出来，有人想进去。现在娶了她，是救她于水火，让她彻底从这个泥沼里脱身。这一娶也没有对抗皇帝之嫌，反而解了皇帝的燃眉之急，让他不必在皇权和婚姻之间两难，从大局上看，简直救驾有功。

只是这斯文人，乱起来也像没头苍蝇。他瞅她一眼，少年似的笑了笑："我真是太高兴了……"

嘤鸣也觉得很高兴，京里府门间的圈子看似很大，实则很小。适婚年龄的年轻男女就那么多，要从中找到一个不负重托的人非常难。他们两个算是比较有幸的，合适的年纪，门当户对，脾气也相投。如此就不必再犹豫了，把礼过了，省去多少烦心事。

海银台送她回去，她在车内坐着，他策马伴在车外。到了大门前下马来，替她掀起帘子，抬起一臂供她挽扶。那只手就在她面前，石青的箭袖下是白净有力的五指。她虚虚搭上去，如果不出意外，这种温情会一直延续下去吧！

嘤鸣请他进府坐坐，他说："我今儿没准备，空手而来不像话。等回头具了拜帖，到时候郑重登门，才不至于辱没了你。"

她叠着手，含笑点头："那你回去吧。"盈盈望向他，一寸秋波，千斛明珠觉未多。

他看得有些怔，"哦"了声却没挪步："我看着你进去。"

大街上依依惜别叫人笑话，鹿格上前来扶她，她收回视线，提裙迈进了门槛。

头一回为自己争取，这么大的主张，回到院子里坐定了，嘤鸣心头还怦怦跳着。屋里丫头来来去去伺候她盥手换衣裳，她倒还沉得住气，等人散了，想起海银台刚才的模样，忽然忍不住笑了。

鹿格自然是门儿清的，挨过来问她："主子，想起什么好事儿了？"

嘤鸣不理她："什么好事儿也没有。"

鹿格笑着揶揄："主子这话可叫人信不实，这么好的姑爷，打着灯笼也难找，您还说没什么好事儿？"

嘤鸣只是笑，好事儿是不能说破的，说破了就不灵验了。

香炉里，软烟渐次淡下去，香要燃完了，她起身坐到书案前，让松格取香拓来。揭开盖儿，拿圆灰押把香灰压平，前阵子新得了一罐上好的沉水，今天有兴致开了封，打一炉香篆。

侧福晋进来的时候，她正专心致志往双耳篆里填香粉，看这模样就知道，事情应当谈得很顺利。

"阿弥陀佛。"侧福晋坐在帽椅里，双手合十朝天拜了拜，"亏得姑爷是个明事理的人，只要不拿住了咱们的难处有意亏待，那这门子亲就结得好。"

嘤鸣还是淡淡的模样，稳住了双手把铜拓提溜出来，眼睛盯着多余的香粉，小心翼翼拿细掸扫回了罐子里，道："海三爷很敞亮，那些话压根儿没要我说出口，他自己都替我说完了。对他我是放心的，可也保不定海将军夫妇怎么瞧。皇后娘娘的丧仪，海福晋也入宫哭临了，太皇太后传见我的事儿，她九成有耳闻。海家世代谨慎，毕竟是与皇宫大内有牵连的，只怕他们不愿冒这个风险。若当真这样，那也没辙，我尽了人事，剩下的就看天命吧。"

说到最后竟无端有些丧气，世上缘法变幻莫测，谁也不知道明天会怎么样。

有时候真恨自己的乌鸦嘴，好的不灵坏的灵——她这话才说完没两天，海家的人还没登门，宫里的口信儿却已经到了。

## · 五 ·

一大清早，雾蒙蒙的，回廊底下石榴树的一根枝丫，从美人靠的间隙里伸进来，枝叶上攒了一夜的露水，嘤鸣经过的时候裙角不留神剐了一下，裙门上星星点点溅了好些水星。

祁人家的姑娘重规矩，鲜少有睡到日上三竿的时候，除非是病得下不来床了，否则父母跟前晨昏定省，一天都不能少。还有嫡母跟前伺候，梳妆什么的自有丫头料理，你也得站在边上适时搭把手。像铜脸盆里拧手巾，福晋擦完了牙端茶递水什么的，是在娘家就得学会的本事。照福晋说起来，宁在娘家挨板子，不上婆家受数落。数落起来没好话，不光你自己没脸，连你爹妈都要跟着遭殃。

嘤鸣在这点上做得很好，她性子沉稳，不像三丫头猴儿顶灯似的，因此福晋格外看重她。福晋细论起来也不好相与，厚载的媳妇儿刚进门那会子，因为敬烟的时候拿烟袋锅子冲人，福晋就罚她擦铜活儿。全家上下所有的铜器，从香炉到烛签再到碗碟，命人全搬到她面前，就那么擦，一件也不许落下。

厚载媳妇眼泪巴巴的，说："我在我娘家，多早晚干过这个？我妈连指甲都不让我自己铰……"

可又有什么办法，婆婆就是婆婆，不是娘家妈。上婆婆家非得受调理，不过要是你做事圆满些，手脚勤快些，婆婆也不为难你。毕竟人家娶的是儿媳妇，不是使唤丫头。

福晋抿完了头，天上的雾也散了大半。她朝外看了一眼："天儿不错。我昨天让赵先生查了皇历，下月十六是上上大吉的好日子。"

嘤鸣正和嫂子一块儿安排早起的吃食，嫂子冲她眨了眨眼："我还没见过新姑爷呢。"

嘤鸣只是笑："寻常人，一个鼻子两个眼睛。"

嫂子并不赞同："都是一个鼻子两个眼睛，可长得在不在地方，那就是大学问了。"

嘤鸣被她闹得没辙，说回头人来了，请他给嫂子敬茶。

正要伺候福晋挪过去，外面传话的小童跑进院子，站在台阶下拉开嗓门喊了声"回事"。上房的丫头打帘出去，问什么事儿，小童冲前院指了指："宫里来人了。"

这下把福晋都唬住了，她瞪着眼挨个儿看嘤鸣和厚载媳妇："怎么的……这会儿来什么人？"

横竖不管宫里有什么说头，先出去迎人要紧。

福晋忙赶到前头厅上，本以为是有旨意，再细一看，不像那么回事儿。这趟来的只有两个太监，一个有顶子，另一个弯腰随侍，见了她上前打千儿："奴才是慈宁宫执事的董福祥，给福晋道吉祥啦。"

福晋赶紧说不敢当："谙达这回是带着恩旨？"

董太监说不是："是老佛爷打发奴才，过府上瞧瞧二姑娘。上回老佛爷传二姑娘进慈宁宫叙话，后来就常夸二姑娘伶俐、懂事儿。太后说，'您要是喜欢那孩子，接进宫里来就得了'。老佛爷是愿意的，可又犯嘀咕，说'纳公爷家好容易把孩子养到这么大，就凭我喜欢，把人接进来，受这老些规矩，怕人家爹妈心里头不受用'。"一头说一头又笑，"可到底是抛不下，这不，今儿命奴才过来给纳公爷和福晋带个好儿。再瞧瞧二姑娘，这程子忙什么呢，身子骨好不好呀？"

这些话听完，大致也知道自己接下来会是什么样的命运了。嘤鸣一口气泄到脚后跟，没想到紧赶慢赶，还是逃不过这一劫。太皇太后处事老辣得很，不逼着你进宫，却让你掂分量。眼下可不是她愿不愿意的事儿了，是鄂奇里氏敢不敢违抗老佛爷的意思。她心里虽然凉透了，也不能就此上脸子，只好赔笑蹲个安，说："多谢老佛爷垂询。开了春，不敢到处乱跑，闲暇时候练练字儿、看看书。这程子身上挺好的。老佛爷惦记奴才，是奴才的造化，回头一定进宫去，给老佛爷磕头，陪老佛爷解闷儿。"

董太监的笑容更大了："姑娘真个儿体人意，福晋教导有方，才叫太皇太后这么喜欢。依着奴才看，姑娘预备预备，进宫陪老佛爷住上一程子。老佛爷有了年纪，又格外偏疼女孩儿。先头安亲王和裕亲王家的格格倒常进宫，只可惜两位格格先后出阁，老佛爷也不好拆散人家小夫妻，因此宫里相较之前冷清多了。二姑娘是老佛爷称意的姑娘，这要是进去，宫里就热闹起来了。您瞧瞧，伴在太皇太后身边，将来还愁没体面吗？这是多少人家盼都盼不来的好事儿，换了奴才，脱了鞋也得顺杆儿往上爬。"

福晋明白过来，点头说是："您说得在理。孩子能伺候老佛爷，是咱们家祖坟上长蒿子了。这么着谙达，您一大早辛苦，八成没用吃的，我这就叫人预备，您先进了吃的，咱们再商议后头的事儿。"

董福祥抬了抬手："福晋别客气，我用过了来的。咱们都是为老佛爷分忧，不谈什么辛苦不辛苦。"

福晋"哦"了声，厚载的少奶奶早就捧了银子过来，恭恭敬敬双手呈上，笑道："谙达传话费心了，请谙达拿着喝茶吧。"

有银子出马，自然什么都好说。不过面上还是得推辞一下，董福祥摆手："福晋拿我当什么人了，两句话的事儿，还这么的……叫人笑话。"

福晋说该当的："谙达别嫌少，拿了赏人也成啊。"

董福祥极为难地收下了，口气也变得软乎了些："那您瞧，什么时候准备妥当？奴才好回了话儿，接姑娘进宫玩儿去。"

"明儿吧。"福晋琢磨了下，"我瞧明儿是好日子，到时候还得劳烦谙达，再跑一趟。"

"得嘞。"董福祥应得响亮，就势打个千儿道，"那就明儿，这么说定了。奴才告退，您留步。"


大家看着董太监迈着方步出了大门，在旁边听了半天的侧福晋怅然摇头："留不住了……留不住了……"

更可气的是就这么接进宫，算怎么回事儿？选秀还有个说头，年满二十五非得出宫不可，这可连选秀都算不上，更不是册封，黑不提白不提的，太欺负人了。

"眼下还在孝慧皇后丧期，这么做，也忒急了点儿。"福晋盘弄着手串喃喃，"看这架势，是要暂且留在太皇太后身边伺候，等将来再另行封赏。横竖这回是没辙了，里头发了话，也只有听天由命。"说罢在璎鸣手上拍了拍，"你合该是进宫的命，谁让你生在咱们家呢。退一万步，这算好的了，一等忠勇公伊斯哈是包衣出身，他家的姑娘撂了牌子，也得留在宫里伺候那些个妃嫔。什么答应、贵人，家里四五品的衔儿，在她跟前也是主子，你想想那该多委屈。可有什么法儿，祖宗规矩就是这样，你上太皇太后宫里待着，比在妃嫔宫里强，至少还有些奔头儿。"

璎鸣呆呆站着，什么话都没说。到了这步田地，确实再没辙可想了。她冲福晋蹲了个安："我先回房，收拾收拾。"

福晋说去吧，看她的眼神充满怜悯。

其实也没什么可收拾的，带些细软和换洗衣裳就成了。前几天她曾庆幸逃过了选秀，不必跳进那口大染缸里，可是才几天呢，宫里就破格把她要进去了。她对家里的牵挂倒还好，她母亲和福晋相处得不错，因她进了宫，福晋应当会更抬举侧福晋一些。唯一让她挂念的是和海家的婚事，这样中途撒手，实在太对不起海银台了。倒也不是说有多深的感情，只是辜负了这场良缘，自己成了不靠谱的人，心里十分过意不去。

侧福晋来的时候，嘤鸣特意交代了，让和三爷说声对不住："把礼都退回去，不能耽误人家。还有那个橄榄核儿，也替我交还给他，既然不嫁给人家，就不能平白拿人东西。"

侧福晋脑子里仍旧一团乱，她甚至还抱有幻想："万一就是进宫待两天，回头还让出来呢……"

嘤鸣不忍伤她的心，笑道："出来了再重找一个。太皇太后跟前镀了金，咱们能配更有出息的姑爷。"

侧福晋无奈地笑了，她自己的女儿自己知道。嘤鸣从来不是个让人操心的孩子，她心大。心大有心大的好处，遇上窄路了，愿意偏着身子过去，不至于直眉瞪眼的，撞得鼻青脸肿。


天下无不散的筵席，父母和子女亦是如此。第二天董太监登门接人，纳公爷又塞了好大一个利市，再三殷殷嘱托："孩子没在主子跟前伺候过，进了宫只怕要抓瞎，一切都托付谙达。千万替我看顾着点儿，要紧时候提点提点，就是救纳辛全家了。"

董福祥说："奴才和公爷也算老相识，您就是不嘱咐我，我也不能站干岸不是？您放心，姑娘上宫里错不了的，奴才还指着姑娘升发了，将来拉奴才一把呢，没有不尽心的。"

纳公爷连连点头："一定的，一定的……"

董福祥回身打起了轿帘："二姑娘，请吧。"

嘤鸣还是笑嘻嘻的，一点没有一去不复返的哀伤。难过的心事显露在脸上，对眼下的困境没有帮助。哭哭啼啼除了惹父母担心，激发不出别人的同情来。

最后向父母行礼道别，她转身坐进轿子。轿帘放下来的一瞬，人像泡进了卤水里，往后可就剩她自己了。

趁着没动身，再看一眼吧！她伸手挑起窗上垂帘，帘子掀起的一瞬，发现不远处的大榕树底下站了个人，手里握着一把伞，若有所失地望向她。

嘤鸣一霎儿想哭，可是不能够，往后她怕是没有资格掉眼泪了。既然不能哭，只有报以微笑。她不知道自己笑得有多难看，然后匆促地，把轿帘放了下来。

叁

春分

· 一 ·

　　大日头照着，这样的春日里，行走在深宫，倒感觉不出权势和富贵的逼人。宏阔的建筑，红的宫墙，明黄的琉璃瓦，空中伴有梨花的清香。太阳的金芒落在殿顶上，眯着眼看，千点万点跳跃的光点，像孩子玩儿的打水漂。有风来啦，微暖中还带着一点凉，吹动嘤鸣领上那圈细细的狐毛镶滚，蹭着下颔肉皮儿，痒痒的。

　　董福祥在前边引路，从英华殿东边的夹道过去，途经寿安宫。这么着近，也少有碰上宫里主儿的机会，以避免一些不必要的照面和应酬。

　　"这英华殿哪，是举办佛事的地方，那些太妃和主儿们遇着斋戒和浴佛，也上这儿来。不过一年到头来得很少，因为各宫都供着小佛堂，犯不着舍近求远。"董福祥抬抬手，指向前面一大片，"这地界儿，是先帝爷的太妃们住的。先帝爷一驾崩，她们就从各宫挪出来，除了皇上老爷子颁旨上尊号的，其余都在原先的位分前头加个'太'字。自此就再不穿花红柳绿的衣裳了，上太妃院里吃斋念佛，过清净的日子。咱们从这条夹道过去，也算是条近道儿，不过宫里地方大，且得走一程子。像咱们这号人，单靠两条腿，坐肩舆的、坐二人抬的，都是里头主子们……嘤姑娘，还走得动吧？"

　　嘤鸣说："走得动。倒是劳烦谙达，为我白跑这好几回。"

　　董福祥"嘻"了声："奴才是干碎催的，别的不会，就会跑腿。紫禁城那么大的地方，咱们一天能打好几个来回，脚底下跑出茧子来，比鞋底子还管用呢。"说着又笑，"不过姑娘和奴才可不一样，姑娘暂且将就一阵儿，将来出入自然有人伺候。到时候奴才要是有那造化，给姑娘扶个轿子，随舆行走，那奴才可得了人形儿喽。"

太监都是这样，见缝插针地巴结，指着日后能挪窝儿，得高就，什么时候也不忘给自己讨个好儿。嘤鸣知道自己这回进来，绝不单是陪着老佛爷解闷儿这么简单，她也不会像别的女孩儿那样，心里有了底，就以大半个主子自居。听了董福祥的这些话，她只说谙达抬举："我进了宫，也是伺候老佛爷，论理儿咱们是一样的。您在我跟前称奴才，我万万当不起，快别这么的，以免叫人听了笑话。"

原本董福祥是有意抬高她，她出身鄂奇里氏，又是果勇公义女，太皇太后传进宫里来，他日不是皇后也是个贵妃，自己在她跟前称奴，应当应分的。可她倒不仗着自己的身份拿大，他连着瞧了两日，是个谦逊和煦的脾气，半点也不骄矜。这样的人不多见，倒像是天生应该长在这宫里的，这回是远游归来，接着过她乐天知命的日子。

他点了点头："是我糊涂了，我们这号人是天生的奴才秧子，说顺了嘴，一下儿绕不过弯来，姑娘别见笑。"言罢朝前面的随墙门抬了抬下巴，"过了门就是慈宁宫夹道，咱们脚下快着点儿，别叫老佛爷等急了。"

嘤鸣只得跟着加快步子，幸好祁人不裹小脚，一双天足，赶起路来迈得开。


徽音左门是慈宁宫的随墙门，可通慈宁宫东跨院，董福祥带着她从这里进去，几番辗转到了慈宁宫前台阶下。

檐下正有人经过，瞧一眼，"哟"了声："我怎么没见您从前头大宫门上进来？"

董福祥说："抄了近道儿，省脚程不是？"

宫人蹙眉摇头："谙达，这是老佛爷请进宫的客，您倒好，带着人家走边门！"一面说，一面转头微笑，蹲了个安道，"我是太皇太后跟前掌事的宫女，上回您来，也是我引您进门的，您还记得吗？"

嘤鸣自然记得："不过十来天前的事儿，那时候就觉着姑姑面善，没承想这么快又见面了。"

女孩儿在一起说话，彼此显得更加亲切。大宫女说："您就叫我鹊印吧，在您跟前可不敢以姑姑自居。老佛爷知道今儿您要来，一早上让我出来瞧了好几回，总算把您给盼来了。"

单听这些光鲜的话，真把她当上宾似的。嘤鸣还是笑着，就当都是真话吧，跟着鹊印进了殿门，进了太皇太后所在的偏殿。


太皇太后和一般的老太太不大一样，她不爱点熏香，把屋子里弄得烟熏火燎的。天儿暖和了就让人上外头折花枝，插在梅瓶里头以清水供养。等花开了，截取一段香，点缀点缀屋子和日子，颇有"野鹤精神云格调"。

还有室内的光线，长期寡居的人大多礼佛，一重重的黄幔子低垂，弄得佛堂一样。可太皇太后不是，她让人把帘子规整收拢起来，窗帘也卷得高高的，自己坐在一片光下，举着西洋眼镜，仔仔细细挑着花样。

边上侍立的见有人进来，脆声唤老佛爷："您瞧，嘤鸣姑娘来了。"

太皇太后抬起眼，嘤鸣已经在脚踏前的毯子上跪下了，恭恭敬敬磕头："奴才嘤鸣，给太皇太后请安。"

太皇太后笑了，说免礼，亲自站起身来搀了一把。就着光看，年轻的姑娘，光致致的脸盘儿，这种轻俏和灵动，是任何诗词和书画都难以描述的。

"真好。"太皇太后边说边拉着她在南炕上坐了下来，"你上回进宫来，我一见了就喜欢。那时候碍于人多，咱们也没能好好说上两句话，今儿一瞧，可是越发称意了。昨儿董福祥进来回话，说姑娘愿意进宫来，陪着一块儿解解闷。我那时候就想呢，叫一个年轻孩子陪我老太太，没的把人闷坏了。"有意又问了一遍，"你是真的愿意进来呢，还是董福祥这奴才为了哄我高兴，把你诓进来的？"

太皇太后不是那种闲着无聊，陪你逗咳嗽的人。她的每一句话都有深意，都要你谨慎细听，三思应对。当时董福祥上门来的那番话，绝没有言明是太皇太后的主意，他一口一个"依奴才之见"，字里行间全是他个人对老佛爷喜恶的揣摩。且不管进宫究竟是太皇太后本来的意思还是董福祥妄测上意，既然能让老佛爷高兴，当然就是正确的。

嘤鸣低眉顺眼道："回老佛爷话，昨儿董谙达替老佛爷上家来瞧奴才，奴才全家对老佛爷感念不尽。奴才是个女孩儿，不能像爷们儿一样报效朝廷，只能尽奴才的一点儿心，进宫来伺候老佛爷。奴才微贱之人，脑子也不机灵，若蒙老佛爷不嫌弃，留下奴才，那老佛爷的大恩，奴才就是粉身碎骨也报答不尽了。"

把话说漂亮吧，越漂亮越好。上赶着当奴才伺候人，还要叩谢恩典，其实说出来真违心。可有什么办法，活着就得认命。这一进来，再也蹦不出去了，这围城里高低贵贱分得明明白白，她如今只有抱紧太皇太后的大腿，往后才能活得舒心。

可太皇太后是什么人呢，你说阿谀的话，她哪能听不出来。但她不动气，神色如常道："这世上，除了那些心气儿高的，一心想当娘娘的，谁也不乐意进宫来。你是爽利孩子，学不了人家那套，往后在我跟前也不必为难自己。你故去的祖母，当初常进宫陪我抹牌，她可是我的好搭子，每回她来，我都能赢太后好些金银角子。后来她不在了，我也不怎么设牌局了，他们有意输给我，时候久了实在没意思。现在你来了，我心里着实高兴，你不必拿我当太皇太后，就当和祖母一样的，陪着我说说笑笑，这样岂不贴心？"

太皇太后说的是客气话，当然不能当真。嘤鸣听了忙起身，也不知说什么好。这会儿再去剖白一番，那是断断多余的，还不如装老实，装木讷，就这么红着脸蹲安，说：

"遵老佛爷的令儿。"

"来来，别站着，到我身边来。"太皇太后笑着又把她拉过来，"薛公爷福晋头前和我说起过，说你上年许了定禄家的三爷，有没有这回事儿？"

嘤鸣说："有的，过了小定，原打算今年完婚的。可我侧福晋琢磨了好一阵子，说三爷常因公在外，恐怕往后照应不了家里，合计再三，前两天到底把婚给退了。"

她是握着拳头说完的，心里要滴血似的。可不这么说，又怕连累海家，倒不如撇得一干二净，往后她这头有什么事儿，也不至于牵连他们。

太皇太后"哦"了声，似乎很替她可惜，转而又说好："做母亲的，没有不心疼孩子的。倘或实在不合适，硬促成了也未见得好。你母亲是个有决断的人，多少婚姻都是因为家里长辈含糊，害了孩子一辈子。你也不必着急，既到了我身边，少不得我做主，将来替你觅一门好亲。"

所谓的好亲，指的就是皇帝吧！若说好，天底下确实没有比和帝王家结亲更好的了，可她自觉没有那么大的脑袋，也绝不妄想戴那么大的帽子。

边上伺候的宫女捧着美人拳[1]来，嘤鸣见了便笑着接过，一面跪在脚踏上替太皇太后捶腿，一面道："老佛爷是喜欢奴才，才留奴才在宫里的。奴才还想多伺候老佛爷几年，婚事于我并不要紧。我就这么陪着老佛爷吧，夏天给老佛爷打扇子，冬天给老佛爷暖脚。只要老佛爷不嫌我笨，我就一直在这慈宁宫当差，也好跟着老佛爷，学一学外头学不到的东西。"

她一字一句用得谨慎，在太皇太后听来，自然也是十分入耳。上了年纪的人，多少不及年轻那会儿泾渭分明，有时也爱糊涂受用，听小孩儿说些甜言蜜语，自己心里头高兴。

垂眼瞧瞧，她很有眼色，不像那些大家子里来的，养得呆呆的，只等别人来伺候她。她抡起美人拳来，纤细洁白的腕子徐徐摆动，一下一下匀着力敲打，手艺不比专事捶腿的宫女差。只是怪可惜的，让她进宫是出于政治上的权衡，如果摒弃了那些，没准儿是个不错的继后人选。

太皇太后伸手，在她发上轻掭了一下："真是个好孩子，你有这份心，我就高兴了。"转头吩咐跟前的精奇嬷嬷，说，"米送，万岁爷有程子没留下用膳了吧？回头你过养心殿瞧瞧，传我的话，就说政务再要紧，也要仔细圣躬。今儿让小厨房里预备酒菜，请万岁爷过慈宁宫用膳，还有太后和贵太妃，也请了一块儿来吧。升平署新调理的角儿唱得好，点两个人清唱《霓裳中序》，我爱听那个调儿。"太皇太后想着，高兴地

---

1　美人拳：一种为老人捶腰或腿的长柄小槌。两只为一对，前端用皮革包成，可以代替拳头。

拊掌，"这么着就齐全了，大家伙儿聚在一起吃个家宴，也好热闹热闹。"

· 二 ·

米嬷嬷应了个是，她是宫中老人儿，当初太皇太后进宫为妃时就拨过去伺候的。后来万岁爷的生母孝慈皇后过世，万岁爷那么点小人儿，是她陪着太皇太后捧大的，因此她在皇帝跟前很有体面。皇帝那性子，太过深稳，养心殿又有养心殿的章程，若不是她亲自跑一趟，别人只怕连养心门都进不去。

米嬷嬷领了差事从慈宁宫出来，慈宁宫和养心殿相距不远，过了永康左门就能看见南墙。她顺着隆宗门内一小片开阔地过去，没走多远就看见御前当上差的小富，抱着一大摞折子正要进门。她"哎"了声："小富，万岁爷可在养心殿？"

小富定眼一瞧，笑着说："在呢。才从军机处回来，又传了吏部单独问话。怎么的，嬷嬷带了老佛爷的口信儿？"说着回头往门内瞧了眼，"这会子怕是不得闲，嬷嬷上围房里坐坐，我伺候您喝老奶奶茶。"

米嬷嬷笑骂："猴儿息子，喝茶就喝茶，还喝老奶奶茶……"一面说一面迈进门槛。

养心殿檐下挂着金丝嵌红线的竹帘，从东到西齐整卷起半人高，正好挡住南窗，看不见里头动静。皇帝问吏治，想是要等上一阵子，便依小富说的，上西边卷棚抱厦里候着。

小富送完奏折，没多会儿就端着茶水过来了，笑嘻嘻地敬上，说："今儿难得好天气，嬷嬷出来松松筋骨？"

米嬷嬷接过茶喝了一口，没搭理他。不时回头瞧明间方向，喃喃说："万岁爷这程子怕是忙坏了……"

小富说："可不，上年连着下雨，南省的水利，北地驻军的粮草，一大摊子事儿，老爷子忙得整宿不合眼。前头孝慧皇后大行，殡宫筹备完了还得奉移山陵，内务府刚呈了地宫图样来，万岁爷瞧过了，说不好，墓道和宝顶都要重新做样子……终归一场夫妻，主子爷还是怜恤孝慧皇后的。"

这也是得脸且亲近的奴才，才敢说这些话。帝后因皇后娘家揽权一直不睦，皇帝不给好脸子，皇后也是执拗的脾气，两个人打擂台，自大婚之后就各过各的，直到皇后过世。皇帝对先皇后，说感情自是全然没有，可就像小富说的，夫妻五年，不至于身后事也不闻不问。生在帝王家就是这样，枕边人未必是可心的人，但相聚也是缘分，临了风风光光送走，也算尽了心意。

米嬷嬷瞥了小富一眼："你就嚼舌头吧，留神万岁爷端了你的吃饭家伙。"

"难不成嬷嬷还上主子跟前告我一状去？"小富嘿嘿笑，又觍着脸打听，"嬷嬷，听说纳公爷家的姑娘进宫来啦？这么看来，等孝慧皇后丧期一过，咱们又要迎新的主子娘娘了？"

米嬷嬷放下茶盏皱眉头："你腚上皮痒痒，别只管和我啰唆。再这么没规没矩的，我不告御状，告诉大总管，到时候看不给你皮笊篱吃！"

这里才说完，看见奉召的官员从明间里出来。米嬷嬷站起身问："里头是谁伺候？"

小富说是掌事的，又龇牙一笑："您别让大总管收拾我，我这就给您通传去。"说罢纵起来，压着帽子一路小跑进了殿里。

米嬷嬷静静等待，看着一个小太监走走停停，按序从东梢间开始，一截一截把金丝竹帘升高了两尺。太阳光打在细缦的地砖上，将近巳末了，风也和软，吹在身上暖暖的，恍惚进了初夏一般。

很快小富便出来传话了，说万岁爷叫进。说完了低着头，垂着袖子，老老实实在门前站班。

米嬷嬷进了明间，往东一看，养心殿掌事的德禄就立在东次间的门槛前。德禄是近身伺候的人，那么皇帝必然也在东次间。她肃容进去，向上蹲了个福："奴才给万岁爷请安。"

东次间里点着一炉沉水，幽静的香气徐徐飘散，调和了春日的流动气韵，盘踞着一种缠绵低回的味道。一室的静谧里，只余皇帝翻动纸张的声响，清嘉地、爽脆地，从耳边一闪而过。

"伊立吧。"皇帝有一副漂亮的嗓音，敲金戛玉，时刻显得深邃清晰，"皇祖母让嬷嬷来，是有事吩咐吗？"

米嬷嬷说："老佛爷是心疼皇上，说皇上这程子过于辛劳了，要仔细圣躬才好。又问皇上这几日睡得怎么样，进得香不香，心里头越想越惦念，特打发奴才来瞧瞧皇上。"

皇帝轻牵了下唇角，他不常笑，这些年养成了习惯，臣子们即便窥探天颜，也分辨不出他的喜怒。唯有太皇太后时时的关切，才让他脸上略有些表情，山河做的眉眼染上了一层淡霭，温煦说："替朕谢皇祖母垂询。朕这段时候委实忙了，上皇祖母跟前请安也是点个卯就走，实在愧对皇祖母。"

米嬷嬷哈腰笑道："老佛爷知道皇上忙，哪能和皇上计较这些呢。只担心皇上身子，说祖孙两个许久没有拉家常啦，今儿请皇上过慈宁宫用膳，还叫了两个角儿唱曲子，宫里头热闹热闹。"

既然是太皇太后有请，皇帝自然不好推辞。他说："请嬷嬷回皇祖母，朕料理完了手上的事就过去。"

"正是呢。"米嬷嬷道，"皇上未必等晚膳时候去，响晴的天儿，出来松泛松泛、走动走动也好。"

皇帝没有再说什么，只是微点了点头，米嬷嬷纳了个福，却行退了出来。

回去的路上还在琢磨，连小富都知道的事儿，皇上八成也得着消息了。纳辛的闺女进了宫，连问都懒得问一声，脸上表现出来的那种淡漠和不上心，完全就是当初册封先皇后时的样子。

唉，米嬷嬷不由得叹息，皇上也难，帝王家的婚姻多是出于政治目的。别说皇上，就连现在的太皇太后，当初也是因联姻来到这里的。既走在这条路上，就得一步一步稳稳当当走下去。先帝爷驾崩那会儿局势多紧张，孤儿寡母，手里没有一兵一卒。到后来皇帝大婚亲政，慢慢把天干十二卫收入囊中，即便贵为九五之尊，自小也懂得隐忍和放弃。


太皇太后用过了点心，趁着天好，慢腾腾地在殿前的空地上遛弯儿。见米嬷嬷回来了，扭头问："皇帝怎么说？"

米嬷嬷把皇帝的话转达了一遍："万岁爷眼下有政务要处置，等回头得了闲，就过来陪老佛爷解闷儿。"

太皇太后笑呵呵瞧了嘤鸣一眼："其实我这儿不愁没人说话，你不是进来了吗？我呀，就是惦记他了，他整日价忙得一团风似的，我瞧着心里也疼。"

嘤鸣是明白人，知道太皇太后所谓的惦记孙子是假，想辙让他们碰个面才是真。她很了解宫中这些当权者的心理，既要暂且安抚薛尚章，又十分不情愿再让薛派的人登上后位。她呢，顶在了枪头子上，进也不得，退也不得，只能含糊笑着，说："万岁爷是万民之主，肩上挑着重任，万岁爷辛劳了，外头老百姓才得安居乐业。不过老佛爷担心得是，圣躬康健更关系江山社稷，老佛爷时时关怀，万岁爷知道您的一片慈爱之心，必定更加仔细身子，不叫老佛爷担心。"

太皇太后听完"哟"了声，打趣地对米嬷嬷道："这孩子，还未见主子，倒替主子说起话来。"一头又拍拍她的手，"我实不瞒你，让皇帝来用膳，也是为了向他引荐你。皇帝跟前伺候的人虽多，却没有知冷暖的，我这头呢，有积年的老人儿做伴，一应都很妥帖。天下做祖母的心都一样，自己得了好的人或东西，都愿意留给自己的孙儿。我是这么思量的，皇后才没的，御前怕短了人支应。你是稳当孩子，心又细，倘或愿意，替我上御前坐坐镇，也免得底下那些人打马虎眼儿，不好好当差。"

这一说，说出了嘤鸣一脑门子冷汗，她结巴了半天："我……我……"

太皇太后失笑："怎么的呢，吓得话都说不利索了？"

嘤鸣心道要是能，她恨不得一屁股坐在地上才好。御前那碗饭，岂是任谁都能吃的？太皇太后如此积极地撮合，实可不必，深知的前车之鉴就在眼前，她绝不敢存半点攀龙附凤之心。其实就连见一面，她都有种要作呕的感觉，如果真上御前，怕是早晚要像深知一样抑郁而终的。

她只有尽量婉拒："奴才憨蠢，御前当上差的都是百里挑一，我才入宫，不懂尺寸长短，愿意在老佛爷跟前多习学习学，等将来长了本事，再去御前更为妥当。"

太皇太后似乎有些失望，但不强逼她，说："也罢，那就再等一程子，等你自己想去了，再去不迟。"

老太太是个极有闲情的人，遛弯加上侍弄她养的花鸟鱼虫，半天时间就过去了。其间一直在往宫门上瞧，问米嬷嬷："不是说得了闲就来的吗，等这好半晌，怎么还不来？"

米嬷嬷接了她手上的水端子，好声道："得了闲早早地来，不得闲就等用膳的时候来。万岁爷公务巨万，老佛爷体谅些个，再等会子吧。"

结果有了年纪的人，等着等着就没心肠了，说要上里头打个盹儿，等万岁爷来了再叫醒她。

嘤鸣忙扶太皇太后进殿里，伺候她躺下，仔细盖上锦被。其实宫里的差事，每一样都有专人承办，她把那些活儿揽了，倒让鹊印她们站着干看。

她从偏殿出来，见了米嬷嬷，老大的不好意思，赧然说："我今儿进宫来，不瞒嬷嬷，这会子还糊涂着，不知道该干些什么。您瞧，我不懂规矩，怕要招大家笑话。打明儿开始嬷嬷吩咐我吧，让我做洒扫或是种花儿都成。"

米嬷嬷模样很和善，和鹊印、娥子她们相视而笑："姑娘不是选秀进来的，自然也不是奴才。那些洒扫种花的事儿，有底下人干，您只要陪着老佛爷说说话、逛逛园子就成了，哪能使唤您做活儿呢。"

新到一个地方，怕的就是没着没落，人家什么都不要你干，你又不能像在家一样，想吃就吃，想睡就睡。你的任务是陪人取乐，太皇太后笑的时候你得陪着她笑，太皇太后不高兴的时候你要让她高兴。这些事看起来不费力，其实是最难为人的，像她这样喜静的脾气，要做好实在太难了。

她简直有些绝望，惨然看着前殿的宝座发呆。恰在这时听见两声击节，殿里人立时肃容鱼贯而出。嘤鸣有些慌神，不知出了什么事。米嬷嬷安抚她："万岁爷来了。咱们是太皇太后宫里的人，一般见了万岁爷只需蹲安。姑娘是头一遭儿面圣，回头我引您过去，您磕头请个安……别怕，咱们万岁爷是最和气的。"

· 三 ·

米嬷嬷口中的和气，显然并不针对所有人。皇帝是天字第一号的人物，如此身份，往那儿一站，你就知道自己该下跪还是该磕头。

上回甬路上的匆匆一瞥，只看见个大概模样，半个月过去了，嘤鸣几乎已经想不起"龙颜"。只记得皇帝个头很高，身形也挺拔，据阿玛说皇帝尚武，如果出生在宗室之家，足可成为最有真材实料的巴图鲁。

嘤鸣对他的长相一点都不好奇，她低着头，跟米嬷嬷上前。米嬷嬷向皇帝引荐，说"这位就是直义公纳辛家的小姐"，嘤鸣在槛外的廊庑下敛袍跪拜，绷紧了脊背和十指，规规矩矩俯首："奴才鄂奇里氏，恭请皇上圣安。"

皇帝的袍裾就在眼前，因离得非常近，能清楚地看见袍角上涌动的海水暗纹。他站在这里，不立刻叫起，也不挪步，就这样站着，里头足有一弹指[1]的工夫，像在费心琢磨着什么。

嘤鸣额上起了一层薄汗，无法揣测皇帝的心思，只知道他并不待见她阿玛。不让起身，她只好继续跪着，皇帝的视线落在她身上，她越发放低身子，隐隐有芒刺在背之感。

幸好这可怕的审视没有持续更长时间，皇帝淡淡说了句"伊立"，擦身往殿内去了。嘤鸣站起身，憋了半天的气到这时才得以吐出来，心口还在怦怦急跳。安已经请过了，礼数也已经周全，她既然不是正经选秀进宫的，应当可以不必戳在跟前了吧。

她这么想着，稍稍往后挪了两步，正想回太皇太后给她指派的住处，忽然听见米嬷嬷唤了她一声。她心中一惊，惶然看过去，米嬷嬷笑着冲她招了招手，转头又向殿内的皇帝回话："老佛爷先头一直盼着万岁爷，后来乏了，说进去眯瞪会子，吩咐奴才等万岁爷来了就叫他起身。"

皇帝的声音不急不缓地飘出来，一字一句是不容辩驳的威仪："皇祖母安寝，谁也不许打搅。朕难得闲暇，在这里看会儿书，等皇祖母醒了再说话。"

米嬷嬷道是，这时小宫女端茶进来，接了米嬷嬷一个眼色，很快将朱红的漆盘交到嘤鸣手上。嘤鸣怔了下，殿门上侍立的御前太监冲她比了比手，瞧这意思，是让她进去伺候茶水。

她很有些为难，平心论是不愿意在皇帝跟前露脸的。高高在上的天下之主阴晴不定，谁知道哪里做得不好，就要挨一顿呲打，甚至丢了脑袋。可她既然进宫来，就得做好受刁难的准备，一切都得忍着，不为自己，就当为家里太平吧。

匀了口气，她小心翼翼托住漆盘，心想也没什么不易的，就当那是福晋。平时她在

---

1　一弹指：十秒

家也为嫡母端茶递水，齐家是有根底的人家，入关前的老规矩十分繁复，她踏实学了不少，没想到今天派上了用场。

一步一步走上栽绒毯，这毯子有缓冲的好处，不至于颠簸，也不会把茶水泼洒出来。皇帝坐在南炕上，脚下是花梨的脚踏，肘下枕着紫檀雕花的炕几。给皇帝进茶断不能登高往脚踏上踩，便将托盘放在月牙桌上，手里捧着茶托，弓着身子，把茶盏敬献在离他指尖两寸远的地方。

手不颤，身不摇，没有听见因初次见驾过于紧张，致使杯碟相击咔咔作响的动静。皇帝蹙眉看了她一眼，他记得这个人，皇后举行丧仪的第二天，她出现在东一长街上。皇帝无论去哪里，首先有人净道，一长二短的击掌声，是为了提醒来不及避让的太监和宫女子们面墙回避。但就是这个人，她似乎并未听见这种暗语，抑或是听见了也不明白。宽敞的甬道上只有她一个人突兀地站在路中央，走了好几步，还伤春悲秋式地拧过头，朝南望了一眼。

皇帝自然没有心思停下问她的罪，他甚至没有留意她的长相，便匆匆进了广生左门。路上随意问了句那是什么人，德禄后来回禀，说是纳辛家的闺女，皇后生前与她亲近，闺中时就是密友。他听后未曾放在心上，纳辛和薛尚章蛇鼠一窝不是一天两天了，两家的女儿走得近，也没什么稀奇。

到今天才算看清这张脸，没有颠倒容华之姿，以皇帝的眼光来说，只能算尚佳。穿着绀红的坎肩，皮肤很白净，也衬得一双眼眸出奇黑亮。只是一直垂着眼，但可以想象，如果抬眼一瞥，也许会有秋波欲横的况味。

可惜了，生在纳辛家。

皇帝调开视线，端起茶盏抿了一口："你叫什么名字？"

皇帝的声音低沉而和缓，北京人口音重，常有连读的习惯，松散起来几个字省略成一两个也是常有。但皇帝不一样，他受过良好的咬字训练，没有那种拖泥带水的慵懒，一是一二是二，清晰决断，且有筋骨。

嘤鸣蹲了个安："回万岁爷，奴才小字嘤鸣。"

皇帝沉默下来，半晌才几不可闻地轻轻一哂："嘤鸣求友，人如其名。"

说起这个，确实很巧合。当初侧福晋生下她，因为是个姑娘，取名字并没有男孩儿上宗谱那么积极。彼时厚载七八岁光景，坐在南窗底下背书，背到《小雅》中的伐木一篇，摇头晃脑地呢喃："伐木丁丁，鸟鸣嘤嘤……"她阿玛恰巧打窗外过，就给她取了名字，叫嘤鸣。嘤鸣求友，意气相投，她和深知就是这样。现在回过头来想，她的人生轨迹就打这儿起，将来走向哪里，谁知道呢。

只是这话从皇帝口中说出来，别有一番深意。她捏着心道是："奴才没有旁的，就是讲义气，且有对主子的一腔赤诚。"

皇帝听了不置可否，心道真会说话，这时候还不忘刻意讨好主子。但那句"讲义气"里头很有学问，她这是在表明立场，表明自己和薛深知同仇敌忾。薛深知死在了深宫，她对这宫里的一切，想必也是深恶痛绝。

不耐烦，却不得不进宫来，真是可悲。皇帝翻开书页，漫不经心道："皇后梓宫四月初二移奉山陵，到时候的永安大典准你前往，也算尽了你和皇后的情义。"

他忽然这么说，嘤鸣讶然抬起了眼。她没想到竟会得恩旨，永安大典是丧葬中最隆重的礼仪，届时皇帝率领后妃和群臣入陵寝行迁奠礼，这样的场合，以她的身份是没有资格参加的。

她开始细斟酌皇帝开恩背后的筹谋——处处设套，是为了把齐家彻底归入薛派。论理儿她不该去，去了以什么身份，很难说。可不去，那又是最后送别深知的机会，从此天涯路远，今生的缘分就到头了。

再退一步思量，入了宫就是砧板上的肉，剁块儿还是切片儿，全由别人。自己琢磨得多也好，少也罢，不因你机灵就能换命。人家心里打了主意，你再费劲儿，也改变不了人家想摁死你的心。

这么一想，也就从容了，嘤鸣压膝蹲安："万岁爷您心田真好。奴才和孝慧皇后确有私交，原不敢奢望能送殡的，如今万岁爷恩准，奴才叩谢天恩。"

皇帝不多言，只说了句"免"，便不再搭理她了。窗外春光正好，下半晌斜斜从西边照过来，他微挪了挪，把书偏过一些，就着余晖翻看书页。

米嬷嬷对目下的情况尚算称意，本来担心皇帝没心思兜搭的，谁知还不错，至少说上了两句话。终归是太皇太后高明，特特儿腾出了空让他们独处，若她在，大家都谨守规矩，皇帝也没闲心瞧姑娘一眼。其实拿人家女孩儿作筷子，并不是什么高明的手段。前朝暗涌滔天，那是男人间的博弈，不该殃及后宫。孝慧皇后和皇帝之间是八字不合，两个人连说一句话都嫌多，更别谈睡在一张床上了。这纳辛家的闺女，细论起来比薛尚章家的更好一些，纳辛不敢公然叫板，如果把他拉拢过来，三位辅政大臣中就只剩薛尚章了，皇帝动手的时候不至于落个杀功臣的名头。至于纳辛，留待以后慢慢处置也未为不可。

米嬷嬷笑眯眯的，又招嘤鸣过去："皇上看书有时辰定规，你点上一支香，香燃完了，提醒主子歇一歇，养养精神。"

嘤鸣心说怎么又是我呢，可又不好推辞，便从木盒里抽出一支白梅香来，吹火折子点燃了，小心翼翼插进错金螭兽香炉里。

米嬷嬷吩咐完了即退出去，这时候的暖阁里一室静谧，回头只看见门上站班的太监。嘤鸣没法子，把香炉搬到炕几上，再叠手退回原来待立的位置。

融融斜阳，透过暖阁的大玻璃静静铺陈进来，皇帝就坐在一片光辉下，低着头，垂着眼，专心致志看他的书。嘤鸣到这时才拿正眼瞧他，他穿着鲛青的素服，因皇后丧期未满，规整地挽出一道雪白的箭袖。他的手指细洁修长，支起靛蓝的书皮，就这么看过去，很有几分清颜玉骨之相。

窗外鸟鸣啾啾，嘤鸣很快又把注意力集中到树顶的鹂鸟身上去了。皇帝看书，她看鸟，这种毫无交流的状态，分明是决意互不相干。

隔窗留意着里头一举一动的米嬷嬷觉得有点发愁，皇帝身边的三庆也枯着眉头笑："这姑娘，怎么不和主子爷多说两句话呢。别人拣高枝儿想尽法子巴结，她倒好，宁愿当戳脚子站着，真是难受。"

谁说不是呢，不过这么着自有她的用意，她不想当后妃，所以也不琢磨怎么讨皇帝的欢心。

米嬷嬷没辙了，挨到皇帝看不见的犄角旮旯，冲她直挥手。她终于看见了，还是一脸不明所以。米嬷嬷只好冲香炉里的线香指点，她才发现那支白梅香只剩寸来长了，便向上回禀："万岁爷，您歇一歇吧，香都烧完了，没的看坏眼睛。"

## · 四 ·

皇帝是个自律的人，定下的规矩雷打不动。小时候那阵儿在布库场上练拳脚，不留神弄伤过眼睛，因此看书也好，批折子也好，都有一定时辰。

嘤鸣向上回禀，他听见了，把书扣下，闭上眼睛，背靠锁子锦靠垫养神。春光柔软，为他的五官蒙上了一层温暖的光。很奇怪，他连闭着眼睛的样子都不可一世，微微仰着下颌，那种倨傲的神情，是所有王公亲贵们不能有也不敢有的。

和这样的人共处一室，对嘤鸣来说是个苦差事。她打心眼儿里讨厌他，人就是这样，一旦你不待见谁，就连他喘气都觉得碍眼。如今茶上过了，香也烧完了，似乎再没有理由继续留下了。

她悄悄往外退，不顾米嬷嬷的眼色指点，一口气退出了暖阁。米嬷嬷显得无可奈何："姑娘怎么不多陪陪万岁爷呢，防着他有示下，你好尽快承办。"

嘤鸣很尴尬："嬷嬷，御前伺候自有御前的人。我头一天进宫来，宫里的规矩还不明白，又粗手笨脚的，万一在圣驾跟前失了仪，怕是连家里的脸都要被我丢尽了。"

米嬷嬷直叹气："谁也不是天生就会当差的，多历练两回，自然就明白了。万岁爷不是苛刻的主子，知道你刚进宫来，绝不会有意为难你。太皇太后头前不是也同你交过底吗，愿意你上御前去。这会儿万岁爷来了，多好的机会，您就不想出人头地，将来好光耀门楣？"

这点嘤鸣当真是从未想过，不过不好直接说出来，便只有赧然报以微笑。

她阿玛为官这些年，她从懂事时起就观察他的处世态度，最后总结出一条道理来——当官犹如和面，面多了加水，水多了加面。光耀门楣固然好，过程中若需要担风险，那一份好不要也罢。她以前并不太赞同阿玛的主张，现在自己到了这个处境，竟发现别有一番道理。升发的好处让别人去得吧，她守住了自己的一亩三分地，就觉得不错了。

她的这张脸，细看还是一团孩子气，米嬷嬷瞧了半天，发现生不了气，反而被她带笑了。

"别光直乐啊，"米嬷嬷说，"要不还进去吧。"

嘤鸣不大愿意："您让我和万岁爷多说话，可他不理我，我也没辙。"

米嬷嬷往里头觑一眼，皇帝还养神呢，瞧这模样对她没什么意思。这就难了，长此以往别又像和先皇后似的，先是互不理睬，时候越长彼此越凉，到最后相看两厌，连瞅见人影儿都脑瓜子疼。

米嬷嬷打算再劝她努力一把："你得引着皇上说话，皇上性子淡，就得底下人活泛。将来你要是真进乾清宫伺候，主子不理我，我也不理他，那可不成。"

嘤鸣的对策很简单："那我还是陪着老佛爷吧。回头我拜师父学抹牌去，等学会了，让老佛爷多多赢钱，您看这样好不好？"

好什么呀，当然不好，连次间里的太皇太后都听不下去了，走出来有意问："皇帝来了没有？"

大伙儿忙去相迎，米嬷嬷说："早来了，只是不叫扰了老佛爷清梦，自个儿在暖阁里看书呢。"

暖阁虽是独立的一间屋子，但和正殿及次间连通，这头高声说话，他那头立刻就听见了。米嬷嬷才回禀完，皇帝便从暖阁里出来，哈腰行了一礼道："孙儿来早了，恰遇上皇祖母歇觉的时候。是孙儿不让嬷嬷通传的，想着等晚膳预备妥了，再请皇祖母起来用膳。"

太皇太后笑道："难为你，一个人坐在那小暖阁里读书。既然来得早，先传酒膳吧，这会子竟有些饿了。"

嘤鸣溜号的计划看来彻底落空了，太皇太后既然起了身，她也不好自己躲清闲。

仍旧往暖阁里去，暖阁里光线好，太皇太后也没忘嘱咐把小戏儿传来："等太后和贵太妃来了，咱们再挪窝儿。"

酒膳是两餐之间的小餐点，算是加餐，并不正式。人在哪儿，哪儿就上个小圆桌，膳房送些瓜果点心，再加上一小盏奶子酒，以垫胃为主。皇帝是极孝顺的，当初先帝驾崩，太后又遇事就慌神，皇帝全靠老祖母周全才走到今天。如同寻常人家的子孙一样，皇帝搀扶着太皇太后在南炕上坐下，自己立在一旁，侍膳太监躬身将托盘一一呈敬上来，他就亲自接手，一件件摆在太皇太后面前。

万乘之尊，侍奉祖母膝下尤其尽心，那谨慎的动作和神情，简直要让人误以为天家也有亲情。当然亲情应当是有的，但只限于没有利害冲突的血亲罢了。嘤鸣站在万寿无疆落地罩旁，看着各式蜜饯、饽饽、燕窝盏摆满那面小圆桌，太皇太后让皇帝坐，又转头来瞧她，招了招手道："嘤鸣，你也坐下吧。"

皇帝的目光冷冷，朝她望过来，嘤鸣心头打了个突，欠身道："谢老佛爷，奴才不敢在老佛爷和皇上跟前塌腰子坐着。奴才就站在这儿，伺候老佛爷和皇上用膳。"

一个将来要做继后的人，让她巴巴儿站着伺候，实不合理。媳妇过了门子调理立规矩，那是民间才有的事儿，宫里皇后嫔妃，哪怕再不受宠，体面都要成全，这不光是为她们个人，也是为着整个皇家。

太皇太后只一笑："你是我请进宫的客，不是选秀上来侍奉主子的丫头，没有叫客站着的道理。"

嘤鸣很犹豫，太皇太后的话不能违抗，可和皇帝同桌，她没这个胆儿也不情愿，最后还是皇帝发了话："既然太皇太后让你坐，那你就坐下吧。"

还能怎么的呢，赶紧谢恩吧。她蹲安道是，鹊印搬了杌子来，她小心翼翼地在一旁坐了下来。


太皇太后爱吃酒打酥酪，把新鲜的杏仁杵成汁子，加上羊奶和米酒调匀，上锅隔水蒸煮，蒸出来的酥酪凝脂似的，再撒上桂花和干果，那是她们老家独有的吃法。

"尝尝吧，"太皇太后笑着对嘤鸣说，"咱们察哈尔部逢着喜宴才能吃上这个酥酪，也是我好这口，寿膳房里常年都预备着。鄂奇里氏是乌梁海老姓儿，吃口和我们不一样，你试试，看看能不能吃得惯。"

嘤鸣捧着碗谢恩："虽是打乌梁海来的，可从龙入关多年，家里的吃口也和外头一样了。"说着拿银匙舀了一勺，一手掩唇，品了品笑道，"这味儿妙得很，加了酒却一点不冲，爽口得很。往后我在老佛爷这儿可长见识了，怪道我额涅说我口福好，上哪儿都落不下吃的。"

她是讨大皇太后的好，说得老太太高兴了，皇帝却未必待见。太皇太后说："你是没尝过御膳房的东西，那儿的挂炉局做出来的八宝鸭子才叫好，不信你问问皇帝。"

让她问皇帝，她自然不敢去问，皇帝却不好不接太皇太后的话，便应了个是："皇祖母喜欢，这会儿就命人送过来。"

太皇太后摇头："我吃得多了，倒也不稀奇，就是说给嘤鸣听听罢了。现烤的鸭子要现吃才好，回头等嘤鸣过去了，赏她一只尝尝也就是了。"

皇帝道是，轻飘飘看了对面的人一眼，仿佛在看一只行走的食盒。

话题何以围绕吃展开了呢，嘤鸣也不太明白，大概是因为气氛过于沉闷，太皇太后想尽法子周全，无奈皇帝和她都三心二意，到最后便只好听戏了。

国丧期间不奏乐，小生情真意切地清唱着："沉思年少浪迹，笛里关山，柳下坊陌，坠红无信息。而如今，飘零久，醉卧酒垆何意。"嘤鸣其实不爱听戏，因为听不懂，也不明白，这咿咿呀呀的，一个字能撇出去十万八千里，究竟有什么意思。可太皇太后爱听，她就得装得也很欣赏，端端正正坐着，一本正经地斟酌唱腔。太皇太后叫好的时候笑着表示赞同，顺势再往外一瞥——太阳怎么还没下山，这一天过起来真是漫长。

她的装模作样，皇帝看在眼里，对她的印象实在谈不上好。虽然这南曲确实熬人，但既然是太皇太后的心意，就该感恩戴德。他挑剔她，因为她领情领得不够彻底，装样也装得不够投入。还有不知她老往他这里看什么，之前分明一脸敷衍，现在又是唱的哪出？

这时前殿通传，说太后和贵太妃到了，嘤鸣忙起身相迎。太后不善言辞，见嘤鸣给她行礼，含笑抬手说"伊立"。贵太妃显得更热络些，虚扶了一把道："昨儿老佛爷还念着你，后来听说你愿意进宫伺候，可真慰了老佛爷的心了。只是你这一来，家里定然舍不得吧？"

嘤鸣笑着说不能够："能伺候老佛爷是奴才一门几辈子修来的造化，临走家里再三叮嘱，叫千万仔细再仔细。奴才是粗蠢之人，做事也不够熨帖，幸蒙老佛爷不弃，让我留下来学本事、长见识。"

她说话不卑不亢，也很有章法。敏贵太妃其实对她入宫颇有微词，原还想多呲打两句，奈何太后已经坐下了，贵太妃没法儿，只得中途截断了话头子，随太后一道入座。

这下人多了，终于不必像刚才那样拘谨困顿了。嘤鸣早前在父母手底下，连去海家做客都有嫡母护佑着，她算是躲在羽翼之下，没有自己经历过风浪。现在呢，一夕间仿佛一切遮挡都撤走了，让她一个人孤零零站在旷野里。所面对的人和事，几乎没有一样是真正向着她的，难免感到孤立和落寞。

好在有太后和贵太妃陪太皇太后说话，她们聊戏聊角儿，暂时能忘了她。对面的皇帝似乎也有点走神，拧着眉，不知在思量什么。

太皇太后觉得难有这样的机会，皇帝得闲陪着一道用膳，于是酒膳连着晚膳，一块儿上了。她们闲聊，小戏儿吟唱，这一唱就唱到了亥时牌。

夜深了，皇帝该起身告退了，太皇太后似乎还沉浸在敏贵太妃听来的宫外趣闻里，吩咐皇帝仔细圣躬，又对嘤鸣道："我懒动，你替我送送你们主子。夜里有些凉，别忘了添衣再走。"

嘤鸣道是，硬着头皮接过米嬷嬷捧来的缎地团龙斗篷，暗道老太太为了撮合，真是煞费苦心。可她从未伺候过男人穿戴，这斗篷交到她手里，实在太难为她了。她左右瞧瞧，盼着有御前的人来搭把手，可惜没有。檐下灯笼洒落一地的光，所有人都垂手而立，如泥塑木雕一般。她又向上觑了觑，希望皇帝嫌她蠢，能接过斗篷自己披上。

谁知这一瞥，和皇帝的视线撞了个正着。这位天下之主睥睨着她，浓睫下一线天光里，透出了无限的不屑和冷嘲。

肆

清明

· 二 ·

真是个不怎么讲理的人，他讨厌和薛家沾边的人进宫，嘤鸣也同样不愿意和害死她好友的人共处一个屋檐下。借她以慰深知的父母，本就是他们祖孙权衡利弊后的决定，她是被动填了窟窿，是整个事件中最无辜的人。他对一个无辜的人冷眼相向，是什么道理？

嘤鸣觉得很憋屈，今天的一切于她来说都坏透了。这慈宁宫所有人一再重申她不是来当使唤丫头的，结果她却要站在皇帝面前，顶着他刀锋一样犀利的目光，壮起牛胆来伺候他茶水，为他添衣。

凭什么呢，她心里极不情愿，却又因人在矮檐下，不得不做小伏低。提溜起斗篷的领祚一抖，月灰的缎面水一样倾泻而下，团龙龇牙咧嘴，瞪着两只铜铃似的眼睛瞧着她——人不和善，连穿的纹样都那么讨厌！只是这份不待见不能显露在脸上，嘤鸣按捺着，转到他身后，踮脚把斗篷披在了他肩上。

这样就齐全了，似乎也不怎么难，接下来只要把领上系紧就行。可刚要转过去，那轻飘飘的系带不知什么时候绕到她胳膊上去了。皇帝穿的是缎子，缎子可太滑了，和什么都不对付，结果她一走动，带住了披领，斗篷顺势就滑下来了。

所有人都为她捏了一把汗，御用的东西落地吃灰，那是怎样的大罪，几乎不敢想象。轻者罚入辛者库，重者脑袋搬家，大概就这样了吧……好在她眼明手快，一把捞住了，不过斗篷虽没沾着土星子，却因动静太大，惹得皇帝回身打量她。

那道蔑视的眼波，果然比先前更明显了，皇帝问："你在干什么？"

嘤鸣只好哈腰请罪："奴才手脚笨拙，险些把万岁爷的斗篷摔在地上，请万岁爷治奴才的罪。"

太皇太后接进宫的人，自然不能为了这点小事就治罪。皇帝懂得克制，但多看她一眼都觉得难受，转头调开了视线，凉声道："不忙，先攒着，以后再一并清算。朕无非是想提醒你一句，如今既然进了宫，就该断了一切念想，踏踏实实伺候主子。明儿让尚仪局的人教教你规矩，再这么毛手毛脚，丢的是整个鄂奇里氏的脸。"

皇帝说完，没有等她再次近身，负手走出了慈宁宫。嘤鸣呆呆地捧着斗篷站在滴水下，那些话不轻不重地落下来，让她觉得难堪至极，也屈辱至极。

心里滚油煎过一般，帝王家杀人不见血，她到现在才算见识着。深知当初该有多不易，和这样一个刻薄且傲慢的人结成夫妻，恐怕多活一天都是受罪。先前嘤鸣为她的死痛哭，现在竟觉得这才是她唯一解脱的方法。深知的脾气就像她的名字，过于通透和深刻，至坚易折。不像她似的，吃得了挂落儿，也装得了孙子。

鹊印见她脸上白一阵青一阵，忙上前来安慰："主子说两句是常事，宫里所有人都打这儿过的。万岁爷这回已是格外开恩了，要是换了旁人，这会子早叉下去了。"

她站在凉风里，面色不豫，可一回过神来，又是一脸笑模样，说："不怪主子要恼，确实是我太笨了。万岁爷说让我上尚仪局学规矩呢，尚仪局在哪儿？我明儿就过去。"

暖阁里隔窗看了半晌的人，重又退回了座上。太皇太后说："都瞧见了？瞧瞧这姑娘怎么样？"

敏贵太妃囫囵一笑："头回伺候就闹得这样儿，万岁爷怕是不能待见。"

太皇太后又瞧太后："你说呢？"

太后是圆圆的一张脸，鼻子两边往下有两道弓形纹，笑起来很有灶王奶奶的风范。太后平时没有太大的主张，属于比较老实的那类人，太皇太后问话，她别无异议，只有一句："老佛爷瞧人准。"

太皇太后笑了笑："瞧人不准，也走不到今儿。头回见她，我就拿她和孝慧皇后比。孝慧皇后脾气耿直，这个恰相反，你瞧她没钢火似的，可心里有成算。皇帝今儿打进来起就摆脸子，我瞧得真真儿的，换了别的姑娘，早慌得不知怎么好了。她呢，不往心里去，受了挤对还是一脸笑，这宫里有几个人能做到？不钻牛角尖，这点就比孝慧皇后强，身子骨结实，活得也定比孝慧皇后长。皇帝年轻，朝中局势不论如何瞬息万变，要紧一宗，后宫得稳。皇后……终究是一国之母，不管她出自哪家，只要是不犯大错，等闲不能轻易动了根基。"

太后轻叹了口气："孝慧皇后心思忒重了……这么瞧着，还是这个好。"

这个好？看来继后的人选真要定下了。敏贵太妃有意提了一嘴："她不是有喘症吗，选秀早早儿就撂了牌子。"

说起这个是令人有些不快，虽然朝廷严令不得逃避选秀，但仍有极少数王公大臣钻空子耍花枪，纳辛就是其中之一。他倒未必是不愿意女儿进宫来，只是碍于薛尚章的女儿已是皇后，自己的闺女在位分上并没有太大的盼头，因此情愿找个京里的府门结亲，让孩子过寻常的、有点滋味儿的日子。可是人算不如天算，没想到薛家的女儿没了，如今再把孩子送进来，料着也不那么为难。

"这毛病靠调理，调理得好，未必不能除病根儿。"太皇太后松泛一笑，"今儿瞧着，不是挺好的身子骨吗？"

敏贵太妃明白了，太皇太后是有心回护。让纳辛的闺女当上继后可说有弊也有利，先用纳辛牵制住薛尚章，让他们窝里斗，将来再逐个儿收拾，皇帝处置起来更容易。

贵太妃笑了："我那儿有几支活参，还是当年先帝爷赏的，一直养着没舍得动。回头我叫人送来，给孩子好好补补身子吧。"

太皇太后说："你自己且留着吧，毕竟是先帝的赏赐，留着是个念想。"

这时嘤鸣从外面进来，冲太皇太后蹲了个福，赧然道："老佛爷，皇上罚奴才去尚仪局学规矩了，奴才先头伺候得不好。"

太皇太后笑着点头："我都瞧见了，是该去学一学才好。也怪我，今儿你头一天进宫，太急进了些。明儿让尚仪局派两个精奇过来，花个一日半日的，学起来快得很。"

太后在一旁，一直是带笑看着，想来这姑娘性子也很称她的意。敏贵太妃存了点挑剔的心，又从头到脚打量了一遍，说有多好实没看出来。她们只瞧她心大命大，依着她看，恐怕是个惯常会扮猪吃老虎的主儿。


从慈宁宫辞出来，贵太妃和太后未传肩舆，两个人慢腾腾地走回了寿安宫。

今晚上月色凄迷，这模糊的深蓝色的夜，把整个紫禁城晕染得沧桑又寒凉。贵太妃搀着太后走在夹道里，前头两盏羊角灯照出了不大点儿的亮，贵太妃的嗓音也是模糊的，她说："您瞧，这么一眨眼的工夫，咱们进宫都二十年了。今儿看着老佛爷为迎接嘤鸣忙碌，我就想起咱们那会儿来。头一回进宫，什么都不明白，傻不愣登横冲直撞，得罪了人都不知道。"

太后也怅然："可不嘛，深宫二十年，媳妇熬成婆了。如今什么都不盼，只盼着皇帝的婚姻能顺遂。孝慧皇后……唉，皇帝的日子还长着呢，头一个就……"

贵太妃习惯了太后说话的方式，她一向谨慎，说了半句，另半句要你自己意会。她是想说皇帝还年轻，嫡皇后五年就没了，不管是什么缘故，总逃不脱天子命硬的说法。

所以第二个尤其要仔细，太皇太后所谓的"身子骨结实"，也不是随口一谈，眼下再挑继皇后，可得挑个受得了冷落、经得起白眼的。

"老佛爷心里明镜似的，不论什么决定，都有深意在里头。可我想着，皇上和孝慧皇后日子没过到一处去，要是继皇后再这么的……可不伤情嘛。"贵太妃边说边细细观察太后脸上神色，"就没想过，等皇后丧期过了，大选里头再挑一挑？没准儿遇上个合适的呢。"

太后闻言一笑："老佛爷深谋远虑，这些何尝想不着？秀女是要选的，继后的人选也在您老人家心里。说句实在话，要论出身，纳辛家的闺女确实是独一份儿。他们家高祖老太太是成宗皇帝的六公主，纳辛又是危难时候勤王的功臣，如今还位列三大辅臣呢，不选他们家，可选谁？"

敏贵太妃也无话可说，细细论起来，勤王的头号功臣多增家也是阳盛阴衰，小辈里头的两个女娃病猫儿似的，断不能进宫。薛尚章家出过一个皇后，因孝慧皇后是病死的，继后绝不会再在他们族中挑选。剩下的只有纳辛家了，孩子个个牛犊子似的，怎么着也该轮着了。

没了奔头，贵太妃有些怏怏的："上回我和您说过的，我那侄女儿……"

"哎，我记在心上呢。"太后说，"等孝慧皇后入了陵寝，后宫里头总还要添些人口。这会子在丧期，提了不大合适。得空吧，瞧准了老佛爷哪天高兴，咱们私底下引荐，也好叫老佛爷心里头有底。"

敏贵太妃笑了笑，这种敷衍的话，听了也不是一回两回。纳辛家的姑娘眼看要出阁，才慌里慌张地讨要进宫来，至于别人，早搁到后脑勺去了。


皇帝发话叫学规矩，自然不好驳了皇帝的面子。太皇太后一大早起来，就让人从尚仪局调了两个精奇嬷嬷，在西配殿里教嘤鸣学宫中礼仪。

觉应当怎么睡，饭应当怎么吃，走路迈多大的步子，请安蹲多低的身子，这些都是学问，每一样都得再三练习。

嘤鸣什么都能做得很好，其实在家的时候规矩就挺严的，福晋指派了看妈，小到表情，大到行止，都要按着看妈的要求一丝不苟地执行。看妈手里握着戒尺，你咧嘴大笑，就是一记手板子。你走路一蹦三跳，那更了不得，尺子可上小腿肚，啪的一下，准打得你眼冒金星。

当然进了宫，宫里的要求更严苛些，也或者是精奇嬷嬷为了在太皇太后跟前显能耐，说她走道儿走得不稳妥，有高低肩，让她顶着水碗，来来回回走上一百遍。

天气很好，太皇太后用了早膳无事可做，过来瞧她怎么习学。配殿里地方不大，走上二十来步就得掉头，太皇太后发了话："外头太阳正暖和，上那棵玉兰树底下练去吧。"于是嘤鸣昂首挺胸，顶着三只水碗迈出了门槛。

太监们在配殿的台阶前放了一把玫瑰椅，请太皇太后坐着看她练习。嘤鸣是她新得的小玩意儿，光是那一本正经的表情，都能逗她高兴。

"就这么走，一步一步地……"太皇太后指点她，"两个肩头子打开喽，别想着'我顶碗呢'，忌讳得不敢迈步子。想想别的，高兴的事儿。"

嘤鸣笑起来，一边走一边说："我今儿可漂亮啦，穿着一身新衣裳，袍子是酪黄的，上头罩芽绿的大褂。我穿着新衣裳出门上香，正赶上庙会，别人都瞧我，说这姑娘怎么这么俊呢，上辈子指定是积了德了，这辈子才长得这么精神哪……"

太皇太后被她引得大笑，说对："就该这样，神气活现的，天底下就数自己最好看。"

她说话轻声细语的，加上那种腼腆的神情，连走带说，倒像真有那么回事似的。皇帝听完了政，来给太皇太后请安，正好撞见这一幕。对于不能入眼的人，可没像太皇太后似的品咂出什么妙处来，他负着手，寒着脸，每一丝表情都写着三个字——不害臊。

· 二 ·

"哟，皇帝来了。"太皇太后看见朝服端严的皇帝，每回都显得既惊且喜。就像平常人家的老太太一样，孙子是捧在心尖上的。皇帝很小的时候就没了母亲，后来皇父又宾天，他是太皇太后一手带大的，情分自不同寻常。

跟前伺候的人井然肃立，打千儿的，蹲安的，都向皇帝行礼。嘤鸣的水碗当然没法儿再顶下去了，免得皇帝又呲打，说不是来瞧耍猴的。大伙儿都怕御前失仪，没人来助她一臂之力，她只好自己想辙，把两肩的水碗端下来，然后再借道万福的当口，把头顶上那只也摘了。

皇帝的眼梢划过去，眼波冷冽，没什么好气儿。他拱手向太皇太后长揖："皇祖母昨儿夜里睡得好不好？今早进得香不香？"

太皇太后说都好："劳你记挂着。近来北边战事吃紧，你朝政冗杂，我在这宫里过着神仙一样的日子，你用不着天天过来问安。想起来了，差个人瞧瞧我，或是我打发人过去回你，都使得。"

皇帝却未顺太皇太后的话头给自己找安逸，他放缓了语调说："皇祖母体恤孙儿，孙儿都知道。可不论朝政多或是少，打小养成的规矩不能变。孙儿效法皇考，每日询问皇祖母安康是孙儿的孝道。皇祖母若是连这个都替孙儿省了，孙儿何谈奉养皇祖母，又如何做天下人之表率。"

太皇太后听了笑得无奈："我这是心疼你，倒叫你砖头瓦块来了一车。早前我是没人陪着，太后和贵太妃她们也不能时时在我这里。如今我有了嘤鸣，有她陪我说话解闷儿，也算成全了你的孝道。"

有了嘤鸣，成全的却是皇帝的孝道，太皇太后句句要把他们两人牵扯到一块儿。嘤鸣垂眼盯着脚尖，只当听不明白，皇帝显然也并未有任何触动，垂手道是："皇祖母心境开朗，孙儿在前头办事也办得踏实。"

皇帝如今能够独当一面了，太皇太后已不再过问前朝的事，留在慈宁宫里专心作养身子。头前那位孝慧皇后和她并不亲近，当初宣召册立皇后，只在大婚前匆匆见过，因此也不怎么上心。这回呢，因头一个皇后说没就没了，故而在嘤鸣身上费了些工夫。太皇太后扭头对皇帝说："你瞧你昨儿命她学规矩，她练了一早晨，连吃的都没顾得上传，真个儿皇帝一摆脸子，底下人饿断肠子。我如今瞧着，进退行止都很好，精奇嬷嬷让她顶碗，连一点水星子都没洒出来，还要什么？她才进宫，娇养的姑娘离开爹妈举目无亲，正是不知如何是好的时候。你该宽待些，话语也温存些，方显你的体天格物来。"

皇帝听完，看了嘤鸣一眼。要宽待些，说话还得温存些？他不好驳太皇太后的意思，只是眉心习惯性地一蹙，仿佛头顶上的阳光刺伤了他的眼睛："孙儿是怕她在皇祖母面前失仪，惹皇祖母不高兴，多学些规矩对她有益，毕竟宫里不像外头。不过既然皇祖母瞧着好，那就把精奇都撤了吧，让她仔细当差就是了。"

太皇太后摇头："她是客，不是来当差的。"

立国起百余年里，从没出过做皇后前先进宫伺候人的先例。皇后是皇家的脸面，谁会自打脸面，叫人笑话呢。

嘤鸣懂得其中的道理，她蹲了个福道："老佛爷，奴才愿意当差学本事。奴才全家都在旗，听主子们差遣是奴才的本分。万岁爷要奴才学规矩是提拔奴才，让奴才有长进。老佛爷疼奴才，是奴才的体面和荣耀，奴才却不能仗着老佛爷仁慈，真拿自己当客了。"

她自觉这话说得圆融，谁知太皇太后脸上的笑意竟渐渐消失了。她也不瞧嘤鸣，手指在玫瑰椅把手上笃笃敲击着，指甲盖和脆冷的漆面相击，每一声都叫人捏心。

嘤鸣背上冷汗直流，料着这回急于把自己择干净，免不得触怒了太皇太后。她也不敢看皇帝，看了无非给自己更多重压，且让皇帝更想弄死她。

时间一点一滴过去，极其难熬的一片沉寂。半晌终于听见太皇太后叹了口气，悠着声儿更正她："不是，你入宫不为伺候任何人。在我跟前，是成全了咱们的情分，论年纪，我足可以当你祖母。在皇帝跟前……"太皇太后吮唇想了想，"也别拿自己当奴才。你心里该敬着皇帝，爱戴皇帝，皇帝说的话固然要听，却也绝不拿自己当奴才秧子，记好了吗？"

嘤鸣这时才回过气儿来，忙跪下磕了个头："嗻。老佛爷的教诲，奴才谨记在心。"

太皇太后又恢复了笑模样："怎么又跪下了？"让娥子把人搀起来，"你又没犯错，不兴动不动就下跪。"

嘤鸣一脸愧怍："奴才叫老佛爷不高兴了。"

也算不得不高兴，只是另一种做规矩的方式。太皇太后招猫儿似的把她招到跟前，抚了抚她的手道："你还年轻，有些事儿想得不透彻，既在我身边，我少不得要教导你。"再瞧瞧那怯怯的模样，失笑道，"好孩子别怕……哎呀，瞧这手长得多秀气，今儿起该把指甲养起来了。我有两副年轻时常戴的金累丝甲套，回头赏你吧。"

该养指甲了……嘤鸣听得脑子嗡嗡作响，也不知说什么好，只管蹲身谢恩。

太皇太后称意了，转头对皇帝道："你在我这儿有时候了，去太后那儿请安吧，她盼着你呢。"又吩咐嘤鸣，"你陪着一块儿去。宫里地方大，也该到处走走才好。你跟前没带贴身的丫头吧？"

嘤鸣说是："不得恩旨，奴才不敢擅自带人进来。"

太皇太后道："近身的人总该有的，瞧瞧你惯常用谁，让府里把人送进宫吧。我这头再给你拨两个，宫里有规矩，独个儿不能进出宫门，身边有个伴，办事也方便。"

嘤鸣正愁这里连个商量的人都没有，太皇太后放了恩典，可算解了她的燃眉之急了。她高兴起来，一迭声叩谢，连要陪皇帝上寿安宫去，都觉得不那么为难了。

皇帝进退有度，俯身向太皇太后长揖："皇祖母安坐，孙儿告退。"却行两步，往宫门上去了。

慈宁宫门大开着，有风缓缓掠过鬓边，嘤鸣将散落的发丝绕到耳后，隐约听见皇帝荷包上的金穗子被风吹动，发出窸窣的清响。

跟着上太后那里，她也不知道干什么去，但因此可以不再顶碗，相较之下还是划算的。春风吹在身上有融融暖意，日子过得真快，眼瞧着清明了。若还在宫外，她可以上景山祭拜，深知的梓宫暂安在观德殿里，还未入葬。可惜眼下身不由己，不光自由被限制，迫于皇权重压，还得耐下性子面对那个逼死深知的人，单是想想，便让人感到无望。

这算什么世道呢，她们这些人连草芥子都不如啊。伴君如伴虎，刚才从太皇太后那儿就咂摸到滋味儿了。不管人前多和善，转眼就能冷脸，这便是煌煌天家。自己呢，浑水摸鱼，也不知能蒙混到几时。

皇帝登上肩舆，她站在宫门前木然看着。九龙鎏金的宝座在日光下折射出辉煌的色彩，皇帝端坐其上，石青的朝褂两肩挑着团龙，他目光平稳望向前方，朝冠上鲜红的帽缨衬着那张脸，既冷酷又遥远。

肩舆升起来了，她微微俯下身，让肩舆先动起来，自己则错后一些，随舆行走。太监的击掌声在夹道里回荡，啪的一声，激起墙顶上停留的鸽子。鸽子拍打翅膀的动静很大，扑棱棱直上青云，皇帝的姿势到这时才有了变化，随着鸽子飞行的轨迹抬眼，那张脸便不显得郁气沉沉了，从侧面看上去，下颌玲珑，甚至带着点风流公子的清贵蕴藉。

真奇怪，皇帝也有分心的时候？在嘤鸣的眼里他不像活人，他就像一棵树，外界感情的觉知化作一圈圈年轮向内生长，直达核心，没人看见。

果然很快他便收回视线，抬起一肘搭在扶手上。马蹄袖盖不住低垂的指尖，只见寸寸骨节分明，常年的养尊处优，养得肉皮儿白净，青紫色的血管在光照下清晰可见。

"你的规矩，学得并不好。"他忽然开口，冷冷的声音直达人痛处。

嘤鸣怔了下，知道他在说自己，便抬眼向上觑了觑。结果那道视线正落在她脸上，皇帝探究地打量她："朕实在很好奇，你不错眼珠儿地瞧，究竟是在瞧什么？"

她心头顿时一震，在瞧什么……想了想，好像也没在看什么。初到一个地方，对所有的人和事都感到新奇，似乎是很说得通的。只是皇帝俯视着她，那种居高临下的目光和气势让她觉得很不自在。所幸她有急智，忙抖机灵说："风大，奴才在想，万岁爷没披氅衣，万一受了风寒怎么办。"

皇帝不说话了，长而直的剑眉几不可见地一扬，隔了很久才道："乾清宫内外，自太监宫女到侍卫，俱不得随意窥探天颜，这个规矩，朕望你牢记。"

嘤鸣道是，并未觉得有什么扫脸。她只是不明白，他若没看她，又是怎么发现她在看他的。至于他所谓的"不错眼珠儿"，此话亦不知从何说起，她不过拿余光扫了一眼，怎么就够上这么个词儿了。

她张了张嘴，觉得被误会始终不大好，本想解释一番，再一细想不能够，这是什么人呢，容得她辩白？

皇帝洞悉人心："你想说什么？"

嘤鸣琢磨了下子，摇头："奴才没什么想说的，万岁爷教训得是。"

皇帝一哂，自然不会去和她争辩昨儿酒膳时候的事，更不会去问她不时朝他望一眼究竟是什么意思。肩舆落地，落在寿安门前，皇太后已经站在台阶下迎他了。皇帝没再理会她，起身迈进了寿安宫。

· 三 ·

皇太后对于嘤鸣与皇帝同来，实在感到非常惊讶。在她看来皇帝是不待见嘤鸣的，昨儿临走前那顿宣排，差点把姑娘吓坏了吧！

纵然嘤鸣后来是笑着进来的，且在他们面前未表现出任何的委屈之情来，太后瞧在眼里，还是很疼惜她。看见她呀，就想起自己刚入宫那会儿，半大的丫头，人生地不熟，虽有太皇太后顾念，但太皇太后做不得儿子的主，在婚姻方面自己并不圆满，谁也不能比她更知道备受冷落的酸楚。

皇帝向她问安，她"哎"了声："老佛爷上了岁数，图清净了，免了我们的晨昏定省，于我们自然是好的，但却要劳你两宫走动。我看还是这样吧，明儿我仍旧上慈宁宫去，这么着你来了顺带也见了我，就不必再往寿安宫来了。"

皇帝最知道太后的善性，温煦道："先头在皇祖母那里，您也是这么对儿子说的，要免了儿子的晨昏定省。儿子觉得大可不必，前朝御门听政，儿子坐在那里听臣工们的奏对，时候太长，也不得舒展筋骨。散了朝往后宫来，皇祖母宫里走一走，母后宫里走一走，也是松散的方儿。"

"那也成，不为难最好。"太后笑道，转而又问嘤鸣，"昨儿头一天住在宫里，可还住得习惯？"

嘤鸣蹲安行了礼，说："习惯，老佛爷怜恤奴才，把西三所的头所指给奴才了，说离慈宁宫最近，过了徽音左门就到。"

"哦，是这么回事儿。头前西三所是太妃们的住处，后来把人都挪到寿康宫去了，头所改成暖阁，二所、三所就做存放书籍字画之用。想是老佛爷知道你爱念书，特特儿把你安排到那里去的。我原想着问你夜里住得好不好，倘或有不惯，上我这儿住来，我让丫头收拾出一间屋子，也不费什么事。"太后软语温存着，复一笑道，"既然老佛爷都安排妥当了，那自然是在您老人家跟前最为妥帖。往后像今儿似的，就跟着皇帝常过来走动走动，也是好的。"

大概因为她是初进宫，太皇太后和太后都对她表现出了极大的善意。嘤鸣虽不忘宫里水深，看不清人心，但也庆幸目下境遇比进宫前预想的更顺遂。太后素来有老好人的名声，嘤鸣面对她时反倒比面对太皇太后更轻松，想是全赖太后生来面善吧。她甜甜一笑道："您不嫌我闹腾，我自个儿也会常来的。"

这句"自个儿"，又让皇帝产生了轻微的不适感。她话里话外都在急于撇清，一个女人最招人恨的就是自以为是，她当自己是什么？香饽饽？

皇帝不豫，闲闲地调开了视线。

太后的观察力一向不怎么敏锐，她没有察觉出气氛的微妙变化，只是高兴着，因为皇帝和未来的皇后都来看她了，她觉得这样很圆满。毕竟刚走的孝慧皇后心气儿很高，从未踏足过她的寿安宫。

"进明间里头坐吧，外头风大，嘤鸣身子弱，受不得风的。"太后比了比手，"内务府才送了今年的明前龙井来，我瞧这回茶炒得极好，正愁没人陪我品茶呢。"

嘤鸣惯有眼力见儿，上前搀了太后。云般轻柔的力量托扶住太后的臂弯，太后笑了笑，从为人处世上来看，这个确实比孝慧皇后练达不老少。

太后也有感慨际遇的时候，她嫁进帝王家，从皇后到太后，一路走得顺风顺水。只有一宗缺憾，没见过先帝爷几回，更谈不上生孩子。可她这个人运气很好，能捡漏。那会儿皇帝的生母孝慈皇后崩殂，皇帝才两三岁光景，她就把皇帝带在身边，和太皇太后一起，将他送上帝位，抚养他长大成人。她的一腔母爱没有别人瓜分，全都给了皇帝。对她来说皇帝就是她的亲儿子，幼时抚育，待儿子长成了，便成了她赖以偎息的天。皇帝呢，对她极孝顺，不因与她隔着一层肚皮就有所疏远。如今且不论这位继后人选将来是什么造化，眼下和顺恭敬就很好，至少她看着欢喜。


"来、来……"太后招呼他们坐，递个眼色，底下侍茶的把预备好的茶盘呈敬了上来。

皇帝在太后下首落座，嘤鸣在一旁待立，太后"咦"了声："别站着，坐下吧。"

嘤鸣却笑着摇头："谢太后恩典，奴才在家时学过茶道，今儿正好伺候您和万岁爷。"

太后的茶具是顶好的嵌玉包锡，这种紫砂壶俗称"三颗玉"，壶钮、壶把和壶嘴以玉镶制，搁在南炕前的茶案上。暖阳照下来，镶玉处晶莹剔透，壶身包裹的锡被打磨得锃亮，发出一种乌沉的、朴拙的质感。

太后起先还和皇帝说家常，皇帝每常也把听来的民间俗事讲给她听。但今儿有些不一样，打从嘤鸣洗茶开始，各自都沉默下来，就看着那双素手不紧不慢地施为。

袖子微微卷起来，露出一截雪白的肉皮儿，阳光下清透得同那"三颗玉"一样。冲泡、封壶、分杯，每一次转腕都有细腻婉约的况味在里头。手上碧绿的镯子也柔媚地漾动，光线透体，泼墨一般，在她小臂上洒下一汪翠色。

多好看呀，太后实心地赞叹，茶不茶的真不重要了，重要的是这个人。她扭头瞧皇帝，皇帝垂着眼，面上没有挑剔，也没有不以为然，甚至表情严肃，目光专注。

他能这么看一个人是好开端。太后掖着袖子，团团的脸上浮起笑意。茶泡好了，嘤鸣小心翼翼地呈上来，她接过啜了一口，见皇帝也接了茶盏，太后意有所指地品咂："依我看，今年的龙井要比往年的好，皇帝你说呢？"

皇帝自然不会说不好，顺承道："额涅喜欢，于闽浙总督是大功一件。过程子茉莉香片也该进京了，调和这龙井，香气必然更深远。"

皇帝从来舍不得夸人，太后是知道的，便热络地叫嘤鸣坐下："你也品一品，要是喜欢，我打发人送两罐去你下处。"

嘤鸣一早晨没来得及吃东西，如今是腹中空空。她自小有醉茶[1]的毛病，即便小小一杯也要起症候，心发慌腿发软，再严重些会直接抽不上来气儿。不过这都是以前的事儿了，这两年一直将养着，料着眼下已经好得差不多了吧。

太后的恩赏，断不能不识抬举。她蹲福谢了恩，坐在杌子上抬袖饮茶。一个深谙茶道却不懂茶之奥妙的人，明明牛嚼牡丹似的，还要装得很受用的模样，真切地夸这龙井何其清、何其香，然后小口小口地，把杯盏中的茶都饮尽了。

宫女又添了一杯，她瞧着澄澈的茶水，嗓子眼儿里苦成一片。外头宫门上忽然有小太监跑过，叫御前总管逮住了，压声斥骂："狗东西，作死不挑好时候！这是什么地方，容得你这么蹿天猴儿似的！"

太后一向宽和，问跟前宫女怎么了。宫女上外头查明了原委，进来回禀说："外边门上对子叫风刮下来了，小虾拾着了拿回来，只因没眼色，被德总管拿住了，过会子再处置。"

太后"哦"了声，说何必："大好的天儿，为这么点小事置气不值当。"

皇帝因跟前人惊扰了太后十分不悦，又不好当场治罪，脸色便不大好看。嘤鸣是个懂得周全的人，冲太后一笑道："说起对子，奴才想起以前听过的一个笑话来，我说给您解解闷儿，好吗？"

她还未说，太后已经准备开笑了，点头不迭："你说，也好取万岁爷一乐。"

于是嘤鸣正了正身子娓娓道："大年下，有一家子张罗贴年画。老爷子想讨个吉利，就吩咐儿子，说'你瞧着正偏，我要是贴得靠左了，你就说升官。要是贴得靠右了，你就说发财'。最后贴好了，站在上头问儿子怎么样……您猜他儿子怎么说的？"

太后瞧瞧皇帝，摇了摇头："猜不着。"

"儿子说正当间儿，既不升官，也不发财。"她说完，自己乐起来，一双笑眼眯成了一道缝。

太后愣了一下，也跟着大笑："这儿子是个糊涂虫吗，这倒好，把吉利全撵走了。"

她们就这么笑着，越想越高兴，忍不住放声儿。皇帝默默坐在一旁，略牵了下唇角，算是应了景儿。他鄙夷地打量边上的人，一口浊气憋在胸口不得纾解。笑话是挺有意思，但也不至于乐成这样，齐嘤鸣御前失仪，那些规矩怕是这辈子都学不会了。

从寿安宫出来，皇帝在前头走着，嘤鸣跟在后头。德禄上前来伺候坐舆，皇帝摆了摆手，那九龙舆便在后面不远不近地跟随着，连同御前随驾的人，在夹道里逶迤出好长

---

的队伍。

皇帝本来是不愿说教的，他的威仪在那里，略有令他不适的，拉出去处置了一了百了。可纳辛的这个闺女不一样，太皇太后接进来的人，又要靠她暂时稳住薛尚章，所以动不得。如果可以不见倒犹可，偏偏她还得继续戳在眼窝子里，要是由得她去，难受的是他自己。

"你……"皇帝寒声道，后头的话还未出口，就听见她接口应了个是。底下应该怎么办呢，他疾言厉色，她似乎也不当一回事。也许天威凛凛对她来说可憎可恶，因为她最好的朋友死在了深宫，所以她对他这个皇帝十分排斥。

恰好，他也一样。

皇帝的唇角微沉了下："你先前同太后说的那个笑话犯了忌讳，你知不知道？"

她声音闷闷的，说："知道。升官发财全凭万岁爷，既不升官也不发财，有藐视圣躬之嫌。"

皇帝冷哼了一声："看来你不笨，是故意的。宫里规矩重，你在朕面前大笑有失体统。孝慧皇后尸骨未寒，你就这么着急露脸，所谓的嘤鸣求友，在你身上真是个笑谈。"

这话算说得很重了，剖开肉，剔开筋，直达骨髓，足以令她难堪至死。皇帝嘴角挂着一丝冷嘲，等着看她狼狈的应对，结果等了好半天，没等来她的回答。

他越发不悦了，回头瞥了一眼，本以为她就在身后不远，可人并未如预期的那样出现在他的视野里。皇帝不得不转过身来，发现她落下了一大截，脸色煞白，扶墙站着苟延残喘。总算还有惧怕之意，皇帝的怒气稍息了些，正要再给训示，她居然靠墙蹲下了……

又在耍什么花腔？皇帝拧起眉头，不情不愿地问："你怎么了？"

### ·四·

嘤鸣觉得心里发慌，手脚禁不住微微哆嗦。她想站起来，不愿意在皇帝跟前这么扫脸，可是用尽了力气，仍旧支撑不起这沉重的身躯。

她轻喘了口气，连抬头都那么费力，不交代自己为什么又失仪，怕皇帝跟前敷衍不过去。两手撑上冰冷的青砖，大太阳在头顶照着，仍旧照出她一身冷汗来。她勉强磕了个头："奴才醉茶，刚才那两杯龙井现在发作起来了，奴才站不直身子，还请万岁爷恕罪。"

醉茶？皇帝早前听说过这个毛病，但从来没见过真正醉茶的人。这可真是个奇才，喝了两杯茶居然站不起来了，要是喝上一壶，小命大概也要不保了。

"空心饮茶是大忌，你当真没在慈宁宫要吃的？"皇帝瞥了随侍的人一眼，小富忙上前搀扶，却被她抬臂婉拒了。

嘤鸣说是："奴才遵万岁爷的令，一早晨尚仪局的精奇嬷嬷就来了，奴才没顾得上吃，着急跟着嬷嬷练习顶碗。"

皇帝没有说话，唇角微微捺了一下。

眼下怎么办呢，就这么趴在夹道里，他还得带着一大帮子人看着她？皇帝吩咐德禄："传太医吧。"

德禄应了个"嗻"，很快便往乾清宫方向去了。

嘤鸣自己也觉得很尴尬，这么多人瞧着她崴泥的样子，也不知暗地里怎么笑话她。她平常虽不在意别人的看法，但自己首要的一条就是行端坐稳，这是做姑娘的体面。这回可好，本来就和皇帝不对付，这个时候提不起劲儿来，在他面前示弱似的。

"不用传太医。"她咬了咬牙，自己扶着宫墙站了起来，垂手首道，"奴才稍歇一阵子，再进点东西就会好的。奴才在万岁爷跟前现眼了，实不是奴才本意。等回头……奴才脑子清明了，再去向万岁爷请罪。"

皇帝就那么淡淡地看着她，细听她的吐字，甚至听出了一点大舌头的味道。

她一再哈腰："万岁爷起驾吧，奴才这就回慈宁宫去。"

皇帝仍旧没有说话，平静而寒凉地打量着她，忽然道："孝慧皇后丧期还未过，朕望你仔细保养自己的身子。太皇太后既然喜欢你，就不愿意你竖着进来横着出去。还有一点，朕需要着重知会你，宫里上至皇后嫔妃，下至宫女太监，除病死或亡于意外，俱不得自戕。你记好这一点，对你齐家也是个保障。"

他说完，迎着她的方向走来，与她擦肩而过登上了肩舆。嘤鸣心里气闷得很，又不得不蹲身恭送。皇帝明黄色的仪仗慢慢消失在朱红的夹道尽头，她心里陡然松懈，背靠宫墙缓缓蹲坐下来。

抬头看看，天宇澄澈，已经很久没有看见这样蓝的天顶了。疏朗的云絮柔软地点缀着，那蓝便显得越发蓝，仿佛要把人的神魂吸进去似的。

多好的天气，自己却困在这牢笼里飞不出去了。心无所归依，难怪深知做梦都想离开这里。可是不行，皇后就算想死也只能顺其自然地病死，皇帝有言在先，这地方只能听凭熬干油碗。你要自我了断，先顾虑顾虑你身后的家族吧。你一完，降罪的圣旨即刻便会送到你家门上。

想死都死不了，嘤鸣惨然地笑了笑。茶的后劲慢慢过去了一点，她可以强撑着走动了。皇帝还是不愿意短期内再出人命，她回到慈宁宫时，御药房的太医也赶到了。

太皇太后不明所以："出什么事儿了？皇帝怎么打发你过来了？"

来的正是周兴祖，周太医是御用太医，长得精瘦，精神头极好，两撇小胡子上一双小眼目放精光，垂袖打了个千儿："皇上跟前德总管传皇上口谕，叫来给纳公爷家的姑娘看诊。"

太皇太后惶然看过去："怎么了？犯病气儿了？"一头说，一头示意鹊印把人搀到美人榻上歇息，走过来从上琢磨到下，"早上不还好好的吗，可是上寿安宫去了一趟，吸着凉风了？"

嘤鸣仍旧笑着，说不是。脑子里昏昏的，还伴有耳鸣的症状，她有点不好意思："奴才醉茶了，刚才太后赏了茶喝，奴才贪杯就成了这样。"

太皇太后"啊"了一声，见她额上冒虚汗，拿手绢给她拭了拭。周太医拧着眉头，歪着脖子替她诊断，太皇太后便吩咐底下宫女快快预备吃的来。

"真是糊涂，我竟忘了这一茬儿。你进宫头一个早上就饿了肚子，空着心儿上太后那儿喝茶，那还得了！"太皇太后絮絮说着怨我怨我，又仔细端详她的脸，见她脸色青白，叹着气说，"还是身子骨弱啊，女孩儿气血不旺，可不得好好调理吗！到底皇帝想得周全……"问周太医，"怎么样啊，你别光歪着脑袋看脉象，倒是说出个子丑寅卯来啊。"

周兴祖道是："臣细细替姑娘看过了，就如太皇太后所言，气虚，气血不旺，这是姑娘常有的毛病，不算什么大症候，仔细调理一段时候，自然便恢复了。臣这就开方子，都是益气补血的药，姑娘喝上几剂，歇三日再饮下个方子，这么着要不了一个月，立马就缓过来了。至于这醉茶，也不要紧的，吃饱了肚子，下回留神别空心儿喝浓茶就是了。"

"好，好。"太皇太后点头，向米嬷嬷示意，让她跟着上御药房抓药去。

米嬷嬷亲自去，自然有亲自去的用意，她得向周兴祖打听嘤鸣的身底子："周太医，依您瞧，姑娘身子壮实不壮实？"

这是将来要当皇后的人选，周兴祖伺候起来自然十二万分的细致。他捻着小胡子说："我先头和老佛爷回禀的就是实情儿，姑娘身子壮实着呢，哪儿哪儿都好。气血有点虚也是实情，但这是小得不能再小的毛病，两剂药的事儿就调理好了，一应都不碍的。"

米嬷嬷松了口气，本来寻不着机会替她看脉象，今儿凑巧了，正好仔细瞧瞧。做皇后的人不像底下妃嫔，要紧一宗就是身子强健，成天病歪歪的，可不是大福之相。像孝慧皇后，刚进宫那会儿小肚子里就有毛病，太皇太后暗暗传见为她诊治的太医，太医说了，恐怕皇嗣上头艰难。

一个国家，嫡出的皇子太重要了，这可真不算好消息。问可否调理，太医又晃脑袋，说没辙。太皇太后听了有些灰心，便放恩旨让她好好养病，于是皇后就一个人窝在钟粹宫里头，直到后来崩逝。

米嬷嬷悄声问周兴祖："女科里怎么样呢？瞧出哪些不畅的症候来了吗？"

周兴祖说："照这身底子看，生养皇嗣是不为难的。请嬷嬷转呈太皇太后，齐姑娘的身体有臣调理，断不会像前头孝慧皇后似的。至于将来能得几位皇子，那臣就说不上来了，可以请钦天监算一卦。"

米嬷嬷听周太医打了保票，心满意足地回去复命了。太皇太后投来询问的目光，她只管点头，太皇太后就明白了，笑吟吟地看着嘤鸣吃鸡汁窝丝面，旁敲侧击说："跟皇帝去寿安宫了，皇帝路上和你说了几句话呀？你瞧你醉茶，他下旨命周兴祖来给你瞧病，可见你主子是心疼你的。"

嘤鸣笑着，心里可不是这样的想头。她和皇帝，其实并没有说合的必要，相看两厌不是光嘴上的语气能咂摸出来，一个眼色、一个细微的动作和表情里，都可以明晃晃地体现。皇帝挤对她，几乎是不加掩饰的，她呢，阳奉阴违，敷衍了事，想必皇帝也能觉察。他们之间隔着深知，那是活生生的一个人、活生生的一条命啊。她们竟盼着她忘了一切，坐上深知的位置，去伺候深知那个阴郁沉寂的丈夫，实在太可笑了。

没人知道她心里的冷嘲，她脸上的笑容充其量是心境开阔的表现。她说："老佛爷，奴才不敢妄议主子，万岁爷打发周太医来给奴才瞧病，想是先头在夹道里，奴才的样子吓着万岁爷了。奴才真是……没脸得很，在主子跟前如此失仪，算算已经好多回了。万岁爷定然很厌弃奴才，但因看在老佛爷的面子上，才容奴才留在慈宁宫。"

太皇太后背靠着南窗下的锁子靠垫，转头瞧瞧米嬷嬷："能吓着皇帝的人不多，紫禁城里她可算独一份儿。"转头对嘤鸣道，"你才来，不知道皇帝的脾气，他虽是我的孙子，但更是天下之主。皇帝厌弃一个人，随意处置了便是，哪里要看谁的面子。"

这么说来，大概就只剩一个可能了，皇帝暂时不愿意公开与以前的元老重臣为敌。若说纳公爷骑墙，好歹他还没有完全靠向薛尚章一方。倘或这回再整治死了她，那纳公爷的不满会变得空前大，朝中敌对分明，于社稷也没有益处。所以身为一国之君还是得忍，就像当初忍耐深知一样，硬生生地熬上几年光景。

无论如何，嘤鸣不愿意思量太多，在这深宫之中心思重了，容易见阎王。她曾经开解过深知，如今轮到自己了，她不需要任何人敲缸沿，自己就可以把自己规劝得很好。

她一直乐呵呵的，茶醉风波后得到了两天休养的时光。她给家里写了一封信，让福晋把松格给她捎来。松格相较鹿格更稳当，她知道荆棘丛生的环境里什么话该说，什么话不该说。

　　有了太皇太后的特许，塞个人进宫不费什么周章。松格进来的时候她高兴坏了，就像在海心里漂浮了三天三夜，终于抓到一根凑手的浮木。家里来的松格，可以带来一些她想知道的消息，不论是好的还是坏的。

　　太皇太后就寝后，各处上夜的人井然值守，嘤鸣是不需要值夜的，便可带着松格回头所去了。

　　主仆两个挑着一盏小小的羊角灯，走在宽阔的甬道上，松格搀着她，感慨道："不承想，奴才还有再见主子的一天。主子能把奴才传进来，奴才脸上光鲜。咱们这号人是为伺候主子而生的，主子不在，咱们就跟没头苍蝇似的，不知道该往哪儿撞。"

　　嘤鸣笑了笑："我走后，家里都好吧？"

　　松格说："都好，就是侧福晋想您，一天往您院子里跑上好几回，来一回哭一回。"

　　嘤鸣心里牵痛，却也只能微笑："哭什么呢，我在宫里很好，既不风餐也不露宿，不比在家差。"顿了顿又迟迟问，"还有呢？"

　　松格不说话，悄悄把手绢揉成团，塞进她手心里。嘤鸣细细揣摩，不用看，也能感受到掌心两端尖尖的棱角。她忽然就忍不住了，在黑暗的夜里湿了眼眶。

伍

谷雨

· 一 ·

　　宫里处处都有眼睛和耳朵，私房话不能让第三个人听见，掉眼泪也不能让第三个人看见。

　　她低低一声啜泣，松格把手里的羊角灯放得更低了些。昏黄的烛光，照亮脚下窄窄的一片，松格说："夜里有点儿寒，明儿还是得带上一件斗篷，回来的时候好披上。"

　　前面就要经过徽音左门了，那是除慈宁门外第二要紧的一道门禁。站班的太监垂着手，门神一样左右侍立着，嘤鸣吸了口气，敛尽眼里的泪雾，又换上松泛的神气，在太监们哈腰的动作里，提袍迈过了门槛。

　　再往前，穿过一条相对狭长的夹道，就是太皇太后配给她的头所殿。那地方算是个不小的四合院，有后罩房，有倒座，也有东西厢房。

　　嘤鸣住的自然是正房，一应起居都有人专门伺候。松格来前，有鹊印和她做伴，今晚上鹊印要在慈宁宫值夜，没有外人，说起家里的事儿来，也可以不那么忌讳。

　　屋里掌了灯，两个小宫女上前蹲安，软乎着嗓子说："老佛爷吩咐尚衣局给姑娘预备的衣裳都送来了，奴才给姑娘收在螺钿柜里，开开柜门就看见了。夜里洗漱的热水也叫人抬来了，就搁在檐下木桶里，过会子自有人来收拾。姑娘今儿也该乏了，早些安置吧，有什么吩咐高声儿唤奴才们，奴才们就在前头倒座里，给姑娘上夜。"

　　嘤鸣点了点头，把她们打发走了，北房这一片就彻底安静下来。她让松格坐下，这会儿才松开手，一层层揭开手绢。十样锦的帕子里包着那枚橄榄核舟，橄榄核上过桐油，在灯下发出温润如琥珀的光泽。

她沉默了下才问松格："侧福晋没替我把东西还给三爷吗？"

松格说："原本那天三爷是来商议大定的，真真儿前后脚的工夫……福晋再三说对不住，打发人把上年收下的定礼都退回了海家。侧福晋亲手把这个核舟送到海三爷手上，说姑娘耽误三爷了，请三爷重觅佳偶。三爷站在那里，那模样……"说到后来叹了口气，有些不忍说下去了。

嘤鸣在那小小的船篷上摩挲了下，喃喃说："他怎么不收回去呢……"

松格道："三爷的意思是给了姑娘，就是姑娘的，纵然姑娘不能回来了，他送出去的东西也绝不收回。侧福晋感念三爷对姑娘的一片情意，就把它留下了。本不该带给姑娘的，侧福晋又说姑娘喜欢这个，就当留下玩儿的，不叫人看见也没什么。"

嘤鸣不言语，隔了很久，脸上露出了难为的笑："真不该带进来的，有缘无分，留着念想也是徒增烦恼。"

松格瞧着她，灯下的脸蒙上了一层淡淡的金黄，眉眼间有柔软哀致的神色，像院儿里高案上供着的鱼篮观音。

她家姑娘从来都活得很明白，什么该要，什么不该要，她比谁都有分寸。只是这海家的哥儿，大约也让她有些放不下，捏着核舟的手松了紧，紧了又松，最后讪讪一笑道："其实我到这会儿心里还存着奢望，每回去见老佛爷，都盼她能松口，说让我回家。或是皇上实在容不得我，把我撵出宫也行……"她极慢地摇头，"可惜……我出不去了，就算死也得死在宫里。"

松格一惊，心里有些打突。她主子向来心宽，不会因遇见什么坎坷，就轻易想到生死。难道这宫里有什么咒术，进来前好好的人，用不了多久就会给逼死逼疯吗？她下劲儿拽住了嘤鸣："主子，您可不能胡思乱想。"

松格要是只猫，这会儿毛应该都炸起来了。嘤鸣也是凑嘴一说，见她这样反而笑了。

"你别怕，我是好死不如赖活着，没那么大的气性。其实宫里的世界也不小，一样有人情世故和柴米油盐，只不过拿高墙围着，等闲看不见城外的风光。"她一头说着，一头威身躺下来，那枚核舟就放在胸口上，带着微微一点笑意说，"紫禁城是城中城，小一号儿的四九城。那些宫女太监行动比市井里更有规矩，谈吐也更雅一些，要论，是个人上人待的地界儿。我心里头憋闷着，不是因为地方不大，是因为老觉得身不由己，觉得惶恐，不知道该怎么着才好。"

松格说是："可您想想，您在家不也得仔细着吗。福晋跟前伺候，也要留神说话，您得替侧福晋争脸。"

她绵长地"嗯"了声:"是这话,我在家里给我奶奶争脸,进了宫给齐家争脸。人活着,不就图一张脸吗?"

松格点头不迭。她刚进来,对一切还好奇着,便挨过去压声问:"主子,您见着皇上了吗?"

嘤鸣说见着了:"你问这个干什么?"

"他赏您好脸了吗?我怕他不待见您。"

嘤鸣听了一笑,横竖她也不指着皇帝待见她,因此有没有好脸,她都不往心里去。

可她还是一口咬定:"皇上最和气不过了,你不招惹他,他也不招惹你。只要你好好守规矩,他压根儿不拿眼睛瞧你。"

松格不明白了:"听您这么说,皇上到底是好还是不好啊?"

"好啊。"嘤鸣说,"不过这宫里没谁管皇上好不好,他是最大的主子,像菩萨似的,你见过有人问菩萨好不好吗?"

松格摇头。

"那就是了,往后别犯傻,只记着主子好,没旁的了。"

她说完,外头哐当一声响,像水瓢落地的声音。嘤鸣朝松格瞧了一眼,松格的嘴唇哆嗦了下,也不敢起身去看,只拔高嗓门问:"外头是谁?"

值夜宫女应了声:"是奴才。灶台上问姑娘还要不要添热水,奴才来瞧瞧,听姑娘的意思。"

隔墙有耳,本以为回到屋子里,四下无人能轻省些,可惜还是得防着。但不知道那宫女来了多长时间,她们的话又听见了多少。松格惶惶然如临大敌,嘤鸣倒还从容,起身开门,仔细瞧了那宫女两眼:"多谢你费心,热水我还没动呢。往后我们俩用一抬就够了,鹊印姑姑的另外预备。"

小宫女恭恭敬敬道是,蹲了个安,退回前边倒座里去了。

松格还在忧心那个核舟,怕这些都叫人听去,回头禀报太皇太后或皇上,那事儿就了不得了。

嘤鸣站在镜子前解葡萄扣,松格端了水盆出去打水,进来她还在琢磨,担心会不会出岔子。瞧瞧镜子里的姑娘,眉舒目展,并不显得有什么畏惧:"那些根底,宫里主子们比我还明白呢,用不着操心。"

她是许了人家的,是他们硬把她拽进宫里来,要不这会儿她的婚事该定日子了。若说私相授受,问起来也有应对,她进宫从未有人放话要册封,既不属于宫妃,也不领宫女的差事。宫里东西不许往外运倒有定规,至于往里头带,核舟和那些范葫芦、蝈蝈笼一样,都是玩意儿,对社稷没有损害,自然也不能追究罪责。

松格听了这才放心，伺候她擦洗，又用了药，早早儿就睡下了。

太皇太后垂爱，命内造处给嘤鸣做了新衣裳，都是春天该用的颜色，既不过于素净，也不过于俗丽。她早上起来换上，虽是加急赶制出来的，尺寸却都掐得正好。松霜绿的袍子，罩上新芽色云头背心，往那里一站，很有春日岑蔚的面貌。

今天天色不好，下雨了。五更的时候听见沙沙的雨声打在窗户纸上，开门一瞧，雨点子泼泼洒洒，把砖台都淋湿了。

松格找了伞来，两个人挽着胳膊上慈宁宫去，才暖和的天儿，遇上下雨就又寒浸浸的了。正殿的地基总要比开阔处高一些，这样便于水流倾泻。嘤鸣从宫门上进去，不留神踩着一汪水，新鞋的鞋底子隐隐湿了半边。

时候差不多了，太皇太后该起身了。上回茶醉除了得到两日静心休养的恩旨，太皇太后还有特谕，说来得晚些吧，不必赶早。嘤鸣便领了命，在头所用过了吃的，再上慈宁宫来。

这会子估摸太皇太后在进早膳，她上了偏殿，预备先整理仪容，恰遇上娥子从明间退出来，见了她压声儿说："万岁爷来了，正陪老佛爷进膳呢。跟前伺候的都叫退了，想是万岁爷有话和老佛爷商议。"

嘤鸣听了顿住脚，站在廊庑下朝里望了眼。风挟裹着细密的雨丝，在大红的抱柱映衬下，显出条理清晰的走势来。

雨天昏暗，暖阁里燃着灯，皇帝进了一个豆腐皮包子就搁下了筷子。太皇太后上了年纪，牙口却很好，她吃鬼子姜，抿着嘴嚼，也能听见惊天动地的声响。

老太太不拘小节，一向是这样。皇帝在那片声浪里平和地叙述前朝的政务，从盐道、茶道、瓷器，到水利、船务、军防。当然这些都是细枝末节，要紧的还是关于薛尚章御前呵斥那丹朱的事儿。

"那丹朱是孙儿身边的人，养心殿及军机处上谕，大多是他奉命传达。薛尚章因区区小事便对他恶语相向，恐怕矛头并非指向他，而是对朕有诸多不满。"皇帝微微前倾着身子，两手压在膝头上。他越是震怒，语气越是平静，略顿了一下道，"如今议政王大臣会议和六部实权，还有部分在薛尚章手上。天干地支二十二旗兵力，有六旗依旧是他掌蠹。孙儿左思右想，旗务该整顿了，不知皇祖母意下如何？"

太皇太后点头，她很久不过问前头的事儿，听皇帝娓娓说完，抽出帕子拭了拭嘴道："你大婚那日亲政，这些年我在旁边瞧着，一应都是好的。平定西北，压制朝中势力，当年几位叫板的皇叔都收拾干净了，也不差这一个。他不是说誓死效忠大英吗，依我说也是，只有死了，才是最大的忠诚。可你不能操之过急，那些旗奴认主，薛尼特氏执掌地支半数兵权，算来有上百年了，这上百年势力发展何其大，想想都令人不寒而栗。"

皇帝道是："孙儿自有法子撬动他的根基，皇祖母到了颐养天年的岁数，孙儿还为政务劳烦祖母，实在不应该。"

"朝纲稳固我才能算得上颐养，若有不稳，我手上还有些老人儿，也能助你一臂之力。"太皇太后说罢，笑了笑道，"只是我眼下最要操心的却是后宫安稳，纳辛的闺女进来了，这么做说到根儿上，还是为了安抚薛尚章。你如今也见了她两面，心里应当有个成算。依你看，她能不能立为皇后？"

皇帝脸上表情淡漠，沉默了下才道："皇祖母，朕听说她有过人家。君夺臣妻是古今笑谈，孙儿以为她非但不该立为继后，更应该即刻撵出宫去。"

## · 二 ·

"啊？"太皇太后几乎以为自己听错了，"撵出宫去？"

皇帝说是："她本就不该进宫，为了安抚薛尚章，就要依着他的意思册立继后，朕这个皇帝当到这种程度，实在有愧列祖列宗。"

当皇帝，自有当皇帝的骄傲，如果他只是个甘于受人操控的傀儡皇帝，那么就算薛尚章把族中所有女孩儿送进宫来，他也不会有什么异议。可惜了，他是个有思辨力的人，有成山海之意，甚至还有些目下无尘，如此骄傲，怎能甘于受人摆布？

他六岁继位，一路披荆斩棘走到今天。这期间一大半的时间都在受人掣肘，唯有亲政后的五年，那把早已磨得雪亮的弯刀横扫千军，先后解决了手握重兵的三位皇叔，把天干和半数地支的分旗都收归了囊中。

在位十七年，可算是个老资格的皇帝了，在婚姻和江山社稷间作权衡，对他来说是一场明刀明枪的侮辱。他倒也不是沉不住气，这些年的历练，让他知道什么该忍耐，什么该退让。他的后位上死过一个人，再来一个，也并非那么难以接受。但眼下让他着恼的是，这位皇后人选竟然许过人家，堂堂的一国之君和臣子抢女人，传出去岂不成了笑话？

皇帝从未对太皇太后的决定有过任何意见，唯独这回，他觉得老祖母欠妥了。但太皇太后并不这样认为，她正色道："大丈夫秉慧剑，般若锋兮金刚焰。咱们祁人是马背上打来的天下，莫说只是过了小定的，就是要入洞房了，她该进宫还是得进宫。你是天子，是帝王，心取天下就要不拘小节，若为这点子小事放不开手脚，实不是帝王所为。如今朝中局势，你比我更清楚，那二十二旗兵力务必要全数收回来，在此之前一切还需按捺，你可明白？"

太皇太后已经很久没有这样疾言厉色地同他说话了，皇帝见她动怒，忙站起身，垂手道："皇祖母教训得是，孙儿不孝，惹皇祖母生气了。"

太皇太后瞭了他一眼，沉沉叹气："婚姻对我们这些人来说是什么？是两个毫不相干的姓氏快速结盟的唯一办法。你既要人为你卖命，就得先想辙拉拢人心。我知道你们年轻孩子，信书上写的愿得一人心，你贵为帝王，可以有这样的愿望，但这愿望只能留待将来实现。后宫佳丽三千，寻个合心意的有什么难，到时候你宠爱哪位嫔妃，如何抬举她，全凭你高兴。如今呢……"太皇太后又缓和了语气，在皇帝臂上轻拍了一下，"还需忍耐。百忍成钢，况且依我瞧，也不那么难忍。我还记得当初先帝宾天，军机重臣们拟嗣皇帝年号，十来个放在我面前让我挑，我最后挑了玄同，你明白皇祖母的一片苦心吗？"

"是。"皇帝也冷静下来，逐字逐句道，"挫其锐，解其纷，和其光，同其尘，是为玄同。皇祖母要孙儿和光同尘，不露锋芒。孙儿今日急进了，说了这么多糊涂话，请皇祖母恕罪。"

太皇太后到这时才露出一点笑意来，温声道："什么君夺臣妻，那也得是'妻'才好。咱们入关多年，有些旧俗都摒弃了，老辈儿里还有收继婚呢，又怎么样？就不活了？我倒是瞧嘤鸣好得很，太后那天上我这儿来说起她，话里话外都透着喜欢，说她与孝慧皇后'毋须比'。太后这样囫囵的性情，能说出这番话来，可见是极称意她的。"

皇帝有再多的犹豫，现在也只能作罢。太皇太后又说起那个贴年画的笑话来，也是一迭声地说有意思，皇帝实在很不明白，究竟有意思在哪里。


从暖阁出来，雨还在下着。雨丝太轻飘了，一阵风横过，淅淅沥沥吹进廊庑底下，像沾水的纱，覆盖在裸露的皮肤上。

三庆弓着腰，举了一把油纸伞上前来，肩舆在大宫门外停着，万岁爷需步行走过御路，才能登上那台代步。

轻裘斗篷披上肩，皇帝抬起下颌，等三庆扣上金锁子。视线不经意地向东一瞥，恰好看见一片衣角划过菱花门，皇帝蹙起眉，沉声问："是谁？"

嘤鸣一听褶子了[1]，免不了又要扣上窥探圣躬的罪名。她从槛内重新迈出来，远远向他蹲个安："回万岁爷，是奴才。"

皇帝站着，偏头打量她，冠下的编发结了细长的银珠，那银珠随他的动作，在鬓边簌簌轻响。

"又是你。"他启了启唇，"你给朕过来。"

---

1 褶子了：老北京土话。不行了，完蛋了。

嘤鸣觉得头皮有点发麻，偏殿里的松格惊恐地看着她，她微微摇头，示意她别慌。

皇帝寻衅，以后大概是常事了，她得尽快适应下来，否则吃亏的还是自己。嘤鸣紧走几步上前，低眉顺眼地蹲安："听万岁爷教诲。"

皇帝一脸肃容，愠声道："齐家累世高官，到如今传家也有两百余年了。朕本以为你出身名门，行事自然比别人谨慎，没想到是朕高估了你。"

嘤鸣又挨了冷嘲热讽，并没有任何委屈和敢怒不敢言的模样，她十分大方地承认了："奴才自小就不稳当，办事毛躁，嘴也笨得很。如今在老佛爷宫里尽心学规矩，再过一程子定会有寸进的，万岁爷瞧着奴才吧。"

这下子正落了话把儿，皇帝哼道："朕瞧着你？不是你一直在瞧着朕吗？凡朕所到之处，必有你的眼睛。若不是看在太皇太后的面子上，朕就挖了你的眼珠子给纳辛送过去，也好给他提个醒儿，知道什么是当奴才的本分。"

皇帝小刀嗖嗖，从来不留情面。嘤鸣耷拉着眼皮聆训，皇帝说一句，她就矮下去一分，等皇帝说完，她从容蹲个安道："万岁爷教训得是，奴才不懂规矩，惹万岁爷震怒了。可奴才还请万岁爷容奴才辩白一句，奴才实在从未刻意窥探天颜。奴才虽驽钝，但还管得住自己的行止。像先前，奴才只是上铜茶炊去了一趟，回来刚进殿门就被万岁爷叫住了，还望万岁爷明鉴。"

她说完，顿时觉得如释重负。先前皇帝多次冤枉她偷窥，她是做奴才的，不好和主子争辩什么，黑锅背了就背了，可他每见一回都怀疑她，这就有点说不过去了。她是女孩儿家，羞耻两个字还是知道怎么写的，好端端偷着瞧爷们儿，像什么话！别说进宫更该进退小心，就是在家时，她也从来没有拿眼睛乱瞧的毛病，这位主子爷究竟是什么想头，天天的拿这种话来挤对她。

不过她犟脖子，显然顶撞皇帝了，她看见他的手在箭袖下紧握，自己脑子里嗡的一声，心差点从嗓子眼儿里蹦出来。皇帝杀个把人跟玩儿似的，她开始斟酌，要是他现在就下令砍了她，那她向太皇太后求救，不知管不管用。

刀都抵在脖子上了，她有点哆嗦，到现在才猛然后怕。皇帝身边的人听见他们的对话也吓得不轻，淋了雨似的直着两眼，蚊声央告："主子爷，您息怒……"

皇帝垂眼看她半蹲着，鬓边蜻蜓小簪头的一双翅膀大力地扑腾起来，上下翕动着。她想维持的体面，想来快要维持不住了。他心里的愤怒倒逐渐消散了，原来她并非当真那么不怕死。

"怎么？醉茶的毛病又犯了？"皇帝有些鄙夷地问，"还要不要命人传太医来？"

"不不不……"嘤鸣忙摇头，"奴才今儿没喝茶。"

皇帝是有意让她难堪，看着她的发簪一哂："那你抖什么？"

她轻轻吸了口气，勉强定住神说："回万岁爷，奴才蹲得腿酸了。"

皇帝听后一愣，忽然发现这东西死不足惜，便不再理睬她，拂袖而去了。

天爷，铡刀底下捡了条命！皇帝御驾一离开慈宁宫，偏殿里的宫女都跑了出来，连站班的太监都转过头瞧她。

松格拌着蒜上来搀扶，吓得声儿都变了，似哭似笑地说："主子，您这回命真大。"昨儿还说你不坏规矩，皇帝没空搭理你呢，现如今看来，就算你没有行差踏错，皇帝想收拾你，照旧也能找你的碴儿。

嘤鸣还有什么可说的？她笑了笑，又"唉"了一声："我在万岁爷跟前……不得烟儿抽[1]。"

宫女们自然笑着打圆场，她也不因刚才的变故坏了心情，整整袍子，抻抻衣襟，转身往暖阁里去了。


外面发生的事，太皇太后自然都知道了，米嬷嬷皱着眉笑，她倒不以为意，情愿两个人这么斗着，能斗至少比互不理睬强。不过照这态势看，且有一段路可走。嘤鸣和孝慧皇后是截然不同的两种脾气，孝慧皇后外表刚毅，内心柔软；而嘤鸣呢，有股子水泡不烂、火烧不断的韧劲儿。别看她脸上笑嘻嘻的，这种人内心坚强，一旦设了防，就算你浑身长钉儿，也攻不进去。

"老佛爷您瞧奴才这身新衣裳。"她进来的时候托着两臂说，"颜色真好看，尺寸也合适，尚衣局的人手可真巧。"一面说一面蹲安，"奴才谢老佛爷赏。"

刚才受的委屈风过无痕似的，这不是没心没肺，恰是皇后当有的大度宽容。太皇太后把她拉过来，真如待自己亲孙女一样，抱在怀里好一通揉搓，说："乖孩子，先头你主子给你气受了，你不恼他吧？你们如今还不相熟，多处处就好了。他是一国之君，有道是天威难测，这也是没法儿。我听你们总说什么瞧不瞧的，究竟怎么个意思？"

嘤鸣赧然说："就是万岁爷，他老疑心我偷瞧他。"

太皇太后差点没忍住笑出来："那你呢？究竟有没有瞧他？"

嘤鸣仔细想了想："说没有自然是不能够的，奴才随圣驾行走，总要时时留意主子喜怒，才好尽心伺候。可奴才就是正正经经瞧他，没有偷瞧，更没有不错眼珠。结果万岁爷还是误会了，说要把奴才眼珠子抠出来送给奴才阿玛，可把奴才吓坏了。"

太皇太后这回真笑出来了，皇帝的性子历来深沉，没想到竟会和她置这样的气。兴许这回歪打正着，慢慢会有些眉目。太皇太后又使了把子力气，说："你醉茶大安后，可上养心殿叩谢过皇上？你礼不周全，是你的不是，俗话说伸手不打笑脸人嘛，你过去，就冲他这么乐着，你瞧他还抠不抠你眼珠子。"

---

1　不得烟儿抽：不受待见、挨欺负的窘态。

## · 三 ·

这么说来，皇帝看她百般不顺眼的病根儿，就出在她礼不周全上？嘤鸣回忆了一下，那天在寿安宫夹道里，自己好像确实说过等晕乎的劲儿过了，要上养心殿赔罪的，结果太皇太后准了她两天假，因为太滋润，她就彻底把这件事给忘了。不过皇帝若为这个耿耿于怀，可见是个揪细又爱钻牛角尖的人。脾气不好，偏偏还是世上最有权的，嘤鸣感到一阵彷徨，交道实在太难打了，不是罚她学规矩，就是要抠她眼珠子。难怪深知说宫里的日子难熬，单是应付皇帝的发难，就已经足够叫人抓瞎了。

如今既然太皇太后给指了明路，那就照着做吧。嘤鸣说是："万岁爷派周太医来给奴才瞧病，奴才应该叩谢天恩的。"

太皇太后扬起了声调，有些吃惊的模样："早该谢恩才对，你竟拖到这早晚？"

嘤鸣笑得讪讪："老佛爷，万岁爷天威凛凛，奴才有些怕来着……几回想谢恩，可万岁爷不爱搭理奴才，奴才还没开口，主子就把奴才撅回姥姥家了。"

这也是个难题，姑娘家脸皮薄，况且她又不像别人似的，有登高枝儿的心。她应付皇帝，完全是出于奴才对主子的不得不臣服，若没有这一层，怕她一辈子都不愿意敷衍皇帝。皇帝呢，尊贵已极，不愿向任何人低头，况且中间又夹着前朝的矛盾，所以对嘤鸣也是不冷不热，甚至多有挑剔。

这样的两个人，要走到一起不是件容易的事。倘或仅是挑选妃嫔，并不需要花那么多的心思，扔在后宫里头，给间屋子，管吃管喝就成了，可如今是挑继皇后，地位虽不及元后尊崇，但那也是一国之母，要和皇帝称夫妻的。如今孝慧皇后新丧，朝中暗涌重重，把嘤鸣接进宫，一则是安抚薛尚章，好歹依了他的意思，抬举了他干闺女；二来呢，继后人选多有纷争不好，尘埃落定了，满朝文武也就踏实了。至于那个二五眼的纳辛，这会儿八成也伸脖儿看着，万一他闺女得了势，国丈爷可不就抖起来了吗？叫他们内斗，能省皇帝好些手脚。

所以他们俩得成，太皇太后也是琢磨了好几天才下定的决心，不拘怎么，表面上能将就也可以，先生个嫡皇子出来稳固朝纲，旁的以后再说。太皇太后不遗余力地粘合："咱们万岁爷面儿上看着淡淡的，其实腔子里热乎着呢。他只是不爱轻易对人示好，早前的孝慧皇后性子太刚毅，要是能像你似的，舍得下脸，愿意好声好气说上两句温存话，何愁夫妻不得和睦。"

嘤鸣眨巴了下眼睛，暗忖自己也没什么温存话，就是懂得夹尾巴做人，奴才长奴才短的，把自己当成人家脚下的泥。若说皇帝面冷心热，她可没看出来，太皇太后为他粉饰，嘤鸣只有连连点头："过会子奴才就去向万岁爷谢恩，只怕主子忙军机，没那闲情召见奴才。"

这么一说，太皇太后也有点发愁："皇帝是忙，平日间除了晨昏定省，我想见他也不容易。不过天下无难事嘛，你有心求见，这刻不见等下一刻。你是我慈宁宫的人，皇帝就是看着我的面子，也不好不叫你进门。"

嘤鸣蹲安，笑着说是："皇上不见奴才，奴才就在宫门外头候着，见不着皇上奴才就不回来。"

太皇太后一听这个太有恒心了，孺子太可教了，把她狠夸了一通。

嘤鸣挨完了夸，瘟头瘟脑地出来，松格问主子怎么了，她说："咱们得上养心殿一趟。"

养心殿是皇上理政就寝的地方，这会儿去？不是刚见过皇上吗？

当然了，松格不敢多问，扶着主子出了慈宁门。然而迈出宫门，又是两眼茫然，这宫里殿宇都长得差不多，琉璃瓦，红宫墙，松格问："主子您认得路吗？"

嘤鸣很为难，往西一指："那儿是往太后寿安宫的，往东走，我记得万岁爷的乘辇是朝那个方向去的。"

那就往东走吧，一重重的夹道，走一截就有一扇随墙门。起先还向站班的太监打听路，后来干脆鬼打墙似的，彻底迷失了方向。

"主子，咱们会迷失在宫里头吧！以前隔着筒子河看，就觉得那片紫禁城真大，如今进来了，怎么有这么多长得差不多的房子呢。我觉得咱们一辈子都找不见养心殿了。"

嘤鸣说："咱们边走边瞧，再遇见人，请他给我们带个路，不愁找不着。"

于是两个人像飘荡在荒漠似的，越走越偏僻，越走越糊涂。慈宁宫往南有片大花园，过了长信门，途经造办处，再往南是南天门，那儿离内务府就不远了。

看得见人来人往，嘤鸣终于不慌了，她说："那儿太监多，咱们找个人问问。"慢慢过去，门庭若市的地界儿不设门禁，站在槛外看，斜对面挂着内务府的匾额。顺着抄手游廊往北，有一面大大的木牌，上面写着"钦工处"三个大字。

嘤鸣心头蹦跶了一下，钦工处隶属内务府，海银台就在那里办差。她忽然走到这里，觉得有点不可思议，这世界分明挺大的，怎么兜兜转转，又似乎不那么大呢。

松格也看见了，她嗫嚅了下："主子……"

嘤鸣"嗯"了声："赶紧走吧，怕是越绕越远了，原路退回去。"

没敢多逗留一会儿，心里还懊恼着，怎么走到这里来了。才走了不多远，看见董福祥气喘吁吁地赶来，一径说："姑娘这是走岔了路啦。怨我，我正好往北边去了一趟，姑娘出门我没在，那些挨刀的也不知道领着姑娘去。"边说边引路，"您这是绕道儿了，养心殿离慈宁宫不远，离您的头所殿更近。往后您要是找皇上，打头所往北，有个慈祥门，出门隔一道墙就是养心殿西围房。只不过没有直接通过去的角门，您还是得往南走，拐个弯儿就看见养心门了。"

嘤鸣被他说得一脑袋糨糊，她对认路向来不行，这门那门的，实在太费精神了。

"唉，不知不觉走了那么远。"她不好意思地笑笑，"我还和松格说呢，没人来接咱们，怕连回去的路都找不着。"

董福祥赔笑说不能："这宫里到处是人，万不能走丢了的。只不过人多眼杂，姑娘往后要上哪儿，吩咐奴才一声。奴才在宫里多年了，为姑娘引路，保准错不了。"

这董太监确实得了纳公爷不少的好处，外加明白这位将来前途无量，因此十分尽心地伺候。嘤鸣自然感念他的好，说："往后还要麻烦谙达，我不明白的地方多指点。像今儿走错了路……"

董福祥说："不就是走错一回道儿吗，刚进宫都是这样，日子长了就好了。"说着往前一指，"姑娘，那就是养心门，回来的时候过了隆宗门直走就是慈宁宫，这回再不会走错了。"

嘤鸣多谢他，冲他欠了欠身，董福祥忙垂袖还了一礼，恭顺退出了内右门。


雨还在下，虽不大却细密，在油布伞面上汇聚，顺着伞骨走势滔滔流下来。嘤鸣站在门外，心里有点怯，养心殿并不如边上的乾清宫规制高，但知道里头住着什么人，也能给人极大的压迫感。

她抓了抓松格的手，迈腿进了门槛，门上站班的太监没见过她，狐疑地打量她，瞧她的穿着打扮不像那些宫女嬷嬷，一时犹豫着，不知该不该拦下来。

"站着。"还是有人出了声，"哪个宫的？"

松格道："慈宁宫老佛爷派来的，请谙达代为通传。"

慈宁宫的可还有什么说的，没等站班的太监回话，有人匆匆冒雨过来，哈腰垂了垂袖子说："哟，姑娘怎么这会子来了，天上还下着雨哪！快别在这儿站着了，您上抱厦里稍等，我给您回万岁爷去。"

那是皇帝身边的小富，小小的年纪，整天活蹦乱跳像上了油似的，专管通传事宜。嘤鸣笑着点头，说劳烦谙达了，他忙摆手："您叫我小富就成，我哪儿配您称谙达，没的折了奴才的草料[1]。"

既然去通传了，九成皇帝这会儿公务不忙。嘤鸣站在卷棚下，看外面雨点子越下越急，风吹上来是凉的，从袖口领襟钻进去。她在外头走了半天，这会儿因紧张越发觉得有点冷。松格看了她一眼："主子别怕，您又不是头一回见万岁爷，万岁爷多和煦的人哪，您就照老佛爷说的做，准错不了。"

---

1 草料：谦指自己的福气和寿数。折草料，比喻因受宠、受礼太过而减损福气或寿命。

嘤鸣迟迟转过眼来瞧她，那眼神，仿佛在问她违心不违心。松格却还是一脸正直的模样，头所殿里是她教松格，不管谁说起万岁爷都只有一个好字的，现在自己竟怀疑起来，那不能够啊。

嘤鸣无话可说，臊眉耷眼地等着小富的消息。不一会儿小富出来了，笑道："姑娘来得巧，主子爷这会儿刚传了晚膳，正好得闲。姑娘，请随我来吧。"

宫里有这个规矩，常年只用早晚两餐，早膳在辰时，晚膳在未时。所谓的晚膳，并不像寻常人家那样等太阳偏西，太皇太后那天设小宴所谓的晚膳也仅是一种说法，真正的宫廷晚膳是在午后，其余时候传的酒菜小吃，都只能算加餐罢了。

吃饭的时候接见她，皇帝不怕积食吗？她心里疑惑着，道了谢，跟小富进了明间。

皇帝的膳桌设在西暖阁里，人在南窗下坐着，换了燕居的常服，也摘了发冠。天光不好，屋里挂了灯，皇帝一副疏阔的样子，辫发松散披在两肩，听见她进来，连眼睛都没抬，侍膳的太监把菜一样一样舀进他盘里，他举起银箸，进得优雅且缓慢。

嘤鸣有些后悔，不该在饭点上觐见的，皇帝食不言，她戳在这里，实在熬得难受。

光站着也不成，她只得行礼："奴才给万岁爷请安。"

皇帝起先并不理她，慢悠悠拿手巾拭了嘴，才傲慢地瞥她一眼："怎么？朕没治你的罪，你还追到养心殿来了？"

## · 四 ·

这话作何解呢，世上没谁皮痒痒，为了挨罚追着人跑。皇帝张嘴就这么说，实在让她难以应对。

嘤鸣想了想，说："奴才上养心殿求见万岁爷，是为前两天醉茶时候的失仪，向万岁爷赔罪。万岁爷心肠好，还派了周太医来给奴才瞧病，奴才对万岁爷感恩戴德，赔罪之余更要叩谢天恩，谢万岁爷体恤，谢万岁爷隆恩。"

不管赔罪也好，谢恩也好，都得磕头以表心意。嘤鸣十分虔诚地跪下，双手加额叩拜下去，养心殿的栽绒毯又软又暖和，她跪在皇帝跟前，半点没有受奚落后该有的沮丧，照旧跪得大方得体，磕头也磕得一气呵成。

上首的皇帝蹙眉打量她，她来就是为了这个？其实说句实话，彼此对对方都十分不耐烦，可又不得不被某些细微的关联牵扯着，于是都耐下性子来敷衍。她不能不遵太皇太后的令儿，死乞白赖地在他跟前惹眼，他也不能以政务太忙无暇他顾为由，拒人于千里之外。不同之处在于他可以不给好脸色，她还得装模作样笑脸相迎罢了，细想想，还真是个无奈又熬人的死局。

"老佛爷让你来的？"皇帝撑着膝头问，看她跪在脚踏前，春绸的袍子驯服地垂委，勾勒出有些瘦弱的脊背。她的头发又厚又密，一条及腰的大辫子笔直纵卧在脊梁上，这个后脑勺，瞧一眼都让他觉得太阳穴隐隐作痛。

嘤鸣仍旧说不是，这回不再趴着了，直起腰来，垂着眼睛回话："是奴才自己的主意。奴才前两天失了体统，幸得万岁爷皇恩浩荡宽宥奴才，奴才今儿说什么都要来向主子道谢。先前……万岁爷瞧见奴才又恼了，奴才想无论如何，惹主子不高兴就是奴才的罪过。万岁爷后来拂袖而去，奴才思量再三壮起了胆儿来养心殿叩见……奴才在慈宁宫伺候老佛爷，万岁爷又是常来常往的，要是存了芥蒂，老佛爷跟前脸上不是颜色，叫老佛爷起疑。所以奴才是想，要是万岁爷不乐意瞧见奴才，那每回万岁爷驾临的时候，奴才就回避了吧。只是老佛爷要是问起来，还请万岁爷替奴才周全，奴才长了十个脑袋，也不敢违逆老佛爷。"

看看，多伶俐的人儿，自己一肚子坏水，想实施又没胆子，跑到这儿来借着谢恩，撺掇他在太皇太后跟前谏言。

这回膳是没法儿进了，皇帝微微抬了抬指，侍膳的很快击掌，两个小太监进来，把圆桌抬了出去。

"朕何时说过不乐意见你？你是太皇太后身边的人，朕就算不待见你，也不得不姑息你。"皇帝慢悠悠地说着，语气倒是闲适，但话里的锋芒也如针尖一样给她来了一下子，"你窥伺天颜，朕可以不问你的罪，毕竟你也是个寻常女人，有那点子小心思不算大罪过。况且太皇太后喜闻乐见，只要是皇祖母的意思，朕也没有不顺从的。但你不该在朕跟前要小聪明，你这算什么？以退为进？"

他是有意给她扣帽子，她急于脱身，他偏要反其道而行。对付瞧不顺眼的人，不就是处处找不自在吗，皇帝发现这样可以增添乐趣。他每日政务堆积如山，在臣工们面前是人君，必须要有人君的威仪和气度。回到后宫，除了继续批阅奏疏，就是往太皇太后和太后宫里请安问吉祥。既然这两处都不可能完全错开她，那就挑挑刺，使使绊子，看她百口莫辩也能让他解气。

嘤鸣果然呆住了，只觉心头一口滚滚岩浆升上来，到嗓子眼儿的地方堵住了，堵得她说不出话来。

什么叫"那点子小心思"？听这话头儿，皇帝是认为她有爬龙床的野心？这可真是太自以为是了，掏心挖肺地说一句，她眼下这么耐着性子兜搭他，全是因为他的身份地位。倘或他不是皇帝，倘或他到了一个没人护驾的地方落难了，她不往他脑袋上砸土已经是便宜他了，他竟还觉得她对他有意思？

皇帝等了半天，见她红着脸，两眼晶亮，可能是有眼泪漫上来了，顿时觉得舒心，曼声问："怎么不说话了？"

嘤鸣顺顺气，歪着脑袋说："奴才是为圣躬着想，怕戳在万岁爷眼窝子里，万岁爷难受。您瞧，奴才一来，您连膳都进不下了，长此以往怎么得了。万一老佛爷常在饭点上打发奴才来给万岁爷请安，或是干脆把奴才送到御前来，奴才想想，自己的罪过可大得不能活了。所以奴才琢磨着，万岁爷在的时候奴才就老实找个地方待着，等万岁爷起驾了，奴才再出来伺候老佛爷。这么着既碍不着万岁爷的眼，您也不用愁奴才老是直勾勾盯着您瞧，如此一举两得，您觉得怎么样呢？"

这回轮到皇帝不说话了。

嘤鸣跪了老半晌，也没听见他让平身，跪累了她就悄悄往后错错身子，半坐在脚后跟上。这时听见皇帝寒着嗓子让她跪好，然后说："齐嘤鸣，你用不着在朕跟前装样儿。朕问你，你这样费尽心机，可是盼着还能出宫？"

这么一问，嘤鸣有些惘惘的，她想说是，又碍于处境不敢承认，便有些丧气的样子，拢着眉，慢慢摇了摇头。

到底还是想出去啊，皇帝转过头看向窗外。外面的雨势越来越大，打得西墙根儿的那株海棠枝叶乱颤。他忽然牵唇冷笑了下："没人教过你，皇上问话要出声应答吗？你同朕说实话，究竟想不想出去？你放心，不管你说什么，朕都不会降罪，来，说吧。"

皇帝的语调里有诱哄的味道，要是心智没那么坚定，也许当真会着了他的道儿。好在嘤鸣聪明，她认真琢磨了下，说："万岁爷，奴才进了宫，一心就想好好伺候老佛爷。至于将来出不出宫，不由奴才说了算，全看主子们的意思。"

她很会打马虎眼，也懂得如何在话语里争斤掐两找藏身之处。皇帝没有得到满意的答复，坐直的身子又缓缓向后靠去，沉默了下道："旁的不必说，就说你想不想出宫。"

嘤鸣说不想，一双大眼睛望向他，她想看一看，皇帝接下来究竟打算怎么给她小鞋穿。

宫灯的光，透过彩绘的琉璃倾泻下来，为暖阁里的一切镀上了一层柔软之色。皇帝眼睫深浓，微有倦意的时候显出一种清雅的况味来，启了启唇道："很好，因为你就算想，这辈子也出不去了。"

他善于在人心上扎刀，他看见她眼里的光有一瞬暗淡，一个滴水不漏的人在面临绝望时，给出的反应才是最真实的。他蜷曲的五指慢慢松开了，说："起来吧，往后别在朕传膳的时候进来，也别在太皇太后跟前出幺蛾子。"

嘤鸣低头道是，这时候外面进来个太监，弓着腰，顶着一面大银盘，凌波微步似的到了皇帝面前，然后跪下，稳稳当当地把银盘取下来，稳稳当当向上呈敬。嘤鸣不知道那是什么，悄悄看了一眼，见银盘上并排放了十来面绿头牌，每一面都写着小字，某某妃、某某贵人什么的。

她当下有点尴尬，宫里是这样的，皇帝一向公务繁忙，只有在用膳时才有闲暇想一想个人的问题。这些绿头牌和官员奏事等待召见的牌子一样，统称膳牌，每日晚膳的时候送进来供皇帝挑选。若皇帝相准了哪个，就把牌子翻过来，若没什么兴致就叫去，这是祖宗传下来的规矩，也是皇帝每天必须例行的任务。

原本国丧期间是不宜有这种事的。当初定宗皇帝归天，十个月后固山贝子多伦的庶福晋生了个孩子，为此多伦被褫夺了爵位，发到牛鼻夹道里圈禁终身，后来就再也没听说有谁赶着丧期内生孩子了。不过对皇帝的要求向来没有那么严苛，皇嗣是头等大事，该进的膳牌还是要进的，翻与不翻，就是皇帝自己的事了。

虽然不大好意思，但嘤鸣仍表现出了很大的兴趣，她悄没声地观察着，看看皇帝最后会选中谁。结果皇帝连看都没看一眼，说了声"去"。敬事房太监道"嗻"，重新顶着银盘，却行退出了暖阁。

皇帝瞥了她一眼："你怎么还在这儿？"

嘤鸣说："回万岁爷的话，奴才没插上嘴，向主子请跪安。"

皇帝皱了皱眉，抬手一摆打发她出去，她忙蹲了个安，满怀庆幸地退出了明间。

外头空气清洌，嘤鸣畅快地吸了口气。松格迎上来，对皇帝能让她主子全须全尾地回来充满了感激。她从上到下打量了主子一遍，挺好，精神头儿也不错，暗暗抓了抓她的手说："主子，咱们回去吧。"

松格撑开了伞，正要搀她出廊庑，后面三庆叫了声姑娘，快步上来说："姑娘留步，万岁爷有吩咐。"

嘤鸣的心蹦起来，心说又怎么了，打算怎么收拾她？结果三庆说："上回老佛爷发话，说让主子爷赏姑娘鸭子吃的。今儿您既来了，主子爷放了恩典，姑娘略等一等，挂炉局已经接了令儿，过会子就给姑娘送鸭子来。"

嘤鸣愣住了，吃鸭子？不会是打算现拆了鸭架子，让她在这儿现吃吧？

她犹豫着问："谙达，万岁爷有示下，叫让怎么吃吗？老佛爷先前才赏了点心，眼下实在没那胃口。"

三庆笑道："主子没说让怎么吃，横竖是遵老佛爷的令儿，赏姑娘鸭子。"

嘤鸣和松格对视了一眼，一脑门子官司的当口鸭子送来了，好大一整只，肚子里塞了白果，浑身流着油，烤得锃亮。

万岁爷的好意，谁敢不领情呢，于是嘤鸣亲自提溜着赏赐，一路从养心殿提溜回了慈宁宫。

## · 五 ·

外面疾风骤雨，刚转暖没多少日子，碰上阴雨的天气，一霎儿打回了原形似的。身上有衣裳，倒还可以忍受，只是可怜了那只鸭子，北风里吹了一路，回到慈宁宫时身上的油都凝成了浓稠的蜡，斑斑驳驳，失去了刚出炉时令人垂涎的光彩。

慈宁宫的人，全像看西洋景儿似的，看她提溜着一只挂炉鸭子从宫门上进来。鹊印昨晚上夜，今天在他坦[1]里睡了大半日，到这会子才回值上来。见她愁着眉进了配殿，便稀奇地上前来打量那只鸭子："这是……万岁爷赏的？"

嘤鸣笑得很艰难："刚送到我手上的时候可漂亮了，这会儿吹了风，冻成了这个模样。"

鹊印若有所思地点头："我想起来了，上回老佛爷说让皇上赏你鸭子吃，万岁爷记在心上了。真难为主子爷，每日政务堆积如山，还记着老佛爷随口的一句话。"

皇帝当然是孝顺的，这点毋庸置疑，可是嘤鸣不知该怎么处置这只鸭子才好。若说吃，都凉了，而且个头太大，压根儿吃不下；若不吃，回头皇帝发起难来，叫她全家吃不了兜着走。

"这算赏菜吧？福菜大伙儿可以分着吃。"嘤鸣想得挺好，她决定慷慨地把鸭子贡献出来，大家欢声笑语里把鸭子吃了就完了。

结果鹊印摇头："赏菜是上过主子膳桌的，大伙儿分福沾喜气，主子乐意让大家高兴。你这个不一样，主子特特儿让挂炉局烤出来的，只赏你一个人，你得想辙吃了它。"

这下子嘤鸣怔住了，难怪皇帝并不苛求她怎么吃这鸭子，因为知道她不能草草处置了它。这宫里真是个水深火热的地方，受罚固然不幸，得了赏赉也不全是好事。这么大的一只鸭子，足有四五斤分量，她从养心殿提回来，路上差点儿被草绳勒断了手指头，现在被告知只能她独自一个人受用，就觉得眼前一黑，有种要晕过去的感觉。

"主子……"松格一脸爱莫能助的表情，"要不您想辙吃了吧。"

嘤鸣咽了口唾沫："我现在还不饿。"

"那可怎么办？鸭油都冻上了，时候搁得越长，越不能吃了。"

这份恩赏，实在让人觉得太难办了，配殿里歇着的人都来出谋划策，有的说送到寿膳房的挂炉局再烤一回，有的说干脆把肉片下来，塞在饭碗里焐热了得了。总之不管怎么处置，嘤鸣觉得这只比她脑袋都大的鸭子，不是她一个人就能吃得完的。

太皇太后顺嘴一句话，这回好心办了坏事，把她坑惨了。她愁眉苦脸地看了鸭子半

---

1　他坦：宫人宿舍。

响，扭头对松格说："咱们回头所吧，同米嬷嬷说一声，讨一把香来。"

要香干什么？难不成预备烟熏了再吃？松格也没问，糊里糊涂地遵主子的令儿，和米嬷嬷讨了一盒沉香。嘤鸣又提溜着鸭子回到头所殿，恭恭敬敬地给鸭子设了个神龛，把鸭子供上去，点了蜡烛上了香，还煞有介事地拜了三拜。

风夹着雨，簌簌落在屋顶的瓦片上，恍如淋了松格的眼睛似的，她眨巴着眼问："主子，您这是干什么？"

嘤鸣笑了笑道："万岁爷赏的，是我的体面和荣耀。像往年宫里赏咱们家的缎子和首饰，你多早晚看见福晋和侧福晋穿戴来着？那是圣物，得高高供着，这只鸭子也一样。"

松格呆怔了半晌，说："鸭子会臭的，回头招苍蝇怎么办？"

"在屋里搁上三天，然后挪到外头去，取之于天，用之于天，就完了。"

三天满屋子烤鸭味儿是无法避免的了，西三所未见得没有耳报神，这里的一举一动也逃不过主子们的眼睛。皇帝的赏赐白扔了，大胆！治你的不恭之罪！既然吃不了，索性供起来，这么着既保全了自己的肚子，又不失一点礼数，就算皇帝要挑眼，也找不着她的错处。

嘤鸣很高兴，自己的灵机一动虽然很有可能惹得龙颜大怒，但那种有怨不能发泄的难受劲儿，皇帝也可以尝一尝。然后她就每天早晚三炷香，比叩拜祖宗还虔诚，小宫女看见了只是笑："姑娘对万岁爷的敬仰，真没的说。"

话当然很快传到了德禄耳朵里，他一长一短问明了，摆手打发人回去，自己虾着腰进了南书房。

皇帝才听经筵官进完讲，正独自坐在书案前翻阅典籍。德禄上前叫了声主子爷，细声道："前儿的鸭子……"

皇帝翻过一页纸，淡声道："怎么？吃完了？"算算时候，姑娘胃口小，两天工夫也该差不多了。

可德禄一脸为难，他说："嘤姑娘她没吃万岁爷赏的鸭子。"

皇帝指尖微一顿，没有说话，缓缓抬起了眼。

德禄的心突地一蹦，万岁爷的不悦绝不会显露在脸上，但当他专注于某件事或消息时，那么一切就要仔细了。

"回主子，"德禄讪笑着说，"嘤姑娘把主子爷赏的鸭子供起来了，每天拈香叩拜，嘴里还念念有词，说谢主隆恩，吾皇万岁万岁万万岁……您瞧，这姑娘脑可太好使了，奴才本以为她就是哭着也得吃完主子的赏赐，没承想她琢磨了这么个辙……"

德禄的话里带了点赞许的味道，本来就是，脑子不灵便或是脾气刚直的人，要不就是想不着这个迂回的法子，要不就是不屑于刁难，随意处置了所谓的赏赐。像她这样既能求全，又愿意下气儿的，真别说，倒像天生就该是这宫里的。德禄在御前伺候好些年了，上至皇后下至辛者库奴婢都打他眼前过，还从未见过这样能屈能伸的主儿。他不敢评断好与不好，但与先皇后相比，当真是两种截然不同的立世手段。

皇帝面无表情地坐在御座上，该怎么处置这种油滑入骨的人，真叫他有些困顿。不愧是纳辛的闺女，纳辛在军机处和稀泥的名声尽人皆知，如今后宫又来了个深得真传的，将来他们父女一内一外，这江山社稷怕要串了味儿，改叫糊涂王朝了。

他起身在室内踱步，一时居然有种棋逢对手的感觉。把鸭子供起来，算是做到了感恩戴德，回头鸭子放坏了，他也不能不依不饶硬逼着她吃。万一吃出个三长两短来，她就有了求老佛爷放她出宫的借口……为了能走出这片禁城，真算费尽了心机。

皇帝自然不能让她得逞，因此德禄问是否应当申斥她，喝令她把恩赏拆骨吃了，皇帝终是摇了摇头："罢了，毕竟是太皇太后看重的人，就算使了点子小聪明，朕也要瞧着太皇太后的金面不和她计较。"

德禄最明白主子的脾气，皇帝向来有常性，做什么都不急于一时，所以这回的事来日方长，兴许几年以后就报了一箭之仇也未可知。

果然皇帝最后的那一哂，叫德禄的心又悠了下。万岁爷不待见谁，那种情绪会一直延伸到骨头缝里去，就算熬上十年八年，成见也根深蒂固不容翻转。像当初的孝慧皇后，在自己寝宫里出言不逊，很快消息便传到了万岁爷耳朵里，原本彼此间就隔着鸿沟，这么一来可不裉了吗，万岁爷倒没把她打入冷宫，也没短她吃喝用度，只是就此不闻不问，直到孝慧皇后宾天。

如今又来了一位，这位和孝慧皇后大不一样，德禄作为忠心耿耿的奴才，自然盼着主子与新皇能顺遂，毕竟这后宫之中只有皇后是可常伴主子爷的。依德禄的想头，继皇后就算和孝慧皇后再要好，总不能学孝慧皇后似的整天和丈夫过不去。因此万岁爷这头若能和软些，好事就没有不成的。

皇帝呢，每天政务巨万，没有心思去惦记一个看不顺眼的人，当然也不会惦记自己赏的鸭子在她那里遭受了怎样的待遇。他在南书房忙到申末，才起身往军机处去。军机大臣和章京都是轮班替换的，朝议后日常的条陈送到军机值房，忙起来脚不沾地，闲起来也闲得发慌。像这两天连着下雨，进京的笔帖式耽误了行程，桌上文书该办的办了，该发放的也发放了，于是几个人聚在一起喝喝茶，膳房按时送些果子进去，供军机们消遣。

三位辅政大臣里头，多增年迈，早就在家休养了，剩下的薛尚章和纳辛轮着领班军机处。今儿正好是纳辛的班，皇帝原也有闲暇，便进了军机值房，来瞧瞧这位官场积年的处世之道。

天色将近黄昏，屋子里越发暗下来。案上点了几盏蜡烛，纳辛正和几个章京说起孝慧皇后陵地的营建："前儿内务府又去瞧了一回，宝顶和墓道都修得了，只是山里连着下雨，底下又进了水。没法子，从武备院毡库里调了好些毡子过去，毡子能吸水，这么的把墓道弄干了……"正说着，忽然见门上人影移过来，抬眼一瞧是皇帝，忙起身打千儿，"万岁爷来了。"

在场的人都扫袖迎驾，皇帝抬了抬手叫免，横竖正说到孝慧皇后的奉安事宜，便问四月初二的永安大典是否都预备妥当了。

先皇后落葬，国丧便算真正过去了。纳公爷家小姐被太皇太后接进宫的事儿尽人皆知，待大丧一过，想必就要册立继后了吧！

章京们都识趣，悄悄退后了些，请纳公爷回皇帝的问话。纳公爷说："臣先前和礼部商议了各项流程，上到奉安仪注，下到车马随行，都已经筹备完毕了，请主子放心。"

皇帝点了点头："孝慧皇后这样的年华便走了，朕心里实不落忍。永安大典不能出任何差错，果勇公伤心过度，断不能再叫他操心了，一切便有赖你替朕周全吧。"

这么听来皇帝真是位重情重义的人主，纳辛因为自己的闺女也在宫里，很快便要接替后位，见皇帝对先皇后并非那么绝情，总算也略感安慰。嘤鸣走了有阵子了，和家里彻底断了联系，他虽然常在宫内行走，且军机值房离慈宁宫也不过百丈距离，但隔着一道门槛也如隔着天堑，他心里惦念，抓耳挠腮却无法得到女儿的消息。

辗转打听是听不着真话的，无非说很好，宫里主子们都优待着。嘤鸣到底受不受待见，还是得看皇帝的反应，纳辛斟酌良久，朝上觑了眼，硬起头皮说："奴才问句题外的话，还请主子见谅。我们家那个闺女……她自小糊涂，蒙太皇太后不弃留在身边，也不知她伺候得怎么样。奴才一家子整日为她忧心忡忡，唯恐她不懂事儿，惹主子生气。倘或她要是犯了什么错，万请主子瞧着奴才家历代忠心，从轻发落她。"

陆

立夏

· 一 ·

历代忠心？皇帝脸上倒没什么大的变化，他在臣工面前向来温煦，虽然以雷厉风行的手段处置了三位皇叔，朝中众臣对他心有戚戚焉，但那种威吓来自皇权对人无形的压力，单是看他神情，你绝看不出他眼下在思量什么。天威凛凛不容预测，也许前一刻还对你嘘寒问暖，下一刻便把你罚到西北风里醒神儿去了。

皇帝的眉眼温和只是一种假象，比如他忽然又想起了那只供上神龛的鸭子，心头火气莫名旺盛，但碍于良好的教养，不会随心所欲地发作。

纳辛越是提起他那个闺女，皇帝的眉心便越是舒展，他甚至带着一点亲厚的语气同他家常："太皇太后最爱女孩儿，朕每日晨昏定省她都在左右，皇祖母对她格外优恤，你大可不必担心。"

纳公爷长出了一口气："这么着奴才就放心了，奴才是怕她的倔脾气不招人待见。您别瞧她笑眯眯的，她有时候蔫儿坏……"说完发现自己说漏嘴了，忙又补救，"奴才的意思是她主意大，这些年家里个个都护着她，纵得她不识眉眼高低……她虽十八了，其实还是孩子心性，奴才没管教好，她四六不懂，小毛病一堆……"

皇帝越听越觉得纳辛是来拆他闺女台的，这就是昏官的保命符，丑话说在前头，反正孩子没教好，要是看不上就还回去。

"你如今不应当这么说她。"皇帝好心提点，"既然入了宫，好与不好自有太皇太后定夺，你不必忙着替她打圆场。况且朕瞧她并不像你说的那样，她很会讨太皇太后和太后的欢心，在慈宁宫也混得如鱼得水。终究父女一场嘛，就算你不为她粉饰，也不要刻意贬低了她。"

纳辛怔了怔，被皇帝的软刀子扎了，心慌气短冷汗淋漓，忙不迭说是："奴才糊涂了，奴才关心则乱，请主子恕罪。"

皇帝并未介怀，和声道："四月初二孝慧皇后的永安大典，朕准她参加。到时候家里若是念着她，远远儿地瞧上一眼，也未为不可。"

虽说远远地瞧，并不能安慰父母失去孩子的心，但对于规矩比天大的帝王家，已经是无上的恩宠了。

纳辛有点蒙，他隐约觉得皇帝还是能忍耐嘤鸣的，虽然很大一部分原因是为了暂且安抚薛齐两家，但这种语气，比起当初处理孝慧皇后事宜的时候，已经算和软多了。

人嘛，得陇便望蜀，纳公爷开始偷偷琢磨，要是将来嘤鸣真能当上继皇后，能和皇帝有个一儿半女，似乎这种结局也不算坏，反正现在已经无路可退了。

"多谢主子。"他长揖下去，"主子体恤，是奴才一门的福泽。唯愿嘤鸣能兢兢业业伺候主子们，以报主子们的恩德。"

皇帝抬手道："你我君臣，不必多礼。前两日她上养心殿来向朕请安，朕遵太皇太后之命，赏了她一只挂炉鸭子。可她后来动都没动，大约不合胃口，在朕跟前不好说吧。"

纳辛又是一脑门子冷汗，心道在家片鸭皮就大蒜，一个人能吃好几块，如今进了宫，皇上御赐吃食，竟矫情起来了？觑觑皇帝，似乎没有什么大不悦之处，可他仍旧觉得手脚有点哆嗦，绞尽脑汁思忖着，倍加留神地应答："回主子话，鸭子她是不常吃，姑娘家爱漂亮嘛，说吃了鸭子脑袋乱晃。"

皇帝"哦"了声："看来是朕疏漏了，太皇太后也是好意，没承想叫她为难。各人有各人的习惯嘛，为免再弄得两下里尴尬，你替朕想一想，她还有什么忌口没有？"

哎呀，平常那样高高在上的万岁爷，竟然过问起一个小丫头的口味来，这不是无上的荣宠，是什么？边上的军机章京们伸耳旁听，觉得十分意外。纳公爷呢，顿时门头拔高了八丈，连腰杆子都挺起来了。他惊喜地笑着，还要掩饰小人得志的味儿，委婉地表示孩子好养活："她忌讳的不多，除了这鸭子，就剩羊肉了。按理说祖辈是打草原上来的，牛羊肉当饭吃才是，结果她和人不同，沾着点儿羊肉沫子就要吐，连摁都摁不住。"

皇帝若有所思地点头："这也分各人脾胃，想是天生和羊肉不对付。"

皇帝软语温存，听在纳公爷耳朵里，暖在纳公爷心窝里。纳公爷感受到了和薛尚章截然不同的待遇，当初孝慧皇后大婚后，皇帝从来不在军机值房里谈论宫闱私事。如今呢，轮着他纳辛的闺女了，嘿，这份体贴入微，纳公爷觉得自己可能快要熬出头了。没想到他那个不怎么精明、鱼眼睛一般的孩子，换了个地界儿就变成夜明珠了。当初他只盼着她别给家里招祸，往后要是能得皇上爱重，那可不是祖坟上冒了青烟吗？

皇帝又说了两句宽慰的话，让家里别惦记嘤鸣，等日后福晋递牌子进来见见，也未为不可。纳公爷听完了，心头一拱一热，感动得要掉泪。皇帝起驾回养心殿了，他还站在门前看着黄昏下的细雨发呆。

几个章京上来，笑着说："公爷，咱们得给您道喜啊。"

纳辛这才回过神来，摆手说："我何喜之有，不过就是孩子尚算争气，没丢家里的脸。往后更尽心当差，伺候主子也就是了。"

德禄打着伞，亦步亦趋地跟在皇帝身边。先前君臣的那番对话，听得他直为纳公爷揪心。别瞧纳辛为人油滑，善于钻营，有的时候脑子转得怕是还没他闺女快呢。万岁爷轻描淡写几句话，就叫他把闺女的老底给抖出来了，须知万岁爷句句都有用意，他光顾着奉承讨好，没想一想万岁爷是轻易能对女人花心思的吗。

如今这局面，无非是你不愿意嫁，我不愿意娶，你越不待见我，我越要给你上眼药。毕竟这里头隔着孝慧皇后呢，像齐家二姑娘那种人，脸上越是笑模样，腔子里越是一副铁石心肠。

德禄不敢妄揣上意，但他觉得皇上在后宫里头找到对手了，往后可能会下死劲儿对付齐二姑娘。当然以主子的天威，捏死一个女人比捏死一只蚂蚁还要容易，不过这只蚂蚁太皇太后暂时养着，所以万岁爷得留神下手不能太重，万一真的弄死了，于大局有妨碍。

既然主子有心留意西三所的动静，德禄作为体人意的好奴才，不需万岁爷吩咐，他也会把头所殿盯得紧紧的。

那只挂炉鸭子，最终在供满三天之后，埋在树根底下"长养万物"去了。

鸭子一撤走，嘤鸣就开了窗户，好发散发散屋子里头的味道。这几天身上总觉得有股子腥味儿，害她每每要带干净衣裳到慈宁宫里替换，怕身上沾染了不洁的气味，惹太皇太后不高兴。

"今儿贵太妃在老佛爷跟前提了个人，我听娥子说，是贵太妃娘家侄女儿。"松格边在熏炉上熏衣裳边道，"眼下后位出缺，宫里说得上话的，都想往主子跟前递人呢。"

嘤鸣坐在南炕上绣帕子，听了这话点头："原就该当，谁不愿意家里姑奶奶有出息。咱们女孩儿和爷们儿不一样，出息就出息在这点上。出阁前上桌吃饭，因为谁也不知道将来姑娘能有多大的成就，都善待着你，指着你给家里增光。"

松格摇头："等出阁上婆家，可就不让上桌了，公婆吃饭你得站着伺候。这么说还是得上宫里来，都是伺候人，莫如伺候真主子。"迟疑了下又问，"主子，您不忧心吗，万一贵太妃跟前的姑娘被封了继皇后，咱们算怎么回事儿？"

如今她们主仆说私房话的时候索性都开着窗，就坐在窗口上，院子里的情形一目了然，不怕谁来听墙根儿。

嘤鸣微微一晒，低下头复绣她的手绢："我是没法子才进宫的，原就没指着当皇后。别人能封后，那是人家的造化，我不眼热。要是能让我出宫，我愿意上御前磕头去。"

可是断不能够，她自己心里明白，如果短期内皇帝不能收缴薛公爷手上的六旗，那么任谁有通天的本事，也别想越过她登上后位。嘤鸣如今就盼着，能拖上两年再册立继后，到时候若用不上她了，她就收拾包袱出宫，过她寻常的小日子去。

可松格却给她泼了一头冷水："您不当皇后，封了妃嫔也出不去。宫里屋子多了，不短您一间。"

她愣了一下，有点儿生气："你乌鸦嘴，仔细我罚你吃鸭子。"

松格缩脖儿笑："我浑说的，您别往心里去。"

雨已经停了，又阴了大半日，终于看见一片金芒从乌云的间隙里透出来。嘤鸣抬头望向满院阳光，想了想问："老佛爷是怎么说的？准贵太妃的奏请了吗？"

松格说："不是奏请，不过顺嘴一提，要紧的还是探老佛爷的口风。娥子说老佛爷倒也没说什么，就说眼下还在孝慧皇后丧期，等过了这程子再说。我瞧老佛爷是想稳住主子的地位，贵太妃心里八成也嘀咕，说了是丧期，怎么把您给接进来了。"

贵太妃是宫里老人儿，见识得多了，怎么能不明白里头用意。她着急让他们家孩子进来，不过是占个先机，将来位分不至于太低罢了。

嘤鸣还是一笑，说不管她，叫松格来瞧花样子。两个人正商议着针脚和用色，小宫女站在影壁前传话，说万岁爷过慈宁宫来了："老佛爷说今儿立夏，叫姑娘过去，赏小豆粥吃。"

## · 二 ·

嘤鸣觉得可能要坏菜，上回赏鸭子的事儿一直风平浪静，其实有点不寻常。今儿皇帝因立夏上慈宁宫来了，会不会借着喝小豆粥的当口向她发难？她要不要装病保命？

她问松格："你瞧我脸色怎么样？"

松格仔细打量了她两眼："主子这程子气色真好，原先在家里反倒没这么红润，想是被周太医的药调理好了。到底是为皇上瞧病的太医，和那些蒙事儿坑人的不一样。"

嘤鸣并没有听见她想听的话，原本她还奢望着能避一避，结果光瞧脸就看得出健朗，拿什么去搪塞！她顿时有点沮丧："我不想见皇上。"

松格了解她的苦闷，本就互相瞧不顺眼，见了面红眉毛绿眼睛的，皇帝又该冤枉主子偷看他了。

可是不去又不行，太皇太后可能是世上最热衷于做媒的老太太了，真是不放过任何一个能让他俩见面的机会，连一碗小豆粥都能让他们喝到一块儿去。松格说："主子去吧，为了齐家。"

嘤鸣喘了两口气，终于硬着头皮站起身，抚了抚身上的袍子，昂首阔步往慈宁宫去了。

宫里对节气的划分总是一丝不苟，像立春那天阖宫上下量体裁春衣一样，立夏当日所有的门帘必须换成金丝篾的卷帘。嘤鸣先前回头所的时候一切还如旧，不过两个时辰，从内到外就都已经置换妥当了。

竹篾清爽怡人，篾条的边沿偶尔叩击抱柱，发出沙的一串声响。夏日是有味道的，这味道可能来自穿叶的一道光、鬓边的一片暖风，或是凉棚底下一块沙瓤的甜瓜，就是叫人浑身透着舒爽。嘤鸣从月台上过去，脸上笑吟吟的，她不是为了能喝上小豆粥而高兴，她是因为要见宫里最有权力的坏人，不得不憋出一脸假笑来。

隔着竹帘，从明处往暗处看不真切，但从暗处望向明朗的开阔处，可以看得一清二楚。她新换了杭绸的夏衣，酪黄的袍子上罩玉簪绿云头背心，蝴蝶扣上拴着的月白色手绢随步履飘拂起来，仿佛初夏的一抹翠色，游龙般游入了慈宁宫前殿。

太皇太后和皇帝在东次间，还没进门，便听见里头祖孙俩一递一声的对话。皇帝在向太皇太后回禀孝慧皇后奉安山陵事宜，如出殡卤簿的安排，途经哪里，在哪里驻跸。

嘤鸣有一瞬感到恍惚，时间过得真快，深知离世已经一个多月了。人生在世，逃不过命运的安排，不管活着的时候多讨厌自己身处的囚笼，等死了，身后的事仍旧要听凭最不喜欢的人发落。

总算还好，毕竟是皇后的衔儿，丧仪从上到下没人马虎应付，走也走得体面。嘤鸣略顿了下，竹帘那头似乎有人看过来，她来不及想旁的了，重新扮出笑脸，隔帘蹲了个安："老佛爷，奴才回来啦。"

门外站班的小宫女打起门帘，她闪身进了次间。太皇太后和皇帝在炕桌两侧坐着，跟前放了一张小圆桌，桌上摆放时令果子和饽饽。嘤鸣再冲太皇太后和皇帝请安，这回老老实实垂着眼皮，说："万岁爷上回赏了奴才吃食，奴才还未向主子谢恩。今儿主子驾临，奴才叩谢万岁爷隆恩，谢主子恩赏。"

皇帝呢，脸上有种似笑非笑的神情。这种神情太皇太后知道，他越是不快，越是显得没有锋棱。

果真的，话里到底火星子四溅："你对朕的敬仰，朕已知悉了。鄂奇里氏累世高官，规矩也严，你感恩戴德的那些事儿，做得仔细熨帖，朕心甚慰。"

这是明夸暗损呢，左一句有规矩，右一句仔细熨帖，平和的声线下暗藏万丈波涛。

嘤鸣懦弱地说不敢："万岁爷谬赞。"说完朝太皇太后巴巴地看了眼，这个时候也只有老佛爷能救她了。


太皇太后觉得脑仁儿疼，供鸭子这件事儿她也听说了，起先她和太后笑了一顿，觉得这丫头实在懂得和稀泥，可说得了她阿玛真传。可是笑完了再一想，皇帝碰了这么个软钉子，岂有善罢甘休的道理。回头再寻衅，两个人来来回回作法，如此要等到他们开花结果，太皇太后担心自己入土那天，也未必能等得到。

唉，终究都太年轻，皇帝处理朝政沉稳老练，但回到后宫便有些心不在焉。宫里那么多嫔妃，究竟哪个是他看得顺眼的？太皇太后如今甚至盼望着，嘤鸣能够像个锁匠似的，把皇帝那把锁给打开——

实在打不开不要紧，撬也使得。

"你是天下之主，赏赐的手面确实过大了。嘤鸣一个女孩儿家，你叫人提了那么大只鸭子给她，岂不把她吓坏了？"太皇太后含笑打圆场，"要依着我，拆了鸭子大家分吃倒好，可偏偏又是御赐，不能随意处置。吃又不好，不吃又不好，思来想去只有供上，我瞧这么做很妥当。"

太皇太后也帮着说话，嘤鸣心头绷紧的那根弦儿倏地一松，料想皇帝总不至于拿她怎么样了。

皇帝自然要让太皇太后面子，和声道："皇祖母说得很是，朕竟忘了她是姑娘，拿她当太监看待了。早知如此，命人片下肉来，送一碟子过去也就是了。"

嘤鸣垂首盯着自己的脚尖，皇帝说拿她当太监，她心里十分憋屈。其实当太监算好的，没拿她当虫子踩死就不错了。皇帝对她恨得牙根儿痒痒，活像进宫是她的本意。有时候她就想，你万乘之尊这么了得，有本事别让太皇太后把她接进来呀。可惜她没那个胆子，否则和他好好掰扯掰扯，不枉自己受了这些日子的冤枉气。


边上侍立的米嬷嬷也觉得这么下去不是事儿，忙对太皇太后道："老佛爷，先头留给嘤姑娘的小豆粥，这就叫人送上来吧。"

"啊，对。"太皇太后让她坐，这回干脆直接把杌子放在了皇帝边上，倘或动作稍大一点儿，两个人就能撞上。

上了年纪的人，动了撮合的心思就不大爱拐弯儿了。嘤鸣看看那个矮金裹脚的圆杌子，几乎紧贴皇帝的腿搁着，她本想是坐下前悄悄搬开一些，可太皇太后两眼灼灼地看着呢，她没法子，只好欠着腰，歪着身子蹭在半边凳面上。

太皇太后也不管那些，宫女送了粥来，她让嘤鸣尝尝，说："这是宫里的老例儿，立夏的日子要吃小豆粥，吃了一夏不中暑气，还能大开胃口。"

嘤鸣谢了赏，自己捧着喝。虽说有吃的应当很高兴，可她紧挨皇帝坐着，就像坐在了刀刃上，实在让她食不知味。

皇帝熏龙涎，那是种琥珀与木香中和的气味，馥郁深厚，有如药如酒的清冽悠长。味道倒是极好闻的，但她目光平移就看见他的膝头，最终把精力都集中在了彼此短短两寸的距离上。皇帝稍动一动，便让她胆战心惊，嘴里那口粥含着，要再三鼓劲儿才能顺利咽下去。

皇帝那儿当然也不好过，皇祖母的安排，他虽然不赞同，但也不好说什么。南炕高一些，杌子矮一些，一垂眼就看见那个脑袋。姑娘家梳头梳得很精细，使了头油，纹丝不乱。她爱戴轻俏的首饰，拿扁方绾个小两把，别上一对羊脂茉莉花的小簪头，简单的打扮，很有夏日气韵。

皇帝调开视线，望向窗外。空间不足，他只能一动不动端坐着，或趁太皇太后舀粥的当口，悄悄往后缩上一缩。

这个齐嘤鸣，哪儿哪儿都是个累赘，仿佛她的出现就是为了给人添堵的。他曾经十分厌恶纳辛的两面三刀，如今齐嘤鸣的讨厌程度竟与其父不相上下，可见将来大有青出于蓝之势。

太皇太后搁下了碗，接过手巾拭了拭嘴，又续上了皇帝先前的话题："从京城到巩华城路远迢迢，道儿上顺利最要紧。像上辈儿里的孝康皇后，抬棺的人太多，排场是大了，可也摆布不开，过桥人挤着人，实没个体统。"

皇帝道是："内务府和部院议定了，小舆三十二、大舆八十、大升舆一百二十八。另备了抬棺夫役七千九百二十人，从京城到山陵分五程，每程设一个芦殿暂安过夜。"

太皇太后点头："一应安排妥当了，方才从容。"说着长叹，"真是一眨眼的工夫，孝慧皇后入宫就像昨儿似的，如今再看，人已经不在了。"

这番感慨，确实有对皇后英年早逝的遗憾。可是现实很残忍，如果她还活着，后头的日子也未见得比死了好。薛尚章终有一天是要收拾的，她和皇帝这五年来俨然生死对头般，断没有半点重归于好的可能。所以还是死了吧，虽然对她很不公平，但也是唯一解脱的办法。

转眼瞧瞧嘤鸣，她低头坐着，脸上神情空白。太皇太后道："你同孝慧皇后要好，是昨日之事，人一旦死了，生前的人和事便都撂下了。你主子准你送殡，也是成全你们姊妹的情，等送别了她，回来就好好的吧。"

回来会怎么样呢，大约她在后宫是个什么身份，就要有定论了。

嘤鸣道是，勉强笑了笑。

皇帝目光如水，静静投向槛外，见德禄捧着食盒的身影隔帘出现，那眼波漾了漾，转而对太皇太后一笑："御膳房昨儿新进了个厨子，最擅做水晶烧卖。孙儿记得皇祖母爱吃这类点心，特命他现做了一笼。"说罢又看向嘤鸣，淡声道，"上回的鸭子你不吃便罢了，这回御膳房的手艺一定要尝一尝，没的说朕苛待你，有意拿那么大的鸭子难为你。"

### ·三·

难道太阳打西边出来了吗？他会这么好心？嘤鸣压根儿不信，皇帝会在一夕之间转变态度。

看他的样子八成憋着坏，有时候她觉得自己很窝囊，在家时事事不计较，有个相对舒心的环境让她自生自灭，她每天就能真心实意感叹岁月静好。如今呢，到了这富贵丛中，松散的脾气竟慢慢变得警惕起来，就像张着一张弓，弓弦绷紧，风一吹都能发出绵长的鸣咽。难怪深知在闺中时是那样随性烂漫的性子，入了宫心思却一日重似一日。环境真能改变人，嘤鸣有点怕了，怕自己将来会变得和深知一样，怕自己那份开阔得能跑马的心境，最后消磨得走不过一根绣花针。

御用的东西一向精美华贵，青竹编成的笼屉装在象牙镂雕食盒里，衬着里头水晶般透明的烧卖，搁在桌上就是一派青嫩嫩、俏生生的美景。

其实嘤鸣虽不太爱那些高雅如茶和戏文的东西，却很爱这种玲珑小食。她看了一眼，这烧卖做得很好看，仿佛是个福袋的模样，脖子上系嫩黄色的系带，口唇做成了翻卷的裙边。

新出炉的点心，还隐约散发出袅袅的热气，只是嗅不出究竟是什么馅儿的，单看样子就猜想味道应当错不了。

小宫女换了新的筷子呈敬上来，嘤鸣举箸看太皇太后夹起一个，搁在小小的荷叶醋碟里。很快醋的酸香扩散开来，越发分辨不出馅儿的味道了，嘤鸣便等着太皇太后的反应，当她大加赞叹的时候，她想自己也许应该遵皇帝的令儿，也来上那么一个。

头一回的挂炉鸭子最后白糟蹋了，那是没办法，让她提回一整只来，恐怕更多的是想看她笑话。这回不一样，烧卖做得精巧，一口一个应当正好。嘤鸣上回辜负了皇帝的恩赏，这回要是再不识抬举，恐怕就真的在这宫里活不下去了。

太皇太后说："这小玩意儿鲜美极了，你很可以尝一尝。"

嘤鸣腼腆地夹起一个，搁在自己的小醋碟里，左手屈指在桌上轻轻叩击了一下："奴才谢万岁爷赏。"

以指代膝，礼数周全。皇帝"嗯"了声，眼里隐隐透出促狭的笑："听老佛爷的，尝尝吧。"

太皇太后当然盼望她能多吃，毕竟吃得多身子好，身子好了，便什么都齐全了。于是老太太笑吟吟的，一再地鼓励她："快些尝尝，要是喜欢，回头叫你主子每日给你送一屉子。"

他们都看着，倒叫嘤鸣不大好意思。她是大家子教出来的姑娘，走道儿进吃的都讲究仪态。于是一手挡在唇前，一手夹烧卖送进嘴里，想着大小是真合适，免了咬一半的尴尬。结果再一嚼，味儿好像有点儿怪……不对！不对！

有忌口的人都知道，味蕾对那种不爱吃的东西记忆尤其深刻，稍沾上一点儿，几乎一眨巴眼的工夫，就能把这种遭难般的讯息传达进脑子里。皇帝看着那双笑眼一瞬睁得老大，仿佛谁在她不经意间掐了她一把似的，那震惊、那痛苦、那惶恐，简直错综复杂，堪称精彩。

皇帝畅快了，颇有报了一箭之仇的感觉。太皇太后问她怎么样，合不合脾胃，皇帝便一副意会的神情，恭顺道："看她满眼惊喜，想是很合胃口吧！既然喜欢，就遵皇祖母的示下，明儿起命人每天送一屉过头所。横竖膳房离头所不远，过去的时候还热乎着。"

然后皇帝便开始等着，想看看她接下来如何应对。他有些倨傲地俯视了她一眼，甚至暗暗期待她横眉怒目冲他撒野，这样他就有更充分的理由惩治她了。

结果她倒没如他预期的那样，立时把这烧卖吐出来。她就那么囫囵地吞下去了，拭了拭嘴，垂着眼说："多谢老佛爷和万岁爷，厨子的手艺自然极好，奴才吃出来了，是羊肉馅儿的，奴才很爱吃这个。只是奴才有喘症，几年前就戒了牛羊肉了，倘或现在破戒，回头症候发作起来，就不好了。"

不好了自然要出宫，她虽未明说，但寥寥几句又将了皇帝一军。皇帝心里不悦，掉转视线，呷了口茶。她温婉轻笑，连瞧都没瞧皇帝一眼。

大夏天的吃羊肉烧卖，这不是存心整治她是什么？嘤鸣心里恨他得牙有八丈长，但因为两人身份地位悬殊，她连冲他瞪眼也不敢。吞下去的东西开始在胃里翻腾，开始顶嗓子，这是老毛病，不吐一回是断不能好的。然而现在得忍住，要是在这些主子面前出了洋相，又要挨皇帝夹枪带棒一顿数落了。

太皇太后经她这么一说才想起来，一副懊悔不迭的样子："是我疏忽了，竟忘了这茬儿。皇帝也是一片好意，你可不能怨怪你主子。"

都是聪明人，太皇太后心里门儿清。齐家谎报孩子有哮喘以逃避选秀，如今进了宫来，总还得继续装下去。嘤鸣这孩子很缜密，她今儿这个表现只有两种可能，一是她时刻没忘自己的"病症"，二便是羊肉犯了她的忌讳，是皇帝在有意整治她。

这是怎么了，两个人这么暗中较劲，可愁死太皇太后了。她瞧瞧皇帝，一位御极十七年的帝王，欺负起姑娘来竟一点不手软。可她又不能说，毕竟要顾及皇帝的脸面，就算是祖孙，有些事儿也只能睁一只眼闭一只眼。

嘤鸣的笑仍旧甜美，但这回带了点羊膻味儿。她说："主子疼奴才，奴才只记着主子对奴才的好。"

这个好字有股咬牙切齿的劲儿，她说起违心话来半点也不迟疑，倒引得皇帝又朝她瞧了一眼。

刺他耳朵眼儿了吧？说主子疼她，大概要把皇帝恶心坏了。嘤鸣也管不得那些了，自己是实打实地犯恶心，慢慢地满鼻子满嗓子全是那股儿。她坐不下去了，起身福了福道："奴才给老佛爷煎杜仲茶来，清清肠胃吧。听说前边花园临溪亭那儿的荷叶长得鲜嫩，回头奴才打几片叶子来，给老佛爷做荷叶粥吃。"

嘤鸣在家时常在福晋跟前伺候，养成了如今识趣体人意的性情。太皇太后见她贴心又温顺，并不像先前似的，忌讳她是纳辛家来的，对她处处防备。

人啊，该是什么样的命，其实大半儿攥在自己手里。孝慧皇后是大家子正房独一个的嫡女，没吃过苦，也没受过委屈，所以难免脾气耿直；嘤鸣呢，自小就要讨嫡母的好，谨小慎微耐摔打，到了新的地方也夹尾巴活着。这样的人就像草，活得不张扬，又有打不死的精神，相较先皇后的宁折不弯，她更适合险象环生的宫里。

太皇太后笑着说好："你忙你的去吧。天气暖和了，也不怕吹风，上外头走走，做了荷叶粥给你主子也送一碗。"

嘤鸣"哎"了声，漂亮地蹲了个安，却行从次间退了出来。

一到外头她就觉得不成了，匆匆找了个没人的地方，蹲在墙根儿下发作了。那股子味儿，在胃里发酵过后简直像灾难，她吐得两眼冒金星，差点没把肠子也一块儿吐出来。

松格无措地在她背上拍打，手里端着茶盏说："主子，吐完了漱漱口……这是怎么了，好好的叫喝小豆粥，怎么吐成这模样？"

嘤鸣蹲在那里，几乎要虚脱。她并不想哭，可是眼泪没完没了地涌出来，只好抽出帕子把眼睛捂住。

"没事儿。"她还在宽慰松格，"今儿肠胃不好，想是受了寒。"

松格有点慌："那可怎么办？奴才上寿药房去，让太医给抓点儿养胃的药吧。"

嘤鸣摇头，让她别嚷："没什么要紧的，吐出来就好了。"

松格知道，这八成又是挨欺负了，只是她主子不肯说罢了。二姑娘的脾气随侧福晋，都是能经事儿的，不会遇见什么就一副天要塌的模样。像侧福晋，给人做小是容易的事儿吗，也这么冷桌子热板凳一步步走了过来。到如今在嫡福晋跟前得脸，里头多少心酸，谁也不能告诉。

松格心疼她，低声说："奴才搀您回去歇一歇吧，既身上不好，回了鹊印姑姑，让她替您告个假。"

嘤鸣说不："你别只管守着我，上铜茶炊那儿去，告诉张谙达一声，让他煎杜仲茶，老佛爷要用。"

松格没法子，只得一步三回头地领命去办。可走到墙根拐角的地方，迎面撞上个人，她惊得"哟"了声，定睛一看是皇上跟前的小富，忙哈腰赔罪："对不住了谙达，我没瞧见您……"

小富说不碍的，眼睛不住往那边张望："嘤姑娘这是怎么了？可是身上抱恙？要传周太医吗？"

松格道："我们主子说了，没什么要紧，过会子就好。"又纳福，"我还有差事在身，先别过谙达了。"

小富随意摆了两下手，又瞧了一阵儿，见姑娘没什么大碍，方回御前复命去了。

嘤鸣直起身的时候头昏眼花，撑墙站了一会儿才缓过来。平心论，她可太恨皇帝了，这么折腾人，有几条命也不够他糟践的。可他究竟是从哪儿打听出她对羊肉忌口的？为了挤对她，办大事的万岁爷还特特儿费这份心，看来她该谢恩，多谢万岁爷拿她当回事，这么绞尽脑汁地给她找不痛快。

天儿还早得很，嘤鸣在偏殿里稍歇了会儿，才起身往慈宁宫花园里去。这宫里处处憋闷，唯有逛园子的时候能让人感觉还活着。

她是个得快乐时且快乐的人，刚才受的罪，在看见葱翠扑面的时候，就忘到后脑勺去了。

"多好的园子！"她赞叹着，"自打前朝定都，造了这个紫禁城，前前后后几百年岁月，这里发生了多少故事！"

松格说是："没准儿百余年前也有人这个时节上池子里打荷叶，走的也正是咱们脚下的这条道儿。"

嘤鸣笑着点头，放眼远看，这里的景致是经过精心布置的，一步一景儿吧，差不多可以这么说。她踏在绿树成荫的小径上，恍惚想起那回和海银台游琼府花园的情形，也是这样重重远道似的。不过那时枝条才抽芽，不像眼下，树顶上茂叶如盖，浓厚得连阳光都穿不过来。

故人好不好，眼下已不知道了。有时候失之交臂的东西未见得一定圆满，只是因为遗憾，在心上凝结成了一块小小的疤……

不能多想，如今连想一想都是罪过。松格朝前望，踮脚指了指，说前边就是池子了。嘤鸣也是头回来这儿，果然远远地看见一个方形的水池，池子当间儿有单孔砖石券桥横跨，上边建了一座四角攒尖的红亭子。红亭掩映在高大的玉兰树后，鲜浓得像一枚落款的印章。

## · 四 ·

有水的地方就有灵气，那临溪亭下开凿的一方水池修得很大，虽被红亭子分隔成了两半，依旧悠然蓄养了满池莲花。

时节还未到，零星株茎上结了花苞，当真是尖尖角，只有刚才那羊肉烧卖大小。但荷叶确实已经相当繁盛了，一重叠着一重，颇有接天之势。

叶子当然都是今年的新叶，但生得早晚有很大的差别。老叶颜色深沉，叶盘上的脉络有力透纸背的深刻。新叶的颜色便要浅许多，带着一点娇嫩的翻卷，脉络像美人画斜红，手法轻巧，点到即止。

临溪亭池畔有汉白玉望柱围砌的栏板，人弯腰采摘，伸长了胳膊恰好能够着叶底。嘤鸣让松格拽住她，自己探身下去，莲叶稠密，层层绵延几乎遮挡住了湖面。等她探近了，透过叶与叶的缝隙，才看见底下池水清澈见底，水里竟还有鱼，十分傲慢地、旁若无人地游了过去。

嘤鸣低呼："有锦鲤！"

松格也伸脖儿看："哪里？在哪里？"

边上一个声音柔软地响起："眼下荷叶太盛，看不清水底，等到荷花都谢了，那些鱼便浮上来了。"

慈宁宫花园是宫里妃嫔们解闷消暑的地方，几乎不管什么时候来，都能遇上个把出来逛园子的身影。嘤鸣收回身子望过去，先前出声儿的是个年轻的女子，穿月白纱纳团花的氅衣，规整地梳着把子头。发髻上簪简单的首饰，唯有一串细密的青玉细珠串在耳畔摇曳，衬着清白的肉皮儿，有几分人淡如菊之感。

嘤鸣打量她，她也含笑望着她："姑娘不是宫里老人儿，想是老佛爷才接进宫来的吧？是纳公爷家的姑娘？"

瞧这穿着打扮，应当是皇帝的妃嫔，不管是什么位分，见了就行礼总不会错。

嘤鸣冲她蹲安，垂首道是："奴才初来乍到，没见过宫里的主儿们，不知应当怎么称呼，还请恕罪。"

这一蹲可凭谁都生受不起，受了礼的人忙上来搀扶，笑道："姑娘快别这么的，这不是折我的寿吗？虽说眼下位分未定，将来也必要姐妹相称的。老佛爷上年违和，怕人多闹腾得慌，免了晨昏定省，我也不得进慈宁宫见一见姑娘。今儿有幸遇上了，姑娘倒给我行礼，真叫我不能活了。"

宫里上下都知道，孝慧皇后走后纳辛的闺女就进来了，还是老佛爷亲自打发人去府上接的，前途自是不可限量。如今正好遇上了，那就打个招呼，预先露了脸，将来也不算全生。

边上随侍的宫女应了声："这是我们怡嫔娘娘，奴才小喜，给姑娘请安。"

嘤鸣笑了笑，说不敢当："我是进来侍奉太皇太后的，当不得你这声奴才。"又对怡嫔道，"小主儿来逛园子的？今儿雨后初晴，是该出来松泛松泛。"

怡嫔有一双丹凤眼，些些吊着梢儿，笑起来有种说不出的况味。她顺应着："可不是吗，姑娘也进园子逛逛？"

嘤鸣说："奴才是来采些鲜荷叶，回去给老佛爷做荷叶粥吃，不想在这儿遇上了小主。奴才失礼得很，原该上小主们宫里，给各宫小主请安的。"

怡嫔听了一应摆手："姑娘快别这么说，让丫头别以奴才自称，自己倒还这么的。"一面转头吩咐小喜陪着嘤姑娘的人一块儿打荷叶，一面亲亲热热携了嘤鸣的手进了亭子。

亭子四面开槛窗，四方都能看见风景。靠墙的一圈摆放着长椅，临窗坐着，风从四面徐来，吹在身上很和暖。怡嫔摇着团扇道："咱们宫里的人，抬头四方天，低头四方地。守着规矩，能去的地方不多，只有这里和后头的御花园，还能走走散散。上回孝慧皇后治丧，我也在钟粹宫，姑娘进来祭拜那会儿，我随内命妇们退到偏殿去了，就坐在窗前，看着你进来的。"

嘤鸣"哦"了声，她那会儿是独自进的正殿，当时灵前只有四个守灵添灯油的宫女太监。料着太皇太后和太后在幔子后头瞧着，她自然不好随意张望。横竖进去就是被人打量的，也没什么可奇怪，不过这主儿有心结交，叫她有些不大自在。

怡嫔呢，似乎并不在意她热络不热络，她自己也是淡淡的模样，搭在雕花窗台上的手，慢悠悠地盘着她的十八子手串。

"我早听说过，姑娘和孝慧皇后在闺阁里就好。少时的友情多难得啊，如今皇后娘娘不在了，姑娘该多伤心！"她极慢、极深刻地说着，"皇后娘娘可怜见儿的，最后的日子里疼得什么似的，宫外头娘家太太无旨不得入宫来，她就只能巴巴儿瞧着门，那形容，我一辈子都忘不了。唉，说句大不敬的，走了反倒轻省了，少了那许多痛苦，上天做神仙去了。姑娘如今进宫来，旁的都不要紧，只要是心境开阔，日子还是过得的。"

宫里每一个人都打着自己的算盘，每一句话背后都有深意。嘤鸣原本不在乎她说些什么，但她提起深知临终前的样子，还是让她感到一阵心酸。

要走了，也没个亲近的人在身边，深知那时候有多难啊！可惜这深宫铜墙铁壁似的，当她无力下懿旨，或是下了懿旨也没有人再为她传达时，她一个人卧在冰冷的床上，一定很害怕。嘤鸣不是那种身处热闹，就愿意戴花插背旗的人，她知道太皇太后和皇太后眼下对她的宽和，是因为她阿玛可堪一用。将来会怎么样呢，薛公爷倒了，下一个就该轮着她阿玛了。薛深知走了，下一个被弃之如敝屣的人自然也是她。

其实她很想细细打听，那时候宫里至高无上的主子们是怎么对待深知的，可从这样一个不知根底的人这里听来的话，不免添油加醋。她还是放弃了，垂眼抚了抚膝上褶皱，应得淡然："这宫里是锦绣堆儿，只要作养好身子，什么都有了。"

怡嫔似乎没想到她接了这么一句看似通达的话，虽然说得真切，终究难免敷衍之嫌。也是的，见了面就掏心窝子，世上哪来这样的人！

"万岁爷待娘娘还是有些情义的，毕竟少年夫妻，临了也不忍心娘娘走得不安稳。我听说娘娘升遐的那天，万岁爷去瞧娘娘了，后来不知跟前哪个奴才犯了万岁爷的忌讳，万岁爷就怒气冲冲地离开了钟粹宫。你瞧，在这宫里过日子，单是身子骨结实也不顶事儿，还得身边人知道好歹。要紧一宗，得有个贴心的人，倘或姑娘那会儿在宫里，娘娘也不至于孤零零的。"怡嫔说罢腼腆地笑了笑，"我今儿见了姑娘，说了一车的话，叫姑娘瞧我这人不端稳，存心套近乎似的。我不怕姑娘笑话，也不敢说自个儿不是毛遂自荐，当初娘娘在世时，宫里就数我和娘娘走得最近。如今姑娘进来，我有了伴儿，不怕没人搭理我了。不瞒姑娘，自娘娘归天，我就再没同人说过这么多的话。"

嘤鸣有些意外："小主的意思是，宫里人都孤立您吗？"

怡嫔欲言又止地微笑："唉，也不是，各宫有各宫的忙处。再说偌大的紫禁城，也不是个个能交心，见了至多点头打个招呼罢了。"

这时松格在外头回话，说："主子，时候不早了。这会子不筹备起来，万一老佛爷要用，怕交不得差事。"

嘤鸣正愁不好脱身，恰巧松格给解了围，她站起身道："小主这份心田太难得了，皇后娘娘在天上也会保佑您的。奴才微末之人，若蒙小主不弃，日后愿意陪着小主说说话。今儿时候差不多了，倒要先走一步，回去为老佛爷预备夜里的膳食。"

怡嫔"哎"了声："伺候老佛爷要紧，姑娘忙吧，等有了闲暇咱们再说话。"

嘤鸣蹲了个安，却行退出了临溪亭。

回去的路上松格还在说："这位怡嫔娘娘若真和皇后娘娘走得近，那也是个好心的人。"

嘤鸣轻牵了下唇角："我每年入宫两回，从未听娘娘提起过这位怡嫔。娘娘是什么人呢，咱们自小和她厮混大的，她待你掏心挖肺。半路上遇见的，得是历过生死她才能同你交心。既交心，她就忍不住要给我引荐，我没见过她，那就不是前四年有的交情。经年累月的感情有时候都不见得可信，临走拜见过两回，了不起是底下嫔妃请安，何谈深交？"

松格听得一愣一愣的："主子，您要是个爷们儿，能升堂审案子。"

嘤鸣笑着接过她手里的荷叶举起来，挡住西晒："老爷儿真厉害，都快偏西了，还有余威呢。你记好了，宫里人的话，只能听一半儿。像她说的种种，不过是叫我心里不痛快罢了。但凡是个有气性儿的，不痛快了就要上脸，咱们天天在老佛爷跟前转，上了脸还得了？"

松格点头不迭："她还想挑唆您和万岁爷，叫您不待见万岁爷。"

嘤鸣皱着眉，笑容有点垮塌。心说这个并不用她挑唆，她本来就和皇帝不对付。不过那些做妃嫔的，见着了一个有可能成为她们主子的人，自然处处提防。最好再来一个不受宠的皇后，群龙无首，各自称王，这样的日子才是人过的日子。

她不耐烦应付，女人堆儿里是非多："往后咱们见了那些小主就绕着走，实在不成可以不出慈宁宫。"一面说一面摆弄荷叶，等进了大宫门，就又是一脸笑模样了。

做粥，这个她最拿手。把粳米洗净了，硬炖非得炖烂才入味儿，要节省时间，可以先拿石臼杵得碎一些。这么一边炖煮一边搅拌，差不多的时候加冰糖，撕碎了荷叶盖上去闷上两盏茶工夫，等揭开荷叶，那粥通体碧绿，光闻味儿就清香扑鼻。

嘤鸣在小厨房里忙活，太皇太后为了等她那碗粥，后来就没再进小食。

老太太背靠锦垫问米嬷嬷："瞧着精神头儿，这会子还好？"

米嬷嬷说好："在灶上活蹦乱跳的，这姑娘真是难得，那样人家出来的，一点儿不娇气。先头吐得跟什么似的，到底年轻，缓和一会儿就好了。依奴才看，再没什么可挑拣的了，老佛爷说呢？"

"真个儿……"太皇太后摇头，"皇帝这么给人小鞋穿，不怕叫人笑话。"

"笑话什么的。"米嬷嬷笑道，"万岁爷在金銮殿里乾纲独断，回来了是在自己家里头。嘤姑娘往后是枕边人，两人就是闹一闹，也是小夫妻间的事儿，谁还能传出去不成？帝后本是一体，在嘤姑娘跟前使性子，嘤姑娘自然忍耐他。您瞧见万岁爷和旁的妃嫔使过性子没有？宫里个个儿谁不敬畏他？"

太皇太后发现这是个很有说服力的论证："这么看来，嘤鸣是个有造化的。"

米嬷嬷说："您就放宽心吧，他们闹腾是他们的事儿，您就等着喝您的荷叶粥就是了。"

才说完，南窗底下有人影过来。天要黑不黑的，檐下上了灯笼，那剪影投在桃花纸上，像一幅上好的仕女画。门上竹帘打起来，嘤鸣拿青瓷碟儿托着荷叶边的青瓷碗，蹲了个安说："老佛爷，尝尝奴才的手艺吧。奴才没法子和宫里的御厨比，就是民间的口味，若老佛爷吃得好，夸夸奴才就成了。"

她善于讨巧，一句一句很有姑娘的娇憨，太皇太后就吃她这一套。忙叫米嬷嬷接过碗来，揭开盖儿，见青粥上点缀了两颗枸杞，除此之外再无其他。太皇太后舀起来尝了一口，就如她说的，是荷叶粥最原始的味道，没有茯实，没有薏仁，也没有鸡丁瘦肉。宫里厨子为了讨主子的好，喜欢化简就繁，常把好好的东西弄得极尽烦琐。像这样朴实的口味已经很久没吃着了，偶尔喝上一碗，很称太皇太后的心。

夸是必然要夸的，不过太皇太后更关心的是另一桩："有没有多的？"

嘤鸣说有："奴才备了太后和万岁爷的，回头奴才就给太后送去。"

太皇太后说不必："太后那儿我打发鹊印送过去，你主子的那份儿，你亲自送过去。"

嘤鸣就猜着是这样，她也不好有违太皇太后的令儿，只道："宫门下钥了，奴才进出恐怕不便。"

规矩是死的，人是活的。太皇太后表示："就说奉了我的命，没人敢拦着你。"

嘤鸣眨眨眼，没法子，只好应了个是。退到小厨房看着炉子上的粥直愣神，心说白天害我吐成那样，要是有巴豆，我该给你下上一把，叫你吃！

可也终是自己胡思乱想罢了，送到御前的东西都有人检点，谁敢做手脚，回头就叫你满门抄斩。

拿食盒装上吧，嘤鸣小心翼翼地提着，和松格一同出了宫门。这回不再走错了，往东过永康左门，一箭之地就是隆宗门。走到半道上的时候听见夹道里浩大的一片传报，下钱粮的时候到了，她们禀明了是奉太皇太后懿旨，才让她们过了门禁。

嘤鸣往养心殿方向看看，心里犯嘀咕："松格，你说我们这会儿去，好吗？"

松格立刻明白过来："主子是怕万岁爷翻了牌子，不得空吃咱们的荷叶粥？"

嘤鸣冲她露出个赞许的笑，发现这丫头进宫待了两天，脑子比以前好使了。皇帝也有皇帝的乐子，这会儿要是真有安排，那她去了多尴尬！

脚下走着，正彷徨，走到了隆宗门前。军机处就在隆宗门内，才要过门禁，迎面见有人从值房里出来，本以为能遇上阿玛，没想到来的是干阿玛。

## · 五 ·

见了是万不能当作没看见的，嘤鸣忙上前蹲了个福，说："干阿玛，嘤鸣给您请安了。"

辅政大臣之首的薛尚章，老姓薛尼特氏。那个姓氏曾经是草原上最骁勇的一族，什尔干之战中，杀得仅剩九人，照样荡平了一个旗。很长一段时间里，提起薛尼特氏，就有令敌人闻风丧胆的功效。

如今虽从龙入关多年，但骨子里流淌的那种倔强和骁勇，从来不曾熄灭。薛尚章是标准的蒙古汉子，膀大腰圆，生得极其彪悍。有时候他并不是真的要将你怎么样，但那双鹰一般的眼睛和洪钟一样的声量，会让人有即将被拆吃入腹的不安感。

还好深知并没有遗传他的相貌，但脾气和他有七分相像，过于刚正，爱憎也分明。有时候嘤鸣有些想不通，自己怎么能和深知成为知心的朋友，想来是彼此需要取长补短吧，自己缺乏深知那份决断，深知的圆滑当然也略输他一段。

嘤鸣对于这位干阿玛，说多熟络谈不上，但因为他是深知的阿玛，尚有几分亲近之心。以前跟着深知上他们府里小住，她也去请安，薛公爷常会说上两句家常话，也会有个笑模样。因此别人如何将他说得十恶不赦，嘤鸣却从来没有真正感觉到过。

夜色昏沉，檐下牛皮纸灯笼的光穿透黑暗，照亮薛公爷的半边脸。他点点头，什么话都没说，只是静静地看着她，忽然微哽了下，匆忙转过头去。

嘤鸣心头被狠狠地撞了一下，她知道他看见她，想起深知来了。虽然对权力的欲望驱使他把唯一的女儿推进了深渊，但事到如今，他心里也还是会痛。

当初深知和她说起宫中岁月，曾那样毫不掩饰地恨过她阿玛，深知走后，嘤鸣也觉得应当归咎于他。可如今在宫里遇见他，那种丧女之痛还未从他眉眼间消散，他必须如常当值，继续维持这种骑虎难下的傲慢。

然而他的背微微有些佝偻了，他不像纳公爷，平时懂得保养自己。纳公爷一年四季虫草当零嘴儿嚼，早中晚三顿羊乳，哪怕羊死绝了也得想辙给他弄来。就这么的，他还天天抱怨家里女人不够体贴，要上外头找人给他揉身子扦脚……薛公爷早年在军中出生入死，是实权派，也是实干派。大马金刀的岁月里横跨过来，没有那么精细的要求。

"干阿玛，您要保重身子。"这时候不能多说什么，见了也唯有多行两个礼罢了。嘤鸣又冲他蹲安，挎着食盒迈过了隆宗门。

松格怕她伤感，用力搂了搂她的胳膊。她勉强笑了笑，偏过头瞧了一眼，薛公爷目送她，等她走出隆宗门上灯笼照射的范围，才转身回了军机值房。

真伤心，嘤鸣见着他，就想起深知。虽说如今自己被送进这虎狼窝也是他一手促成的，可当真要恨，也得瞧着深知的情面，那个人终究是她留在世上最亲的人。

隆宗门到内右门，距离不算很远。松格抬头瞧了眼，提醒她："主子，这就要到了。"

嘤鸣"嗯"了声，站在门前等松格上去通传。门外的人上下打量，问："哪个宫的？都下钥了，干什么来了？"

松格哈了哈腰说："谙达，咱们奉太皇太后之命，来给万岁爷送小食，还请谙达费心通传。"

宫门上了锁，要办事就变得非常困难，一重接着一重的关卡，必须经过逐层通报才能最后开启。守门的说等着吧，门内传出一串粉底皂靴踩踏青砖的声响，嗒嗒地，往远处去了。隔着绯红的大门，有人在后边嗯嗯低语，不多会儿就听见说"落锁"，然后小富从里头迎出来，就地打了个千儿："姑娘来了。"

嘤鸣"哎"了声："主子这会子安置了吗？"

小富说："哪儿能呢，时候还早得很呢。主子才从乾清宫回来，也就前后脚的工夫……姑娘快别在外头站着了，进来吧。原瞧着是您，不等通传就该开门才是，可宫里规矩重，还请姑娘见谅。"说着看见她手里的食盒，笑道，"您这是给主子爷送荷叶粥来了？先头主子还说今儿酒膳腻得慌呢，可巧您就来了，倒像约好了似的。"

嘤鸣只是笑，因为除了笑，她不知道应该怎么应付这位皇帝跟前得宠的太监。想了想道："熬粥时候长，等摘了荷叶一应收拾好，已经到了这会子。"

小富的话里依旧庆幸满满，似乎她能来就是好的："不碍，主子爷勤政，不到子时且不能安置。往后您走动，要是下了钥，就打发人上月华门值房里找奴才来，奴才入夜只管看守养心殿门禁，天天儿都在里头上夜。"

嘤鸣点点头，说了声谢。

晚上夹道里死一样的宁静，天上月亮也白惨惨的，照得这世界有些凄惶。嘤鸣思量再三，对小富道："我把食盒递给您吧，您替我往御前送。时候这么晚了，万岁爷正忙公务，见了我又得停下……"停下挤对她，不也费工夫吗？

小富却笑得讪讪："姑娘别难为奴才，宫里旁的都好传递，唯独这进嘴的东西，必要一人一送到底的。这么着既是疼了奴才，也是为了您自个儿，毕竟出了岔子，浑身长嘴也说不清不是？"

嘤鸣听了没法子，只得硬着头皮进了养心门。


正殿里灯火通明，因着皇帝要办事，十几支通臂巨烛燃烧着，把殿宇照得亮如白昼。皇帝才刚在御案前坐下，折子没打开，毛笔也搁在笔架上未蘸墨。只是正色坐着，仿佛在等她自投罗网。

嘤鸣紧走几步上前，把食盒交到三庆手里，自己退回堂下地心儿，叠起两手给皇帝蹲福请安："禀万岁爷，奴才奉老佛爷旨意，来给万岁爷送荷叶粥。这粥是奴才的手艺，什么都没搁，单是粳米和荷叶熬成的，给主子开开胃。若是入不得主子的口，还请主子恕罪，奴才下回学好了本事，再做了孝敬万岁爷。"

三庆揭开盖儿，一阵清香扑面，里头白玉的小盅里盛着碧绿的粥，光是瞧着，就知道吃口应当不差。底下人送了银针来，他把针放进盅里，略等了会儿，见一切如常，便哈腰往上呈敬。谁知才递到一半，皇帝抬手叫退了，三庆顿了下，重新端着八宝托盘，低眉顺眼地侍立在了一旁。

嘤鸣此时有些彷徨，照理说是太皇太后叫送的，皇帝就算不喜欢，总要略进一口领了太皇太后的情，结果他竟连瞧都没瞧一眼，反倒把视线定格在了她身上。

心里发虚，背上冒冷汗，嘤鸣怯怯地，把头低得更低了。天威难测，谁也不知道皇帝接下来有什么打算，连一块儿进来的小富都有点蒙，迟疑地瞄了瞄三庆。

可怕的沉默，殿宇里只有更漏滴答的声响。嘤鸣听见心在腔子里用力地蹦跶，跳得那么快，几乎叫她续不上来气儿。最怕的就是这样，有话不说，钝刀割肉般的消磨。时候长了她就想，要杀要剐给个痛快吧，她好好的来送粥，不知道哪儿又触了逆鳞，寻了这位天下之主的晦气。

她轻启启唇，试图打破这种宁静，可她又窝囊，到了嘴边的话又咽了回去。了不得今儿一夜就交待在这里吧，她身后还有鄂奇里氏，皇帝总不好一气儿把她给杀了。皇帝有耐性，她凭什么没有呢，便踏踏实实在下首站着，洗干净脖子等着迎接他的雷霆震怒。


"齐嘤鸣。"皇帝终于说话了，那声儿真凉，像拭过刀锋的雪。

嘤鸣有种拨云见日的感觉，真奇怪，听见他出声儿，她反倒镇定下来。她恭敬地哈腰说是："奴才听万岁爷示下。"

皇帝又沉默了下，淡声道："朕问你，你当真得过喘症吗？"

嘤鸣略怔了怔，没想到这件事又让皇帝惦记上了。八成是今天的羊肉烧卖下了他的脸，没让他一天一屁子恶心她的计谋得逞，所以他开始寻她的衅，下定决心把她的老底翻出来。

逃避选秀那可是重罪，自己吃挂落儿还是其次，要紧一点，会连累阿玛，夺爵降级也未可知。嘤鸣心里七上八下，她不知道究竟应当怎么办才好。照理说她到了年纪没进宫，这事宫里心照不宣，没想到皇帝会拎出来，就为找她的不痛快。

没法子，既然问起了，逃也逃不掉。她跪下说是："奴才得过，若非如此，早该进宫来伺候主子了。"

皇帝对她的死鸭子嘴硬嗤之以鼻："既然得过，就该有瞧病的大夫。你说说，那个大夫姓什么叫什么，家住哪里。朕即刻命人把他传进宫，再替你诊治一回。谁让你今儿吃了羊肉，说不准又要发作。

嘤鸣斟酌了下道："那大夫是游方的，京城待上一阵子，就往南方去了，五湖四海到处游历，从来没有个准地方。万岁爷这会儿叫我说出他的去向，奴才说不出来。"

结果这两句话彻底惹恼了皇帝，他砰地一拍御案，桌上文房蹦起来老高。这突如其来的响动吓碎了众人的心肝，养心殿自内到外呼地跪倒了一片，个个叩着青砖簌簌发抖。

嘤鸣也慌神了，这程子皇帝专给她上眼药，但碍于大局尚且不会将她如何。今天究竟是怎么回事，竟好像要拿这件事作筏子了。大约是有了新的对策，可以不必再忍耐这种非分的安排了吧！

她进来多久了？到今儿恰满四十日。光阴过起来真快，一眨眼就这么久了。如果皇帝寻个由头让她出宫……不知海家有没有说上新的人家……

唉，也是瞎想，她把前额抵在冰冷的地面上，这么紧张的气氛下，她竟还能腾出脑子来胡思乱想。

"万岁爷恕罪。"她喃喃说着，"奴才不知哪里冒犯了主子，还请主子息怒，千万别气坏了圣躬。"

可惜皇帝并不听她这些废话，他只是狠狠咬着牙，阴沉冷笑道："你是因何入宫的，你应当知道。光在太皇太后跟前讨好，也保不住你的命。朕最恨你这样奸猾的人，多看你一眼，都叫朕心头火起。滚出去！"他说，"朕倒要看看你究竟会不会犯病。上外头顶砖，没有朕的令儿，一辈子不许起来！"

嘤鸣顿时惘惘的，脑子里也没多大想头，因为进宫到今儿，受的礼遇颇多，这本就不合理。现在也好，皇帝发话惩治了，眼下是比较倒灶，但从长远来看似乎不算太坏，至少替她敛了光彩，不叫她那样扎人眼了。

她从容磕了个头，说："奴才领旨，谢万岁爷。"然后站起来，却行往后退，退出了养心殿明间。

松格还在地上跪着，听见里头皇帝的怒斥，为主子急得眼泪长流。见主子从里头出来了，她慌忙站起来搀扶，嘴里嗫嚅着，含泪看着她。

嘤鸣倒没什么，还有闲心四顾："这里哪儿有砖啊？没砖我顶什么呢……"在墙根儿前等着，直到里头送出来一块砚台，然后毫不为难地搁在头顶上，挑个地方就跪下了。

松格在边上陪跪，吸溜着鼻子问："主子，这可怎么办……"

嘤鸣跪得比做学问还认真，合眼道："别说话。"

养心殿里的皇帝因没了常用的砚台，得打发人上库里去取，这当间儿闲着的时候瞥了三庆一眼，三庆立刻趋身上前，把荷叶粥献了上去。

小富更蒙了，不明白这究竟是怎么回事儿，既要降罪，又喝人家做的粥，圣心真是越发难以揣摩了。难不成是不想当着姑娘的面进吃的，才把人送去跪墙根儿？这么着好像说不大通，万岁爷也不是那么胡来的主子。

德禄手里托着一只歙石铜镀金龙纹匣进来，里头装一方暖砚，小心翼翼地搁在了御案上。小富和三庆依次退出明间，里头有管事的伺候，他们只需回自己职上候命就是了。

小富脚下徘徊着，悄悄给三庆使了个眼色。三庆朝西墙根下看了眼，拉小富进了卷棚。

"怎么的？"小富百思不得其解，"为什么呀？"

三庆压声道："先前从乾清宫出来，瞧见隆宗门上了。"见小富还糊涂着，凑过去咬耳朵说，"嘤姑娘和薛蛮子照了面，姑娘给薛蛮子请安，正落了主子的眼。"

小富"哦"了声："原来是这么个事儿……"

万岁爷还是很忌讳齐家二姑娘进宫的缘由的，毕竟不是寻常选秀，总带着点无可奈何的味道，因此见二姑娘和薛尚章私下见了面，万岁爷难免大感不快。不过更深层的原因有没有呢，想是有的吧！宫里人多，眼睛也多，今儿见了谁，和谁说上了话，要不了一时半刻就会传到御前。万岁爷这是在为姑娘挡煞吗？好像有那么点儿意思，又好像没有……小富是个驴脑子，他觉得真要这样，那万岁爷也不是那么厌恶嘤姑娘嘛。但不厌恶，又怎么能罚人顶砖呢，明明有好些法子，犯不上动真格儿的。

当然，后来他看见砚台里特意研好的墨，因倾斜顺着嘤姑娘的脸颊流淌下来的时候，他就发现是自己想多了。一直笑嘻嘻的嘤姑娘这回终于哭了，因为这墨会渗透进肌理，得花上两天工夫才能彻底清洗干净。她是老佛爷身边伺候的，这么一来没法见人了，姑娘对自己脸面的看重程度，远比对膝头子高许多。

柒

# 小满

· 一 ·

　　嘤鸣跪着，哭得直打噎。松格不住拿帕子给她擦脸，可是越擦墨越多，从她的鬓边一路流淌，流进了她的颈窝，染黑了她的裉子。

　　皇帝到底和她有什么不共戴天之仇呢，要这样费尽心机地整治她。原先她还不疑叫她顶砖是什么用意，就算送来了砚台她也不觉得里头有诈，只当是皇帝为了免于半夜三更大动干戈地找砖，而耽误了让她罚跪的时间，随意让她以砚代砖，早跪早好。于是她老老实实照着做了，一丝不苟地把砚台放在了头顶上，自觉以前顶碗都不难，现在顶砚台更没什么了不起。她甚至有些庆幸，砚台比砖轻多了，简直就像捡了大便宜。

　　后来砚台上头了，她挺直脊梁跪得笔管条直，权当在练规矩。可是时候一长毕竟不行，膝头子很痛，腿也麻了，腰也酸了，便只好拿手扶着。结果这一扶可坏了事了，盖子边缘有淋漓的墨汁子淋下来，起先她糊里糊涂以为是下雨了，直到松格惊呼"主子您的脸怎么黑了"，她才知道坏了菜。

　　做人怎么能这么缺德呢，她进养心殿的时候，他明明还没开始批折子，就是为了让她狼狈，特意加水研磨再让她顶着。人的忍耐总是有限度的，白天给她吃羊肉烧卖让她吐断了肠子，夜里又想出这么个损招儿祸害她，他到底想干什么！

　　嘤鸣越想越委屈，但她还在极力忍着，说："松格，你看看，能不能擦干净？"

　　松格抽出手绢使劲擦，擦得她肉皮儿生疼，还是告诉她："主子，这是御用墨，不像外头的。奴才擦了半天，这墨进了肌理，回去拿胰子洗洗，多洗两回就干净了。"

嘤鸣听完这个就哭了，实在是奇耻大辱，他怎么能这么欺负人呢。因为是皇帝，就可以不拿别人的脸当回事？既然这么讨厌她，把她打发出宫不是更省心吗？何必留下抬杠。

然而跪还是得跪着，她顶着砚台直抹眼泪，松格就在边上陪着一块儿哭。夜色越来越浓重，因为来前太皇太后发了话，不必再回慈宁宫复命了，直接上头所歇着吧，因此她就算跪上一整夜，养心殿外也不会有人知道。

殿里的人隔窗望着，墙根下的背影委屈又顽强。

"她讨过饶没有？"皇帝问德禄。

德禄抱着拂尘说没有："奴才也纳闷儿，嘤姑娘是不是吓着了，还是压根儿没想起来有讨饶这茬儿？但凡她服个软，就说求万岁爷开恩，主子瞧着老佛爷也不能叫她跪到这会儿。"

是啊，纳辛这个油子，怎么生出了这么个倔驴，真叫人想不明白。

一直跪下去不是办法，皇帝负着手，透过巨大的南窗看她的身影，原先兴致盎然，眼下变得有些意兴阑珊了。他看了一阵，调开视线道："你去瞧瞧，要是她松了口，就让她回去吧。"

德禄垂袖应了个"嗻"，快步从殿里出来。上前看看，呀，这脸是没法瞧了。他说："姑娘，时候长了可怎么受得住呢！这么的吧，您服个软，奴才给您上万岁爷跟前求求情，您早早儿回头所歇着去吧。"

嘤鸣却被激发出了不屈的决心，她挺着腰说："谢谢谙达，我今儿就跪死在养心殿了，您别为我操心。"

德禄被她回了个倒噎气，有些仓皇地看了看松格。松格也觉得主子这回是气大发了，她本该劝主子的，到最后想想主仆应该生死同心，便加重语气说了句是："奴才陪主子一起跪死在这儿。"

德禄"嘿"了声，直喝牙花儿："嘤姑娘，好汉不吃眼前亏，您和万岁爷拧着有什么好处呢，和谁过不去，也不能和自己的身子过不去。"

嘤鸣不说话，心想脑袋掉了碗大的疤。真要跪死了，周兴祖也诊不出她活着的时候有没有喘症，皇帝无凭无据害死了人，就等着满朝文武戳他脊梁骨吧！

德禄没劝动，愁眉苦脸地进了三希堂。皇帝问怎么样，他只管摇头，犹犹豫豫地道："嘤姑娘说……她想跪死……"

这话显然会引得皇帝勃然大怒，当然这份怒火绝不会表现在脸上。皇帝依旧淡漠地看着窗外，霍地转过身道："既然她有这份决心，就成全她，让她跪死吧。"

又置气了不是！德禄亦步亦趋地说："主子爷，奴才也觉得嘤姑娘忒偏了些，不知道变通，可您要是瞧见她现在的模样，八成也不愿意让她上您跟前求饶来……唉，真是没法瞧了，姑娘爱脸面，哭得什么似的……"

皇帝略沉默了下，说："让小富传话，求饶是非求不可。朕再给她最后一次机会，若她还是坚持要跪，那就让她跪上三天三夜，死了就让纳辛进来接尸首。"

德禄应了个是，实在不知道该怎么理解圣心。八成是不想让嘤姑娘死的，但又不愿意折损了面子，所以非要人家乞命，痛哭流涕地说"万岁爷，奴才错了，饶了奴才吧"，这样才能勉强收回成命。

德禄站在滴水下招了招小富，冲嘤鸣跪着的方向努嘴："赶紧劝劝去，主子爷有心饶她这一回，她再这么拧着，自己受苦，何必呢？"

小富口才好，有他出马，事情能好办一半儿。他"哎"了声，一溜烟到了西墙根儿下，蹲在她们身边说："嘤姑娘，身子是咱们自己的，别因置气和自己过不去。这宫里谁又是有脸的，谁又是没脸的？像头前，淑妃因当面顶撞孝慧皇后，被主子爷贬为答应，送到北五所看门儿去了，人家不也活得好好的，得闲还挨着门框嗑瓜子儿呢，又怎么？姑娘是宰相家的小姐，宰相肚里能撑船，小姐肚里不说多，一辆车打个来回总能够，您说是不是？"

嘤鸣不为所动，仍旧顶着那块砚台说："万岁爷金口玉言，说不叫起来我就不能起来。你们来劝我也不中用，我就是告饶了，万岁爷还得呲打我，还得继续让我跪着。"

小富干干眨巴了两下眼："哪儿能呢，万岁爷不是那么不通情理的人，外头人不知道，我们在跟前伺候的心里都明白。毕竟那是主子爷，有时候发个火儿，罚你一回，脑子记住教训就是了，委屈别往心里去。您呢，是纳公爷家送进来的，你身后可是整个齐家。您要是这么没日没宿地跪，您让纳公爷知道了怎么办？您在养心殿跪着，纳公爷明儿就该上午门跪着去了。"

这么一说嘤鸣倒想开了，老跪着也不是办法，毕竟她跪得半边身子都僵了。于是稍稍挪动了下，问："你说的淑妃，是怎么回事儿？"

她对孝慧皇后的过往一直都很关心，愿意开口打听事儿就说明不钻牛角尖了。小富"嘻"了声，说："您是知道的，皇后主子长期养病，和老佛爷那儿，万岁爷那儿，走得略有些远，底下嫔妃看人下菜碟儿，也敢粗声大气顶撞娘娘。娘娘身子骨弱，那时候才好一些，又给气病了。万岁爷知道了这事儿，当即下令掌了淑妃的嘴，就那么送到北边看门去了，再不许往前来。"

嘤鸣怔在那里，半天也没回过神来。这深宫，真是可怕得没边儿，见你无宠，又见你身子弱，一个普通的妃嫔也敢摆脸子骂皇后。今天慈宁宫花园里遇上的怡嫔，有一句说得对，宫里活着，身子好最要紧。身子好了你才能反抗，身子好了才能熬死那些对头，成为后宫独一份儿。

嘤鸣把砚台拿了下来，放在一旁。小富见状忙支使松格："你也是个缺心眼儿的，主子跟前不开解开解，一块儿跪着就算忠心了吗？快搀起来！"

跪得太久，腿都打不直，嘤鸣主仆互相扶持着，趔趄站起身，费了好大的力气才站稳。

小富差人打了水来，绞起手巾把子说："姑娘擦洗擦洗吧，没法子，这方砚就是出墨多……"

嘤鸣抬手格开了，说不必："这是主子赏赉，洗了万岁爷就看不见了。"

她转回身面朝养心殿站着，灯笼光照着那五花脸，又惨又可笑。

皇帝从窗边让开了，知道她要进来，便吩咐德禄："朕要安置了，不耐烦见她。你去听她的讨饶像不像话，要是过得去，就打发她回头所殿去吧。"说完转身，往后殿去了。

德禄领了旨意，只得上外头支应，说："万岁爷歇下了，不便打搅。姑娘知道错了吗？"

嘤鸣说知道。

德禄又问一句："错在哪儿了？"

嘤鸣垂着脑袋说："错在不该送荷叶粥来。请主子放心，往后奴才再不上养心殿惹眼了，求主子开恩，饶了奴才这回吧。"

德禄顿时有点儿气馁，怎么和设想的不一样呢，不应该是这样的啊……可他不敢再多说什么了，怕这主儿偏脾气一来，又上墙根儿顶砚台去。横竖万岁爷不在这儿，回头禀报的时候编几句中听的就是了。看看这脸，可怜见儿的，便道："姑娘快回去洗洗吧，奴才那儿有块西洋胰子，明儿打发人给您送过去。"又吩咐小富，"你给送送吧，免得门禁上耽搁工夫。"

小富忙应了声，领着他们主仆过了隆宗门，一路进了慈祥门。

快到头所的时候嘤鸣向他道谢："今儿亏得你们斡旋，请代我向德管事的道声谢。"

小富说一定把话带到，又劝姑娘心境开阔些："人想不开了容易得病，奴才瞧姑娘有大富大贵之相，好好睡上一觉，明儿起来一切就都顺遂了。"

嘤鸣笑了笑，心想什么大富大贵之相，还想把她和皇帝凑在一块儿呢，真是恶心死人了。

回到头所，松格打了水，从凉的换成温的，一点一点给她擦拭。最后大部分的墨是洗掉了，但皮肤上留下了浅浅的蓝色，这是印在肌理里的，一时半会儿清除不干净。

"就这样吧。"璎鸣揽镜瞧了一眼。皮肉都擦红了，再擦下去非擦破了油皮不可。她怏怏地推开首饰匣子，倒头扎进了被卧里，"凭什么我要受这份窝囊气？老说不是让我来做奴才的，可到底还是干奴才的事。我要装病，八抬大轿抬我也不起来了，让他们放我回家，不在这宫里待下去了。"

松格吓了一跳，忙来捂她主子的嘴："叫人听见可怎么好！"

璎鸣能不知道头所有人听墙根吗，她哼笑道："学舌去吧，只怕她不学呢。我要是能出宫，那就相安无事；要是将来晋了位，头一件事就是整治死她！"

放了狠话，八成把外头的人吓得肝儿都碎了。璎鸣没再说别的，窝在被卧里自己难受，腰酸背痛还是小事儿，丢了脸才是大事。明天天一亮，养心殿发生的一切会传得尽人皆知，她就算脸皮再厚，也不能没事儿人似的，继续高高兴兴地在宫里走动了。

想好了就去做，第二天放心睡到了日上三竿，这辈子还没起得那么晚过，才知道赖在被窝里有多舒服。松格当然是不能陪着她一块儿睡的，她就守在门前，守了半天，终于守来了太皇太后跟前的大娥子。

娥子说："怎么的了？老佛爷还问呢，说今儿怎么没见璎姑娘。我着紧过来看看，姑娘可是身上不好？"

松格点头不迭："我家主子染了风寒，半夜里捂出了一身汗，这会儿才安稳些。请姑姑回老佛爷一声，说姑娘今儿怕是伺候不了了，等略好些再去给老佛爷请安。"

娥子"哦"了声："那可要请大夫看看？我这就回老佛爷去，打发御药房的周太医过来。"

松格怕太医过来了要穿帮，忙拽住娥子说："天亮的时候已经好多了，只是身上懒，起不来了，姑姑帮着和老佛爷告个假就成。"


娥子把话传到慈宁宫时，太皇太后早已得了消息，她没想到昨儿夜里养心殿闹了这么一出，和太后喋喋抱怨着："皇帝是怎么了？看着平时那么端稳的人，遇上璎鸣就跟乌眼鸡似的。要我说，不爱她也罢，不理她就是了，偏要寻她的晦气，叫人家跪墙根儿，叫人家顶砚台。这可好，扫了姑娘的脸，他今儿早上知道理亏，打发了德禄上我这儿请安，自己竟不敢来了。"

皇太后蹙眉笑着："可是怪了，皇帝素来有成算，想是事出有因吧，老佛爷别忙责怪他。"

太后护着儿子，这二十年来一直是这样。太皇太后知道和她说也不顶事，她断不会怪皇帝一句，只会想着掏出那些"事出有因"的囫囵话来敷衍。可太皇太后很愁，这程子嘤鸣总在宫里上下晃悠，冷不丁不在，叫她心里七上八下的。在暖阁里转了一会儿，拍了拍衣裳说："不成，我还是得亲自去瞧瞧。"

太皇太后过来，自然有一堆随行的人。前面开道的进了头所殿，吓得松格忙敲窗棂："主子，了不得，老佛爷来了。"

嘤鸣忙下床来，站在脚踏前迎接："给老佛爷请安，给太后请安。"

太皇太后打量她，气色自然没什么，她也知道这丫头装病。可是从鬓角往下到脖子，大片洗不净的青影把原本雪白的肉皮儿都染坏了，太皇太后就觉得皇帝这回的确是太过分了。

皇太后也有点愣："这是怎么话儿说的？"

太皇太后更直接，牵着她的手坐下，说："好孩子，你别往心里去，人受挤对本事高，他越是欺负你，你就越要耐摔打。怎么办呢，他是皇帝，你让着他点儿。你孝敬主子的心，我和太后都瞧在眼里的。孝慧皇后的永安大典还有十来日就到了，你身子要是好不起来，可就不能跟着进山陵了，你自己计较计较？"

这是硬催着她，不许她托病呢。嘤鸣明白太皇太后的意思，能去也是有赖皇帝的恩旨，这回吃点亏，看在能送皇后最后一程的分上，不该和皇帝斤斤计较。

她没法儿，低着头说是："奴才昨夜出了汗，这会儿已经好了……"

太后旁观了半响，忽然蹦出来一句话："梓宫奉安山陵，皇帝和咱们不走一条道儿，御驾要先行至巩华城安顿。老佛爷，我看让嘤鸣随皇帝先走，她和孝慧皇后姊妹间要好，上前头等着梓宫，孝慧皇后心里头也高兴。皇帝呢，这回太过，依着我，他能恶心你，你不能恶心他？反正你往后要跟他的，就打这儿起，倒也好。"

· 二 ·

直肠子说话，乍么实儿[1]一句，要把人说蒙的。

嘤鸣蒙了，太皇太后蒙了，包括同来的嬷嬷和大宫女们，也一块儿蒙了。

太后当初何以不受先帝眷顾呢，也是打这上头来。她性子又直又冲，常是想到什么就说什么。入宫多年后的某一天，忽然意识到了自己的不足，后半截也慢慢学得收敛了些，但犯起毛病来，照旧能一撅给你撅个窟窿。

跟不跟皇帝这种事儿，不到临了一般是不说的，因为谁也不知道将来会不会有变故，说出去的话泼出去的水，叫人有了念想反倒不好。其实说句实在的，如今看来确实

---

1 乍么实儿：北京土话，突然。

没有比嘤鸣更合适的，太皇太后和太后私底下也议论过，太后听在耳里，记在心里。然后她忽然看见皇帝做了十分不厚道的事，实在欺人太甚了，她就有了些微微的怒气，一个没忍住，把早就心照不宣的事儿直接说出来了。

太皇太后扶扶额头，心想真是倒灶啊。皇帝的生母孝慈皇后崩殂后，为了两姓更好地联姻，她钦点了这个娘家侄女进宫当继皇后。她和皇太后的关系就是民间说的"姑做婆"，亲到骨头缝儿里去了，才能忍受她这种着三不着两的脾气。她有时候怀疑，太后的肠子是不是只有三寸长，要不怎么不知道拐弯儿呢。现如今既然说都说了，好像也不用藏着掖着了，太皇太后在太后一脸等待认同的表情下点了点头："对，咱们想等孝慧皇后入了地宫，挑一个黄道吉日册封你。"

是"册封"，不是"晋位分"，这两者间有很大的区别。太后见太皇太后也发了话，那种知道内情又非憋着的难受劲儿，这刻终于得以纾解。她是很喜欢嘤鸣的，说不上为什么，就是稍稍一相处，便打心眼儿里满意。

像太皇太后当年给先帝挑皇后一样，能给儿子做回主，太后觉得自己的人生有了一点意义。先头的孝慧皇后根本轮不着她挑，薛家是当仁不让，几乎就像内定似的，不管你们乐意不乐意，大婚就筹备起来了。说到根儿上，她对孝慧皇后的不满意并不在于孝慧皇后有多不好，孩子还是好孩子，就是投错了胎，一个人替她阿玛挡了所有的煞。嘤鸣呢，虽也有被逼无奈的成分，但她是纳辛的闺女，她们一致认定还能接受，因为纳辛就算再讨厌，其程度也远不及薛尚章。


皇太后见嘤鸣愕着，笑道："怎么了？唬着了？"

总归做皇后对女人来说，是一辈子最大的成就。太后在这个位置上坐的时间不长，也才两三年光景，没咂摸出味道来就升了太后，但当时那顶凤冠所带来的荣耀，还是能切实感受到的。她觉得没有女人会不想做皇后，这回皇帝的不老成拿一个后位来补偿她，她总该消气了吧。

结果没想到嘤鸣闷着头说："奴才怕是没这福分。"

太皇太后和太后都愣了下，做皇后还不乐意？太后问："为什么呀？你不喜欢他？"

嘤鸣看了太后一眼，恨不得这就点头，可是她不敢，这世上能不喜欢皇帝的，都上阎王殿报到去了。她只有极尽委婉地说："不是奴才不喜欢万岁爷，万岁爷是真龙，奴才巴结还来不及呢。奴才是觉得万岁爷不喜欢奴才，他老人家见了奴才就想收拾，回头就是册封了，奴才怕自己命不够硬，经不住他老人家揉搓。"

这下太皇太后和太后只好互相对视，别的姑娘婉拒可能是因为碍于女孩儿的矜持，但她绝对不是，她是被折磨得没活路了，不敢填这个肥缺。太皇太后很苦恼，她手心里捧大的皇帝，原不是这样的呀。

"兴许……"太皇太后笑了笑，"这就是皇帝喜欢你的意思呢？"

嘤鸣两眼睁得老大，又不好反驳，最后一口气松到脚后跟："兴许……是吧。"

太后喜欢琢磨，她琢磨了半天，觉得这要是真叫喜欢，那她就看不透皇帝了。喜欢你就欺负你，说出去人也未必信啊，只有太皇太后能这么糊弄人。太后实在，她说得更语重心长些："今儿闹得一天星斗，明儿说不准就蜜里调油。横竖皇帝心肠不坏，你们再好好处处，时候长了，你就知道他的脾气了。"

嘤鸣心说这狗脾气，她是想自寻死路才愿意了解他。可眼下太皇太后和太后都是这意思，她不好明着硬推辞，便含糊道："我的事全凭老佛爷和太后做主，这会儿还在皇后主子丧期里，奴才不敢有非分之想。至于上巩华城，奴才想随老佛爷和太后的仪驾走，万一老佛爷和太后有使得上奴才的地方，奴才好就近伺候。"

太皇太后和皇太后相视一笑道："咱们知道你的孝心，伺候我们虽要紧，伺候你主子更要紧。他是爷们儿，底下太监再尽心，终不及有个知冷热的贴心。你呢，咱们相了这么长时候，知道你仔细，对你是极放心的。你上皇帝跟前伺候一路，回来仍旧回慈宁宫，不叫你上御前去，成不成？"

这可算是连哄带骗了，旁边米嬷嬷听着，心里也不由得感慨，一前一后的姐儿俩，待遇竟是大不相同。孝慧皇后从入宫到谢世，着实从未得过太皇太后和皇太后这样软语温存的诱哄开解。她那时候也倔，不肯低头，到后来关系僵得很，太皇太后大不了打发身边人过去问一问病情，至于皇太后，索性闭关参佛去了。对一个人不待见，最高段数就是眼眶子里压根儿没这个人，东西六宫大了去了，想不见，一辈子都可以见不着。这位呢，委实是嘴甜，进来就讨了后宫两位主子的好。倘或孝慧皇后下得了这样的气儿，也不会落到今天这步田地。

嘤鸣是没法了，都这么说了，她也不能梗脖子硬顶。她想了想道："那……万一路上奴才又惹万岁爷生气，您和太后都不在，万岁爷要活剐了奴才，那奴才可就完啦。"

太皇太后说好办，当即解下了随身的小荷包，说："这是英宗皇帝当年赏我的印，要紧时候你就掏出来，能救你的小命。"

那是一方玉石龟纽印，一寸见方，上面刻着篆字的"万国威宁"。英宗皇帝是太皇太后那一辈儿的，是皇帝的皇玛法，见了这面印，就连皇帝也不能造次。于是太后敲边鼓："哎呀，老佛爷真个儿心疼你，这方印是老佛爷的宝贝，从来不离左右的。"

看来比尚方宝剑还好使，嘤鸣忙跪下磕头，两手高高擎起来："这回奴才得活了，谢老佛爷恩典。奴才一定好好保管，回来全须全尾归还老佛爷。"

她知道，这是太皇太后表明态度的一种方式。拿英宗皇帝的印压制当朝皇帝，谁敢这么干？太皇太后打定了主意要她伴驾，连印章都用上了，她还有什么可说的，不接也得接着。

太后觉得皆大欢喜："这回好了。"

嘤鸣笑得讪讪："头疼脑热的小病症，还要劳动老佛爷和太后上奴才这儿来，奴才真是该死。请老佛爷和太后回銮，奴才收拾收拾，这就上慈宁宫伺候。"

太皇太后和皇太后得了答复，心满意足地走了。嘤鸣请跪安，目送她们绕过影壁，松格方上前来搀扶，长出了一口气道："老佛爷对主子是极好的，还给主子留了这方印。往后皇上要是欺负您，您就把印掏出来。"

嘤鸣一哼："你想造反？"

松格"啊"了声："这么说……还是不能用？"

嘤鸣摇摇头，叹了口气："回头把这印缝在衣角上吧，娘娘大出殡那天起我就不换坎肩儿了，天天兜着它。"

可见这份荣宠也不是好接的，丢了十个脑袋也不够砍。松格枯着眉，笑得很勉强："好歹……您的皇后位分是定下了，咱们府上出了一位皇后，侧福晋往后也能挺腰子了。"

皇后？嘤鸣寥寥地牵了下唇角："你瞧瞧我，有没有短命相？有我就能当皇后，要是没有，那我指定当不上。"

松格被她说得吓了一跳："主子您别……"

嘤鸣觉得自己并没有说笑，皇后这个位置对旁人来说也许极有体面，对她来说绝不是。她真是从内到外透出对皇帝的厌恶，和这个人只能是冤家死对头，做不成夫妻。

不过御前的德禄倒是个不错的人，他特特儿趁着皇帝接见臣工的当口撺到这儿来，给她送了一块西洋胰子。

揭开包裹了好几层的蜡纸，里头是个张着翅膀耷拉着脑袋的黄头发女人，德禄说："这胰子还是上年孝慧皇后赏我的，皇后主子人多好，可惜芳年不永……姑娘使这个吧，这胰子不伤肉皮儿，我一直没舍得用，今儿正好派上用场了。"

松格上去接了，转头交给嘤鸣。嘤鸣长在那样的人家，什么稀奇玩意儿都见识过，这洋皂是御供的，比外头的更香些，其他倒也没什么。不过听说是深知赏的，到了她手里就尤其显得珍贵。她低头看着，喃喃说："孝慧皇后赏的……"

德禄说："咱们做奴才的皮糙肉厚，这胰子用在咱们身上糟蹋了。上年主子爷打发我给孝慧皇后送金鸡纳霜，孝慧皇后随手赏了我一块。我是想着，好些事儿冥冥中有定数似的，孝慧皇后的东西临了还是交到了姑娘手上，想是孝慧皇后有预见，姑娘早晚有一日能用得上吧。"

璎鸣惘惘的，最后笑了笑道："多谢谙达了，既这么我就收下了。"

松格拿了金银角子来给德禄，德禄推辞不迭："不瞒您，我上别的宫办事，别宫小主儿打赏我全接着，本就是小主们的意思，不好不领情。可唯独您，我给您送胰子是借花献佛，是我的荣耀。您要赏我，往后且有时候，这会子不能，接了我可成什么人了！"说着垂袖哈了哈腰，"姑娘使着，我值上还有差事，这就回去了。"

璎鸣让松格送人出去，自己坐在桌前定定地看着胰子，最后也没舍得动，照原样包了起来。

德禄从慈祥门出来，穿过燕喜堂后墙的夹道出了咸和右门。皇帝在乾清宫理政，从月华门进去是条近道儿，上了批本处前的廊子，一拐就到正殿。皇帝所在的地方，自然禁卫森严，御前的人都在外侍立着，他没多想就要往里闯，被三庆一把拽住了，杀鸡抹脖子地给他比手势，此刻不宜入内。

仔细听，皇帝的声音从里头传出来，似乎是在申斥辅国公鄂善逾制擅用了紫缰。

缰绳这种东西，本就不能胡乱使用，郡王以上用黄缰，贝子以上用紫缰，镇国公以下只能用青缰。鄂善的爵位是辅国公，按制用青缰，结果他借了多罗贝勒的马骑上就跑，叫人一状告到了御前。

马的脑袋上没烙姓名，人却要知廉耻，明白自己是谁——这是皇帝的原话。鄂善拿借马一说来辩解，结果半点没在皇帝跟前讨着好。皇帝的话向来说得入骨三分，大臣们要是瞧他平日和气，就觉得他好糊弄，那可是会错了意了。最终鄂善连使青缰的赏赐也被夺了，为什么会受到这么严格的判处，说到底还是因为他和薛尚章走得太近。

德禄抬头看看天，阳光明媚。虽说已经过了立夏，但还未真正酷热起来。风吹着鬓边，像有一只温暖的手轻轻挠过，德禄适意地闭上了眼。

三庆拿肩头顶了他一下："怎么说？"

德禄说："好好的，不过称病，没上慈宁宫伺候。"

三庆"哦"了声："那今儿就算上老佛爷跟前请安也遇不上，白操了一回心。"

说起这个德禄就又看天，头一晚罚了人，闹得第二天不敢相见，这种事儿怎么能在万岁爷身上发生，简直百思不得其解。

里头终于叫散了，鄂善臊眉耷眼地出来，那模样霜打的茄子似的。德禄略站了一会儿，听乾清宫大总管刘春柳传了茶水，他这才整整仪容，抬腿迈进前殿。

皇帝当然不会打听西边的情况，做奴才的要懂事儿，一应都是自己的主意。德禄虾着腰回禀："主子爷，奴才上慈宁宫叩问老佛爷吉祥，老佛爷打发了奴才，就上西三所去了。今儿嘤姑娘病了，不在老佛爷跟前，老佛爷心里惦记，和太后一道过去探的病。奴才后来把胰子送给嘤姑娘了，使不使奴才不知道，可奴才听说太后发了话，让嘤姑娘随御驾上巩华城，不让姑娘跟老佛爷的仪驾走。"

皇帝原本正批折子，听了这话笔头上略顿了顿："随御驾行走？"

德禄说是："老佛爷也应准了，说就这么办。不过嘤姑娘好像不大乐意，老佛爷为了说动她，把万国威宁的印都借给她了。"

这回皇帝彻底搁下了笔："老佛爷真这么办了？"

"千真万确。"德禄说，"降香亲耳听见的，不敢有错。"

皇帝沉吟起来，他确实没想到这回太皇太后和太后能这么上心，一个二五眼的丫头，怎么值当这么抬举。

要随御驾行走？皇帝心里并不满意，太皇太后为了安抚她，下了大本钱，可见这事已不由他做主了。为今之计只有吩咐德禄："御前的差事都有人，不必让她上御前来。仔细留意车驾和膳食，一应都不必她经手。"

德禄心里迟疑着，难道万岁爷怕嘤姑娘拆了车辕的榫头，或是往御膳里下毒？当然他没敢多说什么，垂袖应了声"嗻"。

· 三 ·

孝慧皇后的落葬事宜，都是钦天监瞧准了日子的。四月初二，正是小满的第二日，前一天宫里上下就做好了准备。皇后奉安山陵，那是今生最后的一场送别，但凡嫔以上的，皆须随灵而行。

太皇太后问嘤鸣："路上换洗的衣裳可都预备齐了？出去不比在京城，一路上风餐露宿，白天闷热，夜里搭黄幔城驻跸，头顶上连片瓦都没有，进了山陵免不得要凉的。嘱咐你的丫头，带上一件夹斗篷，防着路上要用。横竖你们有马车，多一个包袱也不占什么地方。"

嘤鸣道是："老佛爷想得真周全，我一心只预备孝服，竟忘了这茬儿，回头就让松格收拾。"

太皇太后笑了笑道："你们没出过远门的孩子，哪知道那些。我走到今儿，经历过那么多事儿，头一个送走了英宗皇帝，后来送走了儿子和儿媳妇……三场大丧，孝慧皇后的是第四场，这是孙媳妇辈儿的。这些人都不在了，我却还活得好好儿的……"

逢上这样的白事，就算不因深知的离世难过，也难免想起以前的故人。嘤鸣忙上来劝慰，说："老佛爷别伤情，世上的事不过如此。就像您一个人走远道儿，路上遇见不同的人，有的人陪您走一程子，有的人露个面就散了，夫妻骨肉亦是如此，没谁能陪谁一辈子。您自己好好作养身子，咱们到临了都是一个人的，这么想就不伤心了。横竖奴才在呢，奴才还能陪老佛爷走一程子，给老佛爷取乐解闷儿。将来奴才要是不在了，自有更好的人来陪老佛爷，到时候您就是老寿星了，更要仔细保养才好。"

她的话说在这个景儿上，虽然是哄人高兴的，到底也叫太皇太后心里不安。

"可又胡说！我瞧你素来是个稳当人儿，眼下是什么时候？竟也没个忌讳。"太皇太后责备了两句，自然也不是当真怪她，复拉到怀里来，捋捋她的发说，"我只愿咱们长长久久的，你和皇帝也好好的，这么着就圆满了。走了的人走了，是缘分浅，没法儿。活着的人呢，敞开了心胸，前头路还长着呢。"

嘤鸣笑了笑，心说敞开了是不能够了，要是弄死皇帝不偿命，她真想把那个人大卸八块，为深知报仇，一消自己胸中块垒。

当然，就算心底里发狠，面上还得笑眯眯的。明儿就是大出殡的日子，她得预先上养心殿问明了时辰，以便早做准备。

她和松格往东去，大太阳晒在脑门儿上，烫得生疼。两个人挑墙根儿走，一路慢腾腾到了永康左门。出门前朝隆宗门上瞧了一眼，这回得留点儿神，别碰上薛公爷才好。

上次挨罚跪墙根儿的事发生后，嘤鸣自己裹着被子好好琢磨了一回，那天的火究竟是打哪儿烧起来的呢，应该是从她见了干阿玛开始。照理说她送粥，皇帝不该罚她，先头他捉弄她狠吐了一回，他也应该满意了。她还记得刚到内右门的时候，小富说了一句"万岁爷才从乾清宫回来"，前后脚的工夫，想必那时候落了眼，后来才咬着槽牙整治她。

唉，仇怨太深了，谁也不乐意让谁好过。嘤鸣进了宫，自身都难保，往后见了想是连安都不能请，再有下回，顶的就不是砚台，该是刀了。

"松格，你先走。"嘤鸣抬抬下巴，"机灵点儿。"

松格明白了，挺着胸走出了长康左门。左右看看，夹道里没人，连太监也不见一个，她回身点点头，表示一切如常。

嘤鸣放下心来，迈出了门槛。从这儿到隆宗门不远，加紧着点儿就过去了。她闷着头，快步穿过夹道，刚要过大门，就听见有人"哎"了声。

她吓了一跳，忙转头瞧，是她阿玛站在屋角，愁眉苦脸地说："你干吗呢，怎么做贼似的？"

嘤鸣因一两个月没见着家里人了，猛一见阿玛，心里忽地一阵高兴。也不计较他的数落，笑着蹲安："今儿真巧，遇上阿玛您啦。"

"可不嘛。"纳公爷说，"我也不知道你多早晚从老佛爷那儿过养心殿，在这儿候了好几回，都没见着你。听说姑娘上回被万岁爷罚跪了，有这事儿没有？"

嘤鸣那模样仿佛在说别人的故事，没心没肺道："您怎么知道呢？"

纳公爷道："宫里都传遍了，我能不知道吗？"

"传遍了肯定是真事儿，毕竟无风不起浪。"

"嘿……"纳公爷对她算是没辙了，平白无故挨罚，好好的大姑娘，说出去多丢人！亏他上回觉得这个闺女有谱，结果到最后又出这个洋相。侧福晋在家哭得嗓子都哑了，说姑娘要出了事儿，她也不活了。纳公爷没法子，只好天天在隆宗门上堵人，直到今儿才算被他堵着。

"万事总有个因由，为什么呀？"纳公爷说，两撇小胡子乱晃，"我闺女又不是来当粗使丫头的！"

要说把闺女送进宫，能当皇后纳公爷觉得还凑合，要是不能当上皇后，不如嫁给海家。海家哥儿有门手艺，将来修屋子修祖坟都是现成的，姑爷能帮着操心。嫁给皇帝呢，可有什么？老丈人见了皇帝女婿该磕头还得磕头，皇帝一瞪眼，"奴才万死"简直就是顺口溜。要等到扬眉吐气时，得是皇帝死了，外孙子即位……这么一想，又亏又遥远，真是不上算。

嘤鸣知道这个爹骨子里有些反叛，惹他不高兴了，他也很敢于抱怨。但这地方人多眼杂，不像家里，她皱眉笑道："阿玛，我又不是来宫里当姑奶奶的，做得不对了，受调理是应当的。我不觉得扫脸，没多会儿皇上就赦免我了，皇上是好人。"

纳公爷听了差点儿笑出来，好人？这年头好人真多，张嘴就来。

也是人在矮檐下，他又叹了口气："为什么让你跪，你告诉我，回头我好和你额涅她们交代。"

嘤鸣说："皇上赏我羊肉烧卖，我吃吐了，皇上瞧我辜负了皇恩，就罚我了。"

"啊？"纳公爷一记闷雷劈在了天灵盖上，"上回他上军机值房里特特儿问我来着……"

父女俩巴巴儿对望着，半晌嘤鸣蹲了个安："阿玛您忙吧，我上养心殿去了。"

被自己的亲爹卖了，能怨谁？嘤鸣觉得无话可说，垂头丧气地迈过了隆宗门。

松格追上来，不知道怎么开解主子，便道："万岁爷真有心。"

心思没花在好地方，缺德带冒烟。想当初他八成也是这么整治深知的，深知一贯不拘小节，结果他一拳打在棉花包上，大概觉得无趣得紧，后来就彻底冷落深知了。

想明白应对的方儿，嘤鸣心里有了底。她觉得多忍让忍让，别气别恼，皇帝败了兴，往后就好了，总能过上消停安稳的日子。

跨进内右门，她因那晚上顶着一张五花脸迈出养心殿而一夜走红，宫门上站班的几乎没有不认识她的。见了她忙上来打千儿："姑娘来了？"又来挨欺负了？

她"哎"了声："我找御前的人。"

"好好好。"小太监乐颠颠的，"奴才给您报里头当上差的去。"

一会儿三庆出来了，笑道："大中晌的，姑娘怎么过来了？下回打把伞吧，仔细晒坏了。"一面说一面往里头引，"万岁爷这会儿正练字呢，您在卷棚底下略等等，我这就给您通传去。"

嘤鸣忙说不："我是来问问明儿怎么安排的，没什么要紧事儿。万岁爷忙，就不耽误主子工夫了，问您也是一样。"

三庆感觉有点为难，到了养心殿不进去请安，回头万岁爷知道了怪罪，那多不好！可转头再想想，宫里来去的人多，不是每个进过养心殿的都得去见皇上，万岁爷政务忙，哪有那么多的闲心见人。于是他把她请到东边的廊庑底下避日头，仔仔细细告诉她："明儿您得早起，万岁爷寅时就要起身，卯时召见众臣工。咱们御前的人分两拨，一拨跟随刘总管伺候万岁爷上太和门，一拨就在午门外头候着。孝慧皇后停在景山殡宫，到时候先上景山起灵，一应仪仗都预备妥当了就出殡。丧仪走一条御路，咱们走另一条，万岁爷要先一步到巩华城，预备迎接孝慧皇后梓宫。"

嘤鸣仔细听着，说起来倒也不复杂，但真正行事要比口述烦琐一万倍。她领首，温声道："我记下了，明儿寅时起来，收拾停当就往这儿来和你们会合。我没经过这些事，心里也悬着，横竖明儿听德管事的安排就是了。"

三庆道："您也别慌，一应都有内务府承办，咱们跟着御驾行走，准错不了的。"正说着，眼梢一瞥，见小富从前殿大门上出来。出来了没走，哈腰站在槛外恭迎，三庆"哟"了声："万岁爷移驾了。"

嘤鸣乌云罩顶，心里嘀咕又得照面，照了面一准儿又没好话。可既然逃不开，只好硬着头皮上，不过自那回顶砚台的事儿发生后，接下来几天皇帝见了她像没见着似的，不拿正眼瞧她。她呢，有种逃出生天的感觉，巴不得皇帝从此忘了有她这个人。就算以后不得已封她做了皇后，也可以像对待深知一样对她不闻不问，反正没人整天给她小鞋穿，她再活上三四十年问题不大。

嘤鸣把头低得更厉害了点儿，几乎要贴上自己的胸口，以为这样皇帝就不会发现她了，结果三庆一个劲儿暗中搋她袖子。她迟疑了一下，抬眼看过去，皇帝就离她不远，乍然一看，吓了她一跳。

"太皇太后派你来，有什么要吩咐的？"

皇帝站在廊前的日光下，微微眯着眼，蓝袷纱袍上的金刚石马尾纽子，在阳光的照射下发出乌油油的光。

有些人是不能拿到大日头底下检验的，就着光看，能看出许多瑕疵来，即便盖着厚厚的粉也一目了然。而有些人呢，合该在太阳底下照看，那肉皮儿是一面白洁的玉牌，印上深邃的眉眼和嫣然的唇色，恍惚有种无尘的假象。

嘤鸣重新垂下了眼："不是老佛爷派奴才来的，是奴才怕明儿错过了时辰，赶不上御驾……奴才这回随御驾行走，听万岁爷吩咐。"

冤家路窄大概就是这种感觉，无奈是太皇太后吩咐的，皇帝觉得自己是走投无路，才不得不接受她同行。不过，丑话要说在前头："御前的人都是千挑万选出来的，个个都有眼力见儿。你随驾行走可以，别坏了规矩，倘或闹出笑话来，朕绝不饶你。"

皇帝的狠话放得多了，嘤鸣也没有起先那么害怕了。她说："奴才也有眼力见儿，绝不在万岁爷周围百丈以内露面，请万岁爷放心。"

皇帝轻蹙了下眉，发现自以为是的知趣也很让人讨厌。他转过身去，漠然说："随你。"然后负着手，往遵义门上去了。

两个人针尖对麦芒，时候长了御前的人也见怪不怪。三庆对插着袖子说："那姑娘明儿赶早吧，时候不等人的，误了吉时可了不得。这么的，寅时我打发个苏拉过去，也好给姑娘提个醒儿。"

嘤鸣说："我往常在家也起得早，再说头所有时辰钟，误不了的。"

问明了就可以回去了，主仆两人穿小道儿回到西三所，把一切又仔细检点一遍，嘤鸣站在窗前琢磨："你说……咱们要不要带上一口锅？"

松格直愣神："带锅干什么？您还想自己生火做饭？"

嘤鸣说："我怕皇上往我饭菜里下药，回头把我毒死了可怎么办？"

松格猛地醒过神来，发现这个问题很严重，就算不下药，多搁点儿盐也够受的。

要锅还不简单吗，寿膳房离这儿又不远。松格过去讨了一口小炖锅，差不多脑袋大小，顺便还装了一袋白米，讨了一小罐鬼子姜。这下好了，就算两个人一路炖粥果腹，也能撑过这五天。

像逃难，为了活下去真是用尽力气。第二天三更的时候起来，送殡还得成服，首饰是不能戴的，梳辫子的时候拿白线缠裹，收拾停当，两个人便往养心殿去了。

黎明，天要亮不亮的时候，煌煌殿宇浸泡在一片深蓝里，只有远处的宫灯发出一点惨然的亮。一盏羊角灯在夹道里穿行，今天和往常不一样，各处有人频繁走动，因此宫门都已经敞开，来去可畅通无阻。

嘤鸣和松格进养心殿时，皇帝还没动身，她便混进了宫人堆儿里，站在了最不起眼的角落。

还是小富眼尖，快步过来说："姑娘，您怎么在这儿呢？这是奴才们点卯的地方，您和他们凑趣儿，不合规矩。"

嘤鸣有点彷徨："那我该站在哪儿啊？"

"您得上主子跟前去。"小富说，"您是什么身份，合该送主子上御辇的。"

没法子，她只好随小富过去。进了前殿，见德禄在西暖阁前站着，还没等她打招呼，德禄便朝门内通禀："万岁爷，嘤姑娘来了。"

里头没什么动静，嘤鸣简直要怀疑皇帝在不在了。这时见一只抻袖子的手探出来，兰花尖儿般惊鸿一现，很快又收了回去。

看来皇帝是不爱搭理她的，嘤鸣心安理得地站在德禄边上等候，忽然听见里头传出小太监惊惶的声音，说"奴才该死"。她心里一惊，看向德禄，德禄是在御前多年的老人儿，忙进去解围，把小太监打发了，回身叫了声姑娘："底下猴儿崽子粗手笨脚的，弄疼了主子爷，既然姑娘在，就劳烦姑娘吧。"

嘤鸣背上汗毛多立，怀疑地瞅了德禄一眼。结果德禄举起右手，食指和中指裹尸般包得浑圆，冲她尴尬地笑了笑。嘤鸣暗呼倒霉，再逃不过了，只能壮起胆儿迈进了暖阁。

## · 四 ·

御前没人了吗，非要她伺候？嘤鸣左右看了一圈，还真没人了，实在奇怪。按说司寝司帐的应该不远，断没有主子起身了，她们就去歇着的道理。德禄呢，借着手指头受了伤，明摆着使力不从心，结果能使上劲儿的竟只有她了。

既来之，则安之吧，嘤鸣上前两步，说："万岁爷，奴才来了。"语气颇有慷慨赴义的悲壮，然后抬起手，一下擒住了皇帝领上的扣子。

皇帝为皇后成服并不需要缟素，他穿鸦青的朝褂，领襈和两袖的袖襴用白，凉帽以白布遮上红缨即可。只不过这种素服的绸领背了衬子，着实有点硬，所以小太监伺候的时候指尖没捏住纽子，也许打了个滑，把皇帝颈间的一小块皮肤搓红了。

有前车之鉴，嘤鸣动手的时候格外小心。姑娘做惯了精细的活儿，连穿针引线都不难，把纽子穿过纽襻，压根不是事儿。

唯一为难的就是要同他靠得这么近。昨儿都说好了不在万岁爷活动的方圆百丈内出现，结果今儿一早就破了戒。不过没关系，养心殿地方相对小，等到了外面天大地大，她就能偷个闲，不用伺候皇上，不用伺候太皇太后，也不用伺候福晋。她一个人痛痛快快的，大声说话大口喘气，想想心里就舒坦。

东墙根儿有面大铜镜，镜子里照出两个身影，一个闷头较劲，一个抬眼望天。彼此都不说话的时候，气氛有些尴尬，皇帝看了半天的五彩斗拱，终于慢慢把视线调下来一些，落在她忙碌的手上。

"仔细你的指甲伤了朕。"皇帝嗓音寒凉，语调里有警告的意味。

嘤鸣知道他的担忧，害怕她装糊涂，有意和他过不去。其实这种担忧很多余，她目前还没这个胆儿，至多敢怒不敢言罢了。

素服的纽子都扣好了，嘤鸣整了整他的领圈，才后退一步托起双手："回万岁爷的话，奴才没养指甲。"

皇帝傲慢地垂下了他高贵的眼，轻轻一瞥，十指纤纤，细洁干净。他很少留意女人除脸之外的其他部位，上次去看一双手，好像是在皇太后那里，也是她，挽着袖子捣鼓茶道。忙碌的时候，一切都是流动的，并不能看真切。这回不太一样，她的手静静摊在他眼前，有意让他仔细看个明白。

一个女人的皮肤能白到什么程度，大概也就是如此了。她没有伶仃瘦骨，就是匀称的修长，每一寸骨节都周正，每一片甲盖都饱满浑圆。那轻俏的一点嫣红覆在指尖，最自然的气色，比染了蔻丹的更自由。皇帝的视线落在最末的两指上，果然见指甲修剪得平整，恰到好处的一轮月亮浮于大野，他看见的是一双平实又不乏精致的手。

没养指甲，他缓缓抬起眼来："你竟对太皇太后的话置若罔闻？"

皇帝似乎不太高兴，但嘤鸣觉得没什么奇怪的，反正他一直显得不耐烦、不高兴。她收回了手，垂袖道："奴才不是不听老佛爷的话，是因为奴才常爱做些小玩意儿，养了指甲办事不便，所以索性不养了。"

索性不养了，换句话说就是索性不充后宫了。可既然人都进来了，不充后宫又能做什么？像米嬷嬷一样，一辈子无家无口，无儿无女，只和太皇太后做伴吗？

那头德禄又托着盒子过来，是一条玄色的暗纹游龙腰带，腰带正中间的地方嵌着一面白玉方牌，这是以玉代孝，是只有在丧期里才用的物件。

德禄又冲嘤鸣使眼色，示意她给万岁爷系上。嘤鸣一脸凭什么，她又不是御前的人！这个德禄，简直得了太皇太后的真传，想尽办法要把她往皇帝跟前凑。亏她上回还觉得他送了深知赏赐的胰子过来，是个有心人，现在看看，终究脱不了太监善于投机巴结的脾性，他也指着她能登上后位，名正言顺忍受这位大才小性儿的主子爷。

她不接，德禄也是个有恒心的，继续冲她使眼色，使得眼睛都快抽筋了。到最后皇帝都有些忍不住了，冷冷地看着她。嘤鸣顿时就服了软，忙取过腰带来，略思量了下，转到皇帝背后半跪下来。

正面系，免不得投怀送抱似的自找尴尬，还是转到身后好，两手交接不过一眨眼的工夫。然后你就可以慢条斯理地扣，既窥不见天颜，也不会心虚慌张。

皇帝属于宽肩窄腰的那一类，以前她并未注意过他的身条儿，大略一扫就被冠上了觊觎他的罪名，要敢细看，眼珠子就真保不住了。这回因着办差事，切实地丈量了一番，心里嘀咕，大概还是年轻的缘故，要是到了纳公爷的岁数，肯定也是大腹便便了吧。

腰带是活扣，内务府花了些心思，不论腰杆粗细都可随意调节。嘤鸣干什么都容易认真，像姑娘爱把腰收成一捻，看上去更楚楚动人。打扮自己打扮惯了，手上的尺寸也是有记忆的，就这么顺势一收，觉得应该差不多了。

德禄这辈子大概都忘不了皇帝那一瞬的表情，幼年践祚的皇帝，除了朝政上被掣肘的困扰，平常宫掖中的点滴谁也不敢怠慢。像他们这些蝼蚁似的人，铰光了指甲托着，都担心自己的手皮不够柔软，哪个敢对圣驾无礼？可偏偏齐家这位姑娘，她敢。不知她是有意还是无意的，德禄看见她狠狠收了一下腰带，就是狠狠地，万岁爷脸上一僵，那会儿吓得他舌根都麻了，差点没厥过去。这是要谋害圣躬吗？这女人好狠的心啊，想想就罢了，居然真敢上手？

"嘤……嘤姑娘，您得轻柔着点儿……"德禄脸皮直抽抽，他张开了两臂，却不知道应该怎么办。

嘤鸣"嗯"了声："我留着神呢，不过往常没伺候过主子，手有点儿生，下回就好了。"

还有下回？皇帝只觉肋叉子疼，可又不能发作，发作起来不好看，今儿是皇后大出殡，也不宜动怒。

他缓缓舒了口气："你……往后不必再伺候了，该干吗干吗去吧。"

嘤鸣听了转过来，恭顺地垂首道："奴才告退。"

她一步一步却行退到了槛外，皇帝挺着胸膛却不敢泄气，自己勾手往后探，固定住的银扣很难解开，他愁得拧起了眉头。

德禄慌忙把拂尘夹在腋下，转过去跪在地上打开了锁扣，哆嗦着说："这个嘤姑娘……唉，怪奴才，她没在御前待过，不该让她伺候主子爷。"

腰上顿时一松，皇帝到这时才敢大喘气，他哼笑一声道："她以为朕不知道，她恨不得这是朕的脖子，她想勒死朕！"

德禄更慌了："主子爷，奴才这就去申斥嘤姑娘……"

皇帝说不必，气恼地将迦南香数珠缠在手腕上，神色如常地走出了正殿。

"万岁爷起驾！"刘春柳在御驾前高呼一声，净道的太监小跑出去，一路啪啪击掌向远处传递。

皇帝登上肩舆，抬舆的太监稳稳当当上了肩。往常这些銮仪上伺候的人最是神气活现，披红挂彩的，全紫禁城就数他们穿得最艳。今儿全换了孝服，那齐整的素白的队伍，恍惚又重现孝慧皇后大丧时的凄惶。肩舆就在这片凄惶里，寂静无声地滑了出去。

御前的差事暂时移交给了刘大总管，德禄忙回身吩咐预备，随行送殡的人这就列队上东边敛禧门，再从东华门外绕过去，在午门前恭候。

宫里真是规矩极严的，那么多随驾的人，总有四五十，走动起来竟没什么脚步声。才换的麻布鞋，鞋底子落在地上，只有轻微而短促的一点声响，嘤鸣和松格紧跟着队伍，自己也小心踩着步子，随众人走出了敛禧门。

再往南，是御用车库和会典馆，德禄快步赶上来说："姑娘的马车已经预备好了，等梓宫起灵下来，您就登车，随御驾往巩华城。"

嘤鸣点点头："谢谢谙达，您要多支应我点儿，这回人太多，我怕自己走丢了。"

"丢不了……"德禄道，三庆领着众人从他身后过，他比了比手，打发他们先行，自己到底趁这当口给姑娘提了个醒儿，"姑娘下回要是还伺候万岁爷穿戴，那个腰带啊……可不能勒得那么紧。"

嘤鸣迟疑了下："谙达的意思，我这回伺候万岁爷，伺候得不好？"

德禄说："断没有不好一说，我的意思是爷们儿不必像姑娘似的勒紧喽。往后您要是拿捏不准，悄悄拖一拖，能插进一只手最相宜。"

嘤鸣笑起来，笑得人畜无害："谙达这么说我就明白了，想是今儿下手太重，勒着万岁爷了。"

德禄看着她脸上大大的笑容，竟有些不知如何是好。他眨巴了两下眼，讪讪道："万岁爷瞧着是姑娘，才没有认真计较，要换了别人……"

嘤鸣很真诚地说："谙达放心，要是有下回，我一定仔细。"

德禄"哎"了声，笑道："万岁爷没怪罪，姑娘自个儿心里有数就成了。我也是为着姑娘，往后抬头不见低头见的，闹了生分多不好。"

交代完了，德禄觉得一身轻松，哈腰请姑娘移步。松格和她主子换了下眼色，松格的眼神明明白白："主子，您是故意使坏吧？"

嘤鸣满脸无辜，表示这回真没有。可能手有它自己的主意，稍稍用了点力，没想到万岁爷这么不禁勒。当时没发作，她走后他肯定在心里咒骂了她十八代祖宗，不过那也没关系，反正宇文家历代帝王她也问候过，谁也不吃亏。

皇帝今儿在太和殿升座，钦点出殡随行的官员。太和殿和前头午门只隔一个广场，在这黎明将至的清晨，忽然破空的一声呼啸"啪"地响起，然后又是接连两声。松格不明白，探身问："放炮了？"

嘤鸣说那是静鞭，一种手柄雕着龙头，鞭身足有十丈长的羊肠鞭，专在朝会时作静场之用。算算时候，再过一会儿，皇帝就该出宫了。

午门外车驾排起了长龙，除了御前的人，当然还有后宫的主儿们。皇帝在大婚后选过一次秀，那回据说晋了四位妃、六位嫔、四位贵人。嘤鸣看过去，有位分的还是很好辨认的，她们由身边的宫女搀扶着，静默地站在马车前，一脸肃穆，就像当年入宫参选时的模样。

皇帝出来了，满朝文武井然随侍，嘤鸣眼里人嫌狗不待见的主儿，在君临天下时却很有帝王做派。可见权力这种东西是最好的装点，有了权势，哪怕再讨厌的性情，看上去也人模狗样。

等候的众人齐整行礼，皇帝从御路上昂首走过。为显孝慧皇后宾天的庄重，没有从后边神武门直上景山，而是率众从午门出发，沿筒子河向北，再入殡宫。

嘤鸣跟随大队人马茫然向前走着，那种浮萍般漂泊无依的感觉把人罩住了，她觉得自己像个提线傀儡，什么都不由她操控。

大出殡和小出殡不一样，小出殡是从宫中移到观德殿暂安，大出殡是从观德殿移入宜陵地宫，因此这次的仪仗更庞大，礼仪更烦琐。

人员众多，后宫的女眷们无法入殡宫，只在御道两旁恭迎。祁人有老例儿，出殡时要在宫门外预先准备狗和海青。猎狗吠起来，那些身穿红绣团花、头戴黄翎毡帽的銮仪卫垂袖在外磕头，复进入殡宫内，八十人抬的大杠从殿内起灵，将孝慧皇后的梓宫运了出来。

皇后的卤簿为先导，后面跟随丹旐、白幡三十二道。高高竖起的旗子在风里扑簌簌地颤动，梓宫经过时众人跪下叩首，嘤鸣将额头狠狠抵在粗粝的砖面上，心里只觉悲凉。最好的朋友再也回不来了，她被装在那口巨大的棺材里，运向她从未去过的荒寒之地。

大出殡行经的御路是新铺的，宽而平坦的黄土道直通巩华城。梓宫到达时又是一轮跪迎跪送，灵驾起行后，皇帝从另一条路出发，太皇太后则率众多后宫女眷瞻望目送，等灵驾走远后，随灵驾而行。

送殡的队伍行进起来非常缓慢，一路上须搭五道芦殿，过五个日夜才能抵达北沙河。皇帝的法驾呢，虽也架子十足，但相对要快上许多。据德禄说，九十多里地，驻跸两晚，第三天差不多就能抵达了。嘤鸣和松格乘一辆马车，整天都在赶路，只有到了饭点儿吃干粮的时候才稍停一会儿，摇得腰杆子差点儿散架。扒窗户看，看太阳渐渐西沉了，旷野笼罩在一片金芒里。松格把她带出宫的小炖锅掏了出来，打算幔城一起围，就刨坑做饭。

祁人女孩儿虽不限制出门，但出如此远门嘤鸣还是头一回。远处开始砸木桩、布置行在[1]，嘤鸣不需要那样仔细，她和松格在马车里过夜就行。

外头天地果真宽广，就算黄幔圈起来的围城挡住了视野，也觉得心境开阔。嘤鸣下车站了一阵儿，痛快地吸了口气，松格忙着架锅做饭，但捡来的柴火并不如想象中那么容易点起来，她费了好大的周章，熏黑了脸也没能成功。

最后她不行了，说："主子，火折子都烧秃了，这柴是潮的。"

御前的带刀侍卫在幔城里巡视，来来往往都不由得侧目。

嘤鸣有点尴尬："你没在野地里做过饭？"

松格说："奴才是家生子儿，长到这么大没吃过苦。"说得理直气壮。

这就崴泥了，一个是小姐，一个是娇奴，两个人你看看我，我看看你，觉得这趟出城八成要饿死了。

随行的人多，自然有专门预备膳食的。幔城四角有炊烟升起来，坐以待毙不是方儿，她们便上厨司和人打交道，在得知她们是御前伺候的人后，厨司的人爽快地送了她们两捆干柴。

这下子好了，能生火了，两个人蹲在一角开始忙活。随扈造饭是有定例的，内务府指定四处，结果第五道青烟升空时，议完了政的皇帝从牛皮大帐里走出来，盯着西北方向问："怎么回事？"

小富上来回话："禀万岁爷，嘤姑娘和松格……她们俩生火做饭呢。"

皇帝像听了奇闻："做饭？她是野人不成，自己做什么饭？"

小富愁着眉道："奴才也去劝了一回，说回头自有人给姑娘送晚膳的，可姑娘不听，说自己做的饭香甜……"

香甜？皇帝"哼"了声，不信这荒郊野外，她们能做出满汉全席来。

---

1　行在：也称行在所，指天子所在的地方。

捌

芒种

　　这就是将来有可能成为他皇后的人？皇帝简直有点不敢相信。她能蹲在一口炖锅前，从锅盖边缘冒出一点热气时就伸手候着，随时预备抢在蒸汽泛滥前掀起锅盖。

　　小小庶女，虽然不像嫡福晋所出的那样受尽优待，但也不至于沦落得花子似的，蹲在那里自己做饭吃。她这是在丢谁的脸？人来人往都看着，她就没有一点羞耻心，半点不懂得自重自爱？

　　脑仁疼……那是从脑子正中间扩散开的一种抽痛，抓挠不着，无能为力。皇帝就这样站在她身后不远处负手看着，夜幕如盖，将他的身影掩在了重重墨色之下。

　　小富在一旁甚感不安，他舔舔唇，想出声又不敢，不经意地回了下头，矍然发现身后三丈远的地方竟站满了无声无息的御前侍卫。

　　这些一等侍卫，全部的职责便是保护行在，扈从皇帝。皇帝在帐中，他们押着绿鞘方头腰刀，将大帐四周团团围住；皇帝走出牛皮大帐，则不管去哪里，只要没有特旨令他们待命，他们就必须寸步不离紧紧跟随。

　　小富有点蒙，料着万岁爷的本意并不是想带人来看继皇后如何生火做饭的。脸面对主子们来说太重要了，好奴才得替主子保护颜面，他想让这些侍卫退下，然而御前带刀侍卫身上都有品级，抬脚比他头还高，压根儿不会听他的。可要是提醒万岁爷呢，他也没这胆儿，万岁爷不出声就是为了不让嘤姑娘发现，他要是愣头愣脑惊着了万岁爷，那过会儿后脖子就该离缝了。

小富现在只有寄希望于嘤姑娘，盼着她能警醒点儿，至少发现周围的情况有变，这么着还能稍稍挽救一下。结果这位倒好，她问："鬼子姜呢？带了吧？"

松格也是个糊涂虫，她专心致志拿通条捅火堆儿，十分得意地说："不光鬼子姜，奴才还抓了一把熟疙瘩，一碟麻仁金丝。三天到巩华城，咱们一天一个味儿，嘿！"

嘤姑娘显然对这个丫头很满意，点头说："就得这样，万事想周全，日子才过得美。夜里有点儿凉了，把斗篷取来吧，万一受了寒，把病气儿带到老佛爷跟前可不得。"

松格"哎"了声，这回终于转过头来了，正准备起身，被对面的阵仗吓得跌坐了回去。

"怎么了？"嘤鸣问她，"腿麻了？"

松格的脸由白转青，由青再转红，嗫嚅着说："主……主……主子……"

嘤鸣心里蹦跶了一下，料想坏了，要出事儿。果然，回头一瞧，皇帝阴着脸站在她身后五六步的地方，身旁跟着讪笑的小富。再远一点儿，隐隐火光照亮数不清的皂靴，那些御前侍卫看大戏似的，紧紧盯着这里的一举一动。

究竟哪里犯冲，真是说不上来。看来冤家路窄不是想避就能避开的，必有一方不依不饶，想尽办法找不自在，才能真正掐起来。


皇帝垂眼看着她："你在干吗？"

嘤鸣想了想，说怕被毒死，宁愿自己做饭吗？这种话显然不能随便出口，还好她机灵，见风使舵地说："奴才在给万岁爷熬粥。"

接下来皇帝该是什么反应呢，必定嗤之以鼻，什么狗不拾的玩意儿，堂堂一国之君犯得上她瞎操心？然后好好呲打她一顿，说"你自己吃去吧，朕不稀罕"，这锅粥就又回来了。

在宫里生活，脑子首先得好使。你说了一句，光推算对方下一句会怎么应对还不够，你得接着往后推，推到第二句，甚至第三句，如此就有备无患了。嘤鸣算是个办事有把握的人，和皇帝几回交锋，多少摸着了他的路数，反正至多再吃一回挂落儿，笑一笑也就过去了。

可这回她显然推算错了，皇帝并未如她想象的那样数落她，反倒心平气和地点了点头，吩咐小富："听见了？打发人端进大帐去。"

皇帝说完，转身便走。他一离开，那些侍卫也如潮水般退散，剩下嘤鸣和松格大眼瞪小眼，直咽唾沫——看来今儿的晚饭算是交待了。

不光这样，皇帝走几步又回身加了一句："还有那些酱菜，一并送入行在。"

嘤鸣发现这人真是连肠子都烂了，强盗还给人留一顿棒子面呢，他这是要赶尽杀绝吗？

小富得遵旨办事，抱着拂尘哈腰说："姑娘别难过，回头我想辙，给您把锅送回来。唉，还有您的晚膳，您夜里吃什么？膳房预备了蚝油仔鸡和鲜蘑菜心，我再给您来份儿罗汉大虾，再来饽饽二品，今儿是喇嘛糕和杏仁豆腐，您看成吗？"

皇帝就算在郊野过夜，吃得也是那么滋润。他自己受用就行了，干吗非要祸害她呢，抢人嚼裹儿等于杀人父母，究竟有多大的仇，他才处处使坏下绊子，存心寻她的晦气！

可惜孝敬万岁爷是她自己说的，怨不了谁，嘤鸣勉强笑了笑道："不必费心，我们车上还有窝头，随便吃两口就打发了。"转头叫松格，"别愣着了，还不照万岁爷说的，把酱菜拿出来？"

小富知道她被抢了的吃，心里不受用，可这也是没法儿，万岁爷是瞧着后边有这么多侍卫，不好驳了她的面子。按说幔城里头自个儿生火做饭，这种事也确实是生平头一回见着。

小富只好宽慰她两句："万岁爷今儿在路上也说，长途跋涉颠得厉害，夜里没胃口，想吃清淡的。正好，姑娘这儿有清粥，可见姑娘一心想着万岁爷呢。"他哈哈又干笑了两声，指指那个炖锅，"奴才就把它端走，敬献给万岁爷了？"

嘤鸣灰心地看着一个小太监上来，拿厚厚的汗巾子一包裹，提溜起两只铜耳朵就走，她心里疼得像要滴血。


松格把酱菜交给了小富，目送他们走远，哀致地看了眼主子："好容易炖成的，说拿走就拿走了。"

嘤鸣叹了口气："拿走炖锅比拿走脑袋强。行在里头不让自己开伙，也是我疏忽了。"

"那眼下怎么办？本指着夜里喝上一口热乎的，这回算完了。"

怎么办？能怎么办？有钱住瓦房，没钱顶破缸，忍忍也就过去了。嘤鸣舀了一瓢水，把火堆浇灭了，抬头看月："今晚上窝头就月亮吧。"

这时候三庆过来了，见她们主仆一左一右靠着车辕，那形容说不出地凄凉。

"姑娘，"三庆说，"别在这儿坐着了，主子爷传您过去呢。"一面说，一面把个黄油纸包递给松格，里头是酱肉，拿酱肉换酱菜，总算够意思了吧！

嘤鸣听了有点迟疑："这会儿传我干什么？究竟是万岁爷的主意，还是德管事的让你来的？"

三庆"嘻"了声："姑娘可别疑心，假传圣旨，别说德管事的，就是乾清宫刘大总管也没这个胆儿。自然是万岁爷传您，想是有事儿要交代姑娘吧，姑娘去一趟，费不了什么工夫的。"

嘤鸣这时候才不情不愿地挪了步子，心想老佛爷和太后硬要她随扈，她来前就想好了，肯定是个苦差事。这趟出宫，除了能走出那片围墙，见识到江山万里的广阔，目前对她来说，没有任何可喜之处。白天行走在黄土道上的闷热倒并不让她觉得辛苦，毕竟是为送行深知，就算让她走着去她也愿意。可歇下来要面对皇帝的刁难，这个让她觉得难以忍受。在宫里时她还能缩在慈宁宫，皇帝想找碴总得顾忌太皇太后，如今她给丢出来了，那还不是耗子落进了蛇窝里，能不能囫囵个儿回宫，真说不准了。

她脚下蹀躞，有点犯怵："谙达知不知道万岁爷找我干什么？"

御前伺候的都让她面子，不像以往拿鼻子眼儿看人，三庆对嘤姑娘是绝对的有问必答，压低了嗓子道："您别愁，这会子是大出殡，主子爷不会难为姑娘的。至于主子找姑娘干什么，咱们做奴才的不敢妄揣上意，横竖您去就是了。留着神应答主子问话，我和德管事的都在边上伺候，万一有点儿什么，也会想辙给姑娘解围的。"

嘤鸣听了颔首，心里想着就三天，三天到了巩华城，大伙儿都忙起来，皇帝就没闲心找她的碴了。

抬眼往前看，黄幔城中央的牛皮大帐被若干小帐围拱着，燃烧的篝火错落，照出一片恢宏的气象。嘤鸣随三庆在火盆纵列的甬道上通行，两掖是门神一样押刀仡立的御前侍卫。这架势，在宫里的时候倒没有感知，大约她从未踏足乾清宫吧。但在这星垂四野的郊外，实在有种真切的压迫感。

她低着头，在众目睽睽下走过，她一向有临危不乱的气度，越是庄严，她越是矜重。

门前侍立的太监掀起了垂帘，她迈进去，停在一面牛皮绷成的地图前。地图起的是影壁一样分隔内外的作用，但因皮薄透光，隐约能看见背后跳动的烛火，和坐在案后的朦胧的身影。

嘤鸣没把精力集中在皇帝的传召上，反倒扭头打量起地图来。她记得阿玛书房也有江山图，但其大小绝不能和这面相比。仔细端详，细线勾勒出绵延的群山，水纹涌动的是海疆，还有玉门关外漫天的黄沙……她竟从来不知道，大英原来有如此辽阔的幅员。

三庆进去通传，一会儿就出来了，说："姑娘，主子让觐见。"

嘤鸣这才收回视线，定了定神敛袍走进大帐深处，蹲了个双安道："奴才听主子示下。"

案后的皇帝静静审视着她，她微微低着头，奔波一天后生火做了顿饭，好在进来之前抿了头，不像刚才似的，蹲在火堆前一派蓬头垢面的狼狈模样。女人嘛，就像梅瓶里的插花似的，可以执着于细腻的小情调，用以点缀男人无聊的政治生涯。她既然知道见驾前修一修边幅，总算还有救。

但该教训依旧得教训，就像先前的丢丑，实在大大不应该。皇帝说："你知道自己今儿做错了吗？"

嘤鸣说是，虽然不情愿，但认罪态度极佳："奴才不该自作主张，在外头刨坑架锅。"

皇帝说对："你要注意自己的身份，免得丢了太皇太后的脸，也丢了你阿玛的脸。"

其实他很想说别丢了他的脸，毕竟册封她做继后几乎是板上钉钉的事儿了。将来叫人说嘴，说"皇后娘娘我见过，就是送大殡那回，蹲在泥地里做饭的那个"，这么着像什么话？他的皇后可不是烧火丫头能干的。

而嘤鸣呢，觉得太皇太后的脸几乎是丢不着的，至于纳公爷为人，因为丢的脸太多了，也从来不怕丢脸。这么一想她还是认为自己没大错，人总要吃一堑长一智，从挂炉鸭子到羊肉烧卖，再到后来的西墙根儿顶砚台，她吃了他多少亏？她也害怕，万一路上他又在膳食上动手脚，那她就活不到抵达巩华城了。

可是心里嘀咕是她自己的事儿，没法子拿到台面上来。惹恼了万岁爷，回头拍桌子瞪眼罚她立旗杆，她毕竟还是要脸的，这么大庭广众地现眼，总归不好看相。

"是。"她恭顺地说，"万岁爷的教诲奴才记住了，奴才空有一片报效主子的心，没动脑子好好琢磨，是奴才的罪过。"

就像那天赦免她罚跪后，德禄奉命问她知不知道错在哪儿。结果她没拿现成的逃避选秀说事儿，一下撇出去八千里，说不该送荷叶粥来，当时就叫人一口气卡在嗓子眼里不上不下。今天又来，空有一片报效主子的心？说的真比唱的好听，她以为他能相信，那粥当真是给他熬的？

皇帝冷笑了声："你别忙为自己开脱，你心里在计较什么，别打量朕不知道。"

嘤鸣还是垂着头，小心翼翼地说："奴才进宫，不敢心存计较，奴才一心一意想着主子。"

她的神来一笔，居然把皇帝说愣了。皇帝原本准备好了疾言厉色教训她一番的，结果计划赶不上变化，那句一心一意想着主子分明就是刻意奉承，皇帝却开始认真揣度，里头究竟有几分真假。

边上侍立的三庆看了小富一眼，发现这回闹不好能打在七寸上。小富眨了眨眼，谁说不是呢。

皇帝犹豫了，他皱着眉斟酌，甚至分辨她的神情，试图从中找出一丝佐证来。无奈她盯着脚尖，所有的世故圆滑都藏在那一低头的动作里，皇帝又有些不满："齐嘤鸣，你很心虚吗？为什么老低着头？"

嘤鸣发现这皇帝确实难伺候，她抬眼被斥窥探天颜，低头又说她心虚，看来得斜眼才行。太皇太后曾经对她说过，别拿自己当奴才秧子，她天生也不像那些包衣，愿意任人揉搓着玩儿。泥人不还有三分土性呢嘛，她说："万岁爷，奴才怕回头又不错眼珠地瞧您，岂不在主子跟前失仪？"

她打太极的功夫炉火纯青，又把话顶了回去。其实要是像先前似的说软乎些，皇帝也不是那么不通情理的人，可她绵里藏针，下了皇帝的脸，那情况就不妙了。

"朕知道，你进宫是迫于无奈，因此你百般不情愿，在朕跟前阴阳怪气。"

嘤鸣明白了，这回是专程找她斗嘴的，于是她欠身说不敢："奴才从来没在主子跟前阴阳怪气，进宫是老佛爷瞧得起鄂奇里氏，奴才心甘情愿侍奉老佛爷，请万岁爷明鉴。"

皇帝又一哼："今儿朕端了你的粥，你记恨朕。"

嘤鸣心说不只是今儿，从深知受委屈开始，她就一直记恨他。然而她不敢说，但被他咄咄相逼也有些不耐烦，便道："奴才怎么能记恨万岁爷呢，奴才的身家性命都是万岁爷的，区区一锅粥算得了什么。"

"还有酱菜。"皇帝替她补充了一下。

嘤鸣点头："对，奴才忘了还有酱菜，谢万岁爷提点。"

皇帝终于可以确定，她有反骨，对他心怀不满。但他并不觉得有什么不好，反正彼此都挑眼，藏着掖着犹如隔靴搔痒，十分不痛快。他轻舒了口气，反倒意态闲适："不瞒你说，朕也不待见你，只要朕乐意，爱怎么欺负你，就怎么欺负你。朕知道，你恨朕恨得牙根儿痒痒，可那又怎么样，你还能吃了朕不成？"

结果她半点也不生气，蹲了个安道："万岁爷言重了，我牙口不好，嚼不动。"

## · 二 ·

此话一出，皇帝怔住了，御前的人也傻了。趁着这当口，嘤鸣赶紧又蹲了个安，说："万岁爷要是没旁的吩咐，奴才告退了。"然后不等皇帝答应，自己从从容容退出了牛皮大帐。

身后终于传来了物件砸碎的声响，嘤鸣那一刻脑子是昏沉的，白茫茫一片，什么都没法思量了。她想这回可算彻底在御前露了脸，接下来会怎么样，管他呢！

皇帝这辈子，从没人敢这样和他顶嘴。起先他也没明白，她年纪轻轻的，怎么就牙口不好。他甚至觉得她可能是没喝上粥，气糊涂了。后来他猛地回过神来，发现这丫头原来吃了熊心豹子胆，她哪是在说什么牙口，分明是拐着弯儿地嫌他老呢！

皇帝气得脸色发白，站在那里，咬着槽牙腿颤身摇，紧紧握起拳撑在书案上，才保他没有气得跌坐回龙椅里。

"这个混账东西！"这已是皇帝骂过的最不入品的话了，他从没想过，自己有朝一日会被一个女人挤对成这样。她骂人不带脏字儿，这么拐着弯地奚落你，简直比指着你的面门骂还叫人气闷。

皇帝心中的气闷不得纾解，扬袖扫了书案上的文房，那些笔墨纸砚哗啦啦四散滚落，御前的德禄、三庆还有小富，三个人筛糠似的抖作了一团。

"万岁爷、万岁爷您息怒……"德禄往前爬了两步，哆哆嗦嗦地说，"您保重圣躬，为这个气坏了身子不值当。"

皇帝没有再说话，怒火隐藏在阴郁的面色下，如暴雨将至，叫人心惊胆战。

如果可以，万岁爷这会子想杀人吧？先杀了那个骂人的齐嘤鸣，再杀了纳辛和薛尚章。他们一个亲爹，一个干爹，就教出来这么个不要命的主儿，四更的时候妄图谋害圣躬，这会儿又出言不逊，薛尚章硬把她保举进来，原来就是为了谋反。她是不是觉得有太皇太后护着，就有恃无恐了？这要是把万岁爷气出个好歹来，用不着别人收拾她，太皇太后头一个不能放过她。

小富没见过万岁爷震怒的模样，在他的记忆里，万岁爷一向喜怒不形于色。有时候那些臣工们的谏言分明已经令他火冒三丈，他仍旧可以清风明月一笑了之，这是为君者的肚量。

结果这回肚量用到了极限，只要万岁爷一声令下，齐嘤鸣掉脑袋的资格都有了。

小富向上觑了觑："万岁爷，嘤姑娘就这么跑了，奴才把她抓回来，供万岁爷处置。"

皇帝的眉眼深鸷，缓缓摇了摇头。太皇太后的那面"万国威宁"在她身上，他起先倒不担心她会拿出来，她没那个胆儿。眼下可就不好说了，因为一个胆敢如此大逆不道的人，还有什么事儿是做不出来的？

嘤鸣那厢边走边拌蒜，骂完了一时舒坦，过后还是有点后怕。原来停马车的地方已经支起了小帐篷，松格站在门前等着她，见了她就说："德管事的到底是万岁爷贴身的人，办事儿真是熨帖。他说咱们夜里不能睡马车，地方太小，腿伸不直，往后要罗圈儿的。打发苏拉来支了这顶帐篷，还送了两张厚毡，回头垫上褥子再放竹席，不怕肚子受寒。"

嘤鸣走过来，什么都没说，闪身进了帐篷里。

松格见她委顿，料着又受委屈了，想起这个就叫人难受。万岁爷老这么的拿她当眼中钉，将来还说要封后，封了后怎么办，两口子见天儿打架吗？真要这样，还不如那会儿对孝慧皇后呢，瞧着不痛快不瞧就是了，撂下不管，岂不两下里都省心？

松格往前蹭了两步，悠着声道："主子，咱们不能心眼儿窄。您想想，头前咱们在府里不也得留神过日子吗？这回换了个不好伺候的，咱们兵来将挡，就蒙事儿吧，蒙着蒙着就过去了。"

嘤鸣摇摇头，一脑子糨糊，觉得前途渺茫。早前的福晋哪像皇帝这么损，府里三个女孩儿，大姐姐嫁了人，底下就是她，润翮是个跳墙挂不住耳朵的，将来一心要当姑子，福晋后来最疼她，也算苦尽甘来了。可这个皇帝呢，你摸不准他的性情，他也没什么消遣，闲在了就和你过不去，欺负你进了宫无可倚傍，想怎么折腾就怎么折腾。

不过这回细品味，嘤鸣感受到了一丝痛快，从无限忐忑中脱颖而出的那种痛快！她有点高兴，战战兢兢等着过会儿御前的人来拿她，于是抓住了松格的手交代遗言："万一我不明不白死了，你别慌，路上想辙逃走，要不进了宫就再也出不去了。"

松格被她说愣了："主子，怎么还要死要活的？"

"我骂皇上了，他一时没回过神来，料着用不了多会儿就要来砍我脑袋。可我不后悔，我唯一后悔的是骂得太委婉，不解恨。横竖就这样了，没什么，死就死吧。"她笑了笑，想起皇帝挨骂时的神情，越发高兴了，"可真痛快！"

松格顿时眼前一黑："您骂他了？您怎么能骂他呢，那是皇上啊！"

她做出一副爱谁谁的样子，抻了抻衣角说："我那会儿在气头上，就没管那么多。过后我也合计了，我自个儿死没什么，怕连累家里。不过我们家累世功勋，应当不会因为我的一时失言，就把全家都害了吧？"

这个谁说得准呢，痛快过后就是痛苦，嘤鸣捧着脑袋又开始发愁，松格像慈宁宫前的鹿鹤同春似的，伸着脖子站在帐前，如临大敌地等待着，等着皇帝醒过味儿来，打发人来摘她主子的脑袋。

可是等了很久，久到两个人眼皮都打架了，也没个人来。算了，死不死再说，先躺下睡吧。于是脱了衣裳码在枕头底下，一觉睡到外面车马有了动静，忙坐起来摸摸后脖子，什么事儿也没有，老天有眼，又多活了一夜。

"皇上其实也没那么坏。"松格说，"您瞧您都骂他了，他也没整治您，这是何等胸襟啊。"

嘤鸣可不这么认为，君子报仇，着什么急呢，有的是时候。如今是皇后大出殡的当口，不宜见血光，等这事儿一完，接下来可就不好说了。

无论如何，活一天算一天，她也没有多重的心理负担，照旧打帘看外头风景。起先刚出城的时候还有人家，到后来人烟就少了，第二天的整个行程几乎没见着村落，就是没完没了的原野和山峦。中途遇见了北沙河，便溯源而上，一直向北行进。

车队茫茫，往前看，看见皇帝的金龙乘舆大摇大摆，占据了御道的一大半。黄昏又到了，一轮落日悬在天边的山顶上，红彤彤的火烧云弥漫了头顶的天宇。前面有击掌声隐约传来，皇帝下令就地驻扎，不一会儿就见侍卫们扯起黄色的帷幔，以御辇为中心，画了一个巨大的圆。

圈幔城要不了多少时候，牛皮大帐搭建时，皇帝在御辇里宣召了几个随扈的军机大臣。那些脑后拖着花翎的官员微微躬身在御辇前聆训，嘤鸣想起了她阿玛，纳公爷在家是那么有款儿的大爷，见了皇帝照旧俯首帖耳，这就是命啊。

松格那头呢，还惦记着那把悬而未落的铡刀。她去找了小富，没指望能套出什么话来，就是去咂摸一下御前当上差的反应。太监都是人精，他们长着比狗还灵敏的鼻子，只要有任何风吹草动，他们立刻就能上脸。

"哎，谙达……"松格挨在一个帐篷边上，见小富经过，压声打了个招呼。

小富一看是她，将手里的托盘交给了边上的小太监，自己对插着袖子过来，说："松格姑娘，你主子让你过来的？"

松格说不是："我们主子从昨儿回来就恍惚着，也不肯开口说话。我琢磨许是出什么事儿了，特来问问谙达，好叫我心里有数。"

小富说没什么，脸上还带了一点笑："八成是赶路累着了，这才懒开口。"

"那……没出什么岔子吧？"

小富还是摇头："没啊，都好好的。"

这松格就闹不明白了，敢情骂了皇帝就这么黑不提白不提地过去了？要是当真这么心宽，也不至于隔三岔五给她主子上眼药吧。

"哦……"松格糊里糊涂说，"那成，谢谢谙达了。"

小富点了点头，临要走的时候还很好心地叮嘱了一句："荒郊野外的，人员又纷杂，不像在宫里头。你仔细伺候着，夜里警醒点儿，留神有蛇虫。"

松格"哎"了声，转身回她们的小帐去了。

"主子，"她对嘤鸣说，"奴才觉得万岁爷可能最后也没琢磨明白您骂了他什么。要不小富还笑呵呵的？早张嘴咬人了！"

松格的脑子还是简单了点儿，她要真这么想，就是把皇帝当傻子了。嘤鸣也没特意去同她解释什么，她唯一惦记的，就是那口说好了要还的炖锅，最后下落不明了。她想喝口热的，从昨儿到今儿，她觉得自己快不行了，再这么下去不等皇帝杀她，她自己就枯了。

还好，后来有人给送了苏造肉和燕窝来，这回什么也管不上了，燕窝就窝头，味道居然还不错。

只是这一夜睡得熟了点儿，简直从未如此畅快过。等到第二天黄幔城里所有的帐篷都收拾干净的时候，她们的小帐依旧堂而皇之地伫立着。

最后还是三庆过来，隔着门帘说："姑娘，该醒醒啦，咱们得开拔啦，御驾在等着您哪。"

没多会儿人从帐篷里出来，大概是自觉睡过了头没脸见人吧，头上顶着孝服，很快钻进了马车里。

倚着车帷子的嘤鸣到这会儿还晕乎着，马车晃动，她的脑袋也跟着晃动。她拍了拍脑门："今儿怎么了？"

松格也迷糊着："奴才觉得，咱们可能是被下药了。"

这个推断很正确，嘤鸣也十分认同。燕窝就窝头，天下哪来那么便宜的事！她抬手捏了捏衣角，那枚万国威宁的印章果然没了，她叹了口气："松格，你的针线怎么一点长进都没有，这么轻易就叫人把印摸去了。"

这方印是太皇太后暂借给她保命的，那么珍贵的东西，是英宗皇帝留下的唯一念想，对太皇太后意义非凡。如今弄丢了，回宫后无法交还太皇太后，那么这条小命不必皇帝去算计，自有人把她大卸八块。

车轮滚滚，碾轧过御道，遇上石子便发出沙沙的声响。皇帝半靠着引枕，一手举书，一手将印拈在指尖。万国威宁……这枚印他在多年前见过一回，时候久远，记忆已变得模糊，只知道这印章名头虽大，却是英宗皇帝自己刻制的闲章。玉石龟纽上，一刀背花刻得略深了些，彼时英宗皇帝的眼睛已经不怎么好了，才会略略坏了品相。

皇帝在印上轻抚，心里有小小的得意，那种得意竟比压制了朝中暗涌还要令他高兴。为什么呢？大约因为朝堂上都是老对手，已经失去了新鲜感。而这个新对手，是可以动用孩子式的恶作剧去坑害的人，必须小心翼翼捉弄，因为若使了大力气，她可能就灰飞烟灭了。于是皇帝享受她的惊讶、惶恐，甚至是眼泪。看见她哭，他会产生既心虚又快活的自豪感。自己也说不上来为什么，反正就是想欺负她，想尽办法且手下留情地刻意欺负她。

她这会儿大概又急哭了，皇帝脸上漾起一点笑意，若不是因为法驾在前行，他恨不得把她召到御前来，看一看她失魂落魄强装镇定的样子。可他得沉住气，谁先露马脚就算谁输，这上头皇帝是行家，从来不逊于任何人。

其实有这样一个小玩意儿调剂枯燥的帝王生涯，也很有意思。皇帝对有趣的对手一向充满耐心，就算她前天晚上口出恶言，他也没有动用公权把她怎么样，总算是对对手最大的尊重了。接下来呢，就等着她来跪地求饶，只要她哭一鼻子，把印还给她也没什么，总不好当真惹得太皇太后大怒，要了她的小命。

可是皇帝等着她找上门来，从一早开拔等到进入巩华城，都没能等到。

巩华城从前朝起就是帝王行宫，后来为了谒陵方便，便将这里改成了暂安帝后梓宫的地方。这座城池很大，朝廷派兵戍守，驻扎有巩华城营，皇帝御驾从城门进入，御道两掖跪满了人，其中便有内大臣和军机处提前到达的官员。

啪啪，马蹄袖打得山响，纳辛叩拜迎驾后上前来，哈腰道："皇上一路辛苦，奴才已安排好驻跸事宜，孝慧皇后灵驾奉安所需的卤簿、册宝、楮城等也都预备停当了，请皇上放心。"

皇帝颔首，由诸臣簇拥着进入扶京门，途中回头望了眼，竟没看见嘤鸣的身影。

嘤鸣呢，知道预备行在的管事大臣是阿玛，可说心里有了底。无论如何有自己人在附近，不管能不能撑腰，她胆儿都壮。巩华城是行宫，论规矩的森严远不及紫禁城，她在安顿好了住处后，还能悠闲地出来转上一圈，感慨一下城池的古朴和远处山陵的壮阔。

又是日近黄昏，残阳从角楼伸展的垛口堪堪照过来，把对面的城墙分割成了一明一暗的两个世界。嘤鸣走在昏昏的那一线，不经意抬头，见有个人立在一方金色的光晕下。他也看到她了，微微一点笑意浮在唇角，那笑窝，像一朵金箔打造的浮萍。

## · 三 ·

就这样对望着，谁也不知道应该怎么开口。原以为这辈子大约不会再见面了，没想到在这远离京城的地方又遇上了。嘤鸣想起上次走错了路，迷迷糊糊走到内务府前的夹道里，那时候钦工处就在槛内不远，她也偷思量，若能见一见也好，至少话个别，无奈他并没有出现。如今出了京城，绕了一圈，不防又在这里碰见了。大约是与紫禁城犯冲，走出紫禁城，掌管缘分的神仙才惊觉，不该断得一干二净吧。

海银台百感交集，这个曾与他有过婚约的姑娘，在被迫退出后再一次出现在他的视野里，他有很多话要同她说，可见了人，却又不知从何说起。

如果没有进宫一事，现在嘤鸣应当已经入了海家的门，他们也已经开始属于他们自己的小日子。可惜，匆匆的三面，变成了一辈子最大的遗憾。当初定亲的喜悦还没有散尽，很快就迎来了兜头的冷水。这么长时候，他始终无法忘记她那天扭曲的笑容，明明在琼府花园说得好好的，结果等他预备妥当过大定的礼数，再去她府上的时候，见到的竟是她登上宫中小轿的一幕。

满心悲凉，能与谁诉？纳辛家的闺女进宫的消息一夕传遍了整个京畿。有人和他打趣，说"海银台，你也不算亏，将来的继皇后先和你定过亲，连万岁爷都越不过你的次序"。那次一向不爱动武的他，头一回冲那些人挥起了拳头，不是因为他们调侃他婚事不成，也不是因为他们对皇上大不敬，他是不愿意他们的狗嘴辱没了她。

当初她是一心一意要嫁给他的，否则便不会专程来同他说那些话。他感念她的一片情，以后他应当会与别家的姑娘结亲，但绝不会遇见另一个她了，绝不会了。

"妹妹。"他还是有些腼腆地微笑,还是这么称呼她,"真巧,没想到你会随圣驾先来。"

嘤鸣"哎"了声:"真巧,你也在这里……"

似乎除了"真巧",再也没有别的可以形容现在的心情了。

海银台艰涩地接了话,抬手指指万寿山的方向:"我负责皇后娘娘陵寝事宜……"

嘤鸣点了点头:"我知道。"

两个人望向对方,各自都有些尴尬。其实应该见了也只当没见,错身而过是最为稳妥的。可果然遇上了,各走各路又似乎不近人情,毕竟彼此间坦坦荡荡,定过亲是事实,天下人皆知,没什么可遮掩的。

"那天……"海银台犹豫着说,"还是晚去了一步。"

直到现在他都在遗憾,如果早一天去,大定过了也许宫里就歇心了。

嘤鸣也有些惘惘的,她看见他来了,但就是这一步之差,注定有缘无分。

她低着头,神情略有些哀伤。从头回见她起,她脸上就一直带着笑,仿佛这姑娘一路走来从没有任何坎坷,无论什么时候都高高兴兴的。可这回不一样,他也不知道是不是因他而起,只知道她不像往常那样了,也许入宫后过得并不顺心吧。海银台心里涌起不甘来,但又无可奈何,最后这种复杂的情愫化成了长长的叹息:"你好不好?"

嘤鸣点了点头:"挺好的,一切都好。"略顿了下,忽然觉得自己这样愁闷来得没缘由,今天能见一见已经遂了心愿,便笑道,"我来这一路,看见这么多的景儿,才知道什么叫地大物博。先前看你的烫样,我只留意四合院,其实那些行宫和陵地才最费工夫。"

她像丢下了包袱,重新营造出家常式的松散,这样也好,彼此间细细的一缕牵扯倏地不见,一瞬仿佛都开阔了起来。海银台也一笑:"从前告诉你如何丈量,用几块砖,都说得太空了。如今来了这里,自己亲眼看见了,就什么都明白了。你还没进过宜陵,等过两日永安大典的时候,就能看见那座陵地有多雄伟。"

"宜陵是将来皇上的福地吧?听说是先帝赐的?"

做皇帝就是这么高瞻远瞩,还没死呢,陵地就预先准备好了,免得到时候死得匆忙,没处下葬。

海银台说是:"那座皇陵是历朝历代风水最好的,孝慧皇后的梓宫落葬后,入口暂时封闭,不掩石门。"

不掩石门,是等着将来皇帝宾天,好夫妻合葬。嘤鸣又觉得深知可怜,人虽死了,躯壳却要留在帝王家。生前和皇帝不对付,死了还要和他大眼瞪小眼,这辈子算是绕不开了。

也罢,身前事都顾不上,谁还顾得上身后。嘤鸣问:"等永安礼成,你就回京吗?"

海银台"嗯"了声："这程子都在外头，这里的事儿一完，能回京待上一段时候。"

嘤鸣怅然点头："是该歇一歇了……"

她没好意思问他家里现在做何打算，问了又怎么样呢，都不和她相干了。

两个人都沉默下来，一旦沉默，那种触摸不及的哀愁便又来了。海银台忍了忍，最后还是开口，低着头说："退了亲之后，家里也再张罗过，我暂且没这个心思，便撂下了。"

说来奇怪，他似乎能感知她的心思，常常她脑子里才琢磨，他这头就已经答疑解惑了。这样通透的人，若有幸能嫁成，该是多大的福气啊。可惜老天总爱给你一点缺憾，她生在公爷府上，虽不是嫡福晋所出，自己的母亲也是入册的贵妾，她是正正经经的大家小姐。在家时，家里一应都和睦，嫡母疼爱，父亲就算不着调了点儿，朝政上和稀泥，家里却一碗水端平，她也没受过什么苛待。如果婚姻上再无可挑拣，想必将来只有折寿来平衡这种圆满了。这么一想便煞了性儿，多活两年也挺好，遇着一回坎坷便添一回寿元，她没法儿打死皇帝，熬死他也算自己胜利。

她的奇思妙想，常能给晦暗的前路带来光亮，开解完自己，她就打算去开解一下海银台。

"亲事不能撂下，若遇着好的就定了吧。咱们这样……想是没那个命，也不必强求。那天我入宫，看见你在那棵大榕树底下，只是没能同你道个别，心里很愧对你。今儿见了，就想交代一回，希望你别怨怪我。"

他说："这事儿怎么能怨你呢，都是身不由己，你也不是自己愿意进宫。"他说着，自嘲地笑了笑，"也怪我糊涂，那回给你做了一把伞，这寓意太不好了，到临了终究'散'了，当真是命中注定。"

嘤鸣含笑道："往后善自珍摄吧。"

他望着她，唇角的笑意慢慢消失了，隔了会儿说："我知道是不可能了，可有时候还胡思乱想，盼着你能出宫回家。"

别说他，她自己也常这么奢望，然而那点希望太渺茫了，这辈子恐怕也不能实现。她说："别等我了，你也知道齐家的处境，我将来就是在宫里做嬷嬷，也回不去了。"

他抿着唇，慢慢点了点头。

日影渐渐移过了女墙，他的脸也逐渐沉入昏昏的暮色。远处有人点起了白纱风灯，光那么远，照不见他们。

嘤鸣扭头望了眼，这行宫红墙金瓦，不过是小一号的紫禁城。人还在这个圈儿里活着，终究跳不出去。该说的说完了，就这样吧，她舒了口气："时候不早了，我该回去了。"

她提起袍角上台阶，错身的刹那，感觉到指尖轻轻的一握，那分量像一道烟似的，一霎就消失了。她有些惊讶，只听夜色下海银台声音惨然，说"别忘了我"，然后没有停留，快步走下台阶，身影一转便不见了。

嘤鸣糊里糊涂地回到住处，八仙桌上点着油蜡，她就坐在这盏蜡烛前，半天没再挪窝。

每个人对感情的感知都不一样，嘤鸣永远比别人淡，她没有过于强烈的情绪，像那天对皇帝的出言不逊，已经是这辈子最澎湃的一回了，澎湃得让自己激动了好久。海银台用的情，显然比她要深，她本以为他至多不过同她一样有些遗憾，但他的那句"别忘了我"，一下就让她蒙了。

她永远不会知道，从小定那天之后，海银台就一心一意等着娶她过门；也不会知道他常会辗转打听她的近况，得知她一切都好，才放心离京入山陵。他们见面不多，他不是个会来事儿的人，即便是在京时，也从来不会找借口登门拜访，总想着来日方长，等她将来进了门，有的是一辈子厮守……

嘤鸣抬起两手捧住脸，终于感受到了一点淡淡的哀愁，可又能怎样呢，过去就过去了。


巩华城的夜和京里不一样，这里没有那么密集的人口，房舍也相对少得多。离陵寝不远，其实就是一座孤城，依地势而建，宫阙也高低错落。皇帝站在殿前平台的一角，有风吹过衣袂，夜里尚且有一点凉。德禄上前劝说"主子爷，回殿里去吧"，他没挪步，依旧静静看着围房的方向。

那个胖头鱼一样的身影投在直棂窗口的桃花纸上，想必很苦恼，不停左手换右手撑脑袋，最后理不清头绪了，就势一趴，趴在了桌上。皇帝晒笑，见了故人心里不痛快了，所以在那里翻来覆去，今晚上怕是睡不着了吧！

他早就说过，这种定过亲的女人不该接进宫来，太皇太后不听，他也只得遵从。如今他的预言应验了，他们在这方小城里又见了面，着着实实说上了两句话，说完回来，她就辗转反侧了一炷香时间。

这就是要封后的人吗？到这会儿还私会外男，真不怕掉脑袋。皇帝拧起眉，唇角略沉了沉，懒得再看下去了，转身走回了前殿。

德禄忙赶上来，压声道："万岁爷，奴才这就把嘤姑娘传来吧。先头在路上，万岁爷没得闲处置她。梓宫明晚上才到，这会儿安顿下来了，叫她过来正好，万岁爷您瞧呢？"

德禄是御前的老人儿了，年纪比三庆和小富都长，明白有些事儿盖住了，时候一长要溃烂。倒不如发作一回，把人叫过来，该训斥还是该罚痛快决断，这样对各自都好。

嘤姑娘啊，大多时候稳当，但终究过于年轻，有些事儿不知道避讳，一不留神就容易闯祸。像今天见了海大人，那是犯大忌讳的，这种事要是闹起来，齐家和海家都得遭殃，她自个儿怕还没觉察呢，也不琢磨太皇太后的那方印去了哪儿，光在屋里伤怀她那段掐头去尾的婚事了。他们御前听差的，其实很怕这种糊涂账，万岁爷恼怒却暂时不好计较，他们得提着脑袋当差，怕万一不小心，自己就填了那个窟窿。所以德禄想着不如把人弄来，当面锣对面鼓的，万岁爷教训她一回，不许她以后再见海银台就完了。

可是万岁爷偏不，他在御案后静坐了半晌，染了冰霜的眉眼渐渐缓和下来，抚抚腕上的迦南串，抬手打开了盛放奏疏的匣子。

朝中公务太多，即便是出城办理皇后的永安大典，这些奏疏也会源源不断送来，这就是皇帝的难处。打开一封折子，开头一句便是"叩谒梓宫"，皇帝拧了眉，一瞧具名又是山西巡抚。那是个惯会奉承的积年，没什么要紧事，三天两头光上请安折子，皇帝见了便恼火。

"一封折子穿州过府，要费多少人力物力？朕不缺请安问吉祥，把辖下治理好了，什么都全了。去……"皇帝垂着眼，寥寥几笔勾画，合上了折子，"传令随扈的军机章京拟一道手谕，凡请安折子，一年内不得多于两道。请圣躬安……朕躬自然安得很……把那些绞尽脑汁想好话的心思用在治理百姓、替朕分忧上才是正经。"

三庆道是，哈腰退出前殿，忙着传话去了。

小富向上觑了觑，心道这会子圣躬是安的，只怕圣心有点乱。嘤姑娘那么心大的主儿也是八百年没见过，入了巩华城人就没了影儿，敢情太皇太后是吩咐她玩儿来的，她压根就没有随侍万岁爷左右的心思。

世上多少麻烦都是闲出来的。倘或就在主子爷跟前，也遇不上海大人了。还有那方"万国威宁"，松格来套他话的时候，他还有意提点了一回，结果那丫头也是个木鱼做的脑袋，半点没往心里去，印都没了，怕这会儿还没发现呢吧。

连小富都有点着急了，万岁爷等着瞧笑话，从今早开拔等到入夜，愣是没能等着，只等来了继皇后人选私会小情儿的噩耗。这会子戏谑的心都凉了，暗地里大概直咬牙呢——齐嘤鸣你等着，这事儿没完。

廊下传来脚步声，小富忙扭头瞧，来的是随扈的章京，不由得有些失望。章京们听万岁爷示下，议政拟草诏，巩华城眼下只有纳辛是军机头子，也不知他在忙什么，这会子也没在跟前。

看看时辰钟，到了万岁爷进酒膳的时候了，小富悄没声儿地退出来，预备检点膳房呈敬的东西。才在廊下站定，就见远处有个身影徘徊着，灯笼光照得很真切，一看就是嘤姑娘。

小富心头一松泛，暗道可算来了，来了就有缓。他快步上前去，垂了垂袖子道："这早晚了，姑娘怎么还没歇下呢？"

嘤鸣犹犹豫豫地说："我丢了件东西，怎么找都找不见。那东西太要紧了，找不着我的脑袋就得搬家……我要面见万岁爷，我有一肚子的话要对万岁爷说。"

小富顿时打了鸡血似的："啊，姑娘先别慌，定定神儿。这会子军机处的人在殿里呢，等人散了，我即刻给姑娘传话。"

"哎。"嘤鸣半歪在松格肩上，主仆俩都是一副泫然欲泣的嘴脸。

## ·四·

这是遭了难了，一副蔫头耷脑的样子。可不得蔫儿吗，把太皇太后的印章给弄丢了，这是掉十回脑袋也补救不回来的大罪。

嘤姑娘毕竟是个机灵人儿，她随扈行走，这一大群人马，哪个是没有根底的？这种地方能丢了东西，就说明是有人有意下绊子。那么这个下绊子的人是谁呢？几乎不用考虑，当今万岁爷无疑。至于万岁爷为什么要下这样的狠手，还不是因为她那句"牙口不好"，彻底把万岁爷给得罪了。

你做初一，我做十五，这两个人就这么你来我往地对掐，谁也不认输，谁也不怯场。并且如果最后姑娘如太皇太后所愿封了继皇后，可以预见，帝后还会这么不依不饶地较量下去，直到一方彻底缴械投降。小富本以为这位和先皇后的不同仅在于这位更顽强，也更耐摔打，结果到最后发现不单如此。嘤姑娘有那种谈笑间樯橹灰飞烟灭的气度，她自己可以一点儿不生气，脸上笑着，就把柴火堆点着了。这是何等胆大妄为的创举，就这一点来说，小富是非常佩服她的。

当然痛快过后总得付出点代价，万岁爷把她保命的印章弄到手了，小富将"万国威宁"呈敬上去的时候，分明看见了万岁爷眼里的寒光，折变一下大概就是"齐嘤鸣，朕要你哭着求朕"的意思吧。

现在人终于来了，万岁爷出气的时候也到了，今儿一天别说万岁爷，连他也百爪挠心。尤其太阳落山那会儿姑娘又见了海大人，不知道回头这件事儿该拿什么来相抵，闹得不好，就是皇后的位分。

小富自己心里瞎琢磨，抱着拂尘看了她一眼："姑娘，今儿万岁爷龙颜不悦，回头您进去了，说话千万软乎点儿，不为您自个儿，为您阿玛。"

嘤鸣挺好奇，她的印章被他偷了，自己还没不高兴呢，他倒不高兴上了？

"为什么呀？"她问，"是这行宫不称万岁爷的意吗？横竖住几晚就要走的，将就将就不也过去了嘛。"

小富摇头："不是为这个，是有旁的不顺心。"

"那一定是底下人伺候不周。"嘤鸣得出了结论。

小富觉得她是有意和稀泥，灰心地说："姑娘别往别的地方想，就往您自个儿身上想。"

嘤鸣思忖了下，那就是见了海银台的事给捅到皇帝跟前去了，她虽也觉得自己欠妥，可见都见了，能怎么办！这里不像紫禁城，没有那么多的门禁，也没有层层守卫不让走动的令儿，她就那么溜达溜达，一不小心遇上了，也不是什么大罪过吧。

横竖小富透了底，她心里也有了防备，军机大臣退出大殿的时候，她老老实实地站在月台上候着，心里还在嘀咕，不知皇帝会不会见她，倘或不见，她是不是应该站到天亮，以表决心。

松格对主子的前途充满忧虑："您这回可得留神，防着万岁爷下死手整治您。奴才在外头听信儿，您要是不成了，就大声告饶，奴才听见了立马去搬救兵。老爷不也在城里吗，万岁爷瞧着老爷往日的功勋，也不好意思杀了您。"

嘤鸣眨巴了一下眼，觉得自己真不幸。都说让她当皇后，可她在那个鬼见愁跟前哪敢充人形儿！她天天提心吊胆，怕自己保不住这颗脑袋，连累她的这个忠仆还得想辙给她搬救兵，说出来可太委屈了。

"你放心，我会活着回来的。"嘤鸣握了握她的手，扭头看见小富出来了，便迎上去问，"怎么样？万岁爷答应见我了吗？"

小富说是："姑娘进去吧，万岁爷把御前的人都撤了，您那满肚子话就敞开了和万岁爷说吧。"

嘤鸣怔了下，心说小富可真是个办差事的老手，她随口的一句话，他也照原样回禀上去。皇帝撤走了御前的人，怕不是要听她说心里话，是要和她明刀明枪地来了吧。毕竟吵起来不好看，也不好听，万一又碰上她出言不逊，怕面子下不来，把人都叫散了，也可免于折损帝王威仪。

"万岁爷想得真周到。"她笑了笑，"这么着也好……"

松格凄凄惨惨地目送她进宫门，简直像在目送她押赴刑场。小富瞅了松格一眼："你哭丧着脸干什么？不为你主子高兴吗？"

松格不明白有什么可高兴的，疑惑地看着小富。小富的眼神满含鄙夷："真是个没见过世面的丫头，跟前没人好办事儿，万一万岁爷把你主子幸了呢？"

"啊？"松格还是一脸茫然。

小富"嘿"了声："你是真不明白还是装糊涂？幸了，就是临幸，翻牌子，知道不知道？"

松格感觉手背上的汗毛都竖了起来："这么不对付，还能'幸'？"

小富得意地扬了扬眉："那可不一定。"

所以主子的名声，有时候就是被这类奴才带累坏的。这是什么地方？皇帝现在又是什么心情？无论如何都扯不到那个"幸"字上头去。

行宫的正殿规制是放大的养心殿格局，正殿中央设宝座，两头有暖阁。嘤鸣进来的时候果然四下无人，偌大的殿宇里只有皇帝一个，他正坐在他的鎏金龙椅上批阅奏疏，也不知听没听见她的脚步声，反正看样子十分不把她放在眼里。

没人通传，又担心不合时宜的当口说话会招来横祸，于是嘤鸣就静站着，打算等皇帝把手上这封批完，再开口向他请安问吉祥。等待的这段时间，嘤鸣的脑子一刻也没闲着，那位主子爷从来不是好糊弄的主儿，她也有些担心，不知闹到后头又会出什么岔子。

反正从来都是不欢而散，也没什么，嘤鸣对任何人都没有太强烈的爱憎，唯独这位，可能是从小到大见过的最讨厌的人了。可是命运偏要捉弄她，把她送进宫，又结交了他。外头行走的爷们儿随便哪个都比他强，倘或真要她填了深知的缺，她觉得这辈子肯定完了。

很嫌弃地打量一眼，皇帝低着头，案上烛火照亮了他的鬓发和长眉，即便离了八丈远，不用看脸也知道这人没朋友。她轻轻叹了口气，讨厌又不得不天天面对，今儿对着镜子梳妆的时候发现自己瘦了，这岁月可真太难熬了。

座上的人终于停了笔，慢悠悠地把笔搁在山水笔架上，又慢悠悠地合上了折子。然后视线投过来，平稳地，甚至有些死寂地，就那么看着她。

嘤鸣没想去分析他表情里的含义，向上蹲了个安道："奴才漏夜叩见万岁爷，请万岁爷恕罪。"

皇帝还是那样的表情，顺手拿起下一封折子，淡声道："有什么话就说吧。"

嘤鸣也没打算兜圈子，她叠着手说："万岁爷，奴才丢了东西，身上和包袱里全翻遍了也没找见。"

皇帝皱了皱眉："你丢了东西，是你自己的事儿，上朕这儿说什么？"

她的嗓音带了点凄惶，嗫嚅道："那东西太要紧了，否则奴才也不能这么晚惊动万岁爷……万岁爷，奴才把老佛爷借给奴才的那方印弄丢了，就是那方万国威宁……"

她泫然欲泣，平时满脸的笑模样，现在倒是不见了，原来她也有害怕的时候。皇帝心里冷冷哼笑，可既然知道害怕，为什么做出来的事儿又那么不知死活呢？

"那是英宗皇帝留给太皇太后的，你把那方印弄丢了，等着太皇太后拿你开刀问斩吧，朕不管。"

他冷眉冷眼，心情实在很不佳，重新翻开了手上的折子，不再看她。

"可是……"她在底下嘀咕，"万岁爷不是应当知道这方印的下落吗……"

皇帝啪的一声合上了折子："朕怎么能知道！"

嘤鸣说："奴才和松格都被人下了药，昨儿夜里睡死过去了，醒来才发现印没了……万岁爷，扈从人员都是御前的太监和侍卫，这些人哪敢这么干……"

她话没说完就引得皇帝大怒："你的意思是朕干的？你有什么证据证明是朕干的？捉贼还捉赃呢，你倒好，张口就来？"

嘤鸣缩了缩脖子，虽不是头一回顶嘴，但面对皇帝还是让她感觉到不小的压力。她只好跪下，磕了个头说："万岁爷别误会奴才的意思，奴才是觉得这印太要紧了，万一真的没了，那奴才就是死一百回也不能赎罪。求万岁爷开恩，倘或万岁爷知道这方印在哪儿就还给奴才吧。奴才一家老小的命全在这方印上头了，求万岁爷成全。"

皇帝的手搁在御案上，袖袋里的印章边角硌着胳膊，略有些疼。

原本他不过是想给她点教训，然后看她哭一鼻子罢了，没有想过当真为难她。毕竟女孩儿胆小，他怕一不小心把她吓死了，太皇太后跟前交代不过去。本以为她丢了印，应当六神无主哭天抢地的，谁知她竟一点也不着急，白天吃喝不误，黄昏还去私会了一下男人，可见她多不把太皇太后放在眼里，多不把自己的性命放在眼里。

既然这样也好，她想死就成全了她吧。皇帝凉声道："这事同朕不相干，你该杀头还是该凌迟，你自己受着。"抬手指了指殿门，"出去，朕不想看见你。"

嘤鸣直起身来，有点执拗地偏着头："奴才不走。"

皇帝越发撺火了："怎么？你敢抗旨？"

她说："奴才回去也是等死，不如就在这儿等主子降罪吧。"说完又是一脸云淡风轻，连那点惶恐也彻底不见了。

皇帝登基十七年，头一回遇见口称奴才却使唤不动的东西，那一瞬竟让他感觉有些无所适从。还好御前的人都支开了，否则当真下了自己的面子，不处置她就说不过去了。现在毕竟是在孝慧皇后大出殡期间，这会子就拿纳辛的闺女作筏子，还不是时候。

可这不妨碍皇帝被她气得站立起来，他说："你放肆，是谁给你的胆子，在朕跟前耍赖！"你不走我走这套好像不太适用，行宫就这么大的地方，走又能走到哪儿去？

皇帝的嗓音清朗，但沉下声时，便有横刀过境的一片锋芒。嘤鸣心头虽哆嗦，但她依旧不服输，向上又磕一头："求万岁爷成全。"

皇帝终于从宝座上下来了，他不可思议地盯着那个后脑勺："齐嘤鸣，你是不是以为有太皇太后给你撑腰，你就可以不把朕放在眼里？"

嘤鸣说不敢："奴才是太皇太后的奴才，更是万岁爷的奴才。上回奴才口出狂言冒犯了万岁爷，回去之后我把肠子都悔青了。"

肠子都悔青了，可还不是爱干什么就干什么？皇帝冷哼一声："朕知道你很会说话，哄得老佛爷和太后高兴，成全了你的小算盘。朕和她们不一样，你在朕跟前使假招子，朕一眼就能看出来。告诉你，印章朕没有，有也不会给你。你还惦记着要出宫呢吧，正好以此断了老佛爷的念想，你就在这里殉死，留下陪孝慧皇后去吧。"

这么重的话撂下，别说是她，就是纳辛也该哭了。皇帝自觉心里的怒火终于发泄了一半，欣赏各式各样的人在他面前打战求饶，很长一段时间里是他的爱好。于是皇帝开始等着，等着看她接下来的狼狈和困窘，结果等了半天，等到她温暾的回答，说不行——

"宜陵是帝王陵寝，奴才何德何能，怎么能葬在这里呢？"

这下子又把皇帝堵住了，他窒了半天，哂笑道："你倒会给自己找脸，还琢磨进宜陵呢？"

嘤鸣当然绝不愿意进宜陵，就是死也离他远远的。她知道皇帝不会杀她，说这些不过是为泄愤罢了。她今晚来是冲着印章，偶遇海银台的事儿她并不想提及，一来没什么见不得人，毕竟她眼下还没受封呢；二来就算老老实实交代了，换来的也是数落，因此就当从来没发生过吧。

"万岁爷把印还给奴才吧，奴才往后一定赴汤蹈火，以报万岁爷恩典。"

皇帝很不耐烦："不在朕这儿，没有。"

"怎么能不在呢，您那么恨我……"她还在喃喃，"奴才有一千个不好、一万个不好，您不能拿这个和奴才开玩笑，这是掉脑袋的大事儿，求万岁爷可怜可怜奴才吧。"

其实皇帝眼下要等的，早就不是那几句服软的话了。他要等什么连他自己也不明白，就是心头气不顺，有些事不在他掌握之中了，作为帝王来说绝不是个好体验。

她还在地上跪着，他垂眼说："起来，滚出去。"

嘤鸣手心里攥了满把汗，她很想高高地应一声"嗻"，然后从这儿麻溜离开，可她又怕皇帝还没尽兴，总得再坚持坚持，把戏做足了。

最后皇帝见实在赶不走她，扬声叫德禄："去，把纳辛找来！"

纳公爷很快就进了殿，看见闺女跪在那里，他还没到御前膝头子就软了，不住说："嘤鸣又闯祸了不是？奴才说过的，她是个二五眼啊，主子爷千万别和她置气。"

皇帝胡乱摆了两下手道："她不肯走，你把她带走。"

结果纳公爷满脸的不理解："万岁爷的意思是让奴才把她带出大殿呢，还是让奴才把她带回家？"

皇帝静静看了他半晌，忽而一笑："纳辛，你想不想念先帝爷？"

纳公爷脑袋嗡的一声就大了，说不想，那是大逆不道，说想，皇上就送他去见先帝爷，那可怎么得了！

纳公爷一迭磕头："奴才这就把人带出去，请主子息怒，请主子息怒……"然后拽闺女，"姑娘，还不醒醒神儿……谢恩……快谢恩啊！"

嘤鸣这才又磕一头，却行退出了正殿。

到了外头，她阿玛直叹气："你这是干吗呢，捅那灰窝子，不怕火星儿燎着袍子？"

嘤鸣说："我干什么我自己明白。阿玛您回去吧。"说罢拽过松格就往围房去了。

纳公爷在身后喊，嘱咐松格劝着点儿，松格心想她主子主意大着呢，她也劝不住啊。

"万岁爷没劈了您？"松格真诚地打探。

嘤鸣苦笑道："你当他不想？万岁爷的心眼子只有针鼻儿那么大。我原以为他把印拿走是为了吓唬我，看来不是的，他是真想要我的脑袋。"

松格唉声叹气："您往后的日子，怕还不如皇后娘娘呢。"

可不吗，嘤鸣泄气地想，那主儿手黑心也黑，为了活下去，她也只能奋起反抗了。


· 五 ·

孝慧皇后的梓宫，在第二日傍晚时分终于进入了巩华城。

灵驾在五十里开外时，就有快骑入城通禀，所要路过的桥门一应都准备了奠礼，巩华城外百步，文武官员须跪地迎接。嘤鸣站在城头上看，起先并不见踪影，只看见浩瀚的平原无边无沿。不知是不是要变天的缘故，四野浮起一点苍白的烟云，颇有"瘴云蛮雨暗孤城"之感。

她抬头望望天，梓宫遇雨是要就地搭建芦殿的，前四日都是晴好的天气，偏偏将要到了，却开始变天了吗？路上淋了雨多不好……她心里越发焦急，又等了良久，见一匹快马入城，看那身形好像是深知的父亲。

薛公爷是随灵行走的，他来了，说明灵驾已经不远了。这时天越发阴沉下来，城内官员都已经出城，皇帝自然也要亲迎的。城楼之下礼已齐备，嘤鸣看见她阿玛和另一位内大臣开始轮番祭酒，远处的平原上终于出现了一队身影，漫天的丹旒和白幡在半空中猎猎招展，后面是巨大而精美的梓宫。灵驾末班由銮仪卫护送，那些身穿朱红逊衣的人走出整齐划一的步伐，在一片缟素下，显出怪异又强烈的冲突感。

松格在底下喊："主子，灵驾来了！"

嘤鸣忙提袍跑下城楼，跪迎的次序也是有讲究的，文武官员以品级高低排列，自城门往内，便是随扈侍卫和御前侍奉的人。嘤鸣身份尴尬，她琢磨了半天，带着松格挤到了三庆他们身边，三庆见了她很惊讶："姑娘在这儿跪迎？"

不在这儿还能上哪儿？嘤鸣说对："就是这儿。"

三庆嗫嚅了下，想想也是，既然没有定下位分，充其量是重臣家的小姐，跪在这儿也没什么。外头打炮了，轰的一声，是迎灵的信号。前头开道的卤簿缓慢进城，一列列的皂靴从面前走过，长途跋涉的鞋面儿早已被黄土弥散得看不出本来颜色，每踏一步，都有细细的尘土飞扬。

皇后的灵驾先导总有一里路长短，其后梓宫由北门入城。嘤鸣随众人深深泥首下去，这个姿势保持了一盏茶时候，才听司礼的太监高呼礼毕。松格来搀她，她转身回望，凤棺已经送进殡宫，看不见什么首尾，只有守灵的官员和宫人们正在忙碌，预备接下来的三跪九叩大礼。

啪地，一滴雨砸下来，正砸在嘤鸣脑门上，她抬手一抚，庆幸不已："老天保佑，这会儿正好。"

可是三庆摇摇头："您忘了，后头还有老佛爷、太后及宫里小主们呢。这会儿下了，只能冒雨进城了。"

嘤鸣听了朝城外看，荒原莽莽，哪里看得见仪驾的影子。


皇帝率领众臣退回城内，他要去殡宫灵前洒奠酒，老远就瞧见那个鹤一样伸长脖子眺望的人。下雨了，太监们撑伞奔走接应众官员，她不去找伞也不躲避，还那么呆呆地朝城外张望，看上去像个缺心眼儿。

皇帝暗哼了一声，这种人也配封后！他幼年践祚，后宫嫔妃的挑选大多是出于政治上的考虑，因此不谈什么喜欢不喜欢，太皇太后裁度便可。于他来说呢，只要是女的，活的，下雨会躲就成，结果最后一点要求对齐嘤鸣显然是太高了，皇帝横挑鼻子竖挑眼，觉得她实在不配，太不配了。

刘春柳撑了黄龙伞过来，说："万岁爷，老佛爷仪驾在城外十里处，下雨或者稍有耽搁，估摸再有两个时辰也能到了。"

皇帝点了点头，往殡宫方向去。经过三庆跟前时停下吩咐："老佛爷两个时辰后就到，你打发人候着，准备接驾。"说罢轻蔑地瞥了她一眼，料她是因为丢了印，急成了没头的苍蝇。

真是活该，皇帝狠狠想，这会子知道着急了，私会男人的时候怎么没见她急，不见棺材不掉泪的主！

三庆应了个"嗻"，明白这是万岁爷有意说给嘤姑娘听的，让她别再傻等了。

皇帝待要走，走了两步又回身冲嘤鸣说："既然在朕跟前，就要守御前的规矩，再敢乱跑，别怪朕对你不客气。"说罢瞥了眼身后的小富，自己昂首往前去了。

嘤鸣愕头愕脑的，小富却明白了，立刻上来给她打伞，说："姑娘怎么站在雨里？大雨拍子来了，快找个地方避雨吧。也别在这里候老佛爷了，这是北门，专走灵驾的，老佛爷仪驾从南门进来，您瞧错方向了。"

嘤鸣听了赧然笑了笑："唉，我真是糊涂了……我这会儿六神无主的，您明白我的难处。"

小富心说我怎么能不明白呢，您拿不回去印章，老佛爷跟前不好交代。虽说万岁爷最后还是会把印还给老佛爷，但您吃一顿挂落儿，从此在太皇太后跟前不受宠，那是肯定的了。

"还有两个时辰。"小富迟疑着提点，"万岁爷让您不许乱跑，您随侍左右不就在眼皮子底下了吗？正好趁这当口……再去求求？"

嘤鸣如梦初醒，点头说对："我得再试试去。"

殡宫眼下正行大礼，还得略等一会儿，小富把她们送到了廊下，她便和松格老老实实地靠墙站着傻等。

殿里香烟缭绕，梓宫安放在正中间的须弥座上。皇帝持青瓷杯洒了奠酒，身后众臣三跪九叩成礼，殿里亦是静悄悄的，除了打袖的动静外，连一声咳嗽也不闻。

皇帝这个时候总要表一表体下的心，他见了薛尚章，温煦道："如今奉安大典就在眼前，皇后百里路也走过来了，你心思要放宽些，朕以后还要仰仗你。皇后虽不在了，你终究是朕的国丈，往后家里若有难处，只管同朕说，朕打发内务府替你一应解决。福晋那头……朕这程子也不得见，你替朕带个好，请福晋看开些。明日入地宫，朕亲自扶棺下去，皇后与朕少年夫妻，朕不见她梓宫安放妥帖，也不能放心。"

这席话一出，薛尚章顿时泪流满面，跪下向上磕头："臣谢主隆恩。"

皇帝亲自为皇后扶棺，历朝历代从未有过这样的先例，若照礼仪上来说，也是大大不合规矩。皇帝做这个决定，事先同太皇太后有过商议，太皇太后的意思是眼下非常时期，先安抚了薛尚章，才能将他手下六旗想办法派往萨里甘河。这么做不单是给薛家殊荣，也是为了向满朝文武表明皇帝不念旧恶。只是太皇太后也有些难过，说"实在太委屈你了"。皇帝是能屈能伸的，什么委屈不委屈，只要能将那些障碍清扫干净，一切退让都是值得的。

檐下的嘤鸣一字一句听得很清楚，心里只是哂笑，送梓宫下去，也不知深知愿不愿意。活着的时候没对她好，死后惺惺作态，这皇帝真是个惯会做戏的老手。

殡宫里暂安的大典举行完毕，诸臣也相继退出灵殿，嘤鸣低眉顺眼地恭候，皇帝终于从里头出来了，边走边和内大臣商拟仪注。万岁爷的眼里肯定是没有她的，匆匆往东去了。嘤鸣悄悄揉了揉松格，两人打起伞，一路尾随到了皇帝议事的便殿。

松格有点怕："主子，我觉得这脑袋是暂时寄放在我脖子上的。"

嘤鸣笑着说别怕："装得结实着呢。太皇太后就快来了，我也不愿意和他撕破脸，倘或他现在把印还给我，那后面的事儿就都省了。"

御前议事的大臣过了一会儿便都散了，乾清宫总管刘春柳出来传话。那是个胖墩墩的中年太监，因为品级比所有养心殿太监高，有种自矜身份的傲气。当然，见了她还是极客气的，微哈了哈腰道："姑娘，万岁爷请您进去。"

这个"请"字不用说，必定是刘春柳润色后的效果，嘤鸣欠身致谢后，方举步迈进殿里。

皇帝还是那张冷漠的脸："你怎么又来了？"

外面大雨倾盆，隆隆的雷声从殿顶滚过，嘤鸣在雷声里蚊声说："还我印来。"

皇帝一时没听清，听成了"还我命来"，便皱着眉呵斥："你装神弄鬼，不怕朕宰了你？"

嘤鸣瑟缩了下，惶然看向德禄，德禄露出个爱莫能助的假笑，表示成与不成全看您自己了。嘤鸣没办法，硬着头皮说："万岁爷，奴才就是想要回那方印，您再恨我，不能这么干哪。"

皇帝轻牵了下唇角："朕并不恨你，朕心胸宽广，你这样的人，哪里值得朕花心思去恨？"

给自己脸上贴金，说出来真是脸不红气不喘。她沉默了下，咬了咬唇道："奴才就问您一句，万岁爷究竟有没有拾着奴才的印？倘或拾着了，赏了奴才吧，奴才求您了。"

皇帝犹豫了下，昨天一口咬定说没有，今天再拿出来，那面子上也过不去。他微眯着眼看殿前的人，素净的一张脸，眼眸依旧晶亮。真奇怪，世上怎么会有眼睛长成这样的，简直在黑暗里能放光，将来半夜要是见了，不得吓人一跳吗？

"没有。"他寒声道，"你究竟要朕说几次？朕不知道那方印在哪里。"

嘤鸣气馁了，喃喃说："老佛爷要来了，奴才这回完了……"说完连跪安都没请，失魂落魄地出去了。

拿御前当什么？想来就来，想走就走？皇帝不悦地盯着那扇宫门，德禄缩着脖子道："奴才过去说姑娘两句，让她下回依礼告退。"

皇帝没说话，心道她失礼的地方多了去了，三番四次来责问印章的下落，横竖认定他是偷印的贼。他沉了嘴角，手指在印章的棱角上摩挲，最后不过一哂，把印攥进了掌心。

嘤鸣那头呢，很快便上南门等候太皇太后的仪驾去了。

大雨如注，浇得地上积水蹦起来老高，天擦黑的时候，太皇太后一行终于进了巩华城。老太太从车上下来，还是精神奕奕的模样，一眼就瞧见了嘤鸣，好几天没见，分外热络。

"老佛爷路上辛苦。"嘤鸣上前蹲安，"奴才等了有程子，好容易把老佛爷盼来了。"

那边太后下来，糊里糊涂的样子，说这么大的雨，怪吓人的。

是啊，又是雷又是雨的，赶上天黑赶路，这是宫里主子们从未有过的经历。嘤鸣说："好歹平安抵达了，殿里酒膳都预备齐全了，老佛爷和太后过去吧，进点热的暖暖脾胃。"

太皇太后和太后被簇拥着往寝宫里去了，后边的主儿们下了车，恰好瞧见那道背影。

"瞧瞧这是谁，是咱们未来的主子娘娘不是？"四妃之首的顺妃一笑。

大家对这位出身显贵，将来又必定会充后宫的姑娘都抱有三分酸涩，七分忌惮。

则嫔胆儿小，怯怯地说："先前光是听说进了宫，今儿才得见……"

"这面相，瞧着不难处吧？"康嫔还踮脚看呢。

怡嫔淡淡道："那天慈宁宫花园里，我倒撞见一回，听她谈吐不像个刻薄的。老佛爷一双慧眼，若不好，能留在跟前？"

祥嫔酸溜溜地道："老佛爷准她随扈呢，咱们是真没法儿比。"

谁说不是呢，心都偏到胳肢窝去了，可也没法儿，谁让人家正落在这个缺上。其实老太太喜欢不喜欢都不要紧，要紧的是主子爷喜欢不喜欢。恭妃向来消息灵通，她对这位皇后预备人选还是持观望态度："你们没听说吗，立夏那晚上万岁爷罚她顶砚台了，后来哭着回去的。啧啧，只怕主子跟前落不得好，步了那位的后尘。"

那位指的当然是孝慧皇后，纳公爷和薛公爷两家的姑娘是手帕交，谁没听说过。当初薛皇后在时，这姑娘每年进宫两三回，都是来陪着说话解闷儿的。如今薛皇后归了天，轮着她进来了，进来自不必说，冲的就是继皇后的位分。

宁妃一笑，她的笑总是像猫，有种又冷又诡异的味道："看来是个会来事儿的，瞧瞧把老佛爷服侍得多舒坦。我们旁支亲戚有个姨娘生的庶女，靠一张巧嘴糊弄人，常往嫁了人的姐姐家里串门子。后来姐姐死了，她做了姐夫的填房，下头人都说，她姐姐不中用的时候，就瞧见她和姐夫吊膀子了。"

这种话一说，在场的人脸上神色各异。怡嫔拿帕子拭了拭鼻子，囫囵解围说："时候不早了，大伙儿都歇着去吧。明儿还有迁奠礼呢，仔细睡得晚了，明儿起不来。"

女人背后没什么好话，尤其是凭空掉下来的一座山，断了所有人再升一步的念想，在她们心里，这座山就是千刀万剐的对象。嘤鸣知道自己未必受待见，她犯不着去求她们待见。她只要巴结住了太皇太后和太后，至于别的，爱谁谁吧。

仪驾都入了城，料着皇帝用不了多大会儿就要来了，嘤鸣伺候太皇太后和太后用完了膳，冲太皇太后蹲安，说："老佛爷，奴才全须全尾又见了老佛爷，您借我的万国威宁，我该还给您啦。"

太皇太后笑问："可用上没有？"

嘤鸣腼腆道："主子爷没亏待奴才，自然是用不上的。"说罢两手捧着，小心翼翼地把玉印呈敬了上去。

太皇太后收回印，冲太后道："我就说，皇帝断不会为难她的。又不是孩子闹别扭，兴许开头生分，往后就好了。"

太后也笑："只当白操心吧，一切顺遂就好。"

真印还回去了，嘤鸣心里的大石头也落了地。她从殿里退出来的时候脸上带着笑，松格上来问："都妥了吧？"

她说妥了，接下来就看皇帝犯傻，上太皇太后跟前讨骂去吧。

越想越高兴，自己未雨绸缪果真是对的，她就知道皇帝不会放过整治她的机会，一个人急于求成难免办糊涂事儿，一国之君耍小聪明，自己还挺得意。

雨势小了些，空气中有细碎的雨雾扑来，白天的暑气消散了，她走在廊上，脚步也轻快了许多。

檐下灯火通明，走了一程，迎面有人过来，不消细看就知道是那个鬼见愁。她远远蹲了个安，退到一旁恭送，可是送了半天没送走，皇帝在她面前站定了。

她有点慌，不知道他要干吗，迟疑地看了看松格。结果皇帝的嗓音从头顶上飘下来，冲松格说："你先退下。"

松格一凛，哈腰道是，一眨眼就不见了踪迹。嘤鸣越发感到彷徨，只得低着头恭聆圣训。

忽然"咔嗒"一声，有东西落下来，正落在她足前，她定睛一看，居然是那方印章。

这是什么意思？在她把真印交还老佛爷之后，还得领他这份情？嘤鸣愣愣地抬起了眼，皇帝的面色依旧如常，"咦"了声道："你的东西掉了？"

玖

## 夏至

· 一 ·

真是不要脸到令人发指啊，她一向以为皇帝是个冷酷且坚定的人，没想到竟是个傻子！昨儿夜里一张雷公脸，打死也不承认他派人摸走了她的印，直到两个时辰前也还是一口咬定不知印章的下落，怎么这会子又拿出来了？是良心发现了？还是不愿意闹得一天星斗，让太皇太后着急？

宫里两个月的吃瘪生涯教会了嘤鸣万事要做两手准备。那枚"万国咸宁"太要紧了，比她的性命更要紧，她那天交代松格把印缝进衣角，当时的确没有思量太多。后来夜里静心一琢磨，不成，皇帝既然知道有这枚印章在，必要拿此做文章。因为他实在太缺德了，所以她必须在他发难前挖好一个坑让他跳进去，否则这五天多难熬！

嘤鸣坐在桌前，摊开了双手，其实她同海银台还是很相配的，海银台会制作烫样，她会篆刻印章。

纳公爷对于子女的教育可算一视同仁，府上有专为女孩儿准备的西席，从四书五经到装册刻章，甚至连造纸他们都学过。嘤鸣那时候旁的将就，唯独篆刻做得极好，不论是大篆小篆还是金文战国，只要有印石和刻刀，她都能照原样拓下来。

这个玉石龟纽印，要做赝品其实并不难。她找到了董福祥，他常出宫行走，不说找到完全类似的印石，有个六七分像，她就能有法子蒙混过去。

董福祥毕竟是收了纳公爷好处的，况且淘换印石刻刀都是芝麻绿豆的小事儿，完全不足挂齿。他花两炷香的工夫上琉璃厂转了一圈，足给她淘换了十来块差不多颜色的玉石，当然论质地定是没有御用的好，他说："姑娘先使着，倘或觉得不好，我再给您想辙。"

于是接下来的两天，嘤鸣都在费心打磨这面印，每一处都是照着真品一丝一毫地拓。但毕竟是英宗皇帝的御赐，也不敢分毫不差，于是在龟纽的背花上有意留下一点瑕疵，回头皇帝万一拿她仿制圣物做文章，她也好有说辞。完工后两面印章放在桌上，让松格辨认，松格看了半天："差不多，分不出真假来。"

要分还是分得出来的，嘤鸣拿起真印就光看，那玉是有纹理的，点点如飘雪。假的不过是最寻常的玉石材料，不及真品通透，分量也比真品略轻。不过这面印是太皇太后的珍藏，皇帝也未必见过几回，他又心高气傲，以为天底下没人敢糊弄他，人一旦自大，就容易受骗。

两方印，藏了两个地方，一方在她荷包里，一方缝进了衣角。头所有耳报神，她有意关着窗嘱咐松格，让她把针脚缝密实些。松格"哎"了声，在印的一圈加了一道灯果边，要拆得费九牛二虎之力。不过这点小手段根本难不住皇帝的好奴才们，他们很仔细地把针脚一道一道挑开，把印从里头掏了出来，回御前复命去了。醒来后的嘤鸣有种如释重负的感觉，没了才好，没了皇帝才能自以为拿住了她的死穴，让他暂且得意上两天。

"这是什么？"她轻轻一笑，"不是奴才的东西啊。"

皇帝的眉几不可见地一蹙："不是你的？你再仔细看看。"

嘤鸣说："真不是奴才的，奴才不认得这个东西。"

皇帝疑惑地看着她，觉得这其中一定有诈。先前还哭着喊着想讨回去，怎么这会儿又不认了？这印关乎她的脑袋，难道她疯得连脑袋都不要了？

"齐嘤鸣，你究竟在打什么鬼主意？"皇帝负手问，"你才刚还来问朕讨的……"

嘤鸣仍旧笑眯眯的："可万岁爷也说了，印不在您那里，所以这是打哪儿来的？"

皇帝面色越发阴沉了，不说话，只是森森地看着她。

嘤鸣还是有点害怕的，她忙把印捡了起来，两手恭顺地往上敬献："这方印既然在万岁爷手里，就请万岁爷交还老佛爷吧，横竖奴才已经告过罪了。"

皇帝不明白她葫芦里卖的什么药，纳罕太皇太后竟连这么大的罪过都能轻饶她，这样的宠爱未免过头了吧！

她还在笑着，可见这印的丢失并未对她造成切实的伤害。难道印章有诈？皇帝的脑子重重被击打了一下，那么她先前接连来讨了两回，是有意在他跟前耍猫腻？

皇帝没去接，最后还是她把印放在他手里，垂首说："奴才告退。"脚下跑得飞快，还未等皇帝反应过来，人已经不见了。

"万岁爷来了？"米嬷嬷在门前唤了声，转头向殿内禀报。皇帝不便再停顿了，将印握在掌心，转身往前殿去了。

太皇太后和皇太后休息了一阵儿，精神头都很好，皇帝进门垂袖请安，太皇太后忙招手："不要拘礼，来坐着吧。"然后问迁奠礼和永安大典准备得怎么样了。

皇帝说："都妥帖了，纳辛办这种事还是很上心的。"

皇太后说："瞧着两个孩子的面儿，他也要尽心不是？我如今看，孝慧皇后定也是个好孩子，否则嘤鸣怎么能同她那么好呢……"这算真正的爱屋及乌了，太后的爱恨就是这么简单。

太皇太后垂着眼，抿了口茶："过去的人，就不必再提了。"说罢又笑着问皇帝，"这一路顺遂？嘤鸣伺候得还好？"

提起那个名字，皇帝有点迟疑，略顿了下才道："她没规没矩也不是一天两天了，仗着皇祖母和皇额涅疼爱，就不把朕放在眼里。"

此话一出，太皇太后和皇太后不明所以："怎么的呢，她在咱们跟前一口一个说你好来着……"

皇帝听了冷冷一笑，心说她那是憋着坏吧，彼此都快水火不容了，她还能说出他的好来，可见是个多么两面三刀的人。

皇帝略正了正身子方道："她这一路上言行出格，对朕也不恭，不过是因皇祖母赏了她一面'万国威宁'，才敢如此有恃无恐。"

皇太后觉得皇帝有些小肚鸡肠了，他是皇帝，一个姑娘能如何对他不恭？嘤鸣进来笑嘻嘻地说万岁爷没为难她，皇帝倒好，告了半天的状，难道这世上还有人敢在他跟前放肆不成！

"她是姑娘，你要让着她点儿。"皇太后刚想开口，太皇太后抢在她前面说了话，"你瞧民间那些大小家子，哪家不是男人让着女人？女人有小性儿，男人不能有，男人大丈夫要胸怀宽广，心里连万里江山都容得下，容不下一个撒野的女人？况且我瞧嘤鸣也不是个不知进退的……横竖你这回是好的，我瞧出来了，你规矩重，她才进宫的，就要这样担待方好。这回孝慧皇后永安，满朝文武那么多眼睛瞧着，薛尚章在，纳辛也在，应当怎么办，你心里要有数。我和你皇额涅不是一心向着她，只因先头走过一个皇后，这个要更仔细。咱们是瞧她皮实，心境也开阔，这样的姑娘，放在后位上正合适。"

皇帝低头道是，仔细琢磨一下太皇太后对她的评价，皮实是真的皮实，怎么收拾都越挫越勇。他轻轻拢了一下手，棱角压着掌心，印章也焐热了，复缓缓道："皇祖母和皇额涅为朕的事操心了，为了给她壮胆儿，连皇玛法的印都拿出来。可这印是皇祖母的宝贝，交给她实在叫人不放心，万一弄丢了……"

太皇太后笑道："哪里丢得了，她这样的仔细人儿，怎么能不知道这印的要紧。想是这一路你们处得极好，她也放心了，着急把印还了回来，说放在身上提心吊胆不敢睡觉。"

皇帝的心往下沉，半松的手复又握紧了，咬牙说是："这样最好，印还回来了，朕也放心了。时候不早，请皇祖母和额涅早些安置，明日迁奠礼，送孝慧皇后梓宫入宜陵，又免不了一顿颠簸，歇足了明儿才有精神。"

皇帝行了礼，缓步退出寝殿，半道上张开手看那面印章，越看越恼火。他这辈子没受过这样的奇耻大辱，险些在太皇太后跟前折了脸面。这个二五眼，煞有介事地装了两天，不过是为最后看他出洋相。好在他有所察觉，否则岂不是着了她的道？

边上侍奉的德禄惴惴不安，嗫嚅着："万岁爷……"

皇帝忽然站住了脚，冲假山方向狠狠把手里的东西砸了出去。真是好大的本事，赝品做得足可乱真，他明明见过那方印的，为什么会被她蒙骗，可见必是她花了大心思！更可恨的是到最后还在给他下套，说自己已经向老佛爷告过罪了，请他把印章还回去。要是当真还回去，太皇太后会是什么表情？太后又会是什么表情？皇帝简直不愿想象。

这种人该凌迟处死啊，还留着干什么？皇帝从未感觉自己的尊严被如此践踏过，并且这种践踏让他哑巴吃黄连，有苦说不出。

他开始在廊下慢慢踱步，这种气闷已经有五六年没有体会过了，上次还是忠亲王人后称他"黄毛小儿"的时候。当然，忠亲王最后被他砍了脑袋，家产全数抄没，家人也削籍为奴罚到长白山挖参去了。政敌可以这样处置，可面对一个女人，他居然感到束手无策。

德禄壮了壮胆儿才上前来："主子爷，暂且忍了吧。眼下是皇后娘娘入葬的当口，在这儿闹起来不好。行宫里留守的奴才嘴不严，要是走漏了风声，有损主子威仪。主子要撒气，等回了宫再说，到时候您罚她顶三块砚台，还不成吗？"

皇帝沉默着，半晌才冷哼一声："你去传朕的话，明儿让她一块儿扶棺下去。那里将来也有她的位置，让她下去认认地方。"

德禄垂袖道是，招手让三庆上来伺候，自己带着令儿往围房去了。

敲敲门，屋里的灯还亮着，里头人问"谁呀"，一道人影移过来，投在窗户纸上的黑影由丈二金刚缩减成了普通大小。

德禄说："嘤姑娘，德禄求见。"

松格过来开门，有点惶恐的模样："德管事的，这会子来，有事儿吗？"

德禄说有事儿，看见嘤鸣慢慢过来了，他讪讪地笑了笑说："嘤姑娘，万岁爷打发我来传话，明儿孝慧皇后梓宫入地宫，万岁爷命您一块儿扶棺下去，说让您……认认地方。"

嘤鸣一惊："那还让上来吗？"

这个问题问得德禄也蒙了，他琢磨了下道："应该还是会让您上来的，毕竟老佛爷和太后都在不是，主子也不会就这么把您封在地宫里的。"

嘤鸣松了口气，松格一副庆贺她大难不死的模样，说："下去就下去吧，万岁爷不也下去吗？"

嘤鸣抿唇笑了笑，对德禄道："替我回万岁爷一声，就说奴才领命，谢万岁爷恩典。"

德禄"哎"了声，转头走了，松格瞧了她主子一眼："万岁爷这是在吓唬您呢。"

看来今儿气得不轻，带她下去认地方，分明有恐吓的意思，不过这种恐吓她不怕，老挨欺负也不是办法。就拿这回的印章来说事儿，他是等她伺候完老佛爷出来才还她的，这就说明他确实没安好心，虽然不至于真要她脑袋，但想让她获罪是千真万确的。

气吧？恨得牙痒痒吧？来而不往非礼也，技不如人是他活该。虽说这么做会冒一定风险，可能招致他往后更猛烈的回击，但她已经做好了准备，不能这么下去，要不真成第二个深知了。

松格惴惴的，问主子："您怕不怕？"

嘤鸣坐下给自己倒了杯水："怕了他就不整治我了？较劲这种事要不慌不忙，自己不能着急上火，也不能生闷气，毁了自己的身子。送皇后娘娘下去倒也好，她进宫后我就没能好好陪过她，明儿送她最后一程，也算尽了我的意思。"

她明白让她认地方，后头最大的隐喻就是她甭想跳出后宫，死了也得葬进他的地宫里。这个坏坯子，也就仗着自己是皇帝了。

夏天的雨，来得快去得也快。钦天监定好的日子，倘或遭遇坏天气就得延后，所幸四更的时候东方泛出晴朗的一丝天光来，雨也停了，枝头被雨水冲刷后，泛出一层油绿的光。嘤鸣早早洗漱完了，上太皇太后殿里候着，伺候太皇太后擦牙洗脸。膳房送吃的来，她有幸蹭了顿滋润的，笑道："在老佛爷身边，奴才吃饭也吃得香甜。"

太皇太后只是笑，知道她随扈的日子不好过，怜恤道："可怜见儿的，这一路多辛苦，等回了宫好好滋补滋补。"

嘤鸣拭了嘴，软语道："老佛爷，今儿奴才不能陪在您身边了，万岁爷让我扶棺呢。"

太皇太后愣了下，随即点头："你主子是顾念你和孝慧皇后的情谊，亏他想得周到。"

嘤鸣笑了笑，心说到底是嫡亲的祖孙，无论如何都能替皇帝的缺德行径找到冠冕堂皇的借口。

"那奴才过会子就随侍万岁爷了，等大葬礼成，我再回来伺候老佛爷。"

太皇太后道好，让米嬷嬷送了两个护身符来交给她，切切叮嘱："底下阴气重，虽说有太监和王大臣一道送灵，我终究还是不放心。你戴着这个，大出殡前我让她们去雍和宫大喇嘛那里求的，交一个给皇帝，你们周全最要紧，记着了？"

嘤鸣接了写满经文的明黄色小三角，蹲了个安说是，然后退出来，往皇帝的寝宫去了。

皇帝也早早起身了，已经见过一拨办事的大臣，正坐着喝茶。见她来了，轻飘飘一瞥，照样不放在眼里。

嘤鸣把太皇太后给的护身符呈上去："老佛爷说的，一定让万岁爷戴着。"

三庆接过来转呈皇帝，皇帝收进袖袋里，一句话都没说，起身走了出去。

## · 二 ·

这是不想搭理她啊，嘤鸣瞧了三庆一眼，笑得很坦然。

这样可太好了，要是能一辈子不搭理她，她就能长命百岁地活下去，别提多自在。有些人真是不知道自己有多招人烦，要不是仗着身份，谁愿意待见他！狗屎一样的脾气，鼻子眼儿长在头顶上，还以为天下人都眼热他，都想巴结他呢。嘤鸣有时候真恨自己长在这样的世道里，生来就是帝王家的奴才。婚事不由自己做主，人生也不由自己做主，连将来死了葬在哪里也是别人说了算，想来真无趣。可是好死不如赖活，又没胆儿和这人间来一场诀别，只好继续忍耐着，继续在皇帝的淫威下苟活。

皇帝不想理会她，她不能扭头就不干了，回头扶棺的时候不见她，一气之下把她抓来封进地宫就不好了。所以她得忍辱负重地跟随他，就像御前的太监们一样，不管受了多大的委屈，都得巴巴儿抢着伺候，笑脸相迎。

孝慧皇后的梓宫从巩华城殡宫发引，也是声势浩大，官员们跪送，仅仅巩华城内就有百余人。还有更多的，诸如各旗仪仗、王公大臣、内外命妇等，都在皇陵神道两掖静候。梓宫进陵寝中门，奉安在方城前的芦殿里，设册宝于左右神案上，然后就是三跪九叩各项大礼。

嘤鸣这期间也在叩拜的队伍中寻找家里人，她是随皇帝走的，因此御路两旁伏地跪迎的——都会从眼前经过。可惜都是一样的发式，一样的朝服和缌麻孝衣，放眼望去分不出谁是谁。她不由得泄气，就是那轻轻的一叹，招来皇帝冷冷一瞥。她吓了一跳，再不敢拿眼睛乱瞟了，老老实实地低下头，随驾进了芦殿。

落葬的礼仪很烦琐，礼部献酒、读祝、焚帛要花上两个时辰。不过相对前朝已经大大节省了时间，前朝梓宫奉安方城芦殿必须停满一日，次日才能落葬。本朝几乎是当天把礼做周全后，钦天监点个时辰就能下地宫了。

一行大臣出列，上前捧孝慧皇后神牌供奉隆恩殿中暖阁，为首的是深知的父亲。薛公爷的精神看上去还好，刀眉鹰眼仍有凛冽之气。其实他和皇帝是同一类人，人前毫无破绽，人后各有脾性。不同的是薛公爷总算还让她看到一点舐犊之情，而皇帝呢，除了人前人模狗样，人后又奸又坏，就再没别的了。

回首望一望，到现在才有机会打量这宜陵的景致。皇陵自然是宏阔壮丽的，但建在山野之间，总有潮湿阴森之感。这是皇帝的万年福地，不知他自己看着做何感想，所以帝王家真是奇怪，那么早就安排好了自己的归宿，仔细想想，难道不可怕吗？

如果当真补了深知的缺，将来她也要来这里，皇帝让她认地方，真是充满了敌意和恶意。再者他命她扶棺，大概就是让她无法同家里人诉苦吧。福晋和侧福晋必受太皇太后礼遇，会传到跟前来叙话，若她在太皇太后身边，母女间还能好好见上一面。现在可好，陵寝不能擅自走动，她必须寸步不离地留在御前，随时准备钦天监点卯。

皇帝呢，享受她无法鸣冤、无法诉说的痛苦。她总在眺望方城百步外的命妇方向，可惜了，路途不远，今生无望，她现在八成很难过吧？

皇帝眼里含着一点微凉的光，垂眼扫了扫她，志得意满。

"大葬礼毕即刻回京，你仍旧随扈，不许胡乱走动。"

嘤鸣闷闷应了声是："可奴才先头说了，要回去伺候老佛爷的。"

皇帝简直要冷笑："皇祖母在宫里生活了四十多年，你进慈宁宫不过两个月罢了，真当自己那么要紧呢。老佛爷跟前不必你伺候，自有米嬷嬷等人照应。"

嘤鸣没法子，想了想又道："那奴才的丫头怎么办？"

那个和她狼狈为奸的丫头？皇帝的目光投向远山，寒声道："自身都难保，还想要丫头伺候。你做下的恶事自己死还不够，还要拖上丫头，你天良何在？"

皇帝的本意是想说她的良心被狗吃了，但自小深固的良好教养让他不能口出秽言。既然语言表达不了，就用轻蔑的神情表示，可惜嘤鸣连看都不看他一眼，叠着手说："孝慧皇后阴灵不远，会保佑奴才的。"

拿孝慧皇后说事，皇帝的面色倏地就凉了。他"哼"了声，转身便走，走到哪里去呢，芦殿就这么大，自然是走到礼部那头听他们念行状[1]去了。

万岁爷情绪近来容易波动，德禄觉得一定是天气燥热的缘故。他偷偷觑了觑嘤鸣姑娘，她只是低着头，似乎在想事儿，又似乎不在想。忽然抬眼朝他看过来，瞧这眼神有话要说。德禄慢慢挪过去一点儿，问姑娘有什么吩咐。嘤鸣说要找松格，松格是跟她进宫的，在内务府没有名录，不算正经宫女，哪头都不沾边，万一走丢了，恐怕连找都找不回来。

德禄"哦"了声："姑娘放心，早前我就安排好了，她和御前的在一块儿呢，丢不了的。回头等您上来了，她照旧在您跟前伺候。"

嘤鸣松了口气，发现皇帝虽不怎么样，但底下的太监办事确实周到。顿了顿又问："您看见我们家福晋和侧福晋了吗？"

德禄摇头："人太多了，外头都是诰命们，瞧不全乎。您别急，瞧不见不要紧的，等回了宫，求太皇太后恩典，让两位福晋进宫会亲就是了。"

进宫会亲，算会的哪门子亲呢？嘤鸣"哎"了声说罢了："永安大典要紧，一切容后再说吧。"

话音才落，神案前传来叮的一声脆响，那是起灵的信号。梓宫最后升龙车，用的是五品以下官员，那已经算逾制了，是给薛尼特氏极大的尊荣。

嘤鸣扶梓宫走出芦殿，皇帝所谓的扶棺只是一种说法罢了，下墓道的时候前有十名太监执灯引路，皇帝只在梓宫左侧略错后一些，身体断不会有任何接触。梓宫后有钦点的王大臣们随行，也是极壮观的队伍，慢慢地走向地宫最深处。

地宫里早燃了灯，里头极大极开阔，俨然就是个地下宫城，有正殿，有东西庑房，甚至有神厨神库和井亭。只不过一切都是冷硬的，安放梓宫的石床雕着莲花纹，设于正殿上首最左侧。其他位置自然都空着，与之相邻的那块地方是皇帝的，皇帝右侧，自然是下任皇后的座儿。

梓宫安放上石床，撤出龙车，皇帝看了嘤鸣一眼，复一瞥右侧的位置，暗示她就算再扑腾，这辈子也就这样了。

嘤鸣知道他这是在报复她，虽然心头乱蹦，脸上绝不会表现出来。永安大典到这里就差不多算完成了，往后深知得一个人住在这冰冷的地方，也许再过几十年，好容易等来一个做伴的，一看还是这个死对头，真是越想越觉得凄凉。

嘤鸣心头惨然，回身的时候看见薛公爷眼里含着泪，但神情却坚硬如铁。深知的死他要找个对象怨恨，这人还有谁呢，必定是皇帝。

---

1　行状：叙述死者世系、生平、生卒年月、籍贯、事迹的文章。

皇帝的视线转过去，在薛尚章脸上略一停顿便调开了，前后不过短短一瞬。然而那种眼神才是刻骨寒冷，是能让嘤鸣忌惮天威、跪地求饶的。她才知道皇帝往常对她的态度，不过是对不起眼的猫儿狗儿的态度，她在他跟前根本不值一提，他的对手是远高于她的、让她望尘莫及的那一类人。

送灵的慢慢又退出了地宫，皇帝是不看掩封的，由御前的人簇拥着直去隆恩殿，在孝慧皇后灵前上了一炷香。往后的朝岁供奉，由守陵太监承办，孝慧皇后的一生就此终结。如果说再有被提及，大概就是后世帝王对她加谥时吧。直到加满十六字，变成繁复冗长的堆叠，串联起来高高供奉在神牌上，也就完了。

嘤鸣看着线香顶端一星微茫明灭，想起深知十四岁那年，坐在树下打络子的模样。阳春、细柳、桃花面，真是嘤鸣见过的最鲜活的一幅画儿。深知是小巧秀美的长相，笑起来有孩子般的天真，她说："嘤鸣，我给你打个好看的，回头坠在辫梢上。"第二天嘤鸣就收到了一条绀红的络子，拿茶褐的线编了万字纹样束住，底下坠了冰种的玉珠，打在辫子上，一路走，一路有琅琅的脆响。

后来深知进了宫，那条络子她一直舍不得用，藏在一只锦盒里。深知崩逝前半个月她拿出来看，不知怎么绳结散了，当时她心里就不大受用，惴惴的，总觉得要出什么事儿。有时候预感真的太灵验了，那天早上她母亲摘了首饰进来告诉她，深知没了，那时的心境她到现在还记得清清楚楚，像个噩梦似的，总也醒不过来。

眼下一晃快三个月了，她没有像别的皇后那样，在殡宫停上一两年，因为陵地是现成的，只需日夜赶工筹备就可以了。大概是为了不妨碍继皇后的册封吧，把人下葬后就是一个新开始，后宫的主子比皇帝还着急。

隆恩殿礼毕，日头还挂在天上。所幸山林间树木多，尚且有遮挡，也感觉不到多炎热。横竖巩华城不会再去了，这就预备回京。嘤鸣看见一群人簇拥着太皇太后过来，顿时一阵惊喜，在皇帝身后轻轻叫了声万岁爷。

就是那轻轻的一声，无端在皇帝心上掐了一把，一种从未有过的忐忑从某一点扩散开来，通向四肢百骸，冲得他有点慌。皇帝的神色倒没有什么大变化，眉却紧紧拧起来，因为这种不安让他无所适从，他不喜欢这种感觉。

他没有应，微微转过头，算是听见了她那一声唤。

嘤鸣盯着太皇太后身后的人，定了定神道："奴才的两位母亲来了，请万岁爷准奴才说两句话。"

既然人都到了跟前，再强拦着说不过去。那些外命妇向他行礼，有福晋，也有出降的公主和长公主们，皇帝和声道："伊立。"见那个二五眼还巴巴儿等着他答应，他无可奈何，只得准了。

福晋和侧福晋笑着等她过去，她们都是体面人，在大庭广众下绝不能乱了手脚，做跌份子的事儿。

嘤鸣含笑给她们请安，说："额涅，奶奶，你们都来了。"

侧福晋不像福晋有诰命在身，按理说是不应当出席的，但她为了见一见嘤鸣，求福晋上报作为随侍身份，参加了这场永安大典。她上下打量闺女，见嘤鸣一切都好，才稍稍放心了些。可想起之前的顶砚台事件，心里又觉得不怎么舒坦了。

然而这种场合，不容她们说体己话，侧福晋只有问她："姑娘一切都好？"

嘤鸣说是："奶奶，我一切都好，请家里放心。"

福晋点了点头："好好伺候主子。"再没有别的可说了，道一句"去吧"，这场会面就算结束了。

嘤鸣蹲安，重新退回皇帝身边，母女前后只说了两三句话，这就是身在帝王家的无奈。皇帝眼里自是没人的，他同太皇太后低低禀明了回銮的安排，便率众人出陵寝登御辇去了。嘤鸣跟着出来，才下神道就看见松格在一辆马车前等着她。见了她，带来一个消息，说那口炖锅找到了。

嘤鸣发笑："找到了也没用，难道你还敢生火？"一面说一面惆怅地看了看前面的法驾，"回去为什么还要我随扈呢，老佛爷说好了的，不叫我往御前当差，可得说话算话啊。"

松格扶她登上车，笑道："主子放心，老佛爷不会硬逼着您上御前的。来的时候走了三天，回去应当也差不多吧。这三天主子留神些，别触怒了万岁爷就好。"

嘤鸣知道她话里的意思，印章的事儿皇帝虽然说不出口，但这不妨碍他憋着坏继续祸害她。能让皇帝吃哑巴亏的，这世上怕只有她一个了，本来嘤鸣想好了干完这票回太皇太后跟前保命的，没想到皇帝打乱了她的计划。眼下只有听天由命了，深知的大出殡已经结束，皇上可以杀人了，她心里七上八下的，开始后悔为什么要争这一时之气。

"我觉得自己还是欠考虑了。"她盘腿坐在马车里，十分自责，"像咱们这号人，皇上训斥两句、责罚两回都是应该的，不能置气。"

松格也沉重地点头："主子您说的都对。"

嘤鸣撑着头说："我有三个月没生病了……"

松格立刻就明白了："您又想装病？上回老佛爷跟前没糊弄过去……"

"上回是在宫里，太医随传随到的。这回是在路上，随扈的不是周太医。"嘤鸣腼腆地笑了笑，凑到她耳朵边上说，"就装肚子疼，这回的太医必不是全科，给爷们儿看病的不会看女科。"

鉴于皇帝那不按常理办事的脾性，松格觉得想蒙事儿恐怕有风险："您说能成吗？"

成不成的都得试试，姑娘家有这种毛病不稀奇，他的后宫里有那么多女人，不用多解释，他也应当能够体谅这种难言之隐。

打定了主意就不难了，嘤鸣躺在那里酝酿病症的时候也暗自琢磨，深知当初就有女科里的毛病，万一装得像样叫他们怕了，没准儿就打发她回家了。

可是再往深了想，又觉得自己糊涂，有病哪能瞧不出来呢。再说她入宫本就不是宫里人的本意，是薛家一手促成的，所以就是死，也得死在宫里，回不去了。

不过这一手拿来暂时凑数还是可行的，傍晚时分围幔城扎营，休息半日养足了精神的皇帝，终于想起来传她过去问话了。

小富奉命传旨，刚开口就被松格堵了回去："谙达，我们主子今儿身上不舒服，想是先头扶棺下去受了寒气，这会子发作起来了。"

小富一听也有些着急了："哪儿不舒服了？别不是克撞了什么吧？"地宫这种地方，姑娘进去毕竟不好，万一真的遇上邪祟，那可了不得。

松格自然说得模棱两可："横竖就是不爽利，肚子也作疼，才刚半路上还吐了一回。"

小富觉得这事儿太严重了，忙压着凉帽，往金龙乘舆方向蹽了过去。

· 三 ·

"撞邪了？"皇帝不得不从冗杂的公务间分出精神来，听那些关于她的奇谈怪论。

小富也不敢说得很肯定，只道："奴才是这么琢磨来着。今儿白天的饮食很清淡，且又是御膳房预备的，姑娘都跟着主子爷的食谱，主子爷这会儿好好的，怎么姑娘身上就不好了呢？"

皇帝沉默了下，心说她不就是紫禁城近来最大的邪祟吗，这样的人，能撞邪才奇了。

"你瞧见人没有？她诡计多端，说的话只能信一半。"

小富想了想道："奴才从门帘子的缝儿里头看见了，姑娘一脸菜色，没什么精神头，松格说她肚子疼，还吐了一回……"

御前当差的，习惯把寻常症候说得更严重一些，皇帝蹙眉道："不过是肠胃不适，和撞邪有什么相干？打发个太医过去瞧瞧就是了。"

小富看了德禄一眼，嗫嚅道："奴才已经让人传赵太医过去请脉了，自己先回万岁爷跟前复命。奴才是想，肠胃不适虽是小事儿，可要紧一宗，今儿姑娘下过地宫的。地下阴气重，这一行就嘤姑娘一个女孩儿，奴才是怕……万一克撞了什么，心里头有数，治起来才能对症下药。"

撞邪了怎么治，无非是跳大神。眼下回京才走到半道上，上哪里给她找跳大神的去！带着女人上路就是麻烦，皇帝有些烦躁，也不知她是真病，还是知道要秋后算账了，有意装病。不过鬼神之说，倒也不可全然不信。

他随意翻动书页，略顿了下对德禄道："你去瞧一眼，弄明到底是什么症候，倘或真撞了邪，即刻来回朕。"想了想还是觉得不妥，"看完了让赵鼎进来回话。"

这是怕中间转述不够明晰，要亲自过问病情啊。德禄最是体人意的，忙应个"嗻"，火急火燎地赶往嘤姑娘所在的小帐。

里头太医刚请完脉出来，正站在帐前费思量呢，见了德禄拱手说："您是奉皇上之命来的？"

德禄说可不，朝里头望了眼："姑娘的病症严重吗？"

赵太医歪着脑袋说："姑娘瞧着身底子好得很，不像得病的模样。据她自个儿说肚子疼，我诊了半天，似乎没有血虚的症候……"

德禄明白过来了，装病无疑。他笑了笑道："万岁爷关切得很，赵大人随我上御前复命吧。"

赵鼎说是，边走边犹豫，琢磨不出头脑来，只好去讨德禄的主意："依谙达看，我该怎么回皇上才好？"

德禄抬眼看看天上月，料着真说是中邪，闹不好这会子就要开拔赶回京里找萨满太太，旁的倒没什么，别吓着了后头的太皇太后老佛爷。可直说姑娘装病，回头又得揪到御前挨骂受罚，瞧着也怪不落忍的。

"唉……"德禄叹了口气，"赵大人不擅女科吧？姑娘说肚子疼，又不好直说是怎么回事儿，想是不方便吧！"

赵太医一点就透，见了皇帝也答得行云流水："姑娘脾气不健，肾阳不足，又加寒湿之邪入侵，故而气血凝滞，行经不畅。不过皇上放心，不是什么大症候，进点儿健气暖体的东西就成了。"

皇帝有些尴尬，原来是女人病，竟也巴巴儿报到御前来，实在可笑。他心里略松泛了些："既然病症查出来了，就开方子吧。"

赵太医躬身道："禀皇上，这种病症不必开方子，眼下就有现成的解药。拿黄酒加姜糖，熬上一碗热热的喝下去，不消一个时辰百病全消。"

小富是人精，知道万岁爷这刻在想什么，立刻狗摇尾巴地说："主子爷，奴才这就吩咐膳房熬汤去。"说完纵起来出去传令了。

三庆送赵太医出大帐，御前眼下也没旁人，德禄上前两步说："万岁爷，嘤姑娘跟前的丫头遇事容易慌神，且那个小帐地上就铺了一块厚毡，姑娘身子虚，躺在上头养病，怕越养越病。万岁爷瞧，要不要把嘤姑娘挪进行在？万岁爷赏她一张榻，人不贴着土了，好得兴许能快些。"

皇帝是仁君，加上齐嘤鸣又是太皇太后跟前得脸的，别回了宫还病歪歪的，惹太皇太后担心。于是皇帝十分勉强地准了，并命人在榻上加了一条毯子。德禄领了命便又上小帐去，隔着帘子往里头传话："嘤姑娘，万岁爷有恩旨，准姑娘上行在大帐里过夜。"

帐里的嘤鸣正和松格进吃的，听见德禄的话，吓得手里肉干都掉了。定定神，她又追问了一句："谙达说什么？我没听全乎。"

德禄说："姑娘，主子准您上行在过夜，说小帐里席地而睡对姑娘身子没有益处，大帐里有睡榻，姑娘上那儿睡去能好得快些，不耽误明儿上路。"

嘤鸣的脑子都炸了，没想到装病都逃不过皇帝的魔掌。她眼下就想自自在在不必面对他，本以为他见她磕碜不起了，能暂时放过她，结果倒好，干脆让她住进行在，这股死了都得挖出来鞭尸的执着劲儿，真让人觉得可怕。

她不想去，迟疑着说："谙达替我谢谢万岁爷恩典，我这会子都躺下了……"

德禄说："姑娘就别难为我们当奴才的了，我只管来传话，不敢帮着姑娘抗旨。天底下那么多女孩儿，哪个得过主子爷这样的恩典？您得领主子爷的情，跟着上御前谢恩去吧。"

谢恩，强加于你的所谓恩典不过是繁花装点的大坑，可惜你就算参透了，也还是得笑着往下跳。嘤鸣没办法，拖着沉重的步子从小帐里走出来，有些为难地对德禄说："谙达，您看我还是黄花大姑娘，这会儿上万岁爷的大帐里过夜，叫人说起来成什么了！"

德禄"嘻"了声："姑娘心思重了不是，那可是万岁爷，不是外头寻常爷们儿，谁还敢背后议论您不成？您只管踏踏实实的，先顾好自己的身子是正经。说句打嘴的，您如今和万岁爷……也不怕人议论。就像御前那些司寝司帐的，哪个不是近身伺候，哪个不是有头有脸？您比司寝司帐的体面百倍千倍，这会子该是人人眼热您，您怕什么的。"

眼热她天天得忍着恶心和皇帝周旋？眼热她天天水深火热饱受委屈？嘤鸣苦笑了下，又想和松格诀别了。松格一脸爱莫能助，只能感慨主子实在点儿背，愁眉苦脸地替她整了整仪容，把她送到了那顶巨大的牛皮帐外。

"嘤姑娘，"德禄笑着提点，"您这会儿身上好些没有？"

嘤鸣光顾着生闷气，竟忘了装样了。听见德禄的话，下意识地抬手掩了掩肚子：

"谢谢谙达关心，还是老样子，要不了命的。"

德禄点头："那快进去躺下吧，万岁爷命小富给您熬汤去了，过会子就来。"一面说，一面将门上垂帘挑高了些，"姑娘请吧。"

又上这儿来了，嘤鸣只觉浑身都打不起精神，好像真要病了。她想好了，要是皇帝问起就说好些了吧，至少不必留在帐里过夜。真要是明早从行在迈出去，那在太皇太后跟前可浑身长嘴也说不清了。

最好的朋友才下葬，当晚就自荐枕席，她受不了别人这么戳脊梁骨。这皇帝最恶毒之处就在于此，横竖这种事上男人不吃亏，只有女人折损颜面罢了。

她是负着气的，进去后面色不佳，见了皇帝也做不出笑模样来，这让皇帝觉得她确实是病了，并且病得不轻。身强体壮的时候怎么挤对都可以，生病了再折腾，怕她会撑不住，万一一气之下死了，那就不太好了。

她蹲安，皇帝说免了，因为她得的病过于私密，皇帝作为男人，有点不大好意思。

"准你躺着。"皇帝说，往西边瞥了眼。那儿有张长榻，上头铺排好了坐卧的用具，看上去舒适温暖。

嘤鸣哈腰说："谢万岁爷恩典，奴才这会儿还撑得住。"就是不肯挪步，低着头，僵直地站在原地。

皇帝很不喜欢她这种没眼色的样子，赏了她脸，她又摆起谱来。

"过去躺下。"皇帝寒声道，"要是不愿意躺着，就上外头站着去，站在御前侍卫对面，让他们瞧着你。"

御前侍卫是寸步不离行在的，大帐前尤其多，整队戍守如铜墙铁壁。众目睽睽和面对皇帝相比，究竟哪个更难熬呢？嘤鸣计较了下，老老实实在榻上躺了下来。当然躺也躺得极不安稳，她一向守礼，从不在母亲和丫头以外的人面前躺着。这回被迫横卧在皇帝眼皮底下，那种尊严受到践踏的感觉更胜养心殿顶砚台罚跪，她臊红了脸，难受得直想哭。

皇帝垂眼看她，见她这模样，纳罕道："你是不是在琢磨什么乱七八糟的东西？脸这么红，是什么道理？"

德禄的下巴差点惊掉下来，榻上的人更想哭了，顽强地说什么都没想，眼里却要水漫金山。

皇帝不擅长安慰人，看她今天可怜，决定暂且放她一马："你放心，朕不会乘人之危的，朕对你没意思，你不要自作多情。"

德禄的脸彻底垮了下来，心说一个人一辈子过得太顺风顺水，有时候难免自负。照说万岁爷有过皇后，嫔妃也十几个，不应该是这样的，可万岁爷照旧不知道应该怎么和女人相处。也是的，往常御幸和召见臣工没什么两样，膳牌随便翻一翻，到了点儿大红铺盖卷起待寝的嫔妃送进去，掐好时候敬事房的人喊一嗓子"是时候了"，里头很快就把人送出来。有时连喊都用不着喊，万岁爷就完事儿了……御幸女人对他来说，不过是偶尔的消遣和传宗接代的途径而已。他不需要琢磨那些女人的好恶，甚至连她们姓什么都弄不清，所以让一颗对付朝臣的头脑来对付女人，本来就是一场灾难。

那厢的嘤鸣呢，可说是彼此彼此。皇帝对她来说是世上最恶心的存在，尤其他还自以为是，简直让人笑掉大牙。满心的尴尬被他彻底化解了，她直挺挺地躺着，说："奴才不过是不习惯躺在这儿，万岁爷别多心。"

皇帝"哦"了声："不习惯躺在这儿？那太好了，明儿接着在大帐里过夜，再不习惯就上养心殿，一直躺到你习惯为止。"

嘤鸣气得迷了心窍，那种郁郁不得纾解的痛苦几乎要把她憋死了。可她不能冲撞他，一气之下拽起薄被把自己罩起来，再也不愿意说话了。

她挺尸的样子看着有些吓人，皇帝冷笑一声，她越是不痛快，他越是称心。看来让她在大帐过夜的决定做对了，她设计拿假印坑他，此仇此恨没那么轻易一笔勾销。等着吧，来日方长，除非她能从宫墙里飞出去，否则就得一辈子这么不痛快下去。

这时小富端着碗进来，俯首道："万岁爷，赵太医说的汤熬得了。"

德禄便轻声细语喊姑娘："身上有病不能忍着，把这汤喝下去就大安啦。老佛爷最心疼姑娘，眼看要进京了，回头惊动了老佛爷倒不好。"

嘤鸣没辙，心里后悔，这回搬起石头砸了自己的脚。她不情不愿地坐起来，言不由衷地说着"谢万岁爷恩典"，把小富手里的碗接了过来。

低头看，黄澄澄的汤水上漂着姜末子，应当是姜汤。这个不难喝，正打算一饮而尽，才碰着嘴唇就闻见一股酒味儿。她讶然抬起眼："怎么是酒做的？"

小富笑着说："黄酒暖身子最好，太医说喝了这个，不消一个时辰准保姑娘不疼，姑娘试试吧。"

可嘤鸣滴酒不沾，她不像大部分祁人姑奶奶那样自小拿酒当茶喝，她吃醉虾都要腿软，更别提这满满一碗了。

"我喝不了这个……"她讪讪地说，"回头御前失仪可怎么办？"

皇帝拿她喝不喝药，看成了检验她真病还是装病的唯一标准："朕最恨受人诓骗，如果你今儿撒了谎，朕就问你鄂奇里氏藐视朕躬之罪。"

嘤鸣心想这回是骑虎难下了，她装的这个病，没人能验出是真还是假，所以皇帝就想拿这个法子来折腾她，八成又打听好了她不饮酒，有意想看她出洋相。

然而不喝不行，她没试过自己酒量如何，更不知道自己酒品如何。她在喝之前抬眼瞧瞧皇帝："万岁爷，奴才从不喝酒，今儿主子赏了恩典，奴才不能不喝。可万一奴才喝醉了，做出大不敬的事儿来，还请万岁爷恕罪。"

皇帝觉得自己有度量，不会和醉鬼计较。还有她说的大不敬之罪……他甚至有些好奇，会是怎样的大不敬。

当然，这不过是自己私底下的想法，嘴上依旧不能饶人："不过一碗姜汤而已，你还打算借酒盖脸对朕不敬？酒品即人品，望你自重。"

嘤鸣无话可说，反正遇见这皇帝就像遇见了鬼，说什么都是枉然。

她直着嗓子把一碗全干了，最后品咂一下，倒也不怎么难喝，不过味道有点冲。暖胃是真暖胃，从喉头一线飞流直下，像火星子点燃了柴堆，整个腔子都烧起来了。

嘤鸣对自己一向很有把握，觉得万一醉了，至多倒头就睡罢了。可是后来据德禄说，这次她拽着皇帝聊了很多。关于这个她还有一点印象，其中两句直到她醒后还记得清清楚楚，当时她摆布着自己不甚灵便的舌头高谈阔论："我这个人，说话向来很温存。如果哪天我让您下不来台了……别纳闷，我那是故意的。"

## · 四 ·

后来的事就不知道了，反正皇帝当时是什么表情，她想破了脑袋也没能想起来，八成觉得她可气可杀吧！

第二天她起身，德禄甚至不敢看她一眼。嘤鸣觉得奇怪，平时他都是极热心、极周全的，今天为什么把她当成了洪水猛兽？难道她昨夜做出什么出格的事儿了？

这么一想，毛骨悚然，她小心翼翼地对德禄道："谙达，我的酒量真是太不济了，就那么一小碗，后来的事儿全不记得了……您提点提点我，我的酒品如何？没借机撒野吧？"她觉得自己好歹是大家子小姐出身，一辈子谨小慎微地说话办事，再糊涂也不会过于出圈儿的。

她满脸求证的表情，看得德禄讪讪的，他说没有："姑娘酒品很好，喝醉了也就是话多些，绝不动武。"如果跳了半天没能勾住皇帝肩头，最后不得不放弃不算动武的话……

嘤鸣很愿意相信他的话，相信自己是有分寸、有修养的。话多点儿没关系，上回连那么大逆不道的都说过，料着皇帝再听旁的也不会太过惊讶。反正她还活着，除了头痛欲裂也没有落下别的损伤，所以趁着皇帝不在，她向德禄一欠身，说："请谙达替我带话给万岁爷，奴才昨儿睡得很安稳，没什么不习惯的。今儿我身上大好了，就不来麻烦万岁爷了，谢万岁爷隆恩。"说完自己捂着脸，头也不回地跑了。

"好家伙，"小富看着那背影喃喃，"这主儿真是胆大妄为。昨儿夜里究竟醉了还是没醉？她拽着万岁爷叫兄弟，当时吓得我舌根儿都麻了。"

德禄摇头，谁说不是呢，她大概是把万岁爷当她家里的兄弟了，教了他许多为人处世的大道理，把万岁爷都说蒙了。

"我觉得，咱们主子爷还是挺稀罕嘤姑娘的。"小富说，太阳光打在脸上火辣辣的，他忙把帽檐往下拉了拉，"您瞧近来的事儿，主子爷对嘤姑娘真宽厚。"

德禄笑了笑："所以我说，好好巴结准错不了，这主儿和旁人不同。"说罢见后面刘大总管张罗起了开拔，忙和小富快步上前，听大总管示下去了。

嘤呜回去找松格，松格正顶着大太阳站在车前等她。见她回来赶紧打起了车帘："这天儿说热就热了，主子快上车。"等她主子安顿下来，她一面抽扇子给她扇风，一面仔细打量她，"万岁爷没难为您吧？"

嘤呜"嗯"了声，有点儿犯糊涂的模样："我往后再也不装病了，病了得吃药，昨儿他们给我熬了黄酒姜汤，把我喝醉了。"

松格沉沉叹了口气："万岁爷对您真好，这么事无巨细地关怀您。"

其实她是想说，万岁爷真是闲出蛆来，这么较着劲儿地收拾您。嘤呜也觉得皇帝挺闲的，他不是夙兴夜寐、政务巨万吗，怎么老能腾出时间来给她小鞋穿呢，而且如此孜孜不倦，他就没有腻的时候吗？

她长叹一声，捧住了脑袋，在皇帝这头受到的委屈越多，她就越感怀自己时运不济，错过了那么好的海银台。

那天他轻轻握了握她的手，在她还没反应过来时，便烟消云散了。现在回忆起来，是温暖的，笃实的，让人心头悸动到阵痛。以后也许再也不会有这样的人，能给她这样的感觉，紫禁城里只有一个男人，这男人不提也罢。她很惆怅，她的青春没开始就结束了。外头姑娘到老了，能回忆一下年轻时候的温情与澎湃，她呢，剩下的也许只有一潭死水，还有皇帝的一双死鱼眼睛罢了。

"您在大帐里过夜，奴才昨儿就没睡踏实。"松格说，"我怕您挨欺负，您一个姑娘家的……"

嘤呜摸了摸额头："这个不必担心，皇上说了对我没意思，金口玉言，不能蒙人。"

松格有点纳闷："那他不搭理您不就成了吗，还非得把您弄去，戳在他眼窝子里……奴才觉得万岁爷是瞧上您了，他说对您没意思，不过是给自己找脸罢了。"

嘤呜被她说得一愣，愣完了认为毫无道理："你是没瞧见他的脸，拉得那么长，从不冲我笑。要笑也是冷笑，这能是瞧上我的意思？"

松格想想也是，皇上还老说不愿意看见她主子，让她主子滚……

"那昨儿晚上，您二位是怎么睡的？大帐又不像屋子，分正殿和后殿。"

这下嘤鸣答不上来了，她喝醉后就断片儿了，只记得那张榻大小正合适，睡得也很舒坦……

她是记不起来了，可皇帝记得清清楚楚。

金龙御辇在黄土道上前行，车轮扬起漫天尘土，一蓬蓬的热气也随即向上升腾。皇帝坐在宝座上，天气再热也同他不相干似的，他依旧气定神闲地读书。可翻了两页，忽然顿下来，那个二五眼丫头一脸张狂地从脑子里蹦了出来，左手掐腰，右手指着他，大着舌头说："你得多吃点儿，看看，都瘦成人灯了。"

这是昨晚的真事儿，御前的人都吓傻了，果然醉鬼不可理喻，只没想到小小一碗黄酒，竟让稳当人儿变成了这模样。

当时他很不耐烦，因为她已经拽着他絮叨了半天，说的仿佛是异世的话，天上一句地下一句，简直毫无章法。他那时候就想，真该把这样的她送到太皇太后跟前去，让太皇太后看看她的丑样子。他想摆脱她，可她抱着他的胳膊不撒手，气急败坏地说："你不能走，你不把爷放在眼里，你得笑一个，再说句好听的……"

皇帝的脸都绿了，他没见过喝醉的女人，宫里的嫔妃哪个在他跟前都是花儿一样温婉可人的，不像她，舌头打结，丑态毕露。

德禄想笑又不敢笑，吞着气儿劝慰："姑娘，我给您说好听的，您放了万岁爷吧，那是主子，您这样不合礼数啊。"

她说呸："什么礼数不礼数，谁敢说我不合礼数！"

皇帝觉得她是借酒装疯，厉声道："你敢对朕不恭，朕治你的罪。"

她看了他半天，就定着两眼，仔仔细细看他，最后说："厚朴，你不能老打架，额涅说你再这么……娶不上媳妇。来……来……"她踮着脚尖想搂他，"你来，姐姐和你说句话……"

可是皇帝太高了，站得笔直的时候，她只能够着他的肩头，臂膀横不过去。她尝试跳了跳，把胸前纽子上挂的十八子手串跳得沙沙作响，最后也没成功，气得鼓起腮帮子，扭身在榻上躺下了："不知好歹……太不知好歹了……"

皇帝看着这个不成体统的女人，没来由地感到心力交瘁，泄气地吩咐："去弄碗醒酒汤来。"

德禄和小富听了全出去了，大帐里一时就剩他们两个人，皇帝想了想，站在榻前垂眼问她："齐嘤鸣，你是真醉还是装醉？"

她压根儿不理会他，一手撑着脸，把半边脸都挤歪了。

皇帝有些气闷，见左右没人，犹豫了下又问："巩华城的第一晚，你和海银台说了些什么？"

她听了，愣愣地转过眼来："海银台？"

皇帝说对，心里跳起来，皱着眉说："你们私下见面逾制了，若朕要追究，齐家和海家都会大难临头的。"

可惜她显然没有听懂他的话，自顾自说："他管我叫妹妹，我想叫他哥哥……可我叫不出口啊……"

皇帝沉默下来，开始费劲地斟酌，这句话背后隐藏的是什么信息。哥哥妹妹，多旖旎的称呼，她叫不出口，也就是说她和海银台的关系还没那么亲密吧？他倒也不是多在乎他们之间已到了什么程度，适当地过问一下，将来如果当真奉太皇太后之命册封了她，不至于让这件事成为心病，恶心自己几十年。

现在既然得了这样一个回答，他觉得尚算满意，便不再追问其他，转身回案前去了。

看看案头堆积的公文，今儿忙完了，明儿又送到，没完没了。他轻舒一口气，取下一本展开，探手提笔蘸墨，可过了很久，仍是一个字都没能写下来。

帐里烛火摇曳，从他这里看过去，正好可看见榻上的醉鬼。真是稀奇，他从未有过这样的体验，自己忙于理政的时候，不远处躺着一个女人。

自先皇后入宫起，他的后宫开始扩充，各式各样的女人，这个妃那个嫔，就算过了五年，他大多时候还是分不清她们的脸。她们侍奉的时候，个个千娇百媚，说温软的话，脸上带着妩媚的笑，声音甜得能拧出水来。她们千方百计地接近他，见缝插针地腻在他身上时，他会打心底里生起一种厌恶的感觉。太皇太后说得很对，这后宫里，没有一个他看得上眼的，有时候他甚至怀疑自己是不是不喜欢女人。

现在呢……他望着那个不时让他头痛的人，不见的时候觉得她太可恨，简直该杀，可见了又觉得可以忍受，其实他也没有那么讨厌她。

德禄端着醒酒汤进来时，发现榻上的人睡得正酣，他轻轻唤了两声姑娘，半点反应也没有，一时不知道应该怎么办。

向上觑觑，万岁爷正在忙公务。近来江苏的正额赋银与收缴上来的严重不符，户部统筹后仍有出入，最后只能将州府创行的易知由单重新收缴，逐项比对。这也是万岁爷恨薛尚章的缘故，薛尚章广结党羽，朝中门生遍布，倘或他有意刁难，单项的税赋总额也能纠缠好久。万岁爷忍无可忍时，甚至会自己动手清算，事后负责的官员一体开革是免不了的，虽解恨，但取证的繁复冗杂，也着实让人很不愉快。

德禄不敢请万岁爷示下，既然有上谕叫熬醒酒汤，总得让姑娘喝下去才好。他蹲在榻前继续念秧儿："姑娘，醒醒吧，喝了再睡成不成啊？"

屏风那头的皇帝终于发了话："既然睡着了，就由她去吧。"

德禄听了命，却行退了出去，后来一晚上都在帐外候着，没再进帐子里来。这些太监在御前待久了，都熬成了火眼金睛，明白什么时候该出现，什么时候该躲得远远的。皇帝忙到后半夜才停笔，站起身在帐内踱步，舒展筋骨。远远站着瞧了她一眼，睡得挺安稳的模样，醉了不过说说胡话，至少没吐，总算人品没那么糟。

第二天起身的时候，她还沉沉好眠，皇帝有早晨打拳的习惯，原本在宫里一天也不落下的，但出行途中不便，大多叫免了。今儿天气很好，似乎可以打完一套再上路，结果打完后见帐里没动静，临时又决定射箭垛。才射了两支箭，就发现她捂着脸从大帐里跑出来，皇帝把弓扔给了三庆："时候不早了，动身吧。"

对嘤鸣来说，就这么逃过了一劫，简直像做梦一样。本来她以为皇帝不会放过她，那个假印事件虽不好声张，也非把她折磨掉一层皮不可。谁知她装了一回病，和了一回稀泥，皇帝就那么放过她了。直到回了宫，她还在庆幸且纳闷着，一切不寻常，太不寻常了。

当然她在皇帝大帐过了夜的传闻不胫而走，宫里每个人都知道了。鹊印向她道喜的时候，嘤鸣笑了笑，得罪了皇帝没那么容易翻篇儿，她心里也是有准备的。可进了慈宁宫，老佛爷和太后瞧她的眼神，就让她有些受不了了。

"这叫不打不成交，年轻孩子闹腾两回，我原说不要紧的。"太皇太后笑道，"如今好了，纳辛也该把心放回肚子里了。"

太后当然是高兴的，甚至面对敏贵太妃多番的眼神示意，她也权当没看见："先头在陵里，你额涅她们还发愁呢，做娘的真不容易，孩子不在身边就丧魂落魄的。眼下该放心了，回头请了老佛爷恩典，让她们进宫，娘儿们好好说说话吧。"

孝慧皇后的丧仪完全结束了，接下来又是一个新的开始。皇帝后宫的一切事务都要步上正轨，该填的人，该补的缺，一样一样都得安排妥当。嘤鸣知道骑虎难下，但就算受封，带着这样的名声总不好听，于是蹲了个安道："老佛爷，太后，那晚上奴才病了，万岁爷把奴才传进行在，给奴才灌了一碗黄酒姜汤。奴才不会喝酒，后来醉了，在万岁爷跟前说了好些混账话。奴才和万岁爷……不是那么回事儿啊！"

太皇太后和太后顿时笑不出来了，这么说还掐着呢？太皇太后不说话了，太后歪在玫瑰椅里，撑起了脑袋。

敏贵太妃倒笑了："咱们万岁爷的性子，您二位还不知道吗，不急在一时的。不过嘤姑娘进宫有程子了，这么着也不是方儿。眼下孝慧皇后的事儿算是过去了，宫里也该冲冲喜了。皇上今年二十三，子嗣还是太单薄，上年二阿哥说没就没了，只余一位大阿哥，身子骨还弱得没法儿吹风，这可怎么好！"

说起皇帝的子嗣，确实是件让人头疼的事，嘤鸣进宫后曾远远见过一回大阿哥，三岁了，还不愿意下地走路，全由奶妈子抱着，这样的孩子将来作为继承人，显然是不合适的。太皇太后嘴上不说，心里到底盼着皇帝开枝散叶，妃嫔们能生固然是好，最好还是皇后有所出。嫡皇子的尊贵，终究是庶子们不能比的。

太皇太后沉默着，唇角微捺，过了良久才对贵太妃道："你上回说的崇善家的闺女，挑个时候接进宫来逛逛吧，我也见一见。"

敏贵太妃听了，笑得越发称意，在椅上欠身道是："遵老佛爷的令儿，这个月都是好日子，我瞧就明儿吧，明儿是双日，图个好彩头。"

太皇太后颔首，转头又瞧瞧嘤鸣，她是一点儿不着急的，还是那种气定神闲的模样，看得太皇太后脑仁儿发涨。

太后向来执着，她瞧准的人一般不肯轻易放弃，特特儿叫了声嘤鸣："你听见没有？皇上子嗣单薄，过程子还要选秀，外头那么多的好姑娘都进来了，你怎么办？"

嘤鸣笑着说："人多了才好，人多了咱们宫里人丁兴旺，万岁爷便可绵延子嗣，金瓯永固。"

太后被她说得没了脾气，还是太皇太后见地高，叹着气说："宫里的女人，要紧一点就是不妒，这上头你做得很好。可皇帝跟前不能全不上心，姑娘大了总要许人家的不是？你如今怎么样呢？还是不愿意上御前去吗？"

嘤鸣心里当然是不愿意的，可她有眼色，也懂进退，既然到了这个节骨眼上，再一口咬定显然不合时宜，便含笑蹲了个安道："奴才的一切全凭老佛爷做主，只要万岁爷不嫌奴才憨蠢，奴才就上养心殿伺候，不敢有二话。"

拾

小暑

嘤鸣还在揣测着，皇帝应当是不会答应让她上御前的。御前都是有眼色、善讨巧的人，她呢，有时候太耿直，简直像根火筷子。皇帝和她打过几回交道，明白了她的为人，为保自己不被她气死，八成不会答应太皇太后的提议。至于敏贵太妃要塞人进来，松格表示十分担忧，嘤鸣却觉得并没有什么可忌惮的。

"怎么能不忌惮呢，"松格垮着脸说，"您进宫虽然是仗着老佛爷的喜欢，可咱们在宫里没有自己人。那位春吉里家的小姐是敏贵太妃的正经侄女儿，有贵太妃当靠山，闹得不好就占了您的继皇后位分，到时候咱们怎么办？奴才是觉得，横竖都得充后宫，要当就当皇后，这样就没人敢给您气受了。您想想，先头娘娘当初还有嫔妃敢不恭呢，您要是没占到最高的枝儿，鼻涕往嘴上流可是顺理成章的，您不得留神吗？"

嘤鸣听了她的这个比喻，顿时感到一阵牙酸："你说了这么多，就是为了恶心我？"

松格说："当然不是，奴才就想让您当皇后。"

真是个忠心耿耿的好奴才，嘤鸣感到欣慰："在这宫里，也只有你对我一片真心了。"

想想先前太皇太后听完贵太妃的话，可不是毫不犹豫就答应让她把娘家侄女领进宫来了吗？当权者的脑子永远是最清醒的，他们不会感情用事，一切的决定全是以大局为先。你以为她当真那么喜欢你吗，喜欢是有前提的，前朝需要平衡，那么你就可以受宠爱、受偏疼。后宫比起前朝来，没有那么尖锐的冲突需要化解，但皇嗣很要紧，关乎社稷。既然关乎社稷，对你的偏疼当然要稍做调整，你仍旧是后宫不可忽视的存在，但不可能再是独一份儿了，这个你得弄明白。

嘤鸣是何其聪明的人，看透了一切，不管是宠辱，都没有太大的落差。人哪，得自己学着开解自己，牛角尖好钻，想出来可不容易。活着不要对任何人抱太大希望，感情浓淡就像四时更迭，有盛极就有衰微，谁也不能保证一辈子只钟情一个人或一件事。嘤鸣不喜欢太极致的字眼，比起那个"最"，她觉得"尚可"更容易达成。一切过得去，愉快地和稀泥，某些方面她和她阿玛的观点惊人地一致。只是阿玛在朝堂上使用这套十分招人恨，而她把这套搬到后院或后宫里，却能成为保命的良方。

松格还在絮叨，丫头没有那么远的见识，她只知道到了一个以男人为天的地方，大家都争宠，你也该跟着争宠。要是不争宠，那就得占据有利地形，以不变应万变。

"我对您一片真心没用，您得找靠山。要是老佛爷又喜欢上贵太妃家的侄女儿，那咱们怎么办？投靠太后成不成？"

太后倒是个好人，可她不管事儿，二十年来都是依附太皇太后和皇帝而生的，在她心里，皇帝永远高于一切。

"你在别人家里，就别琢磨怎么和人家的心头肉争宠了吧。"嘤鸣安抚了下松格不安的情绪，抬头看看天，"你瞧，今儿月色多好。宫里的月亮和外头的就是不一样，更小，也更鲜亮。"

松格顺着她的指引仰脖儿看，大概是高墙森严的缘故吧，这月亮像个私逃的惯犯，堂而皇之地嘚瑟着，确实又高又亮。

"唉……"松格心思沉，边走边嘀咕，"还是缺个靠山。"忽然灵光一闪，"其实找谁当靠山都是虚的，只有皇上这座靠山最硬，您说呢？"

嘤鸣觉得她大概是被形势逼傻了，也不多言，笑了笑道："回去吧，明儿宫里来新人，不知道长得什么模样。"

敏贵太妃得了太皇太后的恩旨，一大早就打发人上忠毅公府上去了。多年的宫廷生涯，虽在自己生活的圈子里如鱼得水，但终究是寂寞，总觉得没有一个可心的人，身后也是空空的。如今家里侄女要来了，贵太妃心里笼着一盆火，在寿康宫里旋磨转圈儿，不时瞧门上，抓心挠肝一般。

善嬷嬷说："主子，您歇会儿，坐下喝杯茶吧。"

贵太妃摇头，依旧朝门上张望，喃喃说："太阳都偏了西了，怎么还不来……"

善嬷嬷笑道："您别急，公爷家得了信儿，还不得好好替姑娘预备吗？大伙儿都知道的，这会子进了宫，怕是不得再回去了。公爷和福晋定然舍不得，宫里的规矩和忌讳，也要——告诉姑娘。"

"那怕什么。"贵太妃好容易坐下来，倚着引枕盘弄手上的佛珠，"宫里还有我，孩子来了自有依仗。那些规矩好学，嘱咐一回自然记住了……崇善两口子旁的都好，就是办事积粘¹。我这里什么没有？他们再周全，能把一家一当全搬进宫来？孩子来了就成了，眼下什么时候呢，先到了好先给太皇太后过目，回头再见了皇上，说话儿位分就定下了，倒不比混在秀女堆儿里，站在大日头底下叫人挑拣强？"

贵太妃是急性子，很多时候恨不得一口吃一个饼。这么多年的磨砺，万事都能缓和着来，唯独关乎娘家的事，便有些乱方寸。底下宫女将泡好的茉莉香片送上来，善嬷嬷呈上去，和声道："这么的，奴才上御花园候着去，只要人一进承光门，即刻带来见主子。"

这厢话才说完，就听见外头有人回禀，说公爷家姑娘来了。贵太妃霍地站起身，门上竹帘挑起，一个穿嘉陵水绿春绸衣的女孩儿从门上进来，见了她便蹲安："奴才挼蓝，请贵太妃万福金安。"

贵太妃高兴了，忙叫人把姑娘搀起来。上下打量一番，公府出来的孩子，作养得水润可人，那雪白的肉皮儿衬着鲜洁的衣裳，越发水葱似的。贵太妃笑着携她坐下，从头发丝儿到手指头一并又检点了一回，发现确实无可挑拣，心里的大石头才落了地。

"你可还记得我？上回你额涅带你进宫来，那时候你才七八岁光景。"贵太妃笑道，"我人在宫里，家里孩子是不得亲近了，你今儿进宫来，真叫我高兴。"

挼蓝在座上欠了欠身道："奴才那时候虽小，可见了贵太妃，就从未忘记过。家里阿玛额涅常提起您，说贵太妃荣耀了咱们全家，只是您身在宫里，咱们空有孝敬的心，也没法子侍奉左右。今儿奴才进来请贵太妃的安，临走阿玛嘱咐好几回，说一定代全家问贵太妃吉祥。倘或奴才有造化留在宫里，让奴才尽心伺候贵太妃，以报您对全家的恩典。"

她说了这么一长串，一字一句口齿伶俐，贵太妃听了越发满意。大家子出来的孩子，都是懂规矩知进退的，也或者是自家孩子更可心的缘故吧，贵太妃觉得挼蓝不比纳辛家的二姑娘逊色半分。撇开朝中局势的掣肘，她甚至认为他们家的孩子比齐嘤呜更适合当皇后。

可惜了，要委屈孩子，贵太妃笑得有些酸涩，但很快便又正了脸色，温煦道："谢谢你阿玛一片心，我们是至亲无尽的骨肉，哪里谈得上那些！咱们祁人家，家家的姑奶奶都是这样，没法子报效朝廷挣得功名，只盼着有福气进宫，也是给家里争脸的方儿。

---

1  积粘：老北京话，形容不爽快。

我这辈儿，先帝爷不在了，往后不过如此，春吉里氏要保富贵万年，如今就靠你了。将来有了圣宠，才好继续光耀门楣，也不枉我今日费心操持一场。"

说罢看外头天光，将要到申时了，便转头吩咐善嬷嬷："打发人上慈宁宫瞧瞧，老佛爷午睡起了没有。"

小太监领了命，一溜烟往外去了。贵太妃和自家侄女儿聊聊家常，又说起皇帝："宇文氏定鼎江山这些年，从没出过埋汰的爷们儿，这个你见了就知道了。不过一国之君，脾气不像外头的随和，有道是天威难测……却也不必谨小慎微，吓得连步子都不敢迈，伺候起来更尽心就是了。"

进宫是为待嫁，这个各自心里都有数。捋蓝红着脸低下头，说起皇帝，总不免叫人有些心慌。

很快，小太监又进来复命，在门外扎地打了一千儿："回主子话，老佛爷才起身，这会子正坐在西配殿前的阴凉里吃茶呢。"

"那正好，"贵太妃牵了捋蓝的手说，"这就过慈宁宫去吧。皇上是极孝顺的，只要太皇太后发了话，这事儿便定下了。"

于是一行人沿着夹道过去，从寿康宫到慈宁宫并不远，拐两个弯便到。她们迈进宫门的时候，太皇太后一眼便看见贵太妃身后跟着的姑娘，远远看着秀致出挑，知道是个美人坯子。

太皇太后爱女孩儿，她瞧完了，心里很踏实，觉得这么上佳的姑娘，八成能激发出嘤鸣的一点醋意来。结果转头瞧她，她眼里放光，竟比谁都兴致高昂。

贵太妃向太皇太后见了礼，便引身后的姑娘磕头："这就是先头说起的，崇善家的四闺女，今年十六岁，闺名叫捋蓝。"

太皇太后笑着颔首，看姑娘上前来，恭恭敬敬跪下磕头，用清朗的嗓子，说："奴才春吉里氏捋蓝，恭请太皇太后万福金安。"

太皇太后说"伊立"，示意大娥子把人搀起来。姑娘低头站着，太皇太后从上至下好好审视了一番，转头问嘤鸣："捋蓝……这名字有出处没有？"

嘤鸣道："奴才记得周邦彦有一首词，'浅浅捋蓝轻蜡透，过尽冰霜，便与春争秀'。"

太皇太后"哦"了声："这个名字甚好，和姓氏正相配。春吉里氏汉姓春，这么说来便是叫春捋蓝？崇善到底是做学问的，光听名字就是一幅画儿。"说罢叫人送杌子来，笑道，"不必拘礼，一块儿坐下说话吧。"

嘤鸣可能真是个没心眼儿的，照理说外头又有新人进来，心里应该不是滋味儿，结果她倒好，笑眯眯地坐在人家对面，脸上全无半点忌惮之色。春捋蓝呢，想必早就听说了她的存在，悄悄瞧了她一眼，唇角含着笑，也是一派安然的模样。

这时两个小宫女端着托盘过来，每个红漆描金的托盘上都放着一盏茶，到了跟前一蹲安，显然是要她们敬献。

嘤鸣和挼蓝忙站起身来，嘤鸣很有成全的心，想着姑娘刚进宫的，给老佛爷敬茶的机会应当留给人家，自己便绕过来，预备捧茶献给贵太妃。

如今已经到了夏至的时节，天儿大大热起来，宫里一应换了凉盏子，清透的薄瓷，至多装着温茶罢了。可是嘤鸣触上去，那瓷杯却是滚烫的，烫得如同刚从炉子里捞出来的一般。她心里打鼓，这会儿是撂手也不能了，只有咬着牙稳稳端着，稳稳放在贵太妃身旁的茶几上，并说："天儿虽热，也不能贪凉。下头给敬献了热茶汤，贵太妃略让热气儿散一散再用吧。"

贵太妃不解，再去瞧挼蓝，她捧杯的手略一颤，杯里的热水溅出来一些，浇在了肉皮儿上，虽没烫得扔了杯子，可脸却大大地红了起来。

贵太妃心里一凉，太皇太后依旧是笑吟吟的，单是这简单的一个回合，便已高下立现。

两个人都忍着痛，嘤鸣掌心火辣辣的一片，挼蓝因茶汤洒了出来，手背渐渐浮肿，又不敢声张，只把袖子悄悄往下拽了拽。

当皇后，听着荣耀已极，就是个享福的名号，似乎什么人都能当。但真正坐上这个位置，却不是一件容易的事。皇帝号令天下，皇后坐镇中宫，都要有泰山崩塌岿然不动的气度。像先头的热茶汤，对这些公侯府邸长大的小姐来说，亲手去捧无异于上刑，要是沉不住气，洒了就得吃苦头，吃了苦头也得忍着。太皇太后出这个主意，不过是想让贵太妃明白，前朝牵制固然影响立后，但姑娘自身的行止更是择贤的关键。

这样的暗潮汹涌，一场交锋过后瞬间归于平静，仿佛什么都没发生过。

太皇太后道："回头把皇帝请来用膳吧，前两天舟车劳顿实在辛苦，今儿过慈宁宫来，好好滋补滋补，顺便见见外客。"

嘤鸣听见这么说，略把头低下了一点儿，她就怕太皇太后要点她的卯，派她去请皇帝。

结果头才低了一半，太皇太后就叫嘤鸣："你过养心殿去，瞧瞧你主子这会儿得不得闲。要是不得闲，你且在那里等一等，回头随驾一道回来。"

唉，老太太说媒拉纤的瘾又发作了，没有一刻不想着把她往御前凑。嘤鸣呢，因为大出殡这一路上得罪了皇帝好几回，这些账还都攒着没有清算，所以很怕落在他手里，被他一气儿整治死。可既然现在太皇太后钦点了，她也没法推托，只得站起来蹲了安，领命往养心殿去了。

松格早在宫门上等着她了，见她来了便搀她出门，不留神碰着她的手，引得她嘶地吸了口凉气。松格吓了一跳："您身上不舒服吗？"

嘤鸣这时才张开双手，原来十根手指的指腹都鼓胀起来，连指纹都快看不清了。

松格像淋了雨的蛤蟆，颤声问："这是怎么的了？"

嘤鸣笑了笑："老佛爷考我和春姑娘，看谁更适合当皇后。"

松格听了直叹气："皇后不好当。"

可不是嘛，嘤鸣也是一叹。宫里的考验，这种大概已经算是最轻的了，连热茶都端不稳，当什么皇后！她倒也不是算计着这个位分，纯粹是觉得泼出来的滚水更烫得厉害，那位春姑娘今儿刚进宫，就得了这么个下马威，也怪可怜的。


· 二 ·


她说人家可怜的时候，松格龇牙咧嘴："奴才觉得她不可怜，她一来就连累您陪她在老佛爷跟前比能耐，要不是她，您能烫伤手吗？"

嘤鸣说："这也不能怪人家。"该怪谁呢，可能应该怪敏贵太妃吧！贵太妃这些年在宫里苦熬，过的日子多没滋味儿她自己知道。她和皇太后是一辈儿的，太后当年虽不得宠，好歹还有太皇太后护着。贵太妃呢，没得先帝青睐，无儿无女无人撑腰，之所以孜孜不倦在太皇太后跟前谏言，要把家里的姑娘弄进宫来，想必还是出于对春吉里氏的栽培吧。在他们眼里，姑娘将来活得好不好不是顶要紧的，要紧的是春家又出了一位主儿，能保这个家族人前显贵，这就够了。

松格显得冷酷无情："横竖谁害了我主子，谁就不是好人。"爱憎分明犹如怒目金刚。

嘤鸣托着一双爪子，惨然笑了笑。夏天的风也是热的，吹在手指头上，一阵辣辣的烧疼。


皇帝大多时候在养心殿，嘤鸣来了好几回，也算熟门熟路。她进了遵义门，并不着急求见正主儿，先和御前的人打招呼。三庆正在滴水下鹄立，见了她，抱着拂尘挨过来，说："姑娘来找万岁爷的吧？"边说边往前殿方向瞧了眼，压着声儿道，"主子今儿龙颜不悦，您回话的时候要留神，顺着点儿总没错。"

嘤鸣有些纳闷："是为前朝的事儿？"

三庆含糊地一笑："除了前朝的事儿，也没旁的叫主子生气了。"

嘤鸣心里有点发怵："没听说是谁触了逆鳞吧？是不是我们家纳公爷？"

三庆忙摇头："太监不能过问朝政，那可是掉脑袋的大罪！不过您放心，您家公爷不干出头的事儿，主子爷就算生气，也不会顶生您阿玛的气。"

是啊，纳公爷是顺风倒的，不是顶生他的气，论资排辈儿，可能也够得上第二了。

嘤鸣叹了口气，进宫后才发现前朝的风向也关乎后宫。后妃们的命运同娘家关联极大，像那个被贬为答应的淑妃，到底是因为娘家父兄贪墨牵连了她，否则就算对皇后不恭，也不至于送到北五所看门去。自己呢，将来是吃饭还是喝粥，也瞧着纳公爷。只盼她阿玛别糊涂，再跟着瞎起哄，往后她在宫里的日子就更难熬了。

朝殿里瞧瞧，里头寂静无声，她扭头问三庆："这会儿能进去吗？"

三庆说略等一等："这会子还有章京在呢，等出来了您再进去。"

既然皇帝发着火，她进去可能也得挨骂，还是过会子再说吧。嘤鸣往西边看了眼，梅坞前养了一缸金鱼，碧清的水波，间或漂着一两朵浮萍。爪尖儿实在疼得厉害，她忍了忍，没忍住，慢慢蹭过去，把十根手指头全插进了水里。

一阵清凉，立时缓解了灼痛，嘤鸣长舒了一口气，面对三庆不解的目光，笑道："天儿太热了，解解暑气。"

三庆不明白，这是什么解暑的妙方儿，心里琢磨着，这姑娘处处和旁人不一样，别人是后背鼻尖上沁汗，她是爪尖儿？那缸鱼万岁爷隔三岔五要来喂食儿的，别最后被嘤姑娘媷死了，回头又炸庙。

可是他不敢说，都不是好惹的主儿，他只得抱着拂尘点点头。西晒腾挪过来，打在他凉帽的红缨子上，火烧似的。他才要换地方，就见门上章京耷拉着眼皮子出来了，于是他提点嘤姑娘："主子爷议完事儿啦。"

嘤鸣不忙进去，手指头杵在水里很痛快，怕提起来又烧得慌。胳膊还留在鱼缸上方，身子往后仰了仰，见一切如常，便道："老佛爷让我来请万岁爷过去用膳，横竖时候还早呢。"

缸里的几条鱼可能不明白这从天而降的东西是什么，老贴着她的手指头游动，轻轻地一触，很快又闪开了。嘤鸣起先还老实地定住不动，后来也生出点促狭的小心思，手指头在水里搅动。正玩儿得高兴，听见身后传来皇帝的嗓音，十分不悦地问她在做什么。

她吓了一跳，忙收回手蹲了个安："奴才奉老佛爷懿旨，请万岁爷过慈宁宫用膳。老佛爷说今儿有客，请万岁爷过去见一见。"

能进宫做客的自然非比寻常，还让皇帝特意去见，几乎不用说，就知道是怎么回事了。

每家每户都千方百计地把人塞进宫来，皇帝从刚开始的心有抵触，到现在的心无波澜，后宫多寡对他来说没有任何影响，无非是绿头牌的数量不同罢了。太皇太后让过去用膳，皇帝无法推托，见臣子的行服不该穿去慈宁宫见太皇太后，便重回殿里更换。临走怕她先走，凉着声儿嘱咐："朕有东西敬献皇祖母，皇祖母偏疼你，就由你送入慈宁宫吧。"

嘤鸣垂首道是，老老实实地在台阶下等候，不多会儿见皇帝从次间出来，换了一件蟹青的箭衣，束淡墨的宝带。皇帝脾气很招恨，但不可否认皮囊很好，那素净的颜色穿在他身上，有种清正自重的味道。

这个二五眼爱打量人，皇帝已经习惯了。她瞧瞧他，他也百无聊赖地瞥了她一眼，芽绿的褂子石黄的镶滚，葡萄扣上挂碧玺十八子，这人对色彩的品位倒还算高雅，就是脑子里小九九太多，心眼儿也不好。皇帝目空一切式地调开了视线，待底下太监把锦盒搬出来交到她手上，便整整衣袖，走出了遵义门。

这锦盒里不知装的是什么，刚放下来时，嘤鸣的两条胳膊就不由得一沉，少说也得一二十斤分量。和皇帝打交道，他几时便宜过你？其实嘤鸣还是很满足的，至少盒子上没扎针，已经算万幸了。

太阳落到了红墙后，天顶上遍布火烧云，这时候虽还热着，但比起来时好多了。皇帝大概也不耐烦坐舆了，不长的一段路，愿意自己走过去。

身后是长长的队伍，太监们亦步亦趋地跟着。自他落地到现在，就从没一个人在这紫禁城行走过。先前的怒气早已消散了，眼下心平气和，必须慢慢地挪步，因为时间越长，二五眼手上的分量就越重。

皇帝自得地笑了笑，没人看得见他的笑容。他负着手道："这是西藏敬献的大利益金刚铃杵，是功德无边的法器，你要拿好了，倘或落下来，朕就杀你的头。"

皇帝擅长恐吓，嘤鸣也没有反驳的余地，只得俯首帖耳道是。锦盒长长的，需要她两条胳膊拗起来平托着，这样倒也好，手指就不用扣着了。只是肩头往下又酸又痛，皇帝存心磋磨时间，她心焦得慌，却也不好说什么。

"朕昨儿听说，你想上御前来？"皇帝忽然问，语气沉稳，颇有考量的意味。

嘤鸣"哦"了声："这是老佛爷的意思，说主子跟前的人虽周到，但缺个可心的人。"顿了顿又加一句，"老佛爷觉得奴才是可心的人哪。"说完了自己也想笑，只不过手指太疼了，才浮上嘴角的一点弧度，很快就被打散了。

皇帝琢磨那两个字，可心？学识渊博的皇帝已经不知道可心作何解了。如果她那种扮猪吃老虎的人能称为可心，这世上大概就没有真正温存的人了吧！

想起那枚印章，皇帝到现在还觉得憋屈。原本回銮驻跸的那晚想拿她过来问罪的，结果她又是生病又是醉酒，最后什么都没问成，就这么捂着鼻子过去了。皇帝是个记仇的人，一点小怨恨他能记上三年五载，这回连着被她挤对了两回，此仇不报枉为人。他边走边思量，究竟应该怎么收拾她呢，她要上御前来，什么活儿适合她……

"御前不缺人，管事的有德禄，你来了很多余。"皇帝故作沉吟，"不过还有一个好事由，可以赏你，你知道是什么？"

嘤鸣心想能从他口中说出来的好，必定不是真的好，可她得识趣儿，万岁爷指派的，就算不好也是好的。于是装出一副受宠若惊的语气来，笑道："奴才先谢过万岁爷恩典，不过奴才手脚粗蠢，怕伺候不好，惹万岁爷生气。"

"那倒不至于。"皇帝负手道，"敬事房每日晚膳时候要呈膳牌，往年都是太监送进来的，朕瞧了一点兴致都没有。倘或你要来御前伺候，顶了这个差事就成了，毕竟你是老佛爷看重的人，这件事轻省，不累人。"

嘤鸣一阵沮丧，心说真是缺德到家了，太监敬献膳牌都得顶着银盘膝行进来，她又不是太监，让她干这事由，这是打算埋汰人呢。

嘤鸣气红了脸，心头一口气憋着，横竖不得纾解。要呲打他，忌讳他是主子，说话还是得缓和着来，便顺了气儿道："万岁爷这么疼奴才，奴才心里有数。可奴才还是个姑娘呢，万岁爷御幸的事儿让奴才办，奴才不大好意思。您说看见太监送膳牌没兴致，那您看见奴才就有奔头吗？不能吧！"

这话把皇帝彻底说愣了，心里忽然鼓声大作，仿佛某种天机被她窥破了，顿时让他无所适从起来。他有些着恼，不明白一个女孩儿怎么能说出这种话来，自己确实是为了恶心她，就算他不翻牌子，每天让她明白后宫有多少女人等着他御幸，也是对她的报复。结果她倒好，以守为攻抓他话里的漏洞，皇帝觉得帝王威仪受到了挑衅，这个不要命的东西，真打算拿脖子试刀了。

"怎么不能？"皇帝转过身来，正想同她抬杠，见她摊着两只手，爪尖红红的，似乎是被烫伤了。

难怪先前把手泡在鱼缸里，宫里当差总免不了这样那样的损伤……他看了一眼，想说的话又咽了回去，本想问一问究竟是怎么回事，临了还是忍住了。

"小富。"皇帝扬声唤。

小富快步上前来，哈腰道："奴才在。"可万岁爷什么都没说，不过递了个眼色而已，他立时便会意了，冲嘤姑娘笑道，"法器怪沉的，姑娘换换手，我来替姑娘搬吧。"

嘤鸣是求之不得，交给小富之后手还哆嗦着。无论如何，皇帝总算没坏到根儿上，最后让小富来搭把手，她还是有些感激他的。

细想想，其实很可笑，进宫时候越长，心气儿就越弱。坑她的是他，中途放了她一马，她居然还能对他心怀感激，可见这皇权真是压得人喘不过气来，压得人要发疯了。

皇帝呢，大有做好事不留名的慷慨做派，一拂衣襟，大步流星地进了慈宁门。

慈宁宫一干人等早在廊下候着了,见皇帝来了,纷纷肃容行礼。他从中路过去,远远就看见里间有人出来,瞧衣着打扮不像宫女子。头一回见驾必要叩拜,那纤细的身子伏下去,跪在门前轻声细语道:"奴才春吉里氏,恭请皇上圣安。"

春吉里氏,敏贵太妃的娘家人。皇帝说"伊立",那姑娘直起身来,工细白净的一张脸,和后宫嫔妃相比不算逊色。皇帝问:"你是崇善家的?"

挼蓝道是:"奴才的阿玛正是崇善。"

比起当初纳辛的闺女入宫,这已算大大的赏脸了,至少还问了一句话。隔窗看着的敏贵太妃心满意足,料定皇帝是不反感的,便收回视线,脸上涌起了气定神闲的笑。

吃席吧,还像上回似的,将来都是一家人,不必拘什么礼。皇帝和太皇太后用一桌,挼蓝跟着贵太妃,嘤鸣自然和太后在一起。太后下半晌没在慈宁宫,后来才接了太皇太后的召见,叫夜里一道用膳。太皇太后对两位姑娘的考验她也听说了,不好明目张胆地瞧她手上怎么样了,一味叫侍膳的太监给嘤鸣布菜。只是她也纳闷,这孩子就没有半点好胜的心吗?人都到眼前了,她还是一脸笑模样,倘或不是对皇帝不上心,就是压根儿没把春家的姑娘放在眼里吧。

太皇太后那厢和新来的姑娘话家常,从老一辈儿的姑太太说到小一辈儿的姑奶奶。朝中的亲贵大臣们,哪家都和帝王家有姻亲方面的联系,往上捯几辈,免不了"哦,原来是她"。

她们说得热闹,皇帝还是淡淡的模样,点灯熬油地陪了半个时辰,便借口政务繁忙,要回养心殿去了。

太皇太后又是那句:"嘤鸣……"

嘤鸣道是,心里直叹气,这回不是来了新人吗,怎么又是她呢?本以为送到殿前就行了,可太皇太后发了恩旨:"时候也不早了,回头不必过来,直回头所就成了。"

强颜欢笑,真是强颜欢笑,想起那晚罚在西墙根儿顶砚台,也是这样的情形,她就越发感到瘆得慌。但旨意不能违抗,只得领命引皇帝出来。才到门上,鹊印送了一盏羊角灯过来,嘤鸣稀里糊涂地接了,才听鹊印道:"老佛爷打发御前的人先回去了,说叫姑娘亲送万岁爷。我这儿正好也有件事儿麻烦松格姑娘,过会子再让她过去接您。"

这算什么事儿呢,所有人都打发干净了,只剩她和皇帝?老佛爷为给他们创造独处的机会,真是煞费苦心。嘤鸣这回是笑也笑不出来了,一脸肃穆地回身,把灯笼放得更低些,小心翼翼地道:"万岁爷留神脚下。"

皇帝对太皇太后的安排自然也没有二话,那个糊涂丫头在前面引路,他便随她穿过殿前的广场。起初远近都有人的,等出了大宫门,夹道里便是真正肃静得只有他们俩了。她在前面走着,灯笼圈口一片温暖的光打在她耳畔,泪滴一样的冰种小坠子,在纤细的半边脖颈上投下水波一样漾动的光。

· 三 ·

天上月色皎皎，夹道里晕染了一层淡淡的蓝。那橘色的小小羊角灯，只有碗大的一点亮，慢慢向前移动，照出墁砖参差排列的轨迹，还有那个提灯人的、不屈又倔强的后脑勺。

真的，皇帝现在看见她的后脑勺，眼前就立刻浮现起那张阳奉阴违的脸。大概是后脑勺看得太多的缘故，如果现在并排站上一排让他挑选，他应当一眼就能辨认出来。多奇怪，一个极具标志性的后脑勺，其实要说特别也没有什么特别，但因为长在齐嘤鸣身上，就格外让人印象深刻。

几番较量还能坚强反抗的，皇帝在朝堂上都很少遇到，更别说后宫了，这是独一份儿。有时恨得牙根儿痒痒，想宰了她，但又因前朝的牵制不能把她怎么样。就是这种看不惯又不得不忍耐的境况，头一次让他有了静下心来琢磨坑人的决心。当然她的反抗常让他火冒三丈，但他知道再恼火也不能认真，因为一旦认真，她就没有小命继续玩下去了。

某种程度上来说，她是皇帝自己给自己找不痛快的工具，有时候睥睨万物的人生，吃两回瘪既新奇又有趣。所以皇帝并不真的多讨厌她，比起后宫那些娇滴滴、只会奉承卖乖的女人来，她简直是个铁蒺藜一样的存在，浑身长刺，不容忽视。

"齐嘤鸣。"皇帝叫了她一声，"那枚万国威宁究竟是谁的手笔？"

嘤鸣听见皇帝叫她名字本想回头的，但他的后半句话一出，她立马把脑袋装回了原位："万岁爷的话，奴才不明白。"

皇帝知道她会这么应对，也不着急，边走边道："眼下没有第三个人，你就不必同朕装样儿了。私造玺印是杀头的大罪，你不知道吗？"

嘤鸣想了想道："奴才没有私造玺印，如果万岁爷指的是那枚印章……那枚印和真印有多处不同，是奴才拿来练手的玩意儿，没想到万岁爷竟当真了。"她一字一顿斟酌着说，"万岁爷要是打算以私造玺印的罪来处置奴才，奴才是不会认罪的，因为万岁爷拿不出证据来证明这印是我的，那枚印不是一直在万岁爷手里吗，和奴才有什么相干？！"

看看，果然在这里等着呢，赌的就是这事儿没法拿到台面上来说。假印原本在人家身上揣着，他要是不派人去摸，自然也没有后面的自讨没趣，这叫愿者上钩。

不过那句"奴才是不会认罪的"，可见这人有多嚣张。皇帝气得咬牙，忽然顿下来不走了，那个二五眼自个儿往前走了好几步，发现身后的人跟丢了，忙停下回头看。

灯笼圈口的光从下方照上去，鼻子以上黑洞洞的，毫无美感。她说："万岁爷，您怎么了？您想一个人回去吗？"

皇帝差点一口气上不来，知道她不情愿送他回养心殿，做梦都盼着他松口说想一个人回去吧！其实一个人回去没什么，他生活了二十三年的地方，还能走丢了不成？可她越是这么引导他，他越不能如她的愿。

皇帝负着手，重又往前慢慢腾挪："朕是在想，该怎么对付你。"

如此直言不讳，让嘤鸣觉得有些惶恐："奴才草芥子一样的人，怎么敢劳万岁爷费心琢磨呢。前头的事儿过去就过去了吧，耿耿于怀也没什么意思，您说呢？"

所以是一个占了便宜的，来劝慰一个吃了暗亏的，说算了吧，做人心胸要开阔，是这个意思吧？

皇帝觉得这人有些寡廉鲜耻，不过再一想，过于计较确实会把这颗草芥子碾碎，她的生存，不过是靠他指头缝儿里那么一丝间隙罢了，捂得太紧了，她过不去，底下就玩儿不成了。

皇帝又有主意了，说："朕脚疼。"

嘤鸣回头看了眼，现在都能看见慈宁宫大门呢，才走了几步而已，怎么就脚疼了！

"那怎么办呢？"她说，"要不然您略等等，奴才回去传舆，再来接您。"

皇帝"哼"了声："你想让朕一个人站在夹道里等着？"

"您要是怕黑，奴才可以把灯留给您。"她十分体贴地说，"奴才眼睛好，能摸黑回去叫人。"

可皇帝并不接受她的提议，九五之尊自己挑灯，简直滑天下之大稽。况且他并不是真的脚疼，不过是想刁难她一下罢了，皇帝说不成："你奉命伺候，自己跑了是什么道理？"

这下嘤鸣没法子了，心说你觍着老脸，不会是想让我背你吧！就你这模样，站在三丈以内能把人冻哆嗦了，你还想上身呢，真当人好欺负？

于是就僵持着，她低头思量，想不明白这人为什么没有一回能消停，见了她就想摆布她。他讨厌她是纳辛的闺女，讨厌薛尚章到这时候还想让自己人霸占他的后位；可她呢，她也讨厌他目空一切的鬼样子，蛮不讲理的狗脾气。还有他们一家老小害死了深知的仇，若非怕给薛齐两家招祸，她早就撂挑子不干了。

皇帝享受她束手无策的难受劲儿，他就这么站着，抬头望望月："今儿是十五……"

嘤鸣的郁气从每个毛孔里散发出来，她不待见皇帝，也不待见月亮："今晚的月色可真难看。"

皇帝愠怒地把视线调到她脸上："你的眼睛要是用不上，回头就抠了吧，放在你身上也是糟蹋。"

这下嘤鸣不敢发牢骚了，动不动就要抠人眼睛，这是第二回了。她叹了口气，低头瞧瞧皇帝的鞋："万岁爷，好好的怎么会脚疼呢？是鞋不合适，还是长鸡眼了？"

皇帝脸上一僵："你又在胡说什么？"

然后嘤鸣就不说话了，把羊角灯放在足边，就那么着手，低着头站着，一动不动。

这是什么意思？皇帝见她不作为，又有些恼火，她不是应该说"万岁爷，奴才来背您"的吗？她一个女人，皇帝自然不会当真要她背，可是态度很重要，可惜她连这种做奴才的自觉都没有。

"朕但凡火气大一点儿，你这会子就该人头落地了。"皇帝寒声道，"你就是这么伺候的？"

嘤鸣抬起眼，一脸茫然："奴才什么都没干。"

就是没干才可恨呢，皇帝看着这张脸，两眼火星子四溅。忽然发现她呆愣愣的样子很有趣，"哎"了声说："齐嘤鸣，朕御赐你一个新名字，叫懵鹅，你觉得怎么样？"

嘤鸣自然是气得不轻，这皇帝的脑仁儿大概只有核桃大小吧，给人起绰号的事儿她七八岁就玩儿剩了，他这会子还拿这个来恶心人呢！

她眨了眨眼："老佛爷说，奴才将来要给您当皇后的，懵鹅皇后，您觉得怎么样？"

这下皇帝噎住了，半晌转过身去，嘟囔了句："谁答应让你当皇后了！"

这件事彼此都无可奈何，无可奈何到最后只有认命。嘤鸣说："您没答应，那带奴才上地宫里认地方做什么？奴才从没见过您这样表决心的，还没怎么样呢，您就要和奴才'死同穴'了。"

论斗嘴的功夫，皇帝在她面前永远不是个儿。只是说完了，彼此都发现这个自己讨厌的人将来要和自己生死相随，那种感觉确实不怎么让人受用。

皇帝的脚终于不疼了，他举步往前走，背影看上去有些落寞。嘤鸣顿了顿，还是快步追上去给他照道儿。这一路因为没有御前的人围拱，皇帝现在给她的感觉，不过是个发不了威的普通男人罢了。再往前是隆宗门了，近门的围房是军机处，外头站班的太监远远见了皇帝，啪的一声打袖行礼。不一会儿里头章京出来了，冠服端严的臣工们打千儿迎驾，嘤鸣转头瞧了一眼，这时的皇帝威严持重，又变成了那个高高在上的一国之君。

"不必再送了。"他说，声线冷漠，"朕要入军机处议事，你回去吧。"

嘤鸣道是，微微哈腰，恭送他进了军机值房。

到这会儿她才又抬头看月亮，其实月色挺好的，皇帝不在，才能体现出这静夜的美来。

往回走，走了不多远就见松格匆匆忙忙赶过来，接了她手里的羊角灯问："主子，您眼下手还疼吗？"

嘤鸣说不疼了，只是十个指腹对捏上去，表皮有种硬邦邦的感觉。

不必去慈宁宫，她们从宫门前的夹道里穿过去，直回了头所殿。进屋后在灯下就光看，爪尖上的皮肤像是都绷直了，连指纹都变得很浅淡。松格还是给她上了一层药，边涂边说："那位春姑娘随贵太妃回寿康宫了，料着明儿会有晋封的恩旨吧。"

嘤鸣"嗯"了声："她先头烫得比我严重，回头怕是要起水疱了。"

松格完全不在意人家伤得怎样，絮絮说："老佛爷还是偏疼主子的，瞧着春家和贵太妃才留春姑娘在宫里，她要是先晋了位，倒也好。"

嫔妃的册封不是什么要紧事儿，了不得往娘家赏点子东西，位分一定、寝宫一分派就是了。她家主子呢，迟迟没有旨意下来，是因为皇后的册立关乎社稷，规矩太多，礼仪太复杂，宫里要预备，也得花上好大一番力气。

横竖是不着急的，太皇太后那头不单要瞧两个人能不能过到一块儿去，更要紧的是瞧前朝动向。纳辛照旧和着稀泥，薛尚章照旧紧扣六旗不撒手，彼此都僵持着，因此封后的诏书暂且也下不来。

下不来好，嘤鸣觉得这样更自在些，有时候还在盼着，万一有出宫的一天呢……

第二天，春吉里氏的册封诏书从御前发了出来，奉太皇太后懿旨，封春挼蓝为贵妃，赐居承乾宫。

旨意下来的时候，松格惶惶地看着她主子："贵妃……"

上来便册封贵妃，分明是破格了，这种晋封法儿，是对皇后的极大威胁。

嘤鸣还坐在窗前做她的针线，松格忧心忡忡，她半点也没往心里去。朝堂争斗波及后宫，古往今来都是这样。崇善和纳辛同是公侯，纳辛左右摇摆的时候，崇善正一门心思替皇帝分忧，替朝廷修河堤、筑海防。

贵太妃带着内侄女来慈宁宫谢恩了，新封的贵妃意气风发，再华美的衣裳也赛不过她脸上的一团喜气。

谁能想到会一步登天呢，原本晋位也得按规矩来，王大臣和将军的女儿进宫封妃，以下官员的女儿大多是嫔和贵人。照着昨儿太皇太后考验的结果，贵太妃当时其实是很泄气的，她以为最多不过封妃罢了，皇后之位是想都不要去想的。谁知皇恩浩荡，一气儿就封了贵妃，这样的恩典，可得好好磕个头嘛。

春贵妃从门上进来，一步一安，直到太皇太后宝座前。然后跪下，两手在前额交叠，深深泥首下去。这种见礼的分寸想必已经操练过很多遍了，头上络子绝无半点摇摆，不说太皇太后，连嘤鸣瞧着都很熨帖。

太皇太后叫免礼，贵妃又给太后磕了头，太后笑得像个菩萨："往后好好伺候主子。"

在太后看来，再高的位分也是妾，在她眼里不足挂齿。她更有心思去留意嘤鸣的反应，不知这么大的祸患杀到跟前了，那丫头有什么主张。结果看下来，和昨儿没有任何差别，她还笑着呢，那神情，仿佛她娶儿媳妇般受用。

太后没辙了，瞧了瞧太皇太后，太皇太后忙于赏赐新贵妃，也没朝这头看一眼。

嘤鸣不急，但消息传到宫外，纳公爷一家急成了热锅上的蚂蚁。

福晋问管事的："究竟怎么个说法儿？"

管事的回禀："董太监传话出来，确实是定了崇善家的四姑娘当贵妃，诏书都下了。这会子宫里赏赍到了门上，春家门槛都快给踩平了。"

侧福晋坐在圈椅里，半天说不出话来。

纳公爷看看福晋，又看看侧福晋，原本和红颜知己的人约黄昏后也忘了，在厅堂里一蹦三尺高："这是拿我纳辛当猴儿耍呢？姑娘好好定了亲的，硬讨进宫去，原想能当娘娘，也就不计较了，可现在是怎么回事儿？先皇后都下了葬了，是该有个说法儿了，嘿，我们姑娘还没册封呢，倒先晋了崇善的闺女，这是恶心谁呢？我就该进宫去问问，我们家姑娘他们还要不要，不要趁早还回来，我们齐家宁愿养老姑娘，也不给他宇文家！"

福晋听着纳公爷的大嗓门儿，脑子都快炸了："我的爷，您小点儿声吧，他们要是乐意让嘤儿回来，还用得着这么费心点拨？"

福晋是家里的军师，毕竟大学士家小姐出身，想事儿格外周全。她摇着扇子道："咱们家里着急，我料着嘤儿是不着急的，她知道这会子着急没用，全得看阿玛的。"

纳公爷定眼瞧她："看我的？"先头还一团气呢，很快就冷静下来。

毕竟当了几十年的辅政大臣，纳公爷怎么能不知道宫里的意思呢？嘤鸣进宫是薛家促成的，宫里虽依着薛尚章的心思行了事，但接下来拍不拍板得看薛尚章的行动。纳公爷觉得自己的窝囊之处就在于他们斗法，拿他的闺女当枪使，要不是嘤鸣脑子活，这会儿怕是连骨头渣子都没了，还当皇后呢！可人既进去了，出是出不来了，要当就当最大的，当个妃嫔埋没了他闺女的人才，纳公爷就是这么想的。

"我得上薛家一趟。"纳公爷抄起了桌上的扇子，"得和薛尚章好好议一议这事儿。"

他刚要出门，就被福晋叫住了："议什么？叫他把手上六旗拿出来，派往萨里甘河平乱？"

　　纳公爷一怔，站住了脚，知道这事儿他们两头都不肯吃亏。薛尚章把干闺女送进宫，不过是想将来万一有点什么，孩子在位上，也是一重保障。可要是为了这重遥远的保障放弃目前手上的实权，那是万万不可能的。

　　"宫里为什么把嘤儿接去？还不是看着爷！与其讨好薛尚章，不如拉拢您，这笔账您会不会算？"福晋站起身道，"都到这个捱节儿上了，咱们不保自己，谁保你？这回册封了贵妃，宫里的眼睛就瞧着您呢，瞧您晓不晓事儿，瞧您还和不和薛尚章穿一条裤子。"

　　纳公爷中庸了这么些年，一向是吃人吃剩的，稳当要紧。这回姑奶奶在宫里，眼看要给人架在火上烤了，他觉得不成了，无论如何该雄起一回，至少先把姑娘扶上皇后的宝座再说。

## · 四 ·

　　官场上混迹了几十年的油子，谁的手上没有几个过命交情的朋友？纳公爷虽然做官不怎么样，但是他很够哥们儿义气，八大胡同都能带着一块儿逛的同僚，友谊绝对超越酒肉朋友的范畴。户部的、吏部的、兵部的、翰林院的，纳公爷可说交友无数。薛尚章是靠着军功打下了一片基业，他不是，他靠吃花酒、打茶围和诸位高官王大臣交朋友。大英律例明文规定，官员不得宿妓嫖娼，但这都是明面儿上需要遵守的条例。私底下呢，有几个爷们儿是干净的？家里花儿哪怕是从菩萨净瓶里摘下来的，也有腻味的时候。纳公爷热衷于牵线搭桥，碰上都察院突击的检查，他还能帮着打掩护。违律偷腥得逞后的那种快乐，远比俯首帖耳听人支使强多了，因此论起人脉来，纳公爷称第二，没人敢称第一。

　　人脉一广，就便于行事。皇帝近来正为赋税的事困扰，薛尚章使人下绊子，把户部的账目弄得一团糟，纳公爷就打算从这上头下手，先把皇帝亟待解决的事儿解决了，也算立了头一件功劳。

　　不久的将来终会走马上任的国丈爷开始了紧锣密鼓的计划。六部官员他都熟，户部尚书是薛尚章的门生，因为与薛尚章关系太铁，几乎没有突破的可能。那除了尚书，还有能下手的没有？当然有，侍郎能与之分庭抗礼，可纳公爷和侍郎交情平平，于是让郎中打听明白侍郎常喝花酒的地界儿，买通那家的鸨儿，把侍郎带进了一个从未进过的包间。

　　水灵清嫩的姑娘，自然深得老江湖的喜欢，人家正情热时，纳公爷闯了进去，一巴掌扇在姑娘脸上："好下贱的东西，白疼了你！"

欢场上也是讲规矩的，开了脸的红倌人跟谁都是跟，这种刚梳拢[1]的却不一样，一般被人长期包下再不接客，谁走错屋子，谁就犯了大忌讳。

侍郎一看："哎呀，齐中堂。"

纳公爷迟迟回过眼来："哎呀，大水冲了龙王庙！"

于是大事化了结下了交情，虽然带了点胁迫的味道，但总比闹起来好。纳公爷拿到了那本真账直上御前，十分虔诚地对皇帝说："奴才愿为主子分忧。"

皇帝修长的手指翻动账册，一方面对薛尚章之流更深恶痛绝，一方面头一次对纳辛有了真诚的好脸色。

"齐大人这回功不可没。"皇帝笑了笑，"竟出乎朕的预料。"

纳公爷一副诚惶诚恐的模样，小心翼翼地道："这本是奴才分内，主子说出乎意料，实在让奴才汗颜。想是奴才往常还做得不够，未能为主子排忧解难，往后奴才定要殚精竭虑，以报主子恩典。"

皇帝很称意，但也未让他起身。纳公爷在脚踏前跪着，皇帝在南窗宝座上坐着。君臣相隔不过五六尺的距离。皇帝微微前倾身子，和煦道："你难得立一回功，不借此机会讨要恩赏吗？"

纳辛脑袋摇得响铃一样："为主子办事，哪里敢讨要什么恩赏。只是我那闺女……就是齐嘤鸣，她还在主子宫里伺候呢。臣没有旁的想头儿，只求她犯糊涂的时候，主子能法外开恩姑息她，就是对臣最大的恩典了。"

皇帝"哦"了声，心说糊涂她爹并不糊涂，其实一点就透。以前不过是拿着俸禄蒙事儿混日子，朝廷好赖都不和他相干。如今闺女进了宫，迟迟不见有下文，他也开始着急了。一着急，头子就活，无论是从哪儿弄来的账册，横竖这回是表明了立场，要当主子的好奴才了。

"你放心，朕很疼她，过两天要召她到跟前来。朕的日常起居都得先让她明白，她到底和别人不同些，这会子先不忙，你和家里都可放心。"皇帝说罢，似乎才想起齐大人还跪着呢，便抬了抬手，"伊立吧。"

皇帝虽没有完全点破，可那句和别人不同些，就已经给纳公爷吃了定心丸。纳公爷长出一口气，起身谢了恩，皇帝赐座，他在杌子上坐着，又颠来倒去，一字一句琢磨起皇帝的用意来。

皇帝的视线落在册子上，唇角的笑渐渐退去了，神情也变得越来越肃穆，最后一

---

[1] 梳拢：如果客人钟情于一个妓女，出资举办一个隆重的仪式，再给妓院一笔重金，则该妓女不再接待其他客人，这套手续称为"梳拢"。

哂："没想到户部竟也有阴阳册子，这些管钱粮的人，到哪里都忘不了做假账。"

纳公爷的屁股往前挪了挪："主子明鉴，户部古往今来从不缺这号人。先头英宗皇帝时候，配享太庙的老福爷，封疆大吏多年征战，那是何等英雄人物，回了京照旧叫户部小吏敲竹杠，拿了三万银子出来打点。这三万银子，在户部来说不过腥腥嘴而已，不算多大的甜头。"

皇帝哼笑："怪道呢，如今连朕也敢糊弄，这帮官员是只恨没长那么大的嘴，否则朕的江山他们也敢吞。"

纳公爷哈了哈腰："主子是圣主明君，一切自有决断。奴才在外头行事，看见的污秽比主子多，臣愿做那把筛子，把臭鱼烂虾都替主子淘澄喽，还主子一个干干净净的鱼塘。"

纳公爷说了一口漂亮话，把皇帝奉承得十分舒爽。回家之后他把官帽一丢，告诉福晋和侧福晋："这回八成有谱啦，皇上跟前我表明了心迹，这要是再不待见我闺女，那就把孩子还回来吧，咱们不干了。"

侧福晋说："阿弥陀佛，那就好。咱们尽了人事，剩下的就看天命吧。"

福晋虽然也庆幸，但对纳公爷的手段很是不齿："那个呼和勒也是个没出息的，叫人设局做了仙人跳，这会子八成在家哭呢。"

"哭什么。"纳公爷说，"我和他下过保，在皇上跟前就说是他弃暗投明交出的账册子。我总不好告诉皇上，我在八大胡同给他下了套，那不是把我自己也给填进去了！"

结果他说完，福晋和侧福晋都斜着眼睛瞅他。纳公爷发现自己失言了，忙端起杯子连喝了两海，讪笑着说："唉，天儿越来越热了，今年的冰敬也该到了……"

天儿是热，大太阳照得满世界泛白光，连那假山石头都像上了层油蜡似的。福晋转头望向槛窗外，喃喃说："您得琢磨琢磨，怎么应付薛中堂了。"

纳辛愣住了，先头大刀阔斧确实痛快，痛快完了事儿也该上门了。关于薛尚章，自己这些年跟着他起哄，好处得了不少，烂账也是一屁股。薛家为什么能把他纳辛的闺女送进宫呢，还是仗着两家捆绑得紧，薛尚章干的破事儿总有他一半。他们是一根绳上的蚂蚱，一荣俱荣一损俱损，现在他想脱身出来，哪儿那么容易！

纳公爷沉沉叹了口气："他能把闺女屈死在那口大染缸里，我不能。我那闺女才十八，大好的年华，她得风风光光当皇后。"他一拍膝头站起身，抄起帽子扣在脑袋上，也不交代一声，大步流星地走出了家门。

上薛家去，好好聊聊。

纳公爷到时，薛尚章正和几个儿子说事儿，听见门房上通报，把儿子打发了，让门上把人请进来。

纳公爷开门见山："崇善家的姑娘封了贵妃，您听说没有？"

薛公爷的消息当然是一等灵通的，点头道听说了。

"您明白是什么意思吗？"纳公爷在圈椅里坐下来，两眼直勾勾地盯着他，"将之兄，咱们孩子光在宫里伺候太皇太后不是事儿啊，眼下人家都当上贵妃了，这不是明摆着给咱们下马威吗？"

薛公爷一双眼睛像鹰似的，他瞧着谁，就有一股子把人心肝挖出来的狠劲儿："所以你把税赋册子送给了小皇帝，就是为了保你闺女当上皇后？"

纳公爷噎了一下，说实话他是有些畏惧薛尚章的，这回明目张胆和他作对，完全是出于一片爱女之心。薛尚章看着他，他觉得肝儿颤，原本理直气壮的嗓门也瞬间委顿下来，快快道："咱们一块儿和皇上对着干，到底不是方儿，何不一个唱红脸，一个唱白脸，这么着也有个转圜。咱们都有姑娘，嘤儿也是您看着长大的，如今姐儿俩先后都进了宫，先头娘娘走了，嘤儿还得活下去不是？她进去了，得稳坐后位才能保咱们两家，光在慈宁宫当使唤丫头也不是事儿啊。"

本以为薛尚章会勃然大怒的，没想到他最后不过一笑："你说得很是，总得让让步，才能让宫里瞧见咱们的诚意。户部的乱账本就是成心下的绊子，没有这一道，这会子几双眼睛就全盯着我那六旗人马了。横竖嘤儿是必要当皇后的，要紧时候就算损失一旗人马，也得把她送上去。我的深知没了，嘤鸣是我干闺女，我拿她当自己亲闺女。咱们的孩子只要在那个位分上，将来好歹是一重保障。咱们兄弟，谁也绕不开谁，户部的事儿这回就算了，再有下回，闹起来谁也得不着好处。"

纳公爷看着那张皮笑肉不笑的脸，只觉魂儿从七窍都飞出去了，到这会子才为先前一拍脑袋的决定感到后怕。他诺诺答应了，从薛家出来时还有些发晕，路过清水胡同找见了红颜知己，好好排解了一通，将到太阳下山，才回过神儿来。

宫里也掌灯了，一排排的宫灯升到檐下，小太监两两一班，站在暖阁的大玻璃底下上窗户。

太皇太后和太后用过了酒膳，点了两个小戏儿唱昆曲。也不是多爱听那曲子，不过就是孀居生活乏味，宫里有时候静得人心慌，有了低吟浅唱，就有短暂的热闹，像冬天拿果子熏屋子似的，这些小曲儿也有同样的功效。

太皇太后歪在座儿上，慢吞吞地拿手指头叩击引枕，跟着抑扬顿挫的调门打拍子。皇太后意兴阑珊，看见嘤鸣在外间走动，召她进来说话："这会子要回头所了？"

嘤鸣笑着说不呢："奴才等老佛爷歇下了再回去，横竖夜里没什么事儿。"

太后点了点头，有意无意地和太皇太后说起春贵妃："捯蓝想是很得皇帝宠爱，听说昨儿皇帝上承乾宫瞧了一回，还赏了好些东西。"

太皇太后自然是乐见其成的，对她来说翻谁的牌子不重要，重要的是能不能诞下皇嗣来。

当然，很快这个矛头又转向了嘤鸣："春贵妃得宠，你心里头难受吗？"

嘤鸣愣了一下，说不难受怕是不成的，两位主子又该叹气了。于是眉心轻轻浮起了一点哀愁，这点哀愁夹带在笑意里，忧伤得恰到好处。

"奴才不知道该怎么回老佛爷的话，贵妃娘娘既然晋了位，主子厚待她是应当的，奴才不敢难受。"

不敢难受？那就是很难受却不得不憋着的意思吧？太后来了精神："你大度自然是好的，可心里头一潭死水，岂不要当姑子去了吗？！那个春吉里氏是才入宫的，既然封了贵妃，总要成全她的脸面，这也是没法子。先头孝慧皇后永安，我就瞧出来你和皇帝都有这心思，不过碍于孝慧皇后，难免有些顾虑罢了。"

这皇太后简直就是剖析人心的高手，嘤鸣被她说得哑口无言，只得赔笑。

太皇太后也笑吟吟的，说："你这孩子，心思藏得深，这么着好，也不好。你常在咱们跟前，什么话不能和我们说呢，今儿不问你，只怕你自己不知道要忍到什么时候去。"一面说，一面转头对太后道，"有件事儿我琢磨两天了，大婚事宜怎么操办才好？我瞧人就别出去了吧，家里头送迎倒麻烦。"

皇太后听了笑道："老佛爷这是不愿意把人放出去，身边待惯了，离了一时一刻都不放心。"

"倒也不是。我是想着，如今把人留在我跟前，像我这老婆子没有成全之心似的。明儿吧，"太皇太后高兴地一拊掌，"明儿等皇帝来请安，我再和他好好细说。"

嘤鸣顿时脑子里嗡嗡作响，太皇太后要和皇帝细说什么，是她控制不了的。她开始后悔，不该顺着她们的意思说话，这会儿补救也来不及了，回去惴惴不安地过了一夜。第二天乌眉灶眼地进了慈宁宫，皇帝来时她连头都没敢抬，老老实实地侍立在一旁，恨不得把自己缩成小小的一团，缩进墙上的轿瓶里去。

皇帝请过安，陪着太皇太后说了会子话，朝堂上的、大臣家里的事儿都有。起先还好，太皇太后也是一笑一乐，半道上忽然看向了嘤鸣："姑娘昨儿不高兴了，皇帝猜猜是怎么回事儿。"

嘤鸣只觉脸上汗毛都竖了起来，腿颤身摇简直要站不住。

皇帝奇怪地瞥了她一眼，嘴里还应着太皇太后："孙儿不知道。"

太皇太后笑着说："还不是因你抬举贵妃吗，嘤鸣心里不受用了。毕竟是女孩儿，这上头有些小心思，也不能怪她。咱们宫里是这么的，和外头家子不一样，往后得慢慢习惯才好。"

皇帝呢，面上虽然平淡，心里却像滚水沸腾起来，一面疑惑，一面七上八下。

她怎么能为这事儿不高兴？为什么不高兴？他厚待谁，翻谁的牌子，都和她不相干的，她有什么道理不高兴？难道……她心里偷着喜欢他？瞧瞧那面如死灰，是吃味吃过了头的症状吗？她真的喜欢他？

皇帝胡乱思忖着，脑子里全没了章程。心头大跳起来，越想越慌乱，手里的杯子原本好好端着，一瞬间杯里荡起涟漪，竟连拿都拿不稳了。他慌忙把杯子放回炕几上，勉强定住心神才道："我……朕，朕是瞧着崇善治水有功，是……是瞧着皇考敏贵妃的面子……"

太皇太后看着皇帝的模样，一时也瞠目结舌。

这是怎么了，怎么连话都说不利索了？皇帝六岁践祚，即便是年幼时在朝堂上面对权臣也从未有过一丝胆怯，这回为了女孩儿的小性子，竟慌得手足无措了？

太皇太后看看皇帝，又看看嘤鸣，这两个人一个蔫头耷脑，一个六神无主，真是一幅奇怪的场景。想是小儿女各怀心事吧，太皇太后也乐得成全，笑呵呵道："我这头没什么可伺候的了，今儿起嘤鸣就上御前去吧。皇帝，回头就把人带走！带走！"

·五·

嘤鸣真的就这么被带走了，像被人牙子售卖的可怜人儿，失魂落魄地跟皇帝走出了慈宁门，大太阳照在脑门上火辣辣的，都不知道躲了。

皇帝坐在高高的肩舆上，她就在右侧随舆行走，他眼梢能瞥见小两把上垂挂的朱红的络子，却竟不敢低头看她一眼。他还处在梦境一般的困惑里，太皇太后的话让他无法消化，他以为这个二五眼会长期纠结于薛深知的死，对他和整个后宫都充满敌意，没想到今天意外得知她的心事，这让皇帝摸不着头脑之余，又有一点游丝般的欣喜。

至于欣喜什么，他觉得没有必要深究，横竖他一向遵从自己的内心。他只是好奇，她究竟是什么时候喜欢上他的，是在去巩华城的路上，还是上回醉酒留在大帐过夜的那晚？当时其实他们睡得相距不远，也许自己安置后她也来偷偷看过他。皇帝自问自身条件无可挑剔，春秋鼎盛的年纪，站上了无人可以企及的高峰，手握苍生睥睨天下，且又有一副朗朗好相貌，她确实没有理由不喜欢他啊。

不过女人总爱肚子里打官司，那天他们一同走在夹道里，当时没有第三个人在场，她为什么不向他吐露心事呢？如果她说，虽然他也许不情愿，但看在太皇太后的面子上，还是会勉为其难的。只要她说，眼下可能又是另一种境况，毕竟她是要当皇后的人，他自然一切以皇后的好恶为先。

唇角忍不住要上扬，皇帝两手紧紧扣住游龙把手，他不知道自己在使什么劲儿，只是觉得需要花极大的力气按捺，因为他是皇帝，他必须稳重练达。她不喜欢他抬举贵妃，他又觉得好笑，这事儿就算是皇后也管不着，帝王要权衡利弊，平衡天下，她非但没道理不高兴，还应该体谅他……但她吃味儿，她吃味儿了！果然女人就是女人啊，面儿上装得那么老成，私底下终究有小性儿。

皇帝支起手，装模作样地掩住鼻子以下的部分，上半截不动声色，下半截在掌心里绽出了花儿。

嘤鸣呢，觉得既冤枉又憋屈，为什么昨天的经过从太皇太后嘴里说出来，就变成了另外一种味道？明明是她们套她的话，她也就是顺嘴一说罢了，结果把她变成了一个幽怨的、眼热别人被御幸的蠢女人。她觉得实在太扫脸了，不知皇帝现在怎么看她，八成觉得她癞蛤蟆想吃天鹅肉，觉得她肖想他。真是天地良心，她看见他就眼前发黑，怎么能对他有任何非分之想呢。可是这话又没法解释，自从进宫以来，她就一直在蒙受不白之冤。她朝甬道尽头看去，发现天也矮下来了，眼里没有了色彩，整个世界都是灰暗的。

可她的愁眉不展，在皇帝眼里却是羞赧的表现。太皇太后真没顾全她的面子，把她的心事全抖搂出来了，姑娘家脸皮薄，看吧，她甚至不好意思瞧他一眼！两个人过了好几回的招儿，算是挤对出了感情，这份感情很难得。皇帝现在回想起来，竟觉得以前自己有些锱铢必较了，毕竟她是女孩儿，让着她点儿没什么，以前亏待了她，往后善待她就是了。


德禄在御辇另一侧行走，只看见万岁爷眼梢浮起一点仰月的笑纹，他从万岁爷即位起便伺候，这么多年，万岁爷从没有哪一日这样自得其乐过，他作为贴心的奴才，也由衷地为主子感到高兴。

这会儿万岁爷得着了宝贝，料想是没心思处理政务了吧！他仰头问："主子爷，摆驾乾清宫，还是直回养心殿？"

皇帝沉吟了下，觉得政务一时半会儿处理不完，嘤鸣才到御前，还是先安顿她要紧。于是皇帝道："先回养心殿。"

德禄响亮地应了声"嗻"，高声发令："万岁爷摆驾养心殿。"

抬舆的脚下稳稳迈动起来，穿过隆宗门，一气儿到了遵义门前。肩舆落地了，按着往常的惯例，德禄应当伺候万岁爷下舆，可今儿他没挪步，只是给嘤鸣递眼色，示意她上前接应主子。

嘤鸣骑虎难下，只得躬身探出了手。结果皇帝没有搭，反倒轻轻一拂，把她的胳膊拂了下来："你不是来当使唤丫头的，大可不必。"

嘤鸣心上一跳，皇帝这么有人情味儿，真是开天辟地第一回，竟让她有些无所适从起来。但皇帝却是悠然自得的，他负着手，自己从肩舆上下来，自己走进了宫门。

小富是门上的石敢当，常年猴在门前，见万岁爷身后跟着快快不乐的嘤姑娘，嘤姑娘后头的松格挎着小包袱，顿时就明白过来了。他冲德禄挤眉弄眼，德禄奸邪地一笑，小富顿时一拍大腿，成了！

眼下人来了，住处该怎么指派，原本是管事的料理，但这回皇帝觉得应该亲自操持，毕竟她不是一般人。养心殿屋子很多，这里和乾清宫不一样，是完完全全属于他自己的小地方。他平时大多住在后殿的东梢间，体顺堂古来用以皇后随居，燕禧堂为贵妃所居。春贵妃晋封后没在养心殿过过夜，燕禧堂空置，不必担心会遇上春授蓝，因此东边的体顺堂正合适，离得又近，又十分合礼制。

皇帝指派的时候，显得很坦荡："横竖体顺堂空着，那几间屋子就赏你了。"

嘤鸣站在后殿门前，穿堂风吹动她鬓边的头发，她的神情有些木讷："万岁爷，您住哪儿？"

皇帝被她问得难堪，告诉她就住她隔壁吗，好像有些说不出口。这二五眼生性放肆，又不愿意惹人非议，实在假模假式。要换作平时，他大约会不耐烦，觉得她不识抬举。可现在却不这么认为，他能体谅她才被太皇太后掀了老底，极力挽回颜面下的故作矜持。

她是怕吗？怕他会幸了她？皇帝心头蓦地一热，这个揣测让他产生了些晕眩之感，他舔了舔唇道："又日新。"

"又日新是哪里？"嘤鸣愣愣地问，看见皇帝颤巍巍地抬起手，朝东梢间指了指。

一墙之隔？嘤鸣惊恐地扭过头看他，皇帝从那双眼睛里看见了不情愿。怎么不情愿呢，难道她不要皇后的名分了？天天看见他，不是她的愿望吗？

他很费思量："这个指派不好？"

嘤鸣感到困顿："奴才是哪个名牌上的人物……"

她这是在抱怨，觉得这会儿还没下册封诏书，心里不痛快吧？皇帝想笑，但很快又正了脸色，沉声道："你将来用不着上牌子，可以走宫。"

此话一出，嘤鸣险些崴倒，哆哆嗦嗦在脑子里过了好几遍，究竟走宫是什么意思。

宫里专用的词儿很多，背宫和走宫是专指侍寝的。妃嫔被翻了膳牌，脱光了拿大红被褥一裹，由太监从寝宫背出来，背进养心殿，再转手由敬事房的送上皇帝龙床。那是没拿她们当人看，完全像对待牲口似的，人的尊严都被剥夺干净了。而走宫不同，走宫是大大方方自己走进养心殿，除了皇后和皇帝特许的个别人，谁也没有这样的殊荣。

虽然皇帝已经默认她是将来的皇后了，可他直接拿侍寝说事儿，嘤鸣还是觉得他不要脸透了。

她和他大眼瞪小眼，皇帝看着她慢慢红了脸，先从脸颊开始，然后到耳朵，最后连眼睛都红了。他不明白，这点小事，怎么能把她感动成这样。

他心里欢喜，又有些不好意思，匆促说："朕还要接见臣工。"便转身走出明间，往乾清宫去了。

嘤鸣还在发蒙，小富迎上来，就地打了个千儿："姑娘这回上御前来啦，往后咱们也好有照应哪。"

她这才回过神来："我来这儿也不知道能干什么，往后要诸达们多提点。"

小富一迭声说不："您来这儿可不是来伺候的，老佛爷早说过，您是来照看主子爷饮食起居，来督办奴才们的。"

所以这是个什么事由？养心殿总管？嘤鸣意兴阑珊，料定皇帝肯定此番没安好心，那个体顺堂，她是说什么都不敢住的。

"我在头所殿住惯了，还是住在那里的好。那里离慈宁宫和寿安宫近，还能常去瞧瞧老佛爷和太后。"她笑了笑，转头指派松格，"认过了地方，眼下没事儿，咱们先回西三所吧。"

她们主仆俩就那么大摇大摆地走了，留下小富和三庆面面相觑："体顺堂是皇后的住处啊，旁人连想都别想，姑娘怎么不愿意呢？"

三庆摸了摸下巴："八成是觉得名不正言不顺，又兼吃贵主儿的醋，心里不受用。"

小富讪讪笑道："姑娘心忒重了，那位虽晋了贵妃，其实和寻常妃嫔没什么两样，燕禧堂的边都没沾着。往后她在主子跟前，自然就知道了。"

三庆摇了摇脑袋，他对女孩儿的心思琢磨得还不够透彻，料着吃起味儿来，就什么道理都不讲了吧！

嘤鸣那厢走得匆匆，她的心境一向开阔，但今天的事儿让她很没面子，因此心情万分低落。她虽在皇帝跟前总下气儿，但她内心有骨气，皇帝也知道她不屈服。如今太皇太后一句话，那鬼见愁连走宫都想到了，可见他心里是怎么瞧她的。

松格追得气喘吁吁："主子，您不住万岁爷指派的地方，回头万岁爷治您的罪怎么办？"

嘤鸣捂住了脸："我臊都臊死了，还怕什么治罪！"

她回到头所，气若游丝地僵卧了半晌。松格坐在床前，也觉得有些无可奈何。事关尊严，突然对死对头屈服也就算了，还被宣称偷着喜欢人家，这脸……确实丧尽了啊！

五月心里的天，说变就变了，上半晌还响晴呢，到了午后就闷雷阵阵，天色一气儿暗下来了。眼看要下雨，松格忙关上了窗户，屋子里黑得要掌灯，她一面吹火折子，一面劝慰她主子："您不能饿着肚子啊，才送来的鹅油卷，又酥又脆，主子您进点儿吧，我给您斟茶。"

可嘤鸣躺着没动，脸上还盖着方帕子，油灯下看着真瘆人。

松格叹了口气："您和自己置什么气呢，这也不是大事儿。"走过去掀起了帕子的一只角，"老佛爷就爱拿您和万岁爷扯到一块儿，那是她老人家疼您哪。"

外头终于雨声隆隆，嘤鸣的肚子饿得叫唤起来，才下炕挪到了桌前。

鹅油卷是她爱吃的，宫里别的没什么好，只有点心小吃深得她心。才出炉的好东西，闻着确实香甜，她拈了一个细嚼慢咽，肚子里有了东西，她才把那口窝囊气吐出来，撑着脑袋说："我瞧春贵妃挺好的，年纪轻轻的姑娘，长得也标致。才晋位，皇上疼惜些是应当，偏问我难受不难受，我有什么可难受的！老佛爷和太后都愿意我说难受，我自然要顺着她们的意思，这倒好，传到御前去了。皇上听了这话，像是和先前不一样了，他别不是误以为我喜欢他，这才对我好些的吧？"

松格也不敢断言，嗫嚅着说："那您何不顺杆儿爬呢，万岁爷给您好脸子，您就接着吧。"

嘤鸣不说话了，不过牵唇笑了笑。自己从不指望和皇帝发生些什么，她不是不知道帝王家的残酷，当初深知大渐[1]，薛福晋在西华门上哭号半夜都没有恩旨放她入宫见面。这世道，只有宫里最上层的主子是人，今儿给你脸，明儿呢？哪天病了，或是娘家倒台了呢？所以别想那么多，欲壑越是难填，苦难就越深重。

翕下来的油纸伞大头冲下，伞面上雨水汇聚成一线，从顶端滔滔流下来，浸湿了足边一大块青砖。

三庆觑着皇帝的脸色，吓得心都在腔子里痉挛。万岁爷从乾清宫回来没见着嘤姑娘人影儿，小富说又搬回西三所了，万岁爷在西暖阁蹉跎了一阵子，还是决定跑一趟。下着大雨呢，没传辇，就这么撑着伞过来的。走得鞋底子和袍裾都湿了，结果到了头所檐下，就听见里头在说这个。

那些话拿到台面上，没有一句大不敬的，降罪也拿不住把柄。可就是这种置身事外的轻描淡写，让皇帝脸上挂不住，让他发现自作多情的原来是自己，自己现在站在这里，活像个傻瓜。

---

1　大渐：弥留。

松格说了那句话，她为什么不吭声了？想必她不以为然，压根儿就没有巴结的心思吧！皇帝冷嘲地一笑，真好，不愧是薛深知的手帕交，和她一样硬骨头。自己是糊涂了，竟忘了齐嘤鸣是怎么进的宫，因为太皇太后的一句话，他就高高兴兴接受她当自己的皇后了。

皇帝脸色发白，三庆在边上几乎要筛糠，他支吾着："主子爷……"

皇帝没言声，转身走进了雨里。三庆一怔，慌忙打伞追上去，大雨瓢泼，一道道惊雷滚过，就像万岁爷现在的心情。

这时候什么开解的话都不能说，说了是给自己找晦气。三庆伺候万岁爷进了暖阁，德禄那头张罗着给主子预备干爽的衣裳去了，他就退到外面卷棚底下，忧伤地看着云层间的闪电发呆。

小富蹿了进来，不明白三庆这是怎么了："老天爷给您捎信儿了，让您上去当神仙？仔细一道雷下来，劈开了脑瓜子。"

三庆恍若未闻，沉沉地叹了口气："要坏菜。"

小富还没弄明白呢，听见里头德禄出来传话，挥着手说："快，上头所去，把嘤姑娘传过来，主子这儿派差事了。"

三庆道了声"嗻"，也顾不上打伞，弓着身子冲进了雨里。拍开嘤姑娘的房门时，他浑身淌水，淋得水鸡似的。松格"哟"了声："谙达这是怎么了？怎么走在雨里呀？"

三庆抹了把脸，说别问了："快拿上伞，主子爷传话，让姑娘即刻过去呢！"

壹壹

# 大暑

· 一 ·

松格有些不安，没头苍蝇一样在屋子里转了好几圈，最后抱着伞对她主子说："万岁爷传您传得着急，别不是要出事儿吧？"

嘤鸣也推断不出皇帝传她做什么，横竖现在已经给发配到御前了，万事都得听人家使唤。她探头朝外面看了一眼，天是乌黑的，雨点子一个个足有铜钱大，当空砸下来，能把人砸晕。原想送一把伞给三庆的，他却没等她们，自己冒雨回去复命了。松格撑开伞，两个人挤作一堆往养心殿去，三所后头的慈祥门前积水严重，从远处看过去简直成了一方池塘。那地方泄水远赶不上下雨的速度，她们只好蹚过去。等到了养心殿西边的夹道里，鞋湿透了，袍子的下摆也湿透了。嘤鸣穿的是春绸，薄薄的料子缠裹着小腿，迈起步子来十分不便。

好容易进了养心门，嘤鸣见着小富，把松格交给他安顿。一个丫头，往哪儿填都是小事。小富朝东暖阁眺望了一眼，小声说："主子爷龙颜不悦，姑娘留神为好。"

皇帝喜怒无常，天威难测，直至到了御前，嘤鸣才开始觉得这和她有切身的关系。她冲小富笑了笑："谙达给透个底吧，我进去才好知道怎么避讳。"

小富心说八成是和您有关啊，万岁爷这头松动了，您倒好，怎么还和没事儿人似的？

可这种话，他不敢随意提点，一则要忌讳妄揣上意的罪名，二则嘤姑娘也不好惹，万一和万岁爷吵起来，少不得要追究个源头。因此小富枯着眉，十分为难的样子："我先头没在主子跟前伺候，只知道主子身上淋湿了，想是为这个不高兴吧！"

这就有些怪了，御前的人都是兢兢业业，半点不敢懈怠的，怎么能叫皇帝淋了雨呢？要真是谁伺候不周，这会子该踹窝心脚才是，传她过来，十有八九又想寻她晦气。

小富这里探听不出首尾，她只好碰碰运气。养心殿前排一溜被隔成好几个小单间，俱是作为皇帝理政和读书之用，但比起西边的勤政亲贤等，东暖阁的地方要大得多。暖阁内设南炕，北面设宝座，满墙挂着先贤教诲的字帖，可以想象臣工们跪地叩拜的样子，无端让人感到压抑。

湿透的鞋底踩上松霜绿的栽绒毯，忽然有了点温暖的感觉。嘤鸣迈进门槛，就看见皇帝在北边宝座上坐着，殿里燃灯，灯火照亮他的眉眼，沉沉的，像染了霜色似的。

又要撒呓挣[1]了，嘤鸣暗暗想，提醒自己的行止越发要谨慎，以免被他抓到把柄。她上前去，蹲了安道："奴才听万岁爷示下。"然后安安静静地等着皇帝发话。可是等了半天，也没等来他吱声，她不大明白，纳罕着抬眼看了过去。

还能怎么样呢，无非是龙脸拉了八丈长，皇帝不高兴的样子她也常见，但像今天脸色这么难看的，倒确实是头一回。她心里有点发虚，怔忪地瞧了他一眼，很快又垂下眼去。皇帝晾了她半晌，终于寒着嗓子道："御前不养闲人，朕前两天和你说的那桩差事，你自今儿起就承办起来吧。"

嘤鸣歪着脑袋嗫嚅："您说的，奴才上养心殿不是伺候人的……"其实干洒扫也好，伺候茶水也好，这些都不为难的，可偏偏是这件，实在让她不知如何是好。

皇帝冷冷地看着她，眼神坚冰一样："朕赐你体顺堂你不肯住，看来你是个知进退的人。既然你时刻不忘自己的本分，那就好好遵守御前的规矩，给你分派了什么差事，你领命就是了，几时轮到你挑拣？"

嘤鸣心头蹦跶着，还是小心翼翼地辩解："奴才不是不愿意住体顺堂，实在是因养心殿全是主儿们临时住的，奴才凑在这里不合礼制。主子要是恼了，奴才这会儿搬过来还不成吗……"

听听这语气，委曲求全似的。是啊，她进宫本就是被迫的，她还惦记着她的那门好亲事，惦记着她的海银台呢！

皇帝调开了视线，冷冷道："晚了，这回别说是体顺堂，就是围房你也住不成了。"

围房是妃嫔侍寝时所用的，先帝爷之前还有那样的规矩，凡晚膳时，各宫预备侍寝的都在围房云集，等着皇帝翻牌子点卯。选中的留下预备，选不中的各回各宫。侍寝的那个当完了差事不留在龙床上过夜，一般都退回围房，直至天亮才回自己寝宫。但先帝

---

1 撒呓挣：熟睡时说话或动作。

时期这项规矩废除了，到他即位扩充后宫，也没有恢复祖制。

今天从头所殿回来，其实一路上他都在考虑，要不要把阖宫的女人都聚集到这里，每日就戳在她眼窝子里恶心她。横竖她是要当皇后的人，让她知道自己最后不过是众多等待御幸的女人之一，看她还有什么清高的。可是转念想想，这样先恶心到的可能是他自己，于是只好放弃。然而他在她这里受到的侮辱，究竟应该怎么让她付出代价，他一个人在黑洞洞的三希堂里枯坐了半天，脑子里乱糟糟的，什么头绪都理不出来。

到底是哪里出了问题呢，他握紧两手，心灰意冷。猛然一记重锤敲击在心上，他惊觉自己大概是栽在她手里了。什么时候开始的不知道，只知道从慈宁宫出来时自己像飘在云端上，只为了那句讹传的她在意他，自己竟欢喜得连体面都不顾了。

怎么会这样？皇帝感觉自己的尊严受到了践踏，明明曾经那么不待见她的，直到今天早上，他还觉得她不过是个玩意儿，纳辛的示好终于让他真正有了一丝承认齐嘤鸣成为皇后的想法，但若说心甘情愿，还远得很。结果太皇太后的那句话，瞬间就扭转了他那颗不屈服的心，他觉得这样也罢，二五眼虽然爱唱反调，将来成了夫妻，他完全可以驯化她。

可谁知……他无法接受，自己对一个不将他放在眼里的女人动了心。他践祚十七年，习惯了奉承追捧，即便感情这种事上，也必须操控全局。他一直端着，他想也许很久前他就开始注意她了，只是他必须端着，他在等齐嘤鸣先向他臣服。终于等到了，紧绷的弦丝瞬间瓦解，他可以"迫不得已"地将就了，却不料打击来得那么突然。在他心头翻江倒海的时候，她还是一潭死水，看他装模作样献殷勤，心里八成笑他像个缺心眼儿吧！

皇帝的千般想头，在嘤鸣这里，无非是奸计没能得逞的愤怒。

她和他打擂台不是一天两天了，就是因为太皇太后的误导，让他觉得可以在这上头做文章。先前她躺在床上的时候脑子没闲着，把一切都理通了。皇帝给她分派了体顺堂，不就是出于揶揄和试探吗？她要是住进去，很快就会换来他的奚落，说她不知礼义廉耻，没名没分往爷们儿跟前凑。眼下她没照他的吩咐行事，正好又落他口实，让他能够理直气壮地罚她顶银盘、送膳牌。反正不管怎么样，他都有给她小鞋穿的办法，她再垂死挣扎扑腾两下，万岁爷肯定更高兴了。

毕竟让主子高兴也是奴才的本分，嘤鸣想了一圈儿，决定认命了："既然主子发了令儿，奴才没有不遵从的，这会子就领差事上值。"

她蹲了个安，却行退了出去，皇帝盯着她的背影，眼神像荒原上的狼，恨不得一口咬穿她的脖子，让她尝尝不知死活的后果。

外头人其实都捏着一把汗，万岁爷在东暖阁召见，着实有些吓人。本以为这回嘤姑娘别说吃挂落儿了，有去无回也不一定，正在他们伸长了脖子探听动静的时候，姑娘一打竹帘自己出来了，见了德禄嘿地一笑："谙达，我这回归敬事房啦。"

德禄、三庆和小富俱是一怔，然后沉沉冲她叹气。天底下怎么能有这么油盐不进的人呢，她的心别不是砖窑里炮制出来的吧！德禄摸摸后脑勺，笑得十分僵硬："敬事房里当差的都是太监，姑娘进去，可算独一份儿。"

到哪儿都是独一份儿，真让人羡慕。德禄带着她上敬事房报到，敬事房的太监都惊呆了，管事的站在那里，打千儿也不是，磕头也不是，看着德禄直愣神。

专管呈膳牌的瑞生哭了："那我可怎么办，差事都没了，还不得上北五所刷官房[1]吗？"

大伙儿同情地看看瑞生，闹得嘤鸣也很尴尬。她想了想说："这样成不成，这件差事算咱们俩的，你每日从敬事房送过来，我在影壁那头接应你。"

这么一说瑞生顿时不哭了，直勾勾地盯着管事的瞧。

管事的甄小车也不是傻子，他当然知道这是万岁爷和未来皇后之间的情趣，虽说让姑娘送膳牌，但姑娘绝不可能归敬事房管。正愁这大佛该怎么供奉才好，她自己这么说，那是再好也没有了。

"快！"甄小车说，"还不快谢谢姑娘！有了姑娘这句话，你就有了吃饭的事由啦。"

瑞生忙上来打千儿："奴才谢姑娘周全。"

嘤鸣说不必客气："原就是我横插了一杠子，是我对不起你，快别说谢不谢的了。"

就这么，嘤鸣的差事给定下了。她虽领命呈敬绿头牌，但敬事房里上牌撤牌的事儿都不由她管。瑞生传授她一些进牌子的诀窍，正说着，外头有宫女站在廊下喊陈谙达。瑞生"哎哟"了声，悻悻出去了，嘤鸣靠在窗口瞧，看见宫女往他手里塞银子，他推辞不迭，宫女把眼一瞪："臭德行，平常见了银子嘴都合不拢，今儿装什么清廉！"

宫女走了，瑞生才进来，托着银子冲嘤鸣讪笑："姑娘您瞧……"

"干这差事有进项？"她问，然后瑞生从两块碎银里头挑了一块大的，放进了她手里。

"有钱一起赚。"瑞生嬉皮笑脸地道，"您不知道，后宫的那些主儿，为了在皇上跟前露脸，常给咱们些小恩小惠，为的就是把牌子往前凑。像刚才的，是景仁宫的。她昨儿身上才干净，今儿想拔头筹，给咱塞点儿利市，咱拿人钱财，自然得给人办事儿。"一面说一面把写有宁妃的绿头牌从一堆牌子里挑出来，放到了头一个位置，"万

---

1  官房：马桶。

岁爷点卯的次序有迹可循，常是随手挑头几个，只要咱把宁主的牌子搁在前头，起码有五成的机会能挑中她。"

嘤鸣想了想问："那要是后宫的主儿都塞银子，该怎么处置？"

瑞生说："银子来了咱不敢不接着，不接就是有意和小主儿过不去，她们花钱不过求个心安罢了，不至于叫人使坏，有意撤了她们的牌子。至于万岁爷选中哪个，这就得看造化了，毕竟主子的心思不是咱们这号人能揣测的。嘤姑娘，今儿您见了咱们这行的规矩，将来不会收拾奴才吧？"

嘤鸣说不会："猫有猫道，狗有狗道，愿打愿挨嘛。"她把银子收进了荷包里，笑了笑道，"入乡随俗，宁妃，我记下了。"

第二天瑞生把银盘送进来的时候，她果然在影壁后头等着。雨后初晴，大太阳又是明晃晃的，她端着盘子，松格给她打着伞。头一回进绿头牌，难免感到紧张，往里头瞧一眼，皇帝的晚膳用得差不多了，奏事处的膳牌也进过了。德禄站在门前朝她使眼色，她定了定神，举步迈进了西暖阁。

太监呈敬银盘是有一定章程的，那几个动作看起来容易，做起来却很难。她趋步上前，走到半道上的时候把银盘搁在头顶上，顶碗顶砚台的行家，顶个大盘子也不算什么。可最难的是膝行，太监的袍子能撩起来，她的却不能，所以每一步都万分艰难，那蹒跚的模样看得皇帝心惊胆战。

终于快到跟前了，还有两三步距离，皇帝刚要松口气，气儿才吐了一半，她猛地往前一磕，满盘的绿头牌像箭雨一样笔直地向皇帝射去。她惊呼一声"万岁爷小心"，眼睁睁看着皇帝被砸了满身。

"啊。"她连连磕头，"奴才死罪，请主子责罚。"

皇帝面无表情，把腿上的牌子都抖在了地上："你是成心的吧？"

边上的德禄和三庆都蒙了，一时僵立着，不知道目下境况应当怎么应对才好。今儿夜里的御幸是砸了，大家都在揣测，嘤姑娘这么干是不是别有目的，故意搅黄万岁爷的好事。

就连皇帝也是这么认为，齐嘤鸣满肚子坏水，这回吃了瘪，不想法子出了这口窝囊气，夜里恐怕都睡不好觉。原本皇帝对御幸这种事看得很淡，有没有都无所谓，但既然是她承办的差事，还给办砸了，那就要好好说道说道了。

皇帝一哂："鹰嘴鸭子爪，能吃不能拿，御前还有什么差事是你干得了的？"

嘤鸣办事向来妥当，这回也不知怎么，越是想做好，越是不得法门。

看看这满地的绿头牌，俨然摔了一地的后宫小主，她唯有懊丧地嗫嚅："奴才是头一回办这个差事，想是打扮没换成太监的，所以在主子跟前现眼了。这些牌子，拾起来还好用的……"她把散落的都捡回银盘里，德禄和三庆也一块儿来帮忙。众多牌子里，她一眼就看见了宁妃的牌子，便捡起来放进了皇帝手里，"您瞧这儿有一块。"

宁妃……皇帝不解地打量她，心里琢磨她什么时候和后宫的人牵扯上了，竟还干起牵线搭桥的事儿来。

"你和宁妃有什么交情？"

嘤鸣愣了下，很快摇头："奴才和这位主儿素不相识，恰好看见这面牌子，顺手向主子敬献。"

皇帝蹙了蹙眉，并不相信她的话。牌子是留下了，但他后来命三庆去打听，究竟她和宁妃之间几时有过接触。三庆回来禀报的时候，表情很奇怪，磕磕巴巴地说："回万岁爷，奴才在慈宁宫和西三所打听了一圈儿，没人见嘤姑娘和宁主子有过接触。后来奴才上敬事房问了甄小车和陈瑞生……瑞生说，昨儿下半晌，景仁宫宁主儿打发宫女上敬事房封利市……嘤姑娘得了宁主儿八钱碎银子，才……"

皇帝脑子里嗡的一声，气得一佛出世二佛升天。自己原是想借此恶心她的，没想到她竟拿这种事挣起黑心钱来。才八钱碎银子就把他给卖了，这个人到底多没出息，眼皮子有多浅！

## · 二 ·

最近三庆常看见万岁爷咬牙切齿的样子，头回见了肝儿颤，二回见了手脚哆嗦，三回四回已经没有那么可怖了，只是觉得嘤姑娘脖子硬，是个刺儿头。这世上有谁这么招惹皇帝还能活得好好的？只有她了。

"主子爷，要不要这会子就把姑娘叫来？"御前的人，很好地贯彻了德禄的思想，万岁爷和嘤姑娘一旦闹别扭，绝对不能把问题留过夜，必须当天解决。因为嘤姑娘点了火，她拍拍屁股回头所殿睡安稳觉去了，留下他们这些近身伺候的，时刻要冒触怒万岁爷的大风险。为了他们这些当差的能过安生日子，就得把嘤姑娘直接揪来，横竖万岁爷不会对她怎么样，至多骂上两句，事儿过去天下太平。

可皇帝呢，往往火冒三丈的时候不愿意见那个二五眼。人被怒火冲昏了头，容易犯错误，不管是办事还是说话，但凡有一点漏洞，她都能往里头钻。和她打擂得冷静，首先不能乱了方寸。毕竟你对她有情，她完全感受不到，在她心里你就是憋着坏的死对头，既然如此，还不如扮演好那个角色，至少别露出马脚，让她看笑话。

皇帝徐徐长出一口气，摇头："今晚上她还得掐时候呢，不用传她，她自然要来的。"

皇帝如今的后宫里，除了新晋位的贵妃，还有大阿哥的生母恭妃，就数宁妃最有体面。当然体面这种东西很虚，皇帝跟前是毫无作用的，不过在东西六宫中凭着娘家的势和自身出手阔绰，花钱买脸罢了。

宁妃的娘家很阔，内务府富家，听听，连姓都显得那么有钱。内务府当着皇帝的家，紫禁城内一切吃喝拉撒全凭内务府指派，因此宁妃在宫里想横着走，就没人敢让她竖着走。

至于皇帝呢，御幸嫔妃其实很简单，他从不在女人身上花心思，反正一应事务都由敬事房料理，他是到了什么点儿就办什么事儿。宫里没有哪个嫔妃喜欢背宫，宁妃自然也不例外，但别的嫔妃必须遵守的规矩，她却能仗着她阿玛的排头搞例外。整个敬事房都在她阿玛手底下，驮妃太监就算长了十个胆，也不敢上手背她。因此这些年轮着她侍寝，她都是走进养心殿围房的，最后要入寝殿时，才按制裹上被褥，由敬事房的人送上龙床。

今天皇帝翻了她的牌子，消息传到景仁宫后，宫里就预备起了香汤沐浴更衣。都收拾停当了，踩着落日的最后一缕余晖上养心殿，从遵义门进去，不上明间前溜达就不会遇见皇上。宁妃算是熟门熟路的，她从东围房的廊檐底下穿行，回头看一眼，外头才刚上灯笼。这会子万岁爷不知在干什么，但愿政务早早撂了手，别再叫人等到半夜吧！

唉，外头瞧着花团锦簇，谁知道嫔妃不好当！宁妃轻吁着，边解披风领上金扣，边迈进门槛，结果一抬眼，吓了一大跳，里头有人笑眯眯地站着呢，见了她蹲身行礼："给宁主儿请安。"

宁妃愣住了，瞠目结舌，不知该怎么应对。

这不是齐家那个丫头吗，这会子她怎么在这儿？她进宫来是预定了继皇后名分的，眼下她冲自己行礼，她倒是坦坦荡荡心甘情愿，宁妃自己却慌了手脚，受着不好，还礼又不好。

"小主儿想必很纳闷，不知道奴才为什么在这儿。"嘤鸣笑道，"奴才受老佛爷的指派，上御前当差来了，专管敬事房呈敬绿头牌事宜。今晚是头回上值，正逢小主儿侍寝，可不是缘分吗？"

宁妃的脑子都炸了，这是什么屎一样的缘分，简直叫人毛骨悚然。她不是来当皇后的吗，当就得了，怎么还管上绿头牌的事了？将来万岁爷翻了谁的牌子，幸了谁，皇后不单心里有账，还天天瞪眼瞧着，这么下去日子怎么过？宁妃现在只是恼，怪自己不像恭妃那个包打听，宫里什么新鲜事儿她都知道。自己消息不灵通，蒙在鼓里，还上赶着给敬事房塞银子上牌子，谁承想一上来就犯到太岁手里……这事儿齐嘤鸣知道了，皇上应当还不知道吧？宁妃心里惴惴的，料她这会子处境尴尬，应当不会和皇上谈及这件事儿的。

结果她又是神来一笔："小主儿真是深得万岁爷宠爱，这宫里只有小主儿得了走宫的殊荣。"

宁妃这才想起来自己违制，也叫她拿住了把柄。这是老天爷派来消灭后宫的天魔星吧！宁妃一肚子怨气，心说你这会子还不是皇后呢，抓谁的包儿！便也不赏好脸子了，冷冷一笑道："姑娘才是独一份儿，主子爷待见您，把您留在御前。倘或晋了位分，得和咱们一样在后宫里头等御幸，要见上一面可难。只是我也替姑娘着急，不拘怎么，有了名分，像春贵妃似的，好歹是主子爷宫里的人。姑娘这样的算怎么回事儿呢，不是女官，也不是妃嫔，如今还顶了太监的差事，这也忒叫人不是滋味儿了。"

嘤鸣品咂出了她话里的刺儿，琢磨了一下，笑道："可不嘛，您说中我的心事儿了。回头您进去侍寝，要是有机会，还请替我美言几句。往后您的牌子我自会替您递上去，算我对您的贴补。"

贴补？贴个膏药！宁妃凉凉笑道："姑娘客气了，咱们这号人，在主子跟前可没什么脸。您托我，还不如托贵妃娘娘。贵妃娘娘眼下圣眷正隆，她说话比我好使多了。"

嘤鸣碰了钉子也不恼，还是笑模样，欠身道："那主儿先更衣，奴才替您瞧瞧去，看主子爷这会儿忙完了没有。"说罢慢慢退出了东围房。

皇帝还在勤政亲贤梳理公务，透过窗上垂挂的绡纱，隐约能看见南炕上盘腿而坐的身影。她进了明间，三庆在隔扇门前站着，德禄在里间伺候，大约正躬身磨墨吧，只看见一个撅起的屁股和一幅蟒袍的后摆。

嘤鸣瞧瞧三庆，三庆会意了，朝门内通传："禀万岁爷，嘤姑娘来了。"

里头没言声，德禄仰过身来笑了笑，嘤鸣便趋步上前，进梢间蹲了个安道："万岁爷，宁妃娘娘来了，这会子正更衣呢，打发奴才来瞧瞧您忙完了没有。"

皇帝听了，奇怪地看了她一眼："更衣？打发你来瞧瞧？"这些词儿在侍寝的当口全是不应该出现的，妃嫔脱光了抬上龙床，何来更衣一说？至于催促皇帝更是大不敬，这人为了八钱银子如此卖力，越发让皇帝觉得她没出息，扫脸透了。

皇帝啪的一声合上了折子，没好气儿地眯眼看着她："照你的意思，朕这会子就该去御幸是不是？"

嘤鸣迟疑了一下："您翻牌子，不就是为了天地一家春吗？"

"天地一家春？"皇帝差点被她气笑了，真是好雅的词儿，这也被她想到了。他扶了扶额，从三庆回禀内情起，他就一直憋屈着，堂堂一国之君被她以这样低廉的价格售卖，实在咽不下这口气。要理论，又说不清道理，只得恨声反驳，"那个牌子是你塞进朕手里的，不是朕翻的！"

嘤鸣想了想道："那您也留下了呀，既留下了，传宁妃娘娘过来侍寝有什么不对？"

"你八辈子没见过钱？就瞧着那八钱银子？"皇帝终于忍不住了，冲她大喝了一声，"你收受贿赂，拿朕当什么？你等着，朕总有一天好好收拾你。还有你那双贪墨的爪子，也一并砍了才好。"

嘤鸣吓得把手背到了身后："主子怎么了，这么好的夜色，您恼什么？"

不高兴的时候，十五的月亮也说难看，如今赚了一点儿小钱，狗啃了的也说漂亮。皇帝看着她，雷霆震怒发泄不出来，气得自己脸发白。

嘤鸣犹豫着支吾："那宁主子那里……"

"去瞧瞧她脱光了没有，脱光了让敬事房的把她送回景仁宫去。打发人申斥她，问问是谁给了她胆子，不得朕准许擅自走宫的？还有她贿赂敬事房一事……"皇帝盯着嘤鸣狠狠地说，"既然她有钱，让她给潭柘寺观音像重塑金身。打今儿起，三个月内不许她上牌子，谁再敢在朕耳朵边上念叨宁妃，就罚她去景仁宫和宁妃做伴。"

德禄听了令，缩着脖子道"嗻"，慌忙上围房传话去了。余下嘤鸣提心吊胆地从荷包里掏出了那块银子，双手呈敬上去，搁在了皇帝面前的炕桌上："小主儿赏的，奴才不收，怕惹小主儿不高兴。奴才是想既拿人钱财，就要给人办事，这点做人的规矩奴才知道，所以……奴才往后再也不敢收人银子了，请万岁爷开恩，饶了奴才这回吧。"

皇帝冷冷一哂："你才上值，就知道收受贿赂，想必是敬事房早有这个先例，你是依惯例办事吧？"

"不不不，"嘤鸣是很讲江湖义气的，绝不会轻易拖累了敬事房的人，大包大揽道，"昨儿陈谙达教我规矩，后来他出去了一趟，景仁宫的宫女就是这个当口过来的。奴才刚到内务府，又听说宁妃娘娘是内务府总管富大人家的小姐，料想里头八成有她自己的规矩，也没好多问。陈谙达回来之后还怪奴才来着，说后宫这么多主儿，开了先例后头刹不住，要是个个送利市，差事就不好当了。奴才也后悔，可钱收都收了，也还不回去，只好下不为例了。"

还下不为例，她倒挺会给自己找台阶下的。虽然她自圆其说，仍旧让皇帝看出了漏洞："宁妃知道你的身份，贿赂你只给八钱银子，说不过去吧！她是不是得罪过你？"

嘤鸣忙说没有："奴才为人向来温存……"

又是这句话，皇帝听了直皱眉。接下来该是什么？如果哪天让谁下不来台了，别纳闷，她是故意的？或许里头确实有她的算计，但宁妃买通敬事房是事实。皇帝最恨这种投机钻营的伎俩，算计别的犹可，算计到他身上来了，这种事绝忍不了。所以不管她是不是成心的，宁妃一定要罚，至于她……

没等皇帝想出惩戒她的好辙来，她很快就打算将功补过了："奴才搅了万岁爷的局，奴才罪该万死。这会子时候还早，奴才这就去把绿头牌搬过来，万岁爷再挑一回也来得及。"

皇帝说算了:"朕如今还有什么兴致?"瞥了她一眼,重又垂下了头,"看见你朕就眼晕,你下去吧……下去吧……"

后面那句下去吧,简直有放弃抵抗的无奈。嘤鸣退出来的时候,三庆朝她看了眼,笑得十分有深意。嘤鸣也没多思量,略欠了欠身,就出来找松格了。

松格是看着宁妃拿大铺盖卷卷着送出养心殿围房的。她说:"好家伙,就剩个脑袋在外头,太监扛着她走,她在被卧里头哭鼻子。再大的款儿,在万岁爷跟前算什么呢,触怒了主子,还不是给收拾得服服帖帖的。"

嘤鸣什么也没说,不过笑了笑,叮嘱松格仔细祸从口出。

皇帝御幸叫免了,她也不必留在这里了,带着松格从养心殿和慈宁宫之间的夹道回去。十五之后的月亮依旧鲜亮,她们踏着清丽的月光走在青砖甬路上,嘤鸣忽然说:"松格,你瞧我,是不是和原来不一样了?"

松格说:"您还是原来的您。"

嘤鸣心里有些煎熬,她记得以前的自己,没有那么强的好胜心,也没有那么睚眦必报。像那个宁妃,只因刚抵达巩华城那晚说她的坏话,她逮住了机会,就给了人家这么大的教训,事后想来似乎太过分了。

可松格并不这么认为,有些人自觉了解自己,其实人在不同的处境下,有多种不同的选择。当初在府里,都是自己家里人,没有谁存着歹心,也没有真正的恶语相向,所以你不必提防别人会在你背后狠狠捅上一刀。可是进了宫就不一样了,这本就是个弱肉强食的世界,单看老佛爷这程子的手段,就知道帝王家这碗饭不好吃。

那天在巩华城,她主子伺候太皇太后和太后进了寝宫,她在人堆儿里头,把那些嫔妃嚼的舌根听了个分毫不差。就是这位宁妃,又是庶女又是吊膀子抢姐夫的,把她主子说得十分不堪。她气不过,回去告诉她主子,她主子一向沉得住气,劝她别声张,时隔一个月,终于让宁妃为口舌之快付出了代价。

松格见她垂头丧气,便好言安慰她:"您不是变了,您只是做好了在宫里活下去的准备。这世上受人欺负还笑脸相迎的只有傻子,您又不傻。这会子不立威,将来您当上皇后她们还这么挤对您,到时候您碍于身份不好坑她们,何不趁着眼下还是白丁,让她们知道您不好惹,将来才能老老实实的,不出幺蛾子。"

嘤鸣惊讶于这丫头的见地,进宫这么久,俨然已经做好了升格为大宫女的准备。想想也是的,世上的一再忍让,通常都不是以好结果告终,她要是叫人看轻了,将来只怕不上不下,日子像深知一样难过。

后来大概碍于宁妃因那件事儿受罚的缘故,上牌处就再也没人来送银子抢好位置了。嘤鸣向瑞生致歉，说："谙达，我对不住您，断您财路了。"

没了进项当然不是好事，但转念想想自己没受任何处罚，且这位等封后诏书一下，自然也要归她的位去。绿头牌还是要翻的，有行市就有钱财流通，因此瑞生毫不担心，哈腰笑道："姑娘快别这么说，这不是折奴才的阳寿吗？！您局气，一个人把罪全认了，我这儿七钱银子您最后也没供出来，奴才感激您哪！"

嘤鸣笑着接过了银盘："我这人没别的，就是讲义气。"

讲义气的人豪迈地搬着银托盘进了养心殿，低头看看，发现里头确实没有宁妃的牌子了，一时有种说不出来的滋味儿。这回的膳在东暖阁用，她走上栽绒毯还要按部就班，皇帝有了前车之鉴忙摆手："一应章程全免，你端过来就成了。"

嘤鸣得了特赦很高兴，寸步留心着把绿头牌呈到皇帝面前，眼巴巴地看着他的目光在那十几面牌子上游移，她舔了舔唇说："万岁爷，您今儿挑谁？"

皇帝觉得她没安好心："你看朕应该挑谁？"

她努了努嘴："奴才没和旁的小主打过交道，就认识春贵妃。要不您还是挑她吧，她才进宫，主子应当多关照她才是。"

结果皇帝收回视线，寒着脸说了句"去"，嘤鸣不免有些纳罕，今儿又不翻牌子了？他早前说太监送膳牌叫他没兴致，如今换了她，这是彻底要把这项公务戒了啊？

无论如何，叫去了，她的活儿就完了。嘤鸣却行退出了暖阁，德禄正在门外边等着她呢，见了她打听今晚上谁进幸，嘤鸣说叫去了，正想琢磨闲下来该干什么好，听见德禄幽幽地叹了口气。

"谙达怎么了？"

德禄垂着眼，快速地眨巴了好几下："小富闹肚子，这会子在他坦挺尸，今儿上夜怕是不成了。"

嘤鸣"哦"了声，她很晓事儿，懂得这些御前老油条的弦外音，便道："横竖我闲着，今儿替小富谙达一回也成。"

"哎哟！"德禄说，"那怎么好意思的，让您替那猴儿崽子。"

嘤鸣笑了笑道："不碍的，不就是熬一宿吗？明儿上半晌我还能睡呢。"

德禄自然求之不得，搓着手说："那就谢过姑娘啦，也用不着一宿不睡，就是主子万一有什么要吩咐，您给拿个主意就成。您不必端茶递水，夜里住在体顺堂，回头万一有事儿找您，隔窗户喊一声儿您就听见了，方便。"

· 三 ·

有时候嘤鸣也不明白，那些御前的人，也学太皇太后一样尽力把她往皇帝眼皮子底下凑，究竟哪儿来那么大的胆子。

她和皇帝不对付，别人不知道，御前的人最清楚。打她进宫头一天起，皇帝就鼻子不是鼻子，眼睛不是眼睛。有时候她就琢磨，是不是两个人天生八字犯冲呢？有一回她上寿安宫请安，特意旁敲侧击问过皇太后，宫里兴不兴合八字这一套。

皇太后说："非但兴，还比外头厉害呢。"

宫里有钦天监，专管观察天象，推算节气。当然这是比较上台面的说法，钦天监的能耐远不止此，说得通俗些，他们是御用的算命先生兼阴阳生，合婚排八字，批殃榜看风水，几乎无所不能。为皇帝合婚可算是头一等的要事，通常两个八字要经监正、主簿、五官灵台郎反复推演，以没有犯冲、上上大吉的作为首选。

"当年我进宫前，也是经过推算的。"太后笑着说，想起头回从察哈尔进京，一路上风尘仆仆却满怀待嫁的春心，那时候连风好像都是甜的。

太后回忆曾经，却发现嘤鸣神情困惑，她怔了下，不由得叹息："别犯嘀咕啊，八字相合是最起码的，至于两个人兴趣投不投，合不合脾胃，那都靠个人经营。我知道你在琢磨什么，不明白我和先帝爷合出了上上大吉，先帝爷怎么还是不喜欢我，连一儿半女都没留给我……这种事儿，真不好说，为什么我瞧见你和皇帝乌眼鸡似的，我一点儿不担心呢，因为你们相互有往来，吵吵闹闹的感情不就来了吗？我呢，和先帝爷当真是对坐着说不上一句话。"太后想起那段时光，苦闷地"唉"了声，"他看我像储秀宫的呆头鹿，我瞧他像乾清门前的聋耳朵狮子，就是两两不对付。其实我到这会儿都觉得自己没什么不好，可是男人瞧不上你，为什么呢，没有为什么，毕竟瞎了眼的男人也是有的。"

太后偶尔会有极其心直口快的时候，嘤鸣这回听出了她话里的怨怼，其实这已经算是很克制了，按着她的心意，可能更想说的是：眼界很高，奈何死得很早。他这会儿都不知道飘到哪里去了，自己还长命百岁地活着。活着的就是赢家，先帝的短命，谁知道是不是报应？

嘤鸣和太后敲边鼓："奴才和万岁爷总是说不上两句就要闹起来，其实是因为我们八字不合吧！"

太后却道："胡说！老佛爷再三叮嘱钦天监仔细推算的，七个人排了三天，每个人排出来都是天赐良缘，就算目下合不到一块儿去，最后也还是会有好结果的。"

嘤鸣很失望，连借口八字不合都不成功，这辈子无论如何是要和皇帝捆绑在一起了。

另外太后还告诉她一个更加绝望的消息："你们的姻缘里有贵人，贵人扶持，哪有不成的道理。"

想到这里，嘤鸣枯着眉笑。贵人确实很多，老佛爷和太后，还有御前三宝，德禄小富三庆子，有一个算一个，都是想尽了一切办法，要把她和皇帝凑成一对。

德禄也在笑着，管事的太监，心思细得针尖似的，揣着袖子说："我在前头明间里上夜，专管半夜军机值房的差事，这头穿堂往后全交给您了，您受累多担待。"说着又瞧松格，"松格姑娘按制是不能在养心殿过夜的，回去吧，睡个囫囵觉，真是有造化。"

松格呆呆地看着德禄，无话可说，最后纳个福领了命。

其实军机值房半夜哪里来什么机务要传递，又不是逢着水患旱灾或是边关告急。八百里加急在这风调雨顺的年月里是不存在的，所以德禄在夸松格有造化的时候，自己也偷着乐了一乐，今儿夜里自己也能眯瞪两回了。

当着御前的太监，外头风光里头苦。早前他刚进宫的时候站班儿，静谧的午后，宫里一点儿响动都没有，人在那儿侍立，就觉得眼皮子千斤重，不消一弹指，魂儿就能从头顶上飘出去。一旦崴了身子，接踵而至的可能就是一个嘴巴子。太监在主子跟前是奴才，学徒的奴才在掌事奴才跟前，简直就不算是个人。总管太监要瞧你是不是有出息，才决定是否提拔你，这项考核从各处着手，梳头、端茶、穿衣、传话、回事……对德禄来说，最难的就数站班儿，那时候年轻老爱打瞌睡，最后没法子，每季领穿戴的时候，他就往大了领鞋，因此别人都说他人不高，老大的脚，干什么呢，脚尖里头装苍耳。打瞌睡的时候脚指头往前顶一顶，立马能把你扎精神了，他就靠着这个法子，熬过了一个又一个难耐的午后。

如今当了管事，虽不必像当下差的时候站班儿看门，但要懂得看眼色，会琢磨主子心思。要是主子冲你使了半天劲儿，你一脸茫然什么都不明白，那主子要你干什么？伺候万岁爷就得胆大心细，急主子之所急，那位是天下之主，和别人兴许还能商量着来，和他老人家不能。主子爷是办大事儿的，面子第一要紧，他没吩咐的你想到了，主子看在眼里，知道你的好处，那就行了。

德禄迈着鹤步走进了东暖阁，这会子正是万岁爷预备小憩的时候。三庆在边上整理文书，万岁爷搁下御笔站起了身。

"主子，才刚姑娘和奴才说话儿来着，奴才说小富今儿身上不好，姑娘真是个敞亮人儿，怕咱们值上倒不过来，自愿给主子上夜。"

皇帝听后略怔了下，神色倒也如常，只道："昨儿缴了她八钱银子，只怕这会子正怀恨在心呢。"

德禄说不能够："姑娘的心胸主子还不知道吗？她伺候主子也是一心一意的，不过初来乍到，难免闹些笑话，等时候一长，自然如鱼得水。"

皇帝"哼"了声，再没说旁的，举步朝后头寝宫去了。迈过穿堂的时候看见她站在体顺堂前的阴影里，纤细的身形，黑压压的大辫子，身后是一片浩荡的光瀑。皇帝顿住了步子，揣测她是不是也动了一点心思，开始留意皇后份例的屋子了？

正想着，她转过身来，一眼就看见了他。皇帝避让不及，只得装作从容的模样走过穿堂，到了明间檐下停住了问她："听说你今儿夜里顶替小富？"

嘤鸣说是："奴才给主子上夜，主子有什么需要，只管吩咐奴才。"

皇帝听了她的话，忽然心头一动，只是不敢想歪了，还得硬找出话来挤对她："吩咐你？你会端茶递水，还是会捶腿打五花拳？"顿了顿想起来，"对了，你会端茶递水，爪尖烫焦了也不知道扔，是朕看扁你了。"

嘤鸣气不打一处来，心道因为你才被你皇祖母考验，你还说上风凉话了？可是要反驳，就得牵扯上皇后的位分，她这会子也不想提那桩，便夹着尾巴做小伏低，充分展露出了狗腿子的做派："扔了老佛爷该让奴才家去了，奴才还没伺候够万岁爷呢，不忍离去。"

不忍离去……她是说漂亮话，可在皇帝听来，又是另一番滋味。他蹙眉看着她，竟感觉到一丝悲哀，如果自己发话让她出宫，恐怕一眨眼的工夫，她就跑得没影儿了吧！

嘤鸣看见皇帝神色凝重地进了明间，又日新的窗户开了半扇，天儿很热了，他歇觉从来用不着人打扇子，有时候她简直要怀疑，这人是不是天生冷血。

嘤鸣自己扇了两下扇子，也没往心里去，转身进了体顺堂。这是个面阔五间的格局，相当于后殿的东耳房。养心殿里的屋子分隔成紧凑的小间，并不像外头人想象的那样，皇上一个人住在四面不着边的大殿里。这里的一桌一椅都精美工细，紫檀的木工物件，还有宝石花盆景西洋钟，无一不显示出帝王家的尊崇与奢华。

主子歇了，她不能歇，西梢间里有个书架子，上头摆着些书籍，她闲来打发时光也爱看书，不过进了宫，这种消遣几乎没有了，一得了空就是做针线绣花儿。

她搬了张椅子，坐在书架前看书。夏天的轻罗柔顺垂坠，衬得侧影单薄。一墙之隔的万岁爷也没有午睡，一个人慢悠悠地在屋子里打转，也不知在思量什么。

德禄抱着拂尘，在穿堂的抱柱后看着，心里不免有些感慨，将来帝后的心境大概也就是这样了。万岁爷面上沉稳，其实热血满怀，没有热血的人执掌不了万里江山；嘤姑娘呢，道心如恒，享受俗世的精致生活，有两道迷人的眼波，一颗超然物外的心。某种程度上她和皇太后很像，所以太后才格外喜欢她。这世上的喜欢从来不是无缘无故的，要么出于瞬间的怦然心动，要么就是遇见了另一个自己。

热啊，心静自然凉全是蒙人的。午后一点儿风都没有，满世界就像个蒸笼，德禄站在那里汗如雨下，觉得自己快要熟了。不远的慈宁宫花园里树木参天，树上的唧鸟扯开了嗓门叫唤，庞大浩瀚的声浪能传出去几里远。蝉闹得越欢就越叫人心烦，这种心烦点灯熬油般，到了傍晚时分才逐渐消散。

万岁爷上军机处议事去了，嘤鸣是到了御前才大致明白皇帝的政务有多繁忙。她原本以为朝廷养着那么多的大臣，应该事事有人分忧的，结果并不是。有些臣工擅提意见，善于向皇帝表明自己爱思考，然而意见提出了又不去解决，可见这意见就是为皇帝预备的。办实事的大臣也很多，皇帝忙，他们也忙。当然还有个别像纳公爷那样蒙事儿混日子的，以前嘤鸣就纳闷，她阿玛怎么能有那么多的闲暇捧戏子养小情儿呢，原来忙的是皇帝，不是他。

这么一想，似乎有些对不住皇帝，万岁爷的操劳，成就了纳公爷之流的游戏人间。嘤鸣在养心门上等着，天黑了，门外白纱灯笼高挂，投下了一地的光。光影里无数细小身影窜动，有土的地方就有虫豸。她很怕那些小东西，不光这些寻光的飞虫，还有叶上的肉虫，枝头悬挂的"吊死鬼儿"，她都怕。

在阴影里缩着，将近戌末时分皇帝才回来，她终于不用露天待着了，见到皇帝露出个大大的笑脸："主子辛苦了。"

皇帝古怪地打量她一眼："拾着狗头金了？"

她说："主子忙到这会子，该歇歇了。奴才给您预备了点心，主子进一点儿，松松筋骨吧。"

没有歪理，也不给人添堵，回来的时候能看见她，这样的感觉倒很好。皇帝的眉眼也柔和下来，负着手进了明间，桌上拿春盒装着四品小食，还有玉盏子，里头盛着细洁的杏仁豆腐。

皇帝盥了手，在桌前坐下，夹起一个鸽子玻璃糕，才想起来问她："你进过没有？"

嘤鸣摇头："我夜里不吃东西，怕吃了积食。"

皇帝刚想吃，被她这么一说顿时撂下了："你怕积食，给朕预备这么多，你又想坑朕？"

三庆和德禄这回连眼睛都没抬，知道出不了事。果然嘤鸣自己能解围，她说："万岁爷别防贼似的防着奴才，奴才到了御前哪敢坑您呢，坑了也没地方躲不是？给您预备吃食是见您辛劳，您不像奴才，见天都闲着。您有万钧重担在肩上，不能吃好睡好，圣躬会受不住的。"

这么听下来，似乎还有些人性。皇帝也不是个吃独食的人，说你过来，分了她一品金乳酥："赏你的。"

越说怕积食，就越得能吃的，嘤鸣其实十分觊觎那些糕点，御膳房的东西好些寿膳房没有，像那个奶白枣儿宝，她进宫后还没尝过，于是笑道："谢万岁爷恩赏，奴才不吃单样的东西。"

皇帝已经摸准了她的臭德行："看来还得逢双啊，逢双的有什么说法吗？"

嘤鸣说："比较吉利。"

皇帝喘了口大气："是啊，朕怎么没想到呢。"见她盯着那盒奶白枣儿宝，于是伸出两根金贵的手指拨了一下，"这个也赏你吧。"

嘤鸣抿唇赧然一笑："那怎么好意思，我都吃了，主子就没了。"

皇帝说："朕怕积食。"

只是她那个羞怯的笑却留在了他心上。想必她就是拿这个来蛊惑太皇太后和太后的吧，看着那么人畜无害的姑娘，又懂事又知礼，谁能想到她在他这里使了多少坏心眼儿！

皇帝抬了抬下巴："赐座。"

嘤鸣说谢谢万岁爷，手里捏着小银匙，优雅地尝了一口，吃到好东西后的眉开眼笑，和贪财时的神情一模一样。

皇帝又眼晕了，调开了视线。今晚的杏仁豆腐做得比平常都要好，可惜只有一盏，否则也可填了这个窟窿。

嘤鸣一口口吃得心满意足，吃完了连连赞叹："御厨的手艺就是好！万岁爷，奴才吃饱了，今晚上很有精神。您要是有什么吩咐，只管叫奴才，奴才就在您隔壁，你喊一声，奴才就过去了。"

她不懂上夜的具体规矩，其实上夜的哪能舒舒坦坦自己找间屋子待着，一般是在主子寝室外铺毡垫将就一夜。不过对她必是没有这样要求的，她留在隔壁就留在隔壁吧，皇帝垂着眼，点了点头。

至于他的起居坐卧，都有专门的人负责，这些用不着她操心。他洗漱过后回又日新，三庆伺候着换上素锦明衣，一应安排妥当了，御前的人都退了出去。

窗外孤月暗淡，皇帝仰在枕上，一头思量朝中发生的事，一头心里又牵着隔壁那个二五眼。不知道她这会子在干什么，没准儿在抠脚吧，皇帝胡思乱想着。忽然听见一声惊呼，像清早雄鸡的报晓，又尖又厉撕破了夜的宁静。皇帝一激灵，听出了是她，立刻从床上一跃而起，连鞋都没来得及穿，风一样冲进了体顺堂。

· 四 ·

"怎么了？"皇帝有点慌，看见那个二五眼失措地缩在墙角，一条腿缩起，一条腿站立，那模样真像宫门上的那只铜鹤。

宫里戒备森严，总不至于招了刺客或贼吧，皇帝摸不准她受了什么刺激，尖叫还在持续，他的耳膜被她叫得嗡嗡作响，他只能拔高了嗓门，更大声问她："怎么了？到底怎么了？你别光叫，说话！"

她几乎已经缩上紫檀条案了，一手撑着，一手奋力指点："又来了！又来了！"

皇帝被她叫得头皮发麻，这大半夜的，别不是撞鬼了吧！他一面说着"闭嘴"，一面回头查看，终于发现那个坠落在阴影处的虫子，重又奋力飞了起来。

有时候就是那么背运，越是怕的东西，越是和你过不去。那金色的双翅似乎支撑不了笨重的大肚子，砰地一头朝她撞了过去。这种生死存亡的关头，什么私怨都可以暂时放在一边，嘤鸣的嗓音又突破了新高度，她又叫又跳，跳到皇帝身后，使劲把他往前推："打死它！是个爷们儿就打死它！"

皇帝当然不会为了证明自己是爷们儿才去打虫子，他是被她鼓动，觉得那个让她害怕的东西就是该死。然而虫子再次落到暗处无从查找，必须等它飞起来，才能重新找见它的踪迹。

御前上夜的太监和宫女经嘤姑娘这么一闹，全都聚集在了体顺堂门外，可是屋里只有她和穿着寝衣的万岁爷，闹不清是怎么回事，谁也不敢贸然往里头闯。

嘤鸣在皇帝背后探头："怎么没了？"

皇帝不说话，目光犀利如秋狝围场上打猎一般。忽然翅膀的嗡鸣再响起，金色的虫子围着屋顶上的那盏宫灯笨拙地一圈圈打转，嘤鸣这会儿已经抱头鼠窜逃进了东梢间，剩下皇帝虎视眈眈地盯着那只虫。虫落地的时候下意识抬脚，忽然发现自己竟没穿鞋，这脚便有些不知该不该落下去了。

还是德禄脑子活，他飞速上前，一脚踩住了虫子，然后躬身把虫尸捡出去，一面挥手说："赶紧把檐下的灯笼挪到屋角去……快关门，免得再有蝲蝲蛄飞进来！"一面退出去，顺手合上了门扉。

皇帝被关在了门内，一时有些无所适从，正恼德禄这狗奴才自作主张，门开启了小小的一道缝儿，一只手伸进来，把他的鞋放在槛前，很快手又缩了回去。

皇帝无奈，只好先把鞋穿上，看看自己这大失体统的样子，不由得感到一阵灰心。她鬼叫一声，自己就不顾一切冲过来了，帝王威仪何在呢！

回头看了看，梢间的隔扇门后探出了一个脑袋，小声问："万岁爷，那虫子打死了？"

皇帝垂头丧气地"嗯"了声："你往后能不能别这么鸡猫子鬼叫？你是来上夜的，不是来吓朕的。就凭你刚才的言行，朕可以治你的罪，叫你阿玛进来收尸，你知道吗？"

嘤鸣扑通一声跪下了，抠着砖缝说："奴才死罪，奴才怕虫，见了那些东西脑子就糊涂了。求万岁爷开恩，千万别杀我，奴才阿玛年纪大了，经不起吓唬，还请万岁爷顾念。"

皇帝听了，觉得她认罪的态度算比较诚恳的，便垂眼瞥了瞥她："起来吧，朕是一国之君，为了一只虫子砍了你的脑袋，未免小题大做了。不过你要记好，是你给朕上夜，不是朕给你上夜。这么一嗓子喊起来，还得朕跑过来给你打虫子，你难道不惶恐？"

嘤鸣当然惶恐，也觉得很丢人，其实值夜这种事要是放在其他时节是不要紧的，哪怕寒冬腊月也可以。偏偏现在进了三伏，正是虫蝇肆虐的时候……以前她在家，松格和鹿格轮着给她上夜，一到天擦黑就门窗紧闭，所以从没有虫子飞进过她的屋子。这回是与人为奴，门不敢紧，怕万一万岁爷传唤自己听不见，又要挨数落。所以做奴才真难，像她这样毛病一堆的，实在干不了伺候人的事儿。

皇帝也这么认为，醉茶，不吃羊肉，这会儿又添个怕虫，既胆小又矫情，谁有这福气让她伺候！她站起来，一脸菜色，蔫头耷脑，原本他是想嘲讽她几句的，再一思量还是算了，毕竟她刚受过刺激。万一挑她的刺，把她惹毛了，不知道又会说出什么狂悖之语来。

再瞧她一眼，其实她受了惊吓的样子还挺可爱的，女人有几样忌讳，又不是什么了不得的大事。后宫那些嫔妃，不受宠还一身的规矩，比她实在差远了。

嘤鸣呢，因这回的事很感激皇帝，这个鬼见愁脾气虽大，紧要关头倒也仗义，没有劈头盖脸进来臭骂她，她发昏躲在他身后的时候，他也像一座山似的供她避难。

她抬眼觑觑他，嗫嚅着："主子说得是，是奴才给您上夜，不是您给奴才上夜。奴才这回没当好差，丢了我阿玛的脸，丢了鄂奇里氏的脸……"说到最后竟泫然欲泣，真像犯了十恶不赦的大罪。

皇帝看了有点慌神："朕也没说什么，你罪己倒罪得痛快。"

嘤鸣吸了吸鼻子："奴才情急之下说错了话，还望主子恕罪。"

皇帝想了想，大概就是那句"是爷们儿就打死它"。他暗笑这小丫头没见识，证明是不是爷们儿自有别的办法，说出来怕叫她下不来台，还是算了吧！

他别开脸道："你口出狂言也不是第一回了，真要论罪，够杀几回头的。朕念在你阿玛辅政的情分上，姑且恕了你，还望你以后自省，越发谨言慎行才好。"

嘤鸣说是："请主子放心，再没有下回了。"

皇帝点了点头，灯下白衣缓袖，很有出尘之态。不过脚上趿了双洒鞋，这种鞋原不该出寝室门的，现在穿成这模样站在她面前，真和平常冠服端严的样子有天差地别。

嘤鸣是头一回看见皇帝穿寝衣，到现在才觉得有些不好意思。想想先头他没穿鞋就过来了，那双金尊玉贵的脚沾了土星儿，总得伺候着洗干净了才好。

"万岁爷，奴才送您回又日新吧。"她站在门前，歪着脑袋道，"奴才失仪惊动了万岁爷，这事儿要是传到老佛爷耳朵里……"

皇帝轻吁了口气："御前的人嘴都严，没人敢向老佛爷回禀。"边说边迈出了门，心里也在嘀咕，如今是完了，不寻她的衅就罢了，竟还要给她定心丸吃，可是古怪。

嘤鸣诺诺谢了恩，把皇帝引上廊庑，廊下两头还吊着灯笼呢，她左右张望，唯恐又蹿出飞虫来，简直是挨在皇帝身后蹭进了后殿。不过进了明间她又活泛起来了，回身吩咐人打水。德禄那头早预备下了，司浴的要端进去，被德禄中途截了和，往她手里一递，说："姑娘您受累，这回得将功补过才好……您先头，着实惊着主子爷了。"

嘤鸣说应该的，十分后悔闹出这样的风波来，一脸懊丧的模样。

德禄笑了笑，很体谅嘤姑娘的难处。养在闺中的娇小姐，哪个不是凤凰一样地捧大? 有点小忌讳不碍的，万岁爷喜欢就成了。


东梢间里燃着一盏油蜡，不大的屋子，布置得很雅致。嘤鸣是头一回进皇帝的寝室，其实还是有些别扭的，端着水低着头说："奴才伺候主子洗脚。才刚您没穿鞋来着，这会儿脚底心里八成有土。"

皇帝也不大自在，在地心旋磨两圈，才在床沿上坐了下来。

当头一块床额，写着又日新，这是寝室名字的由来。皇帝坐在妆蟒堆绣之间，两臂撑着床沿，眼神却不敢落在她身上。她过来了，很恭敬地将铜盆放在脚踏上，大概从没有伺候人洗脚的经验，面对他的龙足，一时有点无从下手。

皇帝心头跳得隆隆，男人大丈夫，哪里会怕叫人看见脚呢，又不是姑娘。从小到大，司浴的换过几拨，洗脚只是里头最基本的一项罢了，他从不觉得有什么羞于见人的。可这回是她伺候，皇帝便有些缩手缩脚，若叫免了，倒像心虚似的，可要是让她伺候……洒鞋里的脚趾不由自主地蜷缩了起来，顿时一阵口干舌燥。

这是怎么了? 皇帝忽然对自己感到失望，他不是没见识过女人，怎么像个毛头小子似的，难道得了什么病吗? 她的手伸过来了，略犹豫了下道："奴才伺候您。"说罢舔了舔唇，就是那串动作，让他血气上涌，手足无措。

一道温柔的力量落在他脚腕上，皇帝吸了口气，背上热气氤氲。她微微引导，他就放弃了抵抗，那描金云纹的洒鞋啪的一声落下来，扣在脚踏上。她把他带进一片温暖的水泽，转而又去搬动另一只脚。皇帝撑着身子闭上了眼，仿佛被浸泡在水里的不是他的脚，是他那颗七上八下的心。

嘤鸣没伺候过人洗脚，以前在家时，家里阿玛和兄弟们虽亲近，也没有机会看见头手以外的部分。皇帝是她头一个接触到肉皮儿的男人，原来男人腿上的汗毛那么长，脚也比她大那么多。万岁爷的龙足倒并不像他的为人那样高不可攀，白净，骨节修长，趾甲干净整洁，泡在水里的时候，甚至带着浅浅的粉色，颇有玲珑的美态。不可否认，性子不讨喜，长得倒无一处不圆满。嘤鸣腹诽着，把他的脚微微抬起来些，一手探下去，在他足底捋了一把。

这一捋，让皇帝大为震动，慌张过后便带着点薄怒，愠声道："你干什么？"

嘤鸣一脸呆滞："您光脚走路了，不得洗洗脚底下吗？"想必是招惹了他的痒痒肉，于是谢罪不迭，"奴才死罪，奴才不该摸您脚底下。奴才伺候不周，这就出去叫人，让司浴的进来。"

可是皇帝说不必，别扭地看了她一眼："你是头回伺候，不周之处朕有度量包涵。"要想让她服侍舒坦是不能够了，于是自己双脚对蹭了蹭，抬起双足，示意她该擦脚了。

嘤鸣很有眼力见儿，搬开铜盆双膝跪在脚踏上。绵软的巾帕包上龙足，将他的脚抱进了怀里。

皇帝不免心浮气躁，只觉脚下小腹异常柔软，他到这时才真真切切感受到，原来这个二五眼是个正常的女人，既拥有天真的心性，也拥有妩媚的怀抱。


后来皇帝就一直处在魂不守舍的状态，她的轻轻一笑，她躬身跪安的样子，都在他眼里成就了别样的美。她走后他也难以入睡，惊讶世上还有这样一个人，明明招人恨，又在细微处有别人难以企及的可爱。

嘤鸣呢，靠着西墙根儿眯瞪了一夜。

还好皇帝不是个烦人的主子，夜里没什么响动，连茶水也没传。将到寅时三刻的时候，听见有人走动起来，灯笼的光影在窗外移动交错。她站起身看看案头时辰钟，料着是皇帝要视朝了，便搓了搓脸推门出去。御前的各项事宜都有人安排，她退到前头大殿里，和三庆一起，站在门前预备送驾。

三庆冲她咧嘴一笑："姑娘昨儿夜里还安稳？"

嘤鸣说："主子夜里没有传唤，我是睡到五更才醒的。"

"那就好。"三庆道，"有了头回，万一以后再轮着就不慌了。"

说话儿皇帝出来了，穿石青的纱纳绣金龙褂，戴双层清凉朱纬朝冠，这才是煌煌帝王做派，断断和昨晚上洗脚怕痒的人联系不起来。刘春柳带领的銮仪已经候着了，他出门登了舆，众人行礼恭送，临走前他转头瞧了她一眼，也只一瞬，很快收回视线。刘春柳抬手击掌，啪啪两声，肩舆出了养心门，往前边太和门去了。

皇帝一走，大家才松泛下来，上夜的可以休息了，洒扫另有人负责。嘤鸣上抱厦里去，那里早预备下了她的早膳，她见德禄在边上站着，便道："谙达一块儿进些吧。"

德禄脑袋乱晃："不不不，姑娘别客气，我过会子上卷棚底下去。我们太监的吃口和您的不一样，您只管用自己的就是了。"说着顿了下，又笑道，"姑娘过会子回头所，睡个回笼觉？"

嘤鸣搅着粳米粥说不："我回头要去给老佛爷和太后请安。"她昨儿夜里上夜的消息八成已经传到她们耳朵里了，为免两位主子四下打探，还不如直去回话。

德禄叠着手说："也好，万岁爷下了旨意，让给养心殿做天棚。回头棚匠量尺寸搭架子，只怕闹腾，您去慈宁宫转一圈，回来就都齐全了。"

嘤鸣有些纳闷："养心殿也能做天棚吗？"

"能啊。"德禄道，"只是头几年万岁爷叫免了，宫里的天棚全是拿油绸做的，既透光又防水，不论是刮风还是下雨，照旧纹丝不动。您想啊，给整个养心殿做罩子，挑费何其大，不过这天棚有一宗好，蚊虫一只都进不来，这下子姑娘不用担心蝲蝲蛄往您屋里头扎了，点再多的灯也不要紧。"

嘤鸣怔忡着："敢情这天棚是为我做的？"

德禄笑成了一朵花儿："那可不嘛，您怕虫，万岁爷可不怕。也兴许是您昨晚上那一嗓子真吓着主子爷了，您老人家一早就吩咐我传令，这会子造办处该预备起来了。"

嘤鸣很尴尬："唉，我就是随意叫了一嗓子……"往慈宁宫的路上还在费思量，连天棚都搭起来了，鬼见愁不是想让她晚晚上夜吧！为了折磨她，这耗资也太大了。

太皇太后那头，对她的晓事很满意："只是辛苦你了，上夜不容易，整夜不能睡踏实。"

嘤鸣笑着说："这是奴才的本分，奴才不能为主子分忧，就尽奴才所能好好伺候主子吧。"

太皇太后颔首，愁着眉道："皇帝让你送绿头牌我也听说了，这个太儿戏了，没有做主子的气量。你呢，也得容一容他的小性儿，他六岁登基，没人和他抬过杠，就连擎小儿一块儿长大的伴读，见了他也只有磕头的份儿。你将来是他亲近的人，他自己知道，才有意和你使性子，你心里头明白了，也能处处包涵他。"说罢慢慢顿下来，半晌复一笑，"昨儿宁妃上我这儿哭来了，话里话外的，像是因你受了罚。你今儿正好来了，我且问问你，有没有这回事？"

## · 五 ·

嘤鸣心里一跳，要说亲疏，还是已经成了皇帝后宫的宁妃和太皇太后更亲。如果宁妃因为侍寝受了刁难一状告到太皇太后跟前，自己多少怕是要受些责难的。

该不该交代实情，她也思量了，其实她的那点小算盘皇帝能看出来，太皇太后自然也能。这会子再找借口多番掩饰，显然不是明智之举，或许老实招供了事情原委，反倒能在太皇太后跟前挣个实诚名儿。

于是她蹲了个安，细声说："老佛爷，奴才不敢瞒您，宁妃打发宫女往敬事房送银子时，奴才就留心她了。后来奴才有意打翻了银盘，挑了宁主儿的牌子塞到主子手里，也是为了捧杀她。"

太皇太后很意外："为什么？你不是个心胸狭窄的孩子，就冲你进宫这程子的言谈举止我就能瞧出来，能叫你这么针对，想必事出有因吧？"

嘤鸣垂首说是："那天先皇后发引，后宫小主儿随老佛爷仪驾一同入巩华城，宁妃在背后议论奴才，拿她娘家的什么亲戚打比喻，又是庶女又是和姐夫吊膀子的，把奴才说得十分不堪。奴才不愿意记仇，也从不喜欢为难人，可奴才有气性，不能这样任人在背后编派。奴才是正经人家的姑娘，不懂什么叫吊膀子。宁主儿是宫里主子，本该言行体面，合乎身份才是，可她当着阖宫主儿这么说，叫奴才十分难堪，往后也不好做人。"

太皇太后慢慢点头："我原说呢，世上哪来无缘无故的仇怨。你放心，她朝我告状的时候，我没给她好脸子。她是内务府富荣的闺女，仗着她阿玛的势，平时张狂得没个褶儿。她欺上瞒下走宫的事儿我也听说过，这就是宫里没个内当家的难处，要是当初的孝慧皇后问事，也不能纵得她这么没规没矩。"说罢拍拍她的手，笑道，"我先前还想，你怕我责怪，可是要替自己周全，毕竟这事儿全是她的错处，你就是推得一干二净，我也不能怪罪你。没想到你向我和盘托出，总算你有事不瞒我，这是你的好处。你教训她教训得对，是该让她长长记性才好，也给那些看热闹不安分的提个醒儿，别跟着起哄架秧子，尊卑还是要分的。"

得了太皇太后这番话，嘤鸣心里的大石头才落了地。她赧然道："奴才使心眼子，事后想想很后悔，不该这么做的。"

太皇太后却说不："宫里是天下第一讲规矩的地方，凭她那几句昏话，就该夺牌子，受申斥。不过这里头的缘故，你可告诉过皇帝？"

嘤鸣摇头："这种污言秽语传进主子耳朵里不好，奴才也不愿意因为这点子私怨，给万岁爷添堵。"

她说的都是漂亮话，但太皇太后又解读出了另一层含义，终究是要做皇后的人，在皇帝跟前自然愿意保持大方得体的面貌。这是好事儿，知道顾及爷们儿的想法，可见他们相处得还算融洽。嘤鸣是个很神奇的丫头，照说十八岁了，要是嫁得早些孩子都能跑了，可她呢，还像一张白纸似的，多浓墨重彩的笔触在她身上也留不下痕迹。只要她不愿意，她就可以保持不开窍，像她这么能操控自己内心的人，还真是头一回见到。

嘤鸣很懂得讨太皇太后好，她微微往前挪了挪身子，轻声道："那依老佛爷的意思，奴才该不该把内情告诉万岁爷呢？只怕主子觉得我心眼儿小，将来难堪大任。"

太皇太后笑起来："那就不告诉他吧，横竖后宫的事儿用不着他知道。东西六宫那么多的嫔妃，撂下一个也没什么了不得。好孩子，你能这么的，我真高兴。不动六欲的是佛爷，你愿意整治后宫，那是皇帝的造化。我知道你和先头皇后好，可再深的交情也当不得饭吃。人活于世，评断好赖没那么容易，你眼里多实心的朋友，别人跟前未必好相与……先头皇后不管后宫事，才弄得那些妃嫔一个个成精作怪。皇帝心里也苦，要平衡后宫，还得时时腾出精神来替她做主，到底那是万乘之尊哪！如今有了你，可算好了，拿了一个作筏子，后头的就消停了，皇帝也轻省。"

太皇太后说了这么一大套，无非是想表明深知在他们看来，并不是个多好的人吧！

嘤鸣也明白，人有两面，就像她自己，在家里人看来是个温暾水，老实头儿，可在皇帝看来一肚子花花肠子，贪财钻营无恶不作。宁妃的心思里呢，更是杀千刀的，剁成肉酱也不为过。这就是百样人有百样的论断。只不过她也确实当不成佛爷，她偏心着呢，横竖深知在她心里就是好的。不管别人怎么说她，这十来年的交情，绝不因为三言两语就有所动摇。

她笑得囫囵，起身蹲了个安说是："老佛爷教诲，奴才谨记在心。奴才不是个爱挑事儿的，只要人不犯我，我自然也不会去招惹别人。"

这头正说着，听见外面打千儿道吉祥的声音，朝明窗外看了眼，原来是太后来了。

嘤鸣忙上明间里候着，见了太后抚膝请安，太后顺手虚扶了一把，说免了："我才刚看见养心殿立桅杆呢，那么老高的，这是要搭天棚？"

嘤鸣有些难堪，应了声道："万岁爷说蠓虫太多了，夜里老往灯罩子上撞……"

装天棚这等小事，太后是不上心的，她上心的是嘤鸣给皇帝值夜，有没有发生什么可乐的事儿。

"昨儿夜里一切都顺遂？"太后携了她进次间，向太皇太后蹲安行礼，"老佛爷昨儿睡得好？"

太皇太后说好，也是笑吟吟瞧着嘤鸣。

嘤鸣讪讪的："奴才是头一回上夜，做得很不够，幸好万岁爷宽宏，奴才干了糊涂事儿，他也不怪罪奴才。"

太后很有打破砂锅问到底的精神："究竟是什么糊涂事儿，说出来也好取老佛爷一乐。"

"就是……"她红着脸说，"奴才屋里进了只飞虫，奴才吓破胆喊了一嗓子，吓着万岁爷了。万岁爷非但没怪罪，还给奴才打虫子……"

怪道要搭天棚呢！太皇太后和太后几乎老泪纵横，皇帝打小儿只有别人伺候他的份儿，他几时给人打过虫子！如今像个爷们儿了，这么埋汰的事儿也愿意干。倘或他是为了一个嫔妃失分寸，那可不是好事儿，但若是给自己将来的皇后壮胆儿，两位老主子觉得就十分熨帖，且值得夸奖。

太皇太后长出一口气，问："什么时辰了？皇帝多早晚过来？"

米嬷嬷瞧了时辰钟，说才到辰时："万岁爷的朝议想也差不多了，过会子就来。"

话音才落，清道的击节声便到了宫门外。皇帝从中路上过来，那端稳的好相貌，在骄阳下别有清雅的味道。

慈宁宫上下恭敬行礼，他是意气风发的模样，进了明间就叫皇祖母，依次给太皇太后和皇太后见了礼，一眼瞧见嘤鸣，装模作样板起了脸："你怎么也在？"

嘤鸣瘟头瘟脑地说："回主子，奴才来给老佛爷及太后请安的。原本要回去，瞧主子到了散朝的时候，越性儿等一等，伺候主子一道回养心殿。"

多会说话！皇帝知道她，越是说得好听，心里越不是这样想头，便傲慢地调开视线，不再搭理她了。

太皇太后含笑叫皇帝坐，又吩咐嘤鸣："我叫小厨房给你主子炖了血燕粥，这会子不知道好了没有，你替我过去瞧瞧。"

嘤鸣道是，明白这是太皇太后有意打发她，想必是有她不便听的话要同皇帝说吧。

皇帝也正有朝中的事要回禀太皇太后，嘤鸣走后他便交代了萨里甘河的战事："佟崇峻率回特三旗、土尔古特四旗、色楞格六旗，将鞑虏驱逐出了阿尔泰山以西。如今战事逐渐缓和，只有剩余残部需要清理，朕原想动用地支二旗，眼下看来是不必了。"

这是个振奋人心的好消息，萨里甘河自先帝时期就频频受鞑靼人扰攘，虽不足为惧，却也是困扰朝廷多年的顽疾。太皇太后颔首："佟崇峻这回立了大功，等他班师回朝，必要重重嘉奖。如今西宁战事平缓，唯剩东界车臣汗部是朝廷心腹大患，总要想法子平定了才好。"

皇帝道是："喀尔喀蒙古四部中，南界绥远及察哈尔，西界赛音诺颜，西北唐努乌梁海都在朝廷掌握中。今儿军机处议事，纳辛上疏，愿意调动乌梁海旧部赶赴克鲁伦河，朕已准了。"

太后听了很觉惊讶："纳辛如今因闺女进了宫，头子倒是活络起来了。往常可是花钱买，都买不出他一句响亮话来。"

太皇太后也笑："真真儿，拉拢辅政大臣，原就该这样。我瞧薛尚章这会子怕是要担心起来了，到底送嘤丫头进宫是好事儿还是坏事儿，他是没想到，纳辛着急立功勋，少不得要反一反他。”

皇帝沉吟了下道：“孙儿想，乌梁海部赶赴克鲁伦河倒是顺理成章的，若能就此制服车臣汗部，则省了朝廷手脚。若不能一举歼灭，朕便下令薛尚章前往平定。朕亲政多年，不能再受掣肘，待将他遣出京城后，一气儿除了他就是了。”

太皇太后很满意皇帝的筹谋，又不免感慨：“当年你登基，几位皇叔手握雄兵虎视眈眈，是三位辅政大臣一力将你保上了帝位。如今十七年过去了，他们抽簪[1]的抽簪，蒙事儿的蒙事儿，薛尚章本该是股肱，却弄权擅政，实在叫人寒心。”

往日的好处终究还是要念的，不过当政不像寻常过日子，没有那么多的重情重义，要紧时候还得当断则断。

太皇太后沉默了下，复问皇帝：“你和嘤鸣处了也不是一两日了，依着你的意思，她为人究竟怎么样？”

皇帝抬眼瞧了瞧太皇太后，又瞧瞧皇太后，议政时侃侃而谈，一说起这件事就笨嘴拙舌起来，含糊地嗫嚅着：“朕瞧她不像个好人……”

太皇太后和太后愕然交换了眼色：“不像好人？咱们瞧她倒没有不齐全的。你同先头皇后合不到一处去，那也是没法儿，这个万万要仔细考量才好。你若是不喜欢，那就不必勉强了，横竖纳辛这会子在军机处，知会他一声，把人领回去吧，别耽误了嘤鸣的前程。”

太后也耷拉着眉毛一笑：“可惜了，我倒怪喜欢这孩子的。咱们留人家在宫里这么长时候，总要给人家一个说法才好。要拉拢纳辛也不难，我认了嘤鸣做干闺女吧，赐她一个郡主的衔儿。回头皇帝再下道赐婚的旨意……她在进宫前像是和人过小定的，是哪家的来着？”

太皇太后道：“海家的，如今掌管钦工处呢。”

“哦。”太后道，“那敢情好，传起旨意来不费力气。”

皇帝看着祖母和母亲一唱一和，心里有些不是滋味儿：“纳辛眼下才倒戈，倘或立刻处置了齐嘤鸣，只怕他心里有怨气。”

太后道：“所以我打算认下嘤鸣，这么着齐家跟前也算交代得过去了。”

这回皇帝不说话了，屋子里一时安静下来，连针落地的声音都能听得清清楚楚。

过了好半晌，才听见皇帝开口：“这会子要是发了诏书，可是要先放人回去？”

瞧吧，这才是他真正担心的，怕旨意颁布了，嘤鸣就得离开养心殿。太皇太后看着孙子，发现他情窦初开的样子跟鬼打墙似的，十分不敞亮，得经过她们多番逼迫才能勉

---

强挤出来一点儿，这样人家姑娘可怎么能感受到他的心意呢！

太皇太后扶了扶额："要照着规矩，不是从嫔妃提拔的，合该由宫外抬进来才是。不过规矩是死的，人是活的，倘或你舍不得叫她出宫，先晋了皇贵妃，再抬举成皇后也是一样。"

可皇帝觉得不妥，打从一开始就许了她皇后的位分，如今忽然晋了皇贵妃算怎么回事？皇贵妃再尊贵也不能和皇后相比，最后玉牒上记上这么一笔，终归欠缺了体面。

可是即刻晋封，一则她要离宫，二则还不知道她现在究竟是什么想头。那天他兴冲冲地赶到头所殿，听见的话到如今还让他灰心不已，因此谈及下诏，总有些犹豫。

"孙儿的意思是眼下暂且不急，待乌梁海派了兵再下诏，于大局更有利。"皇帝别别扭扭地说，"朕这程子太忙了，大婚事宜又牵动朝政……朕回去，抽个空瞧瞧怎么拟订诏书……"说着抬眼一瞥，见嘤鸣从配殿那头过来了，后面的话便就此打住，再不吭声了。

太皇太后和皇太后相视而笑，总算皇帝对这个是中意的，既然两情相悦，多处处也没有什么不好。

嘤鸣端着一盏血燕粥进来，对他们的谈话内容浑然不知，笑道："奴才瞧过了，这粥火候正好，时候再长，燕窝该炖化了。"边说边呈敬到皇帝手边，"万岁爷早膳进得少，再用些个吧。"

皇帝向太皇太后谢了恩，进也进得食不知味。看看天光，时候差不多了，便从慈宁宫辞出来。嘤鸣在边上伴驾，他悄悄看了她好几眼，想说些什么，可话到嘴边又咽了回去。

养心殿为她搭了天棚，这事儿她知道吧？皇帝在等她向他表达谢意，可等了半天，也不见她有什么动静。心里正煎熬，忽然听见她叫了声万岁爷，皇帝立刻转头看她，口气却生硬："有话就说。"

嘤鸣站住了脚，笑道："奴才昨儿上夜，按例这会子该回他坦睡觉啦，奴才就不伺候您回养心殿了。"说罢福了福，却行几步，退回了慈宁门内夹道。

皇帝站在那里，心头撺火却又无处发泄，只是哀戚地想，这人真的太没良心了，太没良心了……

· 六 ·

历代封后的诏书，都是由底下大学士草拟，然后呈皇帝御览，了不得增添或删改几笔，再冠上个仰承太皇太后慈命，就能颁布下去。皇帝近些时候在为户部的烂账费脑子，已经很久没有动笔写诏书了，自己深觉这样下去圣贤书都白读了，这回恰逢时机，练练笔头子也是好的。

午后蝉声一片，皇帝连小憩都叫免了，一个人坐在勤政亲贤的坐榻上，打开誊本提着狼毫，在御案前冥思苦想。

诏书嘛，大抵是先将人狠夸一通，因为只有皇后贤良淑德，才配得上她即将登上的宝座。可是关于那个二五眼，能有什么好词儿来形容她呢，说她敏慧端良？她哪里端良？在慈宁宫时瞧着很练达的样子，结果一进养心殿就闹得鸡飞狗跳。说她淑慎持躬？这词儿用在她身上实在违心，她压根对他没有半点敬畏之心，起先嘴上还能说些好听的，后来在大出殡的路上就开始对他出言不逊。这笔账他到现在还没和她清算，想起来就觉得很吃亏。

所以她的封后诏书该怎么写，实在煞费思量。皇帝琢磨了半天，信手拈来的溢美之词那么多，可惜没有一样能套在她身上。现成的只有"钟祥世族，毓秀名门"能使一使。看来夸她的话得交给和她不相熟的人，才能按着他们对皇后的想象来美化她。自己动笔，怕最后一不留神写成降罪诏，毕竟将来还要一起过日子的，关系闹得太僵，面子上过不去。

自己还想着周全，然而那个二五眼似乎从未考虑那许多，她照样按自己的心意呼啸来去，虚情假意地应付，各种幺蛾子频出，没有半点真心待他。

温腻的象牙笔杆抵在唇上，皇帝一头出神，一头又觉得自己想得太多了。帝王家谈什么真心，除了至亲骨肉，其余都只是依附权势的联姻罢了。对于齐璎鸣，他的感情转变得令自己措手不及，以前明明不待见，现在竟开始产生期待。这漫长无趣的帝王生涯，有这个二五眼陪着应该也不错，至少她比后宫的那些嫔妃更鲜活，更值得期待。

朝外看看，天棚已经搭起来了，养心殿被罩在半透明的纱帐里，穹顶也变得温软且模糊。传膳的时候快到了吧，她这一觉睡了好几个时辰，怎么到这会子还没来？

皇帝正思量，德禄进来回话，说："主子爷，晚膳是搬到这儿用，还是上东暖阁？"

皇帝慢吞吞地从坐榻上下来，视线又穿过明间的殿门，望向前头阔大的院子。忽然见养心门上有身影出现，心里顿时一阵激荡，忙匆匆往东次间去，边走边道："搬到东边吧，地方更宽敞。"

地方小了，没那么清凉，德禄都懂。他应了声"嗻"，上外头支使侍膳的，把膳桌搬进了东暖阁。

一抬又一抬的食盒进来，一道又一道菜色摆上了膳桌，这厢食盒里的盘儿还没全端出来，只听外头三庆道吉祥，说："小主儿来啦？给小主儿请安。"

皇帝才知道刚才看见的不是她，不由得有些失望。前殿的门槛上飘进来一片蝶恋花的袍角，来的是怡嫔，缱绻地冲皇帝蹲安："奴才给万岁爷请安。"

皇帝三心二意，抬了抬筷子说："伊立。你这会子来做什么？"

怡嫔的声线软得能掐出水儿来，糯声说："回主子话，奴才小厨房里新派了个厨子，做得一手好菜。今儿命他现做了一品仙人脔，一品招积鲍鱼盏，送过来请主子尝尝。"

皇帝没言声，德禄上前接了，搁在皇帝右首边。小主儿送的菜，万岁爷总得赏脸试一试，德禄举箸各夹一点儿，放进了万岁爷的玉盘里。

怡嫔还眼巴巴等着呢，皇帝没法子，随意进了一口。她立刻满心欢喜的样子，问："合主子胃口吗？"

皇帝说好，脸上还是淡淡的："御膳房每日呈敬的菜色不少，往后就免了吧。"

可算是兜头浇了一盆冷水，怡嫔的笑容凝固在了脸上。皇帝自然不管她下不下得来台，德禄作为忠君事主的好奴才，为免场面过于尴尬，忙笑道："天儿太热了，小主儿这会子过来没的受了暑气，奴才打发人端雪花杨梅汤来，小主儿用了再回宫吧。"

怡嫔权当没听明白他的意思，嘴里应着："谢谢谙达了。"一面四下看了一圈儿，"奴才此来一则给主子敬献菜色，二则是来瞧瞧嘤姑娘的。"

皇帝听她提起嘤鸣，才抽空看了她一眼："你们是旧相识？"

怡嫔抿嘴儿笑了笑："也谈不上旧相识，上回在慈宁宫花园里见过一回。当时姑娘和奴才聊得挺投机的，本来约好了得闲再叙话，后来遇上先头娘娘大出殡，姑娘随扈，奴才随老佛爷仪驾走，所以这么长时候也没说上话。如今姑娘到了御前，奴才的永寿宫离得近，正好来瞧瞧。姑娘虽有老佛爷和主子垂爱，也难免有些琐碎不便的地方。奴才和姑娘年纪相仿，又兼脾气相投，倘或有帮得上忙的，替姑娘解了围，也是为主子分忧不是！"

这一方紫禁城，养了百样的人，人人心肠不一样，就说后宫这些主儿，瞧着披红挂绿面目模糊，但要细说，还是有几分说头的。怡嫔向来嘴甜，会来事儿，也会套近乎拉拢人。那回嘤姑娘上慈宁宫花园采荷叶，中途遇上怡嫔的事儿万岁爷早知道了，这回她借着来瞧嘤姑娘的由头，少不得和万岁爷攀谈上几句。

万岁爷对后宫主儿们淡，逼得小主们想辙露脸。往常谁敢这么直愣愣地往养心殿闯啊，这位怡嫔要不是借着和嘤姑娘有一面之缘，也敢走这一遭？德禄脸上笑着，一头往外看，军机处今儿没有膳牌，眼下就等着嘤姑娘送绿头牌来了。

皇帝呢，进膳的时候有不相干的人在，心里就不大自在。原想打发怡嫔回去，正要开口，见窗外有个人低着头，小心翼翼地端着银盘走过。天儿热了，宫装的领子由高变低，如今只余寸来宽的镶滚。她是纤长秀致的脖颈，外头日光晕染了她的侧影，那种脆生生、青嫩嫩的模样，越看越觉得耐看。

皇帝心里总算安定下来，像有清泉环绕，再热也不觉得燥得慌了。有时候人就是那么古怪，她不来的时候念着盼着，她一来他又戒备起来，防着她要使坏。万一能抓住机会，他也巴望着反击一回，不能老让她一个人占上风。

"你也坐下吧。"皇帝随口道。

怡嫔怔了下，不敢确定万岁爷这话是不是对她说的。直到三庆给她搬了杌子，她的心才放回肚子里，笑着蹲安谢恩，心里也悄悄有了点想头，谁说万岁爷不好亲近！以前是敬畏天威，倒弄得自己不敢动作。如今壮起胆儿走了这一回，有第一回就有第二回。爷们儿性子冷，你再端着，那最后岂不落得先头皇后一样的下场？

"主子，"怡嫔一笑，"昨儿……"

这里刚开口，门上有人打帘进来了，捧着银盘，一步一步到了御前。皇帝放下银箸，适意地往后靠了靠，心说"瞧见了吧，朕让怡嫔坐下了"。自后宫扩充之日起，除了岁末的辞旧大典，他跟前从没有妃嫔落座的份儿，今天放了这么大的恩典，她心里有没有触动？会不会觉得有点失落呢？

于是皇帝仔细盯着她的反应，连她眨一回眼都没有错过。可她总低着头，他不免着急，心里负了气，便沉着脸，索性把两手揣了起来。

嘤鸣等了半天，没有等来皇帝翻牌子，心下纳罕之余抬起头来："主子今儿叫去？"说罢顿了下，这回终于看见怡嫔了，忙屈腿蹲了个安，笑道，"小主儿也在呢？给小主儿请安了。"

怡嫔受她一礼，心下有点慌，忙站起来欠了欠身，说："姑娘，我是来瞧您的。"不过转念再一想，万岁爷赐座，想必是她进来的缘故。好好的继皇后人选，弄得端银盘送绿头牌，可见万岁爷没打算赏她体面。早听说万岁爷不待见她，几次三番地给她教训，自己总不相信，偏要眼见为真。现在好了，确实瞧见了，万岁爷有意拿自己给这位继皇后上眼药，这是在告诉她，往后名分虽定了，后宫妃嫔也有一席之地吧！

怡嫔心满意足，很乐意成为万岁爷的试金石，甚至在万岁爷没好气儿地应"你瞧朕应该翻谁的牌子"时，也觉得万岁爷是在有意敲打嘤鸣。

嘤鸣看见了怡嫔眼里一闪而过的快意，当即便道："奴才脑子笨，不会想事儿。这会子怡主儿既在，那还有什么可说的，定是怡主儿啊！"说罢自己在满盘绿头牌里寻觅，寻见了怡嫔的牌子，很爽快地替皇帝翻了过来，高兴地道一声齐活儿啦，然后冲怡嫔很有深意地笑了笑。

这回皇帝把视线移到了怡嫔脸上，看来敬事房里的银钱流通从面儿上转到了暗处。怡嫔这回给了她多少？总不至于还是八钱，能促使她铤而走险的，少说也得二两吧！

真好，皇帝哂笑，那笑像阴冷的游丝从他唇角游过。他说："你的胆子现在越来越大了，朝廷里有贪官卖官，你在朕的后宫里兴风作浪，闹得满世界乌烟瘴气，你想干什么？"

怡嫔原本心头暗喜，结果皇帝这么一说，大七月里，吓得她打了个寒噤。她惶然看向嘤鸣，不知道里头究竟卖了什么药，忽然悟过来，嘤鸣翻完牌子的那一笑把她拉下了水，万岁爷以为她们是一伙的，自己就要沦为第二个宁妃了。

"万岁爷……"怡嫔惊慌地嗫嚅，"奴才没有……"

皇帝"哼"了声："朕这养心殿，什么时候成了后宫嫔妃随意来去的地方？永寿宫要是住得不舒坦，就搬到北五所去吧。"说罢一拂袖，往后殿去了。

怡嫔早吓得跪地不起了，皇帝走后半天没能站起来。还是嘤鸣上去搀她，说："小主儿，万岁爷都走了，您就不必请跪安了。"

怡嫔哆哆嗦嗦站了起来，那双丹凤眼里满是震惊和愤怒："姑娘，你为什么要害我？"

嘤鸣显得很无辜："奴才怎么能害您呢，您特特儿来养心殿看奴才，奴才既掌着膳牌，就该尽我所能把您送到主子跟前才是。只是没想到，主子发了那么大的火……"她遗憾地眨了眨眼，"照理说不应该的呀，您琢磨琢磨，是不是先头说了什么不该说的话，惹主子生气了。"

边上的三庆忍不住窃笑，心说这位擅拉关系的主儿这回是踢着铁板了。才刚在万岁爷跟前说了那么一大套，明里暗里全在暗示自己和嘤姑娘有交情。可谁知万岁爷如今看见嘤姑娘举荐谁就疑心谁，她这回是聪明反被聪明误了，怪得了谁？

怡嫔最终败下阵来，且败得不敢吱声儿。一边是皇帝，一边是未来的皇后，谁也不能得罪，只能自认倒霉。

怡嫔走后，嘤鸣端着银盘愁眉不展："谙达，这么下去怎么办呢？万岁爷连牌子都不翻了，我罪过忒大了。"

三庆也不知道这个问题该怎么回答："万岁爷办什么事儿都有章程，您老人家不翻，就说明叫去。您也不必担心，毕竟主子政务巨万，往常瑞生敬献牌子也是这么的，十天里头有八天叫去。您这儿开门红过一回，幸没幸是后话，牌子不也留过吗？"

嘤鸣很有干一行爱一行的精神，她送膳牌的三回一回都没成功，实在让她很有挫败感。

她垂头丧气地把银盘端出门交给瑞生，瑞生瞧瞧盘儿里，怡嫔的被翻过来了，轻快地应了声："得嘞，奴才这就吩咐人上永寿宫去。"

嘤鸣说："这牌子是我翻的，万岁爷不乐意，叫去了。"

瑞生有点摸不清门道，不过还是由衷赞叹，到底是要当皇后的人啊，连绿头牌都能替主子翻。至于采纳不采纳都不要紧，能有这殊荣，别说全后宫了，就是打开国起，也是仅此一家，别无分号。

当然惹恼了万岁爷，哪有那么好脱身！德禄站在檐下招手："姑娘别聊啦，快来吧。"

嘤鸣忙赶回去，朝后头望了一眼，压着嗓子问："主子还震怒呢？"

德禄觉得解铃终须系铃人，耷拉着眉毛说："主子在后殿里头，御前的人这会子都不敢进去。要不您去瞧瞧吧，毕竟这把火是您点的不是？"说着回身接过个漆盘，往她手里一塞道，"盖碗里头盛着玫瑰甜盏子，您往主子跟前敬献吧。晚膳才开席怡嫔就来了，扰了主子进膳的兴致，刚才都没用几口。您去开解开解万岁爷，要是主子还想用别的，您出来知会一声，我这就打发人做去。"

嘤鸣推托不了，只得领了差事进后殿。

殿里静悄悄的，皇帝没有拍桌子摔椅子，他是个有修养的人，除了上次她的"牙口不好"之说，后来即便再生气，也是君子矜怒，诸多隐忍。嘤鸣呢，这回确实干了亏心事，站在又日新前犹豫良久才迈进门槛，轻轻叫了声万岁爷："奴才进来了。"

皇帝坐在床上，两手撑着膝头，两眼鹰隼般盯着她。

嘤鸣乍见他的样子吓了一跳，进又不是退又不是，最后赔着笑，往前递了递漆盘："主子，奴才给您送个甜盏子败败火。"

可皇帝却冲她冷笑："败火？凭这个能败什么火！想败火只有一个法子，你猜是什么？"

## ·七·

此话一出，不单嘤鸣愣在那里，连皇帝也被自己的口不择言吓住了。

难不成是太久没有翻牌子的缘故吗，皇帝自觉近来心浮气躁，看见她，常有一种想法办了她的念头。当然这种念头很危险，他自己也知道不能够，可人在盛怒之下容易出错，尤其是面对她。他不知道自己究竟哪里出了毛病，这个四六不懂的丫头，又有哪一点能激发出他的热情来。然而世上的缘法就是这么奇怪，前一刻还百般嫌弃的人，转过个儿来就成了眼珠子，成了连做梦都想据为己有的人。

她大概有点慌吧，皇帝碍于面子咬牙坚持着，其实心里比她更慌。他很怕她会参透他话里的隐喻，又按捺不住蠢蠢欲动的心，希望她最好能有所察觉。他猜不到她接下来会怎么应对，但正是这种未知，对他来说具有无比的吸引力。

嘤鸣手里还托着红漆盘，有些为难地歪了头。

她进宫有程子了，在家时家里爷们儿都是至亲，没人会当着她的面说什么荤话。进了宫就不一样了，宫里大太监们虽然个个知礼守规矩，底下的小太监却不然，他们牙尖嘴利，笑闹起来口无遮拦，越是没有的东西，他们越喜欢调侃。所以皇帝一说败火，几乎不用考虑，她就知道绝无好话。

这鬼见愁是真给逼急了吧，如今竟没挑拣了吗？嘤鸣笑了笑，哪儿能呢，无非是借着自己是男人，有意让她难堪罢了。

她趋身，把盖碗放在东墙的螺钿荷花藕节方桌上，揭开盖儿说："这玫瑰甜盏子做得真好，糖卤过的花瓣都发开了，这会子还能看清脉络呢。"

皇帝料她又在打这甜盏子的主意了，寒声道："不许你吃。"

嘤鸣不由得嘟囔，这人小心眼儿起来真是一点风度都没有。她把盖子重又盖了回去，垂着眼说："奴才吃过了晚膳来的，您就是不说，奴才也不会抢您吃食的。"

这个谁知道，她每做一件事都有她的目的。刚进宫那会子，他误以为她是个简单的姑娘，谁知时候越长，就越发现她鸡贼。他一直自诩看人很准，没想到这回终于看走了眼。她是一只披着羊皮的狼，钻进了他的后院，往后会怎么折腾还不知道呢。他一头担忧，一头又毫无把这毒瘤清理掉的想法，因为清理了就玩儿不成了。皇帝最近尤其喜欢"玩"这个字眼，就算有时候受了她的算计，也不能断了他继续找乐子的决心。

"主子的意思，是要幸了奴才吧？"在皇帝几乎忘了刚才的对话时，她忽然蹦出来一句，然后毫无半点羞怯之意，坦然地望着他。

皇帝被她从天而降的一句话砸晕了头，一时竟怔忡着，有些跟不上她的路数了。

嘤鸣很把这个问题当回事，因为早晚要面对的，不管将来能不能顺利登上继后的位置，她既进来了，横竖要充后宫。充后宫，无非就是翻牌子做的那档子事儿。如果皇帝对她没意思那是最好，各过各的相安无事，但若是皇帝要行权，她也没什么可反对的，这世上同床异梦的夫妻多了，多他们一对也不算什么。

但这种事，一切都得有前提，她叠着两手，神情庄严地说："奴才是主子旗下人，主子要幸奴才，是奴才的福分。不过奴才也是诗礼人家出身，不能平白无故让主子幸了，您得有个说法儿。主子是一国之君，这种事儿不能浑来，奴才有奴才的骨气，主子也有主子的体面。"

她不卑不亢，侃侃而谈，这让动了一点小心思的皇帝感到十分难堪。

她说得没错，虽然她是因薛家被送进宫来的，却也是重臣家的闺女，无名无分的，怎么能叫人家侍寝呢？皇帝以前在房事上从未费过脑子，后宫的那些嫔妃比他更主动，因为机会难得，谁不上赶着伺候他？可她不同，封后的诏书还没下，她算不得自己的后宫，倘或这会儿做出什么出格的事来，和大街上强抢民女有什么不同？

皇帝别开了脸："朕早就说过，你满脑子龌龊，朕都替你臊得慌。败火难道只能靠临幸吗？食疗有的是法子，你偏要拿自己做药引子。上回太皇太后说你对朕有想法，朕全没往心里去，如今看来你是真的肖想朕，巴巴儿冲到朕寝室里来，你想做什么？"

嘤鸣被他倒打一耙，一时只能冲他干瞪眼。

说起那回的事儿，确实不堪回首。本以为大家都别言声，这么囫囵着过去就完了，没想到他竟还旧事重提，就很让她面子上挂不住了。她尴尬地红了脸："奴才是来给您送甜盏子的，没想借机对您干什么。上回太皇太后和您说的那事儿……"

"别说了。"皇帝专横地打断了她，"朕不想听你辩解。"

说到根儿上，还是因为不想听她否认罢了。那天在头所殿檐下，他真是听得够够的了，这辈子不想再听第二回。现在回想起来，真觉得老脸没处搁。他圣明了一辈子，大风大浪都见识过，却因这么一句讹传险些连帝王的尊荣都丧尽了。

还好没被戳破，他庆幸地想，她不知道他去过头所，也不知道他亲耳听见了她的那席话。现在这事黑不提白不提地翻篇儿了，待事态凉一凉，他又觉得可以拿住这个把柄，也许能反败为胜。

对嘤鸣来说，可以开诚布公的时候不让解释，比吃了苍蝇还难受。这个误会捂住了还则罢了，要是挑开了说，自己成什么了！可是没办法，他不许她吱声儿，她也不能抗旨，于是憋屈地看了他一眼，老老实实地闭上了嘴。

皇帝见她知情识趣，感到十分满意，趁着这次的大好机会，先得向她重申一下自己的立场："你一次又一次坏了朕翻牌儿的雅兴，想必还是因为这个吧？先头朕抬举贵妃叫你吃味儿，后来朕要御幸后宫，你也不受用。朕知道，女人三从四德，你往后全指着朕呢。可你的心胸应当开阔些，朕是帝王，江山社稷在朕一身，朕也有迫不得已的时候。"

嘤鸣臊眉耷眼地听他歪曲，心里很不是滋味。

"主子的难处，奴才何尝不知道，白天日理万机，到了晚上还得填主儿们的亏空，要数辛劳，天下没一个人赛得过您。其实奴才也是知书达理的，"她万分真诚地说，"奴才盼着主子龙马精神，您每回翻牌儿，奴才都替小主们高兴呢。头一回宁主子的事是奴才错了，二回是您自己叫去的，也怨不着奴才。今儿呢，您不是都让怡嫔坐下了嘛，奴才惯会看眼色，料着八成是要留怡主儿伺候……您瞧，奴才回回都真心实意盼着主子遍洒甘霖，不敢存半点私心。至于回回砸锅，里头还是您的缘故居多，奴才不敢担这个罪名。"

所以什么是小人嘴脸？这就是！还惯会看眼色，她到底长了双什么眼睛？该不是鸡眼吧！

皇帝冷笑连连："你可真说得出口啊，如今全是朕的不是了？朕问你，你头回收了宁妃八钱银子，这回又收了多少？"

嘤鸣说："这回奴才一文钱也没收，您可以传问瑞生和我跟前的丫头。从昨儿到今儿，奴才不是在养心殿就是在他坦，没和任何人有过接触。"

"一文钱都没收？"皇帝品咂出了更叫人气闷的真相来，"看来你拿朕走了回人情，打量朕不知道？齐嘤鸣，你可真是丧心病狂，什么丧良心的事儿你都干，难道你就不敬畏凛凛天威，不怕朕要了你的脑袋？"

这大概就是欲加之罪，何患无辞吧，遇上了这么个胡搅蛮缠的主儿，简直像秀才遇到了兵。做奴才的，最要紧一宗就是学会揣摩主子心思，她琢磨了半天，最后迟疑地问他："主子不悦，难道是觉得自己越来越不值钱了？"

这下皇帝又给气得噎住了，他捂着胸口冲她指点，颤声说："好……好，齐嘤鸣……算你厉害，你给朕等着！"

类似这种恐吓一向十分奏效，因为越是未知越是恐惧。嘤鸣膝头子一软："奴才又说错话了……"

"站着！"皇帝见她要跪，厉声道，"你多番对朕不恭，以为一跪了之就能赎罪？朕用不着你跪，自有法子惩处你。现在你给朕滚出去，还戳在朕眼窝子里，是想气死朕？"

就这样，嘤鸣被骂出了又日新。迈出前殿的时候看见德禄站在门外，双眼空洞地望着天幕，她唤了他一声："谙达？"

德禄点点头："您看这天棚，做得真大真精细。"

嘤鸣也抬眼瞧了瞧，由衷地表示赞同。

"那您叩谢万岁爷天恩了吗？"德禄悲伤地说，"毕竟这天棚是为您才搭的。"

关于这点嘤鸣还是很感激皇帝的，万岁爷日理万机，能想得如此周全，哪怕是为了逼她每晚上夜，也该好好谢谢他。可刚才的会面不是不欢而散吗，她干笑了下："先头我给忘了，本想向主子道谢的，可怹老人家瞧我又不顺眼，把我给赶出来了。"

德禄依旧很悲伤："您这么的，会伤了主子的心的。"

嘤鸣怔了下，发现事态严重，小打小闹可以有，真是得罪得太过就不好了。想了想，重又折回明间里，隔门叫了声万岁爷："多谢万岁爷顾念，给奴才装了天棚，往后奴才就不怕有虫子啦。"

结果里头闷声一哼："别给自己找脸了，谁说装天棚是为了你！"

嘤鸣又碰了一鼻子灰，退出来冲德禄笑："谙达您瞧，主子说不是为我，那我就心安理得了。今儿又叫去，横竖夜里没有差事，我收拾收拾，这就下值啦。"

德禄说："别呀，您回头所不也闲着没事儿吗，还是留下吧。过会子主子要上南书房，小富今儿也不知道好利索没有，万一不成事，不还得劳您大驾吗？"

德禄也算为主子鞠躬尽瘁，这二位的相处实在太熬人了，鸡同鸭讲已经不算事儿了。要是没有他们这帮人的斡旋，这会子该是水火不容的生死仇家吧！好在嘤鸣姑娘是个爽快人儿，见推托不了就应下了，横竖后殿这会子无事，她是个心底没有尘埃的脾气，挑了个于己最舒服的活法儿，上前头卷棚底下纳凉去了。

嘤鸣到时，三庆和松格都在，军机处当值的太监送折子来，忙里偷闲也和他们聚在一块儿闲谈，说的都是宫外的事儿。谁家和谁家又结亲了，谁家丈母娘把女婿打开了瓢，一边说一边直乐。见她来了，忙插秧打了个千儿，笑道："给姑娘请安啦。奴才天天儿在值房伺候公爷，公爷可念着姑娘，才刚还说，要是见了姑娘，让给姑娘带个好儿。今年庄子上的山矾收成不错，福晋腌了两罐子，等什么时候递了牌子进宫，给姑娘带些来。"

嘤鸣含笑点头，说谢谢谙达："请谙达带话给我阿玛，我在御前一切都好，请家里不必惦记我。"

宫里要传口信，不是那么容易的。上回在巩华城她就和纳公爷商量好了，要是家里使劲儿了，逢有人传话问好，一应以山矾收成不错来指代。嘤鸣听着那句话经别人转述过来，心里有些五味杂陈。家里终究还是愿意她当皇后的，尤其是上回春吉里氏晋封了贵妃，八成把一家子都惊动了。宫里主子们自有他们的算计，皇后的位分是他们下的大饵。嘤鸣对于能不能当皇后倒没有执念，只觉得纳公爷能渐渐脱离薛尚章是好事儿，皇上跟前别落个无药可救的恶名儿，将来也好有抽身的机会。

那头小富从养心门上进来，佝偻着身子，一副余痛未消的模样。到了大殿前的台阶上，踮着脚尖朝里边望了眼，发现人都在抱厦里呢，拐个弯儿就进来了。

"唉，吃坏了肚子，真耽误差事。"他边说，边朝嘤鸣垂了垂袖子，"听说昨儿夜里姑娘替我上夜了，真是谢谢姑娘。我身上原还没好呢，今儿夜里可不好意思再劳动姑娘了。"

德禄对他嗤之以鼻："我说什么来着，让你少吃两口，你不听我的。这会子过来当差，没的在主子跟前现眼，半道上要出恭，来不及给你预备官房。"

大伙儿听了都笑，小富啐他胡扯，正要打闹起来，听见德禄站在廊庑底下咳嗽。众人立时肃静下来，该当值的都不敢逗留，全回各自值上去了。

嘤鸣呢，觉得小富回来了，就没她什么事儿了，打算等皇帝离开养心殿，就带着松格回头所。谁知德禄又带了皇帝的话来，长脸上硬挤出了一点为难的笑，说："姑娘，万岁爷让我问问您，您觉得这天棚好不好？"

嘤鸣说："好呀，我还没见过这么精巧的天棚呢。"

"那姑娘知道这天棚是干什么用的吗？"

通常这样浅显的问题背后必定暗藏玄机，嘤鸣回答的时候有些提心吊胆，她往上瞧了眼，迟疑道："不是挡蚊蝇用的吗？"

德禄说是："正是挡蚊蝇用的。主子说您在里头太安逸了，不知道人间疾苦，今儿主子要在南书房和大学士议讲，主子让您夜里自己个儿挑着灯，站在内右门外等主子回来。"

松格觉得不太对劲儿，踌躇着问德禄："万岁爷的意思，是不让我们主子在天棚里头接驾，要上天棚外头去？"

德禄沉重地点了点头："万岁爷不回来，不许姑娘挪窝。回头还要给姑娘画个圈儿，要是姑娘不遵旨，就把姑娘绑在箭亭底下，四周围点上灯，给姑娘照亮。"

这下子嘤鸣傻了眼："万岁爷说让我挑灯等着？"

德禄说没错儿，然后同情地冲她笑了笑："姑娘，其实蝲蝲蛄也没什么可怕的，您要是瞧着恶心，闭上眼睛就完了。"

嘤鸣这会儿腿肚子开始转筋了，要提灯招虫，还不许她躲？她就说呢，叫他发现了一个弱点，哪有不利用起来的道理？鬼见愁到底还是原来那个鬼见愁，甭管什么时候，都改不了睚眦必报的臭脾气。

壹贰

立秋

· 一 ·

皇帝做什么都极有章程，他既然下了令要嘤鸣在内右门外候驾，就必须把这项诏命贯彻到底。

三庆撅着屁股，拿一块碎砖在乾清宫广场上画了个大大的圆。他当年是箭亭里伺候宗室子弟练骑射的，对画箭靶子极有经验，给他一张大纸，他抡圆了胳膊就能画出一个标准的圈来，因此这回"画地为牢"，他当仁不让。

皇帝站在圈子前打量了两眼，觉得这个圆堪称无懈可击，既容得下一个人，又不至于让她有过大的走动空间。他笑了笑，这就是得罪他的下场。自从上回巩华城之行后，他就没有真正难为过她，就算她再出格，他至多开解自己一番，也不和她认真计较。为什么会这样，无非是他心里有她，不愿意再欺负她。可她呢，麻木不仁，似乎从来没有考虑过，一个过去专给她小鞋穿的人为什么忽然能那样宽待她了。她不明白他的不忍心，也许还以为是他认输了……这么一想，皇帝觉得很不舒坦，这回非要给她点厉害。一则拨乱反正，在她面前重立不可欺的威严形象；二则让她再回味回味，受人挤对的日子多难熬，别因为他的纵容，忘了天高地厚。

"站进去试试。"皇帝饶有兴致地说，仿佛在让她试一件新衣裳。

嘤鸣倒也没说什么，安然地立在圈子里，低头看了看，夸赞三庆："这圈儿画得可真圆。"

三庆笑得有点难堪，可别因自己动了手，叫姑娘记仇。他也不知道眼下境况该怎么安慰她，便哈腰说："姑娘试试吧，要是大小不合适，我给您重画一个。"

嘤鸣说："就这么的吧，挺好的。"说着向皇帝蹲了个安，平静地接受了这项安排。

心里必定不好受吧？皇帝撇了撇嘴，谁让她不懂得顺杆儿爬。人要是会服软，就少吃好些亏，也不会闹得有天棚不能受用，站在外头喂蚊子。

最后一缕日光从宫墙顶上沉下去了，但老爷儿的余威还在。宫里到处是墁砖铺就的地面，砖头吸收了热量，人要一动不动站在上头，能感觉到一蓬蓬的热气围着小腿肚打转。但即便是热，中暑应当是不至于的，皇帝就算捉弄她，也不会没轻没重，毕竟这人过不了多久要成为他的皇后，因此罚她也得选在太阳落山、宫门下钥之后。这么着既不伤她的身子，也不让后宫其他嫔妃有机会看她的笑话。

一切准备妥当了，皇帝着重又吩咐了一句："不许有人陪，谁敢多管闲事，朕诛她九族。"说罢瞥了松格一眼，吓得松格眼前金花乱窜，差点背过气去。

嘤鸣说是，放眼瞧了瞧，天光一寸寸暗下去了，不远处的乾清门上了灯笼，一列太监举着撑杆走过，侍卫们也换了班儿。这些乾清门侍卫是御前一等侍卫，里头大多数见过她在黄幔城里生火炖粥的样子，所以这回她又挨罚了，他们应该也见怪不怪。

她自己安慰了自己一回，十分随遇而安。皇帝没见过这种死到临头还不知悔改的人，想起上回让她顶砚台，她也是宁愿跪死也不肯求饶，那时候就知道她不好揉搓。这回呢？见了一只虫子就喊断了嗓子，要是引来十只八只，那模样大概都没法看了吧！

皇帝牵着一边唇角哼笑了声，转身便往乾清宫去了。德禄在后头跟着，边走边回头看，小声道："万岁爷，嘤姑娘胆儿小，回头吓出病来可怎么办？"

皇帝心里微微牵动了下，但也没有放话就此饶了。德禄还在聒噪，皇帝扭头看了他一眼："你的舌头要是不想要了，就割下来喂狗吧。"说罢挺起胸膛，昂首阔步迈进了乾清门。

松格脚下踟蹰着，舍不得她主子一个人露天站着。怕虫这毛病她是打娘胎里带来的，擎小儿见了虫子就吓得魂飞魄散。如今皇帝这么惩治她，可比坑她吃羊肉烧卖恶劣多了。

"亏得是个爷们儿，心眼儿那么坏！要是托生做了女人充后宫，那些小主儿哪个是他的对手，八成都被他整治死了！"松格嘀嘀咕咕。原本她也谨言慎行，知道祸从口出的道理，可这回皇帝做得实在太过了，她替她主子抱屈，觉得这皇宫真不是人待的地方。

嘤鸣还是一脸笑模样，说："咱们兵来将挡，水来土掩。"

松格哭丧着脸叹气："您这会子是觉着没什么，天儿还没黑下来呢。等回头那些虫子活泛起来了，您可怎么办！"想了想蹦出个主意来，"要不奴才给您上慈宁宫报信儿去吧，或者找太后也成啊，来个能制住皇上的，保了您的命要紧。"

嘤鸣却摇头："眼看下钥了，这时候劳师动众的，叫老佛爷和太后受累不说，还让皇上下不来台。"

松格差点儿没笑出来："您还想着给皇上下台呢？"先头的几次交锋，她就一点儿没手软。要是当真夹着尾巴伺候皇帝，皇帝也不至于重又整治她。

嘤鸣瞥了她一眼："今儿我也没招惹他啊，是他自己说着说着就恼了，能怪我吗？"

横竖不管事情是打哪儿起的，恶果不是就在眼前吗？！松格急得团团转："快想辙吧，这么大好的天儿，别像年下三舅老爷家似的，债主临门，一来一大群。"

松格说的三舅老爷是福晋的三弟。哪家没个穷亲戚呢，自三舅老爷自立门户后，就彻底沦为了穷亲戚那一波。家里闹家务，老的吵小的叫，三舅老爷不愿意着家，靠着典当祖产过日子。祁人大爷哪怕再穷，爷范儿不能丢，有一回三舅老爷要当一块古玉，走了一圈儿没遇上合适的买主，那么价值千金的东西，一气之下送给了听差的。后来实在过不得日子了，上姐姐这儿打秋风，福晋虽恨他不成材，又得顾念手足之情，每逢年末就给他府里太太送银子。打发奴才去怕有失庄重，大姐姐在家时是大姐姐送，后来大姐姐出阁，这个差事就落在了嘤鸣身上。

天晓得三舅老爷在外头赊了多少账，那些酒馆妓院戏园子的人，就像蝗虫一样来了一拨又一拨。今儿松格拿三舅老爷家的盛况比喻飞虫，可以想象，那是多么宏大的阵仗。


三庆去了又来，给她送了一盏灯笼，说："姑娘，我也是受命，您可别怨我。这灯里头的蜡烛，我给您挑了最细的，只要不那么亮，蝲蝲蛄也能少些。"

嘤鸣笑着点头："我知道谙达也是没法子，不过一只灯笼不够使，劳驾你再给我拿一只来吧。"

松格瞠目结舌："您该不是糊涂了吧，还怕虫子招得不够多吗？"

她不说话，三庆只好又回养心殿，提了一盏灯笼过来。

松格还一头雾水呢，不知道她究竟是什么打算。

嘤鸣把其中一盏递过来，让松格放到十丈开外，松格提着灯笼徘徊不前："主子，您到底什么想头儿？"

嘤鸣算服了这笨丫头，她吸了口气，把自己手里这盏吹灭了："万岁爷让我挑灯接驾，可没说挑点着的灯还是灭了的灯。我傻吗，自己招虫子！把你那盏搁远点儿，这么着虫子全冲那儿去了，我这里不就没事儿了！"

松格这才"啊"了声："奴才怎么没想到！"忙疾步把灯笼远远放置了，另给她塞了把扇子，笑嘻嘻地说："夜里蚊子多，留着赶蚊子使吧！"

就这么的，嘤鸣左手灯笼右手扇子，一个人站在那个圈儿里，倒也自得其乐。

夜里的紫禁城和白天大不相同，静谧的深蓝覆盖着朱红，笔墨难以绘制出如此和谐的色彩对冲。嘤鸣站在这片浩大的深寂里，心里觉得安稳从容，似乎皇帝的有意刁难也没有造成任何不愉快，因为越是无所挂碍，越是刀枪不入。

那厢南书房里的皇帝正心不在焉，翰林掌院学士滔滔不绝的讲学声像风一样从他耳边刮过，没有一句入了他的耳门。

手指在书页上摩挲，视线却茫然没有焦点。最后连大学士都察觉了，纳罕地瞧瞧德禄，德禄摇摇头，表示今儿就是这么回事了，主子爷心里记挂别的呢，这回的讲学还进不进，全凭您自己吧。

大学士把书合上了，他是当年上书房的总师傅，皇帝自开蒙时起就拜在他门下，做学问的老师，难免有自矜身份的骄傲。

皇帝呢，发现书房里安静下来才猛然回神，笑了笑道："师傅怎么停下了？"

大学士微哈了哈腰道："皇上既然无心听讲，那今儿就休息一日吧。"

皇帝一向好学，通常稍加提醒就会收回心神，大学士等着他致歉，说请师傅继续。结果等了半日，等来他颔首说："也好，今儿本来就是朕突发奇想，倒扰得师傅不能歇息了。既这么，就叫免吧。"扬声唤刘春柳，"点两个人把师傅送回府，路上仔细着点儿。"

刘春柳领了命，上前来引大学士，大学士无奈，只得随他出宫去了。

德禄看看案上莲花更漏，低声向上回禀："主子爷，快到亥时三刻了，嘤姑娘这会子还在广场上站着呢。"

皇帝听了没什么表示，手上的书倒合了起来。

德禄一看有缓，便垂袖道："奴才替主子瞧瞧去吧，不知道姑娘眼下怎么样了。"

有心给她上眼药，当然要亲眼得见她的狼狈才痛快。皇帝站起身道："朕自己去瞧，让后头不必掌灯。"想起马上要看见她痛哭流涕的模样了，心里忍不住一阵激动。

帝王的端稳这会儿先靠边放一放吧，万岁爷着急要出去看笑话呢！德禄几乎赶不上他的步子，边走边道："主子爷您慢着点儿……"结果从内右门夹道出去，万岁爷的步子忽然顿住了。德禄不明所以，探头瞧了一眼，这一瞧有点慌，杳杳可见远处一盏灯笼搁在地上，却不见嘤姑娘的身影。

"这……这……"德禄说话都磕巴了，"人呢？"

皇帝一面恼她抗旨不遵，一面心又提起来，担心吓得太过，直接把她吓死了。他从内右门上匆匆出来，夜间一点凉风拂动他的袍角，左右没有人拱卫，这紫禁城倒像和平常有些不一样了。从辉煌闯进暗夜，眼睛必要经过一段时间适应，他走在一片漆黑里，心头不知怎么空落落的，说好了让她在那里等着的，结果人不在了，难免有种被辜负的失望。

不过皇帝显然是杞人忧天了，当眼睛适应了黑暗，他终于发现有个人影在那里站着。那一瞬涌起一种奇怪的感觉，仿佛只要人在，一切都可以既往不咎。

嘤鸣的扇子摇得山响，见他过来叫了声万岁爷："您忙完啦？"

皇帝的眉眼浸入黑夜里，有些模糊了，只看见长身玉立，轮廓磊落。他朝远处的灯笼望了眼，声音里透着疲惫："你又在耍花招了？"

嘤鸣提了提手里的灯，支吾着："奴才的灯笼才刚灭了。"

皇帝听了哂笑："灭了为什么不重新点起来，要在那么远的地方另放一盏？你真拿朕当傻子，由得你玩弄于股掌之间？"

嘤鸣道不敢："主子这么说，可折得奴才不能活了……"

"你什么时候能听朕的话？"皇帝郁塞地说，忽然脖子上一阵刺痒，下意识地抬手啪地打了一下，掌心鲜血四溅。

嘤鸣忙给他打扇子，真挚地表示："奴才一向都很听主子的话，只是主子对奴才有偏见，等闲瞧不上奴才罢了。"

皇帝说："难道你对朕就没有偏见？因为先皇后的死，你一直耿耿于怀，所以你想尽办法和朕唱反调，你想气死朕。"

这话就严重了，有些事心照不宣，大家尚可以糊涂着过，一旦拿到台面上来就很伤感情，也很伤体面。

嘤鸣说："万岁爷是常怀猜忌之心，才对奴才诸多提防。奴才毕竟只是个小丫头，不管和先皇后的交情有多深，对万岁爷哪里敢有半点违逆呢。"

他听了慢慢颔首："你确实不该触逆鳞，只要朕愿意，就可以像今晚这样罚你。"

嘤鸣道是："奴才不敢。"

皇帝心情很复杂，他居高临下打量她，夜里还是很闷热的，这么傻站着，没有冰碗子也没有凉榻，想必日子不太好过吧！他正了正脸色问："你知错了吗？"

嘤鸣心道您要找我的麻烦，几时有过正经的理由？但想归想，她绝对不敢回嘴，只是唯唯诺诺应着："既然主子不高兴了，那奴才就一定有错。奴才下回不敢了，您瞧……这回的事儿就这么算了，好吗？"

皇帝琢磨了下，点了点头，一场雷霆万钧的惩处，最后以几滴零星小雨收场，连他自己也不明白究竟是怎么了。

　　也许正因那一霎被遗弃的错觉，事后发现虚惊一场，就打消了要狠狠收拾她的念头。其实她要是真的那么傻，直愣愣地站在那里招虫子，吓得衣衫不整涕泪横流，他反倒觉得她不够聪明。之前放了狠话，说敢耍花招就把她绑到箭亭里头去的，这会子也全忘了。皇帝负着手往回走，转头看天边那道弦丝一样的小月，顺便又瞥了她一眼。

　　"齐嘤鸣，你想不想回家？"他忽然问。

　　嘤鸣心头一蹦，虽然他以前也问过这样的问题，并且扬扬自得地告诉她，就算想也回不去，但这次总让她觉得有些不同。她犹豫了下，小心翼翼地问："万岁爷，您想让奴才回去吗？"

　　皇帝说不想，那句不想是脱口而出的，几乎没有经过任何考虑。可很快他就发现了不妥，搜肠刮肚找出了一堆道理来："宫里撵人是有定例的，除非这人犯了主子容不得的罪过。你要回去也成，不过得预备好了被人戳弯脊梁骨。那些人的嘴有多坏，你想都想不到，他们会说你早和皇上不清不楚了，你戴着这顶大帽子，往后别想嫁好人家。朕言尽于此，孰轻孰重，你自己掂量掂量吧。"

·二·

　　皇帝危言耸听了一番，自觉这段话很有说服力，要换了寻常的姑娘，必定会有所忌讳，好歹名节的事很要紧，关乎姑娘的一生。

　　可是在嘤鸣听来，却觉得有点好笑："主子说什么呢，您可是真龙天子，别说奴才和您没什么，就是真的有了什么，外头哪个说我的闲话，横是不要命了？您不能把自己当成一般的爷们儿，这世上市侩多了，个个儿做梦都想攀上高枝儿。人家才不问你缘由呢，但凡和皇上有牵扯，出去就是奶奶神，谁敢不高看几眼？"

　　她口才一向不错，反驳起来自然也是条理清晰。皇帝沉默了下，才发现在她跟前可能真的拿自己当成寻常男人了，或者说忘了自己是睥睨万物的天下之主。为了留住她，竟拿坏了名声这样的借口来吓唬她。她是什么人呢，老虎嘴上都能薅根胡须的主儿，会怕这个？

　　他斟酌了下，才又道："既然必要招人误会的，那朕就更不应该让你出宫了，没的让天下人笑话，说朕始乱终弃，朕的脸面要紧，不能因你坏了体统。"

　　反正就是不让出去，说这一大套有什么意思！嘤鸣暗中腹诽，很看不惯他的虚伪嘴脸，俯身应了个是："只要主子不发话让奴才出去，奴才就一直留在宫里。当初进宫的时候，家里一再叮嘱要好好伺候主子，如今奴才阿玛恪尽职守报效朝廷，奴才还有什么可说的，必定是一心一意孝敬主子，当主子的好旗奴。"

温存的话一句没有，表忠心的说了一大堆，也成吧，皇帝觉得淡出鸟儿来的心田霎时有了一点滋味儿，甚至咂出了一丝回甘的清甜。他有些怀疑，这个女人到底会不会说浓情蜜意的话。如果她成了他的皇后，和他做了夫妻，还会这么直撅撅的又是孝敬又是好旗奴吗？

兴许这人是属撑杆儿的，不会拐弯。皇帝兀自思量着，兴许这就是她做人的谨小慎微之处，没到那个地步，绝不给自己随便长脸。其实他很想知道，她和海银台定亲那么久，他们之间说话是什么样的。海银台管她叫妹妹，她不好意思叫他一声哥哥，那她怎么称呼他？海大人？银台？台台？

皇帝怔了下，简直要被自己的奇思妙想惊着了，那种四外透着牙酸的称呼他曾经从皇考的嘴里听到过。那时候皇考有个极爱重的宠妃，单名一个茹字，皇考就管她叫茹茹。这种莫名的叠字组合至今让皇帝觉得古怪，也在他的印象里形成了不可转移的认知，凡是感情好的，必定就是这样称呼。

可他不能求证，他是帝王，格局应当大一点儿，怎么能纠结于皇后曾经小打小闹的一小段旧情呢？


皇帝的神思有些恍惚，等迈进了内右门，门里的灯火填满他的眼睛，他才理清了思绪，随口应道："你阿玛近来倒是比先前进益了不少，父亲立了好榜样，闺女也该不辱没门楣才好。"说着顿下来，装作无意地说，"时候不早了，过门禁要递牌子，今儿就留在体顺堂吧。"

嘤鸣仰脸一笑："主子可真怪，奴才才受的罚，您这会儿气就消了，还赏奴才住体顺堂？"

皇帝听她哪壶不开提哪壶，立刻板起了脸："你不挨罚就浑身难受是吗？天下还有你这号人？别以为刚才你要小聪明朕不生气，朕是看在你阿玛的分上赏你脸，你还啰唆？"

嘤鸣缩了缩脖子说是："奴才得了便宜还卖乖，请主子恕罪。"

皇帝万分厌恶地乜了她一眼："宫里过日子得有眼色，别以为在太皇太后和太后跟前会邀宠就够了，这江山是朕的，整座紫禁城也是朕的，惹恼了朕没你好果子吃，听明白了吗？"

就算他不重申，她也懂得这个道理，天字第一号呆霸王嘛，自然得小心奉承着。

"那今儿还要奴才上夜吗？"差事得问清了，否则被逮住小辫子又是一通埋怨。

皇帝把视线调到了天上，清高且傲慢地说："你当差不行，实在叫朕瞧不上眼。睡你的大头觉去吧，管住自己的嗓子，别乱叫唤就成了。"

这叫什么话！嘤鸣不大受用，她又不是走骡，怎么就乱叫唤了！可万岁爷说你当差差了行市，那是上头挑剔你的手脚，没什么好争辩的，不成就是不成。她诺诺答应了："那奴才回头收拾收拾就睡了，有什么事儿您喊一声……"

"朕不会喊的，你当朕是你？"皇帝截断她的话，"哼"了一声，阔步迈进了养心门。

皇帝回来，御前的人又井然忙碌起来。德禄很有眼色，万岁爷难得和姑娘在夜色下说话，他不能戳在中间讨人嫌，因此早早儿回殿里把一切都预备妥当了，万岁爷的小食另照原样给嘤姑娘也备了一份，没的姑娘又抢主子的点心，因那两口吃的打起来不上算。

小富挨在门口问三庆："这事儿就这么过去了？"

三庆说："要不怎的？你还指望像上回顶砚台似的，把姑娘弄个大花脸？昨儿夜里你是没瞧见，一只蝲蝲蛄就吓得那样，今儿要是招了一群，不得活活吓昏死过去吗？！咱们主子爷如今体人意着呢，哪儿能真让姑娘受那些委屈。"

小富"嘿"了声："这么说该成事儿了？"

三庆含糊地笑了笑："不好说，我瞧姑娘这头还没动静呢。这人真妙，她就是不开窍，别说主子着急，连我也跟着着急了。"

"你急个棒槌！"小富笑嘻嘻道，"留神别说秃噜了嘴，那可是主子娘娘。你说人不开窍，回头主子给你天灵盖儿凿个洞，你就知道马王爷几只眼了。"

三庆啐了他一口，正想和他闹，看见里头嘤姑娘酒足饭饱出来了。他忙上前去，适当地对她先头挨罚的情况表示了一下关心，然后告诉她："松格姑娘回头所了，宫门下钥后她不能留在养心殿。姑娘这会子怎么安排？是打发人送您回西三所，还是留下上夜？"

嘤鸣笑了笑道："万岁爷让我留下，没叫上夜。可我琢磨着不当差事，留下岂不吃干饭吗？要不给我个毡垫子，我睡在后殿明间里，还给主子上夜。"

三庆说："既然主子没叫上夜，您踏踏实实睡个囫囵觉可不好吗？没事儿，今儿小富回来了，御前不短人伺候。我这就派人给您的体顺堂送热水过去，再指派两个丫头伺候您洗漱。"

嘤鸣忙说："怎么能让御前的人伺候我呢？"

三庆的眼梢都笑出了褶子，说："该您受着的，谁能伺候您是她的福气，懂事儿的都抢着呢！"边说边招底下听差的，"快着点儿，点两个精干伶俐的宫女派给姑娘使。那谁……豌豆，还有海棠。"

两个宫女很快上前来蹲安行礼，既能挑到御前来的，必定都是聪明人儿。她们送嘤鸣上后边体顺堂去，边走边笑道："姑娘来养心殿好几天了，咱们只能远远儿瞧着姑娘，没承想今儿这么大的造化，能伺候姑娘一遭儿。"

嘤鸣听了只是一笑："姑姑们本来是当上差的，倒叫你们来支应我，我怪不好意思的。"

海棠笑道："姑娘快别这么说，伺候姑娘也是当上差。姑娘只管自自在在的，有什么吩咐，叫奴才们一声就是了。"

嘤鸣自打进宫就和松格相依为命，洗漱什么的早不像先前在家里时那么适意了，自己的事儿还是得自己操心。这些御前的宫女是伺候皇帝的，一个个手皮子作养得嫩豆腐一样，从身上划过去，绵软温厚，果真和宫外的使唤丫头大不一样。

嘤鸣心里还记挂着皇帝，不因为旁的，主子没上床高卧，自己倒先受用起来很不像话。便朝门上张望着，喃喃问："万岁爷这会子干什么呢？"

豌豆说："料着司浴的也在伺候沐浴吧，姑娘要是不放心，回头出去瞧瞧就是了。"

那混着龙涎和木槿叶的膏子在她发丝间揉搓着，清冽的香气慢慢让心平静下来。她靠着木桶和两个宫女闲谈，谈起宫外的家和生活，都有恍如隔世之感。

"这会子回去，怕有程子过不惯。"海棠道，"咱们都是旗下包衣出身，能上御前来的，家里阿玛兄弟身上都有差事，生计倒不艰难。只是进宫七八年，咱们也充人形儿，自视成了人上人似的。可家里哪有那么讲究，回头少不得处处挑眼，和家里姐妹姑嫂合不到一处去。"

这也是实诚话，当上差的都有这样的苦恼，当着下差的，自然都盼着出去。

嘤鸣说："宫里伺候老佛爷和太后的，还有御前这些人，自是比别人体面些，将来出去了，人家也另眼相看。"

豌豆比较直爽，笑着说："无非配个好女婿罢了，提亲的瞧你伺候过主子，迎回去重整家风也是有的。都知道御前的女官最重规矩，咱们到了宫外就是香饽饽。"

她们一向知道嘤鸣脾气好，所以并不畏惧她。三个人说说笑笑，也让这帝国中枢有了难得的家常味道。

嘤鸣心里嘀咕着，那个呆霸王危言耸听，说她出去了要被人戳脊梁骨，全是胡说八道。看吧，连女官们都知道出了宫就是香饽饽，他还拿这种话来威吓她，不知道的以为万岁爷是个好主子，能设身处地为底下人考虑呢。只有她知道，他假模假式仗权蒙人，还老觉得自己很高明，害她得陪着周旋，自己都快成傻子了。

先前出过一身汗，眼下清理干净了很轻松，嘤鸣裹着棉巾下地，豌豆和海棠伺候她穿上了寝衣。只是这寝衣并不是她自己的，材质更柔软，样式也是内造的，她觉得奇怪："你们从哪里趸摸来的衣裳？"

豌豆说："本就是预备在体顺堂的，随时防着姑娘要用。天儿热呢，虽过了大暑，秋老虎也要厉害一阵子。万一像今儿似的出了汗，有现成的也不慌手脚。"

嘤鸣明白了，这就是为皇后准备的，怪道要用那么上佳的缭绫。可穿成这样也不便出门了，便搓着头发问："明儿的衣裳预备好了吗？万岁爷五更要起身听政的，我没法子等头所送衣裳来。"

海棠说早预备停当了："不单姑娘的衣裳头面，连胭脂水粉一应也都是现成的。"

唉，甭管是德管事的周到，还是万岁爷吩咐的，横竖都是姑娘的体面。宫里不是头一回有正宫娘娘，娘娘和娘娘的性情不一样，待遇也不一样。像先头皇后就没在体顺堂住过，人不来，自然没人给仔细预备那些东西。如今这位呢，虽然面儿上看着和万岁爷不对付，但各人的心装在自己肚子里呢，谁敢说二位主子没有半点真情实意？

横竖收拾停当了，豌豆和海棠也该告辞了，太监的心思比常人细腻一万倍，上头有吩咐，不叫她们在体顺堂上夜。像上回似的，万一主子爷半夜里来给姑娘抓虫，有她们在跟前，终归不方便。

豌豆福了福道："姑娘安置吧，夜已经深了。"复行礼如仪退出前殿，合上了菱花门。


体顺堂两头梢间都设有床榻，凭她的喜欢可以自由挑选。要是图清净，她该上东边去，离又日新十万八千里，隔壁有响动也和她不相干。但作为一个尽职的好奴才，道德操守不许她躲清净，她就该拔长耳朵住在西梢间，主子咳嗽声儿大一点，她就能立刻听见。

推开窗户看一眼，外头都安静下来了，没有往来的太监和宫女，只有守夜的宫灯错落高悬着，在穿堂东西一线洒下朦胧的光。

皇帝这会儿歇下了吧？她往西边望了望，配殿和耳房之间的隔墙突出，挡住了又日新的视线。既然没什么动静，一定是睡下了，嘤鸣心安理得地躺在美人榻上，窗户洞开，侧过身，能看见天棚外面的那片月亮。宫中岁月对她来说只有晚上才是惬意的，人在哪里，哪里就是净土。她的心思不深，直到现在还是乐天知命的脾气，因此没有那么多的辗转反侧，瞌睡来了，很快就能睡着。

正迷迷糊糊，忽然听见德禄在窗口上唤她，幽幽的声息像喊魂似的，吓得她猛一激灵，翻身坐了起来。

"怎么了？"她昏沉沉问。

德禄很焦急的样子，说："姑娘瞧瞧去吧，主子泛酸水儿，浑身不舒坦呢。"

这主儿病了可不是小事，嘤鸣匆匆出门，脑子里只管琢磨先头进了什么。她和皇帝的小食是一样的，里头有一品桂花糖糕，想必就是那个东西犯了忌讳吧！

"传周太医了吗？"她进了又日新，见皇帝倚着大引枕，边上唾盒茶盏巾帕整齐排列开，皇帝半垂着眼皮，看上去没什么精神。

德禄为难地看了看床上的人，垂着手说："主子爷不让，说不是什么要紧事儿，传了太医就得建医档，明儿惊动了老佛爷和太后倒不好。"

嘤鸣也不知怎么办才好，想了想道："去熬些米油来吧，米油最是养胃，缓和一下自然就好了。"一面说一面上前去，轻声问，"万岁爷，你这会子怎么样？还是难受得厉害吗？"

皇帝连眼睛都没抬，有气无力地点了点头。

嘤鸣有些急了："不成就传太医进来吧，说不定一剂汤药就能医好的，何必偏忍着叫自己受苦呢。"

皇帝摇摇头，不说话。传了太医来就得吃药，他压根儿没病，是德禄这狗奴才想的好主意，让他装病，说好哄嘤姑娘过来伺候。皇帝原本是万分不情愿的，最后见阵仗都摆起来了，才不得不答应。虽说主意蠢到家了，但确实奏效，德禄合情合理地把她骗了过来。横竖骑虎难下了，他总得尽量配合以免穿帮，所以连抬眼都比平常慢了许多。

只是这一看，真的有了烧心的感觉。平时不管何时见她，她总是收拾得规规整整，往那儿一站，就是个利落精明的姑娘。今儿她才沐了浴，半湿的头发披散着，身上只穿一件柳色的明衣。那缥绫太轻薄了，隐约能看见衣下诃子和光洁的肩头，她的脸也在暗淡的烛火下变得温软暧昧起来。皇帝心头一热，脸上也跟着烈烈烧灼，他慌忙调开了视线，只觉小小的居室里气温开始飞速攀升，热得他几乎喘不上气来了。

· 三 ·

嘤鸣对生了病的皇帝束手无策，他不愿意传太医，就爱这么干熬着。她往常又没有照顾病人的经验，便只有一遍遍问他："万岁爷，您觉得好些没有？"

皇帝的视线左右摇摆，不好意思落在她身上，只觉她傻得厉害，真要是得了病，靠一遍一遍的追问就能自愈不成！不过她至少是关心他的，没有借口犯困甩手不管，哪怕帮不上什么实质性的忙，她在跟前晃着，他也有一种自己被珍视的感觉。

皇帝有了些微的感动，见她手足无措地直转圈儿，这种感动随即又扩大了好几分。他说："你坐下吧，别转了，转得朕快吐了。"

可是又日新里没有座椅，让她坐下，坐在床沿上肯定是不合适的，她只好挨过去，在脚踏上蹭了半个屁股。

"万岁爷，您不能吃太糯的东西，既有了这回的教训，下回千万要仔细了。明儿奴才就和御膳房说去，让他们挑些羹啊、酥果糕点什么的给万岁爷预备。至于那些糯的就交给奴才吧，奴才是主子的好奴才，这种赴汤蹈火的事儿让奴才做，奴才愿意为主子鞠躬尽瘁。"

皇帝觉得她真是个白眼狼，他虽是装病，这会儿她应该担心他的龙体，而不是膳房那些吃食。

皇帝说："你还有没有良心？你就是这么孝敬主子的？把那些糯的全收进自己囊中了？"

"您不能吃，有什么法儿，总不能不让膳房做糯米的吃食吧！回头中秋要蒸八宝鸭，做汤团儿，难不成把敬献老佛爷和太后的都叫免了吗？所以做还是要做的，不往您膳桌上放就是了。"她贪得无厌，却笑得腼腆，"交给奴才吧，奴才最喜欢为主子分忧了。"

皇帝看着她，觉得既可气又可笑。

她坐在脚踏上，皇帝靠着床头，案上一盏红烛扑簌簌地跳动着，连带她的身影也虚虚实实起来。

从上往下看，风景独好。瓜瓞绵绵的图样在那抹香叶红的诃子上绵延，两根藤蔓拱起来，对准了上围的正中央，真是匠心独运。还有那一刀齐的圈口，能隐隐约约看见山峦高起，从明衣的交领豁口看下去，可说一览无余。

皇帝开始意绪缥缈，男人大丈夫，不该看的东西不看……可惜管不住眼睛，它们有自己的意愿。他也不明白自己究竟在干什么，一国之君，后宫不说佳丽三千，两千八还是有的。那些妃嫔宫女各有千秋，他也不是没见识过，老瞧这二五眼做什么呢，她有哪点值得看的！

皇帝正天人交战时，嘤鸣恰好瞥了他一眼，结果视线没能接上，发现他另有去处，竟是落在了她胸脯子上。她心头一惊，压住了胸口："万岁爷，您看什么呢？"

皇帝的临场应变还是可以的，他用不屑的语气说："朕看你衣冠不整，有失体统，正琢磨要不要罚你。你面见主子如此不修边幅，可见朕不在你眼睛里。"

当然，睁眼说瞎话是需要很强的定力的，他在批判她的同时要做到如谈论朝政般义正词严，这种博广从容的胸襟，没有十几年的修为根本无法达成。

嘤鸣也怀疑自己是不是小人之心了，主要是先头德禄喊得急，她没顾得上换衣裳。既然是自己的疏漏，也不能怪人家瞧她。不过他这回中气十足，想必已经好转了吧？

"万岁爷，您大安了？"她掩着胸观察他的脸色。

皇帝聊得欢畅竟忘了装样儿，经她一提醒，立刻皱了皱眉，慢慢耷拉下了眼皮。

还是没好利索啊，嘤鸣感觉有些为难，就像他说的，衣衫不整实在有碍观瞻。她想回体顺堂去加件衣裳，可这一走皇帝跟前就没人了，左右为难着，低低问："万岁爷，您能一个人待一会儿吗？奴才回屋去，先把自己拾掇停当……"

皇帝没理她，把头转向了另一边。

这是什么意思，是让她滚，还是不答应？嘤鸣苦闷不已，怨怼地剜了他一眼。灯下的皇帝和白天端严的样子不大一样，中衣的团领越发衬出纤长精致的脖颈，那一偏头的模样，有种受人强迫还不屈顽抗的劲头。

嘤鸣咽了口唾沫，讪讪的："奴才这么伺候，叫人瞧着不成样子。"

皇帝的声口僵硬："大半夜的，除了朕，谁瞧得见你？"

"德禄和三庆他们都能瞧见啊……"

"他们是太监，你忌讳他们干什么？"皇帝不高兴，满脸闹脾气的样子。

嘤鸣嗫嚅了下："您不是太监，您瞧着奴才，奴才心里也不自在啊。"

这就是个严肃的话题了，皇帝理所当然地觉得她在他面前不应该不好意思，因为不久的将来她会成为他的皇后，夫妻本就一体，谁见过自己瞧自己还要避讳？其实她就是没想过要好好和他过日子，皇帝发现自己像在焐一块焐不热的石头，明明花了心思，她照旧浑然不觉。

心里的郁塞同谁去说呢，这个油盐不进的二五眼，竟敢拿他和太监比。要换作平时，皇帝一定要问她个大不敬的罪过，可是现在他觉得浑身无力，心情沉重得难以打起精神来。

"你也不用太拿自己当回事，朕阅人无数，你这个……"他轻蔑地说，"不算什么。"

嘤鸣干笑了声，阅人无数？是悦人无数吧！左拥右抱有什么值得夸耀的，亏他好意思拿来说嘴。

真不愿意继续应付这个人了，她没好气地拽了拽明衣的衣襟，粗声问："您要喝茶吗？"

皇帝也板着脸看她："朕泛酸水儿呢，喝什么茶！"

正说着，外面廊庑上传来一串脚步声，德禄到了梢间门外，压声儿喊姑娘："米油熬得了，您拿进去吧！"

嘤鸣只得去接，又见他赔着笑吩咐："万岁爷圣躬不豫，姑娘受点儿累，都是为了差事。万岁爷身上不好，姑娘就喂吧，我怕万岁爷没力气，手抖。"

区区泛酸水儿就没力气手抖吗？德禄这个御前管事太监真不是白当的。至于皇帝呢，大约就是这么被惯得四体不勤、五谷不分的。她回身往寝室里去，看见前一刻还中气十足的皇帝，忽然变得气若游丝了。

她吓了一跳，忙登上脚踏喊主子："您可别吓唬奴才，您耷拉着眼睛是疼得要晕，还是瞌睡上来了犯困？"

皇帝觉得她张嘴没好话，不怎么想搭理她，睁开眼意思了一下，然后又半合起来。嘤鸣无奈，卷起袖子端过米油，搅了搅，小心翼翼地吹了两口，说："万岁爷，奴才来伺候您啦。"

如果这话是闭着眼睛听的，不免要产生一点遐思，可这会子不是胡思乱想的时候，皇帝微微撑起身，斜斜倚着大引枕，颇有侍儿扶起娇无力的羸弱。

视线转啊转，最后还是落在她身上，那雪白的臂膀，翠绿的镯子，还有吹凉时噘起的嫣红的唇……皇帝心里一阵急跳，看来满脑子污浊的分明是他自己啊。如果被她知道了，她会不会冒着杀头的风险，狠狠揍他一顿？

不敢想了，想多了控制不住自己。金匙递到了唇边，她的眼睛如他之前猜想的一样明亮。如果现在她说话，那唇中吐出来的话是不是像耳语，格外有令人酥麻的威力？

她确实说了："万岁爷，奴才怎么觉得你续不上来气儿了？"

皇帝一怔，兜头一盆冰碴子浇下来，觉得既尴尬又惆怅。

四六不懂！如果说女人是水，男人是泥，那她一定是泥浆！他叹了口气，预感余生无望了："疼的。"

"那就赶紧喝了。"她又往前递了递，"泛酸水儿拿米油调理最好，早年我们家老太太也犯过这个毛病，后来每天一碗米油给养好的。"

皇帝也不管她拿谁来做比喻了，就着她的勺子喝了一口。所谓的米油，是拿大锅熬粥，最后覆在面上的那层膏油。满锅米粥的精华全在于此，用它来滋补，自然是永不出错的。

嘤鸣看他一口一口喝了，笑道："女人用米油不过滋养罢了，男人用这个更好。"

皇帝纳罕地看了她一眼："疗效还分男女？"

她点点头说："奴才小时候读过《本草纲目拾遗》，上头写了米油有滋阴长力、补液填精的功效。空心服下，其精自浓，即孕也。"

皇帝嘴里含着半口，这会儿不知该不该咽下去了。

这是老天派来专治他的克星吧，她要么不开口，开口就能把人挤对死。她背了一通医书是想说明什么？说他生不出孩子，需要补肾吗？这个混账！皇帝感到心口隐隐作痛起来，恐怕这回真的要被她气病了。

"你就不能闭嘴吗？"皇帝由衷地说，"朕知道，你就是怕朕活得太长。"

嘤鸣非常惶恐："奴才怎么能有这种想头呢，上回听老佛爷她们说起主子子嗣单薄，奴才是想既然米油有这功效，往后每天让主子喝一碗，岂不一举两得？"

皇帝太阳穴打突，撑着床板说："朕不翻牌子哪来的孩子，你是驴脑子，不会想事儿吗？"

嘤鸣又挨了骂，认为自己很冤枉，好心当了驴肝肺。

堂堂一国之君，竟还讳疾忌医，她大姑娘家都不怕难为情，他怕什么？所以说两个人合不到一处去，她是好心好意提点，既然他不领情，那就算了。

横竖碗里都喝得见底了，她站起身说："万岁爷这会儿应该好得差不多了，骂起奴才来声如洪钟，奴才也算不负德管事的所托。既然您都好了，那奴才该功成身退了，您好好歇着，奴才……"

"等等。"皇帝没等她说完就截了她的话，"朕这会子烧心，你给朕打扇子。"

皇帝话音才落，团扇就送到门上了，德禄笑着点头哈腰："姑娘受累。"

嘤鸣心里不情愿，不是说好了不让她做粗使丫头的吗？眼下又是喂米油又是打扇子，这么勤勤恳恳还连句好话都听不着，真是恼火。

她枯眉笑着："谙达不愧是天下第一知心意的人儿。"

德禄笑得很难堪，他也是没辙，要是万岁爷知道怎么和姑娘处，他就不必操这份心了。

嘤鸣举着团扇，照旧跪坐在脚踏上，边给皇帝打扇子边道："万岁爷，奴才进宫好几个月了，还没见过内务府的银子长什么样儿呢。"

皇帝躺在一片清风里兀自受用着，听见她的话，眼睛睁开了一道小小的缝儿："你是想拿俸禄吗？"

嘤鸣觉得就算真拿，也是应该的。这么大的宫掖，天下第一体面的帝王家，不能盘剥她至此吧！她不是宫女，却兼着太监的差事，老拿册封说事儿，不下诏书也不给月银，骗她给宇文家当牛做马，这也太不厚道了。

她手上没停，低下头支吾了句："奴才只拿自己应得的，从来不乱要别人一文钱。"

皇帝哂笑了声："是吗？"

又要拿宁妃那八钱银子说事儿，嘤鸣脑袋都大了，揪着别人的小辫子说一辈子，真没意思。

"您要是发奴才月例银子，奴才也不至于剪那么点儿边，怪没出息的。"她好声好气儿地道，"万事有因才有果，您说是不是？"

皇帝闭着眼睛"嗯"了声："等着吧，明儿朕下令内务府，填上你这几个月的亏空。"

嘤鸣忙道了谢，其实皇宫大内需要耗费银子的地方并不少，你要经营关系，就得处处花钱。像上回托董福祥买印石、米嬷嬷过生日什么的，进宫时候傍身的那点已经所剩无几了。她原想敬事房也算是个营生，可惜后来皇帝查得严，到如今彻底歇了菜，没钱周转，再不拿俸禄就活不成了。

万岁爷金口玉言，她心里顿时踏实了，打扇子也打得很殷勤。打久了手酸，左手换右手坚持了有半个时辰，最后实在瞌睡得忍不住，伏在床沿上睡着了。

她睡了，皇帝却没有，夜里两眼炯炯，瞪着帐顶出神。她人在隔壁的时候，他心里七上八下，总觉得戳在眼窝子里才舒坦。如今人来了，就在身边，他又能把她怎么样呢？

稍稍转过头，他连看她都得留神，怕她万一没睡着，或是睡得不够熟，他有点什么动作会被她发现。她歪着脑袋，枕在一条胳膊上，他得撑起身子才能看见她的脸。她睡着的样子有童稚的可爱，卷翘的眼睫，挺直的鼻梁，鼻尖上汗水氤氲……皇帝拿起扇子慢慢摇着，那头长发已经干透了，披拂在背上难怪闷热。皇帝探手给她揽到一边，又怕她不够凉快，复伸出小指勾了勾，把她的刘海抿到了一旁。

所以啊，每回让她上夜，对皇帝来说都是一场灾难。上回给她抓虫子，这回又得给她打扇子，这个人十八了，不知为什么竟还像孩子似的容易出汗。别不是身子虚吧，他有些担心，这么趴在床沿上睡，明儿半截身子该僵了。

他推了推她："齐嘤鸣！"

她蠕动了下："干什么？"

皇帝想让她上床来睡，话到嘴边还是没敢出声。想了想道："夜深了，你回体顺堂吧。"

她迷迷糊糊地还在应着："奴才伺候主子。"

皇帝说："朕不要你伺候了，你回去吧。"

她听了趔趄着站起来，因脚麻咝咝地吸了几口凉气，最后连跪安都没请，摇摇晃晃地出去了。

她走了，皇帝却在床上翻来覆去睡不着，甚至设想若是让她留下，现在会是怎样一番光景。脑子里乱七八糟的东西太多，还得装出一副正人君子的做派，不得不说，越来越难了啊。

· 四 ·

御门听政是大朝会，并非天天有，平常大多是在乾清宫和养心殿"叫起"。所谓的一起，是以一个或几个人为一拨，王公军机和封疆大吏们受传召，进暖阁向皇帝具本奏对。凡叫起一律在辰时以后，因此不必像御门听政时弄得那么大阵仗。虽然起身仍旧是雷打不动的五更，但省下了复杂的朝服穿戴时间，其间至少有一盏茶的工夫，可以在后殿消磨。

三庆来伺候皇帝穿衣，蓝裕纱袍外罩红青二色绣金龙纱褂，层叠的轻纱衬得皇帝越发面如冠玉。皇帝抬起手，转动了下拇指上的虎骨扳指，问："今儿几起？"

三庆道："回主子话，奏事处递了牌子，一共五起。"

这时外面檐下传来击掌声，轻微的一声叩击，像往葫芦里塞了一支落单的小挂鞭，比往常闷了大半。然后一溜南窗都支了起来，皇帝朝外看了眼，这个时节的天儿亮得不如夏至之后早了，三伏天儿里那会子五更天光大亮，如今同样的时辰，天边才泛出一点蟹壳青来。

德禄在滴水下鹄立，御前太监睡得比狗晚，起得比鸡早，可每天见他都是精神奕奕，从来没有一日面含倦态。他很熟练地打手势，分派各处上值办差，眼下是料理万岁爷起居，过会儿就是东暖阁里的叫起事宜。忙碌的当口还要留意体顺堂的情况，只见他探着身子往东看，脖子越伸越长，人站在台阶边缘，再倾斜一点儿，就要栽下去了。

皇帝看不见一墙之隔的东耳房，只有两眼紧盯德禄。看了半天，也没见往体顺堂指派洗漱用具，便料着二五眼应该还没有起来。

德禄收回身，朝后殿瞧了一眼，斜穿过支窗看见皇帝的脸，忙绕过明间进来回话，哈了哈腰道："主子爷，姑娘这会子还睡着呢，想是昨儿伺候得太晚了，起不来。"

这话含含糊糊，有种暧昧不清的味道。皇帝平常不爱听这种模棱两可的话，可如今却格外享受这种不清不楚，淡声道："年轻孩子贪睡，由她去吧。"

德禄和三庆暗自交换了眼色，发现万岁爷这阵子对姑娘真是太宽厚了。嘤姑娘才比他小了五岁而已，他就把人家归为年轻孩子那一类，通常感情就是从这种盲目的保护弱小上来的。虽然万岁爷曾经无数次被嘤姑娘坑过，但他还是一片丹心地认为她还小，有资格在养心殿睡到日上三竿。

德禄笑着应了个"嗻"，又道："昨儿豌豆和海棠伺候得挺好的，奴才在外头听见她们闲聊来着，嘤姑娘像是挺待见她们的。既这么，这两个就派在体顺堂吧，御前出去的人没有二心，将来随姑娘走，主子也能放心。"

皇帝点了点头："你瞧着办就是了。"一面说，一面正了正腰上的躞蹀带。忽然想起她半夜讨要月银的事儿，便吩咐德禄，"她昨儿哭穷，说想看看内务府的银子长什么样儿。也是，进宫好几个月了，竟没给她发放月例银子，这件事是你的疏忽。叫人家亲自开口，说偌大的紫禁城就短她几两银子，没的惹人笑话。"

德禄"啊"了声："是是是，是奴才疏忽了，奴才原以为姑娘的月银在慈宁宫那儿造了册的……"说着顿下来，抹了下自己的脸皮赔笑，"怪奴才昏了头，回头就上内务府去。不过主子爷，您瞧放多少合适呢？奴才是宫殿监副侍，每月领月银六两，另有米六斛，公费银一两二钱。要是照着皇后份例，那每年就是一千两，还有各色妆缎、吃食、蜡炭等……请主子示下。"

皇帝略思量了下道："她是二月里进的宫，到这会子满五个月了，朕也懒得算计，给她一千两就完了，省得再聒噪。"

德禄怔了下，知道这就是按皇后份例算了。瞧瞧，谁还敢说万岁爷严苛不好相处？这还没册封皇后呢，月例可算给了个满够。

"那主子爷，您瞧要不要顺带便的，赏姑娘一两样小物件？"德禄笑着说，"女孩儿最喜欢那些奇巧玲珑的首饰，银子这东西虽好，却没有温情在里头，还是再送点儿首饰吧，也是主子爷的心意不是？"

送首饰？不是按份例分派，是郑重地送？皇帝心里是松动的，也想看见她高兴的模样，可是转念再一想，万一被她察觉出什么来，岂不老脸丧尽？

"不送。"皇帝生硬地说，"一千两银子已经超了份例，还送什么首饰！"

德禄噎了下，三庆也眨巴了两下小眼睛，他们一致觉得，万岁爷哄姑娘要是有治理朝政一半的手段，这会子嘤姑娘早对他投怀送抱了。

可主子就是主子，主子只能留神谏言，不能强行要求他按你的想法办事。德禄道："嘭。奴才领命，过会子就把嘤姑娘的月例银子补齐。"

当然了，他后来忙前殿差事，这件事儿不容耽搁，就打发小富去了。小富上内务府跑了一趟，传主子的令儿给齐二姑娘放一千两银子。内务府的大笔款项进出，都得经总管富荣的手，他慢吞吞地从值房里走出来，见了小富一笑道："这会子放一千两，是什么说头？"

小富知道他因闺女挨罚，少不得要刁难一回，便对插着两手道："一千两是什么说头儿，您还能不知道吗？"

富荣抹了抹小胡子："这是圣旨啊，还是懿旨？目下不还没晋封嘛，我得问清喽，问清了才好办事。"

小富心说怪道闺女糊涂，原来是有个王八蛋的爹！只是不好太得罪他，笑道："圣旨也好，懿旨也罢，不都得遵嘛。奴才值上还有事儿呢，不过白来替德管事的传一句话。您送银子是送进养心殿，这会子姑娘人在体顺堂呢，这么说您明白了吧？"

富荣这才没什么话可说，回身抬了抬手指头，让人开箱点银子。小富是御前红人，和他总能打听出点儿底细来，便道："宁主的事儿你也知道，叫纳辛的闺女拿了个正着。事情过去两天了，万岁爷有没有赦免的意思？三个月呢，时候也忒长了！"

小富笑弯了两眼道："三个月罢了，小主儿有一辈子的工夫在主子跟前伺候，怕什么！这会子赦免了倒不好，今儿的月例银子这么发放，里头的意思您没瞧出来？横竖错不了的，何必……"一头说，一头往坤宁宫方向抬了抬眼睛，"顶在枪头子上，终归叫那头记住了一个'宁'字，倒不好。"

富荣"哦"了声，慢慢点头。身后三个小太监搬了三个大红漆盘来，上面齐整码放着白花花的银锭，他又仔细检点了一遍，才拿红布盖了起来。

"银子沉，我打发人送过去。"富荣说，"齐二姑娘那头，您瞧准了机会替我们主儿美言几句，这个恩情我放在心上，短不了谙达的好处。"

内务府指头缝儿里漏一点儿，能叫当差的撑死。小富敷衍着应承了，拱拱手，带着人往养心殿去了。

养心殿是军机重地，内务府太监不让进，到了遵义门上必定要换御前的人接手，自然也断了富荣借机探看的念头。小富拍了拍手，养心门上出来几个小太监，打发他们搬上漆盘，他在前头领着路，一摇三晃地从东围房檐下走到了体顺堂前。

这个时辰太阳升起了一尺来高，也是因着万岁爷抬爱，嘤鸣姑娘才睡到这会儿起来。

松格正伺候她洗漱呢，她站在明间里，人还有点蒙。小富上前打了个千儿，笑着说："姑娘吉祥，我这儿给您请安啦。"

嘤鸣"哎哟"了声，很懊恼的样子，嘟囔着："我真是没体统，睡到这会子才起来，万岁爷都上前头理政去了……你们怎么不叫我一声儿呢，回头又让万岁爷说我没规矩。"

小富说："万岁爷没让叫姑娘，说姑娘昨儿夜里尽心伺候得辛苦，今儿起不来就起不来吧，让姑娘睡足了，白天才有精神。"

嘤鸣还是燥得慌，阖宫的人都当差了，只有她一个人还赖在床上。不过昨晚上她是怎么回的体顺堂，现在竟想不起来了，只记得皇帝逼她打扇子，她坚持了很久，最后还是抵不住瞌睡，睡死过去了。

"唉……"她腼腆地笑了笑，"万岁爷眼下大安了吗？"

小富道是："想是姑娘那碗米油的功劳，今儿早上起来精神头很好，才刚还传令德管事的给姑娘发放月银呢。德管事的在前头忙，我领了这个差事，督办内务府清点银子，这就给姑娘送进来。"

三个小太监鱼贯进了明间，嘤鸣忙和松格让到一旁。三盘银子放在了紫檀条案上，小富掀开盖布让她过目，银子的光芒叫人心花怒放。

"这是一千两。"小富掩嘴儿一笑，"您昨儿夜里和主子讨要月例来着，主子放了话，说不许拖欠嘤姑娘银子。"

松格和嘤鸣瞪大了眼睛瞧着对方，松格说："这么多啊……"

嘤鸣也在算这笔账："是不是弄错了？我才进宫五个月，这么算下来一个月得有二百两，这也太多了！"

小富见她还没闹清原委，便道："万岁爷是一国之君，天下之主，出手自然顶顶大方。一回给足姑娘一年的份例，这么着姑娘手上就方便了。宫里有定规，皇后年例一千两，万岁爷嘴上不说，实则是给姑娘吃定心丸呢。"

嘤鸣笑很尴尬，这呆霸王办事真是一点儿都不带拐弯的，诏书还没颁呢，倒先让她受用起来了。瞧瞧这银子的光，多冷硬，多让人垂涎欲滴。本来她是不该收的，可她实在拒绝不了银子的诱惑，心想不能辜负万岁爷的好意，于是从中拿了三锭交给小富："请替我把另两锭转交德管事的和三庆谙达，就算给谙达们买茶吃的吧。平常我穷，想给你们也掏不出来，今儿我阔了，有财大家一起发。"

小富"哟"了声，接也不是，不接也不是："您这也太客气了……"

嘤鸣交给了松格，由松格塞进他怀里："谙达拿着吧，这是我们主子的一片心。"

小富得了利市笑得合不拢嘴，忙又插秧打了一千儿："我代他们谢谢姑娘了。"

嘤鸣点了点头，复回身看这些银子："既是我的，我能自行处置吧？"

小富说："宫里不讲究用银票，还是现银使起来方便。只是现银数量大，您自己得收好喽。"

嘤鸣说："回头还得劳您驾，打发人替我送到西三所去。我的箱奁都在那里呢，这么多的银子，得好好装起来。"

她说的时候高兴得两眼弯弯，这就是青黄不接了很久，忽然一夜暴富后没出息的样子。她看着这些钱心里热腾腾的，就像老虎叼了食儿，一心要运回自己的老巢里去。

小富说："这儿也是您的屋子，为什么非要送回西三所啊？"

她却很坚定地认为这是她上夜的地方，她的屋子在头所殿上房。

还是个认家的主儿，小富没辙，又给她运回了头所。

松格把人送走后，进来就瞧见她主子坐在桌前，对着满桌子银锭直乐。

"您怎么了？"松格问。

嘤鸣啧啧说："我自己的体己从没攒到这么多过，就是瞧着我也高兴。"

她主子贪财，这是隐藏在人格最深处的特质。可话又说回来，谁见了钱能不高兴呢，松格叠着手也跟着傻乐："咱们这回可发财了，没想到万岁爷这么局气。"

可这是皇后的份例，天下哪有白拿的钱财呢，嘤鸣叹了口气说："我这回是把自己给卖啦。"

松格坚决表示不赞同："您不能这么说，这是皇上愿意给您的，和您当不当皇后没关系。诏书既然没下，一切就不算数，您至多是个月银顶破天的特等宫人。"

所以身边有个善于宽解的丫头有多重要，得过且过起来比她还厉害。

嘤鸣坐在南炕上，看松格把银锭一一装进箱子里，托腮思量，拿人的手短，自己到底应不应该拿？可是再一想，自己确实当着差事呢，也不算白拿了这钱。皇帝是出钱买她干活儿，虽然钱给得过多了，那也是雇主和劳力的关系，无关其他。这么一盘算就自在了，尽情享受起了土财主般内心充盈的感觉。

松格给箱子落了锁，挨过来和她闲聊："其实万岁爷对您挺好的，近来收拾您都是雷声大雨点小，像昨儿夜里，您使的假招子，他也没怪罪您。"

嘤鸣低头说："我也觉得他和以前不大一样了，才进宫那会儿，每回见他我都肝儿颤。"

"这会儿呢？"松格问，"这会儿您还怕他吗？"

嘤鸣仔细琢磨了下，说不怕，那也不能够，皇帝终究不像寻常人。说怕呢，有时候她也挺不管不顾的，嘴上是一套，行动又是另一套，也没见皇帝把她怎么样。

或者处着，时候长了就学会互相包涵了。她还是笑了笑，并没给出明确的答案，只是知道那个人终有一天要成为自己的丈夫，目下这种秋毫无犯的相处也不知能维持多久。

立秋的节气到了，秋老虎的余威在白天还是很有力道的。这两天老在养心殿当值，篾席没能好好擦洗擦洗，才刚从箱子里倒出来的东西，等天凉一些全要用的，嘤鸣便打算捧出去见见光。

松格扯起了绳子往外运了一部分，再进屋的时候见她主子正四处翻找，便一面收拾一面问："您找什么呢？"

嘤鸣失魂落魄："我那个橄榄核怎么不见了？不是让你收在箱子里的吗，上哪儿去了？"

松格才发现刚才整理箱奁的时候确实没看见，一时慌得六神无主，把东西抖得满地尽是，可也还是没找见那个核舟的踪迹。

"怎么办，不见了！"松格脸上青白交错，哭着说，"奴才确实收进箱子里了，也上了锁的，怎么说没就没了？"

这种玩意儿原本不算什么，但因她们自己知道来历，难免有种大难临头的感觉。

## · 五 ·

寿康宫里的一株西府海棠是前朝留下的，至今有两百余年了。四五月里开得熏灼鼎盛，这会子花才谢，花瓣脱落的地方结出了芝麻大的小果子。有时候这些稚嫩的果子长得不结实，一阵风吹过，会吹落一大片。

贵太妃站在树底下看，两百年的老株了，生得足有一丈多高。顶上枝叶密密匝匝的，能给这院落遮出很大一片幽凉。

管事的太监在宫门上行礼，深深打一千儿说："贵主儿来了？给贵主儿请安。"

春贵妃从门上进来，看见贵太妃就笑了，上前扬起手绢蹲了个安："姑爸今儿好兴致，外头怪热的，站在这里做什么？"

贵太妃笑了笑："我来瞧瞧今年海棠收成怎么样，上年冬天护得好，又狠施了一回肥，总不能白操了这些心。"说着携她上殿里去，边走边问，"上寿安宫请过安了？"

春贵妃道是："太后只怕也要学老佛爷了，如今是每月初一十五才受咱们晨昏定省，再过两年岂不也要叫免吗？"

贵太妃神情淡淡的："老佛爷是真佛爷，自打皇上亲政就图清净受用了。太后原是老佛爷娘家侄女儿，就同咱们一样，老佛爷的规矩她照原样儿学，总错不了的。"说着比手让她坐下，宫女敬了茶，复又打听起贵妃内闱的事儿来，"你眼下和皇上怎么样？"

贵妃垂着眼，拿杯盖儿刮杯里的茶叶，只说："上回万岁爷上承乾宫来了一回，赏了不少东西，后来就再没见过。"

贵太妃皱了皱眉："没翻牌子吗？"

春贵妃是年轻小媳妇，自然不好意思这么直接地说起房事，慢慢摇着头，脸上带着羞怯又无奈的笑："这会子齐家姑娘不是管着膳牌吗，听说几回都叫她搅了局。上回恭妃上我那儿去，说宁妃在屋里砸东西，景仁宫如今怕没几样齐全物件了。"

贵太妃听了牵唇一笑："齐家姑娘要劫皇纲不成？皇上也不知是什么想头，把她摆在了那个位置。先头谁不在背地里笑话，没承想最后愁煞的是三宫六院的妃嫔。她今儿领了皇后份例的银子，旨意虽没下，上头的意思算是明明白白了。"

春贵妃犹豫了下："姑爸怎么知道的？"

贵太妃哼笑了一声："我在宫里苦熬了二十年，这宫里的人事儿哪能不通呢。宁妃是内务府富家的姑娘，栽在了齐嘤鸣的手上，富荣恨她恨得牙根儿痒痒。今儿领那一千两银子也是他经手的，他跟前养了多少太监，各宫都有他的人，西三所和寿三宫自然也有他的耳目。我这儿有件东西……"一头说，一头朝善嬷嬷使眼色。善嬷嬷是身边服侍的老人儿了，立即拍着手把人都遣了出去。

殿里一时只剩她们姑侄，春贵妃被贵太妃唬得心惊胆战："什么东西？"

贵太妃拿出一方帕子包裹的小物件来，一层层展开了手绢，才显露出里头的东西："这是富荣打发人送来的，你瞧瞧。"

春贵妃不明所以，只见那橄榄核做的小船精妙绝伦，接过来搁在掌心，笑道："富荣倒有心，送这种小东西给主子取乐。"

谁知贵太妃摇头："这种手艺，全大英找不出第二个人来，是钦工处海银台雕的东西。"

海银台的大名贵妃听过，起先是因他独一无二的烫样工艺，后来是因他和齐家二姑娘的婚事。毕竟叫皇帝截了和，够他名噪一时的了。

贵妃又低头看了看，慢慢回过味儿来："这东西究竟是哪儿得来的？"

贵太妃慢悠悠地喝了口茶："从头所殿里摸来的，御前的人领了银子，富荣就派底下麻三跑了一趟。麻三是个撬门开锁的积年¹，也该是那丫头走背运，这种物件带进宫来，早晚要闯祸的。富荣原是想找着点儿由头好做文章，不想翻见了这个，可不是现成的话柄吗？她这会儿还没封后，皇上眼里不揉沙子，要是抖搂出去，说她念着旧相识，你猜皇上什么想头儿？"

贵妃沉默下来，要论私心，谁没有私心？自己进宫就封了贵妃的位分，晋封又比人家早，齐家姑娘未必不拿她当眼中钉。多厉害的主儿啊，先是收拾了宁妃，怡嫔第二天也吃了挂落儿，整治完了她们，怕不来整治承乾宫？

她又看了敏贵太妃一眼："依姑爸的意思……"

贵太妃倒也没说什么，曼声道："你是我娘家的孩子，我自然看顾你。如今东西到了咱们手上，拿不拿出来全看你自己。我不给你出主意，我是有了年纪的人，和你们年轻孩子不一样，脑子没那么活了，也闹不清你们之间的恩怨。横竖你把这东西留着，兴许将来能派上用场也不一定。"

春贵妃站起来，向贵太妃蹲了蹲身："多谢姑爸了，这事儿容我再琢磨琢磨吧。"

从寿康宫出来，贵妃就一副心不在焉的样子，到了永康左门上也不知道拐弯儿，身边宫女轻轻唤了她一声，她转头瞧人，满脸不明所以："怎么了？"

"咱们该往北边夹道去啦，再往前是乾清宫广场，后宫宫眷不让走的。"

"哦。"贵妃说，仍旧低头琢磨，那小小的果核上突出的棱角顶着掌心，痛感清晰。

这么个好把柄在自己手里抓着，白放着可惜了。后宫的品级是有定员的，贵妃上头是皇贵妃，皇贵妃之上是皇后。如今宫里没有皇贵妃，数自己位分最高，可不日那座山就要压在自己头上了，就冲齐嘤鸣进了养心殿，和万岁爷朝夕相处着，将来也不至于像先头娘娘似的命薄。

---

1　积年：指多年实践，经验丰富的人。

怎么办呢，她仰头看看天，天是潇潇的蓝，在梨白的伞面之外，蓝得像海子里的水。扪心自问，进宫是好事儿吗？其实不算是，不过是为家里挣体面的事由，老辈儿里出过一位贵妃，小辈儿里再出一位，春吉里家算得大英的贵妃窝儿了。人心啊，从来就不知道足意儿，原想着进来封个妃就罢了，贵妃也许是她接下来几十年勤勤恳恳奋斗的目标。可没想到这回的起点高了，那么她又开始揣度，皇贵妃甚至是皇后的位分，对她来说究竟有多遥远呢？

"珠珠，你说一个人心气儿太高，是好事儿还是坏事儿？"

珠珠笑了笑："心气儿高也得分人，原就泥猪癞狗的出身，心气儿太高叫不自量力；可要是公侯府邸出来的，心气儿高就是有志气，谁叫人家原就是人上人。"

贵妃也笑了，朝北边的夹道望了眼，说："回去吧。"

养心殿有个小太监叫扁担，专司御前坐更洒扫的差事，是珠珠的同乡，扁担见了珠珠一向很亲厚，珠珠也就开门见山了。

"不是多难的事儿，扔在齐姑娘走动过的地方就成。叫御前领头的那几个瞧见，交到万岁爷手上，后头就没你什么事儿了。你的好处，贵主儿记在心里呢。"一头说，一头悄悄给他塞了一锭银子，"你瞧……听说你兄弟也进宫听差了？可怜见儿的，贵主儿说一家子弟兄两个都进了宫，那得是多大的委屈啊！你兄弟这会子在弓箭处呢吧？那地方没半点油水，苦熬也不过二两月银。贵主儿说了，只要你办成这事，回头想辙把他送到兆祥所去，月钱虽不见涨，可伺候下头小主儿娘家人进宫，怎么着也是个肥缺。"

扁担吓得脸发白："您叫我来就是为这事儿？您可别坑我，那位是将来的主子娘娘，我有十个脑袋也不够折腾的。"

他要走，珠珠着急了，狠狠拽了一把说："你既来了，也听了实情，还想抽身站干岸？咱们这些人的命多贱你不是不知道，不过一甩手的事儿，可有什么难的！只要你把东西撂下，她能不能当上皇后还两说呢，你怕什么！眼下妃嫔里谁的位分最高？还不是咱们贵主儿！你伺候好了，能短了你的富贵吗？"说罢又换了一张脸子，腻上来在他颊上嘬了一口，"好人儿，助了贵主儿，咱们的出息就大了。你要是犯糊涂，连累了你兄弟，到时候哭可找不着坟头。里头利害，你再琢磨琢磨？"

扁担蔫头耷脑的，那一口香吻也没能让他振作精神。珠珠强行把核舟塞进他手里，复又恫吓了一番："这东西可见不得光，在你手里就是你偷的。你要是聪明，就照我说的做，要不你就死去吧！"说完风风火火一转身，大辫子甩起来老高，啪地抽打在扁担的脸上，一阵火辣辣的疼。

扁担哭丧着脸，低头看了看手里的物件，这回没上贼船也给按头当了强盗，和谁哭去？这事儿不能告诉别人，两头都惹不起。他垂头丧气地回了养心殿，晚膳的时候看着嘤姑娘搬着银盘进来，又搬着银盘出去，他悄悄挨进明间，趁站班儿的人不备，抛在了西暖阁的槛外。

没多会儿小富打那儿过，他眼尖，一下子就发现了，拾起来"嘿"了声："这是谁的玩意儿？"仔细看看雕工，不是凡品，料着必定是主子的东西，也没多问，举步就往里头去了。

结果核舟被送到皇帝手里，皇帝寒着脸看了半天，问先头有谁经过那里。门上太监回话，只有嘤姑娘。

德禄心里打起鼓来，冲小富狠狠瞪了一眼，要是这会子主子不在，他非揍了那不开窍的牲口不可！不问是什么，闷头就往万岁爷跟前送？这回可好，东西不是万岁爷的，还能是谁的？

小富委屈巴巴地眨着眼，觉得自己很倒霉。这种玩意儿万岁爷不是没有，内库里头收藏了不少稀奇的东西，万岁爷毕竟是年轻帝王，平时也喜欢那些精巧的物件。这回他拾着了，真是没作第二人想，才一气儿送进来，谁知捅了马蜂窝，万岁爷这会儿的脸真是阴沉得吓人，小富站在那里，连站都快站不直了，人弓成了一只虾。不时朝上看一眼，万岁爷越是不说话，他就越觉得自己这回闯了大祸，过会子该上菜市口去了。

那枚橄榄核就在眼前放着，这玩意儿她是打哪儿来的？皇帝只觉五脏六腑都撕扯起来，如今越发确定不该让这许过人家的女人进宫来了。少女情怀，最讲究先来后到，自己在她心里到底是个面目模糊、操控着皇权阻断她姻缘的恶人。

搁在御案上的双手缓缓握紧，皇帝觉得自己的一腔深情喂了狗。虽说他有时候下不来面子，总对她恶声恶气，可她难道是木头人吗，就半点也感觉不到他对她的好？

一种被愚弄、被践踏的感觉在他心里盘桓，他不恼别的，恼的是她竟到现在还带着别人送她的东西！她在和他说话、对他笑的时候，怀里揣着对海银台的眷恋，拿他当什么了？需要虚情假意敷衍的傻子？对她越来越宽宥的蠢皇帝吗？

"万岁爷……"德禄犹豫着说，"奴才看嘤姑娘不是那种不知轻重的人。"

皇帝的视线冷得像冰凌："朕看她就十分不知轻重。这核舟不是她随身携带，怎么会掉在养心殿？你去军机处传纳辛进来，让他把他那个顽愚欠教的闺女领回家去吧。"

这下子御前的人都不敢动弹了，知道万岁爷受了大委屈，要现开发嘤姑娘。可是这种一出事儿就找丈人爹告状的行径不是帝王所为啊。德禄垂着袖子说："主子爷您息怒，万一里头有什么误会，您一气儿把姑娘撵出去，明儿她就嫁人了，那……"

明儿就嫁人？这也太快了吧！皇帝皱着眉头看向这个扎他心窝的狗奴才，咬着牙道："她给了你什么好处，让你胳膊肘往外拐？"

德禄忙说："奴才哪是往姑娘那头拐，奴才是心疼您呀！都知道纳公爷家姑娘进宫是为什么来的，这会子忽然发回家去，别人免不得要猜疑，到时候折损了鄂奇里氏的面子事小，折损了万岁爷的面子事大。况且您还没查明缘由，万一冤枉了姑娘怎么办？纳公爷这人您是知道的，三棒槌捶不出句敞亮话来，说让带走，他二话不说就把人带走。这么好的姑娘，上外头去一眨眼就叫人抢了，这么着岂不伤了太皇太后和太后的心吗？"

皇帝先前一时冲动，没想那么多，眼下虽气闷不已，倒也慢慢平静下来。可是看看这核舟，一看又火冒三丈，龙椅也坐不住了，起身在屋子里转圈儿。

他这会儿的心情有谁能明白呢，宫里的嫔妃对他来说都是糟粕，后来来了个齐嘤鸣，似乎勉强能配得上他。可她是属驴的，一条道儿走到黑，明知进了宫就不能回头，为什么还要惦记别人？

德禄看看皇帝闹心，他也跟着闹心，回身对小富说："别戳着了，上外头盘查去，看看今儿有谁在西暖阁前转悠过。"

小富领了命，忙却行退了出去。作为主子的好奴才，三庆献计献策，说："越性儿把姑娘叫来吧，当面锣对面鼓的，问个明白。"

皇帝却一哂："她这么刁钻的人，要是死不认账，也不能把她怎么样。她不是喜欢海银台吗，武英殿这会儿在修缮，找个由头，打发她上后边敬思殿书局，替朕找《本草纲目拾遗》去。"

德禄不明白他的意思："主子这是要让姑娘和海大人见面？"

皇帝脸上看不出喜怒来，一字一顿道："有什么话，让他们一气儿说完。朕也不是个认死理的人，牛不喝水强按头，何苦来！他们要是真的好，那朕就成全他们，回头去禀明太皇太后，放她出宫。"

## · 六 ·

德禄过去传话的时候，表情十分凝重。他冲嘤鸣哈了哈腰道："姑娘，万岁爷说，您上回和您老人家提起《本草纲目拾遗》，万岁爷对那本书倒有些兴致。只不过这书各篇各卷后来经历代学士添补誊录，要找母本有些难。您瞧，能不能劳您大驾，替主子上敬思殿书局挑选？您进宫也有程子了，南路还没去过吧？敬思殿是武英殿后殿，就离十八槐不远，这会儿的风景正是大好的时候，上那儿走走也不赖。"

原本御前太监说话办事都带着笑模样，今儿不知怎么，竟有些哭丧着脸。嘤鸣嘴上应了，仔细打量了德禄一眼："谙达怎么了？是身上不好，还是挨主子责罚了？"

德禄的沮丧并没有打算遮掩，算是给她提个醒儿吧，但不好明说，便道："我二舅老爷死了，心里有些难过。"

嘤鸣"哦"了声，隐约也有所察觉，自昨儿发现核舟丢了，她心里一直七上八下，因此格外留意御前人的一举一动。皇帝倒像没什么，神色如常，时刻一副老子天下第一的威风模样。她进宫至今，对那位主子的脾气也算摸着了几分，但凡他心里装着事儿，即便脸上不动声色，话里总要敲打你两下。不过只是不敢确定，因此不时偷着看他一眼，可能看得有些勤了，他还恼羞成怒，夯着嗓子说："你的老毛病又犯了？朕再好看，你看了小半年了，还没看够？"吓得她赶紧收回了视线。

所以照着以往龙颜大怒时候的反应推演，至少在她丢了核舟后，他没有明显想收拾她的迹象，看来核舟并不在他手里。不过德禄的样子又让她不得不提防，只怕御前有了变故，自己是最后一个知道的。

她说："您节哀吧，生老病死本就是常事，还是看开些为好。"

德禄叹着气点了点头，忽然又想起来："今儿主子叫去吗？"

嘤鸣有种开张式的喜悦，说不："今儿翻了祥嫔的牌子。我同瑞生交代过了，他这会儿已经预备去了。"

瞧瞧，这主儿心有多大，她一点儿不觉得万岁爷翻牌子有什么不好，甚至真心实意为小主们高兴。看来还是没动心思啊，要是真把万岁爷装在心里头了，还能笑得出来吗？

德禄又暗暗叹了口气，然后抬眼看天色，说："时候不早了，要不您这就过去吧，找出来防着主子夜里要看。"

嘤鸣领了差事，和松格一道往南去，奇怪的是一向周全的御前管事，这回连个带路的苏拉都没派给她。抠抠搜搜掏出一张路线图来，说让她们照着图上画的走。

图纸在松格手里骨碌碌旋转，她压根儿闹不清哪头是南、哪头是北。

嘤鸣被她转得眼晕，接过来自己查看，简直怀疑这丫头的脑子是实心的，这么大的乾清宫就在上头画着呢，她偏看不见。

照着图上的箭头一直往前，再抬眼时已经能看见德禄说的十八槐了。那十八棵槐树是大邺最后一朝皇帝种下的，到如今早已长得参天。王公大臣和宫人们出入西华门必要经过那里，等天凉一些，据说落叶能给方圆数亩铺上一层绿毡，届时再来，大概会有"仄径荫宫槐，幽阴多绿苔"之感吧！

慈宁宫南天门以南，真是好大一片空地，武英殿当初是做召见群臣之用的，后来皇帝理政搬到后头去了，这地方渐渐变得冷清起来。遗世独立虽很有意境，但用得少了便缺乏维护，她们还没到跟前呢，就看见太监们搬着木料往来，武英殿的殿顶上站着匠人，晚霞映满全身，像庙里的十八铜人。

松格笑起来："奴才想起一句话，说太和殿再了不起，殿顶的琉璃瓦也要容瓦匠撒头一泡尿。可见多重的规矩，在这些糙人跟前全不顶用。"

嘤鸣也是一笑，这世上的方圆体统本就是从众，遵的人多了，才成了规矩。

正在修缮的地方，下脚得留点儿神。松格搀着主子走到武英门上，原想找管事太监引路的，没承想四顾之下，竟发现了海银台的身影。

松格很惊喜，低呼了一声："主子您看，那是谁！"

嘤鸣顺着她的指引看过去，见武英殿大殿前站着个熟人，他这程子大约一直在外奔走吧，人相较巩华城时黑了不少，也越发精干练达了。原本这个人在嘤鸣的记忆里已经慢慢褪了色，但今儿忽又一见，当日余晖下的眉眼，还有落在指尖的轻盈一握，又以无可抵挡之势重新清晰起来。

不过这次的相见应当不算巧遇，是有人成心安排的吧！嘤鸣心里门儿清，那枚丢失的橄榄核，到这会儿终于显露出它的作用来了。皇帝的小肚鸡肠她不是没领教过，难怪莫名其妙派她上敬思殿取书来，果真是拿住把柄了。

然而青天白日的，还能捉奸不成！

海银台也瞧见她了，原本正为匠人错接了榫头恼火，乍然看见她站在门廊旁的阴影里，那点不快瞬间就消散了，竟有些久别重逢的暗喜。

他仓促地往前迈了一步，自觉不妥，便驻足笑了笑："姑娘今儿怎么上这里来了？"

嘤鸣听他如今改口称她姑娘，心里不免有些怅惘。但那怅惘很快又不见了，只是庆幸他一切安好，就没有什么缺憾了。

她欠身向他行了一礼，说："我奉皇上之命，上敬思殿里取本书。本想找管事的领我去的，可来了这半天，也没见着人影儿。"

海银台听了吩咐底下人去找，让她稍待："想是工料不够，他上西华门外清点去了。我打发人去叫他，过会子就来了。"

嘤鸣道好，安然站在那里等候，海银台因手上活计不能撂下，也不得不留下继续施派。只是两人之后再没有说过话，忌讳太多了，谁也不知道哪里藏着第三只眼睛。嘤鸣本想和他提一提核舟丢失的事儿，但又怕皇帝正等着这个，唯有作罢。从此见了，也不过如此了吧，至多小心翼翼瞧一眼，连视线都不敢多作停留。

可即便接下来毫无交流，在皇帝看来也万分刺眼。

夕阳穿透他的纱袍，肩上团龙也有种似哭似笑的味道。德禄一直留意万岁爷的一举一动，知道他虽不言声，心里必定已经翻江倒海。处在这种关头的男女，最见不得心爱的人和旧情人见面。德禄其实也不大明白，既然知道自己会不高兴，又何苦巴巴儿跑到这里来给自己添堵呢。

他朝上觑了觑："主子爷您看，姑娘守礼得很，她没和海大人打情骂俏。"

结果这个字眼皇帝觉得不中听，冷冷瞥了他一眼，吓得德禄赶紧捂住了嘴。

守礼得很？他离得再远，也能感受到他们相见时的温情脉脉。她仰脸看海银台，那种眯眼浅笑的样子，从来就吝于给他。验证彼此有没有情，不需要靠言语表达，明明一个眼神就够了。皇帝心头惨然，不肯承认自己先喜欢上了这个白眼狼，喃喃自解着："朕是因为她要当朕的皇后，才多番留意她……"

只是他都认命了，她好像还没有。虽然在德禄看来，嘤姑娘和海大人寒暄两句，仅仅是出于礼貌，皇帝心里却依旧不痛快且煎熬着，他想也许已无可挽回地，该放那个不喜欢他的女人出宫了。

决然转身，皇帝负手往回走，边走边道："海银台的雕工不错，还喜欢摆弄这些小玩意儿。在橄榄核上雕船，不能凸显我大英登峰造极的匠人手艺，回头你给朕送一枚枣核过钦工处，他既然喜欢雕，就让他在那枚枣核上雕十八罗汉，朕要拿它当国礼，赏赐安南国君。"

枣核上雕十八罗汉，万岁爷整治人的手段又上了一层。德禄忙道："嗻。主子爷这会子是回养心殿，还是回乾清宫？"

皇帝没有搭理他，返程的路线也不是来时的路线，沿着金水河一路向北，拐进了长康右门。

这是要上慈宁宫去吗？德禄惴惴地想，这会子上慈宁宫，想是要和太皇太后谈论此事吧！他不敢多嘴，只好亦步亦趋地跟着，从万岁爷匆匆的步履里，也品咂出了一点失望的味道。

米嬷嬷见皇帝出现，忙率众人迎驾，笑道："万岁爷怎么这会子来了？老佛爷在小佛堂礼佛呢，您只怕要稍等片刻了。"

皇帝说无妨，大步流星地进了东次间。进去后就在南炕上坐了下来，也不理人，就那么一动不动，像石刻的雕像一般。

米嬷嬷不明所以，转头打量德禄。德禄不好说什么，摇了摇头，进门默然侍立在了一旁。

鹊印送茶来，到了门前被米嬷嬷接过来，自己送了进去。一面向上呈敬，一面笑问："万岁爷一个人来的？嘤姑娘没跟着伺候？"

皇帝充耳不闻，提起那个二五眼，按在膝头的手便紧紧握了起来。

如果现在发恩旨让她出宫，她会有什么反应？是犹豫不去，还是欢天喜地？他主宰朝堂这么多年，臣工的一举一动他都看得透，唯独看不透她。那个小小的橄榄核还在他袖子里藏着，他恨到极处想把这暗通款曲的赃物掏出来，交太皇太后过目，可再一琢磨似有不妥，只好快快收回了手。

好好的心情，全被搅和了。他失落地捶打着膝头，想起他们相视而笑的样子，心里油煎一样。遇上了这种事儿，他无处可以诉说，似乎只有老祖母这里能让他缓缓神。

太皇太后从小佛堂出来，带了一身檀香的气味。因米嬷嬷事先和她说了皇帝的反常，她瞧他也越发觉得他有些郁郁寡欢。怎么的呢，是为朝政还是为其他俗务？太皇太后虽是祖母，也不好直接问他，便东拉西扯说些笑谈，绕了一大圈，才最终点到七寸上。

"我早说过了，不要你夜里来请安，今儿这是怎么了？"

皇帝不说话，低着头，脸上神情黯淡。

太皇太后有些急，看了米嬷嬷一眼，复又问："皇帝，可是朝政上遇着难事了？"

皇帝缓缓摇头，眉心也紧锁了起来。

太皇太后明白了，总逃不过小儿女间的那点子事儿。她知道皇帝不好开口，于是便给米嬷嬷递眼色，把殿里的人全遣了出去。这回只剩祖孙两个了，太皇太后道："说吧，有什么苦闷，皇祖母给你参详参详。"

皇帝闷了老半天，原还觉得能忍受，可见了太皇太后，他心里的委屈就膨胀得装不下了，最后几乎有些绝望地说："皇祖母，嘤鸣不喜欢我。"

太皇太后还在数佛珠，听他抽冷子蹦出这么一句话来，连手上的动作都忘了："皇帝才刚……说什么？"

其实让太皇太后惊讶的并不是嘤鸣又惹毛了皇帝，而是皇帝说这话时的那种语气。老太太几乎以为自己听错了，她御极多年的孙子，竟也有来她这里告状的一天，那种幽怨又无奈的控诉，立刻叫太皇太后心疼起来。

"好好的，怎么说起这个来了？她对你很是在意，我和你额涅都看着的，哪来不喜欢你一说？"太皇太后见他越发低落，忙道，"你别急，你是爷们儿家，姑娘的心事你未必知道。况且嘤鸣心大，兴许是你误会了她，你自己满心不舒坦，她那头倒和没事儿人似的呢。"

皇帝说不："您和皇额涅都被她骗了，她心里从没忘记过海银台，进宫也是身不由己。朕如今想想，自己成什么人了，堂堂的一国之君，竟要欺男霸女，坏人家的姻缘！所以今儿来求皇祖母，既然她的心不在朕身上，就放她出宫，让她过自己想过的日子去吧。"

太皇太后愕了半天，对皇帝的改变惊诧不已。他以前是什么脾气呢，打小儿唯我独尊，天底下没有他想要而得不到的东西。小时候和自己的兄弟抢弹弓，自己不要，情愿毁了也不便宜别人。如今可好，动了成全的心思，这是哪儿不对劲儿了，还是遇上了克星，性情大变了？

太皇太后沉重地叹了口气："你要是打定了主意放她出去，我自有法子。可是她在宫里还惦记着旁的人，这件事没这么容易翻篇儿。帝王家的脸面岂容她糟践，她是为什么进来的，我明里暗里和她说了多少回，不信她自个儿不知道。我原当她是个稳当人儿，现在看来是高看她了。女人守妇道，不光宫里有这个规矩，就是上外头去，也是放诸四海而皆准。她要出宫也成，想竖着出去是不成了，横着出去倒是个方儿。"

太皇太后语气严厉，皇帝本以为她疼爱那个二五眼，总不会过于难为她，结果老太太是这个态度，倒叫皇帝措手不及。

这是要发还尸首吗？宫廷原就是个拿人命不当回事的地方，表面看着花团锦簇，其实花下白骨累累。皇帝自小生长在帝王家，那些为成就大局被放弃的生命，从记事起就屡见不鲜。只不过后来朝政日渐安稳，他也随即亲政，后宫再没出过人命官司，死亡的阴影全被搬到了前朝。太皇太后第一维护的，永远是社稷和皇帝，至于其他，在她眼里通通不重要。

皇帝蹙着眉，犹豫了下道："朕没想让她死。"

"她折辱了你，损了你的脸面，怎么不该死？"太皇太后寒声道，"既进了宫，哪能容她全身而退？她可是做了什么丢人的事儿，叫你拿了现形儿？若当真如此，用不着等明天，今儿夜里就处置了她。"

皇帝一急，站了起来："孙儿只是想起她的旧事，心里不大自在罢了，并没有拿住什么把柄。"

太皇太后这才长长"哦"了声："倒唬我一跳！你瞧瞧，为你的耿耿于怀，险些伤了她的性命。皇帝，过去的事儿已经过去了，她人都在你跟前了，你怕什么？如今乌梁海旧部已遵纳辛的令儿调遣起来，咱们不能不念着鄂奇里氏的忠心。你呢，和皇祖母交个底，心里头究竟喜欢不喜欢嘤嘤的？"

皇帝的脸上起了一层可疑的红晕，但坚决不松口："朕躬关乎国体，一切当以国体为重。"

太皇太后笑起来："乾始赖乎坤成，你要是不反对，我明儿就召见几位大学士，让他们两日之内把诏书拟出来。七月初六是上上大吉的好日子，就选在那天颁布立后诏书，你看如何？"

今儿是六月二十二，下月初六……

"今年……可闰六月？"皇帝沉默良久，有些尴尬地问。

· 七 ·

这点子出息！

太皇太后简直要不认得这个孙儿了，一个登基十七年的皇帝，开了窍之后怎么变得这样，这股子心口不一的劲头，到底随了谁？先帝和孝慈皇后可都不是这样的，他如今是又别扭又矫情，朝堂上那么说一不二的圣主明君，到了自己的婚事上竟婆婆妈妈患得患失，实在叫人哭笑不得。

可也不能怪他，太皇太后暗自思量，其实他也不容易。他比不得其他孩子，别人六岁的时候还缠着奶妈子要奶吃呢，他那时候爹妈都不在了，只有一个半道上接手的太后和她这个老祖母，祖孙三代相依为命。六岁啊，太和殿的鎏金龙椅又大又冷，四面不着边，他要一个人坐在上头，面对皇叔们的咄咄相逼。他没有说不愿意的资格，更没有撒娇的资格，他像是一跺脚就长大的，缺失了正常孩子天真撒欢的年纪，仿佛他生来就是十八岁。

拔苗助长哪能是好事儿呢，但在他们当下那个处境，不得已而为之。皇帝的性格形成于日复一日的政治倾轧下，所以他敏感、隐忍，且脾气不佳。太皇太后原想着找见嘤鸣这样的姑娘，心思不窄又耐摔打，至少在受了他的窝囊气后懂得自我开解，能在后位上长长久久地坐下去，可没想到倒把皇帝给镇住了，让她在有生之年能看见皇帝接了地气儿，有了人味儿，于这上头来说，嘤鸣算是大功一件。

太皇太后已经分不清究竟是自己在催着皇帝下立后诏书，还是皇帝在同她使劲儿以退为进，横竖这回立后是必然的了。她只是觉得可乐，刚才还一口一个要让人家出宫，这会子怎么又愁是不是闰六月了？

老太太装模作样地扭身传外头："米送，让她们把皇历找来我瞧瞧。"

米嬷嬷很快就把厚厚一本册子送了进来，太皇太后随意翻了一下："我的眼睛不成了，连字迹都瞧不清。"一面说一面向皇帝递过去，"你自己看吧，头前儿定孝慧皇后奉安山陵的日子时，倒像看过的，只是时候一长就记不得了。你再看一回，这么要紧的大事儿，千万马虎不得。"

皇帝听了果真仔细翻阅起来，太皇太后和米嬷嬷相视而笑，心里直呼阿弥陀佛，可怎么了得，开了窍反倒孩子心性儿起来，往常多早晚见他这么在乎过后宫的事儿！

"女人哪，只要出了阁，心也就定下了。她和海家哥儿有婚约在先，她惦记故人是她念旧情，要说让她进宫当皇后，她拣了高枝儿就翻脸不认人了，这样的姑娘咱们还不敢要呢。"太皇太后笑眯眯地问，"瞧好了吗，可是闰六月？"

皇帝合上皇历说不是："皇祖母的教诲孙儿谨记在心，今儿上皇祖母这里来说了这一通，是孙儿犯糊涂了，请皇祖母恕罪。"

太皇太后摆了摆手："你是我亲孙子，不论是朝政上，还是自己私底下的事儿，都不瞒着皇祖母才好。我也盼你早早儿迎娶了皇后，六宫的宫务好交给她掌管。我有了年纪，你额涅又是个甩手掌柜，眼下你虽有贵妃，宫务既不打算让她过问，越性儿不经她手的好。没的放权的时候一盆火，收权的时候生闷气，为那一星半点的权，大家心里头生了嫌隙，多不上算！"

太皇太后在宫中的年月长了，看待问题深邃透彻。皇帝知道她确实中意二五眼，一心想抬举她，这就少了先皇后当初的波折，嘤鸣相较薛深知，已经是极端幸运的了。可她身在福中不知福，怎么办？皇帝仍旧有些灰心，为了不让太皇太后处死她，他得同意下封后诏书，这么一想十分自我感动，无奈她像个泥胎，什么都不明白。所以皇帝更忧心，万一她是个死心眼儿，就算到了那个份上也不能让她回头，到时候又该怎么办？

"要不打发人，把嘤鸣传来，我同她好好说道说道？"太皇太后见皇帝又不说话了，料他有心结，这么僵着不是事儿，总得打开了才好。

皇帝却摇了摇头，这会儿不想见那个二五眼，一则没做好准备，二则竟有些怕她得知他又闹了脾气，心里不知怎么想他。

太皇太后皱着眉苦笑："既这么，回去见了她还是得和软着说话。心里有什么想头儿，要让她知道才好。就说她和海银台余情未了这事儿，要是真有，那是必要狠狠敲打的。我大英历代皇后里没有朝三暮四的，你要是不同她交代明白，犯到我手上，那可不是好玩儿的。"

皇帝道是："皇祖母放心，孙儿自己的事儿，自己会料理清楚的。皇祖母仔细作养身子，别为我们操心……时候不早了，皇祖母歇着吧，孙儿告退了。"

皇帝从慈宁宫出来时，天地间已经一片渊色。养心殿就在相距不远的地方，他自己慢慢走回去，走了好长的时候。

嘤鸣瞧了瞧御案上的书，心里总觉悬着。这回的事儿怕不好处置，她进来是充后宫的，家里老小盼着她有出息，自己不说争光，至少不能为家里带去祸患。至于海银台，更是无辜得很，要是为了这回的事儿坑了他，那自己真是太对不住他了。

小富在明间里来来回回走了好几趟，嘤鸣从敬思殿回来时就发现他在逐个盘查御前的人，她心里有数，多少和自己有关。本想和他打听打听，刚要出去就见皇帝从宫门上进来，阖殿的人都行礼迎驾，她略定了定神，也站到了滴水下。

皇帝大步进了勤政亲贤，没有看她一眼，嗓音却锋棱毕现："你给朕进来！"

德禄和三庆看了她一眼，一声儿都没敢吱，低着头弓着身子，在西暖阁外的菱花门前站了班儿。

嘤鸣心里也惴惴的，虽说皇帝这程子看起来像个正常人，但真的惹恼了他，只怕也不好全身而退。她硬着头皮迈进了暖阁，一眼就看见皇帝肃穆的脸。他可以摆脸子，自己不能不识时务，便赔笑叫了声万岁爷："您要的书，奴才给您找回来了。奴才对里头内容还有些拙见，您要是想找人切磋，奴才愿意伺候。"

皇帝看着她的嘴脸，心里越发气闷，从袖子里掏出了那枚核舟，重重拍在桌上："这会子不说旁的，先交代清楚，这个东西究竟是怎么回事。"

嘤鸣脑子里架起了风车，嗡嗡地转着，一头恨那个背后使坏的人，一头又庆幸皇帝没玩儿心眼子，敞亮地把问题放在了明面儿上。如今马蜂窝是捅了，想抵赖肯定没门儿，要是说实话，齐海两家又得不着好处。觑觑皇帝的脸色，那份阴郁，多像外头暗下来的天……嘤鸣舔了舔唇，脸上带了点羞怯的笑，说："是我糊涂了，原想把这小玩意儿送给万岁爷的，出门的时候还仔细收着呢，后来进了养心殿，不知怎么竟找不着了。"

皇帝听了一怔，一切和他原先设想的差了十万八千里，一时竟措手不及："你说什么？这是……给朕的？"

嘤鸣"嗯"了声："主子给我发了那么多的月例银子，奴才不知怎么感激主子才好。我身上也没什么好东西，只有这核舟是进宫的时候带着玩儿的，礼轻情意重嘛，还请主子别嫌寒酸。我本想着亲手呈敬主子的，可后来不知怎么丢了，干脆没言声。本以为找不回来了，没想到兜兜转转又到了主子手里，可见这玩意儿和主子有缘。"

所以到底是怎么回事？皇帝有点儿蒙了，发现绕了一大圈，自己好像白吃了一回醋，冤枉人家了。想起刚才那一拍，心头顿时一紧，忙仔细查看，怕失手把这橄榄核儿拍碎了。不过她的话也不能尽信，他眯眼打量她的脸，试图从这份诚恳里掏出哪怕一点点心虚来："这样的手艺，就凭你？"

"雕虫小技，不足挂齿。"她眨巴了两下眼睛，显得格外谦虚，"万岁爷还记得上回那枚印章吧？奴才一向喜欢雕琢些小玩意儿，上回刻印花了几天工夫，这核舟比印费些时候，闭关三个月，也就雕成了。奴才先前瞧您面色不豫，想是不中意这个？没关系，主子要是不喜欢，奴才再给您重雕一个就是了。"

她提起那枚"万国咸宁"，皇帝倒是宾服的，上回毕竟就被她糊弄了，可见她在雕刻方面尚算有点造诣。不过核雕可不像刻印，两者天差地别，他很想印证她话里的真假，但一听要闭关三个月，还是决定放弃了。

皇帝沉吟了下，把拍倒的核舟重新立了起来："朕姑且信你这一回，你别给朕要花样。"

嘤鸣说不敢："主子别不是误会了，以为这东西是海大人送我的吧？"

皇帝被她戳中了心事，竟不知怎么回答她才好，悻悻道："这件事和海银台有什么相干？"

"谢主子信得过奴才。"她叠着手，笑道，"真要是他送的，奴才该压箱底才是，哪能带在身上呢。宫里人多眼杂，万一像今儿似的不留神丢了，岂不是给自己找麻烦？

再则请主子明鉴，倘或是压箱底的东西，这会儿到了主子手上，主子就该疑心是谁在背后害我了。我进宫半年，细想也没和谁结过怨，宫里主儿都是好人，万岁爷不信奴才，还不信主儿们吗？"

她不是个面团儿，皇帝早就知道，这番亦真亦假的话里包含了多少乾坤，够叫人咂摸回味的了。

皇帝垂眼看看这橄榄核儿，想高兴却高兴不起来。里头大有可疑之处，但不知怎么，他已经不想追究了。

宫门上传来击节声，连着三响，是翻了牌子的嫔妃进来侍寝了。

嘤鸣心下一喜，万岁爷干正事儿的时候到了，自然没空揪着这核舟不放。可他似乎没有挪窝的意思，她等了等，有点意兴阑珊，便又添了一句："万岁爷，这橄榄核儿外头还有一方帕子包着呢，您见着没有？"

皇帝抬起了眼，心说核舟是不是她的不好说，那帕子必是她的，于是启了启高贵的唇问："什么式样的？"

"十样锦的，上头绣了个鸭子。想是叫风吹走了吧，丢了就丢了，反正不是什么要紧物件。"她笑了笑，说着回头朝外看了一眼，"万岁爷，祥主儿来了，您移驾吧。"

皇帝听了，端坐着没动。御幸后宫和治理朝政一样，都是他的责任，可一件事做上多年，再好的兴致也会被磨灭。那些女人光溜溜进来，从下往上蠕虫一样游动，想起来就让他觉得恶心。以前勉强还能完事儿，现在似乎越来越勾不起兴致，难道真该喝米油了吗？

帝王为江山社稷殚精竭虑，他无奈地站了起来，举步往后殿去。迈进门槛的时候回头看了一眼，发现她竟然在身后，便没好气地问："你跟来干什么？"

嘤鸣一本正经地说："奴才和瑞生要在外头给主子掐点儿，不能叫您贪多掏空了身子。"

这种话她说起来竟没有任何觉得不妥的地方，倒真是个兢兢业业的人。皇帝五味杂陈，怅然进了华滋堂，床上挺尸的女人猛地撞进他眼帘，祥嫔在灯火下冲他笑，两道细长的眉毛，一张血盆大口……皇帝倒退了两步，皱着眉说"去吧"，穿过明间，回又日新去了。

祥嫔面如死灰，蝉蛹一样给抬了出来，瑞生和嘤鸣并肩站着目送她，瑞生揣着两手说："第二个了……"

嘤鸣不解地看他："什么第二个？"

瑞生含蓄地笑了笑："头一个是宁妃，这不是第二个嘛。"

嘤鸣才明白过来，他的意思是进了养心殿又被退回去的嫔妃吧？她原希望有机会喊一声"是时候了"，现在看来万岁爷真不肯给她这份荣耀。

既然又叫去，那大伙儿的差事就算完了。瑞生和嘤鸣退到前殿，敬事房的人回去了，她在卷棚底下问小富："谙达，那个扔下橄榄核儿的人找着了吗？"

小富愣了下："不是姑娘落下的吗？"顿时醒过味儿来，"您放心，我一定把那个人揪出来。"

其实存了心要逮人，并不是那么难。御前是个讲规矩的地方，什么人干什么事儿，都有一定的章程。万岁爷要是不在养心殿，除了门上站班儿的，大伙儿还能走动走动。但万岁爷在，那一小段时候谁进过正殿，排查下来也不过那几个。

先头德管事的下令叫查，扁担的心都提到嗓子眼儿了，他不是个油滑的人，遇上点儿波折就头晕发慌。后来这事儿像过去了，听说嘤姑娘承认是自己丢的，所以他稍宽了心，料着这回不要紧了。

扁担除了每日洒扫，还负责御前的起更。起更要坐一夜，因此前一项差事办完后，能回值房稍稍眯瞪一会儿。

像往常一样，大伙儿吃饭的时候，他拿了两个窝头先回去了。值房这会子是空的，他打帘进去，脚还没站稳，就被人从后面一个肘拐儿勒住了脖子。

"好孙子，爷爷有话问你。"小富从外头进来，红缨笠帽下一张兔儿爷一样的脸，右手的鞭子拍打着左手掌心，活像个驯狗的积年。他瞥了扁担一眼，拖着长腔道，"说吧，事儿是你干的吧？"

扁担吓得腿都软了，心直蹦起来，知道这回完了，可是坚决不能承认，结结巴巴地说："富爷，您……这是什……什么意思？"

既没有老实招供的心，那就不必客气了。小富冲他身后的人使了个眼色，太监手黑，背后的人抬脚就踹在扁担腿弯子里，一下儿把人按在了地上。

壹叁

## 处暑

· 一 ·

　　"发昏当不得死，这会儿就别赖了。"小富错牙一笑道，"我告诉你，你扔物件的时候有人瞧见了，别打量老子不知道。老老实实供出是谁指使，后头的事儿不和你相干。你要是嘴严，老子开山镐都带来了，不愁凿不开你的嘴。"

　　扁担自然知道干了这种事儿的下场，哪能真的不和他相干呢？这会子都成了同谋了，想择也择不出来，因此他只有死咬住不松口，连哭带喊说："富爷，您不能冤枉我。谁看见了，您让他来和我对质。"

　　小富"哎哟"了声，发现这小子不见棺材不掉泪，于是扯着嗓门喊："把这个混账羔子架起来，扒了他的裤子！宫里一年两回查净身，眼看时候又到了，给我仔细验，甭管有没有，都送到黄化门，让小刀刘再给他净一回茬。"

　　几个太监应了声，又把人从地上提溜起来，左右架住了，另一个伸着两手就要上来解裤腰带。

　　扁担终于哭了，夹着两腿泪如雨下。太监到了这个份儿上，谁不知道那地方是最见不得人的。当年家里苦，闹蝗灾，走投无路才舍了那块肉进宫的。净身时受的罪就不说了，提起来眼泪能流两海子。后来年月长一点儿，那种痛化作心上的疤，不单他，每个太监都是这样。他们这行有他们这行的忌讳，为什么太监最恨人叫他们"老公"，因为他们再也不是公的了，所以谁拿这个称呼他们，简直堪比骂他们八辈儿祖宗。如今要扒裤子，那是活生生打他们的脸，是比肉体折磨残酷百倍的精神摧残。

只有太监最知道太监的弱点，有时候同类相残，比外头杀进来更可怕。

扁担说不："别……别扒……"

小富因他干的破事吃了挂落儿，这会儿正一肚子怨气。养心殿一向太平无事，万岁爷眼里不揉沙子，谁敢在御前要猫腻？如今可好，来了个预备的主子娘娘，外头的乌烟瘴气像要吃唐僧的妖精，竟也敢扑进养心殿来。可恼这事儿又是哑巴吃黄连，不好禀明万岁爷，他们近身伺候的都知道主子对嘤姑娘不同，只有这呆驴，听人教唆给人上眼药，搅起这么多是非来。

"好好的浪日子不过，你是搅屎棍成了精吧？"小富呸了一口，掏出一块手绢强行塞进他怀里，又狠狠拽了出来，一手抖得拎了条蛇似的，咋咋呼呼地说，"瞧见没有，这是他从嘤姑娘箱奁里偷的，如今人赃并获，交慎刑司打折他一条腿再说！"

和小富同来的太监们闹腾起来，欢天喜地像过节似的，说话间就要把人拉出去。

扁担眼看再也洗不清冤屈，也没了要狡赖的心，他垂着脑袋说："我招……我招……是贵主儿跟前的珠珠把核舟给我的，让我扔在姑娘走过的地方，再让御前伺候的拾着……我原说了我不愿意干这个，她们就拿我兄弟来逼我。我爹妈就生了我们俩，我不护着他，谁顾我们死活？富爷，求求您了，给我条活路吧，我是一时猪油蒙了心……"一面说，一面大耳刮子抽得山响，痛哭流涕着，"全是我的错，连累诸位爷一块儿受累。我下流没气性儿，跟着天下第一的主子，却在主子跟前使假招子……我万死，我万死！我对不起嘤姑娘，我来世变牛做马偿还姑娘，只求富爷给我求求情，饶了我这条狗命吧！"

唉，说实话，他在养心殿伺候好些年了，就算平时不怎么往来，单是照脸，一天也见好几回，算是老熟人了。眼下这么整治他，看他又哭成了这模样，也着实可怜见儿的。

小富抬抬帽檐，长嘘了口气："你啊，非逼人出狠招，何必呢！嘤姑娘是善性人儿，她在御前认了是自己掉的，就是不愿意万岁爷震怒，彻查这件事儿。春贵妃给你多大好处，也不及嘤姑娘留了你一条性命的恩情，你给我醒醒神儿，擦亮招子看清喽。"

"是是是……"扁担跪在地上叩头，"奴才再也不敢了，往后我全听姑娘的，粉身碎骨报答姑娘的大恩大德。"

横竖这回只要掏出背后使坏的人，事儿暂且不宜闹大。小富垂手在他肩上拍了几下："你要保命，自己别声张才好。嘤姑娘交代了的，不许难为你，可你自己要往火坑里跳，谁也救不了你。"

扁担说是，他是个晓事儿的人，边擦眼泪边说："富爷，请您给我带句话给姑娘，奴才愿意将功折罪。只要姑娘发话，我就敢去承乾宫对质，保准把那些黑了心肝的揪出来。"

小富点了点头:"只要你记着欠姑娘一条命就成了,我一字不漏替你把话带到,姑娘有什么打算,不由别人做主。你仔细等着吧,有派得上你用场的时候,自然吩咐你。"

小富大摇大摆地走出太监值房,屋里光线昏暗,甫一出来,太阳刺得人眼睛疼。

万岁爷这会儿在乾清宫呢,嘤姑娘在后头体顺堂里等信儿。小富迈上穿堂就见她在西边梢间里看书,槛窗半开着,那玲珑的侧影,有梅花一样细洁芬芳的味道。

"姑娘!"小富叫了声,她转头朝外看,他快步进了体顺堂。

松格性子急,拽着他问怎么样了,小富左右看了一圈儿,才压低声道:"是春贵妃打发跟前一个叫珠珠的宫女找的扁担,让他把核舟扔在姑娘走过的路上。"

松格听后大为惊讶:"竟是春贵妃吗?咱们和她无冤无仇的……"

嘤鸣笑了笑,什么叫冤,什么叫仇,这世上能立于不败之地的只有利益。阖宫上下都知道她将来是继皇后,贵人和嫔将你打倒了,好处落不到自己头上,还不是便宜别人。只有那个离皇后之位一步之遥的人坐不住,以为扳倒了她,自己就能当皇后……其实不是这样,就算没有她,也会有另一位贵女填补。毕竟皇后的位分出缺,远比贵妃位分出缺有吸引力得多。

小富见她还是不太上心的模样,有点替她着急:"春贵妃都惹到您头上来了,您怎么还笑呢?"

嘤鸣说:"我不笑,还能哭啊?君子报仇十年不晚,再等等也没什么。有句话怎么说来着……"

松格很机灵地接了话:"不怕贼偷,就怕贼惦记。"

嘤鸣有点招架不住她,无奈地点了点头。

小富说:"您这会子还没受封,先让她蹦跶两天,等咱们当上了皇后娘娘,让她见天儿伺候您梳头。"说罢鬼鬼祟祟一笑,"姑娘还不知道呢吧,我听德管事的说,今儿慈宁宫召见了几位大学士,朝廷下达的要紧文书都是他们商议草拟的……我这儿先给姑娘道喜啦。"

嘤鸣迟迟"哦"了声:"谙达别客气。他们拟什么呀?给我下的诏书?"

小富说:"那可不,万岁爷昨儿傍晚上老佛爷那儿去……"一时发现说秃噜了嘴,忙顿住了,讪讪笑道,"泄露圣驾行踪是死罪,姑娘就当没听见吧。我前头还有事儿呢,就不陪姑娘说话了。"说罢一溜烟跑了。

嘤鸣沉寂下来,看着外面的天顶出神,松格见主子不说话,心里不安起来。

"主子，您别难过，人各有命，您就是当皇后的料，进了海家他们也受不住您这份福泽，没的把人家门头压塌喽。奴才知道您……可咱们不能心思窄。您不是说过吗，有锣打锣，没锣打鼓，啥都没有就啃鸡屁股。"

嘤鸣看了松格一眼："谢谢你开解我，我就是想着……要是下了诏书，我还能送膳牌吗？"

松格愣住了："敢情您不是担心那个？"

"哪个啊？"嘤鸣没太明白她的话，"我进宫不就是来当皇后的吗，这都小半年了，她们拿我当眼中钉呢，再没个说法儿，我真得啃鸡屁股去了。"

松格咂巴了一下嘴，沉默下来，隔了半天才道："您为什么这么喜欢送膳牌？头前奴才还为您叫屈呢，觉得万岁爷这么做真欺负人。"

嘤鸣一脸高深，没回答她。各人头上一片天，再不起眼的事由，都有它独到的用处，比如这个膳牌——

嘤鸣微微哈着腰，把银盘呈了上去："万岁爷，您今儿翻谁的呀？"

皇帝戒备地看着她："你开赌局了？谁赢了，赌资就归谁？"

嘤鸣觉得他气量太狭小了："奴才在您眼里就是那样的人吗？我如今有钱了，上回您发的月钱装了满满一箱子，犯不着开设赌局。"

皇帝对她的人品存疑，疑惑地又瞥了她一眼，才把视线落在银盘上。看了一圈，发现贵妃的膳牌不见了，便问她："贵妃的牌子怎么不在？"

嘤鸣垂着眼道："回万岁爷的话，贵主儿身上见红，不能伺候主子。"

皇帝被她说得有点糊涂，隐约记得春吉里氏的牌子是昨儿才上的，先前就说月信到了，怎么这会子又来了？

他没挑牌子，目光漫无目的地游移，倚着引枕问："你们女人，一个月究竟有几回？"

大姑娘和爷们儿谈论这个有点不好意思，但嘤鸣兼着敬事房的差使，便没什么好忸怩的。皇帝这辈子大概从来不知道这里头的玄妙，横竖他的银盘上从来不缺牌子，他也不会去细心留意任何一个人。所以三宫六院又如何，还不是对女人一窍不通！

不通才好蒙，嘤鸣搬着盘子说得一本正经："这种事儿得分人，看身底子。有的人一个月一回，每回三到七天不等；有的人一月两回，每回十天。"

皇帝似懂非懂地点头，差点脱口而出问她是哪一种，幸好及时忍住了。他垂眼看了看盘儿里，心知肚明："贵妃想必是后一种吧。"

嘤鸣抿唇笑了笑："兴许吧，贵主儿身子弱。"她说这话的时候真是又从容又自然，说完了复往前敬了敬，"万岁爷，您今儿翻吗？"

皇帝别开了脸，说去。她没到御前的时候，他隔三岔五还能翻上一回，如今她来了，他彻底变得兴致全无，也不知是怎么了。

嘤鸣见他又不翻，倒有些怅然。她站着没动，歪脖儿说："主子，您昨儿让我找《本草纲目拾遗》，是不是觉得那天夜里吃的米油管用？"

皇帝心头一跳，诧然看向她："你又想说荤话？"

"这哪是荤话，这是奴才精忠报国的一颗心啊！主子圣躬关乎万千子民，关乎江山社稷，奴才希望您身子骨结实。您看这米油，还是天天儿让御膳房熬一碗吧，滋补的。"

皇帝气得半天没说出话来，过了好一会儿才晒笑："你不用激朕，朕身子骨好着呢，和翻不翻牌子没有任何关系。"

嘤鸣本来是想讨好讨好他的，结果碰了一鼻子灰，为了找台阶下，笑着说："奴才是为万岁爷的子嗣着想，没有别的意思。"

这句话依旧让皇帝很不快，他看着她，一字一顿道："朕的子嗣不劳你操心，会很多……"顿了顿着重语气又追加了句，"会很多很多的！"吓得嘤鸣倒退了一步。

"您别恼。"她几乎知道他接下来要说什么了，很识相地蹲了个安道，"奴才这就滚出去。"

没等皇帝开口，她飞快地退了出来，到了卷棚底下还在嗟叹，真是老天没眼啊，这样的两个人，为什么非得捆绑在一起？以前他对深知不过不闻不问，现在对她是动不动呎五喝六，三句不对还要让她滚蛋。

她叹了口气，从屋檐底下过去绕到影壁前，把盘子递给了瑞生，说今儿又叫去。

瑞生脸上怔怔的："又是叫去？这都快两个月了！"

嘤鸣耷拉着眉说："我也没法子，万岁爷不肯翻，我翻的他又不认账。"

瑞生晃了晃脑袋："旁的都不怕，就怕太皇太后要查彤簿，到时候肯定得过问。"

过不过问的，谁也不能给万岁爷拿主意不是？嘤鸣目送他迈着鹤步去了，心里正琢磨下半晌该干些什么，一回头，见德禄在暖阁门口冲她招手。她忙过去，问："谙达，召我有事儿？"

德禄因知道慈宁宫那儿已经开始着手拟订立后诏书了，对她越发恭敬，交叠着手弓着身子说："姑娘，万岁爷回头要练字的，既然您在，您就多陪陪万岁爷吧。往后您二位日子且长着呢，这会儿感情好了，过日子遇上的磕磕碰碰，就都能应付过去。"

嘤鸣是爽利人儿，她大大方方道："谢谢谙达成全，不管会不会一块儿过日子，主子爷总要伺候的。只是我蠢笨，老惹他老人家不高兴。"

德禄说不："绝没有的事儿，万岁爷喜欢姑娘在跟前伺候。虽说有时候主子不豫……"他很想说那是您不开窍的缘故，但到底没敢直言，又笑了笑道，"那是因为政务巨万，主子肩上担子重。"

嘤鸣也体谅这种难处，说："我进去伺候。"随即移步到了勤政亲贤门外，挨着门框探身问，"万岁爷，奴才给您伺候文房好吗？"

案前正铺展澄心堂纸的皇帝瞧了她一眼，没言声儿。

这就是不反对吧？她提袍迈进了门槛，皇帝规整纸张，她从水呈里舀了一点儿水滴在砚台上。墨锭缓缓研磨，沙沙的声音在指尖扩散。御用的文房当然是最好的，两者结合，出墨又快又匀。

"这砚台，看着真亲切。"她赞叹不已，"抚之如肌，磨之有锋……那晚天黑，只大略过了一眼，原来果真是一方金星龙尾！"

· 二 ·

皇帝心头蹦跶了下，才想起这方砚台就是上回让她在西墙根儿当砖顶的那一块。

大晚上黑灯瞎火的，她竟还看清了这方砚的质地？皇帝觉得不可思议，她究竟长了一颗怎样的脑袋？一国之君龙颜大怒，要是照着正常人的思维，应该吓得筛糠，连站都站不稳，她倒好，照旧能分出闲心来，关心这种和性命不相干的东西。

当然，想起当日对她的处处刁难，皇帝还是有点愧疚的。不过旧事就不必重提了吧，他东拉西扯，引开了她的注意，一面拿狼毫蘸满了墨，一面道："你知道这方龙尾砚？"

嘤鸣说："奴才在家时也读书习字，师傅和我们讲笔墨纸砚的由来，说到砚台，首推便是金星龙尾。"她边磨墨边道，"李后主曾为它写过诗，说它'瓜肤而縠理，金声而玉德'。这种歙砚下墨快，发墨细，怪道那天能浇奴才一脑袋，果然好砚，名不虚传！"

皇帝被她说得耳根子发烫，又不好和她理论，只有把一股郁气发散到手腕，运笔在纸上写下了四个大字——敬慎不败。

"你觉得朕的飞白写得如何？"

嘤鸣看了看，由衷地点头："依奴才之见，笔锋道健有法，运笔有气吞山河之势，万岁爷御笔，自然是好字！"

皇帝提着笔，偏过头冲她一晒："那你知不知道这四个字的意思？"

嘤鸣琢磨了下道："君子立身立言，不可不慎。身不慎则身败，言不慎则言惑，行不慎则行妄，德不慎则德毁。万岁爷要奴才安分守己，修身重德，然后横扫群雄，立于不败之地，是这个意思吧？"

皇帝又不明白这个人的想法了，前半段明明理解得很好，为什么到了后半段非得拐出去十万八千里？

"里头有横扫群雄什么事儿？朕让你敬慎，是让你老老实实做人，不是让你找人打架！"

嘤鸣哪能不知道他的意思呢，有时候不是得藏拙吗？话又说回来，宫里用这个词儿不大适合她，她一向是人不犯我我不犯人，别人一旦招惹了她，她半夜里都会醒过来琢磨一下，该怎么收拾这个人。她的心可大可小，光吃亏不反击的不是大度，是没有报复的能力。敬慎是应该的，但后面那两个字，意境改一改更好。

当然她心里想的那些，不可能告诉他，便笑道："万岁爷多虑了，奴才是诗礼人家出身，不兴找人打架的。"说罢重新仔细审视手下的砚台，啧啧称叹着，"真好啊，质地紧密，下墨又多……"多得从头顶上一路浇灌下来，能流到腰上去。

皇帝越发心虚，有点写不下去了，于是拿笔管指了指："朕把这个赏你，你别说了成吗？"

这也算告饶了吧，嘤鸣笑了笑，放下墨锭把那几个字举起来，转身就着天光看。字是真的好，帝王的手笔和别人不一样，别人少了那种排翼纵横的开阔，要论格局，世上无人能和他相比。

她背对着他，两手高抬抻着纸，阔大的袖子落到了肘弯，露出两截藕节子似的小臂。皇帝对那双臂膀可说记忆犹新，她进宫第二天在太后宫里捣鼓茶道时他就看见了，当时不觉得怎么样，过后竟念念不忘……偷着再看一眼，实在是没什么可挑拣的，缎子一样的头发，杨柳一样的细腰……慈宁宫那头的诏书，不知拟得怎么样了。

她忽又转回身来，吓得皇帝赶忙收回了视线。她欢欢喜喜地向他蹲安，说谢万岁爷赏："奴才家正厅里还供着先头老皇爷的御笔呢，如今奴才又得了万岁爷的，咱们家两辈子都承主子隆恩，实在太荣耀了。奴才回头就找人裱起来，挂在屋子里日日焚香祝祷，一定谨记主子教诲。"

看她脸上笑着，不管是真高兴还是装的，皇帝瞧在眼里，心里很熨帖。

谁不喜欢自己被姑娘崇拜，尤其那姑娘还是自己中意的。皇帝的自尊心得到极大满足之余，十分大方地叫了声三庆："打发人拿下去裱起来，回头再送到头所去。"

三庆"嗻"了一声，从嘤姑娘手里接过来，哈着腰复退了出去。

嘤鸣觉得这呆霸王，其实也并不像她以前想象的那样又坏又狠。

一个人离你很遥远时，你对这个人的好恶，都得通过身边的人领会，别人说他好他就是好的，说他坏，那他自然十恶不赦。当初她一年两回看望深知，深知那么厌恶这皇宫，厌恶宫里的每一个人，她就觉得这里的一切都是罪恶的，自己被逼着进宫也是人生最灰败的一笔。如今走近那些主子，才发现他们也有生动完整的人生。也许他们对权力的运筹帷幄令人恐惧，但权力之外总还有三分人味儿，不足以令她恨之入骨。

她刚才还想呢，内务府这个处那个处的，究竟哪里能替她裱这幅字，没想到皇帝很体人意，叫底下人去办了，倒省了她的手脚。她笑着又蹲了蹲身："谢万岁爷体恤。"

这回皇帝连眉毛都没抬："你忙那个去了，我这里的墨怎么办？别啰唆，快磨！"

嘤鸣愣了下，敢情是怕她耽误了干活儿？那点好感立刻转化成了惨遭压迫的不甘，嘀嘀咕咕腹诽着，气恼地重新拾起了墨锭。

皇帝全未察觉，他照旧运笔练字，写完字还画了幅兰花蟋蟀图，叫人收进画筒，送到祥嫔宫里去，作为昨晚上没幸人家的补偿。

下半晌的时光其实很难挨，尤其是傍晚前的一个时辰，真是熬得油碗要干。嘤鸣站在那里百无聊赖，磨完了墨就替他换纸，时候一长腰酸背痛，发现伺候笔墨远比送膳牌累多了，这种御前的差事真不是好活儿。

皇帝养的那只红子在檐下啾啾叫着，溜溜的小调儿唱得顺溜，嘤鸣正听得出神，见德禄站在门外回禀，说刘总管领了内务府预备的秋冬常服工笔小样送进来了。皇帝随口叫进，德禄出去传话，不一会儿刘春柳便带着几个如意馆太监进了暖阁，先向皇帝垂袖打了一千儿，再向嘤鸣颔首致意，最后一比手，几个太监跪下，高擎展开了重彩样纸。

宫里是这样，没有拿旧衣裳来讨论花样添减的规矩，一应都是以重彩绘制衣样，供皇帝挑选。皇帝一一查看小样的时候，嘤鸣却被各式各样的纽子吸引了。御用的东西真是精细到家，这些玲珑可爱的小物件既实用，又能点缀衣襟，一盒盒码放着，琉璃珊瑚、蜜蜡碧玺、珍珠白玉……她伸出一根手指，在盒子里拨弄，指尖冰凉润滑的触感流淌过去，觉得餍足异常。

皇帝看她没出息的样子，贪财贪得连纽子都不放过，十分鄙夷。

"你喜欢这个？"皇帝寒声问。

嘤鸣缩回手，腼腆地笑了笑："这些纽子真好看。"

皇帝皱眉："这是上用的，后宫妃嫔都不能用。看在你今儿磨墨的分上，每样赏你一颗，不许多拿。"

真是慷慨到无以复加，边上的德禄听了，咧着嘴，垂下了脑袋。

每样一颗管什么用，穿起来当佛珠使吗？可既然是御赐，就不能拒绝。嘤鸣说谢万岁爷，十来个盒子里每样挑拣出一颗成色最好的，这么花里胡哨地托在掌心里，也十分好看。

皇帝很高兴，觉得自己今天对她这么和气，又赏字儿又赏纽子，她一定受宠若惊。那个海银台值什么，就算那核舟是他雕的，如今落在他手里，严严实实收了起来，她就没了念想。以后看这堆纽子吧，五彩斑斓的，不比干巴巴的橄榄核儿好看？

皇帝心情不赖，因此常年差不多的小样，他也花心思仔细过了目，从中指定几身，然后摆摆手让他们下去了。

德禄扭头看窗外，午后云层显见厚了起来，到这会子越发有了要下雨的征兆。他想了想道："万岁爷，您有程子没上褉赏亭去了。"

皇帝听了，略有沉吟，褉赏亭在宁寿宫花园里，亭子底下有流杯渠，早前是后妃们玩曲水流觞用的。他那时候才开蒙，在上书房学写字，人虽小，规矩却很严，一定要自己清洗毛笔，绝不假他人之手。上书房外倒有洗墨池，只要总师傅一说下学，所有宗室子弟都把笔杵到那方池子里，不消多时水就黑了。皇帝很厌恶，上花园荷塘里洗笔太后不让，说大池子底下有水猴子，要抓人的，把他带到宁寿宫花园里，让太监在假山后头汲水，往流杯渠里注水。自此皇帝得了个好去处，宁愿多走一些路，也要上褉赏亭去。只是后来亲政，政务越来越繁重，渐渐就把这个撂下了，如今乍一提，才忽然想起来。

外面日头不毒了，横竖今儿无事，似乎可以走一趟。皇帝回身拿起案上的笔，举步走出了勤政亲贤。

嘤鸣并没有要跟着一块儿去的打算，她还在窗前摆弄她新得的纽子，只听德禄压着声喊姑娘："万岁爷要上宁寿宫花园去了。"

她有些无奈，叫了就是要让随侍的意思，她没法子，把纽子装进小荷包，快步赶了上去。

皇帝对她的随行没有任何异议，御前的人没别的好处，就是脑子活络，知道什么该做，什么不该做。他边走边往身后看了眼，没有别人，只有二五眼跟来了，皇帝对这种独处还是很满意的，脚下步子也轻快起来。


宁寿宫花园相较慈宁宫花园不算大，但胜在更雅致精巧。皇帝直进了褉赏亭，那是个四角攒尖的亭子，黄琉璃瓦绿剪边，虽然称作"亭"，但进深三间，北面有游廊接旭辉庭。

流杯渠平常是干的，每天有太监擦洗，石头打磨得镜面一样光滑，要用时才往里头蓄水。嘤鸣跟在后头进了亭子，四下张看，并不见有人上来伺候，便道："万岁爷，守亭的太监不在，咱们不洗了，回去吧。"

皇帝自然不肯白跑一趟："井在假山石子后头。"然后垂眼看着她。

嘤鸣只做不明白，把他手里的笔接过来，笑道："奴才上临溪亭那儿给您洗去，一样的。"

真是个滚刀肉，皇帝气闷地想，难道她不该会意，说"奴才给您汲水去"吗？

结果她偏不，手里拿着笔，眼睛往天上看。皇帝没办法，心道九五之尊，竟还要自己动手，怎么遇上了这样的混账玩意儿！一面气恼着，一面转到假山后头去了。

嘤鸣也跟着一块儿去看，她就是看着，在边上说好听的话："万岁爷您是练家子，力气真大！"

皇帝被她一奉承，又觉得在姑娘面前展示体力也不是什么丢脸的事儿。太监用两手压的汲水筒，他单手就能完成，于是越发卖弄和得意。

嘤鸣呢，她来回跑，看着清水缓缓流淌进那九曲十八弯的渠里，到了差不多的时候就去传话，说："万岁爷，满了，再汲都流出去了，别白费力气。"

于是皇帝放下袖子回来，分了她手里两支笔，两个人蹲在渠边上，把笔杆进水里涤荡。吃了墨的笔尖早变成了黑色，在水里划拉两下后渐渐恢复了本来的面目，只是这段渠里的水黑了一片，于是两人又挪挪地方，挪到进水的上游去了。

嘤鸣一直觉得这宫掖少了点活泛的味道，宫人们守礼，主子们讲体面，像这样干着儿时才干的事儿，有种返璞归真的惬意。深宫里头难得岁月静好，现在这样蹲在水边洗笔，有一瞬恍惚觉得不是身在紫禁城，像在书塾的庭院里。可是再看一眼边上的皇帝，通臂袖襕上两条游龙张牙舞爪——她调开了视线，觉得自己该醒醒了。

皇帝慢悠悠地在渠里划拉着笔头，忽然道："眼下没有旁人，朕问你一句话。"

嘤鸣心头一跳，但也不动声色，道："万岁爷有什么话只管问吧，奴才知无不言。"

他没有瞧她，垂眼死死盯着手上的笔："那个核舟，究竟是怎么到养心殿的？"

嘤鸣略顿了顿，明白自己那套糊弄的话他压根儿就没信过。再狡辩，是极不聪明的做法，她的笔尖也在水里划拉，闷声说："奴才不知道，原本锁在箱子里，不知怎么就到了御前。不过那核舟真是我自己雕的，您不信我能雕出来？"

皇帝白了她一眼，没说话。要验就得让她闭关三个月嘛，明知道他不会答应，就别以退为进了。东西压在箱子里，说明她并没有送他的打算，至于怎么到了御前，那更不用想了，是有人在背后动了手脚。

"这件事是春掖蓝做的。"

嘤鸣"嗯"了声："主子知道了？想是被人当枪使了，奴才觉得背后还有人。"

皇帝抬眼望着顶上纵横交错的椽子："朕自会命人严查。"

嘤鸣说不必："万岁爷下回，赏贵妃一方帕子就是了。"

皇帝转过头来瞧她："那方绣着鸭子的？"

没想到这人蹬鼻子上脸，从袖子里掏出来递给了他："一模一样的。"

皇帝打量了一眼："这是鸭子？不是鸳鸯吗？"

嘤鸣笑了笑："不是鸳鸯，是野鸭。"

皇帝皱了下眉，反正她歪门邪道不是头一天，也不稀罕说她了，将这帕子塞进袖笼，一场密谋完成，彼此都平静得仿佛什么都没有发生过。

忽然身后的屋子里传来说话的声音，唧唧哝哝听不真切，反正是欢喜极了，说到高兴处轻轻一声低叫。再细听，谈不上是说话，倒像是在调笑。

这深宫里养了几千号人，藏污纳垢也是有的，皇帝以前只听人说过，没想到有朝一日能遇上。他站起身，推开明间的屏门走了进去。嘤鸣忙起身跟上，万岁爷就是万岁爷，这江山都是他的，哪处地方不是直来直去如入无人之境？三道隔扇门一一被踹开，她还想往前蹿，却被他一把拨回了身后。

被撞破了好事的一对儿衣衫不整地趴在地上磕头："万岁爷……万岁爷饶命……万岁爷饶命……"

皇帝气得打战，扬声道："来人！"

小富和三庆不知从什么地方冒了出来，也不等吩咐，三下两下把人拖了出去。嘤鸣一头羞臊遇上了这种场面，一头又有点可惜什么都没看着。想想前头的经过，小声说："万岁爷，您才刚还说鸳鸯呢，真是料事如神！"

结果又挨了皇帝一个白眼。

· 三 ·

"小富和三庆是什么时候跟来的？才刚怎么没见着他们人影儿？"嘤鸣毫不在意那个白眼，看看后面罩房，又看看前头抱厦，纳罕地问。

皇帝知道他们的勾当，虽说尽心尽力为主子创造一切机会，但先头不来伺候汲水，这点还是让他有些不满的。他"哼"了一声："没有朕的令儿，他们就得寸步不离随身近侍。"

嘤鸣自然也不笨，御前那三个有多热心撮合，她心里明白。本以为他们这回真没跟来，谁知皇帝扬声一唤，几乎眨眼的工夫他们就到了，可见不论多想讨好主子，肩上的职责也不能忘。

她觑了觑皇帝的脸色："万岁爷，您打算怎么处置那两个宫人？"

皇帝皱着眉，一脸犯恶心的模样："宫里早有宫规，宫人狎戏被拿住，一律杖毙。"

这深宫看着赫赫扬扬，其实见不得光的地方还少吗，所以就缺个厉害的人整治。先皇后不问事，她不情不愿地进宫，坚守自己内心的堡垒，然后不情不愿地谢世，半分也没有尽到一个国母应尽的责任。宫务这些年一直是太皇太后在料理，如今太皇太后上了年纪，难免有疏于过问之处，就纵得这些宫人无法无天了。

皇帝这头还在为后宫没人立规矩心烦，嘤鸣琢磨的却是另一桩："万岁爷，您刚才都看见什么了？"

皇帝被她问得一愣，心想还好挡住了她。

"你关心那些不该关心的做什么？"皇帝轻蔑地审视她，"是不是很懊悔没有亲眼看见？女孩儿家，看了不该看的东西，会烂眼睛的。"

啊，这个人，真是张嘴就捅人肺管子！嘤鸣眨巴了下眼睛道："奴才就是随便问问……"然后小声嘟囔了句，"看见了就烂眼睛，您眼睛不还好好的吗……"

皇帝说："朕是男人，不像你，四六不懂，伸着脑袋凑什么热闹？"

她又换了个笑眯眯的嘴脸，软和道："奴才实没见识，不知道里头缘故。没有亲眼得见的事儿，不能评断对错是非，主子您说呢？"

皇帝一下就觉得词穷了，才想起来她马上就要当皇后了，皇后要直面很多东西，光这么护着不让看，将来对那些脏的臭的还是一窍不通。只是这种事儿，怎么和她解释才好……皇帝斟酌了良久道："那些宫人之间的腌臜事，你别细问，朕不会说的，怕脏了你的耳朵。这事儿本是早就杜绝了的，如今日久年深，死灰复燃，不狠狠惩治，只怕祸患就在眼前。"

嘤鸣听了觉得有些心惊，原本只觉得伤风败俗，现在听他一说才明白里头的隐患。那些低等宫人并不是个个安分守己，有的又奸又坏。帝王呢，家业太大，不能面面俱到。俗话说"千里之堤毁于蚁穴"，这紫禁城宫连着宫、阙连着阙，一点儿错漏要是发觉不及时，几百年基业就能毁于一旦，这么一想真是令人不寒而栗。

皇帝见她忧心忡忡，心里倒欢喜起来，至少她不像薛深知似的，她能给出适当的反应。

当初的孝慧皇后，似乎从来没有想过要融入婚后的生活。她有她的清高，入宫为后非她所愿，她可以长期以一种置身事外的态度看待宫里的一切。也许她和二五眼相处得非常融洽，但不代表她和名义上的丈夫也可以。皇帝在大婚前不能亲政，大半的决策还需辅政大臣和王大臣共襄，因此她并不十分把他放在眼里。一个是不成熟的帝王，一个是当朝权臣之女，在她看来他们是平等的。可她不明白，相权永远无法与皇权抗衡。冷淡和疏远是相互的，彼此都是骄傲的人，谁也不会向谁低头，最后一场婚姻就这么灰飞烟灭了。

还好二五眼脸皮比薛深知厚，她弯得下腰来，懂得舍弃小我成全大我。当初太皇太后接她进宫，皇帝很不赞成，觉得没有必要多费手脚。到如今才明白皇祖母的用心，这半年时间是一个磋磨和甄别的过程。人的性子不是不能改变的，如果像册封孝慧皇后一样，直接下诏把她迎进宫来，到最后无非造就另一个薛深知罢了，绝没有今天如鱼得水的齐嘤鸣。

皇帝如今觉得自己真是好性儿，这回又当了她宫廷启蒙第一人，让他有种踏实的成就感。他问她："这会儿你看，那两个宫人该不该杀？"

嘤鸣慢慢颔首："如果宫规明令禁止，那就决不能姑息。今儿是撞见了一回，私底下这么干的只怕更多。"

皇帝点头："拿住了筏子，大肆做一回文章，用不着惊动老佛爷，交给慎刑司查办就是了。掌管宫务最忌亲力亲为，经手太多，你就是天字第一号坏人。发话下去，自有奴才们承办，好与不好也有奴才们顶缸。办大事者只听回禀，你不亲管，犯事儿的还有个念想；你要是亲管，万一哪里没有周全，会损了自己的颜面和威望，明白了？"

嘤鸣道是，知道这是皇帝在教她怎么做一个皇后。这宫廷里确实没有什么人情味儿，谨守自己的一亩三分地，有时候还会被人坑了，知法犯法不是情难自禁，是压根儿就没把规矩放在眼里。

这呆霸王，一本正经说大道理的时候真像那么回事儿。嘤鸣一头想着，一头瞧了他一眼。

皇帝接住了那道悠悠的眼波，心蓦地一蹦。慌神容易露马脚，他忙正了正脸色，昂首走出了后罩房。


出来才发现，外头竟下雨了，雨点儿很大，檐上雨水也滔滔落下来。假山石前的芭蕉被打得簌簌摇颤，嘤鸣捏着笔在流杯渠前望雨兴叹，试着喊了声"来人"，盼御前的人能再一次随传随到。

可惜石沉大海，小富和三庆押着人法办去了，自然没人来听示下。眼看天要黑，这场雨是光下雨点子不见打雷，也不知要下到多早晚。嘤鸣正发愁，看见皇帝举着一把伞站在边上，她"咦"了声："多巧的，恰好解了燃眉之急。"

皇帝却知道不是巧合，就一把伞，靠在他们必经的门廊边上，八成又是那几个奴才干的。

"朕先走，回头叫人来给你送伞。"皇帝说。

嘤鸣有点儿信不过他，万一他回去之后忘了，那她岂不是要整夜困在这花园里？于是她笑了笑，轻声细语地说："奴才伺候主子一块儿走吧，怎么能叫主子自己打伞呢。"

皇帝想了想，把伞递给了她。

宫里的伞精巧雅致，不像民间使的那么大，两个人打一把挤得慌。嘤鸣努力想兼顾彼此，无奈皇帝个头高，不大好撑，她渐渐就往自己这里偏过来，不是有意的，是胳膊不听使唤。

皇帝大半个身子露在了外头，肩上都湿了，于是很不满："你究竟会不会打伞？"一把夺过来，"给朕！"

可是他打伞比她更恶劣，嘤鸣觉得自己只有脑袋挡住了，底下身子几乎全湿。

皇帝还说着风凉话："你们姑娘就是爱美，要不怎么只有脑袋没湿呢！还好现在天儿不凉，湿了不要紧的。"

这是拿别人穷大方，嘤鸣已经不想和他说话了。

进养心门的时候德禄傻了眼，他没想到他们是这么回来的。他原想着至少万岁爷该搂着嘤姑娘，要是更进一层，嘤姑娘打伞，万岁爷背着嘤姑娘，那多相宜！结果这位主子爷只保住了姑娘的脑袋，任由姑娘浑身淋得稀湿，德禄觉得心太累了，累到他想称病告假。这么好的机会平白糟蹋了，姑娘虽然笑得大度，但心里对万岁爷必然更没好感了。

怎么办呢，快张罗给二位沐浴更衣吧！皇帝换上了干爽的衣裳，在暖阁里看了会儿书，德禄送红枣茶进来的时候，他朝外望了一眼："她还没收拾好？"

德禄说是："姑娘家梳妆起来费时候，不过这会儿也差不多了吧，拾掇好了自然要上前头来的。"

皇帝没言声，复低头看书，忽然又道："朕看她……不怎么高兴似的……"

德禄心道阿弥陀佛，您总算看出来了，应该把"似的"二字去掉，人家可就是不高兴了嘛！但这种话对别人可以直言不讳，面对万乘之尊却不能，还得含蓄着点拨："姑娘想是淋了雨，略略有点儿不快。"

皇帝面色不豫："伞是朕打的，她还不快？朕的衣裳也湿了，不是只有她一个人淋雨。"

德禄歪着脑袋搜肠刮肚，赔笑道："万岁爷能给姑娘打伞，那是姑娘几辈子的造化。主子是什么人呢，堂堂一国之君，莫说姑娘，就是前朝的元老重臣，也没有一个得过这样的殊荣。不过万岁爷，姑娘毕竟是女孩儿嘛，女孩儿心思细腻，淋得这样儿，难免有些不高兴。"

皇帝觉得麻烦，矛头又掉转过来对准了他："是你想得不周全，既然送伞，为什么偏偏只留一把！"

德禄愣在那里，觉得百口莫辩，半晌没辙了，在自己脸上拍了一记说是："奴才疏忽了，竟忘了送两把，下回一定仔细。"皇帝不耐烦地移开了视线，看见炕几上那块手绢，拿过来递给他："给承乾宫送去。"

德禄趋身接了过来，双手托着一瞧，立时便明白了，哈腰道："奴才这就给贵主儿送去。"

就算再寻常的帕子，从御前出来的必要精细雕琢一番。德禄给它配了个喜鹊登枝的锦盒，找朱红的漆盘托上，趁着宫门还未下钥，冒雨进了承乾宫。

贵妃的寝宫里燃着沉香，绿釉狻猊香炉顶上袅袅的烟雾弥散，贵妃坐在精美的宝座上，一身八团喜相逢的衣裳，把那柔美的五官衬得越发端庄。见德禄来了，因他是御前管事的，对待起来自然更和气一些。

德禄垂袖向她行礼，说："恭请贵妃娘娘金安。"

春贵妃忙抬了抬手："快伊立吧。"转头吩咐跟前的宫女，"给谙达看座，沏茶来。"

德禄笑着说："谢谢贵主儿了，奴才值上还有差事，就不喝茶了。奴才奉万岁爷之命，给贵主儿送样东西来，这就要回去的。"说着把漆盘交给了上来接手的宫女。

贵妃因隔三岔五常受赏赉，也不急于去瞧盒子里是什么，只问："万岁爷这两日可好？后宫嫔妃不得召见不许进养心殿，我心里记挂着，也不能过去看看。"

德禄说："万岁爷政务上忙，待忙过了这程子，总会来瞧贵主儿的。"

贵妃领首："劳谙达替我带话，请万岁爷保重圣躬。"

德禄道是，垂袖又打了一千儿，缓步退了出去。

宫女敬献上锦盒，她把盒子搁在腿上，捏着如意小锁头揭开了盖儿。盒子里只有一方十样锦的帕子，再没有其他了，她怔怔地盯着那方帕子，只觉一股寒意从脊梁缓缓爬上来，爬进脑子里，爬向了四肢百骸。

啪的一声，她惊惶地扣上了盖子，一双秀目狠狠望向珠珠："你是怎么办的差事！"

珠珠不明所以，但料着是和那个橄榄核儿有关的，便使眼色屏退了殿里待立的人，犹豫着问："主子，出什么事儿了？"

贵妃几乎不敢细想了，胡乱把盒子扔给了她，自己偏过身子，撑着炕沿急喘不已。

珠珠一看之下也呆住了，急切道："主子明鉴，那方帕子奴才已经烧了，千真万确的，奴才敢对老天起誓。"

贵妃哼笑了声："烧了？怎么又会落到万岁爷手上？我拿你当个心腹人儿，你却把我卖了。坑了我，你有什么好处？"

珠珠跪地大哭起来："主子……奴才是依附主子活命的，奴才就是再糊涂，也不能把这么要紧的东西留下当证物。奴才当真是烧了，这会子灰还在西墙根儿底下呢，主子要是不信，奴才这就带您去瞧。至于这帕子，怕是齐二姑娘向万岁爷告了主子的黑状，咱们这回反叫她给坑了。"

贵妃心里七上八下，只觉五脏六腑都搅和到一块儿去了。她从未受过这么大的惊吓，分明一片锦绣的前程，忽然就黯淡成了灰白，她慌不择路，不知道怎么办才好。

果然是扁担那里出了差池，她原就觉得大不妥，是珠珠拍着胸口担保说万无一失的。她刚进宫不久，后宫的钩心斗角哪里能娴熟运用，听了这个老宫人的话才铤而走险。如今可好，偷鸡不成蚀把米，她眼下可悔死了。宫门下了钥出不去，她找不见一个能商量的人，自己在宫里转圈儿，又惊又怕又冷，这一夜竟像一年那么漫长。眼巴巴地数着更漏上的时辰，听东一长街上的梆子笃笃敲打过来，又敲打过去。终于落锁的钟声响了起来，她如坐针毡地熬到了辰时，才急匆匆赶往寿康宫。

敏贵太妃不像太皇太后或太后，她顶着个姥姥不疼舅舅不爱的虚职，自己又没个一儿半女，宫里的晨昏定省没有她的份儿。她就一个人在寿康宫里过着可有可无的日子，唯一的可喜之处，大概就是进宫的侄女一举晋封了贵妃吧。

可这个侄女满脸憔悴走进寿康宫时，着实吓了她一跳。她手里拿着浇花的壶，怔怔地看着她过来，贵妃还没开口，眼泪就先流了下来，贵太妃感到一阵无力："出事儿了？"

· 四 ·

贵妃把事情的经过都同贵太妃交代了，拭着眼泪说："姑爸，这件事儿可怎么料理才好。这会子万岁爷知道了，昨儿下钥前打发跟前的德禄来我宫里送了那方帕子……我如今想起来就浑身发冷，我可后悔死了，不该干这样的事儿。"

贵太妃简直对她的做法不知怎么评价才好，半晌也只有一叹："果真还是太年轻了，我实没想到，你会挑在这个时候把东西拿出来。日子且长着呢，要整治别人，也得是自己站稳脚跟之后啊。"

贵妃抽泣着说是："是我太性急了些，我是想着趁立后的诏书还没下，越性儿料理了就完了。"

敏贵太妃摇头："去了披红的，就没有挂绿的吗？朝中哪个勋贵之家没有年纪合适的姑娘？不说远的，就说平定了萨里甘河战事的佟崇峻，他家正枝儿的小姐明年也到了参选的年纪，这后位横竖是有人来坐的，何必拿自己的前程冒险，为他人作嫁衣裳。"

贵妃垂着头，眼睫上细小的泪珠在光影下轻颤，嗫嚅着："那可怎么办才好……万岁爷虽没降罪，可这模样不是等同申斥吗……"她又捂着脸呜呜哭起来，"我这会子还有什么脸面圣，贵妃的位置上还能坐几天也不知道了。姑爸您千万要给我想想辙，要是就此获了罪，咱们春吉里氏的颜面就保不住了。"

敏贵太妃有些绝望地望着她："如今还能怎么样呢，连我都被你牵连了。"朝外看了看，说，"上寿安宫去，去求求皇太后。她性子软，兴许还能念念旧情，替咱们周全过去。"复打量了这侄女儿一眼，命善嬷嬷拿粉来，重新给她扑上了一层，"事儿还没那么坏呢，自己的体面要紧。没的乱了方寸，叫人家笑话。"

于是姑侄俩进了寿安宫，太后正让宫女把她收集的各色茶具拿出来擦洗，听了贵太妃的话都愣住了："你说什么？"

敏贵太妃很尴尬："只有来求太后了，皇上最听您的话，求您在皇上跟前顾念桉蓝。桉蓝年轻，一时犯了糊涂，这会子也知道错了。她动这样的心思，起根儿还不是因爱慕皇上吗。"

"爱慕皇上？"太后讶然道，"这后宫里的女人，哪个不爱慕皇上？爱慕皇上也不能使这样的心眼子呀。"

太后一向不会说话，因此她三言两语就能让人觉得十分下不来台。对于春吉里氏家的女儿入宫，她从来就不持看好的态度，只有贵太妃兴致高昂，一心为抬举娘家侄女，可说使尽了浑身解数。当初孝慧皇后还没咽气呢，她就急不可待地同她说了，太后那时候只是敷衍答应，并不真往心里去。后来见在她这里讨不着准话，便干脆向太皇太后举荐。太皇太后出于平衡朝堂的考虑答应了，又因要敲打纳辛而大大赏了她侄女儿脸面，原本一切都蛮不错，谁知人心太贪了，真像口井似的，填也填不满。

这是得亏皇帝没入了她们的套，要是就此怨怪嘤鸣，那嘤鸣多无辜？太后是一心向着嘤鸣的，在她看来嘤鸣这样没心机的孩子，就应该被妥善保护。

"当贵妃不好吗？"太后问春贵妃，"都已经一步登天了，怎么不足意儿呢？"

贵妃脸上红得能滴出血来，跪在地上磕头："都是奴才的不是，奴才知罪了，求太后开恩。"

太后看了贵太妃一眼，贵太妃也是一副手足无措的样子，要论祸首原是她，可这么多年的老姐妹了，见她这样，太后又有点不落忍。她重重叹了口气，说："这事儿找我，我可有什么法子。皇帝虽还听我两句劝，可到底事关重大。找我不如找老佛爷的好，这件事不是皇帝亲自处置，各自还能留些脸面。"她说罢，又恋恋地看了眼她的茶具，万般无奈，说，"我陪你们上慈宁宫去，一切听老佛爷裁度吧。"

所以这件事绕了一大圈，还是回到了太皇太后手里。嘤鸣的推算半点也没有错，贵妃会找敏贵太妃，敏贵太妃找太后，太后找太皇太后。一连串的转移推诿后，那个始作俑者自然会被供出来。其实她也没有当真要把贵妃怎么样的心思，毕竟自己还没登上后位，这就把受了晋封的贵妃拉下来，于自己的名声也无益。

太皇太后听嘤鸣道清原委后，问她打算怎么处置，她只是笑了笑："贵主儿年轻，想是受了挑唆，老佛爷别怪罪她。"

太皇太后冷笑了声："耳根子软，又有攀高的心，做下这样的蠢事，你还替她求情？"

嘤鸣道："正因她心思不深，奴才才觉得她人不坏。倘或她亲自找了皇上，说是底下奴才拾着交给她的，由她出面督办，到时候皇上碍于面子，这件事岂不越闹越大了？"她抿唇微赧，复低头轻声细语说，"奴才不愿意得个厉害名儿，老佛爷是知道奴才的，奴才不爱抢阳斗胜，进宫来只愿好好伺候您和太后，还有万岁爷就成了。各宫小主儿都有自己的地方，见了和和气气的，不见各自安生，岂不好吗？眼下事儿非寻到我头上，奴才实在是……"

太皇太后抬了抬手道："你不说我也明白。皇帝的意思呢？"

"万岁爷的意思是请老佛爷做主。"她还是一贯温暾和煦的模样，低低道，"奴才只求老佛爷，别伤了贵主儿的体面才好。"

太皇太后可还有什么说的，嘤鸣的贤名儿在她这里算是挣足了。这件事既然皇帝也有参与，说明嘤鸣和皇帝之间是没有任何嫌隙的，她也不会去过问其他，只要一心等着那些没眼色的来就是了。

果然不久外头殿门上有小太监通禀，说太后并贵太妃、贵主儿来了，嘤鸣为免见面尴尬，闪身避到屏风后头去了。

贵妃是来认罪的，在太皇太后跟前跪下，哭得梨花带雨。太皇太后凝眉看着，什么都没说，只问："那个物件你是打哪儿得来的？好好的贵妃，难不成还授意底下人开箱撬锁不成？"

春贵妃越发慌了，忙说没有，惨然看了贵太妃一眼。贵太妃无奈，只得跟着一道跪下，磕了个头道："回老佛爷话，是内务府富荣打发人给我送来的，说是齐二姑娘和海家哥儿的私物。我原是不信的，嘤姑娘我也瞧在眼里，那么稳妥的人儿，怎么能把这种东西带进宫来！我因不管这些，就把那个核舟交给了贵妃，她是皇上宫里人，拿不准的事儿呈禀主子就是了。可贵妃偏又不敢和皇上提，怕皇上误会她不容人，听了跟前宫女的昏话，这么拐着弯儿地给主子提点，反倒坏了事。"

太皇太后"哦"了声："我打量是谁，原来是富荣，怪道呢！他闺女犯了宫规叫皇帝下了三个月的牌子，就把气儿撒到嘤鸣身上，想着法儿害人。你呢，"她蹙眉看着贵太妃，语气里很是责怪的味道，"你是宫里老人儿了，打先帝时起就在这后宫过日子，二十年了，不知道宫里没的还说成有的呢，你不开解着贵妃，倒引她往那上头想？富荣给你送这个，你拿不定主意就该来回我，你偏把东西给了贵妃，恐怕里头也不乏你的私心。"

敏贵太妃被太皇太后说得面红耳赤，诺诺道："是奴才想得不周全，我原是怕事儿未经核实，送到老佛爷跟前叫您堵心。二则我也忌讳人说嘴，自己的侄女当了贵妃，还妄想往上头爬，给齐家二姑娘使绊子。"

太皇太后"哼"了声："难为你，这么着竟是为了避嫌。天底下会核雕的就只有海家哥儿不成？那个东西上头刻了海银台的名字？什么缘故你们见了这个立时就想起她先前定过的亲来，你们自己心里知道罢了。如今你们没溜儿，我却不能不周全。拨蓝才晋封的，事儿闹起来不好看相，你主子敲打你也是因这个道理。这回的事儿不要声张了，到底脸面要紧，回去好好闭门思过吧，原本后宫独一份儿的尊荣，自己偏不惜福，闹得现在这样，何苦来！"

给人教训不需要疾言厉色，不轻不重的几句话，就足够叫那些体面人生不如死了。贵妃哭得可怜，呜呜地，弄得太皇太后脑仁儿发胀。太皇太后说："成啦，记住这个教训就是了。"不耐烦看见她们，挥了挥手打发她们跪安了。

至于那个富荣，自然要狠狠惩处才好。明知道宫里的意思，皇帝连皇后的份例都拨给了嘤鸣，他还敢使人伸手从她箱子里掏东西，可见这人的胆儿有多大！他闺女仗着他在宫里横行无忌，到底也不是平白的，有了混账爹才有混账闺女。内务府总管一职历来由宗室接任，富荣本也是宗室子弟，这会子好了，太皇太后传见了云贝勒和四额驸，命他们共理内务府事宜，富荣交了差事，就回去等处分吧。

照太皇太后的话说，一个内务大臣值什么，谁还当不得，坏了规矩说开革就开革，不过暂且因立后的诏书还没下，白便宜他两日罢了。至于宁妃的牌子，下令扔到火里烧了，自此再没这个人。这是在向嘤鸣显示极大的诚意，后宫之中有人胆敢冒犯皇后，大抵就是这样的下场。为她肃清道路后，她就能踏踏实实接受皇后册宝了。


内大臣把草拟的诏书送到乾清宫，恭恭敬敬地向上呈敬："臣等奉太皇太后懿旨，拟订皇后册书，恭请皇上御览。"

三庆接了，跪在须弥座前将奏疏高举过头顶，皇帝展开看了看，似乎并不十分满意里头的措辞，指着其中四个字道："履信思顺一词不妥，皇后隆位正宫，自然同朕一心，何来'思顺'一说？"

底下办事大臣道是："原就是草拟，有不足之处，请皇上指正。既这么，换成温惠宅心或是端良著德，不知圣意如何？"

皇帝想起那个二五眼，又觉得这种小家子气儿的词配不上她。她不是那种细微处春风化雨的人，她甚至到现在都没让他看见柔媚的一面，但皇帝觉得既然让她当皇后，那就多用些好词儿来美化她吧！他低头想了想："这段全改了，改成柔嘉表度，六行悉备，宜昭女教于六宫。"

众人忙领命，边上记档的章京舔笔，把这段话详细记录了下来。

这就很齐全了，皇帝尚算满意，合上奏折发还回去："就照朕说的添改，再具一本呈太皇太后和太后过目，若里头没什么示下，就即刻打造金册吧。"

学士们齐声应"嘛",打袖行礼后,却行退出了正大光明殿。

皇帝坐在那里,到现在虚虚实实还像有些恍惚似的。他问边上的三庆:"今儿是什么时候?"

三庆道:"回主子话,今儿是二十八啦。封后的诏书大学士们改了三回,这回可算定下了。再过三日是主子万寿节,到时候把这个消息告诉姑娘,姑娘心里一定喜欢。"

一定喜欢吗?皇帝低下头,心里慢慢高兴起来。先前她在宫里一直是没名没分的,皇帝原觉得她委屈,可到后来才发现,委屈的是自己。没有名分就牵绊不住她,她打心眼儿里没想过他会成为她的丈夫……丈夫这个词儿可真好,叫皇帝一阵感动,心里头热乎起来,到这时才发现自己就要有家有口了,这寂寞深宫,也有了一个能和他长相厮守的人。

他站起来,在殿里慢悠悠地转了两圈,金砖地面上倒映出他的身影,身上冠服端严,压不住眼梢的笑意:"她这会儿在慈宁宫吧?"

三庆迟疑了下:"一早上是往慈宁宫去了,这会儿奴才就不知道了,兴许回头所去了也不一定。"

皇帝点了点头:"今儿起敬事房的膳牌就不必她送了,她不日就要受册封的,再让她干这个不合规矩。"

三庆道:"奴才昨儿听说,老佛爷和太后那儿检点尚仪局的嬷嬷,回头诏书一下,姑娘就该出宫回府了。那些嬷嬷是派出去教姑娘礼仪的,这一去得好几个月呢。"

皇帝的大婚筹备一般需要半年时间,赶得急些,七月里下诏,也得十月里才能成婚。这三个月时间怎么办?她这么有主意的人,不在眼皮子底下终究不放心,皇帝开始考虑,怎么才能把人留在宫里,最好等大婚前三天再放她出宫去。

只是这种想法实行起来难度有些大,他只好趁着中晌有空闲上慈宁宫去,和太皇太后委婉表达一下自己的意思。当然一切都要先从朝政开始,谈一谈乌梁海部和克鲁伦河,再谈一谈纳辛近来的动态和薛尚章的表现,最后说:"纳辛和薛尚章之间有千丝万缕的关系,这次派出乌梁海旧部,怕也冒了和薛尚章撕破脸的风险,因此这阵子再没了动静。孙儿是想,封后诏书一下,势必要让嘤鸣回去,届时齐家也好,薛家也好,未必没人敲缸沿,趁机在她跟前进言。原本这半年阻断了她同外头的联系,朕瞧她渐渐倒有了自己的主张,也没有先头那样怕朕了,倘或这次一回去,被他们教成了薛深知,那又当如何是好?"

皇帝的担心也不是没道理,人说近墨者黑嘛,薛家既然让她进宫,紧要关头总还想着依仗她。人情是一宗,纳辛和薛家的那屁股烂账也理不清,保全薛家就是保全齐家。姑娘想着娘家是应当的,但作为宫里来说,还是希望能把她和齐家拆分开,这样对帝后和睦大有裨益。

太皇太后颔首："倒也不难，一应礼仪都在宫里学就是了。到时候把西三所围起来，作为皇后暂居之所，你看如何？"

这下皇帝终于满意了，唇角带着一点轻浅的弧度，微俯了俯身子说是："全凭皇祖母安排。"

· 五 ·

其实册封后回不回府待嫁一事，太皇太后那时曾和嘤鸣提起过。老太太的意思本就是不必回去了，届时宫里一应操办，仪仗从府里出来走个过场便是了。

但那时不过随口一提，毕竟下定诏书尚没有准日子，说起来也像玩笑似的，并不当真往心里去。如今不一样了，事儿就在眼前，得征得嘤鸣的同意才好。也没个姑娘不答应，强把人留下的道理。皇帝心满意足地去了，底下重任就落在了太皇太后和太后肩上。她们把嘤鸣传来，两位端端正正在西暖阁里坐着，一脸肃穆的模样，以至于嘤鸣进门时，有种三堂会审的错觉。

太皇太后今儿穿了一身茶褐的衣裳，肩上的平金万寿团花在窗外天光的映照下发出一片绚丽的光。她摇着手里团扇，镂空嵌丝珐琅的指甲套叩击着象牙的扇柄，间或发出轻微的金玉之声。见她进来，脸上浮起一点笑模样："你知道今儿叫你来做什么？"语气里带着一点得意之情。

嘤鸣摇了摇头，笑着请了双安："奴才愚钝，还请老佛爷明示。"

太皇太后赐她坐了，才道："你的册封诏书已经拟好了，皇帝过了目，等初六日就要给你家里颁布，昭告天下了。"

嘤鸣虽然早就知道有这事儿，但未经证实，也不敢十分相信。如今太皇太后亲口说了，她这半年的颠沛生涯结束了，算有了尘埃落定的结果。高兴吗？说不上来，只是庆幸没有辜负家里所望，也没有辜负阿玛要当就当一把手的教诲。至于她自己，嫁不嫁，嫁给谁，都没有太大的执念。横竖嫁生不如嫁熟吧。她同皇帝抬头不见低头见了好几个月，说恐惧谈不上，关系定下后，可能就是一个新开始。

早就知道要嫁他的，真的事到临头了，却还有恍惚之感。她低着头浅浅笑着，十分腼腆的样子，抬起手拭了拭脸颊，能给太皇太后和太后一种羞怯待嫁的感觉。

"叫奴才说什么好呢……"她站起来，向太皇太后和太后肃了肃道，"奴才进宫，始于老佛爷和太后的抬爱，原想在主子们跟前伺候就足了，没想到还有今儿的成就，这是奴才满门的荣耀。"

太后笑道："虽是荣耀，也是你们的缘分。我和老佛爷心里都很欢喜，诏书颁布后，咱们才真算一家子呢。你是正宫，自和别个不同，将来后宫妃嫔都听命于你，要是再有先头贵妃这样的事儿发生，你就可以自行处置了。"

太皇太后也颔首，目光温和地望着她道："好孩子，原说孝慧皇后奉安后就该把你的事儿办妥的，结果诸事繁杂，竟拖到今儿。如今该预备的都预备齐了，我心里也就安稳了，只有一件事儿要和你商议。"

嘤鸣说是："老佛爷只管吩咐。"

"诏书颁发后，宫里要向皇后府邸派遣精奇嬷嬷，教导一切宫廷规矩、大婚礼仪及夫妻相处之道。原该送你回去待嫁的，可咱们想了又想，回去要闹得一家子忙乱，你一去又得好几个月，连见一面都难，我和太后都舍不得放你出去。你这一向是住在西三所的，我看这样吧，回头增派人手把那片围起来，你就在里头习学，要是想家里福晋和侧福晋，把她们传进来小住也使得。"

嘤鸣入宫半年，好些事儿她看得一清二楚，不叫回去，是因为宫里有宫里的顾虑。齐家现在在他们眼里像虎狼窝似的，好不容易涤荡干净的人，要是再回到那个环境里，八成又给染黑了。宫里人只相信宫廷的四面高墙，不相信齐家自己隔出来的小院，因此宁愿把她留在宫里，也不让她回去，再接触那些乌烟瘴气的教唆。

嘤鸣没有任何反对的余地，太皇太后说这番话并不是在征求她的意见，不过是在例行通知罢了。当了皇后固然尊贵，但在这些苦熬多年才踏上顶峰的人眼里，皇后并不是全然不可动摇的。

她俯身道是："全凭老佛爷做主。其实奴才也正有这个意思，回去倒闹得家里鸡飞狗跳的。奴才在宫里这么长时候，习惯了宫里的日子，要学宫里的规矩，自然是在宫里现学最好，从宫里打发人到府里，岂不多费手脚吗？"

太皇太后和皇太后很高兴，嘤鸣叫人喜欢的一宗就是敞亮，她懂得顺势而为，从不为满足自己的心意和谁对着干。要说委屈呢，太皇太后自然知道她是委屈的，进了宫就像给贩卖到海心儿里似的，永远断了回家的路。可宫里女人都打这儿过的，不光她，自己和太后也是这么过来，年月一长，便也不惦记娘家了。

嘤鸣回到头所殿之后，站在院子里四顾，过两天还得加派人手呢，这地方真的成了牢笼，插翅也飞不出去了。

松格小声问她："您要是和老佛爷说，愿意回家学规矩，您猜老佛爷能不能答应？"

嘤鸣看了她一眼："这会儿就拆老主子的台，往后不想过日子了？"

松格吐了吐舌头："您进宫半年了，不想家去瞧瞧吗？"

怎么能不想呢，她想她母亲，想她的小院子，半年了，厚朴和厚贶也一定长高了不少。原还盼着能借这次的机会回去待上一两个月，虽然知道希望很渺茫，心底那簇小火苗也压不灭。如今是真的没了指望，她看着这四四方方的天，开始感觉到深深的压抑和无望。

松格怕她难过，尽心地开解她："主子您要看开些，您别和旁人比，就和先头娘娘比，她的日子更难挨呢。"

嘤鸣笑了笑，可不嘛，至少暂且是这样的，知足吧！只是松格不知道，眼下的安逸是拿多少隐忍换来的。面对太皇太后也好，皇帝也好，她不能有那么多的气性儿，就算受了委屈也来不及容她喘口气。她就得这么低眉顺眼地活着，不为自己，得为一家子老小。辅政大臣是皇帝目前唯一的隐患，这个坏疽迟早要剜了的，她得凭她的一点好人缘，最后再挽救纳公爷一把。

只不过皇帝现在罢了她送膳牌的差事，御前没什么可要她做的，老佛爷那儿也成了串门子，她就有些无所事事起来。人闲着真难熬，除了吃只剩睡觉，小富来的时候她正睡得糊涂呢，隐约听见门上闲聊的声音，她撑起身叫松格："万岁爷有什么指派吗？"

松格"哦"了声："小富谙达上寿三宫去，路过这里，进来瞧瞧呢。"

然后就听小富在门外和声细语地说："姑娘如今闲在，也可以上养心殿逛逛啊。主子万寿节快到了，往年宫里都要操办的，今年因着后头有大喜，主子爷叫免了。"

皇帝的生日是七月初一，宫里管这一天叫万寿节。万寿月宫女子们都可穿鲜亮的衣裳，戴上平时不许胡乱装点的首饰，所以七月对整个宫掖来说，都是明媚可喜的。

既是主子万寿，她也该给点儿反应才是，便坐起来抿了头，说："眼下是晚膳时候，过会子我就上养心殿去。"

小富打完了边鼓，也收到了成效，复说两句闲话就走了。松格进来给她主子梳头，赞叹着今儿天气真适宜，挑了件藤萝紫的如意云纹衫给她换上，又戴了一对儿羊脂海棠小簪，那珍珠璎珞垂挂在耳畔，每走一步都像打拍子似的，有沙沙的轻响。

没活儿可做了，就有点儿局外人的意思，三庆眼尖看见她，老远就笑开了，垂袖打了一千儿道："姑娘来了？万岁爷才撤了膳呢。"

嘤鸣如今是不在其位，不谋其政，不再关心今晚上是什么人侍寝。她站在门前朝里望了望，等德禄通传了，才提袍迈进了东暖阁。

"奴才来给万岁爷请安。"她规规矩矩地蹲了个福。

皇帝听见她来，心里自然是欢喜的，瞧了她一眼，今天她的打扮越发干净温婉，不兼敬事房的差事了，绾了小两把，这才是公府小姐本来的模样。皇帝原在看书，她一来自然是看不成了，面上却要装得如常，"嗯"了声叫伊立。心头揣测着，太皇太后应该和她说了不让出宫吧，她应该也答应了吧！其实他的要求不多高，只要她每天抽个时候来看看他，不拘什么时候，只要来，他心里便有指望。

下面小太监送线香进暖阁，这是万岁爷掐着点儿看书的老规矩。嘤鸣想起才进宫那天，米嬷嬷有意撮合，也是拿这样一支香，让她送到万岁爷面前。小太监经过时，她自然而然地接了，趋步上前，将青花缠枝的小香炉轻轻搁在了他手旁。

皇帝看见那双纤纤素手捧香而至，心尖上温柔地牵痛了一下。一室静谧，时光像水一样沉淀在脚下，虽然没有多余的话，却也安然怡然。

他说："坐吧。"坐了暂时就不能跪安了。

德禄立时搬了紫檀绣墩儿来，搁在离宝座床不远的地方，万岁爷只要微微撩起眼皮，就能看见姑娘。

嘤鸣谢恩坐下了，这个时节还是有些热，她垂着眼，慢悠悠地摇着团扇，皇帝的身影在扇面后忽隐忽现，真是没想到，竟也有这样相安无事的时光。

虽说诏书还没下，但事情已经定下了，现在的皇帝于她来说就像当初的海银台，没有很喜欢，没有非卿不可，到了那步就接受。唯一不同的是，那时候和海银台相对觉得很尴尬，和皇帝则没有这份困扰，因为他完全不理会你，这样也很好。

嘤鸣沉默了下，还是开口问他："明儿是主子的万寿节了，主子有什么想法儿没有？"

皇帝的眼睛盯着书，心思却全不在书上，含糊着"唔"了声："明儿在畅春园办个家宴，老佛爷有程子没出宫了，趁着万寿节，带她老人家上园子里逛逛。"

畅春园是皇家园囿，不像紫禁城的冷硬，那地方四季草木丰盈，亭台楼阁傍水绵延，是个消暑游玩的好去处。前头的帝王们每年夏季都在那里过的，他因朝中未得大定，加上今年孝慧皇后新丧，便没把小朝廷搬到那里去。这会儿眼看着要立新后了，她还没见识过家里产业，自然要带她上那里走一遭。

嘤鸣也确实想去，咬了咬唇说："主子会带上我吧？"

皇帝把书微微举高些，像在字里行间发现了了不得的东西似的，心不在焉地说："赏你同行。朕今儿没翻牌子……明儿早晨起得早，你在太皇太后跟前伺候……"

嘤鸣道是，虽然没理清他这段话里的因果，但也不需追问，曼声说："万岁爷仔细眼睛，香都烧完了。"

皇帝这才把书放了下来。

香点完了，她起身撤香炉，一双手杳杳过来，腕间羊脂玉的镯子温润，同那素净的肉皮儿相得益彰。美则美矣，又似缺了点灵动，皇帝瞥了一眼，暗暗记在心上。这时茶水上的进来奉茶，他端着玉盏轻轻一吹，淡声道："初六日要给你下诏书，你得着消息了吧？"

所以帝王家结亲和民间是不一样的，民间得商量着来，你家乐意，咱们再谈下头的事儿。帝王家则动不动一道圣旨，你愿不愿意就那样了，没有多大的温情在里头。不过这个并不重要，嘤鸣捏着杯子低下头，那一低头总有些温柔的况味，说："今儿老佛爷和太后召见奴才，和奴才说起了。"

然后呢？皇帝等着三庆嘴里的"姑娘心里一定欢喜"，可是这种欢喜并没有出现。他有些失落，心想也许因为在慈宁宫已经欢喜过了，到这里才这么平静。横竖今儿她和之前有些不一样，也许是要做皇后的缘故，不再是那个托着银盘送膳牌的丫头，终于开始有了自矜身份的骄傲。

皇帝瞧了她一眼，欲亲近，又亲近不得，反倒不像之前了。之前是粗声恶气引她注意，现在要顾全她的体面，毕竟这是要做他妻子的人啊。

"倘或缺什么，就打发人上内务府传话。太皇太后免了富荣的职，朕把他协理户部事务的差事也一并缴了，如今的总管大臣有两位，互相掣肘，左右平衡，不愁他们不恭敬。"

嘤鸣含笑哈了哈腰，这件事算合谋，提起来也是高兴的，便道："拔出萝卜带出泥，最后兜了个圈子还在内务府里头。多谢万岁爷体恤，我倒是没什么缺的，只是如今闲着，有些不大习惯罢了。"

这是身份转变必要面对的，赏花赏月，自己给自己找找乐子，一日日一年年的，就这么过去了。皇帝"嗯"了声："等接管了宫务，自然要忙起来。这程子也可向老佛爷习学着，将来不至于慌张。"

这么一板一眼的对话，那份小心翼翼的平和，总有种心悬在嗓子眼的感觉。这种感觉等她走了才逐渐消散，皇帝坐在南炕上，半晌缓缓长出了一口气。

德禄进来送军机值房的奏疏，轻声说："主子，有中路的条陈。"

中路是指喀尔喀四部中的土谢图汗部，该部东临车臣汗部，西接赛音诺言部，乌梁海发兵车臣汗部，必要经过它的中左翼末旗。

皇帝听了伸手接过条陈翻看，德禄小心翼翼觑着他的脸色，喀尔喀四部现在乱得很，这份条陈是凶是吉，关系重大。

所幸老天保佑，万岁爷蹙起的眉心渐渐舒展开了，到最后如雨后疾晴般神采飞扬起来，匆匆传召了几位近臣入西暖阁议事，走了两步回过头来吩咐："朕才刚见皇后腕子上戴着羊脂玉的镯子，那个镯子不衬她。你去内务府传话，命云璞另挑上好的玻璃种来。"

德禄得了这个令儿，倒比嘤姑娘本人还高兴，插秧应了个"嗻"，甩着拂尘往内务府传令去了。

· 六 ·

皇帝亲自下的令，又兼内务府官员是刚上值，正是需要讨主子的好、求主子赏识的时候，因此挑出来的东西都是御供的上品。德禄和云贝勒及四额驸围着一张八仙桌琢磨了半天，最后盘儿里剩下五只玉镯，实在难以取舍。云贝勒说："万岁爷的喜好，咱们这些人哪摸得准呢。依我之见都送进去吧，呈万岁爷御览。这些都是百里挑一的，总有一只能入万岁爷的眼。"

德禄说成，和云贝勒一块儿带着那五只镯子进了养心殿。

万岁爷因喀尔喀战事，召了两位心腹大臣商议，这一议便是一个时辰。德禄回来的时候发现还未叫散，便领云贝勒在配殿等候。云贝勒是老成亲王的儿子，论资排辈还是皇帝的叔辈儿。当然这种叔辈儿也只是心里知道，谁也不敢在皇帝跟前挺腰子说"我是你叔叔"，见了那位九五之尊，照样磕头打千儿。

云贝勒看看盘儿里的镯子，"嘿"了一声："纳辛这回可是屎壳郎变唧鸟儿，一飞冲天啦。这主儿生了个好闺女，比薛中堂家的招待见。"

德禄和他原有点儿私交，当初宗室子弟都在上书房读书，云璞的年纪比皇帝长了几岁，又惯会来事儿，因此奉承得御前红人儿很熨帖。德禄也不和他见外，笑着说："如今的主子娘娘算独一份儿，富荣瞎了眼，得罪了娘娘，这回没丢脑袋算造化，家姑奶奶的前程算是断送了。"

云贝勒有种捡了漏的窃喜："他要是不坏事儿，霸揽着内务府哪里肯漏一点儿！我和四额驸这回也是托了娘娘的福，合该心存感激才是。就是那纳辛，真没见过比这狗不拾的更不着调的，早年和我们家老爷子打过一架，他割了我们老爷子的靴腰子，一个王爷，一个辅政大臣，十二月芯儿里在鸡窝儿天井里头摔跤。我们老爷子多年不下场子，手脚早生疏了，那回吃了哑巴亏，扭伤了腰，在家躺了半个月才下地走道儿。"

德禄听了掩嘴囫囵笑，关于纳公爷的奇事儿多了，这也不是什么新闻。所谓的割靴腰子，是抢了熟人朋友所爱的妓女，类似上回户部呼侍郎那样的行为。但是同样的事儿，不同的人经历，会产生截然不同的两种结果。别看纳公爷在官场上顺风倒，欢场上却是一身傲骨宁折不弯，就算自己错了他也和人打架。当然打架得看对手是谁，官儿比他大的、威望比他高的他都不怕，因为事儿宣扬不起来，人家比他更怕朝廷知道。这不，成亲王吃了亏，他隔天送了一对熊腰子来赔罪，把成亲王气得吹胡子瞪眼。

"多年前的事儿了，这会子就不提了。"德禄笑道，"如今高升国丈爷，往常的毛病总该改了。"

云贝勒表示怀疑："我看悬。"

这儿正闲聊，门上三庆来回话，说军机上散了，请云大人进去。

云贝勒忙亲自捧着盘子进暖阁，先给皇帝行礼，然后把漆盘往上呈敬，说："万岁爷，这是内府库房里千挑万选出来的极品，奴才们见识浅，实在难分伯仲，越性儿都请来，请万岁爷决断。"

皇帝看着盘儿里的镯子，个个油光水滑，个个长得不一样。里头有一个尤其特别，清透得像水，水波间又漾出一潭深绿，要是戴在她的腕子上，一定很相宜。

皇帝伸手取出来，细细就光看，几乎看不见絮，这就很好，比她今儿那个羊脂玉的好。

他低下头，唇角浮起一点笑意，那笑容是御前的人从没有见过的，是一种自得其乐，没有气吞山河的豪情，就是属于一个寻常人的、轻轻的欢喜。德禄记得清清楚楚，早前皇帝是喜怒不形于色的，脸上表情少得可怜。自从嘤姑娘进了宫，这种潜移默化的改变已经那么明显，德禄不禁老泪纵横，孤寂多年的万岁爷，内心终于丰沛起来了，嘤姑娘这回是积大德啦。

"主子瞧这个好？"德禄殷勤地说，"奴才先头和两位大人也商量来着，就瞧这个和那三彩的好。"

皇帝又看看三彩的，红白绿三色三分天下，漫漶如天上的云彩，也是极少见的品相。他"嗯"了声："这两个都好，另一只呢？"

云贝勒没明白他的意思，怔怔看了德禄一眼。

德禄在御前伺候了那些年，万岁爷的思路他有时也能揣摩揣摩，便道："主子，这类镯子都是单个的，世上再没有第二个了。要是戴一对儿，一左一右跟镣铐似的，多蠢相！好物不在多，一个能买万亩良田，次一等的，十个也抵不上这一个。"

皇帝并不懂女人首饰那一套，他总以为两只手就该送一对儿，就像两个耳朵，要戴双数的耳坠子一样。既然凑不齐一双，两只各拿盒子装了，都送到头所殿就是了。云贝勒带着挑剩的回内务府去了，皇帝坐在宝座床上琢磨了半晌，最后吩咐德禄："就说是老佛爷送的，别提朕。"

德禄正拿云锦包裹镯子，听了奇道："主子为什么不说是您送的？这么贵重的东西，姑娘一定喜欢的。"

是啊，她多贪财，遇上这么好的首饰，不高兴坏了才怪。但皇帝有自己的章程，只怕说是他送的，她明儿就不好意思戴了。他想看她戴那个翠镯的样子，愿意自己挑中的小物件停留在那一截皓腕上。喜欢一个人就要装点她，皇帝从那种人为堆砌的成就里得到了一点满足感，不管她对他的心思怎么样，她住着他家的屋子，戴着他家的东西，就是他的人。

德禄对万岁爷独角戏般的内心趣致感到一阵彷徨，给姑娘送东西，多好的开端，让姑娘感受到来自万岁爷的关爱，也给即将开启的婚姻生活一个好开端。结果万岁爷就是舍不下脸，他情愿嘤姑娘去感谢太皇太后，也不愿意在嘤姑娘跟前下气儿，让姑娘觉得他有讨好之嫌。

这就有些为难德禄了，既然是太皇太后送的，就得打发慈宁宫的人送过去才对。他站在宫门上等人找鹊印来，说："劳姑姑的驾，替我送一回东西吧。"

鹊印瞧了瞧他手里的盒子："什么呀？"

德禄笑了笑，说是两只镯子："姑姑就说是老佛爷让您送过去的，咱们万岁爷愿意姑娘记着老佛爷的好。"

鹊印立时就明白过来了，这哪是要姑娘记老佛爷的好处，分明是万岁爷面嫩罢了。她受了托付，往头所殿走了一趟，嘤姑娘和松格正在檐下篦头呢，见了她抬眼笑道："姑姑怎么过来了？可是老佛爷有示下？"

鹊印蹲了个安道："不是示下，是打发奴才来给姑娘添妆呢！老佛爷有两个好镯子，一直珍藏着，今儿翻出来了，命奴才送给姑娘戴。"

嘤鸣听了忙站起身来，松格上前接了，她便叠手笑道："老佛爷疼我，有好东西也想着我，我该过去给老佛爷谢恩才是。"

鹊印说："姑娘正篦头呢，眼看着天儿也晚了，横竖明儿要见的，不急在一时。"说着就告退，回慈宁宫去了。

回去了少不得要和太皇太后提起，太皇太后只是笑着对太后说："难得皇帝这么上心，这是几辈子的造化啊！我原想着嘤丫头进来，不过是暂且稳住薛齐两家，倘或她不合适，绝不让她登上后位。没承想这孩子倒争气得很，那么讨人喜欢，连带着纳辛在我眼里也受见起来。只是皇帝不善讨好姑娘，好好送镯子就送镯子了，偏要费这样的周章。"

太后拊着掌欢喜地说："我别的一概不管，就等着什么时候抱孙子。大阿哥那个风吹了就要倒的身子，怕没大指望的，往后就指着嘤鸣吧，我瞧这孩子有宜男之相。"

太皇太后叉了块蜜瓜，笑道："不拘儿女，生上五六个也足了。只是皇帝这阵儿不翻牌子，倒也愁人啊。"

太后是经历过皇帝独宠一人、荒废六宫的年代的，因此翻不翻牌子对她来说没有困扰："咱们宇文家哪朝哪代都是这么着，除了圣祖皇帝阿哥多些，其余不都是一只手数得过来吗？不开窍的时候儿子能得一个是一个，开了窍就别指望了，老佛爷又不是不知道。"

这倒是，像个魔咒似的，宇文家帝王一生钟情一个，历代都是这么过来的。这个魔咒打哪儿起呢，是打高祖皇帝时候起，那样的情天子，死也死于殉情，还能指望后头的子孙做到雨露均沾吗？！

横竖认命就是了，于是太皇太后开始琢磨，怎么能撮合他们。下诏书也就是这一两日的事儿，诏书一下，帝后琴瑟和鸣也没什么说不过去的。就算孩子落草的时候对不上大婚的日子，那又怎么样，谁还敢啰唆半句？

啊，人生真是充满希望，养大一个孩子不容易，如今孩子大了，又得操心孩子的孩子。太皇太后和皇太后顿时感觉充满斗志，早前只想着怎么能让他们和平共处，现在这项达成了，就得瞄准下一个目标了。

所以万寿节真是个千载难逢的好机会，太皇太后琢磨了大半夜，第二天一早起来精神照样矍铄。梳头太监正伺候梳头，只听门上一声轻唤，是嘤鸣进来了。她今儿穿一身莲子白烟云织锦的衣裳，罩着藕荷纱縠的如意云头背心，人鲜亮得像一朵玉兰。上前蹲了个安，托着手给太皇太后看："谢谢老佛爷赏奴才的镯子，我往常在家倒也有不少首饰，可从来没有一个像老佛爷给我的这么好看。只是太贵重了些，今儿戴来让老佛爷瞧瞧，奴才这只手不知该怎么安放才好。"

太皇太后转头看了，果真是无可挑剔的好物件，皇帝真尽心了。不过这丫头还蒙在鼓里，她也不好拆了皇帝的台，便笑道："我原说了，这种水头的镯子，只有你们年轻姑娘戴了才好看。你也别怕贵重，再贵重，可有人贵重吗？戴在身上不过是添个彩罢了，竟唬得不敢抬手，那可辜负了我的一片心了。"

一头说着，听外面门上通传说万岁爷来了，嘤鸣忙随殿里人垂手肃立，待皇帝进门，所有人都跪地磕头，齐声恭祝皇上万寿无疆。

皇帝心情不错，连叫伊立都和软了些。太皇太后也打趣儿地冲他拱手："今儿是你的喜日子，给你祝寿啦。"又支使嘤鸣说，"快去，叫你主子瞧瞧，这镯子早前他也见过的，不知如今还有没有印象。"

嘤鸣不知情，坦然把手伸到皇帝面前，皇帝一看，正是他最中意的那个，清透的一点嫩绿，映得那肉皮儿都是通透的。

真好看，他暗暗赞叹，和他想象的一样。只是太皇太后笑吟吟地看着他，让他有种谎言被戳破的尴尬，便佯装不上心，草草"嗯"了声道："朕不懂你们姑娘用的东西，皇祖母说好就是好的。"

嘤鸣没说什么，不过莞尔一笑，牵下袖子盖住了镯子，那细心呵护的样子，又叫皇帝心情大好起来。

"皇祖母可预备妥了？"皇帝意气风发地问，"侍卫们已经清了御路，这会子就能出发了。"

太皇太后说好，太后也进来了，大家热热闹闹又是一番见礼，然后仪仗排布起来，各宫主儿们都登了车轿，队伍浩浩荡荡地向畅春园逶迤而去。

畅春园是帝王家的园囿，巧夺天工与宏伟壮阔兼有，占地达九百亩之巨。园内柳堤花海，亭台楼榭错综连绵，要说蓬莱仙境，也不过如此了吧。嘤鸣跟着主子们一处一处走过，只觉满目琳琅，满身芬芳。这地方是比紫禁城更秀致的所在，这里也有帝王议政的殿宇，但掩映在湖光水色中，便少了些冷漠的庄严，多了些随性和绮丽。

太皇太后拍了拍她的手道："你瞧这儿如何？"

她含笑说极好："这才是煊赫的帝王气象，奴才以前只听说过这个园子，没有机会亲眼得见。今儿随老佛爷、太后和主子一道儿来，真是饱了眼福。"

太后笑着说："咱们从这儿过去，前头有更好的风景。这园子里水泽多，湖水是从西山上引下来的泉水，十里河堤上栽满花儿和翠柳，要是论水域开阔，江淮以北数第一。"

太后是随性的脾气，说起玩儿来头头是道。她早把游玩的线路规划好了，从鸢飞鱼跃过丁香堤到后湖，再进挹海堂用膳。太皇太后却有更好的提议，兴致勃勃地说："横竖今儿都是一家子，不带朝廷官员们，咱们怎么高兴怎么来。往年都是在亭台里办寿宴，无非听戏取乐罢了。咱们这些人里头，除了丽贵人是金陵来的，其他人一概没见识过江南的景象。后湖那片上年运了好些奇石来，摆出了江南水乡的玄妙，打发太监沿着水曲回廊点上红灯笼，咱们一头吃席一头游湖，岂不高兴？"

皇帝后宫的那帮子小主儿都说好，太皇太后的提议自然不好也好。丽贵人给点了名儿，越发喜上眉梢，娇声说："不知老佛爷听过我们江南的小曲儿没有？"问罢也不等太皇太后应她，便引嗓哼唱起来，"挨着靠着云窗同坐，看着笑着月枕双歌……"

后头的也不用唱了，单这两句就知道是贯云石的散曲。嘤鸣看了她一眼，心道这后宫小主儿怎么也唱这种媚丽的男女之情？就是这一眼，叫丽贵人顿住了，因为这位还没受册封的继皇后太厉害，连着收拾了好几位嫔妃，这会儿东西六宫都人人自危呢。

丽贵人有点儿惶惶的，尴尬地冲太皇太后一笑："咦，奴才竟忘了后头的词儿了……"

在场的妃嫔们本就留意着上头的一举一动，也因那个眼风对丽贵人的反应心知肚明。一时十几双曼妙的眼波来回穿梭着，只有皇帝很自在，转过头去，冲着浩渺的湖水无声地笑起来——

这么凶的人，也只有当皇后了。

· 七 ·

当然，嘤鸣并不觉得自己凶，她一向认为自己好说话，但如今看这些妃嫔的模样，见了她都老老实实，连眼睛都不敢乱瞄，就知道自己先前的一系列动作把她们唬住了。

也是啊，她也算战绩彪炳，皇帝的后宫里才几个嫔妃，爱冒尖儿的都叫她整治得七劳八伤了。怡嫔算是最全乎的，今儿还能跟着进园子过万寿节，至于那个宁妃如今和死了没什么区别，老子罢了官，自己的牌子都被烧了，想是过不了多久就该挪进冷宫里去了。还有一位贵妃，甫一进宫就是那么高的位分，一度让所有人以为她会成为皇后将来最有力的对手，结果才几个回合而已，就被禁了足，这回连面都没资格露……嘤鸣心里怅然，其实她真的没想过引出这么多事儿来，要是她们安分守己，她也不会去寻她们的晦气。

嫔妃们小心翼翼，太皇太后看在眼里，并不觉得有什么不好。老太太心情愉悦，开始计算后宫谨遵尊卑有别的规矩，是多久以前的事儿，好像是太后那辈儿吧，那时候的后宫还是一派平和气象。先帝龙驭上宾后嗣皇帝登基，漫长的十二年后扩充后宫，一代新人换旧人。可惜孝慧皇后不作为，后宫嫔妃频出幺蛾子，各自占山为王，头上都长了犄角。如今好了，混乱的年月总算要结束了，后宫以一人为尊，这才是帝王家应有的体统。

园子里的美景赏不完，每个不同的节令来，都能呈现出不一样的美。太皇太后领着众人一处一处地逛，男人对于这样的步行看景儿，兴致总是不大高昂。皇帝作陪了不多久，就借口查看雅玩斋筹备情况往北边去了。他一走，大家略松泛了些，虽然仍有主子们在场，但女主儿到底不一样，不像有爷们儿在时那么肃穆。

一路慢悠悠地来，从韵松轩到了桃花堤，再往北入凝春堂，这是个环水面堤的好地方，便在这里设了酒膳。太皇太后下了令儿，搬一张大的桌面来，各色瓜果点心放上一大桌。大伙儿喜欢什么就挑什么，选好之后可以在水榭任意一处赏景进吃食，这样的轻松惬意，才不枉费特特儿来园子里一场。

其实想同新皇后示好的大有人在，谁也不愿意现在和她结怨。万岁爷对她的喜恶眼下还看不出，但照老佛爷和太后的态度，可以预见这位才是得到认同的皇后第一人。这么个香饽饽，打好了交道总没错，可惜她一直在太皇太后身边随侍，除了几个硬套近乎的，剩下的人都只能望洋兴叹。

"人比人得死，瞧瞧人家，再瞧瞧咱们。"祥嫔轻扯了下嘴角道，"进宫好几年，还不如人家几个月的呢。"

祥嫔很有资格感慨，这个宫廷如今变得越来越玄妙了，皇上翻了牌子又撂的，阖宫除了她没有第二个了吧！这些怪事儿全发生在这位娘娘进了养心殿之后，明着是三位主儿被她收拾了，自己呢，何尝不是第四位？

"横竖这娘娘是个厉害主儿。"丽贵人抚着胸说，"才刚真吓着我了，她一瞧我，我就觉得叫阎王爷给惦记上了。往常咱们多松泛，老佛爷和太后也不给咱们做规矩，这倒好，还没个说法儿呢，先来吓唬人了。"

祥嫔"哼"了一声："仔细着点儿吧，这位的耳朵灵着呢。宁妃上回在巩华城口无遮拦，怕是叫人家知道了，连绿头牌都撤了。侍不了寝，这妃位也就废了，家里还等着生阿哥光宗耀祖呢，快歇歇心吧！"

先皇后出大殡，贵人位分以下是没有资格随行的，因此丽贵人并不知道里头的玄妙。现在听说了，越发觉得这新皇后睚眦必报，不过话又说回来："宁主儿也不是省油的灯，为人太轻狂。贞贵人随她住景仁宫，叫她挤对得都快活不下去了，景仁宫那么多的屋子，偏指了间又窄又暗的给她，大冬天里冻得直叩牙，我瞧着都觉得可怜。"

祥嫔扭头看向水榭之外，凉凉地撇了撇嘴。群龙无首的好日子到头了，有的人也确实欠整治，当初先皇后不问事，六宫数淑妃最厉害，仗着自己生了阿哥吆五喝六的，敢上钟粹宫叫板。后来阿哥没养住死了，她也煞不住性儿，又闹了一回就给褫夺了位分，发放北边看门儿去了，亏她还有脸活着。接下来就是宁妃，仗着娘家多横行无忌，不知道的还以为她属螃蟹呢。大伙儿都不明白，她怎么就越过了恭妃的次序，好歹人家恭妃还有大阿哥，她可有什么！宫廷和市井其实一样，狠的怕横的，只是宁妃的运气还不如淑妃，没来得及和新娘娘过招儿就崴了泥，这也算出师未捷身先死吧。

边上丽贵人可愁着呢，她在冥思苦想，怎么才能讨新娘娘的好儿："不知这位娘娘爱不爱戴象生花，我会做那个，回头预备一盒送过去。"

祥嫔哂笑道："别费心思了，你没瞧见人家腕子上的东西？稀罕你那不值钱的象生花？"

丽贵人不由得泄气，觉得祥嫔说得很有道理，人家是主子娘娘，拿绢花套近乎，没的叫人笑话。这个设想不成功，还得接着琢磨，她这头且费思量呢，没承想转过身来就听见祥嫔在新皇后跟前邀宠，说："姑娘爱穿素净的衣裳，不爱戴华贵的首饰，可巧了，我宫里正有一盒象生花，做得足可以乱真。回头我打发人给姑娘送过去，里头颜色足，好给姑娘配衣裳。"丽贵人听完，顿时觉得一口气上不来，险些被噎死。

小主儿们打眉眼官司，太皇太后和太后在亭子里头坐着，见嘤鸣被那些嫔妃围绕，太后笑着说："嘤鸣人缘怪好的，后妃能自在相处，倒也是好事儿。"

太皇太后摇着扇子，散淡地笑了笑："那些嫔妃是和她套近乎呢，能服众自然是好的，但平衡六宫就像平衡朝堂一样，要恩威并施才好。"

太后对嘤鸣是充满信心的："她是聪明人，自然知道怎么料理。我是想着，今儿进园子不能这么荒废了，皇帝这会子上北边儿去了，您才刚怎么不让嘤鸣陪着一块儿去？"

所以说太后办事总欠了周到，太皇太后一副高深的表情道："派她一块儿去了又怎么样呢，前后都有太监随侍，没什么大意思。况且她眼下不能再像先头似的了，既是后宫的人，就得办后妃的事儿，再支使着来去，不成丫头了？"

太后忙坐正了身子："您有什么好安排没有？"

"我琢磨了一晚上呢。"太皇太后抿唇一笑，后面讳莫如深，优哉游哉地赏看外头大好风光去了。


嘤鸣被这些嫔妃围堵，半天下来脑仁儿很疼。这么一人一句地应付，十几个轮着来，将近傍晚时已经不想开口说话了。好容易太皇太后那头传令挪地方，预备着赶赴湖上筵宴，只是画舫太大，驶不过弯曲的水巷。太监们便摇着瓢扇扇来接，每条小船只能坐五六个人，连着主儿和随侍的太监宫女，须得预备十几艘才够使。

"已经打发人去请皇帝了。"太皇太后登船前回头吩咐了一声，"嘤鸣，你等你主子来了一道儿走，没的咱们都上了龙船，他一个人孤零零的。"

嘤鸣道是，扶着太皇太后上了小船，垂手道："奴才等着了万岁爷，就来和大伙儿会合。"

艄公摇起桨来，吱呀吱呀地开出去，船篷一角挂着灯笼，在昏暗的天色下排成了纵向的一串红色光点，极慢地，顺着水廊往远处去了。

嘤鸣和松格站在水阶上，入夜前的风吹过来，渐渐感觉到了一点凉。

"怪道以前的帝王们都上这儿避暑，这园子里树多水多，比紫禁城阴凉。"松格赞叹着，"这儿可真好，奴才没去过南方的水乡，可奴才站在这儿，脑子里就像看见了金陵的河房。"

嘤鸣含笑四下观望，也觉得这里的一切都是可喜的。

重新回到码头的小亭子里，等了约莫半炷香时候，听见假山石子后头有脚步声，一列太监挑着灯笼，簇拥着信步而来的皇帝到了跟前。

皇帝没见着太皇太后她们，便问："老佛爷先过画舫了？"

嘤鸣道是："老佛爷命奴才候着万岁爷呢，前头哨船预备好了，万岁爷登船吧。"

德禄是最晓事儿的，他扶着皇帝上了船，又扶嘤姑娘上去，然后笑眯眯叠着手说："主子和姑娘乘船，奴才带人从长堤上过去，正好督办今儿万寿宴的菜色。"说罢轻扯了下松格，自己上前来迈进水里，撑着船头轻轻推送了把，小船摇曳着，往水巷子里去了。

　　船不大，是最简单的乌篷，船头上有撑篙的太监，船舱里吊着一盏精美的料丝灯。这灯是拿玛瑙和紫石英等煮浆抽丝制成的，色彩尤为绚烂，每一面的帛片上都描金绘彩，映照得四周五色斑斓。

　　虽说往常也有过挨得很近的时候，像吃羊肉烧卖那回，可说是促膝而坐了，但因所处的空间大，倒也不觉得什么。这回这么小的地方，大眼瞪着小眼，彼此就不大自在起来，视线左右游移着，间或撞上，很快便各自错开了。

　　"园子里风光好吧？"皇帝憋了半天说，带着一点炫耀的味道。

　　嘤鸣说好："我瞧大伙儿都挺高兴的，到了外头就活泛起来了。"

　　皇帝点了点头："今年已然入了秋，来不及了，明年交夏早早儿把朝廷搬进园子里来。老佛爷有了年纪，天热的时候闷在宫里，对她的身子无益。太后也经不得热，今年算好的了，没有疰夏，往年入了暑天就不愿意进东西，一个三伏过来，人要清减不少。"

　　他慢慢地、一字一句地说，口齿清晰，条理也清晰。除却他神憎鬼恶的脾气，其实这人还是有些优点的，比如说办事靠谱，毕竟是皇帝嘛，不靠谱就坏事了。听他说话不觉得心烦，他的吐字和声口不油腻，甚至有时候某个节点上打个小顿儿，会叫人有种和温情不期而遇的错觉。再剩下的，大概就是孝顺了。他是一国之君，记得太皇太后吃口上的忌讳，也记得太后夏天爱犯的毛病。一个祖母和继母带大的孩子，能这样已经很好了吧。

　　嘤鸣轻轻抬起眼瞧了瞧他："本朝以仁孝治天下，我今儿也看见主子的一片孝心了。"

　　"朕有赖太皇太后和太后的关爱长大，自然应当尽心孝敬。"他望着篷外的景致说，"朕三岁那年没了母亲，如今二十年过去了，朕已经不记得她的样貌了，但是知道奉先殿里那张画像一点儿也不像，我额涅远比画像上美得多。"

　　嘤鸣是头一回听他说那些私事儿，也是头一回听他口称我。原本再寻常不过的事儿，不知为什么从他口中说出来就有些不同，大约还是身份的缘故吧。嘤鸣不大能够体会他的艰难，自己虽然上头有嫡母，但生母时刻关爱着，嫡母也好相处，便没有觉得长大是多不容易的一件事儿。他呢，贵为皇帝，自小人人都想吞吃他，多少次的险象环生想是数也数不清了，其实认真说起来，自己倒比他不知愁滋味。

　　他终于转过脸来看她："你小时候，可受过委屈？"

　　嘤鸣摇了摇头："奴才擎小儿懂事儿，谁都喜欢我。"

　　皇帝听了觉得接不上话了，只有大家一块儿艰难，才会产生共同的话题。如今这是个"何不食肉糜"的人，就会炫耀自己的好人缘。皇帝无奈地叹了口气，但又觉得她没受过苦也好，齐家捧凤凰似的养大她，他接过来，也捧凤凰似的供着，她就不会产生落差，会一辈子幸福。

　　瓢扇扇缓慢地前行，终于出了水巷子，前面是开阔的、一望无际的湖面。嘤鸣推开小窗朝外看，星垂四野，远处灯火杳杳，她说："老佛爷她们在哪儿呢，我怎么找不着？"

皇帝听了过来，也就着那扇小窗朝外眺望。他专注于寻找画舫，没有留意自己和她靠得有多近，只有嘤鸣知道，他袖子里的龙涎香氤氲扩散，都飘进她鼻子眼儿里来了。

她有些尴尬，微微避让了下，问找见了没有。

皇帝喃喃说："大约还在前头吧，这里水面开阔，方圆有十里……"还没说完，听见涟漪激荡的声响，回头一看，刚才撑篙的人不见了，船头空荡荡的，只有一个银质的托盘，盘儿里放着酒壶酒盏，还有一碟豌豆黄。

嘤鸣忙出舱，发现他们漂荡在四面不着边的地方。再扒着船舷往下看，水面平缓，还哪里有那个撑船人的身影！

"这是唱的哪出啊！"她撑着腰叹气，"怎么把人撂下自己走了？"

一个太监，哪儿来那么大的胆子把皇帝扔在湖心，必是受了太皇太后的密令。他虽然心知肚明，但还是得装作着急的样子，船头船尾看了一遍，怅然道："这狗奴才，把篙子都带走了。"

嘤鸣懊恼地嘟囔："就算没带走，您会撑船吗？"

皇帝噎了下，轻哼一声道："笑话，只要朕想做的事儿，没有一件做不成的！"

嘤鸣的笑容里带着不确定的味道，一个连撑伞都勉强的人，有多大的可能会撑船？她看着托盘里可怜巴巴的一碟豌豆黄，愁眉苦脸地说："我不爱吃这个，原还想着过会子能吃满汉全席的呢，这下可完了……主子，您的这个万寿节得饿肚子，还得和我一起，漂荡在这喊破了嗓子也没人听见的湖上，您怕不怕？"

皇帝的视线往下移，落在她纤纤的脖子上，咽了口唾沫说："你还是操心你自己吧。"

【未完待续】

有的人适合养猫，有的人适合养狗。

是不适合养鱼。

**Staread**
星文文化

2022·3·4

深宫缭乱

下

尤四姐 著

长江出版社
CHANGJIANGPRESS

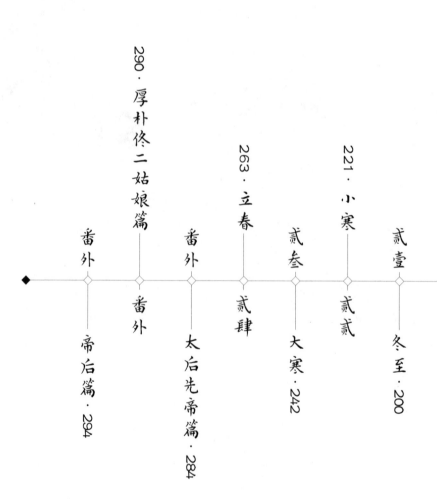

# 目录

壹肆 白露

· 一 ·

这话立刻引发了她的警惕，虽知道皇帝不至于做出那么不要脸的事儿来，但太皇太后安排的这个局，未免对她太不利了。

嘤鸣怔怔地盯着他："您为什么要咽唾沫？"

皇帝迟疑了下："朕咽唾沫了吗？"回过神来不由恼羞成怒，"你这人真霸道，就算朕咽唾沫了，和你有什么相干？你管得也太宽了点儿。"

可这种情境下，孤男寡女在湖心漂着，这湖泊十里大小都不止，四周没有人烟，男人冲着女人咽唾沫，能是什么好事儿吗？

嘤鸣也不愿意往那上头想，但皇帝面对后宫女人，唯一可做的就是那点事儿，她不能不自危。况且她是知道的，他已经好几个月没翻牌子了，这夜深人静的时候，谁知道他心里在琢磨什么！

"您是一国之君，饱读诗书。"她不自觉地掩了掩脖子，"奴才是十分敬重您的。"

皇帝简直要笑出来："你真是满口仁义道德，满肚子男盗女娼。你打量朕会对你怎么样？放心吧，朕压根儿就瞧不上你。"

这句话要是放在平时，多少会让人觉得心里不舒服，但用在此时，嘤鸣觉得尚可以接受。她松懈下来，扶着船篷四处张望："您说德禄发现您不见了，会不会来找咱们？"

皇帝觉得希望不大："要是他没见着太皇太后，倒还有几分可能。"见着了就不用说了，太皇太后要是答应让他来，也不至于把这撑船的都弄没了。

这么大片水域，到处黑洞洞的，嘤鸣觉得有点儿可怕。她不敢在船头站着了，不会水的人，万一掉下去就是个死，这么着可能正称了皇帝的意。于是忙躬身下到船舱，探手把船头的盘子拖了过来："您饿吗？"

皇帝摇摇头，虽然他很愿意和她有独处的机会，但他更希望是在一个舒服的环境里，哪怕各自躺着半边炕，也比漂在水上好。

他不吃，嘤鸣却有点儿饿，肚子很应景地叫唤了一声，她不大好意思的样子，伸出两指捏了块豌豆黄，一面说着"奴才真不喜欢吃这个啊"，一面把糕点送进了嘴里。

皇帝调开了视线，看向天上那一弯细细的弦月，心道：这世上还有你不爱吃的东西吗？别给自己找脸了！

嘤鸣小心翼翼地扑扑手，抽出帕子拭了嘴，赧然冲他笑了笑："没什么挑拣的时候，这豌豆黄还挺好吃的。"一手牵起了酒壶的把儿问，"您喝酒吗？奴才给您斟一杯吧。"

皇帝蹙起了眉："你这会子让朕喝酒，不怕朕酒后乱性？"

那只伸到半道上的手果然又缩了回来，转而把酒盏搁在甲板上，气定神闲地回道："空心儿喝酒对圣躬不好，还是算了吧。"她扭头看看湖面，又问，"主子，您会不会凫水？"

皇帝觉得这个问题太刁钻了，他堂堂一个皇帝，六岁即位，哪里有机会去学凫水！可是直接说不会又很没有面子，便道："朕会滑冰。"

她显然愣了一下，可能一时没想明白凫水和滑冰究竟有什么关系。不过他不会凫水的事实她很快就领会了，端着点心碟子说："那咱们都得留点儿神，不能再上船头去了，掉下去可了不得。其实这附近必定有侍卫守着的，您要是不信，奴才喊一嗓子'万岁爷落水了'，您瞧他们来不来救您。"

皇帝当然不能接受这种糟心的提议："朕是可以让你拿来蒙人的吗？"

她知道他不会答应，没事儿人似的说："奴才是打趣儿呢，您听不出来吗？"

皇帝别开了脸，靠着船篷，没再搭理她。


乜眼瞧瞧她，她似乎并不着急，慢悠悠地继续吃她的糕点。这样天塌下来也不管的脾气，真是叫人牙根儿痒痒。皇帝觉得她起码应该表现出一点儿忧心的模样，毕竟大晚上在湖面上漂着呢。可她就不，反而四平八稳地享受着她的悠闲时光，仿佛不管何时何地，她的内心永远是充实且热闹的。他甚至有些怀疑，别说是两个人困在湖心，就是单只有她一个人，她也照样不慌不忙。

明明说不喜欢吃豌豆黄的，还不是吃了一块又一块！皇帝道："你常这样说一套做一套吗？"

嘤鸣怔了怔，没明白他的意思。见他直直看着盘儿里为数不多的点心，就想着他大概也有点儿馋了，遂往他那儿递了递："宫里主儿们别提多待见我，她们没完没了地和我说话，闹得我中晌没吃下什么东西。"

皇帝腹诽不已，别不是知道晚上有大宴，留着肚子预备胡吃海塞吧。没想到偷鸡不成蚀把米，眼下一碟子点心都能将就，真是个没心没肺的主儿。

"她们哪里是待见你，不过见风使舵罢了。"点心碟子到了面前，他避无可避，伸出一根手指拨开了点儿。

她倒是心大得很，说："见风使舵也是好的，这是买万岁爷面子啊。"一面说，一面捏着一块糕点放进他手里，"这儿没有第三个人，您不必端着了，吃点儿点补点补，不知道他们多早晚才来接咱们呢。"

皇帝看着掌心那块黄色的小糕点，不情不愿地放进了嘴里，一头又仔细掂量她的前半句话，似乎品咂出了一点儿顺从的味道，她知道自己以后要依附他而生，也做好当皇后的准备了吧？

皇帝有点儿高兴，这豌豆黄吃到最后竟那么甜！


可是嘤鸣吃多了，又没个茶水，难免有点儿渴。她瞧着那酒壶，才明白老佛爷的良苦用心。漂在湖面上也有渴死的风险，她不能喝生水，这辈子都没喝过，要解渴只有喝酒了。酒对她来说并不是个好选择，她愁眉苦脸地冲着那酒壶叹气，越是憋着，越是想喝。

皇帝问她："怎么了？"

她摇摇头："没怎么。"

皇帝迟疑着问："这碟子点心不够你吃的？"

她说："不，我已经吃饱了，可我又渴了。要是这壶酒是茶水多好，这么着今儿晚上就是不接我回去，我也能撑到明儿。"

皇帝觉得这可真是个精细人儿，吃了点心就得喝水，一套流程纹丝不能乱。可没茶水怎么办呢，他捏着先头倒好的那盏酒抿了一口，觉得酒劲儿并不大："要不你尝尝吧，是果子酒，稍有点儿辣口而已。"这里确实没有外人，他也放下了身段，牵过酒壶给她倒了一杯递过去。

嘤鸣听了，将信将疑地接过来，尝了尝竟发现他这回没诓她。不过酒总要忌惮些，便自言自语着："就喝一杯应该不会醉的，果子酒力道小。"灌了一口咂咂嘴，觉得味道真不错。

其实她要是喝醉了，他的这个万寿节才过得有意义。像上次她随扈，醉了虽然着三不着两，但那糊涂的样子还是很讨人喜欢的。皇帝简直有点儿怀念她那种不知所云的样子，她喝醉了就是另一个人，不再像平时那样克制着，她心里的想法，也能痛痛快快地说出来。

心念一动，便有些存心了。她坐在舱前的横档上看外面的月色，皇帝又斟了一杯递给她："滴酒不沾也不好，酒能活血，将来岁末的辞旧宴，或是老佛爷千秋、太后千秋，都要陪着喝上一盅，你不喝，反倒显得不合群了。"

嘤鸣觉得也有道理，酒分千百种，这种果子酿造的，比粮食酿造的还清浅些，这个都喝不成，真要叫老佛爷她们觉得她不识抬举了。于是她腼腆地又喝了一口："这酒奴才一个人喝就罢了，您别喝。万一有人来找咱们，没的黑灯瞎火找不见。"

这个问题很好解决，皇帝把那盏料丝灯放在了船篷顶上。

静谧的夜，没有莺歌燕舞，没有一造儿又一造儿上来磕头恭祝万寿无疆的妃嫔，只有船下咕咚的水声，还有身旁面酣耳热的她，这样真好！皇帝说："朕的坐卧出入都有人围拱，很少能一个人静静待着想事儿。哪怕是燕居看书，都有人在边上盯着。"

嘤鸣"唔"了声："这有什么不好的，您跟前的人，是世上最体人意儿的，您要干什么都用不着自己操心，他们预先就给您布置好了。"

皇帝听了，淡然笑了笑，也许在别人眼里是这样的吧，尊贵已极的人生，没有任何事情是不能放在台面上的。可他还是偶尔会怀念幼时，虽说也有人寸步不离地看着，但那时候个头很小，他可以钻到桌底下，透过低垂的盖布看外面来来往往的脚步。

后来人大了，大了就有大了的苦恼，他的一言一行都必须具备帝王的威仪，再也不能躲到桌子底下去了。朝堂上的钩心斗角，通常会让他郁塞气闷，回了后宫没有一个人能供他倾诉，他已经习惯了这种无可奈何下的自我消化。但如果以后有一个人在身边，即便在政务上没有任何帮助，只要有这么一个人，他的心里也是踏实的。

并肩坐着看外头的夜景，远处的亭台楼阁上灯火错落，倒映出漾动的一串光波："你说她们这会子在做什么？"

嘤鸣说："想是在吃喝听戏吧！小主儿们见您不在，至多有些酸罢了，以为我和您在哪儿吃香的喝辣的呢。"说着叹了口气，"没想到困在这儿了，什么都没有。老佛爷八成指着咱们能做出点儿什么事来……"她又轻轻笑了笑，"她真是我见过最开明的老太太了。"

她有时候莽撞，皇帝倒比她更知忌讳些，就算明白太皇太后的意思，也不能随意说出口。不过她点破了，那种尴尬的气氛反倒消散了，他转头瞧了她一眼："皇后，你很厌恶宫廷的束缚，更喜欢外头的天地广阔，是吗？"

他乍然叫她皇后，嘤鸣有点反应不过来。她的记忆还停留在粗声恶气的"齐嘤鸣"上，忽然换了个称呼，真叫人不习惯。

"您还没下诏呢，奴才不是您的皇后。"她有些扭捏地说。

皇帝眉头微微蹙了下："还有五天，下没下诏有什么区别吗？你别误会，朕只是觉得这么叫你更方便些，横竖这皇后你当也得当，不当也得当，谁让薛家那么热衷于送你进宫？"

嘤鸣被他堵得噎了半天，最后憋屈地应了个"是"："人活着，总不能那么随心所欲，奴才从来不去想不可能的事儿。要说喜欢外头天地广阔，我在府里那会儿也没有多自在，天天也是这么过。其实在哪儿活都一样，在家里的时候身边都是至亲的人，出了门子就是过别人家的日子，姑娘大了不都是这样吗？"

所以她对能不能出宫待嫁也没有多大执念吧？皇帝试探着问："听说太皇太后不叫你出宫，你心里有怨气吗？"

她听了慢慢摇头："主子怎么吩咐，奴才就怎么做，不敢有什么埋怨，我知道老佛爷都是为我好。"

可是这话里藏着那么深浓的不甘，他听得出来。他又有些气恼，为什么她那么剔透的人，竟一点儿也看不出他的用心呢？他作为皇帝，多少的第一次全用在了她身上，她是个泥胎吗，为什么到现在还无知无觉？

皇帝满腹心事的时候，嘤鸣确实很坦荡。迄今为止，她也只发现了皇帝态度上的转变，也许是相处日久的缘故吧，他除了偶尔白她一眼，再没出现过曾经那种深恶痛绝的神情。她知道他立于万人之上，这样已经很好了，毕竟她干阿玛和阿玛两个人联手，压制了他十几年，这种怨恨哪里是一朝一夕能消除的。她的要求也不高，只要大婚后相安无事，他若愿意来瞧她，往她那儿走走，她就好酒好菜款待他；要是他不愿意来，那就面儿上做一对好夫妻，太皇太后跟前交代得过去，天下人跟前交代得过去，就成了。

她一向看得开，但想完了这些又发愁，心里空落落的。酒壶里的酒不知不觉下去了一半儿，再拎起来，不敢置信地摇了摇，是真的，只剩壶底下一点儿了。怪这果子酒太好上口，她喝到后头竟给忘了，于是脑子糊涂起来，眼皮子也越发沉重，天上的一弯小月渐渐变成了两弯，她觉得自己可能要撑不住了。

皇帝悲凉过后心空如洗，他向来自律，也懂得调整心态，不痛快的事儿不能在心上停留太久，如果事事堆积，只怕也活不到现在。正茫然看着外面发呆，忽地一个轻轻的分量落在肩头，他下意识地扭头，看见她的脸颊，离得那么近，甚至闻见了她身上的脂粉香。

心顿时狂跳起来，他手足无措："皇后，你别想借机轻薄朕！"

可他的皇后没有说话，仔细听，居然听见了微鼾阵阵，她就这么睡着了？

心真大啊，深更半夜，四下无人的地方，居然靠着男人睡着了，别不是想装睡引诱他吧！皇帝脑子里只管胡思乱想，越想越激荡，忍不住推了她一把："朕是正人君子，没到大婚那晚，朕是不会碰你的，你快死了这条心吧。"

然而她毫无反应，好像真的睡着了。睡着了就什么都不知道了吧？那个分量压得他心慌，他又叫了她两声："皇后啊？皇后？嘤鸣……"她的脸像擀面杖似的，在他肩头滚了滚，然后又没声息了。皇帝觉得她这么睡要落枕的，于是好心地探过一条臂膀揽住了她，肩头再一撒，她就靠进了他怀里。

如果她现在醒着，一定能听见他擂鼓一样的心跳。他让她在胸口停留了一会儿，脑子里白茫茫的，什么都想不起来，心里只剩一片浩大的渴望。单是这样靠还不够，他晕沉着，又抬起另一只手紧紧搂住她，颤巍巍地把脸颊同她的贴在一起，有些难过，又有些委屈地在她耳边低语："嘤鸣，朕很喜欢你。现在开始，你也喜欢朕，成吗？"

### · 二 ·

他自然等不来她的回答，同上回不一样，上回她还能够着他的肩，喋喋不休地和他讲一些为人处世的大道理，这回夜阑人静，舱里也昏暗，他有一程子没和她说话，她就睡迷了。

她睡着的样子，有种极其可爱的况味。皇帝让她侧躺下来，枕在他的腿上，她仰面朝上，灵巧的五官一览无余。那纤长浓丽的眼睫、挺翘的鼻子，还有嫣红的脸颊，无一处不令他满意，无一处不惹他怜爱。

多像个孩子，以往她在御前混日子，因着尊卑有别，很少有仰脸看他的时候。很长一段时间，他对她的印象一直停留在她才进慈宁宫那天，当时匆匆一瞥，那一瞥并没有给他带来惊艳的感觉，她不是那种一下子就能吸了人魂儿的姑娘，她是第二眼美人。然后渐渐地越看越顺眼，越看越熨帖，熨帖到骨头缝儿里，病灶就从那个地方生长出来，藤蔓一样缠裹住他，以至于后来无论见了哪张脸，都下意识地拿来和她做比较，可惜没有一张脸能赛过她。并不是别人的脸不美，只是因为不入他的眼，只有她，才是为他量身定做的。

她吃醉了酒，鼻息咻咻，像只小兽。篷顶上料丝灯泻得廊檐前一地的光，晕染了她的眉眼。他看见她眼睫轻颤，大概正做什么激烈的梦，眉心蹙起来，似乎有些无奈的模样。

皇帝抿唇轻笑，不敢去触她的眼睫，抬起一根手指，隔空描绘她的轮廓。她的脸颊还有稚嫩之气，从侧面看上去团团的，不如正面瞧着那么清冷坚定。他像得着了一个新玩意儿，颠来倒去地打量，不断有新的发现。原来她的唇形也生得极好，饱满又玲珑，五官拆分处处无可挑剔，合起来又有什么道理不好看呢！

这是个巨大的诱惑，他的手有强烈的意愿，想冲破矜持的桎梏，想去试试那种触感。他犹豫了很久，五指握了松松了又握，最后抬起来，落下去，落在那莹然的红唇上。

指腹轻轻游移，这么做其实有些不君子，她要是醒着，八成会大叫"您摸我嘴干什么"。她真是个不解风情的女人，就像这镯子，她怎么能相信是老佛爷送的呢，明明应该知道是他的手笔啊！横竖心很累，他怨怼地在她脸颊上掐了一下，这一掐忽然有了新发现，他把两只手按在她脸上高高兴兴地一通揉搓，全然不管她会不会醒过来，醒了更好，好陪他说说话。

这么一番折腾，嘤呜果然被揉醒了，睁开惺忪的眼，不认识他似的，口齿不清地大呼小叫着："我要把你的爪子剁了！"

皇帝怔了怔，知道那个吃醉了酒百无禁忌的灵魂回来了。通常这种情况下讲道理是没有用的，只有比她更混账，才能彻底制服她。

"你躺在哪儿呢？躺在朕身上了！朕要把你的脑袋拧下来，眼睛抠下来，看你还睡！"

她气得呼呼喘，这船舱的横档太窄了，她躺下正好一个身子的宽度，没有地方供她借力。她想撑起来，几回都没成功，弓起身子又砸下来，弓起身子又砸下来，气恼得大喊："你这妖僧，施了什么法术，放我出去，我要和我儿子团聚！"在皇帝疑心她白娘娘上身时，她如陨石一样砸了下来，轰然砸进了他腿间。

皇帝只觉一阵牙酸般的痛，然后那痛楚从一点扩散开，痛得他冷汗直流。他一面吸气一面咬牙："你这个傻子！"

她浑浑噩噩还不忘还嘴："你才是傻子……傻得流油……"

他知道和喝醉的人没什么可计较的，但还是忍不住呵斥："你好大的胆子，弄痛朕了，江山社稷会断送在你手上的！"可是那个危险的脑袋，他竟没有想过要搬开。他只知道搬开就得强迫她站起来，她现在的样子，哪里还站得稳！

人品好不好，醉酒的时候最能够体现。嘤呜是个脑子灌满糨糊，仍旧很有担当的人，听说弄疼了他，她就想做出弥补："哪里疼啊？我给你呼呼……"她挠了挠头皮，冥思苦想，然后从他胸前往下摸，一直摸到了下三路。

皇帝发出一声低吟，虽然这声低吟很不合时宜，但他确实忍不住，只觉毛孔洞开，要被这二五眼整治死了。

"别……"他说，往后仰了仰，"你别乱来。"

这一仰，被她发现了病根儿，顿时万分愧疚，喃喃说："我的脑袋这么厉害……都肿了？"

于是又摸又揉还带吹，皇帝已经慌得不知怎么办才好了。那久旷的去处被她调动起前所未有的热情来，他气息紊乱，面红耳赤，这是帝王生涯多年从未遇见过的变故，他没有经验，慌不择路。

其实应当阻止的，可是他没有，他可耻地享受着这种迷乱又震撼的感觉，甚至感到激情澎湃。这个女人他好喜欢，且不久之后就要当他的皇后了，就算有些亲密的举动也没什么，横竖他会负责的。她的手压在上头，他压住了她的手。她不明所以，抬起一双醉眼看他，以为他疼得厉害，噘起嘴，隔着衣料又吹了两口。

这么下去，别不是要在这里幸了她吧！贼心一旦滋长，他就开始有计划地寻找能够容两人躺下的地方。身后船舱两掖有坐板，中间船腹空荡荡，虽然条件艰苦了些，但也充满野趣不是吗？只是这么做，会不会卑鄙了些？他又开始犹豫，拢住她脊背的手在那纤细的柳腰处慢慢游移，她每次看向他，他都有种罪恶感，仿佛在诱骗无知的孩子，虽然她觉得自己是白娘娘。

"你知道我是谁吗？"皇帝艰难地问。

她的回答坚定如一："法海。"

皇帝觉得脑瓜子疼："法海是和尚，和尚没有头发，我有。"他牵起垂落的发丝冲她摇了摇，"所以我不是法海，我是许仙。"

她眨了眨眼，开始消化这个问题，在她的印象里，许仙不应该是这个样子。

但皇帝兴致很高昂，他孜孜不倦地诱哄着："你不是要找儿子吗，儿子在朕这里，朕……给你好不好？"

本以为她会说好，谁知她哭起来，连喊带叫："姐夫，我终于找到你了，我是小青啊！"皇帝的一腔热情被兜头一盆冷水浇灭了，怅然看着天上孤月，欲哭无泪。

"你是故意的吧？"他自言自语，"齐嘤鸣，你真是坏到骨子里了，朕从未见过比你更狡诈的女人！"

她的脸颊在他腿根上又滚了两下，没有搭理他，不久之后鼾声复起。皇帝重重叹息，受折磨的只有他一个人，她的梦里一定充满了昆仑仙草和阵阵药香。

突然砰的一声，有一线光点直冲云霄，然后在高空炸开绚烂的花，一片片，一丛丛，此起彼伏，把湖面都照亮了。这是万寿节为庆祝皇上寿诞的礼花，皇帝不由得怅然，皇祖母她们好兴致啊，就算他不在，她们歌照唱舞照跳，半点也没有耽误行乐。

他推了腿上的人两把："皇后，起来看烟花。"

他的皇后忙着睡大头觉，根本没空理会他，这个万寿节，真是过得刺激又凄凉啊！

当然太皇太后没有完全忘记他们，估摸着时候差不多了，还是打发德禄来接他们了，毕竟湖上湿气大，万一受了寒就不好了。

德禄行事可说非常缜密了，这种情况下直愣愣地冲上船是不要脑袋的行为，他让撑船的扑腾出大动静来，把水面拍得哗哗作响，磨蹭了很久才慢慢把船靠过去，压着嗓子喊："万岁爷……万岁爷……奴才来接您和娘娘啦。"

皇帝心里憋着气，没有应他，德禄又唤了两声，还是不见里头有动静，倒慌起来。忙跳上船来看，打眼见万岁爷呆呆坐着，嘤姑娘枕着他的大腿正睡得香甜，这和设想的不太一样啊。德禄瞧瞧边上侧倒的酒壶，迟疑着问："主子，娘娘又喝醉了？"

皇帝低下头，照例推了她两下："小青，咱们可以上岸了。"

她咕哝两句，环住了他的腰。

德禄见状也不言声了，接过篙子，把船撑到了太朴轩。万岁爷真是天生神力，也不知哪里来的那么好的技巧，没有假他人之手，亲自把嘤姑娘抱进了园子里。太皇太后她们在前头等着，万岁爷为了不叫姑娘的丑样子落了人眼，损了将来的威仪，从墙根儿下绕到后边，安顿好了姑娘才上前头来见老佛爷。

"才刚撑船的太监落水了，嘤呜受了惊吓，这会子休息下了。"皇帝仍是满身清华气象，因为跟前嫔妃众多，必须找个适当的借口，顾全大家的颜面。

太皇太后哦了声："园里的太监疏于管教，竟出了这样的岔子，怪道咱们等了那么久，也不见你们上船来。"一面说，一面上下打量他，最后把视线停留在他身前的褶皱上。

这种褶痕可不是等闲能够形成的，瞧瞧，石青的缎子都快褶成扇面了……太皇太后和太后囫囵一笑，心知肚明。

那些小主儿呢，自然都不是傻子，这还有什么可说的，两个人在湖上漂了近两个时辰，多少事儿做不得！不过大家心里明白就完了，谁还能计较不成？

恭妃说："老佛爷，眼下万岁爷和嘤姑娘都回来了，您也可放心了。前头观澜榭上台子都搭起来了，今年专把收了山的老伶工请出来，叫他们伺候老佛爷、太后，并主子一段。万岁爷先头没进膳,这会子就叫人预备起来,没的空心儿时候长了,伤了脾胃。"

恭妃是嫔妃里头资历最老的,当初和孝慧皇后前后脚进宫,后来又有了大阿哥,要是没有春贵妃,她在后宫里头当排首位。老人儿办事就是妥当,太皇太后笑着道好:"今儿是万寿节,出了小意外,好在有惊无险。可惜了嘤丫头,没法子和咱们一块儿去……打发人好好伺候着,送了热热的膳食进去,仔细别叫她受了寒。"

在老太太的心思里,姑娘头一回,该当好好歇着,养养身子才好。于是又特特儿嘱咐了松格伺候的事项,犹不放心,把大娥子也一并留下了,才和太后他们慢悠悠出了太朴轩,往观澜榭去了。

帝王家的戏台子,自然搭得又大又精致,台上鲜花装点,云门尽开,优伶在云层里荡气回肠地唱着:"凝眸,一片清秋,望不见寒云远树峨眉秀……"唱到"楚天过雨,正波澄木落,秋容光净,谁驾冰轮"的时候,台下主儿们命太监宫女往台上扔钱,那一阵阵的钱雨,把伶人脚下都铺满了。

太皇太后也叫好,喜兴地拊掌说:"这几个伶工嗓子在家,唱得很好。"

皇帝颔首,他对戏文并不十分感兴趣,寥寥用了膳,便有些心不在焉起来。

这时候大阿哥和两位公主来了,跪在底下向上磕头,祝皇父万寿无疆。皇帝这才浮起一点笑意,虽对这些孩子不甚亲,但知道他们的血脉源自他,那份骨子里的亲情是割不断的。

阿哥和公主年纪都还小,需奶妈子抱着,皇帝传他们到跟前来,逐个摸了摸小脸。帝王家讲究抱孙不抱儿,再喜欢也不能放在膝头子上,这样摸摸脸颊,已经是最大的亲近了。

恭妃原还担心自己的儿子不招待见,大阿哥来时她心里就七上八下的,如今见主子温和,她登时喜出了两眼泪花,怂恿着孩子说:"大阿哥,叫阿玛,叫阿玛呀!"

可是大阿哥才刚开始学语,这孩子什么都比别人晚些,两位公主能说完整的一段话时,他还在两个字两个字地往外蹦。

恭妃很尴尬,小心翼翼地觑了觑皇帝的面色,皇帝倒如常:"贵人语迟,别难为孩子了。"

太后见着孙辈很高兴,招孩子来赏糕饼吃,这时妃嫔们开始向皇帝敬献寿礼,各式各样或精美或昂贵的物件,开杂货铺似的摆满了面前的长桌。

皇帝神思游移,想起那个喝醉的人,好像并未对他的生日有任何表示。自己昨儿倒送了她两只镯子,这么一想,过生日的倒像是她,不是自己。

太皇太后瞧了皇帝一眼,料他这会子在牵挂嘤鸣吧,便道:"今儿是你的喜日子，咱们也沾了你的光，听曲儿取乐，怕要热闹到半夜去。我知道你不爱这种场合，倘或坐不住，只管忙你的事儿去，咱们人多，你不必在跟前。"

皇帝心里当然想走，但在自己的寿宴上中途离席，实在不合规矩，便含笑说："孙儿今日不理政，难得有机会陪皇祖母和皇额涅听戏，祖母和额涅愿意听到什么时候，朕就陪到什么时候。"

这么说虽然礼数上是足了，但耐心也确实很经受考验。皇帝听着那咿咿呀呀的唱词，听得久了，只觉耳膜鼓噪，当当的锣声叫他头皮发麻。

幸好嘤鸣醉了，不用陪着一块儿听戏。远处观澜榭隐约传来乐声，松格和娥子一人搬了一张睡榻躺在前厅的花窗前。窗户开了细细的缝儿，外头清风流转，室内十分凉爽，真是个适宜高枕安眠的好日子。

这一睡，便到了早上。

园子里的鸟鸣远比宫里多，天才蒙蒙亮的时候，不知是什么鸟儿，在窗前的枝丫上叫得婉转又响亮。嘤鸣迷迷糊糊地睁开眼，看见窗户纸上晕染出薄薄的蓝，她撑身坐起来，只觉头疼得厉害，扶着脑袋叫松格："给我倒杯水来。"

松格和娥子都进来了，娥子笑着说："姑娘醒得这么早？园子里不像宫里时候定得严，您昨儿吃醉了，今早再睡会子也不要紧的。"

嘤鸣摇摇头，她喝醉了就断片儿，昨晚上那壶酒可把她害苦了，便笑着说："果子酒好喝，我贪杯了，没承想后劲儿那么大，我这会儿还晕呢。"

松格绞了手巾来给她擦脸，问："主子，您还记得昨晚的事儿吗？"

毕竟孤男寡女独处了那么久，其实大家都很好奇，趁着没有第四个人在，松格和娥子虎视眈眈地盯着她，把嘤鸣盯得一头雾水。

"怎么了？"她有点儿慌，"我是不是干了什么出格的事儿？"

松格说："没有，您上岸的时候睡得叫都叫不醒，是万岁爷把您抱回来的。"

她半张着嘴，感到不可思议："醉得这模样了？"随即越想越心虚，"那我失仪的样子，老佛爷和太后，还有那些小主儿都瞧见了？"

"这个倒没有。"娥子说，"姑娘别担心，您至多是御前失仪罢了，别人都没瞧见。"

嘤鸣怔了半天，开始回忆自己在御前有多失仪。恍惚间想起了许仙和小青，她觉得不大妙，抬起手，绝望地捧住了脸。

· 三 ·

松格见主子不好意思，极尽可能地安慰她："不要紧的，横竖再过几天诏书就下来了，您和万岁爷成了自己人，就算是被他老人家抱回来，也没什么可丢脸的。"

嘤鸣发现她专爱哪壶不开提哪壶，她先头还只担心失仪的事儿，这会子又添了这一桩，实在堵心得不能活了。

怎么会这样呢，好好的人，醉了怎么就不成人形了。她实在想不明白，觉得脸都快丢尽了，不知道自己还做了多少不为人知的、丧心病狂的事儿，虽想不起细节，但又俗又蠢是必定的。

人家是皇帝，一辈子养尊处优高高在上，不管什么人到他跟前都得轻声细语，他从来不知失礼为何物吧！可是自己呢，大失体统，上回够着人家肩头高谈阔论已经够丢人的了，这回怎么连《白蛇传》都出来了？

这些还不算什么，她是被他抱着回来的，这点足以令人崩溃。她被一种生不如死的羞耻感笼罩着，怎么能这样！怎么能这样！齐家的老脸都快被她丢尽了！什么小青和许仙？他心眼子那么多，如果从这些话里听出了隐喻，再掺和进深知，那醉话就会上升到政治，接下来会怎么样，谁知道呢！

松格和大娥子目瞪口呆地看着她在床上忽而仰天忽而俯地地翻滚，完全闹不明白她在干什么。

这是在不好意思吗？娥子搜肠刮肚地开解她："姑娘别放在心上，万岁爷昨儿走的时候，脸上没显出不高兴的神色来。他是天下之主，不会同姑娘计较那些的。"

"姑姑说得对。"松格说，"主子，您在万岁爷跟前丢脸也不是头一回了，用不着这么难过，看开些吧！"

嘤鸣撑起身瞧她，气哼哼地说："你还给我捅刀子？别提以前的事儿了，成吗？"

松格嗫嚅了下，心道上回也没见您这么要死要活的，这回在船上独处了两个时辰，怎么成这样了！

可是大娥子在，有些话不好细问，等娥子回太皇太后跟前去了，她才爬上床拽开了她主子脸上的锦被："昨儿夜里，万岁爷占您便宜了？"

嘤鸣被她问得发怔，觉得自己都醉成那样了，皇帝是个清高骄傲的人，性格虽然不怎么样，人品还是过得去的，不会乘人之危对她下手。她只是怕，怕自己做出什么丢人的事儿来，与其说担心皇帝占她便宜，不如说担心自己在言语和行动上轻薄了他。为什么会有这个担忧，其实很莫名，大概因为喝醉了的人很难用正常的思维去推断，所以她惴惴不安。

时候不早了，她重新振作一番，还是得起身梳妆打扮，上太皇太后跟前请安去。

老佛爷住在集凤轩，从这儿过去有一小段路程，但因四周风景如画，早上空气也清冽，因此一路行来倒还惬意。先前在屋子里的慌张和无措，此刻都很好地拾掇起来，脑子澄明之后，又可以大大方方谈笑自若了。

进了集凤轩，恭恭敬敬地给太皇太后请安，老太太正坐在月洞窗前梳洗，见她来了，冲着镜子里的倒影一笑："昨儿睡得可安稳？"

她接了宫女手里的杯盏，伺候太皇太后漱口，红着脸说："奴才昨儿真丢人，贪杯喝醉了。主子爷的好日子我也没顾得上向主子敬贺，实在是大大失了体统。"

太皇太后并不在意这些小细节，既然留了酒，就不是让他们守规矩用的。酒是色媒人，那样的情境下，正适合助兴用。她很好奇他们昨儿究竟处得怎么样，但直直问姑娘，又显得老婆子为老不尊，因此便有些为难。只是这嘤鸣惯常会打马虎眼，你要是迂回着来，只怕她也绕着弯儿地和你打太极，太皇太后犹豫了下，旁敲侧击地问："昨儿那酒是你一个人喝，你主子没同你共饮？"

嘤鸣摇了摇头："奴才把那碟子点心吃了，渴得厉害，主子把酒都赏我了。只是奇怪得很，那个太监竟会留了吃食给咱们，可是奇闻。奴才原只当他落水了呢，谁知并不是……"一面说，一面笑吟吟地看着太皇太后。

太皇太后有点难堪，发现这会子装局外人没意思得很，这丫头是不会相信的。反正事已至此了，便摆手屏退了左右，笑道："我也不瞒你，我是想着你和皇帝不日就要定亲，我瞧你们眼下还生疏得很，心里不免有些着急。昨儿万寿节是个好日子，平时身边人多，你们不能好好说上话，趁着船到湖心里，敞开了说说心里的想头，彼此交了心，将来也可踏踏实实过日子不是？"

嘤鸣当然知道老佛爷的最终目的是什么，老太太为了促成他们，真可谓绞尽脑汁。可惜成效并不大，她除了说上一堆莫名其妙的胡话，和皇帝之间的关系好像并无寸进。

叫老太太失望了，怪不好意思的，嘤鸣说："奴才和万岁爷相处其实挺融洽的，万岁爷如今不连名带姓地称呼奴才了，也不常叫奴才滚了，假以时日，不愁咱们不能好好过日子。"

可太皇太后要听的不是这些，这丫头揣着明白装糊涂，急坏了老佛爷。老太太气得从绣墩上转回身来，十分严肃地看着她，问："你昨儿和皇帝在船上共处了近两个时辰呢，说了些什么，做了些什么呀？"

嘤鸣张了张嘴，勉强回忆起她记得的那部分，说："万岁爷和奴才提起孝慈皇后了，说奉先殿里那张画像画得不好，孝慈皇后比画像上美……还有什么……还有琢磨岸上什么时候来接咱们，旁的就没了。"

"没了？"太皇太后很惊讶，发现自己的反应可能过大了些，又正正脸色，换了个平和的语气道，"谈论孝慈皇后也用不着两个时辰，后来呢？你喝醉了，当时有几分醉？醉里发生了些什么，可还记得呀？"

嘤鸣到底不好意思起来，低着头嗫嚅："奴才和万岁爷什么也没干，老佛爷要相信奴才。奴才的鄂奇里氏也是勋贵之家，奴才自小背着《女则》长大的，知道什么事儿能干、什么事儿不能干。"

太皇太后不由得失望，心道这个问题不在你身上，你都喝醉了，《女则》管个什么用！问题的症结在皇帝身上，这孩子是怎么了，又不是毛头小子，明明心里喜欢人家，为什么不懂得把握机会呢！是因为太自负了，不屑于在这种情况下亲近姑娘？那误会人家和海家哥儿有牵连时，巴巴跑到慈宁宫来告什么状？就是死要面子活受罪，非要这会子逞强。他自己不着急，可急坏了她和太后，后宫无所出，再过程子，皇嗣的事儿就该拿到朝堂上去议论了。大臣逼迫起来可是不带拐弯儿的，她这儿含蓄着提醒，不比大臣们明刀明枪催逼好？

唉……太皇太后长长叹了口气，感觉对孙子的情事无能为力了，想撂挑子。皇祖母使了多大的劲儿，才于万难之中创造了这样的时机，皇帝心里不明白吗？他的万寿节，一份大礼搁在他面前，他原封不动又还了回来，这不是缺心眼儿是什么？运筹帷幄的帝王，见了姑娘扭扭捏捏小家子气，他的王者之风哪里去了？太皇太后自觉做到这样已经很可以了，总不见得叫人往他们杯子里下药，才能成其好事吧！

可这种事儿懊恼在心里，不好放在嘴上说，脸面到底还是要顾。太皇太后不甚愉快，站起来走了两步，回过身想嘱咐嘤鸣，想了想，到底还是作罢了。

"你去瞧瞧你主子，看他那里预备得怎么样了。今儿晚些时候回宫，再在园子里消磨一日吧。"太皇太后打发她去了，那丫头前脚走，后脚皇太后就来了。

太后边走边眺望嘤鸣的背影，她来得晚了两步，没能问上话，心里火烧火燎的。见了太皇太后便问："老佛爷，您问明白没有？"

太皇太后沮丧地摇摇头。

"怎么不问明呢，咱们得算算日子，预先备选奶嬷儿才好。"

太皇太后觉得她这也忒急了点儿："八字还没一撇呢，找什么奶嬷儿！问问你那好儿子去吧，昨儿他们就这么在船上喝酒叙话了，顺带便的，皇帝还把姑娘送进屋子，安置在了床上。你叫我说什么好？横竖我是把老脸都豁出去了，他白费了我的好安排，下回再来和我抱怨，我可不管了。"

太后"啊"了声，感到不可思议："怎么会这样呢！"

"没辙，"太皇太后说，"顺其自然吧。"

太后却不甘心，坐在窗前开始瞎琢磨："您的酒不行，得下猛药……太医院有个秘方叫龟龄集，您还记得吗？"

太皇太后顿住了，这个方子如雷贯耳，不是新研制的，已存在几百年，从前朝时期就流传下来的。帝王家讲究子嗣繁茂，龟龄集对症下药，专调理男人身子。这秘方儿不只宫里用，宫外那些宗室子弟除了斗鸡走狗养蛐蛐，最热衷的就是生儿子，这个药方正应了他们的需要，既有壮阳的功效，又不像春药似的药效过火，且对身子没有损害。所以太后的意思，是要给皇帝调理调理？

太皇太后想了想："调理本是应该的，这会子滋补起来，有百利无一害。可皇帝的脾气你还不知道吗，好好的叫他吃药，他怕是不愿意的。"

"不碍的。"皇太后说，"做成龟苓膏嘛，往里头搁上一勺半勺的，匀着点儿来就成了。"

太皇太后仔细琢磨了下，觉得很可行，命周兴祖上慈宁宫来预备，用量多少都打自己眼皮子底下过，绝出不了差错。她们这些长辈，可算是为他操碎了心，他要是再不体谅，往后成不成事都自己想辙去吧。


那厢嘤鸣奉了太皇太后的令儿，上云崖馆给皇帝传口信儿。云崖馆在剑山的边上，前面是九经三事殿等，算是畅春园里正经的帝王行在。往年皇帝驻跸都是在这一路，他和后妃们不一样，后宫可以分散而居，他得在中路歇下，防着朝中有重大的政务半夜通传，找不见他人。

剑山的风景很好，但并不是真正意义上的山，没有高耸入云的气势，是一个小而玲珑的人工堆砌出来的假山。云崖馆傍山而建，有凌空的亭台和栈道，嘤鸣带着松格到了山脚下，再往前，又有些迈不开步子了。

她脚下蹉着，进退两难，回头不知道该以怎样的面目面对他。他嘴坏得很，只怕又要狠狠嘲讽她了。

她越想越怕，到底站住了，松格不解地打量她："主子，您这是在害臊吗？"

嘤鸣惆怅道："可不是嘛，我就是在害臊。昨儿我是怎么厚着脸皮叫人家把我抱回来的，到这会子我都不敢细想。"

松格很善于开解她："没事儿，您就装什么都想不起来了，万岁爷要是难为您，您只管摇头，一口咬定自己什么都没干，就成了。"

嘤鸣忖了忖，觉得也对，只要死不承认，谁也拿她没办法。

她壮了一回胆儿，挺着胸膛从栈道上过去。皇帝才起来不久，正在露台上打拳，眼梢瞥见她的身影，吓得顿住了，立在原地不知如何是好。

皇帝也有他的顾虑，她这会儿酒醒了，不会想起昨晚上的事儿吧？要是她来质问他，那可怎么办？他毕竟问心有愧，慌张之下手脚都有点不听使唤了。往殿里跑，左右都有人呢，实在不好看相。要是不跑，他从未像这次这样害怕见到她，于是心里不满起来，这克星真是一时一刻都不能放过他。如此大好的早晨，她不在太朴轩睡觉，跑到云崖馆来做什么！

边上的德禄看见万岁爷那种无措的样子，不用回头就知道是嘤姑娘来了。好奴才就得善于缓和尴尬的气氛，他回身扮起了个大大的笑脸，上前打了个千儿说："主子娘娘来了，这一大清早的，您还没传吃的吧？正巧万岁爷的早膳齐备了，奴才命他们多预备一副碗筷，您陪着万岁爷一块儿进吧。"

嘤鸣因他那句主子娘娘觉得不自在，但想起先头皇帝都直愣愣地管她叫皇后了，德禄作为心腹太监，自然要顺应主子的意思。

御膳很好吃，但今日实在不好意思蹭吃蹭喝，便说"不必了"，上前蹲了个安道："万岁爷昨儿夜里睡得好不好？"

皇帝说好，不能告诉她昨晚上整夜绮梦缭绕，全是关于她的。船上的种种，她可能毫无印象，但自己记得清清楚楚，要是让她知道了，不定怎么看待他这个皇帝呢！他看见她捏着帕子的手，还有她的嘴唇，心里不免一阵慌乱，那么多的蠢蠢欲动、想入非非，现在回忆起来都觉得脸红。他面对她便有种难掩的罪恶感，立在光天化日之下，觉得自己的尊严都快融化了。

他匆匆转过了身："进里头说话吧。"然后负着手，故作沉稳地走进了殿里。

他越从容，嘤鸣便越心虚，定了定心绪方跟他走进云崖馆。

这里同养心殿不一样，没有养心殿的辉煌，也没有养心殿紧迫的味道。这里很简单，很闲在，素雅的陈设和用具，上首坐着清正文人一般的皇帝。他今儿穿一件月灰的湖绸行服，挽出规整的石青色马蹄袖，他有一双敏锐干净的眼睛，即便在世俗里来去，依然如晨星晓月般剔透宁静。

多奇怪，嘤鸣总能从那不招待见的性格里发现他超乎寻常的美，难怪老辈儿里就有传闻，说宇文皇族的美貌历来是传奇。一个人再讨厌，只要皮囊生得好看，总比普通人要讨巧些，嘤鸣看了他两眼，复垂下眼皮道："奴才来传老佛爷的口信儿，老佛爷说昨儿宫里小主们玩儿累了，今天休整一天，等晚些时候再回宫。"

皇帝"哦"了声，坐在宝座上心烦意乱。

殿里没有第三个人，他们一坐一立，彼此都觉得压力很大。皇帝忍了又忍，毕竟他是做大事的人，心存疑虑就不能含糊，这是多年养下的习惯。

可他正要张口，便听见她说："万岁爷，我昨儿喝醉了酒，没对您做下什么事儿来吧？"他立刻机敏地发现情况可能有缓，一个断过片儿的人，应该比平时好糊弄吧！

## · 四 ·

人心就是那么贪，在确保自己能够全身而退的情况下，他试图再争取一点不应获得的好处，比方说让她对自己产生怀疑什么的。

"这件事儿……朕也说不出口。"他摇了摇头，"算了，不提也罢。"

人的好奇心总是那么旺盛，尤其是关于自己的，即便是丑事，也要丑得明明白白。嘤鸣虽然这会子头皮开始发麻，但她依旧很坚强地打算追问到底："万岁爷，您说吧，奴才也愿意听听。"

皇帝一副很为难的样子，还是摇了摇头："你醉了，醉酒后的事儿不必当真，朕已经忘了。"

忘了？这和她设想的情况不相符，也不是他应该说的词儿。嘤鸣叠着手，勉强笑了笑："昨儿喝醉的人是我，您怎么能忘了呢，我不相信。"

于是皇帝想，既然她这么诚心诚意地问他，那就不要再和她打马虎眼了吧！

脑子里开始飞快地拼凑，他把昨儿的一切推翻又重组，垂下眼，带了点落花流水式的哀伤，慢悠悠地说："朕没想到，你醉得灵魂出窍后，竟是这个模样。你对朕大不恭，强行搂住朕，把朕全身上下都摸遍了。朕本不愿说的，说出来有损朕的威仪，也伤了你的体面，何苦来呢。"

嘤鸣每听一句，嘴就张大一分，到最后都惊得合不拢了，喃喃说："万岁爷您可别蒙我，我不是这样的人。"

皇帝瞥了她一眼，半晌没有再说话。他静静坐在那里，像一尊玉做的雕像，在她冥思苦想的时候轻蹙了下眉道："是不是这样的人，一点都不重要。你既然喝醉了，朕绝不会同一个醉鬼计较，所以昨夜的事儿就不必再提了，到此为止吧。"

可是嘤鸣无法认同，皇帝的话里有多少水分，拧一拧，怕是要把后湖都蓄满了。

她低头看看自己的手，从上到下都摸遍了？这不是胡扯嘛！她说："奴才一点都不记得了，奴才只记得您说自己是许仙……"她看了他一眼，"有这事儿吗？"

皇帝心头踉跄了下，暗忖这是怎么回事，不是醉得不省人事了吗，怎么还记得许仙？既然记得那句话，是不是意味着从前到后的所有细节她都知道？这样就不妙了，恐怕要坏事啊，因此接下来她说什么都不能承认。于是皇帝坚定地说："你睡迷了吗？朕堂堂一国之君，怎么会说自己是许仙！八成是你做梦呢，梦见了朕，真假便分不清了。"

梦见他？嘤鸣皱了皱眉，她凭什么要去梦见他？

她说："不对，我记得清清楚楚，您说您是许仙，不光这样，还说了其他的话。"

皇帝又紧张起来："朕最不屑你这种倒打一耙的人，自己做错了事不承认，一味地胡搅蛮缠……"说罢觑了她一眼，"朕还说了什么？横竖你已经豁出去了，不如全说出来的好。"

老天保佑，不要让她想起送儿子这段话。如今回忆，简直不堪回首，他在想，如果她愿意接受他给的儿子，他会不会直接办了她。天爷，真是太不像话了，他一个帝王，居然也动过心思想做这样的事儿，简直是人生的污点，让他看清自己的内心有多龌龊。

他忐忑不安，狠狠抠着雕龙扶手的眼睛，几乎把那层鎏金抠得脱落下来。她又在仔细琢磨，但琢磨了半天一无所获，最后摇摇头道："奴才实在想不起来了。"

皇帝松了口气，轻蔑地哼笑了声："到底编不下去了，朕还以为你有什么惊人之语呢。往后喝酒自律些，不要贪杯了，尤其和朕单独相处的时候，你的酒品太差，朕都招架不住你。"

嘤鸣疑惑地看着他："我记得那壶果子酒是万岁爷怂恿我喝的，说该学学喝酒，往后好作陪老佛爷和皇太后。"

她非要反驳他，让皇帝有些难堪："朕让你喝得酩酊大醉了吗？让你醉后对朕不恭了吗？"

嘤鸣又羞又臊，不敢断定他话里的真假，便记起了松格死不承认的那一套，坚决地摇头，表示自己什么都没干。

其实她摸了他，这点是铁一般的事实，她现在抵赖，让皇帝觉得很不是滋味儿。

"你是要当皇后的人，皇后之尊，与朕同体，你也应当有点儿担当才是。"皇帝拧着眉心说，"别学得跟你阿玛似的，整天和稀泥，你得青出于蓝而胜于蓝，这是朕对你唯一的要求。"

好好地说两人之间的事儿，牵扯上她阿玛做什么？纳公爷虽然极其不着调，但这不失为一种自保的手段。先帝爷时期他可是一等王大臣，也为先帝爷平定过喀尔喀。朝廷之中一山难容二虎，后来薛尚章和多增夺权，多增本来是辅政大臣之首，还不是被薛公爷挤对得没活路了吗？公爷作为机灵人儿，一面依附薛派，一面尽可能地不办实事儿，这是保命的良方。嘤鸣曾经也不理解纳公爷的做法，到后来才明白，得罪皇帝，皇帝权衡利弊还能容他浑水摸鱼；得罪了薛尚章，薛公爷可不是吃素的，今天作对，明天就会被整治死，死得太快，他还留恋这大好人间呢。

嘤鸣把两道眉毛拧成了麻花："万岁爷说这话奴才就不爱听了。我是我阿玛的闺女，您在我跟前说我阿玛不好，我也会不高兴的。"

皇帝啧了一声："你还犟嘴？朕是督促你学好，你是要当皇后的，现在敢做不敢当，将来后宫不得被你搅成糨锅吗？"

她闷着头不说话了，在皇帝以为她终于屈服时，她开始不解地嘟囔："我怎么成了小青呢，里头肯定有诈……"

皇帝的心又蹦跶了下，觉得再继续下去不会有什么好结果，不耐烦地叫了声德禄，问："膳齐了没有？"

德禄忙从外面跑进来，哈着腰说："回主子爷，膳都齐备了，摆在西边儿花厅里了。"又冲嘤鸣姑娘赔笑脸，"主子娘娘，您一块儿移驾吧！园子里的御厨和宫里的还不一样，园子里爱做时令小菜，还拿花儿做果子呢，您不尝尝吗？"

嘤鸣听了有点犹豫，拿花儿做的果子究竟是什么样的，她也想见识见识。可光是德禄奉承没用，得皇帝发话才行。她瞅了瞅那位爷，他闲闲地调开了视线，连瞧都不瞧她。她着急上火，说："万岁爷，您不能拿熬鹰的方式对我，您得给我吃的。"

这人，还好意思开口要吃的呢！皇帝心说你又不是我养的鹰，鹰还好驯点儿，你简直是块石头！

可是有什么法子，谁叫他喜欢她。皇帝叹了口气："走吧，赏你边上搭桌子。"

边上搭桌子，就是另准备一张小桌，从皇帝的桌上分点儿膳食共享。皇帝是真龙天子，不与人同桌，像上回半夜进小食还能一张桌旁坐着，正经排膳的时候就得讲一讲规矩了。

因为有吃的，关于摸与没摸的话题就暂且搁置下来，嘤鸣很恭敬地请万岁爷先行，自己老老实实在后边跟着。进花厅前见了小富，说："谙达，松格还没进吃的呢，劳您驾，替她准备一份吧。"

前面的皇帝听着，心里不是滋味，暗忖对待下人都这么尽意思，到了他跟前只会装傻充愣，真叫人不顺心！可是这种不顺心只能憋着，天下大事只在他一勾一画间，面对这个姑娘，他却不敢吐露自己心里的想法。饶是如此，她在身后，他也暗暗地欢喜。


皇帝很愿意向她展示宫廷膳单上品种的多样性，一个人的胃口能有多大呢，但是一箪食一瓢饮不符合煌煌天家的做派，得往豪华了安排。他坐在填漆花膳桌前，各色的膳食摆了满满一大桌，光是汤膳碗菜就有二十品。

何为早膳，何谓晚膳，横竖就是大鱼大肉。嘤鸣在边上的小膳桌旁坐下，皇帝就开始命太监往她桌上匀菜，挑漂亮精美的，全到了她面前。像竹节卷小馒首啊，牡丹包子豆尔馒首，还有珐琅葵花盒装的小菜，以及各种奶子饽饽，把她的膳桌铺排得满满当当。

"回头别去太皇太后跟前告黑状，朕把吃的都分你了，这回不是熬鹰了。"皇帝慢且优雅地由侍膳太监伺候进膳，面无表情地说。

嘤鸣点了点头，一本正经地端起了五福金盏子，那庄重的模样，简直像在做学问。

多好，这样的时光！外面松风阵阵，日光透过支窗，在金砖上洒下一地菱花。面前有美食，身旁有她，往后一直这样下去，就算过上三五十年也不会腻味。

早膳用得差不多的时候，照例应该给底下嫔妃们分赏菜，皇帝指了指冰糖炖燕窝，说这个赏恭妃，又指指火熏鸭丝，这个赏顺妃。能得赏菜的，大多位分比较高，嫔以下的几乎从来没有这个荣幸。嘤鸣看了良久，说："万岁爷，您赏一样给贞贵人吧。"

皇帝不解地看她："贞贵人？"

她说"是"，笑了笑道："贞贵人这些年过得不容易，您赏了她福菜，她往后就有脸面了。"

皇帝明白过来，这是皇后开始平衡后宫了。他一向对妃嫔们不怎么上心，连贞贵人长什么模样都不大有印象，但既然她发了话，他也愿意和她一道做一回好人。

"这个给贞贵人送过去吧。"皇帝点了一碟奶酥饽饽，吩咐三庆。

三庆道"嗻"，拿食盒装上，往贞贵人的处所去了。

底下人来伺候他们盥手漱口，一切收拾停当，皇帝打算出去散散，想让她作陪，高高在上地扔了一句话："赐你同行。"

嘤鸣心说鬼才要和你同行，说句软乎话会死吗？她揉了揉额角："奴才今儿闹头疼。"

皇帝哂笑："那朕传太医来，给你扎上两针，你就不疼了。"

那就算了吧，嘤鸣立刻说这会子又好了，跟在他身后，一同出了云崖馆。

从西路一直往北，后宫女眷们大多在东路，基本不会遇上。皇帝愿意两个人多多独处，有了后宫的掺和，味儿就不醇了。

在开满蔷薇的长堤上缓缓前行，皇帝负着手，一副意气风发的模样，眼梢能看见她的衣角，知道她就在不远，不必特特儿张望，心里也很安定。

一只蝴蝶飞过了，白色的翅膀，黑色的花纹。皇帝想让她看，她却还在琢磨："昨晚……"

怎么又说昨晚呢，再说下去要穿帮了。虽然她对他做了很多不可言说的事儿，他也动了想幸她的心思，但毕竟各打五十大板嘛，就不必深究了。

"昨晚的事，朕恕你无罪，别再费思量了。"皇帝摆了摆手，"你看那个……"

嘤鸣抬起眼，就着他手指的方向看过去："扑棱蛾子？"

皇帝蹙眉："不是扑棱蛾子，是菜蝶。"

"奴才知道，它和扑棱蛾子长得像，所以咱们家里爱管它叫扑棱蛾子。"她眯眼看着，慢慢笑起来，"这种菜蝶儿傻得很，人家糊弄它，它也上套。我们小时候招蝴蝶，剪一个圆片儿，拿线拴在小棍儿上摇动，一会儿工夫能招一群。"

"骗人。"皇帝不相信，"它们没长脑子，也知道认亲戚？"

嘤鸣觉得和一个谈惯军国大事的人聊蝴蝶，简直是对牛弹琴："它没长脑子，可它长眼睛了呀，看见自己人多了，它以为那儿有好花蜜，不得过来瞧瞧嘛。人爱扎堆儿，蝴蝶也爱扎堆儿，您要是不信，下回我试给您瞧。"

说完了想想，其实皇帝一个人孤零零长大也不容易，他是个没有童年的人，同龄的孩子在打弹子、捉蛤蟆骨朵的时候，他正趴在比他人还高的案上奋笔疾书，所以他不知道招蝴蝶的法门，觉得一切很不可思议。嘤鸣叹了口气，小时候玩儿剩下的，在他看来挺稀奇，其实这样的人，过起日子来远没有处理朝政时老辣狠戾，至少她从有限的犄角旮旯里，常有不一样的发现。

然而皇帝呢，绝不是个愿意示弱的人。虽然他真的很想看她招蝴蝶，可他是皇帝，绝不能对这样的事儿心存好奇。于是他嗤之以鼻："小孩子的玩意儿，也配拿到朕跟前来显摆。"

谁听了这样的话都会不高兴，嘤鸣耷拉下眼皮，不搭理他了。

就算她不言声，皇帝也知道她不痛快，但她不能发作，这就是男人作为帝王的好处。

前面不远就是雅玩斋了，那里装了很多从民间搜集来的小玩意儿，皇帝像个怀揣了宝贝的孩子，想带她去见识见识他的藏品。不过这长堤确实很长，并且有几处装了涵洞还没来得及填土，他是爷们儿，人高腿长，轻轻一迈就过去了。接着往前，才走了几步就听见她在后头喊："哎……哎……我怎么过去！"

他回头看，发现她站在另一边愁眉苦脸。皇帝作为男人很不明白，才三尺来宽的小沟壑，怎么就过不来？

"使点力气，一迈就过来了。"

可是三尺的缺口，对嘤鸣来说像天堑似的，就算花了力气也未必迈得过去："我的袍子不开衩！"

皇帝觉得太麻烦了："撩起来呀，横竖这儿又没旁人。"

嘤鸣回头看了眼，明明十丈开外跟着御前的人，不戳在眼窝子里就叫没有旁人吗？再往下看，泥被开垦得七零八落，虽然不深，平地往下也有两尺，她实在不愿意掉下去。

怎么办呢，她很着急，皇帝站在另一边鼓励式地望着她，一再怂恿："往后倒两步，跑起来，一跳就过来了。"

嘤鸣对他站干岸的做法十分不齿，可是万岁爷在那边等着呢，她不得不跳。好在宫装袍子底下都穿着裤子，就算露出来，至多不雅些，也没有大妨碍。

她咬了咬牙说："您让开。"然后带着鱼死网破般的决绝迈出了腿。可惜最后人是过去了，鞋却掉了下去，顺便因收势不住，扑倒在了皇帝面前。

皇帝大笑起来："看吧，朕说了能过来的，不过你的腿，怎么这么短啊！"

· 五 ·

这个人，不会说话就少说点，什么叫腿短？她是姑娘，又不是他们练家子！

嘤鸣扑倒在地很懊恼，她可是公府小姐出身，如今跟着皇帝就成了这样，气得直想哭。她趴下了，他还幸灾乐祸地说："不必多礼，伊立吧。"她仰起脸，含着泪，狠狠瞪了他一眼。

皇帝被她一瞪，笑不出来了，惴惴地反省自己是不是哪里又做错了。远处的德禄痛心疾首，"唉"的一声，叹出了山河同哭的味道。

"咱们万岁爷，得亏是万岁爷啊！"这种迂回又无奈的感叹，无法直击痛处，难免有隔靴搔痒的苍白。德禄看着三庆，露出咧嘴欲哭的表情。

三庆抱着拂尘，脸上一片荒寒："投胎是门儿大学问。"这话要是换了平常，德禄作为管事一定狠狠骂他，乃至皮笊篱伺候他，可这趟却丝毫没有这种想法，甚至十分认同他的话。

多少回了，天时地利的好机会，全这么平白错过了。嘤姑娘迈不过去，正是他老人家展示男子汉气概的好机会，他应该把姑娘抱过去，如此既能感受一把软玉温香在怀的旖旎，也能大大拉近和姑娘的距离，这样不好吗？可万岁爷偏不，他就袖手旁观着，姑娘摔倒了也不扶人家一把。他们是离得远，没听见，八成还会冒出一些不合时宜的话来。就这模样，还想让姑娘喜欢上吗？

脑瓜子疼，主子这样的刚直，神仙也难撮合这二位。想想人家海大人，再瞧瞧这位爷……要不是皇权压人，姑娘进了宫插翅难飞，这会子早就一脚把他踹到十万八千里开外了。

那厢的嘤鸣也确实有这个冲动，她没站起来，干脆席地而坐，因为觉得自尊受到了践踏，脊梁也挺不起来了。

"你坐着干什么？"皇帝道，"哪里摔疼了吗？"

嘤鸣的满腔愤怒揉圆了搓扁了，最后化作一蓬烟，装进了一贯的轻声细语里："奴才脸疼啊，起不来了。"

皇帝听了她的话，目光仔细在她脸上巡视了一圈，并没有发现哪里受了伤，才知道她是有意呲打他。细想想，自己好像是有不足之处，见她一只脚上只剩罗袜了，便走到缺口处看了一眼："你的鞋掉了……"

然后呢？还让她蹭着袜子下去捡鞋吗？她笑了笑："万岁爷，我不是您的皇后吗？"

皇帝愣了一下，脸上隐隐发烫，明白她的意思，是让他下去把鞋捡上来。

垂治天下的帝王，这辈子还没给女人捡过鞋呢，往常要是有谁敢这么暗示他，早被他五马分尸了。可如今这人是他的皇后，帝后再高贵也是寻常夫妻，况且边上没有外人，他屈尊一下应该也没什么吧！

于是皇帝弯下腰，把那只绣鞋捡了起来，白洁的缎子上绣着翠色的柳叶，鞋也像人一样干净爽利。拿到她跟前，别扭地递过去："给你。"

嘤鸣穿上鞋，站起来拍了拍身上的泥，二话不说扭头就走。

皇帝"哎"了一声："你上哪儿去？"

这哪里是突然，面子都丢尽了还跟他一块儿上雅玩斋，真当她是二皮脸呢！其实她的气生得没什么道理，自己迈坎儿失败了，也不该把气撒在他身上，她在恼什么呢？就恼他站干岸看笑话，还一句一句捅人心窝子。这样的爷们儿，放到民间该打一辈子光棍。真是老天没眼，这种没心没肺的人竟是皇帝，他除了这金光闪闪的出身，还有什么？

这回她有了经验，迈腿的时候一脚在缺口边沿蹬了一下，轻轻巧巧就跨过去了。皇帝在她身后喊："哪里来的好规矩，朕还没答应，你也不请跪安，就这么自说自话地走？谁给你的胆子！"

嘤鸣吸了口气，平复了下内心的情绪，然后回身扬手蹲了个安："奴才告退了。"

她行完了礼又要走，这让皇帝感到十分不悦："你站住，朕叫你站住！皇后……齐嘤鸣！"

气恼归气恼，嘤鸣到底没有那么大的胆儿抗旨不遵。起先硬着头皮走了几步，直到听见他连名带姓叫她时，就不敢再迈步了。

她没辙，只得转回来，隔着缺口好声好气地说："万岁爷，奴才的衣裳脏了，再在主子跟前是失仪，奴才得回去换衣裳。"

皇帝皱着眉，嫌她穷矫情："地上的土是干的，沾了点灰拍拍就是了，犯得上专程回去换衣裳吗？"

他难道不明白，她就是不愿意理他了，才借口换衣裳要回去的？天下最没风度的爷们儿叫她遇上了，往后还要嫁他，想想真是倒了八辈子霉。明明昨儿晚上还抱她回太朴轩的呢，她一头羞臊，一头觉得这人不是那么不可救药，结果天一亮他就现了原形，难道昨晚上的是鬼不成！

朗日下的皇帝，很有股不怒自威的气度，他寒声道："你给朕回来，朕连鞋都给你捡了，你还要怎么样？朕是什么身份，你不是不知道，赏了你这么大的脸，你自己琢磨去吧。"

其实这也算极大的牺牲了，要是换作以前，真是想都不敢想。近来万岁爷确实有寸进，但人家毕竟是皇帝，骨子里的傲慢根深蒂固，她也不能要求他变得像海银台一样体贴，更别说她未开口，就知道她的心意了。

皇帝呢，心里也有些委屈，觉得女人真麻烦，自己腿短迈坎儿趔趄了，还生他的气，这是哪儿跟哪儿！他如今好性儿，都纵着她，要是像以前那么厉害，她这会儿该拖下去凌迟才对。

谁还没点儿脾气，皇帝闷闷不乐地想，嘴里嘀咕着："昨儿是朕生日，一样东西都没送给朕，醉得一摊泥似的，还要朕送回去……也不知哪儿来的脸摆谱。"

这点抱怨，一句不落地全进了嘤鸣耳朵里，她心说你一个皇帝，天下最富的就数你，你还觍着脸和人要寿礼呢！这是她进宫头一个万寿节，本以为皇帝过生日和民间不一样，现在看来似乎也没什么不同。

她低下头，全身上下打量了一遍："奴才只身进宫，什么好东西都没带，也没什么能送得出手的。"摸摸头上，发簪这种东西送了他，他也没用。手上的镯子又太贵重，舍不得，只有胸前的十八子手串，是迦南珠子配了南红坠脚，不那么女气，勉强可以充作寿礼。

她摘了下来，恭敬地用双手递过去："昨儿奴才吃醉了，没能给万岁爷贺寿，请万岁爷恕罪。这是奴才的一点心意，万岁爷要是不嫌弃就收下吧。"

皇帝瞥了一眼，隐隐欢喜，心道这块顽石总算还有知礼的时候。不过脸上不宜显出高兴的神色，以免不尊重，丢了份儿，于是挑剔的神情配上挑剔的手势，随意捏起了手串儿，也没细看，"嗯"了声道："算你有孝心，这东西朕虽瞧不上眼，也不能不给你面子……那朕就勉为其难收下了。"

嘤鸣腹诽不已，甚至动了想收回来的心思，但见皇帝把手串装进了袖袋，复转身向北缓缓而行。堤上风大，吹起了他发辫上银制的细碎珠结，簌簌的，为这人增添了许多秀色和清气。

嘤鸣跟在他身后，不明白他为什么非要带她去雅玩斋。皇帝的想法不过是想同她一块儿走走，宫里的时候他太忙，而且处处有眼睛。不像现在，堤岸两侧是浩渺无垠的烟波，这世界仿佛只有他们两个，说话也好，做事也好，没有那么多忌讳，像平常的一对未婚夫妻。

走上一程子，前头又有一个缺口，这段原是新修的，逢夏季水位暴涨一直没能完工，因此还不及前一个规整。皇帝先迈过去后，站在决口的另一边向她伸出了手，说："你大胆跨过来，朕接应你。"

这回嘤鸣学聪明了，没像上次那样听他的傻愣愣往前冲，她提起袍子从从容容踩在涵洞上，又从从容容跨了上去，然后昂着脑袋从他身旁走过。皇帝尴尬地收回了手，气恼天底下为什么有这样睚眦必报的女人，她现在胆儿那么肥，即便是面对皇帝，她也敢叫板。可是有什么办法，她走远了，他还是得追上去。

雅玩斋在畅春园的西北角，那里三面环水，是园子里第一清凉安静的所在。戍守的太监见他们来了，忙上前扎地打千儿，恭顺地把人引进去。皇帝熟门熟路地带她逛了一圈，这里收集的东西并非多华美贵重，基本以奇石和书画为主。还有水师新造的宝船模型，以及从开国时期至当下各个时期的弓箭鸟铳，顺着一一看过来，是活脱脱的一部武器进化史。

"如何？"皇帝看着这些藏品，自矜地微笑，"这是朕多年来收集的，大英上下再找不见比这里更全的了。"

嘤鸣对这些武器一窍不通，并且毫无兴趣。爷们儿喜欢舞刀弄枪，她又不喜欢，只能口头敷衍着："万岁爷真有恒心，那么老旧的东西，是从哪儿淘换来的？"

"你不懂，越老的东西越难得，像那把雁翎刀，别看它锈迹斑斑，它可在圣祖攻打鞑靼黄金家族时立过战功。"

曾经的逐鹿中原，他说起时总是充满骄傲。宇文家将近三百年的基业，每一朝每一代都是圣主明君。也正因着祖宗教诲，他越发要进益，才不负先祖们的励精图治。

至于嘤鸣呢，觉得石头远比武器有意思。她撑着膝头，看向玻璃罩里的乾坤："这个像熊掌，这个像五花肉……"

皇帝站在她身后，静静看着她，袖里的珠串落在掌心里慢慢地研磨着，半晌道："楼上还有藏品，你随朕来。"

循着朱红的楼梯上去，过了雕花落地罩，就是满屋子的烫样。这也是开国后留下的，钦工处掌案新旧交替，三百年园囿行宫和陵寝的修建，全浓缩在这小小方寸之间。他带她来，其实也有私心，不光是为了让她看见这些小玩意儿，更是为了试试她对海银台是否还有留恋。

他几乎不错眼珠地看着她脸上的神情，她的每一次眨眼，每一次蹙眉，他都要仔细分析再三。她对这些烫样应当是熟悉的，在一个四合院前停留了很久，他终于忍不住问："你在想什么？"

嘤鸣迟疑着："这院子，我好像在海大人家见过。"

皇帝心上一沉，暗道果然想起海银台了。可嘤鸣觉得既然让她看，就不会希望她有意闪烁其词。有些话，反倒是说开了比较敞亮，横竖自己也没什么见不得人的，她和海银台定过亲是事实，宫里明知她许了人家还把她召进来，对这段经历应当是认可的。

"万岁爷今儿带奴才来这儿，就是为了让奴才瞧这个吗？"她笑了笑，和声说，"主子不了解我这个人，我不争不抢活到今儿，向来是家里怎么安排，我就怎么办。早前和海家定亲，两家大人都觉得好，我也无可无不可。姑娘大了总要嫁人的，定了海家我是这么着对海银台，定了别家我也是这么对别人，应当应分的。"

皇帝对她这种态度很不满，虽然挑不出错处来，可他就是不满，下意识地认为自己和那些人不同，至少在她这里应该得到更高的待遇。

他按捺了下，凉声道："如今朕要下诏了，所以你也这么对朕，是吗？巩华城里那回，朕看见你们私会了，既然退了亲，就该知道男女大防。"

嘤鸣觉得他有点儿过于小心眼了："那回是恰好碰上，怎么成私会了？您不能这么给我扣罪名，我可清白着呢。"

皇帝调开视线，哼笑了声道："就算是恰好碰上，也该错身而过。你们呢，全然不顾旁人议论，在台阶上说了那么长时候的话。"

他这语气，简直像捉了奸似的，让她觉得很不痛快："那是人情世故，就算是一面之缘的人，见了也得问一声儿'您吃了吗'，我和他打个招呼不为过啊。"

皇帝气她狡辩，其实她只要答应一句往后再不理海银台就成了，何必说那么多没用的。他现在的心境就像孩子，咱们俩既然做了朋友，你就不该有别的朋友，要不就郁塞难受、抓心挠肺。

可嘤鸣没领会他的意思，在他高声质问她"你是什么身份，自己还记不记得"的时候，她气红了脸，一迭声说："您怎么这样儿……您怎么这样儿……"

楼下的德禄和三庆面面相觑，心说完了，这是吵起来了啊。这二位的相处真是波澜壮阔，他们自己倒没什么，要把边上伺候的人吓死了。

咚咚咚，楼梯上的脚步声踩得山响，他们忙上前相迎，下来的是嘤姑娘。她应该很生气，两颊染了一层红晕，还要极力保持体面，冲他们一笑道："我先走一步，主子还在上头呢，谙达们尽心伺候吧。"说罢再没停留，走出了雅玩斋。

"快快快……"德禄飞快推三庆，"快陪着一块儿走，花堤太长了，别出什么岔子。"

三庆得了令忙追上去，连叫了好几声娘娘，可惜娘娘并不理他，匆匆往南去了。

皇帝站在廊檐下看着她越走越远，不明白，好好的，怎么成了这样："脾气比朕还大。"

德禄站在落地罩前小声开解着："万岁爷还不知道娘娘嘛，这会子恼了，明儿就好的。娘娘就有这点好处，她不记仇，回头主子再哄哄，立时就有笑模样了。" 皇帝听了一哂："朕去哄她？惯的她！"说完了又叹气，顿了顿道，"打发人去巩华城一趟，上假山石子那片，找找那方假印还在不在。"

德禄道："主子恕罪，奴才上回自作主张，已经把东西找回来了，因主子不提，奴才也不敢多嘴。如今主子要了，回宫奴才就给主子取来。"

好奴才就得有眼力见儿，皇帝颔首，但依旧怏怏不乐。垂眼瞧手里的迦南十八子，鬼使神差地嗅了嗅，浓郁的沉香味在鼻尖扩散，像缭绕在他心头无尽的哀愁。


## ·六·

皇帝和嘤鸣的万寿节过得不是滋味儿，但太皇太后和太后及小主儿们倒是心满意足，第二日到了傍晚时分才登车回銮。

从畅春园到紫禁城路途并不远，黄幔围出来的御路从直义公府所在的胡同前经过，要是没有那层隔断，甚至能够看见府门前的石狮子。

嘤鸣望着外头晚霞满天，那迟重的金色晕染得树木和屋顶都黄澄澄的。真可惜，一去半年了，过府门而不入，简直成了大禹。松格瞧她神色黯淡，握了握她的手说："主子，您想家了吧？"

嘤鸣不说话，看着窗外直愣神。哪能不想家呢，可是回家的路被黄幔子隔断了，她已经回不去了。原本倒也不是多叫人难受的事儿，还在一座城里，阿玛在军机处，想见的话使使劲儿，也能见上一见。至于福晋和侧福晋，老佛爷有恩旨，可以召她们进宫来，还有什么不足意儿呢，就是可惜再回不了她的小院子了吧！

进宫前她是做好了准备的，一切想透彻了，压根儿没什么。可今天不知是不是日近黄昏的缘故，感觉特别凄凉。咫尺之遥迈不进那个家门，她心里又孤单又无依，眼眶子就湿了，那种伸张不了的憋闷，真让她喘不上气儿来。

松格见了，哀声劝慰她："您别哭啊，实在想家了，咱们想辙求老佛爷，哪怕告个假，也回去待一天，成吗？"

嘤鸣摇摇头："别给家里添乱，我也不是因为回不了家才难受。"

"那您这是为什么呀？"

为什么……她也不知道，今儿堵了一天了，横竖处处不顺心，挤对得自己想放声痛哭一场。

左右都有禁军呢，痛哭是不能够的，叫人看见掉眼泪也不好。她正要放帘子，忽然听见松格低呼："主子您瞧！"嘤鸣纳罕地顺着她指引的方向看过去，道旁一棵老槐树的枝丫上骑着一个孩子，七八岁光景，皮头皮脸的，原来是厚贻。

忽然看见了兄弟，那种悲喜交加的感觉真说不出来。厚贻也正朝车队里张望，可是车轿太多了，他不知道自己的姐姐在哪一辆里。

嘤鸣急起来，却又不好出声，厚贻年纪小，这种情况下上树还能被原谅，但她这头要是给了回应，那就是大损脸面的事儿了。她只能努力打着帘子，希望厚贻的视线能挪过来。终于他看见了她，在树上扑腾了两下，一面使劲朝她招手，一面冲下面的人小声喊："二哥，我看见二姐了！我看见二姐了！"

厚朴在树下呢，因为他已经是半大小子，敢坏了清道儿的规矩，是要被抓去砍头的，所以他在底下听信儿，把自己的弟弟送上树找人。他们就以这样的办法获得进宫半年之久的姐姐的消息，嘤鸣的眼泪像走珠似的，滴滴答答淋湿了胸前的衣裳。

她捏着帕子摇了摇手，表示自己一切都好着呢。姐弟这样的眼神交集也不过刹那，车轿过去了，就再也看不见了。

要是没见着人倒好，见着了心里越发难过。松格忙放下窗上的帘子，给她擦眼泪："主子您别哭了，回头哭肿了眼睛，老佛爷问起来不好交代。"

是啊，她何尝不知道呢，但难受了就忍不住。她靠在松格肩头说："我不想进宫了，我想回家。"

松格跟在她身边那么长时候，知道她是个谨慎的人，从没有使小性儿的时候，今天这样，八成是有别的原因。

"您是因为和万岁爷闹不痛快了，才不想进宫了吧？"松格眨着眼睛说，"您以前可不在乎他，如今我瞧您和往常不一样了，您别不是喜欢上他了吧？"

嘤鸣的心猛地被人掐了一把似的，顿时一阵痉挛。她红了脸，恼羞成怒地低叱："你得了失心疯吗，瞎琢磨什么呢？"

松格吐吐舌头，是不是瞎琢磨，您自个儿心里知道。

其实姑娘喜欢上一个男人是再正常不过的事。皇帝正值大好的年华，长得又无可挑剔，虽然脾气坏了点儿，但人家是天下第一尊贵人儿，多少女人为得他的青睐情愿磕破了头，所以她主子对皇帝心动顺理成章。

事实上皇帝对她主子确实也不赖，有好吃的愿意分她，给她大把的银子花，最要紧的一点是最近都不作弄人了，这样不必提心吊胆的日子，简直神仙一般适意。遥想当初，皇帝何等可怕，他不苟言笑，眼神也冷得像冰，现在虽谈不上多好，但相较之前，简直判若两人。

松格说："您喜欢他是对的，再过两天就是他的皇后了，只有喜欢他，您将来的日子才好过呢。"

嘤鸣摇了摇头："喜欢了就患得患失，喜欢了就要霸占，我可不想变成那样的人，所以不喜欢最自在。"

可是喜不喜欢又不由谁说了算，得问问自己的心才知道。松格说："您想霸占就霸占呗，横竖您是正宫娘娘，后宫数您最大。"

嘤鸣却失笑，小丫头四六不懂，人家是皇帝，哪里是你想霸占就能霸占的。

其实说真格儿的，要和后宫那些嫔妃斗法，她倒并不觉得可怕，她只是没信心，究竟对什么没信心呢，也许是对皇帝，也许是对自己。皇帝其人就别提了，天底下怕是找不见比他更浑的男人，狂妄自大，目中无人，除了那副好皮囊，没有任何可取之处。自己呢，走到今儿一直觉得是顺应天命，命运这么安排她没法反抗，但她可以做到心念不动，不动就是最大的胜利。

她可是纳公爷的闺女，头一条就得学会自保，守住自己的心，天底下就没有人能伤害她。再者他和深知的那段，深知最后落得什么下场，她从来没有忘记。孝慧皇后停灵在钟粹宫，皇帝除了率大臣举哀，几乎没怎么踏足灵堂。帝王家哪里有什么真感情，现在的态度缓和，不过因为你还有些用处，你要是一时糊涂喜欢上了，那将来除了自苦，还有什么？

马车慢悠悠地在黄土道上前行，脑袋靠着车帷子，每磕一下，脑子就激荡一回。嘤鸣觉得自己得好好想想了，大道理都明白，要分析目前的状况，她也能分析得头头是道，但自己的心呢……她一向敢于直面内心，爱恨也泾渭分明，只有那个人，越来越叫她觉得两难。她也和自己赌气，骂了自己一百遍没出息，早前海银台那么好的人，她对人家至多也是觉得可过日子，实惠。如今遇上了呆霸王，那个眉毛胡子一把抓的主儿，她对他的感情却比对海银台更鲜明。难道真是因为他老给她东西吃吗？胃连着心？这也太胡闹了，又不是过荒年，为了两口吃的，难道就把自己卖了？

天要塌啊，嘤鸣伤心欲死，还在气恼雅玩斋里发生的口角。以前这种事儿哪能叫她惦记那么久，如今自己心眼儿窄了，为他几句话，烧了那么久的心。

马车进了神武门，在顺贞门前停下，她勉力收拾了心情，下车伺候太皇太后换肩舆。皇帝也来孝敬皇祖母，两个人一左一右把老太太扶上肩舆，又去扶皇太后，但各自都谨守本分，连视线都没交会一下。

太后发现了端倪："你们怎么了？"

皇帝"哦"了声："一切都好，皇额涅放心。"

他说这话的时候，还是没敢抬眼瞧瞧嘤鸣，直到她随仪仗走了，他呆呆站了会儿，方才登上自己的九龙舆，从东一长街进宫，回到了养心殿。

万寿节过后，御案上的折子已经堆积了老高，他坐在案前定了定神，开始一一批复。这一批就忙到了半夜，撂下笔的时候德禄把那方假印呈了上来，他拿在手里端详，她为了骗他也算花了大力气。这方假印以前是他耻辱的象征，现在却变了性质，他能想到的只有她在灯下专心雕刻的样子，至于愚弄不愚弄，谁还顾得上呢。

于是皇帝命人找个匣子来，把那方印和迦南手串都装了进去。畅春园有个雅玩斋，专门收集武器和各类船舶建筑的小模型，如今他要在身边建个归心堂，里头就装有关她的一切，不论是物件，还是感情。

边上的德禄看在眼里，有种说不出的悲情之感。万岁爷这是怎么了？向来要风得风、要雨得雨的天下之主，是打算开始苦恋了吗？他以前觉得这种事儿不可能发生在万岁爷身上，然而现在看吧，真是苦得像黄连似的。夜深了，万岁爷带着他的小匣子安置去了，德禄抱着拂尘站在穿堂前上夜。天上星辉迷蒙，他眯着眼睛望着，现在的心境，像万岁爷一样充满了忧伤。

只不过情窦初开的万岁爷，有时候的行径也叫人有点儿摸不着头脑。第二天散朝回来，他独自一人坐在勤政亲贤里，对着一张白纸看了半天，最后淡声吩咐："给朕找把剪子来，再找根线。"

德禄不知道他要干吗，但很快把主子要的东西都备齐了，托着金剪子道："万岁爷，您要织补什么？奴才这就传四执库的人……"

皇帝摆了摆手，打断了他的话。

左手白纸，右手金剪，他开始剪圆片儿。剪好了在中间钻个眼儿，把线从那个眼儿里穿了过去。

没木棍怎么办呢，找一支笔撅断了笔头就是现成的。他仔仔细细把线的另一端绕上去，待一切完成时抬起眼，正对上德禄那张不明所以的胖脸，他也不理会，起身便上慈宁宫花园去了。

这个时节还有蝴蝶，慈宁宫花园里的花儿多，从小径上走过，间或能看见翩翩的几只。皇帝捏着笔管站在一丛花前，下令守住各处入口，不许放一个人进来。

这下花园里没人了，只剩德禄和三庆远远站着，他别别扭扭地把笔管提溜起来，当风扬了扬，纸片轻巧地在他袖底翻飞，可惜那些蝴蝶好像压根儿没瞧见。怎么办呢，再把笔管举高点儿，像姑娘挥手绢似的轻轻摇摆，万岁爷的这个举动，把远处的御前红人们吓得心都要停跳了。

三庆说："管事的，主子这是在干吗呢？"

德禄臊眉耷眼地说："我也不知道，难道是在作法？"

于是两个人揣着袖子穷琢磨，琢磨了半天，看万岁爷把纸片儿都送到蝴蝶跟前去了，三庆突然明白了："万岁爷这是在逗户铁儿[1]呢。"

真是个惊世骇俗的发现，三庆说完，和德禄惊恐地对看了一眼。

德禄心里七上八下："庆子，你瞧万岁爷，最近是不是变了好些个？"

三庆点点头："变得咱们都快不认得啦。"

以往的万岁爷，那是多么英明、多么不可一世的主子啊，如今竟有闲心上花园里招蝴蝶，这个变化实在挺叫人想不明白的。德禄说："八成是昨儿在园子里，姑娘和他老人家说起这个了，要不怎么想起这种女孩儿才玩儿的把戏来？"

三庆长吁短叹："咱们主子，往后不会惧内吧？我怎么觉得嘤姑娘说一句是一句呢，虽说咱们主子也有叫板的时候……"

但这种叫板，是维持尊严的最后一招，是一种垂死挣扎般的应战。当然要说惧内，可能言过其实了点儿，一个乾纲独断的人，怎么也不能沦落到那一步。

德禄说："主子愿意抬爱着姑娘，就是心里有这个人哪，这才说一句是一句。你小子混到今儿，连个相好的都没有，要是哪天结了对食，你就明白里头妙处了。"

两个人唏嘘着远望，万岁爷招蝴蝶的手法可能有误，横竖蝴蝶没招来，招来了一只臭大姐[2]。

他们这儿正琢磨呢，忽然发现北边咸若馆里有人出来，定睛一瞧竟是嘤姑娘搀着太后。想是太后早就带着姑娘进花园礼佛了，老主子爱清静，不喜欢前呼后拥，只留了两个大丫头在跟前，因此他们守住了随墙门，忘了园子里的几处馆阁。

德禄懊恼不已，想上去提醒万岁爷，可惜来不及了，太后和嘤姑娘都看见了，站在汉白玉栏杆前目瞪口呆。


太后很不明白："皇帝这是干什么呢？"

嘤鸣觉得这呆霸王真是傻到家了："想是在赶蚊子吧。"

跑到花园里赶蚊子？别不是中了邪吧！太后叫了声"皇帝"，皇帝脸上的表情一僵，勉强定住了神才回过身去。结果一看嘤鸣也在，他又大大不自在起来，尴尬地冲太后笑了笑："皇额涅怎么来了？"

太后回手指了指："我早就在里头了，嘤鸣陪我一块儿进来礼佛来着。你拿个棍儿在干什么呢，嘤鸣说你在赶蚊子。"

嘤鸣笑不出来了，心道您怎么把我给卖了，皇帝则讪讪地说："是，儿子就是在赶蚊子呢。"

---

1　户铁儿：蝴蝶的北京话发音。

2　臭大姐：椿象，一种臭虫。

太后何尝瞧不出来，他们一来一往扯闲篇，她就知道他们串通一气糊弄人。太后是个知情识趣的，这会子正着急要撮合他们，便道："大中晌里天儿热，我要回去歇觉了。嘤鸣你留下，给你主子打打扇子，赶一会儿可就回去吧，没的中了暑气，发痧。"

嘤鸣应了，哈腰恭送皇太后，两个宫人搀着太后，摇摇曳曳往北边小门上去了。

回身看皇帝，他正无地自容，悄悄把那只摇纸片的手背在了身后。嘤鸣举着团扇过去，照太后的吩咐给他扇了两下，因昨儿才刚闹不痛快，眼下也没什么好脸色。不过细想起来，本也不是深仇大恨，便明知故问："万岁爷，您干什么呢？"

皇帝脸上不是颜色，闷声说："不要你管。"

嘤鸣"嗤"的一声，冲他伸出了手："拿来我瞧瞧吧。"

## ·七·

皇帝自觉很丢人，他本想偷偷找乐子，没想让人看见，尤其是她。可事儿就是这么凑巧，原来她早和太后进了咸若馆，他所做的一切都落了她的眼，她在背后不定怎么笑话他呢。

可她脸上倒一本正经得很，那模样像个治病的郎中，浩然正气地说着"我给你号号脉"。其实他确实需要号脉，近来做的事儿是有些出格了，自己知道不应该，但那种想要撒撒野的冲动一直驱使着他，到底跑到花园里来了。

如今是避无可避，既然撞了个正着，说明运道不佳。他犹豫了下，还是把手里的家伙什儿拿出来，交到她手上。

"朕不过是觉得你说大话，想验证一下是不是真的能招蝴蝶。"

嘤鸣"嗯"了声，似乎对他的话还算认可。仔仔细细检点了每一个环节，最后说："您钻的这个眼儿不对，风车才钻在正中间呢，得往边上挪一挪。还有这棍儿，也忒短了，蝴蝶看见您的袖子这么招呼，哪还敢近您的身呀！"

皇帝虽然对她的挑眼感到不悦，但人家是行家，他也没有什么可反驳的。

嘤鸣是个爽利姑娘，既然发现不足之处就得矫正。这花园里最不缺的就是树枝，地上就有现成的，她撅了一根两尺来长的换下了笔管，又重新在纸片边缘开了个眼儿拴回去。一切准备就绪后，她举着棍儿说"看我的"，然后当风扬手摇摆起来。纸片被细线牵扯着，在半空中忽上忽下地飘摇，乍一看真有些像菜蝶儿。嘤鸣的脸上挂着灿烂的笑，不管能不能招来蝴蝶，自己首先乐成了一个孩子。

这是多久以前的事儿了啊，十岁以后就没玩儿过这个，现在重拾记忆也挺有意思的。

她卖力地摇动棍儿，袖子落在肩头，那一截小臂在日头下白得反光，白成了一捧雪。她笑得眉眼弯弯，那种神情最能感染人，皇帝看着那张脸，仿佛上下翻飞的不是纸片儿，是他的一颗心。

"快瞧，来了！"嘤鸣压声喊，"来了……来了！"

简直如同一片奇景，远处的菜蝶儿果真出现了。翩翩地，从四面八方汇聚过来，粗略数数，总共有六七只。

多不可思议，皇帝之前是抱着将信将疑的态度，本以为她的话不可靠，谁知最后她竟亲自证明了。那些小小的、不起眼的生灵，扎堆儿的场面虽不壮观，但充满震撼。皇帝眯眼看着，看那些翅膀随着纸片飞舞，越聚越多。他不由得也笑起来，她在前面跑，他在后面追赶。她把蝴蝶都引进了咸若馆正殿，那个佛龛林立的庄严圣地，忽而来了这么一群灵动的小东西，上首的佛祖和度母见了，应当也觉得有趣吧！

儿时的游戏，到这里就结束了，只要把蝴蝶引进屋子就算赢。嘤鸣收起了家伙什，仰着头看四散纷飞的身影，穿过扑棱棱的小翅膀，看见了皇帝脸上的笑。

这种笑容，恐怕连他自己都没见过，不同于平时那种冷笑和浅表的应付，是发自内心的高兴。弯着眼睛，露出一排漂亮齐整的牙来，不带任何心机，也没有任何负担，就是纯粹跟着胡闹取乐。

人只有放肆撒欢时，那种欢喜才是真的欢喜。嘤鸣见他这么笑着，先头还嫌他傻，这会子也不觉得了。这样挺好，别老苦大仇深的，他是皇帝，皇帝的心情好与不好，关乎很多人的生杀。万岁爷高兴，大伙儿天下太平；万岁爷不高兴，那就是一片狼嚎鬼叫，家翻宅乱。所以说伴君如伴虎，就算是只笑面虎，不是打心眼儿里的舒心称意，底下听差的也如履薄冰。

"您瞧我没骗您吧！"她得意地摆了摆手里的小棍儿说。

皇帝的视线掉转过来，正想应她，忽然发现自己的表情不得体，笑容立刻隐匿了，淡声道："这种小把戏，只有不长脑子的菜蝶儿才上当。你那么怕虫，菜蝶儿不也是虫吗，你倒不怕？"

虫和虫也有不同，嘤鸣说："奴才不怕菜蝶儿，因为我喜欢长得好看的。那些肉虫还有长壳儿的就不行，像唧鸟呀、刀螂什么的我都怕，就这菜蝶儿，我还能担待担待。"

这人就这么肤浅，只看脸，看不见深层的东西。皇帝眼波一转，表示轻蔑。

嘤鸣想起来，昨儿还和他不对付呢，这会儿游戏结束，他又开始不招人待见了，便把那家伙什往他手里一塞，蹲了个福说："菜蝶儿奴才给您引完了，奴才告退了。"

皇帝不说话，寒着脸看着她。

哪儿又不对了吗？嘤鸣觑他一眼："您这么瞧着我干什么？"

皇帝别开脸道："你如今胆儿可大了，全然不顾朕高兴不高兴。朕记得你才进宫的时候很听话，这才半年而已，你怎么变得这样了？"

嘤鸣低头想了想："因为奴才以前的做小伏低都是装出来的。"

皇帝一听，拿住了七寸："好啊，真说到朕心缝儿里了，朕就是这么觉得的。"

"那主子打算惩处奴才吗？"她眯缝着眼，笑着问他，复叹了口气说，"其实还是因为奴才和您越来越熟了，以前我可怕您了，现在不知怎么的，不再怕得那么厉害了。"

这话她说得意味深长，皇帝也听出了一点别样的味道，像一跤跌进了蜜罐子里，蜜糖涌上身来。他抿着唇，要笑又偏要按捺，便仗着个头高，转过脑袋微仰起脸："朕知道这种说法，民间叫'杀熟'。"

嘤鸣噎了下，垂着头应承："好像也能这么说。"

但是皇帝一点儿不生气，他甚至觉得自己就愿意被她"杀"。以前她恭恭敬敬的，他在她面前虽有威严，但欠缺这种活泛且亲近的味道。其实他心里不愿意她"主子""万岁爷"地叫他了，等将来找个合适的机会，让她直呼他的名字也不赖啊。

"你晚膳用了吗？"皇帝别别扭扭地问，知道这是唯一能留住她的好办法。

嘤鸣瞧了瞧天上："这会子刚晌午，吃什么晚膳呀！"

所以这意思是还没吃吧！他负手走出了前殿，边走边道："朕过会子传膳，赏你搭桌子吧。"嘤鸣还没来得及谢恩推辞，他就已经阔步往览胜门上去了。

这呆霸王，倒也不是那么不堪，除了有时候独断专横些，大多时候还是挺正常的。嘤鸣站在台阶前向南眺望，园子里风光正好，这欲秋不秋的时节，不像先头热得那么厉害，惴惴的心也能平静下来。早前对进宫很恐惧，宫廷生活的最开始也叫她难熬异常。现在时候久了，她好像适应了这里的一切，那么多人同被困在这雕梁画栋的城里，她不是最孤单的。

七月初六转眼便到了，因她在宫里，朝廷颁发的册封诏书先在她跟前宣读，然后又上直义公府念了一回。

纳公爷领着全家老小跪在堂屋前的空地上，身后摆着紫檀的香案，案上高高点着一支线香。风徐徐吹来，吹得线香顶上微茫欲燃，也吹得内廷总管刘春柳拂尘上的白马尾丝缕缤纷扬。

保和殿大学士举着黄绫圣旨，每一个字节都拖得老长："朕惟道法乾坤、内治乃人伦之本。教型家国、壸仪实王化之基。咨尔鄂奇里氏，公纳辛之女也。系出高阃，祥钟戚里，柔嘉表度，六行悉备，宜昭女教于六宫。兹仰承太皇太后慈命，以册宝立尔为皇后。其尚弘资孝养，益赞朕躬，茂著雍和之治……"

纳公爷觉得魂儿都在头顶上飘着，但耳朵像生了钩子，死死勾住了圣旨上的每一个字。他是没想到，他们齐家从龙这么多年，在他这辈儿里，出了第一个皇后。

往后他就是正正经经不折不扣的现任国丈爷啦，多稀奇，多叫人感慨际遇的三十年河东，三十年河西。纳公爷自觉腰杆子这回可硬了，世上哪有人不愿意出人头地的，当年孩子们到了参选的年纪，要不是薛尚章自说自话拍板让他闺女当了皇后，纳公爷也有过让嘤鸣进宫的念想。可后来知道没戏了，姐儿俩感情再好，共侍一夫也没意思。二丫头像他一样重义气，在深知手底下，一辈子至多混个妃位，出息不大，干脆逃避参选，找个寻常人家嫁了得了。如今兜兜转转，这顶凤冠到底还是落在了齐家，纳公爷此时有种想哭的冲动，仿佛这些年受的鸟气终于吐了出来，要当就当一把手的壮志自己没能得酬，闺女做到了，光耀门楣。

大学士念完了最后一个字，笑着说："公爷，给您道喜啦。"

刘春柳上来搀扶，一向眼里没人的大总管这回热情非常，垂袖向他们打了一千儿道："给公爷和福晋、侧福晋道喜了，娘娘进宫半年时候，今儿诏书下了，这会子家里总可安心了。后头大婚事宜，老佛爷发了懿旨，一应照先头娘娘的规制来……"说着声口矮下来，笑道，"就是按着嫡皇后的规矩过礼，您想想，这是何等的体面和尊荣。"

"是是是……"纳公爷揖手说，"全赖老佛爷和万岁爷抬爱，只盼着娘娘能好好伺候主子，代我们鄂奇里氏报答主子们的隆恩。"一头说着，一头往上房引，请大人们喝口茶，一同沾沾喜气。

前头有纳公爷招呼，福晋和侧福晋就退到后院去了。侧福晋眼下还晕乎着，似哭似笑地对福晋蹲安："给福晋道喜了。"

福晋笑着扶了一把："孩子是您生的，该当我给您道喜才是。"

"不不。"侧福晋含着眼泪说，"孩子虽是我生的，但更是您的闺女。这些年全仰仗福晋调理，让她识得眉眼高低，进了宫才得主子赏识，这些全是福晋的功劳。头前三哥儿和四哥儿爬树看见姐姐了，说姐姐瞧着模样挺滋润的，我心里还放不下。这会子旨意来了，一块大石头落了一半儿，总算没有委屈了孩子，要不我这一辈子都要揪在上头了。"

福晋听了也有点儿怅惘，高兴只能高兴一半儿，宫里沉浮瞬息，谁也不知道路能不能一直宽坦下去。但开了好头，总比一直不明不白的好，这半年孩子在宫里没消息，家里比她更着急。眼下尘埃落定，她大概还是上不上心的样子，家里就连她那份一块儿高兴了。

"只是不让娘娘回家来，说老佛爷和太后舍不得，要留在宫里。"侧福晋很失望的样子，"原以为能在家待上三个月，我把她那小院儿都收拾好了，这会子心里头真不是滋味儿。"

"不碍的，"福晋说，"咱们明儿就进宫谢恩去，不愁见不着娘娘。"

两位母亲丫头丫头地叫惯了，如今开口闭口叫娘娘，彼此都有些不好意思。

来宣旨的人稍逗留一会儿就回宫复命去了，纳公爷打发人过来传话，说要上祠堂通禀祖宗。福晋和侧福晋进门的时候，正看见纳公爷跪在列祖列宗的神位前念念有词，说："咱们齐家出皇后娘娘了，往后就是正经的皇亲国戚。虽说当了皇后不算什么好事儿，但总比当妃子强。请老祖宗们保佑孩子一切顺遂，来年抱个阿哥，那咱们家的根基就稳了。"

做母亲的，所求没有那么多，福晋和侧福晋都只盼孩子没病没灾。毕竟薛家的例子就在眼前，皇帝虽尊贵，三岁的时候没了母亲，六岁的时候先帝升遐，后来迎娶孝慧皇后，不过五年光景，皇后也病逝了，若说命格，皇帝实在不算软乎。但眼下没法子，既然到了这一步，不走也得走。但愿嘤鸣的命格能拿得住他，这是全家最大的愿望。和帝王家结亲不像和平常人家，平常人家有问名，能合八字，皇帝的八字可哪能让他们拿来排算呢，一切都是宫里钦天监料理。他们那头自然向着嘤鸣，压不压得住，全得看她的造化。

纳公爷领头给祖宗磕头，才磕了一半，听见门外小厮进来传话，说薛公爷福晋来了。

侧福晋迟迟瞧了福晋一眼："才下的旨意，人就登门了，这回八成有说头了。"

福晋叹了口气："无事不登三宝殿，当初是他们硬把娘娘送进宫的，这会儿封了后，她这是来看收成了。"一面说，一面起身往前去了。

薛福晋坐在圈椅里，低着头一副忧心忡忡的模样，福晋从廊下过来，透过菱花窗看得一清二楚。只是自己一现身，薛福晋立刻换了一张笑脸，说："我才刚从梅翰林家回来，走到半道儿上听说宫里下旨了，特来给你们道喜。"

福晋还了一礼："同喜同喜，娘娘是您的干闺女，眼下孩子出息了，也要谢谢福晋当初的举荐。"

这是在打薛福晋的脸，关于她那头使劲儿把嘤鸣送进宫的仇，齐家即便到了现在还记着呢。但薛福晋并不放在心上，他们怨恨由他们怨恨去，她今天来，只是来给他们提个醒儿。

"她们姐儿俩上辈子八成是一对双伴儿，原就是那么好的感情，现如今走了同一条路，我这会子想起先皇后来，心里针扎似的疼。娘娘是我的干闺女，我和她干阿玛拿她当自己孩子，她眼下登了高枝儿，我们也放心了。只是这皇上，倒不像从前了，这头册封娘娘，那头在朝堂上频频敲打我们老爷，真应了人走茶凉这句话。我是想着，你们不日要进宫谢恩的，见了娘娘替我带个好儿，也请她得了机会，在皇上跟前美言几句。"

福晋是个沉得住气的，捏着手绢慢悠悠道："您倒忘了，后宫不得干政，朝堂上的事儿，叫娘娘怎么好开口呢。况且她同皇上，处得怎么样咱们尚不知道，只怕她是有这个心，也没这个力。"

"话不是这么说。"薛福晋笑了笑，宫里的动向，他们时刻都关注着，"皇上几次三番赏娘娘一同进膳，自是错不了的。咱们呢，毕竟亲如一家，一荣俱荣、一损俱损不是？"

这话里话外的意思，就是要生一起生，要死一起死。越是当了皇后，越该顾及母家存亡。这世上还没有一个不靠母族在帝王家立足的皇后，嘤呜为了稳住地位，保全齐家，就得先保全薛家。

福晋长长叹了口气，这也算叫人拿捏住了把柄，谁叫纳公爷当初确实跟着薛派干了不少糊涂事儿呢。福晋心说成吧，道："等明儿咱们见了娘娘，一定把您的话带到。"

壹伍 秋分

　　皇后的位分确定，是与天底下所有婚姻都大不相同的一种身份转变。圣旨在向齐家传达的时候，封后的诏书也昭告了天下。外头满世界都在议论继皇后的出身，以及继后和先皇后的关系，嘤鸣所感受到的最直观的不同，是日常用具的变化及跟前显见扩充的听差人手。

　　海棠和豌豆都来了，领着所辖的宫人们，跪在头所殿前的青砖地上行叩拜大礼，高声说："奴才等，恭请皇后主子金安。"

　　嘤鸣看着面前跪倒的一大群人，抬了抬手说"伊立"。这是帝王家才会用的词儿，往常都是别人冲她这么说，今儿也轮着自己了，不必长篇大论地表示受之有愧，可以心安理得地接受一切，这种天翻地覆的改变，霍然有种翻身做主的错觉。

　　到这会儿还有些云里雾里，嘤鸣站在一旁，看老佛爷和太后的赏赐源源不断地运送进来，大到家具陈设，小到掸帚唾盒，用的都是皇后规制的螺钿和金玉。那些宫人垂首在两旁侍立着，严谨且加着小心，这是侍奉头等主子最起码的规矩。

　　海棠笑着说："主子娘娘，头前儿奴才和豌豆伺候过您，原没想有这么好的造化，自此在您跟前。今儿万岁爷钦点了我们来，说娘娘要是用得惯，就留下我们。奴才们在御前伺候六七年了，往后在娘娘跟前也一样尽心。娘娘是佛心主子，请娘娘瞧着咱们吧。"

　　嘤鸣听了倒要笑，她不是那种会拿腔拿调的人，自觉身份高了就两副嘴脸。她还是宽和的样子，温声说："御前的人来我这儿，是万岁爷的恩赏，我对你们没有不放心的。眼下我受了册封，身份虽不同了，我待人的心还是一样，只要你们真情对我，我必不会亏待你们。"

豌豆道了声是："奴才们和主子娘娘一条心，绝不辜负娘娘对奴才们的垂爱。"

表过了忠心，就该给新主子重新梳妆了。海棠最擅梳头，一面拿篦子仔细给皇后篦头，一面说："眼下诏书下了，娘娘的名分也在这儿了，以往打扮素净，这会子奴才们稍稍给您装点装点，您要上太皇太后和皇太后跟前谢恩去的。"

嘤鸣"嗯"了声，自然知道眼下一切都变了，自己再不能像以前那样，不能只挑自己喜欢的来。她坐在巨大的黄铜镜前，看着海棠替她绾了把子头，细细压上点翠首饰和米珠穗子。海棠梳头的手段确实高超，脑后的燕尾梳得一丝不苟，压着后脖颈，人不得不抬头挺胸，要不那燕尾就撅着，鸭屁股似的。内务府送来好几盘衣裳，上佳的缎面绣满精美的花纹，一件件都展开了让她过目。太繁复的不合适，毕竟这会子没大婚，她还是姑娘的身份。最后自己挑了件晚烟霞的纱绣花蝶褂子，待装点好了胸前香排香串儿，豌豆又取赤金嵌翡翠的护甲来，郑重地给她套在了手指头上。

她是头一回戴这种东西，十指抓握了好几回，只觉两手的无名指和小指僵直，弯曲不过来。她笑了笑道："我这还没养指甲呢，戴得太早了些。"

豌豆说："就是得好好护着，才能养出漂亮的指甲。宫里主儿都是这么着，一则精细的玩意儿戴着好看，内造的护甲外头可买不着；二则戴着显身份，因为只有主子们才戴护甲，咱们底下做奴才的要干活儿，可没人敢有这造化。"

罢了，既然是为了显身份，就算不方便也得戴着。从上到下全收拾好之后，站在铜镜跟前照，边上的丫头们拊掌称赞："咱们主子娘娘真是无可挑剔，先头还是公府小姐，这会子可不就是娘娘做派吗？！要是主子爷瞧见，不定多喜欢呢。"

底下人都要挑好听的说，嘤鸣不过笑了笑，才想起诏书下定之后还没见过那人，想必彼此都不好意思吧，她不想去见他，他也不敢来见她。

"成了。"她抚了抚衣裳道，"我该去谢恩了。"

于是浩浩荡荡的人随侍，众星拱月般把她送进了慈宁宫。

太皇太后和皇太后都在，她们升了座，嘤鸣在底下行大礼，就算脚下踩着花盆底，她照样稳稳当当丝毫不乱。这是童子功，早前福晋有教导的，家里姐儿三个一块儿学规矩，三寸来高的底子，人不能摇，头不能晃。跪下去鬓边穗子纹丝不动，十指笔直压在金砖地上，不卑不亢道："奴才鄂奇里氏，谢太皇太后恩典，谢皇太后恩典。"

太皇太后忙命鹊印搀起来，然后上下仔细打量了一遍，笑道："好孩子，这才是咱们帝王家的体面尊荣。如今我的心也定啦，往后果真是一家子了，也别'老佛爷''太后'地叫，就随皇帝叫皇祖母和皇额涅吧。"

这是极大的抬举，要是照着老例儿，皇后虽是后宫之主，也不当同皇帝一样称呼长辈。帝王家毕竟和民间不一样，天下第一家，压根儿没有所谓的平起平坐，即便你当了皇后，在真正的主子面前，依旧得口称奴才。这种自称到什么时候能完全摆脱呢，大概是媳妇熬成婆，还得是你儿子够争气，当上皇帝的时候。

眼下得乖乖听话，做个长辈们喜欢的小媳妇儿。嘤鸣最擅长这个，腼腆地蹲了个安说是："多谢皇祖母和皇额涅抬爱，奴才愚钝，得主子册封，这会子心里还惶惶不安呢。皇祖母和皇额涅不厌弃奴才，奴才往后就在二老跟前孝顺，以报皇祖母和皇额涅恩典。"

太后新得了媳妇，最高兴就数她："我这辈子不曾生养，皇帝待我极孝顺，我也足意了。如今又添了皇后，我也不图旁的，只求你们好，早早儿抱个阿哥就完了。"

太后这人不会聊天，常把天儿聊死，不过嘤鸣同她处多了见怪不怪，只是红着脸绞着手指头，不知怎么答话。还是米嬷嬷解了围，说："太后忒性急啦，这会子还没拜堂呢，论生阿哥可早了。"

新媳妇害臊自不必提了，大伙儿打着哈哈和稀泥，但太皇太后的观点很明确，皇后应当为社稷绵延子嗣，这是排在主持宫务之前的第一重任。

"先头皇后没有生养，皇帝眼下子嗣单薄，你也瞧见了。"太皇太后笑着说，"别怪太后说话耿直，这原就是咱们的念想。皇帝的性子呢……"她皱皱眉，对这个孙儿表示无奈，"他……可说生来就是帝王，鲜少和宗室子弟们厮混，没学会那些花马吊嘴的手段。他是办大事儿的，寝宫里好与不好，要你多担待。只要你们帝后一心，咱们也就踏实了，横竖阿哥总会有的。"

老太太们急不可待的那份心情太过明显。嘤鸣不知怎么接口，说奴才一定和万岁爷多生孩子吗？那也说不出口啊！

不过总算还有好的消息，太后说："你家里两位福晋递了牌子，明儿进宫谢恩。你们娘们儿有程子没见了，正好趁着机会叙叙话。"

嘤鸣高兴起来，她虽身处锦绣堆儿里，却和外面断了联系，家里探监似的偶尔来瞧瞧，这就已经很好了。

这里正闲谈着，殿门上董福祥引了周兴祖进来，说老佛爷吩咐的龟苓膏预备妥了。错眼一看新封的皇后也在，忙又扫袖打千儿拜见，嘤鸣让他们免礼，心里且费琢磨，做龟苓膏怎么和太医院牵扯上了，那不是膳房的差事吗？

太皇太后揭开盖儿，亲自拿银针查验了一番，见嘤咛起疑，便道："眼看秋燥了，这会子滋阴补肾最好。这龟苓膏加了蜂蜜和炼乳，不难上口的，你给你主子送去。他政务繁忙，又逢车臣汗部作乱，叫他别着急上火，一切缓和着来。"

嘤鸣道"是"，身后的海棠上前接了，之后便带着几个贴身的人往养心殿去。

可是甫一到廊下，便听见西暖阁方向传来皇帝的厉声呵斥，因暖阁外有围屏遮挡，要听也听不真切。

三庆起先在暖阁前站着，忽然看见她，忙虾着腰上来打千儿："主子娘娘，给您道吉祥啦。"

嘤鸣有些不好意思，抿唇笑了笑，也没说旁的，只是站定了朝西边张望。

"主子正召见臣工呢，兵部的人办差不靠谱，惹主子生气了。"原本朝政上的事儿不能多嘴，但这位如今是皇后娘娘，也没有那么严格的忌讳。说罢扭身瞧，暂且没有叫散的意思，便道，"娘娘上东暖阁稍待吧，后头还有一起呢，您站着不知道等到多早晚。"

嘤鸣一瞧也没法子，点了点头，上东边去了。

但隔着正殿，依旧能听见皇帝的嗓音。他的声口本就清冷，如今雷霆震怒，那种冰凌透体的感觉，光是旁听就叫人心头发虚。

其实要照着他对待臣工的严苛来看，当初那些冷言冷语压根儿就不算什么，可见他对待姑娘还是留了两分情面的。嘤鸣一个人坐在南窗下，满耳朵听见的都是和江山社稷有关的话，好些她连听都听不明白。唯有一点值得庆幸，至少皇帝在面对她时，从未真正疾言厉色过。

那他是不是有些喜欢她呢，她低着头悄悄地琢磨，如果能有一点儿也是好的。可她还是吃不准，他那个狗脾气，真叫人没法分辨。说他对她有点儿意思，那天畅春园里的种种可瞧不出什么来。若说对她一点儿意思也没有，一个帝王有时候做出来的事儿简直又傻又呆，虽不会动不动叫她滚，但冲她翻个白眼还是常有的事儿。

檐下那只红子[1]又滴溜溜叫唤起来，嘤鸣扭头朝窗外看，老爷儿不那么厉害了，但日光透过窗户照在黄云龙的缎面上，摸着照例有些烫手。

那头臣工们还在奏对，后头倒没听见皇帝严厉的训斥了，隔了有两炷香时候，短促的脚步声纷至传来，那些大臣鱼贯退出了西暖阁。又是一拨叫起，两位穿武将补子的进去了，这回谈论的是天干十旗的调拨，那些烦琐的名字，什么焉逢、端蒙、疆梧，听得她一脑子糨糊。

当初府里的西席没教会他们干支，她到这会儿才知道"尚章"二字是出自古天

---

1　红子：一种鸟。

干。以至于后来他们每每提起那两个字，她的心就蹦跶一下。皇帝早晚会收拾薛派，到时候可怎么办才好呢，薛公爷到底是深知的父亲啊。

"娘娘……"她出神的当口，三庆在门口唤了一声，"这起说话儿就散了，奴才通禀了德管事的，您预备预备吧。"

嘤鸣"哦"了声，皇帝不爱跟前站太多人，她留下食盒后就打发身边的人上围房候着，自己还像以前似的，静静等待里头召见。

终于第二起也退了出来，她本想上西暖阁去的，才站起身就见皇帝走过来，隔着宽坦的前殿看向她。大概是头一回见她盛装，似乎怔了下，然后脸上的神色就不大自在起来。

这回是名正言顺的未婚夫妻了，各自都惴惴不安，那种悸动却踏实的况味，很难用语言表达。嘤鸣又想起先前和海家定亲，那会儿见了海银台也是这么着，真是局促又尴尬。不过如今和他，更多的似乎是羞赧的感觉，他这么看着她，她的脸颊就热起来，有些不知怎么应付才好了。

皇帝走过去，娇花儿一样的未婚妻，胜过一切人间美景。她这会子的装扮才是和他匹配的，是皇后的模样。他两眼瞧着，脚下茫然，走到她面前，犹豫了下才道："你怎么这会子过来了？"

嘤鸣退后一步，恭敬地向他蹲安："奴才奉老佛爷的令儿，来给主子送龟苓膏。"

她蹲下去，请安的时候难免有卑微的姿态，他并不喜欢。不自觉伸手想去扶她，可伸了一半又缩回来，怕她觉得自己鲁莽，定了亲，就琢磨吃人家豆腐。

德禄眼巴巴看着，心里加油鼓劲儿，可万岁爷到底是钢铁一般的万岁爷，大铁锤子也砸不弯他。他把手背到了身后，仿佛怕姑娘去牵搭他似的，说："起来吧，往后见礼意思意思就得了，穿了这样的鞋底儿，没的摔着。"

嘤鸣说是，到底他能在细微处体谅人，已经是极大的进益了。

她站起来，脸颊红润，不知是不是擦了胭脂的缘故，气色瞧着格外好。皇帝想夸她，那句话在心里盘桓了好几圈，不上不下地堵着嗓子眼儿，最后没忍住，别别扭扭地说："你今儿真好看——全亏了这衣服首饰。"

嘤鸣呆了呆，不知道是该高兴还是该恼他。前半句明明说得挺好的，为什么偏要加上后半句？敢情没这衣服首饰，她就不怎么样了？

她赌了气，说万岁爷谬赞，然后把食盒里的金盏端出来放在炕桌上，木着脸道："老佛爷担心您秋燥，说外埠的战事叫主子操心了。这龟苓膏滋阴润燥，吃了口舌不生疮，正适合您。"

皇帝知道她又在夹枪带棒呲打他了，也不和她计较。眼睛往食盒里一瞧，原来这龟苓膏只有一份，心里恍然大悟，怪道她不痛快，这种铁饼都要啃一口的主儿，见没有她的份额，还不得难受得夜里都睡不好吗？！

"这里头是什么？"皇帝举着勺子指了指，"白的是羊奶吗？"

"不是。"嘤鸣回道，"龟苓膏有点儿苦，老佛爷着人往里头加了蜂蜜和炼乳，这白的是炼乳。"

皇帝听了，默默放下金匙，抬起一指往她面前推了推："朕不爱吃这种东西，老佛爷的一番心意又不能辜负……赏你吧，把它全吃了。"

## · 二 ·

嘤鸣显得万分为难："那怎么好意思呢，这是老佛爷专为主子预备的，周太医都给请去研制了，最后进了我的肚子，叫老佛爷知道岂不觉得我不知进退吗？"

皇帝心说你抢我的吃食抢得还少吗？每回只要他的膳桌上有好东西，她必定两眼放光。可是他好喜欢她这种毫不掩饰的馋劲儿，胃口好的女人容易养活，将来养得身强体壮，能长命百岁。

其实他心里一直很担忧，自己的命硬，也许命犯孤煞，会刑克父母妻儿。深知死后他曾同皇祖母恳谈过，不欲再立皇后了，但皇祖母发了极大的火，那是他记事以来唯一一次看见皇祖母气得打战，老太太让他醒醒神儿，不能让祖宗基业断送在他手上。

泱泱大国，怎么能不立皇后，作为历经四朝的太皇太后自有她的打算。她并不相信那种无稽之谈，就算是确有其事，也不能动摇继续为他立后的决心。

立后的诏书拖了那么久，里头原不乏他的顾忌。只是到最后再也说不过去了，自己也确实动了心思，便又急切地想册封她，好一辈子留她在身边。但那个魔咒他依旧有所忌惮，他没有办法，只有尽量让她多吃，吃得越多身底儿越强健，那些小病小灾就不能要了她的命。

"你吃吧，朕不告诉皇祖母。"皇帝又推了推，甚至把金匙的匙柄转向她那边，"这种东西本就是女人的小食，叫朕吃这个，实在太难为朕了。"

嘤鸣眨了眨眼："您当真不吃？"

皇帝说："你要是也不愿意吃，就让他们拿下去处置了，回去复命的时候说朕吃了就成。"

可是那么好的东西，糟蹋了岂不可惜？嘤鸣叠着手说："一粥一饭当思来之不易，半丝半缕恒念物力维艰，万岁爷，当家不容易。"

"所以朕让你吃。"他瞥了她一眼，"你吃朕的东西还少吗？这会子装样儿晚了。"然后他就不理她了，扬声叫德禄，让他把他新得的那套书搬过来。

右首的小桌上摆满了山河典籍，皇帝装模作样地取一本翻看，书页打开了，视线却停留在她身上。那个口是心非的人到底拒绝不了诱惑，喜滋滋地把金盏捧在了手里。他把书慢慢移上来一些，掩住扬起的唇角。他的皇后多可爱，在嫔妃们面前能降妖除魔，在他面前耿直又贪吃，简直像个孩子。

她尝了一口，品品滋味儿，歪了歪脑袋。

皇帝的眼睛从书的上方露出来，盖住了大半张脸："味道怎么样？"

她皱了皱眉："和我以前吃的不一样，味儿有点怪，您要尝尝吗？"

这可怎么尝，还没大婚呢，他也不好意思和她共进一盏，便说："朕不吃，倘或觉得味儿不对就搁下吧，别把脑子吃坏了。"

这个纯粹胡说，慈宁宫出来的，又经老佛爷亲验，怎么能吃坏了呢？嘤鸣表示不信邪："您别老消遣我，容我再品品……"结果品到见底，也没品出个所以然来。

"有药味儿。"最后她说，"想是老佛爷怕主子上火，有意命周太医多加了两味药材。"

皇帝"嗯"了声："皇祖母总担心朕的身子，朕躬好得很，哪里用得上这些东西。这龟苓膏不会单送今儿一天，往后少不得日日有一份，皇后勤俭持家，就来替朕分担了吧。"

嘤鸣笑道："奴才很愿意替主子分忧，只是这龟苓膏怕是按着爷们儿的方子调配的，回头补得过了，补出胡子来可怎么得了！"

皇帝觉得她多虑了："太医院不敢开虎狼药，哪里能补出你的胡子来。横竖你上太皇太后那里领了差事吧，要是再有龟苓膏，就由你亲自送来，也省了一番手脚。"

结果她又嘟囔："您不吃的东西就叫我吃，没存什么坏心眼儿吧？"

皇帝放下手里的书，气结地瞪眼瞧她："自己心术不正，就觉得全天下的人都和你一样？"

嘤鸣正襟危坐，也不气恼，和声细语说："万岁爷，您往后不能这么说我了，我要是心术不正，您可成什么人了！"

是啊，如今他们一体，不管情感上近或者远，都是不容拆分的了。她就是仗着这点，完全一副我在河里、你也别想上岸的嘴脸，惹得皇帝牙根儿痒痒。但是不能反驳，毕竟她说得没错，人家这会儿是皇后了，板上钉钉的事实，不认也得认。况且他很愿意正视这个局面，自他们之间的关系开始发生转变，到现在他还有些云里雾里呢。听见三庆悄悄给德禄传话，说她来了，他连政务也来不及顾，草草打发了臣工就着急出来见她。

不过这点子心思不便让她知道，免得她往后有恃无恐，越发要欺压他。眼下正是做规矩的时候，规矩没立好，乾坤就乱了套了，所以他蹙了蹙眉道："别耍嘴皮子功夫了，朕问你，你怎么不向朕谢恩？"

嘤鸣顺从地起身蹲了个安："谢万岁爷赏。往后您的龟苓膏我全替您吃了，这样成不成？"

但皇帝一点儿都不满意："你别揣着明白装糊涂，朕说的不是龟苓膏，是什么你知道。"

嘤鸣立时就反应过来了："我向老佛爷和太后谢过恩了，怎么还要谢您？我给您当皇后，咱们往后是平辈儿您知道吗？外头结亲的多了，都是男家千恩万谢的，还没见过女家上赶着说'谢谢您娶我'的呢，您别打量我不知道。"

皇帝愣住了，怎么这话听着像她吃了亏，他应该反过来谢她才对？他一哂，凉声道："你嫁的是帝王家，和外头怎么能一样？"

嘤鸣顿了下，颇失望地说："我还以为您不拿我当奴才看了呢，原来是我想多了。既这么，奴才就给您谢个恩，往后一定谨遵奴才的本分，绝不在您跟前充人形儿了。"

她说罢就要谢恩，这么一来皇帝倒觉得不妥了，别闹得回头不好收场，再像之前的孝慧皇后似的，两个人老死不相往来。于是他手疾眼快，趁着她还没行礼，撂下书就起身往西暖阁去，边走边喊德禄："云南新进贡的普洱茶呢，拿一罐子给皇后尝尝。"

德禄耷拉着眉眼讪笑："万岁爷，您忘了主子娘娘醉茶，她不喝茶的。"

皇帝"哦"了声，脚下顿住了，只得慢慢腾挪回东暖阁。她还在槛内含笑看着他呢，皇帝自觉尴尬，为了维持体面，拿腔拿调道："罢了，朕准你不谢恩。你是皇后，朕本该让你三分颜面，既是过日子，总这么主子奴才的也不成事。"他看了她一眼，"往后朕跟前就不必自称奴才了，可以你我相称，就算是朕给你加了份儿聘礼吧。"

这话说完，嘤鸣愣住了，她没想到这呆霸王竟也有体人意儿的时候，原本铆足了劲儿和他比做规矩呢，结果他放了软当，她反而不知道该不该继续挤对他了。


那厢德禄几乎要哭出来，这是天菩萨开眼，万岁爷忽然打通了任督二脉，他老人家开窍啦！听听这话，算给你加了份儿聘礼，多家常，多慰心，不光皇后娘娘，连他都感动坏了。这位是谁？是堂堂的天下第一人！他能弄明白赏赉和聘礼的区别，先帝爷在天上八成都要笑出来了。不容易啊，德禄吸了吸鼻子想，这么下去万岁爷该出师了。到底是个聪明人儿，军国大政都能盘弄于掌心，对付个姑娘，可有什么难的！

偷着往里头觑一眼，帝后在南窗下的宝座床上坐着，两个人都是目视前方，庄严的模样像在召见外邦使节。万岁爷说："皇后，你得了封后的诏书，有什么感想？"

皇后娘娘说："我没什么感想，就是没想到，最后会跟了您。"

万岁爷叹了口气："人生的际遇太奇了，朕也没想到会娶你。"

两个人又同时叹了口气，脸上一派茫然的神情，仿佛在与往昔无忧无虑的青春岁月挥手作别，自此身不由己地长大了。

"明儿我两位母亲要进宫来谢恩。"皇后娘娘说，"您赏脸吗？"

万岁爷沉吟了下："按说是该见见的，可朕担心见了反倒叫福晋们不自在……要不朕就不见了吧！"

皇后娘娘说也成，然后两个人就不说话了。

德禄又开始琢磨，进宫不拜真佛说不过去，往常不见是不碍的，如今都结了亲了，女婿见见丈母娘也是应该的吧！其实万岁爷还是怵，以前对薛公爷夫妇，虽是有了名分的，但心里攒着气，见了该是主子奴才还是主子奴才。这回的不一样，万岁爷心里爱透了新娘娘，娘娘的嫡母和亲生母亲是正经丈母娘，这和见纳公爷又不一样。纳公爷是臣子，君臣之间等级划分难以更改，两位福晋不在朝，只能论家常。万岁爷多早晚和人论过家常呢，所以他怵了，心里一紧张，就不愿意见人了。

当然璎鸣并不强求，她还在消化这一系列的改变，先前两个这么不对付的人，眼看着要做夫妻了，这种心境真奇怪。她在东暖阁南炕上枯坐了很久，最后瞧他一眼，起身捋了捋头说："时候不早了，我该回去了。"

皇帝"嗯"了声："明儿还来吧？"说完发现不对，又添了一句，"明儿还送龟苓膏来吗？"

"这个且不知道呢。"璎鸣说，"要是老佛爷那儿叫送，我才能给您送来。"一头说，一头款款迈出门槛。皇帝送出来，她极自然地欠了欠身，"您留步吧，我告辞了。"仿佛那是隔壁街坊家的二小子。

那头侍奉的人来接应她，向皇帝行过了礼，簇拥着她往养心门上去。将过影壁时她稍顿了下，悄悄回头望了眼，见他还在门前目送她。不过发现她回头，立刻一副若无其事的样子，转身往后殿去了。

"主子，万岁爷对您上心了吧？"松格一向跟个瞎子似的，这回连她都瞧出来了。

璎鸣是当局者迷，也说不清里头滋味儿。夜里躺在装点一新的屋子里，一会儿想起皇帝，一会儿又想起深知来，满脑子乱糟糟的。她开始思量，如果她想和皇帝好好过日子，深知要是知道了，会不会怪罪她？姐儿俩那么好的交情，深知死在了宫里，她却心安理得地接替她，深知泉下有知，只怕要怨恨她了。

千般想头缠绕，迷迷糊糊睡过去，连梦里都能觉着烧心。半夜醒来出了一身汗，面红耳赤地撑起身直捣气儿。松格被她吓了一跳，跪在脚踏上问："主子，您这是怎么了？"

怎么了，她也不知道，就是嗓子渴得要冒烟，定了定神说："快倒水来，要凉的。"一杯下去才觉心火灭了一半，夹带着另一半囫囵睡去，第二天起来精神头旺得很，脸盘儿红扑扑的，像只斗鸡。

"主子今儿面色真好！"海棠往她脸上擦粉，笑着说，"连胭脂都用不上了，光这么着就喜兴得很。"

嘤鸣瞧瞧镜子里的自己，真是欢喜模样都挂在了脸上："这是我吗？回头见了额涅和奶奶，叫她们误会我多想嫁人似的。"她摸了摸脸，"我这是怎么了？"

豌豆说："这叫人逢喜事精神爽，家里福晋和侧福晋回头进宫来，瞧娘娘气色这么好，可不就放心了嘛。"

这倒也是，嘤鸣笑了笑，拾掇好了就上慈宁宫等两位母亲进来。将到辰时三刻的时候外头递了牌子，没多会儿就见董春祥领着福晋和侧福晋入了慈宁门。毕竟公府之家出身，规矩纹丝不乱，先给太皇太后和太后见礼，恭请老佛爷和太后福寿康宁，再转过来跪在嘤鸣面前："恭请皇后娘娘万福金安。"

嘤鸣心里溢满了酸楚，受母亲磕头要折寿的，但帝王家就是如此，这是规矩体统。所以养闺女是件很矛盾的事儿，一方面盼着姑奶奶将来能登高枝儿，一方面又惧怕姑奶奶有大出息，到时候纲常全乱，见了还得磕头请安。

可是没法子，既许了皇帝，就算是自己肚子里出来的，也不再是可亲可疼的姑娘了。母女见了先行国礼，然后才是家礼，嘤鸣生受了福晋和侧福晋的请安，等她们起身了，她才在她们跟前跪下，将额头抵在栽绒毯上，哽声说："额涅，奶奶，女儿不孝了。"

福晋和侧福晋忙伸手搀扶，如今闺女的身份不同了，谁也不敢踏踏实实受皇后大礼。搀起来后母女相对，都眼泪汪汪的。

太皇太后见气氛这样凝重，笑道："如今咱们是一家子，外头叫亲家，比不走动的正枝儿亲戚还亲近些呢。"随即招呼说，"快坐吧，都坐下了好说话。别瞧嘤丫头如今是皇后了，在我眼里拿她当亲孙女一样疼。你们养了好闺女，千辛万苦拉扯到这么大，如今给了我家哥儿，咱们还得谢谢你们呢。"

两位福晋一听这话忙站了起来，公爷福晋说："老佛爷真个儿折杀奴才们了，娘娘能伺候皇上，原是娘娘的福泽。咱们草芥寒门，养了娘娘一遭儿，是上辈子积了德，怎么敢承老佛爷一句谢。"

于是便来来回回说客套话，虽然太皇太后尽力想家常些，但身份地位在这儿，实则是亲近不起来的。

最后还是太后发了话，说："皇后请两位福晋上你宫里坐坐吧，你们娘仨半年没见了，今儿是会亲，得容你们说说体己话。过会子膳齐了，我再打发人过去请你们，老佛爷预备了小戏，咱们吃席听戏，一块儿热闹热闹。"

嘤鸣说是，给太皇太后和太后谢了恩，一路领着两位母亲回到头所。等进了门才松散下来，回身牵着福晋和侧福晋的手，请她们上座，抹着眼泪问家里兄弟姐妹好不好："前几天从畅春园回来，半道上看见厚贻了，可惜连话都没说上一句，心里一直惦念着。"

她的语气难免委屈巴巴的，好些话不能说，但她们都明白她的意思。福晋在她手上拍了拍："家里都好着呢，你自己在宫里头要放宽心，你好了，咱们一家子就都好了。"

嘤鸣明白她话里的意思，垂着眼点了点头。

但比起福晋来，侧福晋更关心的是闺女目下的境况。先皇后才走了半年多，这宫廷对她来说依旧是吃人的。当年她头一胎生嘤鸣的时候险些难产，绝不愿意自己冒死生下来的姑娘走上先皇后的老路。

先前人多，她不好说什么，这会子再也顾不得了，抓着嘤鸣的手问："姑娘，万岁爷待你怎么样？咱们来，他连金面都不肯一露，我心里头七上八下的，只怕……"

侧福晋话还没说完，嘤鸣便看见三庆带人捧着食盒从影壁那头过来了。她温暾地笑了笑说："奶奶放心，万岁爷比外头传闻的好多了，跟着他，我吃不了亏的。"

## ·三·

三庆上前来，给皇后打了千儿，又给两位福晋行礼，一面挥手示意小太监开食盒铺排，一面笑道："万岁爷原是要来见福晋和侧福晋的，只是忽然接了外埠的奏报，这会子传了军机处的人正议事呢，一时走不开，打发奴才来送些吃食，顺便问两位福晋的好儿。"一碟又一碟的点心上了桌，他笑得花儿似的，说，"都是按着乌梁海的口味做的果子，还有咱们娘娘爱吃的柿霜软糖和奶油菠萝冻，都是主子爷特特吩咐御膳房现做的，福晋和娘娘快进些个。"

福晋和侧福晋见了这样的安排，倒有些不明所以，叠着手对三庆道："劳烦谙达替咱们传个话，谢万岁爷恩赏，奴才们惶恐。奴才们微末之人，不敢劳动万岁爷大驾，万岁爷只管忙朝政大事，奴才们同娘娘叙叙话，过会子就要出宫的。"

三庆道："奴才一定把话给福晋们带到。主子爷还说了，福晋们难得进宫，若舍不得娘娘，只管在宫里住下，也好解了娘娘想家的愁苦。"

嘤鸣听着三庆的话，很难想象是出自呆霸王之口。想必都是经过德禄润色的吧，细琢磨，要是德禄的体贴入微安在那位主子爷身上，那该是多叫人暖心的一桩美事啊！

可惜了……她笑着，在母亲们跟前绝不能扫了皇帝的脸，于是对三庆道："你回去替我带句话，就说这里我自会料理，请主子不必挂怀。"

三庆应个"嗻",垂手又打一千儿,却行退了出去。嘤鸣瞧着桌上的吃食笑得眉眼弯弯,说:"额涅和奶奶尝尝吧,宫里御厨的手艺比咱们府上厨子还好些。早前阿玛费了老鼻子劲儿挖来的会宾楼主厨,除了苏造肉做得好吃,旁的都不及宫里的。"

福晋也是笑:"你阿玛,行的事儿有哪件是靠得住的!不过拿民间的厨子比宫里御厨,也着实难为他们了。你才刚说的,我本以为是为了安咱们的心,如今看下来倒像不假。"一头说,一头看了看侧福晋。

侧福晋也松了口气,想说什么却欲言又止。嘤鸣会意,转头吩咐海棠:"把侍立的人都撤了,让我和福晋们好好说话。"

海棠道是,站在门前拍了拍手,廊下的人列了队,鱼贯撤到前面倒座里去了。

侧福晋这才开口,赧然一笑道:"当初先皇后大渐,薛福晋在西华门上求了两个时辰,也没求来开门的恩旨,我料着万岁爷的脾气不好相与,今儿见他这么待你,我心里的石头才落了地。想来你阿玛调拨乌梁海旧部,到底在主子跟前尽了意思,万岁爷这才不为难你。"

福晋也点头:"那会儿真是咬紧了牙关才做下这事儿的,横竖和薛家只差反目了,皇上在朝堂上敲打薛公爷,薛公爷就给你阿玛上眼药,你阿玛这会儿日子不好过呢。昨儿薛福晋上咱们府里来了,话里话外也在给咱们抻筋骨,意思是两家捆绑得严,薛家要是保不住,咱们齐家也就跟着完了。"

嘤鸣沉默下来,想了想道:"让额涅进宫给我施压,想叫我在万岁爷跟前使劲是吗?"

福晋颔首:"我推说后宫不得干政,可这话压根儿堵不住人家的嘴。"

嘤鸣叹了口气:"薛公爷是我干阿玛,是深知的父亲,我就是瞧着深知的面子,也要尽我一份心力。可我这人不死心眼儿,也知道轻重,万岁爷要除了他的心不灭,我保不住他,也没法儿。当初在闺阁里,我心里只有咱们齐家,如今我要出阁了,向着万岁爷也是应当应分的。额涅回去,替我给阿玛带句话,从今往后一步步和薛家断个干净。以前记在万岁爷那里的账总有要还的一天,到时候我同家里共存亡,也就是了。"

她说了这些,叫福晋和侧福晋面面相觑。嘤鸣以前就是这样,不哼不哈的,主意很大。如今进宫半年,所见所闻都伴随着权力和生杀,说话越发持重精准。最后那句话很值得推敲,她不过没说透彻,但字里行间的意思,还是会拿后位保全齐家的。若是皇帝和她之间有了情,万岁爷手指头漏道缝儿,不就够齐家超生了吗?

福晋长出了一口气:"你放心,我一定一字不漏地转述给你阿玛。好孩子,难为你,当初让你进宫,我就知道必有这一天的,好在万岁爷待你和待先皇后不同,咱们还有些念想。只是你也要缓和着来，万岁爷跟前慢慢提点，别一气儿触怒了他，须知保住你自己，就是保住咱们家了。"

嘤鸣瞧着这位嫡母，抿唇笑了笑。

其实她这辈子，当真是天大的福气，别人家嫡庶争得厉害，嫡母哪里管你死活！要是换了一家遇见这样的情境，保住性命犹不满足，还想着富贵和前程呢，哪里像福晋这样晓大义，知道什么是一时盛景，什么才是存世根本。

只是可惜，家里人实在没法儿像皇帝说的那样，愿意就多住上两天，一则偌大的家业放在那里，须臾离不开主事的人，二则姑奶奶封了后就是人家的人，如今不是至亲至近的孩子，是主子，是仰以寄生的天。小来小往瞧瞧还犹可，同吃同住是再也不能够了。

"横竖家里离得近，想咱们了，或是咱们想娘娘了，都可递牌子进宫来的。"侧福晋临走的时候脸上笑着，眼里却裹着泪，因为知道天伦到这里就断了，往后怕是只有她为家里操不完的心，家里也难为她做什么事儿了。

母女依依惜别，嘤鸣还是笑模样："下回叫厚朴和厚贻进来瞧瞧我吧，我也怪想他们的。"

福晋"唉"了声，没法再说旁的了，和太皇太后及皇太后请了跪安，趁着午后时光出宫去了，前后停留不过两个时辰，甚至没耽搁主子歇午觉的工夫。

嘤鸣待家里人走了，脸上才卸下了笑，微有些怅惘似的。太后知道她的心，温声开解说："先头侧福晋说得很是，想了念了就叫他们进来说说话。娘家在城里就有这宗好处，不像我和老佛爷，咱们娘家在察哈尔，进宫几十年，见家里人的次数一只手都数得过来。"

嘤鸣说是，照旧又是笑眯眯的样子，眼见廊下有人过来了，便道："皇祖母，往后给主子送龟苓膏的差事就交给奴才吧。我如今闲在，领个活儿也好消磨时光。"

太皇太后一听正中下怀："好得很，我也正有这意思呢。你和皇帝现在的关系更近一层，应当多亲近亲近才好。"抬眼一瞧外头，笑道，"这会子就过去吧，趁着你主子还没歇觉。"

嘤鸣哪里知道老太太话里的意思，光看太后在那儿直乐，最后招太皇太后瞪了一眼才消停。

大概又在琢磨抱孙子吧，嘤鸣心想。人上了年纪果真就盼着这个了，照太后的话说，"孩子多好玩儿啊，那么软乎的小人儿，抱在怀里像个面团儿似的"。当初她自己没能生养，三岁的皇帝正是有意思的时候，她就天天捧着他，教他玩儿欻拐[1]，认雀牌上的点子，母子间的情义，就是那时候建立起来的。

装龟苓膏的食盒搬过来，照旧验过了让人提溜着，由她送往养心殿。

小富见了她，像见了活祖宗，高声招呼："主子娘娘来啦！"

嘤鸣倒被他吓了一跳，心里琢磨都是熟得不能再熟的人，又是天天见，犯不着像久别重逢似的。别不是有什么见不得人的事，有意给里头报信儿吧！

她站住了脚："万岁爷不在？"

小富摇头不迭："在呢，刚撤了膳。"

她皱了皱眉，料着大概是翻了牌子，但也不至于这会子就把人送来呀，便迟疑着问："里头有人？"

小富愣了下，没明白她说的里头有人是什么意思。再一琢磨，才嘻了声："主子爷自打娘娘进养心殿就没翻过牌子，哪能有什么人呢。"

可嘤鸣还是有些不放心，她往里头去，到了正殿大门前也不进去，站在槛外往东西两头张望。可是瞧了半天，没见人影，那就是上后头寝宫去了啊！她有些不是滋味儿，她家里来人，他避而不见，倒趁着这时候忙他自己的事儿去了。


皇帝呢，用了膳出来消食，正在梅坞前喂他的金鱼。小富那声通报他是听见了的，就等着她来觐见。可是等了半天不见她人影，他退后一步看了眼，见她正呆站在殿门前，眉毛不是眉毛，眼睛不是眼睛。

皇帝"喂"了一声："你鬼鬼祟祟的，干什么呢？"

嘤鸣被他一声唤才回过神来，似乎想不通他为什么会在那里，不由自主地朝后殿方向望了眼："谁鬼鬼祟祟了！"

皇帝也不怪她回嘴，扑了扑手上的鱼食儿，由底下人伺候着盥了手，才回身往殿前去。

"又送龟苓膏来了？"

嘤鸣"嗯"了一声，一头随他进殿，一头还往宝座后的便门上看。

皇帝不知道她在瞧什么，蹙眉打量了她一眼，今儿皇后面色红润，还有那淼淼的眼波，真有一种妩媚的况味。

有妻若此，就算神神道道了点儿，也没什么可奢求的了。皇帝怡然笑了笑，说进东边儿去吧。

---

1　欻拐：一种老北京姑娘玩儿的游戏，把四个羊腿关节骨头洗干净上色，将沙包扔到半空，腾出手来将桌上的拐翻成统一的一面即算成功。

海棠进来，揭开食盒，双手捧着盏子敬献在南炕的炕桌上，皇帝照例推到她面前："吃吧。"

嘤鸣很为难："我才进了膳来的，这会子怎么吃得下！"一面说，一面不自觉地抬手掖了掖领口，"今儿太热了，像回了三伏似的。"

皇帝听了她的话，很觉得纳罕。转头看看外面的天，入秋有程子了，太阳早没了那种火烧火燎的威力，不在日头底下暴晒，并不觉得有什么热的。想是她刚从外头进来吧，皇帝端起茶盏吹了吹："你心不静，怎么能不热！"

这话引发了她的不满，她亦嗔亦怨地乜着他。皇帝怔了下，心想自己大概又有哪里惹她不高兴了，难道是因为没去见她母亲？他自知理亏，试着补救："你家里人这会子还在吗？回头排桌酒膳，朕去见个礼吧。"

皇帝主动表示去见礼，这可是石破天惊头一遭，虽然嘤鸣觉得他可能是知道她的两位母亲出宫了，有意说漂亮话，但态度至少是端正的，便也不和他置气了。

她又掖了掖领子，只觉一蓬蓬热气往上翻涌，心不在焉道："我额涅她们都回去了，家里离不得人，两个弟弟还小。"

皇帝"哦"了声，见她脸上越发红，奇道："这是上火了吗？龟苓膏能败火，别装样儿了，快吃了吧。"

这个人，就不能好好说话！他和臣工们也这么天上一句地下一句来着？昨儿听他骂人都很有章法，怎么到她跟前就这么浑呢！

她赌气，揽过来扒了两口："昨儿不也吃了吗，反倒越吃越上火。"

皇帝拿起一本书慢慢翻阅，边翻边道："你心浮气躁，加上今儿见家里人乐坏了，所以就上火了，有什么想不明白的。"

嘤鸣"啧"了声："您能不能别捅我肺管子？真是字字诛心，把我气死了对您有什么好处！"

皇帝被她堵得打噎，再一想确实把她气死了不好，只得忍下这口气，气哼哼地举着书转向另一边，不再和她说话。

可嘤鸣还是觉得浑身难受，四外都冒着热气。那种感觉怪异得很，心底里攒着一捧火，随时能把人烧得灰飞烟灭似的。这龟苓膏很清凉，吃下去能短暂压制那团火，但凉气儿一过，反倒越发烧心起来。她觉得不成了，到养心殿来现眼不是方儿，还是早早回头所殿去，兴许歇一会儿就好了。

"万岁爷，我先告退了。"她站起身说，今儿状态不佳，龟苓膏也只吃了半盏。

皇帝听她说要回去，心里不大愿意，才来的怎么就要走呢！可是再瞧她，相较之前更是艳若桃李。他心里急跳起来，以前他只知人分男女，却从来不知道女人的颜色也分三六九等。她是掩在冰雪下的朱砂，一旦表面的冰雪消融，就是皑皑大地上最惊艳的红。那种红是勾魂的，勾得他心慌意乱，欲罢不能。他想留下她，但又不知怎么开口才好，她挪步，他只有茫然跟在她身后。

嘤鸣迈过门槛，奇怪鼻子里头痒痒的，有什么流下来了。一低头，滴答一声打落在金砖地上，仔细一看竟是血。她惊诧不已，外头站班的德禄看见了，"哟"了声说："娘娘这是怎么了，上火上大发啦！"

皇后娘娘流鼻血了，这可了不得，殿里一时乱起来，皇帝这会儿可顾不上面子里子了，抱起她就往又日新跑，匆匆吩咐："快找周兴祖来！"

嘤鸣头昏脑涨，仰着脑袋觉得自己可能要死了。腔子里要着火，燥热得想扒衣裳，想跳进冷水里醒神儿。

"我不成了……"她蚊蚋似的说，"我见血了……"

皇帝说："不要紧的，你们不是每个月都见血吗，还不是平平安安活到这么大。"

嘤鸣在上气不接下气的时候忽然想明白一件事儿，皇帝这种不会聊天的毛病随了太后，理政处置国家大事的手段则是随了太皇太后。所以孩子谁带的像谁，这句话真的很有道理，等将来她有了孩子得自己带才好。所幸皇后是不必像嫔妃那样易子而养的，恭妃的大阿哥托付了病歪歪的顺妃，于是孩子也像顺妃似的，总是一股积弱之气。

不过这会子就先不操心孩子了，她拿帕子堵着鼻子，皇帝把她放在又日新的龙床上，她勉强睁开眼睛瞧了瞧，觉得大大不合规矩："我该上体顺堂……"

皇帝见她挣扎，蹙眉呵斥："躺着别动！"随即回身朝明间喊，"太医来了没有？"

周兴祖从外面飞奔过来，到了皇帝面前草草打个千儿，就上里头来把脉。可这脉象很奇怪，周兴祖脸上露出了迷茫的神情："皇后娘娘，您这两日进过些什么？"

边上海棠说："周太医，我们主子的膳食一应都是再三检点了才上的，和平常没什么两样。近来莲藕和菱角正新鲜，这两样或用得多了些。"

周兴祖摇头："时蔬只要不过量，没有什么妨碍的。"说罢对皇后笑了笑，"那么小食呢？娘娘这两天进了什么不一样的东西没有？"

嘤鸣想起来了："万岁爷的龟苓膏，都叫我吃了。"

周兴祖脸上立刻五彩斑斓起来："哦，是这么的……臣明白是什么缘由了，娘娘回头进些凉茶就成，不是什么病，今儿过了一夜，到明儿保准好了。"

这回连方子都不用开，就从又日新退了出来。出来时正对上皇帝疑惑的目光，周兴祖舔了舔唇，哈着腰讪讪道："皇上，关于娘娘的病症……那个……臣有本要奏。"

· 四 ·

皇帝被他的凝重语气吓着了，一时怔怔地望着周兴祖。

这是怎么了？不会是得了什么不治之症吧！他勉强按捺心头的忐忑，转身往西梢间去，相隔够远了，料定她听不见，方低声道："你说实情，皇后究竟得了什么病症？"

周兴祖有点为难，这件事到最后弄成这样，真叫人始料未及。前头太皇太后传他，说要给万岁爷调配龟龄集，对一个即将大婚的祁人汉子来说，用些进补的药本没什么，甚至是应当的。他作为皇帝的专属御医，自然当仁不让。那个妙方儿他斟酌再三，针对万岁爷的身底儿进行了改良，绝对是极佳的进补方案。进万岁爷嘴里的东西，他也是捏着心地把握好度，既不能让龟苓膏冲了龟龄集的血气，又不能让龟龄集过量，以免对圣躬不利。好不容易研制成功了，与寿膳房的人通力合作才敢往御前送，结果方子精准，架不住皇后娘娘替万岁爷吃了。这一吃可了不得，那是爷们儿补身子凝精固气的药，进了女人的肚子，虽没有大碍，但相对于万岁爷循序渐进的量，却能在皇后身上产生一触即发的奇效。

如今可怎么好呢，万岁爷向来忌讳用那种东西，皇后娘娘发作了，万岁爷必定要问病因，他又不敢欺君罔上，只好把太皇太后卖了。

他看看万岁爷的脸，支吾道："皇上知道龟龄集吗？"

皇帝怔了怔，他自然知道这种药，那些不上进的宗室子弟拿来当补药喝的，说到底就是春药罢了。他蹙眉望着周兴祖："这会子还打哑谜，你是嫌命太长了？"

周兴祖吓得缩脖儿，结结巴巴回禀："是……是这么回事儿，皇上万寿节打畅春园回来，老佛爷召臣……过慈宁宫商议，说要给皇上调理身子。老佛爷是最知道皇上的，您平常不爱用药，老佛爷没法儿，就让臣把方子调配出来，加进了……加进了龟苓膏里……"

皇帝站在那里，简直弄不明白皇祖母是怎么想的。他百口莫辩，撑着腰转了两圈道："朕身子好得很，难不成皇祖母以为朕……"他狠狠吸了口气，"以为朕不成了？"

"不不不……"周兴祖摆手不迭，"这药只是起固肾强精的功效，并非治疗阳衰用的，请皇上不必多虑。"

皇帝摸了摸发烫的前额，半晌指了指东梢间："皇后哪里来的精可强？如今误服了这个药，会不会对她的身子有损？"

周兴祖歪着脑袋琢磨："说实话，臣还没遇见过女人用龟龄集的先例……"见那位主子爷变了脸色，忙又道，"皇上少安毋躁，损伤是断然没有的，至多今晚上煎熬些、折腾些……"他又觑觑皇帝的脸色，尴尬道，"皇上若没有要紧事儿，就守着娘娘吧。这个……万一娘娘有变……"

皇帝的脸终于红起来："朕得当她的解药？"

周兴祖点了点头："皇上可斟酌行事。"

这个"斟酌行事"用得真好，皇帝寒着脸道："滚吧。候在太医院，预备随传随到。"

周兴祖得了特赦，麻溜地滚出了后殿。

皇帝慢慢踱到东次间，在又日新门前犹豫良久，实在不知该不该进去瞧她。这事儿说来太可笑了，他怕自己见了她会忍不住笑出声来，样样爱尝一口的主儿，这回真的遇上大麻烦了。谁能想到太皇太后往龟苓膏里加了龟龄集，这两样东西名字虽相近，药效却相差十万八千里，她成了大英立国以来头一个吃了龟龄集的女人，要是说出去，准会笑掉天下人的大牙。

太丢人了，难以想象她知道实情后会是怎样一种心情。皇帝抬手捂住嘴，花了好大的力气才把笑憋回肚子里。早前她恨他蒙她吃羊肉烧卖，恨他罚她顶砚台，这回他可不是成心的，她自己乐呵呵把药吃了下去，出了事儿可不能怪他。

德禄看着万岁爷在东梢间门前旋磨打圈儿，虽说这事儿确实很可乐，但娘娘何其无辜啊，不能把她扔在又日新不管。

他走到槛外，隔着垂帘朝里头招了招手，把跟前侍奉的海棠和松格都召了出来："今儿夜里主子娘娘想是要留宿养心殿了，你们预备娘娘的衣裳头面去吧，不传你们，你们就在体顺堂候着。"

海棠道是，拽了拽不住回头的松格，把她拽出了后殿。

"主子爷，眼瞧太阳偏西了，主子娘娘这里……"德禄迟疑地问，"上夜的事儿……"

终于还是到了这一天，上回她给他上夜，这回轮着他了。皇帝叹了口气："不必派人进来，朕看顾一会儿，回头在西边华滋堂安置。"

德禄应了声"嗻"，匆匆退出来，打发人上西边换黄云龙被卧去了。

皇帝又消磨了一阵儿，待那股想放声大笑的劲头过了，才提袍进了又日新。床上躺着的人一脸生无可恋的样子，见他来了，忙拽起被子蒙住了头。皇帝站在床前说："怎么了？你不是喊热吗，这会子把脑袋蒙起来，万一续不上气儿，朕可救不了你。"

嘤鸣则是觉得没脸见他，不谈现在晋封了皇后，要顾全尊贵体面，就算是寻常的姑娘，在爷们儿面前流了鼻血也是件极端糟心的事儿。她想不通，从小到大她都没出过这种乱子，为什么偏要在他面前现眼？

她心里懊丧着，可就如他说的，蒙在被子里要捯不上来气儿了。不得已，她只得翻开被卧，红着脸，把头转向了另一边。

皇帝看着她的样子，一口气提到嗓门，险些就忍不住了。但这会子不能暴露，要是让她知道内情，大概会想挖个地洞钻进去吧。他摸了摸鼻子道："朕陪你说说话好吗？"

嘤鸣不吭声，背过身去，把自己蜷成了一只虾子。

皇帝没法儿，在东墙根的圈椅里坐下来，瞧着她的背影愣神。这是他的床，她躺在他床上呢，这种感觉真不赖。明明白白知道这是他的女人，不像底下妃嫔似的远着，时不时想端出主子的架子来。在她面前他觉得两个人是平等的，因为这紫禁城中，能和他称夫妻的只有她一人。

嘤鸣呢，口干舌燥，满脸绯红。身上衣裳要穿不住了，她想把自己脱光，这么着才能发散热气。

可她还不糊涂，这是什么地方？哪容得她扒衣裳！她心里猫抓似的，痛苦且煎熬地揪住了被子，拽过来撕咬。结果满鼻子都是他的味道，那种龙涎和独活融合的气味，男人的气味，越发燎得她心火旺盛。

她呜咽了下："我太难受了，八成要死了。"

皇帝看不见她的脸，但能想象她委屈垂泪的表情。他拖着圈椅往前挪了挪："死不了的，才刚朕问过周兴祖了，他说没有大碍，明儿就好了。"

嘤鸣越发伤心："到底是什么症候，他得说明白呀，人怎么平白燥起来了，就没个辨证施治吗？！"说到这里戛然顿住，霍地翻身坐起来说，"不成，我要脱衣裳！您转过去，不许看！"

皇帝腹诽不已，心说你穿着寝衣的样子我又不是没见过，装什么装！但她正在这个当口，惹毛了会干出什么事儿来谁知道呢，还是别和她唱反调了吧。

于是他站起来，踱到窗前看外头小太监张罗上灯笼。傍晚的养心殿像另一个忙碌的世界，他能这么空闲地站在这里旁观，还是有生以来第一遭。

"好了没有？"他随口问了一句，她呻吟一声以作回答。他转过身来，忽然发现她目光灼灼地看着他，那双眼睛本就精神，这会儿简直能发出绿光来。

皇帝不由自主地咽了口唾沫："你这么瞧着朕干什么？"

嘤鸣咬着唇，没有回答。她只是觉得现在的皇帝别有风味，就像一朵兰花尖儿，干净纯粹，可以拿来装点在胸前，或是别在鬓边。

心里头好空虚，莫大的空虚，她闭上眼喘了口气："您怎么还在这儿呢？"

如果按着正常的回答，应该是"你身上不好，朕不放心你"，可这位万岁爷偏不，他说："朕留下，当然是为了看你的笑话。"

嘤鸣气得险些一口气上不来，捂着胸口哼哼："我早晚要被您气死啊……"

当然气死了不好，皇帝说："孝慧皇后才没的，你一定要撑住，至少在朕的后位上霸揽三十年，这是朕对你唯一的要求。"

嘤鸣心说您唯一的要求也太多了，上回还说希望她青出于蓝呢，这回又换了？不过能从他嘴里说出一句正常的话实属不易，她没力气和他拌嘴，哼唧了两声，表示答应了。

唉，挠心挠肺，后来她就一直迷糊着，披头散发地在床上翻来覆去。皇帝看着她那个样子，觉得有点儿可怜，先前周兴祖说必要的时候他能当她的解药，他心里自然也是愿意的。可再一思量，要是趁着这时候对她做出那种事儿来，回头她一哭二闹三上吊，那他怎么招架得住！

天彻底黑了，窗外人影幢幢，他起身把支窗放了下来。屋里没有掌灯，合了窗户越发暗，皇帝从蹀躞带上摘下火镰，把案上的蜡烛点燃了。

回身看，她气息咻咻，蹙眉仰在枕上，中衣的领子早被扯得大开，露出一片雪白的肉皮儿来。皇帝下劲看了两眼，发现这样不是君子所为，便不情不愿地把视线移开了。德禄在门上细声问要不要排酒膳，他说不必，因为光瞧着眼前这个女人，就觉得自己已经饱了。

只是她好吃，哪怕欲火攻心，该填饱肚子还是不能含糊。于是皇帝上前去，小声问："皇后，你要进吃的吗？"

嘤鸣微微动了动，回光返照似的睁开眼："吃什么？"

皇帝张口结舌，想了想问："冰糖燕窝好吗？"

她摇摇头，觉得不解渴。

"酸笋鸡汤？"皇帝琢磨了下道，"这道菜开胃，吃了兴许能好些。"

可她还是觉得不好，这会儿就算神仙炖汤，她也觉得不是她心中所想。

再瞧瞧他，九五之尊神气活现，她有种野蛮的冲动，想和他亲近亲近。至于为什么会生出这种想法来，她也不知道。也许自己偷偷喜欢着他，平时没有机会拿他怎么样，这回借着病了，好满足心底里亵渎的渴望吧。

她想撑起身，可惜头昏眼花四肢发虚，晃了晃又栽倒下来，趴在被卧间伸出一条白胳膊，艰难地招了招。

皇帝不明白她的用意，迟疑着在床沿上坐了下来："你想干什么？"

锦被间露出一只眼睛，半开半合地瞥了他一眼："我难受。"

难受是必然的，要是他吃了龟龄集也会难受，但他知道发泄的渠道，也不会有她那么重的药效。她呢，年轻姑娘，没经过人事，只知道百爪挠心，却不明白其中缘故，真是可怜。

忽然一只滚烫的手伸过来，握住了他的手腕。皇帝吃了一惊，头一次发现人的身体能够产生那样的高温。他疑惑地垂眼看，只见纤纤五指慢慢攀爬，爬进了他袖口。他蹙了蹙眉，感觉热气四溢的爪尖一路往上，从点滴的触摸变成肌肤相贴，然后她喟叹："真凉快！"

她是凉快了，他呢？皇帝不自在起来，看着袖笼的缎面高低起伏，所有感知都聚集到那条胳膊上，疑心他的皇后受不了煎熬，终于打算对他下手了。

嘤鸣之于皇帝的痴缠完全是出于本能，皇帝就像一捧清泉，能浇灭她心头的火。她摸索着，希望身体表面更多的地方能和他接触，然而他的箭袖袖口太窄，摸到上臂的时候就卡住了，再也上不去。

她丧气地在床上打挺，两只脚把床板踩得咚咚作响，发出孩子无理取闹时才会发出的那种呜咽。皇帝觉得很为难："朕不是让你用来纳凉的……"结果她的呜咽声越发厉害了，他鬼使神差地说，"朕把行服脱了好吗？"

其实不用问，她绝对不会说不好，于是他解开蹀躞带，扔在了床前的金砖上，然后把那件团龙行服也脱了，蛇蜕一样搭在脚踏上。

他的皇后是热情的，有理由相信她这会儿已经不受控制了，他才脱了，她就把他拽过来，狠狠一把抱住。

皇帝从未感受过她这样的热情，那晚在湖上虽也很刺激，但要论等级，绝不如现在。理智和欲望在撕扯，既然已经下了诏，她就是他的女人，幸了也没什么吧！但另一方面又提心吊胆，真做出这种事儿来，明天怎么同她解释？会不会惹恼了她，就此看不起他，往后再也不搭理他了？

皇帝挣扎的当口，昏沉的嘤鸣把他颠来倒去，似乎不知怎么处置他才好。一霎明白过来，原来她想吃的不是小食，是他。可这是万岁爷啊，她还有些残存的理智，遗憾的是这些理智赶不上她的动作，她在深深的忏悔中动手扯开了他的交领。

养尊处优二十三年的人，每一寸皮肤都是精心作养的，那白花花的胸怀看得人直眼晕。嘤鸣脑子里天人交战，不知道为什么，忽然有了想上嘴尝尝的冲动。她为自己的想法感到羞愧，喝醉的时候犯糊涂是身不由己，这回不一样，她除了四肢无力、心头空虚，脑子还是能够勉强运转的。

"奴才有罪，奴才惶恐……"她无措地嗫嚅，隐隐带着哭腔。万岁爷这会儿完全没了平时的体面，被她弄得衣衫不整，十分狼狈。她愧疚不已，掉了两滴泪，然后盯着他的胸脯，恶狠狠地说："您让我舔一口吧，成吗？"

## ·五·

"什么？"皇帝惊慌失措，撑着身子往后挪了挪，"你知道自己在说什么吗？"

好好的姑娘，吃了龟龄集就变成了这样，实在让人觉得不可思议。以往的皇后虽睚眦必报，善于和稀泥，但她的端庄稳重也是有目共睹，哪里会像今天这样，说出让人惊脱下巴的话来！真是个奇人，连提的要求也这么古怪，舔一口的癖好到底从何而来？并且她要舔的部位是哪里？皇帝一面揣测着，一面惴惴不安。

嘤鸣的人在摇晃，好容易撑起身子，一猛子扎下去，磕在皇帝胸口，磕出了他一声闷哼。她也不管，滚烫的脸颊靠着那胸膛，既凉快又清香，让她想起六月心儿里的刨冰，淋上一层简单的糖稀，照样吃得心花怒放。

她这会儿人轻飘飘的，脑子里灌满了糨糊，虽不齿自己的做法，但也拔不出来。蹭了蹭，再拱一拱，正待要伸舌头，被他一把捂住了嘴。

皇帝压着声恫吓："不许你上嘴。"

她气急败坏，郁闷的声音从他掌心传出来："为什么？"

这还用问吗，这一口下去可就说不清了。他是帝王，一向是他幸后宫，还没出现过后宫幸他的状况。这么热情的皇后，实在让他招架不住，仿佛这会儿都抛开了身份和体面，在这一方小小的天地里撒泼要横，谁也不买谁的账。

皇帝即便脸红脖子粗，也很有不怒自威的风骨，他皱了皱眉："朕是看你可怜，才答应脱了衣裳让你缓解的，你倒好，蹬鼻子上脸，还想上嘴？"

上嘴这毛病看来他们姐弟都有，嘤鸣稀里糊涂地想，当初厚贻头回看见海银台的陶泥小院儿，不问三七二十一就舔了一口，如今她也有同样的渴望。可是他捂住了她的嘴，让她很不满，爷们儿力气大，她挣扎了几回没挣开，索性伸舌在他掌心舔了一下。

蠕蠕的舌头，肉虫子一样滚过他掌心，皇帝目瞪口呆，失神地撤回手，失神地低头看着。

这人口水还挺多，所过之处留下一道蜿蜒的湿痕。他诧异地看向她，她迷蒙着两眼，没有任何解释和交代，饿虎扑羊般再次把他扑倒了。

然后就是无尽的痴缠，她像块烧红的烙铁，刺啦啦地贴着他的皮肤辗转。起先不过手和脸，后来演变成了整个人，搂着他的肩，勾着他的腿，如饥似渴地说："万岁爷原谅我这一回，我万死……万死啊……"

然而讨饶尽管讨饶，纠缠还是要继续纠缠的。皇帝被她盘弄得心浮气躁，心想干脆一不做二不休，直接来吧！

他翻身而起，压住她的两只手，撑在她上方问："齐嘤鸣，你这会子做得了自己的主吗？"

她摇头，当然不能，就是能也不能。

皇帝有些泄气，纵然到了这个地步，她糊涂着，他就不能对她怎么样。

可这日子实在难熬，他泄气地看着支窗上摇曳的风灯，忽然有种心如死灰的感觉。一个男人得具备多大的自控力，才能保持心如止水啊。她没完没了地揉搓他，皇帝倒在一旁，失神地说："朕是正人君子，就算你投怀送抱，朕也不会碰你的。"这段话说得咬牙切齿，犹如宣誓。

嘤鸣并不在意他现在的想法，她只知道他的身体能解她心底的渴，明天怎么面对他再说吧，现在只要痛快。

可他不抱她，他挺尸一样僵直，让她感到绝望。她又哼唧起来，使劲扳动他的手，往他怀里蹭，皇帝没办法，叹了口气，敷衍地搂住了她。

野火花烧上身来，她的猖狂也是有目标的，刻意绕开了那个原点，让他感受到一种被忽略的落寞。于是他越发紧地搂住她，手慢慢移下来，移到她腰上，张开手掌在她腰窝处一压，她挺着肚子撞过来，彼此都倒抽了口凉气，短暂的舒爽慰藉了空虚的心。

其实嘤鸣都明白，册封之后跟前有精奇嬷嬷，那些嬷嬷不单教导她身为皇后的礼仪，也向她传授夫妻敦伦的秘密。当初她还不明白嬷嬷说的"阴阳和合，此消彼长，世上没有一样东西是多余的"究竟是什么意思，结果这一撞豁然开朗，说得通俗点儿吧，就是锁与钥匙的关系。

有些东西没经历过，永远不懂里头的玄妙，嘤鸣忽然明白过来自己渴的是什么，就算一缸凉茶也浇不灭她心里的火，她这是中毒了！

她抓住了他的衣襟："您对我下药了，是吗？"

皇帝的心一蹦，只怕担心的事儿要发生了，明明不是他干的，最后背黑锅的必定是他。他起先还打算在温柔乡里沉溺一会儿的，经她这么一问，立时把身子往后挪了挪："朕岂会做那样的事儿，分明是你见色起意，你以为倒打一耙，朕会上你的套？"

她怔怔地，良久捂着脸大放悲声，这火下不去，从心窝一直往下蔓延，蔓延进了小肚子里，她背过身去说："您走吧，赶紧走，别待在这儿了。"

皇帝犹豫了下："是不是难受劲儿过去了，这就赶朕走？"

嘤鸣欲哭无泪，不是因为不难受了才让他走，是因为他在旁边她更难受。她虽心火燎原，但脑子还算清楚，不愿意更多的丑样子落了他的眼，他走了，自己忍一忍也就过去了。可要是他还戳在眼窝子里，这夜这么漫长，怎么熬得过去？万一糊涂做出什么来，一辈子是人家的话柄，还没大婚呢，就上赶着爬了爷们儿的床，岂不正应了宁妃的话，她早就和皇帝吊了膀子！

"您走吧。"她很有辙，不愿意面对他，拿脚往后蹬他的腿，"咱们明儿再说。"

皇帝不大愿意，呼之即来挥之即去，她把他当猫儿狗儿了吧？他没动："这是朕的寝室，你让朕去哪儿？"

嘤鸣又哼唧着哭起来："您脱成这样，回头我忍不住了怎么办！"

皇帝闻言低头看了看大敞的胸怀，自己把交领重又系了起来，嘟囔着："又不是朕愿意的，还不是你干的好事。"

这个糊涂蛋，闹半天全是鸡同鸭讲。嘤鸣闭上眼粗喘了两口气，一头五脏起火，一头也明白过来，是那盏龟苓膏出了毛病。原就说了，寻常的龟苓膏，何必特特儿传皇帝御用的太医调制？想来就是这个缘故，这份罪本该是皇帝受的，谁知半道上出了岔子，好东西进了她肚子里，要是让老佛爷她们知道，那脸可就丢大发了。

这是馋嘴的代价，嘤鸣眼泪巴巴地想，想完了得嘱咐一声："您不能说出去！"

皇帝满口答应："朕绝不把你巴结朕、试图染指朕的消息泄露出去。"

嘤鸣听了很觉心窝子疼，这回她是着了道，算她输了。她用力裹住中衣，咬着槽牙说："楚河汉界，谁越界谁是狗。"然后把脑袋拱进枕头下，独自忍受她的煎熬去了。

皇帝气结，这是骂谁呢？他恼恨地瞪了她半天，发现再没动静了，不由得叹了口气，长夜漫漫，心情真复杂。他这会儿对她没什么作用了吧？女人无情起来可比男人狠多了，才刚还抱着他不撒手呢，现在就翻脸不认人了。

原本他也有绮念，多少期待事情能有更进一步的进展，谁知到了这里就戛然而止了，失望！再留下去，又怕她清醒过后要质疑他乘人之危，他无奈地起身，捡起地上的行服重新穿回去，又束好了蹀躞带。忽然想起被褥底下有他的归心堂呢，万一被她发现了多难堪！于是小心翼翼掏挖，掏出来后站在地心怅然看了半晌，然后转身，走出了又日新。

德禄正在廊庑底下候着，寝宫上夜时正殿的门只关半扇，听见有脚步声传来便回头，见万岁爷抱着他的小匣子从东边出来，形容倒还威严如故，但头发散乱，鬓边的编发垂落下来，仿佛刚刚经历过一场恶仗。

这是怎么了？铩羽而归？他忙上前引路，说："主子爷，华滋堂里一应都布置好了，奴才伺候主子安置。"一面说一面觑皇帝的脸色，"娘娘这会子药性过了？"

皇帝摇摇头，迈着沉重的步子往西边去了。

洗漱完了方才躺下，可又瞪着帐顶毫无睡意，也不知道那个人现在怎么样了。他在床上辗转反侧，忍了好一阵子还是起身，打算再过去瞧她一眼。

檐下的一排风灯静静高悬，穿过南窗的万字不到头棂花，在地上投下斑驳的光影。皇帝的袍角轻轻拂过，像一道轻柔的烟雾，又日新案上的蜡烛只剩短短的一截，灯芯冒得老高。

烛火簌簌轻颤，他挨在床架子边上唤她："皇后，好些了吗？"

她背对着他，没有说话，看样子像是睡着了。

真厉害，火都上成那样了，说退就退了？皇帝也不知哪里中了邪，跪在床沿探身去看，一看她圆睁着两眼，简直像死不瞑目。

他吓了一跳："皇后！"

不过他的皇后很快又闭上了眼，脸颊上的红晕倒像比之前淡了些，想是逐渐缓过来了吧。

只是终有些不放心，这一夜跑了四五次，她的被子盖得含糊，如今夜里天凉了，他怕她着凉，牵过被角仔细给她掖了掖。掖完了心里只管感慨，他这辈子还没这么迁就过一个人呢。人生际遇一程有一程的风光，遇见不同的人，学会不同的事儿，从她这里没有学会旁的，学会吃瘪和受气，也算有进益。

嘤鸣第二天睁开眼，看见的是陌生的环境，一时有些反应不过来。呆怔着醒了半天的神，才想起昨晚上住在又日新了。关于细节的点滴，她都可以回想起来，越回想越绝望，现在该怎么办？她险些哭出来，忙捂住嘴，手忙脚乱地开始穿衣服。

才穿了一半，门上有人进来，她睁大眼睛看过去，还好来的是松格。松格托着托盘冲她一笑："主子醒啦？奴才给您带了干净的衣裳来，您别穿昨儿的了，换这个吧。"

嘤鸣提心吊胆着，任她上来伺候。一面伸袖子，一面隔窗朝外看："你进来的时候，有没有遇见万岁爷？"

松格说："万岁爷五更的时候视朝去了，这会儿还没回来呢。"

阿弥陀佛，实在万幸，赶紧收拾好了出门，却在穿堂里遇见了德禄。德禄上来打千儿，笑着说："主子娘娘，万岁爷视朝前留了话的，说让娘娘不忙回去，回头还要再传周太医来给娘娘请脉。"

还有什么好请的，她现在只想回头所，最好关起门来十天半个月别见人。他还留她呢，是嫌没笑话够她，等回来了好接着调侃她？

她抿唇笑了笑，说："不了，我大好了，替我谢谢万岁爷体恤，不必再瞧太医了。昨儿我失仪，下回来请安时，再向主子告罪吧。"

这几句话真是强自厚着脸皮，装得镇定自若。其实问问她的心，真想立刻挖个地洞钻进去。她丧魂落魄的丑样子别人不知道，德禄肯定是知道的，她对皇帝干了那么失分寸的事儿，哪还能接着留在养心殿呢！

这头脚步匆匆往养心门上去，可一抬眼，恰好和影壁后头绕出来的皇帝撞个正着。他顿住了脚，也不说话，就那样傲慢地乜着她。嘤鸣暗呼冤家路窄，不得已朝他蹲了个安，要是他不理会她也就罢了，但他偏要奚落她："怎么？眼见不妙，想畏罪潜逃？"

嘤鸣很沮丧，这里头的内情连松格和海棠都不知道，她们俩此刻虽垂眼侍立在一旁，耳朵却竖得笔直。她不愿意在底下人跟前失了面子，红着脸道："您别这么说，您明知道我昨儿身上不好。"

"朕哪里知道！"皇帝带着玩味的语调，抱胸道，"朕本以为你是体虚火旺，没想到……"

嘤鸣原先确实羞愧，低着头垂着眼，甚至不敢看他。结果他在明知实情的情况下还有意笑话她，她就有些恼了，吸了口气，又缓缓吐出来，歪着脑袋绵里藏针："难怪万岁爷不高兴，这会子想起来全是我的不是，虽忠君事主，也不能大包大揽。前儿老佛爷送给万岁爷的龟苓膏，若是万岁爷自己吃了，没准儿过两个月后宫就有喜信儿了呢。可惜最后填了我这里，万般无用的，白费了老佛爷的一片心。"

又在装样，明知道老佛爷和太后等的是她的好信儿。皇帝倒不是要和她抬杠，更多的是想借此让她多停留。今儿早朝的时候，他一个人高高坐在龙椅上，满脑子都是和她腻在一起的情景，臣工们的奏对他连一个字都没听进去。

压了压胸口，掌下团龙盘踞，他想起那热烘烘的小身子拱在他怀里的感觉，仿佛到现在还有余温。他实在是无心听政，只想快些回去，谁知进门就发现她罔顾上意。他见她这样，自然心里不高兴。

于是一定要寻衅，哼了声道："你不必揣着明白装糊涂，龟苓膏是你送来的，你当真不知道里头加了东西？别不是有心想尝尝吧！"

嘤鸣也不着急，慢吞吞道："龟苓膏是您千方百计让我吃的，要是大伙儿都随口胡诌，那我岂不是也该怀疑万岁爷觊觎我，才有意哄我吃了那个？"边说边瞥了他一眼，"清水下杂面，你吃我看见。昨晚的事儿就别说了吧，您吃亏，我也没赚便宜，大家捂着鼻子囫囵过就完了。"

皇帝被她回得背气，错牙笑道："你可真大度。"

她复温软欠了欠身："我大度也是万岁爷赏的体面，横竖昨儿我不成体统，让您见笑了。今儿还有精奇嬷嬷等着教我规矩呢，我给万岁爷请个安，这就回去了。"

她说完再行一礼，带着两个贴身的丫头款款迈出了门。皇帝心下不服，追出了养心门，只见那身影在暖阳潋滟下轻巧一趔，悠然往南边夹道里去了。

## ·六·

　　"快些走吧，可丢死人了。"嘤鸣步履匆匆，边走边道。养心殿距离西三所不远，从西边夹道里穿过去，一霎工夫就到了，可饶是一炷香的辰光，也让她觉得路远迢迢，异常煎熬。

　　身上还热着，气血暴涨，哪里那么容易抚平！但相比昨儿夜里，已经好了不是一星半点。大约还是前儿那盏的力道太大了，好在昨儿才吃了半盏，要是那时候全吃了，这会子她大概已经灰飞烟灭了。

　　海棠和松格在后头紧紧跟随，三个人走得匆忙，间或遇上夹道里的太监和宫女子，等不及他们退到一旁行礼，她们就快步过去了。松格以为她主子这回八成是承了幸，要不怎么喊丢人呢。毕竟昨儿夜里留宿在又日新，她和海棠都给调遣到体顺堂去了，并没有在主子跟前伺候上夜。万岁爷的寝宫里发生了什么，她们不得而知，但拿大拇哥想，也知道准错不了，主子这回真成主子娘娘了。

　　嘤鸣羞于见人，因此连慈宁宫都没去，直回了头所殿。进门便发现三个嬷嬷在院儿里站着呢，见她回来了纷纷蹲福请安。嘤鸣脸上一红，教授规矩也是要看时辰钟的，宫里没有赖在被卧里起不来的人，皇上五更上朝，哪个奴才敢睡到辰时去！嬷嬷必是五更就过西三所来了，结果发现她不在头所，做何感想？所以嬷嬷们还没说话，她自己就先心虚起来，定了定神才道："今儿我身上不大好，上半晌就免了吧！嬷嬷们先过二所歇着，叫小厨房备些果子点心，等用完了午膳，咱们再接着练本事。"

　　她如今是堂堂正正的皇后，谁还能违逆她不成？况且她在宫里半年，常伴太皇太后和皇太后，宫廷规矩是信手拈来。精奇们给派到跟前，不过走个过场罢了。既发了话，没有不遵的，嬷嬷们俯首哈腰应了个"是"，便退到二所殿去了。


　　嘤鸣松了口气，摸摸额头又掏掏衣领，心里杂乱得很。真得好好念两卷经，洗刷洗刷自己的心思了。说起洗刷，昨儿好像倒头就睡没来得及擦洗，便吩咐豌豆打水来，自己回到头所，只管坐着愣神。

　　上回在畅春园游湖醉酒，后来问他当时情形，他说她把他上下都摸遍了，她作为守礼的大姑娘，是绝对不会承认发生过这种事的。可昨儿晚上呢？她清清楚楚记得，她摸完了他的脖子还在他胸口薅了两把，然后往下摸了屁股和大腿……天爷啊，她悲怆地捧住脸，哀鸣从掌心迸发出来，吓得松格一哆嗦。

　　"主子？"松格绞了手巾来给她擦身，"您又在万岁爷跟前现眼了？"

　　这个"又"字用得真诛心，嘤鸣无奈地点点头，表示她说得对。

　　松格的开解无非那几句，横竖您不是第一回丢脸，这会子也该习惯了，大有破罐子破摔的气概。嘤鸣不像她，以前心大，现在心细着呢，细成了针鼻儿。

"我家世代簪缨，出了五位大学士，三位礼部尚书。"她喃喃说，"怎么我……"

松格对她的成就相当肯定："您是我们鄂奇里氏的头一位皇后，是国母啊，官儿当得比祖宗们都大。"

嘤鸣摇摇头，不是和祖宗比地位、比功勋，是比为人的自矜和体面。先祖都是清正文人，她是正根正枝的后代子孙，祖宗们的风度半点没学到，喝醉了发疯，乱吃药了发狂，种种劣迹不堪入目，哪里有脸面对列祖列宗！

她撑着脑袋惆怅："如今我越发觉得万岁爷脾气好了。"

松格很会举一反三，立刻明白她话里的意思了："您昨儿夜里对万岁爷不恭了吧？"

"可不嘛，这都多少回了。"她一手捂住了眼睛，眼眶子一圈直发烫，吸了吸鼻子说，"我一直觉得自己是个知书达理的人啊……"

其实知书达理的人也有兽性大发的时候，全看时机对不对。像昨儿那个情形，松格作为一个姑娘，固然没有见识过，但主子那模样太不正常了，她心里也暗自琢磨，少不得要闹出点儿事来。才刚云里雾里地听主子和万岁爷打擂台，她隐约有这样的直觉，所以主子和她诉苦，她一点儿不觉得意外，反而有见怪不怪的坦然态度。她更在乎的是主子得逞没有，都说万岁爷脾气好了，只有被人占尽便宜引而不发，才能得到这么高的评价吧。

松格龇牙笑了笑："您二位就差大婚啦，胳膊折在袖子里，谁还能说您的不是吗？！只要万岁爷认了，您就高高兴兴受用，这么着不好？不过话又说回来，您昨儿是怎么了？周太医也说不出个所以然来，把奴才吓得……奴才都想往家报信儿，让老爷和福晋进来瞧您啦。"

嘤鸣摆了摆手："别说了。"语气里颇有一言难尽的无奈。

这儿正唏嘘着，门外豌豆通传，说："主子娘娘，寿膳房预备的龟苓膏送来了，娘娘是这会子过去，还是暂且先拿冰湃着？"

嘤鸣舌根儿都麻了："还来？"

松格眨巴了两下眼睛，猛然顿悟过来："主子，是这龟苓膏有诈？"

嘤鸣叹了口气，把脸埋进臂弯里，想了想对豌豆发话："我今儿不爽利，就不送了。回头你和海棠跑一趟，送过去听万岁爷处置。"

豌豆"唉"了声，奉命办事去了，松格讪笑着说："老佛爷也忒着急了些，怎么还给万岁爷下药呢。想是瞧万岁爷子嗣艰难，这么着能多幸后宫吧。"

嘤鸣也没什么好说的，横竖万岁爷进补，六宫都高兴，自然不是为了大婚这一宗。昨儿夜里浑浑噩噩的，人总在半梦半醒之间，这会子也确实没精神了，草草梳洗完，倒头就睡回笼觉去了。

那头慈宁宫里，是到辰时收梢才得到养心殿消息的。

太皇太后问得很细致："昨儿是谁在里头上夜？跟前有谁伺候？皇后歇在哪间屋子？皇帝呢？"

小富点头哈腰地回答："昨儿是德管事的亲自上夜，因娘娘身上不好，他不敢走远了，唯恐后头要再传太医。不过后殿明间里没人打毡垫，连娘娘跟前两个小丫头都给轰出来了，就主子爷一个人在里头。娘娘住在又日新，万岁爷住华滋堂，万岁爷夜里起来好几回，上又日新瞧娘娘的症候，瞧完了还回华滋堂。据德管事的说，这一夜总有四五回，主子爷只怕昨儿晚上没睡踏实呢。"

皇太后听了，且觉得费思量："我瞧是没什么，要是合了房，累都累不过来呢，犯得着来回跑吗？"

太后真是个耿直得令人头大的主儿，太皇太后瞧了她一眼，要不是姑做婆，她早不让她往慈宁宫跑了，还等到这早晚！老太太更相信前景是美好的："他们是帝后，又不是外头寻常人家。寻常家子还讲究规矩呢，没大婚，哪能大鸣大放地睡在一张床上！不过皇帝这回办得好，我很高兴，他没把人家扔到体顺堂去，可见他知道疼女人了。"

小富这回当了一趟耳报神，太皇太后是慈悲佛爷，一心只想撮合孩子，所以小富交代起来心甘情愿："老佛爷不知道，咱们主子如今待皇后主子可好啦，奴才在养心殿伺候五六年了，还没见过万岁爷对谁上心呢。唯独这娘娘，合该是当皇后娘娘的，主子爷就对她宾服，可是怪了嘛！"

太皇太后高兴得很："世上缘法就是如此，卤水点豆腐，一物降一物。这么着也好，把人定下了，是嘤丫头，我也放心了。"

老佛爷的放心，皇太后很明白。既然每朝每代总得有这么一个人出现，这个人是谁很重要。有些不识大体的，到了高位也扶不起来，很叫人头疼。爷们儿呢，真的喜欢上一个难以更改，倘或那主儿一心谋私，还不得撺掇着皇帝干出什么世理不容的混账事儿来吗？是嘤呜，风险就小了一半儿，虽说将来少不得要为薛齐两家的处分费一番脑筋，但万事总有解决的办法。总之人选是好的，好就成了。皇帝自小没了亲爹亲妈，找见一个在乎的人搭伙过日子，将来再生几个小子闺女，一家子和和美美的，还图什么？

太后的脑子本不复杂，太皇太后既这么说了，她就开始忙着记日子："今儿是什么时候来着？敬事房的册子不记档，彤簿也不好录入，咱们自己得好好记着，防着后头遇了喜，好排日子张罗起来……可有一大套的事儿要忙呢！"

太后的未雨绸缪一向做得很到位，像当初先帝爷走得急，一场大疟疾也就十来天光景。当时先帝躺在床上，精神头尚可，还能召臣工商议朝政事务呢，她去瞧了一回，发现先帝说话有上痰的回音，她就觉得不好。后来事儿出了，所有人措手不及，谁能想到春秋鼎盛的皇帝就这么走了！宫里乱了套，要白布只能上外头采买，要棺木，压根儿没有现成的。太皇太后也没了主意，太后这时发挥了定海神针般的作用，不慌不忙地拿出了预先准备好的装裹，让人伺候先帝换了衣裳。那是她花五个昼夜一针一线赶出来的，两只眼睛熬得血红。别人以为她是哭坏的，都来宽解她看开些。她叹了口气，心说她和先帝虽不对付，终归夫妻一场，先帝最后是穿着她的手艺走的，她哭不出来，尽了意思，也算对得起死鬼了。

如今要迎小人儿，就算那小人儿不知在哪个犄角旮旯里猫着呢，她也坚信会有，先筹备起来总错不了。太皇太后知道她每天闲得发慌，得找点事儿干，也由着她。但首要一宗，等嘤鸣来了先确认一回，这个是顶要紧的。

今儿宫里裁秋衣了，内务府搬了几十匹缎子来，因皇后还没大婚，头所殿不过是暂居，因此面料花式全送进了慈宁宫。下半晌太皇太后命人请了皇后来，让她自己挑好缎子，以便筹备大婚后的穿着。

嘤鸣对那些衣服首饰并不十分看重，随意挑了几匹素缎，交织造局做绣花样子。太皇太后有个习惯，申时当间儿传果桌用果子点心，她和太后喝茶吃茶点，皇后就捧着她的玉盏子，专心致志用她的酥酪。

太皇太后先还扯闲篇，说从皇帝那里听来了一件气人的事儿，天干一旗有个佐领殁了，还没过头七呢，家里太太就给逼得嫁了人。倒不是佐领家有人为难，佐领那支的亲戚全没了，儿子才六岁。佐领太太年轻没主意，娘家哥哥愿意来张罗，以为再好不过。结果天杀的舅老爷使坏招子，尽劝姑奶奶改嫁，打算留下外甥当幌子，就要霸占佐领的家业。

"世上还有这号人，真是狗见了都摇头。那些开宝局、干下流营生的倒有杀孩子卖妈妈的心，怎么至亲骨肉也这么着呢！"

太后听了这席话，心里怅惘起来："孤儿寡母的，要在世上存立多难，想当初咱们也是这么过来的。老佛爷忘了，早前的几位王爷，可比那个狗摇头舅老爷厉害多了，咱们走到今儿多不容易！"

太皇太后赶紧说："是啊，皇帝不容易，该有个知冷热的人才好。"

嘤鸣听在耳朵里，就知道这一套话兜兜转转的，最后要按到她头上。她搁下金匙笑了笑，预备太皇太后发问。

果然老太太发话了："嘤鸣啊，昨儿夜里留宿养心殿了？"

嘤鸣赧然，这事儿说来很没脸，计较龟苓膏里加没加东西也很多余，毕竟寿膳房就不是给她预备的。她只有"唉"了一声，说："奴才昨儿身上不好，主子爷体恤，没让我回西三所。"

太皇太后点了点头:"我听说在又日新里住了一宿,皇帝待你到底和别个不同,你要明白他的一片心。"

嘤鸣站起来蹲了蹲安说:"是。奴才惶恐,又日新是主子寝室,我逾越了,请皇祖母责罚。"

太皇太后笑了笑:"这有什么的,嫔妃侍寝在西边华滋堂,皇帝自己的屋子在东边,那里没有一个女人沾过边,把你安置下了,足见对你的敬重。"

"是啊是啊,"太后说,"皇帝这么敬重你,你们……"

话都说成这样了,上回在畅春园里,这二位得知他们在船上什么都没干,当场就不甚痛快。眼下过了夜,那得抱着多大的希望啊,要再说井水没犯河水,会不会气得把她赶出慈宁宫,罚她面壁思过?

嘤鸣不得不考虑,能否在太皇太后和太后面前撒个谎,皇帝那头好商量,她们也不会特特儿问他这个问题。过了今儿就翻篇,往后她们觉得不稀奇了,自然就不会对她房里的事儿这么好奇了。

她笑得模棱两可,一副小媳妇娇羞的模样:"叫皇祖母和皇额涅日夜为我们悬心,是我的不孝。往后皇祖母和皇额涅只管放下心吧,我一定好好伺候万岁爷,不负皇祖母和皇额涅的厚望。"

太皇太后和太后一听有缓,这是变相地承认了啊,看来这龟龄集不光补爷们儿,女人吃了也管用。两位老主子听了心情十分畅快,太皇太后说:"这样方好呢,咱们宫里多久没听见孩子的哭声了,往后就指着皇后为我大英开枝散叶。你也别担心,我今儿找内务府的人来问了,大婚事宜正加紧地办呢,还有两个月,出不了岔子的。"

嘤鸣说是,脸上洋溢着春光般绚烂的微笑。但这笑容没能维持太久,因为门上出现了一个人,这个人鄙夷地乜了她一眼,那目光简直像在问她脸疼不疼。然后他进了次间,向太皇太后和皇太后拱手:"皇后说得很是,往后皇祖母和皇额涅就不必操心我们的事儿了。朕今儿来有个不情之请,横竖朕和皇后名正言顺,越性儿叫她住进养心殿吧,也免得她风里雨里来回奔波,朕瞧了别提多心疼。"

壹陆

寒露

· 一 ·

　　这话要是换个人说，是多温存和务实的一种况味，姑娘没有不倾心的。可说这话
的人是呆霸王，那就不知道里头有几分真假了。

　　嘤鸣带着怀疑的目光审视他，果然见他朝她瞪了一眼，大概刚才她的指鹿为马让
他不高兴了，只是苦于不好和祖母和盘托出，所以有心给她小鞋穿。活该是活该，但
嘤鸣决定垂死挣扎一下："主子是好意，怕我来回多辛苦，其实我一点儿也不辛苦。
我如今还在跟着精奇嬷嬷们学规矩礼仪，宫里的宫务也要向皇祖母及皇额涅多习学。
主子的好意我心领了，但斟酌再三，还是不去了吧。一则是怕扰了主子清净，二则我
自己和跟前人也不方便，倒不如仍旧住头所殿的好，那里一应东西都是才置办的，我
住着也适宜。"

　　可是还没等太皇太后说话，皇帝倒先接了话。他冲她皮笑肉不笑："这话错了，
上用的东西都是全天下最好的，皇后的用度即便再精细，也精细不过朕的次序去。再
说你在养心殿住了不是一回两回，朕瞧你第二日起来都是红光满面，何来不适宜一
说？还是去吧，养心殿好着呢。"

　　嘤鸣摇头不迭，勉强笑着说："算了，主子的好意心领了。"

　　皇帝说："去吧，朕不放心你。"

　　她继续摇头："不去了，去了给主子添麻烦。"

　　皇帝扯着一边嘴角道："不麻烦，朕离不开你。"

唉，真是你来我往眼花缭乱，太后看着，不明白他们究竟在打什么太极，便道："究竟是去还是不去？"

结果双方的态度都很坚决，一个说去，一个说不去，但谁也不动怒，脸上带着温暾而烂漫的笑，像在谈论今天是吃窝头还是吃炸酱面一样，内容朴实，毫无心机。

太皇太后看着他们作法，心里不慌，脑仁儿也不疼，年轻的孩子爱闹腾，由他们闹去就是了。他们有他们的相处之道，老人不掺和，这个宗旨放之四海而皆准。小的若是不痛快了，老的再一挑唆，小事儿也变成大事儿，要是不想存心让他们闹生分，那长辈就得学会闭嘴。

太皇太后有这宗好处，当初先帝时期也是这样，儿子后宫的事儿她插手得很少，所以到哪儿都是个讨人喜欢的婆婆。如今孙儿大了，她疼爱孙儿比疼爱先帝更甚，但她尽了做祖母的责任后，旁的依旧不会过问。在她看来只要闹得不过分，都是可以被原谅的小情趣，她不会板着脸子去教训皇后应当顺应皇帝的意思，皇帝是天，但这天要是日日乌云罩顶也不好。皇后就得活泛些，心境开阔，身底子就强健。人家的娇养闺女送进宫来，一两年时光就教训得大气儿不敢喘，这也不是抬举皇后的意思，是在养童养媳。

太皇太后笑眯眯的，听见嘤鸣说"咱们还得守一守规矩，不信您问皇祖母"时，她当了甩手掌柜："你们都不是孩子了，自己拿主意去吧，我不管。"

皇帝还是持重威严的样子，目光坦然地看了嘤鸣一眼："你身子骨弱，再过两天就是中秋了，天儿渐渐凉下来，多吹了风不好，别忘了自己有喘症。"

嘤鸣有醍醐灌顶之感，这阵子过得太安逸，差点儿忘了这茬。既然他提起来，那正好可做借口，便温声道："我也是这个想头儿，万一在您跟前发作，又要惹您担心。我的寝宫里东西都是齐备的，瓶瓶罐罐搬过去太费手脚……要不这么的吧，我闭关两个月，这阵儿就不上您那里去了，也免得路上受风，您说呢？"

皇帝依旧保持风度，心里早把她骂了个底朝天，略一勾唇角道："闭关两个月，你又不悟道，闭什么关？你在朕跟前，周兴祖是现成的，万一身上起了变化，周太医也好及时发现。"

嘤鸣心里暗暗咬牙，这算将计就计啊，什么身子起变化，说得真委婉。皇帝是斯文人，多年养成的习惯就是这么温软着来，也许别人还在琢磨他这番话的用意，太皇太后就已经明白了。

"我瞧住在养心殿也好。"太皇太后说，"就近便于照顾，皇后你说呢？"

嘤鸣笑了笑："老佛爷，话是不错，可我要是常住养心殿，怕后宫的妃嫔们多有不便。万岁爷不是我一个人的万岁爷，是大家的万岁爷啊。"

她果然是个和稀泥的老手，这些推托的话既不驳了老佛爷的面子，又能让自己全身而退，顺便还挣了个贤名儿，真亏她打了这一手好算盘。

皇帝心里不痛快，但见太皇太后认为她说得有理，也不好一味固执己见，便含糊一笑道："原就说的，不让老佛爷为我们操心，这件事朕和皇后私下商议就成了。"

太皇太后点头，太后也乐得打圆场："皇后啊，皇帝是舍不得你啊。你瞧自己多好的造化，往后两个人就好好的吧！"一面说一面招呼，"这是礼部拟定的大征礼礼单，有分内的东西，也有另赐你父母的，你来瞧瞧，有没有什么遗漏之处。"

嘤鸣脸上浮起一层浅浅的红晕，赧然道："老佛爷和皇额涅做主就是了，不必奴才瞧了。"

皇后不好意思了，太后就顺手递给了皇帝。皇帝接过来查看，这虽不是他头一回大婚，但这种细节处的安排是头一回过目。黄金二百两，白银一万两，这是定例。还有祁人老辈儿传下来的章程，要送金银茶筒，以及文马[1]二十匹，闲马四十匹。

至于给皇后父母的赏赍，大抵是金银绸缎，和一年四季的朝服。帝王家办事很讲究体面，连家里兄弟的也一个不落，俱有绸缎和马匹。皇帝合上礼单领首："朕瞧都很熨帖，届时命礼部尚书多郎为正使，总管内务府大臣云璞为副使，持节往皇后府邸过礼。等过了中秋，朕再派遣官员告祭天地、太庙及奉先殿。"

太皇太后很欢喜，皇帝大婚，繁文缛节巨万，但他愿意自己操持，就是对这桩婚事最大的认同。好啊，帝后琴瑟和鸣，她心里的大石头就放下了。虽然他们走出大殿后在中路上就开始拌嘴推搡，但打是亲骂是爱，太皇太后和皇太后隔窗看着，笑得十分欣慰。

先头在慈宁宫里其实各自都很克制，走到夹道里就决定分出个高下来，皇帝说："你随朕上养心殿。"

嘤鸣不愿意："我要回头所。"

"往后你就住在养心殿。"

嘤鸣对他的不依不饶头大得很："就算大婚了我也不该住养心殿，您这是强人所难。"

"随朕而居就是强人所难？"皇帝冷笑，"你不是在老佛爷和太后跟前承认了吗，这会子装什么？朕还从来没见过你这样的人呢，明明什么事儿都没有，偏在慈宁宫打肿脸充胖子。"

嘤鸣气得血上头："我这是为自己吗？我这是为了安老佛爷和太后的心！要是让

---

1 文马：毛色有纹彩的马。

她们知道花了那么大的心思，万岁爷还不尽人事，可不知拿哪只眼睛瞧您呢。我豁出了自己的名声替您周全，您就别挑拣了，快谢谢我吧。"

皇帝调高了调门："朕谢谢你？你也经得住朕一谢！什么叫不尽人事？谁说朕不能尽人事？要不是你赶朕走，你瞧朕能不能尽人事！"

嘤鸣愣住了，蓦然道："敢情您还真想对我……那样呢？我可中了毒，您下得去手？"

皇帝郁闷得能呕出一盆血来："你不是朕的皇后吗，朕对你那样有什么错？"

是啊，好像是没错，可乘人之危不是君子所为啊。嘤鸣别开脸，冲着广袤的天宇大喘了一口气，眼眶子里塞满了这个人，真叫她胸闷得厉害。她缓了缓才道："这会子还没大婚呢，我们家可没教我大婚前和爷们儿……那个。"

皇帝撇了撇嘴："自己要做正派人，就坏朕的名节……"

嘤鸣被他回个倒噎气，可不愿意和他多理论了。惹不起还躲不起吗，她扭头就走，心里也觉得没脸。原本诏书宣读后就应该让她回去的，她要是回了齐家，省去多少麻烦。如今偏要留下她，人既然在宫里，就不能像在家似的两耳不闻窗外事。和他兜搭，兜搭得多了哪里来的好话！这主儿真是得了便宜还卖乖，什么坏了他的名节，他一个皇帝，小老婆装了一屋子，孩子都有好几个，有个狗脚的名节！

一般像这样的斗嘴，吵了几句一拍两散就完了，回去各自生生闷气，过两天相见又是你谦我让的和谐场面。嘤鸣脚下走得急，本以为皇帝会和她分道扬镳，没想到走进西三所夹道里，还能听见身后的脚步声。一回头，果然他就在不远，她停下脚说："您怎么跟来了？您该回养心殿去，臣工们还等您叫起哪。"

然而皇帝并不搭理她，目空一切地越过她，负手往所门上走，边走边道："你能上养心殿，朕怎么不能来这儿？朕倒要瞧瞧，什么金不换的好地方，比养心殿还好！"

皇帝昂首阔步迈进了大门，这时候门上站班的也罢，院儿里正当值伺候的也罢，立时呼啦啦跪倒了一片。皇帝行进的路线上一般不能有障碍，小宫女正浇花呢，自己跪下前没来得及拽过洒壶，于是皇帝一脚踢翻了，旁若无人地迈进了正殿。

德禄看见万岁爷横着走的架势，只好冲皇后娘娘赔笑。那是皇后娘娘的闺房，万岁爷闯进去又会干出什么怪事、冒出什么怪话来，德禄提心吊胆，忙跟在后头进了门。

嘤鸣没法子，气恼地站了一阵儿，海棠她们都畏畏缩缩地瞧着她，她叹了口气，只得举步随他进去。

皇帝站在地心四下打量，半晌道："不过如此，朕还以为是什么金窝银窝，让你死都不愿意离开这儿。"

嘤鸣讪笑："多不好的地方都是万岁爷的恩赏，我不敢存心挑剔。"

皇帝"嗯"了声："暂且将就吧，等搬进坤宁宫就好了，那地方宽绰，可以养很多花儿。"

德禄起先悬着心，听见皇帝说了这句，顿时心头一松，笑道："娘娘，主子爷给您指派寝宫啦。坤宁宫往常是作祭祀之用的，皇后也只大婚三天住在那里，等过了三天另外挑选寝宫，除了开国时候住过几任皇后，后来就一直空着呢。"

嘤鸣也知道坤宁宫向来不是用以居住的，得知他有心指派那里给她，心境不能说没有波动。许是真个儿有些不同的吧，她暗暗想，这呆霸王表达的方式一向怪诞，或许这就是认可的意思吧！

她心里暗琢磨，不由得瞥了他一眼。皇帝也接住了她的眼波，一阵心慌意乱之后蹦出一句话来："住得近些，将来就是要吵嘴也方便。"

嘤鸣一口气泄到了脚后跟，敢情住得近点儿，是图骂街方便？她不愿让他看出她的失望，扭过身抬起手，尴尬又不失体面地抿了抿鬓角。

这回总算知道会不会哄姑娘的区别有多大了吧，德禄惨然把视线调到了橼子上，宁愿分析头所殿的建筑规格，也不愿意掺和万岁爷的情事了。

皇帝见他们都意兴阑珊，忽然发现自己也许又有哪里说得不对了。其实他只是不好意思明说，大婚之后二五眼搬到坤宁宫，他就搬到乾清宫去。两座宫殿之间虽隔着交泰殿，但有甬路相连，想见她一面非常容易。他们都不明白他的心，他是务实派，没有那么多的花花肠子，只知道将来皇后必须住得离他够近。当真让她长期住在体顺堂，其实还是不合礼制的，但要是住进坤宁宫就没问题了，横竖乾清宫本来就是皇帝寝宫，他宁愿自己费些周章，只要朝夕能见到她就成。


很委屈，但是不能说。皇帝憋屈地看看他的皇后，皇后不想理他，他沉默了下，往南炕上一坐，虚张声势着："皇后的礼数哪里去了？朕来了这半天，你就让朕干坐着？"

还好底下的人不含糊，海棠端了大红漆盘进来，嘤鸣亲手将茶盏放在他面前，曼声道："我这儿只有茉莉香片，怠慢了主子，还请主子见谅。"

其实皇帝爱喝浓些的茶，这类花茶尚且不称他的意儿，但聊胜于无吧。

揭开盖儿，茶色清香澄澈，他慢慢抿了一口。这会子静下心来，才发现这屋子里有独特的味道，很温暖很安和，让人想起冬日里斜照过玻璃窗的暖阳，和博山炉里袅袅芬芳的轻烟。

这是他头一回到她的世界里来，像打开了一扇新的大门，看看这个有意思，瞧瞧那个也别具匠心。其实认真说，什么是他没见识过的呢，但因为有她的布置，再寻常的东西也有不一样的韵味。

悄悄斜眼瞥她，她坐在那里，不激不随的模样，很是娴静美好。皇帝问："你这会子怎么样了？"

她微顿了下，难免有些讪讪的："那事儿就别说了。"

皇帝蹙了蹙眉："朕不怪你耍浑，就是问问你好些没有。"

她"哦"了声，摸了摸燕尾，别别扭扭道："好是好些了，瞧见您也不想拿您怎么样了。"

原是脱口而出的话，没有细想太多，结果一下把彼此闹了个大红脸。皇帝想他的皇后太率真了，他喜欢这种有话直说的女人。但赞叹完了又不免开始糟心，是不是因为她对他没那个意思，所以说起昨晚的旖旎，才能这么理直气壮。

嘤鸣心下自然也紧张，很担心被他窥破。男女相处，总得是爷们儿这头热起来，彼此才能更近一层，自己一个姑娘家太主动了，显得没脸没皮的，她丢不起这个人。可皇帝呢，似乎永远是这样，若说他无心，有时候也对她另眼相看；但要说他有心，他的态度又模棱两可，时时不忘给她上点儿眼药，以彰显他的骄傲。

不过昨晚那个有血有肉的皇帝，直到现在也让她心潮悸动。她记得他身上的味道，还有清凉有力的怀抱。这样的怀抱，即便二十年后变得大腹便便，她应该也不会嫌弃。只是她有时候会想起深知，这人曾是深知的丈夫，如今自己像捡了漏似的，十分对不起旧友。

皇帝见她兀自出神，不知道她在想些什么，也许是在回味昨晚的温存？他心头有些小忐忑："皇后，你怎么不说话？"

她娇眼慢回，托腮问："万岁爷想让我说什么？"

皇帝沉默下来，摇了摇头。

嘤鸣见他也不作声了，便问："万岁爷又在想什么？"

皇帝搓着膝头，慢吞吞说："龟苓膏还是照送，朕不能辜负老佛爷的心，今儿用了。朕在想，要是什么时候发作起来，也像你昨晚上似的，到时候朕该怎么办？"

· 二 ·

嘤鸣脸上不是颜色："万岁爷这话倒稀奇，您是皇帝，后宫佳丽三千，怕什么的。若是发作起来……"她涨红了脸说，"发作起来就翻牌子，这样的事儿也用不着我来教您呀。"

德禄万分紧张地盯着万岁爷，心里疾呼，千载难逢的好机会，就说您不要别人，只要娘娘！

嘤鸣呢，说完这话其实也有几分念想，愿意他掏一掏心窝子，哪怕说得不那么直接，就拿先头硬要她搬进养心殿来说事儿，她也就明白了。

说到根儿上，她只要他给句准话罢了，矫情是矫情，她自己也知道，但欠缺那一句，此生便少了些什么。他和当初的海银台不一样，自己和海银台的婚事是平等的，两个世家的联姻，谈不上谁高攀谁。但皇帝垂治天下，掌人生杀，她终究不能像对待别人那样对待他。自己是想爱不敢爱，倘或知道他的想法，她好做自己的准备。他若是爱她，她便能放心大胆；他若是不爱她，那么她就该谨守本分，不越雷池半步。

万岁爷，您可要说一说真心话？她专注地凝望他，那个坐在南窗下的人侧着头，面容如少年般清俊。嘤鸣不是个胆大的人，勇往直前也只应在了吃上，从内心来说，她身处深宫终日惶惶，即便已经得了封后的诏书，旦夕祸福，谁也不知道明天还有没有脑袋留着吃饭。他的一句肯定就是她保命的方儿，她等着他有所表示，给她近来七上八下的心一个交代。

可惜啊，她好像想得太多了，那位爷压根儿就没有接住她的暗示，反倒有些气恼的样子，站起身道："对，皇后说得对。朕不是谁一个人的万岁爷，是整个后宫所有人的万岁爷。朕到时候就翻牌子，你放心吧，憋不死朕的。"她先前一句无心的话他记了半天，原本不打算追究了，可她又提起，他便觉得自己的一腔热血泼进了沙漠里。她一点儿也不在乎他，愿意他雨露均沾，这能是喜欢吗？

他走出了西三所，走得很决绝，连头都没回一下。走时扔了一句"你好生歇着吧"，多无情，多冷漠，他想反正她也不会依依不舍，更不会目送他。走了便走了，她依旧可以没心没肺地快活着，反正之前她就是这么过来的。


皇帝负着手，在狭长的夹道里缓步而行，日光照在身上感觉不到温度。一个情路受挫的人，看天是矮的，红墙绿瓦也没有任何色彩可言，灰蒙蒙的，了无意思。

"德禄，"皇帝道，"朕这辈子也就这样了吧！"

后面的话他没有说出来，父母不亲，婚姻不顺，后宫一大帮莺莺燕燕都是政治联姻的产物，包括他的皇后也是，所以她不喜欢他，每天只是例行应付他。

德禄惴惴道："万岁爷别这么说，您是天下之主，这世上还有您想要而得不到的？奴才虽憨蠢，但在主子爷跟前伺候了那么久，主子的心思奴才斗胆也揣测过。其实皇后主子不是铁石心肠的人，她对万岁爷也是有情有义的。"

皇帝哼笑了一声："有情有义？她至今为止光和朕打擂台了，那种心大的人最难弄，你对她好她也无知无觉。朕有时候想想算了吧，不是你的东西，强求了也没意思，就让她在头所殿窝一辈子得了。"

德禄讪讪的，暗道您光是心里装着她可有什么用呢，爷们儿大丈夫就得嘴比心活，这么着才能蒙晕了大姑娘，让她为您要死要活。可您呢，不出三句准把人捅个窟窿，人家又不是属筛子的，眼儿越多越好。人家是姑娘，姑娘得温存着来，说点儿好听的，干点儿窝心的，不用您愁，大姑娘自己个儿就来了。

可这话他不敢和万岁爷说呀，就算说也得委婉着来，他琢磨了一下道："主子爷别灰心，后儿不是中秋了嘛，赏月赏菊花，多好的节令！宫里排宴，主子娘娘挨着您坐，您瞧……"

德禄那两根又短又粗、形如僵蚕的眉毛不住挑起来，表示在给万岁爷献计献策。

皇帝看着他："你挤眉弄眼，欠收拾？"

德禄眨巴了下小眼睛，放弃了："万岁爷息怒。奴才的意思是主子娘娘挨着您坐，奴才给您出个主意，您瞧准了娘娘的手放在底下的时候，您就怎么抓上去，甭管她挣不挣，您抓住了别放，娘娘就明白了。"

可是皇帝很犹豫，也不太相信这个狗奴才的话，他甚至担心那个四六不懂的人会叫起来，或者干脆给他一下子。

"有用？"

德禄点头如捣蒜："主子爷信奴才一回，奴才敢打包票，要是这招不管用，让奴才死爸爸。"

皇帝很不欣赏他这种村话："你有几打爸爸呀，你爸爸招你惹你了？"

德禄说："奴才没那么些个爸爸，奴才是琢磨着拿他老人家起誓，更像回事儿。"

皇帝哼了哼，有这么个儿子也算倒霉，好事儿没沾边，尽拿他立誓了。

横竖现在也没别的办法，这个主意好像有那么点儿意思。虽然他很不愿意剖白自己的心，怕得不到她的回应，在她跟前失了脸面。可男女之间的情，总得有个人先捅窗户纸，不管成与不成都算尽过了心力，将来也不会遗憾。

他开始默默盘算，思量了半天问德禄："皇后能喜欢朕吗？"

德禄几乎不用考虑就答："指定能。您是什么人呢，天底下哪有姑娘不爱您的！您瞧您为人正派，勤政爱民，兢兢业业守着江山社稷，娘娘进宫前您就没琢磨过什么是儿女私情。美人爱君子，奴才要是美人，奴才也爱您。"

皇帝几乎要被他说得反胃，看看这张脸，真叫人眼晕，他调开了视线道："中秋的大宴你仔细安排，朕在那天要牵皇后的手，回头要是还有机会，朕就把心里话全告诉她。"

德禄"嘛"了一声，笑道："万岁爷，娘娘兴许就等着您起这个头呢。只要您打定了主意，好声好气和娘娘说话，娘娘一感动，回身就抱您个满怀，也不一定啊。"

皇帝觉得自己可能是真的很喜欢她，当德禄说她会抱他个满怀，光是想想，就叫他的心哆嗦了一下。

回到乾清宫，听取臣工奏对也有些三心二意。军机章京正条理清晰地回禀喀尔喀四部最近的动态，说到乌梁海佐领上奏朝廷，如今人马已驻扎在土谢图汗与车臣汗部交界的布色山，他便在思量，同她再亲近些就和她说说心里话。他们之间少不得会有些阻隔，关于薛家，关于齐家的。但要是两下里说明白了，她也不是无理取闹的人，想必能理解他的难处。

他起身，走到沙盘前观察地形，将驻军的小旗子拿起来，插在了两河交汇处："车臣汗部的半数兵力驻扎在右翼前旗，从布色山到车臣汗旗隔着两条河。想法子，将右翼前旗的兵马逼入半岛，切断其退路，必能大挫敌军锐气。"

皇帝说起军事来总是雄心勃勃，祁人马背上打江山，他从未丢失祖先的血性。这些年来喀尔喀四部的地图翻烂了好几张，他要彻底解决这个千古难题，将来江山传到儿辈手里，才不至于常年受边陲游牧的扰攘，乌兰察布和锡林郭勒的百姓才不会忧心被抢了牛羊、被烧了大帐。

皇帝作战的指示一下达，各部经略便聚集起来共商大计，暂拟由天干调拨两旗配合乌梁海，三路大军包抄，直取温都尔汗。不过皇帝也不是刚愎自用的人，夷然笑道："朕常年在京师，早前曾发愿御驾亲征，到底被太皇太后劝阻了。此次用兵关系重大，诸位臣工可各抒己见，咱们君臣再作商议。"

这话说到最后，视线便落了薛尚章身上。旁人对于皇帝的用兵是宾服的，早前几位皇叔拥兵自重，他可以借力打力逐个将他们消灭，虽说没有实战的经验，但调度的理念无可挑剔。然而大多数人的宾服，并不能让个别有意唱反调的人歇心。皇帝笑吟吟等着，等待薛尚章再一次的反对，只要他不服，就给了自己拿住话柄的机会。

果然，老薛仗着自己多年征战的经验，大肆对皇帝的部署指摘了一通："实战可不是纸上谈兵，皇上可知布色山至呼马勒堪河一线的地势有多复杂？沙盘上行军布阵固然一挥而就，真正涉水渡河困难重重，皇上未到过前线，只怕不能想象。"

薛尚章在朝堂上向来独断专横，有时候语气比皇帝还像皇帝。但这种冒犯并不令他生气，过去十七年都忍过来了，又怎么会在乎这一朝一夕。

皇帝笑了笑，语气甚至很谦虚："那以薛中堂之见，当如何部署才好？"

薛尚章道："兵分两路，乌梁海部仍专心攻克右翼前旗，天干两旗绕过右翼中前旗攻取拖诺山，待乌梁海大破右翼前旗，届时再前后夹击，自然令温都尔汗没有还手之力。"

懂得军事策略的人都知道，这是以三敌一和以一敌三的区别。纳辛心里不由得焦急，薛尚章想借车臣汗部之手打击乌梁海部，不管他对皇帝或自己有什么不满和私怨，拿几万人的性命冒险，实在做得太过了。

皇帝依旧不紧不慢："力量分散，恐怕于我军不利。车臣汗人熟悉地形，贸然深入敌军腹地，只怕要冒全军覆没的危险。"

薛尚章却有他的道理："骑兵灵活机动，只要指挥得当，远比在外围打零碎小仗强得多。"

皇帝"嗯"了声，沉吟良久复一笑："薛中堂是三朝元老，胜仗打了千千万，调兵遣将比朕有远见。既如此，朕便授薛中堂为一等忠勇公加太子太保，节之后携朕手谕提督三军，全权负责攻克车臣汗部事宜。"

众臣工都一愣，没想到三言两语间皇帝便作了委任，几乎没有任何要与人商议的意思。薛尚章面上虽坦然，心里不免也有些犯嘀咕，不知这样的圣意下暗藏着什么玄机。皇帝如今玩起手段来越发老练，先以一连串的加官晋爵打前锋，让人没有推诿的余地，其后才是真正的目的，他就算以老臣老迈来搪塞，只怕也蒙混不过去。

被推到了风口浪尖上，这个令是不接也得接了，薛尚章拱手道"嗻"："臣一定不负皇上重托，全力平定车臣汗部叛乱。"

皇帝颔首，长叹一声道："两百年了，车臣汗部几次三番投诚又叛变，也到了该收拾的时候了。铲除之，功在中堂，利在千秋。中堂可先行调遣地支六旗，若攻克不下，再上疏朝廷要求增援。朕既然打定了主意，便有万全的准备。"他轻牵了下唇角，"一切就仰仗中堂了。"

这一番叫起花了近两个时辰，散时老爷儿都快落山了。他走出正大光明殿，这个帝国的中枢建在高高的基座上，身后是一袭残阳铺陈的金砖地面，那地面光滑，折射得殿里水波潋滟。往前看，庄严而广阔的月台连着丹墀，人在七丈高的殿宇前昂首而立，会油然生出我主天下的豪迈气概来。

计划在有条不紊地进行，接替薛家军六旗的人都已经挑选好了，只待铲除了薛尚章，军务便顺利交接，绝不会引起动荡。这是他能想到的保全齐家最好的法子了。早前的大臣们狼一群狗一伙，纳辛跟着薛尚章干了不少见不得人的事儿。如今拔出萝卜带出泥，在京中处置薛尚章，纳辛难逃干系，他也不愿意他的皇后陷入两难的境地。若是给个由头，在薛尚章奉命办差途中秘密处决了他，则可以保全两家的声誉，朝廷至多再行一回追封，这件事就可不必伤筋动骨地解决了。

唉，往常办事，哪里那么复杂，薛家和齐家都是他的眼中钉，日日都想除之而后快。现在不一样了，因为那个二五眼，连带着他连纳辛都不那么讨厌了。国丈昏聩些原就不是什么不可原谅的事，为了嘤鸣，也不能把她娘家弄得太伤元气。

不过朝政大事他能运筹帷幄，想起中秋宴上那牵手那套，却让他紧张得两晚上没睡好。其实要说身体上的接触，彼此也曾深深拥抱过，甚至是脱了衣裳，隔着极薄的一层缎面痴缠，也算亲密无间了吧。只是可惜，不是他想象中一步一步扎实递进的。他还没有牵过她的手，还没有亲吻过她，他虽不是愣头小子，老老实实想和一个女人踏实过日子还是头一回，这些章程不能乱，必须有条理地逐样实现。

中秋大宴，乱花迷人眼。前朝和后宫各有筵宴需要他参加，皇帝首要的任务还是在前朝，和臣工们喝酒赏月，巩固君臣关系。

后宫呢，女人们的中秋节要比爷们儿的有意思得多。男不拜月，女不祭灶，女人们等月亮高高升起来的时候，就可以在庭院的东南角摆上香案，插上神码，对着月亮和神码上的兔儿爷祭拜。

祁人老家儿管兔儿爷叫太阴君，这是个比较庄重的称呼，不及兔儿爷亲切有趣。往年宫里皇后不主事，都是太皇太后带领大家拜月，如今嘤鸣封了后，老太太就撂挑子了，说："拜月应该由主妇领头，我这个老奶奶就在边上吃酒罢了，全交给你。"

嘤鸣道是，今天宫里设宴，不管是荫封的诰命还是宗室的福晋格格们，都悉数到了场。这也算朝见礼前的一次正式会面，该认识的人太后兴致勃勃地全介绍了一遍。最后站在角落里的佟崇峻太太领着一个姑娘上前来，佟崇峻才在西宁立了大功，正是朝中炙手可热的人物，宫里主子们也要赏她几分脸。太后打量了一眼，笑道："才刚怎么没见你呢，亏我看了一大圈儿……这是你家姑娘？上回见才桌子高，这会子都这么大了！"

· 三 ·

佟福晋笑着说是："今年恰满十五，早前在盛京老家养着，上个月才进京的。"回身把姑娘牵过来，带着她一块儿磕头，"恭请太皇太后并皇太后万福金安。"

太皇太后含笑说："伊立吧，关外天地虽广阔，到底姑娘还是养在京里头更好。"

佟福晋说是："她母亲走得早，自小就抱在我跟前养大的，后来老太太舍不得，说想带到关外去，我虽撂不开，却也不能违逆了老太太，就让他们带回去了。如今年纪到了，再舍不得也得送进京来。她闺名叫白樱，平时倒是很活泛的脾气，今儿见人多，想是有些怯了。"一面说，一面又领她转向上首皇后的席位，叩拜下去，说："恭请皇后主子万福金安。"

嘤鸣抬了抬手叫免礼，仔细看那姑娘，她生得一双弯弯的柳叶眉，圆圆的脸盘儿圆圆的眼睛，乍一看除了那对眉毛，其余没有一处不是圆的。皮肤又生得白净，有些像面团儿似的，很喜兴，很叫人喜欢。

嘤鸣就是这样，对谁都没有恶意，不到万不得已并不当真去讨厌谁，因此这位头一回见面的姑娘，在她看来也是极好的。就算知道今儿佟家带她进宫来是存着举荐的意思，她也不觉得有什么不妥。这大英上下，到了年纪的姑娘都得走这条路，有门道的预先带进来见人，要是宫里有意，择个黄道吉日就可以册封。要是宫里意兴阑珊，那么便去参加每年二月初十的选秀，混在秀女堆儿里再让人挑一回。那时候虽然也有晋位的机会，但更多是买家里父辈的面子，得从贵人那等慢慢爬，颇费一番工夫。

依次见过了礼，佟福晋便和太皇太后说话去了。横竖追溯起来也联着姻，先帝爷的二公主下降了她家哥儿，中间有个人牵线搭桥，二公主再多多向太皇太后道一道这小姑子的好处，进宫的机会便大上好几分。

太后呢，不愿意凑这份热闹，偏过身子和嘤鸣闲谈："原说佟崇峻家有位正枝儿小姐的，只是不知怎么，上个月起染了病，这会子浑浑噩噩，只怕不好，佟福晋这才带这个进来。佟家到了应选年纪的就两个闺女，大的不成了，总得抬举小的。这个不是佟福晋所出，是侧福晋生的。侧福晋身子骨不强健，生孩子血崩死了，后来这姑娘就养在福晋屋里，也是命苦的。"

嘤鸣"哦"了声，十分同情姑娘："她也是侧福晋生的，这宗倒和我很像。只是我比她顺遂多了，我是生母带大的，终究比她方便些。"

太后点了点头："不是家家儿像你家这么和睦的，正是因为家宅太平，才养出你这么好的性子。"边说边端起茶盏啜茶，顺便又瞥了佟福晋的方向一眼，"不是自己生的，到底还是差点儿意思，哪家的姑娘愿意叫祖父母带到关外去养活？佟崇峻领了督军的差事，常年不着家，只要福晋松个口，孩子带走也就带走了。等到了年纪再接回来，该参选就参选，不管成不成，总是个登高枝儿的机会。"

嘤鸣听了怅然点头，复冲太后一笑："您怎么知道这些内情呢？那些命妇家里的事儿，您都有一本账。"

太后也是哈哈一乐："我这号人，守了那么些年寡，怎么打发时间？当然是到处收罗闲话！要是照着戏文里头的唱词，我该自称一声'哀家'——丈夫都没了，可不得'哀'吗？！再不自己给自己找乐子，我非得闷死不可。"

所以呀，人得有太后这样开朗的性子，不管遇着多大的坎坷，就算人生再无望，也得活得自己高兴。嘤鸣对这位婆婆永远存着一分热爱，一分敬佩之心，和她也不需要藏着掖着，压声儿问："这白樱姑娘，打算留下吗？"

太后瞟了她一眼："你愿意她留下吗？"

嘤鸣笑了笑说："这事儿不由奴才决定，得听老佛爷和您，还有万岁爷的主意。"

太后摇头："我也管不上，朝中联姻都得瞧娘家势力，朝政的事儿我一窍不通，所以还得看老佛爷和皇帝的意思。不过这佟崇峻圣眷正隆呢，上回打了胜仗，这会子又派遣到喀尔喀四部去了，朝廷正打车臣汗部呢。"

嘤鸣"哦"了声，这么想来是很有必要拉拢的，维持朝堂稳定需要文臣，开疆拓土便需要能干的武将。横竖宫里房子多得很，给个位分就可以。她涩涩地想，那位爷知道了八成要高兴坏了，后宫又有新鲜血液填充进来，这回吃了龟龄集可不用担心了，自有他的好去处。

古往今来，女孩儿能说话的机会不多，尤其是自己的婚姻，基本都是听主子的令儿，听父母的令儿。皇帝就算长得猪头狗脸也照样得伺候，别说当今万岁爷风流倜傥、仪表堂堂了。纵然有时候脑子不大好使，但表面上看不出来就无伤大雅。姑娘单瞅他的长相，肯定撞到心坎儿里来，所以后宫应该没有一个女人不爱他吧。

嫁进帝王家就是这宗不好，她气馁地想，天下最好的姑娘全紧着他挑，怪道那么多人想当皇帝！她望向东边的甬路，他在前朝大宴群臣，还没来。她有点儿盼着他来，又不大愿意他来。今儿借着中秋宴，好几家都把家里姑娘领来了，他要是见了，发现了对眼的，那……可怎么办才好！

那头松格拿了两只糖做的兔儿爷来，兔儿爷在小棍儿顶上端坐着，是长坂坡里武将的模样。两个都给了嘤鸣，嘤鸣递一个给太后，太后想都没想，一口咬掉了兔儿爷的脑袋。

"哟，这么不经吃。"太后乐起来，她是个心境开阔的人，没有什么特别忌讳的，想干什么就干什么。

嘤鸣吃小糖人儿则很有章程，她是先吃背后插的靠旗，再吃耳朵。没了耳朵的兔儿爷看上去有点儿可怜相，像个豁嘴的和尚。

膳局的宫人们来来去去，桌上的吃食也总在换，从酒菜换成了果子点心。中秋节令，提起来准先想到螃蟹和月饼，嘤鸣对那两样不甚热爱，嫌螃蟹麻烦，嫌月饼太甜。她爱吃石榴，果盘儿里的石榴为保有好口彩，还是完整的一个。但顶子已经揭开了，笼统盖在上头，果身上拿刀纵向划了几道，乍一看蒜头似的。

她微微偏过了身子："皇额涅，我能吃这石榴吗？"

"吃吧，"太后说，"当皇后不用忌口。"

她腼腆笑了笑，边上的海棠欲上来伺候，她说不必了，拿个山水小碟搁在面前，自己慢悠悠地、端庄地，一粒粒把那玛瑙一样鲜红透明的籽儿放进小碟里。

她爱干这种小活计，自小就是这样，不喜欢一颗一颗地吃，喜欢攒起来，然后再一气儿吃个痛快。只是当皇后了，行动没有那么自由，尤其这种场合，多少眼睛瞧着呢，她得顾一顾身份体面。不过剥石榴不像剥螃蟹，剥石榴是种小情趣，是皇后不娇惯、与民同乐的美德。所以她这里动了手，内外命妇们也不能再叫人伺候了，剥石榴剥橘子都得靠自己。

畅音阁的戏台上终于开了锣，台上的伶人唱《天水关》，很应景儿地给自己装了大耳朵，画了兔儿脸。诸葛亮摇着羽扇一唱三叹：他含羞带愧跪立在道旁，我不爱将军你的韬略广，爱将军是一个行孝的好儿郎。

太后一拊掌："敢情这将军是咱们万岁爷！"

才说完万岁爷，一团石青的缎子就撞进嘤鸣眼梢，是皇帝来了。他先给太皇太后和皇太后见了礼，复在她身旁坐了下来。

嘤鸣忙起身行礼蹲安，诰命夫人们见了也纷纷离席，在桌旁的甬路上三跪九叩，恭请皇上圣安。

皇帝说："平身吧，今儿不算国宴，不必拘礼。别因朕来了，扰了诸位的雅兴，还是随意些为好。"

众人谢恩起身，重新落座，嘤鸣问："前头大宴完了吗？万岁爷怎么这会子过来了？"

皇帝自然是因为心里惦记着事儿才着急要上后头来。但话不能实说，他还想着过会儿来个出其不意呢，便随口应了句："前头有几个近身的大臣和内务府张罗，朕得进园子，在老佛爷和太后跟前尽孝。"

嘤鸣并不知道他的心思，点了点头，复又忙着去剥她的石榴。皇帝依照德禄事先的设想等着她把手放到桌下，可是等了好半天都等不来。只见她妩媚地翘着四只镂金菱花嵌米珠护甲，不慌不忙地盘弄石榴，那嫣红的一点拈在指尖，像一粒饱满的朱砂。

皇帝等得心焦，又不好说什么，便盯着那碟石榴籽儿发呆。想了又想，应该拿出点手段来，于是不管三七二十一，把快装满的碟子拖到了自己跟前。

嘤鸣眼见自己忙了半天的成果被抢走了，愕然看着他。皇帝怕她耍气斗狠，很窝囊地找了个台阶下："朕也爱吃。"

那就罢了，她听后消了气，原本倒竖的柳眉又放回了原位，甚至微微浮起一点了然的笑。因为终于找见了一样共同爱好，往后在吃的世界里交流，会顺畅许多。

"没想到您也爱吃。"她的语气分外柔和，体贴地把自己面前的小金匙拿过来，放在他面前，"吃吧，吃完了这儿还有，我给您剥。"

皇帝眨巴了下眼，发现事情发展的轨迹和预想的不太一样。他低头看看碟里那一堆石榴籽儿，知道无论如何打消不了她动手的热情了。倘或实在不成，或者干脆替她吃完，让她无籽可剥，然后这双手就能闲下来，能搁在那儿让他去牵了。

真是做出了重大牺牲，德禄爱莫能助地看着万岁爷舀了一匙搁进嘴里，换作平时他老人家才不会去吃那种零碎的小玩意儿。这果子只有姑娘家才有耐心，万岁爷是干大事儿的，连尝都不肯尝。这回为了达到目的也算豁出去了……其实娘娘剥的果子还是挺好吃的吧！

嘤鸣则是不大明白他的吃法，见他一匙一匙舀得决绝，歪着脑袋问："您吃石榴不吐籽儿啊？"

皇帝怔住了，石榴……籽儿？就是嚼剩的那个东西？他觉得尴尬又生气，这是什么果子，籽儿里还有籽儿，谁许它这么长了！

可是他有苦说不出啊，明明借口喜欢吃才抢过来的，到临了连里头的诀窍都不知道，岂不让人笑话？他只好继续维持体面："朕喜欢这么吃。"

嘤鸣"哦"了声，心说万岁爷真是有个性，连吃个石榴都和旁人不一样。无论如何，难得听他说爱吃某样东西，她越发卖力地替他剥，以至于皇帝开始怀疑，这碟儿其实是个聚宝盆，要不里头怎么永远吃不完呢。

最后他觉得不行了，搁下勺子说："皇后歇会儿吧。"

嘤鸣很有当好皇后的觉悟，说不累。皇帝的心却很累，暗道朕已经饱了，实在吃不下了。这么下去没完没了，到底什么时候才能摸到她的手！

德禄在这种关键时刻发挥了巨大作用，他捧着银盆来，笑道："石榴甜性儿大，主子娘娘盥手吧。可不能再剥了，回头指甲缝儿里发黑，就不好看了。"

嘤鸣没法儿，只得撂下手。海棠上来替她取下护甲，皇帝才看见那青葱样的指尖已留了五分长短的指甲，稚嫩、秀气，不像那些日久年深长得几乎翻卷过来的粗糙可怕，她的还是玲珑模样。他忽然说："皇后，就这样的指甲也够了，你别像她们似的留那么长，不好看。"

嘤鸣很惊讶，回头望他，他的两眼却盯着戏台，仿佛刚才的话不是他说的。

然而她的心轻轻颤动起来，难以想象这粗枝大叶的呆霸王会关心她的指甲。她抿唇一笑："我也这么想来着，指甲长了多碍事，洗手都很麻烦。"

皇帝"嗯"了声，复悄悄看那双手，从水里提溜出来越发白得莹洁，就算对比擦拭用的巾帕，也不让分毫。

"可是……"她重新装上了甲套，有些忸怩地说，"那石榴，我还没吃上呢。"

皇帝的心原本已经扑腾起来了，只等她把手放下，他好实行琢磨了一晚上的事儿。但她这么一说，分明是在给暗示，才刚我替你剥了，这会子轮到你了。

要换了别人，皇帝让你伺候是抬举你，谢恩都来不及，谁还敢要求回报！但这个人就难说了，她双眼炯炯地看着他，让他感到一阵心虚。

边上那些听差的呢，让别人剥成吗？他好腾出手来干正经事儿。结果她脸上的笑容越来越意味不明，他忽然屈服了，认命地说："朕给皇后剥石榴。"

千古佳话，绝对的！万岁爷盟了手，一粒粒往那碟儿里放石榴籽儿，可他剥起来不得法，剥的速度远赶不上她吃的速度，这就说明在她吃够之前，他是闲不下来了。

她还在赞美他："万岁爷这心田……没的说啦。"石榴籽儿含在红唇间，啵的一声吸进去，皇帝顿时一阵口干舌燥。

其实这二五眼挺有女人味儿的，他暗暗想，只要不是咬着槽牙较劲的时候，那份人模人样很可以作配他。只可惜腾不出手来，他心里越发着急，想好了的话没机会说出来，如果错过了今儿，下回再想鼓起勇气，又得费好大的劲儿。

这么下去不成，他脑子里盘算着，手上动作越来越慢。德禄说的那些非得在桌下进行吗？挪到明面上也可以吧！他是敢想敢做的性格，见那柔荑搁在离他三寸远的地方，忽然恶向胆边生，放下石榴，一把抓了上去。

· 四 ·

嘤鸣吃了一惊，不知道他哪里又出了毛病，小声道："万岁爷，您怎么了？"

皇帝翕动着嘴唇，想好的话突然都忘记了，只看见她鹿一样的眼睛和满脸错愕的表情。

怎么了？这还用问吗？皇帝有时候恨她不解风情，明明自己都已经那么主动了，她还是一头雾水。究竟是她装糊涂蒙事儿，还是真的感觉不到他的一片心？

不能够啊，她应该想想以前他对她的态度，再对比一下现在，分明是天壤之别。什么缘故能让在位多年的帝王发生那么大的转变？肯定是因为爱呀！

他吸了口气："朕……"

可他刚要开口，听见太皇太后一声唤："皇帝……"

太皇太后接下来的话顿住了，因为皇帝抓住嘤鸣手的那一幕恰好落了她的眼，她一愣，知道现在不是说话的好时机。太后的反应总比她慢半拍，发现老佛爷说了一半就没有下文了，便顺着她的视线瞧过去。一瞧之下不明所以，越是不明所以越是要看后续，还是太皇太后反应及时，暗暗捅了捅她，一指台上："快瞧那个白脸的兔儿爷，是刘禅不是？"

她们又若无其事地看戏去了，但皇帝知道，这会子她们的精神全长到了耳朵上，平时还装聋作哑，这回年轻人都赛不过她们的听力。他顿时泄气，天时地利人和一样都不占，两天的准备全白瞎了。

嘤鸣还在定定看着她，还在等他一个回答，结果他把手移开了，淡然道："有蚊子。"

有蚊子？她低头看，心里有些怅然，喃喃说："什么也没有……"

皇帝两眼看着台上："飞走了。"心里当然很不痛快，气馁了半天才想起太皇太后刚才叫他了，便重新打起精神来朝邻桌拱了拱手，"皇祖母，叫孙儿有什么示下？"

太皇太后其实很觉得尴尬，怪自己脱口而出，没先去瞧一瞧他们。如今好事被她打断，续是续不上了，只好把佟家母女引荐过来，说："上回你有意恩赏佟崇峻，今儿趁着他们家人都在，把预备好的赏赐赏下去吧。"

其实赏赐是假，让他瞧人是真。皇帝漠然看过去，佟家姑娘微微低着头，那张团团的脸因看不见瞳仁，在灯影下像个白板。

做皇帝就是这样，不停地分辨朝中谁是可堪一用的人才，再不停地相看他家的闺女。政治联姻是巩固关系最好最直接的办法，尤其三十岁之前可说是全盛时期。随着时间的推移，后期可能会逐渐减少，但作为一个皇帝，即便是到了耄耋之年，想扩充后宫依然那么容易。

边上的嘤鸣看着，脸上带着模糊的笑，这是皇后温和大度的表现，可以笑得毫无内容，但唇角必须仰起。然而心里难免有些失落，当初春贵妃进宫她也瞧着，那会儿很高兴来了个同年，至少宫里人的眼睛不会只盯着她一个人。可是现在心境大不一样了，再有人进来就不受用，因为晋了位分难免要临幸，她不喜欢他和别人太亲密。

皇帝的嗓音清冷，处理和朝政有关的事儿向来不需要动用热情："佟崇峻平定西宁有功，朕已着令加封一等公，并赏端砚五方、大自鸣钟两架、珊瑚系珠十盘、密蝎素珠十盘。"报菜名似的报了一遍，原本里头应该还有一柄如意，但今天既然是母女一道来，赏这个就不合适了。早前宫里选秀，留牌子的按高低等级区分，有送如意和荷包之说。他要是忘了规避，传达出错误的信息尚且是小事，要是叫二五眼误会了，那就是大事了。

悄悄拿眼梢瞥她，她笑得没什么内容，这种笑容是皇后的招牌，但在他眼里越是慈眉善目，越像个笑面虎。有个笑面虎的皇后也不错，彼此之间有了分歧，哪怕人后打开瓢，场面上至少过得去。

太皇太后对皇帝的封赏挺满意，对佟福晋笑道："公爷不在家，家里有什么艰难没有？倘或有难处只管说，爷们儿外头打仗，后方咱们能帮衬的一定不站干岸，也好叫公爷没有后顾之忧。"

佟福晋"唉"了声："家里一切都好，谢老佛爷体恤。"心里却在挂怀孩子的病症儿，只是大庭广众的不好说，说出来也没有任何帮助。姑娘的病来得突然，已经托宫里的太医瞧过了，开的方子吃着药，无奈总没有起色。自己的闺女眼瞧着要错过了，把庶女推出来碰碰运气，哪怕晋个妃位，也是好的。

当然，宫里没有立竿见影就给说法的，还是得回去等消息。第二天给将军的封赏到了门上，爵位伴着黄马褂和三眼花翎，万岁爷还特许紫禁城内骑马，但关于白樱的处置，却只字未提。

佟福晋暗自着急，等谢过了恩命家人取利市来，说："大总管跑这一趟辛苦了，这点子小意思给大总管雇车马，千万别嫌少才好。"

刘春柳拿人的手短，因此给了佟福晋说话的机会，淡淡笑道："都是自己人，福晋这样太客气了。"

佟福晋并没有要和大太监认亲戚的意思，只是尽力打听御前和慈宁宫的情况，掖着手绢说："大总管，昨儿中秋宴我们姑娘也进宫了，在老佛爷和万岁爷跟前露了一回脸，不知……两位主子有什么示下没有？"

刘春柳知道朝中亲贵们一贯的脾气，带着到了年纪的姑娘进宫，多半是让主子们相看的。佟家如今正红，不出意外，出一位嫔妃是跑不了的，可等了这半日，宫里一点儿表示也没有，所以佟福晋就有些坐不住了。

刘春柳笑道："福晋先别急，就是有示下，也没有那么快的。眼下宫里正筹备万岁爷和皇后主子大婚呢，那么大的喜事儿，总不好叫别人冲撞了不是？您暂且耐下性子再等等，回头我进去也给福晋看着点儿，倘或有好信儿，我即刻打发人来回福晋，您瞧这么着成吗？"

还有什么说的呢，自然不成也成了。佟福晋说好："那就劳烦大总管了，总管是御前红人儿，我托别人不如托了您，要是咱们姑娘有造化，将来必忘不了您的好处。"

好处不好处就是后话了，世上也不是个个庶女都能有继皇后那样好的命。刘春柳回去复命，恰好太皇太后今儿出来遛弯儿，遛到了乾清宫里，听他交完了差事，慢悠悠地问皇帝："昨儿姑娘你瞧了，可怎么样？"

皇帝如今哪里有那心思，翻着折子道："皇祖母说的是谁？"

太皇太后知道他装糊涂，越性儿挑明了："佟崇峻家的闺女。佟崇峻打萨里甘，打了足足四年零八个月，涉水过河时芦苇秆子戳穿了腿肚子，等安营扎寨时才传军医，小腿肿得腰杆儿似的，真是不容易。如今到了论功行赏的时候了，你要好好斟酌。早前的武将都有了年纪，年轻一辈儿里虽有骁勇的，终归经验不老到，还需磨砺几年才好。佟崇峻倒正合适，先头在昆布手下不显山不露水，昆布致仕后就拔了尖儿。好人才得笼络住，别觉得自己是皇帝，下不了这面子，赏罚分明了人家才给你卖命，我的哥儿，你明白皇祖母的意思。"

皇帝自然明白，老太太经历了几朝，熟谙平衡朝堂之道。作为当权者来说，后宫位分的封赏其实是最简单有效的笼络手段，一道旨意，两张礼单，三间宫室，如此而已。以前他觉得什么都无所谓，但现在不是有皇后了吗，他总得顾念一下二五眼的感受。

他沉吟了良久，自己心里的想法不能完全告诉太皇太后，相比皇后，老太太眼里的江山社稷才是第一位。照她的意思后宫空着呢，酌情填几个人再合理不过，但皇帝有自己的想头，佟崇峻既然是朝廷栋梁，就不该把人家闺女收进宫来活受罪。不得宠幸的嫔妃一辈子没有出头之日，原有的已经没法子更改了，可以避免的，就尽量杜绝或减少吧！

"这件事孙儿会仔细掂量，大婚近在眼前，这会子把人接进宫来，皇后面子上交代不过去。"

太皇太后理解也赞同："自然是顾全皇后的脸面更要紧。"顿了顿又问，"你们眼下怎么样呢，想是挺好的吧？"

皇帝眼里浮起一点微微的笑意："挺好的，皇祖母放心。"

论及和后宫的相处方面，太皇太后从来没有在皇帝脸上看见过那种神情，这可比嘤呜在慈宁宫和稀泥可信多了。老太太长出一口气，说："这么着我就不用愁了，后儿要过大征礼，喜日子得定下。你们既那么好，我也不去费手脚特特儿打听了，嘤呜的月事是哪一天？回头好避开，总要图个吉利。"

这下皇帝愣住了，实在没想到太皇太后会问这个问题。她的月事他哪能知道，真亲密无间倒可以一问，可惜眼下都是打肿脸充胖子，所以这就把他难住了。

"朕……还没和她商讨过日子。"

太皇太后的眉毛挑了起来："皇后虽不用上牌子，但那个日子还是得知道的。"

皇帝放下手里的折子，摸了摸额头："孙儿和她……还没满一个月。"

哦，也对，太皇太后才想起来，确实为难他了："这么的吧，你们小夫妻之间好说话，回头问问就是了。我是做长辈的，有心打听令她不自在，越性儿交给你了。"

皇帝束手无策，只能道是。

太皇太后此来该说的话都说完了，看看外头艳阳，乐呵呵说："成啦，我上园子里再遛遛去。四额驸说回头给我送只巴儿狗来，我得早点儿回去等我的狗了。"

皇帝听了，离座送太皇太后出门，老太太到了门槛前还不忘回头再叮嘱一句："那个很要紧，后儿就要过礼的，赶紧问明白了，好做打算。"

皇帝只能诺诺答应，等太皇太后一走就站在地心直愣神儿。

"万岁爷……"德禄也很为主子苦恼，想了想道，"要不奴才找松格去吧，她贴身伺候娘娘多年，肯定知道娘娘的日子。不过……奴才毕竟是爷们儿，就算净了身，好歹也当过爷们儿。松格那脾气，闹得不好能拿大棒子伺候人，奴才怕还没开口，就叫她撵回姥姥家去了。"

皇帝叹了口气，二五眼的主子带着一个二五眼的奴才，就这样的人也能在宫里打出一片江山来，真是世事难料。德禄的主意和没说没什么两样，皇帝求人不如求己，思量再三，打算亲自过去探听。

这个时辰，正是歇午觉的当口，皇帝慢悠悠地穿过养心殿夹道过西三所，这时的紫禁城很安静，间或有几个宫人经过，见了圣驾面壁而立，个个寂静无声。他信步过了慈祥门，再从慈宁宫外夹道往南，进头所殿大门便听见一串叮当的风铃声。循声望去，正殿檐下错落挂着象生花和铃铛，侍立的宫人们打千儿蹲福，只是行礼，口中并不称万岁。

他知道皇后歇下了，歇了也不要紧，睡蒙了更好忽悠。他迈进门槛，迎面有清幽的气味环绕，妆蟒堆绣建出一个属于姑娘的香闺，因她睡下了，次间的帘幔放下半幅，海棠站在帘外伺候，错眼见他来了忙蹲福，然后放轻手脚退了出去。

殿里只剩他们俩，嘤鸣侧身睡得正浓，他没打算吵醒她，在边上圈椅里坐了下来。过会子应该怎么开头，这一路走来也没想好，进了这屋子就更没主意，一气之下决定不琢磨了，索性见机行事。

她朝外侧躺着，他能看见她的脸，她睡着的样子天真可爱，恰好是他喜欢的。昨晚上没能办成的事儿，让他到现在还懊恼不已，他在想要是一切顺利，今天她会怎么对他？也许这会子那张床上有他一个位置也说不定……

藕臂、柳腰、桃花面，轻轻的一袭缎子下大有乾坤。皇帝一个人胡思乱想，想得自己热气四溢，想完了坚定一下信念，还有一个多月，忍忍就过去了。

横竖他和皇后在一间屋子睡午觉，单是想想便十分旖旎。他撑着脑袋慢慢合上了眼，打算小小打个盹儿。她屋子里的香有安神的作用，没消多久瞌睡袭来，正要入梦，听见她喊他："万岁爷，仔细脖子疼。"

皇帝的神思猛地被扯了回来，怔忡间有点儿发蒙。嘤鸣拥着被子说："大中晌的，您上我这儿来有何贵干呀？"

他扶了扶额头道："朕有件事要问你。"

她听了，心里莫名牵动了下，料想是昨儿佟家姑娘的事儿有了下文，他来问她的意思了。其实有什么可问的呢，她答不答应都不重要，执掌江山总要以社稷为重。

她边想边下床来，正经八百道："什么事儿，万岁爷问吧。"

他显得很为难，似乎十分不好开口，嘤鸣脸上笑着，心却提溜到了嗓子眼儿，暗道这么为难，必定要有一番大动作。上回崇善的闺女进来就封了贵妃，这回佟家的功勋可谓卓著，别不是要封皇贵妃吧！真要是这样，那不是逼得人不能活了吗，她这皇后当到这份儿上，还不如请辞得了，找润翾搭伙一块儿做姑子去，一了百了！

皇帝还在犹豫，她等了又等，越发打鼓："到底是什么事儿呢，您不妨直说吧，我心大，您知道的。"

皇帝终于发现心大确实有好处，不会像其他姑娘那样扭扭捏捏。于是他鼓起勇气："那朕就说了。"

嘤鸣已经感觉到了一丝惨然的况味，按捺住辛酸点头："您说吧，我听着呢。"

皇帝吸了口气："朕想知道，你的月信是什么时候？"

嘤鸣原做好了伤心的准备，结果最后等来这么一句，茫然过后嗔起来："您说什么呢？"

## ·五·

皇帝来前其实设想过，这个问题问出口会引发她怎样的反应。姑娘的这种事儿最隐秘，等闲不愿意让人知道，结果他一个爷们儿家，上来就问她月事是什么时候，已经不是唐突冒犯之类的词儿能形容的了。

皇帝很难堪，他是没有办法，希望她不要误会。不过那句嗔怨竟听得他心神一通荡漾，看来龟龄集的功效到了。她现在就算冲他龇牙花儿，他可能也觉得他的皇后灵动有趣，且充满难以言说的诱惑力。

她的脸很红，袅袅眼波收住了，落在不住绞动的手指上，支吾说："谁让您……问这个的？是不是老佛爷？"

所以她是真的通透，可能有一瞬觉得他瞎胡闹，但很快就理清了思路。皇帝自己也有些不自在："这事儿不能怨朕，是你在慈宁宫夸了海口，说朕和你怎么怎么了……如今皇祖母来问朕，朕哪里答得出来，只好亲自来问你。"说着又挺起腰杆子，装出一副不耐烦的模样来，"朕堂堂一国之君，如今竟要管你这些小事儿，朕龙颜不悦，你看出来了吗？"

他这么问，她果仔细瞅了他一眼，哪里有什么不悦，分明满脸好奇。

嘤鸣虽确实害臊了片刻，但皇帝永远能够快速缓解尴尬，因为他本人就是更大的尴尬。其实好些时候她也想好好和他说话，无奈他就是能把你气得血不归心。那片潮红从脸上褪去了，嘤鸣上桌前倒了两杯茶，分了他一杯，淡声道："万岁爷看来是小事儿，在我看来却是大事儿。宫里有个老古话，说不受待见的皇后大婚必选在月事期间，这么着帝后不能圆房，就像当年您和先皇后一样。"

皇帝怔了下，他并不知道这里头竟还暗藏这样的玄机，但有一点可以肯定，不管当夜孝慧皇后方不方便，他都不可能在她那里过夜。

"朕记得，你才进宫的时候朕曾调侃过你的名字，朕也瞧出来了，你确实是个重朋友义气的人。"皇帝坐在圈椅里，难得像今天这样，这么平等严肃地同她说起这件事，"薛尚章是你干阿玛，是孝慧皇后的父亲，不得不承认，朕很忌惮他。朕不知道你对他印象如何，但在朕心里，他擅权干政，就在大前日，他还当着所有军机大臣的面公然反驳朕。朕是皇帝，绝不允许这样的人存在于朕的朝堂上。你和薛深知是挚友，但朕希望你明白一点，既入了帝王家，一切当以江山社稷为重，无须觉得对不起先皇后。朕与先皇后没有半分夫妻之情，朕也不可能同她圆房，因为朕不愿意有一半薛尼特氏血统的孩子坐镇我大英的江山，更不愿意我的儿子成为第二个汉昭帝，他日被薛尚章玩弄于股掌之间。"

他说了很多，嘤呜静静听着，听得心平气和。

确实没有什么可激动的，像盾牌的两面，她看见的是坚实温暖，而他看见的是冷硬阴寒。不能说谁一定错了，临崖而立的人，对风向的忧惧远大于站在院子里放风筝的人。他说无须觉得对不起先皇后，这句话多少解了她的困窘，连他也知道，深知一直是她迈不过去的坎儿。

皇帝见她低头不语，终于觉得有些忐忑："皇后，朕希望你是个明事理的人，别因为自己和谁有交情，就不辨是非，一味地帮腔。"

"自然。"嘤呜说，"各有各的立场，对错也不由我来定。"

他略略放下心，又想起她才刚说的话，大婚当夜顺不顺利在她看来是大事儿，那就说明她是在乎这桩婚事的，至少不愿意走先皇后的老路。

皇帝很欢喜，太严肃的话题并不适合他们俩，他不过是来问问信期的日子，扯出那些扫兴的事儿做什么，还是言归正传为好。

"那么……皇后愿意大婚当夜和朕圆房吗？"他壮起胆儿问，"你早早告诉朕，朕也好做准备。"

这人……真是拿驴脑子形容都不为过。嘤呜皱着眉，很不屑地瞧着他："这种事儿要做什么准备？老佛爷不是天天儿喂您龟龄集吗？"

说得也是，可他就是觉得心里不踏实，得了一句准话，便能全心期待大婚了。不过这点儿心事不足为外人道，他还在试图周全："朕的意思是你要报个准日子，别弄错了，回头不吉利。"

那倒是，大婚对她来说一辈子只此一次，还是希望顺顺利利的，便道："日子向来很准，每月也没有大变动，都是十二。"

"那历时呢？"他一本正经地求教，"你上回说过，有的人一月两回，每回十天，但愿皇后不是这样。"

嘤鸣蒙了下："我说过这话？"

皇帝看她的模样就知道是说谎穿了帮，自己挖下的坑太多，连自己都记不得了。有时候他还是很佩服她的，她不光能蒙后宫嫔妃，连他也不放过："皇后真是艺高人胆大！"

"哪里。"她勉强笑了笑，"我不敢瞒骗主子，主子要不信，问问德禄就知道了。"

门外站班儿的德禄听见点名就要进去，再一琢磨不对，这个问题他哪知道呀。皇后娘娘这又在坑人呢，他站定了脚，看见边上的猴崽子窃笑，他一瞪眼，嘬嘴吹出了一声气音："去！"

皇帝觉得别人怎么样都不重要，重要的是她："你究竟是几天？十天？二十天？"

嘤鸣忙摇头："我倒不是这样的，毕竟没那么些血可流，我就七天而已。"说完谦虚地笑了笑。

皇帝善于思考，开始算日子："十二……今儿是十六……这就是说你正在信期呢？"

嘤鸣像看怪物一样看着他："我告诉您，是让您来给我算日子的？不许算了，照原样告诉老佛爷就成了，老佛爷明白。"

她口气不大好，大概因为恼羞成怒了。皇帝想点头，忽然发现这样好像没什么威严，便摆出一副脸子来："你好大的胆子，再瞪着朕试试。"

她是个狗腿子，势利眼，你好说话的时候她耀武扬威，你要是冲她高嗓门儿，她立刻就服了软，赔笑道："主子怎么恼了？我生来长了这么一双眼睛，不是瞪着您哪，是正经瞧您。"

皇帝"哼"了声："这世上的人，缺什么就爱标榜什么，你多早晚看见好人天天儿说自己是大善人来着？"

嘤鸣被他挤对了，有点儿不服气，也不说话，扭身坐到镜前梳妆去了。

她手里举着梳篦，一面一下下梳理自己披散的头发，一面透过镜子觑他脸色。太后说过，训男人就像驯马，千万不能惯着。虽然太后本人在这方面一败涂地，但嘤鸣觉得道理是不错的。果然他自己生了一会儿气就过来了，站在她身后问："昨儿佟家的姑娘，你还记得吗？"

嘤鸣的动作顿住了，心说到底绕不开这个，该来的还是要来，便放下梳篦淡声说："是，我瞧姑娘挺不错的，万岁爷和我说她干什么？"

挺不错的？皇帝有些失望地想，别到最后娶了个贤后，乐见他扩充后宫，也不介意和别人分享丈夫，这样的话就要担心她对他有没有真情了。

他轻叹了口气："先头太皇太后上乾清宫来了，说想听听朕的主意。"

她颔首："然后呢，您是怎么想的？"

他从镜子里看着她的倒影，沉默了下说："朕来问你的意思，你别忙打听朕的想法。"

她的意思? 她的意思哪里有那么重要! 她自然不愿意后头有人进宫,可那种事儿岂是她能左右的。她如今的职责不过是尽好本分,将来妥善管理后宫罢了,至于丈夫喜欢什么女人、想纳谁为妃,都不是她能决定的。

不过皇后有一宗好,一般皇帝属意谁,悄悄给个暗示,后头晋什么位分由皇后定夺。册封的诏书也不从御前发出,必须以她的名义下懿旨,那么发得早还是晚,当然由她说了算。

"我有句实在话,想对您道一道。"她转过身来肃容说,"您坐下,坐下了好说话。"

皇帝听了,左右找落座的地方,没找见,她便从梳妆台底下掏了一张紫檀绣墩,给他推了过去。

两个人面对面坐着,她沉吟了会儿才道:"我记得您说过一句话,皇后之尊,与朕同体,是不是? 我既然当了皇后,您就该顾全我的脸面,这不光是为我,也是为您自己,您说对吗?"

皇帝缓缓点头:"说得很是,接着说。"

"咱们是天下第一家,最讲究规矩体统,饶是百姓家里定亲,也没个一头放定、一头赶在接亲前往家纳妾的道理。这要是传到女家耳朵里,就算过了大定人家也要退亲的,因为正经人家姑娘不能受这份侮辱,您明白我的意思吗?"她一字一句说得和缓,又担心自己心潮澎湃,不留神过激了,尽量再把语气放软乎些,温存道,"其实我也明白主子的难处,朝堂上的联姻关乎社稷,我哪能有二话呢。我是这么想的,等大婚过后再接佟姑娘进宫来,时候略缓缓,也不至于让我被人瞧笑话,您说这么办成不成?"

皇帝的表情一片空白,他似乎在很仔细地听她说话,仅仅是仔细听着,话的内容也许根本没有传达进他脑子里。

嘤嘤说完了,等他最终给句准话,先前她意气地想要和润翮一道做姑子去,到底是不切实际的幻想。这会子和他打商量,甚至要摆着卑微的姿态求他赏她脸面,细想想真是太令人委屈了。她等了老半天,他不说好,也不说不好,她的心终归悬着,又唤他一声:"万岁爷,您拿个主意?"

皇帝是因为就近看她,看得有点儿呆了。

午后的阳光从支窗底下探进来,把她的半边面孔都照亮了。她是那么细腻的肉皮儿,像上等的精瓷,易碎却大美。他看着那红唇优雅地开合,想起昨儿夜里她含在唇间的石榴,心里一阵阵激荡起来,仿佛那粒石榴籽儿就是他。这种幻想简直要冲破他的理智了,他想一把夺过她,想狠狠地蹂躏她,让她哀声求他。可是他不敢,皇帝窝囊地想，他能决策乾坤，就是不敢冒犯她。她和后宫那些等待临幸的女人不一样，他的初一十五都归她，她不需要像她们似的邀宠，她只要坐在自己的宫里，他就得按祖制乖乖送上门，所以她格外有底气。

刚才她的那番话，他多少也听见了些，说实在的不是滋味儿。一个太识大体的女人虽然合乎皇后的要求，但难免让他觉得自己不受重视，可有可无。

他轻轻拢着一双手，斟酌着该怎么回答才不失风度，可是想不出头绪来，只管点头："你说得有道理，就按你的意思办吧。"

嘤鸣脸上挂着笑，这个答案分明顺了她的意啊，可不知为什么，还是让她感到怅惘。她重新拿起梳篦来，慢慢梳理那一绺头发，很想和他说既然已经给佟家加官晋爵，就不必搭上自己了。满朝文武皆丈人的场面有什么好的，她暗自嘀咕着，可想完了又气馁，自己不也正是因为这个才进宫的吗，有什么立场去反对呢？

皇帝心里有了成算，站起身道："朕该走了，上慈宁宫回皇祖母话去……"走了几步又回头望她，"这件事朕会妥善处理的，你不必担心。"

嘤鸣站起来恭送他，福才蹲了一半，一时没来得及应他，他也不管，转身便往宫门上去了。

皇帝前脚走，松格后脚就进来，探脖儿问："万岁爷和您商量佟家姑娘的事儿啦？"

嘤鸣不愿意和她细说，装出大度的模样来，取了点儿粉在手心揉搓，胡乱往脸上拍了一层："往后这种事儿多着呢，没什么可稀奇的。"

松格"哦"了声，也不去琢磨佟家的事儿了，把手里一面木牌呈了上来，说："主子，薛福晋上报内务府，要进宫面见皇后娘娘。这会子人在西华门上，才刚万岁爷在，奴才没敢进来回禀，这会子您瞧怎么办？"

嘤鸣接了牌子，上面拿小楷端端正正地写着薛门图佳氏。薛福晋娘家姓图佳，入关后改了汉姓图，只有入宫才用老姓儿。她捏着这牌子斟酌，按说求见的章程并没有什么可挑眼，但薛齐两家毕竟在风口浪尖上，这么堂而皇之地进来，似乎不是什么好事儿。她原可以不见的，却不能不瞧在深知的面子上。况且齐家和薛家到底牵扯太深，她也害怕错失了消息，把阿玛置于险境。

小小的木牌子搁在了梳妆台上，她发话准她进来，抓紧时间叫海棠梳头，薛福晋入头所殿的时候，她已经在明间里坐着了。

"奴才图佳氏，恭请皇后主子万福金安。"薛福晋上前几步叩拜下去，匍匐在青砖上。

嘤鸣忙起身搀扶："干额涅快请免礼吧。"引她进了次间，在南炕上坐下。宫女奉了茶，她抿唇笑了笑，"您今儿怎么进宫来了呢？"

薛福晋先是抹眼泪，感怀一下先皇后，后来才说："娘娘不知道，大前儿个皇上发了上谕，命你干阿玛率领地支六旗赶赴车臣汗部。你干阿玛早年为朝廷出生入死，落了一身的伤，如今要派遣他远赴喀尔喀，只怕他身子受不住。好孩子，我拿你当深知一样看待，实在没了主张，今儿才急着进来见你。不论怎么，和万岁爷美言几句，请朝廷另派良将吧。"

可嘤鸣知道，他们担心的是人离开京城太久，皇帝会趁着无人掣肘大肆动作。也许外人不明白，为什么薛家到这会儿还在和皇帝作对，原因很简单，就是骑虎难下。

"干额涅，我知道您的想头儿，干阿玛离了京到底不好。可这回我就算去求了皇上，皇上也应准不叫干阿玛带兵上蒙古了，然后呢？躲得了一时，躲得了一世吗？况且上谕既然下了，不是我一个后宫的人能插嘴的，横竖不去，正好给了皇上弹压的借口；若去，前途凶险，变数难料，干额涅品品，是不是这个理儿？"

薛福晋望着她，倒不曾想到当初不哼不哈的丫头，如今有了这样的见识。

"那么依您看，咱们该怎么应对才好？"

嘤鸣自然希望能找到一个折中的手段，既保全薛家，又让皇帝顺利清除朝中敌对的势力。可是这个愿望实现起来很难，必有一方得大大退让，只看薛家愿不愿意接受罢了。

她握住了薛福晋的手，温声道："干额涅，我和深知是姐妹，虽不是生在一家子，可我们之间的情义比亲姐妹还要深。我知道干阿玛处境艰难，倘或不愿意去喀尔喀，也不是没法子搪塞，只要称病卧床就是了。可单单卧床还不够，还要上表朝廷请辞，只说是退隐养病……干额涅，眼下局势您也看见了，唯有如此才是保全性命和家业的良方儿，您就听我一句劝吧！"

· 六 ·

可惜，薛福晋并不接受她的好意。起先急切的神情黯淡下来，最后变得有些死气沉沉的，笑了笑道："娘娘还是太年轻了，咱们到了这一步，哪里还是辞官隐退能保得住的？其实我也知道，这会子凭谁求皇上都不中用，紧要关头各人自扫门前雪，我也不能强人所难。只求往后我们到了山穷水尽的时候，你还能顾念咱们两家的交情，顾念深知对你的一片情，别站干岸看着你干阿玛落难才好。"

嘤鸣虽然知道薛福晋进来就是为了向她施压，可说到最后还是让她感觉很羞愧。她好像当真不能为薛家做什么，其实不光薛家，就算是齐家，她又能做什么？所幸自己的阿玛不像薛公爷那么执拗，薛家是没了权毋宁死，而她阿玛则是留着命留着钱，让他能像以前那样无所顾忌地游戏人间，就够了。

"干额涅，我不是站干岸说风凉话，薛家和齐家一样，都是我愿意拿出全部本事来周全的。我才刚给您出的主意，只要您点个头，我就是上养心殿跪、上乾清宫跪去，我也要求皇上留薛家一条活路。讲和要拿出诚意来，咱们手里握着刀，怎么让别人相信咱们？这江山社稷到底还是宇文家的，胳膊哪里拧得过大腿呢。"

然而薛福晋听完，仍旧对她的话持不认同的态度，缓缓摇着头说："罢了，今儿权当我没来吧。不过娘娘愿意见我，倒也出乎我的预料，想当初深知那样了，我在宫门上求了半夜，太皇太后才发话让我进钟粹宫……你不知道，我见到她的时候，人都半僵了，那寝宫里冷冷清清的，太医全在廊子下站着，谁都不开方子，只说上痰了，完了。"她说着泪如泉涌，用力压着嘤鸣的手，压的力道之大，人都打起战来，"帝王家冷血无情，今儿花好稻好，明儿就翻脸不认人的。你是我瞧着长起来的孩子，我只盼你撂高儿打远儿，别瞧着眼前。后宫的女人，要是没了娘家撑腰，哪里能得长久，你说是不是？"

嘤鸣的手被压得生疼，原本是舍不得动了心神的，但后来那种半带威胁的话说出来，她就觉得没有必要费心思了。

她把手抽了出来，即便是被勒脱了皮也得抽出来。叮当两声，那镏金雕花的护甲落在脚踏前的墁砖上，将这看似融洽的气氛划开了一道口子。她收回两手揣起来，淡笑着望向薛福晋："帝王家冷血无情，原来干额涅也知道。那当初为什么还要促成我进宫呢？"

薛福晋没想到她会这么回答，竟被她拿住了话把儿，堵得她半天应不上来。

嘤鸣见薛福晋脸色青一阵白一阵，看上去是有些可怜，可是对方的咄咄逼人，也实在让她忍无可忍："干额涅，我在想，如果今儿深知在，她会对您说怎样一番话。她才活了二十岁就走了，要是当初没有进宫，这会儿她应该在哪个深宅大院儿里，吃着茶点看着孩子吧！有句话我早就想对您和干阿玛说了，只是一直苦于找不着机会。深知走到今儿，宫里的主子们固然都是凶手，可罪魁祸首是谁？是您和干阿玛。这世道女孩儿存立本就艰难，你们何必把她顶在枪头子上？她只是个姑娘，没有通天彻地的本事，所以她和皇上赌气，打擂台，只有如此，才能证明自己向着家里。你们把她逼到这个份儿上，她的死也没能叫你们回头，我真替她不值。这天底下不是所有爹娘都心疼姑娘的，你们嘴里如何舍不得她，还不是她一死，就着急另找一个来接替她！"

这些话很伤人，嘤鸣平常性情随和，对谁都不爱重言重语，当然那呆霸王是个例外。早前他们千方百计把她弄进宫，无非是想让她成为下一个深知，明知风口浪尖上，她没准儿连性命都保不住，他们也不在意她的死活。她走到今儿全凭运气，凭太皇太后和太后还算喜欢她，凭那呆霸王没有坏到根儿上。如今她能喘口气了，薛家就来看收成，不过是仗着她阿玛和他们拴在一根绳上。

他们弄权，毁了多少人！深知死了，自己原本可以嫁给寻常公府之家，过相夫教子的寻常日子，要是能选，她直到现在都不觉得进宫是幸事。帝王家永远绕不开权力，她眼下过得还算滋润，但也时刻怀着忧惧之心。她知道阿玛的旧账记在皇帝的小册子上，谁也不必拿这个来提点她、胁迫她。

薛福晋含泪里走了，眼泪里装的究竟是受辱后的不屈，还是对深知的忏悔，谁也不知道。嘤鸣一个人坐在窗前愣神，生一回气调动了全身的力量，缓了半天也没缓过来。可这会子不是发呆的时候，眼看宫里要下钱粮，薛福晋进宫见她的消息必定已经到了太皇太后和皇帝的耳朵里，她不能等到明儿了，万一起了变故，再补救就晚了。

头所殿离慈宁宫最近，过去还快些，要是直上养心殿，没的让太皇太后觉得眼里没人。于是嘤鸣匆忙出了夹道过慈宁宫，到门上的时候宫门恰好掩了一半儿，当值的见她来了，垂袖打了一千儿："皇后娘娘怎么这会子过来了？"

她说："我有要紧事面见老佛爷。"说罢疾步过了慈宁门。

太皇太后才礼佛出来，见她来了心下倒安定了，站在门前笑着说："这会子过来做什么？"

她蹲福请了安，上前来搀扶，委屈地说："皇祖母，我做了件错事儿，要请皇祖母责罚。"

"我原预备让人请你来陪我吃酒膳呢，没想到你竟先来赔罪了？"太皇太后一面笑吟吟道，一面往次间里引，把跟前侍立的都打发出去了，才道，"什么事儿，弄得这么正经八百，怪唬人的。"

结果她跪下了，磕了头说："皇祖母，今儿我见了忠勇公福晋，说了几句话，这会子想来大大不妥。我没了主意，唯恐生出事端，特来向皇祖母告罪。"

太皇太后见她这么隆重，心下便一沉，只是碍于她封了皇后，也不能太伤她面子，便让她起身又赐了座："先别忙磕头，什么要紧事儿总要说明白了，我才好替你做主。"

于是她把自己和薛福晋的对话，一字不漏地向太皇太后复述了一遍，最后怯怯地说："我也不敢欺瞒皇祖母，薛公爷是我干阿玛，又是先皇后的父亲，我心里还是顾念他们的。可我如今既进了宫，就是宇文家的人，世上也断没个为了干亲损害夫家的道理。我就是有个想头儿，要是薛公爷能把兵权交还朝廷，自己辞官下野，主子兴许看在他早年的功勋上，能留他一条性命。"

太皇太后听完，长长叹了口气："你重情义，我早就知道的，有这想头也是应当，谁愿意闹得头破血流、你死我活？可你到底不明白朝堂上那些事儿，胆子是权力喂出来的，权力越大，野心就越大。我经历了四朝，见过太多的争权夺利，人心真是贪，从别人碗里扒拉吃食，那是件高兴的事儿啊，尝到了甜头，谁还愿意生火做饭？莫说薛家不肯放权，就是放了，他的那些朋党也不会安生，朝中势必会有一场大变革。"

横竖想保全薛家希望是不大了，嘤鸣低着头说："是，奴才糊涂了。我这会子就是怕，我出的那个主意……"

太皇太后瞧了她一眼："这个主意是真不好，虽说后头还接着劝他致仕，可你想过没有，倘或他只做了前一半儿，后一半儿没听你的，你就是给皇帝下绊子、有意坑皇帝了。"

嘤鸣心头作跳，她自然也是发现了这个错漏，才急着来找太皇太后补救的。要是薛家明儿当真呈报朝廷，说病重难以离京，那么今天见薛福晋就成了所有人心头的刺，届时她能不能再在这后位上坐下去，齐家能不能保得满门性命，就难说了。

她复又跪在太皇太后腿边垂泪："皇祖母，您原谅我的自作主张吧，这回我错得过了，只怕还要连累家里……"

太皇太后沉默了下，还是将她拉了起来："明儿过大征礼，钦天监看了日子，下月二十太阴犯房宿，宜婚配。"说着顿下来，将将她的鬓发说，"立后是惊天动地的大事儿，一旦定下，若不是犯了大罪，绝不会更改。你要是寻常的嫔妃，这会子就该降罪了，可你是皇后，有点儿小小的错处，我也包涵了。不过你要记住，只此一次，下不为例。别说是薛家，就是你齐家，你是出了门子的姑娘，也不宜再过问娘家的事儿了，可要记住了。"

嘤鸣说："是，一切听皇祖母吩咐。"

太皇太后毕竟是几朝历练出来的，这点事儿好像也没在她心里掀起什么波澜。她甚至留她进了膳，席间叮嘱她："明儿还是要上皇帝跟前去，把这事的原委告诉他，不必隐瞒什么。夫妻和敬最要紧，你们才开头呢，要是这头没开好，心里有了疙瘩，往后的几十年怎么处？"

嘤鸣自然没有不答应的。回去的路上，松格说："老佛爷总算还顾念您，其实这件事不向慈宁宫回禀，薛福晋也不能满世界嚷嚷，说是皇后娘娘给我们出的主意。"

嘤鸣摇了摇头："这会子有你说话的机会你不说，回头想说的时候，让你有嘴说不清。我去见了老佛爷，反倒能安她的心，知道我自此不会再过问薛家的事儿了。对薛家我算尽了意思，往后再有递牌子一概不见，横竖我的能耐就到这儿，我对得起深知了。"

太皇太后是最老到的政客，第二日干脆使了一招釜底抽薪，派了三位专事负责慈宁宫的太医登了薛家门，美其名曰"老佛爷得知公爷要带兵出征，特派近身的太医来替公爷请脉，以保公爷路上平安"。这么一来断了他称病滞留的可能，也好催他尽快上路，以防生变。

皇帝呢，一向耳聪目明，他哪能不知道昨儿薛福晋进宫的消息。他只是有点儿生气，为什么她没有第一时间来找他，明知道他和薛家不对付，为什么还要见薛家的人！

所以她来之后，他硬着心肠晾了她半天。本以为她会惴惴不安，会提心吊胆，可是当他从三希堂出来的时候没看见她的踪影，问了三庆，三庆说："回主子爷话，主子娘娘在后头体顺堂。这会子饭点儿还没到，娘娘饿了，传膳房早早儿开了晚膳，您在后头排膳呢。"

这个没良心的！皇帝气得吹胡子瞪眼，谁给了她这么大的胆子，跑到他的地盘儿上受用来了，还随意吃上了他的御膳房！

小富颠颠儿地过来，手里捧着一只五福大珐琅盖碗，见了皇帝一哈腰："主子爷，娘娘点了一品肥鸡酸白菜，说近来爱吃酸的，奴才这就给娘娘送过去。"

皇帝干瞪眼："这还点上菜了？"

三庆也相当佩服娘娘的定力，万岁爷冷落她，她真是一点儿不慌，该吃吃该喝喝，毫不耽误及时行乐。

皇帝则对那句"近来爱吃酸的"较劲不已，又在装什么呢，就中秋宴上抓了把手，还能怀上不成？这世上蒙人蒙得正大光明的就数她了，别蒙得久了，自己都信了吧！

"三庆！"皇帝叫了一声，"前边引路！"

三庆怔了下，立刻高高应了声"嗻"，把万岁爷引过了穿堂，引进了体顺堂。

进门就见明间里膳桌已经铺排开了，她端端正正地坐在那里，胸前还围个小围嘴儿，正细嚼慢咽品她的菜色。皇帝觉得胸口堵得慌，原想发作的，结果看见桌上另放了一副碗筷，那股子怨气就像大风天里迎风而上的鹞子破个口子，兜不住风，从高空直接坠落到地面，倏地泄了个干干净净。他看了看那副碗筷，再看看她，心里琢磨应该是为他准备的吧！

嘤嘤见他来了忙起身请安："万岁爷忙完啦？快，我给您预备吃的了，快坐下。"

皇帝别扭地落了座："你想让朕吃你吃剩的？"

她抿唇笑了笑："哪能呢，您的我都另外留着呢。"

边上侍膳太监把桌上的撤了，西墙根儿一字摆放的花梨木御膳挑盒搬过来，揭开盖儿，里面都是没动过筷子的。一盘一盘放上桌，等于是重新排膳了，嘤鸣也给自己换了副新碗筷："我陪主子再吃点儿。"

皇帝斜眼："你还没吃饱？"

"倒也不是。"她说，"成婚是为什么呢，就是找个能一块儿吃的人过一辈子啊。"

不知为什么，皇帝心头一热，举着筷子琢磨，这人要是放到科考场上，绝对是个状元的料。不过他也不是好糊弄的主，他眉头一皱，决定发难："昨儿你见了忠勇……"

"我错了。"她没等他说完就截了他的话头子，"我错了，以后再也不敢了。"

皇帝错愕地看着她，发现自己英雄无用武之地。她认错认得这么干脆，把他的全盘计划都打乱了。他本以为她会狡辩，这样他就能和她理论。越理论越生气，无可避免地，怒火冲昏头脑，斥退左右，把她逼到墙角，为了堵住她喋喋不休的嘴，以嘴还嘴什么的……现在全完了。

"你……"他舔了舔唇，"你的脑子该不是只有核桃那么大吧！"

嘤鸣一愣："核桃？"

皇帝鄙夷地调开了视线："朕是往大了说的，应该是山核桃。"

那不是只有指甲盖儿那么大？有事儿说事儿，不带这么侮辱人的！她扯下了围嘴儿："万岁爷，我是很有诚意地向您认罪。"

她的那点诚意真是不提也罢，皇帝不搭理她，胡乱指指面前一道菜，侍膳的往他盘儿里舀了一勺，一尝之下有点失望："怎么不是羊肉？"

侍膳太监看看皇后："回主子爷，膳房把羊肉丝儿换成肚丝儿了。"

"对。"嘤鸣说，"我不吃羊肉，万岁爷忘了？"

皇帝很不满："你不吃羊肉，朕往后也得戒了吗？"

她笑得理所当然："要不咱们吃不到一块儿去呀。"

简直没天理，这是要他随她啊，皇帝气得拍下了筷子："明儿正阳门吃馄饨，你去不去？"

嘤鸣想了想："羊肉馅儿的我可不去。"

"各种馅儿都有，不光羊肉的……"他说着就不耐烦起来，"你到底去不去？"

她脸上终于浮起一个甜笑："去。"

壹柒

霜降

· 一 ·

　　祁人有老例儿，宗室子弟不得擅自出城。皇帝六岁即位，他也不像祖上那些皇子有机会奉命办差。其实他生活的圈子并不大，坐拥万里江山，那是这个头衔赋予的。他每日往来于乾清宫和养心殿之间，江山社稷有时候只是地图上绵延的线条，或是乾清宫前一左一右矗立的分别名为"江山"和"社稷"的两座金亭子。

　　当然了，他也有机会走出这座城，上外头去看看，但这样的机会不太多，十七年来两回出巡，五回秋狝，一双手都数得过来。皇帝肩上的担子太重，朝政、读书让他须臾不得清闲，他连上四九城转转的机会都很少有。唯一一次印象深刻的，大概就是亲政前夕逛了一回夜市，细算有六年光景了。那时正值盛夏，他换了素衣在街市上穿行，身边是三教九流市井百姓，汗臭混合着吵嚷叫嚣，他看见了一种低俗混乱但又纯粹坦然的快乐。

　　在他心里，那个不怎么洁净的前门楼子，是他对宫外的向往。前门楼子的小吃也不那么干净，人来人往可能带起泥沙，飘进镪了钉的碗里……但就是这种贫寒的家常，莫名让他觉得生活在其中的人充满烟火气。他喜欢那种市井的味道，虽然这种喜欢可能难登大雅之堂，甚至不该成为一位帝王的念想。但他记得那晚的灯火错落，也记得那个馄饨摊儿。

　　一碗馄饨让皇帝记了六年，要是放在宫里御厨身上，那是值得几辈子人夸耀的功绩，经营馄饨摊儿的老人却浑然不知。皇帝是个自律的人，就算记挂也不贪吃，宫里御膳尚且有不吃第四口的规矩，别说宫外不经查验的小吃了。可是上个月他出去探望病重的总师傅[1]，路过正阳门的时候发现那个摊儿还在，于是就开始盘算着，带他喜欢的女人去尝尝。

一个爱吃的女人，其实讨好起来很容易，这点德禄没教他，是他自己领悟出来的。她不是说嫁人就是为了找个能吃到一块儿去的人吗，她要戒了他的羊肉，他就想带她去试试他觉得不错的东西。

嘤鸣对明儿能出去充满了期待，这头刚放下筷子擦了嘴，就开始操心明天的安排："您得定个时候，我好预备起来呀。"

皇帝说："等天黑了，宫门下钥后没人走动，不会走漏消息。再则去得太早了摊儿都没出，只怕吃不成。"

她"嗯"了声："咱们在哪儿会合呀？"

"朕来等你。"皇帝春风满面地说，活像胡同里的孩子约好了一块儿出去粘蜻蜓，兴致更高的那个主动上小伙伴家里蹲守催促。

就这么说定了，嘤鸣心满意足地回去了，原本以为薛福晋造访那事儿不好蒙混，结果黑不提白不提地翻篇儿了，皇帝仿佛压根儿没把这事儿放在心上，和她在一起便只剩研究吃的。

最后不会把他调理成大英头号贪吃帝王吧，要是这么着可罪孽深重。不过再想想也没什么，能吃了才身强体壮，这点她和皇帝不谋而合，愿意对方胃口好，爱吃是福气，不爱吃才要完呢。


嘤鸣抓耳挠腮地等着第二天快来，这种心情真是难以言表。好容易熬过一夜，天亮就开始琢磨，今儿该穿哪件衣裳。内务府送来的都太华美了，穿出去不合时宜，好容易挑了几件素的，又左右摇摆拿不定主意。

皇帝来的时候她还在发愁，提溜着两件衣裳往自己身上比画："快帮我瞧瞧，是这件好，还是这件好？"

皇帝今儿穿了件燕羽灰的行服，腰上束着简单的腰带，两边挂葫芦活计，像个神气活现的富家子弟。随意瞟了眼她，说："随便，反正穿什么都好看。"

这句话说得毫不刻意，也很顺理成章，他自己似乎还没意识到有什么不妥，那厢嘤鸣心里却甜上来，又怕他发现端倪，含糊地拿话盖过去，仿佛怕他收回似的，说："您还是替我拿个主意吧，非得选一件才好。"

皇帝想起她才进宫的时候，他曾罚她学规矩。那天她在慈宁宫配殿前的玉兰树底

---

1　总师傅：上书房总师傅省称。

下顶碗，穿的那套衣裳就很好看。

"你不是有件颊红的吗？"皇帝沉吟了下说，"那件还可以。"

嘤鸣听后想了半天，到底想起来了，忙招呼松格翻箱笼："快把我那件春景长衣找出来！"喊完了又一怔，这位日理万机的主子竟还记得她有那件衣裳？想来他从很久以前就关注她了，那么他心里应当是有她的吧！

这种暗暗的小心思真叫人七上八下。嘤鸣只觉腔子里滚水翻腾一样，心里装不下就要上脸。她躲在帘幔后悄悄看他，他浑然不觉，只是慢慢摇着折扇，极有耐心地在明间等着。他这辈子还从未有过等人的经历，这天下一切都是以他为准，谁敢浪费万岁爷的时间？他的脾气也不温存，如今不得不和她打交道，大概是被消磨了钢火，慢慢也变得有人情味儿起来。

而一旁的德禄陷入了深深的思考，为什么万岁爷经过斟酌的话，说出来准把人呛个仰倒，而他不经意脱口而出的，却很有温情脉脉的味道？像刚才那句穿什么都很好看，简直是神来一笔。还有给人家挑衣裳，娘娘提溜的两件里头可没有颊红的，恁老人家竟能精准点卯，开了窍的万岁爷简直今非昔比。

德禄长出一口气，有种徒弟终于出师的欣慰。趁着娘娘进去换衣裳了，他挨过去说："主子爷，您瞧娘娘今儿多高兴。"

皇帝"嗯"了声："说起吃的她就红光满面。"

德禄告诉他："不光是因为您要带她吃馄饨去，更因为您夸她啦。这个路子很对，姑娘都爱别人夸她，您就这么不露痕迹地夸，挑好听的说，转过天来，娘娘可就离不开您啦。"

皇帝似乎也悟出了这个道理，没错，好像就是这样。才刚他看见了她唇角的笑意，虽然只有浅浅一缕，但也是极大的转变了。

皇帝越发欢喜，扇子也摇得起劲了些。终于等到她换完了衣裳出来，他瞧得有点愣神。她今儿打扮极简，没绾两把头，简单编了辫子，戴了一对荷叶小簪头。一耳三钳也褪下了，只留一双珍珠耳坠子，走路的时候那两粒东珠在秀颈两侧摇摆，格外有种灵动俏皮的美。

"快走吧。"她很着急，挎上了她的小褡裢，走了两步忽然回头问，"您带银子了吗？要是没带我可以借您，回来翻倍还我就成。"

这人真是不放过任何赚钱的机会，皇帝鄙夷道："你祖上不是当官出身，是做买卖的吧！那么一会儿就得翻倍？"

她笑了笑道："没法子，我的年例就一千两，虽然不少，但将来必有大花销，得省着点儿。"

皇帝晒了晒，心道皇后的年例虽然有定规，但实在不够了大可以从公中调拨。她说得好听，实际就是爱敛财罢了，不过这次白打了算盘，他拍了拍腰间的荷包："看见没有，朕把银子带足了，你别想上朕这儿放印子钱。"

相谈不欢，嘤鸣也一笑了之，充分展现了买卖不成仁义在的风度。反正什么都不能搅乱她的好心情，她已经多久没上外头来了？上回的畅春园之行可以不算数，这回可是正经出来逛夜市啊！当初她在家的时候都没什么机会，必要家里大哥哥带着出来，阿玛和额涅才准。后来大哥哥上吉林乌拉做章京去了，她就再也没能天黑后离开过家。

"这回真是托了万岁爷的福。"她倚着车帷子说，揭开了小窗上的垂帘，"我早就想出来瞧瞧啦，外头真好，真热闹……"看见一个玩儿杂耍的，讶然说，"这人的嘴得有多大，别人吞剑，他吞刀？"

皇帝对吞剑还是吞刀没有太大兴趣，他安然坐着，看着她："这次时节不算上佳，等入了冬，朕再带你来一回。最好选在天寒地冻、万物萧条的时候，一个摊儿一盏灯。人坐在油布搭起的帐篷底下，西北风兜不住往里头刮，然后一碗热乎乎的馄饨放在面前，才吃一口，天上撒盐似的飘下雪花来……那时候咱们应该已经大婚了。"

嘤鸣听着，发现他吃的其实不是馄饨，是一种意境、一种情怀。不过归根结底一句话："您就是没吃过苦。"生生把皇帝的畅想打断了。

他直皱眉："你这人……"

"大冷天儿西北风刮在身上像刀割，您还坐在那儿吃馄饨呢，能捏得住勺子吗？"

她到底是娇养小姐，冬天有汤婆子，有手炉，那双手没在西北风里吹过，刺骨寒冷只是听说，想象起来就十分可怕。皇帝不怨她没见识，曼声说："面前有热食，你就不会觉得冷。要不是先帝爷走得早，朕也应该上军中去历练历练，男人大丈夫，还能怕冷？"

嘤鸣点点头，对一位父母早亡的帝王来说，确实少了很多体验疾苦的机会，所以雪天在路边上吃馄饨，也能吃出一种明媚的忧伤来。

"成，等初雪的时候，您一定再带我出来一回。"

中秋之后的夜已经有了点儿寒意，北京入冬比南方早，皇帝想着，大概再有一个半月，就差不多了。

马车一直往前，起先只听见顶马脖子上响铃的叮当声，后来人声渐渐大起来，打帘一看，外面人潮往来，一片繁忙气象。

"你看，这就是朕的江山！那些往来的百姓，全是我大英的子民！"皇帝很豪迈地介绍，言下之意就是你看我的家业大不大。

嘤鸣也油然生出一种老板娘的气概来，难怪家家想让闺女当皇后，当了皇后可真好，男人的产业就是自己的产业，可以理直气壮地说，这些都是我们家的。

未婚的小两口大马金刀叉腰站在车前，那架势，简直像和人斗气，打算从人堆儿里找个不顺眼的出来打上一架。

一个扛着糖葫芦把子的从他们面前经过，瞥了他们一眼，张嘴吆喝起来："冰糖葫芦……冰糖多哎呀……"

另一个担着担子的慢悠悠走过，嗓门比卖糖葫芦的还大："半空儿[1]……多给……"

皇帝看着他的皇后笑了笑，多有生活气息！

小富一蹦三跳从远处蹿过来，打了个千儿说："爷，奶奶，老张头儿今晚上出摊儿了。原先的地方叫个耍猴儿的占了，他挪到城墙根儿去了。"边说边往前引，"奴才瞧过了，炉子上的水都加了好几瓢了，半天没个吃客。想是时候不对，这会儿都是吃饱了出来逛夜市的，得等半夜的时候才有生意。"

皇帝兴致勃勃："那正好，给他开个张。"

其实夜市上有很多好玩儿的，就像那头有卖狗卖熊崽儿的，还有卖瓷器料器、石头印章、朝珠翎管的，要什么有什么。大可以一路逛过去，等到了地方恰好饿了，可以应景儿来上一碗。结果这位倒好，眼眶子里什么都没有，就只有一个馄饨摊儿。他是冲着这个来的，就心无旁骛地冲着那口吃的去，她甚至有理由怀疑，他可能打算吃完一抹嘴就回宫。他所谓的吃馄饨，就真的只是吃馄饨而已。

她百爪挠心："我想先逛逛……"

他扭头看她，她说着就要往路边上去，被他一把拉了回来："不是说了去吃馄饨的吗？"

"这会儿肚子不饿，怎么吃得下呀……"她虽被他拽着，也还是努力向那热闹的去处倾倒，"快瞧，那儿有捞金鱼的！"

皇帝简直像拽了个不听话的孩子，她一点儿都没有要跟从的意思，又不能在外头呵斥摆脸子，便胡乱冲德禄挥手："去，捞几条回来。"然后连哄带骗地把她拽到了馄饨摊儿前。

卖馄饨的老头眉开眼笑："哟，大爷还没吃呢吧？来碗馄饨垫垫肚子？"

皇帝颔首："一碗荠菜的，三碗羊肉的，我们四个人呢。"

---

1　半空儿：颗粒不饱满的瘪壳花生。

老头儿高唱一声"得嘞",边上的小富感动出了两眼泪花儿:"主子,奴才们不吃,奴才们伺候您和奶奶。"

要是换了平时,皇帝哪会想到给底下奴才也买一碗,这些御前红人儿再红,也不是能够同桌吃饭的人,但如今来了一个抢吃的皇后,他被迫学会了分享。

嘤鸣觉得这样挺好,她没有特别严格的主仆观念,从来都把手下奴才当人看。小富直抽鼻子,她看着也挺心酸,暗道这位爷平常对下人多苛刻呀,买一回馄饨就叫人感动成那样。

皇帝有点尴尬,说:"没事儿,吃吧。"自己拉着嘤鸣在棚子底下找了个座儿坐下。

嘤鸣转头四处打量,这棚子是拿几块大油布系起来的,接缝处看得见人来人往,难怪冬天要漏风呢。

皇帝对待外人向来亲切有礼,问那摊主:"早前这摊儿设在马道口,眼下搬到这儿来,生意怎么样?"

老张头蹲在炉子旁拉风箱,炉口的火光照出一张沟壑纵横的笑脸:"倒也没多大妨碍,我这摊儿做军爷们的生意,原本马道上下来就有口热乎的,这回得劳驾多走两步,军爷们也松松筋骨。只是耍猴儿的把摊子设在那里倒不好,不是说他占了我的地方,地方是皇上的,咱们借庙烧香罢了。城顶上全是披盔戴甲的,脚步声重,容易惊了猴儿,上那儿看戏的也不多,实在不是个做买卖的好地方。"

京城老人儿们大多心地善良,不因自己吃了亏就抱怨。皇帝原想替他处置了那个耍猴的,但听他这么说,便也作罢了。

这时候馄饨做得了,拿那么老大的海碗装着搁在他们面前。当兵的食量大,所以这馄饨的料也给得很足,嘤鸣暗暗咋舌,这只大碗,能装下她的脑袋。

德禄买了金鱼回来,笑着说:"奶奶瞧,奴才花了好大的气力才捞了三条。那个卖金鱼的太坏了,一口大缸里才稀稀拉拉放了几尾,实在不好上手。"说着从袖子里取出银针来搁在碗里,又各捞出一只来自己试膳,确定无虞了,才把预先带出来的金匙递上去。

老张头在民间卖馄饨,见过富贵的主儿,但极少见这么考究的排场,当即"哦"了声:"我想起来啦,您五六年前上我这儿吃过一回,也是这么仔细验着来。那会儿您还是十七八少年人模样,如今都有少奶奶啦,真谢谢您还记得我。"

皇帝微有些腼腆,笑了笑道:"我们少奶奶好吃,今儿非央着我带她……"话没说完就发现她翻眼瞪着他,他咕的一声,把后半截话咽回去了。

· 二 ·

嘤鸣可算瞧出来了，这人不单自大，还会睁着眼睛说瞎话。

明明是他自己要出来吃馄饨的，这会儿怕人家笑话他，给她按了个贪吃的罪名，真是天理何在！她捏着勺子舀了个馄饨，才出锅的东西滚烫，她狠狠吹了两口，吹得汤汁飞溅，有一星溅到了他脸上，他也没吭声儿，自己老实擦了。

可就是这样委屈兮兮的神情，倒又激发出她心里的柔软来。她拖过边上的醋瓶，给他倒了一碟醋："羊肉吃多了只怕要腻的，爷拿醋压一压吧。"

老张头笑起来："如今您二位这样的不多了，尤其是富贵人家，家里上好的厨子备着，哪个愿意下市井吃这上不得台面的扁食。"

嘤鸣尝了一个，荠菜的，加了点儿肉末星儿，满口都是清冽的香气。这种做法和她上回孝敬太皇太后的荷叶粥一样，索性祛除了繁复的添加，返璞归真更有时蔬本身的好处。再看看汤里头，那星星点点的，应当是虾酱吧。她笑着说："大爷的手艺真没的挑拣，我瞧不比咱们家厨子差，爷说是吧？"

皇帝"唔"了声："那是自然。"记忆里的味道似乎半点没有减淡，他说，"你闻见没有，这羊肉一点膻味儿也没有，我分你一个尝尝，好吗？"

人就有这个执念，仿佛把对方忌口的东西鼓动着吃上一口，就是莫大的成就。皇帝也不例外，他满怀期待地看着她，结果她立刻会意，从自己碗里捞了一个放进他碗里："您想尝我的就直说吧，何必拐弯抹角。"

皇帝噎了下，无可奈何。那头德禄和小富可不敢和他们同桌，两个人在门口找了小马扎坐下，手里捧着大海碗，正吸溜吸溜吃得香甜。

皇帝看看她刚舀过来的馄饨，换作以往决不能忍受，毕竟那勺子是她叼过的。如今心境不一样，倒觉得没什么了。

于是顺从地咬了一口，这只馄饨他吃得比任何山珍海味都要仔细。她的眼睛晶亮，馄饨摊儿上的油灯倒映在她眼眸，折射出迷人的光。她问好吃吗，皇帝点点头。她又问："比之羊肉馅儿的如何？"

皇帝说："各有千秋，不过我还是觉得羊肉的更好吃些。"

她调开了视线，也不和他争执哪个更好吃，她就是愁，馄饨的个头太大，味儿虽好，委实也吃不下了。


正发愁，有个穿一裹圆的人进来，手里端着一碗油茶，边走边道："老张头儿，借你的地方歇歇脚。"

摆摊儿做买卖就是图个顺利，与人方便自己方便，老张头儿忙着预备过会子城门楼子上换岗那拨人的所需，看都没看一眼，直说："您随意。"

油布帐篷下地方不大，也就摆了四张小桌而已。那个人蹭过来，打从嘤鸣背后经过，小富和德禄上来还不及皇帝迅速，他起身挡在那人和嘤鸣之间。这阵仗显然把那人吓了一跳，赔笑说："怎么了爷们儿，借过、借过……"

当然最后脚是歇不成了，还是端着他的油茶走了。皇帝英雄救美了一回，自己觉得很潇洒，但潇洒了没多会儿，就发现腰上的荷包不见了。

慌张地摸一圈，好了，没指望了，想必人家等的就是他挺身而出一刹那。他是宫里长大的，不知道那些街头招数，也不知道这清平盛世下隐藏了多少见不得人的勾当。他傻眼的当口，嘤鸣把她的小褡裢解下来，搁在了他面前。

皇帝忧伤地站在那里，怅然说："这回如了你的意，你可以光明正大放印子钱了。"

嘤鸣摇头："只收本金，不收利钱。"只因他刚才的仗义行径，自己越发喜欢他，无关他的身份地位，也无关有没有婚约，单纯只是喜欢他。

这呆霸王，原来那样像爷们儿。他唯恐那个贼从她背后蹭过，占了她的便宜，忙挡在了她身后。就是这样一个举动，让她觉得有丈夫护着挺好的。进宫之初她从没想过自己会有这样一天，她以为自己将来只能圈在那片宫墙里，过着姥姥不疼舅舅不爱的日子。这会儿看来自己的福气从没坏过，离开了尽心呵护的家人，遇见了不怎么讨人喜欢，但满怀赤子之心的男人。这会子真想回家，想见一见奶奶，告诉她自己往后有主了，她再也不用为自己操心了，多好！

万事大而化之的姑娘也有细腻温软的小心思。她暗自想着，不知怎么鼻子忽地一酸，便越发低下了头。

皇帝发现此事不简单，她态度大变，事出反常必有妖，于是挨过去一点儿，小声问："你怎么了？不愿意借朕钱吗？何必这么小气，回去了朕加倍还你，啊？"

她还是摇头，不说话。

皇帝看不见她的脸，有些着急，趴在桌上贴着桌面往上看，一看之下愕然："怎么了？你这是在哭吗？"德禄和小富追那毛贼去了，也没人替他出主意，他看见她眼里滚动的泪花，顿时慌了神，在她肩上拍了拍道，"你好歹也是公侯府邸出来的，怎么这么小家子气？"

嘤鸣别扭地嘟囔："谁小家子气？"轻轻抬袖擦了擦，细声说，"我是给烫着啦……您不吃您的馄饨，磋磨我做什么？"

这么说来倒尚好，他松了口气，笑道："慢点儿吃，不着急的。你要是喜欢，咱们把这摊主带回去，让他三天两头给你包馄饨，好不好？"

她抿唇浅笑："不必啦，外头天地广阔，就这么在街边儿摆个小摊子，自己能做自己的主。要是跟咱们回去了，得受多少拘束呀，人家过不惯的。往后咱们想吃就出来，先叫人清了场子，没的像这回似的有闲杂人等混进来，一则扰了雅兴，二则不安全，是不是？"

皇帝听她一递一声地温情说话，没有算计放账，全是为以后着想，心里涌动起温情来。两个人就那么对看着，仿佛那张脸是头一回见，以前的岁月都是模糊的，打今儿起才算是真正开始。

不错眼珠子，手是什么时候搭上去的也不知道，等他回过神来，那青葱五指已经在他掌心里了。

不知她察觉没有，皇帝心慌意乱，紧张得心要从嗓子眼儿里蹦出来，可他没有撒开手。和上回中秋那晚不同，不是气势汹汹，是春风化雨般无声无息的。那只手细腻柔软，顺从地蛰伏在他掌心里，他轻轻握住了。他想也许这手上有机簧，她的脸红起来，红晕蔓延，一直蔓延进芽绿镶滚的领褉。

全身所有的感知都集中到了手上，细微的一点移动，都有扣动心弦的力量。嘤呜其实想打趣他，这回不是又有蚊子吧，但恐怕这话太煞风景，便作罢了。她开始琢磨，自己该不该回他呢。要回应多简单，转过腕子与他十指紧握，他就该知道她的心意了。可正打算这么做时，德禄和小富回来了，气喘吁吁地说："主子，叫他跑了……"

桌上交叠在一起的手立刻若无其事地分开了，御前二宝讪讪呆站在那里，皇帝从褡裢里掏出一块碎银抛过去："跑不远，早晚会回来的。吃得差不多了，结账吧。"

德禄把银子放进老张头的筐箩，老张头儿忙数着大子儿，嘴里喋喋说："照顾我生意来着，没承想被人顺走了钱袋儿，我真是过意不去。少收您钱，您下回再来……"

如果那一袋银子能打破他和皇后相处的僵局，那就是偷得好，哪怕再加上十倍，都是值得的。皇帝心满意足，摆手道："这件事不和你相干，咱们吃了东西就该给钱。也不必找了，剩下的拿来换两块新油布吧，等天儿再冷些，我还要带内眷来的。"

老张头应了，不住哈腰说："爷这心田……您赚好儿吧，等您和奶奶再来，必都更换妥当了。"

皇帝颔首，回头瞧瞧嘤呜，见她就在身后，一副乖巧可人的模样。他心里充实起来，昂首迈出了小帐。

外面的空气自比里头清冽得多，他痛快吸了口气，盘算接下来该做什么。她爱逛逛，那就随她逛吧，等瞧准了时机再去牵她的手……其实他们有这样的肢体接触也不是头一回，只是不明白，为什么这回的格外令人心尖儿颤抖。仿佛有个小钩子钩了一下，那份酥麻，那份悸动……就是爱情吧！

可喜的是爱对了人，爱的是他的皇后，正正经经要和他千古相随的人。早前的祖辈们比他还波折些，他们喜欢一个人，想给她女人堆儿里最高的荣耀，势必要等在位的皇后行差踏错或是病死了，才有可能把那顶后冠戴在喜欢的人头上。先帝可能是比较不成功的例子，英年早逝是一个原因，更大的原因在于后来的继皇后压根儿扳不倒，所以他宠爱的人最后不过是皇贵妃的位分，在他过世后青灯古佛，为他看守陵寝去了。

幸好，自己是在二五眼稳坐皇后宝座之后才爱上她的，她不用受委屈，不用苦等，一切都是她的。这个傻大姐，不知上辈子做了多少好事，这辈子这样顺风顺水。他觉得自己应当也成为她好运气的一部分，一辈子为她保驾护航，让她顺顺当当到老。

"你有喜欢的东西没有？"皇帝问，"喜欢什么朕买给你。"

边上德禄和小富听着，交换了下眼色，发现如今万岁爷说起情话来一套一套的，看来要不了多久，皇后娘娘就得爱死他了。

嘤鸣忸怩了下，说："昨儿四额驸送了老佛爷一只巴儿狗……"

皇帝立刻说："狗有什么好玩儿的，朕送你一只熊！"

说干就干，眨眼间嘤鸣手上就多了条铁链子。那灰熊崽子仰头看着她嗷嗷叫，她有种欲哭无泪的感觉，她要嫁的到底是什么人呢，世上怎么会有这么不解风情的爷们儿！这辈子想和他花前月下是不可能了，他可能更愿意和她谈谈铁网山下铁篱笆。

"你瞧这熊多聪明，它已经知道认主了。"皇帝很欣慰的样子，"买下它也算做了件好事，否则再大些，它就该被人鞭打着钻火圈儿了。再不济些，可能会被杀了取胆。"

嘤鸣听他这么说，倒也觉得这熊确实可怜，那灰扑扑的毛色和芝麻大的小眼睛也怪招人心疼的："回去给它洗个澡，我再给它做件花衣裳吧！"

正说着，斜对面有人喊起来："嘿，二姐！"定睛一看竟是厚朴和厚贻。

厚贻像那熊崽子一样嗷嗷叫起来："二姐！是二姐！她还牵个熊！"然后连蹦带跳地跑过来，一头扎进了她怀里。

齐家一共六个孩子，兄弟姊妹间感情很深厚，厚贻是垫窝儿，也是姐姐们拉扯大的，虽然有时候人嫌狗不待见，但他心正，对姐姐只有敬爱，从不使坏。嘤鸣好好打量了他一通，男孩儿蹿起个头来就是快，姐弟相见虽高兴，也不忘叮嘱他："往后可不许爬树了，要是摔下来怎么办？底下有大石头，摔傻了谁也不要你。"

厚贻龇牙一笑，一颗门牙晃成那样还舍不得拽了，舌头一舔翘起老高："谁不要我都不碍的，我姐姐要我！"说着滴溜溜的眼睛转过来，瞧了一眼皇帝，"这是我姐夫不是？"

皇帝愣了下，这种家常的称谓套在他身上，真有点儿奇怪。不过路数是没错的，便冲他点了点头。

厚朴毕竟大了好几岁，今年夏天刚在旗营挂了名额，开始帮着打点旗务，每月能得一点儿制钱了，因此今晚领着兄弟出来吃烤串儿。一个预备谋前程的公侯子弟，接触了人与人之间的等级，就知道天高地厚了。他有模有样地扫袖打千儿，压着嗓子说："奴才恭请圣安。"

皇帝心下满意，"嗯"了声道："这是在外，不必拘礼。"

厚贻见哥子这样，忙也要行礼，皇帝说不必了："你还是孩子，等将来领了旗务再说吧。"

这么着就热闹起来，多了两个人，气氛便活跃不少。厚朴半年没见，和以前大不同了，兢兢业业护卫在左右，完全是侍卫的做派。皇帝问他今年多大，他说："奴才前儿满十三了，下月上粘杆处报到，候补蓝翎侍卫。"

大英的侍卫分一二三等，下边才是蓝翎侍卫。纳辛的这个儿子虽不能承爵，照理破格擢升二等侍卫也不是不能够，他却等着补授蓝翎侍卫，倒让皇帝有些意外。

"越性儿再等两年，上内务府领二等侍卫不好吗？"

厚朴笑了笑道："回主子话，奴才阿玛有训示，不能仗着祖上的功勋挣前程。况且我又是娘娘胞弟，更要谨慎自省，不能给姐姐丢人。奴才眼下年纪还不到，先慢慢学着给主子办差，往后真授了品级，也不至于慌了手脚，叫人耻笑。"

这就是纳辛的讨乖之处了，往常可能还犯浑，眼下闺女做了皇后，办事就越发谨慎，不敢再落人半点口实。皇帝点头："这样很好，先补了蓝翎侍卫，等年满十五上紫光阁演武选拔，再调到御前来……"他又回头看了嘤呜一眼，并非个个皇后的娘家兄弟都能在御前任一等侍卫，这也算爱屋及乌了。一等侍卫的职上出了多少封疆大吏，真是数也数不清。将来只要他肯上进，前程自不可限量。

厚朴道是，垂着袖子说："奴才谢主隆恩，一定奋发蹈厉，不负主子厚望。"

话才说完，身后不远处有兵戈之声传来。众人回头看，只见百姓惊惶避让，大路上凭空出现了很多身着黄马褂的御前侍卫，正与一帮来历成谜的黑衣人混战。

厚朴一见，立刻就要冲上去，皇帝说："咱们逛咱们的。"言罢一笑，"你年满十三了？家里给你说亲事没有啊？"

·三·

不知为什么，原本挺寻常的一句话，从皇帝嘴里说出来，就有种黄鼠狼给鸡拜年的味道。

嘤鸣疑惑地看他他也不管，自觉作为姐夫对小舅子的关心，问一问家常的问题，实在没什么可提防的。他的表情依旧威严，和他不相熟的人根本看不出他这刻心里那份热切的渴望。厚朴是老实孩子，他说："回主子话，没有。奴才年纪还小，没做出一番事业来，哪有脸成家。"

身后传来呼喝，皇帝回身望，御前侍卫们把那些黑衣人都拿下了，一个个捆绑得粽子一样。他眯着眼，曼声说："这话不对，成家立业嘛，先成家再立业。爷们儿只有成了家，心才能定下来，好好做出一番事业……"九门提督遥遥望过来，不动声色地请他示下，他抬手微微一扬，很快一场变故就结束了。侍卫押着不速之客眨眼撤离，这夜市又恢复了先前的热闹，人潮依旧涌动，仿佛一切从未发生过一样。

厚朴到这时才回过神来，他以前没有见过皇帝，对帝王的认识全来自戏文。台上的皇帝都是黄袍长须的模样，论年纪总得阿玛那么大，所以初见这位皇帝姐夫，虽不至于像当初对海银台的挑眼，但也只觉太年轻，言语间虽恭敬，却多少欠缺那么一点畏惧。结果目睹了一场暴乱，从发生到消散，全在他眼风流转间，方明白什么叫弹指掌人生杀，便再也不敢不怀惕然之心。

"是……"厚朴垂袖，哈腰道，"谢主子教诲。"

皇帝复看他一眼，唇角那一丝笑，笑得意味深长。

嘤鸣还在琢磨："今晚的一切，全在您掌握之中？那些御前侍卫也是您安排下的？"

皇帝瞥了瞥这二五眼："难道你认为朕会只身出游？倘或没人暗中保护，朕岂不成了砧板上的肉了？"

厚朴立刻抓住了表忠心的机会："奴才粉身碎骨，也会保护主子的。"

皇帝听了很满意，赞许地点头："就冲你这份效忠主子的心，朕也要赏你，回去听好信儿吧。"

厚贻是人精儿，他见哥哥要得赏，自己忙一挺胸脯："奴才也能护驾。奴才八岁，已经能提溜五十斤的皮兜了。奴才阿玛说奴才下盘稳，将来进善扑营，越练胆儿越大。"

谁知皇帝没发话，倒是姐姐拆了他的台："是该先练练胆儿，你瞧你那颗牙！再不拔了，长出来的小牙东倒西歪，仔细以后变成九齿钉耙。"

厚贻捂住了嘴："您瞧我牙干什么，胆儿大不大和牙不沾边。"

嘤鸣哼笑了一声："我可没见过哪个巴图鲁是豁牙子，您自个儿琢磨去吧。"

皇帝听她挤对她弟弟，真是听得神清气爽，要是换了以前，这个箭靶子应该是他啊。低头瞧瞧那小熊崽儿，满地打滚，一身的泥灰，他弯下腰说："朕给你取个名字吧，就叫杀不得。"

嘤鸣想了想，这名儿虽不好听，但绝对吉祥。连万岁爷都说杀不得了，那必能保长命百岁。当然其中还有另外一层隐喻，也许这三个字就是赏齐家的，他虽不明说，但在她听来，却像得了免死金牌一样。

今晚拿住的那些人，接下来就是扫荡薛派的工具。薛尚章虽依照指派出征了，留在京中的党羽暗中总要有所动作。只不过就此派出杀手来刺杀皇帝，这么做未免太冒进了，似乎有些说不通。后来坐在马车上嘤鸣还在翻来覆去地思量，连皇帝同她说话，她都有些心不在焉。

"你在想什么？"他闲适地倚着车帷子，檐角挂的灯笼微微款摆，一来一往的光影穿透雕花门，他的脸也随之忽明忽暗。

嘤鸣慢慢摇了摇头："没什么，我在想您丢的荷包，这会子已经找回来了吧。"

皇帝淡淡一笑："怪那毛贼运道不好，偏撞到枪头上了。"

她喜欢琢磨，他是知道的，单看她的神情，就知道她怀疑今晚的事儿有蹊跷。

"那些黑衣人也是朕安排的。"他觉得没有必要瞒她，夫妻一心嘛，从现在开始就该学会信任了。

她一怔，终于"哦"了声："这就对上了！"说罢直直瞧着他，"您这么做，不是自己给自己找乐子吧？"

"怎么不是，"他说，"就是为了找乐子，吓唬吓唬自己，再吓唬吓唬别人。"

若说吓唬自己，那纯粹是嘴上逗闷子，皇上遇袭的消息一夜之间就会传遍整个京畿，薛派内部会开始互相猜忌，互相指责，究竟是谁那么糊涂，犯了这样的错误。一条船上的人最忌窝里斗，外面还没攻进来呢，芯儿里就烂了，那这条船早晚得翻，最后获利的自然是皇帝。所以啊，一个能稳坐皇位十七年的人，哪里是一个"呆"字能形容。他处置朝政之精明，玩弄计谋手段之老到，可不叫人心生寒意吗？

这样下去，会不会累及她家里？纳公爷眼下虽"从良"了，但老账还在，万一惹急了薛派，被抖搂出来，鄂奇里氏还能存立吗？嘤鸣心里惴惴的，但又无法问出口，害怕给皇帝提了醒儿，越发勾得他要认真计较。她只能尽量把话头儿固定在薛家身上，小心翼翼道："薛公爷奉命出京了，您就开始发力收拾余党……这回是要肃清朝政了吧？"

他半合上了眼，从那一线天光里瞥她："后宫不得干政，皇后忘了。"

她舔了舔唇说："我没忘，可薛家毕竟是我干亲，况且他们又是先皇后娘家……

主子，您打算怎么处置薛公爷？"

皇帝别过了脸："你别管。"

嘤鸣不甘心，往前蹭了蹭，几乎和他促膝，切切道："您会留他一条命吗？"

皇帝知道女人在这种事儿上容易感情用事，可朝堂上的一切都是铁血无情的，就像她上回替人出谋划策，也要人家领情才好。结果万般无用，哭哭啼啼跑到老佛爷跟前表明心迹，不是自己给自己找麻烦吗？

他轻叹了口气："薛家的事儿你别管了，和薛深知有交情，逢着她的生死忌去祭奠祭奠就是了。至于她的母家，良言难劝该死的鬼，别在他们身上费心，伤了自己的体面。"

嘤鸣没辙，垂下头说是，心里到底觉得难受。

她还记得顶砚台那晚，在隆宗门前见了干阿玛一面，那会儿他什么话都没说，单是看她那眼神，现在回忆起来都让她鼻子发酸。她一直觉得他还是心疼深知的，只是人到了那个份儿上身不由己，就算牺牲再多也要往前走。薛家要是败了，深知该多可怜呢，后世的帝王只怕会把她的祭享都撤了。

她闷闷不乐，皇帝偏头打量她："怎么了？"

她勉强笑了笑："没什么，快到神武门了。"从窗口望天上弦月，月已中天，便道，"今儿咱们出宫的时候真长，都交子时啦。"

皇帝自然知道她心里在想什么，沉默了下道："薛尚章是决计不能留的，不单他，他的三个儿子也一并都要铲除。地支六旗被薛尼特氏把持了四十年，再这么下去，那些旗下人都闹不清谁是他们的真主子了。你放心，除了他们父子，朕不会动其他人，包括他的孙辈儿，朕都可以网开一面。只这父子四人，决不能姑息，这不是你能说情的，你要知道。"

嘤鸣点头，她自然知道，其实能留下薛福晋和孙辈儿已经是法外开恩了。薛家祖上从龙有功，家业也不至于全部查抄，皇帝碍于先皇后，总会让他们过得去日子，也好堵天下悠悠众口。


马车终于过了筒子河，一直往前，停在神武门外。守门的护军在两掖压刀站立，见帝后下车，恭恭敬敬地扫袖打千儿。

那巨大的门扉被推开，发出隆隆的声响，德禄和小富挑灯在门洞里引路，边走边道："万岁爷，主子娘娘，肩舆在顺贞门等着呢。奴才打发人往前传了话，御花园到养心殿这一线的宫门都落了锁，可畅通无阻。"

皇帝没言声，暗暗称赞德禄是个聪明奴才，这么见缝插针地为主子着想，回头得好好论功行赏。

嘤嘤呢，还在扭头找熊："我的杀不得呢？"

小富提溜过来，说："在这儿呢，娘娘上了肩舆，奴才把链子给您。"

结果她登了肩舆接过链子，却说："我得回头所殿。"

皇帝茫然："为什么，难道咱们的交情还不够吗？"

嘤嘤有点嫌弃他，虽然一块儿吃了馄饨，又悄悄摸了回小手，还慷慨地给她买了熊崽儿，但他不会以为这样就够交情一块儿回去睡觉了吧！可惜不好说他傻，她随便找了个借口："明儿一早还有嬷嬷考我琴棋呢，我非回去不可。"说罢摇了摇链子，"杀不得，咱们家去吧。"

她的肩舆晃晃悠悠地往西路去了，底下还跟着一只连滚带爬的熊崽儿。皇帝站在那里目送她穿过御花园，再看看这花园里那么多的亭台楼阁，忽然发现失策了。早知道预先安排下，绛雪轩也好，养性斋也好，不都是现成的好地方吗？

德禄看着万岁爷的眼神，感受到了同样的怅惘："要不过两天主子再带娘娘出去一回，比如给杀不得配个媳妇什么的……"

他想了想，还是摇头，有贼心没贼胆儿，真是老把式遇上了新问题。算算时间，大婚将近，一眨眼就到了，何必为了那几天光景，惹她不高兴呢。


嘤嘤回到头所的时候，跟前伺候的都在檐下等着，见她牵着一只熊崽子回来，一窝蜂地迎上前惊叹："娘娘怎么想起养这个了？"

"奴才在上驷院见过熊，那么老大的个头，和骆驼养在一块儿……这熊瞎子能长大吗？"

"长大了可怎么办呀？"

嘤嘤不知道该怎么回答，说："这得问万岁爷去，我就想要只狗，他给我买了只熊……"谁知道这人的脑子是怎么长的。

横竖先弄下去安置吧，宫人们伺候她擦洗了，换了衣裳，她叫了松格一声："今晚你上夜，我和你说说话儿。"

殿里灯一盏盏都灭了，最后只剩值夜的，远远点在案头。她仰天躺着，盯着帐顶直愣神，松格在床前打了毡垫子，撑着身小声问："主子，您今儿出去顺遂吗？"

她"嗯"了声，好半晌没说话，在松格以为她睡着的时候，忽然说："先前在外头，万岁爷摸我手了。"

松格一听哗然："这哪是皇上老爷子的做派，尽占人便宜啦！"

嘤嘤被她这么一说有点儿傻眼，难道是她表述得不清楚吗，多早晚说他占她便宜了？她说："你小点儿声，不是偷着摸，是就在我眼皮子底下，就这么……抓了我的手。"一面说一面按住胸口，面红耳赤，"我到这会子想起来，心还蹦跶呢！"

松格"哦"了声，嘻嘻笑着扒上床沿："主子，万岁爷这是对您有意思，他想和您好好过日子来着。那您什么想头儿？您喜欢他吗？"

嘤鸣侧过身来，嗫嚅了下说："我也不知道什么时候开始的，心里偷着喜欢他了。你说这么个臭德行，我怎么能看上他呢，想是和他处久了，脑子也不大好使了。"

松格也闹不清主子现在的喜好："奴才以为您就爱海大人那样的呢，不过没关系，喜欢皇上更好，这么着心里就不别扭。"

可她又抠着床板上的雕花黯然："我本想着到了这个份儿上，他总要和我说些什么的，可回来的路上他只字未提，也不知那一摸算什么意思。"

松格眨着眼想了想："别不是忘了吧！"

忘了？乍一听不可思议，但再细一琢磨，好像合情合理。毕竟那呆霸王至今没做过什么靠谱的事儿，你不能拿他平衡朝堂的睿智套用在他平时的为人处世上。


果然太皇太后和太后也是这么认为的。

两位老主子坐在南炕上，颇费思量地盯着那只狗熊崽子。嘤鸣一大早起来就给它赶了件衣裳，绿底上大红花，北方传统花色，穿上十分俏皮喜兴。

人眼巴巴盯着熊，熊也眼巴巴盯着人。太皇太后的那只巴儿狗起先还叫得欢实，后来小熊崽子一发威，早吓得夹着尾巴跑了。大伙儿仔细打量那张脸，灰蒙蒙的毛色，两只花椒眼。嘴筒子倒长得很饱满，舌头搅动，能抢出花儿来。

"它叫……什么来着？"

嘤鸣说："叫杀不得，万岁爷给起的名字。"

"这是什么名字！"皇太后道，"好歹叫个双喜呀，吉祥什么的。人家本就长得丑，取个好听的名儿，叫起来也敞亮。"

太后是个没心眼儿的，她想的远没有别人那么深，嘤鸣冲太皇太后笑了笑："奴才觉得是个好名字。"

太皇太后点头："我也这么觉着。"

才说完，听见外头宫门上有击节声传来，太皇太后和太后坐直了身子，透过南窗朝外看："皇帝来了。"

嘤鸣忙起身到檐下去迎接，那人从中路上过来，永远是一副神采飞扬的模样。她抚膝蹲福："给万岁爷请安。"

他说免了，声线倒比寻常还温些："过会子朕有件喜事告诉你。"

喜事？能是什么喜事？嘤鸣一头雾水地跟进去，皇帝先给太皇太后和太后见礼，回身看见那满地打滚的熊崽子，笑着拍手逗弄："士别一夜当刮目相看，果然穿上衣裳越发精神了。"

太皇太后只是笑："人家给姑娘买花儿买粉儿，你倒好，买个熊！且留着玩儿两天还犹可，等再大点儿务必送走。熊瞎子这东西可不是猫狗，万一闯了祸，后悔都来不及。"

皇帝说："本就是一时高兴，有的人适合养猫养狗，皇后适合养熊。"

他身后的皇后黑了脸，这个人，不会说话少说点儿，张嘴就得罪人，话还那么多！谁说她适合养熊，难道他没看出来，她分明适合养龙！

太皇太后和皇太后尴尬地看了皇后一眼，同因皇帝感到糟心。皇帝终于察觉了，便开始转移话题："皇后的胞弟，朕破格授了他二等侍卫。"

原本公侯家的男孩儿授二等侍卫倒也没什么，但那得是到了年纪之后。太皇太后很不解："皇后的兄弟不是还小吗，这么着急做什么？"

皇帝笑道："提前两年罢了，身上有了衔儿才好指婚。"

嘤鸣讶然："厚朴才满十三，万岁爷怎么想起给他指婚了？"

这也是赶鸭子上架了，他正了正脸色对太皇太后道："皇祖母，佟家的姑娘，孙儿替她觅了门儿好亲。皇后的胞弟是正经国舅，嫁给他，对佟家也是恩赏，皇祖母的意思呢？"

·四·

太皇太后还能说什么呢，她对皇帝的谋算自然是宾服的。不愿意佟崇峻的闺女进宫，其中最大的原因是不想委屈皇后，至于把佟家闺女赐婚齐家，里头还有他更深的用意。

如果单是加恩，宗室之中亲王贝勒那么多，配了哪个都是正头福晋，不比嫁进齐家有体面？可皇帝偏选了齐家，一则是昭示他对皇后母家的看重，二则也想借佟崇峻的功勋保一保纳辛。如果某一天他不得不拿齐家开刀，有佟家在，便是一重保障。

太皇太后笑了笑："我的哥儿，你真是用心良苦了。皇后，你可要好好谢谢你主子。"

嘤鸣何尝不懂得其中的道理，他这也算给了她一颗定心丸吃，让她知道他无意针对齐家，否则便不会促成这门婚事。她站起身向他蹲了个安："奴才代家里阿玛和兄弟，谢主隆恩。"

皇帝陶陶然地笑，有春风拂面般馨甜的味道。

太后嗟叹不已："这个指派很好，佟家姑娘是个有造化的，你早前还说她身世可怜来着，如今她进了你家。要说纳辛的两位福晋，真真儿没的挑拣，姑娘进了门子，也算苦尽甘来了。"

嘤鸣说：“我的两位母亲待人向来极温存，我自小在家没吃过什么苦。佟二姑娘进了我们家宅，绝受不了委屈的。”

太皇太后颔首：“既这么，挑个日子下恩旨就是了。佟家姑娘十五，比皇后的兄弟还大些，姑娘大些好，知道心疼爷们儿。赐了婚什么时候成亲，全看他们自己的意思，倘或觉得年纪太小，想等再大些，也不是不成。”

皇帝自是高兴的，这样可算双赢，既加恩了佟家，又不必因此伤了皇后的面子。早前指婚的计划就在他脑子里酝酿，他甚至想过要把佟家姑娘指给海银台。至于为什么会想到海银台，大概也是冲着他那股子不懂得转圜的执拗劲儿吧。

做精细活儿的人，心思全在手艺上，不懂得揣摩圣意。他那次下令让他在枣核上雕十八罗汉，当时不过泄愤一说，其实他告个罪说“奴才无能”反倒更称他的意儿。结果这海银台是个认死理儿的，时隔三个月，竟真把那枚枣核送来了。

象牙小盒子的正中央，摆着一枚被摩挲得发红的枣核，核儿的形态并未发生太大改变，但细看之下刻面高低起伏，十八罗汉一个不差。这世上竟有这么拧的人，皇帝觉得脑仁儿疼，更叫他不悦的是，这枣核儿的存在间接证明了那枚橄榄核舟也是他的手笔。

“朕只知你会做烫样，没想到还会核雕。”皇帝唇角轻轻一牵，把这枣核儿放回了盒子里，“好得很，下回让那些周边小国见识见识我大英匠人的手艺。”

海银台常年出入山野，面圣时从没有拱肩哈腰的体态，即便是低头回话，也自有他的风骨：“奴才原不会核雕，因皇上降旨，才特特儿跟核雕大师曹孟纯现学的。”

皇帝哼笑了声：“这样的手艺，恐怕不是一个初学者能做到的。”

“是。”海银台微哈了哈腰，“请皇上恕罪，这核雕并不是奴才一人完成的，还有曹师傅润色的功效。”

这话是真是假？自然是假的，要是认真计较，断他个欺君也不为过。可是皇帝没有想去深究，他反倒有些佩服他，这是个聪明人，料准那枚橄榄核出了差池，因此尽量周全着，欲让自己全身而退，也想保全嘤鸣。如果当初嘤鸣不进宫，这会儿他们已经双宿双飞了吧！皇帝酸涩地想，自己的皇后和人定过亲，确实令他有些吃味儿，但换句话说是自己横刀夺爱，他也不能揪着受害者不放。

唉，主要是因为二五眼如今对他好像有了点儿好感，他的底气就壮了。一个人一旦有底气，心胸便会开阔些。他也不讳言，盖上盒盖对海银台道：“你与皇后定过亲，朕知道。”

海银台神色如常，淡声说是：“父母之命，媒妁之言，不敢不从。”

皇帝笑了笑：“单只是父母之命，媒妁之言？你不忌惮朕心里有这根刺，将来与皇后之间起隔阂吗?"

一个有匠心精神的人,回话倒也严丝合缝,他说:"皇上是圣主明君,绝不会因此小事心生怨怼。奴才与皇后娘娘确实定过亲,但也只是定亲而已,请皇上明鉴。至于皇上与娘娘是否起隔阂,奴才是局外人,不敢妄下断语。"

是啊,没有那么深的感情,就不会牵一发动全身,就可以标榜自己是局外人。不管他和嘤鸣之间有没有过情,这样的回答显然是最合适的,倘或急着为皇后诸多澄清,那才是最蠢的做法,反倒惹人注目。

皇帝已经是个胜利者,所以他心情大好,自己情路顺遂,便想着是不是也慰藉一下失意人。可是转念再想想,佟崇峻的姑娘要是指给了海家,岂不有拿人姑娘填窟窿的嫌疑吗,那么推恩反成了责罚,倒不好了。

"皇祖母应允了,那孙儿就按皇祖母的意思办。朕已经命人拟定了诏书,过会子就能给两家颁布下去。"

皇帝的性子风风火火,说办也就办了。下半晌恩旨到了门上,齐家一门听得直发蒙。

"给厚朴赐婚?"侧福晋不明所以,"他才满十三……"

纳公爷在地心转了两圈,一会儿仰天一会儿俯地,最后说:"佟崇峻家的姑娘,这宗姻亲连得好!"

厚赆绕着厚朴打转:"二哥,您说话儿就有媳妇儿啦!怪道昨儿姐夫说要赏您,您这回不用上粘杆处当三等虾了,直升二等侍卫,有个当皇上的姐夫真好,我看比那盖房子的还强点儿。"

福晋坐在圈椅里,等着丫头往烟袋锅子里装兰花烟,抽空对侧福晋说:"佟家姑娘咱们在中秋宴上见过,依着佟福晋的心思原是想进宫的,亏得宫里体谅,指给咱们了。这回可好,咱们娘娘的地位稳了,你也好放心了。"

侧福晋双手合十朝天拜了拜:"阿弥陀佛,我上辈子一定做了大善事,这辈子儿女都不用我操心。"

厚朴却忧心忡忡,往自己下半截看了看,觉得这份恩宠真是叫人难以承受。尤其那姑娘还比自己大,自己在这少奶奶面前,不得像儿子似的吗?

那厢的嘤鸣呢,听说赐婚的旨意宣读了,心里的大石头也落了地。是人总有小心思,以前不管呆霸王后宫有多少女人,已成了事实没辙。以后可不同了,既招惹了她,再一股脑儿地往后宫装,她就难免会有些不高兴。眼下好了,他这么做,是在向她表明心迹吧?两个人之间只剩薄薄一层油纸,就是这层朦胧的纸,欲破不破的时候,最是叫人心尖儿打战。

　　姑娘总要含蓄些，她等着他主动和她说那句话，可他似乎极忙，为车臣汗部的战事，为除掉薛尚章，也为拿那些黑衣人大做文章。

　　她等了好几天，这几天里连一面都没见上，她心里就焦灼得慌。松格和她说起从董福祥那里听来的消息："二爷为了瞧人家姑娘，趴在墙顶上往院儿里看，叫人家拿石子儿打下来了，脑门上肿起那么大一个包，像寿星翁一样。佟福晋吓了一跳，原说是贼呢，掌了灯才看清是姑爷，直说闹了大笑话……"发现她主子心不在焉，便问，"主子，您这是怎么了？"

　　璎鸣浑身透着难受，又觉三言两语难以说清，只管摇头。

　　松格是个明眼人："您是不是想万岁爷了？"

　　她愣了下："全露在脸上了？叫你一眼就瞧出来了？"

　　松格嗤了声："这个还用瞧？不是明摆着的嘛！您要是想他，上养心殿瞧他去呀，何必在这儿唉声叹气的呢。"

　　璎鸣低下头，摸了摸杀不得的脑袋，心说他又没和我捅破窗户纸，我上赶着去瞧人家，像什么话！

　　松格看她不表态，知道她为难，便自告奋勇道："奴才上养心殿找小富去，和他打听打听万岁爷在忙什么。再让他和德管事的传个话，让德禄敲敲边鼓，撺掇万岁爷来看您。"

　　璎鸣说："九成是有事儿要忙，咱们别给人家裹乱。"

　　好在她也不是完全闲着没事儿可干，她的头所殿开始迎接前来串门子的嫔妃，打头阵的是恭妃，说大婚的日子快到了，来瞧瞧主子娘娘这头有什么事儿需要搭把手。

　　恭妃是大阿哥生母，璎鸣得买她面子，搭手的地方自然是没有的，就剩一块儿喝果子茶、一块儿闲话家常了。然后这个头开完，就像皮口袋破了口子，各宫嫔妃开始络绎地往来，加上婚期临近，关于大婚事宜有许多需要注意的地方，所以忙起来也晕头转向，来不及琢磨旁的了。


　　后来听说，薛家的事儿确实闹了起来，她在深宫里闭目塞耳，外头已经天翻地覆了。

　　薛尚章在行军途中坠了马，那时正是率领三旗骑兵过旷野的时候，真正万马奔腾，摔下去是什么情形，可想而知。这宗事是旗下副都统办的，一个惯会领兵的人，要使别人马失前蹄，是件很容易的事儿。薛尚章的长子伊都立目睹了整个过程，抽刀便砍向副都统，其实从计划开始到全面实行，表面风平浪静，水下早已暗潮汹涌。一个副都统，在军中混迹的时间不比薛家父子短，所以伊都立挑起的兵变不过维持了一盏茶工夫，便被以叛乱之名镇压，并就地处决了。至于那位戎马一生、最后横死的薛公爷，朝廷自然不能亏待。尸首装进阴沉花板的棺材里，派了半旗的人马护送回京。余下的兵力，继续随副都统赶赴喀尔喀，平定车臣汗部叛乱去了。

嘤鸣得了消息，一个人坐在梢间里，也不掌灯，趁着黑暗痛哭了一场。

早前就知道这次会出事儿，薛家的担忧只是公爷不在京里，朝政局势会产生倾斜，但她担忧的却是他的性命。他以为地支六旗尽在他掌握，但六旗十万人，一人一个心眼子，怎么能做到个个归顺？皇帝铁了心要铲除他，如今到底动手了，她这个被他们千方百计送进宫的干闺女，除了为这位干阿玛哀哭一场，什么力都没尽到。

外面次间里有一盏蜡烛缓缓移过来，放在南窗前的炕桌上。梢间的门扉紧闭，桃花纸蒙着豆腐格的窗花，灯火映照出的身影投在桃花纸上，像透过白纱幕布的皮影戏。

"朕知道你伤心，你可以哭，但不能怨朕。"他隔着那扇门说，"朕这么做，是为江山社稷，是为后世子孙。朕被他辖制了整整十七年，够了，朕不愿意自己的儿子将来也活在薛尼特氏的阴影里，所以一定要铲除他。"

嘤鸣听他说完，心头的那团痛慢慢沉淀下来："我只是难过，为什么他们不愿意听我一句劝……"眼下已经是最坏的结局，或者换一条路，也不至于落得这样凄惨的下场。

皇帝的话没有温度："如果他愿意退一步，确实不到非死不可的地步，朕看在他是孝慧皇后的父亲、是你义父的分儿上，也不能将他赶尽杀绝。可惜，权力这种东西，尝过了味道就不愿意松口，天下人皆是如此。朕问你一句话，皇后，你愿意死的是朕吗？"

嘤鸣一怔，脱口道："不，我不愿意。"

他在门外听着，轻轻笑了笑："既然不愿意死的是朕，那死的就只能是他了。"顿了顿问，"你还在哭吗？"

她举起帕子拭眼睛："这会儿停下来了。"

"是听见朕让你二选一，吓得忘了哭吗？"

"不是。"嘤鸣说，"您进来和我说话，我就觉得不能再哭了。"

他"嗯"了声，坐在南炕上慢慢拍打膝头，那清晰的剪影，秀美得像一幅画儿。

彼此都不言语，她能看见他，他却看不见她，但他还是转头望向那扇门："皇后，朕希望你我之间不受琐事打扰，不是与自身休戚相关的都不要去理会。当然，朕也绝不会让那些不好的事在你身上发生。"

嘤鸣轻叹了口气："可时候久了，还能这样心无旁骛吗？"

"怎么不能？"他说，"朕不会说好听的，只有一句，请皇后记住。因为你身在其位，势必受人嫉恨，朕永远不会相信别人说你的那些坏话，一句都不信。"

嘤鸣眼里忽然盈满了泪，这呆霸王，宣示的方式总是那么奇怪。可这样的保证，比说一万句甜言蜜语务实多了。深宫犹如悬崖，今儿鲜花着锦，明儿满门抄斩说来就来，只要他不听信谗言，她就没有这样的隐忧。

她咬了咬唇，有意刁难他："要是我真干了坏事呢？您也相信我？"

他蹙眉思忖了下："信任不是天上掉下来的，首先得是朕信得过你的人品。"

嘤鸣觉得纳闷，自己也不知道自己的人品什么时候那么好了，便问为什么，盼着他能夸夸她。

结果皇帝的评价可以说很实在了："一个那么爱吃的人，一门心思全在吃上，哪还有时间琢磨坏事！"

又来了，嘤鸣拉长了脸想，老是这样，好话没说两句就变味儿，这人压根儿不适合聊天。

可皇帝自己并未觉察，他只是看着那扇门，只是觉得很想念她："皇后，咱们半个月没见面了……"

噫，又有蜜糖漫上身来，她赧然等着："然后呢？"等他说想她。

结果他说："你出来，让朕看看你胖了没有。或者……朕进去，让你看看朕瘦了没有。"

## ·五·

嘤鸣一听有点儿慌神，这黑灯瞎火的，他进来做什么？还看看胖瘦呢，她多早晚和他这么熟了！

她忙站起身，不愿意他进来，只好她出去。可才想迈腿，他便推开门进来了，那么高的个头呀，灯火从他背后照过来，轮廓镶了圈金边一样。以前只晓得他挺拔，今天他穿着玄色的衣裳，站在面前就像一座山。她心里急跳，想说让他出去，可嗓子发紧，说不出话来。

宫里的殿宇，正中间的叫明间，与明间相邻的是次间，梢间呢，在最偏最深处，这会儿感觉已经脱离了三千红尘，游离在阳世之外。没有侍奉的宫人，也没有灯火，只有槛外一盏幽幽的油蜡，散发出一点迷离的微光。

他向前一步，她便退后一步，这种情境下，又是紧张又是彷徨。

嘤鸣毕竟是未经人事的姑娘，不像这风月老手，心里虽然喜欢他，到底他是个男人，没有熟悉到根儿上，还是存了些畏惧之心的。他身上的龙涎充斥着这小小的空间，肩上团龙纹的金银线，折射出炫目的光。

脑子无法思考，一片乱糟糟，不知应当怎么办。袖下的双手紧紧握起来，她嗫嚅了下："您……"

他的手缓缓抬起来，指尖修长细洁，简直可以想象这样一双手，拉起满弓时是怎样一种美态。那手冲着她的脸一分分地移过来，嘤鸣几乎忘了喘气，满脑子想着他要抚她的脸了。上回是摸手，这回是脸，这呆霸王似乎并不像想象中的那么呆。他的煞风景全在说话上，索性闭嘴，那份魅力便叫姑娘难以抵挡。

嘤鸣气息咻咻，小鹿乱撞，眼看着那兰花尖儿一般的手指到了面前，她吓得一动不敢动。姑娘垂眼的样子最是娇羞，她想他应当也这么认为吧。她红着脸，静待那温柔的抚触，甚至推想到了接下去会发生什么，大约他会顺势把她抱进怀里，会亲吻她的鬓发……

还好今天洗了头，她庆幸不已，保证绝不会发生一亲一嘴油的尴尬。那指尖终于触到她的脸了，她能感觉到盈盈的温度，她等着接下来更汹涌的甜。可是人生总是处处充满坎坷，原本那么美好的设想一瞬土崩瓦解，他的两根手指捏住了她的一边脸颊，很坚定地拽了拽："真的胖啦！"

嘤鸣终于觉得自己要发疯了，一团怒火直冲天灵，她啪地打掉他的手，跺着脚尖叫："宇文意，你这个呆霸王！我再也不想搭理你了！"说完穿过了一道又一道菱花门，直冲进另一头的梢间，然后砰的一声，关上了房门。

皇帝愣在那里，回过身来一脸茫然。明间里的德禄愁眉苦脸地探了探脑袋："万岁爷……"

皇帝脚下发虚，怔忡着走了两步："她刚才……叫朕什么？"

德禄都快哭了："奴才不敢说……"

"说！"他觉得自己的耳朵出了问题，可能听错了，需要再确认一下。

德禄结结巴巴说："娘……娘娘直呼了……圣讳，娘娘还说您是……说您是……呆呆呆……"

皇帝抬了抬手指，示意不用说了。那个登基之后再也没有用过的名字，连他自己都快忘了，乍然从她口中说出来，有种前世今生的感觉。

要是按着规矩，皇帝的名字是要避讳的，别说直呼，就是书写时遇上，笔画都不能写全，必要缺笔以示恭敬。这个丫头胆儿现在这么肥，不过掐了她一把，她就敢甩脸子大呼小叫。其实光叫名字倒没什么，可气的是后面一句，她竟敢骂他呆霸王！

原来自己在她心里就是这样的？皇帝很生气，沉着脸下令："把站班儿的全撤了，朕今儿要清理门户。"

德禄一听魂飞魄散："万岁爷、万岁爷……您不能，那是皇后娘娘，您不能清理她……"一通哀告没起作用，反招来一声暴喝，让他滚，他只好带着所有宫人滚进了倒座房。

松格吓得不住筛糠："了不得啦，要出事儿了！我们主子怎么办！"她急得团团转，"管事儿的，快去慈宁宫报老佛爷，求老佛爷来救命吧！"

德禄示意她噤声，伸长了耳朵听北边动静，果真听见砰砰的敲门声，万岁爷隔门大骂："你这二五眼，给朕开门！"

屋里的嘤鸣拿被子把自己裹了个严实，他在外头喝令，她决定充耳不闻。

还有什么比这个更丢人的，人家只想验证她胖了没有，她竟自作多情地以为他要向她表明心迹。真是个悲伤的故事，她不知道自己这段时候究竟出了什么毛病，也许是上回的龟龄集留下了后遗症，才对那傻子想入非非吧！她在被窝里呜呜干号，恨不得把脑袋埋起来，这辈子都不再见他了。

可那个人阴魂不散，他在外头捶门，把门捶得砰砰响："朕一定要和你好好理论一番，你骂朕什么，给朕说清楚！"

嘤鸣心烦意乱，那声响像砸在脑仁儿上似的，熄灭的怒火又噌噌燃起来，忍了半天到底忍不住，跳下床霍地打开了门，二话不说，上手就掐住了他的脸颊，边掐边说："快让我瞧瞧，您瘦了没有！"

皇帝长到这么大，这是头一回有人敢掐他的脸，震惊之余连反抗都忘了，任她带着狰狞的表情，在他脸上肆意妄为。

嗯，年轻的男人，肉皮儿保养得很好，因此手感上佳。不过再好看的人，也经不住这么一通撕扯，他的脸给揉搓得变了形，再也威严不起来了，漏着风说"住手、住手"，这时候她心里充满了恶意的痛快，刚才的不满也一扫而空了。

皇帝终于把自己的脸从她的魔爪中夺下来，那红晕也不知是揉出来的还是气出来的，他站在那里喘着粗气指责她："齐嘤鸣，你好大的胆子！"

他的皇后不以为然："这下扯平了，谁也不许生气。"

皇帝想那也行吧，毕竟是自己先上手的。但冷静一下又觉得这笔账有点儿算不过来，她连名带姓叫他，还骂了他，怎么说都是他比较吃亏。

"你……谁给你的胆子直呼圣讳？你还骂朕呆霸王？"

那个不怕死的人理直气壮："您不是也骂我二五眼了吗，您也直呼我名字了，我就没生气，您怎么那么小心眼儿？"

"朕是一国之君，谁和你说心眼儿！"他气得逼近了些，"你在背地里骂了朕多少回，别以为朕不知道。"

嘤鸣说："您八成也没少骂我，就别在我这儿装啦。"

要论吵架，皇帝永远吵不过她，最后气得没辙了，指着她的鼻子说："你怎么如市井村妇一样，还有没有点儿王法？"

她一脸无赖相："王法是您定的，咱们都快大婚了，您和我提王法，实在不相宜啦。"

皇帝一口气泄完了，自己郁塞得厉害，在屋子里转了两圈发散，自言自语说："朕就不该来，怕你难过上赶着安慰你，其实大可不必，你这人分明是铁石心肠，哪里需要人安慰。十天不见，朕不过来，你就不知道过去瞧瞧，谁锁住你的腿了不成！这样没心没肺的人，朕恨不得一辈子不认得你，就此一刀两断才好！"

嘤鸣站在落地罩下，看他没头苍蝇一样转圈，嘴里半吞半含念念有词，也不知他究竟在说些什么。最后觉得不必管他了，自己在南炕上坐下，别过脸不去看他。吵架就该有个吵架的样子，那一扭头的姿势表明了态度，你不低头，我也不会向你讨饶。

果真皇帝自己打了退堂鼓，慢悠悠走过来，在炕桌另一边坐下了。侧眼看看她，她毫无动作，他"唉"了一声："朕渴了。"

这是休兵的意思，嘤鸣也懂得见好就收，起身替他倒了杯茶，搁在他手边："青梅加了蜂蜜，正好润嗓。万岁爷快喝吧，没的明儿哑了，见不得臣工。"

喝口茶还要被她堵一道，想想真是憋屈。可他是皇帝，皇帝和一个女人计较，未免显得格局太小。他尝了一口，她这里的茶水都充斥着姑娘细腻的心思，茶如其人，那温热的、清甜甘香的味道从喉头穿州过府流淌进肺腑，他缓缓长出一口气："你只知道朕叫宇文意，知道朕的小字吗？"

嘤鸣思量了下，好像当真不知道。名字对他来说其实是多余的，横竖永远都用不上，"皇帝"二字就是最好的注解。

可他自己总还有一点儿念想："朕的小字叫享邑，孝慈皇后姓郭佳，朕的名字，是我母后的姓氏。"

她这才恍然大悟，原先以为"享邑"二字不过是封侯享邑，寄托祖辈对他的美好愿望罢了。后来经他解释猛然发现"享"字加"邑"部，可不正是"郭"字嘛，这名字就变得意味深长起来。她眨着眼睛问他："是先帝给您取的名字？这么说来，先帝爷最看重的是孝慈皇后啊！"

皇帝依旧淡淡的："看不看重有什么要紧，人都不在了，谁还去考证那些！你往后要是想叫朕的名字，不要连名带姓叫，这样有撒泼的嫌疑，伤了自己的体面。可以叫朕小字——在没有外人的时候。"

他说完，倨傲地高抬着下巴，那模样与"嗟，来食"有异曲同工之妙。

嘤鸣暗自嘟囔，真是好大的恩典，赏她叫他小字呢。不过转念思量，这世上能叫他名字的人屈指可数，他这样慷慨，确实是拿她当自己人了吧！

走到今儿，他们两个人之间的交集，好像多是来自这样的点滴积累，说不上多热烈，就是于细微处的发展，说它有，不甚浓烈；说它没有，却也芳香怡人。自己也许正一点点收获爱情，然而这收获是建立在薛家的凋亡上，如今干阿玛死了，深知也不在了，自己却在这里琢磨这些小情小爱，实在问心有愧。

她颓然，垂着头说："我才刚一时口不择言，斗胆直呼了圣讳，请万岁爷恕罪。"

皇帝有些失望："那你往后还叫朕的名字吗？"

她想了想："咱们跟前不是总有人嘛，也没机会背地里叫您名字，还是照老例儿来吧，没的乱了规矩。"

皇帝不说话了，暗想没关系，你这会儿嘴硬，等到了大婚那晚，你就会把这些规矩体统都忘了的。


屋里一时冷清下来，青铜的博山炉里燃着奇楠，那一丝轻烟袅袅升腾，碰上了旁边落地银鹤烛扦的翅膀，烟缕一圈圈涟漪般荡漾，然后坠落消散。嘤鸣看着那烟的轨迹，半晌道："今儿十一了，虽说老佛爷和太后一心留我在宫里，可奉迎礼到底要举行，总不能抬着空舆回宫。"

这意思是仍旧要回齐家去的，毕竟皇后得从娘家出门子。皇帝嘴上不说，心里却有种即将分别的凄然，也开始体会吴越王思念妻子的心境，那句"陌上花开，可缓缓归矣"，里头包含了多少婉转的情感。

他撑着膝头，落寞地"嗯"了声："你打算什么时候回去？"

嘤鸣说："总是这几日吧，明儿上慈宁宫问过老佛爷的意思，老佛爷让什么时候回去，我就什么时候回去。"

他迟疑着建议："朕觉得提前三日就成了，你说呢？"

嘤鸣瞧了他一眼，要是照着她的心思，最好明儿就让她回去呢。薛公爷的灵柩已经进家了，她虽不能亲往，打发个小厮过去送些赙仪，也尽了干闺女的意思。

"提前五日成吗？我想回我那小院儿里多住两晚，往后就没有机会了。"

皇帝为难地斟酌了良久："你要是这么想，也不是不成，不过你要答应朕，绝不踏出直义公府半步。薛家的事你不必惦记，他是行军途中薨的，朕会给他死后哀荣。但眼下风声鹤唳，朝中很不太平，回头朕会调拨亲军戍守你府上，朕不愿意大婚前出什么乱子。"

嘤鸣说："都依您的吩咐办。"心里只管唏嘘，离家那么久，终于能够回去看看了。

她得偿所愿，皇帝却很怅惘，原想她在跟前，想见就见，便于两个人之间的感情发展。现在她要回去了，虽然区区五天罢了，可人不在宫里，他百般不放心，怕齐家有失周全，怕亲军保护不当……

当真喜欢到一种程度，恨不能把她装进荷包里，天天挂在腰上。然而他的挠心挠肺，她完全不能感知，只是娴静地坐在那里，慢慢品她的青梅茶。

不像那晚夜游，坐在馄饨桌前触手可及，现在想触碰她都觉得很遥远。他挣扎了很久，打算制造机会，让一切发展得不那么刻意，于是站起来说："时候不早了，朕该回去了。"

嘤鸣自然要起身相送，他往门上踱，她便跟在他身后。

轻促的脚步声若即若离，他紧握住双手想，只要现在站定，回身就能抱住她。自己嘴笨不会说甜言蜜语，若是抱住她，她那么通透的人，一定能明白他的心。

可是勇气鼓足正待转身的时候，小腿上不知被什么缠住了。他吓了一跳，低头看，竟是那只熊崽儿，两只前爪紧紧抱住他，仰着小脸儿，瞪着黑黝黝的圆眼睛就那么看着他。他头一次对自己的决定产生了怀疑，早知道就不该把它买回来，让它被歹人取胆剁熊掌才好。

他叹了口气："杀不得，朕现在真的想杀你了。"

要是熊能听懂人话，八成会问为什么吧！为什么……很难解释，他复又叹了口气，觉得今晚完了，继续不下去了。原本准备出门，却发现衣袖被她牵住。她站在门前那片菱形的光带里，指尖捏着他的一小片袖襕，轻声说："我回去，也会惦记您的。您在宫里万事要小心，这程子除了军机处的人，什么人都别见……等我回来。"

· 六 ·

不知为什么，这话让他有种想掉泪的冲动。

本没什么出奇的，只是一句家常的叮嘱罢了，叮嘱他不要见往常不近身的人，然后等她回来。这样小小的个子，三言两语竟很有气概，仿佛她回来了便能保护他。皇帝觉得有点可笑，自己才是这山河主宰，所有人都活在他的庇佑下，他何尝需要她来保护？可是为什么这样一句话，却让他生出了诸多感慨，是不是一个人砥砺太久，也会乏累？他本以为自己不需要谁来关心，其实不是。人生多艰，他想听那句话，她恰好说出来，一切便正合时宜。

青嫩的指尖，细细掂着那片织金盘绣，轻微的一点牵扯便让他迈不动步子。他回过身来看她，满肚子话恨不得一齐涌出来，但话一多就发堵，加上他有动不动捅人肺管子的毛病，因此越发不知道该怎么开口。

嘤鸣到这会儿才觉得有点尴尬，他似乎想不明白，她为什么会忽然对他说这番话。是啊，为什么要说这番话，连她自己也不明白，就是话到嘴边收势不住，脱口而出了。她甚至在他迈出门槛前一刻拽住了他，如果换作以往，这种行径简直不可思议，难道是因为迟迟等不来他的表示，自己按捺不住了吗？懊恼虽懊恼，但懊恼之余还存了一分希望，盼着他能有所回应，结果当然是以失望告终。

她收回手，觉得自己像个傻子，这种难堪的境地真叫人没脸透了，只好硬着头皮转圜："我也不愿意大婚前有任何闪失，望主子保重圣躬……好了，您回去吧，奴才恭送主子。"边说边蹲安，见德禄快步上前，复细细叮嘱，"近来御前的一切都要越发仔细才好，万事多留个心眼儿，总不会错的。"

德禄连连说是："请主子娘娘放心，大婚就在眼前啦，宫里处处留神，连侍卫都增派了好几班儿，断不会出什么岔子的。"

她点了点头："那就好。伺候主子回去，早些安置吧。"

皇帝就那样浑浑噩噩地被簇拥着走出了头所殿，心里有一盆火，烧得他几乎续不上来气儿，走了好几步，越想越后悔，他怎么就这么出来了？她分明对他表示了关心，他应该回答她的啊！

肩舆就在宫门上停着，他走下台阶，忽然顿住了脚。

德禄哈着腰，不明所以："万岁爷怎么了？"

皇帝没有应他，霍地回身绕过影壁，重新往前殿去了。

嘤鸣回到梢间，心里还惴惴的，才要坐下，猛一抬眼发现他又出现在门上，着实吓了她一跳。她问："怎么了，万岁爷落东西了？"

他憋着一股劲儿，冲口说："朕会仔细的，不见外邦使臣，也不会让薛派的官员近身，你放心吧。"说完了转身欲走，忽然想起还有话没交代，重新转过来又补充了一句，"朕……等你回来。"这回不再逗留，匆匆往宫门上去了。

嘤鸣站在那里，聚耀灯的光芒都照进心里来了。先前因得不到他一句话，沮丧得不知该怎么自处，谁料他又折回来，起誓般郑重交代了一通，虽没有缠绵缱绻的语调和措辞，却分外让她心头笃实。她轻轻笑起来，回身往里走，走过那架大铜镜，看见镜子里的人笑靥如花。以前她以为自己的这桩婚事少不得惨然开始，惨然收尾，后宫三千粉黛，君心不可捉摸，自己又不是倾国倾城的美人，能挣个相敬如宾已经是天大的造化了。可是没想到，现在竟是这样的光景，她遇见了一个少年般满怀赤诚的人，手握生杀，内心澄明，她除了感激老天眷顾，还有什么呢！

松格进来，抚着胸说："主子，才刚吓死奴才啦，万岁爷雷霆震怒可不是闹着玩儿的。奴才已经想好怎么给家里报信儿了，没想到最后雷声大雨点小，这事儿就翻篇儿啦。"一头说，一头觑她脸色，挨过去轻声道，"以前咱们都畏惧万岁爷，人家是天下之主，一个眼色就能叫人脑袋落地。这会儿看来您老人家脾气也没那么坏，您说是吧？"

嘤鸣听着，觉得这丫头还是有点儿傻："他对咱们算是优待的，但咱们也不能不存敬畏之心。要说他脾气好……"她惨然牵了下唇角，得看你身处什么立场，如果自己现在是薛家人，哪里会觉得他好？薛公爷到底被秘密解决了，主帅的暴毙甚至没有引起军心动荡，最后不过兵分两路，一路护送灵柩，一路继续前行而已。还有薛家的长子，按了个名头就杀了，薛家如大厦倾倒，颓势难以补救。他对她自然是顾念的，如果不是这样处置，按着正当的做法将薛尚章下狱，然后细数罪状，那么她阿玛就该进去，老哥俩做伴了。

各人自扫门前雪，那天薛福晋的话也没错，临了可不是这样吗？她叹了口气，复又笑了笑："明儿咱们上慈宁宫告假，万岁爷准咱们大婚前五天家去。"

松格"啊"了声，欢天喜地说要即刻收拾东西。其实也没什么好收拾的，要收拾的，无非是心情罢了。

那厢太皇太后知道皇帝答应了，自然没什么二话，只在她临走前千叮咛万嘱咐："到了家少不得亲朋好友来拜见，你要拿出主子的做派来，该见的见，不该见的一律叫免就成了。宫里试膳的规矩，不能因到家就乱了，还是照原样，知道吗？天底下歹人多了，面上一套背后一套，你哪里知道别人在盘算什么。"

嘤鸣笑着说："皇祖母，奴才回去几日就又进来了，您不必担心。"

太皇太后颔首："祖辈上的继皇后虽也尊贵，但礼制上到底不及元后，大婚亦不能逾制。这回皇帝爱重你，一切都以元后规制进行。你也晓得，先头孝慧皇后和他是名义上的夫妻，在他心里，这才是他头一回大婚呢，说要让你从乾清门堂堂正正进来。"老太太含笑捋了捋她的鬓发，"好孩子，留住爷们儿的心可是最大的造化，万不能出乱子。"

嘤鸣红着脸，抿唇轻笑："奴才记住了。皇祖母也保重身子，等奴才进来，再侍奉皇祖母膝下。"

她回去了，出宫的仪仗都是以皇后的规制。不过回娘家不能带着熊崽儿，因此杀不得暂时被送到养心殿照看。

养心殿里军机章京往来，它被拴在围房前的棚子底下，穿着它的花衣裳，眨巴着眼四下观望。可能是和嘤鸣处久了，找不见熟人就嗷嗷叫。这头殿里正议事，才说了几句就被它搅乱了，皇帝气得拍桌子："把它的嘴给朕绑起来！"

可那是皇后的爱宠，真绑起来也不大好。小富拿着绳子过去，它坐在地上可怜地望着他，小富没辙，喊来了扁担，说："你报答娘娘的时候到了，别让它叫唤。要是真惹万岁爷生气，娘娘回来看不见它，头一个拿你是问。"

扁担点头哈腰地应了，上膳房要了点儿蜂蜜，一人一熊对坐着，眼见它要张嘴，就往它鼻子上抹点儿蜜。杀不得忙着舔蜜，后来就不出声儿了。

皇帝的政务很忙，喀尔喀隔日便有八百里加急送达京城，清剿薛家余党的大网也暗暗铺开了，因此嘤鸣离宫的这几天，他忙得抽不出时间去想她。最后一拨叫起散了，他才从东暖阁出来。上围房前看看那熊崽儿，见它老老实实睡着了，睡相和二五眼竟有点儿像。于是他开始睹熊思人，隔了很久问德禄："皇后回去几天了？"

德禄说："回主子话，今儿是第三天了。听说齐家都炸锅啦，八百年没走动的亲戚个个盛装登门呢。今早纳公爷见了奴才闲聊，说这会儿门槛都要给踏平了，家里比庙会还热闹。"

皇帝听了无关痛痒，他知道皇后有她自己的小院子，那些闲杂人等也是一律不见的。他就是想她，想得心里空落落的，不知怎样才能熬过剩下的两天。那晚上要是没答应让她提早回去倒好了，现在后悔也来不及。

三庆上来回主子话，说进酒膳的时候到了，他听了返回勤政亲贤，让人把杀不得牵进来。满桌佳肴铺排开，他食不知味，二五眼在的时候总是抢他吃食，现在没人抢了，实在不习惯。

"给杀大爷拿个盘儿来。"皇帝一肘撑着膳桌，苦闷地说。等盘儿拿来了，让侍膳太监往它盘儿里布菜。杀大爷的胃口像二五眼一样好，吃完了瞪着花椒小眼看着他，皇帝搁下筷子叹气，"你说，你是不是想你主子了？"

杀大爷想不想主子不知道，但万岁爷肯定是想娘娘了。情热时候的男女都一样，德禄说："主子爷，要不奴才安排下去，主子爷移驾，上齐家看看娘娘去吧。"

皇帝一瞬心动，要说他愿不愿意去，那还用问吗？！但他也有顾忌，要是去了，未免有失体面。皇后虽然嫁进宫来，但他对于齐家仍旧是主，怎么能弄得上门女婿似的。君君臣臣，本分要恪守，如果丧了皇帝的威仪，就会纵得外戚不知天高地厚，这是执政最大的忌讳，决不能乱了规矩。

他咬着牙，摇了摇头，可是那一夜睡得一点都不好。第二天起来精神也有些恍惚，内务府送了大婚用的吉服来，他站在镜前试穿，心里只是惦记着她，问皇后的送去没有。

三庆道："云大人才刚回禀了，皇后主子的吉服也已预备妥当，今儿册立礼一毕，主子爷上太和殿阅视了皇后册宝，就由纯亲王和庆贝勒持节往娘娘府邸去。吉服是随册宝一道送过去的，这会子时辰还没到呢。"

皇帝"哦"了声，是啊，竟忘了太和殿阅视了。早前孝慧皇后册立礼上，这一项是越过的，如今不一样，也许是因为重视，每一项他都不敢懈怠，唯恐哪里不周到，犯了忌讳，再引出不吉利来。

德禄不愧是御前第一心腹，听了这话，脑子转得风车一样，压嗓上前说："主子，回头册宝都要封匣的，您视阅过后除了主子娘娘，谁也不能打开。您要是有什么话，就写下来封进匣子里，这样娘娘一揭盖儿就看见啦。"

这是个好主意，皇帝大觉可行，忙上书案后面去，翻出一张桃花笺来，提笔蘸墨，大剌剌地写下了"朕亦甚想你"。

德禄在边上看着，觉得万岁爷这自说自话的劲头算是没治啦，可他不好评断主子，便和声细语地提点："万岁爷，您不和主子娘娘人约黄昏后吗？"

皇帝发愁，心道哪能不想呢。问题是自己早前下令亲军严密保护直义公府，这会儿是搬起石头砸了自己的脚，连他自己也进不去了。

德禄急主子之所急，信誓旦旦地说："主子爷，您要是想见娘娘，一点儿也不难。"

皇帝瞥了他一眼："朕倒要看看你肚子里有什么牛黄狗宝。"

德禄嘿嘿笑着："让三庆子跟着纯王爷他们上直义公府去，这不就见着娘娘了吗？回头和娘娘说定，让她把院儿里上夜的人撤走，到时候咱们找国舅爷，请他领着您进园子，这么着您就能和娘娘见上啦。"

皇帝不言声，这就表示已经认同了。

只要万岁爷首肯，世上就没有不好办的事儿。三庆按计划跟随正副二使进了齐府。皇后的册立礼倒也不烦琐，重头全在交付册宝上。那赤金的皇后印玺装在厚重的紫檀匣子里，分量委实不轻。皇后只要走个过场，双手接过来交给大长秋[1]，礼就算行完了。

纳公爷请纯亲王等叙话喝茶去了，嘤鸣到这时才来视宝。紫檀盒子揭开了盖儿，便看见金印上放着一张桃花纸，她不知那是什么，打开一看发现上面端端正正书有皇帝墨宝，直截了当地写了五个大字，她惊诧之余又鄙夷又好笑。

真是个不害臊的人，"亦"字用得居心叵测，倒像她想他想得厉害了，他赏脸也想想她的意思。

三庆瞧准了时机上来传话，把德禄交代的说了一遍，嘤鸣听了赧然："那哪成呢……"

三庆说："主子娘娘放心，那有什么不成的，成事在人嘛。"

既然命人来知会，必是打定主意了，她只得应下。从册立礼到天黑这段时候，心里惴惴揣着小秘密，真是等得心焦又甜蜜。

半开的支窗下，斜照进来的光带渐渐细下去，最后变成游丝般的一缕。她命人放

---

1　大长秋：皇后官署的负责人。

下撑杆儿，倚着引枕说："宫里来的嬷嬷们辛苦了这几日，今儿册立礼办完，也该歇一歇。着人引了到垂花门外的倒座房里去，命厨上预备些果子酒菜，好生款待款待。"

海棠道是，出去传令儿，嘤呜复笑了笑："你们也一道去吧，我这里没什么要伺候的，你们去了，也叫我一个人清静清静。"

这是主子的体恤，跟前的人纷纷谢恩，都依着懿旨退到院门外头去了。她从屋里出来，看着月亮一点点升上树梢，心里只管纳闷起来，这人打算怎么进来？别不是要跳墙吧！

果真，正门不能进，国舅爷把姐夫领到了与皇后所在院子一墙之隔的小跨院。厚朴战战兢兢地说："皇上，奴才只能帮您到这儿了，余下的得瞧您自己。奴才先前从院门上走了一回，门上有人把守，如今连我这兄弟都不许进去，也没法子给您打掩护。您瞧这女墙，它一点儿都不高，翻过去很容易，您要不信，可以试试。"

穿着侍卫马褂的皇帝觉得太阳穴突突地跳，这回听了德禄的真是亏大发了。他一辈子也没干过这么荒唐的事儿，打扮成这样就为了夜会一个快嫁给他的女人，真不明白自己在干什么。眼下不单这样，还得跳墙呢，他觉得尊严有点儿受不了。

正想打退堂鼓，国舅爷小声说："其实也没什么，奴才上回还叫人打下来了呢……唉，万岁爷，您瞧！"

皇帝穿过墙上花窗看过去，一盏八角料丝灯慢悠悠地在微风里旋转，有个纤纤的身影倚门而立。只一眼，他忽然又觉得不虚此行了，不由分说乘着月色提袍一跃，跃过女墙，摔在了东墙的芭蕉树下。

壹捌

立冬

· 一 ·

　　"哎呀！"嘤鸣差点叫出声来，眼见着一个潇洒的身影跃过女墙，笔直地落在了芭蕉树上。那芭蕉年代久远，总有二三十年了吧，枝干阔大粗壮，饶是如此也被压断了。只听"咔嚓"一声，叶片随人一块儿坠落下来，她想这下子不好了，万岁爷要吃人了。

　　月上柳梢头，真要是一弯弦月倒也罢了，可惜的是今晚大月亮煌煌照着天地，发生的一切无所遁形。她心里惊惶，忙提着袍子跑过去，只见一个人懊恼地坐在芭蕉树底下，正愤怒地拍打着衣裳。

　　"主子爷？"她讪笑了两声，"您没事儿吧？"

　　皇帝虎着脸，觉得很没面子："厚朴是故意的吗？把朕领到这里来，事先也该告诉朕有树才好啊。"

　　嘤鸣怕他怪罪，一径赔笑说："是，这孩子办事就是不牢靠得很，回头我一定好好骂他。您这会儿怎么样了？没摔着吧？"

　　皇帝不说话，满脸的不高兴，不用掌灯就看见了。嘤鸣知道他恼，也不去哄他，相处了这么长时候，她早就摸准了，他那狗脾气越哄越蹬鼻子上脸，不如打打马虎眼糊弄过去，只要他忘了，万事都好商量。

　　姑娘夜会喜欢的人，那份温情脉脉从每个细微的动作里发散出来。她背着两手，扭捏地慢悠悠转动身子，妩媚得像檐下那盏徐徐转动的料丝灯。

"您怎么上我们家来了？要是有什么示下，打发人登门，或是白天御驾亲临也成啊，犯不着大晚上来，还跳墙……"

皇帝很尴尬："朕是不想把你府上闹得大乱，眼看大婚在即，府里各样都要安排，倘或这会子迎驾，大家都费手脚……"说完了发现这种说法十分有理有据，便加了一句，"朕是为你齐家着想。"

嘤鸣"哦"了声："那就多谢主子体恤了，不过您还没回答我的问题哪，您大晚上跳墙进来见我，是为什么呀？"

她明知故问，皇帝有点生气："跳墙、跳墙……朕是一国之君，你拿这个字眼形容朕，是想让朕下不来台吗？"

嘤鸣说："不敢。您总得说明白是来干什么的，我才知道接下来该怎么迎驾呀。"

"有什么可迎的。"皇帝不耐烦道，拍了拍背后，举步就往她屋里去，边走边道，"朕是闲着无聊出来逛逛，恰好经过你家门前，顺道进来看一眼罢了。"

她跟在他身后进来，怕有人误闯，回身掩上了半边门。灯下才看清他的打扮，她徐徐点头，点得意味深长："敢情您这回还是微服出巡啊？"这是她头一回见他穿成这样，四开衩的袍子上罩着黄马褂，那模样更多了几分精干。她怅惘地想，要是他出身公侯人家，年纪正是受封一等侍卫、挣巴图鲁美名的时候吧！

皇帝自然也要打量她，才分开几天而已，乍一见她，竟有些陌生了。这清水脸子清水的身腰，在宫里很少见。后妃们有帝王家的尊贵体面要维持，别说白天梳妆打扮了，就算夜里都要拿粉拍满全身。宫里的生活，活的就是一个精致，只是这精致并非人人都爱。比方这位皇后，回到自在生活了十几年的小院儿，摘了头上钗环，干脆素面朝天。

"你不知道今儿夜里朕要来瞧你吗？"

她说："知道。我这才把院子里的人都撤出去了，不就是为了等您吗？！"

"那你怎么不打扮打扮？"皇帝觉得有些纳闷，"你是不怕自己的丑样子落了朕的眼，破罐子破摔了啊？"

嘤鸣要生气了，鼓着腮帮子看着他："您别光说我，也不瞧瞧您自己。您来探望我，就打扮成这样，却要我盛装出迎，这是什么道理？"

皇帝低头看看自己身上，顿时有些气馁，但这不妨碍他替自己狡辩："朕是为了行事低调，当然得换一身衣裳。你是女人，见爷们儿不该收拾自己的仪容吗？"

可是自己这身怎么了？要是光听他数落，倒像自己没穿衣裳似的。嘤鸣托着两臂说："您来前我换过衣裳了，我还擦了点儿粉，您是不是眼神不好？哎呀，我想起来了，您可不是眼神不好嘛，看书只能看一炷香工夫，要是换个身份，那就是残疾啊。"

皇帝目瞪口呆："你真是越来越不像话了，老是这么和朕说话。"

嘤鸣笑了笑："咱们是自己人，您瞧您都摸黑跳墙进来瞧我了，还在乎我挤对您两句吗？横竖咱们以前就是这么过来的，再过两天大婚，夫妻之间还要藏着掖着干什么，我又不是您后宫那些小主儿。"

皇帝被她堵得说不出话来，这就是自讨苦吃，她不在的时候想她，恨不得立刻见到她；如今她在眼前了，带着坏笑扎他的心，他憋屈得厉害又发泄不出来，顿时感受到一种无望的窝囊。

他别开了脸："张嘴闭嘴夫妻，你可真好意思。"

嘤鸣脸上的笑渐渐隐匿了："我也没说错呀，您不想和我做夫妻吗？"

皇帝很着急："朕的意思你没弄明白，朕是说这'夫妻'二字到了你嘴里，怎么和朋友没什么两样儿？你不该娇羞一下吗？"

为什么要娇羞？其实刚开始的时候他们管她叫皇后，她都臊得脚指头发烫，可时候长了就没这种局促感了。他说得很是，"夫妻"二字如今说起来就和朋友一样，毕竟有名无实地共处了三个月，两个人见面乌眼鸡似的，时不时还要斗上一斗，再多的娇羞都斗没了。

不过他来瞧她，她心里真的很感动。皇帝生来尊贵且骄傲，为了见她，跳墙还摔了一跤……她噗的一声笑出来，然后他的眼风立刻杀到，粗声粗气地说："你笑什么？不许笑！"

"这人真霸道。"她捂着嘴说，"我见了您不笑，还叫我哭不成？"

话里话外虽都带刺儿，可这样真挺好的，女人一辈子能有一个愿意为她舍下脸面的男人，就已经是很大的成就了。她之前并没有指望他来瞧她，自己闲下来想他的时候，有种害单相思的尴尬。她知道他很忙，压根儿不敢奢望他能排除万难来见她一遭儿。可他来了，亦很想她，所以这短短的五天他也像她一样难熬，说明他心里兜着她呢。

她抿着唇，唇边笑出了一个甜盏子："听我阿玛说，这两天朝中大事不断，我以为您忙得顾不上我呢。"

"是很忙。"皇帝说，边说边斜眼睇她，言下之意，朕百忙之中抽空来瞧你，你还不感激涕零吗？

可她却在琢磨别的："也有那些说忙的，忙起来摸不着耳朵，想见一面比登天还难。"

皇帝哂笑了一声："再忙能忙得过朕？不过借口罢了。真想见一个人，哪怕省下吃饭的时候，也能来见一面……"说完发现她似笑非笑地看着他，他的脑子一瞬停转，忙掉开视线东拉西扯，"你这屋子还不错。"

嘤鸣起先很着急，他从来没有一句准话，眼看要捅破窗户纸的时候，他总能再给你砌上一堵墙。可就是这样的脾气，偶尔也会在你不经意的时候喂你吃颗糖豆儿，表白起真心来半点不带含糊。现如今她也习惯了，指着他柔情蜜意说挠心话，那是不能够了。但只要他心里有那份在乎，她就觉得他尚且能算半个良人，日子也能将就地过一过。

"今儿册立礼送来的皇后印玺我看了，金印上头放着一封书信，那字儿是您写的吧？"

皇帝有些不自在，其实他早就后悔了，反正最后人都来了，这几个字写下来就显得多此一举。最近他常这样，一拍脑袋做个决定，办完之后又开始后悔，上回的招蝴蝶也好，这回的写短信也好，无一不和她有关。也许爱情就是这么叫人彷徨，爱情里头做不到深思熟虑，想一出是一出，即便他主宰万里江山也不能幸免。她又揪着不放，拿这个来取笑，这就让他越发坐立难安。他想告诉她，自己很想她，可他说不出口。爱情里头做小伏低，这个好像比较难，他是皇帝嘛，皇帝就应该顶天立地，等着她来向他撒娇，等着她说离不开他。

于是他很硬气地"嗯"了声："朕原不想写的，是德禄说应当慰一慰皇后的心，说皇后这两天一定很想朕。"

嘤鸣听完一撇嘴，怪道用了"亦"字呢，这人要不是皇帝，这辈子八成都娶不上老婆。

她淡笑了声："德禄真是体人意儿，不过猜我的心事，猜得不大准。我在家一刻不得闲，两位母亲替我准备了好些陪嫁，样样要我过目，我哪腾得出空儿来想您呢。"

皇帝有些失望，浓眉也拧了起来，心说这女人太无趣了，他都屈尊来看她了，她说句好听的又怎么样？结果她偏不，自己打开了珐琅八角小食盒，优哉游哉地吃上蜜饯啦。他觉得得不到重视，嘟囔了句："当朕没来！"起身便要走。

她"唉"了一声，一手拦住他，一手捏了个蜜饯喂进他嘴里，动作行云流水一气呵成："吃了我家蜜饯儿，可就是我家的人啦。"

啊，她是在调戏他吧！皇帝只觉春心荡漾，这女人怎么这么可爱呢。要是换了以往，这种手段他绝对不屑一顾，可如今沉溺其中，为什么那么无聊且孩子气的周旋，也让他乐此不疲？

他捂住了嘴，仿佛怕那蜜饯会掉出来似的，修长的手指遮挡住半张脸，长长的眼睫低垂，含住了眸底闪耀的金环，看上去有种刻骨的温柔。嘤鸣微微叹息，还记得第一次在东一长街上碰见他，那时候天威凛凛杀气扑面，帝王身份让人由衷感到恐惧。果然人是不能混熟了的，熟了多傻的样子都会暴露出来，谁能想到朝堂上呼风唤雨的皇帝，私底下和杀不得一样脑瓜子清奇。

"甜吗？"她托腮问他，手指头上黏腻，很自然地舔了舔。

皇帝看见那丁香小舌在唇间出没，双耳顿时嗡鸣。才刚她是舔过了手指才喂他吃蜜饯的吗？她这么做，难道是想引诱他？

男人的推演运转起来，缜密到足以毁天灭地。他喉结滚动，一双眼睛直直地望向她："很……很甜。"

她笑了笑："既然蜜饯好吃，不妨再多坐一会儿吧，好容易来的。"

他听出了弦外之音，她可能是想留他过夜，这样也不是不可以。外头的德禄不见他回去自会明白，娘娘的小院儿像盘丝洞，把万岁爷给网住了。他甚至想好了明天该什么时候起身，什么时候赶回宫去。好在明儿没有御门听政，叫起推后一些，他还能不慌不忙地穿衣离开。

皇帝一个人想得浑身冒热气，快要到立冬的时节了，双手攥出了满把汗："既然皇后相留，朕也不好不赏你脸。朕本来觉得这趟走得没有道理，可现在觉得你很晓事儿，朕心甚慰。"

其实这皇帝很好骗啊，嘤鸣暗暗想，脾气来得快去得也快，喂了一颗蜜饯就被收买了。

她冲他眨眨眼："再来一颗吗？"

皇帝心跳如雷，在她伸手去揭盒盖的时候，忽然握住了她的手："朕不想吃蜜饯了，朕想……"

嘤鸣呆了呆，见他站起来，手上微微使了点力气，把她也提溜了起来。

屋里热烘烘的，像生了无数火盆，叫人心慌气短。他们面对面站着，皇帝终于握住了她的一双手，拇指无意识地在她手背上摩挲着，说："皇后……朕算了算，你今晚上不方便啊。"

嘤鸣觉得一盆冷水浇下来，冰凌从头顶凝结到了脚底。她绝望地看着眼前这男人，心想：这是个什么怪物？该不是棒槌成精了吧？

气涌如山，她沉声说："要不是因为您是皇上，我准要打您啦。"

皇帝说："为什么？"

"您是不是龟龄集吃多了，整天就想那事儿？"她气哼哼地道，"您知道该怎么和姑娘说话吗？您瞧您握着我的手呢，您应该说嘤鸣，朕一时一刻也不想和你分开，朕就仗着自己是皇帝，要不这辈子哪能娶到你呢。你肯嫁给朕，是朕三生有幸。"

皇帝干瞪眼："你站着也能说梦话？"

看来他一点儿都不赞同她的话，她心里委屈死了，咬着唇怨怼地看着他。

即便到了这时候，两双手也不愿意分开，皇帝紧握着她的手，嘴上却不肯相让：

"这话应该你来说，能嫁给朕是你三生有幸。朕不嫌你猖狂，不嫌你贪吃，往后你只要好好听话，朕会把你当回事儿的。"

嘤鸣气得直冒泪花儿："您快拉倒吧，您一天到晚就想干那事儿。"

皇帝红了脸："朕已经小半年没翻牌子了，不想那事儿全天下的人都该着急了。"看她流眼泪，也闹不清她到底是怎么了，好好说话哭什么！于是卷起袖子胡乱给她擦了擦，"不许哭，到时候朕轻点儿，这总成了吧！"

他们的谈话是毫无章法地想哪儿说哪儿，从蜜饯闲扯到房事，什么都有商有量的。嘤鸣堵得心口疼："您的脑袋里到底装的是什么？我老在琢磨，怎么也琢磨不明白。"

皇帝说："这个你就没朕聪明，朕早就琢磨出你的脑仁儿了，山核桃嘛，一点不错。"

她要气死了，打算一脚把他踹出去，正要抬腿的时候，他忽然一把抱上来："你别动，让朕搂一会儿。什么都不干，就搂一会儿。"那怀抱是强制的，蛮横的，紧紧箍住她，不容她逃脱。

嘤鸣诧异良久，满肚子的拧劲儿忽然就消散了，垂落的两条臂膀慢慢移上来，搂住了他的腰。

· 二 ·

"万岁爷，咱们在干什么呢？"嘤鸣老老实实地依偎着他说。

皇帝的嗓音从头顶飘下来，茫然道："朕也不知道啊，就这么胡乱抱着吧……"

"那您为什么要抱我呢？"她昏沉沉半合上眼间，心里还在感叹，原来这怀抱这么熨帖。她忘了他的身份，也感觉不到彼此间的距离，仿佛心和心是紧挨在一起的，这辈子都扯不开，扯开了就是血肉模糊。

"不知道。"皇帝依旧说，"可能朕想试一试，看看朕和皇后的身形是否相合。"

说这是大婚前的一项小小的试探，其实纯粹胡说八道。她误服龟龄集那晚已经试过了，他知道天底下再没有一个女人比她更适合他。他想抱她，本就是计划中的一步，他是个井井有条的人，到了什么时候做什么事儿，一点都不许乱。牵过了手，接下来就是抱一抱，再接下来那些亲密的举动，可以留待洞房时候去做。但洞房前的这一步缺之不可，今晚上来瞧她，最要紧的就是把这件事办了。

嘤鸣觉得这人满脑子龌龊，这会儿一定又在琢磨什么不好的事儿了，她把脸使劲往他怀里杵了杵："试完了，您觉得怎么样？"

"朕看还行。"他的下巴抵在了她头顶上，瓮声说，"不比不知道，原来你这么矮。以前倒没觉得……朕明白了，因为你没穿花盆底吧？"

嘤鸣已经没力气生气了，灰心道："您还是别说话了。"

"为什么？"他问，"朕也没说错啊。"

为什么，这人好像永远意识不到自己有多不招人待见？她换了边脸颊贴在他胸前，慢悠悠道："您和臣工们说话也这么不知道拐弯儿来着？想什么就说什么，直捅人肺管子？"

"当然不是，"皇帝说，"朕很擅权谋，常于谈笑间定人生死。"

也许他说的是真的，但嘤鸣照旧翻白眼，唏嘘着说："那您要是能拿出对付臣工一半儿的耐心来，我就爱听您说话了。"

皇帝不能理解她的思路："朕一般是要算计人的时候，会格外温存些，你确定你喜欢这样？"他抬起手，捋了捋她那个标志性的后脑勺，像在捋杀不得似的，喃喃道，"朕觉得现在这样很受用，你不知道字斟句酌有多累。朝堂上应付那些老狐狸是不得已，回来还不许朕实话实说吗？"

那倒不是，谁敢不许皇帝畅所欲言呢？其实说实话也没什么不好，除了有时候砸得人心窝疼，紧要关头却比一般的奉承话要中肯。比方今儿画了什么眉，明儿穿了件什么衣裳，好不好看只管问他，他比镜子管用。

这世上的姻缘，其实是早就定好的，如果彼此不那么契合，凭他们俩那股不妥协的劲儿，怎么能搅和到一处去！就像现在，抱在一起闲话家常，简直有点儿匪夷所思。这算什么毛病？要么好好坐着说话，要么调动起满怀柔情来实打实调上一回情。可他们偏不，那么温情的当口拿来扯闲篇儿，要是有第三个人看着，准觉得他们俩是傻子。

唉，嘤鸣又叹了口气，一双手在他背上轻轻抚了抚："主子爷，您娶了我，会后悔吗？"

皇帝连想都没想就说："不会。虽然朕起先很不愿意薛家再塞人进来，可你来都来了，朕没有办法。"

她一听不称意，扭了扭嗔怪起来："您到这会子还说这话！"

皇帝被她一扭，有点受不了："你别乱动成吗，知道男人的难处吗？！"说着压紧她的腰，把她固定在自己身上，"虽说一开始朕并没有对你抱任何希望，但后来瞧瞧，你这人倒也不算太坏。横竖这后位总得有人来坐，看在你比较机灵、皇祖母和皇额涅也疼爱你的分儿上，便宜你了，就这么回事。"

就这么回事？她推了他一下："撒开。"

皇帝不明所以："为什么？这样抱着不是挺好吗？"

好什么，进来也没说上两句中听的话，还指着娶媳妇儿呢！她皱着眉头说："您赶紧回去，我们家庙小，容不下您这尊大菩萨。"

皇帝觉得女人真善变，才刚还喂他一颗蜜饯，说吃了就是她家的人呢，这会儿怎么又翻脸了？不过他这回反应很快，立刻准备补救："朕没说实话，其实朕心里觉得娶你不后悔。朕也希望你过了门子，将来与朕生儿育女，到老的时候不觉得所托非人，觉得这辈子值了。"

嘤鸣听他说了这些，又有些想哭了。这人其实也不是那么不可救药，至少逼一逼，还能逼出两句人话来。他的煽情不是那种花团锦簇式的，是淘澄干净后能直接下锅的米，金贵又实在。

他重新冲她伸出了手："皇后……"意思是想接着抱抱，刚才那短暂的接触，压根儿不能解他的相思苦。

嘤鸣扭捏了一下，身子慢慢蹭上前，正要扎进去，忽然听见院儿里传来说话的声音："怎么一个人都不见？伺候的都上哪儿去了？"

"啊，我奶奶来了！"她吓得脸色大变，"快快快……"

皇帝傻了眼，看她急得团团转，自己站在那里也不知如何是好。

这是私会啊，就算后儿就要过大礼了，今晚上相见也不是光彩的事儿。普通人尚且要受指摘，更别说一国之君了，大婚前见面也犯忌讳，要是宣扬起来很不好听。

脚步声越来越近，她混乱中一扭头看见了西墙的螺钿柜。那柜子不高，但还算宽大，一个人坐进去应当是可以的，于是她使劲儿推他："快进去躲躲。"

皇帝还矫情呢："你让朕躲在里头？"

"要不怎么的？索性见见我母亲，就说您是跳墙进来的？"

啊，那不行，他对于人情世故不通得很，姑爷见丈母娘，犹如丑媳妇见公婆，都令人心生恐惧。纳辛倒还好，他先是臣子后才是岳丈，但他家的女眷们皇帝以前没有过深交，便左右彷徨起来。最后到底没法子，被她押解到了螺钿柜前，柜门打开后，他还是感到为难，她杀鸡抹脖子似的冲他瞪眼，然后不由分说，把他塞了进去。

柜门合上的一瞬，侧福晋从外头进来了，边走边道："院儿里怎么连个值夜的也没有？"

嘤鸣心虚得很，定了定神装出若无其事的样子，只说："我打发她们上倒座里去了，跟着一块儿忙了这些天，这会子也该松散松散了。"脸上带着僵硬的笑，把侧福晋搀到南炕上坐下，"奶奶怎么这时候过来了？"

侧福晋把手里的匣子放在炕桌上，笑道："我给你送压箱底的宝贝来，这还是当年你姥姥给我的呢，时间过得真快，一眨眼你都该出门子了。"

　　闺女嫁人，作为母亲都舍不得。好容易带大的孩子，说给别人就给别人了。民间的宅门儿府门儿尚且规矩重，姑娘进了人家家门，死活都仰仗别人，更别说她的闺女是要进宫的了。皇宫那地界儿……说是富贵窝，到底也吃人，且这一去一辈子再没亲近的机会了，侧福晋抚那小匣子，眼泪嗒嗒地落下来。

　　嘤鸣见母亲这样，难免感到伤怀，忙替她拭了眼泪说："家里给我预备了那么些东西呢，够了。既是姥姥给您的，您自己留着是个念想。"

　　"不是。"侧福晋摇头说，"这东西就是给闺女预备的，将来你有了公主，也得把这个给她。"说着打开匣子，里头是一个对合起来的花生壳，再把花生壳剥开，赫然出现两个交叠的小人，中规中矩的姿势，忙得一丝不苟。

　　嘤鸣腆眉耷眼地笑起来："这个宫里嬷嬷教过的，我大概知道是怎么回事儿。"

　　侧福晋发现闺女这方面不抓瞎，有点儿英雄无用武之地的意思："这些精奇是怎么回事儿，本该是当妈的教，怎么把这活儿也给揽了！"又从匣子底抽出一卷画儿来，说，"瞧瞧这个，这些也得学一学，技多不压身。"

　　嘤鸣低头看，肉山叠肉山，倒腾出了千百种花样，她红着脸说："这些也是见过的……您就别操心了，万岁爷一颁旨意，宫里的嬷嬷就进了头所殿。这些东西她们都特特儿带来，教我将来怎么伺候主子……其实不教也没什么，还怕成不了亲？！"

　　侧福晋有点失望，忽然发现姑娘是真的不由她了，怅然颔首："说得很是，就算你不会，万岁爷还能不会吗，我有什么可愁的？"一头说，一头又捋捋她的头发，"好孩子，我想着你要出阁了，心里真不是滋味儿。要是给了寻常家子，想见一面还没有那么难，如今嫁进了帝王家，又不好时时递牌子，家里有个什么事儿，你也不能回来走动……宫里什么都好，就是女人多，是非多。我原想着以后你能找个可心的人，两个人踏踏实实过日子。就算姑爷要纳妾，一两个顶破天了，谁知道临了竟嫁了天底下小老婆最多的人。"

　　躲在柜子里的皇帝听见丈母娘挑眼，虽然委屈也无话可说。他的婚姻本来就有平衡朝堂的目的，三宫六院并不是他自己愿意，是不得不为之。不过就凭这话，倒也瞧出纳辛的后宅确实如传闻的一样安定。照理说一位侧福晋，长期生活在嫡福晋的压制下，一旦能够扬眉吐气，必定欢喜得忘乎所以。这位丈母娘呢，眼下竟在伤感闺女要和别的女人共享丈夫，可见身正心正，二五眼长于她手，怪道能有这么好的心胸秉性。

　　嘤鸣却有些战战兢兢，她母亲和她说掏心窝子的话本无可厚非，可暗处藏着一个人，那些话一句不落地全进了他的耳朵，万一哪里大不敬了，他一气之下从柜子里蹦出来可怎么好！所以她母亲说起后宫的事儿，她心急火燎，一径安抚着，不遗余力地替皇帝辩解："奶奶别担心，我在宫里好着呢，那些主儿都挺和气的，见了我也恭敬。再说万岁爷是个公正的人，他绝不会有意偏袒谁，我好歹是皇后，就算我哪里有不周到的，他也会顾全我的体面。"说得柜子里的人直点头。

侧福晋却仍是提心吊胆："那么多的人家，哪家不想往宫里塞闺女？万一哪天蹦出个宠妃，帝王家宠妾灭妻起来可是要人命的。你进宫这么长时候，和万岁爷也处了一程子，瞧瞧他有没有一高兴就满嘴跑骆驼的毛病？"

嘤鸣差点儿没笑出来，这人倒不爱吹牛，就爱往人心窝扎刀子罢了。她是足够耐摔打才熬到今儿，要是换了别的细腻温婉的姑娘，只怕他还没张嘴，就吓得人抱头鼠窜了。

"这您放一百个心。"嘤鸣很有底气地说，"万岁爷是圣主明君，一口唾沫一个钉。"

"那还成。"侧福晋说，复想了想又问，"再则，您为了讨姑娘喜欢，有没有做过什么出格的事儿？有一号人，面儿上看着老实巴交，嘴也笨，不会说好听的，但他会使心眼子，冷不丁干一件叫你意想不到的事儿，你就觉得这人是一心向着你，其实全是蒙人。这种人尤其要小心，今儿能哄你，扭头也能哄别人，死个膛儿伤起人心来，能把你怄得吐血。"

这下子把嘤鸣给吓住了，这说的不就是那位主子爷吗？嘴笨，看着挺老实，但他今晚跳墙进来看她，可不是干了一回出圈的事儿？

她这头直发呆，柜子里的皇帝很着急，心想这丈母娘是成心来拆他台的吗？怕他宠妾灭妻，这也太不拿皇后娘娘当人物了。后宫那些嫔妃，哪个敢在她跟前炸毛子？只怕还没翻起浪花来，就被皇后娘娘收拾得服服帖帖了。

外面的嘤鸣则有点儿伤感，低着头说："我们万岁爷不会的，他不是那样的人。"

侧福晋看出些端倪来，料着被自己说中了几分。不过大婚前吓唬闺女不好，便又换了个笑脸子："我是随口一说，不一定说得对，好赖要你自己分辨。我只是心疼，我这么好的闺女，偏偏充了后宫……"

嘤鸣自然知道母亲的心，探过去握了握她的手说："奶奶，先头娘娘才崩那会儿，我是不愿意给填了窟窿的。可此一时彼一时，我如今愿意进宫，一则有太皇太后和皇太后疼爱，二则万岁爷是个好人，他不会让我受委屈的。"

嘤鸣回来这几天，宫里跟来的人照旧拿宫里的规矩行事，就算是皇后生母，也不能随便说上话。上回侧福晋和福晋进宫，皇帝打发人送了食盒过来，礼数上虽不错，但她事后也忧心，怕嘤鸣口上称好，是碍于身在宫里的缘故。如今回了自己家，又恰逢跟前没人，母女两个说的体己话才是最真实的。

侧福晋松了口气："其实这会子说好不好都多余，事到如今再也不能回头了，我听你亲口说了，不过图个心安，也没旁的。既然都好，那是你的造化，也是咱们全家的造化。往后好好和万岁爷过日子，别辜负他的一片心，就成了。"

嘤鸣诺诺答应了，侧福晋站起身道："我来了有程子，也该回去了，你们大婚一过，还要张罗给佟家下聘呢。"一头说一头往外走，嘀咕着，"我才刚找了厚朴一圈儿，都说不知道他上哪儿去了。这孩子，都快定亲了，还是不叫我省心……"

嘤鸣站在门上纳福："奶奶好走。"待福晋走出了院子，忙回屋里打开柜门看，皇帝窝在里头半天，一条腿已经麻了。

"你母亲是不是对朕有成见？"他蹦着另一条腿出来，蹙眉坐在南炕上琢磨，"那天云璞进来说话，说世上最难伺候的就是丈母娘，这回朕算是信了。"

嘤鸣还在估算他将来宠妾灭妻的可能性有多大，草草"嗯"了声，有些心不在焉。

皇帝见她恍神，自己想了半天，最终想出一个好法子："回头朕给你母亲封赠个诰命吧，这么一来她就该夸朕了，你说呢？"

· 三 ·

主意是个好主意，恩赏皇后生母，这是对皇后最大的肯定。

嘤鸣自然知道他是想抬举齐家，也有意向她母亲示好。实在人儿，不知道拿什么来讨好丈母娘，直接封个诰命就成了。可恩旨好下，隐患也不少。

她坐在脚踏上，一面两手拢着他的小腿肚，替他轻轻按压，一面道："事儿全凑在一起了不好，薛家才天翻地覆，咱们这就要大婚，多少眼睛盯着齐家呢，这根节儿上再封我母亲诰命，就荣宠过头儿了。您听我说，福太大，反倒容易招祸，眼下这么淡淡的就很好，细水长流才能长久。再者我们家福晋是一品诰命，您要是又恩封了我的生母，闹得嫡福晋和侧福晋平起平坐，叫福晋心里什么想头儿？我奶奶一向不在乎这些虚名的，早前什么衔儿也没有，不也过得好好的吗？家里这二十年来一向和睦，没的升发了，反倒鸡犬不宁，您说呢？"

皇帝听她这么温存着说话，全是识大体、知进退的见识。难怪当初太皇太后说她好，她和那些争斤掐两、唯恐落于人后的不一样，不因现在自己正红就要星星要月亮。福气这种东西，果真不能用得太过，得匀着点儿来。像寒夜里烧柴禾，贪图一时暖和全扔进去了，哪里熬得到天亮？须得慢慢续上，不至于过热，也不至于后头难以为继，这样就很好。

皇帝垂眼看她，那双细洁的手隔着裤腿小心地揉搓，每一道力量都落在他心上。他忽然发现了她促狭以外不可抵挡的魅力，就是面对大是大非时，保有一颗清醒的头脑。早前薛尚章的事儿一出，她一个人关在梢间里哭，海棠把消息传到御前时，他有一瞬感到棘手，恐怕她不能理解他的难处。他在赶去宽慰她之前，甚至做好了她要发脾气大闹一场的准备，然而并没有。她说"您进来和我说话，我就知道自己不该哭了"，并不是因为她惧怕或是妥协，而是因为她懂得轻重缓急。这样的姑娘，为什么他会蹉跎了那么久才爱上，现在想想浪费了太多时间，太可惜了。

他说："好，都依你的意思办。"垂手触了触她的脸颊，然后把颊畔散落的头发绕到她耳后。

她大概有些惊讶，不明白惯常吆五喝六的人，这回手势怎么会那么轻柔，于是抬起一双鹿一样的大眼睛，纳罕地望着他。

一个仰望一个俯视，视线便接上了。这一接火花带闪电，有石破天惊之感。

嘤鸣觉得很不好意思，但又痴迷，沉溺其中难以自拔。女孩儿感知爱情的能力也许要比男人更强些，她不知道他的心里是怎么想的，横竖她这会儿觉得他百样都好，连霸道和不解风情，都有他独特的小美好。

这人，眼睛生得极好看，长长的眼睫微含起来，眸子像笼在一团迷雾后头，内敛而蔚然。她从没见过这样的眼睛，倨傲时不怒自威，平和时有最别致的温柔，只要不开口，一切都无可挑剔。

可是谁能阻止他开口？他也盯着她看了良久，忽然说："皇后，你的眼珠子是不是比别人大些？这瞳仁儿像鸽子蛋似的，该不是重瞳吧？"

鸽子蛋大的瞳仁，那不得把眼眶子都填满了吗？嘤鸣皮笑肉不笑："您不挤对我就浑身难受吧？我又不是李后主，重什么瞳啊，怪吓人的。"

"是吗？"他说，显然不大相信。一只手悄悄攀过来捏住她的下巴，一副打算仔细研究的模样。

嘤鸣被迫高高仰起脸，连手上的动作都忘了。他低下头，几乎和她面贴着面，两个人，四个眼仁儿，就那么直愣愣盯着，嘤鸣说："您眼睛里的金环真好看。"

皇帝显然并不在意自己的美貌，他"唔"了声："我们祖上有锡伯和鲜卑的血统，嫡系子孙眼里都有金环，没什么了不得的。"倒是她，那双眼睛里有一片广阔深秀的海，他是头一回发现，原来人的眼睛能长得那么好看。

因为看得太仔细，不免越靠越近。气息相接时，那一呼一吸都异常清晰。他忽然意识到眼下这个姿势有多暧昧，暧昧得几乎让他燃烧起来。他的视线从她的眼睛慢慢下移，移到她的嘴唇上……这红唇鲜嫩欲滴，他开始蠢蠢欲动，他想亲她一下。这些年后宫陆续填充了不少嫔妃，临幸过后生了孩子的也有，可他从未想过去吻一个女人。口对口的亲吻，那样亲密无间的事儿，只有和最喜欢的人才能做。虽然那些嫔妃个个香得腻人，但他不爱，临幸的过程也三心二意。与其说是享受，不如说是为了繁衍，那么原始的使命，一切忠于大局，和他个人无关。

可是现在遇见这个对的人了，以前觉得难以接受的事儿，忽然变成一种强大的渴望，他觉得他想做下这件事儿。后天夜里就大婚了，为了避免她到时候慌张，现在操练一下好像也行吧……

捏着那玲珑下颌的手珍而重之，仿佛捏着一个精致的瓷器。他是头一回打算去吻一个人，脑子里想好了要做，但从计划到实行的过程相对比较漫长。

嘤鸣想起了她母亲刚才拿来的"压箱底"，那图册上头很详细地记录了各种销魂的姿势，她隐约有种预感，这呆霸王要亲她了。

才吃了蜜饯，没有漱口，齿颊间还有淡淡的甜味，现在要亲起来，应该会很尴尬吧！她脑子里乱糟糟地思量，当然她要是来势汹汹说干就干，她也只能屈服了。

其实她心里还是渴望他有所行动的，喜欢一个人总觉得怎么纠缠都不够，他这会儿唐突了，她也不会怪他。于是她就那么仰脸等着，可仰得脖子都酸了，还是迟迟等不来他任何表示。她有些不耐烦了，打量了他一眼，他脸上的表情可说是一片茫然。她又开始怀疑自己可能是想多了，气恼之下探过手，拿起了坐褥上的团扇。

皇帝每回做重大决定前，都需要仔细慎重地酝酿情绪。终于酝酿得差不多了，正打算照着那肉嘟嘟的红唇亲下去，一张扇面突然从两张脸之间的间隙里升上来，彻底把他推演了好几遍的设想切断了。她在缂丝后的脸变得朦胧柔软，说："您该回去了，过会子她们的席就散了，现在不走，您得在柜子里藏一夜，这两条腿就完啦，后儿没法子洞房。"

前面那几句的震慑力其实不大，但最后一句简直是致命一击。他立刻站了起来："朕确实来了有阵子了，是该回去了。"说完便心急火燎地往门上走，走了几步停下回头看她，见她坐在脚踏上不挪窝，他纳罕地问，"你不送送朕吗？"

嘤鸣没辙，只得起身过来相送。院儿里目前虽空空，保不定有人没头没脑闯进来，要是撞个正着，没见过圣驾的再一嗓子喊起来，那可了不得。

"您跟在我后头，我给您开路。"她拍了拍胸口说，昂首阔步迈出门槛。站在槛外四下看了一圈儿，并不见有人走动，这才回身招了招手，领着他往东墙根儿去。

那片被压断的芭蕉叶可怜巴巴地落在地上，这是万岁爷出师不利的佐证。嘤鸣冲他笑："您的运气挺好的，得亏这儿放的不是仙人球。"

这个假设让他两股一痛，皇帝漠然瞥了她一眼："你放心，朕从来不吃哑巴亏。"

他说完轻轻一跃便跃过了女墙，连一句道别的话都没说，就这么走了。嘤鸣看着那堵墙十分惆怅，这世上有比他更没情趣的男人吗？自己居然不是屈服于他的淫威才喜欢他的，想想实在稀奇。原本她心里爱慕的并不是这个款儿的啊，这是走到山穷水尽了吗？可见女人的眼界和身处的环境很重要，如果是在宫外遇见他，这号人除了擦肩而过，再没有旁的可能了吧！

那厢的皇帝对小舅子展开了惨无人道的打击，他慈眉善目地看着厚朴："你知道院墙那头种着芭蕉树吧？"

厚朴眨着一双老实的眼睛，浑身上下透出一股质朴的味道，说："啊！奴才怎么忘了这茬！请主子恕罪，主要是因为奴才家里规矩严，奴才上了八岁就不许进姐姐院儿里溜达了。您想，五年前那芭蕉树才小腿肚那么高……这不能怨奴才，您说是吧？"

皇帝哂笑，果真是纳辛的儿女，一个比一个会和稀泥。这小子分明是不满自己小小年纪给指了婚，这才有意坑人。齐家姐弟到底是一母同胞，面上冒充老实头儿，其实满肚子坏水，打量他不知道？

皇帝慢悠悠地解开纽子，脱下黄马褂扔给了三庆，登车前回头冲厚朴一笑："今儿你有功劳，朕是你姐夫，不能光顾自己高兴，把你给忘了。"说着吩咐德禄，"明儿找钦天监，给国舅爷和佟二姑娘排个好日子。太皇太后原说年纪小，再缓两年，朕倒觉得打铁该趁热。早点儿成了亲，早点儿领差事，对国舅爷来说算是一桩好事。"

德禄应了个"嗻"，见厚朴愣在那里，忙垂袖打了一千儿说："国舅爷，还不谢恩哪？万岁爷替您想得周全，可着全大英找去，谁有您这样的福分！"

厚朴回过神来，蔫头耷脑地扫袖，屈膝一点地道："奴才叩谢主子天恩。"

皇帝抬了抬手指头，笑得意味深长。心说猴儿崽子，你的报应来了，毛都没长齐，看你回头怎么洞房！

厚朴送走了皇帝，打着晃回到了前院，他母亲正四处找他，见了便拉脸训斥："大晚上的，上哪儿野去了？"

国舅爷难得说不出话来，好半晌才给他母亲行了一礼："奶奶，给您道喜了。您闺女后儿出嫁，您儿子赶得急点儿，至多下个月也要奉旨成亲了，您高兴吗？"彻底把侧福晋说蒙了。

家里连着两个孩子要大婚，真把齐家弄得一团乱。纳公爷早前还会红颜知己呢，现如今是忙得分身乏术，什么都顾不上了。

他们这头热火朝天，薛家却门庭冷落。这一年接连走了三个，以前依附薛家的都不敢来往了，满朝文武人人自危，皇帝的大婚也冲不散京城上下无处不在的恐慌。

灵堂里白烛簌簌颤动，薛福晋点完了香从里头出来，抬眼恰见二儿子福格进了腰子门。

福格上前来叫了声额涅，满脸愁苦的神情，摇了摇头道："跑了好几家，别说谈事儿了，连面都见不上。墙倒众人推，都说薛家败了，谁还愿意趟这浑水！"

薛福晋的脸色越发白得吓人："那怎么办？老三的下落，就没有一个人知道吗？"

薛家有三个儿子，大的没了，尸首就地掩埋，只送了当时身穿的甲胄回来，已经是最大的恩典。老三也随军出征，但他带领作为候补的三旗走另一条道儿，这会儿生死不明，福格到处打听，也没有他的半点消息。其实细想想，不必多方打听，八成是凶多吉少，福格要不是留京，这会子大概也没了。

福格为了安抚母亲，只道："额涅别着急，儿子再去找找健锐营的人。多隆是三哥儿发小，他八成愿意帮着打听打听。"

结果他母亲无力地摆了摆手："咱们这会子比瘟疫还厉害呢，世上有谁待见咱们？用不着你找他了，都是一样的，闭门羹还没吃够吗？！"顿了顿问，"齐家眼下怎么样？"

提起齐家，福格就愤懑不已："纳辛如今正得意呢，闺女当上了皇后，他家二小子的婚事也开始张罗了。这个老匹夫，早前还不是阿玛的一条狗吗，叫他往东不敢往西。这会儿屎壳郎变唧鸟，一飞冲天了，眼里没了人，阿玛出了这么大的事儿，他连面都不露，他别不是以为自己的富贵长结实了吧？"

薛福晋哼笑了一声："他闺女当上皇后还是咱们举荐的，填了我家姑奶奶的缺，有甚了不起？继皇后，走乾清门……哼，花无百日红，能得意到几时！不过纳辛的八字儿，我早给他算好了，他死就在眼前，自己还不知道呢。"

福格料他母亲有成算，迟疑着问："额涅打算怎么处置？"

薛福晋的视线落在天边的云彩上，喃喃说："这位新国丈，正着急立功勋呢。朝廷整顿旗务，他巴巴儿地拟定吃空饷的名单，把一海的老人儿都得罪了。这会子他风头正健，大伙儿都忍着，等再过上两个月你且看，不把他打落下马，我还真不信了。"

福格心里仍旧没底："咱们手上虽有账，可关系着阿玛清誉，要是拿出来，只怕不妥。"

是啊，窝囊就窝囊在这儿，小皇帝心思缜密得很，秘密处置了公爷，薛家的功勋还在。公爷的灵柩入京那天，甚至降了配享太庙的恩旨，这么一来既安抚了薛派的人，又给全天下立了个以德报怨的榜样，真是做得漂亮！如今他们想动纳辛，为了保住公爷的死后哀荣，就得先择干净薛家。薛福晋冷笑了一声："纳辛的一屁股烂账数都数不过来，早前朝廷赈灾治水，多少银子流进了他的腰包，随便拿出一两件来交给那些掌纛旗主弹劾，也够他掉脑袋的了。齐家一完，继皇后也得跟着倒台，我竟不信了，没有娘家的皇后能立身得住？就算皇上能容她，后宫的老主子们只怕也容不得她。"

所以这能怪谁呢，做人太绝，可不就得走到那步吗？嘤呜倒是打发人送了赙仪来，只是如今自矜身份，连奠酒都不来洒一杯，干闺女随个份子，写一对儿挽联，这就算礼数了？

薛福晋着人把银子拿到外头分发给了叫花子，至于那对挽联，当场在灵前的火盆里烧化了。她盯着蓝火苗，咬着槽牙说："老爷子，这是皇后娘娘的心意，我怕您看不见，特捎去给您掌个眼。"

嘤鸣知道后唯有叹息，对侧福晋说："我尽了意思，她要是不领情，我也没辙。上回她进宫，我劝过她的，可惜她不肯听。眼下薛家还留了根苗，再这么下去，怕是要把这根苗都拔了。"

侧福晋忙着替她开脸，往她额角和鬓边拍上一层粉，手里绞着纱线说："大慈悲不渡自绝人，今儿是你的喜日子，管那些做什么！记住我的话，夫妻和敬最要紧，不管多大的难，只要爷们儿心疼你，你就能活命，记好了吗？"

嘤鸣还没来得及答应，侧福晋的线就走上了她的脸，呼地秋风扫落叶，疼出了她两眼泪花儿。

## · 四 ·

是啊，今天是九月二十，她大喜的日子。她不知道外头是怎样一番热闹景象，只听见厚赆进来说："大街小巷、酒肆茶馆都挂上红灯笼啦，连八大胡同都贴了喜字儿。"不愧是纳公爷的儿子，关心的东西总和别人不一样。

侧福晋说："小孩儿家，别胡说，仔细叫你阿玛听见了打你。"

厚赆不以为意："二娘别吓唬我，没准儿那些喜字儿就是我阿玛送去的，他打我，可打不上。"说着凑过来看他姐姐，啧啧道，"这是干吗呢，把脸上的毛都薅没了，回头再长出来，没的像猴儿一样。"

嘤鸣又疼又好笑："你再浑说，不等阿玛打你，我就打你啦。"

厚赆说："我是为您着想，上回二哥拿镰刀刮了腿毛，这会子就是一条腿上毛多，一条腿上毛少。"

嘤鸣笑起来，一笑牵痛了腮帮子，只觉棉线绞着寒毛，犹如烈日下豆荚爆裂般噼啪作响。她"哎哟"了声，连连搓脸："可疼死我了……"

结果引来她母亲好一通啐："这是什么日子呢，怎么敢提那个字儿！"

嘤鸣冲弟弟吐了吐舌头，姐弟俩还像以前一样，挨了责骂相视而笑。

梳头的宫女上来替她编发，她瞧着镜子里的厚赆问："厚朴干吗要拿镰刀刮腿毛呀？"

　　厚贻觉得这个问题很难回答："就是想让毛长得快些吧，谁知道呢。"言罢蹲在一旁，扒着梳妆台问，"二姐，您往后还能回来吗？"

　　嘤鸣说"大概不能了"，进了帝王家，譬如爹娘白生养了一场，娘家路基本就断了。

　　厚贻是个善于总结的孩子："我昨儿问额涅来着，额涅说将来二哥成亲也好，我成亲也好，您都不能回来。我们想见您得递牌子，见了就磕头，还说姐姐能保咱们全家。这么听下来，您跟菩萨似的，除了不吃香火，其他都一样。"

　　侧福晋在边上听得发笑："这孩子整天琢磨什么呢！"

　　嘤鸣看着镜子里的自己，心说可不是吗，细想起来还真差不多。见了就磕头，善于保佑全家，紧要关头没准比菩萨还好使，往后她对于家里，就是这样的存在。

　　侧福晋说："好啦，我的哥儿，你上外头玩儿去吧，你姐姐该换衣裳了。"

　　厚贻转头瞧天上，太阳挂在了小院儿的西墙顶上。他还是有些舍不得姐姐，只是嘴里说不出来，挠着后脑勺道："我上外头等着，二姐换了衣裳我再进来。"

　　皇后的朝服朝褂异常讲究，早前她虽受了册封，未到正式的场合，也没有机会穿戴那身行头。昨儿内务府把礼服送来，一直在里间的紫檀架子上抻着，她反复看过两回，满身的金龙和万福万寿纹样，看久了有晕眩之感。

　　伺候她换装的全福人，是宫里千挑万选出来的，每一步该怎么安排都烂熟于心。朝褂穿好后，在第二颗纽子上系五谷丰登彩帨，接下来便是戴朝珠。朝珠有细节上的讲究，纪念在哪一侧，背云哪面朝上都有严格的定规。等这些全料理妥当，披上披领，最后压东珠领约，身上才算收拾完。

　　侧福晋看着盛装的嘤鸣，心头涌起无边的惆怅来。闺女是她生的，但如今再也不属于她了，孩子有更远大的前程，她这个做母亲的只能陪她走一段，后半程得交给另一个人。这个人给她尊荣体面，自己虽一万个舍不得，到底也没法子了。

　　嘤鸣看看母亲，知道她心里不好受，轻轻叫了声奶奶。侧福晋忙又振作起来，笑着看底下宫人请出朝冠来。如今已是立冬的节令，皇后冬季的朝冠异常华美，熏貂上缀朱纬，层叠的东珠和金凤环绕，衬着身上挺括的朝服，倒有种英气逼人的感觉。

　　侧福晋频频点头："这会儿可有了皇后娘娘的做派了。"一手轻轻抚过她披领上的行龙，无限伤感地说，"穿上了这身衣裳，往后就不是我们齐家的人了……"

　　嘤鸣伸手揽她，母亲身上的香味让她心里安定，她说："奶奶，我什么时候都是齐家人。姑娘没了娘家就成了浮萍，我得有根啊，我得知道自己的来路。"

　　这时福晋从门上进来，笑着说："娘两个这么依依不舍的，时候还早呢，要是伤心到子时，那还得了？"

　　嘤鸣有些不好意思，拉了福晋坐下道："今儿外头八成很热闹，额涅辛苦了。"

"不辛苦。"福晋说，"家里这么大的喜事儿，哪里还顾得上辛苦。我才刚出去瞧了，一应都妥当。诰命往来有你大姐姐和润翮支应，准出不了错的，我也偷个闲，进来瞧瞧你。"

嘤鸣抿唇笑："我许久没见大姐姐了。"

"公主府邸规矩严，况且她婆婆身子也不好，这次是因你大婚才让她回来的，过会子再进来瞧你。"福晋说着，细细打量她的脸，复牵了她的手道，"我们家三个姑娘，数你最有出息。紫禁城是个富贵窝儿，只要心境开阔，身子骨健朗，就是最大的福气。"

福晋的话点到即止，不过是叮嘱她受了任何委屈别往心里去。圈养起来的日子总不大好过，所以更不能自苦。人一旦想窄了，一里一里亏下来，多大的富贵都享不得。嘤鸣自小在福晋跟前长大，耳濡目染得久了，好些为人处世的道理都随了她。

她点了点头："额涅的教诲我记住了，我心里也有句话，想和额涅说。"言罢顿下来，瞧了海棠一眼，海棠立时会意，拍了拍手，把屋里人都遣了出去。嘤鸣见人都散尽了才又道："薛家的下场就在眼前，我这一去不担心别的，只担心阿玛。虽说眼下有圣眷，但咱们自己也还是要小心，早前的旧账总有一天要叫人翻出来的，请额涅劝劝阿玛，打今儿起多行善事，修桥铺路，看顾旗下那些阵亡将士的家小。钱财上头虽损失，但紧要关头却是一道免死符，要是揪着钱不放，家宅不得太平，钱到底也守不住。阿玛最听您的话，您一定把我的想头儿转达阿玛，千万！"

福晋说："好，我一定同你阿玛说。薛家如今的下场，哪个不害怕？我这两天也在思量，咱们家这会儿是鼎盛时候，多少人眼热着，你阿玛听人一口一个'国丈爷'，飘得都快找不着北了，是要给他提个醒儿才好。"

嘤鸣放心了，笑了笑道："阿玛是咱们齐家的天，只要这天不塌，两个弟弟的前程就不必操心了。"

那是自然的，有个当皇后的姐姐，兄弟们能差到哪儿去呢。

体己话说完了，还要开门由着办事的人往来。那厢成意和润翮照料完前厅的客人，进小院儿来说话，姐妹三个团团坐着闲聊，一瞬像回到了小时候似的。

"记得在府学胡同的老宅子里有棵枣树，小时候咱们就坐在枣树下的青石上，一面绣花，一面吃果子。"大姐姐成意怅然说，"眨眼这么多年了，这会子轮到嘤鸣出阁了。"

嘤鸣说"是"，又不免辛酸，那时候并不止她们姐妹三个，还有一个深知。如今深知死了，薛家也败了，小时候心实，以为一辈子都能在一起的，到大了花自飘零水自流，各有各的命。

时间一点点流逝，隔一个时辰就有人进来报一回信儿，戌时了……亥时了……子时就在眼前。嘤鸣紧张起来，只听院外啪啪响起了击掌声，御前派来的刘春柳和三庆在院门上高声回禀："吉时到，请皇后娘娘升凤舆。"

于是一群身穿吉服的宫人簇拥着她从宅邸出来，上前厅拜别了父母出门子，门外銮仪、车辂、鼓乐都已经预备齐全。她回头又看一眼，这一去就当真和这生养了她十八年的家话别了，眼里酸涩，心里却有希望，因为知道紫禁城里有个人在等着她，她的前途不是茫然没有目的的，她知道自己奔着什么去。

凤舆终于向前行进，浩荡的大婚仪仗不见首尾。她坐在车里，听见鼓乐里混进了嘈杂的人声，那是普天同庆的动静。

直义公府离紫禁城不远，须绕个圈子到大宫门上。皇后的卤簿从天安门进入，一路向北过端门、午门，到乾清宫前。宗室里的公主、亲王福晋及命妇早就候着了，待皇后一降舆便上来搀扶。嘤鸣怀抱着宝瓶一步步穿过乾清宫，红盖头遮挡住了视线，只能看见足前那一小片地方。内务府女官执灯前导，她被人簇拥着往前走，心里步步算计，下了丹墀再上台阶，这里应当是交泰殿，再往前，就是坤宁宫了。

这条路，一辈子只能走一次，脚下金砖打磨得锃亮，能反射出两拨宫灯的光晕。她就踩着那团光晕，腾云驾雾般迈过了殿门前的马鞍，迈进了东暖阁的洞房。

这个洞房真正红得震心，光是从盖头下方就能窥见一斑。周围那些公主福晋轻快地说着吉祥话，搀她坐在龙凤喜床上。她到这刻才有了踏实的感觉，再回望前程，像做梦一样。

等着她的新郎官，她既惴惴又期待，紧紧握着拳，磋磨得指腹隐隐发烫。终于一阵错综的脚步声传来，边上的命妇们说万岁爷驾到啦，嘤鸣越发坐直了身子，看着那海水江崖的袍裾到了面前，然后一根秤杆把她的盖头掀起来，眼前豁然开朗。她到这会儿才明白，为什么说女人嫁人像第二回托生，因为盖头揭开，头一眼见到的便是他的脸———一张错愕的脸。

他像不认得她似的，使劲看了她两眼。嘤鸣知道，是因为她脸上粉擦得太厚，要不是有那么些外人在场，他不说两句不合时宜的话才怪。

全福人请皇帝登喜床，帝后并肩坐在床沿上。子孙饽饽来了，咬一口，生的；大家欢天喜地，听他们说一句"生"，仿佛太子即刻就落了地似的。

帝王的婚礼盛大而冗长，吃完了子孙饽饽得重新梳妆，戴凤钿，换五彩龙袍龙褂，等待丑时的合卺宴。所谓的合卺宴，虽然有几个菜色，但最要紧的还是喝交杯酒。嘤鸣不能喝酒，硬起头皮和呆霸王对饮，原以为会辣得催人心肝，没想到入口却绵密温软，原来是那晚的果子酒。她讶然看了他一眼，他装模作样一脸正派，连笑都不曾笑一下。

合卺礼成了，还得换衣裳，这回换龙凤同和袍，戴富贵绒花和双喜如意扁方。嘤闹到这会儿已经累得睁不开眼了，只是呆呆地任她们盘弄。后头还有"坐帐"，还得吃长寿面，等这些全忙完，已经寅时三刻了。

凑热闹的人终于都散了，洞房里只剩他们两个人，这会儿连害臊都顾不上，嘤鸣直撅撅倒下去喘粗气："这也忒受罪了，嫁进您家真不容易。"

皇帝也很累，撑着额头说："幸好这是最后一回，成个亲比登基大典还累。"一看案上的西洋座钟，讶然说，"都这个时辰了！"

洞房花烛夜，这是他期待了很久的好日子，虽然面前的人四仰八叉躺得毫无美感，也不妨碍他口干舌燥热血沸腾。

他推了她一下："皇后！"

她"唔"了声："干什么？"

干什么？当然是干正事！不过皇帝不好意思表现得那么急切，便委婉道："穿着衣裳睡不好，还是脱光了吧。"

嘤鸣太阳穴上一蹦跶，勾起头看他："脱光？"

那张浓墨重彩的脸，即便是看了好几遍，乍一见还是有点吓人。粉擦得像墙皮刮泥子似的，唇上一点豌豆大的猩红，做出樱桃小口的模样，要不是他足够喜欢她，非吓出病根儿来不可。

"是……是啊。"皇帝的回答竟有些犹豫，实在看不下去了，起身找汗巾蘸了水递给她，"擦擦脸吧，你快吓死朕了。"

嘤鸣没去接，她又累又困，哪里还顾得上那些。皇帝见她不作为，只好自己爬上床来给她擦，左一下右一下，还原本来的面目。皇帝很欢喜，仔细看了看，确定是他的二五眼。于是把汗巾往地上一抛，挪动身子坐得更近些，两手撑着膝，垂着脑袋俯视着她。她眉眼开阔，这样的人气量大。还有那红唇，从前天晚上他就开始肖想，如今近在眼前，他吸了口气，迅速亲了上去。

半梦半醒的嘤鸣顿时一惊，张开眼便看见他的脸。这一吻在她浑浑噩噩间来，她甚至还没来得及做准备。

她抬起手，在他肩上轻轻拍了一下，他眼神迷离，吐字带着浓重的鼻音，问："怎么了？"

"再过会子天就要亮了……"她嗡哝着说，"天一亮咱们就得起来，您要带我上寿皇殿祭拜祖宗呢。"

"知道，"皇帝说，"还有一个半时辰。"那唇瓣简直像长了钩子，把他的心都勾住了。他不太懂得里头的诀窍，仅仅是互相依偎着，似乎也能纾解他灼热的渴望。

慢慢躺下来，就躺在她身侧，大婚夜什么都是被允许的，他放心大胆地把她抱进了怀里。彼此都没脱外衣，缎面上金丝绣花摩擦，发出哗哗的声响。皇帝感慨良多：

"真没想到，朕今儿会和你睡在一张床上。"

早在她入宫之初，他就决定不待见她，甚至想过她可能成为第二个薛深知，在他的后位上短暂停留三五年，最后随着纳辛的倒台被废黜，被打入冷宫，她的一辈子无非就那样了。可是没想到，才半年光景，这个假设就被自己彻底打破了。他这么稀罕这女人，稀罕到她就在他怀里，他却瞻前顾后无从下手。

她微微蠕动了一下："我也没想到，大婚会这么顺利……"仰起脸，鼻尖在他下颌上轻触了一下，那新生的胡髭扎得人痒痒的，她的手从他胸口爬上去，抚上了他的脸颊。

一只狮子，收起了獠牙和利爪，竟变得像猫一样温顺。他享受她的抚触，侧过脸，只为能更好地贴合她。

时间很紧迫，得操练起来了，于是他问她："皇后，你的信期结束了吧？"

嘤鸣觉得很尴尬，这人真的一点儿都不会拐弯，就算问她方不方便，也比问信期强。她有意刁难他："我要是说没完，您打算怎么办呢？"

结果他掏出个小罐子，扭扭捏捏地说："还好朕带了金疮药，要不……你抹点儿吧！"

## · 五 ·

嘤鸣目瞪口呆："金疮药？您带这个做什么？"

皇帝说："你们月信不就是流血吗，这金疮药专治跌打损伤，抹一点儿能好得快些。"

嘤鸣看着他，像在看一个怪物："这主意是谁出的？不会是德禄吧？"

当然不是，这个问题从他打听清她月信的日子起，就一直在他脑子里盘桓。后宫填人之后他对女人不是一窍不通，有时候翻牌子，常会出现某个妃嫔提早或推迟的情况，这就说明月信这种事并不是说几日就是几日的。所以他一直在琢磨，唯恐当天会出意外，但这种隐忧只有他自己知道，并未告诉底下人。最后他一拍脑袋，想出了这么个化解的妙方儿，为了能够成功洞房，他也算绞尽脑汁了。

嘤鸣则看着这瓶金疮药欲哭无泪，她想不明白这人的脑子是怎么长的，难不成他以为这种出血跟割伤了一样，洒上药粉就能止住血吗？

皇帝见她不说话，以为她是被感动坏了。她的感动对他来说是一种鼓励，他有些不好意思地说："要是自己涂起来不方便，朕还可以助你一臂之力。"

嘤鸣瞪着一双大眼睛，尖声道："世上还有您这号人呢，您打算往哪儿涂，真是不要脸透了！"

皇帝讶然："朕是一片好心,你怎么骂人?"

其实她不光骂人,还很想打人。不懂女人就老实点儿,偏偏想一出是一出,琢磨出来的主意这么叫人哑口无言,她简直要怀疑,他的脑子是不是留在朝堂上忘了带回来。

她盘腿坐起来,手里托着那瓶金疮药,叹着气说:"万岁爷,您怎么没想给我来碗止血药呢,内调比外用要好。"

皇帝也盘腿坐着,说:"不成,药性有寒热之分,吃进肚子的东西不像外用的,万一有个闪失,损伤太重。"

这么看来他还是在意她死活的,因此想出了一个他自己觉得可行的办法,打算解决她月信延期的苦恼。

她低头看着这精瓷的小瓶儿,细细的脖子,喇叭口上塞着个木塞,他揣在怀里一整天了,上头还带着他的体温。嘤鸣叹息:"我原想着今儿时候不早了,这会子就睡,还能眯瞪一会儿……您是怎么想的呢,是不是叫龟龄集祸害了,非得今晚上圆房?"

皇帝瞥了她一眼,有点儿嫌弃的模样:"朕用龟龄集和你用不一样,这药对朕来说只是温补,不像你,吃了就上头,对朕毛手毛脚。"

她一听,气了个仰倒:"只是温补?我看不尽然。"

皇帝退了一步,点头说:"是,至多有点血气方刚。"

她笑起来:"血气方刚?您都多大岁数了,还血气方刚呢?"

皇帝很不服气:"朕今年二十三,怎么不能血气方刚?你是不是想说朕老?告诉你,朕宝刀不老。"

嘤鸣哼笑了两声,一个人兀自嘀咕:"年纪越大,脸皮越厚。脸皮厚也就罢了,人还那么傻。"

这种公然的抱怨,惹得皇帝相当不满:"别打量朕没听见,你凭什么说朕傻?"

嘤鸣气恼地把小瓶子捏起来,在他眼前晃了晃:"金疮药是治这个毛病的吗?您拿这个药来,事先怎么不问问周兴祖?"

这下皇帝沉默了,帝王的一切呈现在所有人面前,有时候他也有不想让人知道的隐私。看来这药没有对症,他的煞费苦心在她看来像傻子一样,可她不明白他的所思所想,他垂首道:"大婚夜不合房,朕怕不吉利。先皇后的前车之鉴在这里,朕也有朕的顾虑。"

嘤鸣起先还想和他抬杠,可听他这么一说,心霎时就软了。她明白他的感受,越是在乎的,越是战战兢兢唯恐错漏。他虽然从来没有和她剖白过心声,但她能从字里行间发掘出蛛丝马迹来。他是害怕她会步深知的后尘,横竖都和上次大婚反着来,准没有错的。

她垂下手，把手里的小瓷瓶搁在床前的脚踏上，低声说："用不着这个，我今晚方便。"

皇帝反倒怔忡了，他犹豫着，不知该怎么对她下手。

嘤鸣瞧了他一眼："先脱衣裳。"

他照她的吩咐上来给她脱衣裳，嘤鸣有点儿意外，她的本意是各脱各的，没想到这呆霸王也有灵光一闪的时候。说实话，他这样的举动让她有种受宠若惊的感觉，这人往后虽是她丈夫，但他和别人的丈夫不一样。他是万里江山的主宰，更是她赖以仰息的天，让他来给她解扣子，她何德何能呢！

可他似乎很愿意替她做这件事，一颗颗纽子解起来一丝不苟。这也算相敬如宾的新开始，嘤鸣仰起下巴，让他来解她领下，这龙凤同和袍厚重得甲胄似的，脱下来才大大喘了口气。这回轮到她了，她羞赧地倾前身子，捉住了那青金缠丝纽子。

她轻轻地笑："我还记得头一回给您扣纽子，是往巩华城去的那天。"

他"嗯"了声："你给朕系腰带，差点没勒死朕。"

她最善于解围，专挑对自己有利的来，极力开解他："今儿是大喜的日子，不兴说死啊活的。过去的小恩小怨您怎么还记着呢，心胸也太狭窄了。"

皇帝无话可说，还能怎么样，当然都由她。

那青嫩嫩的手在胸前游移，他垂眼看着，一阵阵气血上涌。好容易把罩衣脱了，彼此对视一眼，都有些不好意思。嘤鸣爬过去展开了被褥，两个人一头躺下，犹豫了一会儿复侧身过来，什么都不做，只是面对面地躺着。

嘤鸣去牵他的手："咱们今儿成亲，我以为会像民间似的拜天地呢，谁知竟没有。想想也是的，拜天地得夫妻对拜，您是万乘之尊，您要是拜了我，我得折寿。"那双鹿一样的眼睛眨巴着看着他，"您不和我说两句可心的话吗？我都嫁给您了，也没听您说过一句好听的。"

皇帝觉得不对，他明明说过很多让她安心的话，这会儿怎么一笔勾销了？所以女人就是麻烦，他冥思苦想，抚着她的手说："朕往后会对你好的，毕竟你是朕的皇后。早前找你的碴儿，那是想让你知道厉害，如今看来朕在你跟前厉害不起来，一则朕没忍心当真狠狠整治你，再则你是滚刀肉，根本就不怕朕。"

嘤鸣耷拉着眉毛听着，这就是好听的话？前半句还像样，后半句纯粹是想气死她。他老是这样，添油加醋后，所有的话都变味儿了。好在她知道他的毛病，话只听半句就成了。

她含笑看着他，皇帝满心的柔情开始涌动，把她拉进怀里，亲了亲那光致致的额头说："你往后，就和朕长相厮守吧。"

嘤鸣的脸颊抵着他胸前的素缎，知道有些事儿必定要发生的，大婚夜一切也都是应当，只是从没有听他说一句喜欢她，心里总觉得遗憾。

"享邑，以后你会有宠妃吗？"

他听见她叫他的名字，心里忽然扑腾起来，那种激热的感觉，直冲得他耳中嗡鸣。他头昏脑涨："宠妃？朕没有宠妃，只有一个宠后。"说完翻身而起，虎视眈眈地盯着她。

她脸上红晕浅生，笑的样子可爱又迷人，他要对她做压箱底上画的那些事儿，做过了就是真正心贴着心的自己人了。起先她还有些怕，他的吻落下来，她闭着眼睛甚至不敢看他。人一旦阻断了视线，感觉倒变得越发灵敏，这呆霸王行进的路线在她脑子里勾勒出一张图，没有什么章法，唯恐顾此失彼，因此显得有些忙乱。

她心里紧张，自己没什么经验，只好由他盘弄。不过老江湖到底是老江湖，她不睁眼，他也可以引导她。

他微微轻喘，温热的气息拍打在她耳畔，那种嗓音里有种她从未听过的缠绵又性感的味道："皇后，你睁开眼，看看朕。"

她两眼迷蒙，红着脸腼腆地说："看什么？看您的傻样子吗？"

他在她耳垂上啮了下："让你看着这个人是朕，只有朕。"

多霸气的宣言，这会儿大概还在对她以前定过亲耿耿于怀呢。她眼波流转，悄悄看了一眼，唉，羞人答答的，她重又闭上了眼。

他掬着她，只觉她柔若无骨，就是一块软的肉，供他予取予求。这红得像火一样的洞房，每一处都要燃烧起来了。以前他临幸只顾自己高兴，这回不一样，他得仔细着点儿。

他信誓旦旦地说："你别怕，一会儿就会很舒服的，真的。"

嘤鸣信任他，毕竟他小事上糊涂，大事上一向靠谱。她说："成吧，您看着办就是了。"

她像一朵绽放的花儿，枝叶舒展，摇曳多姿。这种事儿要是投入起来，还是很得趣的，只是她有些放不开。皇帝想，放不开是因为没有尝到甜头，只要她懂得里头的玄妙，自然就大开大合了。

到底要到那一步了，像万丈悬崖上面海而立，一咬牙蹦下去，就是极致的快乐。龟龄集不是白吃的，皇帝觉得自己在体力和技巧方面都能发挥到极致，所以他毫不迟疑地说干就干。但他的威力远胜她的预期，她就是因为太信得过他了，一场身心的放松，最后换来血溅五步。

皇后的嗓音真是高亢啊，皇帝感叹，还没等他感叹完，就被皇后一脚踹了下去："宇文意，你蒙我！"

他的皇后一骨碌坐起来，红着眼指控他："你说会很舒服的！"

皇帝倒在床尾呆若木鸡："朕没说谎啊……"

"那怎么那么疼？"皇后泪如雨下，"你到底会不会？"

天地良心，他是皇帝，御女无数，怎么能不会？她这是在怀疑他的经验吗？他仔细思索了半天，最后得出一个结论，应该是她和别人不一样，这个不能怪他。

无论如何，被女人从身上踹下去，这种场面真的很难堪。皇帝拽过被角掩住了下三路，气恼道："这宫里又不是只有你一个女人，朕也临幸过别人，会不明白其中缘故吗？"

嘤鸣痛哭过后冷静下来，扭身钻进了被窝，只余一双眼睛在外头："她们头一回承幸都很快活吗？"

皇帝没好气儿地道："那是自然。"可是说完忽然变得没有底气了，他开始怀疑，那些女人的快活是装出来的，也许她们不是真的快活，是不得不快活。

这个领悟顿时让他很失望，以前的五年他究竟是怎么过来的？每天面对着阿谀奉承的脸，连床上都难逃这样的虚伪。他的经验没有事实依据，竟还言之凿凿地拿来向她作保，往后她还能相信他的话吗？

嘤鸣见他低落，到底有些自责。大婚前其实精奇嬷嬷告诉过她，头一回可能"略感不适"，她只是没想到，这不适远比她预想的大得多。刚才那一脚，他倒没有发怒，这人的脾气现在变得这么好……她说："万岁爷，您过来吧，被窝里头暖和，别受了寒。"

他觉得已经没脸和她睡在一头了，就势扯起被子盖住自己，惨然说："朕身心俱疲，睡吧。"

嘤鸣大睁着眼睛，睡意全无，他不在身边，心里就空起来。不死心，探过足尖，在他腰侧点了点："万岁爷……"

皇帝闭了酸涩的眼睛，瓮声说："干吗？"

"您过来吧。"他的皇后热情地邀约他，换作平时他必定随传随到，可这次他兵败如山倒，连挪动的力气都没有了。

山不来就我，只好我去就山了。嘤鸣等不来他，从被子底下游过去，精奇嬷嬷的教导不是白听的，压箱底也不是白看的，他说大婚不圆房怕不吉利，其实她比他更怕。

皇帝虽没动，但她那头有了动静，他所有的注意力都调动起来，开始全身心地期待。宫里就是这点好，没有藏着掖着，该传授的技艺有人倾囊相授，一切只为促成帝后和谐。

他满足地喟叹，落进一片温柔的海洋，没有掀起被子去探看，脑子里蹦出一个香艳的画面来。玉手弄飞梭，绛唇点长槊，他的皇后比他想象的更大胆。这种邀约才是强有力的，令人不能抗拒。他翻身而起，没有忘了"轻一点"的承诺，后来是真的很轻很轻，可他的皇后还是泪流满面，并且发誓半个月之内再也不和他同房了。

皇后伤亡惨重，这点从她的步子里就能看出来。大婚第二天要上寿皇殿禀告列祖列宗，她在人前断不肯失了皇后威仪，背着人的时候一瘸一拐，看得皇帝很心疼。

"昨晚那个金疮药，后来怎么不见了？"从寿皇殿出来，他还有些懊恼，"早知这样……"

嘤鸣正襟危坐，态度十分坚决："横竖我不会再上您的当了。"

女人善于反咬一口，后半截他本来已经放弃了，是她主动上来兜搭，引发恶果后又怨他，做男人就是常受窝囊气。不过要论快活，那也是真快活，和自己喜欢的女人，每一丝滋味儿都值得再三品咂，心里的满足远胜肉体的欢愉。

"朕回头传周兴祖来。"九龙辂车在直道上慢慢前行，他抚着膝头说，"让他调制些药，先替你消了肿再说。"

嘤鸣脸上一阵血潮狂卷，紧咬住唇不说话。

女人害臊起来就是这么小家儿气，皇帝正想笑话她，忽然车身猛地一颠，他想都没想，伸手挡在她和车帷子之间。那小脑袋果真砸过来，幸好有他托了一把，才免于直愣愣地撞上去。

随行的德禄很惶恐，慌里慌张地道："万岁爷，主子娘娘，才刚碾过了一块石子，叫主子们受惊了。"

皇帝十分不悦："把清扫御路的交慎刑司法办！"

嘤鸣忙说："不碍的，不过颠了一下，把人送到慎刑司，少不得挨一顿好板子。"

皇帝却余怒未消："你身上不好，颠着了怎么办？"

嘤鸣听了心里甜起来，暗道这人比起畅春园那回，进益可不是一星半点儿啊。如今竟知道心疼她了，要是再遇见沟坎，不会站干岸，让她自己蹦过去了吧！

她忸怩了下："哪里就颠坏了，我这会子好多了。"

他看了她一眼，龙爪从自己膝头移到了她大腿上，一本正经道："那今晚，朕与皇后秉烛夜谈。"

嘤鸣嫌弃地格开了他的手："谈什么？"

皇帝丝毫不在乎受到的冷遇，重又把爪子按了回去："谈谈将来，朕连孩子的名字都想好了，就叫文二，你看怎么样？"

壹玖

小雪

· 一 ·

嘤鸣张着嘴，半天才回过神来："您是欺负我没念过书吗？文二是人名吗？您叫宇文意，您儿子叫宇文二？这不是父子，是排兄弟呢吧？"

皇帝觉得这人可能真是读书不多，他给她摆事实讲道理："朕这是顾念你啊！你想想，朕的享邑是孝慈皇后的郭姓拆分开的。咱们的儿子叫文二，合起来不正是你的齐姓嘛。要说不好听，还不是怪你姓得不好，你要是姓得有学问些，也不至于害得孩子叫这个名字。"

这简直就是蛮不讲理啊，姓成这样难道是她的错吗？她摸着额头说："有的姓能够拆分，有的姓不能。我知道您是一番好意，可管孩子叫这个名字，我老觉得有点儿对不住他。"

皇帝说："那就不和朕相干了，朕只负责对你有交代，至于孩子的想法，不重要。"

嘤鸣愕然看着他，惊讶过后却渐渐安定下来，每个人心里都有一个排序，父母、妻儿、兄弟，总会分出个先后高低来。她算看明白了，在他心里她大约能排在他儿子的前头，只要对她有了交代，孩子高兴不高兴，都是孩子自己的事儿。

她拿手绢掩住口，悄悄笑得欢喜，这样的排序她很满意，倒不是和将来的儿女争宠，她只在乎他的态度，他的态度对她来说很要紧。

不过不能叫他看出得意来，她复正了正脸色道："昨儿才大婚的，今儿您就想孩子，这也忒急了点儿。"

皇帝说："朕一向未雨绸缪……"说得越多，发现晚上的谈资就没了，还拿什么借口和她秉烛？忙顿住了，若无其事地转头看向窗外，扬着轻快的声调嗟叹，"今儿天气真好。"

已经是小雪的节气了，天地间花草树木日渐萧条，路边的垂杨早就掉光了叶片，只余细细的枝条在风里款摆。嘤鸣眯着眼，看老爷儿从窗口上泄进光瀑，她说："我不爱冬天，冬天满世界灰蒙蒙的，好些鸟儿没了，连地上的草也枯了。"

皇帝倒并不这么认为："没有衰减，哪里来的繁茂？天上没了春鸟儿，风和日丽的时候照样有风筝；没了花草，有雪，紫禁城的雪你见过吗？红墙白雪，是世上最美的景儿。一年才四个季节，春生夏长，秋收冬藏，哪个都很好，不该分出伯仲来。"

她难得听他说这样顺应自然的话，听出了一种现世安稳的美好。她转过头瞧了他一眼，石青的朝服映着白洁的脸，并不因昨晚的操劳坏了气色，反倒更有种清嘉淡定的蕴藉。她喜欢他的眼睛，那双眉眼间烽火粲然，永远流动着激昂和执着……她在想，等将来她有了孩子，一定也会长着一双那样的眼睛，有宇文家独有的浓眸和金环，有他那样高高的个头，和对江山人世的一颗赤子之心。

"是，您说得对，我虽怕冷，但我喜欢下雪。"她抿唇娴静地笑了笑，"上回约好的，初雪的时候要再带我去吃馄饨，您可不能说话不算话。"

他点了点头，很庆幸皇后的宝座没有束缚住她的手脚。她也没有碍于身份和体面变得刻板沉闷，这样很好，很合乎他对皇后的想象。

他伸出手，等她把手降落在他掌心，然后握着那柔荑说："昨儿太累了，回头给皇祖母和皇额涅谢过了恩，就回去好好歇着。大婚后一个月朕都要住在坤宁宫，你听见这个消息，是不是很喜欢？"

嘤鸣的唇角艰难地牵了下，一个月吗？好虽好，这是整个后宫只有皇后才能独享的厚爱，但这厚爱让她有些恐惧。她瞧着这个人，最亲近又最让她苦不堪言的人，她现在对他说不上来是该爱还是该恨。要以她的利己主义来说，这人简直该老死不相往来。可是从她的真心出发，她又觉得只要他高兴，自己吃点苦好像也没什么。

她和他开玩笑："这一个月里您得天天和我大眼瞪小眼，难道不会觉得腻吗？"

皇帝并不总是说话不着调，他想了想说："不会腻，往后三十年、四十年，朕都不会腻。"

嘤鸣听了鼻子有点发酸，她低头扣住他的手掌，小声说："天家只怕没有长盛不衰的荣宠，但您有这份心，我也知足了。"

女人总是分外容易多愁善感，皇帝探手抚了抚她的脸颊："朕手握天下，多少好东西都是朕的，只要朕喜欢，可以收罗八方美人，堆满整个紫禁城。你知道爷们儿多大年纪的时候对女人最感兴趣吗？差不多十六岁那阵儿。那时候专挑好看的皮相，可是时间过得久了，发现好看的女人千篇一律，没什么大意思。你呢……"他斜了斜眼，"长得不是顶好看，但紫禁城里也算独一份儿。你说世上的事多玄妙，你和你阿玛脾气很像，你阿玛给朕当臣子，朕觉得脑仁儿疼，你给朕当皇后，朕却觉得很合适，你说这是为什么？"

嘤鸣说："后宫是个大染缸，什么颜色都往里头倒。我善于搅和，一搅和颜色就统一了，这么着大伙儿都差不多，就能处得很好。"

皇帝诧异地看着她："朕可没说你是搅屎棍，这个比方是你自己打的。"

嘤鸣愣了下："我说自己是搅屎棍了吗？话还不是从您嘴里说出来的！我要是搅屎棍，您的后宫成什么了？太皇太后和皇太后成什么了？"

这下皇帝有点怵，忙道："朕没这么说，朕是给你提个醒儿，是你想多了。"

嘤鸣气哼哼地别开了脸："您等着吧，我非得和皇祖母告状，让她好好收拾您不可。"

皇帝腹诽起来，说着触犯天威的话，还一口一个您啊您的，果然是只口蜜腹剑的笑面虎！

当然，皇后要是真的告状，他少不得吃一顿挂落儿。帝王家对外是天下第一家，随便拎出一个人都是一等一的主子，但关起门来在自己家里头，祖是祖孙是孙，半点不敢逾越。嘤鸣的好处在于，她的出现能缓和那种略显局促的气氛，祖孙间的话题也不再只围绕朝政打转。皇祖母喜欢她，皇帝爱重她，她两头拉拢着，帝王家也会有种寻常家子的温情。到最后皇帝总结出一个道理来，无论如何，家里不能缺个女人。

嘤鸣呢，大婚前虽在宫里住了半年，但今儿是大婚后头一回进慈宁宫，心境倒是大不一样了。她恭恭敬敬地给太皇太后和皇太后敬茶，那种赧然，是小媳妇见长辈的神情。

太皇太后把一柄如意交给她，笑道："好孩子，打今儿起咱们可真是一家子了，愿你与皇帝吉祥如意，百年好合。"

嘤鸣磕了头道："奴才谢皇祖母恩典，日后必定恪守本分，尽心侍奉皇祖母与皇额涅膝下。"

复给皇太后见礼，皇太后同赏了一柄如意，愿望很简单："别的没什么，早生贵子就是了。宫里岁月多寂寞，有个孩子才热闹呢。"

太皇太后如释重负，坐在南窗下不胜唏嘘："早前皇帝的婚事，一直是我心里最大的牵挂，如今好了，看你们成了婚，我的大石头也落地了。太后虽说得直白，其实我心里也是这样的想头儿……"顿了顿复一笑，"王朝稳固，还是要子嗣健旺才好，我也不是催你们，终归勤勉些不会有错的。"

嘤鸣和皇帝尴尬地对视了一眼，垂手道是。老太太这个"勤勉"，真是说得十分含蓄了。

长辈给完了示下，接下去便没有什么要紧事了。天儿渐凉，屋子里寒浸浸的，太皇太后一生节俭，没到烧火炕的日子，只拿火盆笼了炭。大家围炉而坐，炉火是浅浅的蓝，嘤鸣和皇帝促膝坐在一起，时不时对视一眼，有新婚小夫妻难以言说的温暖。

只是这四人说笑的时候没有维持太久，很快便有大批嫔妃杀到。照着礼节是这样的，大婚第二天，皇后原该率领一众小主给太皇太后和皇太后请安，这种事本不需要上头吩咐下去，就该有后宫次于皇后的妃嫔召集。但因贵妃受了申斥，后宫便一盘散沙似的，最后还是恭妃和怡嫔上承乾宫求见春贵妃，请贵妃带领众人入慈宁宫行礼。春贵妃眼下还在禁足，听了恭妃的话左右为难。

恭妃极力游说："这会子正是和皇后娘娘握手言和的时候，贵娘娘今日不露面，往后哪里还有露面的机会？"

春贵妃搓着手，低着头，脸上神情黯然："只怕那位皇后娘娘不待见我。"

怡嫔和恭妃交换了下眼色，笑道："贵娘娘听我一句劝吧，皇后娘娘待见不待见您是其次，您得在老佛爷和皇上面前露脸。遥想当年，先皇后就是这样一里一里失宠的，有了年纪的人和孩子一样，谁走得勤些近些，就和谁亲。咱们原是不打紧的，进宫多年的老人儿，横竖就是这样了，可娘娘不同。您和皇后娘娘是前后脚进的宫，您进来就册封了贵妃，可见老佛爷和皇上还是顾念您娘家阿玛和敏贵太妃的。早前犯了点儿小错，没什么要紧，打今儿起和皇后娘娘重修旧好。皇后娘娘才大婚，不好意思驳您的面子，您这会子不迈出这步，往后万岁爷就真忘了有您这个人了，您打算步孝慧皇后的后尘吗？"

这么连吓带骗的，到底把春贵妃拱了出来。

其实人人都有各自的念想，继皇后圣眷隆重是不假，但也不能常年霸占龙床吧！这时候大伙儿在万岁爷跟前走一圈，不说旁的，让主子记住这张脸也是好的。

于是后宫主儿们盛装来了，嘤鸣是头一回看见人聚得这么齐全，嫔妃们向她行叩拜大礼，她抬手说"伊立"。然后起身下脚踏，率众人向太皇太后、太后及皇帝行三跪九叩大礼。

家礼亦是国礼，每一步都需小心谨慎，她以手加额拜伏下去，起身的时候有左右搀扶，但一错眼便看见了春贵妃。贵妃红着脸接替了豌豆，小声说："主子娘娘，昨儿是您的喜日子，奴才们不能到贺，只好在各自的寝宫为娘娘祝祷。今儿是大婚后头一天，合该奴才领着各宫嫔妃来给娘娘磕头，奴才……"

她支支吾吾有些说不出口，嘤鸣笑了笑道："不必说了，我都明白。事儿既然过去了，就别放在心上了。"

春贵妃道"是"，暗暗松了口气，有些畏惧地看了看皇帝。皇帝垂着眼，慢慢盘弄他的迦南手串，对她们的对话置若罔闻。关于朝堂和后宫的平衡，以前没有皇后，少不得叨扰太皇太后。如今有了皇后，她有她的处置手段，他只问前朝，不管后宫事。偌大的家国天下，各有各的分工，要是胡乱插手只会坏了规矩，往后再想整治，就得伤筋动骨。

春贵妃有些失望，好容易鼓起的勇气，皇帝竟没有半句下文。她不明白，她和皇后出身差不多，娘家甚至更有优势，进宫后也曾得过皇帝许多赏赐，听过几句温存的话，若是没有一点儿喜欢，为什么当初要封贵妃？为什么要留人在宫里？难道仅仅是为了笼络忠毅公府吗？

她忧心忡忡，和这一团喜气有些格格不入。太皇太后不爱太热闹，但因今儿是帝后大婚头一日，破例留了后宫主儿们用膳，目的也是为了给后妃融洽创造一点时机。太皇太后如今虽坐到这个位置，想当年也是打这儿过的。后宫里头的女人都不容易，倘或能和睦相处自然是最好，毕竟抬头不见低头见，闹得哀鸿遍野，对皇后的贤名儿也有损。

至于皇后，绝佳的聪明人，她亲亲热热地携贵妃坐下，把贵妃安排在离皇帝最近的座儿上，也算顾全了她的体面。

满座喁喁的细语，皇帝对这样的场合不太感兴趣，要不是看在今儿还是大喜的日子，他很想借故离开，最好带着他的皇后一起，去找个清净地界儿消磨时光。

正是意兴阑珊的时候，贵妃颤巍巍地向他举起了酒杯，复又对皇后一拱手："奴才给万岁爷，给皇后主子道喜了。"

皇帝神情漠然，他总是带着点骄矜的模样，这是她进宫之初就知道的。贵妃的杯子在指尖捏得发酸，得不到回应，那种尴尬像被当场扇了一耳光似的，放下不好，不放下又不好。

嘤鸣见状举杯，向她微微颔首，才打算缓和一下气氛，便听皇帝凉声道："朕的江山河清海晏，朕希望后宫也太平无事。往后时时自省吧，过去的事，就不要再提了。"

春贵妃微怔了下，皇帝的语气听似冷漠，但终究还是留了一线人情。悬空的心慢慢落下来，她说"是"，看着帝后把杯子里的酒饮尽了。有时候就是不得不认输，即便你对某个人再不服气，命运这种东西是老天注定的，你差了一程，就是差了一程。

太皇太后惯常会打圆场，笑着说起宫外的趣事，起先议论振亲王家娶儿媳妇的事儿，后来聊到了承恩公府。

"那满家如今是乱了套了，他福晋六年前殁了，隔年续了一房，听说一直对殊兰不好。世上事，谁能说得到根儿上？高福晋才去那会儿，那满还进宫哭来着，说绝不亏待了两个孩子。如今他有了年纪，越发昏聩了，那丹朱还好些，男孩儿身上有侍卫的差事，不必时刻在家，殊兰一个姑娘很不容易，听说沦落得眼中钉似的。"

太后长叹："可怜见儿的，高福晋没死那会儿，常带着两个孩子进宫来，皇帝还记得殊兰吧？"

皇帝说："是，朕对她还有些印象。她十岁前常跟着舅母进来，那会儿朕没有玩伴，是他们兄妹一直陪着朕。"

嘤鸣起先没有闹清里头关系，到这会儿才明白，原来说的是皇帝母舅家的事。孝慈皇后娘家只有一个兄弟，封了承恩公，不是仗着军功或是旁的，仅仅只是荫封。承恩公的原配福晋去世后，这位皇舅舅续了营房里的老姑娘做继室。听说这继福晋漂亮是真漂亮，心肠也是真歹毒，先头福晋的孩子落到她手里，她变着方儿地折腾，大冬天要吃荸荠，非让姑娘泡在冷水里一个一个洗。娇养的姑娘没受过那么多苦，十指关节都泡得肿起来，她哥哥那丹朱是皇帝近身的侍卫，还曾向皇帝哭诉过。

· 二 ·

可是没有办法，家家有本难念的经，皇帝说："殊兰如今也有二十了吧，怎么这会子还没许人家？"

"没法子。"太皇太后说，"一切都是继福晋做主，早前说自己身子不好，要留下姑娘伺候她，一耽搁年纪就大了。那满整天吃酒，脑子时而清醒时而糊涂，福晋说什么就是什么。这样的人家，虽吃着朝廷俸禄，但到底没人敢上门提亲，也是怕那位营房福晋太厉害，将来有个什么不称意，撒泼打滚，不顾体面。"

嘤鸣听着有些伤嗟："好好的姑娘，就这么给耽误了，这还是和宫里沾着亲的呢。"

太皇太后也无奈得很："一人一个命罢了。可惜她母亲没了，姑爸也早逝，千金万金的小姐由得人这么作践。"

恭妃突兀地蹦出来一句："按说她到了年纪该选秀的，那时候进了宫倒好了。"

嘤鸣心里却算得一清二楚，六年前她应当十四岁，正是选秀的年纪。她母亲当年殁了，守孝三年，这么下来恰好错过了选秀。

春贵妃语调轻轻的，怯生生地道："要是按着辈儿来算，这姑娘还是万岁爷的表妹呢。"

康嫔是个直性子，冒冒失失地道："这么着，越性儿接进宫来，也算把人从火坑里救出来了。"

此话一出，立刻引得所有嫔妃侧目，大家都饶有兴趣地看着皇后娘娘，看她究竟怎么打算。

这就是当皇后的难处，高居后位应当气量宽宏，可是有的事上可以宽宏，有的事上却不能。她才大婚的，断没个男人还没焐热，转头就接个表妹进来的道理。大伙儿都看着她，她不动声色，转过头虔诚地望着太皇太后："皇祖母，您觉得这个法子可行吗？"

这么一来难题就扔给了太皇太后，太皇太后是个条理清晰的老太太，她哪能在帝后大婚的第二天给皇后添堵呢，便道："她家里有父兄，轮不着别人来操心。宫里规矩严，外头姑娘进来只怕也难以适应，还是别因一时好心，叫人家为难了。"

连太皇太后都这么说了，可见起哄架秧子都是白搭。大家笑得有些失望，别人纯粹是凑趣儿，唯有康嫔在说完这话后意识到了危险，战战兢兢地觑了觑皇后。果然，皇后笑吟吟地看向她，不知道的人也许觉得皇后温和可亲，但皇后大杀四方的名儿早前就传遍了东西六宫。康嫔感觉到了危险，脸上汗毛直竖起来，后悔自己刚才说话没过脑子。这下子皇后是盯上她了，往后会遇见怎样的刁难，真是连想都不敢想。

那厢的皇帝呢，完全不掺和女人的话题。她们小刀嗖嗖的时候，他正忙于考虑怎么将薛家残余的势力连根拔除。大致上来说，朝政虽然冗杂，但都在他可控且擅长的范围内，他可以很圆融地将一切处理妥当。不像后宫那些女人，她们只要一叫万岁爷，就让他头皮发麻。他实在不懂得怎么和她们相处，二五眼一个已经让他用尽了心思，再也没有多余的气力，去顾及别人了。

相信凭她的手段足够应付，所以他连她们的谈话内容都懒于去听。慈宁宫的宴席散后，只管等她从宫门上出来。西北风刮过，风里有了刺骨的寒意，嘤鸣笼着斗篷，雪白的狐毛出锋斜切过两腮，一双眼睛显得尤其大。

皇帝低头看她："走回去成吗？还是传肩舆来？"

"不必。"嘤鸣说，"才刚喝了两口果子酒，这会儿身上热烘烘的，凉风里头发散散发散很舒坦，就这么走回去吧。"

皇帝是个一门心思的人，心里记挂什么，一时一刻也不忘，便问："身上好些了吗？才刚朕见你坐在那里不时挪动一下，是不是还疼呢？"

她脸颊红红的，往后瞧了眼，见后头没有妃嫔，便拱肩塌腰长出一口气，嘟囔着抱怨："还不是怪你，你这呆霸王，只图自己高兴。"

要是换了以前，那句"呆霸王"足够他跟她较劲儿的了，可如今不能够，他的小皇后，为了往后吉利，硬着头皮和他圆了房，眼下损兵折将步履蹒跚，他哪里还能和她计较！

"朕没有只图自己高兴，朕希望你也高兴，只是……"他皱了皱眉，那秀致的脸衬着潇潇的天，眉宇间的哀愁难以遮掩，"就算肉里扎进一根刺，都要叫你疼上半天，所以你疼一下也是应该的。"

这个人，又在说荤话了。嘤鸣把领口往上拽了拽，站住脚说："横竖您叫我走不了啦，您说怎么办吧。"

他没说话，转过身半蹲下来，看那意思，是要背她。

同样的慈宁宫夹道里，上回她挑灯送他回养心殿，他还犯矫情说脚疼，想让她背他来着。瞧瞧现在，三十年河东三十年河西了吧。

她老实不客气，拍了拍他的背："再矮些。"

那万乘之尊果真听话地放低了身子，她张开胸怀趴到他背上，搂着他的脖子说："唉，大失体统。要是叫人看见，那多不好！"

她伏在他背上，轻盈的分量，有临水照花般的柔情。曾经他也是不苟言笑的帝王，不管是在臣工面前还是妃嫔面前，他是高高在上的主子，人间的七情六欲在他身上都不明显。他忙碌于如山的政务，女人对他来说只是点缀，满足他传宗接代的需要，他几时像这样给人当过碎催？可现在他心甘情愿，有满怀的柔情说不出来，只要她需要，他就尽他所能爱护她，不让她饿着，不让她受累。

他偏过头，她清香的粉腮依偎着他的脸，嗡哝的说话声莫名有种娇憨的味道。万岁爷到底还是万岁爷，出的主意一劳永逸："谁敢说出去，朕就杀人灭口，你只管放心。"

背上的人噎了半天，最后嗤的一声笑起来："您怎么总能把天儿聊死呢，姑娘不是这么哄的。您应该说瞧见就瞧见，朕就爱背着朕的皇后，让她们眼热去吧！这么一来是不是中听多了？"

皇帝细品了品，好像是这么个理儿。嘤鸣并不着急，嘴甜有嘴甜的讨巧，嘴笨也有嘴笨的好处，至少不会花言巧语到处勾搭姑娘。调理人得慢慢儿来，生性刚直不可能一夕之间柔软得水一样，尤其呆霸王这样的人，就算把他炼化了，也是一锅铁水。

"您瞧见刚才那些小主儿了吗？"她枕在他肩上轻声说，"咱们才大婚第二天呢，她们就想撺掇老佛爷往宫里接人，我心里不高兴了。"

她一递一声语调绵软，那种温柔是可以感染人的。皇帝说："你不是有铁腕吗，整治一番就老实了。不过朕还是觉得有点对不起你，后宫那么多人，你进来只怕过不得几天清闲日子，总有这样那样的不自在。"

这就是嫁给一个小老婆遍地的男人的悲哀，怪道她母亲不称意。可是有什么办法，无论喜欢也好，不喜欢也好，都是要嫁的，喜欢上，总比一辈子怨恨强。

她叹了口气："我知道，谁让我是当皇后的命。"

他有些紧张了："朕要同你先约好，往后不管和谁置气，都不能把怒气转嫁到朕身上，朕不想受牵连。"

瞧瞧这片叶不沾身的样子，于她来说自然是好的，于那些后宫嫔妃，其实可说是薄情了。

她笑着问："您那么怕我迁怒您？"

他望着远处的云，虽不情愿也还是得承认："朕害怕你会生气，你这人主意那么大，万一就此放弃朕了，朕怎么才能让你回心转意？"

嘤鸣怔了怔，其实在他心里，她从来是个为求自保可以随时抽身的人。他那么骄傲，话却说得那么无奈，倒叫她心疼起来。

"我最讲道理，只要您不惹我生气，我就不会把在别人那儿受的窝囊气往您身上撒。"

说实话皇帝并不十分相信女人的保证，但也没有其他办法，只能姑且听之。

他背着她，慢慢向前走，皇后钿子上的珠翠簌簌轻摇，她附在他耳边说："咱们要是能一直这么走下去，那该多好。"

皇帝考虑得比较周全："朕还有政事要处理，一直走下去大英会毁在朕手里的。"

嘤鸣呆滞地把视线调到了半空中，果然和这样不解风情的人交流纯粹是鸡同鸭讲。这人分明长了一张很有前途的脸，结果动真格的时候竟如此冥顽不灵，实在叫人头疼。

不过皇帝倒也不再那么一根筋了，他说完又思量了下，发现这可能是皇后的小情趣，于是忙补充了一句："等朕闲暇的时候，可以背着你在紫禁城里转转，这样好不好？"

嘤鸣重又欢喜起来，走不到天涯海角，走到十八槐那里也可以。对一位养尊处优的帝王来说，负重走上一里地，已经是天大的面子了。

皇帝也喜欢这种相依为命式的亲昵，他就那么背着她，穿过乾清宫，穿过交泰殿。原本嘤鸣预备出了隆宗门就下地，可他没有要放开她的打算。宫门上那么多侍卫和太监，见帝后这样出现都大吃了一惊，不过那份惊讶只是短暂停留了一瞬，皇帝旁若无人傲然走过，侍卫们低垂下头，谁也没敢再多看一眼。

皇后朝裙上的百褶在风里轻飘飘地开合，嘤鸣勾着脚尖，有点儿像小时候趴在大哥哥背上出去赶庙会的感觉。坤宁宫规制很高，丹陛需一步步走上去，她怕他累着，说："万岁爷，放我下来吧。"

他没有说话，反倒轻轻一托她，举步登上了汉白玉台阶。

皇后跟前伺候的人见了这个情景，自然也吃惊不小，松格简直要以为主子受了伤，不能自己行动了。可是万岁爷在，她不敢贸然上前，等他们进了东暖阁，她便忧心忡忡地拿肩头顶了顶边上的海棠："皇后主子不要紧吧？"

海棠发笑，朝暖阁门上瞥了眼道："糊涂丫头，等你成了亲就知道了。"

菱花门内蜜里调油的劲儿，和外头小夫妻没什么两样。

皇帝还是很担心她的身子，竟真传了周兴祖过来。周太医来后有点儿蒙，站在洞房的龙凤栽绒毯上，茫然看着满世界赤红有点儿词不达意。

"这个……"他舔着唇说，"这个病症儿啊，是因外力相加造成的。阴阳相交，天地相合，雷霆万钧……难免有点儿损伤。臣有清热化瘀的草药膏，能缓解娘娘的不适，只要略略将养……就算不将养也没什么大碍，三日过后自然就好了。"

嘤鸣很尴尬，抬手扣着额头，把脸都遮了起来。皇帝从不讳疾忌医，他立时打发小富去取药，回身见她不好意思，笨拙地开解着："大婚后出这种岔子很寻常，是朕过于勇武了，和你没关系，你不必害臊。"

真是越描越黑，他的皇后这回一只手换成了两只，彻底把脸捧了起来。

站在地心的周兴祖笑得讪讪："横竖不碍的，皇上和娘娘不必忧心。这青草膏有药到病除的功效，但若是症候迟迟得不得缓解……"他瞧了皇帝一眼，从袖子里掏出一个小罐子来，双手捧着敬献了上去。

皇帝不知这东西有什么用途，纳罕地看了他一眼。周兴祖碍于皇后在场不好多言，只道："皇上借一步说话吧，臣把此药的用法呈禀皇上。"

皇帝跟他去了，前脚一出暖阁，后脚杀不得就从门外蹿了进来。这熊崽儿认主，分开五六天俨然分开了五六年似的，嗷嗷叫着冲上来，一把抱住了她的大腿。

嘤鸣"哎呀"一声，惊喜交加："我还以为你把我忘了呢。"垂首去抚那颗毛茸茸的小脑袋，腰上牵动了下，咝地吸了口凉气。

松格进来逮熊，抱住了杀不得，蹲在南炕前问："主子，您身上怎么样了？没想到成亲要遭那么大的罪，以往您最怕疼了，上回剪子剪伤了手，您喊得天都要塌了……"

嘤鸣难堪地说："这回的疼和剪子剪伤的不一样，能忍住。"

松格是没出阁的大姑娘，听了也一知半解，还是歪着脑袋，迷茫地看着她。嘤鸣不好意思了，含糊着说："你一个大姑娘家，别打听这个。快去打发人替我预备热水，兴许泡会子，我身上能好些。"

松格听了忙道："奴才这就去预备。"

她抱着杀不得出去了，暖阁里这会儿才安静下来。嘤鸣靠在引枕上，松散地闭眼打盹儿，隔了一会儿听见衣料摩挲的声响，她掀了掀眼皮，是皇帝回来了，也不言声，自己拿着本书在炕桌另一边翻看。

嘤鸣喜欢这样自在的相处，他不需要你时刻谨小慎微地伺候，只是默默陪在你身边，不来打搅你，自己会找事儿干。

她又怡然地闭上了眼，外头的天气没有先前那么好了，如今日短夜长，再过一个时辰，天也该黑了。

她并没有睡着，只是迷瞪一会儿，等着松格预备好了热水来叫她。南炕上地方大，新预备的靠垫绵软，她蜷缩在上头，时候一久，神志便有些飘飘然。正腾云驾雾的时候，感觉一道温柔的力量落在她手上，她知道，那人看书哪里能静下心来，其实一直在偷看她。

她轻笑，眼睛却没有睁开。那抚触渐渐抽离了，没多会儿有人在她身旁坐了下来，一只胳膊从她颈下穿过，三下两下把她扒拉进了怀里。

装睡是装不成了，她听见男人的呼吸，有些急促的呼吸，绵密地打在她鬓边。她猜他一定在犹豫该不该亲上去，她唇角的笑意越发大了，抬手勾住他的脖子，一把将他拖了下来。

· 三 ·

皇帝就是喜欢她敢想敢为、毫不做作的样子。

有时候他也纳闷，才见她那会儿，她明明不是这样的。她做小伏低，畏首畏尾，在他跟前连大气儿都不敢喘。虽说骨子里有股不服输的拧劲儿，但用力欺负两下，也能欺负出她两行眼泪。如今可好，自从他开始步步退让，她就暴露了本性，言行举止越来越乖张，完全和以前相去霄壤。为什么呢，应该是他惯出来的。真好，能惯得一个女人这么嚣张，他竟然有种无与伦比的成就感。全后宫对他俯首帖耳，只有她一个人可以和他平起平坐。他不需要一位守礼得将自己当成奴才的皇后，他就爱她这样，人前端庄人后荡漾，并且随着小媳妇日渐老练，会越来越得他意。

她偎在他怀里，红红的脸颊，如丝的媚眼，从那细而迷蒙的一线看着他，赫然让他产生醉酒般的晕眩。那双手捧上了他的脸颊，凑过红唇亲了亲他的鼻尖，分量轻巧，仿佛羽毛划过心头，痒得抓挠不着，十分煎熬。

皇帝想小皇后吃透了"压箱底"上的招式，虽然最终的实战有极大可能溃不成军，但在前期调兵遣将上，她可说是很有手段。

那种若即若离，让他几欲发狂，他想没头没脑来一回通篇盖章，然而她不让。他开始蛮横地打算用强，两手撑在锦垫上，蓄势待发的模样像只豹子。她笑嘻嘻地看着他，捧住他脸颊的双手因为无处借力，揪住了他的耳朵。那笑容让他憋闷，他决定进攻，但每回都以耳郭上的锐痛宣告失败。努力了几次，他终于放弃了，灰心丧气地说："你到底要朕怎么样？"

她笑得人畜无害，就是这种笑容最坏，揪完了他的耳朵还不忘给他揉一揉，揉过了倒放弃顽抗了，在他怀疑她是不是又要使诈的时候，把嘴唇贴在了他的唇瓣上。

屋里回旋起日暮黄昏的苍茫，坤宁宫前宽大的广场两掖，有列着队的小太监挑灯而来，到了上灯的时候了。眼下还是帝后大婚的喜庆时令，因此宫灯都用大红的。那两列灯阵像两条游龙，一丝不苟地从两边的甬路上过来。他抬起手，扯下窗上绑缚的丝线，高高卷起的绡纱垂落下来，隔断了暖阁和外面的联系。

其实关于如何亲吻，还是可以好好和她切磋一番的。皇帝大致知道做法，但他没有亲身试过，所以脑子里即便勾勒过千万遍也是纸上谈兵。今儿不像昨晚那么仓促，可谓天时地利人和，他一面庆幸着，一面在那秀口上冒失地描画了一下。

嘤鸣就是有这点好，虽羞涩，但并不拘谨，说到底是她自己也有这样的好奇，因此他来时，她便大方地相迎。这一碰，心都快从腔子里蹦出来了，仿佛打开了一扇新的大门，忽然体会到一种神圣的感觉。那种神圣有别于一般的，涤荡不了你的心灵，反而大雅大俗，让你感受到一种浑浊的、激越的快活。

熟能生巧，有一便有二，到如今才知道简单的唇贴着唇有多幼稚，原来里头还有那么多玄妙。皇帝心满意足，如同一面高墙被凿出了口子，光从那个口子里照进来，她就是那道光。他固定住那颗脑瓜子，食髓知味，步步紧逼，续上来气的时候才分开，他听见她意乱情迷的急喘，这种声音真好听，他知道她很喜欢。

"皇后……"他心里忽然柔软，抵着她的额头说，"多亏了你，我才学会这个。"

嘤鸣说不出来话，脑子浑浑噩噩，只是把手攀在他后颈，缠绵地来回抚摩。

他啄她的唇，一下又一下。早前不知滋味的时候绝不拖泥带水，利落得处理朝政一样，后来懂得了，每一回接触都欲断难断，简直要怀疑彼此唇齿间长了钩子。

她再将他拽低些，和他交颈相拥，缓了半天说："我也要谢谢您，先前我很怕大婚，现在看来大婚真好，我喜欢和您这样。"

真是耿直得不加掩饰，皇帝很欣赏皇后这种爽朗的脾气，痛了就踹人，享受了说喜欢。她的身上没有刻意遮掩的成分，如果她不高兴了，大多是直接不理睬你，绝不会曲意奉承，把自己弄得假模假样。

"朕以后不会再翻别人的牌子了，你放心。"皇帝突然说，他觉得自己该给她一个保证，"朕做你一个人的丈夫，永远只和你一个人这样。"

嘤鸣很意外，她以为再恩爱也换不来他这句话，帝王的情爱向来和感情无关，他肩上有重任，不管是牵制朝堂还是传承血脉，他都不能以个人的喜好为主，他应该雨露均沾。可现在他给她承诺，他这人脾气虽不好，人品却不用怀疑，既然说了，自然会做到。她心里很称意，耳语般问："真的吗？"

"真的，朕一言九鼎，绝不反悔。"

其实打从他发现自己喜欢上她那天起，就产生了忠贞的觉悟。对帝王来说，这种觉悟很危险，老练的处理手法应该是后宫照旧御幸，心里稳稳兜着她。可惜他修为不够，做不到这样高超的灵肉分离。怪只怪相见太晚，如果早些遇见她，也不会把旁人拖进来，耽误她们的一辈子。


她轻笑，那笑容像檐牙上的新月，别致又天真。两臂穿过他腋下，紧紧扣住他的脊背，慢悠悠地说："您本来就是我一个人的丈夫，她们不好和您论夫妻。可咱们和寻常家子不一样来着，恐怕不能如愿。不要紧的，只要您心里只念着我一个人就成了，万一您管不住自己的身体，我也不会怪您的。"

她又借机挤对他，皇帝不情不愿地纠正："朕的身体也只属于你，你要是不信，朕明儿能让你下不来床。"

她红着脸轻轻打了他一下："明儿有庆贺礼，后儿有筵宴礼，您可不能胡来。"

皇帝正想给自己争取点儿利益，忽然听见门外松格高声回禀："主子，热水备好了，您移驾吧。"

这么一来就打断了这份脉脉的温情，皇帝皱了皱眉："叫尚仪局好好教导教导你跟前的人，太不懂规矩了。"

嘤鸣轻柔地推开了他："是我让她预备的，天儿凉了，热水多放一会儿就冷了，趁热洗的好，别白费了一番辛苦。"

皇帝无可奈何，因为松格是她带进来的心腹，当初两个人蹲在野地里一块儿生火熬粥共过患难，要处置了那丫头，她必定不高兴。她下了脚踏穿鞋，他站在一旁思量："松格年纪不小了，依朕之见给她找个人家，把她放出宫去算了。"

这主儿，自己成了亲，就觉得天底下的人都该成亲。出发点有他的私心，但总体来说还是善意的。嘤鸣站在梳妆台前摘耳坠子，透过镜子里的倒影边瞧他边道："她自小就伺候我，她的婚事我放在心上呢。等过阵子好好挑一挑，到时候再请万岁爷做主。"

横竖暂且打发不掉，皇帝有些意兴阑珊。不过她身边也该有两个信得过的，留着便留着吧。

嘤鸣又瞄瞄他，装模作样地抱怨："唉，这簪环真多，我摘都摘不过来。"

皇帝退后一步坐回南炕上："所以说你们女人就是麻烦，戴那么多首饰干什么，朕看着脑袋都疼。"

这又把嘤鸣回了个倒噎气，她呼呼喘了两口："您听不出我话里的意思？"

皇帝茫然："什么意思？"

所以说你打算和他来个暗示，搞搞小情调，可死了这条心吧，他根本就不接你的话茬子，因为他听不懂。嘤鸣捏着一根点翠蝴蝶簪，怨怼地看着他："我话里有弦外之音，您没听出来吗？我说摘不过来，您就应该来帮我一把。"

皇帝"哦"了声："怎么不早说！"虽然他以前没摆弄过女人的首饰，但眼下他的皇后热情相邀，他立刻从善如流地过去了。

黑压压的头发盘得很紧实，她是乌发雪肤，挑不出毛病来。只是首饰真的繁多，钿子需搭配朝服，为了凸显皇后的尊崇，有很多细节方面的规矩。比方钿口要戴九凤，钿花要以宝石米珠镶嵌为主。那钿子本就像个帽子似的压在发髻上，要固定必得卡住头发，男人在这方面手脚很笨，皇帝自以为找到了卡扣，轻松一拽，结果拽出了皇后一串尖叫。

他的手脚僵在那里，惊惶地看着她，看她发髻散乱两眼冒火，他结巴了下："朕……朕……不是故意的……"

嘤鸣颓然坐在绣墩上，无力地摆摆手："算了，您还是看您的书去吧。"

这么个男人，除了权倾天下，一无用处。她摘下鬓边的绒花丢在妆盒里，那块头皮被拽得生疼，爪尖探进头发里，自己委屈地揉了揉。

皇帝则很担心今晚她会不会不让他上床，于是重又挨过去，小心翼翼地摘了一支祥云点翠，讨好地说："朕这回轻一点儿行吗？"

后来倒还好，除了偶尔有发丝缠在钿花上，没再出别的岔子。跟前的大宫女进来伺候她挪地方，她随她们沐浴去了，皇帝趁这当口下令德禄赶紧预备热水。爷们儿洗澡很快，不像姑娘又是胰子又是香膏，所以他洗完回来，暖阁里还是空无一人。

身心自在，因为有着不浪费丝毫共处时光的笃定。他一手举着书，一手把玩周兴祖给的药瓶，视线落在书页上，脑子里却在演练如何遵医嘱。

周兴祖医者父母心，他点到即止地向他阐述了石臼舂米时干舂和湿舂的区别，最后总结出一句话，干舂费工具。那小瓶子里装的东西对帝后和谐大有助益，如果皇上感兴趣，今晚可以试一试。

有些好笑，他从来没想过后宫充盈五年后，还有一日会用上这样的东西。那小瓶子在指尖摩挲，隐约听见廊下传来脚步声，他忙把东西装回袖袋，微微偏过身子，就着烛火装出了心无旁骛的样子。

　　嘤鸣进门，倒看见了一幅美好的画面。他窝在南炕上读书，单衣松软洁白，当真轻袍如雪，缓袖如云。

　　她笑了笑："万岁爷也沐浴过了？"

　　遮面的书往下稍稍挪动，露出了一双敏锐干净的眼睛。看见她明衣清透，凌波般款款而来，手里的书立刻扔在了炕桌上。

　　"时候不早了。"皇帝说着，从南炕上走了下来。

　　嘤鸣看看案上的西洋座钟："平常这个时候您还在批折子呢，哪里不早了！"

　　对新婚的小夫妻来说，天只要一擦黑，就是安寝的时候到了，和时间无关。当然皇帝不会显得如此没风度、如此急不可待，他缓步到了殿门上，吩咐三庆："命御膳房预备皇后爱吃的酥酪和点心来。"

　　三庆得令，忙去传旨了，皇帝又慢吞吞地踱了回来，淡声道："今儿还能松散松散，明儿就该理政了。这两天政务都由军机处代为处置，遇着要紧的，还是要朕亲自发落。"

　　所以当皇帝有多忙，从他大婚后只能歇两天就可见一斑。嘤鸣崴身坐下，撑着脑袋说："政务再忙，也要仔细圣躬，我原不想吃东西了，不如让您早些安置的好。"

　　皇帝知道她口是心非，真要不想吃，他吩咐三庆的时候她早就叫住了，不过是新婚期间不好意思贪吃，有意装样儿罢了。

　　"想吃就吃吧。"皇帝说，"你之所以嫁给朕，朕的御膳房好吃，不也占了大头吗？"

　　噫，真是一针见血！嘤鸣总觉得她在喜欢他之外，还有一种莫名充实的感情在支撑着她。她早前一直没来得及细想，现在猛然说起，她才回过神来，讶然道："真是这样！"

　　皇帝勉强笑了笑，没法子，他总不好和御膳房的那些菜色争风吃醋吧。虽然有点儿失望，但失望程度并不深，姑且把御膳房当作自己的一部分，这样心里能好受些。

　　嘤鸣见他笑得不够倜傥，知道他又闹别扭了，挪身去牵他的手，说："万岁爷坐下吧，先头周太医还背着我说话呢，闹得我越发好奇了，他同您说什么了？"

　　皇帝"哦"了声，拿出小瓶子搁在她面前："给了药，让朕给皇后上。"

　　嘤鸣纳罕："为什么非要让您给我上？"

　　皇帝说："唯恐皇后自己够不着啊，朕倒是有这个手段。"

　　这么一说她就明白了，八成又憋着小九九呢。她打量了他一眼，从上打量到下：

"用……那个吗？"

皇帝一窒，下意识拿广袖遮挡："你这女人……"

她笑得很纯真，心说这也不能怪我。只是这男人啊，真是叫人信不实，想尽法子要做那事，连上药这种借口都想出来了，这位主子爷，使坏起来还是不够高明。

不过这个话题很快便被满桌的吃食冲淡了，德禄忠君事主的心令人无比感动，虾着腰从外头进来，手里捧着一只梅花细脖儿酒壶，赔笑道："奴才给万岁爷和主子娘娘备了果子酒，娘娘别的酒不能碰，唯独这个能用两口。大好的日子，进点儿酒助助兴，吃醉了也不打紧的，横竖倒头就能睡。"

嘤鸣觉得可行，和皇帝推杯换盏你来我往。她酒量不好，却十分贪杯，最后喝高了，拍着脑袋说："万岁爷，我头晕。"

皇帝一听太妙了，忙命人撤走膳桌。宫人络绎捧着洗漱的器具进来伺候他们漱口擦牙，最后菱花门轻巧地合上时，皇帝一把抱起了他的皇后。

皇后耳垂嫣红，饱满得像颗葡萄，他叼了一下，凑在她耳边说："皇后别睡，上药的时候到了！"

· 四 ·

她有点糊涂，但还没到醉死的程度，梗着脖子说："不，我不上药！"

"你不疼了吗？"皇帝把她送到床上，自己就势挨上来，回手放下了红帐。这洞房立刻缩小在方寸之间，他的皇后就算满腹牢骚不情不愿，也逃不出他的手掌心了。

她仰在枕上，一双眼要合上了，想起上药那件事又勉强睁开，惺忪着说："您别使坏。"

皇帝皱眉："朕怎么会对你使坏？你有点儿良心成吗，朕只差把心掏出来给你了。"

皇后脸颊红红的，那种妖娆妖媚的样子，像话本子里的妖精。她伸出一根细细的手指头指着他，笑得十分放肆："我以前，吃了您多少亏，您还记得吗？不对我使坏……这话您自己信吗？"

好像真不信，因为他现在盘算的事儿，就是想对她使坏。

他在醉酒的皇后面前胆儿很大，没打算藏着掖着："朕最近都在用龟龄集，单是昨儿晚上……解不了药效。朕今晚也想，但你先前好像伤得不轻，朕不敢轻易动你。"他眼巴巴地看着她，"皇后，你要是不愿意，就眨眨眼。"

嘤鸣酒劲儿上了头，眼皮子比断龙石还重，一旦合上就很难睁开。皇帝吃准了这一点，强人所难，果然等不来她眨眼，这么着就大有可为了。他摸摸她的脸，自言自语着："朕要是这么做，会不会太没人性了？"原本捏住她肚兜带子的手纠结了半晌，还是缩了回来。他叹气："算了，让你将养两晚吧，我怕你又踹我。"

什么都不做，抱着睡还是可以的，于是轻轻把她的脑袋托起来，让她枕在自己的胳膊上。昨儿夜里忙完正事只迷瞪了半个时辰，这半个时辰抱她在怀里，似乎也不能填补他急欲亲近的渴望。今儿夜里就这么睡吧，也许胳膊会有些麻，但这是甜蜜的代价。他靠过去一些，把那小小的身子搂起来，和他紧密贴在一处。虽然有些心猿意马，但有所顾忌，也不敢轻举妄动。

从感情上来说，他真是个老实头儿。嘤鸣先头是多喝了两杯，但今晚的量远不及游湖那晚，所以她的脑子是清醒的。他说的那些话，她都听得很清楚，包括那句不愿意就眨眨眼。她成心没眨眼，说明她是愿意的。结果她扛住了恐惧，这人自己倒打了退堂鼓，嘤鸣知道，他是怕她伤上加伤，还是因为心疼她。

她是个知恩图报的脾气，他踟蹰不前，她越发想要成全他。脑子里乱糟糟，身上热烘烘，她嗡哝了声："万岁爷，您干吗呢？"

皇帝吃了一惊："你怎么还没睡？"

她不说话了，仰面贴上来，拱啊拱的，觅见了他的嘴唇，吸溜一下，把他的下唇含住了。

皇帝心头过电，顿时雀跃，这是二五眼在向他求欢吧？这人一向不按常理出牌，连亲嘴都亲得那么独树一帜。

他忙摸出周兴祖给他的神油塞在枕头底下，再努力把自己的嘴抢救出来，情真意切地说："朕怕你疼。"

"您是个好人。"她含糊着，口齿不清地比画，"宁愿委屈自己，也不委屈我。"

这句话说对了，他现在确实就是这样的心思。以前他不顾人死活，一味蛮干，管那些女人受多大的罪！昨儿他也甜畅淋漓了，但他的皇后满含热泪，完事之后还哭了一鼻子，他就知道不好。他现在很怕她哭，她一哭他心里就抽抽，他和外面那些男人不一样。世上大多数男人有这毛病，没有得到前烈火烹油，得到了便觉得不过如此，转头便丢到一旁去了。他不是，他是没有得到的，不会真正放在心上。得到之后才是他的，自己的东西自己爱护，不能凭一时高兴，让她受到损伤。

一个会收集老物件的人，实在具有一种抱朴含真的情操。别瞧他雷厉风行，莽撞中还是满怀细致和深情的。皇帝受她一夸，有点骄傲："朕也觉得自己是好人。"

她窸窸窣窣褪了明衣，闭着眼睛把手贴在他胸膛上，轻声说："我身子还没好利索呢，主子给我上药吧。"

这真是这些日子以来听到的最好的话了，皇帝精神一振，打了鸡血一般。那个想效法先祖到处盖章的心愿终于得以实现，他掬着她，她软得像水一样，大红被褥下白玉的身子，触一触，会发出缠绵低回的共鸣。

她的爱是一片广袤的海洋，平常独大的皇帝，这会子成了一尾华丽肥美的龙鱼。他探寻四海，悠然来去，风浪将至，昂首奋鳞，也有以命相搏的勇气。

"药呢？"她喘着气问，周兴祖给他的未必真是药，爷儿们背着人说话，哪能有什么好事儿。太医眼下的职责不是医治皇后，而是让帝后皆大欢喜。

皇帝从枕下掏出了那个小瓶子，扭扭捏捏地塞给她："朕想让皇后替朕抹上。"

那双妙目亦嗔亦怨地瞅住他："您不是说要给我上药的吗，怎么这会子倒过来使唤我？"

皇帝含蓄地笑了笑，拔了瓶上塞子，直接把药油倒在她手心："朕只负责给你上药，取药的事儿得皇后自己干。"

她嘟着红艳艳的唇，脸上满是微醺后的风情万种，嘀嘀咕咕抱怨了两句，小心翼翼地半拢着拳头，收回了被褥里。

这种感觉怎么说呢，实在太美了。皇帝咬着唇，一瞬饱尝了无边风月，实在不后悔来人间走了这一遭。他舒爽极了，带着微吟，捧住她的脸狠狠亲了两口。这回可没有委婉矜持，就是狠狠地，恨不得把她的魂儿吸出来。

空气变得越来越稀薄，案头的红烛也奄奄如萤火，他撑起身吻了吻她的额头，嘤嘤呜看见一个有别于平时的皇帝。原来他擅骑射是真的，那矫健的身姿，胸腹上结实的肌肉，不是自小锤炼，哪里养得出来。

可就是这么实打实的练家子，翻她家女墙的时候摔了个大屁墩儿，她到现在都想不明白，以他的身手，怎么能是那样狼狈地出场。

也许他是故意的，他在她面前一直无懈可击，既想让她看看他接地气儿的样子，又没有好主意，于是他那颗异于常人的脑瓜子，就琢磨出了这么个法子。

他来了，温热坚定，她轻轻蹙了下眉，比预想的还好些，但也仅仅是好了一些些，该不适还是不适。但他脸上的神情极喜欢，她甚至看见了他满眼的惊艳，轻轻吸了口气说："明儿赏周兴祖……"

她闭上了眼，赏谁都行，身边伺候的这些人都该赏，没有他们不遗余力地撮合，哪有他们今日的相濡以沫。

她在尖锐的痛里掐住他的两臂，感觉他低下头亲她："皇后，还要继续吗？"这样问着，身形渐缓，仔细观察她的表情。

她"嗯"了声，半途而废不是他们的风格。

床上银钩摇曳，和紫檀的床架子相击，间或发出清脆的一声响。外面起风了，檐角铁马也摇得越来越急，这黑洞洞的夜，简直有种兰若寺般玄异迷离的气息。

她蜷缩在他怀里，听了一夜的北风，将要到天亮的时候风声才消散。再过会儿就得起来了，心里还记挂着庆贺礼，所以一直半梦半醒着，身边的人有一点儿动静都能察觉。

皇帝多年来养成了早起的习惯，小时候皇祖母的管教很严，精奇嬷嬷在床头上站着，到点儿了敢赖床，藤鞭就现开销。所以即便到了自己能做主的年纪，他也没有睡回笼觉的习惯。

窗外灯火往来，窗户纸上浮起了蟹壳青，檐下的灯笼一盏盏卸下来，皇帝起身下床，掀了窗户一角的绡纱朝外看。嘤鸣撑起身子问怎么了，皇帝回身笑了笑，眉眼间有少年般的喜悦："下雪了。"

"真的吗？"她顿时一阵高兴，蹦起来下了脚踏。也来不及穿鞋，奔过来挨在他身旁朝外看，讶然长叹："果真的啊！"昨儿夜里应当下了一夜，今早已经积起来了，丹墀上的汉白玉望柱挑了满肩的雪沫子，地上的青砖已经看不清本来颜色。这煌煌宫阙太冷硬，有了这雪，反倒焕发出一种绵软旖旎的况味来。

皇帝也喜欢雪，定定望着窗外说："朕没有骗你吧，下雪的时候紫禁城很美。"

她倚着他的胳膊点头，肩上明衣垂落，露出一个圆润的肩头，他垂眼看看，低头亲了亲，然后牵起衣领，替她掩了起来。

"今儿是初雪呢。"她笑吟吟地说，"可惜事忙，抽不出空儿来。"

皇帝想了想道："朕昨儿答应你的，背你上十八槐那儿转一圈。要是时候来得及，再带你出宫吃馄饨，好不好？"

她欢喜得一把抱住了他，尖尖的小下巴抵在他胸口："快叫我瞧瞧，我究竟嫁了个多好的爷们儿！"

皇帝捏捏她的脸颊："朕的好处多着呢，以前是你瞎了眼，没看见罢了。"

可又来！好好的情调，他一张嘴就破坏殆尽。嘤鸣也反手捏住了他的："您可别在我跟前耍横，再敢说我瞎，往后就别上我的绣床！"

这个恐吓很有实质作用，皇帝马上就缴械了："朕往后不说了还不成吗？"他放软了语气，抱着她摇了摇，"皇后，昨儿夜里……你觉得朕怎么样？"

又要谈这种羞人的事儿，她难堪地扯了扯嘴角，细声说："我觉得您的手段有进益，不知是不是周太医的药起了作用，今儿我疼得不那么厉害了。"

皇帝窃喜不已，心道那哪是什么药，分明是湿春的缘故啊。无论如何不疼了，这是最大的好消息，她每每叫疼，他也放不开手脚，难以展现他本来的实力。

外面檐下传来德禄压嗓的回禀："万岁爷，主子娘娘，该起身了。"

皇帝应了声"进来"，近身伺候的人鱼贯而入垂首行礼，复上前来替他们更衣。今儿的庆贺礼，他和她都需升座接受叩拜，因此依旧要着朝服。皇帝的朝服同样烦琐，不过比皇后少了一道梳妆打扮的流程。待结发戴了冠，他回身看，皇后坐在镜前，正由宫人傅粉盘发。

皇帝是头一回看到皇后戴朝冠的过程，只见一个镂金嵌东珠的、项圈一样的东西被仔细束在她额上，他有些不解："这是什么？怎么像紧箍咒似的。"

皇后咧着嘴笑："这叫金约，朝冠下头必要戴的。"抬手抚了抚脑后垂挂下来的珠串道，"皇后五行三就，贵妃是三行三就，这东西缺之不可，倘或少了，我就不是皇后了。"

皇帝不知哪根筋搭错了，误打误撞也有说对话的时候，他沉吟了下："只要朕在，你就是皇后。"

伺候梳头的海棠和豌豆听了有些惊讶，她们在御前好些年了，万岁爷向来不食人间烟火，要得他一句软乎话何其难啊！如今可好，想必这位皇后是深得圣心的，她们交换了下眼色，很是庆幸自己跟对了主子。

璎鸣抿唇笑，屈起食指叩了叩妆台："奴才谢主隆恩。"

皇帝意气风发负手而立，透过黄铜镜打量自己，连夜的操劳没有让他感到疲惫，他整了整冠服道："太皇太后和太后在慈宁宫升座，朕要率王以下大臣诣慈宁门行庆贺礼，过会子再在太和殿升御，且要忙上半天呢。"

他预备出门了，她从绣墩上起身，牵了他的手送到殿门前。暖阁昨夜烧了火炕和地龙子，从温暖的环境里出来，迎头和寒气撞个正着，不由得哆嗦了一下："嗬，这么冷！"忙招手让人把她的手炉送来，放进他怀里，切切叮嘱说，"这个您带上，见臣工前再交给底下人。"

皇帝以往都由近身的太监侍奉，后宫的妃嫔想关心他又不得机会，所以过去漫长的年月里，他几乎都是踽踽独行，没有女人心疼他。一位天下之主，内心关于感情这块是缺失的，细想起来也甚可怜。还好如今有了她，人生便再没有什么可抱怨的了。

皇帝微微浮起一点笑意，他在她跟前常笑，但在大庭广众下，这些温腻的东西都收敛起来，他还是那个克己自制的皇帝。

手炉在怀里紧扣着，他没有再说什么，转身便下了丹陛。御前的人簇拥着他上了肩舆，短促的击掌声响起，肩舆滑出坤宁门，杳杳向南去了。

璎鸣轻舒了口气，真的，这样的日子再也没有其他奢求了。她一直很感激上苍，在娘家时父母疼爱，兄弟姊妹和睦。出了阁，遇上一个不会说好听话但实心实意对她的男人，这是她上辈子做了多少好事才换来的福气！

正因感念这份福气，后来见了后宫那些嫔妃她也没有发难。康嫔战战兢兢总在觑她脸色，她发现了不过一笑："怎么，我脸上有东西？"

"不不不……"康嫔摆手不迭，"奴才是瞧娘娘今儿气色很好……"想认错也无从认起，康嫔只好东拉西扯，涩涩笑着。

嘤鸣没再搭理她，皇帝先行一步带领王侯重臣敬贺慈宁宫，文武百官便在午门外行礼。这会子他移驾太和殿，受蒙古王贝勒及藩属国使臣朝贺去了，她便率后宫所有嫔妃向太皇太后和皇太后行三跪九叩大礼。

横竖所谓的庆贺礼，就是低位向高位逐层磕头道喜。从慈宁宫出来，皇帝已在乾清宫升座，她又率众人进乾清宫过礼，最后才轮着皇后升御坤宁宫，由春贵妃率所有嫔妃及公主、福晋、命妇等向她道贺。

冗长的礼仪规矩很让人乏累，但这样的场合，她必须绷直脊梁，不能有半点错漏。

坤宁宫正殿既深且广，她坐在地平宝座上朝外看，穿过朱红的三交六椀菱花门，外头是漫天飞扬的大雪。萨满在抑扬顿挫地念着祝祷词，她却感到惆怅，这么大的雪，他可怎么带她踏雪游园……

贰拾

# 大雪

· 一 ·

如果长久窝在后宫享受安逸，朝政也好，社稷也好，离他似乎很遥远。可是一旦回到男人的世界，这个世界里充斥着责任和重压，家国天下萦绕心头，常令人喘不上来气儿。

大婚的前后几日，皇帝总有些定不下心神，政务难免有耽搁。今儿上军机值房走了一趟，堆山积海的公文看得他心惊。军机章京们个个捧着奏疏恭请御览，他也不回养心殿了，干脆在军机处落了座，就地解决那些亟待处置的条陈。

外面的大雪没停，瞧这态势，怕要连着下上两日。德禄在军机值房外嘱咐太监烧暖炕、搬火盆子，一头和军机处回事太监抱怨："里头那是什么味儿，一阵阵直冲鼻子眼儿。就连咱们杀大爷的熊味儿，都比这个好闻些。"

回事太监赔笑："您还不知道吗，里头虽朝廷要员云集，到底个个儿都是糙老爷们儿。像前阵，军务政务连着大婚事宜，忙起来连家都顾不上回，时候一长，难免有味儿。"

德禄不太明白："什么味儿啊？才这么几天，还能馊了不成？"

回事太监对插着袖子直嘬牙花："这您就不知道了，起卧全在里头，汗味儿、烟味儿、饭菜味儿、脚臭味儿，什么没有？您可别说，咱们伺候惯了，闻不见这味儿还难受呢。"

德禄打了回干呕："天爷！"忙转头招小富，"快着点儿，回养心殿取奇楠来。

亏得咱们万岁爷在里头坐得住，这要是半天下来，身上还不得熏臭了嘛！"

小富应了声，一蹦三跳地往遵义门上去了。

德禄能坐上如今的位置，自有他的长处。他知道往常万岁爷就算和那些邋遢大臣打成一片也不要紧，横竖都是爷们儿，主子爷至多腹诽，政务忙起来也顾不上那些。如今不一样了，宫里有了皇后娘娘，总得顾及皇后娘娘的心情。新婚的小两口儿，少不得多亲近，万一叫娘娘闻见这味儿，不得吐出隔夜饭来嘛！

小富淋了满身满头的雪，顾不上打伞，把熏香护在怀里送来了。德禄接了香，忙进去点上博山炉，搁在南边的炕头上。青铜流云纹的顶端缓缓荡漾出烟雾来，他悄悄拿袖子扇了几下，这奇楠消臭有奇效，不一会儿就盖住了屋里不洁的气味。万岁爷紧蹙的眉心这会儿才舒展开，起先总憋着一股劲儿，后来处置起外埠税课、藩属国上表及喀尔喀战事来，都有了游刃有余的气度。

负责蒙古四部战报的章京冯河，开始回禀各路兵马的行进路线："噶瑟率领的地支三旗已穿过но龙岭，向中后旗进发。八百里加急今儿早晨进京，要是算上笔帖式赶路耗时，不出意外的话，这会子已经和佟崇峻的昭阳、祝犁二旗会合了。"

皇帝听着尚算满意："忠勇公遭遇不测，眼下地支三旗军心如何？"

冯河道："噶瑟有奏报，说军心稳定，请主子不必担忧。我地支铁骑这些年虽在忠勇公麾下，但谁才是正头主子，人人心里门儿清。如今忠勇公因公殉职了，众将士也没慌了阵脚，军中有副都统指挥，行军作战没有丝毫影响。"

皇帝唇角浮起一点轻浅的笑："地支三旗统帅变动，底下旗务将来也要调整。你拟一封旨意命噶瑟通报三军，只要三旗上下一心，班师回朝后人人有赏。届时朕再论军功提拔将才，英雄不问出身，只要忠于朝廷，朕绝不会亏待了他。"

冯河道"是"，重赏之下必有勇夫，但凡自己能出人头地，旗主的死便不算什么了。甚至要说死得好，因为压在头顶上的山塌了，才有了新的气象，有了看得见的前程。皇帝需要人心归顺，旗下那些自小扛刀的勇士需要光宗耀祖，两下里一拍即合，还愁薛尚章的三旗亲军不乖乖回归正统？

皇帝复又叹了口气："当初忠勇公离京，有人大大不满，朕夜游正阳门遭遇刺杀，这件事因朕大婚暂且搁置了。现在喜事办完了，该处置的须处置起来。"

章京们听了惕惕然，纳辛如今是军机处领班，又是不折不扣的国丈，这个时候该这位国丈爷出来说两句话了。于是众人都巴巴儿地看向他，纳公爷也很乐于给这位皇帝女婿定心丸吃，垂袖道："请万岁爷放心，眼下那些刺客在押，随时可过堂受审，这是一桩。还有另一桩……"他顿下来，瞭了眼左右同僚方道，"奴才收到线报，忠勇公薨后，福格四处活动，很不安分。据说还在外头胡言乱语，诋毁圣躬……"

众人都面面相觑，大家嘴上不说，心里明白，这是到了收网的时候。薛尚章这些年的猖狂有目共睹，早前皇帝没有亲政，他霸揽朝纲也就罢了，后来政权收归皇帝手中，他依旧分毫不让，这就是不知审时度势了。当初硬塞了纳辛的闺女进宫，本以为能仗着同荣同辱牵制继皇后，谁知皇帝另辟蹊径，并没有从正规途径大做文章，宁愿赏他个配享太庙的哀荣，就这么保下了齐家。但其他薛派的人，显然没有纳辛这样的好命，薛家的儿子首当其冲。纳辛这人平常善于和稀泥，紧要关头绝不含糊，皇帝要把薛家连根拔起，他连锹都准备好了，只要皇帝有这个意思，他立马就往上递锹把子。

横竖薛家二爷凶多吉少，就等着上头拿这个大做文章吧。以前和薛家有过往来的都惴惴不安，等着悬在脖子上头的铡刀落下。值房里真静啊，满屋子肥得流油的军机大臣们，这会儿成了结冻的肉汤，万岁爷说加热就加热，说切块就切块。

皇帝呢，自有他平衡朝堂的手段。薛尚章当权这些年，满朝文武有几个是一干二净的？朝堂像个大池子，水至清则无鱼，都处置干净了，他一个人也当不成皇帝。

因此他的反应，可说是出乎了所有人的预料："事出意外，薛公这一去，阖家老小人心惶惶，朕可以体谅。人经历大悲大痛，言语反常也是有的，朕怎么能因这一点错漏斤斤计较呢。"一头说，一头问御前大臣阿林保，"朕下令内务府协办丧仪，如今怎么样了？"

阿林保哈腰道："回主子，都照着主子的吩咐办理，丧仪、出殡及墓园，一应都料理妥当了。如今薛公棺椁停灵关帝庙，钦天监瞧了日子，一个月后落葬。"

皇帝点了点头，脸上神色黯然："薛公是我大英股肱，当年几位皇叔作乱，是他保朕坐稳这万里江山，朕心里一向感念他的好处。灵柩进京，恰逢朕大婚，没能亲临祭拜，朕心里实在有愧。横竖大葬还没到时候，等择个日子，朕再去他灵前上一炷香吧。"

皇帝还是体天格物的好皇帝，对待那样一个权臣能做到不失风度，那么朝堂上这些和薛家有过小来小往的人就不必担惊受怕了。

皇帝的目光没有锋棱，平静地扫视左右侍立的臣工，乍见案上西洋座钟针指向未时，笑道："竟这个时候了！朕一议事就忘了时辰，让你们饿着肚子办差，是朕疏忽了。"转头吩咐德禄传膳，自己舒展身形下了南炕，复又说，"明日卯时，太和殿设筵宴，届时咱们君臣再共饮一杯。"

众人道"嗻"，纷纷扫袖打千儿："恭送皇上。"

皇帝转身走出了军机值房，外头虽冷，但空气清冽。他站定了，略醒了醒神儿，举步朝乾清宫去，边走边吩咐那丹朱："下月初四，朕要上关帝庙祭奠忠勇公，把消息放出去，朕等着薛家老三来寻仇。"

那丹朱应了个"嗻"，亦步亦趋跟在皇帝身后，进了内右门。

心腹大患已除，再加上情场得意，皇帝走路都带风。原本薛家不必弄到这步田地，可惜薛尚章和长子一死，底下两个成了无头苍蝇。老三赫寿的命是他特特儿留下的，如果他安分，以后酌情还能容他活着，但他下落不明，少不得藏匿在哪里图谋不轨。这样正合皇帝的意，给了他机会正大光明把薛家荡平。他心里有成算，缓缓吸了口气道："薛家重用的人，给朕列个名单出来，命粘杆处仔细盯着。等薛尚章大葬礼成，就将他们一网打尽。"

那丹朱半晌应道"嗻"，似乎是猛地回过神来才应了一句，皇帝皱了皱眉，听出了心不在焉的味道。

他回头瞧他，那丹朱年纪不大，却长着一张老成的脸，红绒暖帽下的五官总有股忧心忡忡的味道。皇帝才想起昨儿太皇太后提及的话，料他还在为家里的事苦恼："你有好前程，别因俗务耽搁了。"

那丹朱愕然抬起眼，才知道家里的烂事儿已经传进宫来了，颇为羞愧地说："是，奴才犯糊涂了，请万岁爷恕罪。"

那丹朱的年纪比皇帝还大一岁，算是他的表兄，这些年一直在他跟前办事，奇怪的是从未向他提起家里的难处。皇帝道："朕从皇祖母那儿听说了，你为什么不早些告诉朕？"

他哈下腰道："主子政务如山，奴才怎么敢拿家里琐事劳烦主子。况且又是些上不来台面的，说出来也丢人……"

天上雪片子纷扬，落在脸上有细细的寒痛，皇帝眯着眼问："你有什么打算？眼看年纪不小了，倒不如早些成了家，好好谋一番事业。"

那丹朱垂首，语气很无奈："就算说了亲事，也不过多个人受罪罢了。"

这么说来就进了死胡同，皇帝道："既然处不到一块儿，何不自立门户？"

那丹朱一味摇头："阿玛还在，哪有分家单过的道理？再说就算分了家，殊兰也没法子跟着我这个哥哥过，到时候只怕更艰难。"

皇帝听得震怒："这是什么牛头马面，竟要反了天不成？你阿玛琢磨什么呢，儿女都到了岁数，婚事全耽搁了，他还有心思票戏吃酒？"

那丹朱是孝子，对他父亲断没有半句怨言，就算心里有怨，也只怨那个后妈："这女人是夜叉星，前两天殊兰差点儿没命。她想尽法子祸害殊兰，弄了个铁皮炉子，压了一炉膛硬煤，放在殊兰屋子里头想熏死她。好在殊兰命大，半夜醒了，要不这会子望乡台都到了。奴才没用，她是我阿玛明媒正娶的女人，算奴才半个妈。眼下我们的婚事全在她手心里攥着，姨妈上门来劝，都叫她给轰出去了。想是咱们郭家哪里得罪她了，她不给咱们留活路。有时候奴才压不住火气，恨不得一刀宰了她。奴才是御前侍卫，是皇上的巴图鲁，可奴才在家竟这么窝囊，还活着做什么！"

皇帝听着也糟心得很，这种女人确实可恶，可她发横是在自己家里头，外人也不能把她怎么样。皇帝拍了拍他的肩："你有你的前程，为这样的人断送了不上算。眼下番禺海盗肆虐，朕打算派你过去平定，这是你建功立业的好机会，别因家里这些污槽事儿错过了。至于殊兰，她毕竟是朕的表妹，朕去和皇后商量商量，请她出面解决，你只管忙你的差事，管叫你后顾无忧就是了。"

那丹朱大喜过望，忙垂袖打千儿："奴才谢万岁爷恩典。"

皇帝点了点头，负手进月华门，缓缓往坤宁宫去了。


嘤鸣那头的大礼已然过完，还留嫔妃们喝了一盏茶。昨儿万岁爷背着皇后娘娘回的坤宁宫，这个消息早传遍了东西六宫，连北五所看门儿的淑答应都知道了。大伙儿今天见了皇后娘娘都是心里发酸，连带着茶也有酸味儿似的，只吃了一轮，就识趣儿地散了。

她们一走，嘤鸣怡然自得，换了燕服站在廊下看杀不得玩儿雪。

这小熊崽儿，如今和孩子似的，替换的衣裳备了不老少，先前是单的，眼下天儿冷了，也给它换成了夹的。它在月台上胡天胡地，先头小太监扫雪，她特意让他们空出一块来，专供它在里头打滚。它的脑袋就像雪铲，霍地杵进厚厚的雪堆里，再昂起来，灰扑扑的小毛脸儿上沾满了雪，鼻尖上堆得像小山，那花椒小眼就越发小了，躲在雪后几乎找不见。

嘤鸣看它撒欢，笼着暖兜发笑。其实她也想玩儿雪，可眼下到了这个地位，那么多眼睛看着呢，已经不容她凑趣儿了。

"做一只熊倒挺好……"她喃喃说，语气羡慕。忽然听见门上有击掌声传来，转头一看，满天飞雪里有人打着黄栌伞过来，她忙站到廊庑最外沿，蹲了个安说："万岁爷回来了？"

皇帝踏上台阶便把她往里头牵："这么冷的天，在外头喝西北风？"

她"啧"了一声："我不是在等您嘛。"

皇帝说："等朕干什么，还怕朕不回来吗？先前上军机处走了一趟，该办的事都办完了，等用完了膳，带你上南边去。"

嘤鸣心里当然高兴，可她还装矜持："哎呀，这么大的雪……"

"不碍的。"皇帝说，"朕让德禄预备了油绸衣，雪再大也不要紧。"

边上的德禄忙应是："万岁爷的油绸衣是最好的，外层防水，里头带丝绵，穿上可暖和啦！只是尺寸和主子娘娘不合，这会子正命四执库加紧改呢，等用过了膳，大致也差不多了。"

唉，如今的呆霸王竟这么体人意，真叫她没想到。嘤鸣仰着脸冲他笑，他看了她一眼，傲慢地调开了视线："快抠抠眼屎吧，别傻乐。"

嘤鸣的表情僵住了，忙抽出手擦眼睛，可是擦来擦去没发现他说的眼屎，她气得跺脚："您又糊弄我！"

他一面潇洒地往里走，一面抬起手指头指了指脑袋，意思是说她傻。她狠狠地瞪着他，大袖一甩屏退了左右，然后快步追上去，憋着劲儿一跳，跳到了他背上。

· 二 ·

他"嗬"的一声，反过手臂来接住了她："你胆儿肥了？"

她勾着他的脖子说："可不是嘛，您养得我胆儿有牛胆那么大，既然欺负我，就别怪我反咬。"

"你还咬呢，属狗的吧？"皇帝没好气地说，手上却紧紧端住了，一直背进暖阁，扔在了南炕上。

她笑嘻嘻地拢着绒毯，两只眼睛在天光下晶亮："我不属狗啊，我属龙，您呢？您属什么？"

关于属相，一直是皇帝不愿意谈及的，他东拉西扯着："今儿庆贺礼还顺遂吗？晚膳咱们吃什么？"

嘤鸣很执着，并不听他打岔，低着头开始扳手指头："兔、虎、牛、鼠……猪？您大我五岁，原来您属猪？"

皇帝干瞪眼："是啊，朕属猪，可朕是真龙天子，是真正的龙，你懂不懂？"

她早在锦垫上笑得前仰后合，堂堂的皇帝，属什么不好，偏属猪。怪道他说话老是着三不着两，以前她还想不明白，这会子可找到佐证了，原来是随了他的属相。他很生气，坐在边上一言不发，想必很烦这个低级趣味的女人拿这个作为笑谈。当然更大的原因可能是自卑。

嘤鸣瞅瞅他，越发觉得他好笑，这会儿竟发现这个人变得可爱起来。她爬过去，拽了拽他的袖子："咱们的姻缘是老天爷定下的，您瞧您没属成龙，没关系，我帮您属了。再说了，属猪也没什么，我母亲早前就说过，属猪的人福气好，能吃能睡还聚财，最要紧的是旺夫。"

皇帝认为她纯粹是在瞎掰："旺什么夫？朕是男人！"

她拍拍自己的胸口："旺妻也成啊，您旺着我，我在您的庇佑下，活得逍遥自在，不也挺好吗？"

皇帝这才稍稍消了气，白了她一眼："朕发现自己和你在一起，脑子也会变得不太好使。明明朕先前运筹帷幄、决胜千里的……"

她笑得眉眼弯弯："您在外头耍心眼子就好，回来和我在一起，咱们老老实实的，有一说一，有二说二，这样多舒坦！"

他想了想，倒也是的，他一直向往这样的生活，前朝钩心斗角太累了，回来之后最好能够释放天性，坦诚地和他喜欢的女人共处。这二五眼虽然有时候很奸诈，但她本质纯净，心若琉璃。这是多可贵的品质，也只有这样的女人，才配得上优秀的他。

她跪在炕沿的一小片，为了不压着他的朝褂，尽量缩着身子。他看见她谨慎的模样，心里老大的不忍。长臂一揽，把她圈进怀里，心里还在琢磨着，以前到底是怎么回事，骗她吃羊肉烧卖，罚她顶砚台……那时候的他是不是被什么占了躯壳，才做出这样的事来？果真是不能爱上坑过的人啊，一旦爱上，就要反省以前的错，觉得自己那么亏欠她，觉得自己十恶不赦。

"皇后，你以前讨厌朕吗？"皇帝希望她能说出两句违心的话来，安慰一下他无处安放的彷徨。

结果他的皇后说："是啊，您以前就是个鬼见愁知道吗，仗着自己位高权重老是欺负我，我那时候可讨厌您了。"说完笑着扭头看看他，"那您呢，您是不是打从一开始就很喜欢我呀？"

"是啊……"皇帝想都没想就说，忽然发现上了她的套，忙转换话锋哼笑道，"你想什么呢！在朕心里你就是个二五眼，蒙事儿的积年，扮猪吃老虎的行家。"

她听完了，拉着脸乜他，慢吞吞地从他怀里挪出来，下地整了整衣裳朝门外看："怎么还不排膳，我都饿了。"

她不接他的话茬，这有点儿不妙了，嘴上虽不说，其实心里已经在琢磨，今晚怎么不让他进门了吧！皇帝想说点儿好听的，可是绞尽脑汁也不知道应该怎么把这个话题续上，于是走到门上唤德禄："怎么还不排膳？"

德禄一迭声说就来，话音才落，就见甬路上两列太监冒着风雪，抬着朱红的食盒过来。白雪底下一抹红色，有种独与天地往来的玄妙感觉。

开始排膳了，这是嘤鸣心里最觉踏实的时候。她端端正正坐在黄花梨膳桌前，看着一品又一品的热锅放在桌面上，像葱椒鸭子热锅啦、炒鸡丝炖海带丝热锅啦，都是她喜欢的。

皇帝侧目瞧她，发现只有这个时候，他的皇后才是心甘情愿、发自内心地端庄快乐。真的，只有这个时候，一切不高兴的事儿都可以忽略。她的所有精神都集中起来，完完全全用来吃。她很有章法地先拿南小菜开胃，再进一个小馒头点补点补，然后开始吃热锅，把十八品热锅一样一样都尝一遍，最后再喝小半碗粳米粥，这一顿就算吃完啦。

皇帝以前对吃没什么研究，横竖都是侍膳太监伺候的，荤素搭配上就行了。但如今不一样，身边多了个善吃的人，他依葫芦画瓢，也能吃出她心里的那种快乐。

嘤鸣拭着嘴，看他搁下筷子，满足地长嘘了口气。她笑了笑："您吃饱了吗？"

皇帝点头，复朝外看了一眼："油绸衣还没预备好吗？"

德禄虾着腰进来，说："主子和娘娘先歇会子，奴才这就上四执库瞧瞧去。"

嘤鸣倒是不着急，她在屋子里慢慢转了两圈消食，皇帝坐在南炕上，趁这当口把承恩公家发生的事儿一五一十和她说了："朕打算派那丹朱上番禺剿灭海盗，他在御前的职务上干了好些年了，也替朕承办了不少机要事宜。朕看他是个将才，要是被家里的事儿拖累了，倒可惜得很。他们兄妹和朕自小相熟，朕一向忙于朝政，从来没有过问他们的家事。眼下殊兰落得这样的田地，朕心里很不忍，你替他们想想法子，先把殊兰救出那个虎狼窝要紧。"

嘤鸣听完，也很为那位皇表妹的境遇唏嘘："到底隔层肚皮隔层山啊，拿煤炉子害人的事儿也干得出来，这位福晋也太没王法了。是该把人救出来，要不哪天不明不白死了，家里阿玛不追究，一条小命就这么囫囵盖过去了。咱们这儿的法子最简单不过，直接接进宫来，谅那位福晋也不敢说话……"言罢觑了觑他，"可是进来容易，得名正言顺才好，她是您表妹，你有什么想头吗？"

皇帝压根儿没放在心上，盘着他的迦南串说："救人一命胜造七级浮屠，要是不知道也罢了，既然知道了，总不能站干岸。"

他这么回答，可见和这位表妹并没有太深的感情，充其量是小时候的情谊，加上眼下朝廷正要用人，既然外派她哥哥，总要让人放心才好。

嘤鸣心里大致有了底，复又问："将来呢？怎么处置？"

皇帝吃饱了，有些犯困，悠然闭上了眼道："踅摸个好人家，请皇祖母指婚就是了。她年纪也不小了，在宫里躲上一阵子，时候到了嫁出去，索性不要她那个后妈操持，到了人家也能过上两天好日子。"

这下子嘤鸣更有底了，心里暗暗笃定，但笃定之余又有些好笑，自己现在护食儿，不愿意叫别人抢了他。虽说皇帝嘛，一轮又一轮的选秀会接踵而至，也会有各种各样有趣的灵魂装点他的生命，也许哪天他就恍神，喜欢别人去了。嫁了帝王得有这样的觉悟，她是知道的，但让他在她身边停留的时候长一些，这也不是什么非分的要求吧！

"我看成。"她莞尔道，"将来她出阁，我也不会放任不管的。"

皇帝掀起眼皮烟视她，含含糊糊道："昨儿没睡好，这会子困了……皇后，要不咱们不游十八槐了，上床小憩一阵吧。"

他说得好听，这一上床，哪里还下得来！嘤鸣不搭理他："吃饱了就睡成什么了，要睡您睡吧，我还得消食儿哪。"

皇帝的话十分直接："上了床也可以消食的。"

她翻眼儿听着，然后捧着脸笑起来："我以前觉得您很正经，不是批折子就是召见臣工，还以为您用不着吃喝拉撒呢。后来陪您吃了两回御膳，我又觉得您跟貔貅似的，不用传官房，只进不出。现在您瞧您，多丑的样子我都见过了，您还不知道藏拙，整天变着方儿地想泄底。"

皇帝一听，连瞌睡都没了："什么叫泄底？朕要真泄了底，你还能好端端站在这儿？"边说边冷笑，"朕的样子丑，你呢？"

她被他一激，浑身的毛都奓了起来："我怎么了？您说！"

皇帝想了想，颓然瘫回软座儿里，撑着脸喃喃："你的样子很好看，肯定比现在穿着衣裳的样子好看。"

啊，这个人，什么时候变得这么会说话了？嘤鸣笑话他，为做那事不光动了脑子，连嘴皮子都动上了。她装模作样地摆谱："请万岁爷自重吧，光天化日，朗朗乾坤……"

皇帝"喊"了一声，不以为然。

那厢德禄终于抱着一个黄包袱回来了，风雪横扫，就算打了伞也不顶用，依旧落了满肩的雪。他到了檐下拍打，门上站班儿的宫女挑起堂帘子，他偏身进来，站在暖阁外头回禀："主子娘娘，您的油绸衣，奴才给您取回来啦。"

嘤鸣让他进来，他把包袱放在炕桌上，展开衣裳让她看。皇帝的身量比她大了两圈，那些做衣裳的匠人一个时辰内把各处拆开裁剪了又重新缝制上，这份办差的兢兢业业真是没的挑拣了。

她穿上试了试，茶褐的绸面上有五蝠捧寿团花，风帽很深很大，帽檐上镶了紫貂，雪沫子飞不进里头来。她高高兴兴地在他面前转了一圈："您瞧多合适！"想当初这个小气鬼送她纽子，每样只肯送一颗，如今连衣裳都改了给她穿，早知今日何必当初呢。

皇帝起身，把她的脸从帽子里头抠了出来。油绸这么沉稳的颜色，穿在她身上倒对比出一种清颜玉骨的味道，他仔细打量了两眼，尚算满意。转身由德禄伺候着披上了自己的，收拾停当后瞥了她一眼，也不说话，负手往殿门上去了。

嘤鸣嗒嗒地跟在他身后，觉得自己像个小跟班儿。他往中路上去了，她和他相距五六步的距离，忽然一回头，发现自己身后不远，有个穿着花衣裳的小身影。它见她停下了，坐在地上，仰着小毛脸儿看她。她不由得失笑，这景儿从远处看起来一定很有意思，他们仨，像珠串上多余的三粒散珠，就这么抛了在白茫茫的世界里。

皇帝站了站，对杀大爷的加入并不排斥。继续往前走，穿过与前朝一墙之隔的直而长的甬路，眼前豁然开朗。这个地方来的人不多，参天大树错落分布着，没有人扫雪，还是昨晚上堆积起来的样子。

嘤鸣吸了口气："东西六宫太拥挤了，尽是屋子连着屋子。这里好，不瞧西边的围墙，就像跑到外头来了。"

皇帝说："今儿雪大，正阳门上那个馄饨摊儿怕也不会出，咱们在这儿转转就成了，等雪住了，朕再带你出去。"

嘤鸣说好，垂手揪了一把雪，仔细揉成团，然后丢在雪地里翻滚，很快便滚成了一个大球。

杀不得很高兴，仿佛这是为它预备的，顶着那个雪球跑了好远。嘤鸣和皇帝手牵着手，背靠宫墙，看天上簌簌的雪花飘落。


"大雪啦，一候鹍鹎不鸣，二候虎始交，三候荔挺出……四时的节气后宫里头看不出来，到了这里就很分明。"她有些伤感，仰头看了看天上说，"今年倒春寒，深知走的时候还下过一阵儿雪呢。我那天进宫，头一回看见您……一晃大半年过去了，时间过起来真快！这宫里，日子挺无趣的，全指着过节了，您知道年头上有哪些节吗？"

皇帝不常记得那些烦琐的节令，除了冬至和正旦，剩下的就是自己的万寿节，还有太皇太后和皇太后的千秋。

可是他的皇后却很关心那些女孩的节日，并且大有考一考他的趣味："您知道二月初二是什么日子？"

这个他答得上来："龙抬头，吃龙鳞饼，女人不做针线。"

她"嗯"了声："那么二月十五呢？"

皇帝觉得麻烦："一个月里哪来那么些节日！朕不知道。"

"是花朝节。姑娘们踏青赏红结伴而行，那时候宫里女眷要上畅春园玩儿去，不过不带上您罢了。"顿了顿又问，"三月三呢，您知道吗？"

皇帝已经没什么想头了："才过去半个月，怎么又过节呢？"

"这个节很要紧，同七夕一样要紧。上巳节是男女相会的日子。"她切切叮嘱着，"到了这天您要送我兰草，千万别忘了。"

皇帝颔首："朕记下了。"

她又含蓄地笑了笑："那三月初十是什么日子来着？"

这回皇帝决定放弃："是潘金莲毒死武大郎的日子。"

嘤鸣一怔，那双大眼睛越睁越大，最后几乎喷出火来。连墙也不靠了，撑着腰朝他大喊："是我的生日！我的生日！"

皇帝犹如迎面狂风，那排山倒海之势几乎让他睁不开眼。他心里懊恼极了，觉得自己真是缺根弦儿，才会脱口说出这样的话来，咽了口唾沫忙说："对，是皇后的千秋，朕怎么给忘了……你放心，到那天朕陪你过，真的……"

可是他的皇后生气了，觉得他太不重视她，连后来的酒膳都没和他同桌吃。不过她大事上绝不含糊，受了他的托付，第二天便上慈宁宫回禀了太皇太后。

太皇太后很迟疑："你们才大婚，把人接进来，只怕外头传起来不好听。"

嘤鸣笑道："我知道皇祖母心疼我，可万岁爷来和我说起殊兰姑娘的境遇，我心里怪不落忍的。眼下万岁爷正要派那丹朱平定海疆，主子说那丹朱是个将才，不愿意荒废了他的前程，我这么做是为主子解了燃眉之急。再说殊兰姑娘本就是沾着亲的，进来玩儿两个月，外头人不知道，咱们自己知道，就算有闲言碎语，也不会往心里去。"

太皇太后很是赞许她的宽宏大量："好孩子，难为你这么替你主子着想。既然你们都商量妥当了，我这头没什么可说的，吩咐下去，把人接进来就是了。"

· 三 ·

宫里接人的事儿，好像都少不得董福祥出马。皇后才大婚，发话把人讨进宫来不合适，便由太皇太后下懿旨，由董福祥承办，上承恩公府接人。

承恩公的那位福晋，真是个少见的刺儿头，就是宫里去人，她也敢叫板。到底姑娘在她手里没过过好日子，她也怕姑奶奶登了高枝儿，将来回过头找她的麻烦，其实问问这位继福晋的心，她是断断不愿意交出姑娘的。

董福祥到了门上，说清了来由，起先还赔笑："给福晋请安啦。奴才奉老佛爷的命，来府上接殊兰姑娘进宫玩儿几天去。"

营房福晋那双鹰隼般凌厉的眼睛在他面上转了一圈："奉老佛爷的命？你是哪个值上的，我怎么从来没见过你？"

董福祥心里暗暗"嘿"了声，面上还是一团和气的模样，垂手说："奴才算哪块名牌上的人物，不过惯常给老佛爷跑跑腿儿，福晋自然没见过奴才。"

这位营房福晋，原是中下等人家出身，祖上出过一位武状元，那也是好几辈前的事了。论出身排不上名号，但因颇有美色，且是个没许过人家的老姑娘，因此被承恩公捧宝贝似的捧回了家。营房福晋心地不好，见识也不高，她似乎不知道宰相门前七品官的道理，对这个玻璃顶子的内官没什么好气儿。听那口吻，一副要拐骗他家姑奶奶的意思。董福祥抹了把脸，心说晦气，换了别的人家，二话不说先封元宝利市要紧，这叫开门红。这位倒好，别说银子了，干脆堵着门儿不让进去。外头风雪连天的，他在门外冻出了一身鸡皮疙瘩，脚指头在靴子里要结冰，都快没知觉了，恐怕今儿跑这趟，回头得生冻疮。

营房福晋还在穷琢磨，那水淋淋的大眼睛带着三分疑惑、七分不耐烦："好好的，老佛爷怎么想起我们家姑娘来了？"

董福祥道："福晋不知道吗，您家公爷是孝慈昭皇后的哥哥，您家姑娘是当今万岁爷的表妹。老佛爷有了年纪，记挂亲戚，这不，打发奴才来，接殊兰姑娘进宫说说体己话儿。"

正是这说说体己话儿，才叫营房福晋万分戒备。多少祸端是一来一往闲聊里头生出来的，她觉得宫里人是吃饱了撑的，孝慈昭皇后都死了十七八年了，这会子记挂劳什子亲戚。她抱着胸，歪着头，哼笑了声道："一表三千里，万岁爷操心江山社稷还操心不过来呢，没承想咱们姑娘倒有这造化。"

话说到这份上，再拦着也不成了，她只得放下胳膊让出了道儿。只不过好话还是没有的："谙达，您给个示下，老佛爷接我们姑娘进宫，是不是成心抬举她？"

董福祥"哟"了声："福晋这就难为奴才了，上头的事儿，奴才怎么能知道！不过依奴才之见，也就是进宫叙叙话，过两天还让姑娘回府的。"

营房福晋嗤鼻一笑："上回孝慧皇后宾天，继皇后不也是接进宫去玩儿两天、叙叙话的吗？"

董福祥顿觉服了这糊涂婆娘，孝慧皇后那回是大丧，这回是大喜，能一样吗？就这号人，四六不懂，成天只知道使坏，亏她当了这些年的福晋，眼皮子浅得跟肚脐眼儿似的。

他呵呵干笑着："说起这个，上回也是我接的皇后主子进宫，纳公爷家别提多客气了。"

营房福晋一哂："那是齐家有心攀高枝儿，纳辛是个巴结头儿，咱们家可不一样。姑娘没名没分的，进宫干什么？她阿玛才给她说了门儿亲，这会子进去倒不好。要不劳谙达替咱们回个话，就说谢谢老佛爷厚爱，咱们姑娘说话儿要出门子，进不得宫了，请老佛爷见谅。"

这下子董福祥脸上不是颜色了，谁让他交不了差事，就等于杀了他爸爸。他抽搐着一边嘴角，坏相全做在了面儿上，不阴不阳地道："福晋，这是太皇太后懿旨，懿旨您知道吗，你以为是街坊和您打商量呢？公爷是个大肚弥勒佛，看来没好好教您规矩，您接了懿旨要下跪磕头口称'谢太皇太后恩典'，您可好，这会子还挺腰站着呢，这是藐视老佛爷，要抄家问斩的，您知道吗？"

营房福晋被他这么一说，吓了一跳，她别的不在乎，唯有这两件，掉脑袋排第一，抄家排第二。原本她是想着，要是光嘴上传口信儿，太皇太后对人能不能进宫应该没有执念。没有执念最好处置，三言两语糊弄过去，殊兰就用不着进宫了。结果没承想，这个办差的不好相与，还是一口咬定了要带人走，这就让福晋感到很苦恼了。

怎么办呢，有钱能使鬼推磨。她想了想，即刻打发人取银子来，然后把银子捧在自己怀里，漾着笑脸说："咱们家有难处，谙达不知道。我是这么个想头儿，倘或宫里真要晋位，我霸揽着不放是我的不是；可要是光接进去玩儿两天，来回倒腾多麻烦，不如不去，您说是不是？"

董福祥的视线落在了她手里的银包儿上，其实多少银子他都见过，但他就是不服气，这位福晋的利市，他是非拿不可。

"那依着福晋，怎么料理才好呢？"他觍脸笑着，"今儿公爷在家，您要是问了他就知道了，早前孝慈昭皇后还在的时候，公爷进宫会亲，都是奴才引进宫门的，咱们也算老相识……福晋有心里话，不妨和奴才说说，奴才要是能帮上忙的，愿意为福晋分忧。"

营房福晋笑得越发和软了："谙达真是个知心的人儿，我也没有旁的意思，就是想请谙达上太皇太后跟前美言几句，别叫我们姑娘进宫了。我身上不好，还指着姑娘伺候呢，她一走，我这儿就转不过弯儿来了。"

董福祥凉凉地笑了两声，这东西，心肝是煤做的吧？公府里头的下人都死绝了，要个金枝玉叶的大小姐端屎把尿不成？太监是穷人窝儿里出来的，穷凶极恶的不是没见过，但归根结底都是应在一个"穷"字上。像这号人家，公爷领着皇粮，吃穿不愁，还这么憋着坏地挤对人，连面子都不要了，可见福晋这劣性是长在骨头上的，不死改不了了。

"话不是不能替福晋传到，不过……"他说了半截儿，小眼神钩子似的，颇有深意地瞧着那银包儿笑。

营房福晋会意了，既然能买出这句话来，可见事情不难办。太监这号人，到底不见兔子不撒鹰，便把小包袱搁到了董福祥的手里："如今家道艰难，这么点子小钱儿，给谙达买酒喝。老佛爷跟前还请谙达周全，回头我叫我们老爷子专程答谢您，成不成？"

董福祥掂着那银包儿，太监的手就是杆秤，只要一过手，就能约出分量来。十两的银锭子五个，那就是五十两，虽不算多，推两局牌九也够了，遂笑道："那还有什么说的，不过一句话的事儿。不过奴才来了这半天，还没见着正主儿。福晋把殊兰姑娘请出来，奴才看姑娘一眼，回去好给老佛爷回话儿。"

那是小事一桩，营房福晋很爽快地打发底下人："去，把姐儿请出来。"

很快那位皇表妹就出来了，挺好的姑娘，穿了件樫鸟蓝的夹袍，梳着利落的大辫子。只是瘦，又瘦又苍白，就显得眼睛出奇地大。看人是怯生生的，多可怜，好好的公府小姐，弄得像个丫鬟，这穷旗营里出来的娘们儿，真个够千刀万剐的。

董福祥是银子也到手了，人也见着了，对这福晋也没什么好客气的。他上前去，哈着腰说："给姑娘道吉祥。奴才是宫里来的，奉了老佛爷懿旨，来接姑娘上宫里玩儿去，姑娘说说，倒是想去不想去？"

殊兰因前两天那丹朱和她说过这事儿，她翻来覆去想过无数遍，横竖在这个家是没有出头之日了，不如进宫去，还有个奔头儿，于是答得斩钉截铁："谙达，我去。"

营房福晋立刻横眉立眼："父母在，有你做主的份儿吗？"

董福祥"哟"了声，说："不好意思的，既然姑娘自个儿说去，那奴才也没辙了。这么的吧，福晋托我的事儿，我不能不办，叫姑娘跟着走，在宫门上候着，要是老佛爷发话叫回去，那就把姑娘给您送回来，您看这样成不成？"

"什么？"营房福晋打鸣似的一声高呼，"您别和我耍里格儿楞[1]，打量谁是傻子？"

董福祥再也不听她的了，挥手让底下听差的太监把人带出去。营房福晋在后头大喊大叫："干什么，抢人不是？"冲边上侍立的呵斥，"你们都是死的，人都欺负到头上来了，你们还看热闹哪？"

这一骂醍醐灌顶，所有小厮和戈什哈都躁动起来。可是没等他们起哄，董福祥回手指着营房福晋的面门，高声道："都别动！我是奉了太皇太后和皇上的旨意，你们谁敢动，我这就上九门找提督去，一气儿荡平了你们信不信？"

这句话一出，倒震住了那些人，董福祥的那根手指头像火铳似的，指哪儿哪儿就矮下去半截。他错牙冷笑："了不得，今儿长见识了，我还没见过这么没王法的人家呢，连宫里的旨意都敢不遵。福晋您别急，才刚您的话，回头奴才一点儿不漏给您传到，咱不能平白拿您银子不是！"说罢一笑，迈着鹤步往门上去了。

营房福晋叫他唬住了，愣了半天没出声儿，等马车一走才回过神来，站在院儿里拍腿哭喊："哎哟，这个断子绝孙的杀才，骗了我的银子，还把我们家姑奶奶抢跑啦……"

---

1　里格儿楞：方言，猫腻的意思。

谁还听她的呢，马车在大道上碾冰前行，进了神武门。到顺贞门前勒马下车，董福祥上前引路，笑着说："姑娘有年头儿没进宫了吧？奴才上回见您，还是先头福晋治丧那回，这一晃都五六年光景啦。"

"唉。"殊兰笑了笑，笑容里有苦涩的味道。

这宫廷，说熟悉也熟悉，说陌生也陌生。早前她母亲带着她进来，小孩儿家，什么都不放在心上，一门心思只知道玩儿。如今不一样了，没人带着她，什么都得靠她自己，她每行一步都小心翼翼，生怕迈错腿，丢了阿玛和哥哥的脸面。要是细数，她母亲生病卧床后就没再进过宫，实打实地算，她应该有八年没来过这地方了。八年啊，多么漫长，好些东西都变了，她站在慈宁宫直长的甬道上，有种物是人非的感觉。宫人默默上来引路，她垂着头迈进了门槛，这里个个是主子，她连抬眼的胆子都没有。

她跪下去，趴在栽绒毯上以头抢地，一句话也说不出来。南炕上的太皇太后说"伊立吧"，仔细瞧瞧姑娘的脸，扭头对太后道："她还小那阵儿常进来的，那时候是个圆脸儿，怎么这会子脸这么小？"

皇太后说："女大十八变吗……不过忒瘦了点儿。"

殊兰有些难堪，捏着手绢无所适从。其实不光宫里，外头都是这样，有身份的公府人家打量起姑娘来，恨不得掰开嘴看牙口。她在宫里终究没什么倚仗，皇太后是八竿子打不着的，太皇太后呢，又是姑母的婆婆。姑母在还好说些，姑母不在，基本也没什么可指望的了。要说近，倒不如皇帝和皇后来得近些，她抬起眼，悄悄看了看，玫瑰椅里那一身锦绣的年轻姑娘应当就是皇后。皇后生就一副和气可亲的长相，她见了她，心里倒稍稍安定了些。

嘤鸣调过视线问董福祥："你上门接人，事情还顺遂吗？"

这一问，打开了董福祥的话匣子，他把营房福晋的恶形恶状添油加醋地说了一回，最后道："奴才有个同乡，在承恩公府上当差，奴才登门前先找他打听了，人家一提起这位福晋脸都绿了，说这主儿是踩着高跷唱大戏，半截不是人啊。宫里主子仁慈，没拿她祭大刀，要是换了脾气大点儿的，不收拾了她倒奇了。"

太后听完了直皱眉："竟说咱们抢人？这女人还知不知道个尺寸长短？"

太皇太后脸上淡淡的，偏过身端起茶盏抿了一口："原就是咱们插手了人家的家务事，要细说，是咱们的不是。"语气里大有不该掺和的意思。

殊兰有些慌，惶然看了看皇后。嘤鸣明白她的顾虑，这回是撕破了脸才从家里出来的，要是就这么回去，那往后的日子越发不能过了。

同样是人，所受的待遇有时候千差万别。嘤鸣一早进宫那会儿，太皇太后表现出了极大的热情，不像这回，总有些意兴阑珊的样子。

其实里头的缘故并不复杂，她那时候阿玛是辅政大臣之一，哥哥又在吉林乌拉做昂邦章京。家里福晋娘家是大学士，自己生母一门都是武将，和眼前这位皇表妹有天壤之别。世上的人，几个不长势利眼？离权力越近，权衡利弊的嗅觉就越灵敏。

看来太皇太后是没有要安排的意思了，太后又不问事，没法子，嘤鸣只好自己揽下来，笑道："横竖进来了，就在宫里多住段日子吧。"又对太皇太后道，"皇祖母这两日忙于抄经，这件事就不劳烦皇祖母了。我把人领回去，一应由我来安排吧。"

"也好。"太皇太后说，复压声道，"再听听那满有什么说头儿吧，要是也和他那糊涂福晋穿一条裤子，那人就留不得了，还是让她家去吧。"

嘤鸣道"是"，领着人回了坤宁宫。

殊兰把这些年受的委屈都和她说了，临了撸起袖子让她看，上头星星点点的陈年伤疤，印在姑娘的肉皮儿上，有触目惊心之感。

"怎么回事儿呀？"

殊兰垂着眼说："福晋爱抽小兰花儿，奴才伺候她的时候，火星子烫的。"

嘤鸣觉得难以想象，一个女人的心肠坏到什么程度，才能干出这种事儿来。她把她的衣袖放下来，温声说："万岁爷念着小时候的情儿，不忍心见你落难，特嘱咐我看顾你。这会子既然进来了，把心放回肚子里吧，往后的事儿自有我替你做主。"

殊兰一听，忙跪地给她磕头，颤声说："谢万岁爷和娘娘恩典，娘娘这份恩情，奴才就是磨成粉，也报答不尽。"

嘤鸣示意边上的宫人把她搀扶起来，才要说话，透过南窗见九龙肩舆到了宫门上，她"唉"了声："万岁爷来了。"

· 四 ·

嘤鸣忙下了脚踏，上前殿迎接去，外面雪虽下得不大了，但北风呼啸，吹得他领上狐毛摇曳。他上了台阶，她压膝给他请安纳福，等他到了跟前，悄悄摸了摸他的手："冷吗？"

"哪里会冷，"皇帝说，"朕从乾清宫过来，才几步远罢了。"

就是这么个矫情人，几步远也要乘辇，且说得理直气壮。

嘤鸣抿唇朝他笑："人已经接进来了，这会子在里头呢。"

皇帝"哦"了声，他和这表妹虽有七八年没见了，但十几岁时的记忆很深刻。当初她母亲在世时，大概也有把闺女送进宫的意思，十岁前他们见得很勤，十岁之后稀疏些，但一年无论如何也要见上两回。后来她母亲殁了，她仿佛跟着从这个世界消失了。皇帝自己忙于政务，不见也渐渐淡忘，直到前阵子听太皇太后说起，才猛然想起还有这么个表妹。

帝王家对于亲情，其实没有那么看重，除了直系最亲近的和这二五眼，他谁都不放在心上。不过这表妹据说很可怜，再加上小时候到底有些情义，因此他的态度相较对别人，显得更软乎些。进门的时候她就候在一旁，见了他慌忙上来磕头，因紧张，十指狠狠抠着地面，抠得甲盖发白。

"伊立吧。多年没见了，起来说话。"

皇帝的嗓音不是那种温暖人心的，不经意间总有股单寒的味道，像细雪擦过冷刃。殊兰道"是"，站起来的时候微有些踉跄，边上宫女立刻上来扶了一把，她客气地哈腰："谢谢姑姑了。"

皇帝瞧着她，确实瞧出了一点可怜的况味。她不像别的公侯府邸的小姐，表面虽然矜持自重，但绝不卑微。她的谨慎是从骨子里透出来的，和她一比，就知道这二五眼当初有多猖狂。

皇帝不由得叹息："外头天寒，进暖阁里叙话吧。"

他坐卧使的黄云龙用具都铺排好了，和皇后在南炕上坐定，也赐了殊兰座，这才和缓道："听说你这些年过得艰难，当初舅母对朕很好，朕在她过世之后没能对你尽到一份心力，很有些愧对你。"

殊兰本来就挨着杌子坐了一丁点儿，听皇帝这么说，顿时惶然站起身来："不敢，奴才的事儿不足挂齿，万岁爷忙于政务，本不该为奴才这样的微末之人费神。"

皇帝点了点头，便没有继续表示自责。

嘤鸣是知道的，他对除她之外的所有人，都惯常用一种虚情假意式的温柔，嘴上说得很好听，其实心里并不真的这么想。也是的，他对于这位表妹没有非要关心的义务，眼下过问是因为听说了，实在不忍心袖手旁观罢了。

曾经也算两小无猜，不过后来各有各的天地，朝着安全够不着边的方向发展，因此多年后相见，会产生一种欲亲又不亲的距离感。皇帝不善于和女人说体己话，他抚着膝头道："既然进宫来了，外头的事儿一应不必过问，皇后自会处置。若皇后处置不了还有朕，你只管放心就是了。"

殊兰说"是"，心里莫名涌起一股酸涩的滋味来。她受了这些年的委屈，阿玛早就在她心里褪了色，世上除了哥哥最亲，剩下的可能就是这位皇帝表哥了。皇帝是天下之主，虽高高在上遥不可及，但小时候一块儿在乾清宫数金砖的往事还历历在目。有过一点儿交情，并不是全然陌生，长久被不当回事的人，分外能感知言语间的关怀。

嘤鸣因皇帝这句话，更要仔细安排她。别看宫里房子那么多，其实一个萝卜一个坑，每个有了主位的宫里她都不能去，南三处北五所她住着也不合规矩。嘤鸣从慈宁宫出来就一直在斟酌，想起坤宁宫后头和御花园相接处有个幽静的院落，正适合安顿她。

"我给姑娘挑了个住所，坤宁宫后头的静憩斋好不好？"嘤鸣对皇帝说，说罢看向殊兰，笑道，"那个地方是单门独户，离我这里也近，寻常少有人去。闲着没事儿的时候你过来说说话，彼此也好解闷，姑娘瞧怎么样呢？"

殊兰惴惴不安，拘谨地说："奴才不知怎么谢皇后娘娘才好，娘娘为奴才着想，奴才全凭娘娘做主。娘娘也别管奴才叫姑娘，奴才当不得，娘娘就叫奴才殊兰吧。奴才手脚虽笨拙，也想求娘娘恩典，让奴才伺候娘娘，以报娘娘大恩。"

嘤鸣笑得越发和善："那我就叫你殊兰了，你是我们万岁爷的表妹，我合该看顾你的。也别说什么客套的话，只要能从那个家里出来，往后好好过日子就成了。"

皇帝对于她的安排，向来没有什么异议。后宫的事儿他也没有心思参与，不过顺口说了句很好："往常家里鸡飞狗跳的，进了宫就踏踏实实的吧。皇后打发两个精干人伺候着，好好将养一程子，后头的事将来再作打算。"

殊兰站起身说"是"，先头才进宫的时候，心里确实很没有底，也不知上头老佛爷怎么样，皇后好不好处。眼下看来一切都尚好，皇帝虽多年没见了，但也没忘幼时情谊，她那颗七上八下的心到这会子才安定下来，诚如皇帝说的那样，可以踏踏实实过日子了。

嘤鸣朝外招了招手，豌豆带着两个宫女进来蹲安，复对殊兰道："才刚折腾了半天，一定累坏了。你跟她们去吧，换身衣裳歇一歇，要是缺什么短什么，只管和她们说，叫她们申领就是了。"

殊兰又是千恩万谢，这才却行退出了暖阁。


皇帝有些不明白："这事儿皇祖母怎么没过问？"

嘤鸣理了理袖子说："董福祥上门接人，因传的是口谕，公爷、福晋并不买他的账。董福祥讨了个没脸，进来回老佛爷，老佛爷当时就不高兴了，瞧意思是不该插手人家的家务事。殊兰可怜见儿的，怎么摊上了这么个混账后妈。我瞧她真是性子软，要不然祁人姑奶奶哪里那么好说话，早把天捅个窟窿了。"

皇帝逮住了话把儿就笑话她："你当人人是你，在朕跟前也敢炸刺子。老佛爷的意思朕知道，这么师出无名地上门接人，本来就不合规矩……"

她斜着眼睛睃他："宫里不合规矩的事儿干得还少吗，当初也是这么师出无名地上我们家接人来着。"

皇帝有点儿尴尬："那是相中了你，要让你当皇后的，怎么叫师出无名？天底下人都知道，你自己心里不也知道吗？"

嘤鸣调开了视线，没有搭理他。

皇帝也不在意，捧着书说："老佛爷喜欢女孩子，这回这么不上心，倒也奇了。"

其实没什么不好理解的，从那样的人家出来，难免要受父母带累。承恩公要是正为朝廷效力，就算家里污糟也过得去。可惜那位公爷如今称病告假，干吃俸禄不问事，太皇太后瞧不上眼，自然也不待见殊兰。

嘤鸣懂得里头缘故，还是要两头周全，因笑道："她才进慈宁宫，老佛爷就问怎么这么瘦，想是老佛爷喜欢有肉的姑娘，像我这样的。"

说起她那一身白肉，皇帝心底就蹿邪火，他想对她干点儿什么，但又得端着架子，忌讳大白天关门放帘子不好看相，只好下劲儿憋着。

"那个……"他纠结了一阵，分散开注意力，"那满的福晋违抗懿旨，老佛爷不痛快的就是这个。要说追究，到底要瞧孝慈皇后的面子，人又是朕要接进来的，所以老太太没法子发落，心里也攒着火。"

嘤鸣问："那咱们是处置还是不处置呢？"

皇帝的意思自然是要处置，那位舅舅昏聩到了这种程度，也无所谓脸面不脸面了。只是臣工内宅的事儿，他也拿捏不好轻重，要照他心里的想头，直接赐根白绫一了百了，可嘤鸣觉得不妥。

"那丹朱和殊兰都没说亲事呢，家里出了这么个被赐死的人，于他们都有妨碍。内宅里头收拾人的手段多了，她要是单只对儿女不好，公爷不说什么，咱们也管不上。可这回她胆敢拂逆老佛爷懿旨，那可不是自个儿家里能解决的事儿了，非逮住了这次机会，好好整治她一回不可。"

皇帝被她绕得头晕："别说车轱辘话，说句实在的。"

她眨巴着眼睛，一脸狡黠："主子，承恩公福晋身上有诰命吧？"

皇帝说："是，妻凭夫贵，那满续弦的第二年就赏了一品诰命。"

"这些衔儿在她身上，实在糟蹋了。"她端着她的果子茶，慢悠悠啜着，"一个人尊不尊贵，也不是靠这些身外名儿堆砌起来的。主子下道旨意，褫夺她的诰命以示惩处，剩下的就别管了。"

皇帝看着她，一头雾水，半晌道："你这种模样，看着像个玩儿阴谋的老手。"

嘤鸣端茶的动作顿住了，知道这人又要开始捅她肺管子。

"我要是个糊涂虫，您还稀得我当您的皇后？"她气呼呼地说，说完了犹不解恨，"不成，您得重新评价我。"

皇帝见她龇牙，立刻换了个说法："这宫里人都不好应付，你要是窝囊，早被人吃了。"

嘤鸣这才满意，嘀嘀咕咕说："上回拿我生日打趣，我还没原谅您呢，这回我给您表妹申冤，您还说我玩儿阴谋。"

皇帝自知问题严重，从他的座儿上移过来，挨在她边上摸了摸她的手："朕无心之言，你听过就忘了吧。当皇后得气量大，明白吗？"摸完手觉得不够，顺下去摸了摸她的脚丫子。

冬天暖阁里烧火炕，烧地龙子，虽暖和，待久了也有些发燥。所以她在没外人的时候不爱穿袜子，盘腿而坐，脚藏在袍裾底下，一眼看上去还是端庄大方的模样。

皇帝大婚后发现了她的这个怪癖，先头殊兰一走，她就在炕桌底下掏挖什么，他过来一摸，果然把袜子脱了。

摸脚比摸手更显亲昵，皇帝脸上一本正经，手指却在她脚背和脚踝那一截游移："好，朕明儿就下旨，夺了她的诰命，让她知道知道厉害。"

嘤鸣心慌气短起来，他如今技巧高超得很，并不实打实地摸你。那指尖游丝一样，若即若离，挠在心上。

她隔着袍子，把他的手摁住了："不许摸我。"

皇帝"嗯"了声，音调上扬，充分表示不满："朕摸你也不是头一回，你有什么不能接受的？"

她怨怼地瞅着他："我怕痒痒。"说完自己笑起来，一把搂住他的脖子，在他唇上狠狠亲了一口。

他喜欢她这种性情，娇憨大胆，直来直往。世上的恩爱夫妻都有这样的共同点，势必你有我无，你进我退。皇帝是个内秀且慢热的脾气，身在高位，看似花团锦簇，其实很难遇见一个懂他拿腔拿调背后小心思的人。只有嘤鸣，他再矫情，她也知道他心里渴望什么。他不好意思揩油的时候，她能舍下面子，先来揩他的油。

他一手抬起来，悄悄固定住那颗常有奇思妙想的脑袋。夫妻间的情趣太重要了，他在她脸上缠绵地亲了一圈，自觉深情款款，满含爱意。

结果她很煞风景："您怎么和杀不得一样！"

皇帝一听就恼了："朕像熊？你像什么？"

她很难堪的样子："可能是熊婆娘。"

皇帝觉得她不着调，乌眼鸡似的盯着她，可是盯着盯着，又"嗤"的一声笑起来，把她拢在怀里好一通揉搓。

暖阁里就算不熏屋子，也有甜腻的馨香，皇帝抵着她的额，含含糊糊说："皇后贤惠，为朕排忧解难，朕该怎么赏你呢……"一面说，一面把唇贴在她颈边奔流的动脉上。

嘤鸣拉长脖子，满足地闭上了眼睛，只是觉得很好，一切都很好。这个人她满意，脾气虽臭她能将就，新婚时的尴尬也逐渐磨合，现在只要他一靠近，她就心跳如雷，浑身提不起来力气。

沉迷男色无法自拔，说起来羞人得很哪。他伸手放下了南窗上的帘幔，似乎没有回床上的意思，她也觉得很好，只要他喜欢，怎么都是好的。

当然男色慰劳后，正事还是要办的。第二天三庆进来回话，说褫夺诰命的诏书已经下了，他领命去宣的旨意。当时承恩公也在，听了宣读直接蒙圈儿了。营房福晋在公爷面前绝对小鸟依人，我见犹怜。她淌眼抹泪："我跟了爷这么些年，没有功劳也有苦劳……"

头天她对慈宁宫派来的办事太监要横的消息，承恩公多少也有耳闻，当时就提心吊胆，只怕要坏菜。果不其然，这口气还没敢吐出来，第二天旨意就到了。福晋还在细数自己掌家有多不容易，承恩公耷拉着眉眼，冲她直叹气："别说了，我早瞧准了，你这脾气，早晚要吃大亏。"

营房福晋直愣神："您怎么说这话呢，我对您还不够好是怎么的？"

承恩公这些年虽因病下野，但皇权倾轧是怎么回事，他比谁都清楚。以前是关起门来过自己的日子，他图轻省，眉毛胡子一把抓，因为那是自己的家事，别人管不着。如今事儿都闹到外头去了，孰轻孰重他心里明白，无论如何身上的爵位不能丢，至于女人，爱谁谁吧。

他摆摆手，拂袖而去，留下三庆和同来的太监面面相觑。

"那这位福晋有什么说法？"嘤鸣坐在上首问，心想要是她能悔过，其实也犯不着把人赶尽杀绝。

谁知三庆叠着手直晃脑袋："那继福晋到底是善扑营出身，人家难受了一小会儿就不当回事啦，奴才走的时候，还哼小曲儿呢。"

哼小曲儿？嘤鸣倚着引枕笑了笑。也是，诰命不过是个虚职，褫夺了至多损失了俸禄，承恩公府的家业在那里，饿不着她。可她以为撤了诰命就完了？未免也想得太简单了。

贰壹
冬至

· 一 ·

雪后初晴，云翳中射下的第一道日光落在廊前的台阶上，暖阁里头正打络子的人抬起头来，眼睛里有璀璨的光。

"好些天没见着老爷儿啦。"嘤鸣瞧着外头，语气松散，"等日头再升得高点儿，咱们上外头晒太阳去。"

殊兰将成把的丝线捋顺了，抽出一根大红的递过去，因为皇后手上的络子到了收尾的时候，石青的配上大红，对比鲜明，有贵重之感。她一面打下手，一面笑着说"是"，看天宇渐渐变得澄澈，喃喃说："这些年来只有今儿，奴才才有这心境看看天上流云，看看老爷儿，这都是托了主子娘娘的福。"

一个人觉得人生无望，才懒于关心周遭的一切。她才十九岁罢了，心境倒像上了岁数似的。

嘤鸣温言煦语地开解她："你不是出身不好，也不缺胳膊少腿儿，不过这一程的际遇不好，等过去就太平了。往后犯不着想那些不快活的事儿，万岁爷夺了她的诰命，眼下她身上没了头衔，剩下的就好处置了。"

殊兰闻言怔忡了下："夺了她的诰命？"

嘤鸣说："是啊，她仗着有朝廷加封，没人敢轻易处置她，这才张狂得没个褶儿……"言罢顿下看她，"怎么？你觉得这么办不好吗？"

殊兰忙说："不，奴才只是可怜阿玛，受她牵连，闹得自己也怪没脸的。"

她是善性人儿，到了这会子还顾及那个不在乎她的阿玛。嘤鸣在这种事上头爱憎分明得很，其实也不太赞同她这么软的性子。人活于世，爱得起就当恨得起，当断不断反受其乱，有时也会让旁观的人产生深深的无力感。

"那这会子让你回去，你愿意吗？"嘤鸣笑了笑，"闹了这通，如果这位福晋还在，你和家里只怕要断路了。你要是觉得后悔，倒是我们好心办了坏事。"

这不轻不重的一句敲打，让殊兰的心大跳起来。她惶惶说："不，奴才万万没有这个意思，要说回去，奴才从家里出来，就已经回不去了。"

"那也未必。"嘤鸣细心地把穗子收尾的部分锁上，提起来就着光照了照，觉得配皇帝那个香囊正合适。回身见她若有所思，复一笑，"你也别心思沉，世上哪有过不去的坎儿。你哥哥那丹朱领了钦差的差事，上南边治理海疆去了。"

殊兰脸上终于露出由衷的笑来："能为万岁爷分忧，是我们全家的造化。我原不担心自己，只担心哥哥的前程，到底他外派出去了，离了那个家倒也好。"

松格捧了盒子来，嘤鸣把打好的穗子放在里头，让她收起来，之后问殊兰："福晋进府之后有没有生养？"

"有的。"殊兰说，"进门两年后生了个男孩儿，养到十个月没养住，后来就没生过。"

没有儿女的处置起来更容易些，嘤鸣心里有了成算，又问："府里有没有侧福晋？"

殊兰道："奴才阿玛有一位侧福晋，一位庶福晋。奴才额涅在时，和侧福晋走得挺近的，照说侧福晋的出身，比起现在这位母亲要高出许多。后来阿玛迎了继福晋进门，侧福晋就吃斋念佛，不怎么见人了。"

"侧福晋没有生养吗？"

殊兰摇头："侧福晋向来不受宠，她也不爱争宠。阿玛愿意和她说话，她就搭理搭理阿玛，阿玛要是十天半个月不和她说话，她越性儿连房门都不出了。"

嘤鸣听着，发现侧福晋的性子倒和她很投缘。承恩公府上只有嫡出的一双儿女，侧福晋没有生养，就不存在偏心或是有意苛待。这么说来侧福晋比继福晋够格多了，承恩公是访艳途中偶见的营房福晋，一瞬间被她的美貌击中，哪里顾得上什么家世人品。原本这种有爵位的人家，不论是娶原配还是娶填房，都得呈报宫里。不同之处在于填房和原配相比，其受重视程度实在差得太远，宫里大多也是睁一只眼闭一只眼，过得去就成了。

但这一含糊，含糊出了大事，害得先头福晋的两个孩子遭了这么大的罪。这会子补救，但愿还来得及，趁着那丹朱和殊兰都没定亲事，先把府里那个夜叉星收拾了要紧。

嘤鸣做事向来一步步行得稳妥，既打听明白了，隔了十来天光景便传三庆进来吩咐："替我挑一柄如意并一对伽蓝香镯子，给承恩公送去。就说是我赏侧福晋贺楼氏的，请公爷代为转交。"

三庆领命去了，站在边上的松格不明所以："主子赏赉，干什么不直接送到府上去？那个承恩公是个只知道喝花酒的糊涂虫，要是把东西弄丢了怎么办？"

嘤鸣垂手逗弄着脚踏前翻滚的杀不得，笑道："人家不糊涂，比你精明万倍。得了这个赏赉，哪里还顾得上喝花酒，必定是要心急火燎回去的。"

果然，三庆在清水巷一个暗门子处找见了承恩公，打发人进去传他出来，笑着说："公爷，给您道喜啦。皇后主子很看重您家侧福晋，赏您家侧福晋几件玩意儿，请公爷代为转交。皇后主子还发了话，说哪天得空，请侧福晋进宫叙叙话。"

那满像淋了雨的蛤蟆，一时有点儿回不过神来，边上随从见主子发怔干着急，压着嗓子说："爷，快张罗接赏吧！"

那满这才醒了神，忙叫人上里头借了香案香炉就地接赏。皇后抽冷子赏了侧福晋已经够叫他纳闷的了，打开匣子一看，看见一柄紫檀镶玉的如意，彻底傻了眼。

边上随从迟疑地问："爷，皇后娘娘这是什么意思啊？"

那满盖上了盖儿，沉沉叹息，什么话也没说，转身回家去了。

前脚迈进家门，后脚慈宁宫派来的精奇嬷嬷也到了门上，见他没别的话，只是扬着笑脸冲他蹲安："给公爷道喜了。"

营房福晋见了这阵仗有点儿犯糊涂，讪讪挨过来："爷……"

承恩公如今是看见她就脑瓜子疼，冲她说："好好的浪日子不过，你折腾什么呢？"

营房福晋没明白："我什么也没干呀。"

承恩公惨然看着她，大有君王掩面救不得的无奈。转头打发人请侧福晋来，平常不怎么待见的侧福晋，如今连首饰都不戴了，寡唧唧的脸子，活像谁欠了她八百吊钱似的。要说他为什么不待见侧福晋呢，主要就是这侧福晋老劝他干正经事儿，不像福晋一味地投其所好。男人嘛，谁喜欢老婆没完没了地念叨？不论干什么，就爱听昧心的"爷干得好、爷干得妙"，这样的女人才招人心疼、招人喜欢呢。

没法儿，福晋再招人心疼，这回也得下堂。他把那个匣子交到侧福晋手上："这是皇后娘娘的赏赉，你找个日子，进宫谢恩吧。"

侧福晋也是一脸不明所以，就见宫里来的嬷嬷向她蹲安。

营房福晋总算感觉到了事态的严重，她慌起来，拽着公爷的袖子低泣："爷，您……"

那满扯回了袖子，狠起心肠说："咱们的缘分今儿到头啦，我要休妻，你别在我们家待下去了，走吧。"

营房福晋几乎不敢相信自己的耳朵："什么？您凭什么休了我？"

凭什么？其实他能不知道她以前作了多少恶吗，可心里喜欢她，少不得由着她闹去。这回呢，事儿太大，根本捂不住。宫里平白无故赏如意干什么？就是授意他抬举侧福晋呗！因着承恩公府也算皇帝母家，宫里不好明着来，不过点到即止，大伙儿都是明白人，稍加点拨可不就心领神会了嘛。

那满有点儿不耐烦了，这些日子为了家里的事儿，弄得他夜里睡觉都提心吊胆，多少的喜欢到了这会儿也喜欢不起来了。他伸脖子瞪眼："自打你进了我家，家里被你搅得鸡飞狗跳，多少亲戚朋友都不往来了。还有我那两个孩子，你对我孩子不好，你就是活脱脱的恶毒后妈呀，你自个儿心里不知道？还凭什么休你，就凭你三从四德一条也不沾边，爷就该休你。行了行了，你来我们家没陪嫁，挎着一个小包袱你就来了，回头收拾收拾，该你的你带走，不该你的都给我撂下，回你的营房老家去吧。"

所以说男人啊，别瞧平时对你百依百顺，真的动摇了他的根基利益，掉头就是另一副嘴脸。营房福晋跪地号啕大哭，哭的时候当然还是美的，梨花带雨，楚楚可怜。膝行到公爷面前，拽着他的袍子说："爷，您就瞧着咱们往日的情儿吧。您是知道的，我娘家兄弟全听女人的话，我要是家去了，哪还有我的容身之处啊。"

一位一品诰命，最后混得糊家雀儿似的，唾沫星子也能淹死她。公爷两难，这些年她没少往娘家填窟窿，但真到了山穷水尽时，她自己也知道回不去。好歹曾经恩爱过，说实在的公爷心里也不大落忍。他看看侧福晋，那位脸上什么表情也没有，只差点香供起来了。再看看宫里来的人，人家叠着手笔直站着，简直像门上的哼哈二将。

营房福晋见要歇菜，哭得更凄恻了，仿佛挨了全世界的欺负，再也活不下去了。精奇嬷嬷们看了半天，戏也看够了，便对承恩公道："公爷，您瞧一日夫妻百日恩，她要是回去了没活路，也折损了公爷的面子不是？这么的吧，问问侧福晋，倘或侧福晋愿意留下，就让她磕头敬茶，留下做个庶福晋也行。"

"什么？"结果公爷还没说话，营房福晋尖厉的嗓音就撕破了屋里的凝重，"庶福晋？磕头敬茶？"

大伙儿都被她吓了一跳，出主意的精奇嬷嬷悻悻道："看来奴才多嘴了，请公爷恕罪。"

承恩公无奈地瞧着他的下堂福晋，半晌大手一挥："取纸笔来，老子这就写休书！"

横竖面前就两条路，一条是扫地出门，一条是换个个儿，屈居侧福晋之下，当个上不得台面的庶福晋。这两条路都是宫里乐意见到的，主子们当然更倾向于第二条路，一休了之不能解决问题，公爷将来少不得还去找她，继续接济她。干脆把人留下，有侧福晋管着，她跳不高蹦不远，也能尝尝受人挤对的滋味儿。

公爷真打算恩断义绝了，这可吓坏了营房福晋，她哭着说："别，我娘家兄弟是个混账行子，回头卖了我也说不定。爷，我……"她抽抽搭搭地瞧了侧福晋一眼，"我答应就是了。"

营房福晋有她自己的打算，侧福晋一向不哼不哈的，瞧着也好拿捏。如今是在风口浪尖上，自己姑且受点儿委屈，等风头过了，总有翻身的办法。

侧福晋看着她，心里却冷冷哼笑，将来的事儿，谁说得准呢。

两位精奇嬷嬷乐见其成，笑着说："既重入庙门，少不得要拜菩萨。公爷把嫡福晋的神位请出来吧，重新见了礼，咱们也好回去回禀。"

所以顺顺当当的，侧福晋登上了福晋的位置。下堂福晋摘了簪环给福晋敬茶，纵有一千一万个不愿意，还得挤出笑脸来，亏她受得了这份窝囊气。不过她对嫡福晋的牌位叩拜起来就显得敷衍多了。边上看着的精奇嬷嬷们只等这一刻，合规矩还要挑刺呢，更别说她这种做派了。

嬷嬷咬着槽牙哂笑："看来庶福晋是没行过大礼，不知道头该怎么磕。"一面说一面上前来，一人一边压住了她的肩，又扣住她的后脑勺，把她的脑袋往地上摁，笑道，"奴才来教您，屁股放在脚后跟上，胳膊往前伸……磕头，前额着地……对了，磕头！嫡福晋在天上看着您呢，见您虔诚，她会保佑您的。"

精奇嬷嬷的手很黑，营房福晋给押着结结实实碰了好几回头，碰得眼前金花乱窜，头发也散了，那模样真够瞧。

公爷看在眼里，没什么可说的，自作孽不可活，不过如是了。


精奇嬷嬷们回宫后，把事情的经过向上回禀了一遍，听得太后哈哈大笑："这么着才痛快，往后她也掀不起浪花来了，新福晋早前八成没少受她的气，这回不得有冤报冤有仇报仇吗？"

太皇太后叹息道："那满总算是个识时务的，要是他装糊涂蒙事儿，那就少不得开革了。到时候郭佳氏的面子顾不成，实在对不住孝慈昭皇后。"

嘤鸣笑道："公爷毕竟是明白人，总不能眼瞧着事情一发不可收拾，扶正了侧福晋，将来对殊兰兄妹都好。侧福晋是府里老人儿，自然懂规矩，再说有了前车之鉴，也不至于苛待殊兰。"

太皇太后笑着点头，对这个孙媳妇儿越发看重。她是天生当皇后的材料，这种四两拨千斤的手腕，既顾全了承恩公的体面，也不伤害皇后的名声。虽说把殊兰接进宫来，算暂时救她出了火坑，可姑娘将来许人家，娘家路也不好断了。这么着治标治本，宫里时刻盯着那个营房女人总不切实际，不如从本家挑一个出来，女人收拾起女人来，才是杀人不见血的。

好了，气儿都顺了，午后时分，太皇太后照例传了果膳，大伙儿围炉闲聊，说明儿是冬至，皇帝要祭天地，宫里也该预备过年事宜了。

"时候过得可真快，眼看要过年了。"嘤鸣捧着糖粥，转头瞧窗外。晴天没能维持多久，今儿早上又飘起雪沫子来，及至中晌纷纷扬扬，院子里已经积了薄薄的一层。

冬至是个大日子，皇帝要祭天地，后宫也得拜佛祭祖，耗时倒比皇帝还要长些。不同之处在于她们不必离宫，每行一步都有宫人撑伞护送。皇帝则不然，站在巨大空旷的圜丘上对空而祭，一轮拜礼过后，身上的衮服都湿了。

好容易大典结束回宫，皇帝不再像以前那样直回养心殿，他头一桩就是找皇后换衣裳。可是到了坤宁宫，并不见嘤鸣出来迎接，只有殊兰在檐下站着，遥遥向他蹲安。

## ·二·

"皇后还没回来？"皇帝边走边问，迈进了前殿。

殊兰说："是。皇后娘娘随太皇太后祭祖，眼下还没回来呢。"抬眼见他雪沫子担了满肩，便上前来替他解身上的斗篷。

本来这些事儿不该她办的，德禄的行动没快过她，一时有点怔忡。心说这姑娘也是个不懂规矩的，她既不是宫里主儿，也不是丫头，轮着谁也轮不着她来伺候。不过转念再想想，这是万岁爷的表妹，自小就认得，到底不像生人那么忌讳，便也未敢驳她的面子。

皇帝呢，虽然受惯了人伺候，但也不大喜欢不熟悉的人近身，勉强让她解下斗篷，便踅身让开了。

"家里的事儿都料理妥当了吧？"他随口问了句。

殊兰点了点头："一切都要谢主子恩典，要不是您，我们家这会子还一团乱麻呢。"

皇帝不爱占那个功劳，摸着肩头说："这件事朕没有过问，你要谢就谢皇后吧。"

殊兰赧然道："皇后娘娘自然是要谢的，万岁爷也不能忘了。奴才一家子都仰仗万岁爷，万岁爷日理万机，还想着替奴才兄妹解围，奴才打心眼儿里感激您。眼下那位受了贬黜，再不怕她祸害了，将来哥哥挣了功勋，我们家门楣能重立起来，就是造化了。"

皇帝"嗯"了声："朕也是这么想，横竖以后有那丹朱，只要他精进，好好办差事，总有扬眉吐气的时候。"

皇帝的寒暄完全出于礼貌，这礼貌是为数不多的亲人才有的特别待遇。然而嘴上应付，心里却有点儿烦躁，一心只想着换衣裳。

殊兰也看出来了，他肩头和胸前的缎面相较两腋，颜色要深一些，便道："万岁爷先头淋了雪吧？皇后娘娘给您预备了干净衣裳，就在里头床上放着，奴才传人预备热水来，万岁爷擦洗擦洗，没的受了寒。"

皇帝说："不必。朕换了罩衣就是了，你出去吧。"

他在这上头一向很忌讳，亲政之后不管后宫填了多少女人，他的更衣事宜向来是太监负责，从没有宫女往前瞎凑这样不合规矩的事儿发生，自然也不会出现皇帝一时情迷，宫人越级晋位的乱象。

殊兰听他这么说，脸上一阵燥热，忙低头道："是，那奴才给万岁爷预备姜汤驱驱寒。"一头说着，一头退了出来。


爷们儿要换衣裳，让她出去，想起来真臊得慌。也怪自己没眼力见儿，非等别人开了口才知道，只怕皇帝会觉得她不晓事儿。不过奇怪得很，如今瞧这位表哥，倒像和小时候大不一样了。可能是因为身份的缘故，那种似乎亲近，又似乎遥远，带着点崇敬和畏惧的复杂感觉，每常想起来心头就直哆嗦。以前曾听过传闻，说皇帝性格乖张，不好相处，可照她进宫半个月的所见所闻看，似乎并不符实。身在高位，难免要受人毁谤，就算是皇帝也堵不住以讹传讹的嘴。她对他呢，感激是实实在在的，远胜对太皇太后和皇后。虽说表兄妹之间不该那么亲厚，但郭家宗族正枝儿的人不多，这个百年大家无可避免地走向了凋亡。人一少，就觉得亲情可贵，恰好这位表哥又是天底下最能护人周全的，姑娘家心里生出一些朦胧的感情来，自己羞于面对，但无论如何还是在心上落下了分量。

她去给御膳房传话，可惜自己不能亲自动手，便站在一旁看着那些厨子切出姜末，加进红糖，等熬好了再自己亲自捧回来。皇帝这时候换了常服，正歪在南炕上看奏疏，她把姜汤呈敬给德禄，由德禄验过了送到御前，看着他一口一口喝了，她抿唇笑着，心里也觉得熨帖。

皇帝早不像小时候那样了，小时候的话比现在多些，孩子和孩子之间打交道没什么心眼儿，少年天子架子虽然也很足，但还爱说些宫里的传闻，或者打听打听外头的趣事。如今年岁渐长，人也越发稳重了，可惜再没有什么话可同她说的，连眼皮都没掀一下，就让她回去歇着。

这程子在宫里，她已经将养得很好了，不再整日忧心忡忡，才感觉到岁月静好。歇是天天歇，歇久了也腻，于是蹲个安道："谢万岁爷垂询，奴才才从静憩斋过来的。万岁爷批折子，奴才就不打搅了，奴才上外头等着皇后娘娘去。"

她从东暖阁退出来，仍旧站在廊庑底下。放眼看去，天地间真静啊，这宫掖规矩重，站班儿的宫女太监们尽心尽力当着他们的戳脚子，仿佛成了坤宁宫的一部分，早就融进这片盛大的辉煌里了。

皇后还不回来，想必宫里祭祖烦琐，那么些列祖列宗，个个跟前要拈香，因此耽搁得久了些。此刻的紫禁城似乎都是空的，各宫主儿聚在太皇太后身边，聚在小小的奉先殿里，殊兰不是宫里人，只有她闲在。其实她心里也悄悄向往，她在那个整天鸡飞狗跳的家里活到厌世，进入一个崭新的、宁静的世界，就生出一点渴望来，想长久留在这里，再也不回去了。

这宫廷，和她想象的不一样，并没有那么多钩心斗角。各宫过各宫的，隔上三日小主儿们上坤宁宫来拜见皇后一回，没有蜜里调油花团锦簇，大家都是言行得体，进退得宜。

她曾有心打听过，问那两个侍奉她的宫女，说怎么不见后宫的主儿们常来常往。宫女道："主子爷和娘娘才大婚，后宫主儿也识趣。原说万岁爷要陪皇后娘娘在坤宁宫住一个月，弥月后搬回万岁爷自己的住处，可如今时候早过了，足见万岁爷只爱重咱们主子娘娘一个。"

真好啊，在这浮华的洪流里相知相守，人生多艰，帝后的感情不可多得。她很羡慕，羡慕了必要动心，动心了必生愧疚。皇后待自己那么好，她不该觊觎的……再瞧瞧南窗里的人，自己来得最早，但来得并不巧，如今细想，万般皆是命吧。

终于，前面宫门上有身影出现，领班的太监在前开道，后面宫人簇拥着皇后进来。朱红的斗篷像跳跃进苍茫世界的一团火，皇后就是有这样的力量，让人见了心境就开了。殊兰先前还沉浸在自怨自艾里，但她一出现，这种情绪便淡了。

她撑着伞迎上去："娘娘回来了？"

嘤鸣"嗯"了声："站在外头做什么，怪冷的，快进去吧。"

那厢皇帝也从里头出来了，垂袖拎着手炉的样子，简直像拎着一只恭桶。等她到了面前，把手炉塞进她怀里："才换的炭，暖着吧。"

皇后在大庭广众下绝对端庄，蹲了个安道："谢主子体恤。"举步迈进暖阁，等跟前人都散了，她搁下手炉回身便扑进他怀里，"今儿累着我了，我不要手炉，要您暖着我。"

皇帝像放进水里的冰糖，被她往来洗刷两遍就化了。两个人大婚也有程子了，可分开半日心里就惦念。皇帝站在圜丘上，面对茫茫天地的时候也在想她，祝祷风调雨顺之余，不忘顺便替她求一份安康。皇后做到这份儿上，只有他知道分量有多重，不过不和她说罢了。

万事由着她，让她两手抄进他袖子里，那么冷的爪尖儿游移，最后恶作剧地满把揪上来，冻得他一哆嗦。她点着足尖噘着嘴等他，他低头亲了她一口："这会子暖和了吗？"

她甜甜笑着："您在我身边，我就暖和了。"

他也跟着笑："朕以前怎么没发现你这么缠人？"

"以前咱们不对付嘛，我看见您就想踹您两脚，哪里缠得起来。"她抽出手，紧紧抱住他的腰，"如今半天没见您，我就想着您哩，怕您在外头受冻。慈宁宫预备了午膳，我都借口身上不好回来了，就为早点儿见到您……"

可以说是个好妻子，皇帝心满意足地享受她涓涓的爱意，听了半天，忽然发现她不说了，纳罕地低头问她："怎么停下了？"

她眉眼弯弯："我都说想您了，您怎么不说？光我想您那哪成呢，我要上老佛爷那里吃午膳去了。"

她说着就要走，他忙把她拽了回来："一会儿告假一会儿又去，你还要不要面子？"想想只顾自己受用，确实怠慢她，便勉勉强强、含含糊糊地说，"朕也惦记你。"

他吐字不清晰，她大致听懂了，但觉得不够痛快，央他再说一遍。

他一皱眉，一咂嘴："好话不说第二遍。"

她不高兴了："我上老佛爷那儿去了……"结果才迈出去半步又被他拖住了。

他一副气急败坏的样子："你们女人怎么这么啰唆！朕说了，朕也惦记你，所以回来就直奔坤宁宫，你看不出来吗？"

她挨了他一通吼，心里很怡然。这人就是嘴笨得厉害，好话到了他嘴里也变成坏话。所幸她大肚能容，有雅量包涵他，掐了一把他的脸道："早说多好，这会子午膳都传到了。"边说边叫豌豆进来，嘱咐说，"我今儿想吃韭菜，你上膳房瞧瞧有没有。还有醋熘鱼片，让他们现做一份来。"

豌豆领命去了，她就安心躺在美人榻上等吃的。躺着躺着犯困了，伴着他清脆的书页翻动的声响，飘飘忽忽要睡过去了。

不多会儿西暖阁开始排膳，她闻香而动，用不着别人叫，自己就醒了。点名要的东西，吃起来很香甜，顾不上三口的规矩，揽在自己面前，一个人全吃完了。

皇帝对她的好胃口叹为观止："你八百年没吃过？有那么好吃？"

她解下她的八仙祝寿怀挡，笑着说："要吃就吃个够，这种痛快您一辈子没享受过。"

他无话可说，看她酒足饭饱站起来溜达。皇帝忽然想起来："再过几天薛尚章就要下葬了，朕明儿得去他灵前祭奠。"

嘤鸣愣住了："明儿？"她惴惴道，"薛家老三一直下落不明，这回不会出事儿吧？"

他说"会"，脸上神情很淡然："关帝庙附近朕早就安排了人手，赫寿虽一次都没露过面，可是朕知道，他就在不远处盯着，只等朕驾临。"

她不说话了，失魂落魄地看着他。他知道她担心，便道："朕有御前侍卫近身保护，他接近不了朕。"

"万一他放冷箭怎么办？"她喃喃说着，脸色有些发白，"不成，您这么去太危险，他这回是奔着鱼死网破的，您不能拿自己当饵。"

女人说起这个来，能活活把自己吓死。皇帝见她慌，皱着眉头道："别杞人忧天了成吗，朕是堂堂天子，还怕这类宵小？这回是必要去的，多少人都瞧着呢，朕不能得个薄情寡义的名声。薛家那些余孽，是插在朕心头的一把刀，不把他们连根拔除，朕日夜难安。"

嘤鸣虽知道皇帝的宏图霸业，但她只关心自己爷们儿的安危，他要这么直愣愣地去，她一百二十个不放心。可劝他不听，她大婚后头一回正正经经在他面前哭了鼻子，也不多言，抱着她的小手炉往东暖阁去了。皇帝没法子，追到她床前说："朕会多加留意的。"

她坐在床头擤鼻涕："您是什么人呢，您是大英的皇帝，身上有重担您知道吗？"

"知道。"皇帝说，"正因朕是皇帝，才更要收拢皇权，铲除异党。"

"可……"她气红了脸，"您当英雄的时候别忘了，您有家有口，还有我呢。"

这下子戳中了他的软肋，心里生起一片拖泥带水的柔情来，无可奈何地看着她哭，喃喃说："别哭了，仔细眼睛瞎了。"她胡搅蛮缠："不要你管。"

皇帝头痛欲裂，不明白世上怎么会有这么麻烦的女人。他闹又闹不过她，骂也骂不赢她，只好缴械投降："朕知道自己有家有口还有你，朕会想法子的，你放心。"到底没辙，挨上床抱她，打算好好弥补弥补她。

结果才靠近，就闻见一股韭菜的味道，险些把他冲晕了。皇帝掩起鼻子来："好臭！"

嘤鸣愣了下才明白他说的是什么，考验夫妻感情深不深的时候到了："您嫌弃我了？"

皇帝讪讪说："不是朕嫌弃你，是你真的很臭。"

她不管那许多，压住他，在他脸上每个角落都亲了一遍。皇帝接受她臭吻的洗礼，苦不堪言，连眼睛都睁不开了。最后还是她自己受不了那股味道，下床找人漱口擦牙去了。

无论如何，定下的行程不能更改，既然放出风去要上关帝庙祭拜，那个藏匿在暗处的人也预备好了，总不能叫人白高兴一场。

彼此都在等待这一天，长久以来的恩怨不妨做个了断。紫禁城到关帝庙的这一路，都预先打发人肃清了，皇帝登辂车，带领着一帮文武大臣从紫禁城出发，浩浩荡荡的队伍绵延了很远，真像是拜祭有功之臣的架势。

那座关帝庙，以前就是薛家的家庙，离薛家祖坟不远，平时供百姓烧香拜佛，到了薛家有大丧的时候便锁闭庙门，作停灵之用。因薛家这些年赫赫扬扬权倾朝野，所以围绕着这个家庙，周边也像模像样地起了小小的庙会，平常有人设摊儿卖南北杂货。今儿清了道儿，所有小商贩被驱逐出去百丈远，黄幔辟出的御路外侧，十步就站了一个身穿黄马褂的侍卫，瞪着铜铃一样的眼睛，禁止一切闲杂人等靠近。

皇帝的御辇顺着直道过来，停在了山门外。太监上前打帘，高高擎起手臂供皇帝攀扶，皇帝摘了暖帽上的红缨，以薰貂围之，也算尽了一点意思。才下了脚踏，就听见空中响起尖厉的鹰啸，他仰头看，灰蒙蒙的天宇上，一只海东青正盘旋着，如同在木兰围场上发现了猎物一般。

忽然轰的一声，满树飞鸟被震动，鸟翅扑棱棱扇动着冲上云霄，惊起兵荒马乱的惶恐……火铳的铳口有轻烟袅袅，隔着那层烟雾，皇帝崴下来，一头栽倒在地上。

· 三 ·

璎鸣在慈宁宫听信儿，坐立难安。

早前在家的时候，她母亲总说她是和尚托生的，什么都不往心里去，除了自己的生死，对什么都不上心。如今嫁到夫家，皇帝的安危牵动她的心。她想她再也做不成和尚了，她注定要在红尘中翻滚，陪着那个呆霸王一起，水里来火里去。

外面传来脚步声，她精神一振，抬起眼朝门上瞧过去，可来的只是添炭的宫人，不由得感到一阵灰心。

太皇太后和太后也是一脸凝重，到底这回的事儿是大事儿。薛家百足之虫死而不僵，倘或能引出一个公然造反来，就有了绝对的借口将他们斩草除根，不怕天下悠悠众口说皇帝过河拆桥、坑杀忠臣。

当皇帝是真不容易，单单政绩出众远远不够，你要做到滴水不漏，否则将来的野史就有足够的谈资来编派你。当然笔头子在别人手上，你无法控制那些为唾沫星子而生的酸儒，但至少要让自己在正史上没有污点，皇帝现在做的，正是洗清污点的事儿。

姜太公钓鱼，愿者上钩，璎鸣虽然懂得皇权的严酷和丑恶，但世上哪里有绝对干净的人？身在旋涡中心，没有一个人能独善其身，连她自己也开始动用权力，一旦尝到这种滋味后，人心就再也纯粹不起来了。

可她这会子只担心自己的男人，她坐在圈椅里，紧绷着脊背，气都提到了上半截。外头有人往来，她一次又一次张望，可一次又一次地失望。她转头瞧太皇太后："皇祖母，怎么一点儿消息都没有？"

太皇太后垂着眼皮，脸上神情肃穆："别慌神，要沉得住气。你是在升平的年代入宫的，没见过最动荡的时候。那时诸王作乱，我们孤儿寡母腹背受敌，形势远比现在严峻，终归也苦熬过来了。这次的事儿不算什么，该担心的是薛家，不是咱们。"

嘤鸣道"是"，太皇太后经历了四朝，见得太多了，仿佛世上没有什么能撼动她的意志。她就那么静静坐着，不动如山，嘤鸣看着她，心里也渐渐沉淀。隔了很久，终于见中路上有人快步进来，是董福祥回事儿来了。进门给几位主子打千儿后开口："回老佛爷、太后并皇后娘娘，关帝庙那头叫侍卫围得铁桶一样，压根儿进不去。奴才在外围扫听，据说先头有打火铳的声响，这会子都炸了锅了，不知道什么情形。"

嘤鸣坐不住了，矍然站起身问："哪里来的火铳？是外头朝里头打，还是里头朝外头打？"

"是外头朝里头。"董福祥说，"这会子关帝庙方圆二里都包抄起来了，连只鸟儿都飞不出去。"

嘤鸣"啊"了声，怔忡着坐下来，喃喃自语着："外头朝里头……外头朝里头……"

太后见她有异，忙道："你别急，皇帝有成算，出不了岔子的。"

嘤鸣点了点头，仍旧觉得心神不宁。她也知道皇帝有成算，可面对亡命之徒，有多少意外谁又说得准呢。如今不像早前那阵子了，用箭用弓弩，百步之外能取人性命。那火铳远比弓箭厉害千倍万倍，所以她听见说有打火铳的动静，自己的腿就先软了。

正焦灼得不知怎么才好的时候，派出去的人又来回禀，说关帝庙外的包抄都撤了，但黄幔城里头的消息依旧封锁，传不出来。

嘤鸣捏着帕子琢磨，应当不要紧了吧，既然包抄都撤了，就说明那个放火铳的人给拿住了，八成是这样的……

果然这个猜测没隔多久就得到了验证，坤宁宫打发出去的人进来行礼，扬着轻快的声调说："回老佛爷、太后及主子娘娘，奴才上那头打探，正遇见了咱们国舅爷。国舅爷怕娘娘担心，命奴才给主子们传话，说万岁爷一切都好，请主子们放心。这回拿人就像围猎，薛家老三及其同党落进了网兜里，已经就地正法了。尸首叫众臣工验明正身，确认是赫寿无疑，眼下九门提督已经点兵，上薛家查抄去了。"

殿里等信儿的终于都长出了一口气，只要一切平安就好。嘤鸣庆幸之余又觉得伤嗟，薛家就这么一败涂地了。原本退一万步，薛公爷死后，至少门头不会倒，即便被圈禁，深知也还有个娘家，在她生死祭的时候，还有人惦记在她灵前上一炷香。眼下算真的完了，薛家命脉断了个一干二净，皇帝就算念及薛公爷早年的功勋，不株连薛家九族，但本家也难逃厄运。连那些幼小的孩子，只怕都免不了没入辛者库的命运。

太皇太后抚胸，到这会子才显露出一点疲态来："阿弥陀佛，上天保佑，只要皇帝安然无事就好。"

回事太监说："是。国舅爷说了，那把火铳确实是冲着万岁爷来的，当时他在二十步外的地方站班儿，眼见主子中枪，吓得肝都碎了。后来才知道，是一等侍卫噶尔图替了主子，那一枪也确实伤着人了，噶尔图流了满地的血，差一点儿就要了命，倘或不是有他替，那后果真是不堪设想。"

单是这样的描述，已经叫人惊出了好几身冷汗。当时皇帝的御辇里坐了两个人，登辇的是皇帝，下辇的是噶尔图，赫寿远距离击杀看不清人脸，一旦火铳点着了便是极大的动静，很快就暴露了藏身之处被围剿了。只是皇帝在嘤鸣面前没有过多提及第二天的安排，单说心里有数，让她不必担心。这种话哪里能切实安慰人，她的情绪扎扎实实大起大落了一番，眼下身上没了力气，人便有些软了。

"万岁爷什么时候回宫？"她勉力支撑着盼咐，"你再去探，要亲眼见着主子才好。"

回事太监道"嗻"，又打一千儿退了出去。

嘤鸣对太皇太后和太后笑道："奴才这会儿腿肚子里还转筋呢，到底明白了皇祖母和皇额涅早前经历的变故，换了我，真不知怎么才好。"

太皇太后这时才有了笑模样："人都是逼出来的，逆境里头别指着别人救你，一切都要靠自己。怎么熬过去呢，只有硬扛，不能慌，一慌就自乱阵脚。咱们这样的人，外头瞧着享尽了荣华富贵，可他们不知道，这份基业要经历多少大喜大悲才能守住。幸而今天有惊无险，这是你大婚之后的头一个坎儿，迈过去了，往后就顺遂了。"

嘤鸣说："是。还是奴才欠缺历练，这么点子小事儿，急得热锅上的蚂蚁似的。"

接下来就能踏踏实实的了，嘤鸣等有了皇帝的确切消息，知道他就要回宫了，这才从慈宁宫辞出来。天上还飘着细细的雪呢，她仰头看，冰凉的沫子落在脸上，仿佛听得见消融的声音。回到东暖阁里，头重脚轻浑身难受，海棠见她脸色发白，小声说："娘娘，奴才伺候您躺下歇会子，才刚绷了半天，想是累坏了。您有哪儿觉得不舒服的吗，奴才传周太医来瞧瞧，好吗？"

嘤呜摇摇头："不必了，我歪会儿就成，你打发人上养心殿瞧着去，万岁爷回来了就进来知会我。"

海棠"唉"了声，和松格上来替她更衣，待她躺下了，这才从暖阁里出来，上外头办事去了。

那头殊兰心里也惦念，可她知道自己的牵挂得有度，即便心里七上八下，也不能胡乱凑热闹。她等到了下半晌的时候，姗姗从静憩斋出来，原想上坤宁宫听消息去，又忌讳自己不留神叫人看出端倪，临要往南又改了主意，脚下流连了一阵儿，和边上小宫女沃沃说："咱们上御花园瞧瞧雪景去，好不好？"

她是客，因此坤宁宫的人待她都很客气，既然要去散散，断没有说不好的。领着往北吧，过了北门就是御花园，要说御花园里的景儿，一年四季都很好，春天有春天的盎然，冬天有冬天的洁净。顺着一条弯弯曲曲的小道儿往前走，过了养性斋就是千秋亭，那地方地势高些，在亭子里站着，能看见御花园大部分的风景。

"咱们上那里头坐坐。"殊兰温言问，"你冷不冷？要是冷，咱们走一圈儿就回去。"

她是个体贴的人，因此虽是像逃难一样被接到宫里来的，坤宁宫大部分人都不讨厌她。沃沃笑了笑说："不冷，姑娘进宫后，今儿还是头一回上园子里来呢，奴才陪您逛逛。"

可正说着话，假山石子后头转出两个人来，打眼一瞧，是怡嫔和她跟前的大宫女。见了殊兰"哟"了声："这是殊兰姑娘不是？咱们在皇后娘娘宫里见过两回，姑娘认得我吗？"

殊兰自然认得她，贵妃每隔三天就要率领后宫妃嫔进坤宁宫请安问吉祥，这些主儿大部分话不多，只有这位怡嫔娘能言善道，因此殊兰对她的印象很深刻。她冲她福了福："小主儿万安，今儿这么巧的，竟在这里遇上了。"

怡嫔道："雪不怎么下了，连着在屋子里闷了好几天，今儿出来透透气。"一面说一面亲亲热热地携了殊兰，"我早前就想结交你呢，宫里姐妹不多，找见一个合脾气的很难得。原想上静憩斋登门拜访，又恐你不爱热闹，所以一直没好意思去瞧你。"

殊兰被她的热情弄得有点儿无措，才要说话，就听怡嫔吩咐身边的宫女："手炉不怎么暖和了，回去重换炭火。"顿了顿又笑道，"我今年闲着无事，学人冻了果子，回头捧着手炉赏雪吃果子，也挺有意思的。小喜，你带着殊兰姑娘跟前的人一道回去，把果子搬来。"

这就是成心要把人遣开了，可又不好不去，沃沃犹犹豫豫的，被怡嫔的宫女牵了手道："好姐姐，你陪我一块儿走吧，我就生了两只手，怕顾不过来。"

两个宫人走了，只剩下怡嫔和殊兰，怡嫔拉她进亭子里坐着，笑道："姑娘家里的事儿，我们身在后宫都听说了，当时大伙儿都议论呢，说世上哪里来这样的混账老婆，放着这么好的姑奶奶不抬举着，竟使那些下三烂的招儿挤对人。幸好姑娘背后势不单，有万岁爷和皇后娘娘做主，到底出了这口腌臜气。这也是姑娘的造化，有万岁爷这样一位表哥，倘或换了外头，哪家的表哥能给表妹主持公道？我们都说呢，人活于世，先苦后甜比先甜后苦要好。姑娘如今既进了宫，越性儿就留在宫里吧。咱们都是自己人，您又和万岁爷连着亲，日后荣宠自不必说。"

殊兰的脸红起来，唯唯诺诺地道："小主儿别说笑了，奴才本就是家里待不下去了，万岁爷和皇后娘娘救我出了火坑，我感激都来不及呢，哪里敢有这样的心思。"

怡嫔"啧"了一声："这又不是坏事儿，姑娘怎么这么忌讳？人都说了，姑表亲，辈辈亲，打断骨头连着筋，平白无故的，接姑娘进来，难道不是本就存着这样的意思吗？况且又是老佛爷点头的，姑娘性子直，竟没想到这层？"说罢复一笑，"姑娘别忧心，咱们皇后主子最是体人意的，知道姑娘往常过得艰难，也分外顾念姑娘。姑娘要是有这个意思，何不同皇后娘娘说？娘娘既然看顾姑娘，还能辜负了姑娘的美意吗？"

殊兰看着这位怡嫔，一时竟不知道该说她什么好。自己心里明白，她这回是有意挑唆，照着外头糙话来说，没憋什么好屁。明知道帝后恩爱，外人包括她们这群后宫主儿，没谁能插一杠子。如今顶出她来，是想拿她当枪使，借着她皇表妹的身份试试水有多深。倘或她成了，后宫多副碗筷，于她怡嫔没有妨碍；倘或她没成，就此得罪了皇后娘娘，出主意的人往王八壳里一缩，生死由她去了。

她在这阳世活了十九年，早前额涅在时，她也是要风得风要雨得雨。可是额涅走后的六年多，她尝够了人世的冷暖，吃过苦的人分外惜福，她知道好歹，决不能做那种亲者痛仇者快的事儿。

可是她不会说重言重语，即便心里再窝火，也只能自燃，烫不着别人，因此勉强笑了笑："小主儿是为奴才好，奴才明白，可这种事儿我自己做不得主，说出来惹人笑话……唉，时候不早了，奴才还要上坤宁宫瞧皇后主子去呢，就不陪小主儿说话了。"她站起身匆匆蹲了个安，像有人追赶似的，快步往南去了。

半道上碰见了折返的沃沃，沃沃见她走了，忙把手里的果子塞给小喜，跟在后头也去了。小喜扭头看着她们的背影，纳罕地问她主子："殊兰姑娘不接茬儿？真是个不知好歹的人。"

怡嫔哼笑了声："世上有几个人能抵挡住诱惑？宫里百样俱好，地方大，富贵无边，还有世上最有权的俊爷们儿，她要是不想留下，谁信？这种吃过苦的娇小姐，但凡抓住一根救命稻草，哪里舍得放手。就算这会子还装样儿，也装不了几时，不信且看着吧。"

小喜点头，又有些迟疑："您撺掇她晋位，万一她把这话告诉了皇后娘娘，那可怎么好？皇后主子的性情您是知道的，收拾起后宫来砍瓜切菜似的，如今阖宫有哪个敢在她跟前大喘气儿？"

怡嫔本来还得意着，被她这么一说，心里顿时一凉，笑也笑不出了，强自镇定道："我这哪能算撺掇她，不过顺嘴一提罢了，皇后也抓不着我的错处。"

小喜讪讪的："皇后娘娘想整治谁，还要抓错处吗？"

怡嫔又噎了下，转念想了想，穷壮胆儿："这丫头是个锯嘴的葫芦，谅她不敢说。要是说了，皇后必定怀疑她借我的名头试探深浅，到时候不必咱们说话，皇后头一个容不得她。"

两虎相争必有一伤是不假，但如果一个是虎，一个是柔弱的兔子，其实也没有任何比试的意义。能力不对等，弱者向来更惹人怜爱。那位毕竟是万岁爷的表妹啊，万一万岁爷恍恍神……那可有好戏看了！

## · 四 ·

"姑娘，才刚怡主儿和您说什么了？"沃沃边走边问殊兰。

殊兰脸上发烫，那是由芯儿里热起来的，就算外面冰天雪地，也没法子让脸上温度降下来。她倒是想告诉沃沃，可细琢磨，又觉得开不了口。这种事儿听过就罢了，再传一遍，回头必定传出是非来。

她如今是极怕沾染这个的，安生日子好不容易得来，别又出什么幺蛾子，便道："没什么，怡主儿和我闲话了几句家常，再没旁的了。"

沃沃还是有点儿不大相信，可也知道她性子软，未必愿意说。前面过北门了，门槛高，沃沃一边揽着她迈过去一边道："我伺候姑娘一场，也算缘分。姑娘别嫌奴才多嘴，这宫里虽一团和气，但私下里各怀心事，这个我不说，姑娘也知道。那位怡主儿……"她微微顿了下，复道，"怡主儿心直口快，有些话姑娘听过则罢，千万别往心里去。姑娘是进宫来玩儿的，结交朋友虽是好事儿，但往后见得也少，大可寻常待之。这宫里主儿多了，一人一个见识，姑娘谁的也不必听，只管听我们皇后主子的就是了。主子娘娘全为姑娘好，绝不会害了姑娘的。"

殊兰听她说完，才发现那天皇帝发话让指派两个精干人儿伺候她，并不是随便一吩咐。一个寻常的宫女，连管事姑姑都没做上呢，竟也有这样的见识，这坤宁宫里可算卧虎藏龙。她笑了笑道："难为你这样点拨我，你的话我记在心上了。我这人耳根子虽软，但还知道好坏，该听的我听，不该听的过耳不入也就是了。"

再往前就是坤宁宫了，红宫阙上金黄的重檐庑殿顶，眼下被雪覆盖住了，只露出尖尖的翘角，和几个面风而立的屋脊兽。

人在清扫得干干净净的甬道上前行，心里却不免要咂摸先头怡嫔的那些话。认真说来，主意不好，用意也不好，但她不得不承认，有些话确实击中了她的内心。人向暖而生，这是本能，先有本能后有礼义廉耻，她知道不该，只是难以控制自己的这颗脑袋，心里有些害怕，却又不知道该和谁去说。如果决断些，自请出宫是个好法子，她不是没想过，但真的要去实行，又有点儿下不得狠心。如今哥哥不在，阿玛照旧胡天胡地，营房的那位贬成了庶福晋，但终究还在府里……一个人内心深处根深蒂固的恐惧，不是一朝一夕能拔除的，她不能对宫里主子们的处置有任何异议，她只是单纯不想回去，如此而已。

幸而皇后没打算撵她走，这也是皇后的善性之处。殊兰从边路拾级而上，坤宁宫这会子还静悄悄的。她进了正殿，问暖阁前打帘的宫女皇后娘娘醒了没有，小宫女道："娘娘才刚要了茶水，这会子醒着。"

有人进去，必要通传，小宫女隔帘传话："娘娘，殊兰姑娘来了。"

皇后的声音仿佛隔着很远，清淡地应了一声，就再没有动静了。

绣着喜相逢团花的门帘打起来，殊兰偏身进去，皇后大概还在床上卧着呢，只见那只狗熊崽子趴在南炕前的脚踏上，两只花椒小眼骨碌碌地盯着她，发现她往前挪步，撑身坐了起来。

这熊……好像打从一开始就不怎么待见她，起先都是四脚着地，只要一瞧见她，立刻后腿站立，张着两条黑胳膊冲她挤眉弄眼直掀嘴唇，大有恐吓的意味。今儿又是这样，这东西越养越大，站起来得有六七岁的孩子那么高，这回不光张牙舞爪，还发出了低低的咆哮。殊兰尴尬又恐惧，僵立在那里不敢动，最后是皇后喊了声"杀不得"，那熊崽子听见了，老老实实地重新趴回脚踏上，但小眼珠子仍旧盯着她的一举一动，直勾勾的眼神，实在有些怕人。

皇后的脸从垂挂的帐幔后露出来，说："不要紧的，它是只好熊，逗你玩儿呢。"

殊兰笑得心惊胆战，其实是示威还是玩笑，哪能分辨不出来呢？她回头瞧了瞧那熊崽儿，嗫嚅着："明儿奴才给它喂肉试试，让它别那么瞧不上我……"

嘤鸣笑着说："它只是个玩意儿罢了，知道什么瞧得上瞧不上！"

可能世上万物，都讲个缘分。殊兰问："奴才见过养猫养狗的，倒没见过养熊的，您怎么想起养这个呢？"

"那是万岁爷送我的，当初买来才这么点儿大。"她拿手比了比，差不多两尺来长光景，笑着说，"实在好玩儿得紧，大伙儿都喜欢它。"

殊兰听了感慨："万岁爷的想法许是和别人不同，奴才看见这个，吓都快吓死了。"

所以啊，没个包天的胆儿，怎么敢在万岁爷跟前抖机灵？嘤鸣靠着床架子淡笑着："姻缘不是儿戏，俩人能过到一块儿去，到底要性子相投。他不爱那些娇花儿一样的女人，宫里的花儿多了，常看常腻，只有脾气喜好都相投，才能长长久久地过日子。"

殊兰听她说这话，心里一蹦一坠，又有点儿惆怅。可不是嘛，宫里好看的女人多了，哪个主儿站出来都是无可挑拣的美人。可万岁爷不爱她们，万岁爷喜欢皇后娘娘这样有钢火的，像自己这模样，至多心里头艳羡，不敢有非分之想。

"娘娘说得有理，奴才瞧万岁爷也挺喜欢那熊崽儿的。"她有意绕开了话，顿了顿复道，"听说今儿万岁爷祭奠薛公爷去了，一切都顺遂的吧？"

嘤鸣"嗯"了声："中晌打发小富过来报了个平安，我也放心了。这会儿大约正忙于朝政呢，我乏得很，歇了一觉，没承想睡到这会子。"

殊兰瞧了瞧她的脸色，说："娘娘精神头儿像是不佳，打发太医请脉了吗？"

嘤鸣摇头："这会儿已经好多了，不碍的。我这人就是有这宗毛病，受不得累，也担不了惊，要是哪样上头欠缺了，我要睡上三天三夜才缓过劲儿来。"

殊兰听得发笑："娘娘这症候倒少见。"

嘤鸣看了眼趴在南炕前的杀不得，拿手指点了点："八成是和杀大爷换了个个儿，它一只熊崽儿，到了大冬天也不钻窝，倒是我，近来常睡不够似的。"

殊兰听她一句一句说得温煦，皇后是这样的人，不爱甩派头。按说天下第一尊贵的女主儿，犯不着那么平易近人，倨傲也有倨傲的道理。可她并不，她和你说话的时候不会一副颐指气使的做派，也不会拿住你不留神的一句话大做文章，只要你别和她使假招子，她就是历古以来最好相处的皇后。

"想是天儿冷，屋里的地龙子和炕烧得太暖和，反倒叫人成天犯困。"殊兰道，"奴才回头替娘娘传话去吧，叫他们匀着点儿烧。不必总用炭，续上柴火，拿灰煱上，把火头压一压就好了。"

嘤鸣笑道："难为您，一个公府小姐还知道那些。"

殊兰腼腆道："什么公府小姐，前头六年学了好些事儿呢。有时候想着，磨难也不全是坏的，好歹我学会了怎么烧炕，不也是一项手艺吗？"

她的这番见地，倒让嘤鸣对她刮目相看了。以前觉得她软弱可欺，没什么主意，今天听了这席话，发现她也不是空心儿的。

"你能这么想就好，要是老陷在里头，觉得自己是世上第一可怜人儿，那才糟心呢……"话还没说完，外面就传来击掌的声响，嘤鸣"哎呀"一声，"怎么这会子来了！"

殊兰知道是皇帝来了，皇后睡觉前把跟前人都打发干净了，等海棠和松格进来的时候，她已经替皇后穿上了衣裳。皇后自己站在镜前抿头，一面忙活一面透过南窗的边角朝外看。皇帝顺着中路缓缓来了，殊兰没法子出门迎他，便站在暖阁的槛前冲他蹲安。

皇帝脸上的神色并不好，眉头蹙着，不像平时洒脱不羁的模样。殿里的都是明眼人，知道现在戳在跟前容易触着逆鳞，便悄没声儿地都退了出去。

嘤鸣上前来拉他："怎么了？今儿处置薛家不顺利吗？"

皇帝在南炕上坐了下来："薛家经营百余年，根系深得很，一家倒台，牵出十家来，事儿有些棘手。"

他露出一点儿话头，嘤鸣心里就有底了。豌豆送茶进来，她站在边上接了，双手捧着放到炕桌上，略沉默了下问："想必我们齐家也牵连在内吧？"

这个几乎不用说的，本就是必然。皇帝早在册封皇后的时候就已经做过准备，扳倒薛家之后，总有一天会面对皇后母家的问题。彼时他觉得问题不难解决，要是有心偏袒，世上哪来不能开脱的罪责。可这回……他瞄了瞄她，觉得不大好开口。

"万岁爷？"她惴惴道，"咱们齐家这回摊上大事儿了？"

皇帝撑着膝头沉默了会儿才道："朕那位岳丈，哪回干的不是日后会摊上大事儿的勾当？朕都习惯了。"

这不是习惯不习惯的问题呀，嘤鸣有点儿着急："是不是查抄薛家的时候，查出了我阿玛的罪证？"

"岂止，"皇帝说，"先前关帝庙刺杀朕的人里头，有你们乌梁海旧部的人。"

这话简直像晴天霹雳，炸得她脑仁儿几乎开花。她怔忡了半天，说："乌梁海的人多了，难保没有个把生了异心，被人买通的。我阿玛这都当上国丈了，他压根儿不必造反，您得相信他。"

纳辛这个人，有名的顺风倒，趋吉避凶他是行家，哪能干这种丢了西瓜捡芝麻的买卖？要是按常理来说，是断断没有可能的，但这种事搁在政治里头就没法讲常理，必要有佐证自证清白才行。

皇帝摸了摸额头，怕她担心，便说："朕当然相信他，除非他是个傻子，才会在这种时候把自己牵扯进去……"见她虎视眈眈地瞪着她，忙改了口，"朕的意思是他不会犯糊涂的，朕的国丈十分精明。"

嘤鸣叹了口气："话虽这么说，但到底百口莫辩。薛家是恨透了我们家，其实要说仗义，我们家确实不仗义，没和他们同进同退。他们早前送我进来，就是为了在紧要关头救他们一把的。可我呢，我只顾保住自己和齐家，对他们没有一点儿帮衬。"

"你要是帮衬了他们，这会儿就该下去和他们凑牌搭子了。做好人得分时候，只凭一时意气，坑了自己谁来救你？"皇帝的话一向一针见血，"上菜市口可没人感激你，都会说你是糊涂虫，作死赶上了好时候。所以你只求自保是对的，朕很欣赏你这种不讲义气的人。"

这就算安慰的话？应该算是吧！可嘤鸣仍旧不是滋味儿："那我阿玛怎么办呢，刑部不得严查吗，还要收监吧？"

皇帝道："论理儿是该这么办，但总得顾念皇后的面子，朕不说，那些臣工也知道。朕只下了令儿，禁了你阿玛的足，让他听候刑部的传唤。你也别急，事关重大，没有确凿的证据，仅凭乌梁海旗籍一说，还不足以定你齐家的罪。"

他这么下保，她就有了底，腻上来抱着他的胳膊说："万岁爷，您知道我心里在想什么吧？"

皇帝"嗯"了声："想用美色勾引朕，让朕对你阿玛从轻发落。"

她讪笑了下："那您说我能成功吗？"

皇帝垂下眼来打量了她一遍："你姿色不够。"

嘤鸣噎住了："您会不会说话？都这么长时间了，一点儿长进也没有？"

看来又说错了，但皇帝有补救："姿色不够，功夫来凑。"说完自觉风趣，扬眉笑了一下。

你要说这人脑子不够使，绝不是的，他聪明极了，随时懂得为自己争取利益。夜里两个人在床上叠肉山，他的想法很有创新精神，可她老觉得不好意思，但事后皇帝对她的评价却是"很会装，得趣起来比谁都卖力"，最后再挨她一记窝心脚。

当然了，这种评价是正面的、积极向上的，大姑娘往小媳妇转变的过程中，最值得称赞的就数这个。前朝风云变幻，局势也比他刚才说得严重千万倍，但见了她，他宁愿轻描淡写些，让她心里有个数，但不能吓着她。

她低着头，盘弄着他的手指，支支吾吾道："咱们说点儿正经的好不好？"

皇帝道："朕比你正经，你想说什么，朕听着就是了。"

她在他指缝间缠绕，犹豫着嘀咕："我也知道，咱们齐家经不住查，我阿玛早前是跟着薛公爷干过很多见不得光的事儿，这个您心里比我还明白呢。可这会儿他不是您丈人爹吗，女婿砍了丈人的脑袋，到底不大好听。我的意思是，好歹您留他一条命，成不成？就算不做官了，以我阿玛的脾气，难受上三五日的，他就想开了。您让他活着，让他留着脑袋能喝酒，这是我对您唯一的要求，我想着……不过分吧？"

　　确实一点儿都不过分，她是个讲理的人，大节上一向过得去，也会体谅男人的难处，能娶到这样的媳妇儿就该偷着乐。这是皇后和宠妃的区别，皇后要两头顾全，愿意退而求其次，绝不让你太为难；宠妃可不一样，一哭二闹三上吊，只要能达到她的目的，把男人弄成昏君，那也是男人意志不坚定。

　　有这么一个女人就够了，皇帝暗暗想，既然只有她，难免不惠及她娘家。他转过腕子来握住她的手："朕答应你，一定让你阿玛全须全尾地活着。"

　　她要再确定一遍："说话算话？"

　　皇帝琢磨了下，虽然实行起来很艰难，但既然应准了，就一定要做到。

　　"是。"他说，"说话算话。朕认准他的闺女娶了，不顾全他，也该顾全你。朕知道，没有娘家倚仗的后妃日子不好过，朕不会让你挨欺负的，你要相信朕。"

贰贰

小寒

· 一 ·

　　她自然相信他啊，一千一万个相信他。这一路走来，虽然两个人之间经常鸡飞狗跳，但她对他的感情日渐加深。她只是不说，除了浓烈的爱意，还有对他的倚仗和无条件的信任。

　　总的来说，嘤鸣算是个有主张的人，甚至带着些独善其身的凉薄。她从未想过会有这样一天，即便当初和海家定亲，如此中意海银台，她也没打算依靠夫家依靠男人。她只是琢磨着，将来怎么不污不垢地活着，不招惹别人，也叫别人招惹不了她。

　　如今遇上天下第一的呆霸王，也许是因为她的呆赛不过他，彻底被他打败了，只能束手就擒。她到这会子才想明白，你的果敢坚强只是因为没有遇见一个值得托赖的人，如果当真有那样的肩膀供人借力，鬼才愿意直面风雨。

　　两个人腻在一起，皇帝喜欢她纠缠他的样子，就算没骨头似的瘫在他身上，他也甘之如饴。她枕着他的大腿，他一下下捋她的头发，像在捋杀不得。她向上看着，一双眼眸明亮，轻声问："主子爷，薛家最后会怎么处置？"

　　皇帝听了，崴过一点身子，撑着脑袋说："赫寿大逆不道，行刺朕躬，夷三族。薛家褫夺一切爵位，薛尚章的灵牌也撤出了太庙。"他垂下眼瞧她，"皇后，你会不会觉得朕做事太过狠辣，半点也不念及旧情？"

　　嘤鸣想了想，还是摇头："如果我只站在薛家干闺女的立场上，我确实会对您很有微词，可要是站在大英皇后的立场，我就觉得您做得对。今儿我在慈宁宫等消息，我瞧着老佛爷，她老人家平日都是笑眯眯的，这回脸上一点儿表情也没有，那时候我就悟出个道理来，打江山难，守江山更难，经得住多大富贵，就要扛得住多大风浪。真的，住在这紫禁城里怪不容易的，今儿不杀别人，明儿就会被别人杀了。"

这个人开窍起来还是很招人喜欢的，皇帝夸赞她："朕以前以为你的脑子是榆木疙瘩，今天看来你也会想事儿，不错。"

她白了他一眼："您有没有点儿怜香惜玉的心？我是女人，您老挤对我，良心不会遭受谴责吗？"

"不会。"皇帝坦然说，"朕在你跟前老吃败仗，你挤对朕的时候可从来没觉得自己是女人，这会子倒想起来了，朕觉得很新奇。"

璎鸣大敛其眉："咱们在说朝政大事，您打什么岔呢！"

皇帝举了举手，表示不再插话了，请她继续。

可她忽然又觉得没什么好说的了，百年家业因一人的出格罪行灰飞烟灭，这就是皇权的威慑力。她只是担心深知的祭享，唯恐她会遭母家的连累断了香火。

"薛公爷不能配享太庙也罢，那深知呢？不会因薛家的事儿有什么变故吧？"

皇帝这上头分得很清："她虽是薛家的女儿，但也是从乾清门进来的。朕和她不对付，不妨碍她曾经是大英的皇后。如今要是连她都迁怒，那朕就太小肚鸡肠了，辱没了她也是辱没宇文家，朕不会做这样的事儿。"

璎鸣松了口气："那就好，我今儿都在忧心这个，得您一句话，我也放心了……"她略顿了顿，忽然又道，"说起怜香惜玉，您瞧殊兰怎么样？"

皇帝对这个名字没什么反应："殊兰？她怎么了？"

璎鸣撑起身，一本正经地坐定了说："我是想问，您还念着小时候的情儿吗？有件事我琢磨了好几天，一直想和您商量来着，咱们把殊兰接进来，本就是好心。她一个姑娘家，进来又出去，只怕外头传起来不那么好听。要不这么的成不成，越性儿把她留下吧，您和她自小就认得，不比那些选秀进来的强些？您瞧怎么样？"

皇帝看着她，眼神冷冷的，哼笑了一声道："不怎么样。救了人还得把自己搭进去，这是哪门子的道理？齐璎鸣，你别要腻了朕，就想把朕打发给别人，朕和她是表兄妹不假，但情也没你想的那么深。皇后要做好人，黑锅都让朕背，你可别欺人太甚。"

"天地良心，"璎鸣说，"我是为您着想。"

皇帝眼神凌厉："为了朕？你摸着良心回答朕，不是你心有疑虑，以退为进试探朕？"

璎鸣吹胡子瞪眼，俨然受了天大的冤枉。可不过仅仅一弹指，又萎了下来，厚着脸皮笑了笑："万岁爷真是洞察人心啊。"

皇帝哂笑道："别在朕跟前抖机灵，朕什么不知道？朕说的话有理有据，不像你，老是信口雌黄。"

"不对！"她斗鸡一样昂着脖子，"才刚有句话您说错了！"

皇帝不以为然："什么话？你可别成心挑眼。"

她理不直气也壮："您说我要腻了您，这句话错了。"说着没脸没皮地贴上来，"我哪能腻了您呢，这辈子都不会腻哩。"

皇帝既安慰又得意地笑起来："朕一直以为你是个端庄的大家闺秀，没想到你这么不害臊，什么都敢说。"

她还是有点儿不好意思，勾着他的脖子嘟囔："我就是有点儿怕，怕您被别人抢走了……"

她忽然这么说，那种嬉笑怒骂的氛围陡然变凉了，竟生起一点淡淡的忧伤来。皇帝在那单薄的脊背上抚了抚，把她的脑袋按在胸口，有些惆怅地说："朕太忙了，精力也有限，和你走到今儿，真像唐僧取经似的。打个比方，那师徒四个要是刚到大雷音寺，又被人提溜起来扔回了东土大唐，你说他们还愿不愿意再走一回？"

嘤鸣认真想了想："要是您，您愿不愿意？"

"不愿意，"皇帝说，"一路上九九八十一难，谁费那个劲儿！"

"对嘛！"嘤鸣说，"我也这么觉得，那三个不好说，猪八戒肯定是不愿意的。"

皇帝愣了下，发现又着了她的道，把她往边上一搁，就要扒裤子上刑。正打闹在兴头上，忽然发现有什么在拽裤腿，皇帝低头一看，竟是杀不得。它咬着那一小片布料，小心翼翼地往后拖，两只花椒小眼向上觑着，显然是壮起了熊胆才造反的。

"这杀才，干什么呢？"皇帝郁塞地说。

嘤鸣撑起来看，无比欣慰："杀大爷晓事儿啦，知道护主了。"

皇帝十分想不明白："朕不也是它的主吗，它怎么给朕下绊子？"

嘤鸣乐呵呵地垂手抚了抚那颗毛茸茸的脑袋："那还用说，自然是因为它更喜欢我。"

所以养熊不该养公的，人家稍稍懂事点儿的时候，就知道姑娘比爷们儿更可喜可亲。看来得给杀大爷配个杀大奶奶了，皇帝从坤宁宫出来的时候还在琢磨这件事儿，边走边吩咐德禄："明儿去上驯院瞧瞧，那里有没有母熊崽子。"

德禄迟疑了下："这会子天儿冷，怕是没有合适的。今年春天倒是下过一只，比咱们杀大爷岁数大。"

皇帝道："大点儿不怕，女大三抱金砖嘛。上驯院出来的，出身也有根底些。"这说法儿，简直像在给儿子娶媳妇似的。

德禄笑着说："主子疼杀大爷的心奴才知道，可熊这东西，大一个月就得大上一圈儿。况且不是自小带大的，怕和娘娘不亲，那么大的熊在娘娘跟前，到底不安全。"

皇帝听了一怔，摸了摸脑门长叹："朕这两天被朝政弄得焦头烂额，真是糊涂了。实在不成，上外头看看有没有，要个小点儿的，别着急带进来，先在内务府养两天，瞧准了没什么毛病再给杀不得相看。"

德禄应了个"嗻"，引着皇帝进养心门。早前万岁爷没和娘娘大婚那会儿，天天是住在养心殿的，养心殿东西暖阁都作叫起之用，倘或在东边叫起，等候召见的臣工就在西边候旨。今天可是怪了，甫一进门，就见军机值房一干办事章京在抱厦里等着，见了皇帝扫袖打千儿，恭请皇上圣安。

皇帝的眉心轻蹙了下，只道"伊立"，暨身往勤政亲贤去了。

德禄忙上前安排那些大员，赔笑道："诸位大人今儿来得早，抱厦里头怪冷的，上东边暖着吧。"一壁说，一壁把人往里头引，等一切安排妥当了，再上西暖阁前预备传召。

皇帝坐在南炕上翻折子，随口问："今儿几起？"

德禄道："回主子话，就……一起。"

皇帝的视线依旧定格在奏疏上，似乎并不感到惊讶。就一起，说明这些臣工同仇敌忾，针对的只是一件事或一个人。他暗暗叹了口气，这个根节儿上，要针对的还有谁呢，必是纳辛。

"传吧。"他把折子放在了炕桌上。

正殿传来轻促的脚步声，很快便到了门前。帘子挑起来，七八个人鱼贯而入，昨儿纳辛搅和进了赫寿行刺一事，如今军机处由崇善领头。他向上呈敬折子，三庆接了送到皇帝面前，皇帝打开后大致看了一遍，上面洋洋洒洒数十条罪状，全是关于直义公的。

"请皇上明鉴。"崇善垂袖道，"昨儿黄昏时候，奴才及几位大章京在值房议事，外头有人递条陈进来，奴才和几位大人都过了目，上头罗列了纳辛当政二十年来的重大罪状，实在是……令人触目惊心。纳辛结党营私，贪污纳贿，十年前岭南因赈灾不及百姓暴乱，以致县衙被砸，县令索良惨遭勒毙，这件事的源头就在纳辛身上。朝廷赈灾款项早已批复，但纳辛留中克扣，迟迟不发，岭南上下断炊十日，百姓以树皮果腹……皇上，奴才是亲眼所见啊，饿殍遍野俨然人间地狱，这会子回想起来依旧内心震动，惶惶不安。只可惜，彼时朝政全由薛、齐两家把持，朝野上下也是敢怒不敢言，这事儿后来到底掩过去了。不过此类贪赃枉法的行径只是冰山一角，其后诸如税赋、河工乃至军粮军饷，没有一项纳辛不敢贪墨，条陈上列得清清楚楚，请皇上过目。"

这就是墙倒众人推，风光正好的时候，个个和你勾肩搭背、称兄道弟，这些人并不是不想活吃了你，只是在等待时机。昨儿的大乱子，如果没有乌梁海这个口子，谁能扳倒如今风头正健的国丈？皇帝早年对纳辛也是恨得牙根儿痒痒，发誓将来必要法办了他。可后来嘤鸣进了宫，当上了皇后，这种恨很快就变得不那么强烈了，甚至有了些爱屋及乌的意思。

然而朝政不是儿戏，他也不是昏君，他必须两头都稳住，既不能寒了臣工的心，也不能辜负二五眼对他的信任。

他合上了折子，一手笃笃点击着花梨的桌面，曼声道："当年三大重臣辅政时期，因意见相左，确实有过相互掣肘的局面。朕记得岭南暴乱一事，当时辅政大臣之首是多增，多增后来抽簪下野，也正是因为此事。如今时隔多年，若要翻出旧案来，少不得严查一回。朕要拿住这蠹虫，却也要有确凿的证据。"

阿林保听了上前拱手："臣愿领命，重查岭南赈灾一案。"

皇帝说："好，就交由你查办。"

"如今纳辛牵扯了多起旧案，若仍旧圈禁在府，恐怕他暗中活动，阻碍侦办。"京畿章京贺华年道，"要是照着老例儿，应当发往刑部看管。皇上，王子犯法与庶民同罪，望圣上以大局为重，按例处置纳辛。"

然而皇帝很犹豫，下不下狱，关乎纳辛最终的发落。查出不妥，留在府里罢职免官是顺理成章的，要是进了刑部大牢，想再出来必得毫无污点，可纳辛那满头小辫子，哪里还能洗刷得清？这会子他只要一松口，秋后只怕就该问斩了。

皇帝靠向锁子锦靠垫，慢悠悠地盘弄着手里暖玉道："纳辛毕竟曾是辅政大臣，薛家夷族，次日就将纳辛下狱，话传到外头，岂不叫人议论？"

那些臣子有些咄咄逼人："纳辛虽是辅政大臣，更是当今国丈。皇上不徇私情，秉公办理，谁会议论皇上长短？"

崇善也附和："皇上是圣主明君，不应忘了老祖宗留下的圣训，皇后娘娘贤良，自然能明白皇上的难处。天底下做阿玛的心都是一样的，奴才的女儿亦是皇上贵妃，若奴才有贪赃枉法之处，必自请下狱，不劳贵主儿挂心。"

皇帝听了，脸上露出一点微微的笑意。这种笑似乎没什么内容，却又让在场的臣工戚戚然起来。

贵妃的父亲参了皇后的父亲，这件事从大义上来说并没有什么错处，但当真扒开了皮，抽出了骨，就没有半点私心吗？皇帝不说，那欲说还休的一丝浅笑，也足以让众臣工咂摸味道了。这些稳坐高位的人，没有一个是傻的，最后自有人出来打圆场，冯河道："皇上，臣有异议。眼下乌梁海部正协助天干地支六卫攻打车臣汗部。纳辛掌管乌梁海，倘或就此将他收监，只怕会令乌梁海部军心动荡。"

皇帝调过视线来："那依你之见，应当如何？"

冯河道："加派人手看管即可，就算下了大牢，牢里头也有的是法子同外头联系。皇上不念他是国丈，总要念一念纳辛长子常年驻守吉林乌拉的功劳。"

这席话给了皇帝很好的台阶下，也适当避免了君臣之间出现巨大分歧。最后自然准了冯河奏请，崇善一时也无话可说，皇帝叫跪安后，便率众退出了养心殿。

事儿越来越棘手了，皇帝坐在那里，脑子里思绪纷杂。今儿只是罗列了十大罪状，再过两天，还会有二十宗、三十宗如雨后春笋般冒出来，到时候又当如何自处呢？

他长叹，下了脚踏，从西暖阁里出来。才迈出门槛，便见嘤鸣站在东暖阁槛前，脸上神情惨然，想必他和诸臣的晤对，她都听见了。


· 二 ·

她捏着帕子站在那里，一身苍绿的缂丝夹袍，衬得脸色有些苍白。

皇帝原本在坤宁宫的轻描淡写，到了这会儿就变得刻意了。她才知道他是在有意安她的心，她阿玛的事儿，要论严重程度，并不逊于活着时候的薛尚章。

怎么办？嘤鸣全没了主张，她低下头盯着前殿的金砖，那千锤百炼打磨出来的砖面，倒映出一张模糊忧伤的脸。她闭了闭酸涩的眼睛，先头是因为实在放心不下，才悄悄赶到养心殿来的。进门听见西暖阁里正长篇大论地细数她阿玛的罪状，她便闪身进了东暖阁，隔着一道垂帘，忐忑地留意西边的动静。

可是越听越惶恐，心都要从腔子里扑腾出来了。她虽知道纳公爷以前确实不法，但没承想竟会严重到这种程度，要不是自己在皇帝跟前得脸，哪一条罪状不够他千刀万剐的？她很害怕，仿佛一夕回到了头天进宫，重新产生了如履薄冰的错觉。她不敢迈腿，不敢走向他，她甚至自惭形秽，觉得无颜面对他。

皇帝见她不说话，目光也闪躲，暗暗有些心惊。他朝她走过去，伸出手道："皇后，你怎么来了？"

她"哦"了声，似乎犹豫了下，才把手放进他掌心："我瞧您早上进得少，想着回头叫散了，再让他们预备几样小食……"其实心里明白，自己开始忌惮他，不像先前那样敢于直言了，这样很不好。她顿下来，最后到底老实交代了，"我就是来听听，今儿有没有关于我阿玛的奏对。才刚我偷听了半天……像是要坏事了，对吗？"

皇帝轻蹙了下眉："你不该听的。"

她低头说："是。我做错了。"

可是怎么能苛责她呢，皇帝在她手背那片白净的肉皮儿上摩挲着，低声道："朕不是怪你，只是觉得你听见了没什么益处，反倒让自己忧心。朝政的事儿朕会料理妥当的，你不必记挂。"

嘤鸣眼泪汪汪的，如今再听他这么承诺，心里有说不出的酸楚。他不是那种爱甩漂亮话的人，言出必行是他作为帝王的风骨。可是这事儿实行起来不容易，有时候救人远比杀人难。那些臣工咬住了证据不松口，他是皇帝，怎么能公然徇私？

她笑了笑，笑得有点儿勉强："人都是自私的，刀没砍在自己脖子上，还能说两句顺风话。像前头薛公爷家，我觉得我能体谅您的不易，是该肃清朝政，往后不再受人牵制。可这会子事儿轮着自己家了……我不能接受，您说我这号人，是不是很虚伪？"

皇帝说："不是，这本就是人之常情，别人死了，家灭了，至多心里跟着难受一阵儿，谁会有刻肌刻骨之痛？自己家的不一样，那是至亲骨肉，世上没有哪个闺女愿意眼睁睁看着老子赴死。朕才刚想过，真要是拿薛家做榜样，你阿玛远不到这程度……"

"可也够格掉脑袋的了。"她凄然说，"我先前听着你们里头说话，心里刀绞似的，我想替我阿玛脱罪，可又不能让您为难。嫁进帝王家就有这宗不好，万一有个闪失，必是女婿下令杀了丈人爹，真有这一天，我哪来的脸面对列祖列宗！"

她一向乐观，今天这么说，是因为对局势看得透彻。皇帝的丈人其实还有很多，排得上号的和排不上号的，都愿意纳公爷倒台。这么着累及皇后，后宫就能再来一回大整顿，横竖除了皇后一门，对谁都没有坏处。

皇帝何尝不知道她的顾虑，可现在对她下保，也不能完全阻止她胡思乱想。他没辙，只好挖空心思开解她："这会子干着急也没有用，罪证要查实，且得耗上一程子。你阿玛近来倒像一改以前脾性了，修桥铺路，拉扯旗下战死军士的妻儿，好事做了不少，想是背后有高人指点。真到了山穷水尽的时候，这些就是保命的良方，可以暗暗把那些孤儿寡母聚集起来，人在哪里受审，就上哪里求情去。到时候自有人上报天听，朕也就有了说辞，可以酌情赦免他。"

嘤鸣听他分析完，似乎略略觉得安稳了些，心想之前的未雨绸缪果真不是无用功，紧要关头能救命。

皇帝为了轻松气氛明知故问："这个出主意的高人是谁？"

她笑了笑："万岁爷也太小瞧人了，这种事儿哪里要什么高人指点，我阿玛自知闺女当了皇后，不能拖闺女的后腿，自然要多行好事。"

皇帝斜眼看她："齐嘤鸣，你又在朕跟前抖机灵。"

她不满起来："宇文意，你对我娘家有成见。"

她有兴致和他斗嘴，他心里紧绷的弦儿就松了。才刚她那个样子吓着他了，他那只藏在袖下的手捏了满把的汗，到这会儿方张开五指，悄悄在背后擦了擦。

无论如何暂时糊弄过去了，这就好。他转身牵她往穿堂走，一直走进了又日新："朕看你这阵儿精神头不怎么好，今早上周兴祖请平安脉了？怎么说？"

她进了寝室就想找床，懒懒躺下了，自己牵过锦被给自己盖上，一头道："说有点儿气虚，大约是天太冷的缘故，不要紧的，略用些灵芝就好了。"

他点了点头："回头让小富上如意馆去，朕上年存了两朵磨盘大的灵芝，敲下几块来也够使了。"

磨盘大的灵芝？嘤呜笑起来，有个喜欢收集古怪物件的男人倒挺好，他是大到火炮，小到取灯儿[1]盒子都爱归置起来的人。你要什么，上他这儿问问，保不定就有。

"那么大的灵芝，不知道长了多少年才长成的，药性了不得，怕没这个造化吃它。"

他坐在床沿说："用量上仔细些就是了，万事有度嘛，只要不过头，出不了岔子的。"

她"嗯"了声，沉默下来，半晌没有再说话。

皇帝偏头打量她："怎么了？琢磨什么呢？"

嘤呜说："我正记仇呢。才刚贵妃的阿玛挤对我阿玛，他八成觉得只要扳倒了我，他闺女就有出头之日了。"

皇帝倒觉得没什么，古往今来都是这样，前朝和后宫即便咫尺天涯，也有一根极细的线牵连着，同荣同损。这人记仇说得直刺刺，在他跟前坦诚一如往昔，这样他倒放心了。

"然后呢？你有什么打算？"

嘤呜脸上不高兴，泄愤式地咬着被角，含含糊糊嘀咕："要不是您这会儿不翻贵妃的牌子了，我心里对她有愧，我非整治死她不可。不过转念再想想，她怕是也左右不了她阿玛的决定，前朝倾轧常有，崇善这么做，不单是为了给他闺女谋前程，更要紧的是他自己，他眼下不是当上了军机处领班吗？"

以前常说后宫不得干政，其实终究只是口号罢了，夫妻恩爱，什么事不好谈论？皇帝斟酌了下道："等这件事过去，军机处还要重整。让崇善领班不合章程，你就是不说，朕心里也明白。"

所以要干坏事儿就得拉着他一起，两人有商有量的，这才是长久的方儿。

嘤呜扬眼望着他，抚了抚胸口："我这程子不大对劲儿，有时候心跳得不像我自个儿的了，咚咚地一阵儿，跳完了浑身无力，也不知是怎么了。"

皇帝顺理成章地探手摸了摸："别不是文二要来了吧。"

---

1 取灯儿：火柴。

嘤鸣红了脸："哪里那么快，大婚才两个月呢。"

"那就是在来的路上。"

话音才落，却听德禄在中殿里传话："主子爷，察哈尔总管的奏疏进京了。"

皇帝应了声，替她掖了掖被角道："朕上前头办事，你好好歇着，过会子朕和你一道用膳。"

嘤鸣点点头："您去吧。"自己背过身子，闭上了眼睛。

他的脚步声渐去渐远，她牵挂家里的心还是放不下，叫松格进来，压声道："想法子派个人出去，找二爷打听家里的境况。"

松格"嗳"了声："奴才这就去。主子心思别重，自己的身子要紧。"

她摆摆手，看着松格出去了，才重新躺回枕头上。

瞧瞧这屋子，好些时候没住了，满世界还都是他的味道。早前说养心殿后殿东边的体顺堂是皇后住处，其实只是一说罢了，如今她上这里来，哪还会住体顺堂。两口子好，一晚上都舍不得分开，他倒是一点儿不羡慕佳丽三千的艳福，仿佛守着她一个人就够了。只是她也不安，花无百日红，如果家里的事儿让他过于苦恼，他能有多少耐心在她身上消耗？圣宠没了怎么办？他腻了又该怎么办？她在枕上辗转反侧，那种心慌的感觉越发强烈了，她无奈地盯着帐顶苦笑，齐嘤鸣，你也有今天！

不过翻滚得厉害了，竟翻滚出一点意外的收获来。枕头底下有东西硌人，她探进去摸了摸，在褥子底下贴着床板的那层，发现了一个紫檀镶金的匣子。

爷们儿家，还用首饰匣子？嘤鸣盘腿把它放在面前，紧紧盯着它，几回想打开它，又有点儿不敢下手，害怕里头万一装着哪位嫔妃的东西，那可怎么办？

然而这么大的幌子在这里，不打开瞧瞧又不甘心。她犹豫了很久，终于捏住那小锁头，拔下头上的耳挖子，开始专心致志地开锁。一般类似这种特小的锁，并不像大锁那么精密，只要找准机簧，轻轻一捅……"咔"的一声，果然开了。

她一阵雀跃，既紧张又兴奋，屏住了呼吸揭开盖子。起先倒是一愣，愣过了，鼻子隐隐发酸，嗫嚅了句："这个呆霸王！"

里头的东西她都眼熟，他生日那天她随意送他的迦南手串，她不知什么时候不见了的耳坠子、香囊，还有那面她为了给他挖坑，辛辛苦苦雕刻了好几个昼夜的万国威宁……原来他都收着呢。

她吸溜了下鼻子，心里琢磨，他到底是什么时候开始偷着喜欢她的？是不是打从巩华城那回，他就拜倒在她的石榴裙下了？

不过这呆霸王做事儿真的不靠谱得很，耳坠子香囊也就罢了，怎么还有一双罗袜？这袜子她认得，上头绣着野鸭子，她最擅长这种花色，几乎可算她绣工的代表作了。所以这袜子是他私藏的吗？还是她身边出了奸细，偷着给他倒运东西？可惜这种事不好求证，她又气又好笑，撑着脑袋看了半天，最后重新替他锁上，放回了原处。

每个人都有小秘密，让他保存着，千万不要拆穿他。这会子心里倒静些了，她想他们之间的感情经得住考验，花了心思得来的，总比左手来右手去的强。

那厢直义公府被圈得铁桶一样，每天进出的人都要经过再三盘查。两个月前府里出了位皇后的喜气还没散尽，这会子国丈就成了笼中鸟。人活于世，浮沉不定，这日子过起来，真是太有滋味儿了！

对于这个变故，纳公爷看得很开，他站在廊下吧嗒吧嗒地抽着烟，倒是福晋有点儿坐不住了，来回走动着，看他一眼，沉沉地叹了一口气。

"您不想想法子？咱们手上未必没人，崇善他们使劲儿，咱们不能干看着。我兄弟在户部，当年的账上动动手脚也不是不能够。这回的案子是阿林保督办，他家的大少奶奶，还是我正头侄女呢。"

纳公爷心想女人遇上大事儿就慌神，官场上干了二十年，谁还没个生死弟兄？他平时很注重蓄养人脉，死对头是不少，但就此成了光杆儿，那也是万万不能够。可他还是摇头："这会子一动不如一静，你要走交情谋生路，正好往人家网兜里钻。我干的那些事儿，能遮上一宗，遮不住第二宗，越活动，越是猫盖屎似的难看。横竖就这样吧，我活了这么大岁数，该享的福也享了，就是明儿上菜市口，我也不冤。"

福晋虽恼火，但不能不承认他说得对。一个人一辈子干过一件错事儿还有补救的可能，他呢，浑身上下没一处清白的，还折腾什么呀。只是有一桩叫人放不下："家里出了这个纰漏，太让娘娘为难了。"

"所以这会儿不能动，越动宫里越为难。"纳公爷想了想，又问侧福晋，"钱都散出去没有？那些穷旗人，都指着这个活命呢。"

侧福晋点了点头："不过有件事儿我得老实和您交代，我没遵您的令儿，您让我只管咱们旗下的，其实我连虎贲营的都管了。不单管，我还多给，把虎贲营那伙儿喂得饱饱的。眼下咱们遭圈禁，月供就断了，等着吧，过两天这群人就能上咱们家闹来。"

纳公爷发了一回怔，半晌敲敲烟袋锅子，说："办得妙。"

有一号人，是怎么喂都喂不熟的白眼狼，你今儿给他一块肉，明儿他还想要整头猪，虎贲营就是这么个神奇的存在。那些人，原是披甲人的后代，朝廷收编后就因为他们太彪悍，哪个旗主都不愿意收，所以虎贲营是姥姥不疼舅舅不爱的法外之地。没人管，只能吃朝廷那两斗米的月例，营里人穷得叮当乱响，好容易遇见个管吃喝的，才管了两个月又撂下，那人家不能饶你。

福晋甚感欣慰："怪道娘娘聪明，看来是随了娘，让那伙人来闹，闹得越大越好。眼下咱们家给围得结结实实，自有外头侍卫给咱们挡煞，可传到朝廷耳朵里，却是大功一件，回头翻起小账来，也有个将功补过的说头。"

纳公爷摸了摸小胡子："可不是嘛……"

然而两位福晋都狠狠瞅住了他："爷，昨儿厚朴回来，背书一样背了外头的传言，听下来您贪墨得可不少，银子呢？家里统共也没进几个钱儿，您在哪儿建了金库了？还是填了窑姐儿的亏空？"

纳公爷很心虚，咕地咽了口唾沫："都是瞎传……"

话没说完，就遭福晋一声断喝："都什么时候了，装清白给谁看呢？"

纳公爷没辙，苦着脸说："我全招了，交朋友要花钱，听曲儿养小戏儿也得花钱。不光我养，我还给朋友养，他们的老底儿我全知道，我犯了事儿他们绝不敢落井下石。那个阿林保啊……偏疼的两个都是我给养着的，你们就放心吧，岭南的案子让他查，准错不了的……"见福晋和侧福晋像看恭桶一样地看着他，纳公爷只得低下头忏悔，"这事儿过去，我就改邪归正，再不下堂子了，我跟人做木匠去，总成了吧！"

## ·三·

诸如收心做木匠那种事儿，听听则罢，别太当回事儿。

国舅爷厚朴对前来打探的坤宁宫太监说："劳谙达替我传话给娘娘，就说家里这会子都好。阿玛给禁了足，福晋和侧福晋都高兴坏啦，说他一辈子在外头胡天胡地，这回被撅断了腿，好歹安生在家了，要谢主隆恩哪。"

扁担听着，歪了脑袋："国舅爷，这话传给娘娘，她能信吗？"

"不信也没辙，我不是为了安慰她编瞎话，她这是回不去啊，要是能回去，一准儿看见那三位在廊子底下晒太阳呢。"厚朴压着腰刀，尽量装得轻松惬意。其实家里出了变故，哪能真如话里说的那么没事人儿似的。别说回去一家子愁云惨雾了，就连他在值上，也不如先前自在。

早前他晋二等侍卫，派在太和门上当差，因仗着国舅的名头，轮班儿比别人少些，别人在西北风里站着受冻的时候，他还能在值房里烤火吃花生炒豆子。可后来就不行了，自打他阿玛落马，再也没人把他挑在大拇哥上了，这位十三岁破格进内侍卫处的国舅爷，一夕没了往日的优待，轮班儿的时候实打实地站班儿，一班儿三个时辰下来，冻得手上全起了冻疮。

可是能怎么的？宦海沉浮嘛，他也看得开。只是他脾气不好，谁敢在他跟前阴阳怪气，他立时就能炸庙："老子脚抬起来比你头还高，在老子跟前要横，有种拔刀！"

可惜谁也没胆儿，毕竟纳公爷没下狱，他姐姐依旧坚挺地稳坐皇后宝座，他犯浑，那些一步一磕头升上来的旗下人全没他这么粗的腰杆儿，两句"得、得，惹不起躲得起"，就散了。

只要不打起来就是好的，要不然以他的身板儿，学堂里当头儿还犹可，和那些壮年侍卫打架，不给打出肠子来才怪。横竖他现在须尾俱全，很可以向姐姐交代，便一径说家里都好，她一个女人家，就别让她跟着操心了。

扁担虽觉得不大可信，但他仍旧把话带到了皇后跟前，并学着国舅爷的口吻，丝毫不差。

嘤鸣看着这小太监，真有种看见了厚朴的感觉。扁担原在养心殿当差，因给贵妃丢过一回橄榄核舟，叫小富逼问出实情后，给派去干杂活儿了。后来坤宁宫立了门头，正是需要人使唤的当口，皇后虽有皇后份例的宫人伺候，但也得留个把能私底下吩咐差事的人。扁担在她跟前赊着一条命呢，于是就把他讨过来，让他宫里行走，听差办事了。

她坐在南炕上，搁下手里的毛笔笑了笑："这么说来我也能放心了，家里目下尚且安稳。"

扁担说："是。国舅爷就是这么告诉奴才的，让主子娘娘放心。倘或娘娘有疑虑，奴才回头出宫一趟，上公府外头转转，再打听打听消息。"

"不必了，"嘤鸣说，"他这么说，我就这么听了。你先下去吧。"

扁担打袖请了跪安，却行退出暖阁，边上松格问："主子觉得二爷说的是真的吗？"

其实真不真又怎么样呢，只要朝廷没下抄家杀头的旨，那三位一块儿站在廊下晒太阳的情景，未必不会发生。

她就是生在这样天塌了当被盖的人家，太知道家里人的脾气了，煎熬少不了，福晋庆幸公爷再也不能不着家了，这也少不了。齐家一门，生来乐天知命，像她阿玛，八成没少说诸如享够了福死了不遗憾之类的话。这人一辈子就是这样，贪赃枉法就痛痛快快地贪，贪了给家里置办家私，那是不能够的。他的钱，得等他花剩下才想起往家运，因此军机处就算张罗着抄家，只怕也抄不出什么赃款来。

但她作为出了门子的姑娘，鞭长莫及难免惦念，想了想道："过两天，瞧瞧军机处那帮人有没有新奏对，到时候再打发人出宫瞧瞧去。"

松格应了个"是"，叠着手感慨："要是不出这档子事儿，咱们二爷这会子该做新郎官儿啦。如今怎么好呢，只怕佟家也不称意。"

嘤鸣原还画消寒图呢，听她这么说，把笔放进了犀角笔洗里。

"这个嘛……"她坐在那里沉吟，"赐婚的恩旨下了，可没法子更改，佟家好赖都得认下这个女婿。万岁爷本来就有借佟家之力，保住我们齐家根基的意思，佟崇峻哪能不知道呢。其实他们家也没什么好忌惮的，老爷子虽蒙事儿混日子，儿女个个还算长进。大哥哥在吉林乌拉做章京，大姐姐嫁在固伦公主府，姑爷又掌着京畿一线的军防，这门亲结了，哪能吃亏呢。"

松格琢磨了下，说："那可不，要紧您是皇后，只要您在，齐家的门头就撑在那里，保管再有五十年富贵。"

嘤鸣笑了笑："借你吉言吧，但愿我圣宠不衰，能保我们齐家一门无灾无难。"

外头海棠托着一沓红纸进来，听见她们的话，笑道："那还用说吗，过阵子娘娘有了小阿哥，更是天下独一份儿的尊贵。娘娘的福气是长在骨头缝儿里的，任他大风大浪，娘娘自岿然不动。"

是啊，除开嘤鸣心里的忧思，坤宁宫中的岁月一向静好。雪后初晴，小太监们扛着扫帚在前面的月台和广场上扫雪。今年入冬之后雨雪多，那片宽绰的细墁地面已经好久不见了，今儿久别重逢，眼里倒也敞亮起来。

嘤鸣收回视线，瞧见海棠手里的红纸："要剪窗花儿了？"

海棠说："是，眼看到了节下，造办处命宫人剪窗花儿，那些人没什么巧思，叠完了纸随便几剪子，剪出眼儿来就算花了，不如咱们自己剪的好。豌豆剪这个是一把好手，她这会子在配殿分派小宫女差事，回头来了让她露一手，她能剪老奶奶喂鸡，还有胖娃娃抱鱼。"

嘤鸣对这种事儿很感兴趣，说："快，把月牙桌抬来，放在跟前，我也会剪。"

松格掩嘴葫芦笑："没错儿，我们主子会剪耗子偷油。一圈儿九个，一个衔着一个的尾巴，中间搁个盛油的瓮。"

这么一说大伙儿都兴致勃勃，赶紧请剪子来。恰巧殊兰也进门给嘤鸣请安，也来凑趣儿，众人围了一张桌子坐下。嘤鸣在南炕上懒动，便把炕桌搬开，自己搭了一只桌角。外人都以为宫里等级森严，主子奴才半点不能逾越，其实也不是。像身边伺候惯了的人，没有太多的忌讳，只要不犯大过失，主子又愿意亲近，完全可以处得十分随意。

嘤鸣这程子为家里的事儿不得纾解，这会儿热闹热闹挺好，就像松格说的，她会剪耗子偷油。一张红纸在手里细细地谋划布局，等看准了，就接了剪子过来，预备大显身手。

可不知怎么，脑子忽地晕了一下，那把金剪没拿稳，笔直地插下去，栽在了大腿上。

暖阁里很暖和，她只穿一件薄薄的春衣，剪子的头很尖利，透过缎子直击肉皮儿，她咝地吸了口气，吓得跟前的人都站了起来。一时搬桌搬椅子的乱成一团，四五个人凑上来查看，问："娘娘，伤着了没有？"

先头递剪子的大宫女梅枝吓得上牙叩下牙，跪在炕前磕头不迭："奴才死罪，奴才罪该万死……"

嘤鸣不爱乱发脾气，忍痛道："是我接过来才扎着自己的，和你不相干，快起来。"原本好好的剪纸，竟因此被搅黄了，她更遗憾的是这个。

豌豆小心翼翼地替她将起了裤管，才发现扎得有点儿狠，血流了不少。忙倒了茶盏里的清水来洗伤口，再拿巾帕狠狠压住，手法有点重，见皇后直皱眉，便温言宽慰着："娘娘忍着点儿，这样才好止血。"

压了有程子，再揭开手巾的时候，底下是个端正的三角小窟窿，创面虽不大，但很深，松格忧心忡忡："奴才去请周太医吧。"

嘤鸣自己倒不觉得什么："这点子小伤，不碍的。拿金疮药来洒一层就是了，惊动了太医院，就惊动了皇上，别闹得人心惶惶的。"

她既这么发话，大家也没法儿，便给她上了药，又拿纱布缠裹起来。皇后不是个娇气的主子，她和丫头们继续剪纸，消磨到了上灯时分才丢开手。

这时候皇帝也回来了，她下了南炕出来迎接，两腿一着地，才发现伤口疼得挺厉害。皇帝见她走路有些别扭，便问怎么了，她便说："没什么要紧的，我今儿剪窗花，扎着腿了。"

要说皇帝，可能这辈子也学不会花言巧语，他听了一笑："人家头悬梁锥刺股是为了读书，皇后又不读书，这是何苦？"

嘤鸣运了一脑门子气："我忍着痛呢，您也不心疼心疼我。"

皇帝说："扎了一下就心疼，心疼不过来。"他也不知道她伤得多厉害，只觉剪刀不算刀，不是什么大事儿，顺便补充了一句，"腿上肉多，扎一下没事儿。"

嘤鸣听了，觉得心情不大好："这会子人到家了，就满不在乎了，别打量我不知道。"

皇帝原本正找他的书，听了回头："那叫朕瞧瞧，伤得厉害不厉害？"

她"哼"了声，捂着伤口歪在了南炕上。杀不得在榻前仰脖儿看着她，她摸了摸那颗脑瓜子，嘟囔了句："还不如熊呢。"

女人啊，就是爱耍小性儿，不过能对你耍性子是看得起你，一辈子没经历过女人的德禄对这个了解得透透的，皇帝每常想起这话，即便再烦再累，心里也觉得安慰。

他的皇后没把他当外人，这种撒娇的手法引得龙颜大悦，便作势要掀她的裙子："朕来验伤。"

嘤鸣忙压住了裙角："别碰，一震动就疼得厉害。"

他站在她面前，脸上浮起忧色来："果然伤得很重？"

她眨巴着眼睛问他："您是真担心我的伤，还是怕不能震动？"

皇帝一愣："你想到哪儿去了？朕……朕怎么能……不是这样的人啊！"

她看他百口莫辩的样子就觉得好笑，到底不再逗他了，让出半边宝座床让他坐下，自己好偎着他。

"您不和我说说前朝的事儿？"

"别老打听，后宫不得干政，没消息就是好消息。"

"可那些军机大臣怎么和您抬杠，您一点儿都不告诉我。"她盘弄着他腰上的葫芦活计嘀咕，"您不告诉我，我不得担心吗？"

皇帝抬起视线看着房顶上的雕梁，喃喃说："朝政冗杂，告诉你你也未必懂。你阿玛那事儿，如今成了拉锯战，今儿有人夸他的好处，明儿又有人掘出他的新罪状来，国丈爷亦正亦邪，闹得江湖传奇人物一样。"

这样究竟不是好事儿，她叹了口气："什么时候能完呢，越性儿让我阿玛致仕，他们也就消停了吧！"

可政权倾轧，岂是一走了之就成的，跑得了和尚跑不了庙，秋后算账也不是没有。

皇帝安抚她："朕瞧着有缓，你先别慌神。再说削了他的兵权和官职，这是朕最后的惩处，你让他自请下野，后头可就没有保命符了。"

她听了，老老实实不再说什么，窝在他怀里不吭声。半晌才道："我们家的事儿这么棘手，让主子为难了。我有时候想，我老逼着您真不好，可我没法儿，除了央着您，我还能怎么样呢？"

"知道，"他说，"朕不嫌你麻烦。当初给你下封后诏书，朕就知道有这么一天，你阿玛一屁股烂账，多少人盯着他呢，除非他躲到天上去。立谁做皇后，这事儿很重大，须得谨慎行事，所以朕一个人坐在养心殿里，琢磨了一炷香时候。"

嘤鸣呆了呆，经过深思熟虑才花了一炷香，那要是不那么纠结，大概只要一弹指，不能更多了。

"其实那时候您早就打定主意了，还琢磨什么！"藏了一匣子她的东西，不让她做皇后，哪里能甘心！

皇帝想起来，那会儿正是核舟作怪的时候，他心里跟油煎似的，考虑一炷香已经是极限了，要是按照他的想法，立刻昭告天下才好。所以自己选的路，就得挺直脊梁走完。他没有告诉她，军机处对他刻意维护辛有诸多不满，就算阿林保把岭南赈灾一案的罪魁祸首定为薛尚章，也不能完全把国丈爷从里头择出来。

接下来又是几场晤对，纳公爷的花酒到底没有喝遍整个军机处，和他不对付的章京眼见扳不倒他，最后把已经退隐颐养天年的多增拱了出来。

多增是当年辅政大臣之首，诸王各据一方，妄图三分天下时，是他带头力挽狂澜，保年幼的皇帝坐稳了宝座。只是后来因他年纪大了，薛尚章又仗着军功风头无两，他便借岭南赈灾一事自请抽簪。但他的威望在朝野仍旧无人能及，就算隐退多年，再入宫面见太皇太后，依旧会被太皇太后奉若上宾。

多增是读书人，说话办事极有分寸，也善于引经据典。他把西汉时期外戚干政导致的一系列动荡进讲似的和太皇太后说了一遍，临了道："彼时薛尚章独揽朝纲并未令奴才恐惧，因为奴才知道，皇上垂治天下的雄心不灭，大权早晚有收拢的一天。可如今……"说着顿下来，含蓄地笑了笑，"奴才虽已下野，依旧心系朝政。皇上胸襟宽广，不记前仇，但太皇太后必然不会忘了，当年薛齐是如何联手把持朝政，铲除异己的。"

多增并未有意针对继皇后，甚至对皇帝眼下的处理态度也未有任何妄加指责的地方，可太皇太后明白，能使退隐的功臣重新出山，必然是朝堂有了失控的前兆。

能怎么办呢，只好先行安抚。太皇太后道："这件事我也有耳闻，只因年纪大了，耳朵也不大灵便了，所以朝政事务撒了手，一切交由皇帝处置。今儿你进来，我很欢喜，当年的老臣病的病死的死，眼下也不剩几个了。你放心，这件事我自会和皇帝商议，决不能伤了臣工们的心。你呢，只管仔细作养身子，明年是你八十整寿了，到时候我可是要到府上讨杯寿酒喝的。"

这么费尽心思地应付，才把老多增劝了回去。多增走后，太皇太后便面色不豫，一个人在暖阁里思量了半天，终于传了令："把皇帝请来，就说慈宁宫设了酒膳，请他过来陪皇祖母吃席。"

· 四 ·

单请一个人，这事传到坤宁宫，嘤鸣手足无措。

以往太皇太后让陪着进膳，大抵是两个人一道的。这回有意只叫皇帝一个，不必细说，八成是为了商量纳公爷的事儿，且不欢迎她旁听。

嘤鸣拉着皇帝的手，不敢撒开，她很少有这样优柔寡断的时候，只是死死拽住他，嘴里嗫嚅着："天儿这么晚了……"

皇帝知道她担心，摸了摸她的脸道："太皇太后早晚要传朕过去说话的，躲得过初一躲不过十五，朕去听听她老人家的意思，你别怕，未必一定对你阿玛不利。"

可她眼下能想到的，几乎全是不好的东西。好话不背人，既然背着她，大事肯定不妙。可是不让他去，那就是公然违抗太皇太后的懿旨，不光纳公爷，连她的罪行也大得滔天了。她没法子，只得松开手，临要出门前，她叫了声："享邑，你抱我一下再走。"

皇帝心里最柔软的那部分被她勾了出来，他从来抗拒不了她细腻的小情怀，回身搂住她，在她额上亲了一下，说："别怕，朕去去就来。你腿上还疼吗？好好歇着，等朕回来，把消息原原本本告诉你。"

他松开她，从丹陛上下来，御前的人已经挑灯在下面候着了。天很黑，孤寂的两列灯火照出一片狭长的通道，皇帝踩着那团光穿过了交泰殿，消失在甬道的尽头。嘤鸣在殿门前站了很久，冰冷的空气钻筋斗骨，厚厚的狐裘斗篷也挡不住那股寒意。

"主子，咱们进去吧。"松格轻声说，"外头凉，仔细受了寒气。"

嘤鸣回头看了她一眼："松格，我到这会儿才明白，深知那时候有多不容易，这种担惊受怕，真叫我厌恶透了。"

松格脸色惨淡，挽着她的胳膊说："早前您进宫，不是预备好了的吗，一切没有出乎您的预料，您该看开些。"

她苦笑了下，怎么能看得开呢，那可是事关她阿玛吃饭家伙的大事儿。不过松格说得没错，先前董福祥登门说老佛爷喜欢她，请她进宫玩儿，她当晚就把因果都想周全了。一切确实在她预料之中，唯一没有料准的，大概就是让这个闷头瞎闯的呆霸王闯进了心里，可也正是因为有他，让她在这深宫里能有底气地活着。如果没有他呢？她会是第二个深知，日夜经受焚心的煎熬，最后被这无处不在的重压击垮。帝王家何来的亲情，即便平日再喜欢你，一旦朝政上出现了倾斜，你随时会被放弃，因为你始终是外人。

她低下头，慢慢往回走，身上没什么力气，软软地靠着松格，被她半扶半抱带进了东暖阁。

心头一阵阵发紧，她让松格开了半扇窗户，外头冷气扑面而来，才稍稍舒坦了些。她背靠着炕头的螺钿柜朝外看，喃喃说："我昨儿梦见深知了……"

松格吓了一跳："主子您别吓唬奴才，大晚上的，说这个干什么？先皇后已经做神仙去了，她不惦记您，您也别老想着她。"

嘤鸣叹了口气："不知怎么回事儿，以前我觉得宫里还不赖，有吃有喝有我喜欢的人，就想着自己能在这里过好一辈子。可后来大婚了，当上了皇后，想头儿又和先前不一样了，看着尊贵已极，后宫里头独一份儿，其实没人知道我心里那份惶恐。我到底是个俗人啊，面儿上满不在乎，但掰开了揉碎了，还是逃不过那份俗。我怕娘家倒台，就当不成皇后了，我还怕万岁爷立新皇后，把我打入冷宫……"

松格觉得她主子纯粹是瞎想："您琢磨琢磨，您和万岁爷是怎么过来的。您二位打打闹闹，就万岁爷，挨了您多少回挤对，他不还是老老实实上您这儿来吗？他老人家就吃您这一套，您是紫禁城里唯一敢给他小鞋穿的人，他爱那份挤脚的滋味儿，爱得入骨啦。"

嘤鸣差点被她逗乐了："你这丫头，留神说话，仔细叫人听见了。"

松格吐了吐舌头："这会子不是没外人嘛。"

是啊，这宫廷里头，能算得上自己人的只有松格。透过窗户的缝隙往西看，看不见慈宁宫，唯有满天疏疏朗朗的星，被这寒夜冻伤了眼睛。

那厢的慈宁宫暖阁里，檀香味儿冲得皇帝头昏脑涨。紫檀的膳桌上摆着一溜青白玉光素盖碗，可祖孙两谁都没有动筷子。太皇太后看着盏子里的酥酪说："皇后爱吃这个，她要是在，一盏未必够她吃的。我是真喜欢她的性情，打从她头天进宫我就瞧出来了，这孩子福厚，将来肯定有大出息。以往我传酒膳也好，果膳也好，都爱叫上她，今儿没叫她，单叫了你，你知道为什么？"

皇帝道："是，皇祖母是有话吩咐孙儿，这话会伤了皇后的心，这才没有传她来。"

太皇太后被他一语道破，微微怔了下，良久才点头："没错儿，是这个意思。先头多增进宫，你得着消息了吧？"

这宫里的一举一动，从没有能瞒过他眼睛的，多增几时来，几时走，走的时候脸上什么表情，他都知道。皇帝略沉默了下，垂首道："孙儿听皇祖母教训。"

他的态度这么好，倒让太皇太后始料未及，本以为他总会辩驳几句，比如说下野的旧臣不该干涉朝政什么的，结果并没有。所以啊，皇帝是个聪明人，他知道这回多少会对皇后不利，要是极力维护，越发让老祖母心生厌恶。所以他干脆顺着捋毛，先把老太太心里攒着的火气捋没了，接下来就好说了。

太皇太后瞧着他，灯下的皇帝气定神闲，眼眸明净。二十三岁是大好的年纪，青春、热血、壮志凌云，但欠深思熟虑。

"当年你阿玛忽然撒手，朝中经历了多大的动荡，你还记得吗？"太皇太后道，"后来你登基，虽有皇帝之名，却无皇帝之实，十二年受制于人，连婚事都不由自己做主。那时候你对薛齐两家恨之入骨，发誓要将他们灭族，事儿才过去几年罢了，我料你也没忘。如今对薛家的处置，算是说到做到了，那么齐家呢？纳辛的罪远不及薛尚章，且他的闺女成了你的皇后，你网开一面是应当的，但这种宽赦要有度，要敷衍得了满朝文武，堵得住天下悠悠众口。眼下朝堂上群情激愤，连多增都被抬出来了，你要仔细，别闹出文死谏的戏码来才好。我知道皇后识大体，不过这件事上，她怕是没少在你身上使劲儿。我今儿没叫她来，也是有意让她知道，她过多干预朝政不对。还有你，她初登后位，有些事儿不知道轻重，你当了十七年皇帝，她不明白的地方你该告诫她，不该由着她的性子胡来。"

皇帝静静听着，没有为嘤鸣叫一声屈，待太皇太后说完，他才俯首道："皇祖母教训得是，孙儿和皇后绝不敢有半句违逆。皇后担心父亲，这事儿不假，她也求过朕，只要留她阿玛一条命，旁的一概不奢求。朕之所以迟迟没有判定纳辛的罪责，并不全是为了皇后，朕也有自己的考虑。纳辛早年确实与薛尚章狼狈为奸，但他保朕登上帝位，皇后入宫后，他替朕彻查户部税目，车臣汗部战事调遣乌梁海部协同作战，这些都是他的好处，朕不能记过不记功。薛尚章倒台后，这朝堂上明里暗里还有多少同党，细细纠察起来，只怕占了半壁江山。朕想让他们看见，只要依附朝廷，朕可以既往不咎。但军机处某些人公报私仇，口头上大义凛然，私底下打什么主意，皇祖母比孙儿还知道。"

太皇太后听他一句一句把事儿都揽到自己身上，心里不由得怅惘。到底还是有这一天，宇文家的老毛病在他这代没能幸免。他拿那些有私心的官员来说事儿，其实何尝不是为了成全自己的私心？

皇帝需要一个勤政睿智的好名声，不能因纳辛毁于一旦。太皇太后道："既不收监，也不惩处，你偏袒得太过了，闹得不好人心浮动，于社稷不利。"

皇帝抬起眼："那依皇祖母的意思，孙儿应当怎么处置？"

暖阁里燃着灯，迟重的金色映着太皇太后的脸，老太太嘴角微沉，淡声道："你不愿打压皇后母家，是为保皇后的体面，纳辛要是晓事儿，应当自尽，才不至于令皇后为难。"

皇帝静静听着，没有应声。自尽也罢，问斩也罢，都是个死，没有哪个更体面高贵。太皇太后在等他的表态，他不好直直反对，只道："请皇祖母再容孙儿一些时日，眼下还有几桩案子没有查清，待有了结果，到时候再一并发落。"

太皇太后说："好，你万钧重担在肩，皇祖母知道你能够妥善处置。但纳辛圈禁府中不是长远的方儿，刑部也好，都察院也好，给他腾个地儿，也好堵住那些臣工的嘴。"

这是太皇太后下的令儿，没有讨价还价的余地，皇帝微顿了下，只得领命道"是"。

从慈宁宫出来，夜已经深了，想回坤宁宫，怕吵着她，且又觉得不好向她交代。于是他在乾清宫前徘徊了一阵儿，还是退回了养心殿。

这一夜皇帝没有回来，嘤鸣枯坐了大半夜，将要天亮的时候才稍稍眯瞪了会儿。

想是不好了，她自己心里知道，太皇太后管了这事儿，皇帝是极孝顺的，没法子拂逆老太太的意思，所以躲着她。她气虚得厉害，浑身酸痛，但今天各宫妃嫔要进来请安，她必须打起精神应付，越是这样的当口，越不能叫人看笑话。

她在正殿里升了座，浩大的殿宇看上去金碧辉煌，其实还是空的。那些嫔妃进来了，个个脸上带着笑意，这笑意绝不是平时硬憋出来的，是发自内心的、由衷的欢喜。

"恭请皇后娘娘万福金安。"小主儿们甩帕子蹲安，成群的锦衣耀眼，环佩叮当。

"伊立吧。"嘤鸣说，"今儿正是化雪的时候，怪冷的，咱们挪到西边暖阁里说话。"

海棠上前来搀她，她下了脚踏，摇摇曳曳往西，那身姿楚楚，引得金地缂丝百子袍的后摆也款款轻摇。身后的妃嫔们交换了下眼色，悄悄撇嘴笑了笑。

众人都落了座，则嫔道："贵主儿今天身上不好，才传了太医过承乾宫瞧病，奴才的永福宫离她近，她托奴才给主子娘娘告个假，说回头身上好了，再来给皇后主子请安。"

嘤鸣托着茶盏，轻轻吹了吹上头漂浮的茉莉花瓣，心里门儿清，哪里是病了，不过是借故不想照面罢了。她也不恼，领首道："既病了，就让她好好养着吧。天儿冷，是要仔细点儿，眼看到了大节下了，后头且要忙呢。"

大家虚伪地敷衍着，说"主子娘娘也要保重凤体，节下好些事儿要娘娘做主呢"。

其实表面上过得去倒也罢了，可有的人就是不安生，成心要在这个时候给她上眼药。祥嫔到底忍不住挑起了话头儿，试探着说："昨儿我们家人进来会亲，恰好说起外头的局势，听说和薛家有牵连的，这会子都翻起旧账来了……连主子娘娘家……"

一时殿内众人眼风如矢，所有人都在揣测皇后接下来的反应。当然光顾着看热闹可不行，得适当表示一下关心，谨嫔道："娘娘放宽心吧，万岁爷自会还公爷一个公道的。"

还公道？纳公爷不干不净，哪来的公道可还？可是那些小主儿笑着应承："正是呢，请娘娘放宽心。"

嘤鸣端着茶盏一哂："咱们后宫，多早晚能谈论前朝的事儿了？我知道大伙儿是好意，但也要谨守本分才好。我和万岁爷是正头夫妻，像这些外头的事儿，自有万岁爷周全，你们就不必忧心了。"

这句正头夫妻，戳中了所有人的痛肋，在她跟前，她们确实连妾都算不上。

康嫔不甘心，眼光溜溜地看了在座的一圈，嗫嚅着："我听宫人们谣传，说要拿公爷下大狱呢……"

嘤鸣"哦"了声："我竟还不知道呢，是哪个宫人说的？"

怡嫔道："宫里人多嘴杂，要追根究底，只怕也找不见那个人。"说罢顿了顿，一副欲言又止的样子，"娘娘，奴才还听见一个谣言，娘娘知道了可别生气。"

嘤呜放下茶盏，面上还笑着，手却在袖笼底下紧握成了拳："什么谣言，说来我听听。"

怡嫔是成心要在她伤口上撒盐，支支吾吾道："也不知慈宁宫里哪个烂了舌头的在外浑说，说老佛爷的意思是赐公爷自尽来着……"

当初深知是怎么被逼得无路可退的，她现在总算体会到了。这些人个个心怀鬼胎，眼见你要失势，她们就敢不顾礼法在你跟前放肆。如果她不是足够沉得住气，能叫她们给活活逼死。

嘤呜冷笑，倒没有一气儿发作，转头看了看恭妃："我近来身上也不大好，宫务过问得少了，叫阖宫上下胡天胡地，全没了体统。原想今儿贵妃来，请她帮着掌管宫务的，可她也病了……看来少不得要托付你了。"

这么一来所有人都有点儿蒙，没想到皇后在这个裉节儿上把自己手上的权分了。恭妃这人除了包打听的本事，为人并不精干，对于她帮着掌管宫务一事，每个人都不服气。

嘤呜呢，要的就是这个结果。她这会子确实精神头不济，与其和她们斗鸡似的打擂，不如把食儿抛出去，让她们互啄。这么着既架空了贵妃，又有人代她收拾这些作乱的，一举两得。

恭妃惶然站了起来，她原本还琢磨怎么捅皇后肺管子呢，猛然受了委任，简直以为自己听错了："主子娘娘，奴才何德何能……"

"你是大阿哥生母，本就比别人尊贵，不单我，万岁爷也看重你。这趟托付你，你别推辞，宫里流言蜚语漫天，趁着节前整治一回，大家好过年。"嘤呜三言两语指派完了，忽而冲怡嫔一笑，"还有一宗，看见你我才想起来。孝慈昭皇后生前住的就是你的永寿宫，万岁爷前儿和我说，很惦念皇额涅，孝慈昭皇后的忌日快到了，打算照着原来的布局，把永寿宫重新布置起来，便于祭奠瞻仰。你瞧，这么一来你就得挪地方，可怎么安排呢……"顿了顿问恭妃，"要不让怡嫔搬到咸福宫去吧，正好和祥嫔做个伴儿，你瞧这样好不好？"

· 一 ·

　　恭妃自然说好，原本在后宫籍籍无名的人，突然受到如此重视，那种欣喜若狂的感觉，简直像七品芝麻官一跃成为封疆大吏一样。即便之前对皇后有再多的不满，这刻都烟消云散了，非常积极主动地站到了皇后的阵营中，只要是皇后的意思，无不遵从。

　　恭妃含笑道："娘娘的安排是极为妥当的，依奴才之见，怡嫔和祥嫔平常谈得来，性子也相投，她们俩搬到一个宫，再适合也没有了。"

　　恭妃和皇后一唱一和，在场的众人都识趣儿地闭上了嘴，心里明白皇后娘娘又发威了，这回一口气整治了三位，自己要再多说一句，接下来倒霉的就是自己。

　　其实照着位分来说，皇后底下是贵妃，皇后身子不好，自然是由贵妃代为执掌宫务。可皇后却借着这回贵妃称病，堂而皇之地让恭妃出头冒尖，直接越过了贵妃的次序，那往后贵妃在底下嫔妃跟前可是说不响嘴了。再者祥嫔和怡嫔，宫里人都知道的，一个奸一个酸，这二位要是住到一个宫里去，那可了不得了，外头必定再也顾不上对付，单是内斗都会忙得不可开交。

　　皇后这手着实厉害得很，想是早就对怡嫔有了不满。这宫里一个萝卜一个坑，嫔位已是一宫主位，势必都有自己的地方。如今皇后说话儿就把怡嫔落脚的地方征用了，那她非得屈居在别人的地盘上，这么一来可和贵人、答应没什么分别了。大伙儿从先头的和皇后为敌，转变成了看怡、祥两位小主儿的好戏，所以说这宫廷里没有永远的朋友，也没有永远的敌人。

怡嫔眼见这事儿板上钉钉，到底发急了，站起身道："皇后娘娘，奴才进宫五年，虽是区区嫔位，但也是一步一步升到了如今的位置，本也十分不易。今儿娘娘这么做，恕奴才说句逾越的话，娘娘办事太不地道，您这和夺了奴才的嫔位有什么两样？"

怡嫔平常也算是个谨慎的人，今天这事儿严重地损害了切身的利益，她那份端庄贤淑可再也装不成了，脑子一热，竟公然叫板起来。

嘤鸣眯了眯眼，很满意事态正照着她的设想发展。她本来就指着怡嫔行差踏错，这样才好狠狠收拾她，当年她煽阴风点鬼火，对外宣称和深知走得近，传出了多少毁谤深知的闲话来。这会子又不安分，还想故技重施，可惜她不像深知好性儿，她是有仇必报的，自有法子让她一败涂地。

"这是万岁爷的意思，难道你还想抗旨不成？"她并不动怒，含笑看着她，"我知道你不服，不服也没法子，事情定下就是定下了，总不好为了照顾你，断了万岁爷尽孝的心。"

怡嫔轻蔑地笑了笑："是不是万岁爷的意思，恐怕只有娘娘……"

结果她话还没说完，海棠就上前狠狠扇了她一巴掌。"啪"的一声，清脆响亮，只听海棠厉声呵斥："奴才替皇后娘娘教训小主了。小主口出狂言，对娘娘不恭，这是小主该受的罚。"

这个大嘴巴子仿佛打在了所有人的脸上，把她们那份沾沾自喜的气性儿全都打没了。暖阁里立刻呼啦啦跪倒了一片，那些嫔妃瑟缩着，请皇后娘娘息怒。海棠是从御前派到坤宁宫主事的女官，她的地位远比精奇嬷嬷还高，只要有谁敢冲撞皇后，她代皇后教训不懂事儿的嫔妃，是皇帝赋予的权力。

怡嫔捂着脸，呆若木鸡，宫女尚有不打脸的规矩，她身在嫔位竟受到这样的对待，那种羞愤欲死的心情，简直要令她燃烧起来。她涨红了脸，气涌如山："皇后娘娘动用私刑，奴才是受册的内命妇，不受娘娘这份侮辱。奴才这就上慈宁宫，求太皇太后做主。"

可惜她根本走不出这间暖阁，只听上首的人凉声道："我是皇后，内闱上下皆由我定夺。你要求太皇太后做主，那咱们就先来计较计较，你假借慈宁宫闲话之名散布谣言的罪过。你既然知道自己是内命妇，就该自尊自重，可你整日兴风作浪，调唆得阖宫上下学你的做派，是非不明，尊卑不分，你眼里可还有我这个皇后？看来今儿不好好惩处你，越发纵得你无法无天了。你也不必上咸福宫给祥嫔添乱，来两个人，把怡嫔关进延庆殿严加看管，待我回明了万岁爷再做定夺。"

这是继皇后上台后的头一次立威，只要上头没有废了她的打算，她的决定几乎没人能动摇。

扁担带着人穷凶极恶地冲了进来，先是向上行礼，说遵主子娘娘的令儿，然后转身错牙冲怡嫔笑："怡主儿，奴才动手伤了您的体面，您自个儿走吧。"

怡嫔到现在才知道害怕，哆嗦着说："皇后娘娘，奴才先前一时糊涂，对娘娘出言不逊，奴才罪该万死。请娘娘瞧在……瞧在奴才进宫多年的分儿上，饶了奴才这回吧。"

嘤呜靠着靠垫，一双妙目懒懒地转过来瞥她："进宫多年的嫔妃，当着阖宫上下的面公然顶撞我，你这一腔孤勇，是在给谁做试金石不成？我原是想饶了你，可你既说你进宫多年，我却又饶不得你了。要论资历，在场的诸位都比我老，这么多眼睛瞧着，我要是不罚你，将来不好管教别人。"言罢一摆手，扁担立刻会意，给左右一使眼色，直接把怡嫔"请"出了西暖阁。

底下一群嫔妃还跪着，都被皇后这样大肆整治的动静吓得噤若寒蝉。嘤呜的目光从那一个个花枝招展的脑袋上划过去，曼声道："人的命数，今儿不知明儿，谁也保不住永生永世的富贵，你们是这样，我也是这样。我是个乐天知命的人，在什么位分上做什么事儿，不及别人的时候认命，凌驾于众人之上时，我就能行自己的权。我的手段，其实你们都知道，我从不平白和人过不去，如果你哪天觉得日子不好过了，就要先想一想，是不是言行不端得罪了我，与其巴望着时候一长我就忘了，不如自己知趣儿，老老实实找我赔罪，因为我这人没别的好处，就是记性好，有些仇，我能记一辈子。别打量我当上了皇后，要图贤后的名儿，我从来没这想头。我只求自己过得舒坦，不顾别人死活，所以你们得留神，要相安无事，就谨守自己的本分，别听见些风吹草动，立时高兴得过节似的。且把心里那份窃喜藏一藏，等我当真倒了台，你们再弹冠相庆不迟。"

这话真是一点儿没留情面，该说的都说得入骨三分，众人齐齐磕头："奴才等不敢，请皇后娘娘息怒。"

自她进宫以来，虽说曾大刀阔斧地收拾过几个主儿，但对于大多数人面上都过得去，像这回这样训话还是头一次。没有真正领教过她厉害的人，对皇后的印象依旧停留在当初不问事的孝慧皇后身上，以为继皇后的厉害名声都是江湖传闻罢了。今儿真正见识了，这些起哄架秧子的娇花儿都给吓破了胆儿，再也没人敢拿自己的前程，来试探皇后收拾后宫的能耐了。

恭妃忙着打圆场："娘娘，这怡嫔一贯是个挑事儿的积年，您今儿处置了她，何等大快人心！可宫里旁的姐妹，无一不对娘娘宾服，娘娘千万别因她一个，对大伙儿都寒了心。"

嘤鸣脸色肃穆，心里只是好笑，今天要是不作这通筏子[1]，只怕她们从这里踏出去，往后又是各自为王的局面。后宫权力的角逐就像男人打女人，有一就有二，你要是不一气儿奠定不可冒犯的基础，往后那些酸话、捅心窝子的话，会没完没了传到你跟前来。这回好，一气儿闹怕了她们，耳根子就能清净一阵子。只是做得太过也不好，便缓和了态度，笑道："成了，都起来吧。我才刚是被她气糊涂了，连累你们一块儿跟着挨训斥。我这会子也乏了，你们都跪安吧，谨记一条，后宫不比前朝，胡乱听来的消息再胡乱宣扬，后宫都成了市井了。"复对恭妃道，"宫务我暂且托付你，倘或有拿不定主意的，你再来回我就是。去吧。"

恭妃道"是"，带领一干嫔妃退出了西暖阁，那份小心翼翼的模样，比往常仔细百倍。

宫里人都散尽了，海棠才松了口气，抚胸道："阿弥陀佛，这是奴才头一回打人，这会子腿还哆嗦呢。"

松格在一旁取笑："不知道的以为您惯会打人呢，瞧瞧您那手法，干脆利落，都把怡嫔打蒙了。说实话，我是跟着娘娘进来的，不是这宫里老人儿，要不连我都想打她。好好的一个嫔，到处嚼舌根，这要是搁在外头，早被人把嘴缝上了。"

海棠说："也是先头娘娘在时，没给她们做规矩，她们胡天胡地地过了这些年，不知道什么是尊卑，和谁都论姐妹，才敢上坤宁宫来撒野。这回索性治住了她们，将来就老实了，后头怡主的处置娘娘也不必过问，自有恭妃为难她。"

嘤鸣"嗯"了声，无精打采地歪着，心里却在琢磨怡嫔说的那些话。老佛爷要赐她阿玛自尽，这消息恐怕不是空穴来风，更不是怡嫔有那么大的本事，能在慈宁宫安插耳报神。十有八九是老太太有意放话出来，想看一看她的反应。

她苦笑，怪道昨儿夜里呆霸王没回来，他是觉得不好向她交代，才躲到养心殿去的。其实她能体谅太皇太后的用心，单要说罪过，她阿玛够格砍十回脑袋，可她为人子女，怎么能眼睁睁看着父亲去死呢。

她只知道着急，身在后宫，什么都做不了，这种架在火上的滋味儿不好受。她现在时刻捏着心，仿佛浑身装满了机簧，只要有人按一按，立刻就会一蹦三尺高。活着真是不易啊，做皇后也没有想象的那么好，譬如应付这些嫔妃，就要耗费她许多精力。她从宝座床上下来，脚一沾地，那个被扎伤的地方就火辣辣生疼，想是因为坐得太久，血脉有些瘀堵了。

她垂手抚了抚，海棠和松格一左一右搀扶她，合计着到底要叫太医过来瞧瞧。她

[1] 作筏子：比喻找差错予以惩治，以警其馀。

浑浑噩噩地听她们说话，忽然眼前什么都看不见了，神志仿佛从悬崖峭壁上一跃而下，耳中嗡嗡作响，然后便瘫下去，万事不知了。

那厢皇帝还在勤政亲贤议事，正逢喀尔喀四部的奏报进京，说佟崇峻率领的三卫会同乌梁海部，已经攻破克勒木和屯，两边呈包抄之势向车臣汗旗进发，不日就能攻取汗帐。

佟崇峻上了请安折子，恭请主子万安，请主子放心，各路人马协同作战，攻破右翼前旗后敌军大溃，退守五十里，大英铁骑如入无人之境，且大大夸赞了一番乌梁海人作战的勇猛。皇帝把这封折子递给了冯河："都瞧瞧吧，继平定萨里甘河后，又一桩振奋人心的好消息。照这态势来看，年前车臣汗部就会上降表，喀尔喀四部顽疾拖延了这么多年，在朕这一代，总算能根治了。"

佟崇峻的折子在众人手上传阅，其实皇帝要让这些章京看见的并不仅仅是战事的顺利，而是这背后桩桩件件与纳辛有关的功劳。佟崇峻战功彪炳，和纳辛是儿女亲家，唐努乌梁海原本偏安一隅，因受纳辛调遣才横穿土谢图汗部增援天干三卫。眼下正是纳辛立下大功的时候，如此功绩不说犒赏，反倒下狱问罪，那后头的仗是打还是不打？

崇善等看过了奏折，暗里也只能赞叹纳辛运道好。不过这种功绩保一时犹可，将来未必没有重翻小账的时候。正要开口，忽听得匆匆的脚步声到了门上，三庆隔着帘子打千儿："回主子爷，坤宁宫才刚传信儿过来，说主子娘娘身上抱恙，请万岁爷移驾做主。"

皇帝心头一震，没来由地慌起来。嘤鸣不是那种有了一点儿小病小灾就嚷得满世界都知道的脾气，这回专程请他过去，别不是起了什么变故吧！

他说"知道了"，问周兴祖过去没有。三庆道："周太医已经过去了，这才打发人来养心殿回话的。"

看了太医还让来请他，这是怎么了？皇帝有些焦躁，却不能显露出来，淡声吩咐："先让德禄过去瞧瞧。"复把手上亟须处置的政务三言两语发落了，方出养心门往坤宁宫去。

走进夹道，他再也没有了帝王四平八稳的气度，几乎是一路向北奔跑着，穿过隆福门进了坤宁宫。

消息传进养心殿的时候，他脑子里就蹦出过不好的预感，但至多不过是皇后犯糊涂割伤了手，或是偶感风寒之类的事儿，太医总有法子解决的。可是当他看见床上不省人事的嘤鸣，他几乎不敢相信自己的眼睛，回身一把抓住了周兴祖的衣襟问："皇后怎么了？得了什么病？"

周兴祖诚惶诚恐地背了一大通病理，皇帝只听清了一句："皇后娘娘左寸心脉动甚，是孕子之兆。"

他大觉意外："有孕了？"

周兴祖说："是。恭喜皇上，娘娘遇喜了。可臣观娘娘脉象，肝郁脾虚，正气不足，眼下又高热不退，没有醒转的迹象，怕是……不大妙啊。"

皇帝被他这番话吓着了，怔怔道："你说什么？什么不大妙？"

四九的天儿，周兴祖却满头满脸的汗，卷着袖子边擦边道："娘娘这种症候，多因情志不遂、劳倦太过所致。症状来得急且凶险，臣行医多年，从没遇见过这种情况……"

皇帝没了主张，呆站半天后，强自定下心神道："把太医院搬到西边围房来，召集所有人会诊，一定要让皇后醒过来。"

他说到最后那句，心是被撕扯着的，从没想过身强体壮、怎么收拾都不会趴下的二五眼，现在竟躺在那里没了知觉。

他木然往她床前去，两条腿都不像是自己的，每迈一步都异常艰难。好歹到了她身边，小心翼翼地叫了她两声，不敢用太大的嗓门，因为总觉得她是睡着了，要是贸然吵醒她，她回头又要打人。

可是这两声没有换来她任何反应，他伸手摸摸她的额头，那么烫，像要烧起来似的。外面廊子上光影摇曳，无数往来的人，踩踏出一片兵荒马乱的气象。皇帝恍惚想起六岁那年皇父驾崩前，窗户纸上也是这样人影不断……

他哆嗦了下，打从心底里，由衷地恐惧起来。

· 二 ·

可文二，就在这个时候来了。原本他的嫡子，盼了那么久，他和二五眼不止一次谈到过他，不止一次为他的名字较劲，要是她醒着，该是多高兴的一桩喜事。可如今他一点儿都高兴不起来，在他心里，二五眼比一切都重要。

"皇后，你怎么了？"他抚抚她的脸，双手颤抖，恍如风烛残年，"是不是因为朕昨儿没回来，你不高兴了？可朕什么也没干，在养心殿批了一夜的折子，边上是德禄陪着，朕没有翻别人的牌子，也没有红袖添香……"他把额头抵在她手背上，失魂落魄地说，"你这是怎么了，你不要吓朕，你知道朕经不得你吓唬的……"

跟前亲近的人都看在眼里，谁也没见过万岁爷这副模样，仿佛俯瞰人间的君王一瞬间跌进了凡尘里，只是个担心患病妻子的普通男人。

周兴祖说皇后娘娘一定会醒的，但究竟什么时候醒，他也说不出确切的时间来。太医们在前殿拿三张八仙桌拼接，组成了一个巨大的药案，药材和医书堆了满桌，所有人都在翻阅典籍，可皇后的病症来得古怪，又因遇了喜，变得十分棘手。要让她清醒，就得先退了这来势汹汹的体热，退热的药材如柴胡、黄丹、羚羊角等，又大多是孕妇禁用的，因此开方子的时候每每两难。周兴祖一味地念叨："瘟疫和痘疹都有高热的症状，但不会晕厥不醒。皇后娘娘万金之躯，眼下又有了身孕，诸位用药时千万再三斟酌才好。"

太医们只得改良药方，正为一味药材争执不下时，皇帝从里头出来，没有旁的话，只说了一句："保住皇后要紧。"

众人都呆了呆，周兴祖回过神来，垂手道："请皇上放心，臣等一定想尽法子，保皇后娘娘母子平安。"

皇帝点了点头，重新退回了暖阁里。以前觉得自己手握天下无所不能，可到了生死面前，原来什么都做不了。

太医在外间忙碌，头一个方子出来了，匆匆上西围房里称药煎煮。外面的脚步声如潮汐，来了又去，皇帝坐在她床前，仔细为她替换敷额的凉手巾。这张脸他明里暗里看过千万遍，从来都是鲜活灵动的，这次到底是怎么了呢，怎么好像变得不像她了？他知道，她这阵子受了太多煎熬，所以周兴祖说她情志不遂，劳倦太过，他就心如刀绞，觉得十分愧对她。

眼下什么才能慰藉她呢，他垂首想了想，吩咐德禄去直义公府，把皇后的家里人都请进宫来。安排好之后紧紧地望住她，邀功似的小声对她说："皇后，你听见了吗？你惦记家里人，朕让他们都来看你。只要你醒过来，你阿玛的所有罪过一笔勾销，就算满朝文武骂朕是昏君，朕也一定保住你的母家，好不好？"

可惜她听不见，他不敢灰心，知道她早晚会醒的，只是需要一点时间。但他慌张，慌到了极点如困兽般易怒，他开始寻根究底："皇后今天见了什么人？做了什么事？"

松格直抹眼泪，说不出话来，还是海棠把先前妃嫔们进来问安的经过复述了一遍，最后道："娘娘虽看着不动怒，但她这么和气的人，能不顾情面处置了怡嫔，可见心里恨成了什么样儿。这程子娘娘忧心忡忡，也不怎么见她笑了，本就郁结于心不得纾解，再加上那些主儿捅她心窝儿，娘娘就是铁打的也经不住。"

皇帝怒极反笑，点着头说："好啊，朕的后宫，原来是这样一番无法无天的景象。"要论他的心，各宫各赏一条绫子，都收拾干净了才能给皇后出气。但这样的想法也只是一时泄愤，终究做不到的。他撑着膝头，忍耐再三才道："朕为皇后积福，不要怡嫔的性命。往后就让怡嫔在延庆宫自生自灭吧，不到死的那一天，不许她踏出延庆门半步。”

延庆宫本就在一条狭长的死胡同里，这样就是画地为牢了。海棠道“是”，领命出去吩咐，太医又把松格叫去询问皇后的日常饮食，殊兰便上来打了冷手巾交到皇帝手里，轻声宽慰着：“万岁爷，娘娘心善，菩萨会保佑她的。”

皇帝茫然地点了点头，以前他不信鬼神，但到了这步田地，任何能使皇后醒转的可能，都应该发自肺腑地去膜拜和感激。

外头又是一轮纷沓的脚步声，很快便进了暖阁，是太皇太后和太后来了。皇帝起身下了脚踏，垂手道：“夜这么深，怎么惊动了皇祖母和皇额涅。”

这个时候哪里还讲俗务，太皇太后道：“我得了消息，肝儿都快吓碎了，且顾不上那些了。”说完便上前查看皇后病势，连叫了两声嘤呜，床上的人仍旧昏睡不醒，她心里也发急，问，“到底怎么回事儿？怎么忽然就病得这么厉害了？”

太后在边上直抹泪：“可怜见儿的，欢蹦乱跳的孩子，这阵子心思用得太过，糟蹋成了这样。”

太后一哭，皇帝鼻子也隐隐发酸，他颓然道：“想是朕真的命里带煞吧，妨父母，妨妻儿……一切都是朕的错。”

太皇太后自然不许他这样说：“那种无稽之谈，亏你还放在心上！皇后只是一时病了，谁还没个小病小灾的，你是主心骨，你不能慌。”

皇帝勉力定了定神道“是”，复又把周兴祖的诊断呈禀上去：“皇后遇喜了，偏巧是这个时候，只怕不大好。”

太皇太后和太后听了俱是一怔，嫡出的皇子对于江山社稷有多重要，不言自明。她们打从小两口没大婚起就开始盼着能有好信儿，今天终于盼来了，结果竟是在皇后这样的险境下。

太皇太后也没了主张：“什么叫不大好？宫里太医都是千挑万选出来的，周兴祖治不了，还有别人。”转头吩咐米嬷嬷，“去把陈鼎勋叫来，让他会同太医院一道会诊。”

陈鼎勋是慈宁宫专属的太医，医术在宫里数一数二，不过平时只管太皇太后和皇太后那头的传召，连皇帝有恙也不和他相干。如今把人传来，可算是汇聚了大英医术最顶尖的太医。太皇太后一径安慰皇帝：“不要紧的，他们总会有法子。皇后平常身底儿好，就算遇见些风浪也能挺得住……”

“可这会儿有了身子，许多药都犯忌讳。”皇帝瞧了眼床上的人，低头道，“朕传令下去了，保住皇后要紧，还请皇祖母体谅孙儿的苦心。”

"自然。"太皇太后说，"皇后才是根基，孩子没了往后还能再怀，留得青山在，不愁没柴烧。不过要是能保胎，还是保住为好，到底是头一胎，滑了对她身子也有妨碍。"说罢长叹，"我这会子真是有些后悔了，早知这么的，昨儿就不该传你过去。"

太皇太后向来是极硬气的人，多年的政治生涯百炼成钢，只要是做下的决定，从没有更改后悔的时候。可这回不成了，嘤鸣这孩子太能吓唬人了，她本就深得她和皇太后喜欢，如今又怀了孩子，那还有什么可说的！朝廷的章程和平衡固然重要，但在太皇太后眼里远没有曾孙重要。如今纳辛的那点罪过，可说是微不足道，只要皇后能即刻醒过来，老太太已经打定主意既往不咎了。

皇太后只管难过，她摸摸嘤鸣的脸，又隔着被子摸摸她的肚子，哀声说："只怕她自己还不知道遇喜了呢。好孩子，你素来看得开的，往常有了心事也和咱们说，可当了皇后，反倒拘谨起来，可见这个差事真不是人干的啊。"

太后向来有什么说什么，她也曾当过皇后，知道坐上这个位置会被扼杀多少天性。嘤鸣早前和她的处世态度很像，她之所以能岿然不动，还是因为不够爱死鬼先帝。嘤鸣则不同，她和皇帝两个那么好，越是感情深厚，夹在夫家和娘家之间，便越是艰难。

太皇太后虽然不满意太后的口无遮拦，但谁不是打这儿过的呢，说到根儿上其实也没错。

皇帝到底不愿意劳师动众，她们在暖阁里流连不去，他只得劝慰："皇祖母和皇额涅先回宫歇着吧，叫你们陪着干熬，实在是我们的不孝。"

太皇太后和太后自知帮不上什么忙，留下反倒添乱，又徘徊了一阵儿，还是回去了。

那头的药终于熬得了，豌豆疾步送进来，皇帝忙取了金匙给她喂药。万幸的是大半都咽下去了，周兴祖这才松了口气："这剂方子是《金匮要略》中的桂枝茯苓汤稍做了添减，可退热，并治孕妇血瘀症瘕之症。臣等先前商议，娘娘症候来得太急，怕是与前几天的扎伤不无关系。想是娘娘因伤处隐晦，不好意思让臣查看，自己稍做清理就包扎起来了。才刚臣看了病灶，伤口一圈红肿不消，臣心里惴惴不安，只怕娘娘是患了破伤风，真要如此，那就回天乏术了。可眼下看来，娘娘并没有身体强直、口噤不能开的症状，还是要庆幸宫里用的都是金剪，伤口纵是感染，也不至于危及性命。"

皇帝如梦初醒似的，抚额说："对，她曾扎伤过，朕当时没想到竟会这么严重……不是破伤风就好，这会子药也喝了，皇后什么时候能清醒？"

周兴祖歪着脑袋说："娘娘体热气虚，伤口感染，且近来劳心劳力，又兼遇喜，四下里夹攻便倒下了。其实那三宗倒是小事，最要紧的还是这伤，臣以二子消毒散替娘娘清洗伤口，倘或七天之内能消肿，那还有转圜，若是七天之内伤势不减，只怕伤毒进了肌理，皇上……心里就该有个准备了。"

皇帝勃然大怒："准备？准备什么？你说朕要准备什么？皇后要是有个好歹，你，还有你们太医院那帮庸才，一个也别想活命！朕会杀光你们，诛你们的九族！"

他是个温文尔雅的人，即便遇到再大的风浪，也不曾有半点失态。可当他听见这段话，他就觉得自己要疯了，大开杀戒都不能平复他心里的恨和恐惧。为什么会变成这样呢，他一直小心呵护着这段感情，对她也算尽心尽力，为什么还要经受这样的考验？

他的雷霆震怒吓坏了所有人，满世界都是跪倒的身影，他无力地摆了摆手："都滚出去，方子不对就再换。记好了，皇后平安，你们就平安。"

周兴祖磕了个头，飞快地退了出去，殿里一时静下来，他看着床上的人，到这时才敢哭出来。

"齐璎呜，你要是不在了，朕也不能独活。"他拍拍她的脸，"皇后，二五眼，这回你又是装的吧？你想拿自己来要挟朕是吗？朕是你的丈夫，你信不过朕，你可真没良心！"

然而这回说再多挤对她的话，她都不能蹦起来回嘴，说"您才没良心"了。他多怀念她叉腰骂街的样子，多怀念她窝在他怀里，搂着他脖子的样子。还有昨晚他离开坤宁宫时，她说"你抱我一下再走"……他后悔极了，为什么晚上没有回来，让她枯等一夜。他们大婚才三个月罢了，这短短三个月，难道就是一生了吗？

各种可怕的念头横冲直撞，绞得他心口生疼，他想抱一抱她，可又不敢，怕会弄疼了她。他只有坐在她床沿，一直陪着她，这当口把以前发生的一切都回顾了一遍，惊讶地发现自己居然曾经那么神憎鬼恶，她还愿意和他在一起，看来这个人不仅心大，更有赈灾般博爱的心胸。

他又摸摸她的脸，由衷地说："好人有好报，你会长命百岁的。"

这时德禄匆匆进来回禀，直义公全家上下都进来了，正在殿外候着呢。皇帝叫传，齐家人进殿匆匆磕头，也不等皇帝发话，便起身往床前来。

侧福晋跪在脚踏上颤声说："娘娘……璎儿，全家都进来看你了，阿玛和额涅也来了，还有嫂子和弟弟妹妹们……你醒醒啊。"

纳辛站在地心，又不能上前，探着头使劲往前看，喃喃说："是我害了姑娘，是我害了她……"

这深宫里，步步都是陷阱，好好的人说倒下就倒下了，连冤都无处申。当初就不该进宫来的，拼着掉脑袋，也不该让嘤鸣填窟窿，纳公爷眼泪巴巴地想。然而至多不过是想想，他不敢有怨言，因为全家老小都送进笼子里来了，要是敢出言不逊，事儿就大了。

他的皇帝女婿站在一旁，脸上没什么表情，只说皇后前几天扎伤了腿，眼下伤口出了点纰漏。

纳公爷耷拉着脑袋说"是"，其实他很想问问为什么堂堂的皇后会扎伤，扎伤了还那么巧地发作起来，竟到了昏睡不醒的地步。人在谁家出的事，谁家就该负责，这得亏是帝王家，要是换了一般的亲家，非人脑子打出狗脑子来不可！

横竖纳公爷得出一个结论，这位圣主明君真是个克妻的，克死了一个又一个，苍天啊，这种人为什么还要立后！

纳公爷脸上"五光十色"，皇帝面对齐家人，心里也很不自在。他觉得愧疚，没能照顾好嘤鸣，但帝王的尊严不容他低头，便道："你们既进来了，多和皇后说两句话吧。她记挂家里，忧思过甚了，让她知道你们都好，或许能助她快些醒过来。"

他说完，便从坤宁宫退了出来，在寒冷的冬夜里一直往南走，走出乾清宫，走进了景运门。

后面的德禄追得匆忙，好容易追上了，给他披了端罩说："主子爷仔细受寒。奉先殿里冷，奴才这就吩咐守殿的预备火盆。"

"不必了。"皇帝说。皇后病成这样，他还在乎冷暖吗？仿佛他挨了冻受了寒，才算和皇后共过患难。

人在生死面前，实在过于渺小了，他无处哀告，只有去求列祖列宗保佑。景运门到诚肃门，再到奉先门，里头有好长一段路，他一步一叩首拜进了奉先殿。殿里历代祖先的画像高悬，两掖三十六支通臂巨烛日夜燃烧，照得一片森罗庄严的气象。他跪在冷硬的金砖上，深深泥首下去："我不求风调雨顺，不求国泰民安，我只求列祖列宗保佑我的皇后，保佑我的嘤鸣，让她逢凶化吉，遇难成祥。"

### · 三 ·

只可惜，求祖宗保佑也好，求神拜佛也好，并未让皇后的病情有所好转。一昼夜了，皇后依旧没有醒来的迹象，侧福晋一直在床前守着，眼泪哭落了两大海，只是没用。有时候连她都要怀疑，是不是她的嘤儿已经不在了，只留下一个躯壳在这里，其实魂魄早就走远了。

这宫廷，看着雕梁画栋，妆蟒堆绣底下张着吃人的虎口。如果说当初先皇后病故，归咎于她本就身底儿弱，可她的嘤鸣不是这样。嘤鸣自小身板儿结实，五岁上出过一回花儿，别人都是满脸麻子九死一生，她呢，唯有上臂留下三四个浅浅的窝儿，不细看简直分辨不出来。就这样的身子骨，进宫还没满一年呢，便闹得昏厥不醒，这是皇权镇压下不好开口，否则真得找太皇太后和皇帝质问一番，是不是嘤鸣被人下了毒，抑或被人敲了脑瓜子，这才醒不过来的。

做母亲的，想得越多就越怕。侧福晋不便把心里的疑虑说出来，便自己悄悄查看，看遍了嘤鸣的十个手指头，还好，甲盖里头血色是正常的。复去查验她的头骨，小心翼翼地把闺女的脑袋摸了一番，并没有哪里受创。她松了口气，颓然坐下来，看看嘤鸣的脸，着实感觉五内俱焚，便把她的手拢在掌心里，哀声说："嘤鸣，你玛法那时候管你叫小牛犊子，说你身强体壮，将来一准儿有福气。如今你的确是哥儿姐儿里头福气最好的，可你怎么成这样了呢？我同你说过的，人活一辈子，指着别人都是空的，必要自己争气。你眼下有了身子，也是要当额涅的人了，不能由着自己的性子来。孩子在肚子里呢，你成天烫得炼丹炉似的，孩子受不住，再拖延两天，只怕要生个齐天大圣出来。"

明明很悲伤的气氛，可经侧福晋嘴里说出来，就引人发笑。松格在边上侍立着，心里觉得很怅惘，以前她主子也是这样的，心境开阔，说话逗趣，瞧着端庄稳重，谁也不知道她大家闺秀的外表下藏着怎样一个炙热活泛的灵魂。但是后来，自打大婚过后就变了个人似的，因为公爷以前犯的事儿不小，连带着主子也天天如临大敌。

"侧福晋，您别急。"松格说，"主子最喜欢孩子啦，母子连心，就算为了小阿哥，她也会醒过来的。"

侧福晋听着，轻轻叹了口气。药吃了不老少，但就是不见效。她身上依旧滚烫，这热要是还退不下来，别说孩子，就连她自己也有危险。

这会子能怎么办呢，真像落进了海心里似的。所幸皇帝没有撒手不管，太皇太后和皇太后也没有不闻不问，隔一会儿就打发人来问情况，看样子倒都把嘤鸣兜在心上。尤其皇帝，做到那样确实不容易了，昨儿晚上熬了一夜，今早鸡起五更御门听政，散朝后刚进来，恰逢八百里加急的密函入京，又匆匆召见臣工去了。人都说皇帝多高高在上，多没有人情味儿，可这一晚上看下来，并不是这样的。侧福晋早前并不待见这皇帝女婿，但见他两头悬心，恨不得把自己掰成两半的模样，丈母娘疼女婿的千古通病就犯了。起先她是满心怨恨，觉得嘤鸣像先皇后一样，八成受尽了苛待。如今看来，嘤鸣那时口口声声说万岁爷待她好，并不全是为了安家里人的心。

"要快些醒过来，"侧福晋将将她的头发，"瞧着万岁爷吧，你一向是个不要人操心的孩子啊……"

　　西洋座钟底下坠着的那个铁砣有序地摇摆着，时候过起来飞快，转眼天就黑透了。侧福晋看看外头，心里越发焦躁，嘤鸣昏睡得越久，母子俩就越危险。可怜那小小人儿，在娘胎里受那么大的罪，这可是头一胎啊，要是有了闪失，往后就不好了。

　　这时殊兰端着玉盖碗进来，小声说："侧福晋，皇后娘娘一天一宿没进吃的了，这么下去只怕身子撑不住。万岁爷先头让给娘娘熬米油，这会子预备妥了，给娘娘进些，也好有力气坚持。"

　　侧福晋道"好"，正起身预备喂她，见外头皇帝进来了，忙肃容退到一旁蹲安。

　　皇帝摆了摆手："不必多礼，朕公务忙，一时顾不上这里，有您在，朕也放心些。只是偏劳您了，为咱们的事儿……"

　　侧福晋听他说的都是家常话，倒也略觉得慰心，只道："万岁爷言重了，皇后娘娘虽尊贵，到底还是奴才的闺女。闺女病了，奴才没有不来照料的道理。万岁爷政务巨万，还是当以家国天下为重，娘娘这里不必担心，有奴才伺候着，出不了差错的。"

　　皇帝脸色惨淡，点了点头，半晌才又道："朕心里有愧，很对不住你们。朕是皇帝不假，可照着寻常家子来说，朕也是女婿。您不必对朕口称奴才，叫嘤鸣知道了要不高兴的，横竖她在朕跟前早就我啊我的了，也没个让长辈这么下气儿的道理。朕爱重她，她管您叫奶奶，朕私下也随她称呼罢了，一口一个侧福晋，反倒显得生分了。"

　　侧福晋这回真有些诚惶诚恐了，摆着手说："不，奴才微贱之人，何以克当！"

　　皇帝却说："应该的，朕来替您的班儿。您守了一天一夜了，让底下人带您到偏殿进点吃的，歇一歇。"

　　侧福晋瞧了他一眼，虽说年轻爷们儿身子骨结实，到底外头操劳里头惦念，瞧着可比中秋大宴那会儿憔悴多了。她叹息着道："是，万岁爷也要保重圣躬才好，太医们都尽心尽力医治娘娘，兴许过会子娘娘就醒了。"

　　皇帝颔首，侧福晋随宫人去了，他便提袍登上脚踏，摸摸嘤鸣的额头说："你快懒出花儿来了，这会子可好，吃的都要朕喂你。"

　　嘴上抱怨着，还是接过碗匙来。有时候生命就是一个圈，这头发生过的事儿，闷头走了一程又狭路相逢。比如这米油，那时候她很缺德，说要拿这个给他固精养精来着。现在呢，他的儿女在她肚子里落地生根，轮到他来给她喂米油了。

　　一项工作，做多了熟能生巧。以前肩不能担担、手不能提篮的皇帝，通过实践掌握了给病人喂药喂水的全套本事。他慢条斯理地喂下去半碗，觉得差不多了，喂得太多怕她撑得慌。回手把碗交给殊兰，一面接了帕子给她拭嘴，一面说："灌了一肚子水，你想吃有嚼头的不想？朕让御膳房预备你最爱吃的点心，你起来吧。"

遗憾的是皇后并不理他，他无奈地看了她半天，见她气息急促的样子，忍不住喉头哽咽起来。

什么都做不了，真是什么都做不了。他低下头，前额抵着被褥的缎面，那冰凉的触感直达内心。他从未这样害怕过，担心她醒不过来，身体会一点点冷却，就像这缎面一样。

殊兰见他无声颤动，料他大约是在哭吧。帝王的眼泪，带给人的震动不可谓不大。这是伤心到了极处，昏厥的人无知无觉，醒着的人却被折磨得几乎丢了半条命。她悲戚地劝慰："万岁爷，您别这样，娘娘知道了怎么办呢？"

他不怕她知道，知道了就该愧疚，往后更该好好爱他才对。不过叫外人看见他失态了不好，便道："这里没旁的事儿了，你下去歇着吧。"

殊兰略顿了下道"是"，却行退了出去，只是并未走远，还在廊下徘徊。如今正值一年中最冷的时候，入夜便浓雾大起，天上月亮已经瞧不见了，满世界迷迷濛濛，连灯笼都被包裹住了，光影下浮尘般的水汽上下翻飞，无孔不入，铺天盖地。

海棠从配殿过来，见她站在廊下，便道："姑娘这么长时候没合过眼，怎么不回去歇歇？"

殊兰摇摇头："娘娘还没醒，我心里放不下，怎么好去歇着呢。"

海棠不由得叹息："好好的，不知怎么就变成这样了。照我说，还是因为怡嫔那事儿动了怒。怡嫔这人，打从先头娘娘在世时起就惯会调唆人，自己缩在后头，常拱人打头阵。她做的那些事儿，主子娘娘全瞧在眼里，姑娘见这后宫太平，却不知主子娘娘要费多少心力，这回要不是她越来越不像话，娘娘也不会这么处置她。"言罢顿下来，牵了下唇角道，"姑娘回去睡会子吧，您是客，大可不必像我们似的，没的累坏了，倒是我们慢待了。"

殊兰"唉"了声，脸上火辣辣的。她虽笨嘴拙舌，但别人话里的隐喻还是听得懂的，海棠大约是在暗示她，那天御花园里怡嫔和她说的话，皇后娘娘已经知道了，这才大发雷霆处置了怡嫔。自己呢，和皇帝沾着亲，不好得罪，但皇后心里终究生了嫌隙……她转头朝东暖阁望了一眼，怅然思量，这是因为皇后忽然病倒了吧，要是没有意外，自己怕是不能再在宫里待下去了。

其实她回去倒也不怕的，听说营房福晋被压得抬不起头来，福晋以毒攻毒般替她阿玛娶了一房妾，如今她阿玛把营房福晋扔到后脑勺去了，连家门也不出，专心致志和那小姨娘腻歪在一处。自己这程子在宫里开阔了眼界，瞧见了皇后办事的手段，就算再有人和她过不去，她也不会像以前似的，唯唯诺诺不敢说话了。离宫……实有些遗憾，她看见了帝后的感情，羡慕得久了，心里就生出枝蔓来，只怕出去，遇不见第二个和他一样的好人了。

心里正惆怅,见周兴祖和两位太医捧着药汤从西围房里出来,她忙先行一步进了正殿,预先给太医们掀起厚重的门帘。周兴祖欠身道了谢,进去后又为皇后请脉,复牵袖探探皇后额头,斟酌着说:"回皇上,娘娘脉象虽还虚浮,但相较之前略有平稳,热也稍退了些。臣和诸位太医新研制了拔毒散,力求消风解热,防止伤毒溃散。"

皇帝道:"好。快给皇后用上。"

周兴祖应了个"嗻",上前揭开被褥,取下皇后腿上遮盖的纱布。原以为伤势多少会有好转,结果出乎预料,伤口结了痂,周围的肉皮儿浮肿,渐渐有了向痈疽转变的趋势。

周兴祖歪头咂舌,十分困顿,皇帝看着那伤处,心里七上八下:"依你之见,几时能消肿?"

这个问题就比较复杂了,太医在陈述事实的同时,也不能忘了安抚皇帝的情绪。否则又像昨儿似的,三句不对就要把人满门抄斩,他们这群人有多少脑袋都不够这位万岁爷撒气的。

周兴祖舔唇说:"表面似有愈合的征兆,但伤口周围水肿不退,臣要换方子,以白鹤藤加苍术煎汤敷之,再观后效。"

皇帝颓然点头,只要还有开方子的余地,那就是好的。太医们又匆匆去了,他回身看床上的人,她一直蹙着眉,也许想醒,却欠缺那股子力量吧。

他上前去,坐在脚踏上抚抚她的眉心,乏累得厉害,便枕在她枕边唤她。长长短短的"嘤鸣",奇怪,以前一直是"皇后""二五眼"地称呼她,甚至还给她取过"懵鹅"的绰号。这回是第一次正经叫她的名字,原来她的名字很好听,什么嘤鸣求友,和薛深知毫无关系,本就是她自己的名字。

周兴祖这回手脚利索,更换的汤药很快就来了,纱布浸湿后层层冷敷,皇帝不假他人之手,一应都是亲自料理。敷药半个时辰,再包上白叶火草研制的药粉,一轮忙碌下来,人都要虚脱了。

侧福晋不能放心,略休息了一会儿又进来了,见皇帝脸色不好,压声道:"万岁爷歇歇吧,娘娘不知多早晚醒,您这么没日没夜的,身子会受不住的。"

暖阁里待得久了确实气闷,皇帝吩咐海棠给南窗开道缝儿,回身对侧福晋说:"那朕上外头略坐一会儿,下半夜还是朕来守着。"然后举步走出了暖阁。

外头空气很凉,冷热对冲强烈,加上太长时间没合眼,忽地天旋地转,脚下便是一趔趄。幸好有人上来搀扶,只觉一阵丁香扑面,他转眼看,竟然是殊兰。

年轻姑娘，从没有这样近身搀扶过男人，被他把眼儿一瞧，越发红了脸。她轻声细语地说了句"万岁爷小心"，皇帝愣了愣，才发觉手肘挨在一团绵软的云絮上，顿时一阵惊慌，扬手把人格开了，尴尬道："朕不要你扶，御前有人伺候，你快回静憩斋去吧。"

殊兰呆了下，显然消化不了那句"朕不要你扶"。这一切来得很突然，她过来搀扶原本也没有别的意思，只是恰好的时间，恰好心念一动。她和他是表兄妹，当初也算两小无猜，到今儿各自都大了，论起情来，必是比别人更亲近些。她是壮着胆儿做出了勾栏院儿里女人才做的事，本来就羞得无地自容，只因为自己嘴笨不会说，料着这样他多少能明白她的心意，可没想到他居然是这样的反应。

不要她扶？她一时面红耳赤，刚才的一切变得毫不旖旎，甚至有种羞耻的感觉。她想辩解两句，又无从说起，只得低头道"是"，慌忙退出坤宁宫，匆匆往静憩斋去了。

皇帝拂了下衣袖，心里很是不悦。后宫的女人即便期盼圣眷，也不会做出这种举动来。先前殊兰那样，到底是她成心的，还是自己不留神碰上的？要是前者，他很有道理生气，要是后者，那倒有些对不住人家了。横竖无论如何，不能再让她留在宫里了，等皇后一醒，就赶紧打发她回家去吧。

## · 四 ·

皇帝觉得少了个当家做主的女人就是不行，等待皇后醒转的心情更加急切，像个意识到危险的孩子寻找庇佑似的。没了她，他觉得后宫要瘫痪了，没规矩没王法。他心里有话，也不知道该和谁倾诉。

侧福晋舍不得离开闺女，用过了膳还是回来守着。应该要感谢皇帝，嘤鸣忽然有了变故，他头一件事就是想到上齐家接人，把一家子都接进宫来慰她的心。且不管她是否得知家里人都进来了，在侧福晋看来，至少这点上，嘤鸣的待遇远胜先皇后。

做母亲的都是这样，总会向着自己的闺女。当初宫里有心让嘤鸣做继皇后，侧福晋就很不欢喜，谁愿意好好的姑娘给人做填房？即便那个人是皇帝，在她看来也不是良配。后来没法儿，被迫接受，时候长了也认命了，况且这女婿也没什么可挑拣的。侧福晋往南炕上瞧瞧，他不走远，就在那里怔怔坐着，因熬的时候太长，眼下有淡淡的青影，那张年轻的脸看上去有点颓丧。

"万岁爷，您睡会儿去吧。"侧福晋看不过去，复又劝慰，"没的娘娘醒了，您把自己累倒了。"

皇帝"哦"了声："朕不累，她不醒，朕也睡不着。"

侧福晋看看边上的德禄，指着德禄劝一劝。德禄会意了，小声说："主子爷，老佛爷给示下那晚您就没合眼，今儿是第三晚了，这么下去圣躬怎么受得了？让老佛爷和太后知道了心里也不安，回头再亲自跑了来，这大冷的天儿，没的叫老主子们受寒。"

皇帝的视线还是落在嘤鸣脸上："朕怕她醒了见不着朕，会着急的。"

侧福晋听了直叹气，这皇帝倒是个痴情的人，实在是难得。这会子对他的成见算是全消了，侧福晋道："娘娘知道万岁爷的心，您能这么待她，是她上辈子的造化。"

是造化吗？皇帝苦笑了下："其实朕觉得，是朕把她硬拖进来的。如果不是朕，她应该嫁给海银台，过平常的日子去了。"

侧福晋没想到，这样一位天下之主，竟能毫不忌讳皇后以前定过亲的事儿，甚至在自己做得不够好时，痛快地承认自己的不足。只不过同海银台比较大可不必，她一面卷着帕子替嘤鸣拭汗，一面道："万岁爷不知道，这世上从没有事事称意的，大有大的艰难，小有小的不足。那些个宅门府门里头，弯弯绕的地方多了去了，七大姑八大姨，知交亲戚、人情世故，哪一样不得操劳？我们娘娘，生来是个百样事情不上心的，要她事无巨细，实在难为她。宫里有这宗好，起码少了串门儿走交情的麻烦，要问问她的心啊，她八成说还愿意进宫来。"

皇帝听了她母亲的话，最后那句听得分外清晰。还愿意进宫来，那就说明她不后悔嫁给他吧！他望望床上的人，明明她就在不远处，却又仿佛隔着宇宙洪荒。他垂下头问："她同您说起过朕吗？"

侧福晋道："自然是说过的，不过细想来只两回罢了，您在她口中无一处不好，说您的御膳房合她的心意，您待她也有真心一片。"

皇帝不由得苦笑，难为她在御膳房之后还能想到他的真心，太不容易了。他以为她会和家里抱怨他多刁钻古怪，多不解风情呢。

"朕以前待她不好。"他忏悔式地说，"她才进宫那会儿没少受朕的气，也没少挨朕的欺负，朕还罚她顶过砚台……现在想来，是不是那时候留下病根儿了，或是哪里伤筋动骨了，才会变成今天这样。"

他说着，嗓音微微颤抖，侧福晋听出了一片心酸的味道。她唯有想方设法开解他："娘娘很小的时候，家里给她推过八字，那个算命的先生当时九十多了，道行深得很，一口断定她福泽厚，寿元也高。所以请万岁爷放心，娘娘一定能挺过这关的。"

"算命先生……"他似乎想起了什么，喃喃咀嚼这三个字，忽然振奋起来，起身吩咐德禄，"快去请萨满太太进来，给皇后驱邪祈福。"

德禄呆了呆，倒不是因为万岁爷大半夜的要找萨满太太，只是奇怪这位主子爷以前从不相信这个，向来管他们叫跳大神的，不屑之情溢于言表。如今真是没法儿了，才会死马当活马医吧。德禄应了个"嗻"，蹦起来便上外头传令去了。

皇帝越想越觉得确有其事，人到了濒临绝望的时候，难免会蹦出些与鬼神有关的念头来。他站在地心四下看，这森森的屋顶，这宏阔的殿宇……坤宁宫由来是作为萨满祭神的场所，帝后大婚也只在这里住上三天罢了。早前隐约传出过坤宁宫不祥的说法，他一直不相信，问过太皇太后，太皇太后也说是无稽之谈。前朝是曾有皇后死在坤宁宫，但东西六宫哪个宫殿没有死过人？况且事儿都过去几百年了，不足以令人信服，于是他便命内务府重新修缮了坤宁宫内外，以便嘤鸣住下，也好离他近些。

可如今看来，这个决定也许是错的，有些他看不见的东西正悄悄滋长，吞噬了他的皇后。到了穷途末路，姑且让萨满太太来作法试试吧，只要皇后的身子容许搬动，就立刻把她安置进体顺堂去。

萨满太太受召，很快进了苍震门，祭神房的太监执灯引路，从甬道上疾步而来，边走边道："太太上来啦！"

祁人对萨满很是敬重，萨满太太所经之处，所有宫人须打横行礼。人到了廊檐下，德禄进来回话："太太正在外头候旨，神坛香火都供奉起来了，只等主子发话作法。"

皇帝点了点头，德禄领旨又出去了，不久正殿就传来"喃喃吗吗"的诵经声，又伴着鼓声、铃声和弦子的声响，混乱成一片。皇帝掀起帘角望了眼，煌煌烛火下，萨满太太披红挂绿，左手执鼓，右手执桴，腰上拴着成串的铃铛，边唱边跳，迈出奇怪的舞步，那场景猛一瞧，实在有些瘆人。他重又放下帘子去看嘤鸣的境况，她似乎不像先前那么不安了，脸上的红晕也减淡了些，只是还没清醒，双目紧闭着，压根儿不肯理人。

皇帝叹息，兴许是宫里的重压让她有些腻了，她才借着晕厥不愿意醒来。可她以往最喜欢凑热闹，外头难得有萨满作法，她就不愿意起来看看吗？

这场仪式持续了有半个时辰，可惜等萨满太太收功，皇后依然如故。侧福晋说："万岁爷能尽的心都尽到了，剩下的就瞧太医们的吧。娘娘心里明镜儿似的，也知道肚子里怀着小阿哥呢，她自己会争气的。"

皇帝还是放心不下，在床前团团转，最后被德禄他们硬劝着才进了西暖阁里。

可是他哪里能睡得安稳，撑着头半梦半醒，梦里都是高高低低欢喜的呼喊声，说"皇后娘娘醒了、皇后娘娘醒了"。他在一片混沌里摸索，四处找她，然而根本找不见。正大发雷霆，要严惩那些没眼色的奴才，蒙眬间听见德禄急切的声音，没口子说："万岁爷您快醒醒、醒醒！"

他一激灵："怎么了？"

德禄表情惊惶，朝东边指了指："您快瞧瞧去吧，娘娘谵语连连，把侧福晋都吓坏了。"

恍如一记重拳击中了他的心脏，他顾不上疼，翻身便冲进东暖阁。床上的人让他不知所措，她高擎着双手向上攀抓，含糊不清地说："姐姐……深知……对不起……"

侧福晋急得大哭，向四方参拜："先皇后，深知，人鬼殊途，您别来找她，她没有做任何对不起你们薛家的事儿啊！"

皇帝上前抓住了她的手道："灭了薛家满门的是朕，有什么仇怨只管来找朕，和她不相干。"她挣扎得越发厉害了，他只得紧紧抱住她，一迭声安抚着，"皇后……皇后，朕在这里，朕阳气重，给你驱邪，别怕，别怕……"

她后来倒是安静下来了，皇帝却再也不敢离开半步，让侧福晋去歇息，自己一直在她床前看护着。漫长的冬夜，北风呼呼地刮到天明，第二天日光惨淡，他站在窗前看，不知道接下来的日子该怎么挨，他已经全然没了方向。


人盲目到了极点，敏感易怒，三庆进来回话，说军机处有本要奏，他大喝一声："他们是催命鬼吗，这会子来烦朕干什么？叫他们全给朕闭嘴，滚！"

三庆吓得胆儿都碎了，哆哆嗦嗦道"是"，插秧打了一千儿，忙退出去传话了。

周兴祖会同陈鼎勋，并太医院两位院使进来查看皇后的伤势，揭开纱布一看，大伙儿都吃了一惊，只见伤口坟起来好大一个包，因肿胀绷得肉皮儿发亮，连底下汪着的血水都看得清清楚楚。

皇帝心里发凉："快想个法子应对。"

陈鼎勋忖了忖，垂手道："皇上不要惊慌，依臣之见，这未必不是柳暗花明的征兆。像孩子出痘疹，热毒发不出来，憋在肌理风险越发大。要是顺利出来了，浆痘破花儿，那就能活命。"

皇帝头昏脑涨，但知道这话大致的意思是皇后有救了。他颔首："快着，快施治。"

陈鼎勋却说："还要等等。这会子伤毒没有全发散，像桃儿摘个半熟的，吃也吃不得。还是再耐心等会子，等里头的毒全翻出来了，到时候一气儿清理干净，再上好药，娘娘就治了。"

皇帝听见了希望，提着的一口气终于能平复下来，倒退两步一手撑着桌角，唏嘘道："终究还是这伤口的缘故，当时不过扎了一下，怎么会严重到这个地步？"

陈鼎勋道："这个同各人的体质有关，有的人刀劈斧砍，结实睡上两晚就好了；有的人不留神割伤了手指头，这根手指头最后能烂了断了，乃至累及性命。臣等今早重新验了那把剪子，宫里用的是色金剪，色金和铁器不同，铁器易锈，色金不易锈蚀，就是扎伤了人，后果也远不及铁器来得大。但臣发现金剪开刃处抹了棉油，臣问底下宫人缘故，宫人说宫里刀剪收归库房前，都得这样上一遍棉油以作保养，以此可见，娘娘这回的病症，差池就出在这棉油上。"

皇帝有些迟疑："棉油？棉籽里头碾出来的油？"

陈鼎勋道："是。剥了棉壳，粗炼过后便能出油。这种油擦金银铜活儿最好，原本对人没有妨碍，穷苦人家还拿它炒菜呢，可巧娘娘正和它犯忌讳，加上暖阁里头日夜烧地龙子，伤口受热过甚，就成了今天这模样。"

这么说也算真相大白了，但人不醒，不管是什么原因导致的都不重要。接下来就眼巴巴等着那疮口大力发作起来，及至下半晌，原先拳头大的一圈红肿渐渐收缩，缩得铜钱大小，微按一按，底下伤毒翻涌，陈鼎勋道："一定要把里头余毒全控出来，一点儿都不能剩。单靠挤压是不成的，得吸出来才好……"

皇后是千金之躯，又伤在大腿根上，这个吸毒血的人选也不能马虎。正要斟酌指派，只听皇帝说："朕来。"说话便牵起袍角登上了凤床。

周兴祖犹豫不决："皇上，这……"

"不要啰唆，她是朕的皇后。"皇帝见他们发怔，蹙眉道，"陈鼎勋，还愣着干什么？"

陈鼎勋回过神来，忙道"嗻"，拿银刀在火上烧红，小心翼翼地破开了创面。皇帝半分也未迟疑，对嘴上去吮吸，边上的丫头捧着痰盒伺候，他一口口把血水吸出来，起先还是浑浊的脓血，到后来血色变得赤红，太医们庆幸不已，说"好了，有指望了"。侧福晋在一旁泪流满面，一则是为姑娘能捡回小命，二是为皇帝，他对嘤鸣能做到这样，真的足了，足了。

只是嘤鸣大约疼得厉害，满脸冷汗，发出断断续续的呻吟，却依旧不能醒转。侧福晋急得百爪挠心："怎么还不醒呢，这么疼，为什么还不醒？"

周兴祖道："福晋少安毋躁，血毒才清除的，先容娘娘缓一缓。娘娘身上余热未消，等今儿夜里再看，倘或体热全退下去，那就是熬过这一关了。"

这么长时候都等了，等到夜里又何妨。皇帝把手上的政务一应全抛下了，太皇太后和太后也得了信儿赶过来，都在西暖阁里候着，隔一会儿就过去问问："热退了没有啊？"

皇帝摸摸她的额头，倒不像前两天那样滚烫了，但余热不得消退，照着太医的论症来说，依旧有风险。他觉得自己油碗快要熬干了，捧着她的脸说："皇后，你再不醒，朕就要对你做禽兽不如的事儿了，你怕不怕？"

显然她一点儿都不怕，他说到做到，在她脸上盖戳似的亲了个遍。但嘴唇触到她的脸颊，发现她的皮肤和气息都是烫的，他一时无措，颓然瘫坐在她身旁，捧着脸痛哭起来。

太皇太后坐在西边南炕上沉吟，到今儿夜里可两天两夜了，大人醒不过来，肚子里的孩子也越发危险。她沉沉叹息："究竟是怎么了，难不成是宜陵里坏了风水吗……"

正胡思乱想，大娥子进来传话，说"皇后娘娘醒了"。于是一大帮子人忙进东暖阁去瞧人，见皇后显出一种病态的亢奋来，脸色虽苍白，眼睛却直勾勾的，亮得吓人。看见她们来了，艰难地喘了两口气，笑道："皇祖母、皇额涅……多谢老天爷……还让我回来，再见你们一面。"

"怎么了？"太后惶惶，"这说的是什么话呀，怎么倒像……"

倒像是回来道别的。

皇帝瞧她这样，心里涌起巨大的恐慌来，害怕她回光返照，但又不敢往那上头想，勉强定住神安慰她："你才醒的，这会子没有力气，别说那么多话。朕让他们给你预备吃的来，你先进一些，好好休息一下。"

她却极慢地摇头："再不说，只怕来不及了。"

贰肆

立春

· 一 ·

这话怎么说得那么吓人呢，生离死别仿佛就在眼前，所有人都哭起来，太皇太后抹着眼泪说："好孩子，我早瞧着你福泽深厚，这是哪里的话？你病才好些，千万别胡思乱想，只管好好作养身子就是了。"

嘤呜微微笑着，唇角清浅恬淡的仰月纹，一如当初刚进宫时候的模样，有种梨花般沁人心脾的味道。她靠着引枕，说话的时候很吃力，边喘边道："我要谢谢……皇祖母，自我进宫起就备……备受皇祖母疼爱，我虽憨蠢，皇祖母从不嫌我……一力地撮合我和主子爷，皇祖母就像我的亲祖母一样……我到今儿，对您也只有满心的感激，绝无任何怨言……"

太皇太后知道她说的是那天她有意不召见她，只传见皇帝的事儿。她那么剔透的性子，怎么能料不到其中的用意！曾经口头上的喜爱，到了与政局相冲时，还是不可避免地产生了伤害。她心里什么都知道，眼下却说没有任何怨言，这么一来倒叫太皇太后懊悔不迭，觉得实在太对不起孩子了，要不是那晚有意的算计，也不会把她害成现在这样。

她的视线又挪过来，落在皇太后身上，轻轻叫了声："皇额涅，我和您兴趣最相投，您说的话我都认同……真的，我生在大家子，没见过像您这么坦荡耿直的人……皇额涅，要是有下辈子，我想做您那样的人。"

太后听罢，发现她可能真不好了，捂着嘴呜呜痛哭起来："你这孩子，怎么尽说丧气话！"

她的呼吸很急，大约胸口憋闷得慌，闭上眼睛狠狠匀了两口气，才对她母亲道："奶奶，您怎么撂下家里进宫来了？因我的事儿，叫您和家里挂心了，我不孝。您回去后，和阿玛说……就说阿玛为朝廷效力二十余年，如今岁数上去了，应……应当尽早抽簪，好好保养自己才是。"

侧福晋哭得不能自抑，颔首说："你放心，我回去自然同你阿玛说。前两天宫里主子们准咱们一家子都进来瞧你，你阿玛和额涅，还有厚朴他们都进来了，只因你睡着，瞧了一阵儿就出去了。如今你好了，我回头就把好消息告诉他们，好让他们安心。"

她勉强扯扯嘴角："我这会子很有精神，过会子怎么样……就不知道了。您暂且不用告诉他们，万一事儿……出来了，别叫他们一场欢喜一场空……越性儿最后告诉他们，这么着更好。"

她字字句句都像在叮嘱后事，这种可怕的压抑感简直要令人发疯。侧福晋已经说不出话了，腿里一软便瘫下来，幸而被后面的丫头扶住了，搀到南炕上歇着去了。

嘤鸣费力地转头瞧皇帝："万岁爷……"

皇帝脸色铁青，摇头道："朕不要听你说那些，你今儿说了太多话，恐怕伤元气，还是休息会儿，咱们来日方长，明儿再说不迟。"

她的手紧紧握住他的，眼泪汪汪地瞧着他："咱们只做了三个月夫妻，我原不足意儿，您……您现在不叫我说，往后就……就说不成了。"

皇帝被她折磨得心都要碎了，凄然看着她道："你要交代什么？要在朕心上钻几个眼儿，你才能饶了朕？朕娶你，是让你替朕管理三宫六院，做朕的贤内助，不是为了听你交代遗言的！你这个人由来就是这样，对外人和颜悦色，对朕就极尽欺负之能事，朕已经受够你了！不许你说，你给朕歇着，听见没有！"

他以愤怒掩饰慌张，嘤鸣是瞧得出来的。她费力地抬起手，摸摸他的脸说："您别老挑对您自己有利的说，早……早前……挨欺负的那个是我！"见他捂耳朵，她捏着他的袖子往下拽了拽，"这话是我最后对您说的啦，求您瞧着我，对我……对我阿玛网开一面。"

那双楚楚的大眼睛又转向了太皇太后和皇太后："皇祖母……皇额涅……"

太皇太后捏着帕子一味点头："好孩子，都依你说的办。只要你好起来……你兄弟的婚事也该操办了，到时候你不去喝喜酒吗？"

她那道将要寂灭的眼神里又有火光微微一跳："谢皇祖母恩典，我想回去喝喜酒……"紧握皇帝的手，"和您一块儿去。您……您就少说话，多喝酒……成不成？"

"好。"皇帝说,"你不愿意朕说话,朕就不说,都听你的。"

她点了点头:"就这么定了……我太累了,我得睡一会儿……"

可是皇帝不让,他慌忙说:"不,你不能睡,你得睁着眼睛,你不能睡!"他是怕她一旦睡着,就再也醒不过来了。

嘤鸣将要合上的眼睛,重又微微睁开了些,声气儿越来越弱,轻喘着说:"要走了……留不住的。"

太后眼见不好,冲边上侍立的太医大声斥责:"怎么都在这儿干看着?皇后到底怎么样,你们去把脉,去开方子啊!"

太医们面面相觑,为难地说:"回太后,臣等先前看了,娘娘这会子脉象平稳,血气旺盛,竟比没患病前还要精神几分。但这种情况究竟会稳定下来,抑或只是昙花一现,臣等实不敢下保。臣等只能开些健脾益气的方子,以助娘娘调理。"

看来白操了那些心了!太后大泪滂沱,她知道这些太医惯用的手段,能救的时候还一味地求稳,到了不能施治的时候,基本就是开些无关痛痒的方子糊弄上头,以求自保了。这可怎么好呢,皇后还在大好的年华啊,要是有个三长两短,皇帝怎么办?想想当初先帝壮年撒手西去,她牵着皇帝的小手走在夹道里头,孤儿寡母凄凄惨惨,那段往事不忆也罢。如今这痛再来一回,皇帝的人生岂不可怜透了吗?

太后定了定神:"皇后,你遇喜了,知道吗?"说完指指她的肚子,"里头有咱们大英的嫡皇子呢,你一定要争气,好好把他生下来。"

嘤鸣愣了下:"遇喜了……"

边上众人受了太后提点,到这会儿才发现这么大的事儿,竟没有一个人同她说起。于是众人都说:"对。瞧着孩子吧,母亲是孩子的根基,只有你好了,孩子才能好。"

她听了,半晌没有说话,只是留恋地看看皇帝,翕动嘴唇叫他的名字。

皇帝的五脏六腑都在颤动,他点头,握住她的手说:"我在。你瞧着我,瞧着孩子,一定要迈过这个坎儿。"

她吃力地呼吸,两道眼波欲灭不灭,转过脸,把脸颊贴在他团龙的衣袍上。

殿里哭声震天,里头一哭,外面的宫人也惶惶哭起来。殿门上站班候消息的小富和三庆咧嘴呜咽,料想皇后是不中用了。还记得她先前在养心殿纵横来去的活泛样子,才区区半年而已,怎么就到了这步田地!

皇帝心如死灰,抚抚她的头发,只这一瞬,想到了后头二十年、三十年的情景,自己大概会孤身一人直到终老了。人活于世,就是用来受苦受难的吗?如果终究要失去,倒不如从来没有尝过拥有的滋味儿。

"你们都走吧，让朕和皇后单独待着。"他乏累地挥了挥手，"都走，不要来烦我们。"

太皇太后到底冷静下来，切切叮嘱："皇帝，你是一国之君，不要忘了肩上重任。"

皇帝沉默了下，颔首道："皇祖母放心，朕从来不曾忘记。"

所有人都走了，整个世界缩减成了小小的暖阁。他现在的要求一点儿也不高，即便她不醒，不能说话，只要她人在他身边，留得住躯壳，他也心满意足了。

他摸摸她的脸，又牵过她的手，两指压在她的脉搏上，感觉到突突的跳动，心里便是安定的。硬撑了那么久，到现在顺其自然，虽无可奈何，也不得不接受。他躺下来，躺在她身侧，望着帐顶喃喃说："朕想就这样，要是你死了，装进棺材里，把朕也装进去，朕不想和你分开。朕知道，造成今天这样的局面，是因为你过于担忧，你总怕家里倒了台，你就跟着失势了……朕就说你的脑子只有山核桃那么大，朕娶你又不是看中你家门第。朕是天底下最大的世家，要拼门第没人配得上朕，真不明白你在忧心什么。横竖先前太皇太后应准了你替你阿玛说情，他能踏踏实实活下去了。皇后做到这份儿上，让所有人都为你徇私情，你还要怎么样？所以还是别死了，好好活着吧，和朕生儿育女。"他说着，蜷缩起来啜嚅，"才三个月而已……才三个月，享受了朕的疼爱，还没回报朕，就敢死？"

又是肝肠寸断的一晚上，他不知道自己是怎么熬过来的，扣着她的腕子，一刻也不敢松开，即便手指头麻木没有了知觉，也不敢松开。

他想他们下辈子也许会变成一棵树，双生的枝干虬曲纠缠，他的双腿扎根大地，双臂就用来紧紧抱住她。她是他命里的克星，自他发现自己喜欢上她那天起，他就一直患得患失，如果有下辈子，他再也不要那样了。

养心殿里的奏折堆得像小山一样，他根本无暇理会，皇后的生命似乎走到了最后一程，她自己有这样的预感，所有人也都有这样的预感。他要陪着她，他知道回光返照是什么样的，当年皇父驾崩前，也曾有过这样的一小段时间。他那时六岁，隐约已经记得很多事了，皇父的病来得迅疾，弥留之际忽然精神大振，仿佛一夕青春重现，说了好些话，还吃了半盏燕窝。他以为皇父大安了，但多增把他带到病床前，按着他说"大阿哥，跪下，给皇父磕头"。他连磕了三个头，再直起身时，皇父的身子像轰然倒塌的山，闭上了眼就再也没有睁开过。直到现在，他还记得那种可怕的、回天乏术的恐慌。

所以嘤呜延挨到辰时，透过眼底一道微光看向他，他觉得胸腔被严重挤压，那一刻心跳如雷，一辈子最痛苦折磨的时候莫过于这一刻，他几乎崩溃，在她面前痛哭流涕："嘤呜，你不要离开我。"

她也哭，又似庆幸地说："您当真是爱我爱到骨头缝儿里去啦……"

这个人的不着调到死也改不掉，皇帝居然从她的语气里品咂出了一点儿沾沾自喜的味道。但这依旧不能减轻他的痛苦，他肝胆俱裂，说："对，朕爱你爱到骨头缝儿里，没有你，朕也活不下去。"

俩人就这么相对泪眼，号啕大哭，哭到皇后再次晕厥，皇帝也瘫坐在脚踏上，几乎奄奄一息。

有情人要分开，这是何等的千古憾事，听者无不动容。候在暖阁外的太医们垂首叹息，这时的帝后已经不再传见他们，大约知道医也无用，大有听天由命的意思。不过职责所在，他们还是得随时候命，以备不时之需。因此这样的生离死别，后来的三天三夜他们又经历了六七回，每一回都肝肠寸断，每一回都撕心裂肺。

直到第四天早上，周兴祖犹犹豫豫地提出了一个观点："皇后娘娘的回光返照……时间好像太长了些。"

太医们个个如梦初醒，低头算算时间……是啊，哪有人回光返照那么多天的。皇后娘娘是伤心够了睡一觉，醒了继续伤心，伤心完了还进点儿吃的，然后继续睡……这哪是回光返照，分明是痊愈了啊！

可是太医们不敢造次，这会儿下了断言，回头万一有个三长两短，谁也吃罪不起。周兴祖在皇帝又一次垂头丧气地出门时，堵住了皇帝的去路，垂袖道："皇上，娘娘凤体眼下不知如何了，臣等忧心如焚，请皇上容臣等再替娘娘请一回平安脉。"

皇帝面色黯然："眼下这样，朕已经很满足了，能拖一日是一日吧。"

太医们急得鼻尖上冒汗："可是……臣等想给小阿哥请安。"

皇帝并没有太大的触动："朕只求保得住皇后就好，其他的，都不重要。"

太医们束手无策，最后陈鼎勋没忍住，壮起胆儿说："不知皇上是否想过，皇后娘娘已经凤体大安了呢？"

皇帝愣了愣："什么？"

既然开了头，也没什么好避讳的了，太医们纷纷拱手："请皇上容臣等再为娘娘请脉。"

这回皇帝准了，匆忙让他们进去，自己胆战心惊地在一旁看着。皇后还是很羸弱的样子，从被卧里伸出一只手来，白得几乎没有血色。

周兴祖吮唇斟酌，斟酌再三看了陈鼎勋一眼，陈鼎勋便接上来请脉。三四个太医轮流把了一圈，最后大家达成了共识："皇上大喜，皇后娘娘大喜。娘娘凤体康健，与往日无异，且腹中皇子长得结实，娘娘只要略恢复些体力，就能下床走动了。"

这下子皇帝和床上等死的皇后都惊呆了，皇帝喜出望外："都好了吗？先前不是回光返照，确实是大安了吗？"

床上的皇后神情尴尬："死不了啊？"

"是。"周兴祖道，当然还是要顾全一下皇后的脸面，只说，"娘娘先前病情凶险异常是实情，但伤毒清除，加上娘娘身底儿又好，恢复起来也是神速。娘娘福大命大，如今凤体康健，再也不必担惊受怕了。"

皇后显然还回不过神来，气喘吁吁道："我说两句话便……便心慌气短，浑身也没有力气，果然……果然好了吗？"

陈鼎勋笑道："娘娘这种症候是躺得太久的缘故，以至于四肢无力，体虚胸闷。只要回头下地走两圈，提提精神，自然就会好起来的。"

所以闹了半天，一个以为自己要死了，一个被吓得魂不附体，只差随她而去，原来都是虚惊一场？太医这回连方子都不用开，请了跪安就缓步退了出去，嘤呜有点儿讪讪的："我的感觉一向挺准的啊……"

皇帝面色阴郁地看着她，可是看着看着又红了眼眶，气急败坏地说："你这二五眼，狡诈成性，生死这么大的事上头也闹笑话。你给朕等着，等你好透了，看朕不整治死你！"

· 二 ·

嘤呜提起被子捂住了脸，对自己可能死不成了，感到难堪和愧疚。

她先前确实觉得自己要不成了，一口气在胸口震荡，忽上忽下地飘摇，致使她每说一句话都要缓上一缓，生怕吐得太用力，三魂七魄随那口气一块儿跑了。她很怕，怕自己就此要蹲在小小的牌位上，当"先皇后"了。

九死一生，很少有人体会过那种可怕。两天两夜间，她行走在一根细细的弦丝上，两侧是万仞的高山，底下是不见底的深渊。她不能停下，停下脚底就打晃，她只有不断前行，不断保持平衡，才能保证不会掉落下去。可那一线生途好像永远走不到彼岸，她一刻不停地循光向前，走到筋疲力尽，她想这辈子大概就要完了，要永远困在这上不及天下不着地的地方了。

到这个时候，满心都是她的呆霸王，她不知有多想念他。不想爹娘家人，不想无边富贵，单只是想他。后来天上刮了好大一阵风，把她吹落下来，她不断下降，像要砸进地心里去似的。猛地落地，四肢百骸都碎了，她气息奄奄，料想自己命不久矣，必须抓住仅剩的时间，把该交代的后事都交代了。

在晕厥前，阿玛的生死就一直悬在她心上，没有一个做儿女的愿意父亲身首异处。如果无病无灾，她没法子向太皇太后求情，因为她是皇后，要识大体，至多在闺阁里和丈夫撒娇哀求，不能跑到慈宁宫去干涉朝政。可后来到了这个地步，都快要死的人了，便顾不得那许多了。她知道将死之人有满足愿望的特权，这个时候不说，以后就真的没有机会了。

可皇帝觉得她是成心骗他，要死要活的，完全是在捉弄他。他真的有点生气了，瞪着红红的眼，问她良心会不会痛。嘤鸣不答，过了很久才说："一点都不痛。我问您，您是愿意虚惊一场，还是愿意……愿意我真的死了，再当一回鳏夫？"

皇帝的脸拉得老长，自己拿手拭了拭眼睛，到底无可奈何说："朕宁愿虚惊一场，宁愿为你白掉眼泪，也不愿意你死。"说着上来搂住她，把脸埋进她肩头柔软的细缎里，无限后怕地嗫嚅，"朕连以后怎么和你合葬都想好了，那两个昼夜，你不知道我是怎么过来的。"

嘤鸣揽着他的脊背说："知道。是我对不住您了，我也没想到，病势这么凶险，我连一句话都没来得及交代。要是就这么死了，我到黄泉路上也不能甘心啊……我怎么甘心呢，留您一个人在人世间，叫那些女人没完没了地觊觎您……"

她是哭着说的，一点儿没有弄虚作假的成分，把自己心里的想法明明白白说了出来。真的，想到她大婚才三个月的丈夫，过上一年半载又要立别的女人当皇后，她就心如刀割，嫉妒得发狂。

皇帝捧着她的脸说："你死了，朕这辈子都不会再立后了，你放心吧。"

她听了甚是欣慰："皇后可以不册立，但牌子还是得翻的。您是皇帝，子嗣绵延很要紧，多得几个皇子，往后也好择贤，把这江山传续下去。"

皇帝知道她又在装模作样假大度，便略做思量，点了点头道："你说得是，牌子朕会翻的，但一定保证不对任何女人动情，一辈子只记着你一个人。"

她那双半开半合略显无神的眼睛，这刻忽然睁得溜圆，惊讶地看了他半天，最后说："你们爷们儿，真叫人信不实！"

皇帝想得意地笑一笑，可他笑得比哭还难看："齐嘤鸣，朕遇见你，真是倒了八辈子霉。本来朕是堂堂帝王，一生严明，政绩也颇佳，以后史书上会记载朕从容自重，处变不惊。可是朕遇见你，娶了你，就变成了现在这副模样。朕跟着你一块儿糊涂，被你弄得发疯，以为你要死了，荒废朝政，流了那么多眼泪，现在人人觉得朕和你一样，是个傻子。"

嘤鸣也有点愧疚，不过她有她的说辞："人生短短几年，再好的夫妻也有分离的一日。咱们预先演练几遍，将来真到了这天，就无须太难过了，这样也好。"

皇帝怨怼地看着她："好什么？你这个糊涂虫！"骂完又心疼，摸摸她的脑袋说，"朕再也不想经历了，将来果然寿终正寝了，咱们就一块儿死吧，谁也不用为谁难过掉眼泪。"

她不说话，只是含笑看着他，然后用力抱紧他，把头埋在他胸口，声音传进他心房里："享邑，你是世上最好的丈夫，如果没有遇见你，我白来人间走一回了。"

"不对。"他说，"你嫁了谁，谁的日子都会被你搅和得鸡飞狗跳。如果没有你，朕现在还活得一潭死水，多谢有你，朕福也享了，脸也丢了，变成了一个有七情六欲的活人。"

嘤鸣喜欢他的直白，虽然他从来不知道拣好听的说，但绝对真诚，可以信赖。只是她又犯愁："我这回没死成，先头求太皇太后赦免我阿玛，现在看起来像骗人的吧？老佛爷会不会以为我是装的，一气之下再把我阿玛给杀了？"

皇帝迟疑了下，说："大约不会吧，你不死是件好事，难道她还盼你真死了不成？"

嘤鸣点点头："等我略有了力气，就上慈宁宫磕头去……"

这头正说话，忽然听见门外海棠通传，说侧福晋求见。皇帝忙整了整衣冠下床，侧福晋进门就含着泪，母女俩一见面便抱头痛哭，侧福晋把嘤鸣满头满脸摸了个遍，颤声说："我的嘤儿……我的闺女，原以为你这回凶多吉少，没想到竟熬过来了，真是老天爷保佑。这会子好了，都好了，娘看你健健朗朗的，心总算放回肚子里了。"复使劲儿看了几眼，确定自己没看错，又哭又笑地把嘤鸣揽进怀里叮嘱，"我的姑娘，你往后可千万要仔细了，别再拿那些开过锋的东西了，尤其是剪子，知道吗？"

皇帝在边上说："朕已经下令宫中禁用棉油，往后再不会出这样的事儿了。"

"我们娘娘有万岁爷护佑着，自然遇难成祥。"侧福晋颔首，笑着同嘤鸣说，"如今你有了身子，自己更要多加留神才好，可不敢胡天胡地的了。你出了事儿，自己躺在那里受苦不说，连累身边的人急断了肠子。你没瞧见万岁爷，为你做了多少事儿，纵是外头寻常爷们儿也不及他分毫，你可要好好保重自己，将来慢慢报答万岁爷的恩典。说句掏心窝子的，头前我担心，怕你嫁进帝王家有吃不完的苦，如今我是不愁了，瞧着一切都好，一切都圆满，你要惜福才是。"

嘤鸣道："是。我弄成这模样，奶奶这程子为我操劳了，我对不起奶奶。"

侧福晋一嗔："可是又犯糊涂了，我是你什么人呢，母女间还说这样的话！"复笑道，"好了，你大安，我就放心了。家里这会子都急得热锅上的蚂蚁似的，我得赶紧回去把好消息告诉他们，这就出宫去了。"便起身向皇帝纳了个福，"奴才告退。"

皇帝这回很有礼貌，说"奶奶好走"，扬声叫德禄："预备车马，送侧福晋回府。"

德禄道"是",扬着笑脸垂袖上来引路,把侧福晋引出了坤宁宫。皇帝回身时,见嘤鸣正挣扎着撑身起来,他吃了一惊:"你又要做什么?"

她喘了两口气说:"我母亲回去了,家里的事儿又在眼前,我这就上慈宁宫去,给老佛爷报个平安。"

皇帝想阻拦她,可惜她并不听,叫豌豆进来给她梳头换衣裳,结结实实披好了斗篷。这回要步行过去是不成了,传了肩舆来。宫里头一次出现这样的奇景,皇后在舆上坐着,皇帝在底下随舆行走。

嘤鸣觉得不合规矩:"叫人看见了,成什么话?"

皇帝则不以为意,这两天闹出了这么大的动静,还在乎这点闲言碎语?他现在是怕透了,要寸步不离地盯着她,才好防止她忽然又出什么意外,再要他一回命。

那厢的太皇太后和皇太后呢,还不知道皇后已经大安了。皇帝那天把她们都轰走后,便断了坤宁宫的消息,婆媳俩坐在南炕上商议,太后道:"皇后的装裹该打发人置办起来了,万一要用,别一时慌了手脚。"

太皇太后闻言沉沉叹息:"那孩子是今年春天进宫的,这才多长时候,一年都没满呢,可不叫人伤心嘛。你想想,年头上走了嫡皇后,年尾又要送走继皇后,这一年两个……可苦了咱们皇帝,叫外头说起来也不好听。我这些年劳心劳力扶持皇帝,总算保得大英江山稳固,原以为有脸下去见列祖列宗了,没想到他的婚事上头这么坎坷,列祖列宗问起来,还是我的罪过,我没能替他好好谋划。"

"这事儿怎么能怨您呢,人各有命,您又不是神仙,不能掌握别人的生死。"太后怅然说,"嘤鸣这孩子,真是可惜了,那样心境开阔的,竟也迈不过这个坎儿。我想着,您不必自责,怕什么没脸见列祖列宗,那是您自己个儿瞎想。像我似的,我对这家国没有半点功劳,可我觉得光明磊落谁都对得起。退一万步,心里不舒坦,不见就是了,谁还指着下辈子和他们做一家子是怎么的!"

太后的论调,常让太皇太后有接不上话茬的时候。她垂着嘴角瞧了她一眼,对这娘家侄女也有愧。当初要是没有姑做婆这回事儿,她也不至于在宫里苦熬这些年。从某种程度上来说,她确实没有对不起先帝的地方,反倒是先帝对不起她,将来该躲的是先帝才是。

两人正惆怅,听见娥子在外头通传,既惊且喜地说:"老佛爷,万岁爷和皇后娘娘来啦。"

太皇太后一愣:"什么?"

鹊印忙打帘看,一看之下也高兴起来:"是真的,皇后娘娘大安啦!"忙出去迎接，外头已经跪倒了一片，她上去磕头，"恭请万岁爷圣安，恭请娘娘万福金安。给娘娘道喜，娘娘凤体可算康健了。"

嘤鸣笑了笑，说："姑姑快起来，我大难不死，必有后福。"

她向来是这个脾气，从不端架子，以前共过事的人，个个都处得随和随意。鹊印接了松格的手上来搀扶她，把她搀进了暖阁里。太皇太后和太后都站起来迎接她，她放开左右跪地磕头："奴才这段时间叫皇祖母和皇额涅操心，眼下奴才身上好了，来给皇祖母、皇额涅磕头。"

这头是必要磕的，像自己过生日要给长辈磕头，久病痊愈也要来安长辈的心。不过这回不是丫头搀扶她，是太皇太后和皇太后亲自来搀，扶起来后仔细打量，眼泪汪汪道："都大好了吗？怎么不歇着，又巴巴儿跑了来？"

皇帝道："朕也劝她，等好利索了再过慈宁宫来，料祖母和额涅不会怪她。可她偏不听朕的，一心惦念着，说祖母和额涅为她忧心，她既好了不来，是她的不孝。"

皇帝这一通明损暗捧，着实为嘤鸣挣足了脸。太后道："你这孩子也忒揪细了，都病得那样了，哪个还会同你计较！"一头安顿她在圈椅里坐下，"才刚我还和老佛爷说，要替你预备装裹呢，也好给你冲一冲，谁知这就好了，阿弥陀佛，真真儿大造化。"

嘤鸣还有些喘，歪在椅子里说："皇祖母常说我福厚，我如今……到了这个位分，又蒙皇祖母和皇额涅疼爱……万岁爷也抬举我，我没有什么不称意的了。先头病得凶险，我料自己不成事了，只……只可惜没来得及在皇祖母和皇额涅跟前尽孝……这会子能下地了，一定要亲自来给二老报平安，也免二老为我悬心。"

太皇太后颔首："难为你，咱们知道你孝顺，可还是要以自己的身子为重。你如今可不是一个人，肚子里还怀着一个呢，万事要朝开阔处想才好。"老太太是何等精明的人，自然也明白她急于来这里的原因。现如今不管是为她的身子，还是为了她肚子里的孩子，纳辛是再也处置不得的了，便拉过她的手轻抚了抚道，"你只管把心放在肚子里吧，那天你同我说的话，我并不是表面上敷衍你，既答应了，就说话算话。要说你阿玛，当年是做过好些贪赃枉法的事儿，可后来他脱离了薛尚章，为朝廷也立了不少功。尤其大功一件，是生了你这样的闺女，皇帝脾气不好，你还能和他过日子，能替他生儿育女，咱们可有什么说的呢！"

旁边被点了名的皇帝一脸呆滞，发现自己被拿来这么打比方，换作以前绝对是要不痛快的，现在呢，半句怨言都不曾有，还觉得太皇太后说得很有道理。

横竖慈宁宫那头彻底松了口，后头的事儿交由皇帝解决就是。朝堂之上当然讲究不偏不倚，秉公办理，但这天下毕竟还是家天下，最后怎么处置，由当权者说了算。

这么多天了，公务堆满了养心殿的御案，皇帝要去解决，临走依依不舍："你要好好的。"

嘤鸣站在槛前目送他，含笑说："快去吧，回头我置办好了晚膳等你回来。"

皇帝一步三回头地走了，她长出了一口气，眼下只要阿玛请旨辞官，以前的种种就翻过去了，她也算保全了齐家。

海棠上来搀扶，说："主子娘娘才大安的，别太操劳了。您往后要仔细静养才是，周太医领了旨，明儿开始每日辰时进来请脉，建阿哥爷遇喜档。"

嘤鸣懒懒地"嗯"了声："这孩子不容易，跟着我经历了这么大的事儿，还那么结实呢。"

正说笑，听门上宫女回禀："殊兰姑娘来给娘娘请安啦。"

嘤鸣歪在南炕上，枕着引枕朝外瞧了一眼："请姑娘进来说话吧。"


· 三 ·

殊兰进门，远远蹲了个安。

宫里的水和粮都养人，早前她才进宫那会儿，瘦得跟柴杆儿似的，太皇太后认为她没有福相，都瞧她不上。如今一个月下来，过着安稳太平的日子，脸上有了血色，精神头好了，颊上也长了肉，渐渐丰腴起来。嘤鸣六根不净，但有菩萨心肠，无论如何觉得当初救人是对的。要不是及时伸了援手，那个营房福晋都敢往她炕头上放炭炉子，再耽搁十天半个月，小命怕是都丢了。

"怎么站得那么远呢，今儿杀不得不在，别怕，到跟前来。"嘤鸣和颜悦色地含笑说。

杀不得见了殊兰就像见了生死仇人，到这会儿已经发展得势不两立了，因此她每回来，都要先瞧一瞧熊崽儿在不在。不过这回好像并不是忌讳杀不得，倒像是有话要说似的，嘤鸣招了招手，让小宫女搬了绣墩过来，请她坐下。

殊兰挨着绣墩儿，欠着身子，只坐了一丁点儿，细声细气说："娘娘大安了，奴才特来向娘娘道喜。先头真是病来如山倒，大伙儿都吓坏了，好在娘娘有神佛护佑，如今否极泰来，万岁爷也可放心了。"

嘤鸣脸上始终带着笑，和声道："那几天也辛苦你了，我听说跟着忙进忙出的，实在叫我不过意得很。"

殊兰忙说："不，奴才本就受娘娘关照，这才进宫来的，娘娘危难，奴才帮不上什么忙，做些零碎活儿就是奴才的造化了。"一面说一面顿下来，鼓了好几回的劲儿，才横下心道，"若蒙娘娘不弃，奴才愿意留在娘娘跟前，一辈子伺候娘娘。"

嘤鸣听了，心下多少明白了点她话里的意思。有些态，真不能胡乱表，她一个年轻姑娘，又不是选秀的宫女，怎么好随意留下人家呢？留下了就得耽误一生，你凭什么耗费人家的青春？办事得师出有名，所以你得给位分，让人有一席之地。说到底口头上的伺候皇后，只是面儿上的好听话罢了，实际还是以伺候万岁爷为主。嘤鸣暗暗有些惊讶，再瞧瞧这姑娘，在家里给欺负得抬不起头来，原以为她是个老实头儿，这会子发现或许有些看走眼了。

老实人有老实人的犟劲儿，倒不是说心真有多坏，只不过一条道走到黑，不容易醒神儿。她可能还念着小时候的情，对待皇帝总有些不同，加上宫里岁月静好，万岁爷在坤宁宫不像在养心殿时疾言厉色，她就觉得这位表哥是个温柔的、可以托赖的人吧！

先头不知道她的心，多留她住阵子没什么，来来往往走动起来，大家也热闹。这会子她动了心思，又常在坤宁宫出没，少不得和呆霸王照面。一来二去不说呆霸王不自在，连自己也会心生芥蒂，世上哪个女人愿意别人觊觎自己的丈夫？于是她装糊涂，笑道："宫女有定规的，二十五岁才能出去，大好的年华都浪费了，实属无奈。我接你进来，不过是让你散散心，可绝没有要让你伺候我的意思，你千万不要多心。"

殊兰讪讪的，脸上红晕升腾。她是那种极薄的白皮儿，有点风吹草动幌子就高挂在颊上，像踩高跷的抹了大红胭脂，俗气得有趣。

她知道皇后给了她软钉子碰，本来就是自己非分了，也不能怪人家驳面子。她自己心虚得很，自打上回搀扶了皇帝那一下，就一直提心吊胆到今儿，生怕上头一道口谕下来把她轰出去，往后就没脸见人了。可是等了好几天，竟是一点儿消息也没有，那么这一次慌乱的接触，就变成了她和皇帝之间的秘密，只有他们两个人知道的秘密。真要这样，是不是还有转圜的余地呢？人一旦滋生了不该有的欲望，就控制不住自己，皇帝那天拒绝她搀扶后，好几回她见了他都有意避开，人虽不照面，但视线仍是忍不住在他身上打转。这世上能有这样一心一意对女人的爷们儿，怎能不叫人心生羡慕？她料准了皇帝那头是不可能等来什么答复的，只有拼一回，万一能讨得皇后的恩典，那她留宫就有望了。

人活着，总要为自己争取一次，有些机会错过了就是一辈子。她向来懦弱，之前受尽营房福晋的欺压，想起往后还要再回那个家，心里就哆嗦。皇后不一样，自己进宫这些时候和她走得很近，才知道世上竟有这样一帆风顺的人生。有些人来世上一遭是为了受罪，有些人则单纯是来享福的，皇后就是后者。她周遭的一切，众星拱月般烘托着她完美无缺的命数，在家有父母疼爱，出嫁后那些出了名难相处的婆家人个个都喜欢她。她身边没有和她作对下绊子的情敌，底下奴才也个个精忠报主，如今成婚三个月，肚子里怀了皇嗣，将来孩子落地必定又是个阿哥……她还缺什么呢？如果自己斗胆，向她祈求一点施舍，她会愿意给她个容身之处，让她继续留在宫里吗？

"奴才……奴才有今儿，全仗着娘娘的成全，奴才心里对娘娘是万分感激的。"她壮起胆儿，吸了口气说，"奴才母亲亡故，家里阿玛不管家务，虽说眼下扶正了侧福晋，但侧福晋常年吃斋念佛不问俗务，只怕也是由着我们自生自灭……"

"你和你哥哥年纪都不小了，不像头几年，还要倚仗大人吃喝。你是公府小姐，我早前也是，在家时虽要孝敬长辈，但驭下不必人教，奴才们的调理管教，我自己也知道怎么办。"嘤鸣慢悠悠截断了她的话，"我曾经看过一本杂书，书上人物的一句话，叫我记到今儿。他说'我命由我不由天'，人活于世，不能事事要别人替你安排，你得自省自救，世上心疼你的只有你自己。"

殊兰有些灰心，那些立世为人的大道理不是她想听的，皇后有意避重就轻，她心里有了根底。正待再要开口，却听皇后又说："你哥哥眼下在岭南剿匪呢，也不知怎么样了，回头万岁爷回来了，我替你问问。其实你算命好的，家里阿玛虽不问事，却有个操心你的哥哥。那丹朱临被调遣出去之前，和万岁爷提起你，说不忍心让你在家受苦，万岁爷为安他的心才嘱咐我，想辙把你接了出来。你可要记着你哥哥的好处，万事以他为先，你将来怎么样，全看你哥哥的功绩。他要是为官为宰，当了封疆大吏，你日后嫁了人，婆家自不敢亏待你。可你哥哥要是仕途受阻，建不得功立不得业，你想想，你将来可有什么指望？虽说人家也念你是皇上表妹，总要让几分面子，但俗话说一表三千里，总不及自己哥哥有出息的好，你说是吗？"

嘤鸣也算费尽心思开解她了，到底念着她孤苦，不好伤了她的体面。自己做了一回好事，也希望善始善终，别平白落个里外不是人，糟蹋了这一片善心。

可这殊兰真是个不招人心疼的，最后只怕要应了那句"可怜之人必有可恨之处"。嘤鸣冷眼瞧着她，她那种满怀心事欲说还休的模样，实在是积积黏黏令人难受。她似乎并未意识到她话里的警告，不明白自己的一举一动可能会影响那丹朱的前程，她还在为自己的私心做谋划，迟疑着说："哥哥有今儿，也是仗着万岁爷隆恩……"

"成了。"嘤鸣含笑说，"你进宫也有程子了，眼看到了大年下，是该回去在爹妈跟前行孝、共享天伦的时候。咱们不能胡乱留人，没的坏了规矩，今儿就让他们预备预备，送你家去。到了家，从头开始吧，你也该拿出小姐的做派来，自己不强硬，还有多少个营房福晋那样的人等着你呢。我和万岁爷只能帮你到这儿，不好一一替你打抱不平，毕竟各人有各人的命，你说是不是？"

殊兰愣住了，她原想皇后心善，总会让她有表心意的时候，谁知自己话还没说上两句，就被她一气儿断了念想，真叫人猝不及防。这会子还有什么可说的呢，到底人都是利己的，三宫六院那么多人，先来的打发不得，后头还有人再想分一杯羹，竟是难了。

她站起身道"是"，唇角含着一点失望的讥诮，向皇后福了福道："奴才多谢皇后娘娘这么长时候的照应。"

嘤鸣微点了点头，原本临别该说两句客套话，诸如"往后常进宫来瞧瞧"之类的，这回也不必了。这类人，擅长的是谁心软就赖谁，自己可不愿意再沾染了，没的什么表哥表妹的，一不留神，被她抢走了呆霸王。

"往后好自为之吧。"嘤鸣轻飘飘撂了一句，转头叫豌豆，"让扁担送殊兰姑娘回承恩公府，嘱咐福晋一声儿，人全须全尾地送回来了，日后也要全须全尾才好，请福晋多担待姑娘。"

豌豆道"是"，上来蹲了个安，垂袖比比手道："殊兰姑娘，请吧。"

殊兰去了，背影在晨风里飘摇。今年春打在年前，风已经变得和软，有了一点早春的味道。

松格一直站在边上，嘴里嘀咕着："总算送走了这个瘟神。"上前替她主子拢了拢腿上的毯子道，"要是再不走，不知还得闹出什么事儿来呢。这种恩将仇报的小人，当初就不该救她，也没个主子病中，她直往万岁爷跟前凑的道理，大姑娘家，真是不害臊！"

嘤鸣朝窗外看，日光在前头交泰殿的明黄琉璃瓦上跳跃，她支着脑袋说："其实她这样的情形，留在宫里本是顺理成章的，可我就是不愿意她瞎掺和，是我小心眼儿了吧？"

海棠笑着开解她："您和万岁爷大婚才三个月，现下又怀了小阿哥，世上几个女人这么大度，怀着身子给爷们儿留女人的？今儿她来，想也是为了搏一搏，她那是司马昭之心路人皆知，您何必惯她这个臭毛病？"

嘤鸣闭上了眼睛："我原瞧她可怜，打算求老佛爷做一回主，给她指个一等侍卫的。那些侍卫都是世家子弟，将来主子奶奶立了门户，也过几天好日子。可她这样不知好歹的脾气，我是不敢开这个口了，没的好好的门第，叫她弄得家翻宅乱。再说我这头也心烦着呢，二月里有选秀，到时候又有年轻漂亮的姑娘进宫来……"她叹了口气，"我赶得走一个殊兰，哪里赶得走全大英在旗的姑娘。"

这就是做皇后的难处，万岁爷是大家的万岁爷，不是她一个人的。早前他翻牌子，她还乐呵呵地给他搬过银盘，这会儿想来，发现那时候心也太大了。

她心烦意乱，有了身孕就嗜睡，前几天连着睡了那么久，现在窝在暖和的地方，照旧眼皮子打架。渐渐睡着了，连梦里都是皇帝左拥右抱的荒淫样子。她气得在边上跺脚，他全不理会，还往美人嘴里塞了一颗葡萄。

也不知过了多久，感觉有人亲她的脸颊，她嗅了嗅，鼻尖氤氲着龙涎清冽浓厚的香气。睁开眼一瞥，见他就在面前，乌浓的眼睫下汪着幽深的一潭清泉，含笑对她说："车臣汗部战事平息了，喀尔喀四部正式编入二十四卫，乌梁海部立了大功，你阿玛这回的将功抵过可算有凭有据了。"

她听了精神顿时一振："谢谢老天爷垂怜，我阿玛这回能全身而退了。"

有的人就是生来运气好，这个不得不服。皇帝伸手摸了摸她的肚子，虽然目下只有脱光了才能看出一点起势，但他知道里头有他的文二，心里蓄着柔情，低头又亲亲她的额头："你是福将，到哪儿就旺哪儿，保得你阿玛平安，也成全了朕一统喀尔喀的夙愿。"

她赖皮地勾住了他的脖子："那您怎么不亲我的嘴？"

皇帝看着那红艳艳的、噘起的嘴唇，心里一阵荡漾，亲了一下赶紧移开了："朕怕把持不住，孩子还小呢。"

她红了脸，轻轻打了他一下，复正色道："我把您的那位表妹撵出宫了，还没来得及告诉您呢。"

皇帝似乎一点儿都不意外，"嗯"了声道："早该让她回去了，朕也正打算和你说呢。要过年了，留她在宫里，往后越发说不清。"

留人过年可不是随便留的，大家都知道背后的含义，所以今儿殊兰就是不来毛遂自荐，她也要寻个机会打发她。但见这个一向不问后宫事儿的人也开始琢磨了，就料定里头有她不知道的隐情发生过。她戳了他一下："您怎么忽然关心起这个来了？"

皇帝说"没什么"，头前是预备向皇后告状的，后来想想人家是姑娘，他一个爷们儿在背后说这方面的坏话，实在过于没风度。况且自己也不敢确定，就是确定了，无非证明自己被占了便宜，也不是件光彩的事儿，不如掩盖过去，免得麻烦。

嘤呜呢，没打算打破砂锅问到底。既然他含糊其词，她便料到几分了，庆幸这回没有姑息养奸，否则再过一阵子搞出爬龙床之类的闹剧，就真的不好收场了。她只是高兴，嫁了个懂得取舍的男人，他没有个个都好、个个都爱的毛病。虽然征服他的过程就像驯马，但这马一旦被你骑在胯下，往后就只认你一个，还是很合算的。

死去活来了好几天，没能和他腻歪，嘤呜的心里像缺了点什么似的。跟前人都识相地退了出去，她搂着他的脖子，亲他的下颌："我病中你替我清理伤口，一点儿都不嫌弃我，我心里真是感激你。"

"没什么。"皇帝说，"朕不愿意别人在你身上动嘴，那地方只有朕能碰。"

嘤鸣失笑："那您想再看看这处伤吗？"

皇帝想了想："换一边成吗？朕可以看看另一条腿。"

嘤鸣有点为难："看了也没用啊，遇喜头三个月不能胡来的。"

"朕可以轻一点。"皇帝很虔诚地说，然后开始掰手指头，"头三个月……三个月不是已经满了吗，满了就没事儿了。"

嘤鸣觉得不对，应该是从发现有孕开始算起，俩人为此争执不下。最后还是皇帝机灵，一拍大腿说："这笔账算糊涂了，上回是朕帮你，这回合该是你报答朕，帮朕才对啊。"

### · 四 ·

人聪明起来，真是挡也挡不住。嘤鸣为了向他表达谢意，一丝不苟地回敬了他一番，皇帝受用得飘飘然如在云端，最后说："你是狐狸精转世吧，把朕弄得五迷三道的，朕觉得后宫再也不必填人进来了，你一个抵得过千军万马。"

英明神武的万岁爷，在此之前从未感受过全身心的快乐，直到遇见她，才知道以前的自己有多孤陋寡闻。因为喜欢，勇于钻研，皇帝觉得世上没有第二个人能像她一样了解他的喜好了。就像背上痒痒，微微一点倾斜她就知道该往哪里挠，她是真正懂他的人。他很愿意和她只有彼此的简单日子，最好再也不要有任何变故了。

只是怀了身孕的人，有时候口味和性情都会变得有些不一样。皇后是个奇怪的人，她对韭菜的执着，从怀孕初期起，一直持续到大腹便便。阳春三月，正是春韭菜最繁茂的季节，有句顺口溜叫"春菜韭，臭死狗"，这句话绝非夸张。她每天变着方儿地吃那个，韭菜合子几乎是膳桌上必不可少的东西。一样菜色难得看见一回，哪怕味道不佳，也很新鲜，但长此以往就很可怕。皇帝静静看着她端着小碟细嚼慢咽，那种四外飘散的味道，真是臭到哀伤。

于是有一天他试着和她商量："皇后，依朕的拙见，你的口味太单一了，这样不好。咱们这回想一想，挑点儿有意思的东西吃，你看怎么样？"

皇后看看外面的天色，又快到传晚膳的时候了，懒洋洋地揉了揉眼睛，说："成啊，您拿主意吧，吃什么？"

皇帝觉得除了韭菜合子以外，什么都可以尝试："咱们吃鸳鸯热锅吧。"

皇后想了想，摇头："不好，天儿暖和起来了，吃什么热锅呀。"

"一鱼四吃？"皇帝说，"糖醋，糟熘，油炸，鱼头炖豆腐，口味齐全。多吃鱼对孩子好。"

她斜着眼睛瞧他："我不爱吃鱼,有腥味儿,会吐的。"

"要不然吃点儿清淡的?鸡丝拉皮,还有清油饼?"

她一脸不愿意："不爱吃,不喜欢。"

"那你定吧。"皇帝没计奈何,"喜欢什么只管说,朕让御膳房现做。"

皇后叼着手指头说："芥末墩。"

"不行。"皇帝断然否决,"那东西只怕冲着孩子,将来生出个红眼睛来。"

皇后"嗯"了声："您说得也有道理。"

"那你想吃什么呀?"皇帝含笑问她,"好好想想,咱们打发人安排一下,在后头御花园里排膳,有景儿看,还有细乐听,怎么样?"

皇后的答案几乎不用考虑："韭菜合子。"

皇帝有点绝望："怎么又是韭菜合子呢,朕和你商量半天,敢情都是白说?你换点儿别的吃吧,除了韭菜合子还有什么?"

"韭菜饺子。"

皇帝心灰意懒,到最后彻底放弃了。皇后和韭菜杠上了,这种孜孜不倦,比做学问更专注。有了身孕的女人简直是世上最难弄的一类人,她们固执,不听劝,于她们不利的可以自动忽略,只挑自己喜欢的办。皇帝的建议她也不是一条都没有采纳,临了晚膳排到了御花园里,看着景儿,听着细乐,吃着韭菜合子,这时的皇后感觉浑身舒坦,且十分由衷地表示,这是她最不后悔嫁进宫的一天。如果往后万岁爷常这么安排,她就永远不会抱怨眼下的生活。

皇帝食不知味,虽说他的菜色很丰富,但那股无处不在的味道也实在够受。可是没办法,这是他的皇后,怀着他的皇嗣,他是最没有资格表示不满的。于是皇帝认命地端着他的江山一统小碟儿进膳,然而皇后对他的荼毒远不止于此,她夹了个韭菜火腿酿油豆腐放进他的小碟儿里,体贴地说:"这个很好吃,您尝一尝。"

他不能辜负皇后的一番美意,直着嗓子吞了下去,心想她要是再给他来一个,他就打算装肚子疼,或是就地晕倒。本以为这种暗无天日的日子还要持续好久,没想到略过了几天,她自己就腻了,不吃韭菜改吃豌豆苗。于是膳桌上出现了无数有关豌豆苗的菜色,炒的、凉拌的、做成丸子做成饼的,真难为御膳房的那些厨子了。

嘤鸣看皇帝一到吃饭就愁眉苦脸,自己也检讨了一下:"要不这样吧,咱们分桌成吗?您吃您的,我吃我的,互不相干。"

皇帝说不成:"你早说过的,嫁人就是为了找一个能吃到一块儿去的人,分了膳桌不吉利。"

"那可怎么办,我爱吃的您不爱,咱们这回是吃不到一处去了。"

她无限惆怅,皇帝觉得这么下去大事不妙,忙说:"其实豌豆苗朕也爱吃。"然后老老实实，陪她吃了两个月的茎叶。

当然了，她也有很疼爱他的时候，天儿渐渐热起来了，每回夜里叠完了肉山，他累得浑浑噩噩，她精神头奇佳，就给他打半夜的扇子。值夜的灯在檐下煌煌，屋子里回旋着幽幽的光，就着光看，他睡着的样子很漂亮，不免心生感慨，咱们万岁爷打一开始就是个美人儿啊，难怪他眼高于顶，什么人都瞧不上。上回选秀他也来走了个过场，打量打量那些秀女，直摇头："真是一批不如一批，都放回去嫁人吧。"

嘤鸣正中下怀，但嘴上还要说两句漂亮话："我瞧着，里头有两个很不错。"

皇帝"哼"了一声："那收进来先封妃，再封皇贵妃，你看怎么样？"

她气呼呼地说："坏规矩了，我还活着呢，您就想封皇贵妃？我找老佛爷告状去！"

她现在在宫里可谓横行无忌，太皇太后和太后越发宠她上天，看着她的肚子一天天大起来，老太太们活像瓜农盼着西瓜丰收，无比欣慰。横竖就是皇帝不好，他又挨一通数落，米嬷嬷奉懿旨，站在养心殿御案前语重心长地传达太皇太后的训斥："万岁爷，您是万乘之尊，说话办事必不能由着自己的性子来。如今皇后有孕，怀着身子的女人多辛苦，您同她说话得和软些，没的叫娘娘动了胎气，那可不得了。皇贵妃不是胡乱封的，皇贵妃常摄六宫事，是副后，您这么一来，叫皇后娘娘心里什么想头儿？"

皇帝垂手说："皇祖母的教诲孙儿记下了，往后必定时时自省，再不敢开这样的玩笑了。"

所以后宫的人闲着有多无聊，这种鸡毛蒜皮的事儿也要闹得一天星斗。然后太皇太后煞有介事地派米嬷嬷过来训话，以此给皇后脸子，安慰她那颗芝麻绿豆大的小心眼儿。

选秀的事后来就没下文了，留了几个指婚用，其余都撂了牌子。选秀女和选宫女惯常分成两拨，宫女的留用照旧，至于选秀……皇帝打算缩减成三年一回，到时候让皇后过过做媒的瘾，也就是了。

"我们家厚贻今年九岁，再过六年差不多了。"皇后吃着甘蔗琢磨，昨儿厚朴和佟家姑娘大婚，说喝喜酒到底没去成，毕竟如今身份不一样，加上孩子月份大了，她自己也不敢胡乱走动，只等第二天新婚的小夫妻进宫来磕头谢恩。

辰初三刻的时候，外头传话，说二爷并二奶奶在门上候旨。嘤鸣忙说请，穿过南窗看，厚朴领着媳妇儿从中路上过来，两个都是盛装，都是一丝不苟的模样。可媳妇儿比厚朴大了三岁，厚朴那个没出息的，个头比他媳妇儿还矮了一截。

嘤鸣摸摸额头："这小子长得太慢了，还不如杀不得。"杀不得配了杀大奶奶，今年三月里杀大奶奶有了喜，到立秋时节，差不多也该生了。

松格说："咱们二爷年纪还小，爷们儿发起来比姑娘慢，等到了时候，个头一下儿就蹿起来老高。"

不过厚朴矮虽矮，男人架势却十足，进来了领着白樱给姐姐磕头，说："奴才等，叩谢娘娘恩典。"

嘤鸣忙让伊立，事先预备好的赏赉也着人送到了跟前，笑着说："你们昨儿大婚，我不得家去，今儿补上贺礼，愿你们和和睦睦，早生贵子。"

厚朴还是半大小子，高高应了声"是"，引得殿里众人都发笑。新媳妇老大的不好意思，红着脸瞧了厚朴一眼，那种含羞带怯的样子，叫人一瞧就明白，小两口处得挺好的，看来厚朴的腿毛没白刮。

要说他们家，真不是死脑瓜子一根筋的人家，儿女的事儿父母虽做主，但要是遇上拗不过来的，也随孩子自己的意儿。润翮擎小儿就喜欢讲禅机，一门心思要入道，坚决不肯嫁人。纳公爷头都快挠秃了，再三再四地说："别给家大人丢人啦，好好的姑娘做姑子！你大姐姐是辅国公福晋，你一母同胞的二姐姐当了皇后，你可好，给老子做姑子去！"

润翮一口气说了十八个"就做"，纳公爷又挠挠头皮，没辙，和福晋商量："要不咱们捐个庵堂吧，离家近点儿，方便三丫头常回来看看。"

就这么，还真在西什库那儿置办起了一个庵堂，齐家三姑娘正式入道了。当天宫里的皇帝姐夫还御笔钦赐了牌匾，给庵堂取了个名字，叫"澄心庵"。

润翮的事儿安顿下来不久，就到了皇后临盆的时候。那几天皇帝如临大敌，叫起从养心殿搬到了乾清宫，一面处置奏对，一面竖起耳朵听北边的动静。他总在担心，担心忽然传来皇后的尖叫，他知道女人生孩子一脚踩在鬼门关里，因为有了上次的可怕经历，他一直提心吊胆，生怕再出点闪失，他经不住那种打击。

皇后即将生子，对阖宫来说都是大事，太皇太后早早就安排好了伺候的人，像精奇、灯火、水上，都必要是生过男孩儿且有经验的。另打发五名收生姥姥在坤宁宫上夜守喜，御医协同分作两班，每班三人，轮流日夜值守，以备不时之需。可皇后临盆的时间好像比预想的略晚，过了十来天了，也不见有动静。

嘤鸣偎在皇帝怀里，说有点儿怕。皇帝也怕，但他得安慰她，只道："不要紧的，老佛爷把最好的稳婆都找来了，一定能保你们平安。"

她"嗯"了声，手指头抠着他胸前的团龙绣花，指甲刮过一棱棱的金丝，噼啪作响："等我生的时候，您上乾清宫等着，别在产房外头，没的叫人笑话。"

皇帝说："知道。你别管外头的事儿，到时候安安心心生你的孩子就是了。"

唉，两个人各自叹了口气，心说这孩子是个慢性子，怎么还不来呢？嘤鸣挣扎着坐起身，皇帝问怎么了，她指指官房的方向，临要生了，如厕就越发频繁。

皇帝扶她下床，替她打起帘子送她进小隔间。作为孕妇的丈夫，这会儿不谈身份地位，反正他尽职尽责。嘤鸣起先还不好意思，后来脸皮也厚实了，就像寻常家子，剔开了呼奴引婢，就两个人的时候谈什么架子，他是皇帝，她还是皇后呢！

他在帘外等着她，打算等她完事了，再给她传些点心进来。可就在这时，听见她"哎哟"了声："享……享……享邑，快叫收生姥姥。"

皇帝慌了神："怎么了？要生了？"问完不等她回答，就风一样地跑到门上大喊，"快来人，皇后要生了！"

经他这么一喊，地动山摇，整个坤宁宫乃至整个紫禁城都被惊醒了，外面脚步纷纷，当差的人往来如阵。

皇帝把她抱回炕上，她靠着引枕直捯气。抱腰妈妈上来给她托腰，收生姥姥掀裙一看，说孩子进了产道了，头一胎像娘娘这么顺利的，真是少见。

"万岁爷回避吧，产房不吉利，等阿哥爷落了草，奴才就打发人给您传好信儿去。"

婆子们赶人了，皇帝眼巴巴地看着嘤鸣，慌得不知如何是好。还是太后上来拽他："你一个爷们儿在这里干什么，快出去。"把皇帝推给了德禄，"带着万岁爷上前头听信儿去，这里有我呢。"

皇帝被带回了乾清宫，料想今晚必定很凶险。二五眼平时娇惯，吃不得什么苦，生孩子那么疼，只怕她坚持不住。

他在殿里团团转："给齐家报信儿没有，快把两位福晋接进来。"

小富得令出去接人了，皇帝继续转圈儿，转得德禄直眼晕。德禄抱着拂尘说："主子爷，您放心，才刚稳婆不是说了吗，娘娘这胎很顺利。"

皇帝摇头，就是顺利，也不能阻止他担心。

坤宁宫前头的喜坑早就刨好了，两个嬷嬷往坑底放筷子、红绸子和金银八宝，絮絮叨叨念着快生吉祥的喜歌。歌儿才唱了一半，齐家的两位福晋还没进宫，里头忽然传出孩子响亮的哭声，一个嬷嬷打帘出来，站在殿门前向外报喜："子初三刻，皇后娘娘生小阿哥，母子平安。给太皇太后、皇太后、皇上道喜啦。"

前头乾清宫里正惶惶不可终日的皇帝愣住了："这么快就生了？"

一般人头胎，不折腾上几个时辰是不会罢休的，嘤鸣不同，她生孩子利索，也像她说一不二的性格。

皇帝匆匆赶到坤宁宫，孩子已经给包裹起来，红红的模样像个耗子。太皇太后抱在怀里给他瞧，笑着说："是个齐全的哥儿，哭声那么大，东西六宫都听见了。让皇父快给咱们三阿哥想个名字吧，咱们排衡字辈儿的，叫衡什么好呢？"

皇帝发现名字早议准了就是有好处，扔下"文二"两个字，就进去看皇后了。

皇后的精神略有些萎靡，看了他一眼，什么话也没说。他把她的手合在掌心里，才发现她的整条胳膊乃至整个身子都被汗浸湿了。他只觉心疼，低声说："是朕害了你。"

嘤鸣声气儿很弱："那往后您能不祸害我吗？"

皇帝想了想，十分为难："那不成。"

她发笑，自己琢磨了下，生孩子其实也不是多难的事儿。她发作起来比别人都快，几乎没吃多大苦头，照着老北京的话说，"孩子嘎啦一声就落地了"。

"兴许是深知保佑我的。"她对皇帝说，"我昨儿梦见她了。"

不管是谁保佑，横竖她和孩子都平安，这是最要紧的。皇帝替她擦了擦额头的汗："回头要上奉先殿通报列祖列宗，我打发人给她上炷香吧。"

嘤鸣点点头，闭上了眼睛。

后来关于三阿哥的名字，大伙儿又展开了一番激烈的讨论，太皇太后觉得不好听："这胎叫文二，后头的叫文三文四吗？"

皇帝却觉得只有这个名字，才能表达他对皇后的爱意。

边上皇太后沉默了良久，慢悠悠道："风暖衡阳有雁回……璿玑玉衡，以齐七政，依我之见，咱们三阿哥排序就叫衡阳，小字雁回，正经名字叫'政'，大伙儿觉得怎么样？"

一时间殿里众人皆面面相觑，果真太后是个传奇人物，她总能在乱作一团的时候发挥定海神针般的作用。

皇帝嘘了口气："儿子自叹弗如，就依皇额涅的意思办。"

嘤鸣抱着儿子笑嘻嘻的，对她来说叫什么都成，反正生在了这样的人家，往后哥儿大富大贵，前途自是不可限量。

【正文完】

番外

太后先帝篇

　　明安一辈子没什么缺憾，生于显赫之家，妹妹是当朝太后，自己早年袭了察哈尔亲王的爵，虽扎根在关外不得回京，但长久经营下来，偏安一隅当个土皇帝，日子也过得十分得意。唯一不足，就是连生八女，从未得男。于是他对嫡福晋只会生丫头很不满，福晋一气之下给他置了三房姬妾，这三房居然也一个接一个地生闺女，真叫人百思不得其解。有一回他出门视察农耕，发现三条水渠的水都发黑，寻根溯源是上游的缘故。他站在泄水口，忽然想明白了一个道理，生不出儿子，其实还是自己的缘故。想是老天爷觉得明氏富贵太多了，总要让你有三分不圆满。时值嫡福晋怀了第九胎，生下来又是个姑娘，明安给小九取了个名字叫"清源"，然后宣布所有妻妾封肚，从今往后再也不生了。

　　清源是垫窝儿，但并没有因又一次让阿玛失望遭受冷遇，全家上下不说多看重她，反正绝不亏待她。她就这么自在地长大，生就了一副耿直豁达的脾气，不会来事儿，说话有点冲，不过大多时候还算讨人喜欢。

　　起先明安不太在意这个幼女，但有一次太后抱恙，他请命入京探视，家里大的姑娘都已经议亲许了人家，只剩小八小九还待字闺中。小八是庶福晋生的，根基差了点儿，不像小九弥勒佛似的。明安存心要给姑娘谋个前程，便带了清源一块儿进宫。结果太后一瞧就喜欢，也不在意这丫头有多缺心眼儿，留在宫里住了三天。第四天明安要回察哈尔了，才把人接出来。临辞行的时候，太后说："这孩子一脸福相，脾气也没什么可挑拣。好好养着吧，将来自有好姻缘。"明安心里有了底，千恩万谢地带清源回了察哈尔，决定发力好好调教一回。可惜得很，清源从来不知道拐弯，你越是教她莲步轻移，她越能走出气势磅礴的八字步来。最后连精奇嬷嬷都讨饶了，说实在教不了九格格，王爷另请高明吧。明安对这个闺女束手无策，抒发了一通"看取明家铁柱，无灾无难公卿"的美好愿望，就彻底放弃她了。

然而好运气却没有错过清源，不久皇后大丧，天下缟素，三个月后皇帝奉太后懿旨，册封察哈尔亲王第九女为继皇后。那个一向不被看好的丫头一跃万人之上，所以说养闺女也不是全然不好，要么籍籍无名，一旦升发，成就远超多少苦心经营毕生的男儿！

皇后的凤辇被庞大的车队簇拥着，一路向千里之外的京城进发。明安没有儿子，清源便由两个堂兄送嫁。十七岁的女孩儿，没吃过什么苦，满肚子春花秋月。见识过一回关内的繁荣和浩大庄严的紫禁城，再次入京一则对婚姻满怀期待，二则换个新环境生活，也是件极有意思的事儿。

宫里对迎娶新后很看重，礼节方面一点儿不含糊，太后更是因为姑做婆，格外看顾她。她入主中宫，真是百样齐全，百样称心，只有一桩，皇帝并不喜欢她。大婚当晚碍于太后的面子留宿，之后就没怎么见过他。

太后身边的米嬷嬷是这么安慰她的："万岁爷重情义，孝慈皇后大行不足半年，万岁爷心里苦，因此有慢待娘娘之处，娘娘万要见谅才好。再容万岁爷缓一缓吧，等他知道了娘娘的好，自然会重视娘娘的。"

清源点头应承了，虽然她也说不出自己有什么好，但却开始一心一意地等待皇帝回心转意，至少把她当成妻子看待。

可是这种自欺欺人的心境没能维持太久，米嬷嬷口中长情的人另有了宠爱的女人。据说这女人长得像先皇后，于是大家眼睁睁地看着一个小小的贵人扶摇直上，升为嫔，升为四妃之首，乃至升为贵妃。

清源问米嬷嬷："万岁爷就是这么重情义的？"

米嬷嬷无言以对，瞭了她一眼，留下一个同情的讪笑。

清源摸摸自己的脸，知道还是因为自己没有魅力，留不住爷们儿的心啊！她是个乐天知命的人，万事想得透彻，想明白了不钻牛角尖，至多恼恨三五天，轻轻自怨自艾一番，过后就爱谁谁了。

皇帝看不上你，那你就该加倍看不上他，这叫礼尚往来。草原上的女子心胸开阔能走马，男人这种东西可以用来点缀漫长的岁月，但完全不必成为活着的全部。他爱重贵妃，三天两头大把赏赐往承乾宫运送，她的长春宫只得过两盆福橘，由此可见皇帝对待皇后和贵妃有天壤之别，宫里人都悄悄传开了，她倒不甚在意。只是越发不待见皇帝了，有时候半道上遇见，宁愿绕开了走，也不愿意和他照面。

但皇帝每月初一十五必须留宿皇后寝宫，这是祖上定下的规矩，他不得不从。清源知道他来得勉强，在落地罩外加了张长榻，每回他来，她就搬到长榻上过夜。先头几次她还恭迎一番，以示体统，后来连迎都懒得迎了，他来得晚，进殿之后就看见她面朝墙侧躺着，他看不到她的脸，只看见一个裹着被子的臃肿身躯，和拆了头发的后脑勺。

蒙古蛮子，傲慢无礼，这是皇帝对她的评价。不过这个蛮子也有通人性的时候，他偶有不适，她会大发善心地进来瞧瞧他，端茶递水也没有什么怨言，可见作为一个妻子，她起码是称职的。

皇帝呢，虽然觉得她姿色不够，难以让他心动，但也不算多讨厌她。有时候难得有兴致和她聊一回天，她那种什么都不在乎的调调，让他觉得十分虚伪和矫情。

一个千里迢迢赶赴京城做皇后的女人，目空一切给谁看！他觉得她是欲擒故纵，眼里更加没她，但暗中也在等待，想看她什么时候收网。结果等了近两年，她毫无动作，从最初新为人妇的腼腆到后来死鱼眼般的老神在在，他终于明白这个女人对他没意思，并且已经接受了不受宠的命运，打算就这么浑浑噩噩了此残生。

没理想、没追求、没出息，坐在他后位上的竟是个这样的人！不过她也不是一无是处，她善待他的嫡长子，一直把享邑带在身边。先皇后走时孩子吓着了，一度看谁都是惊惶的眼神，自从受她抚养，渐渐平和下来，只是整天一副事不关己的神情，简直和她一样。

皇帝虽无奈，却也感激她，于是难免多加关注，可惜她不领情，照旧眼里没他。一国之君哪里受过这样的冷遇，提起皇后就眉头紧锁，宫里盛传皇上极端厌恶皇后，谣言传得久了，连他自己都快相信了，想必她也一样。

皇后不得皇帝宠爱，唯一能够消磨时光的地方，就是太后的慈宁宫。除夕那天，他携贵妃给太后道新禧，顺便提出要晋封贵妃为皇贵妃。太后掉转视线望向贵妃，分明已经不豫了，脸上却笑着："贵妃怎么连婉拒的谦辞都没有一句？皇贵妃是副后，我大英历来没有皇后健在册立皇贵妃的规矩，皇帝胡闹，你也不劝慰劝慰？"

贵妃这才起身道："先前万岁爷和奴才说起，奴才也一径反对来着，可架不住主子爷坚持。奴才人微言轻，不敢拂逆万岁爷的意思。"

太后凉凉一笑，这位贵妃恐怕是受宠得过了，瞧不起皇后，觉得她尸位素餐，这才生了想取而代之的斗胆。皇后呢，确实太不问事，如今宫务还是太后在执掌，皇后对那些琐碎没有半点耐心，但在照顾孩子上绝对一丝不苟。享邑和她哭闹两个时辰她都能好言好语地安慰，内务府的账册放到她面前，她瞥一眼，立刻就头晕犯恶心。

"皇后，你的意思呢？"太后转头问她。

皇帝悄悄拿余光瞥她，心里生起一种奇怪的感觉，盼她不高兴，即便是一道不悦的眼神，似乎也足了。

可清源还是后知后觉的样子，想了想道："怎么问我的意思呢，我这皇后都是万岁爷封的，封谁做皇贵妃，全凭万岁爷自己的意思。"

太后扶了扶额头，早就知道这人没主张。皇帝唇角闪过一丝轻蔑的笑，果真让这种人霸占着皇后的宝座是最大的错。她除了是太后的侄女，占了出身上的优势，还有什么？木头都比她强！

这次的试探皇帝铩羽而归。太后不可能答应这样的要求，他本也没有抱任何希望，不过于贵妃来说不是这样。她从慈宁宫出来后就一直闷闷不乐，最后在他面前哭起来，梨花带雨般向他抱怨："太后为什么不喜欢奴才？"

皇帝耐着性子安慰了她两句："太后向来注重礼法，不是不喜欢你，是因为本朝立国起就没有这个先例。"

贵妃依旧想不通："太后百般维护皇后，终究是太后念旧情。皇后不过仗着出身，白占了这些便宜……"

贵妃边走边撕扯着她的手绢，在她眼里皇帝独爱她一个，她和皇帝早就具备论夫妻的情分了。

可是走了几步，发现身旁的人不见了，她心里一跳，惶然回头，见皇帝正冷冷地看向她，那种满面严霜的神情是她从未见过的。贵妃心知不好，嗫嚅着："万岁爷，奴才……"

皇帝晒笑道："看来你忘了自己是什么出身。区区一个刀笔小吏的女儿当上贵妃，本就是逾制，朕宠你过了头，让你尊卑不分，妄议皇后。回去给朕好好闭门自省，倘或再有下次，就做回你的贵人，永世不许踏出寝宫半步。"

贵妃愣在那里，直到皇帝走远，也没回过神来。

自先皇后离世，贵妃一人占尽了后宫风流，谁不知道她是皇帝心尖上的人？虽为贵妃，享的却是皇后一般的待遇，她以为自己能和历代最后一位皇后一样，成为皇帝一生最爱的女人。今日之前皇帝对她从来没有一句重言重语，两年的纵容，几乎让她忘了皇帝原本是怎样不可亲近的人；今日之后她才懂得，帝王之爱不过是一时消遣，她和后宫那些妃嫔没什么不同，最终只是过客，留不下任何痕迹。

那厢的清源从慈宁宫出来，越发觉得自己和皇帝有缘无分。当初入京待嫁那种忐忐又憧憬的心到如今早就消失殆尽了。她虽未期待和皇帝相敬如宾，但也没有想到，夫妻间会像现在这样离心离德。

她叹了口气，往嘴里填了块点心，感慨一下婚姻的极端失败。大多数时候清源很有自我反省的勇气，自己确实长得不美，既没有水样的柔情，也不会吟诗作赋，爷们儿不喜欢她，其实很说得通。还好，她有太后可以倚仗，要是没有这位娘家姑母，她这会儿保准成了下堂皇后，该搬到北五所的冷宫里去了。

所以她对太后心怀感激，太后才是她在后宫安身立命的根本。她心甘情愿躲在太后的羽翼下，敛尽了皇后当有的光芒，自得其乐地带带孩子，稀里糊涂地过日子。丈夫是什么？她不愿意去想，也不在乎。时候一久，她由衷地觉得，她还是适合和皇帝当表兄妹。世上的姻缘实在说不清，硬撮合到一处也枉然，一夜夫妻后各归各位，早知如此，当初就不该结这门亲。

她灰尽了心，要挽回似乎很难，像这种死脑筋的人，认准了一件事就是一辈子。皇帝也不打算改变什么，只是偶尔闲暇的时候上宁寿宫花园远远看一眼——享邑还没到开蒙的年纪，清源天天陪他在园子里消磨时光，带他掏鸟窝、钓蚂蚁。两个人虽不是亲母子，但情分非比寻常。

贴身的太监小心翼翼地谏言："主子爷，您何不让皇后娘娘知道您的心意呢？"

他听后笑了笑："心意？朕哪里有什么心意！"

宇文家惯出情天子，他也是。不同之处在于先祖择一人终一生，他呢，每次以为自己很爱一个人，但时候一长，心就淡了。这位呆皇后能短暂吸引他的目光，还是因为享邑，这种关注能维持多久，他也不知道。

忽然有一天，他病了，病势汹汹难以招架。他从没想过生死，因为觉得离自己太遥远，英年早逝这种事不会发生在自己身上。可是连着晕厥了好几回，他怕了，甚至想到了交代后事。

他把呆皇后传来，打算好好和她说两句话，她平静地站在他病榻前说："万岁爷，您很快就会好起来的，这会儿说这个太早了。"

都是宽慰的话，他知道。他喘了两口气，只觉肺里隆隆作响，略缓了缓道："享邑是朕的嫡长子，你一定要好好抚养他成人。"

她说："会的，您就是不吩咐，我也会。我这辈子没福气生自己的孩子，好在有大阿哥，我拿他当亲儿子一样疼爱。"

皇帝嗫嚅了下，觉得有些愧对她："是朕慢待了你，如果有来生……"

"来生咱们老老实实做兄妹吧，我觉得这样挺好的。"

皇帝沉默下来，看着她脸上真挚的神情，终于无话可说，半晌闭上了眼睛："你去吧。"

有些情愫，道破了只会徒增烦恼，倒不如适可而止，带进棺材里去。

皇帝死了，满宫皆惊惶。清源坐在那里，低头一指一指数过去，成为寡妇的头一天，距她入乾清门那天，恰满三十个月。

多可惜，她的青春还没开始，就结束了。

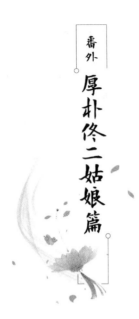

番外
厚朴佟二姑娘篇

　　年轻的国舅爷厚朴，冷不丁被赐了婚，对方还是大他三岁的姑娘。圣旨下达的时候他就直发蒙，一直蒙了两天，都没缓过劲儿来。

　　"这是为什么呀？"他坐在滴水下的台阶上说，"我还打算自己挑媳妇儿呢，这可好，什么念想也没有了。"

　　厚贻舔着糖说："快别散德行了，娶谁不是娶！额涅说啦，咱们当上皇亲国戚，头一宗是为国效力，第二宗是听话。将来我就愿意让宫里指婚，多方便哪，少奶奶家世好，长得肯定也俊，横竖二姐不能让咱们娶歪瓜裂枣。"说完吸溜着又是一舔，看得厚朴直皱眉。

　　"小孩儿家知道什么，吃你的糖去吧！"这糖还是他领了俸禄给厚贻买的，兄弟太小，无法理解他的难处，他到底把他轰走了，决定一个人独自苦恼。

　　如今的厚朴，总算过了少不更事的年纪，也学会了纵观全局，知道家里这会儿看着煊赫，其实私底下不大妙。齐家和薛家多有牵涉，薛家倒了台，未必不会带累齐家。宫里是好意，再给家里牵一门亲事，多个亲戚少个仇人，将来朝中有人弹劾齐家的时候，不看纳公爷的面子，也总要看看佟崇峻的面子。

　　厚朴很有牺牲小我成全大我的精神，他纠结了不久就认命了。厚贻人虽小，但有一句话说得很对，"娶谁不是娶"。他从最初的不情愿到后来对佟白樱产生好奇，前后不过耗时两晚。

这门亲事板上钉钉，但到目前为止还不知道媳妇儿的长相，这不符合国舅爷的作风。厚朴活得不算久，但有一个宗旨，万事讲究明明白白。所以他为了见佟二姑娘真容翻了人家的墙头，佟家因当家人常年在军中，家里守备很森严，他刚露脑袋，猛见一团黑影袭来，还没来得及反应，就被打下了墙头。

乱哄哄一大帮人来捉拿他，他逃跑不及时，被拿了个正着。佟福晋很生气，要抓他报官，可发现打中的居然是姑爷，一时傻了眼："这是齐家二爷不是？"

厚朴臊眉耷眼："我就是来瞧瞧，家里有什么要我帮忙的没有？"

帮忙也用不上翻墙啊，大家心知肚明，笑得赏脸。

厚朴给击中了前额，脑门子肿得寿星翁似的，佟家姑娘少不得来照看他。他这会儿终于看见了钦定媳妇儿的样貌，圆圆的一张脸，白得像杏仁豆腐似的。四下无人的时候她开口说的第一句话就是"我没妈"。

国舅爷怔了下："你没妈，我有啊。往后我妈就是你妈。"

佟二姑娘笑起来，这是他头回看见她笑，虽然她年纪比他大，但笑的时候还是一团孩子气。厚朴觉得很满意，至少姑娘全须全尾，模样长得也周正，就算他自己去找，也未必能找到比她更好的。

接下来就能放心等待大婚了，经过他二姐的病危风波后，纳公爷彻底致仕，回家专心养鸟儿了。厚朴故作深沉地和佟二姑娘发表了一通世事难料的感慨："眼下我阿玛身上没官职了，我们家家道中落，只怕你又要来受苦啊。"

佟二姑娘说："你身上有官职就成了，我嫁的是你，又不是你阿玛。"

厚朴很震惊，也很感动，对厚贻说："兄弟，哥哥这房媳妇儿娶着了。"

厚贻"嗯嗯"点头，他早就觉得错不了，姐姐总不能害了弟弟吧。


不过妻大夫小，有些地方难免尴尬，厚朴对男女情事一窍不通，家里指派女孩儿来供他操练，他却觉得没必要，凭自己的聪明才智和避火图，完全可以领会其中精髓。

然而想象和实战总有不小的差距，洞房花烛对厚朴是很大的考验，任凭他镰刀刮腿毛，如何催熟自己，都不能在紧要关头助他一臂之力。

他站在洞房外直哆嗦，满目鲜红，紧张得迈不开腿。

厚贻看着他哥子，仰脸道："怎么了？崴泥了？"不明白他先头豪情万丈感慨娶着了好媳妇儿，这会子怎么怯场了。

厚朴咽了口唾沫："我怕在你新嫂子跟前丢人。"

厚贻半大小子，很擅长安慰人："没事儿，你肯定不比谁差。"

厚朴垂头丧气地进了洞房，新娘子坐帐，他站在边上说："我还没成人，你知道吧？"

新娘子顶着一张浓墨重彩的脸说："知道。您有什么高见哪？"

国舅爷还没开口，就先红了脸，支支吾吾道："我也没什么高见，就是怕那个……一时没法儿尽到做丈夫的责任。"担心她误会，忙又补充了一句，"不过你放心，再容我些时候，至多一年……"

新娘子笑了笑："您屋里没通房丫头？"

国舅爷摇头："我可是皇后娘娘的亲兄弟，正正经经的国舅爷，我得戒了那些纨绔子弟的坏毛病，没的叫人说小小年纪毛还没长全，女人倒有一堆，丢了咱们娘娘的脸。"

家里出了一位皇后，到底不能像以前那么随性，好些地方得讲忌讳。横竖不管是碍于皇后而洁身自好，还是他自己不愿意学老辈儿里那么多情，对新娘子来说都是好事儿。

佟二姑娘看看她的爷那身板儿，二等侍卫历练得不少，模样渐渐有了爷们儿的雏形，未来还是可期的。她羞赧地低头盘弄喜服上的纽子，细声说："您别着急，我等您长大。"

这话在厚朴听来太体贴了，越发觉得这媳妇儿娶得好。他虽然没底气，但大婚当夜形式还是要做一做的。他搂着新娘子睡觉，佟二姑娘比他高一点儿，为了能把脸贴在他胸前，被窝里头新娘子的腿杆子长出了老大一截。

不过再怎么说也是血气方刚的少年郎，又在粘杆处和太和门上当过职，身量心智上都没的挑。因此他的新婚夜过得不算太糟糕，至少他的新娘子已经很满意了。


初为人妇的白樱，满心都是羞涩。头一回进宫，是为在皇上跟前露脸，那时佟家还指着家里出一位小主，对她此行满怀期待，谁知最后阴差阳错成就了另一段姻缘。第二回进宫，她的心境比上回又忐忑几分。上回就算紧张，对一个不那么强烈渴求进宫的人来说，到底无关痛痒。现在不同了，她嫁了当朝国舅爷，国舅爷跟前，皇后姐姐比家里两位母亲的影响力更大。皇后喜不喜欢这个新弟媳，关乎她的切身利益。

好在皇后人很和善，白樱头回见她是在中秋宴上，匆匆一瞥没看真切。这回是以娘家人的身份，这才壮起胆子，敢正眼瞧瞧皇后。

这时候的皇后肚子已经很大了，人不见丰腴，只是腰身可观。原本有孕的人，有怎么舒服怎么来的特权，但皇后并不因此失了礼数。白樱由宫女领进门时，她端端正正地坐在那里，穿一件杏黄纳纱绣凤凰牡丹氅衣，清嘉的长相和气韵，不论时隔多久，都鲜明敞亮。

皇后自矜，嗓音也柔和，一字一句满含不紧不慢的从容，说了好些企盼圆满和祝福的话，还给阖家赏赍，并赠了她好几套点翠和多宝的头面首饰，吩咐道："我不能在家尽孝，只好托付你，替我侍奉父母。厚朴年轻，请你多提点，人说妻贤夫祸少，诸事多费心，总不会错的。"

白樱道："是。奴才谨记娘娘教诲，一定仔细侍奉大人膝下，好好伺候二爷。"

皇后颔首，笑道："我这人忘性大，早前老听说佟二姑娘，竟不知道你的闺名。"

"奴才闺名白樱，樱桃的樱，怕是犯了娘娘的讳，请娘娘赐名为宜。"

皇后说："不必，用了十几年的名字，怎么好随意改了呢。我不忌讳那些，况且咱们是同音不同字，算不得犯讳。这也是有缘分，才叫咱们成了一家子，我盼着你们开枝散叶，阿玛年纪大了，这会子赋闲在家，早早儿让他儿孙绕膝，日子也不至于无聊。"

皇后的期盼不外乎这些，好好过日子，早早儿开枝散叶。白樱都一一应承了，从宫里出来的时候不像先前那么紧张，在夹道里穿行，一路走，一路低着头琢磨，怎么才能和婆婆人好好处。

厚朴见她不说话，猜她大概是担心自己表现不好，没能讨得皇后欢心，便探过袖子，悄悄牵了她的手："二姐姐是天下最好相处的人，她没那么多心眼儿，也不会盘拨字句挑刺儿，你只管放心。"

白樱愣了下，才知道他是误会了，在给她定心丸吃。她抬起眼瞧了瞧他，有意凝眉嘀咕："皇后娘娘盼着能让阿玛儿孙绕膝，万一我生不出孩子来，给你指侧福晋怎么办？"

厚朴目视前方，梗着脖子说："你生不出孩子，就算给我十个侧福晋，她们也生不出来。"

她心里暗暗高兴，欲擒故纵着："话是这么说，可我也忧心呢。你往后要是想往房里收人，一定要告诉我，咱们不兴外头养着，记住了？"

厚朴"啧"了声："你想到哪里去了！你可是我的第一个女人，咱们情分不同寻常。你别担心，孩子总会有的。"

少年人嘴里说得响亮，脸上却滚烫。那灼热向下蔓延，一直蔓延进领圈里，手上拖得紧紧的，生怕她跑了似的。

白樱笑起来，转过头看紫禁城无尽连绵的宫阙。自己曾感慨命运不济，自小没了亲娘，长大后求不得好姻缘，又指给了一个小自己那许多的孩子。本以为一辈子就这样了，没想到少年有少年的赤诚。少年夫妻情分至深，将来纵是再坏，也坏不到哪里去了吧。

番外

**帝后篇**

有性子别扭的爹，就有性子别扭的儿子。

雁回初来人间，年幼无知，整天扎在乳母怀里睡得香甜。等略长大些，能够吃米糊的时候，他就有了自己的主张。

最近他开始无端哭闹，七八个乳母和看妈尝试抱他，最后却换来了更激烈的反抗。嘤鸣很着急，圈在怀里安慰："哥儿乖乖，这是怎么了？咱们大英巴图鲁不兴哭鼻子，有什么不称意的好好说不成吗？"

可是怎么说呢，他才一岁多，还不会说话，只能以眼泪表达心里的不满。

乳娘束手无策："我的娇主子，您今儿还没吃奶，这么下去可不成，回头饿坏了怎么办？"边说边从皇后手里接过他，那对大胸脯子蔚为壮观，宽了衣襟就要伺候小爷用膳，结果激发出了更为可怕的尖哭。

大伙儿面面相觑，嘤鸣拿手探他额头："别不是病了吧！"

打发人传周太医来瞧瞧，周兴祖是全科，连孩子的毛病都会诊断。可他歪着脖子舔着唇，计较了半天，拱手说："回皇后娘娘话，阿哥爷哭声洪亮，脉象舌苔都正常，瞧着没有不豫的样子。"

"那是怎么回事儿？"嘤鸣没了主张，扭头叫扁担，"上前头瞧瞧去，主子政务忙完没有。悄悄报德总管一声儿，就说三阿哥闹得慌，请主子得闲回来一趟。"

扁担"唉"了声，小跑着往乾清宫去，阿哥爷嗓门响亮，跑出去老长一段路了，还能听见他的哭声。

坤宁宫里的人急得团团转，越是着急，越要抱在怀里摇，越是摇，他越是挣着小手小脚哭得厉害。嘤鸣瞧儿子上气不接下气，自己也跟着抹眼泪："小祖宗，这是怎么了？难不成克撞了什么吗？"忽然想起怀宗皇帝时期，后宫有残害皇子的事发生，她越发慌了，解开孩子的衣裳上下检查了一遍，什么也没有。于是愁眉苦脸地看着那张憋得通红的小脸，明明一直很乖的孩子，稍稍长了点儿脑子，就开始折腾人了吗？

皇帝匆匆赶来，见雁回那模样，顾不得祁人抱孙不抱儿的老例儿，忙接过来端在怀里宽慰，柔声说："谁惹你不高兴了？男人大丈夫，扯着嗓门哭，没的吓着你额涅。还不住嘴？"

说来也奇怪，离了奶妈子的胸怀，孩子就不哭了，睁着一双又大又亮的眼睛望着皇父，挥舞了下小胳膊，吐了个漂亮的泡泡。

嘤鸣觉得古怪，讷讷道："可是奇了，您一抱他，他就不哭了。"

皇帝很得意，扬着眉说："朕的儿子，自然和朕最亲。他这么哭法儿，八成是想阿玛了。"

嘤鸣撇了撇嘴，心说万岁爷这自以为是的毛病，这辈子恐怕好不了了。

只是孩子究竟为什么哭，不寻出根源来，她不能安心。如果阿玛真是止哭的良药，这良药忙起来可顾不上抱他。难道是孩子大了，知道认人了？可哪有不认得母亲的，她亲自抱他，他也照样哭得委屈且不甘。

嘤鸣撑着腰坐下来，她又有了四个月的身孕，说来怪没脸的，雁回抓周那天她忽然晕倒了，当时险些吓破皇帝的胆。弄得阖宫惊动，连太皇太后和皇太后也如临大敌，毕竟有过前车之鉴，仿佛她的身上总潜伏着某种致命的病毒，说不定哪天就会无缘无故大肆发作。

大伙儿等得惊惶，太后直念佛号，说老天保佑，看在孩子还小的分儿上别为难皇后。皇帝站在脚踏前，白着脸问周兴祖究竟怎么样了。周兴祖从从容容地长揖："天佑我大英啊，皇上子嗣健旺，皇后娘娘又遇喜啦。"

这当口嘤鸣恰好醒了，她没好意思看他们脸上的惊喜，扯起被子，把脑袋蒙了起来。

这么快又怀上了，叫人怎么说呢！皇帝知道她在琢磨什么，等人都散尽了，把她的脸从被卧里揪了出来："有什么可害臊的，好歹隔了九个月，又不是刚出月子就怀上。"

嘤鸣灰心丧气："还没满一年呢，多招人笑话！"

皇帝把胸脯拍得梆梆响："是朕天赋异禀，儿子越多，江山越稳，朕倒要看看，谁敢笑话朕！"

嘤鸣委屈地嘟囔："照这么生法儿，我这身板儿往后还能瞧吗？"

皇帝说："横竖再丑只有朕看见，实在不能看了可以吹灯……"还没说完，就被皇后踹到了床尾。

这人就算到这个时候，也学不会说好听话。他专扎人肺管子，且觉得自己十分风趣机智，还指着能挨她夸，真不明白他的脑瓜子究竟是怎么长的。嘤鸣只好独自羞愧，后来几天都告了假，打发人上慈宁宫和寿安宫问安，自己闭门不出羞于见人。最后还是太皇太后和太后来瞧了她，笑着说："后世的人常爱拿妃嫔生育子女的数量来推测这人受不受宠。你和皇帝感情甚笃，接连生育本就是应当的，将来也是美谈。"

太后一针见血："笑话你的都是嫉妒你，你福泽比人深厚，经不得酸风射眼？"

嘤鸣想想倒也是，于是重新高兴起来，毕竟又有新生命来了，是件大喜事儿。她的生活到目前为止都称心，只有今天雁回无端的大哭，让她觉得遇上了坎儿。她一手支着炕桌，蹙眉看皇帝抱着孩子在地心转圈儿。皇帝自觉哄住了儿子，欲把孩子重新交给奶妈子，谁知刚转手，一阵尖厉的哭声又迸发出来，吓得皇帝忙又抱了回来。

为什么奶妈子一接手，孩子就哭？皇帝眈眈审视着那些侍奉三阿哥的人，寒声道："是不是你们伺候不周，仗着阿哥不会说话，有意苛待？"

众人抖得筛糠一般，齐声说不敢，请万岁爷明鉴。嘤鸣不愿意他胡乱冤枉人，打了圆场让她们都退下，把雁回留在跟前，自己亲自照顾。两天之后终于弄清了他哭闹的原因，但凡女人抱他，他以为要喂他吃奶，使劲儿梗着脖子向后仰。男人抱他，他觉得自己没有后顾之忧，就四下张望，还有闲情儿打盹。

"咱们哥儿是自己做主，打算断奶了啊。"嘤鸣感慨，"才那么点儿人，怎么这么大的主意！"

皇帝说："因为他是朕的儿子。"

嘤鸣仰起脸，笑着问他："您吃奶吃到几岁来着？我问过太后，您七岁了还找奶妈子呢。"

皇帝脸红脖子粗："胡说，是太后记错了，朕少年老成，怎么可能七岁还找奶妈子……"他的皇后但笑不语，他忽然心虚起来，越说声儿越低，脑筋一转言归正传，"雁回既打定了主意，不吃就不吃吧。男人大丈夫，整天拱在女人怀里算怎么回事儿！"

成吧，嘤鸣眨巴一下眼睛想，这叫青出于蓝，将来又是个不得女人欢心的。

既然摸清了他的想法，后头的事儿就容易处置了，跟前的奶妈子全撤了，只留几个看妈，白天黑夜里伺候他吃喝。嘤鸣先头还怕他不吃奶，根基长不结实，谁知一个月下来，壮得像个小牛犊子似的，这回可放心了。

厚朴媳妇进宫来请安，嘤鸣把三阿哥的事儿告诉了她，白樱也啧啧称奇："小阿哥将来必定大有可为，谁见过这么点儿小人儿，那么有主张的。回头告诉阿玛和额涅他们，八成要乐坏了。"

姑嫂两个闲聊，外头大雪纷飞，暖阁里围炉而坐，还有夏天存的果藕嫩芽和蜜瓜做成的甜碗子可吃。上皇后这儿没旁的，就是稀奇的吃食比较多。

白樱如今也有了身子，祁人爷们儿蹿个儿极快，如今厚朴比她都高出大半个脑袋了。况且年纪轻轻就有了后，这是极大的福分，除了仔细再仔细，没有别的不足。

她和皇后说笑，顺嘴说起了娘家姐姐的事儿："前年要不是她病重，中秋宴上进宫的应该是她。这两年她静心休养，交夏的时候好了七八成，到入秋竟大安了。上个月许了人家，新姑爷娘娘也认得。"

嘤鸣"唔"了声："是谁？"

白樱道："辅国将军府海家的三爷。"

皇后早前许了海家的事儿尽人皆知，如今母仪天下又有了阿哥，也不是什么提不起碰不得的伤疤。白樱说得不避讳，嘤鸣琢磨了下，不由嗟叹："没想到最后是你姐姐配了他，这么一来厚朴倒和他论连襟了。"

人和人之间的缘分真是奇妙，兜了个圈子，圈进好些人来，成就一个大圆满。要不单是她和海银台，似乎也不成故事。

白樱又说姐姐和海三爷很相配："都是轻声细语的声气儿，待人都那么温存。"

嘤鸣笑了笑，没言声。海银台那样通透的人，合该有个和他一样心无尘埃的姑娘来配他。当初自己和他没能成就姻缘，虽有些遗憾，但细说起来，她的呆霸王才和她最相称。如果没有他，自己现在不过是个深宅少奶奶，周旋于三姑六婆之间，为经营好亲戚里头的名声，绞尽脑汁地为难自己。

总之各有各的际遇，得之未必是幸，失之也未必要去怨怪命运。嘤鸣对海银台娶亲的事儿态度淡然，毕竟彼此之间再也没有牵绊了，他能遇见好姻缘，她也替他高兴。但有的人并不这么想。

皇帝回来，面色不佳，吃了晚膳后就兀自坐在南炕上，不说话也不做任何事儿。起先嘤鸣没在意，上偏殿瞧了瞧雁回，见孩子一切都好才折回来。回来后忙于赶制虎头帽，选上好的丝绒填进去，就是这短短的一炷香时间，接连听见皇帝清了十回嗓子。

她终于转过头瞧了他一眼："怎么了？嗓子不舒服？"

皇帝看着房顶，面无表情："没有。"

又得失心疯了，嘤鸣没理会他，继续做她的帽子。可那人动静越发大了，她放下了捏在指尖的针，转过身坐着看他："您心里有话对我说，是不是？"

皇帝皱着眉沉默，良久才道："佟家的姑娘许了海银台，你已经知道了吧？"

嘤鸣略怔了下，暗忖他难道在为这事儿生气吗，便抚膝缓声道："今儿厚朴媳妇进宫来，顺口说起了，怎么？"

皇帝站起身，负手在牡丹花开的栽绒毯上来回踱步，在她坦荡的目光下欲言又止了好几回，最后负气说："你没瞧出来，他还对你余情未了？"

这话从何说起呢，嘤鸣决定先发制人："您别想给我扣大帽子，今年才选进来的女孩儿，见天偷着瞧您，连活儿都不好好干，别打量我不知道。"

皇帝明白她倒打一耙的算盘，斜了她一眼道："别打岔，听听朕的高见。朕的怀疑不是没有根据的，你看他娶谁不好，偏娶佟家的闺女。佟二姑娘嫁了厚朴，佟大姑娘嫁了他，将来厚朴见了他，是不是还得叫他一声姐夫？他千方百计要正自己的名，足见其心可诛！"

嘤鸣目瞪口呆，真是欲加之罪，何患无辞。皇帝这缸百年老醋翻腾起来，威力可谓惊人。他越想越不自在，一个人穷琢磨："国舅管他叫姐夫，朕才是国舅的正经姐夫……海银台视朕于无物，难道他对朕不满？对大英江山不满？"

皇帝越说越激动，到最后只怕要扯到谋反上去了。

嘤鸣适时打断了他的畅想："您这是在给自己找气生吗？他要是求娶润翮，您往那上头想，我还觉得您有几分道理。人家这会儿娶的是佟家姑娘，您这么上火，没的叫我笑话。"

皇帝听了，发觉好像确实是自己太小心眼儿了。可他又有些不服，自打从军机处听来这个消息，他肚子里的仗就打到现在。谁也没规定最终赢家不能忌惮手下败将，更知道木已成舟，海银台和他的皇后已经两不相干，可这不妨碍他留意情敌的一举一动。毕竟他们两情相悦过，他越是在乎二五眼，越是不能容忍海银台有风吹草动。

嘤鸣无可奈何地望着这个人，以前不熟的时候他还装得沉稳深邃，现在一桌吃饭一头睡觉，他的小肚鸡肠真是暴露无遗。

她摸了摸肚子，又抿了抿鬓发："我这得多招人喜欢哪，才叫人这么念念不忘。您不替我高兴？"

皇帝着恼："朕还得替你高兴？别忘了你是两个孩子的妈！"

"亏您还知道我有两个孩子！我在您眼里是宝贝，在别人眼里可未必啦。人走一程有一程的风景，怎么知道如今人家遇见的就不是好景儿？"她哄了他两句，一面说一面捧他的脸，拇指压在他嘴角，往上推了推，皇帝露出一排雪白的上齿，像杀不得龇牙的样子，"笑笑吧，自己怄气不高兴，我非但不同情您，还觉得您傻，何必呢。"

皇帝到底泄了气，伸手抱住她，低声说："朕吃味儿了。"

"可不嘛，瞎想什么呢！"她在他背上拍了拍，"咱们有愧于人家，眼下人家有了好姻缘，咱们该恭喜人家才对。"

皇帝叹了口气："朕太在乎你了。"

自她上回大病过后，他就不吝于向她表明心迹，虽然他很多时候还是不忘给她上眼药，但相较于他的深情款款，那点不如意根本不算什么。

嘤鸣说："懂，我要是不了解您，这会子早气得回娘家了。"

皇帝说："你还怀着孩子呢，不能瞎走动。朕心里有不舒坦的地方，回来找你说一说，这就想开了。横竖你在朕身边，不管别人怎么居心叵测，都抢不走你。不过朕有时候也想，把你困在宫里，一入宫门深似海，你这辈子都只能在这黄金牢笼里陪着朕，你高兴吗？"

明明应该是忏悔的话，说到最后竟又带着莫名的得意，果然呆霸王就是呆霸王。嘤鸣拖着长音说："我可高兴了，看来我上辈子积了大德啦。"

皇帝不管她说的是不是反话，他全当成她的心里话来听，然后由衷地唏嘘："你一定要比朕活得长，朕希望你能当皇太后，当太皇太后。"

嘤鸣怔了怔，蹙眉啐他胡说："我不做什么皇太后，我就做你的皇后。皇后对我来说已经到顶了，不能再升了……"她悲伤地打量他，"再升您就不在了，您不在了我怎么办？谁陪我吃韭菜合子呀？"

皇帝一听韭菜就舌根发麻，怀雁回老吃韭菜就算了，第二个他想总该换换口味了吧，谁知道她还是老样子。皇帝漫长的吃韭菜生涯又开始了，横竖皇后有孕期间，他身上的韭菜味儿就别想断。思及此，什么海银台、什么当太后，都不算事儿了。

所以皇后生儿子的征兆很明显，后来的几胎都是这样，连着六个小子，坤宁宫里整天鸡飞狗跳，直到最小的那个进上书房读书，老天爷对她的锤炼才算结束。

如今国泰民安，皇帝邀功似的对她说："朕这一朝的顽疾都根除了，将来交到儿辈手里的，将是个无病无灾的王朝。"这位几十年甚少离京的皇帝，终于开始放心带着他的皇后木兰秋狝，下江南游山玩水了。

嘤鸣以前的世界，只有一个紫禁城大小，直到跟着他四处巡幸，才对丈夫垂治的天下有了入微的了解。她喜欢水路的波澜壮阔，更喜欢清晨和他策马在草原上看日出，太阳升起来的时候，把地上的倒影拖得老长……她想她的一生可说极尽圆满，见过最壮丽的河山，也拥抱过最美的情郎，世上有几人，能得这样的造化？

【全文完】

**图书在版编目（CIP）数据**

深宫缭乱／尤四姐著.
—武汉：长江出版社，2020.1
ISBN 978-7-5492-6834-4

Ⅰ．①深… Ⅱ．①尤… Ⅲ．①长篇小说—中国—当代 Ⅳ．① I247.5

中国版本图书馆 CIP 数据核字（2019）第 285134 号

**深宫缭乱／尤四姐 著**

| | |
|---|---|
| 出　　版 | 长江出版社 |
| | （武汉市解放大道 1863 号） |
| 选题策划 | 林　璧 |
| 市场发行 | 长江出版社发行部 |
| 网　　址 | http://www.cjpress.com.cn |
| 责任编辑 | 陈　辉 |
| 印　　刷 | 北京盛通印刷股份有限公司 |
| 版　　次 | 2020 年 1 月第 1 版 |
| 印　　次 | 2022 年 3 月第 2 次印刷 |
| 开　　本 | 700mm×1000mm　1/16 |
| 印　　张 | 38.5 |
| 字　　数 | 800 千字 |
| 书　　号 | ISBN 978-7-5492-6834-4 |
| 定　　价 | 78.00 元（全二册） |